מִלּוֹן

אַנְגְּלִי־עִבְרִי
עִבְרִי־אַנְגְּלִי

הַמִּלּוֹן הַמֻּשְׁבָּח בְּיוֹתֵר בִּמְחִיר נָמוּךְ

מִלּוֹן חָדָשׁ זֶה נוֹעַד מֵעִקָּרוֹ לְשַׁמֵּשׁ נוֹשְׂאִים וּמִקְצוֹעוֹת מְרֻבִּים וּמְגֻוָּנִים כְּכָל הָאֶפְשָׁר. נוֹעַד הוּא לְתַלְמִידִים, לְמוֹרִים, לְתַיָּרִים, לְסִפְרִיּוֹת בַּיִת וּמִשְׂרָד. הַמִּלּוֹן מֵכִיל 30,000 עֲרָכִים בְּסֵדֶר אָלְפָבֵּיתִי. יֵשׁ בּוֹ בֵּאוּר מַקִּיף אַךְ תַּמְצִיתִי שֶׁל הַדִּקְדּוּק, יַחַד עִם לוּחוֹת הַפְּעָלִים הַנֶּחֱשָׁלִים. נִמְצָאִים בּוֹ מַפְתְּחוֹת לַמִּבְטָא הַמְקֻבָּל, לְרָאשֵׁי תֵּבוֹת, לְלוּחוֹת שֶׁל מִסְפָּרִים, מִדּוֹת, מִשְׁקָלוֹת, מַטְבְּעוֹת וּכְסָפִים, מֻנָּחִים טֶכְנִיִּים מְעֻדְכָּנִים וְדֻגְמָאוֹת שֶׁל נִיבֵי הַלָּשׁוֹן וְשִׁמּוּשָׁם.

מִלּוֹן בֶּן יְהוּדָה זֶה, מִלּוֹן כִּיס אַנְגְּלִי־עִבְרִי, עִבְרִי־אַנְגְּלִי, מְקוֹרוֹ בְּמֶחְקָרִים וּבִכְתָבֵי יָד שֶׁל אֱלִיעֶזֶר בֶּן יְהוּדָה, אָבִי הָעִבְרִית הַחֲדָשָׁה, וּבִמְיֻחָד, מִמִּלּוֹן הַלָּשׁוֹן הָעִבְרִית הַיְשָׁנָה וְהַחֲדָשָׁה שֶׁיָּצָא בִּשְׁמוֹנָה כְּרָכִים.

The English version of the above lines appears on the back cover.

BEN-YEHUDA'S

POCKET

ENGLISH-HEBREW
HEBREW-ENGLISH

DICTIONARY

•

EHUD BEN-YEHUDA, *Editor*

DAVID WEINSTEIN, *Associate Editor*

POCKET BOOKS

New York London Toronto Sydney Singapore

מִלּוֹן בֶּן־יְהוּדָה

מִלּוֹן כִּיס

אַנְגְלִי־עִבְרִי
עִבְרִי־אַנְגְלִי

•

עוֹרֵךְ: אֵהוּד בֶּן־יְהוּדָה

עוֹרֵךְ חָבֵר: דָּוִד וַינְשְׁטֵין

POCKET BOOKS
New York   London   Toronto   Sydney   Singapore

The system of indicating pronunciation is used by permission of the copyright owners of the *Merriam-Webster Pocket Dictionary*, copyright 1947, 1951 by G. & C. Merriam Co.

An *Original* Publication of POCKET BOOKS

POCKET BOOKS, a division of Simon & Schuster Inc.
1230 Avenue of the Americas, New York, NY 10020

Copyright © 1961, 1964 by Ehud Ben-Yehuda and Dora Ben-Yehuda

All rights reserved, including the right to reproduce this book or portions thereof in any form whatsoever. For information address Pocket Books, 1230 Avenue of the Americas, New York, NY 10020

ISBN: 0-671-68862-6

First Pocket Books printing October 1961

45 44 43 42 41 40 39 38

POCKET and colophon are registered trademarks of Simon & Schuster Inc.

Printed in the U.S.A.

אַנְגְּלִי־עִבְרִי

תֹּכֶן הָעִנְיָנִים

אַנְגְּלִי - עִבְרִי

עִבְרִי - אַנְגְּלִי

(רְאֵה בַּצַּד הַשֵּׁנִי שֶׁל הַסֵּפֶר)

מבוא

שאיפתנו בחבור מלון כיס עברי־אנגלי, אנגלי־עברי זה היתה להביא את
לשונגו למיליוני דוברי העברית המשתמשים בה במדה פחות או יותר רבה, כמכשיר
הבעה יומיומי, בבית, ברחוב, במשרד או בהתכתבות: אלה בארץ ישראל —
כלשון המדינה ואלה בתפוצות — כלשון שניה.

רצינו להעלות את לשונגו לרמה בינלאומית גם בשטח המלונות הקטנה,
כשמעל מדפי הספרים מתנוססים מלוני כיס בצבעיהם הלאומיים, רובם דו־
לשוניים. על פי רוב השפה האחת שבהם היא אנגלית, מתורגמת לצרפתית,
לגרמנית, לאיטלקית ולספרדית (ובקרוב גם לרוסית) — ולהפך, משפות אלה
לאנגלית. והנה, סוף סוף, לאחר מאמץ של שנים רבות וינע לא מעט, מופיעה
גם לשון עבר העתיקה־חדשה, בצבעי מדינתה ועמה ישראל.

זו הפעם הראשונה שלשונגו מופיעה במאות אלפי ספסים, שוה בשוה עם יתר
הלשונות החיות המדוברות בתבל. כמוהן ממשמת העברית שפת אם ולשון
הלמוד בפיות של מאות אלפי ילדים, בתי אב לאין ספור ומוסדות חינוך
רבים, מגן הילדים ועד המכללה.

גם בחירת החומר נעשתה בהתחשבות עם קהל המשתמשים הרבגוני וצרכיו
הרבים והשונים: התלמיד ומורהו, עקרת הבית והתייר, החנוני והספן, הגטס
והפועל, העולה והיורד. כל אלה ורבים אחרים יפיקו תועלת ממלון כיס
עברי־אנגלי, אנגלי־עברי זה, שיימצא למכירה כמעט בכל פנת רחוב
בעולם, במחיר שוה לכל נפש, על גבי נייר משובח ובדפוס מאיר עינים,
באותיות חדשות ומיוצרות באופן מיוחד למלון כיס זה.

כיתר המלונים העבריים, והעבריים־לועזיים, אשר יצאו לאור מזמן תחיית
לשוננו, כגדולים כקטנים, גם מלון כיס עברי־אנגלי, אנגלי־עברי זה מיוסד
בעיקרו על "מלון הלשון העברית הישנה והחדשה" לאליעזר בן־יהודה,
ירושלמי, ולעמיתיו — עורכיו הרבים. גם השתמשנו במלונים הנוספים הבאים:

אבן שושן: מלון חדש
אלקלעי: מלון אנגלי־עברי שלם
גור: מלון עברי
דאנבי־סגל: מלון אנגלי־עברי שמושי
יסטרוב: מלון תלמודי
מדן: מלון עברי
סגל: מלון עברי־אנגלי שמושי
קופמן: מלון אנגלי־עברי
ומן המלונים הלועזיים:

The Merriam-Webster Pocket Dictionary

Webster's New Collegiate Dictionary

Larousse's French-English, English-French Dictionary

Langenscheidt's German-English, English-German Dictionary

ובסוף דבר נדה למוציאים לאור, שלא חסכו עמל והוצאות, ולפועלי הדפוס אשר האריכו אפם עם עובדי המערכת ואשר הוציאו מתחת ידם עבודה כה יפה ונאה.

אב״י, ד״ז

ירושלים־תלפיות וניו יורק־בוסטן בשנת הבר־מצוה למדינת ישראל (1961)

הַהֶגּוּי הָאַנְגְּלִי   ENGLISH PRONUNCIATION

השפה האנגלית שייכת לענף המערבי של משפחת השפות ההדו־אירופיאיות
האלפבית האנגלי, שלא כעברי, מכיל באותיותיו עצורים ותנועות. מספרו
עולה ל ־ 26, וליותר מפי שנים מזה של העברי, אם נכלול בו את התנועות
בהרכביהן השונים (גם דו־ותלת־תנועות).

כ־250 מיליוני אדם הם דוברי אנגלית כשפת־אם, בהשואה לפחות ממאית
המספר הזה לממללי שפת־עבר. הם מפוזרים בכל חלקי העולם ובקבוצים
גדולים. על כן כמעט מן הנמנע לתת כללי בטוי והני, בפרט עקב החלוקים
הנכרים אפילו בין האנגלית האמריקאית ועמיתה הבריטי, בלבדם. מכאן
שנמנענו מלתת סמן מיוחד להטעמה, בפרט שטרם נמצאו תנועות ואותיות
עבריות העלולות לסמן את השני ההברוני שבבסמון המקובל.

ואשר לדקדוק האנגלי, כפי שיראה מן העמודים הבאים, הוא מן הפשוטים
ביותר. אין בו נטית השם, למשל. הכרת המין בשמות קלה ביותר, כי כל
הדומם ־ שמו ממין סתמי, החי ־ זכר או נקבה, וסמון הרבים נעשה בתוספת
s, על־פי־רב (כמפרט, אמנם בצמצום, בדפים הבאים).

I. CONSONANTS א· הָעִצּוּרִים

אוֹת גְּדוֹלָה אוֹ רַבָּתִי*	אוֹת קְטַנָּה	הַשֵּׁם	הַבִּטּוּי	
B	b	בִּי	as in *bib*	כְּמוֹ בַּיִת
C	c	סִי	as in *city*	כְּמוֹ סֶדֶק
C	c	סִי	as in *can*	כְּמוֹ קַנְקַן
Ch	ch	סִי־אַטְשׁ	as in *chess*	אֵין בְּעִבְרִית
D	d	דִּי	as in *dead*	כְּמוֹ דַּד
F	f	אֶף	as in *fiddle*	כְּמוֹ הֶפְצֵר
G	g	גִּ'י	as in *gag*	כְּמוֹ גַּג
G	g	גִּ'י	as in *gem*	אֵין בְּעִבְרִית
H	h	אֵטְשׁ	as in *Hebrew*	כְּמוֹ הֶבֶל
J	j	גֵּ'י	as in *jet*	אֵין בְּעִבְרִית
K	k	קֵי	as in *kettle*	כְּמוֹ קֶטֶל
L	l	אֶל	as in *lilt*	כְּמוֹ לֵיל
M	m	אֶם	as in *male*	כְּמוֹ מֶלֶךְ
N	n	אֶן	as in *nail*	כְּמוֹ נֶדֶן
P	p	פִּי	as in *pet*	כְּמוֹ פֶּתִי
Q(u)	q(u)	קְיוּ	as in *quick*	אֵין בְּעִבְרִית
R	r	אַר	as in *rim*	כְּמוֹ רָם
S	s	אֶס	as in *sun*	כְּמוֹ סַנְסַן
S	s	אֶס	as in *his*	כְּמוֹ הַזְדַּמְּנוּת
S	s	אֶס	as in *vision*	אֵין בְּעִבְרִית
Sh	sh	אֶס־אַטְשׁ	as in *shed*	כְּמוֹ שֵׁד
T	t	סִי	as in *tip*	כְּמוֹ סְפָּה
Th	th	סִי־אַטְשׁ	as in *thin*	אֵין בְּעִבְרִית
V	v	וִי	as in *villain*	כְּמוֹ וִילּוֹן
W	w	דַּבְּל־יוּ	as in *wish*	אֵין בְּעִבְרִית
X	x	אֶקְס	as in *index*	אֵין בְּעִבְרִית
X	x	אֶקְס	as in *exactly*	אֵין בְּעִבְרִית
Y	y	וַאי	as in *yet*	כְּמוֹ יֶתֶר
Z	z	זִי	as in *Zoo*	כְּמוֹ זֶה (זוּ)
	ng	אֶן־גִּ'י	as in *sung*	אֵין בְּעִבְרִית

* בְּשֵׁם (עֶצֶם) פְּרָטִי וּבִתְחִלַּת מִשְׁפָּט

II. VOWELS   ב. הַתְּנוּעוֹת

אוֹת גְּדוֹלָה אוֹ רַבָּתִי	אוֹת קְטַנָּה	הַשֵּׁם	הַבִּטּוּי	הַתְּנוּעָה הַמַּקְבִּילָה בְּעִבְרִית
A	a	אָי	as in hard	כְּמוֹ הַרְדָּמָה ָ
A	a	אָי	as in hat	כְּמוֹ הֶגְיוֹנִי ַ
A	a	אָי	as in hall	כְּמוֹ הוֹד וֹ
E	e	אָי	as in bet	כְּמוֹ הֶרֶף ֶ
Ea	ea	אִי־אָי	as in heat	כְּמוֹ הַתּוּל ִ
Ea	ea	אִי־אָי	as in head	כְּמוֹ הֶרֶף ֶ
Ee	ee	אִי־אָי, דְּבֵּל־אָי	as in see	כְּמוֹ רָאִי ִ
I	i	אָי	as in like	כְּמוֹ אַיָּל
I	i	אָי	as in Israel	כְּמוֹ אִיזֶבֶל אִי
I	i	אָי	as in bird	אֵין בְּעִבְרִית
O	o	אוֹ	as in hot	כְּמוֹ אוֹ א
Oo	oo	דְּבֵּל־אוֹ	as in shoot	כְּמוֹ חוּס וּ
U	u	יוּ	as in bullet	כְּמוֹ אָמְצָה וּ
U	u	יוּ	as in hurt	אֵין בְּעִבְרִית

III. DIPHTHONGS   ג. דּוּ־תְּנוּעוֹת
TRIPHTHONGS   תְּלַת־תְּנוּעוֹת

הָאוֹת	הַשֵּׁם	הַבִּטּוּי	הַתְּנוּעָה הַמַּקְבִּילָה בְּעִבְרִית
a(ay)	אָי	as in hay	כְּמוֹ הַיַּאך ֵ
au	אָי־יוּ	as in sauce	כְּמוֹ מָשׁוֹשׁ וֹ
e(ey)	אָי	as in they	כְּמוֹ הֵידָד ֵ
eau	אָי־אָי־יוּ	as in beauty	כְּמוֹ טִיּוּטָה יוּ
i(ai)	אָי	as in mine	כְּמוֹ שַׂדִּי ַ
oy	אוֹ־אָי	as in boy	כְּמוֹ גּוֹי אוֹי
y(ai)	אוּאָי	as in my	כְּמוֹ דַּי אָי

א. תָּוִית מְיַדַּעַת אוֹ הֵא הַיְדִיעָה   DEFINITE ARTICLES

הֵ — definite article, כְּמוֹ הֵא הַיְדִיעָה בְּעִבְרִית, אֵינוֹ מִשְׁתַּנֶּה.

לְמָשָׁל: הַיֶּלֶד—the boy, הַיַּלְדָּה—the girl, הַמְּלָכִים—the kings.

בַּטּוּי הֵ־"the "הַ־ רַק בְּבוֹאוֹ לִפְנֵי תְנוּעָה אוֹ לִפְנֵי h דּוֹמֶמֶת, אוֹ כְּשֶׁהוּא בִּפְנֵי עַצְמוֹ, אוֹ מוּדְגָּשׁ בִּמְיֻחָד. בְּיֶתֶר הַמִּקְרִים מְבַטְּאִים אוֹתוֹ "דְ".

אֵין מִשְׁתַּמְּשִׁים בַּתָּוִית the בַּמּוּבָן הַכְּלָלִי, לִפְנֵי:

א. שְׁמוֹת רִבּוּי

ב. שֵׁמוֹת מֻפְשָׁטִים (סְתָמִיִּים)

ג. שְׁמוֹת צְבָעִים

ד. שְׁמוֹת עֲצָמִים (לֶחֶם, אֲדָמָה, עֵץ, יַיִן וְכוּ')

ה. שְׁמוֹת לָשׁוֹן

ו. הַשֵּׁמוֹת: man, woman

לְמָשָׁל: כְּלָבִים—dogs, כַּעַס—anger; אָדֹם—red, לֶחֶם—bread, עִבְרִית—Hebrew.

אַךְ צָרִיךְ תָּמִיד לְהִשְׁתַּמֵּשׁ בּוֹ, כְּשֶׁהַמּוּבָן אֵינוֹ כְּלָלִי.

לְמָשָׁל: הָאִישׁ שֶׁהִנְנִי רוֹאֶה—the man that I see

ב. תָּוִית מְסַתֶּמֶת (כְּנוּי סְתָמִי)   INDEFINITE ARTICLES

הֵ—indefinite article הִנּוֹ בַּעַל שְׁתֵּי צוּרוֹת: a, an

1. לִפְנֵי עִצּוּרִים (וּבִכְלָלָם w, h, y), וְלִפְנֵי כָל תְּנוּעָה אוֹ קְבוּצַת תְּנוּעוֹת שְׁקוּלָן—ye, you—מִשְׁתַּמְּשִׁים בַּצּוּרָה: a.

לְמָשָׁל: אִישׁ אֶחָד—a man; אִשָּׁה אַחַת—a lady; בַּיִת אֶחָד—a house; שִׁמּוּשׁ אֶחָד—a use.

2. לִפְנֵי תְנוּעָה אוֹ לִפְנֵי h אִלֶּמֶת, מִשְׁתַּמְּשִׁים בַּצּוּרָה: an.

לְמָשָׁל: תַּנּוּר אֶחָד—an oven; כָּבוֹד אֶחָד—an honor

לְתָוִית הַמְסֻתֶּמֶת הַזּוֹ אֵין רִבּוּי.

ג. הַשֵּׁם (שֵׁם הָעֶצֶם)   THE NOUN

הָרִבּוּי נוֹצָר עַל יְדֵי תּוֹסֶפֶת הָאוֹת s- בְּסוֹף הַיָּחִיד, וְהִיא מִתְבַּטֵּאת.

לְמָשָׁל: book, books

הַיּוֹצְאִים מִן הַכְּלָל:

‫לשמות המסתיימים ב: o, s, x, z, sh מוסיפים: es-,‬
‫למשל: box, boxes; potato, potatoes‬
‫למלים המסתיימות ב: ch- מוסיפים: es-,‬
‫למשל: church, churches, אך אם ה: ch מתבטאת: k — מוסיפים: s- בלבד‬
‫למשל: monarch, monarchs.‬
‫למלים המסתיימות ב: y-, ואם קודמת לה תנועה, מוסיפים: s-,‬
‫למשל: boy, boys, אך אם קודם לה ה עיצור, מוסיפים: ies-,‬
‫למשל: fly, flies‬
‫מלים המסתיימות ב: fe- משתנות בסופן ל: ives-‬
‫למשל: knife, knives‬
‫ולכשהן מסתיימות ב: f- (והן 10 במספר):‬ calf, elf, half, leaf, loaf, self,
sheaf, shelf, thief, wolf —‫משתנה ה f- שבסוף המלים הנ"ל, ברבוי, ל: ves-,‬
‫כדלקמן:‬ calves, elves, sheaves, wolves, etc.
‫במלים הבאות שונים הרבים:‬ man, men; woman, women; child, children;
ox, oxen; foot, feet; tooth, teeth; goose, geese; mouse, mice; louse, lice.
‫והרי מלים שאינן משתנות ברבים:‬ deer, salmon, sheep, trout, swine, grouse.

‫הַמִּין‬ GENDER

‫רב השמות באנגלית הם מין זכר, לכשהם מכנים אדם או יצור גברי; כשהם‬
‫נקביים—נקבה; ובכל יתר המקרים, כשאין הם לא זכר ולא נקבה — מין‬
‫סתמי.‬

parent ‫מתכן לאב או לאם וברבים לשניהם גם יחד.‬

cousin ‫יכול להיות דודי, גם דודנית.‬

‫מלים המסתיימות ב: er-, כמו: reader, כשמובן מלה זו: קַרְיָן—מין זכר;‬
‫כשמובנה: קַרְיָנִית—מין נקבה; ולכשמובנה: קַרְאוֹן (ספר קריאה)—מין סתמי.‬
‫היוצאים מן הכלל העקריים, הם:‬

baby, child ‫שהנם, בדרך כלל, מין סתמי, אם כי יש באלה זכר או נקבה‬
ship, engine ‫הנם, בדרך כלל, מין נקבה.‬

‫נקוב השם נעשה בשלש דרכים:‬

1. ‫במלה שונה.‬ father, mother; brother, sister; boy, girl; son, daughter.
2. ‫על ידי שם מרכב.‬ milkman, milkmaid
3. ‫על ידי שנוי הסיום ל: ess- או ל: ress-,‬
‫למשל:‬ lion, lioness; prince, princess; actor, actress
‫ומנקבה לזכר:‬ widow, widower

ד. שֵׁם הַתֹּאַר   THE ADJECTIVE

ה־adjective אינו משתנה ביחס לזכר או לנקבה, ליחיד או לרבים, ובא לפני השם שהוא מתאר,

למשל: ילד(ה) טוב(ה) —, a good boy, a good girl; אשה (נשים) יפה (יפות)

a beautiful woman, beautiful women

ערך (ההשואה) היתרון comparison וערך ההפלגה — superlative מתהוים בדרכים הבאות:

כשהתאר בן הברה אחת—על ידי תוספת הסיומת: er- או: est-,

למשל: small, smaller, (the) smallest

כשהתאר בעל שתי הברות או יותר — על ידי הקדמת תאר הפועל: more או: most,

למשל: beautiful, more (most) beautiful

רוב שמות התאר, בשעת השואה או האדרה, מסתייעים בסופיות: er- או: est-,

למשל: broad, broader, broadest

אם ישמו בסופם של שמות התאר: y, מסתיימים הם בסופיות: ier,-iest-,

למשל: tidy, tidier, tidiest

התארים היוצאים מן הכלל וערכי הפלגתם ויתרונם, המה:

good (well), better, best; little, less, lesser, the least; far, farther (further), farthest (furthest); old, older (elder), oldest (eldest)

much, more, most; bad (ill), worse, worst.

DEMONSTRATIVE AND POSSESSIVE ADJECTIVES
תֹּאַר הַשֵּׁם הַמְרַמֵּז וְהַקִּנְיָנִי
(SEE ALSO PRONOUNS)
(ע' שֵׁם הַגּוּף, כִּנּוּי)

איזה, כמה — נתרגם: some או any

למשל: I have some books

מובנו האמתי של any יהיה: איזשהו

למשל: I (he does not) read any book

אבל, במשפטים: will you have some wine (any grapes) — משמשים תארי שם אלה כתרית החלקית partitive article — במובן — קצת, אחדים.

מישהו יהיה: somebody; מישהם — some;

(אין) איש (אדם), הנם: anybody, nobody;

כלום, דבר מה — הם :something;

לא כלום, מובנו :nothing

הרבה, נתרגם: ביחיד — much — ורבים many—

מצער (אחדים, מעט), הם, באנגלית: ביחיד — little (a) — ורבים (a) few —

ה. שֵׁם הַגּוּף, כִּנּוּי   THE PRONOUN

1. כִּנּוּי הַגּוּף   PERSONAL PRONOUNS
נוֹשֵׂא   (SUBJECT)

(סתמי) it (נקבה), she ,(זכר) I, you, he; ברבים: we, you they

בכנוי: thou אין משתמשים אלא בתפלה בפניה לאלהים.

2. כִּנּוּי אִישִׁי   PERSONAL PRONOUNS
מוּשָׂא   (OBJECT)

(סתמי) it ;(נקבה) her ;(זכר) me, you, him; ורבים: us, you, them

ובפניה לקדוש ברוך הוא, יאמר: thee.

3. כִּנּוּי הַקִּנְיָן   POSSESSIVE PRONOUNS

(סתמי) ts ,(נקבה) hers (זכר) mine, yours, his ;ורבים: ours, yours, theirs

וכתאר — adjective:

(סתמי) its ,(נקבה) her (זכר) my your, his ;ורבים: our, your, their

4. כִּנּוּי הַיַּחַס   RELATIVE PRONOUNS

(סתמי) itself,(נקבה) herself, ,(זכר) myself, yourself, himself,

ולרבים: ourselves, yourselves, themselves,

למשל: speak for yourself; she flatters herself

5. כִּנּוּי הָרוֹמֵז   DEMONSTRATIVE PRONOUNS

this, that; ורבים; these, those ואינם משתנים לזכר לנקבה ולסתמי ולא

ביחיד וברבים.

למשל: האיש (האשה) המדבר(ת); the man (woman) that speaks;

הבית (הבתים) אשר אני רואה the house (houses) that I see

לכנוי הרומז הנוסף, ארבע צורות:

who, whom (לזכר, נקבה, יחיד ורבים);

whose (של קנין);

which (סתמי, יחיד ורבים).

למשל: האיש (האשה, הילדים) אשר בא (באה, באים) ואשר אני רואה בא (באה, באים) the man (the woman, the children) who is (are) coming, and whom I see coming.

של מי העפרון (העפרונות) הזה (האלה) הנמצא (הנמצאים) על השלחן? Whose is (are) this (these) pencil(s), which is (are) on the table?

ו. תֹּאַר הַפֹּעַל   THE ADVERB

רוב תארי הפעל באנגלית נוצרים על ידי תוספת הסופית -ly לשם התאר

למשל: great, greatly; nice, nicely;

היוצאים מן הכלל:

התארים המסתיימים ב: -ble מחליפים ה -e ל y‑,

למשל: possible, possibly

ולמסתיימים ב: -ic מוסיפים הסיומת ally-

למשל: intrinsic, intrinsically

והמסתיימים ב: -ue, מפסידים ה -e,

למשל: true, truly.

והמסתיימים ב: -y, מתחלפת זו ב i-,

למשל: happy, happily

בתארי השם המסתיימים ב: -ly, משַׁמשים גם כתארי הפעל.

ז. הַפֹּעַל   THE VERB

לפעלים האנגליים רק 3 סיומים:

s- לגוף שלישי, ליחיד של המחליט—indicative;

ed- לעבר ולבינוני—past tense and intermediate past—תמיד ללא שנוי;

ing- לבינוני הוה (נוכח)—present participle.

למשל: (I) walk, (he) walks, (he) walked; walking

במלים בנות הברה אחת הנהפכות לפעל—עצורן האחרון נכפל,

למשל: red, redder, (to) redden; stop, stopped, stopping

פעל המסתיים ב: -y, משתנה ל ied-,

למשל: study—studied

והרי לוח הפעלים האנגליים ה"בלתי רגילים" (החרגים)

ותמונות היסוד שלהם — בסדורם האלפביתי:

הַפְּעָלִים הַחֲרִגִים בְּאַנְגְלִית ENGLISH IRREGULAR VERBS

הֹוֶה—PRESENT	עָבָר—PAST	בֵּינוֹנִי עָבָר—PAST PARTICIPLE
abide	abode	abode
am, is, are	was, were	been
arise	arose	arisen
awake	awoke, awaked	awaked, awoke
bear	bore	born, borne
beat	beat	beaten, beat
become	became	become
beget	begot	begotten
begin	began	begun
bend	bent	bent
bereave	bereaved, bereft	bereaved, bereft
beseech	besought, beseeched	besought
beset	beset	beset
bet	bet, betted	bet, betted
bid	bade, bid	bidden, bid
bind	bound	bound
bite	bit	bitten
bleed	bled	bled
blow	blew	blown
break	broke	broken
breed	bred	bred
bring	brought	brought
build	built	built
burn	burned, burnt	burned, burnt
burst	burst	burst
buy	bought	bought

PRESENT—הֹוֶה	PAST—עָבָר	PAST PARTICIPLE—בֵּינוֹנִי עָבָר
can	could	—
cast	cast	cast
catch	caught	caught
chide	chid, chided	chid, chidden, chided
choose	chose	chosen
cleave	cleaved	cleaved
cling	clung	clung
clothe	clothed, clad	clothed, clad
come	came	come
cost	cost	cost
creep	crept	crept
crow	crew, crowed	crowed
cut	cut	cut
deal	dealt	dealt
dig	dug	dug
dip	dipped	dipped
do	did	done
draw	drew	drawn
dream	dreamed, dreamt	dreamed, dreamt
drink	drank	drunk
drive	drove	driven
dwell	dwelt	dwelt
eat	ate	eaten
fall	fell	fallen
feed	fed	fed
feel	felt	felt
fight	fought	fought
find	found	found
flee	fled	fled
fling	flung	flung
fly	flew	flown
forbear	forbore	forborne
forbid	forbade, forbad	forbidden
forget	forgot	forgotten
forgive	forgave	forgiven
forsake	forsook	forsaken
freeze	froze	frozen

PRESENT—הֹוֶה	PAST—עָבָר	PAST PARTICIPLE—בֵּינוֹנִי עָבָר
get	got	got, gotten
gild	gilded, gilt	gilded, gilt
gird	girt, girded	girt, girded
give	gave	given
go	went	gone
grind	ground	ground
grow	grew	grown
hang	hung	hung
have	had	had
hear	heard	heard
heave	heaved, hove	heaved, hove
help	helped	helped
hew	hewed	hewed, hewn
hide	hid	hidden, hid
hit	hit	hit
hold	held	held
hurt	hurt	hurt
keep	kept	kept
kneel	knelt, kneeled	knelt, kneeled
knit	knit, knitted	knit, knitted
know	knew	known
lade	laded	laded, laden
lay	laid	laid
lead	led	led
lean	leaned, leant	leaned, leant
leap	leaped, leapt	leaped, leapt
learn	learned, learnt	learned, learnt
leave	left	left
lend	lent	lent
let	let	let
lie	lay	lain
light	lighted, lit	lighted, lit
load	loaded	loaded, laden
lose	lost	lost
make	made	made
may	might	—
mean	meant	meant

PRESENT—הֹוֶה	PAST—עָבַר	PAST PARTICIPLE—בֵּינוֹנִי עָבַר
meet	met	met
mow	mowed	mowed, mown
ought	—	—
pay	paid	paid
pen	penned, pent	penned, pent
put	put	put
rap	rapped, rapt	rapped, rapt
read	read	read
rend	rent	rent
rid	rid	rid
ride	rode	ridden
ring	rang	rung
rise	rose	risen
rot	rotted	rotted
run	ran	run
saw	sawed	sawed, sawn
say	said	said
see	saw	seen
seek	sought	sought
sell	sold	sold
send	sent	sent
set	set	set
sew	sewed	sewed, sewn
shake	shook	shaken
shall	should	—
shave	shaved	shaved, shaven
shear	sheared	shorn
shed	shed	shed
shine	shone	shone
shoe	shod	shod
shoot	shot	shot
show	showed	shown
shred	shredded	shredded, shred
shrink	shrank, shrunk	shrunk
shut	shut	shut
sing	sang	sung
sink	sank	sunk

PRESENT—הֹוֶה	PAST—עָבָר	PAST PARTICIPLE—בֵּינוֹנִי עָבָר
sit	sat	sat
slay	slew	slain
sleep	slept	slept
slide	slid	slid
sling	slung	slung
slink	slunk	slunk
slit	slit, slitted	slit, slitted
smell	smelled, smelt	smelled, smelt
smite	smote	smitten
sow	sowed	sown, sowed
speak	spoke	spoken
speed	sped, speeded	sped, speeded
spell	spelled, spelt	spelled, spelt
spend	spent	spent
spill	spilled, spilt	spilled, spilt
spin	spun	spun
spit	spat, spit	spat, spit
split	split	split
spoil	spoiled, spoilt	spoiled, spoilt
spread	spread	spread
spring	sprang	sprung
stand	stood	stood
stave	staved, stove	staved, stove
stay	stayed	stayed
steal	stole	stolen
stick	stuck	stuck
sting	stung	stung
stink	stank, stunk	stunk
strew	strewed	(have) strewed, (be) strewn
stride	strode	stridden
strike	struck	struck
string	strung	strung
strive	strove, strived	striven, strived
swear	swore	sworn
sweat	sweat, sweated	sweat, sweated
sweep	swept	swept
swell	swelled	swelled, swollen

PRESENT—הֹוֶה	PAST—עָבָר	PAST PARTICIPLE—בֵּינוֹנִי עָבָר
swim	swam	swum
swing	swung	swung
take	took	taken
teach	taught	taught
tear	tore	torn
tell	told	told
think	thought	thought
thrive	throve, thrived	thrived, thriven
throw	threw	thrown
thrust	thrust	thrust
tread	trod	trodden, trod
wake	waked, woke	waked, woken
wax	waxed	waxed
wear	wore	worn
weave	wove	woven
weep	wept	wept
wet	wet, wetted	wet, wetted
will	would	—
win	won	won
wind	wound	wound
work	worked, wrought	worked, wrought
wreathe	wreathed	wreathed, wreathen
wring	wrung	wrung
write	wrote	written

CARDINAL NUMBERS הַמִּסְפָּר הַיְסוֹדִי

		MASCULINE זָכָר		FEMININE נְקֵבָה		
		נִפְרָד Absolute	נִסְמָךְ Construct	נִפְרָד Absolute	נִסְמָךְ Construct	
1	one	אֶחָד	אַחַד־	אַחַת	אַחַת־	
2	two	שְׁנַיִם	שְׁנֵי־	שְׁתַּיִם	שְׁתֵּי־	
3	three	שְׁלֹשָׁה	שְׁלֹשֶׁת־	שָׁלֹשׁ	שְׁלֹשׁ־	
4	four	אַרְבָּעָה	אַרְבַּעַת־	אַרְבַּע	אַרְבַּע־	
5	five	חֲמִשָּׁה	חֲמֵשֶׁת־	חָמֵשׁ	חֲמֵשׁ־	
6	six	שִׁשָּׁה	שֵׁשֶׁת־	שֵׁשׁ	שֵׁשׁ־	
7	seven	שִׁבְעָה	שִׁבְעַת־	שֶׁבַע	שְׁבַע־	
8	eight	שְׁמֹנָה	שְׁמֹנַת־	שְׁמֹנֶה	שְׁמֹנֶה־	
9	nine	תִּשְׁעָה	תִּשְׁעַת־	תֵּשַׁע	תְּשַׁע־	
10	ten	עֲשָׂרָה	עֲשֶׂרֶת־	עֶשֶׂר	עֶשֶׂר־	
11	eleven	אַחַד־עָשָׂר		אַחַת־עֶשְׂרֵה		
12	twelve	שְׁנֵים־עָשָׂר		שְׁתֵּים־עֶשְׂרֵה		
13	thirteen	שְׁלֹשָׁה־עָשָׂר		שְׁלֹשׁ־עֶשְׂרֵה		
14	fourteen	אַרְבָּעָה־עָשָׂר		אַרְבַּע־עֶשְׂרֵה		
15	fifteen	חֲמִשָּׁה־עָשָׂר		חֲמֵשׁ־עֶשְׂרֵה		
16	sixteen	שִׁשָּׁה־עָשָׂר		שֵׁשׁ־עֶשְׂרֵה		
17	seventeen	שִׁבְעָה־עָשָׂר		שְׁבַע־עֶשְׂרֵה		

	MASCULINE זָכָר		FEMININE נְקֵבָה			
	נִפְרָד Absolute	נִסְמָךְ Construct	נִפְרָד Absolute	נִסְמָךְ Construct		
18	שְׁמוֹנָה־עָשָׂר		שְׁמוֹנֶה־עֶשְׂרֵה		eighteen	18
19	תִּשְׁעָה־עָשָׂר		תְּשַׁע־עֶשְׂרֵה		nineteen	19
20	עֶשְׂרִים		עֶשְׂרִים		twenty	20
21	אֶחָד וְעֶשְׂרִים		אַחַת וְעֶשְׂרִים		twenty-one	21
30	שְׁלֹשִׁים				thirty	30
40	אַרְבָּעִים				forty	40
50	חֲמִשִּׁים				fifty	50
60	שִׁשִּׁים				sixty	60
70	שִׁבְעִים				seventy	70
80	שְׁמוֹנִים				eighty	80
90	תִּשְׁעִים				ninety	90
100	מֵאָה				one hundred	100
101	מֵאָה וְאֶחָד		מֵאָה וְאַחַת		one hundred and one	101
200	מָאתַיִם				two hundred	200
1.000	אֶלֶף				one thousand	1.000
2.000	אַלְפַּיִם				two thousand	2.000
1.000.000	מִילְיוֹן				one million	1.000.000

ORDINAL NUMBERS   הַמִּסְפָּר הַסִּדּוּרִי

		FEMININE נְקֵבָה	MASCULINE זָכָר
1st	first	רִאשׁוֹנָה	רִאשׁוֹן
2nd	second	שְׁנִיָּה, שֵׁנִית	שֵׁנִי
3rd	third	שְׁלִישִׁית	שְׁלִישִׁי
4th	fourth	רְבִיעִית	רְבִיעִי
5th	fifth	חֲמִישִׁית	חֲמִישִׁי
6th	sixth	שִׁשִּׁית	שִׁשִּׁי
7th	seventh	שְׁבִיעִית	שְׁבִיעִי
8th	eighth	שְׁמִינִית	שְׁמִינִי
9th	ninth	תְּשִׁיעִית	תְּשִׁיעִי
10th	tenth	עֲשִׂירִית	עֲשִׂירִי
11th	eleventh	הָאַחַת־עֶשְׂרֵה	הָאַחַד־עָשָׂר
12th	twelfth	הַשְׁתֵּים־עֶשְׂרֵה	הַשְּׁנֵים־עָשָׂר
13th	thirteenth	הַשָּׁלֹשׁ־עֶשְׂרֵה	הַשְּׁלֹשָׁה־עָשָׂר
14th	fourteenth	הָאַרְבַּע־עֶשְׂרֵה	הָאַרְבָּעָה־עָשָׂר
15th	fifteenth	הַחֲמֵשׁ־עֶשְׂרֵה	הַחֲמִשָּׁה־עָשָׂר
16th	sixteenth	הַשֵּׁשׁ־עֶשְׂרֵה	הַשִּׁשָּׁה־עָשָׂר
17th	seventeenth	הַשְּׁבַע־עֶשְׂרֵה	הַשִּׁבְעָה־עָשָׂר
18th	eighteenth	הַשְּׁמוֹנֶה־עֶשְׂרֵה	הַשְּׁמוֹנָה־עָשָׂר
19th	nineteenth	הַתְּשַׁע־עֶשְׂרֵה	הַתִּשְׁעָה־עָשָׂר
20th	twentieth	הָעֶשְׂרִים	הָעֶשְׂרִים
21st	twenty-first	הָעֶשְׂרִים וְאַחַת	הָעֶשְׂרִים וְאֶחָד
30th	thirtieth	הַשְּׁלֹשִׁים	הַשְּׁלֹשִׁים
40th	fortieth	הָאַרְבָּעִים	הָאַרְבָּעִים
50th	fiftieth	הַחֲמִשִּׁים	הַחֲמִשִּׁים
60th	sixtieth	הַשִּׁשִּׁים	הַשִּׁשִּׁים
70th	seventieth	הַשִּׁבְעִים	הַשִּׁבְעִים
80th	eightieth	הַשְּׁמוֹנִים	הַשְּׁמוֹנִים
90th	ninetieth	הַתִּשְׁעִים	הַתִּשְׁעִים
100th	hundredth	הַמֵּאָה	הַמֵּאָה
1000th	thousandth	הָאֶלֶף	הָאֶלֶף
1000000th	millionth	הַמִּילְיוֹנִית	הַמִּילְיוֹנִי

INITIALS, ABBREVIATIONS AND PHRASES
רָאשֵׁי תֵּבוֹת וְקִצּוּרִים

א

aleph (letter); one; (one) thousand	א׳, אֶלֶף; אֶחָד (אַחַת), 1; אֶלֶף, 1000
impossible; our ancestor Abraham; a married woman	א״א, אִי אֶפְשָׁר; אַבְרָהָם אָבִינוּ; אֵשֶׁת אִישׁ
alphabet	א״ב, אָלֶפְבֵּית
president of a court of justice	אב״ד, אַב בֵּית דִּין
our master and teacher	אַדְמוֹ״ר, אֲדוֹנֵנוּ מוֹרֵנוּ וְרַבֵּנוּ
the second Adar, the thirteenth month of Jewish leap year	אד״ש, אֲדָר שֵׁנִי
nations of the world	א״ה, אה״ע, אֻמּוֹת הָעוֹלָם
UN, United Nations	או״ם, אֻמּוֹת מְאֻחָדוֹת
(our brethren) the children of Israel	אחב״י, אַחֵינוּ בְּנֵי יִשְׂרָאֵל
P.M. in the afternoon	אחה״צ, אַחַר הַצָּהֳרַיִם
later (on), afterwards, subsequently	אח״כ, אַחַר כָּךְ, אַחֲרֵי כֵן
Eretz Israel, the land of Israel, Palestine	א״י, אֶרֶץ יִשְׂרָאֵל
God willing	אי״ה, אִם יִרְצֶה הַשֵּׁם
dear (honorable) sir	א.נ., אָדוֹן נִכְבָּד
associates, comrades	אנ״ש, אַנְשֵׁי שְׁלוֹמֵנוּ
infinity; no doubt	א״ס, אֵין סוֹף, אֵין סָפֵק
though, nevertheless, in spite of, after all	אע״פ, אעפ״כ, אַף עַל פִּי (כֵן)
there's no need	א״צ, אֵין צָרִיךְ
U.S.(A.), United States (of America)	ארה״ב, אַרְצוֹת הַבְּרִית
traveling expenses; the three necessities of hospitality	אֲשַׁ״ל, אֲכִילָה שְׁתִיָּה וְלִינָה

ב

beth (letter); two	ב׳, בֵּית; שְׁנַיִם (שְׁתַּיִם), 2
ally, confederate	ב״ב, בֶּן בְּרִית
contemporary	ב״ג, בֶּן (בַּת) גִּיל
rational	ב״ד, בַּר דַּעַת, בֵּית דִּין
thank God	ב״ה, בְּעֶזְרַת (בָּרוּךְ) הַשֵּׁם

xix

children of Israel	ב״י, בְּנֵי יִשְׂרָאֵל
synagogue, temple	ביהכ״נ, בֵּית (הַ)כְּנֶסֶת
the Temple	ביהמ״ק, בֵּית הַמִּקְדָּשׁ
factory	ביח״ר, בֵּית חֲרֹשֶׁת
bookshop	בימ״ס, בֵּית מִסְחַר סְפָרִים
Bilu, first pioneers of Israel (1882), who followed Eliezer Ben-Yehuda's appeal (1879)	בִּיל״וּ, בֵּית יַעֲקֹב לְכוּ וְנֵלְכָה
school	בי״ס (ביה״ס), בֵּית (הַ)סֵּפֶר
representative, proxy; w.c., toilet	ב״כ, בָּא כֹּחַ; בֵּית כִּסֵא
total, sum, aggregate	בס״ה, בְּסַךְ הַכֹּל
(house) proprietor	בע״ב, בַּעַל בַּיִת
creditor; animals	בע״ח, בַּעַל חוֹב; בַּעֲלֵי חַיִּים
by heart; oral (-ly)	בע״פ, בְּעַל פֶּה
echo	ב״ק, בַּת קוֹל
U.S.S.R., Union of Soviet Socialist Republics	ברה״מ, בְּרִית הַמּוֹעֲצוֹת

ג

gimel (letter); three	ג׳, גִּימֶל; שְׁלֹשָׁה (שָׁלֹשׁ), 3
madam(e), lady, Mrs.	גב׳, גְּבֶרֶת
also, as well	ג״כ, גַּם כֵּן
dear Madam(e) (lady, Mrs.)	ג.נ., גְּבֶרֶת נִכְבָּדָה
Eden; incest	ג״ע, גַּן עֵדֶן; גִּלּוּי עֲרָיוֹת
proselyte	ג״צ, גֵּר צֶדֶק

ד

daleth (letter); God; gentlemen; page, folio; four	ד׳, דָּלֶת; אֲדֹנָי; דַּף; אַרְבָּעָה; (אַרְבַּע), 4
another thing; good manners	ד״א, דָּבָר אַחֵר; דֶּרֶךְ אֶרֶץ
(the Book of) Chronicles; history	דבה״י, (סֵפֶר) דִּבְרֵי הַיָּמִים
controversy, litigation	דו״ד, דִּין וּדְבָרִים
report, account	דו״ח, דִּין וְחָשְׁבּוֹן
verbum sap. (verbum sat.), verbum sat sapienti est, a word to the wise is sufficient	ד״ל, דַּי לְמֵבִין
e.g., for example	ד״מ, דֶּרֶךְ מָשָׁל

criminal law	ד״נ, דִּינֵי נְפָשׁוֹת
Dr., doctor	דר׳, ד״ר, רוֹפֵא, מְלוּמָד (דּוֹקְטוֹר)
greeting(s), regards	ד״ש, דְּרִישַׁת שָׁלוֹם

ה

he (letter); God; sir (Mr.), gentleman; five	ה׳, הֵא; אֱלֹהִים, אָדוֹן; (הָ)אָדוֹן (הא׳); חֲמִשָּׁה (חָמֵשׁ), 5
Mrs., lady, madam(e)	הגב׳, הַגְּבֶרֶת
Messrs., messieurs; Mmes., mesdames	ה״ה, הָאֲדוֹנִים, הַגְּבָרוֹת; הָאֲדוֹנִים וְהַגְּבָרוֹת
the undersigned	הח״מ, הֶחָתוּם מַטָּה
the sacred	הי״ד, אֲדֹנָי יִקֹּם דָּמוֹ
his Excellency	ה״מ, הוֹד מַעֲלָתוֹ, הוֹד מַלְכוּתוֹ
the Zionist executive	הנה״צ, הַהַנְהָלָה הַצִּיּוֹנִית
the above-mentioned	הנ״ל, הַמֻּזְכָּר (לְעֵיל) לְמַעְלָה
God, blessed be He	הקב״ה, הַקָּדוֹשׁ בָּרוּךְ הוּא

ו

vau (letter); six	ו׳, וָו; שִׁשָּׁה (שֵׁשׁ), 6
etc., and so forth	וּמ׳, וְגוֹמֵר
etc., and the like	וכד׳, וְכַדּוֹמֶה
etc., and so forth	וכו׳, וְכֻלֵּהּ
v., vide; s., see	וע׳, וְעַיֵּן
executive committee	ועה״פ, וַעַד הַפּוֹעֵל
& Co., and Company	ושות׳, וְשֻׁתָּפָיו

ז

zayin (letter); m., masculine, male; seven	ז׳, זַיִן; זָכָר; שִׁבְעָה (שֶׁבַע), 7
that is to say, it means, namely, viz., videlicet	ז״א, זֹאת אוֹמֶרֶת
m. & f., masculine and feminine (male and female)	ז״נ, זָכָר וּנְקֵבָה
m. du., masculine dual	ז״ז, זָכָר זוּגִי
of blessed memory	ז״ל, זִכְרוֹנוֹ (זִכְרוֹנָהּ) לִבְרָכָה
payment due (bill)	ז״פ, זְמַן פֵּרָעוֹן
m. pl., masculine plural	ז״ר, (זְכָרִים) זָכָר (רַבִּים) רַבִּים

ח

cheth (letter); part, volume (vol.); eight	ח׳, חֵית; חֵלֶק; שְׁמוֹנָה (שְׁמוֹנֶה), 8
Vol. I, Vol. II, etc.; first volume, second volume, etc.	ח״א, ח״ב (וכו׳); חֵלֶק רִאשׁוֹן, חֵלֶק שֵׁנִי (וכו׳)
God forbid (forfend)!	ח״ו, חַס וְשָׁלוֹם, חַס וְחָלִילָה (חָלִילָה וְחַס)
Investigation	חו״ד, חֲקִירָה וּדְרִישָׁה
intermediate days	חוה״מ, חֹל הַמּוֹעֵד
intermediate days of Tabernacles	חוהמ״ס, חֹל הַמּוֹעֵד סֻכּוֹת
intermediate days of Passover	חוהמ״פ, חֹל הַמּוֹעֵד פֶּסַח
abroad (outside the land of Israel)	חו״ל, חוּץ (חוּצָה) לָאָרֶץ
God forbid (forfend)!	חו״ש, חַס וְשָׁלוֹם
our sages of blessed memory	חֲזַ״ל, חֲכָמֵינוּ זִכְרוֹנָם לִבְרָכָה
signature	ח״י, חֲתִימַת יָד
occupation force	חָי״ם, חֵיל מִשְׁמָר
infantry	חָי״ר, חֵיל רַגְלִים
undersigned	ח״מ, חָתוּם מַטָּה
WAC (Women's Army Corps)	ח״ן, חֵיל נָשִׁים

ט

teth (letter); nine	ט׳, טֵית; תִּשְׁעָה (תֵּשַׁע), 9
(fast of) Ninth of Ab (commemorating the destruction of first and second Temples)	ט״ב, ט׳ בְּאָב, תִּשְׁעָה בְּאָב
fifteen	ט״ו, 15
e. & o.e., errors and omissions excepted	סל״ח, טָעוּת לְעוֹלָם חוֹזֶרֶת

י

yodh (letter); ten	י׳, יוֹד; עֲשָׂרָה (עֶשֶׂר), 10
(the) Day of Atonement	יוה״כ (יו״כ), יוֹם הַכִּפּוּרִים, יוֹם כִּפּוּר
feast (holy) day, festival	יו״ט, יוֹם טוֹב
published, appears	יו״ל, יוֹצֵא לָאוֹר

chairman	יו״ר, יוֹשֵׁב רֹאשׁ
brandy, whisky, (potable) alcohol	יי״ש, יַיִן שָׂרָף
may his name (and memory) be blotted out (Ex. 17 : 14)	ימ״ש, יִמַּח שְׁמוֹ (וְזִכְרוֹ)
righteousness, good impulse	יצה״ט, יֵצֶר הַטּוֹב
iniquity, evil impulse, wickedness	יצה״ר, יֵצֶר הָרַע

כ

caph (letter); twenty	כ׳, כַּף, עֶשְׂרִים, 20
but; each one	כ״א, כִּי אִם; כָּל אֶחָד
each and every one, one by one, one and all	כאו״א, כָּל אֶחָד וְאֶחָד
the honorable, his Honor	כב׳, כָּבוֹד־, כְּבוֹדוֹ
Holy Scriptures	כה״ק, כִּתְבֵי הַקֹּדֶשׁ
happy New Year!	כוח״ט, כְּתִיבָה וַחֲתִימָה טוֹבָה
Ms., manuscript	כ״י, כְּתַב יָד
as, like, similarly	כיו״ב, כַּיּוֹצֵא בָּזֶה
Alliance Israélite Universelle	כי״ח, (חֶבְרַת) כָּל יִשְׂרָאֵל חֲבֵרִים
so much (so); thus, so, likewise	כ״כ, כָּל כָּךְ, כְּמוֹ כֵן
that is to say	כלו׳, כְּלוֹמַר
(as) above mentioned	כנ״ל, כַּנִּזְכָּר לְעֵיל

ל

lamedh (letter); thirty	ל׳, לָמֶד; שְׁלֹשִׁים, 30
A.M., anno mundi	לבה״ע, לִבְרִיאַת הָעוֹלָם
Lag Ba-Omer, thirty-third day of the Omer	ל״ג (לַ״ג) בָּעֹמֶר
it is absolutely untrue, it never happened	להד״ם, לֹא הָיוּ דְּבָרִים מֵעוֹלָם
the third radical of the Hebrew verb	לה״פ, לָמֶד הַפֹּעַל (דִּקְדּוּק)
the Holy Tongue, the Hebrew language	לה״ק, לְשׁוֹן הַקֹּדֶשׁ (עִבְרִית)
gossip, calumny, evil talk, slander	לה״ר, לְשׁוֹן הָרַע
m., masculine gender	ל״ז, לְשׁוֹן זָכָר
inst., of this month	לח״ז, לְחֹדֶשׁ זֶה

sing., singular number; I.L., Israel pound	ל״י, לְשׁוֹן יָחִיד; לִירָה יִשְׂרְאֵלִית
at least	לכה״פ, לְכָל הַפָּחוֹת
all the more so	לכ״ש, לֹא כָּל שֶׁכֵּן
(to) bearer	לַמּוֹכַ״ז, לַמּוֹסֵר כְּתָב זֶה
f., feminine gender	ל״נ, לְשׁוֹן נְקֵבָה
A.D., Anno Domini, c.ᴇ., Christian Era	לסה״נ, לִסְפִירַת הַנּוֹצְרִים (תַּאֲרִיךְ אָרְחִי)
A.M., in the forenoon	לפה״צ, לִפְנֵי הַצָּהֳרַיִם
ʙ.c.ᴇ., Before Christian Era	לפסה״נ, לִפְנֵי סְפִירַת הַנּוֹצְרִים
pl., plural number	ל״ר, לְשׁוֹן רַבִּים

מ

mem (letter); meter; forty,	מ׳, מֵם; מֵטֶר; אַרְבָּעִים, 40
First Book of Kings	מ״א, מְלָכִים א׳
Second Book of Kings	מ״ב, מְלָכִים ב׳
pron., pronoun	מ״ג, מִלַּת גּוּף
C.O., commanding officer	מג״ד, מְפַקֵּד גְּדוּד
sexagon, Shield of David	מג״ד, מָגֵן דָּוִד
publisher	מו״ל, מוֹצִיא לָאוֹר
parley, negotiation, transaction, communication, intercourse	מו״מ, מַשָּׂא וּמַתָּן
bookseller	מו״ס, מוֹכֵר סְפָרִים
Saturday night, conclusion of the Sabbath	מוצ״ש, מוֹצָאֵי שַׁבָּת
du., dual number	מ״ז, מִסְפָּר זוּגִי
good luck!, congratulations!	מז״ט, מַזָּל טוֹב
conj., conjunction	מ״ח, מִלַּת חִבּוּר
G.H.Q., General Headquarters	מַטְכַּ״ל, מַטֶּה כְּלָלִי
sing., singular; prep., preposition	מ״י, מִסְפָּר יָחִיד; מִלַּת יַחַס
section commander; his Eminence	מ״כ, מְפַקֵּד כִּתָּה; מַעֲלַת כְּבוֹדוֹ
deputy, substitute; commander of military section; reference, quotation; square meter; millimeter	מ״מ, מְמַלֵּא מָקוֹם; מְפַקֵּד מַחֲלָקָה; מַרְאֵה מָקוֹם; מֶטֶר מְרֻבָּע, m²; מִילִימֶטֶר
cubic millimeter	ממ״מ, מִילִימֶטֶר מְעֻקָּב, mm³
square millimeter	ממ״ר, מִילִימֶטֶר מְרֻבָּע, mm²
MP, military police	מ״צ, מִשְׁטָרָה צְבָאִית

interj., interjection	מ״ק, מִלַּת קְרִיאָה
pl., plural number	מ״ר, מִסְפָּר רַבִּים
interrog., interrogation	מ״ש, מִלַּת שְׁאֵלָה

נ

nun (letter); f., feminine, female; fifty	נ׳, נוּן; נְקֵבָה; חֲמִשִּׁים, 50
the Latter Prophets	נ״א, נְבִיאִים אַחֲרוֹנִים
debt, something owed	נ״ח, נִשְׁאַר חַיָּב
vanguard, Pioneer Youth Organization (Israel)	נַחַ״ל, נֹעַר חֲלוּצִי לוֹחֵם
Prophets and Hagiographa	נַ״ךְ, נְבִיאִים כְּתוּבִים
lamed-aleph verbs	נל״א, נְחֵי לָמֶד אָלֶף (דִּקְדּוּק)
lamed-he (lamed-yod) verbs	נל״ה (ל״י), נְחֵי לָמֶד הֵא (לָמֶד יוֹד) (דִּקְדּוּק)
R.I.P., requiescat in pace, may he (she) rest in peace	נ״ע, וְשָׁמָתוֹ עֵדֶן
ayin-vav verbs	נע״ו, נְחֵי עַיִן וָו (דִּקְדּוּק)
ayin-yod verbs	נע״י, נְחֵי עַיִן יוֹד (דִּקְדּוּק)
pe-yod verbs	נפ״י, נְחֵי פֵּא יוֹד (דִּקְדּוּק)
f. pl., feminine plural; First (Former) Prophets	נ״ר, נְקֵבָה רַבּוּ, נְקֵבוֹת רַבּוֹת; נְבִיאִים רִאשׁוֹנִים

ס

samekh (letter); book; paragraph (¶); sixty	ס׳, סָמֶךְ; סֵפֶר; סָעִיף; שִׁשִּׁים, 60
agenda	סה״י, סֵדֶר הַיּוֹם
aggregate, total, sum	סה״כ, סַךְ הַכֹּל
finally, after all, at last	סו״ס, סוֹף סוֹף
good omen	ס״ט, סִימָן טוֹב
knife, fork, spoon	סַכּוּ״ם, סַכִּין כַּף וּמַזְלֵג
centimeter	ס״מ, סֶנְטִימֶטֶר
cubic centimeter	סמ״מ, סֶנְטִימֶטֶר מְעֻקָּב cm3
square centimeter	ס״מר, סֶנְטִימֶטֶר מְרֻבָּע cm2
religious articles: holy books, phylacteries, mezuzoth	סְתָ״ם: סְפָרִים, תְּפִילִין, מְזוּזוֹת

ע

ayin (letter); s, see; v., vide; p., page; seventy	ע׳, עַיִן; עַיֵּן; עַמּוּד; שִׁבְעִים, 70
a fortiori, how much more so (in an argument from minor to major)	עאכו״כ, עַל אַחַת כַּמָּה וְכַמָּה
may he rest in peace; ignoramus; the Decalogue (the Ten Commandments)	ע״ה, עָלָיו הַשָּׁלוֹם; עַם הָאָרֶץ; עֲשֶׂרֶת הַדְּבָרִים (הַדִּבְּרוֹת)
the Holy City, Jerusalem	ע״הק, עִיר הַקֹּדֶשׁ, יְרוּשָׁלַיִם
advocate, attorney, lawyer	עו״ד, עוֹרֵךְ דִּין
current account	עו״ש, עוֹבֵר וָשָׁב
v., vide; s., see	עי׳, עַיֵּן
through, according to, by means of; near (by), at	ע״י, עַל יָדִי, עַל יַד
idolator, idolatry	עכו״ם, עוֹבֵד (עֲבוֹדַת) כּוֹכָבִים וּמַזָּלוֹת
at least, in any case, at any rate	עכ״פ, עַל כָּל פָּנִים
p., page	עמ׳, עַמּוּד
Friday, Sabbath eve	ע״ש, עֶרֶב שַׁבָּת

פ

pé (letter); chapter; eighty	פ׳, פֵּא; פֶּרֶק; שְׁמוֹנִים, 80
once; unanimously	פ״א, פַּעַם אַחַת; פֶּה אֶחָד
refl. v., reflective verb	פ״ה, פֹּעַל חוֹזֵר
v.t., verb transitive	פ״י, פֹּעַל יוֹצֵא
here rests in peace, here buried	פ״נ, פֹּה נָח (נִקְבַּר, נִטְמַן)
v.i., verb intransitive	פ״ע, פֹּעַל עוֹמֵד
v.i. & t., verb intransitive and transitive	פעו״י, פֹּעַל עוֹמֵד וְיוֹצֵא
sentence, judgment	פס״ד, פְּסַק דִּין

צ

sadhe (letter); page; ninety	צ׳, צָדִי, צַד; תִּשְׁעִים, 90
S.P.C.A., Society for Prevention of Cruelty to Animals	צבע״ח, (חֶבְרַת) צַעַר בַּעֲלֵי חַיִּים
I.A., I.D.F., Israel Army, Israel Defense Force	צה״ל, צָהָל, צְבָא הֲגָנָה לְיִשְׂרָאֵל
say instead	צ״ל, צָרִיךְ לוֹמַר
further examination necessary, requires reconsideration	צ״ע, צָרִיךְ עִיּוּן

ק

kof (letter); kilogram; one hundred kilogram	ק׳, קוֹף; קִילוֹ (.kg); מֵאָה, 100
	ק״ג, קִילוֹגְרָם (.kg)
martyrdom	קד״ה, קִדּוּשׁ הַשֵּׁם
kilometer	ק״מ, קִילוֹמֶטֶר (km)
square kilometer	קמ״מ, קִילוֹמֶטֶר מְרֻבָּע (²km)
K.K., J.N.F., Jewish National Fund	קק״ל, קֶרֶן קַיֶּמֶת לְיִשְׂרָאֵל

ר

resh (letter); pl., plural; rabbi; two hundred	ר׳, רֵישׁ; רַבִּים; רַבִּי; מָאתַיִם, 200
here (to) with attached (enclosed), enclosure	ר״ב, רָצוּף בָּזֶה
Lord of the Universe, God, O God!	רבש״ע, רִבּוֹנוֹ שֶׁל עוֹלָם
(the) New Year	ר״ה, רֹאשׁ הַשָּׁנָה
pl. du., plural dual	ר״ז, רַבּוּי זוּגִי
our sages, may their memory be blessed	רז״ל, רַבּוֹתֵינוּ זִכְרוֹנָם לִבְרָכָה
the new moon, the first of the month	ר״ח, רֹאשׁ חֹדֶשׁ
st., street; rd., road	רח׳, רְחוֹב
that is to say; God forbid (forfend)!	ר״ל, רוֹצֶה לוֹמַר; רַחֲמָנָא לִצְלָן
CO, Commanding Officer, GHQ, General Headquarters; General of the Army (Israel)	רַמַטְכָּ״ל, רֹאשׁ הַמַּטֶּה הַכְּלָלִי
NCO, noncommissioned officer, sergeant	רַס״ל, רַב סַמָּל
sergeant major	רַס״ג, רַב סַמָּל גְּדוּדִי
petty officer (navy); corporal	רַס״פ, רַב סַמָּל פְּלֻגָתִי
lance corporal	רַס״ר, רַב סַמָּל רִאשׁוֹן
abbr., abbreviations; initials	ר״ת, רָאשֵׁי תֵּבוֹת

שׁ

shin (letter); year, the year of; hour; three hundred	ש׳, שִׁין; שָׁנָה; שְׁנַת־; שָׁעָה; שָׁלֹשׁ מֵאוֹת, 300
First Book of Samuel	ש״א, שְׁמוּאֵל א׳

Second Book of Samuel	שׁ״ב, שְׁמוּאֵל ב'
pron., pronoun	שׁ״ג, שֵׁם גּוּף
Canticles, Song of Songs, The Song of Solomon	שׁה״שׁ, שִׁיר הַשִּׁירִים
(the) Responsa (the literature of)	שׁו״ת, שְׁאֵלוֹת וּתְשׁוּבוֹת
FBI (Israel), Intelligence, news service	שׁ״י, שֵׁרוּת יְדִיעוֹת
rent	שׂכ״ד, שְׂכַר דִּירָה
numeral	שׁ״מ, שֵׁם מִסְפָּר
n. fem., feminine noun	שׁ״נ, שֵׁם נְקֵבָה
the six orders (of Mishnah and Talmud); writer's honorarium	שׁ״ס, שִׁשָּׁה סְדָרִים (מִשְׁנָה וְתַלְמוּד); שְׂכַר סוֹפְרִים
n., noun	שׁ״ע, שֵׁם עֶצֶם
cantor; MP, military police(man)	שׁ״ץ, שׁ״צ, שְׁלִיחַ צִבּוּר; שׁוֹטֵר צְבָאִי
adj., adjective	שׁ״ת, שֵׁם תֹּאַר

ת

tav (letter); translation; Targum (aramaic version of Scriptures); degree (academic); adjective; four hundred	ת', תָּו, תַּרְגּוּם; תֹּאַר; אַרְבַּע מֵאוֹת, 400
Tel Aviv; potatoes; P.S., postscript, N.B., nota bene	ת״א, תֵּל אָבִיב; תַּפּוּחֵי אֲדָמָה; תּוֹסֶפֶת אַחֲרוֹנָה
P.O.B., post-office box	ת״ד, תֵּבַת דֹּאַר
adv., adverb	תה״פ, תֹּאַר הַפֹּעַל
adj., adjective	תה״שׁ, תֹּאַר הַשֵּׁם
finis, finished, completed	ת״ו, תַּם וְנִשְׁלַם
scholar, learned man	ת״ח, תַּלְמִיד חָכָם
the (Hebrew) Bible: 1. Torah, 2. Prophets, 3. Hagiographia	תַּנַ״ךְ: א. תּוֹרָה, ב. נְבִיאִים, ג. כְּתוּבִים
may his soul be bound up in the bond of everlasting life	תנצב״ה, תְּהִי נַפְשׁוֹ צְרוּרָה בִּצְרוֹר הַחַיִּים
potato	תַּפּוּ״ד, תַּפּוּד, תַּפּוּחַ אֲדָמָה
orange	תַּפּו״ז, תַּפּוּז, תַּפּוּחַ זָהָב
A.M. (5)721, A.D. 1960/61	תשכ״א, התשכ״א
Talmud Torah (school), the study of the Law	ת״ת, תַּלְמוּד תּוֹרָה

A, a

A, a, *n.*	אֵי, הָאוֹת הָרִאשׁוֹנָה בָּאָלֶף בֵּית הָאַנְגְּלִי; רִאשׁוֹן, אֱ'
a, an, *indef. art. & adj.*	אֶחָד, אַחַת
A 1, A one	מֻבְחָר, סוּג א, מִמַּדְרֵגָה רִאשׁוֹנָה
Aaron, *n.*	אַהֲרֹן
Ab, *n.*	אָב, מְנַחֵם אָב
aback, *adv.*	אֲחוֹרַנִּית, לְאָחוֹר
abaft, *adv. & prep.*	מֵאָחוֹר, לְאָחוֹר
abandon, *n.*	הֶחָזְרְיוֹת, קְרִיצוֹת
abandon, *v.t.*	עָזַב, נָטַשׁ, זָנַח, הִזְנִיחַ [זונה]
abandonment, *n.*	נְטִישָׁה, עֲזִיבָה, הַפְקָרָה
abase, *v.t.*	הִשְׁפִּיל [שפל], בִּזָּה
abasement, *n.*	הַשְׁפָּלָה, בִּזּוּי
abash, *v.t.*	בִּיֵּשׁ, הִכְלִים [כלם]
abashment, *n.*	הַכְלָמָה, כְּלִמָּה
abate, *v.t. & i.*	מִעֵט, הִפְחִית [פחת], גָּרַע, חִסֵּר
abatement, *n.*	מִעוּט, הַפְחָתָה, גֵּרָעוֹן, חִסּוּר
abattoir, *n.*	בֵּית מִטְבָּחַיִם
abbey, *n.*	מִנְזָר
abbot, *n.*	רֹאשׁ מִנְזָר
abbreviate, *v.t.*	קִצֵּר, כָּתַב בְּרָאשֵׁי תֵבוֹת
abbreviation, *n.*	קִצּוּר, רָאשֵׁי תֵבוֹת
ABC, *n.*	אָלֶף בֵּית, אַלְפָבֵּיתָא
abdicate, *v.t. & i.*	הִתְפַּטֵּר [פטר], הִסְתַּלֵּק [סלק]
abdication, *n.*	הִתְפַּטְּרוּת, הִסְתַּלְּקוּת
abdomen, *n.*	בֶּטֶן, כֶּרֶס, כָּרֵס, כָּרֵשׂ, נָחוֹן, מֵעַיִם
abdominal, *adj.*	בִּטְנִי, כְּרֵשִׂי כְּרֵסִי, נְחוֹנִי, שֶׁל מֵעַיִם
abduct, *v.t.*	גָּנַב נֶפֶשׁ, חָטַף אָדָם
abduction, *n.*	גְּנֵבַת נֶפֶשׁ, חֲטִיפַת אִישׁ
abductor, *n.*	גּוֹנֵב נֶפֶשׁ, חַטְפָן
abed, *adv.*	בַּמִּטָּה, לְמִשְׁכָּב
Abel, *n.*	הֶבֶל
aberration, *n.*	סְטִיָּה, תְּעִיָּה, שְׁגִיאָה; חֵטְא, טֵרוּף הַדַּעַת
abet, *v.t.*	הֵסִית [סות], שִׁסָּה
abetment, *n.*	הֲסָתָה, שִׁסּוּי
abettor, *n.*	מֵסִית
abeyance, *n.*	צִפִּיָּה, דְּחִיָּה, אִיּוּנוּת
abhor, *v.t.*	תִּעֵב, שִׁקֵּץ, בָּחַל, מָאַס
abhorrence, *n.*	בְּחִילָה, תּוֹעֵבָה, גֹּעַל, שִׁקּוּץ, מָאוֹס
abhorrent, *adj.*	נִתְעָב, מָאוּס, בָּזוּי
abide, *v.i.*	נִשְׁאַר [שאר], גָּר [גור], שָׁכַן
abiding, *adj.*	מַחֲמִיד, קַיָּם, קָדִיר
ability, *n.*	יְכֹלֶת, כִּשֵּׁר, כִּשָּׁרוֹן; כֹּחַ
abject, *adj. & n.*	נִבְזֶה, שָׁפָל
abjection, *n.*	בִּזָּיוֹן, שְׁפֵלוּת, נִוּוּל
abjure, *v.t.*	כָּפַר, כִּחֵשׁ, הִכְחִישׁ [כחש] בִּשְׁבוּעָה
ablaze, *adj. & adv.*	בּוֹעֵר, דּוֹלֵק, לוֹהֵט, לָהוּט
able, *adj.*	מֻכְשָׁר, מְסֻגָּל, בַּעַל יְכֹלֶת, חָרוּץ
abluent, *adj. & n.*	מְטַהֵר, מְנַקֶּה
abnegate, *v.t.*	כִּחֵשׁ, כָּפַר, וִתֵּר עַל, חָסַר נַפְשׁוֹ מִ־
abnegation, *n.*	הַכְחָשָׁה, כְּפִירָה, וִתּוּר עַל, שְׁלִילָה
abnormal, *adj.*	בִּלְתִּי רָגִיל, יוֹצֵא מִן הַכְּלָל, מְשֻׁנֶּה, לָקוּי
abnormality, *n.*	אִי־רְגִילוּת, זָרוּת, לָקוּי
aboard, *adv.*	עַל, בְּ־, לְתוֹךְ

abode, *n.*	מָעוֹן, דִּירָה, מְגוּרִים, מִשְׁכָּן
abolish, *v.t.*	הִשְׁבִּית [שבת], בִּטֵּל, הֵפֵר [פור]
abolishment, *n.*	בִּטּוּל, הֲפָרָה, הַשְׁבָּתָה
A-bomb. *n.*	פְּצָצָה אָטוֹמִית
abominable, *adj.*	נִתְעָב, נִמְאָס, מָאוּס, מְגֻנֶּה
abominate, *v.t.*	שִׁקֵּץ, תִּעֵב, מָאַס
abomination, *n.*	תּוֹעֵבָה, שִׁקּוּץ, פִּגּוּל
aboriginal, *adj.*	קַדְמוֹן, קָדוּם, עַתִּיק
abort, *v.t.*	הִפִּיל [נפל]
abortion, *n.*	הַפָּלָה, נֵפֶל, הִתְפַּתְּחוּת שֶׁנֶּעֶצְרָה
abortive, *adj. & n.*	שֶׁלֹּא הִצְלִיחַ, בִּלְתִּי מֻפְתָּח, נִפְלִי; סַם הַפָּלָה
abound, *v.i.*	מָלֵא עַל גְּדוֹתָיו, שָׁפַע
about, *adv. & prep.*	מִסָּבִיב, אֵצֶל, עַל דְּבָר, בְּנוֹגֵעַ לְ-; בְּעֵרֶךְ, כִּמְעַט
above, *adv. & prep.*	לְמַעְלָה, מִמַּעַל; מֵעַל לְ-
above-mentioned	הַנִּזְכָּר לְעֵיל
abreast, *adv.*	בְּשׁוּרָה אַחַת, שְׁכֶם אֶחָד
abridge, *v.t.*	קִצֵּר, הִמְעִיט [מעט], הִקְטִין [קטן], סִכֵּם
abridgment, *n.*	קִצּוּר, תַּמְצִית, הַקְטָנָה, סִכּוּם
abroad, *adv.*	בְּ(מ)חוּץ לָאָרֶץ; בַּחוּץ
abrogate, *v.t.*	הֵפֵר [פור], בִּטֵּל
abrogation, *n.*	הֲפָרָה, בִּטּוּל
abrupt, *adj.*	פִּתְאֹמִי, חָטוּף
abruptly, *adv.*	בְּפֶתַע פִּתְאֹם, בְּחִפָּזוֹן; לְלֹא קֶשֶׁר
abruptness, *n.*	פִּתְאוֹמִיּוּת, חִפָּזוֹן;
abscess, *n.*	מֻרְסָה, כִּיב
abscond, *v.t.*	בָּרַח, הִתְחַמֵּק [חמק], נֶעֱלַם [עלם]
absence, *n.*	הֶעְדֵּר, חֶסְרוֹן, חֹסֶר, הַפְקָדוּת
absent, *v.t.*	נֶעְדַּר [עדר], נִפְקַד [פקד]
absent, *adj.*	נֶעְדָּר, נִפְקָד, חָסֵר
absentee, *n.*	נֶעְדָּר, נִפְקָד
absent-minded, *adj.*	מְפֻזָּר
absolute, *adj.*	מֻשְׁלָם, גָּמוּר, בִּלְתִּי מֻגְבָּל, מֻחְלָט, וַדָּאִי
absolutely, *adv.*	לַחֲלוּטִין, בְּהֶחְלֵט, בְּוַדַּאי, בְּלִי סָפֵק
absolution, *n.*	כַּפָּרָה, מְחִילָה, סְלִיחָה
absolutism, *n.*	הַחְלֵטִיּוּת
absolve, *v.t.*	נִקָּה, טִהֵר, מָחַל, סָלַח, צִדֵּק, זִכָּה
absorb, *v.t.*	סָפַג, קָלַט
absorbent, *adj.*	בּוֹלֵעַ, סוֹפֵג, קוֹלֵט מוֹצֵץ
absorbing, *adj.*	מְעַנְיֵן, מְלַבֵּב, מוֹשֵׁךְ
absorption, *n.*	סְפִיגָה, קְלִיטָה, הִתְבּוֹלְלוּת, טְמִיעָה; הִתְרַכְּזוּת
absorptive, *adj.*	סָפִיג
abstain, *v.i.*	חָדַל, נִמְנַע [מנע], נָזַר
abstemious, *adj.*	מְצַמְצֵם בְּמַאֲכָל וּבְמִשְׁתֶּה, מִסְתַּפֵּק
abstention, *n.*	פְּרִישׁוּת, נְזִירוּת
abstinence, abstinency, *n.*	פְּרִישׁוּת, נְזִירוּת, הִנָּזְרוּת
abstract, *adj.*	מֻפְשָׁט, רוּחָנִי, עִיּוּנִי
abstract, *v.t.*	הֵסִיר [סור], סִכֵּם, הִפְרִישׁ [פרש]
abstract, *n.*	תַּמְצִית, קִצּוּר, סְכוּם, מֻפְשָׁט
abstraction, *n.*	פִּזּוּר נֶפֶשׁ; נְסִילָה; מֻשָּׂג מֻפְשָׁט, הַפְשָׁטָה
abstruse, *adj.*	עָמֹק, סָתוּם, קָשֶׁה לְהָבִין
absurd, *adj.*	טִפְּשִׁי, שְׁטוּתִי, אֱוִילִי, מְנֻגָּד, נֶגֶד הַשֵּׂכֶל
absurdity, *n.*	שְׁטוּת, דִּבְרֵי הֶבֶל, הֶבֶל, טִפְּשׁוּת
abundance, *n.*	שֶׁפַע, רֹב, שֹׂבַע

abundant, *adj.*	רַב, מָלֵא, עָשִׁיר,
	שׁוֹפֵעַ
abundantly, *adv.*	הַרְבֵּה, בְּשֶׁפַע,
	לְמַכְבִּיר
abuse, *v.t.*	הִשְׁתַּמֵּשׁ [שמש] לְרָעָה,
	הִתְעוֹלֵל [עלל], חֵרֵף
abuse, *n.*	שִׁמּוּשׁ לְרָעָה, הִתְעַלְּלוּת,
	חֵרוּף, גִּדּוּף
abusive, *adj.*	מְחָרֵף, מְנַדֵּף, שֶׁל
	חֵרוּף וְנִדּוּף
abut, *v.i.*	גָּבַל, הָיָה סָמוּךְ לְ–
abutment, *n.*	מַשְׁעֵן, אֻמְנָה,
	מִשְׁעָן, סָמוֹךְ, סַעַד
abysm, *n.*	תְּהוֹם
abysmal, *adj.*	תְּהוֹמִי, עָמֹק כַּתְּהוֹם
abyss, *n.*	אֲבַדּוֹן, תְּהוֹם, תֹּהוּ וָבֹהוּ
acacia, *n.*	שִׁטָּה
academic, academical, *adj. & n.*	
	מְלֻמָּד; אֲקָדֵמִי, עִיּוּנִי
academy, *n.*	אֲקָדֵמְיָה (בַּיִת)
	מִדְרָשׁ, תַּרְבֵּץ
accede, *v.i.*	עָלָה לַמְּלוּכָה, הִסְכִּים
	[סכם], נִכְנַס [כנס] לְמִשְׂרָה
accelerate, *v.t., v.i.*	הֶחִישׁ [חוש], מִהֵר, נָחַץ,
	הֵאִיץ [אוץ]
acceleration, *n.*	הָאָצָה, תְּאוּצָה,
	מְהִירוּת, הַחָשָׁה, נְחִיצָה, נַחַץ
accelerator, *n.*	גּוֹרֵם מְהִירוּת,
	מֵחִישׁ, מְנַחֵץ; דַּוְשָׁה
accent, *n.*	טַעַם, גְּנִינָה, הַדְגָּשָׁה;
	מִבְטָא, הֲבָרָה
accent, *v.t.*	הִטְעִים [טעם], הִדְגִּישׁ
	[דגש] הִתְוָה [תוה], נָתַן נְגִינָה
accentuate, *v.t.*	הִטְעִים [טעם],
	הִדְגִּישׁ [דגש]
accentuation, *n.*	הַטְעָמָה, הַדְגָּשָׁה
accept, *v.t.*	קִבֵּל, נָטַל, לָקַח;
	הִסְכִּים [סכם]

acceptability, acceptableness, *n.*	
	רְצוּת, רְצִיּוּת, הַסְכָּמָה
acceptable, *adj.*	רָצוּי, מְקֻבָּל,
	מִתְקַבֵּל עַל הַדַּעַת
acceptance, *n.*	קַבָּלָה בְּרָצוֹן; הַסְכָּמָה
access, *n.*	כְּנִיסָה, גִּישָׁה, מָבוֹא, פֶּתַח
accessible, *adj.*	נָגִישׁ
accession, *n.*	גִּישָׁה, עֲלִיָּה; הַסְכָּמָה;
	רְכִישָׁה
accessories, *n. pl.*	מַכְשִׁירִים, אַבְזָרִים
accessory, *adj. & n.*	עוֹזֵר, מְסַיֵּעַ,
	נוֹסָף, צְדָדִי; שֻׁתָּף
accident, *n.*	תְּאוּנָה, מִקְרֶה, אָסוֹן,
	שִׁנּוּי, פֶּגַע
accidental, *adj.*	מִקְרִי, שֶׁבְּמִקְרֶה,
	אַרְעִי; סָפֵל
accidentally, *adv.*	בְּמִקְרֶה, בְּשׁוֹגֵג, לֹא
	בְּכַוָּנָה
acclaim, *n.*	מְחִיאַת כַּפַּיִם, קְרִיאַת
	הֵידָד, תְּרוּעָה
acclaim, *v.t.*	הִלֵּל, מָחָא כַּף,
	קִבֵּל בִּתְשׁוּאוֹת
acclamation, *n.*	תְּשׁוּאוֹת חֵן,
	מְחִיאַת כַּפַּיִם
acclimatize, *v.t. & i.*	אִקְלֵם, הִרְגִּיל,
	[רגל], סִגֵּל; הִתְאַקְלֵם, הִתְרַגֵּל
	[רגל], הִסְתַּגֵּל [סגל]
accolade, *n.*	נְשִׁיקַת קְדוֹשִׁים, חִבּוּק
	אַבִּירִים, כִּתּוּף בְּחֶרֶב
accommodate, *v.t.*	אִכְסֵן, סִגֵּל, הִתְאִים
	[תאם]; סִפֵּק צְרָכִים, גָּמַל חֶסֶד
accommodating, *adj.*	נוֹחַ, מֵיטִיב,
	גּוֹמֵל חֶסֶד
accommodation, *n.*	סִגּוּל, הַתְאָמָה;
	נוֹחוּת, רְוָחָה, מָעוֹן, דִּירָה
accompaniment, *n.*	לִוּוּי, פִּזּוּם
accompanist, *n.*	לַוַּאי
accompany, *v.t.*	לִוָּה, פִּזֵּם

accomplice, n.	שֻׁתָּף לַעֲבֵרָה
accomplish, v.t.	מִלֵּא, קִיֵּם, בִּצַּע,
	הִשְׁלִים [שלם], גָּמַר
accomplishment, n.	מִלּוּא, קִיּוּם,
	בִּצּוּעַ, הַשְׁלָמָה, גְּמִירָה
accord, n.	הַסְכָּמָה, הַתְאָמָה; שָׁלוֹם
accord, v.t.	נָתַן; הִסְכִּים [סכם],
	הִתְאִים [תאם]
accordant, adj.	מַתְאִים, מַסְכִּים
accordingly, adv.	לָכֵן, לְפִיכָךְ,
	בְּהִתְאָמָה לָזֶה
accordion, n.	מַפּוּחוֹן
accordionist, n.	מַפּוּחוֹנַאי
accost, v.t.	פָּנָה בִּדְבָרִים אֶל, נִכְנַס
	[כנס] בְּשִׂיחָה עִם
account, n.	חֶשְׁבּוֹן, דִּין וְחֶשְׁבּוֹן, דּוֹ"חַ;
	חָשׁוּב, סְפִירָה, תֵּאוּר, סִפּוּר
account, v.t. & i.	חָשַׁב, נֶחְשַׁב [חשב];
	נָתַן דִּין וְחֶשְׁבּוֹן, דָּנָה
accountant, n.	חַשָּׁב, רוֹאֵה חֶשְׁבּוֹן,
	חֶשְׁבּוֹנַאי
accredit, v.t.	יִחַס לְ־, יִפָּה כֹּחַ, נָתַן
	אֵמוּן בְּ־, מִלֵּא יָד
accrue, v.i.	הוֹסִיף [יסף] רִבִּית,
	צָמַח, הִצְטַבֵּר [צבר]
accumulate, v.t. & i.	אָצַר, צָבַר,
	הִצְטַבֵּר [צבר], אָגַר, הֶעֱרִים [ערם],
	אָסַף
accumulation, n.	צְבִירָה, אֲסִיפָה,
	אֲגִירָה, הִצְטַבְּרוּת
accumulator, n.	מַצְבֵּר (לְחַשְׁמַל),
	סוֹלְלָה
accuracy, n.	דִּיּוּק, דַּיְקָנוּת
accurate, adj.	מְדֻיָּק, נָכוֹן
accurately, adv.	בְּדִיּוּק
accursed, accurst, adj.	אָרוּר, מְקֻלָּל
accusation, n.	אַשְׁמָה, הַאֲשָׁמָה, קִטְרוּג,
	שִׂטְנָה, עֲלִילַת דְּבָרִים

accusative, adj. & n.	פָּעוּל, יַחַס
	הַפָּעוּל
accuse, v.t.	הֶאֱשִׁים [אשם], קִטְרֵג
accuser, n.	מַאֲשִׁים, מְקַטְרֵג, קָטֵגוֹר
accustom, v.t.	הִרְגִּיל [רגל]
accustomed, adj.	רָגִיל, לָמוּד
ace, n. & adj.	קְלָף (מִשְׂחָק); אַלּוּף
	סַיָּסִים, יְחִידָה; מִצְטַיֵּן; רִאשׁוֹן
	בְּמַעֲלָה, מֻפְלָא
acerbate, v.t.	הֶחֱמִיץ [חמץ]; הָפַךְ
	לְמַר, מֵרֵר
acerbity, n.	חֲמִיצוּת, מְרִירוּת,
	חֲרִיפוּת
acetic, adj.	חָמְצִי
acetify, v.t. & i.	הֶחֱמִיץ [חמץ],
	הָפַךְ לְחֹמֶץ
acetous, adj.	חָמִיץ
acetylene, n. (C₂H₂)	פַּחְמֵימָן
ache, n.	כְּאֵב, מַכְאוֹב, מֵחוּשׁ
ache, v.i.	כָּאַב, דָּאַב
achieve, v.t.	הוֹצִיא [יצא] לְפֹעַל,
	קָנָה, רָכַשׁ, הִשִּׂיג [נשג]
achievement, n.	הֶשֵּׂג, הַשְׁלָמָה, סִיּוּם;
	מִפְעָל; הוֹצָאָה אֶל הַפֹּעַל
achromatic, adj.	חֲסַר צֶבַע
acid, n.	חֻמְצָה
acidify, v.t. & i.	הֶחֱמִיץ [חמץ], חָמַץ,
	הָפַךְ לְחֻמְצָה
acidity, n.	חֲמִיצוּת
acidulous, adj.	חֲמַצְמַץ, חָמִיץ קְצָת
acknowledge, v.t.	הוֹדָה [ידה],
	הִכִּיר [נכר]
acknowledgment, n.	הוֹדָאָה, הוֹדָיָה,
	הַכָּרָה, הַכָּרַת טוֹבָה
acme, n.	פִּסְגָּה, שִׂיא, תַּכְלִית הַשְּׁלֵמוּת
acne, n.	חֲזָזִית
acorn, n.	בַּלּוּט, פְּרִי הָאַלּוֹן
acoustic, adj.	שְׁמִיעָתִי, קוֹלִי, אָקוּסְטִי

acoustics, n.	חָכְמַת הַשֶּׁמַע, תּוֹרַת הַקּוֹל, שְׁמִיעוּת
acquaint, v.t.	הוֹדִיעַ [ידע], הִקְנָה יְדִיעָה [קנה], הִכִּיר [נכר] הִתְוַדַּע
acquaintance, n.	יְדִיעָה, הַכָּרָה, מַכִּיר, מַכָּר, יָדִיד
acquiesce, v.i.	הוֹדָה [ידה] (בְּשְׁתִיקָה) הִסְכִּים [סכם]
acquiescence, n.	הוֹדָאָה (בִּשְׁתִיקָה), הַסְכָּמָה, הַכְנָעָה
acquire, v.t.	רָכַשׁ, קָנָה, נָחַל, הִשִּׂיג [נשג]
acquisition, n.	רְכִישָׁה, הַשָּׂגָה, רְכוּשׁ, קִנְיָן
acquit, v.t.	פָּטַר, זִכָּה, נִקָּה, סִלֵּק
acquittal, n.	זִכּוּי, נִקּוּי, יְצִיאַת יְדֵי חוֹבָה
acre, n.	אַקְר, מִדַּת שֶׁטַח לִמְדִידַת קַרְקָעוֹת: 4047 מ"מ, 4 דוּנָמִים
acrid, adj.	חָרִיף, עַז, מַר
acridity, n.	חֲרִיפוּת, עַזּוּת, מְרִירוּת
acrimonious, adj.	מַר, מַר נֶפֶשׁ, עוֹקְץ, מָלֵא מְרִירוּת
acrimony, n.	חֲרִיפוּת, מְרִירוּת
acrobat, n.	לוּלְיָן
acropolis, n.	מְצוּדָה, עֹפֶל
across, adv. & prep.	בְּעַד, דֶּרֶךְ, מֵעֵבֶר לְ־, לְעֵבֶר
acrostic, n. & adj.	צֵרוּפָה, צֵרוּפִי
act, n.	מַעֲשֶׂה, מִפְעָל, פְּעֻלָּה, חֹק, חֻקָּה, מִשְׁפָּט, מַעֲרָכָה (בְּמַחֲזֶה)
act, v.t. & i.	עָשָׂה, פָּעַל, מִלֵּא תַּפְקִיד, הִתְנַהֵג, שִׂחֵק (בְּמַחֲזֶה)
acting, adj.	עוֹשֶׂה, פּוֹעֵל, מְמַלֵּא תַּפְקִיד, מְשַׂחֵק, מִתְנַהֵג, זְמַנִּי
action, n.	פְּעֻלָּה, מַעֲשֶׂה, תְּנוּעָה, תּוֹבְעָנָה, מִשְׁפָּט, מִלְחָמָה, קְרָב
active, adj.	פָּעִיל, עֵר
active participle	בֵּינוֹנִי פּוֹעֵל
activity, n.	פְּעִילוּת
actor, n.	מְשַׂחֵק, שַׂחֲקָן
actress, n.	מְשַׂחֶקֶת, שַׂחֲקָנִית
actual, adj.	מַמָּשִׁי, אֲמִתִּי, מָצוּי, הֹוֶה
actuality, n.	מַמָּשׁוּת, מְצִיאוּת, אֲמִתִּיּוּת
actually, adv.	מַמָּשׁ, בֶּאֱמֶת, בְּעֶצֶם, לְמַעֲשֶׂה
actuate, v.t.	הֵנִיעַ [נוע], הִפְעִיל [פעל], הִמְרִיץ [מרץ]
acuity, n.	חַדּוּת, שְׁנִינוּת
acumen, n.	חֲרִיפוּת, דַּקּוּת, שְׁנִינוּת
acute, adj.	חַד, מְחֻדָּד, (זָוִית) חַדָּה, חָרִיף, שָׁנוּן, חוֹדֵר, (חֳלִי) עַז
acuteness, n.	חַדּוּת, שְׁנִינוּת, עַזּוּת
A. D.	לִסְפִירַת הַנּוֹצְרִים
adage, n.	מָשָׁל, אִמְרָה
adagio, n. & adj.	לָאַט, אִטִּיוּת, מְתִינוּת
Adam, n.	אָדָם
adamant, adj. & n.	שָׁמִיר, קָשֶׁה (בְּצוּר)
adapt, v.t.	הִתְאִים וְתֵאַם, סִגֵּל, חָפַת
adaptability, n.	אֶפְשָׁרוּת הַהַתְאָמָה, כֹּשֶׁר הַהִסְתַּגְּלוּת, סְגִילוּת
adaptable, adj.	סָגִיל, מִסְתַּגֵּל
adaptation, n.	סִגּוּל, הִסְתַּגְּלוּת, הַתְאָמָה
add, v.t.	חִבֵּר, הִתְחַבֵּר (חבר), סָכַם, הוֹסִיף (יסף), צֵרַף
adder, n.	אֶפְעֶה, שְׁפִיפוֹן
addict, v.t. & i.	הָיָה לָהוּט, הִתְמַסֵּר (מסר), הִתְמַכֵּר (מכר), הִרְגִּיל (רגל)
addiction, n.	מְסִירוּת, הִתְמַכְּרוּת
adding machine, n.	מְכוֹנַת חִשּׁוּב
addition, n.	חִבּוּר, צֵרוּף, הוֹסָפָה, הַשְׁלָמָה
additional, adj.	נוֹסָף, מַשְׁלִים

additionally, *adv.* נוֹסָף עַל, וְעוֹד	adjourn, *v.t. & i.* סָגַר (יְשִׁיבָה), דָּחָה, נָעַל
addle, *adj.* רָקוּב, פָּגוּם, מְטֹרָף; רִיק; טִפֵּשׁ, שׁוֹטֶה	adjournment, *n.* דְּחִיָּה, דְּחוּי, נְעִילָה
addle, *v.t. & i.* בִּלְבֵּל, רָקַב, הִבְאִישׁ [בָּאַשׁ] הִסְרִיחַ [סרח]	adjudge, *v.i.* חָרַץ מִשְׁפָּט, גָּזַר, פָּסַק דִּין, הִרְשִׁיעַ (רשע), חִיֵּב
address, *n.* מַעַן, כְּתֹבֶת, נְאֻם, הַרְצָאָה; הִתְנַהֲגוּת, נִמּוּס	adjudgment, *n.* פְּסַק דִּין, הַרְשָׁעָה, חִיּוּב
address, *v.t.* פָּנָה אֶל, נָאַם, מִעֵן	adjudication, *n.* שְׁפִיטָה, הַכְרָעָה
addressee, *n.* מֻעָן	adjunct, *adj. & n.* טָפֵל, הוֹסָפָה, אֶבְזָר, תֹּאַר
adduce, *v.t.* הֵבִיא [בוא] רְאָיָה, הֵבִיא עֵדוּת	adjuration, *n.* הַשְׁבָּעָה, הַעְתָּרָה, הַפְצָרָה, הִתְחַנְּנוּת
adenoids, *n. pl.* שְׁקֵדִים (פְּקִיעִים, בְּלוּטוֹת)	adjure, *v.t.* הִשְׁבִּיעַ (שבע); הִתְחַנֵּן (חנן), הֶעְתִּיר (עתר), הִפְצִיר (פצר)
adept, *adj. & n.* מְמֻחֶה, חָרוּץ	
adeptness, *n.* מְמֻחִיּוּת, חֲרִיצוּת	adjust, *v.t.* סִדֵּר, תִּקֵּן, הִתְאִים (תאם), כִּוֵּן
adequacy, *n.* סִפּוּק; הַתְאָמָה, הֲלִימוּת	adjustable, *adj.* תּוֹאֵם, שֶׁאֶפְשָׁר
adequate, *adj.* מַסְפִּיק, מַתְאִים, הוֹלֵם	להַתְאִים, שֶׁאֶפְשָׁר לְכַוְּנוֹ, מִתְכַּוְנֵן
adequately, *adv.* בְּמִדָּה מַסְפֶּקֶת	adjustment, *n.* תִּקּוּן, כִּוּוּן, כִּנּוּן הַתְאֵם
adhere, *v.i.* דָּבַק, נִדְבַּק (דבק), נִצְמַד (צמד), הִתְדַּבֵּק (דבק)	adjutant, *n.* שָׁלִישׁ, סֶמֶן
adherence, *n.* אֲחִיזָה, דְּבֵקוּת, הִתְחַבְּרוּת, מְסִירוּת	administer, *v.t.* נִהֵל, עָשָׂה (מִשְׁפָּט), נָתַן, סִפֵּק
adherent, *adj. & n.* דָּבֵק, מְחֻבָּר, מְקֻשָּׁר; חָסִיד, אָדוּק	administration, *n.* מִנְהָל, מִנְהָלָה, הַנְהָלָה, מֶמְשָׁלָה, פְּקִידוּת, אֲמַרְכָּלוּת
adhesion, *n.* דְּבֵקוּת, צְמִיגוּת, הִתְאַחֲזוּת, אֲדִיקוּת, חֲסִידוּת	administrative, *adj.* מִנְהָלִי, הַנְהָלָתִי, מֶמְשַׁלְתִּי, אֲמַרְכָּלִי
adhesive, *adj.& n.* מִדַּבֵּק, דָּבֵק, צָמִיג; דֶּבֶק	administrator, *n.* מְנַהֵל, מִנְהָלָאִי, פָּקִיד, סוֹכֵן, אֲמַרְכָּל
adhesiveness, *n.* דְּבֵקוּת, צְמִיגוּת	admirable, *adj.* נִפְלָא, מְצֻיָּן, נַעֲרָץ
adiantum, *n.* יוֹעֵזֶר, יוֹעֵזֶר שָׁחֹר, שַׂעֲרוֹת שׁוּלַמִּית	admiral, *n.* מְפַקֵּד צִי, אַדְמִירָל
adjacency, *n.* שְׁכֵנוּת, קִרְבָה, סְמִיכוּת	admiralty, *n.* פִּקּוּד הַצִּי, סְפִינוּת, אַדְמִירָלִיּוּת
adjacent, *adj.* סָמוּךְ לְ-, קָרוֹב לְ-	admiration, *n.* הַעֲרָצָה
adjective, *adj. & n.* נוֹסָף, נִסְפָּח; שֵׁם תֹּאַר, תֹּאַר הַשֵּׁם	admire, *v.t.* הֶעֱרִיץ (ערץ), הוֹקִיר (יקר)
adjoin, *v.t. & i.* הָיָה סָמוּךְ, הָיָה קָרוֹב; חִבֵּר, אִחֵד, הִתְחַבֵּר (חבר), הִצְטָרֵף (צרף)	

admirer, n.	מַעֲרִיץ, מוֹקִיר
admissible, adj.	רָאוּי, מִתְקַבֵּל עַל הַדַּעַת, מֻתָּר
admission, n.	הַכְנָסָה, כְּנִיסָה; הוֹדָאָה
admit, v.t.	הִכְנִיס, נָתַן לְהִכָּנֵס [כנס]; הוֹדָה [ידה]
admittance, n.	הַכְנָסָה, כְּנִיסָה
admixture, n.	תַּעֲרֹבֶת, מֶזֶג, מְזִינָה, מְהִילָה
admonish, v.t.	יִסֵּר, הוֹכִיחַ [יכח], הִזְהִיר [זהר], הִתְרָה [תרה]
admonition, n.	יִסּוּר, תּוֹכֵחָה, הַזְהָרָה, הַתְרָאָה
ado, n.	עֵסֶק, טֹרַח, טִרְדָּה
adolescence, n.	נֹעַר, נְעוּרִים, עֲלוּמִים
adolescent, n.	נַעַר, בָּחוּר, עֶלֶם
Adonis, n.	יָפֵהפֶה, דְּמוּמִית (פֶּרַח)
adopt, v.t.	אִמֵּץ; סִגֵּל
adoptable, adj.	בַּר אִמּוּץ, סְתַגְלָנִי
adoption, n.	אִמּוּץ, הִסְתַּגְלוּת
adoptive, adj.	מְאַמֵּץ, מְאֻמָּץ
adorable, adj.	נֶעֱרָץ, יָקָר, חָבִיב
adoration, n.	אַהֲבָה, חִבָּה, הוֹקָרָה, הַעֲרָצָה; פֻּלְחָן
adore, v.t.	הֶעֱרִיץ [ערץ], חִבֵּב, אָלַל
adorn, v.t.	יִפָּה, קִשֵּׁט, עָדָה
adornment, n.	יְפִי, קִשּׁוּט, הִדּוּר, עֲדִי
adrift, adj. & adv.	צָף וְנִשָּׂא עַל גַּלֵּי הַיָּם, שׁוֹטֵט, בְּאֵין מַשְׂטָרָה
adroit, adj.	זָרִיז, מָהִיר, חָרוּץ
adroitly, adv.	בִּזְרִיזוּת, בִּמְהִירוּת, בַּחֲרִיצוּת
adroitness, n.	זְרִיזוּת, מְהִירוּת, חֲרִיצוּת
adulate, v.t.	חָנַף, הֶחֱנִיף [חנף]
adulation, n.	חֲנֻפָּה, חֲלַקְלַקּוֹת (לָשׁוֹן), הִתְרַפְּסוּת
adult, adj. & n.	גָּדוֹל, שֶׁהִגִּיעַ לְפִרְקוֹ, אִישׁ, בּוֹגֵר, מְבֻגָּר
adulterate, adj.	מְזֻיָּף, בָּלוּל, מְקֻלְקָל; זוֹנֶה
adulterate, v.t.	זִיֵּף, קִלְקֵל, הִשְׁחִית [שחת] בָּלַל, פִּגֵּל
adulteration, n.	זִיּוּף, בְּלִילָה, קִלְקוּל, פִּגּוּל
adulterer, adulteress, n.	נוֹאֵף, נוֹאֶפֶת
adulterous, adj.	נַאֲפוּפִי, שֶׁל זְנוּת
adultery, n.	נִאוּף, זְנוּת, זְנוּנִים
advance, n.	קְדִימָה, קִדּוּם, הִתְקַדְּמוּת; הַפְקָעַת שַׁעַר; הַלְוָאָה; עֲלִיָּה בְּדַרְגָּה; מֵחִיר
advance, v.t. & i.	קִדֵּם, הִתְקַדֵּם [קדם]; שִׁלֵּם לְמַפְרֵעַ, הֶעֱלָה (בְּדַרְגָּה, בִּמְחִיר), הִלְוָה [לוה]; עָשָׂה חַיִל
advancement, n.	קִדּוּם, קְדִימָה, הִתְקַדְּמוּת, הַעֲלָאָה
advantage, n.	יִתְרוֹן, מַעֲלָה, תּוֹעֶלֶת
advantage, v.t.	הָיָה יִתְרוֹן לְ, הֵפִיק [פוק] תּוֹעֶלֶת מִן
advantageous, adj.	יִתְרוֹנִי, מוֹעִיל, נוֹחַ
adventure, n.	הַעֲפָּלָה, הַרְפַּתְקָה, מַעֲשֵׂה נֹעַז
adventure, v.t. & i.	עָמַד בְּסַכָּנָה, הִסְתַּכֵּן [סכן], הֶעֱפִּיל [עפל], הֵהִין [הין]
adventurer, n.	מַעֲפִּיל, הַרְפַּתְקָן, נוֹכֵל
adverb, n.	תֹּאַר הַפֹּעַל
adversary, n.	יָרִיב, שׂוֹנֵא, מִתְנַגֵּד; שָׂטָן
adverse, adj.	מִתְנַגֵּד לְ, שְׁלִילִי, נוֹגֵד, רַע, מַזִּיק
adversity, n.	צָרָה, אָסוֹן, אֵיד, רָעָה
advert, v.i.	הִרְאָה (ראה) עַל, רָמַז עַל
advertise, v.t.	פִּרְסֵם, הִכְרִיז [כרז]

advertisement, *n.*	מוֹדָעָה, פִּרְסוּם,
	כְּרָזָה, הַכְרָזָה
advice, *n.*	עֵצָה, הוֹדָעָה
advisability, *n.*	רְצִיּוּת, כְּדָאִיּוּת, יָאוּת
advisable, *adj.*	רָצוּי, כְּדַאי
advise, *v.t. & i.*	יָעַץ, הִתְיָעֵץ [יעץ], נָתַן
	עֵצָה, הוֹדִיעַ [ידע], הִזְהִיר [זהר]
adviser, *n.*	יוֹעֵץ
advocacy, *n.*	הַמְלָצָה, סַנֵּגוֹרְיָה
advocate, *n.*	עוֹרֵךְ דִּין, סַנֵּגוֹר; מַמְלִיץ
advocate, *v.t.*	הֵגֵן [גנן] עַל, הִמְלִיץ
	[מלץ] עַל, לִמֵּד זְכוּת, סִנֵּר
aerate, *v.t.*	אִוְרֵר, אוֹרֵר
aeration, *n.*	אִוְרוּר, אוֹרוּר
aerial, *adj. & n.*	אֲוִירִי, נָבוֹב; מְשֹׁשָׁה
aerodrome, *n.*	שְׂדֵה תְּעוּפָה, מִמְרָאָה
aeronaut, *n.*	נַטָס
aeronautics, *n.*	טַיִס, תּוֹרַת הַתְּעוּפָה
aeroplane, *n.*	אֲוִירוֹן, מָטוֹס
aesthete, aesthetic, *n.*	יָפֶה, נָעִים
aesthetics, *n.*	תּוֹרַת הַיֹּפִי
afar, *adv.*	מֵרָחוֹק, הַרְחֵק
affable, *adj.*	נִמוּסִי, אָדִיב
affair, *n.*	עֵסֶק, עִנְיָן, מִקְרֶה; הִתְאַהֲבוּת
affect, *v.t.*	עָשָׂה רֹשֶׁם עַל; הֶעֱמִיד
	[עמד] פָּנִים; עוֹרֵר חֶמְלָה, אָהַב
affectation, *n.*	הִתְנַנְדְּרוּת, נִמּוּס
	מְלָאכוּתִי, הַעֲמָדַת פָּנִים
affection, *n.*	חִבָּה, אַהֲבָה; הַרְגָּשָׁה;
	רֶנֶשׁ; מַחֲלָה, מֵחוּשׁ
affectionate, *adj.*	אוֹהֵב, מְחַבֵּב
affectionately, *adv.*	בְּחִבָּה, בְּאַהֲבָה
affiance, *v.t.*	אֵרֵס, אֵרַשׂ
affidavit, *n.*	עֵדוּת, תְּעוּדָה בִּשְׁבוּעָה
affiliate, *v.t. & i.*	חִבֵּר, אִמֵּץ בֵּן
	[אחד] הִתְאַחֵד, הִתְחַבֵּר [חבר]
affiliation, *n.*	חִבּוּר, קִשּׁוּר,
	קְבִיעַת אַבְהוּת, הִתְחַבְּרוּת

affinity, *n.*	קִרְבָה, אַהֲבָה, חִבָּה
affirm, *v.t.*	הֵעִיד [עוד], קִיֵּם, אִשֵּׁר
affirmation, *n.*	קִיּוּם, אִשּׁוּר, חִיּוּב
affirmative, *adj. & n.*	חִיּוּבִי, מְחַיֵּב
affix, *v.t.*	צֵרֵף, קָבַע, הִדְבִּיק [דבק]
	הִטְבִּיעַ [טבע], הוֹסִיף [יסף]
affixture, *n.*	קְבִיעָה, (חוֹתֶמֶת), צֵרוּף,
	הַדְבָּקָה (בּוּל)
afflict, *v.t.*	הִדְאִיב [דאב], צִעֵר,
	הֶעֱצִיב [עצב]
affliction, *n.*	אִיד, מְצוּקָה, צַעַר,
	צָרָה, דְּאָבָה, יָגוֹן
affluence, *n.*	שֶׁפַע, עֹשֶׁר, נְהִירָה
affluent, *adj.*	שׁוֹפֵעַ, עָשִׁיר, נוֹהֵר אֶל
affluent, *n.*	נַחַל, יוּבָל
afford, *v.t.*	יָכֹל, הִשִּׂיג [נשג], הִסְפִּיק
	[ספק], הִרְשָׁה [רשה] לְעַצְמוֹ
affray, *n.*	מְהוּמָה, קַטָטָה
affront, *n.*	הַעֲלָבָה, הַכְלָמָה
affront, *v.t.*	עָלַב, הֶעֱלִיב [עלב],
	הִכְלִים [כלם], בִּיֵּשׁ, פָּגַע בִּכְבוֹד
afield, *adv.*	בַּשָּׂדֶה, עַל פְּנֵי הַשָּׂדֶה
afire, *adj. & adv.*	בּוֹעֵר
aflame, *adj. & adv.*	לוֹהֵט
afloat, *adj. & adv.*	צָף, שָׁט
afoot, *adj. & adv.*	בְּרֶגֶל, רַגְלִי;
	בִּפְעֻלָּה
afore, *adv. & prep.*	בָּרֹאשׁ, מִלְּפָנִים,
	מִקֹּדֶם
aforenamed, aforesaid, *adj.*	הַקּוֹדֵם,
	הַנֶּאֱמָר לְמַעְלָה, הַנִּזְכָּר לְעֵיל, הנ"ל
afraid, *adj.*	מְפַחֵד, יָרֵא, חוֹשֵׁשׁ
afresh, *adv.*	שׁוּב, שֵׁנִית, מֵחָדָשׁ
African, *adj. & n.*	אַפְרִיקָנִי
aft, *adv.*	אֲחוֹרֵי הָאֳנִיָּה
after, *adj., adv., prep. & conj.*	אַחַר,
	אַחֲרֵי כֵן, לְאַחַר מִכֵּן, עַל פִּי,
	בְּעִקְּבוֹת, מֵאָחוֹר

after all	סוֹף סוֹף, בְּכָל זֹאת, אַחֲרֵי
	כְּכְלוֹת הַכֹּל
aftermath, n.	תּוֹצָאָה
afternoon, n.	אַחַר הַצָּהֳרַיִם, מִנְחָה
afterward(s), adv.	אַחַר כַּךְ, אַחֲרֵי כֵן
afterworld, n.	הָעוֹלָם הַבָּא
again, adv.	שׁוּב, שֵׁנִית, עוֹד פַּעַם
	יָתֵר עַל כֵּן, מִצַּד שֵׁנִי
against, prep.	נֶגֶד, לְעֻמַּת, נֹכַח
age, n.	גִּיל, זְקָנָה, שֵׂיבָה, דּוֹר, תְּקוּפָה
age, v.i. & t.	יָשֵׁשׁ, הִזְדַּקֵּן, הִזְקִין [זקן]
aged, adj.	זָקֵן, קָשִׁישׁ, בָּא בַיָּמִים
agency, n.	סוֹכְנוּת
agenda, n. pl.	סֵדֶר הַיּוֹם
agent, n.	סוֹכֵן, בָּא כֹחַ, עָמִיל, גּוֹרֵם
agglomerate, v.t. & i.	צָבַר, גִּבֵּב
aggrandize, v.t.	הִגְדִּיל [גדל], הִפְרִיז
	[פרז]
aggravate, v.t.	הֵרַע [רעע]; הִכְעִיס
	[כעס]; הִגְדִּיל [גדל], הִכְבִּיד [כבד]
aggravation, n.	הַכְבָּדָה, הַכְעָסָה
	הַחֲרָמָה, הַרְעָה, עָגְמַת נֶפֶשׁ
aggregate, v.t. & i.	אָסַף, צֵרַף,
	הִצְטַבֵּר [צבר]
aggregate, adj. & n.	מְחֻבָּר, מְקֻבָּץ;
	קָהָל, חֶבְרָה, מִצְרָף, סַךְ הַכֹּל
aggression, n.	תְּקִיפָה, תּוֹקְפָנוּת,
	הִתְקַפָה, הִתְנַפְּלוּת, הִשְׂתָּעֲרוּת
	הִתְגָּרוּת
aggressive, adj.	תַּקִּיף, תּוֹקְפָנִי,
	תּוֹקֵף, מַתְקִיף, מִתְגָּרֶה, מִשְׂתָּעֵר
aggressor, n.	תּוֹקְפָן, מַתְקִיף, מִתְגָּרֶה,
	מִשְׂתָּעֵר, פּוֹלֵשׁ
aggrieve, v.t.	הֶעֱצִיב [עצב], הִדְאִיב
	[דאב], צֵעֵר
aghast, adj.	תּוֹהֶה, תָּמֵהַּ, מֻכֵּה תִּמָּהוֹן
agile, adj.	מָהִיר, זָרִיז
agility, n.	מְהִירוּת, זְרִיזוּת
agitate, v.t.	הֵנִיעַ [נוע], נְעְנֵעַ, הֵעִיר,
	עוֹרֵר [עור], זִעֲזַע, רָגַע (הַיָּם)
agitation, n.	נְיָעָה, זִיעָה, זַעֲזוּעַ,
	הִתְרַגְּשׁוּת, מְבוּכָה
agitator, n.	תַּעֲמֻלָן, סַכְסְכָן, מֵסִית;
	מַבְחֵשׁ
aglow, adj. & adv.	לוֹהֵם, יוֹקֵד
agnail, n.	יַבֶּלֶת, דְּחַס
agnostic, n.	כּוֹפֵר
ago, adj. & adv.	לִפְנֵי .... לְפָנִים
agonize, v.t. & i.	סָבַל יִסּוּרִים,
	הִצְטַעֵר [צער]
	הִתְעַנָּה [ענה]; הֵצֵר [צרר] עָנָה,
	לָחַץ
agony, n.	יִסּוּרִים, נְסִיסָה
agrarian, adj. & n.	חַקְלָאִי, קַרְקָעִי;
	חַקְלַאי, אִכָּר
agree, v.t. & i.	הִסְכִּים [סכם];
	הִתְאִים [תאם]
agreeable, adj.	נָעִים, נֶחְמָד, מַתְאִים
agreeably, adv.	בְּנֹעַם, בְּהַתְאָמָה
agreement, n.	הֶסְכֵּם, בְּרִית, חוֹזֶה;
	הַתְאָמָה
agricultural, adj.	חַקְלָאִי, שֶׁל עֲבוֹדַת
	הָאֲדָמָה
agriculture, n.	חַקְלָאוּת, עֲבוֹדַת
	אֲדָמָה
agriculturist, n.	חַקְלַאי, עוֹבֵד
	אֲדָמָה, אִכָּר
agrimony, n.	אַבְגָּר
aground, adj. & adv.	עַל שִׂרְטוֹן, גּוֹשֵׁשׁ
ague, n.	קַדַּחַת הָאֲגַמִּים,
	רְעִידָה, צְמַרְמֹרֶת
ah, interj.	אֲהָהּ
ahead, adj. & adv.	קָדִימָה, בְּרֹאשׁ,
	הָלְאָה, לְפָנִים
aid, n.	עֶזְרָה, סִיּוּעַ, סַעַד; עוֹזֵר, תּוֹמֵךְ
aid, v.t.	עָזַר, סִיַּע

aide-de-camp, n.	שָׁלִיש (לַנָשִׂיא),	album, n.	תְּמוּנוֹן, אַנְגְּרוֹן, מְאַסֵּף
	סֶגֶן (לְשַׂר צָבָא)	albumin, -en n.	חֶלְבּוֹן
ail, v.t. & i.	כָּאַב; חָלָה; הָיָה חוֹלָנִי	albuminous, adj.	חֶלְבּוֹנִי
ailment, n.	חֳלִי, מַחוּש, מַכְאוֹב	alcohol, n.	כֹּהַל, פֹּהַל, אַלְפֹּהַל, יֵין
aim, n.	מַטָּרָה, תַּכְלִית, שְׁאִיפָה, מְכֻוָּן		שָׂרָף, יַיַ"ש
aim, v.i. & t.	כִּוֵּן אֶל, הִתְכַּוֵּן [כון];	alcoholic, adj.	כָּהֳלִי
	שָׁאַף	alcoholism, n.	כַּהֶלֶת, כָּהֳלוּת
aimless, adj.	חֲסַר מַטָּרָה	alcove, n.	מִשְׁקָע (בַּקִּיר); קִיטוֹנָת
air, n.	אֲוִיר, אֲוִירָה, מַרְאֶה; לַחַן	alderman, n.	חֲבֵר הָעֲירָיָה, זָקֵן
air, v.t. & i.	אֱוְרֵר; הִתְגָּאָה [גאה]	ale, n.	שֵׁכָר
air bladder	שַׁלְפּוּחִית (אֲוִיר)	alert, adj.	עֵר, זָרִיז, זָהִיר
air brake	בֶּלֶם, מַעֲצוֹר (אֲוִיר)	alert, v.t.	הִזְהִיר [זהר], הֶעֱזִיק [זעק]
air force	אֲוִירָיָה	alertness, n.	עֵרָנוּת, זְרִיזוּת
air gun	רוֹבֶה אֲוִיר	alfalfa, n.	אַסְפֶּסֶת
airing, n.	אִוּוּר, אִוְרוּר; סִיּוּל	algebra, n.	חָכְמַת הַשִּׁעוּר
air mail, n.	דֹּאַר אֲוִיר	alias, n. & adv.	שֵׁם נוֹסָף; בְּכִנּוּי,
airplane, n.	אֲוִירוֹן, מָטוֹס		הַמְכֻנֶּה
airport, n.	נְמַל תְּעוּפָה	alibi, n.	אֲמַתְלָה, הִתְנַצְּלוּת
air raid	הַתְקָפָה אֲוִירִית	alien, adj. & n.	נָכְרִי, זָר, שׁוֹנֶה
airtight, adj.	אָטִים	alienate, v.t.	
airy, adj.	אֲוִירִי, שֶׁל הָאֲוִיר, פָּתוּחַ		הִרְחִיק [רחק], הֵסֵב [סבב] לֵב
	לָאֲוִיר, מָלֵא אֲוִיר; שִׁטְחִי, קַל דַּעַת	alienation, n.	הַרְחָקָה, עִתּוּק, הֲסָבָה;
aisle, n.	שׁוּרָה, שְׂדֵרָה, מַעֲבָר		טֵרוּף דַּעַת; שִׁגָּעוֹן
ajar, adj.	פָּתוּחַ לְמֶחֱצָה	alight, adj.	בּוֹעֵר, דּוֹלֵק
akin, adj.	דּוֹמֶה, קָרוֹב	alignment, n.	הַעֲרָכוּת, עֲרִיכָה,
alabaster, adj. & n.	בַּהַט; בַּהַס		סִדּוּר בְּשׁוּרָה, תְּנַי
alacrity, n.	זְרִיזוּת, מְהִירוּת, עֵרוּת,	alike, adj. & adv.	דּוֹמֶה, שָׁוֶה, כְּאֶחָד
	שִׂמְחָה	aliment, n.	מָזוֹן, אֹכֶל; צָרְכֵי
alarm, n.	חֲרָדָה, מוֹרָא, פַּחַד, אֵימָה;		אֹכֶל נֶפֶש
	בֶּהָלָה; אַזְעָקָה	alimony, n.	פַּרְנָסָה, מְזוֹנוֹת,
alarm, v.t.	הִבְהִיל [בהל], הִפְחִיד		פַּרְנוּס אִשָּׁה גְּרוּשָׁה
	[פחד]; הֶעֱזִיק [זעק]	alive, adj. & adv.	חַי, בְּחַיִּים, פָּעִיל
alarm clock, n.	שְׁעוֹן מְעוֹרֵר	alkali, n.	אַשְׁלָן
alas, interj.	אֲהָהּ, אֲבוֹי	all, adj. & adv.	כֹּל, כָּל, הַכֹּל
alated, adj.	מְכֻנָּף	allay, v.t.	הִרְגִּיעַ [רגע], הִשְׁקִיט [שקט],
albatross, n.	קְלָנִית		הֵקַל [קלל]
albeit, conj.	אָמְנָם, אַף כִּי	allege, v.t. & i.	טָעַן
albino, n.	לַוְקָן	allegiance, n.	אֱמוּנָה, אֵמוּן, אֱמוּנִים

allegoric, allegorical, *adj.*	מָשָׁלִי
allegory, *n.*	מָשָׁל, מְשָׁלָה
allergy, *n.*	גֵּרִיּוּת
alleviate, *v.t.*	הֵקֵל [קלל]
alleviation, *n.*	הֲקָלָה, הַרְוָחָה
alley, *n.*	סִמְטָה, מִשְׁעוֹל
alliance, *n.*	הִתְחַבְּרוּת, הִתְאַחֲדוּת, בְּרִית
alligator, *n.*	תִּמְסָח
allocate, *v.t.*	הִפְרִישׁ [פרש], הִנְחִיל [נחל] מָקוֹם, חִלֵּק, הִקְצִיב [קצב]
allocation, *n.*	חִלּוּק, קְבִיעַת מָקוֹם, הַקְצָבָה, קִצְבָּה
allot, *v.t.*	קָצַב, הִפְרִישׁ [פרש] לְ־, חִלֵּק בְּגוֹרָל, הִקְצָה [קצה]
allotment, *n.*	חִלּוּק; חֵלֶק
allow, *v.t.*	הִרְשָׁה [רשה], נָתַן רְשׁוּת, הִנִּיחַ [נוח]
allowance, *n.*	קִצְבָּה, הַרְשָׁאָה, הֲנָחָה
alloy, *v.t.*	עִרְבֵּב, מָהַל, זִיֵּף, מִהֵן, סִנְסֵג
alloy, *n.*	תַּעֲרֹבֶת מַתָּכוֹת, מֶסֶג, נֶתֶךְ
all right, *adv.*	טוֹב, בְּסֵדֶר
all-round, *adj.*	כּוֹלֵל, מַקִּיף
allude, *v.i.*	רָמַז, הִתְכַּוֵּן [כון] אֶל
allure, *v.t.*	מָשַׁךְ לֵב, פִּתָּה, הִשִּׂיא [נשא]
allurement, *n.*	מְשִׁיכָה, מְשִׁיכַת לֵב, פִּתּוּי
allusion, *n.*	רֶמֶז, רְמִיזָה
allusive, *adj.*	רוֹמֵז, שֶׁל רֶמֶז
ally, *v.t. & i.*	חִבֵּר, אִחֵד, בָּא [בוא] בִּבְרִית, הִתְחַבֵּר, הִתְאַחֵד
ally, *n.*	בֶּן בְּרִית, בַּעַל בְּרִית, תּוֹמֵךְ
almanac, *n.*	יוֹדֵעַ עֵת, לוּחַ שָׁנָה, סֵפֶר שָׁנָה
almighty, *adj. & n.*	כֹּל יָכֹל, כַּבִּיר
The Almighty	שַׁדַּי
almond, *n.*	שָׁקֵד, לוּז
almoner, *n.*	נָדִיב, נַדְבָן, נוֹתֵן צְדָקָה
almost, *adv.*	כִּמְעַט

alms, *n.*	נְדָבָה, צְדָקָה, חֲלוּקָה
aloft, *adv.*	לְמַעֲלָה, בַּמָּרוֹם
alone, *adj. & adv.*	בּוֹדֵד, יָחִיד, לְבַד
along, *adv. & prep.*	דֶּרֶךְ־, אֵצֶל־, נֹכַח־; יַחַד עִם־
alongside, *prep.*	בְּצַד־, עַל יָד־, אֵצֶל
aloof, *adj. & adv.*	מֵרָחוֹק, מֻבְדָּל, מִתְבַּדֵּל, מְפָרֵשׁ, אָדִישׁ
aloud, *adv.*	בְּקוֹל, בְּקוֹל רָם
alp, *n.*	כֵּף, צוּק, שֵׁן סֶלַע
alphabet, *n.*	אָלֶפְבֵּית, א"ב
already, *adv.*	כְּבָר, מִכְּבָר, מוֹכָן
also, *adv.*	גַּם, אַף, מִלְּבַד זֹאת, חוּץ לָזֶה, כְּמוֹ כֵן
altar, *n.*	מִזְבֵּחַ, בָּמָה
alter, *v.t. & i.*	שִׁנָּה, הֵמִיר [מור], תִּקֵּן, הִשְׁתַּנָּה [שנה]
alteration, *n.*	שִׁנּוּי, תִּקּוּן
alternate, *v.t. & i., n.*	בָּא בְּזֶה אַחַר זֶה, בָּא בְּסֵרוּגִין; סִדֵּר בְּסֵרוּגִין; תַּחֲלִיף, מְמַלֵּא מָקוֹם
alternative, *adj. & n.*	בְּרֵרָה, בְּחִירָה, אֶפְשָׁרוּת
although, *conj.*	אַף עַל פִּי, אַף (אִם) כִּי
altitude, *n.*	גֹּבַהּ, רוּם
altogether, *adv.*	לְגַמְרֵי, בִּכְלָל
altruism, *n.*	זוּלָתָנוּת
altruist, *n.*	זוּלָתָן, זָלִית
aluminum, *n.*	חַמְרָן
alumnus, *n.*	מְסַיֵּם, חָנִיךְ
always, *adv.*	תָּמִיד, לְעוֹלָם
A.M., a.m.	לִפְנֵי הַצָּהֳרַיִם
amalgam, *n.*	תַּרְכֹּבֶת כַּסְפִּית, סַנְטָנֶת
amalgamate, *v.t. & i.*	עֵרַב, עִרְבֵּב, הִרְכִּיב [רכב], בָּלַל; הִתְבּוֹלֵל [בלל], הִתְמַזֵּג [מזג]

amalgamation, *n.*   עֵרוּב, הַרְכָּבָה,
בְּלִילָה; צֵרוּף, הִתְאַחֲדוּת

amass, *v.t.*   צָבַר, אָסַף

amateur, *n.*   חוֹבֵב, חוּבְכָן, מַתְחִיל

amaze, *v.t.*   הִפְלִיא [פלא],
הִתְמִיהַּ [תמה]

amazement, *n.*   הִשְׁתּוֹמְמוּת, תִּמָּהוֹן,
תְּמִיהָה

Amazon, *n.*   אֵשֶׁת מִלְחָמָה, וְּבַרְתָּנִית

ambassador, *n.*   שַׁגְרִיר, בָּא כֹחַ

amber, *n.*   עִנְבָּר

ambient, *adj.*   מַקִּיף, סוֹבֵב

ambiguity, *n.*   מַשְׁמָעוּת כְּפוּלָה

ambiguous, *adj.*   כְּפוּל מַשְׁמָעוּת,
סָתוּם, מְסֻפָּק

ambition, *n.* שְׁאִיפָה, שַׁאַפְתָּנוּת, יָמְרָנוּת

ambitious, *adj.*   שַׁאַפְתָּן, יָמְרָן,
חָרוּץ, בַּעַל שְׁאִיפוֹת, שׁוֹאֵף

amble; *v.i. & n.*   סָפַף, הָלַךְ וְסָפַף;
טְפִיפָה

ambulance, *n.*   בֵּית חוֹלִים נַיָּד, מְכוֹנִית
מָגֵן דָּוִד

ambulant, *adj.*   נַיָּד

ambulatory, *adj. & n.*   שֶׁל הֲלִיכָה,
בִּזְמַן הֲלִיכָה; נוֹדֵד, עוֹבֵר; נַיָּד

ambuscade, *n.*   מַאֲרֵב

ambush, *n.*   מַאֲרֵב

ambush, *v.t. & i.*   אָרַב, יָשַׁב בְּמַאֲרָב,
צָדָה

ameliorate, *v.t. & i.*   הִשְׁבִּיחַ [שבח],
הֵטִיב [טוב], שִׁפֵּר

amelioration, *n.*   הַשְׁבָּחָה, הַטָבָה,
שִׁפּוּר

ameliorator, *n.*   מַשְׁבִּיחַ, מֵיטִיב

amen, *n., adv. & interj.*   אָמֵן, בֶּאֱמֶת

amenable, *adj.*   נִשְׁמַע, מְצִיָּת, אַחֲרָאִי

amend, *v.t.*   תִּקֵּן, שִׁפֵּר, הֵטִיב [טוב],
הִשְׁבִּיחַ [שבח]

amendment, *n.*   תַּקָּנָה, תִּקּוּן, שִׁנּוּי
חֹק, תּוֹסֶפֶת חֹק

amenity, *n.*   נוֹחוּת, נְעִימוּת, עֲדִינוּת,
אֲדִיבוּת

America, U.S.A., *n.*   אֲמֵרִיקָה,
אַרְצוֹת הַבְּרִית

Americanization, *n.*   אִמְרוּק,
הִתְאַמְרְקוּת

Americanize, *v.t.*   אִמְרֵק, עָשָׂה
לַאֲמֵרִיקָנִי

amethyst, *n.*   אַחְלָמָה

amiability, *n.*   חֲבִיבוּת, נְעִימוּת, סֵבֶר
פָּנִים יָפוֹת

amiable, *adj.*   נֶחְמָד, חָבִיב, אָהוּב

amicable, *adj.*   יְדִידוּתִי

amidships, *adv.*   בְּאֶמְצַע הָאֳנִיָּה

amidst, amid, *prep.*   בְּאֶמְצַע־,
בְּתוֹךְ־, בְּקֶרֶב־, מִתּוֹךְ־, בֵּין־

amiss, *adj. & adv.*   בִּלְתִּי רָאוּי, לֹא כַהֹגֶן

amity, *n.*   יְדִידוּת, רֵעוּת

ammonia, *n.*   נַשְׁדּוּר

ammoniac, *n. & adj.*   אַשָּׁק, מֶלַח
נַשְׁדּוּר; נִשְׁדּוּרִי, מְנֻשְׁדָּר

ammunition, *n.*   תַּחְמֹשֶׁת

amnesia, *n.*   שִׁכָּחוֹן, שִׁכְחָה, נִשָּׁיוֹן

amnesty, *n.*   חֲנִינָה, סְלִיחָה כְּלָלִית

amoeba, ameba, *n.*   חֲלוּפִית

among, amongst, *prep.*   בֵּין־, בְּתוֹךְ־,
בְּקֶרֶב־

amorous, *adj.*   מִתְאַהֵב

amorphism, *n.*   חֹסֶר צוּרָה

amortization, *n.*   בְּלָאי, פְּחַת הַשִּׁמּוּשׁ,
סִלּוּק חוֹב; שְׁמִיטָה

amount, *n.*   סְכוּם, עֵרֶךְ, מְחִיר, מִכְסָה

amount, *v.i.*   עָלָה לְ־, הָיָה שָׁוֶה לְ־

amour, *n.*   אַהֲבָה, אֲהָבִים, דּוֹדִים

amour-propre, *n.*   אֲנֹכִיּוּת, אַהֲבָה
עַצְמִית

Amphibia, *n. pl.*	דּוּחַיִּים
amphibian, amphibious, *adj.*	כָּרְזִי,
	דּוּחַי, יַמִּי וְיַבַּשְׁתִּי
amphitheater, amphitheatre, *n.*	זִירָה,
	חֲצִי גֹרֶן עֲגֻלָּה, אַמְפִיתֵאַטְרוֹן
ample, *adj.*	דַּי, מַסְפִּיק; רָחָב; גָּדוֹל
amplification, *n.*	הַגְבָּרָה, הַגְבָּרַת קוֹל,
	הֶגְבֵּר
amplifier, *n.*	מַגְבֵּר
amplify, *v.t. & i.*	הִגְדִּיל [גדל],
	הִגְבִּיר [גבר] קוֹל; הִרְחִיב
	[רחב], הֶאֱרִיךְ [ארך]
amply, *adv.*	בְּהַרְחָבָה, בְּרֶוַח, לְמַדַּי
amputate, *v.t.*	קָטַע, גִּדַּע, כָּרַת,
	נָדַם (אֵבֶר)
amputation, *n.*	קְטִיעָה, גִּדּוּעַ,
	כְּרִיתַת (אֵבֶר)
amulet, *n.*	קָמֵעַ
amuse, *v.t.*	בִּדַּח, בִּדֵּר, שִׁעֲשַׁע
amusement, *n.*	תַּעֲנוּג, שַׁעֲשׁוּעִים,
	בִּדּוּר
an, *indef. art. & adj.*	אֶחָד, אַחַת
anal, *adj.*	שֶׁל פִּי הַטַּבַּעַת
analogical, *adj.*	הֶקֵּשִׁי, דּוֹמֶה,
	שֶׁל גְּזֵרָה שָׁוָה
analogous, *adj.*	מַקְבִּיל, דּוֹמֶה
analogy, *n.*	הֶקֵּשׁ, גְּזֵרָה שָׁוָה, הַתְאָמָה,
	הַקְבָּלָה, דִּמּוּי
analysis, *n.*	נִתּוּחַ, בְּחִינָה
analyze, *v.t.*	נִתַּח, בָּחַן
analyst, *n.*	נַתְחָן, בּוֹדֵק
anarch, *n.*	רֹאשׁ הַמּוֹרְדִים, רֹאשׁ
	בְּרִיּוֹנִים
anarchic, anarchical, *adj.*	פָּרוּעַ, חֲסַר
	סֵדֶר, פּוֹרֵק עֹל
anarchism, *n.*	תּוֹרַת הַחֹפֶשׁ הָאִישִׁי
anarchy, *n.*	פְּרִיעַת חֹק, חֹסֶר סֵדֶר,
	פְּרִיקַת עֹל

Anastatica, *n.*	כַּפַּת הַיַּרְדֵּן,
	שׁוֹשַׁנַּת יְרִיחוֹ
anathema, *n.*	נִדּוּי, חֵרֶם, קְלָלָה
anathematize, *v.t. & i.*	נִדָּה, קִלֵּל,
	אָרַר
anatomical, *adj.*	שֶׁל מִבְנֵה הַגּוּף
anatomist, *n.*	מְנַתֵּחַ
anatomize, *v.t.*	נִתַּח
anatomy, *n.*	תּוֹרַת מִבְנֵה הַגּוּף
ancestor, *n.*	אָב, אַב קַדְמוֹן,
	אָב רִאשׁוֹן
ancestors, *n. pl.*	אָבוֹת
ancestral, *adj.*	שֶׁל הָאָבוֹת, יִחוּסִי
ancestry, *n.*	יִחוּס מִשְׁפָּחָה, יִחָסִים,
	שַׁלְשֶׁלֶת הַיִּחָסִים
anchor, *n.*	עֹגֶן
anchor, *v.t. & i.*	עָגַן, חִזֵּק
anchorage, *n.*	עֲגִינָה, מַעֲגָן, דְּמֵי
	עֲגִינָה, עִגּוּן; מְקוֹם הִתְבּוֹדְדוּת
anchorite, anchoret, *n.*	מִתְבּוֹדֵד,
	פָּרוּשׁ, נָזִיר
anchovy, *n.*	טָרִית, עַפְיָן
ancient, *adj.*	יָשָׁן, קָדוּם, עַתִּיק
and, *conj.*	וְ (וּ, וִ, וָ, וֵ), גַּם, אַף
anecdote, *n.*	מַעֲשִׂיָּה, סִפּוּר קַל,
	אַגָּדָה, בְּדִיחָה
anemia, anaemia, *n.*	חֹסֶר דָּם, חִוָּרוֹן
anemone, *n.*	כַּלָּנִית
anesthesia, anaesthesia, *n.*	אִלְחוּשׁ
anesthetize, *v.t.*	אִלְחֵשׁ
anew, *adv.*	שׁוּב, שֵׁנִית עוֹד פַּעַם,
	מֵחָדָשׁ
angel, *n.*	מַלְאָךְ, כְּרוּב, אָדָם נֶחְמָד
angelic, *adj.*	מַלְאָכִי, כְּרוּבִי
anger, *n.*	חָרוֹן, רֹגֶז, חֵמָה, זַעַם, כַּעַס
anger, *v.t.*	הִכְעִיס [כעס], הִרְגִּיז
	[רגז]
angina, *n.*	דַּלֶּקֶת הַגָּרוֹן, חַנָּקֶת

angle, n. זָוִית, קֶרֶן, פִּנָּה; חַכָּה, קֶרֶס;	annalist, n. כּוֹתֵב דִּבְרֵי הַיָּמִים
נְקוּדַת מַבָּט	annals, n. pl. לוּחוֹת הַשָּׁנָה, דִּבְרֵי
angle, v.t. & i. חִכָּה, צָד דָּגִים,	הַיָּמִים
דָּג [דוג] בְּחַכָּה	anneal, v.t. לִבֵּן בָּאֵשׁ, רִכֵּךְ
angler, n. דַּיָּג, מוֹשֵׁךְ בְּחַכָּה, הַכְּיָן	annex, n. הוֹסָפָה, תּוֹסֶפֶת; אֲגַף לְבַיִת
anglicism, n. סִגְנוֹן אַנְגְּלִי	annex, v.t. סִפַּח, חִבֵּר, אָחַד, הוֹסִיף
anglicize, v.t. & i. אִנְגֵּל, דִּבֵּר כְּאַנְגְּלִי,	[יסף]
הִתְנַהֵג [נהג] כְּאַנְגְּלִי, עָשָׂה לְאַנְגְּלִי	annexation, n. סִפּוּחַ (מְדִינָי),
angling, n. דַּיָּג, הַשְׁלָכַת חַכָּה	הִסְתַּפְּחוּת, חִבּוּר, צֵרוּף
angrily, adv. בְּכַעַס, בְּרֹגֶז, בְּקֶצֶף	annihilate, v.t. אִבֵּד, הִשְׁמִיד [שמד],
angry, adj. כּוֹעֵס, זוֹעֵם, קוֹצֵף	הִכְחִיד [כחד], כִּלָּה
anguish, n. צַעַר, עִנּוּת, סֵבֶל, יִסּוּרִים	annihilation, n. אִבּוּד, הַכְחָדָה,
angular, adj.	הַשְׁמָדָה, כִּלָּיוֹן, כְּלָיָה
קָרְסִי, זָוִיתִי, חַד, כָּפוּף; מְכֹעָר	anniversary, n. יוֹם הֻלֶּדֶת, יוֹם הַשָּׁנָה
angularity, n. זָוִיתִיּוּת	annotation, n. כְּתִיבַת הֶעָרוֹת, הֶעָרָה
angulate, adj. בְּצוּרַת זָוִית, מְזֻוֶּה	announce, v.t. הוֹדִיעַ [ידע], הִשְׁמִיעַ
animadversion, n. נְזִיפָה, גְּעָרָה, תּוֹכֵחָה	[שמע], בִּשֵּׂר, הִכְרִיז [כרז]
animal, adj. חִיּוּנִי, שֶׁל חַי; בְּהֵמִי	announcement, n. הוֹדָעָה, הַכְרָזָה
animal, n. חַיָּה, בְּהֵמָה, נֶפֶשׁ חַיָּה,	announcer, n. קַרְיָן
בַּעַל חַי	annoy, v.t. הֵצִיק [צוק], הִטְרִיד
animalcule, n. חַיְדַּק	[טרד], צִעֵר, קִנְטֵר, הִרְגִּיז [רגז]
Animalia, n. pl. עוֹלַם הַחַי	annoyance, n. צַעַר, הַרְגָּזָה, טִרְדָּה,
animalism, n. בְּהֵמִיּוּת, חוּשָׁנִיּוּת,	קִנְטוּר
חַיְוֹנִיּוּת, תַּאַוְתָנוּת	annual, adj. & n. שְׁנָתִי, חַד שְׁנָתִי,
animality, n. חַיּוּת, בְּהֵמִיּוּת,	שְׁנָתוֹן
עוֹלַם הַחַי	annually, adv. שָׁנָה שָׁנָה, מִדֵּי שָׁנָה
animalization, n. הַבְהָמָה, בְּהוּם,	annuity, n.
הֲפִיכָה לְחַיָּה	תַּשְׁלוּם שְׁנָתִי, הַכְנָסָה שְׁנָתִית
animalize, v.t. בִּהֵם, הָפַךְ לְחַיָּה	annul, v.t. בִּטֵּל, הֵפֵר [פור], הִשְׁבִּית
animate, adj. חַיָּה, מָהִיר, זָרִיז	[שבת]
animate, v.t. חִיָּה, עוֹרֵר [עור],	annular, adj. טַבַּעְתִּי, בְּצוּרַת טַבַּעַת
הִלְהִיב [להב], עוֹדַד [עוד]	annulment, n. בִּטּוּל, הֲפָרָה, הַשְׁבָּתָה
animation, n. הַחְיָאָה, הַלְהָבָה, עֵרוּת	annunciation, n. הַכְרָזָה, הוֹדָעָה,
animosity, n. אֵיבָה, שִׂנְאָה	בְּשׂוֹרָה
animus, n. רוּחַ, נֶפֶשׁ חַיָּה, מַחֲשָׁבָה;	anodyne, n. מַרְגִּיעַ, מֵקֵל כְּאֵב
כַּעַס, חָרוֹן, שִׂנְאָה	anoint, v.t. מָשַׁח, סָךְ [סוך]
ankle, n. קַרְסֹל, אֶפֶס	anomalous, adj. בִּלְתִּי רָגִיל,
anklet, n. עֶכֶס, אֶצְעָדָה, נַרְבִּית	בִּלְתִּי טִבְעִי

anomaly, *n.* זָרוּת, יְצִיאָה מְן
הַכְּלָל, נְטִיָּה מִן הַמְּקֻבָּל

anon, *adv.* תֵּיכֶף וּמִיָּד, בְּקָרוֹב

anonymity, *n.* עִלּוּם שֵׁם

anonymous, *adj.* עִלּוּם שֵׁם, אַלְמוֹנִי,
סְתָמִי

another, *adj. & pron.* אַחֵר, עוֹד אֶחָד

answer, *n.* תְּשׁוּבָה, מַעֲנָה; פִּתְרוֹן

answer, *v.i.* עָנָה, הֵשִׁיב [שוב],
פָּתַר; הָיָה אַחֲרַאי

answerable, *adj.* אַחֲרַאי, בַּר תְּשׁוּבָה

ant, *n.* נְמָלָה

antagonism, *n.* הִתְנַגְּדוּת, הִתְנַגְּשׁוּת,
נוּגֶד, שִׂנְאָה

antagonist, *n.* יָרִיב, מִתְנַגֵּד,
שׂוֹנֵא, סוֹתֵר

antagonistic, *adj.* מִתְנַגֵּד, שׂוֹנֵא, סוֹתֵר

antagonize, *v.t.* הִתְנַגֵּד [נגד] לְ-,
סָתַר

antecede, *v.t.* הָיָה לִפְנֵי, בָּא [בוא]
לִפְנֵי, הָלַךְ לִפְנֵי

antecedence, *n.* קְדִימָה, בְּכוֹרָה

antecedent, *adj.* קוֹדֵם

antedate, *v.t.* הִקְדִּים [קדם]

antelope, *n.* תְּאוֹ

antenna, *n.* מָחוֹשׁ (בַּחֲרָקִים);
מְשׁוֹשָׁה (רַדְיוֹ)

anterior, *adj.* קוֹדֵם, קַדְמִי, רִאשׁוֹן

anteroom, *n.* מָבוֹא, פְּרוֹזְדוֹר

anthem, *n.* הִמְנוֹן, מִזְמוֹר

anthology, *n.* קֹבֶץ סִפְרוּת נִבְחָרָה

anthracite, *n.* פֶּחָם קָשֶׁה

anthropology, *n.* תּוֹרַת הָאָדָם

anthropometry, *n.* מְדִידַת חֶלְקֵי
הַגּוּף

anthropomorphic, *adj.* דּוֹמֶה לָאָדָם

anticipate, *v.t.* רָאָה מֵרֹאשׁ, חִכָּה לְ-,
הִקְדִּים [קדם], קָדַם, יָחַל

anticipation, *n.* רְאִיָּה מֵרֹאשׁ, צְפִיָּה,
יַחוּל

anticlimax, *n.* פְּסִעַת נָגֶד, סִיּוּם תָּפֵל

antidote, *n.* סַם שֶׁכְּנֶגֶד, סַם חַיִּים

antipathy, *n.* מְאִיסָה, שִׂנְאָה

antiquary, *n.* סוֹחֵר בְּעַתִּיקוֹת, חוֹקֵר
עַתִּיקוֹת

antique, *n.* עַתִּיק

antiquity, *n.* קַדְמוֹנִיּוּת, יְמֵי קֶדֶם

anti-Semite, *n.* נֶגֶד שֵׁמִי

anti-Semitism, *n.* נֶגֶד שֵׁמִית

antiseptic, *adj.* מְחַטֵּא

antithesis, *n.* סְתִירָה, הִפּוּךְ, נוּגֶד

antler, *n.* קֶרֶן הַצְּבִי

anus, *n.* סַבַּעַת, פִּי הַטַּבַּעַת

anvil, *n.* סַדָּן

anxiety, *n.* חֲשָׁשָׁה, דְּאָגָה, חֲרָדָה,
פַּחַד; תְּשׁוּקָה

anxious, *adj.* חוֹשֵׁשׁ, דּוֹאֵג, חָרֵד;
שׁוֹאֵף, מְשׁתּוֹקֵק

any, *adj. & pron.* אֵיזֶה, אֵיזֶהוּ,
כָּלְשֶׁהוּ

anybody, *n. & pron.* מִישֶׁהוּ, כָּל
אִישׁ, אֵיזֶה שֶׁהוּא

anyhow, *adv. & conj.* אֵיךְ שֶׁהוּא,
בְּכָל אֹפֶן, עַל כָּל פָּנִים

anyone, *n. & pron.* מִישֶׁהוּ, אֵיזֶה
שֶׁהוּא

anything, *n. & pron.* כְּלוּם, אֵיזֶה דָּבָר

anyway, *adv.* אֵיךְ שֶׁהוּא; בְּכָל אֹפֶן

anywhere, *adv.* בְּכָל מָקוֹם שֶׁהוּא

anywise, *adv.* בְּכָל אֹפֶן

aorta, *n.* נָתִין, עוֹרֵק, אַב עוֹרְקִים

apart, *adv.* לְבַד, בִּפְנֵי עַצְמוֹ, הַצִּדָּה

apartment, *n.* דִּירָה, מָעוֹן

apathetic, apathetical, *adj.* אָדִישׁ

apathy, *n.* אֲדִישׁוּת

ape, *v.t.* חִקָּה, עָשָׂה מַעֲשֵׂה קוֹף

ape, n.	קוֹף; חַקָּאי
aperient, n.	מְשַׁלְשֵׁל (בִּרְפוּאָה),
	מָרְפֶּה (מֵעַיִם)
aperture, n.	פֶּתַח
apex, n.	רֹאשׁ, פִּסְגָּה, שִׂיא; חֹד
aphorism, n.	אִמְרָה, מָשָׁל, פִּתְגָּם
apiary, n.	כַּוֶּרֶת
apiculture, n.	כַּוְּרָנוּת
apiece, adv.	לְכָל אֶחָד, לְכָל אִישׁ
apocalypse, n.	הִתְגַּלּוּת, חֲזוֹן הֶעָתִיד
Apocrypha, n. pl.	כְּתוּבִים אַחֲרוֹנִים,
	כְּמוּסוֹת, גְּנוּזִים
apocryphal, adj.	חִיצוֹנִי, גָּנוּז
apologetic, apologetical, adj.	מִצְטַדֵּק
apologize, v.t. & i.	
הִצְטַדֵּק [צדק], בִּקֵּשׁ סְלִיחָה	
apology, n.	הִצְטַדְּקוּת, בַּקָּשַׁת סְלִיחָה
apoplexy, n.	שָׁבָץ, שָׁתּוּק
apostasy, n.	כְּפִירָה, הֲמָרַת דָּת
apostate, n.	מוּמָר, כּוֹפֵר
apostle, n.	שָׁלִיחַ, מְשֻׁלָּח
apostrophe, n.	גֶּרֶשׁ, תָּג
apothecary, n.	רוֹקֵחַ, רַקָּח
apotheosis, n.	הַעֲרָצָה, הַקְדָּשָׁה,
	הָאֱלָהָה
appall, v.t.	הֶחֱרִים [דהם], הִבְהִיל
	[בהל], הִבְעִית [בעת]
appalling, adj.	מַדְהִים, אָים, נוֹרָא
apparatus, n.	מַכְשִׁיר, מִתְקָן
apparel, n.	מַלְבּוּשׁ, לְבוּשׁ, בֶּגֶד
apparel, v.t.	הִלְבִּישׁ [לבש]
apparent, adj.	מוּבָן, בָּרוּר; נִדְמֶה;
	נִרְאֶה
apparently, adv.	כְּנִרְאֶה, לִכְאוֹרָה
apparition, n.	הוֹפָעָה, תּוֹפָעָה;
	רוּחַ, שֵׁד
appeal, n.	עִרְעוּר, קְבִלָנָה;
	בַּקָּשָׁה, קְרִיאָה

appeal, v.i.	עִרְעֵר; הִתְחַנֵּן, בִּקֵּשׁ,
	פָּנָה אֶל
appear, v.i.	הוֹפִיעַ [יפע], יָצָא לָאוֹר,
	נִרְאָה [ראה], נִדְמָה [דמה]
appearance, n.	מַרְאֶה; צוּרָה, דְּמוּת;
	הוֹפָעָה
appease, v.t.	הִרְגִּיעַ [רגע], הִשְׁקִיט
	[שקט], פִּיֵּס
appeasement, n.	הַרְגָּעָה, פִּיּוּס
appellant, n.	מְעַרְעֵר
appellate, adj.	שׁוֹמֵעַ עִרְעוּרִים,
	דָּן בְּעִרְעוּרִים
appellation, n.	כִּנּוּי, קְרִיאַת שֵׁם
append, v.t.	הוֹסִיף [יסף], סִפַּח, צֵרֵף
appendage, n.	הוֹסָפָה, תּוֹסֶפֶת, יוֹתֶרֶת
appendicitis, n.	דַּלֶּקֶת הַתּוֹסֶפְתָּן
appendix, n.	תּוֹסֶפְתָּן, מְעִי עִוֵּר,
	מְעִי אָטוּם
appertain, v.i.	הָיָה שַׁיָּךְ לְ־
appetite, n.	תֵּאָבוֹן; תַּאֲוָה
appetizer, n.	פַּרְפֶּרֶת
applaud, v.t. & i.	מָחָא כַּף, הִלֵּל
applause, n.	מְחִיאַת כַּפַּיִם, תְּשׁוּאוֹת חֵן
apple, n.	תַּפּוּחַ
appliance, n.	מַכְשִׁיר, כְּלִי; שִׁמּוּשׁ
applicable, adj.	שִׁמּוּשִׁי; מַתְאִים, הוֹלֵם
applicant, n.	מְבַקֵּשׁ, מְבַקֵּשׁ מִשְׂרָה
application, n.	שִׁמּוּשׁ, פְּנִיָּה, נְתִינָה,
	שְׁקִידָה; בַּקָּשָׁה; תַּבְקִישׁ; תַּחְבֹּשֶׁת
applicator, n.	מָטוֹשׁ
apply, v.t. & i.	שָׂם [שים], נָתַן;
	שָׁקַד; בִּקֵּשׁ
appoint, v.t. & i.	יָעַד, קָבַע, מִנָּה,
	הִפְקִיד [פקד]
appointee, n.	מְמֻנֶּה
appointment, n.	יִעוּד, מִנּוּי, מִשְׂרָה;
	רָאָיוֹן; צִיּוּד
apportion, v.t.	חִלֵּק, מִנָּה, קָצַב

apportionment, n.	חִלּוּק, מִנּוּן
appraisal, n.	הַעֲרָכָה, שׁוּמָה, אֹמֶד, אֻמְדָּן
appraise, v.t.	אָמַד, הֶעֱרִיךְ [ערך], שָׂם [שום]
appraiser, n.	אוֹמֵד, מַעֲרִיךְ, שַׁמַּאי
appreciate, v.t.	הוֹקִיר [יקר], הֶעֱרִיךְ [ערך]
appreciation, n.	הוֹקָרָה, הַעֲרָכָה
appreciative, adj.	מוֹקִיר, מַעֲרִיךְ
apprehend, v.t. & i.	תָּפַשׂ, אָסַר, הִרְגִּישׁ [רגש]; דָּאַג; פָּחַד, חָשַׁשׁ
apprehension, n.	תְּפִיסָה, אֲסִירָה; הַרְגָּשָׁה; חֲשָׁשׁ
apprehensive, adj.	חוֹשֵׁשׁ, דּוֹאֵג, חָרֵד
apprentice, n.	שׁוּלְיָה, סִירוֹן, מַתְחִיל, חָנִיךְ
approach, v.t. & i.	הִתְקָרֵב [קרב], נִגַּשׁ
approach, n.	הִתְקָרְבוּת; גִּישָׁה
approbate, v.t.	אִשֵּׁר
approbation, n.	אִשּׁוּר, הַרְשָׁאָה, יִפּוּי כֹּחַ
appropriate, v.t.	לָקַח לְעַצְמוֹ, קָצַב
appropriate, adj.	מַתְאִים, הָגוּן, רָאוּי
appropriately, adv.	כַּהֹגֶן, בְּהַתְאָמָה
appropriation, n.	קִנְיָן, רְכִישָׁה, הַשָּׂגָה; הַקְצָבָה, הַפְרָשָׁה
approve, v.t.	אִשֵּׁר, קִיֵּם; הִסְכִּים [סכם]
approval, n.	אִשּׁוּר, הַסְכָּמָה
approximate, v.t. & i., adj.	הִקְרִיב, הִתְקָרֵב [קרב], הִגִּיעַ [נגע] לְ–; בְּקֵרוּב לְ–, קָרוֹב
approximately, adv.	בְּעֵרֶךְ, כִּמְעַט, בְּקֵרוּב
approximation, n.	קֵרוּב, הִתְקָרְבוּת
appurtenant, adj.	נִסְפָּח, נִלְוָה, שַׁיָּךְ
apricot, n.	מִשְׁמֵשׁ
April, n.	אַפְּרִיל
a priori	מֵרֹאשׁ, לְכַתְּחִלָּה
apron, n.	סִנָּר
apropos, adv.	דֶּרֶךְ אַגַּב, בְּנוֹגֵעַ לְ–
apt, adj.;	עָלוּל, נוֹטֶה, מַתְאִים, הוֹלֵם; מָהִיר
aptitude, n.	נְטִיָּה; כִּשָּׁרוֹן, מְהִירוּת
aqua, n.	מַיִם
aquamarine, n. (הַיָּם)	תַּרְשִׁישׁ, כְּרוֹם
aquarelle, n.	צִיּוּר מַיִם
aquarium, n.	מִקְוֵה חַי (בְּרֵכָה)
aquatic, adj. & n.	חַי בְּמַיִם
aqueduct, n.	אַמַּת מַיִם, תְּעָלָה
Arab, adj. & n.	עֲרָבִי; בֶּן מִדְבָּר, נוֹדֵד
arabesque, adj.	קִשּׁוּט עֲרָבִי
arable, adj.	יָגֵב
Aramaic, n. & adj.	אֲרָמִי, אֲרָמִית
arbiter, n.	שׁוֹפֵט, דַּיָּן, מְתַוֵּךְ
arbitrarily, adv.	בְּעֵצוּת הַדַּיָּן, בְּזָדוֹן, בִּשְׁרִירוּת לֵב
arbitrary, adj.	שְׁרִירוּתִי; זְדוֹנִי, עָרִיץ
arbitration, n.	פְּשָׁרָה, שְׁפִיטָה, תִּוּוּךְ, מִשְׁפַּט בּוֹרְרִים
arbitrator, n.	מְפַשֵּׁר, מְתַוֵּךְ, בּוֹרֵר
arbor, n.	אִילָן, עֵץ; סֶרֶן, מְסוּכָה
arboreal, adj.	שֶׁל עֵצִים, עֵצִי
arboretum, n.	מַשְׁתֵּלָה
arboriculture, n.	גִּדּוּל עֵצִים
arc, n.	קֶשֶׁת
arcade, n.	אַבּוּל, מְקַמְרֶת
arch, n.	קֶשֶׁת, כִּפָּה
archaic, archaical, adj.	עַתִּיק, קָדוּם, קַדְמוֹן
archbishop, n.	הֶגְמוֹן, אַרְכִיבִּישׁוֹף
archenemy, n.	אוֹיֵב בְּנֶפֶשׁ, שָׂטָן
archeology, archaeology, n.	חַשְׂפָּנוּת, חֲקִירַת קַדְמוֹנִיּוֹת

2

archeologist, archaeologist, *n.*	חַשְׂפָן,
	חוֹקֵר קַדְמוֹנִיּוֹת
archer, *n.*	קַשָּׁת
archery, *n.*	קַשָּׁתוּת
archipelago, *n.*	קְבוּצַת אִיִּים,
	חֶבֶל אִיִּים
architect, *n.*	אַדְרִיכָל, אַרְדִּיכָל
architecture, *n.*	אַדְרִיכָלוּת,
	אַרְדִּיכָלוּת
archives, *n. pl.*	אַחְמָת, גְּנוּזָךְ
archway,, *n.*	אַבּוּל
arctic, *adj.*	קֻטְבִּי, צְפוֹנִי, אַרְקְטִי
ardent, *adj.*	לוֹהֵט, בּוֹעֵר, נִלְהָב, יוֹקֵד
ardently, *adv.*	בְּהִתְלַהֲבוּת
arduous, *adj.*	קָשֶׁה, שֶׁדּוֹרֵשׁ מַאֲמָץ
area, *n.*	שֶׁטַח, מִשְׁטָח
arena, *n.*	זִירָה, אִצְטַדְיוֹן
argue, *v.t. & i.*	הִתְוַכֵּחַ (וכח), טָעַן
argument, *n.*	וִכּוּחַ, טַעֲנָה, רְאָיָה,
	טַעַם, נִמּוּק
argumentation, *n.*	פִּלְפּוּל, וִכּוּחַ,
	מַשָּׂא וּמַתָּן
aria, *n.*	לַחַן, נְעִימָה, מַנְגִּינָה
arid, *adj.*	יָבֵשׁ, שָׁמֵם, חֲסַר מַיִם,
aridity, *n.*	חֹרֶב, צְחִיחַ
	יֹבֶשׁ, חֹרֶב, שְׁמָמָה,
	חֹסֶר מַיִם, צִיָּה
aright, *adv.*	כָּרָאוּי, הֵיטֵב
arise, *v.i.*	קָם (קום), עָמַד
aristocracy, *n.*	אֲצִילוּת, אֲצִילָה
aristocrat, *n.*	שׁוֹעַ, אָצִיל, אֶפְרָתִי
arithmetic, *n.*	חָכְמַת הַחֶשְׁבּוֹן
arithmetic, arithmetical, *adj.*	חֶשְׁבּוֹנִי
ark, *n.*	תֵּבָה, אָרוֹן
arm, *n.*	זְרוֹעַ, אֶגֶף, נֶשֶׁק
arm, *v.t. & i.*	זִיֵּן, חִמֵּשׁ, בִּצֵּר;
	הִזְדַּיֵּן (זין)
armada, *n.*	צִי אַדִּיר
armament, *n.*	נֶשֶׁק, כְּלֵי זַיִן, חִמּוּשׁ
armature, *n.*	זִיּוּן; מָגֵן; שִׁרְיוֹן; עֹנֶג;
	מוֹטוֹת בַּרְזֶל לַבִּנְיָן
armchair, *n.*	מֵסַב, כֻּרְסָה
armistice, *n.*	שְׁבִיתַת נֶשֶׁק
armlet *n.*	צָמִיד, אֶצְעָדָה; לְשׁוֹן יָם
armor, *n.*	שִׁרְיוֹן; נֶשֶׁק; תַּחְמֹשֶׁת
armorer, *n.*	נַשָּׁק
armory, *n.*	בֵּית הַנֶּשֶׁק
armpit, *n.*	בֵּית הַשֶּׁחִי
arms, *n. pl.*	נֶשֶׁק
army, *n.*	צָבָא, חַיִל
aroma, *n.*	בֹּשֶׂם, רֵיחַ נִיחוֹחַ
aromatic, *adj.*	רֵיחָנִי, בָּשְׂמִי
around, *adv. & prep.*	סָבִיב, מִסָּבִיב,
	קָרוֹב לְ-, בְּעֶרֶךְ
arouse, *v.t.*	עוֹרֵר (עור), הֵעִיר (עור),
	הֵקִיץ (קוץ)
arraign, *v.t.*	הִזְמִין (זמן) לַדִּין, הֶאֱשִׁים
	(אשם)
arraignment, *n.*	הַעֲמָדָה לַמִּשְׁפָּט,
	הַאֲשָׁמָה
arrange, *v.t. & i.*	סִדֵּר, עָרַךְ, הֵכִין
	(כון), תִּקֵּן
arrangement, *n.*	סִדּוּר, עֲרִיכָה,
	הֲכָנָה, תִּקּוּן
array, *n.*	מַעֲרָכָה, סֵדֶר, מַלְבּוּשׁ, מַדִּים
array, *v.t.*	עָרַךְ, סִדֵּר, הִלְבִּישׁ (לבש)
arrears, *n. pl.*	חוֹב, חוֹב יָשָׁן
arrest, *n.*	מַאֲסָר, מַעֲצוֹר, עֲצִירָה;
	הַפְסָקָה
arrest, *v.t.*	אָסַר, עָצַר, הִפְסִיק (פסק);
	הֵסֵב (סבב) לֵב
arrival, *n.*	בִּיאָה, הַגָּעָה, הַשָּׂגָה
arrive, *v.i.*	בָּא (בוא), הִגִּיעַ (נגע);
	הִשִּׂיג (נשג)
arrogance, *n.*	חֻצְפָּה, רַהַב, גַּאֲוָה,
	יְהִירוּת

arrogant, *adj.*	גֵּאֶה, יָהִיר; מִתְחַצֵּף	as follows	כְּדִלְקַמָּן, כְּדִלְהַלָּן
arrogation, *n.*	הֲעָוַת פָּנִים	asbestos, *n.*	אַמְיַנְטוֹן
arrow, *n.*	חֵץ	ascend, *v.t.*	עָלָה, טִפֵּס, הִתְרוֹמֵם [רום]
arsenal, *n.*	בֵּית הַנֶּשֶׁק	ascension, *n.*	עֲלִיָּה, הִתְרוֹמְמוּת
arsenic, *n.*	זַרְנִיךָ, אַרְסָן	ascertain, *v.t.*	בֵּרֵר, חָקַר וּמָצָא, נוֹכַח [יכח]
arson, *n.*	הַבְעֵר		
art, *n.*	אָמָּנוּת, מְלֶאכֶת מַחֲשֶׁבֶת	asectic, *n. & adj.*	פָּרוּשׁ, סַנְפָן; נְזִירִי
	חֲרִיצוּת, עָרְמָה	ascribe, *v.t.*	יִחֵס לְ-
arterial, *adj.*	עוֹרְקִי, שֶׁל עוֹרְקִים	aseptic, *adj.*	חֲסַר רָקָבוֹן
arteriosclerosis, *n.*	הִסְתַּיְּדוּת	ash, *n.*	אֵפֶר, רָמֶךְ; מֵילָה (עֵץ)
	הָעוֹרְקִים, הִתְעַבּוּת הָעוֹרְקִים	ash tray, *n.*	מַאֲפֵרָה
artery, *n.*	עוֹרֵק; דֶּרֶךְ	ashamed, *adj.*	נִכְלָם, מִבּוֹשׁ, נֶעֱלָב
artful, *adj.*	עָרְמוּמִי, פִּקֵּחַ, חָרוּץ	ashes, *n. pl.*	אֵפֶר גּוּפַת חַמֵּת
artfully, *adv.*	בְּעָרְמָה, בַּחֲרִיצוּת	ashore, *adv.*	עַל הַחוֹף, אֶל הַחוֹף
	בְּחָכְמָה	Asiatic, *adj.*	אַסְיָתִי, שֶׁל אַסְיָה
arthritis, *n.*	דַּלֶּקֶת הַפְּרָקִים, שָׁנָרוֹן	aside, *adv. & n.*	הַצִּדָּה; שִׂיחַ מִסְתָּר
artichoke, *n.*	חַרְשָׁף, קִנְרֵס, קָנֵּר	ask, *v.t. & i.*	שָׁאַל, בִּקֵּשׁ, הִזְמִין (זמן)
article, *n.*	מַאֲמָר; פֶּרֶק, סָעִיף;		דָּרַשׁ
	סְחוֹרָה, חֵפֶץ; תָּוִית (בְּדִקְדּוּק)	askance, *adv.*	מִן הַצַּד, בַּחֲשָׁד,
articular, *adj.*	שֶׁל פֶּרֶק, פִּרְקִי		בַּאֲלַכְסוֹן
articulate, *adj.*	עֲשׂוּי פְּרָקִים; מְפֹרָשׁ,	askew, *adv.*	בַּאֲלַכְסוֹן
	בָּרוּר	aslant, *adv.*	בְּשִׁפּוּעַ, בַּאֲלַכְסוֹן
articulate, *v.t. & i.*	חִבֵּר עַל יְדֵי	asleep, *adv.*	בְּשֵׁנָה, יָשֵׁן, נִרְדָּם
	פְּרָקִים; דִּבֵּר, בִּטֵּא	asparagus, *n.*	הָלְיוֹן
articulation, *n.*	פֶּרֶק, מִפְרוּק, חִבּוּר	aspect, *n.*	רְאִיָּה, רְאוּת, (נְקֻדַּת) מַבָּט
	הַפְּרָקִים; צַחוּת הַדִּבּוּר, עֻצּוּר	aspen, *n.*	צַפְצָפָה, לִבְנֶה
artifice, *n.*	תַּחְבּוּלָה, עָרְמָה	asperity, *n.*	נַסּוּת, חֲרִיפוּת
artificial, *adj.*	מְלָאכוּתִי, בִּלְתִּי טִבְעִי	aspersion, *n.*	רְכִילוּת, דִּבָּה, הוֹצָאַת
artificially, *adv.*	בְּדֶרֶךְ מְלָאכוּתִית,		שֵׁם רַע, הַזָּיָה
	שֶׁלֹּא כְּדֶרֶךְ הַטֶּבַע	asphalt, *n.*	חֵמָר, כֹּפֶר, זֶפֶת
artillery, *n.*	תּוֹתְחָנוּת, חֵיל הַתּוֹתְחָנִים	asphalt, *v.t.*	זִפֵּת, כָּפַר, מֵרַח (כִּסָּה)
artilleryman, *n.*	תּוֹתְחָן		בְּחֵמָר
artisan, *n.*	חָרָשׁ, אֻמָּן	asphyxia, *n.*	חֶנֶק, מַחֲנָק
artist, *n.*	אֻמָּן; צַיָּר	asphyxiate, *v.t.*	חָנַק, חִנֵּק
artistic, artistical, *adj.*	אָמָּנוּתִי	aspirant, *adj. & n.*	שׁוֹאֵף, מִשְׁתּוֹקֵק;
artless, *adj.*	תָּם, כֵּן; מְחֻסַּר כִּשְׁרוֹן		מַעֲמָד לְמִשְׂרָה
as, *adv. & conj.*	כְּמוֹ, כְּ-, כְּווֹן;	aspirate, *adj.*	מְנֻשָּׁם, מֻדְגָּשׁ; מַפִּיק;
	מִכֵּיוָן שֶׁ-		גְּרוֹנִי

aspiration, n. נִשּׁוּם, תְּשׁוּקָה, שְׁאִיפָה

aspire, v.t. & i. הִשְׁתּוֹקֵק [שקק], שָׁאַף

ass, n. חֲמוֹר; שׁוֹטֶה, טִפֵּשׁ; עַכּוּז

assail, v.t. תָּקַף, הִתְנַפֵּל [נפל] עַל

assailant, adj. & n. מִתְנַפֵּל

assassin, n. רוֹצֵחַ, רַצְחָן, מַכֵּה
נֶפֶשׁ, קַטָּל

assassinate, v.t. רָצַח, הָרַג, הִכָּה נֶפֶשׁ

assassination, n. רֶצַח, רְצִיחָה, קֶטֶל

assault, n. הִתְנַפְּלוּת, הַתְקָפָה, אֹנֶס

assault, v.t. & i. הִתְנַפֵּל [נפל], תָּקַף,
אָנַס

assay, v.t. & i. בָּחַן (מַתָּכוֹת), נִסָּה

assemble, v.t. & i. אָסַף, קִבֵּץ,
הִקְהִיל [קהל]; הִתְאַסֵּף [אסף],
הִרְכִּיב [רכב]

assembly, n. כֶּנֶס, כִּנּוּס, וְעִידָה;
מוֹעֵצָה, בֵּית מְחוֹקְקִים; הַרְכָּבָה

assent, v.i. & n. הִסְכִּים [סכם], אִשֵּׁר;
הַסְכָּמָה, אִשּׁוּר

assert, v.t. הִגִּיד [נגד] בְּבֵרוּר, טָעַן

assess, v.t. הֶעֱרִיךְ [ערך],
קָבַע (מַס, עֹנֶשׁ)

assessment, n. שׁוּמָה

assessor n. שַׁמַּאי

assets, n. pl. רְכוּשׁ, נְכָסִים, הוֹן

assiduity, n. חֲרִיצוּת, שַׁקְדָנוּת

assiduous, adj. חָרוּץ, שַׁקְדָן, מַתְמִיד

assign, v.t. יָעַד, מִנָּה, הִפְקִיד [פקד]

assignment, n. מִנּוּי, הַפְקָדָה; תַּפְקִיד

assimilate, v.t. & i. הִתְבּוֹלֵל [בלל],
נִטְמַע [טמע]

assimilation n. הִתְבּוֹלְלוּת, טְמִיעָה

assist, v.t. & i. סִיַּע, עָזַר

assistance, n. סַעַד, עֶזְרָה, סִיּוּעַ,
תְּמִיכָה

assistant, adj. & n. עוֹזֵר, מְסַיֵּעַ,
תּוֹמֵךְ

assizes, n. pl. בֵּית (דִּין) מִשְׁפָּט,
מִשְׁבָּעִים

associate, adj. & n. שֻׁתָּף, חָבֵר,
עֲמִית

associate, v.t. & i. חִבֵּר, אִחֵד, שִׁתֵּף;
הִתְחַבֵּר, הִתְאַחֵד, הִשְׁתַּתֵּף

association, n. אֲגֻדָּה, חֶבְרָה,
שִׁתּוּף; חִבּוּר, הִתְחַבְּרוּת

assort, v.t. & i. מִיֵּן, סִדֵּר, חִלֵּף

assortment, n. מִבְחָר

assuage, v.t. הִרְגִּיעַ [רגע], הִשְׁקִיט
[שקט]

assume, v.t. & i. קִבֵּל עַל עַצְמוֹ,
סָבַר, הִנִּיחַ שֶׁ־

assumption, n. הַנָּחָה, סְבָרָה,
הַשְׁעָרָה

assurance, n. הַבְטָחָה, בִּטּוּחַ

assure, v.t. הִבְטִיחַ [בטח], בִּטֵּחַ

aster, n. כּוֹכָבִית (פֶּרַח)

asterisk, n. & v.t. כּוֹכָבוֹן, סִימָן כּוֹכָב;
סִמֵּן בְּכוֹכָב

astern, adv. מֵאֲחוֹרֵי הָאֳנִיָּה

asteroid, n. & adj. כּוֹכָבִית, מַזָּל
קָטָן; כּוֹכָבִי

asthma, n. קַצֶּרֶת

asthmatic, adj. חוֹלֶה בְּקַצֶּרֶת, שֶׁל
קַצֶּרֶת

astonish, v.t. הִפְלִיא [פלא], הִתְמִיהַּ
[תמה]

astonishment, n. תִּמָּהוֹן, בְּהִיָּה

astound, v.t. הִפְתִּיעַ [פתע]

astral, adj. מְכֻכָּב, כּוֹכָבִי

astray, adj. & adv. תּוֹעֶה

astride, adv. בְּפִשּׂוּק רַגְלַיִם, רָכוּב

astringent, adj. & n. מְכַוֵּץ; סַם (מְכַוֵּץ)
עוֹצֵר

astrologer, n. הוֹבֵר, חוֹזֶה בַּכּוֹכָבִים

astrology, n. הַבִּירָה, חָכְמַת הַמַּזָּלוֹת

astronaut, *n.*	כּוֹכְבָן (נוֹסֵעַ לַכּוֹכָבִים)	attaché, *n.*	נִסְפָּח (לְשַׁגְרִירוּת אוֹ
astronomer, *n.*	תּוֹכֵן		לִפְקִידוּת גְּבוֹהָה)
astronomy, *n.*	תְּכוּנָה, תּוֹרַת הַכּוֹכָבִים	attachment, *n.*	תּוֹסֶפֶת; חִבָּה, אַהֲבָה;
astute, *adj.*	פִּקֵחַ, שָׁנוּן, עָרְמוּמִי		עִקּוּל, עִקּוּל נְכָסִים, עִכּוּב רְכוּשׁ
asunder, *adv.*	לִקְרָעִים, לְבָדָד,	attack, *n.*	הִתְנַפְּלוּת, הַתְקָפָה, הֶתְקֵף,
	לַחֲלָקִים		תְּקִיפָה
asylum, *n.*	מוֹשָׁב, מַחֲסֶה, מִקְלָט,	attack, *v.t. & i.*	הִתְנַפֵּל (נפל) עַל,
	בֵּית חוֹלֵי רוּחַ		תָּקַף
at, *prep.*	בְּ־, אֵצֶל, לְ־, עִם, מִ־	attain, *v.t. & i.*	הִשִּׂיג (נשׂג),
at first	בַּתְּחִלָּה		הִגִּיעַ (נגע) לְ־
at last	לְבַסּוֹף, סוֹף סוֹף	attainable, *adj.*	שֶׁאֶפְשָׁר לְהַשִּׂיג
at least	לְפָחוֹת	attainment, *n.*	הַשָּׂגָה, הַגָּעָה;
at once	מִיָּד	attempt, *n.*	הִשְׁתַּדְּלוּת, נִסָּיוֹן;
atavism, *n.*	חוֹזְרָה, יְרוּשַׁת אָבוֹת		הִתְנַקְּשׁוּת
atheism, *n.*	כְּפִירָה, אֶפִּיקוֹרְסוּת,	attempt, *v.t.*	הִשְׁתַּדֵּל (שׁדל), נִסָּה לְ־,
	שְׁלִילַת אֱלֹהִים		הִתְנַקֵּשׁ (נקשׁ) בְּ...
atheist, *n.*	כּוֹפֵר, אֶפִּיקוֹרוֹס	attend, *v.t. & i.*	בִּקֵּר; שִׁמֵּשׁ, שֵׁרֵת;
athirst, *adj.*	צָמֵא		הִתְעַסֵּק (עסק), הִקְשִׁיב (קשׁב)
athlete, *n.*	גִּבּוֹר, חָזָק, אַתְלֵט, לוּדָר	attendance, *n.*	בִּקּוּר; שֵׁרוּת; נוֹכְחוּת;
athletic, *adj.*	רַב כֹּחַ, אַתְלֵטִי		כְּבֻדָּה
atlas, *n.*	מַפּוֹן, קֹבֶץ מַפּוֹת, מַפִּיָּה	attendant, *adj. & n.*	מְשָׁרֵת, מְשַׁמֵּשׁ,
atmosphere, *n.*	אֲוִירָה, סְבִיבָה,		מְלַוֶּה
	רוּחַ, הַשְׁפָּעָה	attention, *n.*	הַקְשָׁבָה, תְּשׂוּמֶת לֵב
atmospheric, *adj.*	אֲוִירָתִי, שֶׁל הָאֲוִירָה	attentive, *adj.*	מַקְשִׁיב, שָׂם לֵב
atoll, *n.*	אִי אַלְמֻגִּים	attenuate, *adj.*	דַּק, קָלוּשׁ
atom, *n.*	פָּרִיד, פֶּרֶד, אָטוֹם	attenuate, *v.t. & i.*	הֵדַק (דקק),
atomic, *adj.*	פְּרִידִי, אָטוֹמִי		הֵקַל (קלל), הִמְעִיט (מעט),
atomizer, *n.*	מָאֵד		הִפְחִית (פחת)
atone, *v.t. & i.*	כִּפֵּר; הִתְפַּיֵּס (פיס)	attest, *v.t. & i.*	אִשֵּׁר, קִיֵּם,
atonement, *n.*	כַּפָּרָה, כִּפּוּר; הִתְפַּיְּסוּת		הֵעִיד (עוד)
Day of Atonement	יוֹם הַכִּפּוּרִים	attestation, *n.*	אִשּׁוּר, קִיּוּם, הַעֲדָאָה,
atop, *adv. & prep.*	בְּרֹאשׁ, לְמַעְלָה		עֵדוּת
atrocious, *adj.*	אַכְזָר	attic, *n.*	עֲלִיָּה, עֲלִיַּת גַּג
atrocity, *n.*	אַכְזָרִיּוּת	attire, *n.*	מַלְבּוּשׁ, לְבוּשׁ
atrophy, *n.*	הִתְנַמְּנוּת, אַלָּזוֹן	attire, *v.t.*	לָבַשׁ; הִלְבִּישׁ (לבשׁ)
attach, *v.t. & i.*	חִבֵּר, צִמֵּד,	attitude, *n.*	יַחַס, נְטִיָּה, עֶמְדָּה,
	הִדֵּק, סִפֵּחַ, הִתְחַבֵּר (חבר),		גִּישָׁה, הַשְׁקָפָה
	הִצְטָרֵף (צרף); עִקֵּל נְכָסִים	attorney, *n.*	עוֹרֵךְ דִּין

attract, v.t.	מָשַׁךְ, מָשַׁךְ לֵב	augur, n.	מְנַחֵשׁ, מְנַבֵּא עֲתִידוֹת
attraction, n.	מְשִׁיכָה, חֵן, קֶסֶם	augur, v.t. & i.	נִחֵשׁ
attractive, adj.	מוֹשֵׁךְ, מוֹשֵׁךְ אֶת הַלֵּב	august, adj.	נִשָּׂא, נִשְׂגָּב, נַעֲלֶה
attractiveness, n.	חֵן, נֹעַם, קֶסֶם	August, n.	אֲבּוּגְסְט
attribute, n.	תְּכוּנָה	aunt, n.	דּוֹדָה
attribute, v.t.	יִחֵס לְ־, תָּלָה בְּ־,	au revoir	לְהִתְרָאוֹת
	חִיֵּב	auricle, n.	תְּנוּךְ, בְּדַל; אֹזֶן הַלֵּב
attribution, n.	יִחוּס	aurora, n.	אַיֶּלֶת הַשַּׁחַר, עַמּוּד הַשַּׁחַר
attune, v.t.	כִּוֵּן (כְּלֵי נְגִינָה),	aurora australis	הָאַיֶּלֶת הַדְּרוֹמִית
	הִתְאִים [תאם]	aurora borealis	הָאַיֶּלֶת הַצְּפוֹנִית
auburn, adj.	עַרְמוֹנִי	auscultation, n.	הַאֲזָנָה
auction, n.	מְכִירָה פֻּמְבִּית	auspices, n. pl.	חָסוּת, הַשְׁגָּחָה
auction, v.t.	מָכַר בְּהַכְרָזָה, מָכַר	austere, adj.	מַחֲמִיר, מַקְפִּיד; פָּשׁוּט
	בְּפֻמְבִּי	austerity, n.	חָמְרָה, הַקְפָּדָה; צֶנַע
auctioneer, n.	כָּרוֹז, מוֹכֵר בְּהַכְרָזָה,	Australian, adj.	אוֹסְטְרָלִי
	מַכְרִיז	Austrian, adj.	אוֹסְטְרִי
auctioneer, v.t.	מָכַר בְּפֻמְבִּי	authentic, authentical, adj.	אָמִין,
audacious, adj.	נוֹעָז, חָצוּף		אֲמִתִּי, מְקוֹרִי
audacity, n.	עַזּוּת, חֲצִיפָה, עֹז נֶפֶשׁ	authenticate, v.t.	אִמֵּת
audible, adj.	שָׁמִיעַ, נִשְׁמָע	authenticity, n.	אֲמִינוּת, אֲמִתּוּת
audience, n.	קְהַל שׁוֹמְעִים, אֲסֵפָה;	author, n.	מְחַבֵּר, סוֹפֵר
	הַקְשָׁבָה; רָאָיוֹן רִשְׁמִי	authoritative, adj.	סַמְכוּתִי, מֻסְמָךְ
audiovisual, adj.	חָזוּתִי־שְׁמִיעָתִי	authority, n.	סַמְכוּת, מָרוּת, שִׁלְטוֹן;
audit, n.	בְּדִיקַת חֶשְׁבּוֹנוֹת		מֻמְחֶה
audit, v.t.	בָּדַק חֶשְׁבּוֹנוֹת	authorization, n.	הַרְשָׁאָה, אִשּׁוּר,
audition, n.	שְׁמִיעָה, חוּשׁ הַשְּׁמִיעָה		יִפּוּי כֹּחַ
auditor, n.	שׁוֹמֵעַ, מַאֲזִין; בּוֹדֵק	authorize, v.t.	הִרְשָׁה [רשה], נָתַן
	חֶשְׁבּוֹנוֹת, חַשָּׁב		רְשׁוּת, אִשֵּׁר
auditorium, n.	אוּלָם (הַצָּגוֹת,	autobiographer, n.	כּוֹתֵב תּוֹלְדוֹת
	אֲסֵפוֹת), בֵּית עֲצֶרֶת		עַצְמוֹ
auditory, adj.	שֶׁל שְׁמִיעָה, שְׁמִעִי	autobiography, n.	תּוֹלְדוֹת עַצְמוֹ
auger, n.	מַקְדֵּחַ	autocracy, n.	מֶמְשֶׁלֶת יָחִיד, שִׁלְטוֹן
aught, n.	מַשֶּׁהוּ, כְּלוּם, מְאוּמָה, אֶפֶס		יָחִיד, עֲרִיצוּת
augment, v.t. & i.	הִגְדִּיל [גדל],	autograph, n.	חֲתִימַת יָד
	הִרְבָּה [רבה], הוֹסִיף [יסף]	autograph, v.t.	חָתַם בְּעֶצֶם יָדוֹ
augmentation, n.	הוֹסָפָה, רִבּוּי,	automatic, adj.	מֵנִיעַ עַצְמוֹ, פּוֹעֵל
	תּוֹסֶפֶת		מֵאֵלָיו
augmentative, adj.	מוֹסִיף, מַרְבֶּה	automobile, n.	מְכוֹנִית

autonomous, *adj.*	עַצְמָאִי, עוֹמֵד
	בִּרְשׁוּת עַצְמוֹ
autonomy, *n.*	עַצְמָאוּת, שִׁלְטוֹן עַצְמִי
autopsy, *n.*	נְתִיחָה, נִתּוּחַ גּוּף מֵת
autumn, *n.*	סְתָו, עֵת הָאָסִיף
autumnal, *adj.*	סְתָוִי
auxiliary, *adj.*	נוֹסָף, עוֹזֵר, מְסַיֵּעַ
auxiliary, *n.*	סִיּוּעַ, עֵזֶר
auxiliary verb	פֹּעַל עוֹזֵר
avail, *v.t. & i., n.*	הוֹעִיל [יעל];
	תּוֹעֶלֶת
available, *adj.*	נִמְצָא, מוֹעִיל
avalanche, *n.*	שִׁלְגּוֹן, גַּלֶּשׁ
avarice, *n.*	קַמְצָנוּת
avenge, *v.t. & i.*	נָקַם, הִתְנַקֵּם
	[נקם] בְּ־
avenger, *n.*	נוֹקֵם, מִתְנַקֵּם
avenue, *n.*	שְׂדֵרָה; אֶמְצָעִי
average, *n.*	בֵּינוֹנִי, מְמֻצָּע, נֶזֶק יַמִּי
average, *v.t.*	מִצַּע
averse, *adj.*	מְמָאֵן, מְסָרֵב, מוֹאֵס
aversion, *n.*	תֵּעוּב, גֹּעַל נֶפֶשׁ,
	בְּחִילָה, מְאִיסָה
avert, *v.t.*	מָנַע, עִכֵּב, הִסִּיחַ [נסח]
	הַדַּעַת
aviary, *n.*	כְּלוּב צִפֳּרִים
aviation, *n.*	טַיִס, אֲוִירוֹנוּת, תְּעוּפָה
aviator, *n.*	טַיָּס
avid, *adj.*	שׁוֹאֵף, חוֹמֵד
avidity, *n.*	חַמְדָנוּת, תְּשׁוּקָה,
	תַּאַוְתָנוּת
avocation, *n.*	תַּחְבִּיב, אֻמָּנוּת
	מְלָאכָה, עֲבוֹדָה
avoid, *v.t. & i.*	הִתְרַחֵק [רחק] מִן,
	נִמְנַע [מנע] מִן
avoidable, *adj.*	שֶׁאֶפְשָׁר לְהִמָּנַע מִמֶּנּוּ
avoidance, *n.*	הִתְרַחֲקוּת, הִמָּנְעוּת
avow, *v.t.*	הוֹדָה [ידה], הִתְוַדָּה [ידה]

avowal, *n.*	הוֹדָאָה, וִדּוּי, הִתְוַדּוּת
await, *v.t. & i.*	חִכָּה, צִפָּה,
	הִמְתִּין [מתן]
awake, *v.t. & i.*	הֵקִיץ [קוץ], הֵעִיר
	[עור], עוֹרֵר, הִתְעוֹרֵר, [עור]
awake, *adj.*	עֵר, נֵעוֹר
awaken, *v.t. & i.*	הֵעִיר [עור],
	הִתְעוֹרֵר [עור]
awakening, *n.*	יְקִיצָה, הִתְעוֹרְרוּת
award, *n.*	פְּרָס, פְּסַק דִּין
award, *v.t. & i.*	פָּסַק, זִכָּה בְּ־
aware, *adj.*	יוֹדֵעַ, מַכִּיר
away, *adv. & interj.*	רָחוֹק; הָלְאָה
awe, *n.*	יִרְאָה, יִרְאַת כָּבוֹד,
	פַּחַד, אֵימָה
awe, *v.t.*	הִפִּיל [נפל] פַּחַד,
	הֵטִיל [נטל] אֵימָה
awful, *adj.*	אָיֹם, נוֹרָא
awfully, *adv.*	בְּיִרְאָה; מְאֹד
awhile, *adv.*	לְרֶגַע, זְמָן מָה
awkward, *adj.*	חֲסַר מְהִירוּת, כָּבֵד,
	שְׁלוּמִיאֵלִי, גַּמְלוֹנִי
awkwardness, *n.*	חֹסֶר מְהִירוּת,
	כְּבֵדוּת
awl, *n.*	מַרְצֵעַ
awn, *n.*	מֶלַע, זָקָן הַשִּׁבֹּלֶת
awning, *n.*	גַּגּוֹן, גְּנוֹנָה, גְּנוּנֶּת, סוֹכֵךְ
awry, *adj.*	עָקֹם, מְעֻקָּל, מְעֻוָּת
ax, axe, *n.*	גַּרְזֶן, קַרְדֹּם, כַּשִּׁיל
axial, *adj.*	שֶׁל צִיר, צִירִי
axiom, *n.*	אֲמִתָּה, מֻשְׂכָּל רִאשׁוֹן
axis, *n.*	צִיר
axle, *n.*	צִיר, סֶרֶן
ay, aye, *interj.*	אוֹי, אֲבוֹי, אֲהָהּ
aye, ay, *adv.*	כֵּן, הֵן, אָמְנָם
aye, ay, *adv. & n.*	תָּמִיד, לְעוֹלָם
azure, *adj. & n.*	תְּכֵלֶת הַשָּׁמַיִם,
	תְּכֵלֶת, תָּכֹל

B, b

B, b, n. בִּי, הָאוֹת הַשְּׁנִיָּה בָּאָלֶף בֵּית	bad, adj. רַע, נִרְוֶּע, מְקֻלְקָל
הָאַנְגְּלִי; שֵׁנִי, ב'	bad, n. רָעָה
baa, n. פְּעִיָּה, גְּעִיָּה	badge, n. סֵמֶל, תָּג, סוֹפֶפֶת
baa, v.i. פָּעָה, פָּעָה, גָּעָה	badger, n. תַּחַשׁ, גִּירִית
babble, n. פִּטְפּוּט, הֶבֶל, לַהַג	badger, v.t. הִקְנִיט [קנט], הִרְגִּיז [רגז]
babble, v.t. & i. פִּטְפֵּט, גִּמְגֵּם, מִלְמֵל	badly, adv. שְׁלֹא כְהֹגֶן, שֶׁלֹּא כָּרָאוּי
babbler, n. פַּטְפְּטָן; כֶּלֶב צַיִד קוֹלָנִי	badness, n. רָעָה, רֹע
baboon, n. בַּבּוּן	baffle, v.t. & n. הֵבִיךְ [בוך]; מְבוּכָה
baby, babe, n. תִּינוֹק, תִּינֹקֶת, עוֹלָל,	bag, n. שַׂקִּיק, שַׂק, אַרְנָק, תִּיק,
baby, v.t. פִּנֵּק, עִדֵּן; עִנֵּג	תַּרְמִיל, חָרִיט, חֲפִישָׂה
babyish, adj. תִּינוֹקִי, יַלְדוּתִי	bag, v.t. & i. שָׂם [שום] בְּשַׂקִּיק, צָד [צוד]
baby sitter, n. שְׁמַרְטַף, שׁוֹמֶרֶת טַף	bagel, n. כַּעַךְ
baccalaureate, n. בּוֹגֵר, בַּגְרוּת	baggage, n. מִטְעָן, מַשָּׂא, מִזְוָדוֹת,
bachelor, n. רַוָּק, בּוֹגֵר (תֹּאַר מִכְלָלָה)	חֲפָצִים, נַפְקָנִית, יַצְאָנִית
back, adj. אֲחוֹרִי, יָשָׁן (חוֹב); חוֹזֵר	baggy, adj. נָפוּחַ, רָחָב
back, n. גַּב, אָחוֹר, סֵפָה (הַיָּד);	bagpipe, n. חֵמַת חֲלִילִים
מִשְׁעָד (הַכִּסֵּא); מָגֵן (כַּדּוּרֶגֶל)	bail, n. עֵרָבוֹן, מַשְׁכּוֹן; דְּלִי סַפָּנִים
back, adv. לְאָחוֹר, אֲחוֹרַנִּית, בַּחֲזָרָה	bail, v.t. & i. עָרַב, נֶעֱרַב [ערב]
back, v.t. & i. הֵגֵן [גנן] סִיַּע, תָּמַךְ,	bailiff, n. שׁוֹמֵר, סוֹכֵן
סָג, נָסוֹג	bait, n. פִּתָּיוֹן [לְדָגִים]; מִסְפּוֹא
backache, n. מֵחוּשׁ גַּב	(לְסוּסִים, לִבְהֵמוֹת); חֲנָיָה
backbone, n. שִׁדְרָה; יְסוֹד	bait, v.t. & i. פִּתָּה, שָׂם פִּתָּיוֹן; נָתַן
backer, n. תּוֹמֵךְ	מִסְפּוֹא (לְסוּסִים, לִבְהֵמוֹת), חָנָה
backfall, n. נְסִיגַת אָחוֹר	bake, v.t. & i. אָפָה, שָׂרַף (לְבֵנִים)
background, n. יְסוֹד, רֶקַע, תַּדְרִיךְ	baker, n. אוֹפֶה, נַחְתּוֹם
backing, n. תְּמִיכָה, עֵזֶר, סִיּוּעַ	bakery, n. מַאֲפִיָּה
backside, n. צַד אָחוֹר, יַשְׁבָן	balance, n. שִׁוּוּי מִשְׁקָל; מֹאזְנַיִם;
backslide, v.i. נָסוֹג [סוג] אָחוֹר,	מֹאזְנַיִם; יִתְרָה, עֹדֶף
הִתְקַלְקֵל [קלקל]	balance, v.t. & i. הָיָה בְּשִׁוּוּי מִשְׁקָל
backward, adj. הָפוּךְ; נֶחְשָׁל, מְפַגֵּר	הִתְאַזֵּן [אזן], אִזֵּן, שָׁקַל, קִזֵּז, עִיֵּן
backward, backwards, adv. אֲחוֹרַנִּית,	balance sheet מַאֲזָן
לְאָחוֹר	balance wheel גַּלְגַּל וְסוּת
backwardness, n. פִּגָּרוֹן, נֶחְשָׁלוּת	balcony, n. יָצִיעַ, גְּזֻזְרָה, גְּזוּזְטְרָה, דְּקָה
bacon, n. קֹתֶל חֲזִיר	bald, adj. קֵרֵחַ, גִּבֵּחַ
bacteria, n. pl. חַיְדַּקִּים	baldness, n. קָרַחַת

bale, n.	חֲבִילָה, צְרוֹר; צָרָה
bale, v.t.	צָרַר, אָרַז, כָּרַךְ
baleful, adj.	מַזִּיק; מָרוּד
balk, n.	מִכְשׁוֹל, מָרִישׁ, קוֹרָה
balk, v.t. & i.	עָמַד מִלֶּכֶת, נָטָה הַצִּדָּה
ball, n.	כַּדּוּר; פְּקַעַת (שֶׁל צֶמֶר); דּוּלְיָה (שֶׁל חוּטִים); גַּלְגַּל (הָעַיִן); מָחוֹל (נֶשֶׁף רִקּוּדִים)
ballad, n.	שִׁיר עַמָּמִי
ballast, n.	זְבוֹרִית, נֵטֶל, חָצָץ; יַצִּיבוּת
ballast, v.t.	רִצֵּף, סָעַן, יִצֵּב
ballerina, n.	רַקְדָּנִית, מְחוֹלֶלֶת
ballet, n.	מָחוֹל (אָמָּנוּתִי)
balloon, n.	שַׁלְפּוּחִית, כַּדּוּר פּוֹרֵחַ
balloonist, n.	מַפְרִיחַ כַּדּוּרִים
ballot, n.	גּוֹרָל, פַּיִס; בְּחִירוֹת
ballot, v.t.	בָּחַר בְּגוֹרָל; הִצְבִּיעַ (צבע) בְּעַד
balm, n.	בֹּשֶׂם; צֳרִי
balmy, adj.	רֵיחָנִי
balsam, n.	נָטָף
baluster, n.	מִסְעָד, מִשְׁעָן, בַּד שְׂבָכָה
balustrade, n.	מַעֲקֶה
bamboo, n.	חִזְרָן, בַּמְבּוּק
bamboozle, v.t. & i.	הוֹנָה (ינה), תִּעְתַּע, רִמָּה
ban, n.	חֵרֶם, אִסּוּר
ban, v.t.	הֶחֱרִים (חרם), אָסַר
banal, adj.	רָגִיל, יוֹם יוֹמִי, הֲמוֹנִי
banality, n.	יוֹם יוֹמִיּוּת, הֲמוֹנִיּוּת, תִּפְלָה
banana, n.	מוֹז, בַּנָּנָה
band, n.	אֶגֶד, חֶבֶל, רְצוּעָה, קֶשֶׁר; חֶבֶר; כְּנִפְיָה, תִּזְמֹרֶת; לַהֲקָה
band, v.t. & i.	אָחַד, קָשַׁר; הִתְחַבֵּר (חבר), עָמַר
bandage, n.	תַּחְבֹּשֶׁת, אֶגֶד
bandage, v.t.	אָגַד, שָׂם תַּחְבֹּשֶׁת עַל, לָפַף, לִפֵּף
bandit, n.	שׁוֹדֵד, גַּזְלָן
bandoleer, bandolier, n.	פֻּנְדָּה, חֲגוֹרַת כַּדּוּרִים
bane, n.	חֶרֶס; רַעַל, אֶרֶס; מַגֵּפָה
baneful, adj.	הַרְסָנִי; אַרְסִי; מֵמִית
bang, n.	מַהֲלֻמָּה, דְּפִיקָה, רַעַשׁ
bang, v.t. & i.	הָלַם, דָּפַק, רָעַשׁ, הִכָּה בְּכֹחַ, חָבַט
bangle, n.	אֶצְעָדָה, עֶכֶס
banish, v.t.	גֵּרַשׁ, הִגְלָה (גלה)
banishment, n.	גֵּרוּשׁ, גָּלוּת
banister, n.	מִסְעָד, מִשְׁעָן; בַּד שְׂבָכָה
bank, n.	שָׂפָה, גָּדָה (נָהָר); בַּנְק
bank, v.t. & i.	סָכַר (מַיִם); הִפְקִיד (פקד) כֶּסֶף בְּבַנְק
bank bill, bank note, n.	כֶּסֶף נְיָר, שְׁטַר בַּנְק
bankbook, n.	פִּנְקַס הַבַּנְק
banker, n.	בַּנְקַאי, בַּעַל בַּנְק, שֻׁלְחָנִי
banking, n.	בַּנְקָאוּת, שֻׁלְחָנוּת
bankrupt, n.	פּוֹשֵׁט רֶגֶל, שׁוֹמֵט
bankruptcy, n.	פְּשִׁיטַת רֶגֶל, שֶׁבֶר, שְׁמַטָּה
banner, n.	דֶּגֶל, נֵס
banns, bans, n. pl.	הַכְרָזַת נִשּׂוּאִים
banquet, n.	כֵּרָה, סְעֻדָּה, מִשְׁתֶּה
banquet, v.t. & i.	עָשָׂה מִשְׁתֶּה, כֵּרָה
banter, n.	צְחוֹק, לָצוֹן, לֵצָנוּת
banter, v.t.	צָחַק, שָׂחַק, לִגְלֵג, הִתְלוֹצֵץ (ליץ)
bantling, n.	תִּינוֹק, עוֹלָל
baptism, n.	טְבִילָה
baptist, n.	מַטְבִּיל
baptize, v.t.	טָבַל, הִטְבִּיל, נָצַר
bar, n.	מוֹט, בְּרִיחַ (דֶּלֶת), יָתֵד (נְגִינָה); מִסְבָּאָה, מִמְכָנָה; בֵּית דִּין

bar, *v.t.*	חָסַם, נָעַל, סָנֵר	barrel, *v.t.*	שָׂם [שִׂים] בְּחָבִית
barb, *n.*	קֶרֶס, עֹקֶץ, קוֹץ	barren, *adj.*	עָקָר, סָרָק (בְּלִי פֵּרוֹת),
	מַלְעָן, זִיף, זָקָן		צָחִיחַ, שָׁמֵם
barbarian, *n.*	פֶּרֶא אָדָם, אַכְזָר	barrenness, *n.*	עֲקָרוּת, סָרָק, צְחִיחָה
barbaric, *adj.*	בִּלְתִּי מְנֻמָּס, אַכְזָרִי	barrette, *n.*	מַכְבֵּנָה, מַסְרֵק קָטָן
barbarism, *n.*	פִּרְאוּת, אַכְזָרִיּוּת		לַשְּׂעָרוֹת
barbarity, *n.*	נַסּוּת, בּוּרוּת	barricade, *n.*	מִתְרָס, מַעֲצוֹר, סוֹלְלָה
barbarous, *adj.*	פִּרְאִי	barricade, *v.t.*	חָסַם, הִתְרִיס [תרס]
barbecue, *n.*	צָלִי (עַל גֶּחָלִים)	barrier, *n.*	מְחִצָּה, מַעֲצוֹר
barbecue, *v.t.*	צָלָה	barrister, *n.*	עוֹרֵךְ דִּין
barbed, *adj.*	בַּעַל קֶרֶס, דּוֹקְרָנִי	barrow, *n.*	חַדוֹפָן, מְרִיצָה
barbed wire	חַיִל דּוֹקְרָנִי	bartender, *n.*	מוֹזֵג
barber, *n.*	סַפָּר, גַּלָּב	barter, *n.*	חִלּוּף, חֲלִיפִין, הֲמָרָה,
barber, *v.t.*	גִּלַּח		מֵיר
barbershop, *n.*	מִסְפָּרָה	barter, *v.t. & i.*	עָשָׂה חֲלִיפִין, הֵמִיר,
bard, *n.*	פַּיְטָן, מְשׁוֹרֵר, מְזַמֵּר		מֵיר
bare, *adj.*	עָרֹם, גָּלוּי, חָשׂוּף; רֵיק; יָחִיד	basalt, *n.*	בַּזֶּלֶת
bare, *v.t.*	עֵרָה, גִּלָּה, חָשַׂף	base, *adj.*	נִבְזֶה, מְשֻׁחָת, נִקְלֶה, שָׁפָל
barefoot, barefooted, *adj. & adv.*	יָחֵף	base, *n.*	בָּסִיס, יְסוֹד; עֹקֶר; תּוֹשֶׁבֶת
bareheaded, barehead, *adj. & adv.*		base, *v.t.*	יָסַד, בִּסֵּס
	גְּלוּי רֹאשׁ	baseball, *n.*	כַּדּוּר בָּסִיס
bargain, *n.*	מְצִיאָה, קְנִיָּה בְּזוֹל	baseless, *adj.*	מְחֻסַּר יְסוֹד, לְלֹא יְסוֹד
bargain, *v.t. & i.*	עָמַד עַל הַמְּחִיר,	basement, *n.*	מַרְתֵּף
	תִּגֵּר, הִתְמַקַּח [מקח]	baseness, *n.*	שִׁפְלוּת
barge, *n.*	פּוֹרֶקֶת, אַרְבָּה	bashful, *adj.*	בַּיְשָׁן, מִתְבַּיֵּשׁ
bark, *n.*	קְלִפַּת הָעֵץ; נְבִיחָה; מִפְרָשִׂיָּה	bashfulness, *n.*	בַּיְשָׁנוּת, צְנִיעוּת
bark, *v.t. & i.*	נָבַח, קִלֵּף (עֵצִים)	basic, *adj.*	בְּסִיסִי, יְסוֹדִי
barley, *n.*	שְׂעוֹרָה	basin, *n.*	אַגָּן, כִּיּוֹר, מִשְׁכְּלָה
Bar Mitzvah	בַּר מִצְוָה	basis, *n.*	בָּסִיס, יְסוֹד, עִקָּר
barn, *n.*	רֶפֶת; אָסָם, מַמְגּוּרָה	bask, *v.i.*	הִתְחַמֵּם בַּשֶּׁמֶשׁ
barometer, *n.*	מַדְכֹּבֶד, מַדְאֲוִיר,	basket, *n.*	סַל, טֶנֶא
	מַדְלַחַץ	bas-relief, *n.*	תַּבְלִיט
baron, *n.*	בָּרוֹן, רוֹזֵן	bass, *n.*	נִמְרִית (דָּג); נְמוּךְ הַקּוֹל
barrack, *n.*	צְרִיף	bassinet, *n.*	עֲרִיסָה; אַמְבַּט תִּינוֹקוֹת
barrage, *n.*	סֶכֶר; מַטָּח; מָנַע; רִכּוּז	basso, *n.*	בַּסְּתָן
	יְרִיָּה	bast, *n.*	לֶכֶשׁ, חֶבֶל לֶכֶשׁ
barrel, *n.*	חָבִית; קָנֶה (שֶׁל רוֹבֶה)	bastard, *n.*	מַמְזֵר
	תֹּף (הָאֹזֶן)	bastardy, *n.*	מַמְזֵרוּת

baste, v.t.   הִכְלִיב [כלב]; מָרַח שׁוּמָן
עַל צְלִי בָּשָׂר

bastion, n.   תַּבְנּוּן

bat, n.   עֲטַלֵּף; אַלָּה (לְמִשְׂחָקִים)

bat, v.t. & i.   הִכָּה [נכה] בְּאַלָּה

batch, n.   אֲצְוָה, קְבוּצָה, צְרוֹר

bath, n.   אַמְבָּט, טְבִילָה

bathe, v.t. & i.   אַמְבָּט, הִתְאַמְבֵּט
[אמבט]

bather, n.   מִתְרַחֵץ, טוֹבֵל

bathtub, n.   אַמְבָּט

baton, n.   שַׁרְבִיט (הַמְּנַצֵּחַ בְּתִזְמֹרֶת)

battalion, n.   גְּדוּד

batter, v.t. & i., n.   נִפֵּץ, נָתַץ, פָּרַץ;
בָּחַשׁ (עִיסָה); תַּבְחֶשֶׁת

battering-ram, n.   אַיִל בַּרְזֶל

battery, n.   סוֹלְלָה, סוֹלְלַת חַשְׁמַל,
מַצְבֵּר; גְּנֵדָה; מַעֲרֶכֶת; סְדָרָה

battle, n.   קְרָב, מִלְחָמָה

battle, v.t.   נִלְחַם, לָחַם, נֶאֱבַק [אבק],
הִתְגּוֹשֵׁשׁ [גשש]

battlefield, n.   שְׂדֵה-מִלְחָמָה,
שְׂדֵה-קְרָב

battleship, n.   אֳנִיַּת-קְרָב

bawdy, adj.   שֶׁל זְנוּנִים

bawl, n.   צְרִיחָה

bay, n.   מִפְרָץ; נְבִיחָה (כֶּלֶב);
עָר (דַּפְנָה)

bay, adj. & n.   חוּם אֲדַמְדַּם, סוּס
אֲדַמְדָּם

bay, v.t. & i.   נָבַח

bayonet, n.   כִּידוֹן

bayonet, v.t.   דָּקַר בְּכִידוֹן

bazaar, bazar, n.   שׁוּק, יְרִיד

be, v.i.   הָיָה, חָל, הִתְקַיֵּם [קים]

beach, n., v.t. & i.   חוֹף, שָׂפָה
(נָהָר, אֲגַם וְכוּ'); חוֹלָה; הֶעֱלָה [עלה]
(מָתַר) לַחוֹף

beacon, n.   מִגְדַּלּוֹר; אַזְהָרָה

bead, n.   חָרוּז, חַלְיָה, אֱגֶל, בּוּעוֹת; קֶצֶף

beading, n.   חֲרִיזָה, מַחְרֹזֶת; הִתְקַצְּפוּת

beadle, n.   שַׁמָּשׁ

beagle, n.   כֶּלֶב צַיִד

beak, n.   מַקּוֹר, חַרְטֹם

beaker, n.   גָּבִיעַ, כּוֹס

beam, n.   מָרִישׁ, קוֹרָה; קֶרֶן אוֹר;
יָצוּל (בַּמַּחֲרֵשָׁה)

beam, v.t. & i.   זָרַח, קָרַן, נָצַץ

beaming, adj.   קוֹרֵן, מַבְרִיק, שָׂמֵחַ

bean, n.   פּוֹל, שְׁעוּעִית

bear, n.   דֹּב

bear, v.t. & i.   נָשָׂא, סָבַל, יָלַד, הֵעִיד;
נָתַן פְּרִי; לָחַץ

bearable, adj.   שֶׁאֶפְשָׁר לְסָבְלוֹ

beard, n.   זָקָן, מַלְעָן (בְּצֶמַח)

bearded, adj.   בַּעַל זָקָן

beardless, adj.   מְחֻסַּר זָקָן

bearer, n.   סַבָּל, נוֹשֵׂא, נוֹשֵׂא
מַטֶּה (שֶׁל מֵת); מוֹכַ"ז

bearing, n.   כִּוּוּן; לֵידָה; הִתְנַהֲגוּת;
מֵסַב (בִּמְכוֹנוֹת)

beast, n.   חַיָּה; פֶּרֶא

beastly, adj.   חַיָּתִי, אַכְזָרִי

beat, n.   מַכָּה, דְּפִיקָה, פְּעִימָה (לֵב),
פַּעֲמָה (נְגִינָה); אֵזוֹר

beat, v.t. & i.   הִכָּה, הִלְקָה [לקה],
דָּפַק; נִצַּח; פָּעַם (לֵב); טָרַף (בֵּיצָה)

beaten, adj.   מֻכֶּה, מְנֻצָּח, מְרֻדָּד,
טָרוּף

beater, n.   מַכֶּה, מַחְבֵּט; מַטְרֵף

beatitude, n.   בְּרָכָה, נֹעַם

beau, n.   גַּנְדְּרָן, אוֹהֵב (אִשָּׁה)

beauteous, adj.   יְפֵהפֶה, נָאוֶה

beautiful, adj.   יָפֶה, נָאוֶה

beautify, v.t. & i.   קִשֵּׁט, יִפָּה, פֵּאֵר;
הִתְיַפָּה [יפה]

beauty, *n.*	יֹפִי, פְּאֵר, חֶמְדָּה, חֵן
beaver, *n.*	בּוֹנֶה, בֶּבֶר
becalm, *v.t.*	הִרְגִּיעַ [רגע], הִשְׁקִיט
[שקט]; הִדְמִים [דמם] (מִפְרָשִׂיה)	
because, *adv. & conj.*	כִּי, מִפְּנֵי שֶׁ־,
	מִכֵּיוָן שֶׁ־
beck, *n.*	רְמִיזָה, רֶמֶז, נְעַנוּעַ
	(יָד, רֹאשׁ); נַחַל
beckon, *v.t. & i.*	רָמַז [רמז], נִעְנֵעַ
	(בְּיָד, בְּרֹאשׁ), אוֹתֵת
becloud, *v.t. & i.*	עִנֵּן, הֶעִיב [עוב],
	הֶאֱפִיל [אפל]
become, *v.t. & i.*	הָיָה לְ־, נַעֲשָׂה
	[עשה]; הָיָה נָאֶה
becoming, *adj.*	יָאֶה, מַתְאִים, הוֹלֵם,
	רָאוּי
bed, *n.*	מִטָּה, מִשְׁכָּב; עֲרוּגָה; אָפִיק
bed, *v.t. & i.*	הִשְׁכִּיב [שכב], שָׁכַב
(עִם), שָׁתַל (בַּעֲרוּגָה), עֵרֵג	
bedaub, *v.t.*	לִכְלֵךְ, טִשְׁטֵשׁ
bedbug, *n.*	פִּשְׁפֵּשׁ
bedding, *n.*	צָרְכֵי הַמִּטָּה; רֹבֶד
bedeck, *v.t.*	עָדָה, קִשֵּׁט, פֵּאֵר
bedevil, *v.t.*	הִתְעוֹלֵל [עלל]
bedlam, *n.*	בֵּית מְשֻׁגָּעִים, מְבוּכָה,
	שָׁאוֹן, רַעַשׁ
bedpan, *n.*	עֲבִיט מִטָּה
bedrid, bedridden, *adj.*	חוֹלֶה, שׁוֹמֵר
	מִשְׁכָּבוֹ
bedroom, *n.*	חֲדַר מִטּוֹת, חֲדַר שֵׁנָה
bedspread, *n.*	צִפִּית
bee, *n.*	דְּבוֹרָה
beech, *n.*	אַשּׁוּר
beechen, *adj.*	אַשּׁוּרִי, שֶׁמֵּעֵץ הָאַשּׁוּר
beechnut, *n.*	בַּלּוּט אַשּׁוּרִים
beef, *n.*	בְּשַׂר בָּקָר
beefsteak, *n.*	אֻמְצָה
beehive, *n.*	כַּוֶּרֶת
beer, *n.*	בִּירָה, שֵׁכָר
beeswax, *n.*	דּוֹנַג
beet, *n.* (often beetroot)	לֶפֶת, סֶלֶק
beetle, *n.*	חִפּוּשִׁית, מַכּוֹשׁ; פַּטִּישׁ
beetle, *v.i.*	בָּלַט, הָיָה סָרוּחַ
befall, *v.t.* [רחש]	קָרָה, אֵרַע, הִתְרַחֵשׁ
befit, *v.t. &-i.*	יָאָה, הָיָה נָאֶה
befitting, *adj.*	יָאֶה, הוֹלֵם, מַתְאִים
befog, *v.t.*	עִרְבֵּל, כִּסָּה בַּעֲרָפֶל,
	הֶעִיב [עוב]; בִּלְבֵּל
before, *adv.*	תְּחִלָּה, רִאשׁוֹנָה, בָּרִאשׁוֹנָה
before, *prep. & conj.*	לִפְנֵי, טֶרֶם,
	קֹדֶם; לִפְנֵי שֶׁ־, קֹדֶם שֶׁ־
beforehand, *adv.*	מֵרֹאשׁ, לְמַפְרֵעַ
befoul, *v.t.*	לִכְלֵךְ, טִנֵּף, זִהֵם
befriend, *v.t.*	הָיָה רֵעַ, הָיָה יָדִיד,
	הִתְיַדֵּד [ידד]
beg, *v.t. & i.*	בִּקֵּשׁ, פָּשַׁט יָד, חָזַר עַל
הַפְּתָחִים; הִפְצִיר [פצר],	
	הִתְחַנֵּן [חנן]
beget, *v.t.*	הוֹלִיד [ילד]
beggar, *n.*	מְבַקֵּשׁ, קַבְּצָן, פּוֹשֵׁט יָד
beggar, *v.t.*	רוֹשֵׁשׁ [ריש]
beggary, *n.*	עֲנִיּוּת, קַבְּצָנוּת
begin, *v.t. & i.*	הִתְחִיל [תחל]
beginner, *n.*	מַתְחִיל
beginning, *n.*	הַתְחָלָה, רֵאשִׁית
begrime, *v.t.*	לִכְלֵךְ, טִנֵּף, זִהֵם
begrudge, *v.t.*	קִנֵּא בְּ־, הָיָה צַר עַיִן
beguile, *v.t.*	הוֹנָה [ינה], רִמָּה; לִבֵּב,
	שִׁעֲשַׁע
behalf, *n.*	תּוֹעֶלֶת
on behalf	בְּעַד, בְּשֵׁם
behave, *v.t. & i.*	הִתְנַהֵג [נהג]
behavior, *n.*	נִמּוּס, דֶּרֶךְ אֶרֶץ,
	הִתְנַהֲגוּת
behead, *v.t.*	הֵסִיר [סור] רֹאשׁ, כָּרַת
רֹאשׁ, הִתִּיז [נתז] רֹאשׁ, עָרַף	

behest, *n.* צַו, פְּקֻדָּה	belligerence, belligerency, *n.* עֲשִׂיַּת
behind, *adv.* אַחֲרֵי־, אַחֲרֵי־	מִלְחָמָה, לוֹחֲמוּת
behind, *prep.* אָחוֹר, לְאָחוֹר, מֵאָחוֹר	belligerent, *n.* עוֹשֶׂה מִלְחָמָה, (צַד)
behindhand, *adj. & adv.* מְאֻחָר, מְפַגֵּר	לוֹחֵם, גִּלְחָם
behold, *v.t. & i.* רָאָה, הִתְבּוֹנֵן [בין]	bellow, *n.* נְעָיָה
בְּ־, שָׁר [שור]	bellow, *v.t. & i.* נָעָה
behold, *interj.* רְאֵה, הַבֵּט!	bellows, *n. pl.* מַפּוּחַ
beholder, *n.* חוֹזֶה, מִתְבּוֹנֵן, מִסְתַּכֵּל	belly, *n.* בֶּטֶן, כֶּרֶס, גָּחוֹן
behoof, *n.* שָׂכָר, רֶוַח, תּוֹעֶלֶת, טוֹבָה	belly, *v.t. & i.* צָבָה, תָּפַח, הִתְנַפַּח
being, *n.* הֱיוֹת, מְצִיאוּת, יֵשׁוּת, יְקוּם	[נפח]
belabor, *v.t.* הִלְקָה [לקה]; הִשְׁקִיעַ	bellyache, *n.* כְּאֵב בֶּטֶן, עֲוִית
[שקע] עֲבוֹדָה	belong, *v.i.* הָיָה שַׁיָּךְ, הִשְׁתַּיֵּךְ [שיך]
belate, *v.t.* אִחֵר, עִכֵּב	belongings, *n. pl.* רְכוּשׁ, שַׁיָּכִים,
belated, *adj.* מְאֻחָר	כְּבֻדָּה
belay, *v.t.* חִזֵּק, כָּרַךְ (בָּאֳנִיָּה)	beloved, *adj.* אָהוּב
belch, *n.* גִּהוּק	below, *adv.* לְמַטָּה, לְהַלָּן, מִלְּמַטָּה,
belch, *v.t. & i.* גִּהֵק	מִתַּחַת
beleaguer, *v.t.* צָר [צור], שָׂם [שים]	belt, *n.* חֲגוֹרָה, אַבְנֵט, אֵזוֹר
מָצוֹר עַל, הִקִּיף [נקף]	belt, *v.t.* חָגַר, אָזַר
belfry, *n.* מִגְדַּל פַּעֲמוֹנִים	bemoan, *v.t. & i.* הִתְאַבֵּל [אבל],
Belgium, *n.* בֶּלְגִּיָּה	סָפַד, בָּכָה
belie, *v.t.* כִּזֵּב, הִכְזִיב [כזב]	bench, *n.* סַפְסָל, בֵּית מִשְׁפָּט
belief, *n.* אֵמוּן, אֱמוּנָה, דָּת	bend, *v.t. & i.* כָּפַף, כָּרַע (בֶּרֶךְ);
believable, *adj.* נֶאֱמָן, מְהֵימָן	עִקֵּם; דָּרַךְ קֶשֶׁת
believe, *v.t. & i.* הֶאֱמִין [אמן], חָשַׁב,	bend, *n.* כְּפִיפָה, עֲקִימָה
סָבַר	beneath, *adv. & prep.* תַּחַת, מִתַּחַת,
believer, *n.* מַאֲמִין	מִלְּמַטָּה
belittle, *v.t.* הֵקַל [קלל] בְּ, הִקְטִין	benediction, *n.* בְּרָכָה
[קטן]	benefaction, *n.* חֶסֶד, גְּמִילוּת חֶסֶד
bell, *n.* פַּעֲמוֹן, מְצִלָּה, זוֹג, צִלְצוּל	benefactor, *n.* מֵטִיב, גּוֹמֵל חֶסֶד
belladonna, *n.* חֶדֶק אַרְסִי	benefice, *n.* נַחֲלָה, הַכְנָסָה
belle, *n.* יְפֵהפִיָּה	beneficial, *adj.* מוֹעִיל, מַכְנִיס רְוָחִים
belles-lettres, *n. pl.* סִפְרוּת, סִפְרוּת	beneficiary, *n.* יוֹרֵשׁ, נֶהֱנֶה
יָפָה	benefit, *n.* גְּמוּל, תַּגְמוּל, תּוֹעֶלֶת, רֶוַח
bellhop, *n.* נַעַר, שָׁלִיחַ	benefit, *v.t. & i.* הוֹעִיל [יעל], גָּמַל,
bellicose, *adj.* שׁוֹאֵף מִלְחָמוֹת, אִישׁ	זָכָה
מָדוֹן	benevolence, *n.* נְדִיבוּת, טוֹב לֵב
bellied, *adj.* כַּרְסְתָן	benevolent, *adj.* נָדִיב, טוֹב לֵב

benign, *adj.*	רָחוּם, נוֹחַ, נָעִים
benignant, *adj.*	לְבָבִי, מְרַחֵם
benignity, *n.*	עֲדִינוּת, נֹעַם, רַכּוּת, טְבוּת, טוֹב
bent, *adj.*	כָּפוּף
bent, *n.*	תַּאֲוָה, יֵצֶר
benumb, *v.t.*	הִקְהָה [קהה], אִבֵּן
benzene, *n.*	בֶּנְזִין
bequeath, *v.t.*	הוֹרִישׁ [ירש], צִוָּה
bequest, *n.*	יְרֻשָּׁה, עִזָּבוֹן
berate, *v.t.*	נָזַף קָשׁוֹת
bereave, *v.t.*	שִׁכֵּל, גָּזַל
bereavement, *n.*	שְׁכֹל, אֲבֵדָה, גְּזֵלָה
beret, *n.*	כֻּמְתָּה
berry, *n.*	תּוּת, גַּרְגַּר
berth, *n.*	מִטָּה, מִשְׁכָּב; תָּא; מַעֲגָן
berth, *v.t. & i.*	נָתַן תָּא; נָתַן מִטָּה; עָגַן
beseech, *v.t.*	הִתְחַנֵּן [חנן]
beseem, *v.i.*	הָלַם, יָאָה, הִתְאִים
beset, *v.t.*	עָטַר, הִקִּיף [נקף]; הִרְגִּיז [רגז], הִפְרִיעַ [פרע] מְנוּחָה
beshrew, *n.*	אָרַר, קִלֵּל
beside, *prep.*	עַל יָד, אֵצֶל, כְּנֶגֶד
besides, *adv. & prep.*	מִלְּבַד, חוּץ; גַּם; עוֹד, זוּלַת
besiege, *v.t.*	כִּתֵּר, הִקִּיף [נ ק ף], צָר [צור]
besmear, besmirch, *v.t.*	לִכְלֵךְ, טִנֵּף, נִבֵּל
besom, *n. & v.t.*	מַטְאֲטֵא, סָאסָא
bespeak, *v.t.*	הִזְמִין [זמן], הִתְנָה [תנה]
best, *adj.*	מֻבְחָר, הַטּוֹב בְּיוֹתֵר, הַמַּעֲלֶה
best, *n.*	מֵיטָב, עִדִּית
best, *adv.*	טוֹב מִכֹּל
bestial, *adj.*	בַּהֲמִי, אַכְזָרִי, תַּאֲוָנִי
bestiality, *n.*	בַּהֲמִיּוּת
bestir, *v.t.*	הֵנִיעַ [נוע], הִתְנוֹעֵעַ, זֵרֵז
best man, *n.*	שׁוֹשְׁבִין
bestow, *v.t.*	הֶעֱנִיק [ענק], נָתַן
bestowal, *n.*	נְתִינָה, מַתָּנָה, הַעֲנָקָה
bestride, *v.t.*	רָכַב עַל
bet, *n.*	הִתְעָרְבוּת, הֵמוּר
bet, *v.t. & i.*	הִתְעָרֵב [ערב], הִמְרָה [מרה]
betoken, *v.t.*	רָמַז, הוֹרָה [ירה], בִּשֵּׂר, נִבָּא
betray, *v.t.*	בָּגַד, גִּלָּה סוֹד
betrayal, *n.*	בְּגִידָה, מַעַל, בֶּגֶד, גִּלּוּי סוֹד
betroth, *v.t.*	אֵרַשׂ, אָרַס, קִדֵּשׁ אִשָּׁה
betrothal, *n.*	אֵרוּסִים, כְּלוּלוֹת
betrothed, *adj.*	אָרוּס
better, bettor, *n.*	מִתְעָרֵב, מְהַמֵּר
better, *adj. & adv.*	טוֹב יוֹתֵר, מוּטָב
better, *v.t. & i.*	הֵטִיב [טוב], שִׁפֵּר, הִשְׁבִּיחַ [שבח]
betterment, *n.*	הֲטָבָה, שִׁפּוּר, הַשְׁבָּחָה
between, betwixt, *adv. & prep.*	בְּאֶמְצַע, בֵּין
bevel, *n.*	מַזְוִית, זָוִית מְשֻׁפַּעַת
bevel, *v.t.*	מָדַד זָוִיּוֹת, שִׁפַּע
beverage, *n.*	מַשְׁקֶה, שִׁקּוּי
bevy, *n.*	קְבֻצָּה, סִיעָה, לַהֲקָה, מַחֲנֶה
bewail, *v.t. & i.*	הִתְאַבֵּל [אבל], סָפַד, בָּכָה, הִתְיַפֵּחַ [יפח]
beware, *v.i.*	נִזְהַר [זהר], נִשְׁמַר [שמר]
bewilder, *v.t.*	בִּלְבֵּל, הֵבִיא בִּמְבוּכָה
bewilderment, *n.*	בִּלְבּוּל, מְבוּכָה, עִרְבּוּבְיָה
bewitch, *v.t.*	כִּשֵּׁף, הִקְסִים [קסם]
beyond, *adv.*	מֵאֲחוֹרֵי, מֵעֵבֶר לְ־, הָלְאָה, מֵרָחוֹק
biannually, *adv.*	פַּעֲמַיִם בַּשָּׁנָה
bias, *n.*	מִשְׁפָּט קָדוּם, מַשּׂוֹא פָנִים
bias, *v.t.*	הִטָּה [נטה] לֵב, שִׁחֵד

bib, n. מַפִּית לְתִינוֹק

Bible, n. כִּתְבֵי הַקֹּדֶשׁ, תַּנַ"ךְ

Biblical, adj. תַּנַ"כִי

bibliographic, bibliographical, adj. סִפְרָאִי

bibliography, n. סִפְרָאוּת

bicarbonate, n. דּוּ־פַּחְמָה

biceps, n. קַבֹּרֶת

bicker, v.i. הִתְקוֹטֵט [קטט], רָב [ריב]

bicycle, n. & v.i. אוֹפַנַּיִם; אָפַן

bicyclist, n. אוֹפַנָּן

bid, n. מִצְוָה, הַצָּעָה, מִכְרָז

bid, v.t. & i. צִוָּה, הִצִּיעַ [יצע]

bidder, n. מַצִּיעַ מִצְוָה

bide, v.t. & i. גָּר [גור], יָשַׁב, שָׁכַן; חִכָּה [חכה]

biennial, n. דּוּ־שְׁנָתִי

bier, n. מִטַּת (אֲרוֹן) מֵתִים, קֶבֶר

big, adj. גָּדוֹל, רָחָב, מָלֵא, כַּבִּיר

bigamist, n. בַּעַל שְׁתֵּי נָשִׁים, נְשׂוּאָה לִשְׁנַיִם

bigamous, adj. שֶׁל נְשׂוּאֵי כֶּפֶל

bigamy, n. נְשׂוּאֵי כֶפֶל

bigness, n. גֹּדֶל, גְּדֻלָּה, גַּדְלוּת

bigot, n. צָבוּעַ, מִתְחַסֵּד, עַקְשָׁן, קַנַּאי

bigoted, adj. קַנַּאי

bigotry, n. קַנָּאוּת, חֹסֶר סוֹבְלָנוּת

bike, n. אוֹפַנַּיִם

bilateral, adj. דּוּ־צְדָדִי, בַּעַל שְׁנֵי צְדָדִים

bile, n. מָרָה, מְרָה שְׁחוֹרָה

bilge, n. שִׁפּוּלַיִם, בֶּטֶן אֳנִיָּה, בֶּטֶן חָבִית

bilingual, adj. דּוּ־לְשׁוֹנִי

bilious, adj. מְרָרָתִי, שֶׁל מַחֲלַת הַמָּרָה, כַּעֲסָנִי, רַגְזָנִי

bill, n. מָקוֹר, חַרְטֹם; שְׁטָר, שֶׁטֶר; חוֹב; חֶשְׁבּוֹן; גַּרְזֶן; חוֹד הָעַמֻּד

bill, v.t. & i. הוֹדִיעַ [ידע], הִכְרִיז [כרז]; הִתְחַנֵּק [נשק], הִתְעַלֵּס [עלס]

billboard, n. לוּחַ מוֹדָעוֹת, יְצוּעַ הָעָנָן

billet, n. פִּתְקָה, פִּתְקַת לִינָה, מְקוֹם לִינָה

billet, v.t. & i. אִכְסֵן, הִתְאַכְסֵן [אכסן]

billfold, n. אַרְנָק

billiards, n. כַּדּוּר מֵטֶה, בִּלְיַרְד

billion, n. בִּלְיוֹן

billow, n. מִשְׁבָּר (עַל), נַחְשׁוֹל

bimonthly, adj. דּוּ־חָדְשִׁי

bin, n. מְגוּרָה, קֻפָּה

bind, v.t. & i. קָשַׁר, צָרַר; חָבַשׁ (פֶּצַע); כָּרַךְ (סֵפֶר)

binder, n. כּוֹרֵךְ סְפָרִים, מְאַלֵּם (בַּד); מְאַלֶּמֶת

bindery, n. כְּרִיכִיָּה

binding, n. כְּרִיכָה (סְפָרִים); קִשּׁוּר; אִלּוּם

binoculars, n. pl. מִשְׁקֶפֶת

biography, n. תּוֹלְדוֹת חַיֵּי אָדָם

biographic, biographical, adj. תּוֹלְדִי

biologist, n. בָּקִי בְּתוֹרַת הַחַיִּים

biology, n. תּוֹרַת הַחַיִּים

bipartisan, adj. דּוּ־מִפְלַגְתִּי

birch, n. & v.t. עֵץ הַבָּתוּל, לִבְנֶה; שֵׁבֶט; יִסֵּר, שָׁבַט

bird, n. & v.t. צִפּוֹר, עוֹף; לָכַד צִפֳּרִים; זִהָה צִפֳּרִים

birth, n. לֵדָה, מוֹצָא, מָקוֹר

birth control, n. הַגְבָּלַת הַיְלוּדָה

birthday, n. יוֹם הֻלֶּדֶת

birthmark, n. סִמַּן מִלֵּדָה

birthplace, n. מוֹלֶדֶת, מְכוֹרָה

birthright, n. בְּכוֹרָה

biscuit, n. נָקוּד, בִּסְקְוִיט, רָקִיק

bisect, v.t. חָצָה, חִנֵּךְ, נָתַח

bisection, *n.*	חֲצִיָה, מִצּוּעַ, נְתִיחָה	blame, *n.*	אַשְׁמָה, הַאֲשָׁמָה
bisector, *n.*	חוֹצֶה, נַתְחָן	blame, *v.t.*	הֶאֱשִׁים [אשם]
bisexual, *adj.*	דּוּ־מִינִי	blameless, *adj.*	נָקִי, חַף מִפֶּשַׁע
bishop, *n.*	הֶגְמוֹן, בִּישׁוֹף	blanch, *v.t. & i.*	הִלְבִּין וְלִבֵּן, חִוֵּר
bismuth, *n.*	מַרְקֶשִׁית	bland, *adj.*	אָדִיב, עָדִין, רַךְ
bison, *n.*	יַחְמוּר	blandishment, *n.*	חֲנִיפָה
bit, *n.*	חֲתִיכָה, מִקְצָת; עֹקֶרֶב שֶׁל	blank, *adj.*	לָבָן, חָלָק (בִּלְתִּי כָתוּב);
	רֶסֶן; שֵׁן שֶׁל כֵּלִים, חָף		נִדְהָם, עָקָר, פָּשׁוּט
bitch, *n.*	כַּלְבָּה; זְאֵבָה; פְּרוּצָה	blank, *n.*	חָלָל; נְיָר חָלָק
bite, *n.*	נְשִׁיכָה, פֶּצַע; לְנִימָה	blanket, *n.*	שְׂמִיכָה, מַצָּעָה
bite, *v.t. & i.*	נָשַׁךְ, הִכִּישׁ [נכש]	blankness, *n.*	רֵיקוּת; לֹבֶן, חֲלָקוּת
bitter, *adj.*	מַר, חָרִיף; מַר נֶפֶשׁ	blare, *n., v.t. & i.*	תְּרוּעָה, קוֹל
bitterness, *n.*	מְרִירוּת, חֲרִיפוּת		חֲצוֹצְרָה; חָצַר
bitumen, *n.*	חֵמָר, זֶפֶת, כֹּפֶר	blaspheme, *v.t. & i.*	קִלֵּל, חֵרֵף, גִּדֵּף
bivouac, *n.*	מַחֲנֶה (אַרְעִי)	blasphemy, *n.*	חֵרוּף, גִּדּוּף
bivouac, *v.i.*	חָנָה	blast, *n. & v.t.*	צְפִירָה, הִתְפּוֹצְצוּת;
biweekly, *adj. & n.*	דּוּ־שְׁבוּעִי;		תְּקִיעָה; פּוֹצֵץ
	דּוּ־שְׁבוּעוֹן	blatant, *adj.*	הוֹמֶה, רוֹעֵשׁ
bizarre, *adj.*	מְשֻׁנֶּה, מוּזָר	blaze, *n., v.t. & i.*	אֵשׁ לֶהָבָה;
blab, *v.t. & i.*	פִּטְפֵּט		הִתְפָּרְצוּת, לָהַט, בָּעַר; צִיֵּן
black, *n.*	שָׁחוֹר, שְׁחוֹר		שְׁבִיל
black, *adj.*	שָׁחוֹר, אָפֵל	bleach, *v.t. & i.*	לִבֵּן, הִדְהָה [דהה]
blackbird, *n.*	קִיכְלִי, שָׁרָד	bleach, *n.*	דֵּהוּי, דְּהִיָּה
blackboard, *n.*	לוּחַ	bleak *adj.*	עָצוּב, קַר, רֵיק
blacken, *v.t.*	הִשְׁחִיר [שחר], פִּחֵם	blear, *adj.*	טָרוּט, כֵּהֶה, עָמוּם
black list	רְשִׁימָה שְׁחוֹרָה	bleat, *v.i. & n.*	גָּעָה, פָּעָה, גְּעִיָּה,
blackmail, *n.*	סַחְטָנוּת, אִיּוּם		פְּעִיָּה
blackmail, *v.t.*	אִיֵּם, הוֹצִיא [יצא]	bleed, *v.i.*	שָׁתַת (אִבֵּד) דָּם
	דִּבָּה	bleeding, *n.*	דִּמּוּם
black market, *n.*	שׁוּק שָׁחוֹר	blemish, *n.*	מוּם, פְּגָם
blackness, *n.*	שְׁחוֹר, שַׁחֲרוּת	blemish, *v.t.*	נִבֵּל, לִכְלֵךְ
blackout, *n.*	אִפּוּל, הַאֲפָלָה; אִבּוּד	blend, *n.*	מִמְזָג, תַּעֲרֹבֶת
	הַכָּרָה	blend, *v.t. & i.*	עִרְבֵּב, מָזַג; הִתְעָרְבֵּב
blacksmith, *n.*	נַפָּח, חָרָשׁ בַּרְזֶל		[ערבב], הִתְמַזֵּג [מזג]
bladder, *n.*	שַׁלְפּוּחִית (הַשֶּׁתֶן)	bless, *v.t.*	בֵּרַךְ
blade, *n.*	סַכִּין גִּלּוּחַ, לַהַב (סַכִּין);	blessed, blest, *adj.*	בָּרוּךְ; מְבֹרָךְ
	עָלֶה (עֵשֶׂב)	blessing, *n.*	בְּרָכָה, אֹשֶׁר
blain, *n.*	כִּיב, אֲבַעְבּוּעָה	blight, *n.*	שִׁדָּפוֹן, כִּמָּשׁוֹן, יֵרָקוֹן

blight, v.t. & i. [שדף] שָׁדַף; הִשְׁתַּדֵּף

blind, adj. & n. עִוֵּר, סוּמָא; וִילוֹן, תְּרִיס

blind, v.t. עִוֵּר, סִמֵּא

blinder, n. אָפֵר (סַכֵּי עֵינַיִם לַסּוּס)

blindfold, v.t. כִּסָּה (עֵינַיִם)

blindness, n. עִוָּרוֹן; קַלּוּת דַּעַת

blink, n. קְרִיצַת עַיִן

blink, v.t. & i. קָרַץ עַיִן

bliss, n. אֹשֶׁר, בְּרָכָה, תַּעֲנוּג

blissful, adj. מְאֻשָּׁר, עָרֵב

blister, n. אֲבַעְבּוּעָה

blister, v.t. & i. הוֹצִיא [יצא] אֲבַעְבּוּעָה

blithe, adj. שָׂמֵחַ, עַלִּיז

blithesome, adj. שָׂמֵחַ, עַלִּיז

blizzard, n. סְעָרַת שֶׁלֶג

bloat, v.t. & i. הִתְנַפַּח [נפח], מִלֵּא (מַיִם, אֲוִיר), הִצְבָּה [צבה]; עִשֵּׁן (יָבֵשׁ) דָּגִים

block, n. בּוּל עֵץ; מִכְשׁוֹל, מַעֲצוֹר; אִמּוּם (נַעַל); רֹבַע (עִיר)

block, v.t. חָסַם, עִכֵּב, אִמֵּם (נַעַל)

blockade, n. מָצוֹר, הֶסְגֵּר

blockade, v.t. צָר, סָגַר, חָסַם

blockhead, n. טִפֵּשׁ, בַּעַר

blond, blonde, adj. צָהֹב (שֵׂעָר)

blood, n. & v.t. דָּם; טֶבַע, מוֹצָא; הִקִּיז [נקז] דָּם

blood clot, n. קְרִישׁ (חֲרָרַת) דָּם

blooded, adj. טוֹב הַטֶּבַע

bloodhound, n. כֶּלֶב (צַיִד) גִּשּׁוּשׁ

blood pressure לַחַץ דָּם

bloodshed, n. שְׁפִיכַת דָּמִים

bloodsucker, n. עֲלוּקָה

bloody, adj. דָּמִי; אַכְזָר

bloom, n. צִיץ, פְּרִיחָה; אֵב

bloom, v.i. פָּרַח, הִפְרִיחַ [פרח]. צָץ [צוץ]

blooming, adj. פּוֹרֵחַ, מַזְהִיר

blossom, n. פֶּרַח, נִצָּן

blot, n. כֶּתֶם; חֶרְפָּה

blot, v.t. כִּתֵּם, לִכְלֵךְ; סָפַג

blotch, n. כֶּתֶם

blotter, n. מַסְפֵּג

blouse, n. חֲלִיקָה, חָלְצָה

blow, n. מַכָּה, אָסוֹן; תְּקִיעָה; פְּרִיחָה

blow, v.t. & i. נָשַׁב; תָּקַע (שׁוֹפָר); שָׁרַק (בְּמַשְׁרוֹקִית); נָפַח; נָרַף (הָאַף); הִמְלִיט [מלט] בֵּיצִים (הַזְּבוּב); לִכְלֵךְ, פָּרַח

bludgeon, n. מַקֵּל עֻבֶּה

blue, adj. כָּחֹל, תָּכֹל; עָגוּם

blue, n. תְּכֵלֶת (שָׁמַיִם), כְּחֹל (יָם); כַּחַל (כְּבִיסָה)

bluebell, n. פַּעֲמוֹנִית כְּחֻלָּה

blueberry, n. אֻכְמָנִיָּה

blueprint, n. תָּכְנִית (תְּכֵלֶת), הֶעְתֵּק

bluet, n. דְּגָנִיָּה

bluish, adj. כְּחַלְחַל

bluff, adj. מְשֻׁפָּע, תָּלוּל; נִמְרָץ

bluff, n. שׁוּנִית (שֵׁן סֶלַע); אֲחִיזַת עֵינַיִם, הַטְעָיָה

bluff, v.t. רִמָּה, הִתְעָה [תעה]

blunder, n. שְׁגִיאָה, מִשְׁגֶּה, טָעוּת

blunder, v.t. & i. שָׁגָה, טָעָה

blunderbuss, n. שׁוֹטֶה, כְּסִיל

blunt, adj. קֵהֶה; שׁוֹטֶה, עַז פָּנִים

blunt, v.t. הִקְהָה [קהה], סִמְסֵם

bluntness, n. קֵהוּת, אֱוִילוּת

blur, n. טִשְׁטוּשׁ, עִמְעוּם

blur, v.t. טִשְׁטֵשׁ, עִמְעֵם

blurt, v.t. נִלָּה מִתּוֹךְ פִּטְפּוּס

blush, v.t. & i. הִכְלֵל, הִתְאַדֵּם [אדם], הִסְתַּמֵּק [סמק]

blush, n. בּוּשָׁה, סֹמֶק

8

bluster, *n.*   רֶגֶשׁ, סְעָרָה, רַהַב

bluster, *v.t. & i.*   סָעַר, רָגַשׁ;
הִתְמַרְמֵר

boa constrictor, *n.*   נָחָשׁ בָּרִיחַ, חַנָק

boar, *n.*   חֲזִיר בָּר

board, *n.*   קֶרֶשׁ; אֹכֶל, מִסְבָּה, מוֹעֵצָה,
וַעַד

board, *v.t. & i.*   נָתַן אֲרוּחָה; עָלָה עַל
אֳנִיָּה אוֹ רַכֶּבֶת; כִּסָּה בִּקְרָשִׁים

boarder, *n.*   מִתְאַכְסֵן בְּאֵשֶׁ״ל

boardinghouse, *n.*   אֵשֶׁ״ל, פֶּנְסִיוֹן

boarding school *n,*   פְּנִימִיָּה

boarish, *adj.*   גַּס

boardwalk, *n.*   סַלֶּלֶת קְרָשִׁים

boast, *n.*   הִתְנָאוּת, הִתְפָּאֲרוּת

boast, *v.t. & i.*   הִתְנָאָה [נאה], הִתְפָּאֵר
[פאר], הִתְיַהֵר [יהר]

boaster, *n.*   יָהִיר, מִתְפָּאֵר

boastful, *adj.*   שַׁחֲצָנִי, גַּאַוְתָן

boat, *n.*   סִירָה, אֳנִיָּה, סְפִינָה

boat, *v.t. & i.*   שָׁט [שוט] בְּסִירָה, הִפְלִיג
[פלג] בְּסִירָה

boathouse, *n.*   בֵּית סִירוֹת

boating, *n.*   סִירָאוּת

boatman, boatsman, *n.*   סִירַאי

bob, *n.*   אֶשְׁכּוֹל, פִּתְיוֹן; הֶנַעַת רֹאשׁ;
מַכַּת־יָד; תִּסְפֹּרֶת קְצָרָה

bob, *v.t. & i.*   נִדְנֵד; קִצֵּר שְׂעָרוֹת; צָד
[צוד] דָּגִים

bobbin, *n.*   אֲשָׁוָה, פְּקַעַת חוּטִים

bobtail, *n.*   קְצַר זָנָב

bobwhite, *n.*   שְׂלָו אֲמֵרִיקָנִי

bode, *v.t. & i.*   נִבָּא

bodement, *n.*   נְבוּאָה, בְּשׂוֹרָה

bodice, *n.*   חֲזִיָּה, מָחוֹךְ

bodily, *adj. & adv.*   גּוּפָנִי, בְּגוּפוֹ

body, *n.*   גּוּף, גְּוִיָּה, עֶצֶם, מֶרְכָּב
(מְכוֹנִית); גֶּרֶם (הַשָּׁמַיִם)

bodyguard, *n.*   שׁוֹמֵר, שׁוֹמֵר רֹאשׁ

bog, *n.*   בִּצָּה

bogey, *n.*   רוּחַ, שֵׁד

bogus, *adj.*   מְזֻיָּף

boil, *n.*   חַבּוּרָה

boil, *v.t.*   רָתַח, בִּשֵּׁל, שָׁלַק (בֵּיצִים)

boiler, *n.*   דּוּד

boisterous, *adj.*   עַז, סוֹעֵר, קוֹלָנִי,
צַעֲקָנִי

bold, *adj.*   מַרְהִיב, מֵעֵז, חָצוּף

boldly, *adv.*   בְּהָעֵזָה

boldness, *n.*   עֹז, הָעֵזָה, חֻצְפָּה

bole, *n.*   גֶּזַע שֶׁל עֵץ

boll, *n.*   תַּרְמִיל (צֶמַח)

bolster, *n.*   כַּר, כֶּסֶת

bolster, *v.t.*   סָמַךְ

bolt, *n.*   בְּרִיחַ, יָתֵד, אֶטֶב, חֵץ

bolt, *v.t. & i.*   הִבְרִיחַ [ברח] (בְּרִיחַ
הַדֶּלֶת), בָּרַח (סוּס), יָרָה (חֵץ)

bomb, *n.*   פְּצָצָה, פֶּנְצ, מַרְסֵס

bomb, *v.t.*   בָּזַק, הִפְצִיץ [פצץ], הִרְעִישׁ
[רעש]

bombardment, *n.*   הַפְצָצָה, הַפְגָּזָה,
בְּרַעְשָׁה, הַתְקָפָה קָשָׁה

bombast, *n.*   נִבּוּב דְּבָרִים, סַרְבּוּל

bomber, *n.*   מַפְצִיץ; רַמָּן

bombing, *n.*   הַפְצָצָה

bona fide, *adj. & adv.*   נֶאֱמָן

bond, *n.*   קֶשֶׁר, שְׁבָיָה (סֹהַר); שְׁטָר
(אִגֶּרֶת) חוֹב; עֵרָבוֹן; הִתְקַשְׁרוּת

bondage, *n.*   עַבְדוּת, שֶׁבִי, הִשְׁתַּעְבְּדוּת

bone, *n.*   עֶצֶם, גֶּרֶם

bone, *v.t.*   הוֹצִיא [יצא] עֲצָמוֹת; נִקֵּר

bonfire, *n.*   מְדוּרָה, מוֹקֵד, מַשּׂוּאָה

bonnet, *n.*   מִצְנֶפֶת

bonus, *n.*   הַעֲנָקָה, תּוֹסֶפֶת

booby, *n.*   גֹּלֶם, כְּסִיל

boodle, *n.*   שַׁלְמוֹן, שֹׁחַד

book, n.   סֵפֶר

bookbinder, n.   כּוֹרֵךְ

bookbinding, n.   כְּרִיכָה

bookcase, n.   כּוֹנָנִית, אֲרוֹן סְפָרִים

bookkeeper, n.   עוֹרֵךְ חֶשְׁבּוֹן, פִּנְקְסָן

bookkeeping, n.   עֲרִיכַת חֶשְׁבּוֹן, פִּנְקְסָנוּת

booklet, n.   חוֹבֶרֶת, סֵפֶר קָטָן, סִפְרוֹן

bookmaker, n.   מְחַבֵּר סְפָרִים; סוֹכֵן לַמֵּהוּרִים

bookmark, n.   סִימָנִיָּה

bookseller, n.   מוֹכֵר סְפָרִים

bookshelf, n.   מַדָּף סְפָרִים

bookstand, n.   בִּיתָן סְפָרִים, דּוּכַן סְפָרִים

bookworm, n.   מָקָק (בִּסְפָרִים); אוֹהֵב סְפָרִים

boom, n.   עֲלִיָּה פִּתְאוֹמִית (מְחִירִים); שָׁאוֹן; קוֹרָה, מוֹט, מָנוֹר

boom, v.t. & i.   רָעַשׁ, זִמְזֵם; שִׁגְשֵׂג

boon, adj.   מֵיטִיב, עַלִּיז

boon, n.   טוֹבָה, בְּרָכָה

boor, n.   בּוּר, בַּעַר

boorish, adj.   גַּס, בּוּר

boot, n.   נַעַל, מוּק, מַגָּף

boot, v.t.   נָעַל מַגָּפַיִם

bootblack, n.   מְצַחְצֵחַ נַעֲלַיִם

booth, n.   סֻכָּה, בִּיתָן

bootlegger, n.   מַבְרִיחַ מַשְׁקָאוֹת

booty, n.   שָׁלָל, מַלְקוֹחַ, בִּזָּה

booze, n.   מַשְׁקֶה חָרִיף, שֵׁכָר

border, n.   גְּבוּל, תְּחוּם

border, v.t.   גָּבַל, עָשָׂה שָׂפָה

bore, n.   מְשַׁעֲמֵם; קֹטֶר, רֹחַב הַחוֹר (שֶׁל הָרוֹבֶה); מִשְׁבָּר גֵּאוּת הַיָּם

bore, v.t. & i.   קָדַח, נָקַב, הִטְרִיד [טרד], שִׁעֲמֵם

boredom, n.   שִׁעֲמוּם

borer, n.   קַדָּח, מַקְדֵּחַ, מַרְצֵעַ, נוֹקֵב

borer, n.   נוֹבֵר

boric acid   חֻמְצַת בֹּר

boring, n. & adj.   קִדּוּחַ; מְשַׁעֲמֵם

born, adj.   נוֹלָד

borough, n.   שְׁכוּנָה, עֲיָרָה, חֵלֶק עִיר

borrow, v.t.   שָׁאַל, לָוָה

borrower, n.   שׁוֹאֵל, לֹוֶה

bosom, adj.   קָרוֹב, אָהוּב

bosom, n.   חֵיק, חָזֶה

boss, n.   מְנַהֵל, מַשְׁגִּיחַ, אָדוֹן, בַּעַל בַּיִת, מַטְבַּעַת, וּבְשׁוֹשִׁית

boss, v.t.   נִהֵל, הִדְרִיךְ [דרך], רָדָה; קִשֵּׁט בְּפִתּוּחִים

botanic, botanical adj.   שֶׁל תּוֹרַת הַצְּמָחִים, צִמְחִי

botanist, n.   צִמְחַאי

botanize, v.t.   אָסַף צְמָחִים

botany, n.   צִמְחָאוּת, תּוֹרַת הַצְּמָחִים

botch, n.   עֲבוֹדָה פְּשׁוּטָה, סְלַאי

botch, v.t.   הִטְלִיא [טלא], הִשְׁחִית [שחת]

both, adj., pron. & conj.   שְׁנֵיהֶם, שְׁתֵּיהֶן, יַחַד

bother, n.   טִרְדָּה, טֹרַח

bother, v.t. & i.   הִטְרִיד [טרד], הִטְרִיחַ [טרח]

bottle, n.   בַּקְבּוּק, קַנְקַן

bottle, v.t.   מִלֵּא בַקְבּוּקִים

bottleneck, n., v.t. & i.   צַוָּאר בַּקְבּוּק (מַעֲצוֹר תְּנוּעָה); עָצַר תְּנוּעַת מְכוֹנִיּוֹת

bottom, n.   יַשְׁבָן; שְׁמָרִים; קַעַר הָאֳנִיָּה; מַצָּלָה, קַרְקָעִית, עֹמֶק, תַּחְתִּית

bottomless, adj.   לְלֹא קַרְקָעִית, בְּלִי סוֹף

bough, n.   עָנָף, סַרְעַפָּה

boulder, *n.*	אֶבֶן כָּתֵף
boulevard, *n.*	שְׂדֵרָה, שְׂדֵרַת עֵצִים
bounce, *v.t. & i.*	קָפַץ
bounce, *n.*	קְפִיצָה, הִתְפָּאֲרוּת
bound, *adj.*	אָסוּר, קָשׁוּר; חַיָּב, מְחֻיָּב
bound, *n.*	גְּבוּל
bound, *v.t. & i.*	גָּבַל, הִגְבִּיל [נבל],
	קִצֵּב; נָתַר, קָפַץ
boundary, *n.*	גְּבוּל, תְּחוּם
boundless, *adj.*	בְּלִי גְבוּל
bountiful, *adj.*	נָדִיב, נִמְצָא בְּשֶׁפַע
bounty, *n.*	נְדִיבוּת; חֶסֶד; מַתָּת, פְּרָס
bouquet, *n.*	זֵר (פְּרָחִים); בֹּשֶׂם (הַיַּיִן)
bourn, bourne, *n.*	מָחוֹז, מַטְּרָה; יוּבָל
bout, *n.*	תִּגְרָה, הִתְחָרוּת, הַמַּרְאָה
bow, *n.*	הִשְׁתַּחֲוָיָה, הַרְכָּנַת רֹאשׁ;
	חַרְטוֹם אֳנִיָּה; קֶשֶׁת
bow tie	עֲנִיבַת ,,פַּרְפַּר''
bow, *v.t. & i.*	הִשְׁתַּחֲוָה (שחה)
	הִרְכִּין (רכן) רֹאשׁ; דָּרַךְ קֶשֶׁת;
	נִגֵּן בְּקֶשֶׁת
bowels, *n. pl.*	מֵעַיִם, קְרָבַיִם
bower, *n.*	סֻכָּה; עֹגֶן חַרְטוֹם
bowl, *n.*	מִזְרָק, קְעָרָה
bowling, *n.*	כַּדֹּרֶת
bowling alley	מִשְׁעוֹל כַּדֹּרֶת
bowman, *n.*	קַשָּׁת
box, *n.*	תֵּבָה, קֻפְסָה, אַרְגָּז; תָּא;
	מַכַּת אֶגְרוֹף, סְטִירָה
box, *v.t. & i.*	סָטַר, הִתְאָגְרֵף (אגרף);
	שָׂם (שים) בְּתֵבָה
boxer, *n.*	מִתְאַגְרֵף, אֶגְרוֹפָן
boxing, *n.*	הִתְאַגְרְפוּת, אֶגְרוּף;
	אֲרִיזָה בְּתֵבוֹת
boxing gloves	כְּפָפוֹת אֶגְרוּף
box office	קֻפַּת כַּרְטִיסִים
boy, *n.*	יֶלֶד, נַעַר; מְשָׁרֵת
boycott, *n.*	חֵרֶם, הַחְרָמָה
boycott, *v.t.*	הֶחֱרִים [חרם]
boyhood, *n.*	יַלְדוּת, נְעוּרִים
boyish, *adj.*	יַלְדוּתִי
boyishness, *n.*	יַלְדוּתִיּוּת
brace, *n.*	אֶדֶק; אֶנֶד; מַקְדֵּחַ; זוּג
brace, *v.t.*	קָשַׁר; חִזֵּק, הִדֵּק; הִתְעוֹדֵד
bracelet, *n.*	אֶצְעָדָה, צָמִיד
braces, *n. pl.*	כְּתֵפִיּוֹת, מוֹשְׁכוֹת
	(שֶׁל מִכְנָסַיִם)
bracket, *n.*	זִיז, מִשְׁעָן; סוֹגֵר, אָרִיחַ
bracket, *v.t.*	סָגַר בַּחֲצָאֵי לְבָנָה
brackets, *n. pl.*	סוֹגְרַיִם, אֲרִיחַיִם
brackish, *adj.*	מָמְלָח, מָלוּחַ, תָּפֵל
brad, *n.*	מַסְמֵר
brag, *n.*	הִתְפָּאֲרוּת
brag, *v.i.*	הִתְפָּאֵר [פאר]
braid, *n.*	מִקְלַעַת; צַמָּה
braid, *v.t.*	שָׂרַג, קָלַע
Braille, *n.*	כְּתַב עִוְרִים, כְּתַב בְּרַיְל
brain, *n.*	מֹחַ; שֵׂכֶל, בִּינָה
brainless, *adj.*	חֲסַר דַּעַת
brainy, *adj.*	מֹחָן ,שִׂכְלִי, שָׁנוּן
braise, *v.t.*	צָלָה
brake, *n.*	מַעֲצֹר, בֶּלֶם
brake, *v.t.*	בָּלַם
brakeman, *n.*	בַּלְמָן (בְּרַכֶּבֶת)
bramble, *n.*	אָטָד, חוֹחַ
bran, *n.*	סֻבִּין
branch, *n.*	עָנָף; סָנִיף
branch, *v.t.*	הִסְתַּעֵף [סעף]
brand, *n.*	אוּד, אֵשׁ; אֵיכוּת, מִין;
	אוֹת קָלוֹן
brand, *v.t.*	הִתְוָה [תוה], כָּוָה (בְּבַרְזֶל
	מְלֻבָּן)
brandish, *v.t.*	נוֹפֵף [נוף] חֶרֶב
brandy, *n.*	יֵין שָׂרָף, יַיִ"שׁ
brass, *n.*	נְחֹשֶׁת קַלָּל
brass, *v.t.*	צִפָּה נְחֹשֶׁת

brassière, n.   חֲזִיָּה

brassy, adj.   נְחֻשְׁתִּי; חָצוּף, עַז פָּנִים

brat, n.   יֶלֶד, עֲוִיל

brave, adj.   אַמִּיץ, גִּבּוֹר, עַז

brave, v.t.   הִתְגַּבֵּר [נברב] עַל, הָיָה אַמִּיץ

bravery, n.   אֹמֶץ, גְּבוּרָה

bravo, interj.   הֵידָד

brawl, n.   רִיב, קְטָטָה

brawl, v.i.   רָב [ריב]

brawn, n.   חֹזֶק; בְּשַׂר חֲזִיר

bray, n.   נְעִירָה (שֶׁל חֲמוֹר), נְהִיקָה

braze, v.t.   צִפָּה בִּנְחֹשֶׁת

brazen, adj.   נְחֻשְׁתִּי; חָצוּף

brazier, n.   אָח, כִּיּוֹר, כָּנוּן

breach, n.   שֶׁבֶר, סֶדֶק, פֶּרֶץ

breach, v.t.   שָׁבַר, בָּקַע, פָּרַץ

bread, n.   לֶחֶם, כִּכַּר לֶחֶם, פַּת לֶחֶם

breadth, n.   רֹחַב

break, n.   שֶׁבֶר

break, v.t.   שָׁבַר; פִּצַּח (אֱגוֹזִים); גָּרַם (עֲצָמוֹת); פָּרַס (לֶחֶם); חִלֵּל (שָׁבוּעָה); הֵפֵר [פרר] (חֹק)

breakable, adj.   שָׁבִיר, פָּרִיךְ

breakage, n.   שִׁבָּרוֹן, שְׁבִירָה

breakdown, n.   קִלְקוּל

breaker, n.   מִשְׁבָּר (עַל); מְאַלֵּף סוּסִים

breakfast, n.   פַּת שַׁחֲרִית, אֲרֻחַת בֹּקֶר

breakfast, v.t.   אָכַל אֲרֻחַת הַבֹּקֶר

breakwater, n.   סֶכֶר, שׁוֹבֵר גַּלִּים

breast, n.   חָזֶה, שַׁד

breast stroke, n.   מְחִי (שְׂחִיַּת) חָזֶה

breath, n.   נְשִׁימָה, הֶבֶל

breathe, v.t. & i.   נָשַׁם

breathless, adj.   קְצַר נְשִׁימָה, עָיֵף

breeches, n. pl.   מִכְנְסֵי רְכִיבָה

breed, n.   גִּדּוּל, תּוֹלָדָה, גֶּזַע

breed, v.t. & i.   גִּדֵּל, יָלַד, מוֹלַד [ילד]

breeder, n.   מְגַדֵּל

breeding, n.   גִּדּוּל; נִמּוּס

breeze, n.   רוּחַ קַל, רוּחַ חֲרִישִׁית, רוּחַ צַח; זְבוּב סוּסִים; קְטָטָה; אַשְׁפָּה

breezy, adj.   אֲוִירִי, רוּחִי; פָּזִיז

brethren, n. pl.   אַחִים

breviary, n.   סִדּוּר תְּפִלּוֹת (בִּכְנֵסִיָּה הַקַּתּוֹלִית)

brevity, n.   קִצּוּר

brew, v.t.   בִּשֵּׁל שֵׁכָר; חִבֵּל

brewer, n.   סוֹדְנִי

brewery, n.   סוֹדְנִיָּה

briar, v. brier

bribe, n.   שֹׁחַד

bribe, v.t. & i.   שִׁחֵד, נָתַן שֹׁחַד

bribery, n.   שִׁחוּד, נְתִינַת שֹׁחַד

brick, n.   לְבֵנָה, אָרִיחַ

bricklayer, n.   בּוֹנֶה בִּלְבֵנִים

brickwork, n.   בִּנְיַן לְבֵנִים

bride, n.   כַּלָּה

bridegroom, n.   חָתָן

bridesmaid, n.   שׁוֹשְׁבִינָה

bridge, n.   גֶּשֶׁר; גֶּשֶׁר הַסִּפּוּן (הַשְּׁנַיִם); מִשְׂחַק קְלָפִים

bridge, v.t.   גִּשֵּׁר, בָּנָה גֶּשֶׁר

bridle, n.   מֶתֶג, רֶסֶן

bridle, v.t.   מִתֵּג, עָצַר

brief, adj.   קָצָר, מְצֻמְצָם

brief, n.   תַּמְצִית, קִצּוּר, תַּדְרִיךְ, תַּקְצִיר

brief, v.t.   קִצֵּר, תִּדְרַךְ, תִּמְצֵת

briefly, adv.   בְּקִצּוּר

brier, briar, n.   קוֹץ, דַּרְדַּר, חוֹחַ, עֲצְבּוֹנִית

brigade, n.   פְּלֻגָּה

brigadier, n.   מְפַקֵּד

brigadier general, n.   אַלּוּף

brigand, n.   שׁוֹדֵד, גַּזְלָן, חַמְסָן, חָמוֹץ

brigandage, *n.*	שֹׁד, גְּזֵלָה, חָמָס, לְסָטוּת
bright, *adj.*	בָּהִיר, מַזְהִיר; פִּקֵּחַ
brighten, *v.t. & i.*	הֵאִיר [אור]; הִזְהִיר [זהר]; זִכֵּךְ
brightness, *n.*	זֹהַר, זִיו, חֲרִיפוּת (הַמַּחֲשָׁבָה)
brilliance, brilliancy, *n.*	זֹהַר; חֲרִיפוּת
brilliant, *n.*	יַהֲלוֹם
brilliant, *adj.*	נוֹצֵץ, מַבְרִיק; חָרִיף
brim, *n.*	שָׂפָה, אֹגֶן (כּוֹבַע)
brimful, *adj.*	גָּדוּשׁ
brine, *n.*	מֵי מֶלַח, צִיר
bring, *v.t.*	הֵבִיא [בוא], הִגִּישׁ [נגש]
bring up	גִּדֵּל, חִנֵּךְ
brink, *n.*	שָׂפָה, גְּבוּל, קָצֶה, פִּי פַחַת
briny, *adj.*	מָלוּחַ
brisk, *adj.*	מָהִיר, זָרִיז, פָּעִיל; פָּזִיז
briskly, *adv.*	בִּזְרִיזוּת
briskness, *n.*	זְרִיזוּת, מְהִירוּת, פְּעִילוּת
bristle, *n.*	זִיף, שֵׂעָר (חֲזִיר)
bristle, *v.t. & i.*	סָמַר, סִמֵּר
bristly, *adj.*	זִיפִי
Britain, *n.*	בְּרִיטַנְיָה, אַנְגְּלִיָה
brittle, *adj.*	שָׁבִיר, מִתְפּוֹרֵר, תָּחוּחַ
broach, *n.*	קִדּוּחָה; שִׁפּוּד; סִכָּה, פְּרִיפָה
broach, *v.t.*	קִדַּח; פָּתַח (בְּשִׂיחָה, בְּדִיּוּן)
broad, *adj.*	רָחָב, נִרְחָב, מַקִּיף
broadcast, *v.t.*	שִׁדֵּר
broadcast, *n.*	שִׁדּוּר, מִשְׁדָּר
broaden, *v.i. & t.*	הִרְחִיב, הִתְרַחֵב, [רחב]
broadly, *adv.*	בְּהַרְחָבָה, בִּכְלָל, בְּרַחֲבוּת
broad-minded, *adj.*	בַּעַל הַשְׁקָפָה רְחָבָה
broadside, *n.*	צַד הָאֳנִיָּה; פְּנֵי אֳנִיָּה מִמַּעַל לַמַּיִם
brocade, *n.*	רִקְמָה
broccoli, *n.*	תַּרְבְּתָר (מִין כְּרוּבִית)
brochure, *n.*	חוֹבֶרֶת, קֻנְטְרֵס
broil, *n.*	צָלִי, צְלִיָה, מְרִיבָה
broil, *v.t.*	צָלָה (עַל גֶּחָלִים), הִתְקוֹטֵט [קטט]
broiler, *n.*	מַצְלֵה, צוֹלֶה; עוֹף לִצְלִיָה; מְחַרְחַר רִיב
brokage, brokerage, *n.*	דְּמֵי סַרְסוּרְיָה, סַרְסָרוּת
broken, *adj.*	שָׁבוּר, רָצוּץ, נִדְכָּא, אֻמְלָל
broker, *n.*	סַרְסוּר, מְתַוֵּךְ
bromine, *n.*	בְּרוֹם; בַּאֲשָׁן
bronchitis, *n.*	דַּלֶּקֶת הַסִּמְפּוֹנוֹת
bronze, *n.*	אָרָד (בְּרוֹנְזָה)
bronze, *v.t.*	צִפָּה בְּאָרָד
Bronze Age	תְּקוּפַת הָאָרָד
brooch, *n.*	סִכָּה, סִיךְ
brood, *n.*	בְּרִיכָה (שֶׁל אֶפְרוֹחִים)
brood, *v.t. & i.*	דָּגַר; שָׁקַע בְּמַחֲשָׁבוֹת
brooder, *n.*	דּוֹגֵר, מַדְגֵּרָה; שָׁקוּעַ בְּמַחֲשָׁבוֹת
brook, *n.*	נַחַל, יוּבַל, פֶּלֶג
broom, *n.*	מַטְאֲטֵא, רֹתֶם
broom, *v.t.*	טִאטֵא
broomstick, *n.*	מַקֵּל הַמַּטְאֲטֵא
broth, *n.*	מָרָק
brothel, *n.*	בֵּית זוֹנוֹת, קֻבָּה
brother, *n.*	אָח, חָבֵר, עָמִית
brotherhood, *n.*	אַחֲוָה; רֵעוּת; אֲגֻדָּה
brother-in-law, *n.*	גִּיס
brotherly, *adv.*	אַחֲוָתִי
brow, *n.*	גַּבָּה, גַּבַּת עַיִן; מֵצַח
browbeat, *v.t.*	דִּכָּא (בְּמַבָּט חַד)
brown, *adj. & n.*	חוּם, שָׁחֹם

brown, v.t. & i.	הִשְׁחִים [שחם]	buckshot, n.	כַּדּוּרֵי צַיִד (לִצְבִי)
brownie, browny, n.	שֵׁד טוֹב, רוּחַ	buckskin, n.	עוֹר צְבִי
	טוֹבָה; צוּפָה צְעִירָה; עוּגִית	buckwheat, n.	כֻּסֶּמֶת
	שׁוֹקוֹלָד-אֱגוֹזִים	bud, n.	נִצָּן, צִיץ
brownish, adj.	שְׁחַמְחַם	bud, v.i.	הֵנֵץ [נצץ], פָּרַח
browse, n.	קֶלַח, נֵצֶר	buddy, n.	חָבֵר
browse, v.t.	רָעָה; קָרָא, דִּפְדֵּף	budge, v.t. & i.	זָע, הֵזִיז [זוז], נָע,
bruise, n.	פֶּצַע, מַכָּה		הֵנִיעַ [נוע]
bruise, v.t.	פָּצַע, מָעַךְ	budget, n. & v.t.	תַּקְצִיב; תִּקְצֵב
brunch, n.	בָּקְצָה, שַׁחֲצָה	buff, n.	עוֹר רְאֵם; מְעִיל צְבָאִי;
brunette, adj. & n.	שְׁחַרְחַר, שְׁחַרְחֹרֶת		גֶּוֶן צָהֹב; גִּלְגַּל לְשׁוּם; מַכָּה
brunt, n.	תֹּקֶף, תְּקָפָה	buffalo, n.	שׁוֹר הַבָּר
brush, n.	מִבְרֶשֶׁת, מִשְׁעֶרֶת; מִכְחוֹל;	buffer, n.	מַלְטָשֶׁת; סוֹפֵג הֶלֶם
	רְחִיפָה (נְגִיעָה קַלָּה)	buffet, n.	מִזְנוֹן; מַכַּת יָד
brush, v.t.	הִבְרִישׁ [ברש]; נָגַע (קַל),	buffoon, n.	לֵץ, בַּדְּחָן
	רָחַף, צָבַע	buffoonery, n.	לֵצָנוּת, בַּדְּחָנוּת
brusque, adj.	נִמְהָר	bug, n.	חֶרֶק; פִּשְׁפֵּשׁ
brutal, adj.	אַכְזָרִי	buggy, n. & adj.	עֲגָלָה; מְטֹרָף
brutality, n.	אַכְזָרִיּוּת	bugle, n.	חֲצוֹצְרָה
brutally, adv.	בְּאַכְזָרִיּוּת	bugler, n.	מְחַצֵּצֵר, חֲצוֹצְרָן
brute, n.	חַיָּה, אַכְזָר; שׁוֹטֶה	build, n.	מִבְנֶה
brutish, adj.	בַּהֲמִי, פֶּרֶא	build, v.t. & i.	בָּנָה; בִּסֵּס, יִסַּד
brutishness, n.	פְּרָאוּת, גַּסּוּת	builder, n.	בַּנַּאי, בּוֹנֶה
bubble, n.	בַּעְבּוּעַ	building, n.	בְּנִיָּה, בִּנְיָן
bubble, v.t. & i.	בִּעְבֵּעַ	bulb, n.	נוּרָה, אַנְס; פְּקַעַת
bubble gum	לַעַס בּוּעוֹת	bulge, n.	בְּלִיטָה
buccaneer, n.	שׁוֹדֵד הַיָּם	bulge, v.i.	בָּלַט, יָצָא (עֵינַיִם מֵחוֹרֵיהֶן)
buck, n.	זָכָר, אַיָּל, תַּיִשׁ, אַרְנָב;	bulk, n.	גּוּף, גּוּשׁ, נֶפַח, עִקָּר
	שָׁפָן; תְּאוֹ; כּוּשִׁי; מֵי כְּבִיסָה)	bulky, adj.	עָבֶה, גַּס
	דוֹלָר; עֲלִיל (שֶׁלָּחָן נִגָּרִים)	bull, n.	פַּר, שׁוֹר, בֶּן בָּקָר, אַבִּיר
buck, v.t. & i.	קָפַץ, דָּהַר, כָּבַס;	bulldog, n.	כֶּלֶב הַשְּׁוָרִים, כֶּלֶב
	הִתְנַגֵּד [נגד]		חֲרוּמַּף
bucket, n.	דְּלִי	bulldozer, n.	דַּחְפּוֹר
bucket, v.t.	דָּלָה	bullet, n.	קְלִיעַ, כַּדּוּר
buckle, n.	פְּרִיפָה; אַבְזָם, חֶבֶס,	bulletin, n.	עָלוֹן, הוֹדָעָה רִשְׁמִית
	בַּת נֶפֶשׁ	bulletproof, adj.	חֲסִין מִקְלִיעִים
buckle, v.t. & i.	פָּרַף, חָגַר, אִבְזֵם;	bullfight, bullfighting, n.	מִלְחֶמֶת
	הִתְאַבֵּק [אבק]; הִתְעַקֵּם [עקם]		שְׁוָרִים

bullfinch, n.	תַּמָּה	buoyant, adj.	צָף; שָׂמֵחַ
bullion, n.	מְטִיל זָהָב, כֶּסֶף וְכוּ'	bur, burr, n.	קוֹץ, דַּרְדַּר; קְלִפָּה
bullock, n.	שׁוֹר, פַּר בֶּן בָּקָר		קָשָׁה; גַּרְגּוּר הָ"ר"; חִסְפּוּס, מַקְדֵּחַ
bull's-eye, n.	מֶרְכַּז הַמַּטָּרָה		שְׁנַּיִם, הֲרַת, לַבְלֵב
bully, n.	אַלָּם, מֵצִיק	burden, n.	מַשָּׂא, מַעֲמָסָה, מִטְעָן;
bully, v.t. & i.	הֵצִיק [עוק], אִיֵּם		מוּעָקָה; פִּזְמוֹן
bulrush, n.	סוּף, אַגְמוֹן	burden, v.t.	הֶעֱמִיס [עמס], הִטְרִיחַ
bulwark, n.	מִבְצָר, סוֹלְלָה, דָּיֵק		[סרח]; הִכְבִּיד [כבד]
bumblebee, n.	דְּבוֹרָה	burdensome, adj.	כָּבֵד, מֵצִיק, מַטְרִיחַ
bump, n.	גַּבְנוֹן, מַכָּה, חַבּוּרָה;	bureau, n.	לִשְׁכָּה, מִשְׂרָד; שִׁדָּה, אָרוֹן
	הִתְנַשְּׂאוּת		מְגֵרוֹת; שֻׁלְחָן כְּתִיבָה
bump, v.t. & i.	נָגַף, הִכָּה, הִתְנַגֵּשׁ [נגש]	bureaucracy, n.	פְּקִידוּת, שִׁלְטוֹן
bumper, n.	כּוֹס מְלֵאָה; מָגֵן		הַפְּקִידִים
	(לִמְכוֹנִית), פָּגוֹשׁ (מִפְּנֵי נְגִישָׁה)	burgess, n.	אֶזְרָח (שֶׁל עִיר)
bumpkin, n.	בּוּר, כַּפְרִי	burglar, n.	גַּנָּב
bun, bunn n.	עֻגָּה, כַּעַךְ, לַחְמָנִיָּה	burial, burying, n.	קְבוּרָה
	מְתוּקָה	burlesque, n.	הֶפְרֵז, גַּחְכִית
bunch, n.	אֲגֻדָּה; אֶשְׁכּוֹל; זַר, צְרוֹר;	burly, adj.	מְגֻשָּׁם
	דַּבֶּשֶׁת, חֲטוֹטֶרֶת	burn, v.t. & i.	שָׂרַף, הִבְעִיר [בער];
bunch, v.t.	אִגֵּד, צָרַר		בָּעַר, קָדַח, נִקְדַּח (חָלָב); נֶחֱרַךְ
bundle, n.	חֲבִילָה, צְרוֹר, מַקְנִית		(תַּבְשִׁיל); וְשָׂזוּף [שוף]
bundle, v.t.	אָרַז, צָרַר	burn, n.	כְּוִיָּה, צָרֶבֶת; שְׂרֵפָה
bungalow, n.	מְעוֹן קַיִץ, זְבוּל פְּרַוְרִי		פֶּלֶג, יוּבַל
bungle, v.t. & i.	קִלְקֵל, שִׁבֵּשׁ	burner, n.	מַבְעִיר, מַבְעֵר
bunion, n.	יַבֶּלֶת, מָצוֹף	burnish, v.t.	מָרַט, לָטַשׁ, צִחְצַח,
bunk, n. & v.i.	דַּרְגָּשׁ, שְׁטוּיוֹת; לָן [לון]		הִבְרִיק [ברק]
bunker, n.	מִפְחָם	burp, n., v.t. & i.	גֵּהוּק; גִּהֵק
bunny, n.	אַרְנֶבֶת, שְׁפָנּוֹן	burrow, n.	מְחִלָּה, מְאוּרָה
bunt, n.	שַׂק הַמִּכְמָרֶת, הָאֶמְצָעִי	burrow, v.t. & i.	חָפַר, נָבַר
	שֶׁל מִפְרָשׂ (מִרְבַּע); פַּחֲמוֹן	burst, n.	פֶּרֶץ, נֶפֶץ, הִתְפָּרְצוּת
bunt, v.i.	נִמְלָא [מלא] רוּחַ, הִתְנַפֵּחַ	burst, v.t. & i.	נִפֵּץ; נִבְקַע [בקע],
	[נפח]		נִשְׁבַּר [שבר], הִתְפּוֹצֵץ [פצץ]
bunting, n.	דָּגָל, קִשּׁוּט בִּדְגָלִים;	bury, v.t.	קָבַר, טָמַן, הִסְתִּיר [סתר]
	דַּגְלוֹנִי אֲנִיָּה	bus, n.	(מְכוֹנִית) צִבּוּרִית
buoy, n.	מָצוֹף, מְצוּפָה	bush, n.	שִׂיחַ, חִישָׁה
buoy, v.t.	הֵצִיף [צוף]; צִיֵּן בְּמָצוֹף	bush, v.t.	הֶעֱלָה [עלה] שִׂיחִים
buoyancy, n.	כֹּחַ הַצִּיפָה, תְּצוּפָה,	bushel, n.	בּוּשֶׁל (בָּארה"ב: 35.24
	צִיפוּת; עַלִּיזוּת		לִיטְרִים, בְּאַנְגְּלִיָּה: 36.37)

busily, *adv.*   בַּחֲרִיצוּת

business, *n.*   עֵסֶק; מִסְחָר; עִנְיָן

businesslike, *adj.*   עִסְקִי, מַעֲשִׂי

bust, *n., v.t. & i.*   בֵּית חָזֶה; פֶּסֶל; שָׁבַר, פִּצֵּץ

bustle, *v.i.*   נֶחְפַּז [חפז], אָץ [אוץ]

busy, *adj.*   עָסוּק, טָרוּד

busy, *v.t. & i.*   עָסַק, הִתְעַסֵּק [עסק]

but, *adv.*   אַךְ, רַק

but, *prep.*   אֶלָּא, מִלְּבַד, זוּלַת

but, *conj.*   אֲבָל, אוּלָם

butcher, *n.*   קַצָּב

butcher, *v.t.*   שָׁחַט, הָרַג

butchery, *n.*   שְׁחִיטָה, הֶרֶג; אִטְלִיז

butler, *n.*   מְשָׁרֵת, שַׁמָּשׁ

butt, *n.*   כֵּדֶל; נְגִיחָה, נְגִיפָה; סוֹף, קָצֶה (סִיגָרָה); קַת (רוֹבֶה); עִכּוּז; חָבִית (יַיִן, בִּירָה)

butt, *v.t.*   נָגַח, הִכָּה

butter, *n.*   חֶמְאָה; נֶחְמָן, נֶחָ

butter, *v.t.*   מָרַח בְּחֶמְאָה

buttercup, *n.*   תִּיאָה (הַצֶּמַח), נוּרִית (הַפֶּרַח)

butterfly, *n.*   פַּרְפַּר

buttocks, *n. pl.*   יַשְׁבָן, אָחוֹר, אֲחוֹרַיִם, שֵׁת, עַכּוּז

button, *n.*   כַּפְתּוֹר; נִצָּן

button, *v.t.*   כִּפְתֵּר, פָּרַף, רָכַס

buttonhole, *n.*   לוּלָאָה, אֶבֶק, אַבְקָה

buttress, *n.*   אַיִל (חוֹמָה); מִשְׁעָן, מִסְעָד, מִתְמָךְ

buttress, *v.t.*   סָעַד, סָמַךְ, תָּמַךְ בְּ־

buxom, *adj.*   בָּרִיא, שָׁמֵן

buy, *v.t.*   קָנָה, שָׁחַד

buyer, *n.*   קוֹנֶה, לָקוֹחַ

buzz, *n.*   זִמְזוּם, הֲמִיָּה

buzz, *v.i. & t.*   זִמְזֵם, הָמָה

buzzard, *n.*   עָקָב, אַיָּה

by, *adv. & prep.*   לְ־, לְפִי, עַל, עַל יַד, אֵצֶל

by-and-by   בְּעוֹד זְמַן מָה

by the way   דֶּרֶךְ אַגַּב

bygone, *adj. & n.*   עָבַר

bypass, *n. & v.t.*   מַעֲבָר, עָקַף מְכוֹנִית

by-product, *n.*   מוּצָר לְוַאי, תּוֹצֶרֶת נוֹסֶפֶת

bystander, *n.*   עוֹמֵד מִן הַצַּד, מִתְבּוֹנֵן

byword, *n.*   פִּתְגָּם, מָשָׁל, שְׁנִינָה

C, c

C, c, *n.*   סִי, ס, שׂ; כ, ק; הָאוֹת הַשְּׁלִישִׁית בָּאָלֶף בֵּית הָאַנְגְּלִי; שְׁלִישִׁי, ג׳

cab, *n.*   עֶגְלָה; מוֹנִית

cabala, *n.*   קַבָּלָה

cabalism, *n.*   תּוֹרַת הַקַּבָּלָה

cabalist, *n.*   מְקֻבָּל

cabalistic, *adj.*   קַבָּלִי

cabaret, *n.*   מוֹעֲדוֹן לַיְלָה, מִסְבָּאָה

cabbage, *n.*   כְּרוּב

cabin, *n.*   תָּא

cabinet, *n.*   חֲדַר עֲבוֹדָה; תֵּבָה, וָזֶרָה; מִשְׂרָד (הַחוּץ, הַפְּנִים וְכוּ׳)

cabinetmaker, *n.*   נַגָּר, רָהִיטָן

cable, *n.*   כֶּבֶל; מִבְרָק עֵבֶר יַמִּי

cable, *v.t. & i.*   הִבְרִיק [ברק], שָׁלַח מִבְרָק

cablegram, *n.*   מִבְרָק יַמִּי

cabman, *n.*	עֶגְלוֹן; נֶהָג מוֹנִית
cacao, *n.*	קָקָאוֹ
cache, *n.*	סָלִיק, מַטְמֶנֶת נֶשֶׁק
cackle, *n.*	קִרְקוּר (תַּרְנְגֹלֶת), גִּעְגּוּעַ (אַוָּז)
cackle, *v.i.*	קִרְקֵר, גִּעְגֵּעַ
cactus, *n.*	צַבָּר, צָבָר
cad, *n.*	רָשָׁע, נָבָל, בֶּן בְּלִיַּעַל
cadaver, *n.*	חָלָל, נְבֵלָה, פֶּגֶר, גְּוִיָּה
cadaverous, *adj.*	פְּנֵי, שֶׁל נְבֵלָה
cadence, *n.*	קֶצֶב, תְּנַח, לַחַן, נְגִינָה, עֲלִיָּה וִירִידָה (קוֹל)
cadet, *n.*	צָעִיר (בֵּן, אָח); פֶּרַח (קְצוּנָה, כְּהֻנָּה), צוֹעֵר, חָנִיךְ צָבָא
café, *n.*	בֵּית קָהֲוָה, קָהֲוָאָה
cafeteria, *n.*	מִסְעָדָה (בְּשֵׁרוּת עַצְמִי)
cage, *n.*	כְּלוּב, סוּגַר
cage, *v.t.*	שָׂם (שִׂים) בִּכְלוּב, אָסַר
cairn, *n.*	גַּל אֲבָנִים
caitiff, *n.*	מוּג לֵב, נִבְזֶה
cajole, *v.t.*	הֶחֱנִיף (חנף), פִּתָּה
cajolement, *n.*	חֲנֻפָּה, פִּתּוּי
cake, *n.*	חֲרָרָה, עֻגָּה, תּוֹפִין; חֲתִיכָה (סַבּוֹן)
cake, *v.t. & i.*	גִּבֵּשׁ, הִתְגַּבֵּשׁ (נבשׁ), הִתְקָרֵשׁ (קרשׁ); עָג (עוג)
calamity, *n.*	אָסוֹן, אֵיד, שׁוֹאָה
calamitous, *adj.*	שֶׁל אָסוֹן, רַע
calcination, *n.*	שְׂרֵפָה לְאֵפֶר, לִבּוּן
calcium, *n.*	סִידָן
calculate, *v.t. & i.*	חִשֵּׁב, שִׁעֵר, אָמַד
calculation, *n.*	חִשּׁוּב, חֶשְׁבּוֹן, תַּחֲשִׁיב
calculator, *n.*	מְחַשֵּׁב, חַשְׁבָּן, חַשָּׁב
calculus, *n.*	תּוֹרַת הַחִשּׁוּב
caldron, cauldron, *n.*	קַלַּחַת, דּוּד, יוֹרָה
calendar, *n.*	לוּחַ
calender, *v.t.*	גִּהֵץ
calf, *n.*	עֵגֶל, בֶּן בָּקָר

caliber, *n.*	קֹטֶב; גֹּדֶל; קֶטֶר; יַלֶּלֶת
calipers, *n. pl.*	מַדְעָבִי
calk, caulk, *v.t.*	הֶחֱזִיק (חזק) בִּדְקִי אָנִיָּה, סָתַם
call, *n.*	קְרִיאָה; בִּקּוּר
call, *v.t.*	קָרָא; הִקְהִיל (קהל); כִּנָּה; זָעַק
calligraphy, *n.*	כְּתִיבָה תַּמָּה
callous, *adj.*	קָשֶׁה, קְשֵׁה לֵב
callow, *adj.*	רַךְ, עֶלֶם, חֲסַר נוֹצוֹת
callus, *n.*	יַבֶּלֶת
calm, *adj.*	שׁוֹקֵט, שָׁלֵו, נִרְגָּע
calm, *n.*	שֶׁקֶט, שַׁלְוָה, דּוּמִיָּה, מְנוּחָה
calm, *v.t.*	הִשְׁקִיט (שׁקט), מִתֵּק (יָם)
calm, *v.i.*	שָׁקַט, שָׁתַק, הִתְמַתֵּק (מתק)
calmly, *adv.*	בְּשֶׁקֶט, בִּמְנוּחָה
calmness, *n.*	שֶׁקֶט; יִשּׁוּב הַדַּעַת; רְגִיעָה (יָם)
calorie, *n.*	אַבְחֹם, קָלוֹרְיָה, חָמִּית
calorimeter, *n.*	מַדְחַמִּית
calumniate, *v.i.*	הוֹצִיא (יצא) דִּבָּה, הֶעֱלִיל (עלל)
calumnious, *adj.*	מוֹצִיא לַעַז, מַעֲלִיל
calumny, *n.*	רְכִילוּת, דִּבָּה, לְשׁוֹן הָרָע
calve, *v.t. & i.*	מִלֵּט עֵגֶל, פִּלֵּס
calyx, *n.*	כּוֹס; גָּבִיעַ (פֶּרַח)
cam, *n.*	פִּקָּה (בִּמְכוֹנוֹת)
camber, *n.*	קָמוּר, כִּפָּה
camel, *n.*	גָּמָל ז', נָאקָה, נ'
camera, *n.*	מַצְלֵמָה; חֶדֶר אָפֵל; לִשְׁכַּת הַשּׁוֹפְטִים
camomile, chamomile, *n.*	בַּבּוֹנֶג, הַסְרָאָה
camouflage, *n.*	הַסְוָנָה [סוה]
camouflage, *v.t.*	מַחֲנֶה, אָהֳלִיָּה
camp, *n.*	חָנָה, יָשַׁב בְּמַחֲנֶה
camp, *v.i.*	מַעֲרָכָה, מַגְבִּית, מִלְחֶמֶת בְּחִירוֹת
campaign, *n.*	

camper, *n.*	חוֹנֶה
campfire, *n.*	מְדוּרָה
camphor, *n.*	מוֹר, כֹּפֶר
campus, *n.*	חֲצַר הַמִּכְלָלָה
can, *n.*	פַּחִית
can, *v.t.*	שָׂם [שׂים] בְּפָחִית, שָׁמֵּר
can, *v.i.*	יָכֹל, יָדַע
canal, *n.*	תְּעָלָה, בִּיב
canalization, *n.*	תִּעוּל, בִּיוּב
canalize, *v.t.*	תִּעֵל, בִּיֵב
canard, *n.*	אֲחִיזַת עֵינַיִם, תַּרְמִית, בְּדוּתָה.
canary, *n.*	כַּנָּרִית
cancel, *v.t.*	בִּטֵּל, מָחַק; חִתֵּם (בּוּלִים)
cancellation, *n.*	בִּטּוּל, מְחִיקָה, חִתּוּם
	(בּוּלִים)
cancer, *n.*	סַרְטָן
candelabrum, *n.*	נִבְרֶשֶׁת, מְנוֹרָה
candid, *adj.*	גְּלוּי לֵב, יָשָׁר
candidacy, *n.*	מֻעֲמָדוּת
candidate, *n.*	מֻעֲמָד
candidly, *adv.*	בְּתֹם לֵבָב
candle, *n.*	נֵר
candlestick, *n.*	פָּמוֹט
candor, candour, *n.*	גְּלוּי לֵב
candy, *n.*	סֻכָּרִיָּה, מַמְתַּקִּים
cane, *n.*	קָנֶה, מַקֵּל
cane, *v.t.*	הִכָּה בְּמַקֵּל, הִלְקָה [לקה]
cane sugar	סֻכַּר קָנִים
canine, *adj.*	כַּלְבִּי
Canis, *n.*	כֶּלֶב
canister, *n.*	קֻפְסָה, תֵּבָה
canker, *v.t.*	הֵמִאִיר [מאר]
canker, *v.i.*	נֶאֱלַח [אלח]
cankerworm, *n.*	אֹכָל, יֶלֶק
canned, *adj.*	כָּבוּשׁ, מְשֻׁמָּר
cannibal, *n.*	אוֹכֵל אָדָם
cannibalism, *n.*	אֲכִילַת אָדָם
cannon, *n.*	תּוֹתָח

cannonade, *n.*	הַפְגָּזָה
cannonball, *n.*	כַּדּוּר תּוֹתָח, פְּגָז
cannoneer, *n.*	תּוֹתְחָן
canoe, *n.*	סִירָה קַלָּה, דּוּגִית, בּוּצִית
canoe, *v.i.*	שָׁט בְּדוּגִית
canoeist, *n.*	בַּעַל דּוּגִית
canon, *n.*	חֹק, מִשְׁפָּט, דָּת, כֹּמֶר
canonical, *adj.*	חֻקִּי; דָּתִי
canonization, *n.*	קִדּוּשׁ, הַקְדָּשָׁה
canonize, *v.t.*	כָּתַב לְחַיֵּי עוֹלָם
canopy, *n.*	חֻפָּה
canopy, *v.t.*	כִּסָּה בְּחֻפָּה
cant, *n.*	הִתְאוֹנְנוּת, הִתְיַפְּחוּת, צְבִיעוּת
cant, *v.t.*	דִּבֵּר בִּצְרִיעוּת
cant, *v.i.*	הִטָּה, כָּפָה
cantaloupe, *n.*	אֲבַטִּיחַ צָהֹב
cantankerous, *adj.*	מִתְרָעֵם, מִתְלוֹנֵן
cantata, *n.*	פִּזְמוֹנָה
canteen, *n.*	שֶׁקֶם; מֵימִיָּה
canter, *n.*	רִיצָה קַלָּה, דְּהִירָה
canter, *v.t.*	הִרְיִץ [רוץ] רִיצָה קַלָּה,
	הִדְהִיר [דהר]
canter, *v.i.*	רָץ רִיצָה קַלָּה, דָּהַר
canticle, *n.*	שִׁיר
Canticles, *n. pl.*	שִׁיר הַשִּׁירִים
canton, *n.*	מָחוֹז, גָּלִיל
canton, *v.t.*	חִלֵּק לִמְחוֹזוֹת
cantonal, *adj.*	מְחוֹזִי
cantor, *n.*	חַזָּן
canvas, *n.*	מַשְׁחִית (בַּד לְרִקְמָה), אָרִיג
	מִפְרָשִׂים; יְרִיעָה (צִיּוּר)
canvass, *n.*	בִּקֹּרֶת, חֲקִירָה,
	אִסּוּף קוֹלוֹת
canvass, *v.t. & i.*	בָּחַן, בָּדַק, חָקַר
	אַחֲרֵי קוֹלוֹת (בִּבְחִירוֹת)
canyon, *n.*	עָרוּץ, נָקִיק
cap, *n.*	כִּפָּה, כֻּמְתָּה, כּוֹבַע;
	כִּסּוּי, מִכְסֶה; פְּקָק

cap, v.t.	כִּסָּה, הִלְבִּישׁ [לבש] כֻּפָּה
capability, n.	יְכֹלֶת; כִּשָּׁרוֹן
capable, n.	מֻכְשָׁר, עָלוּל, יָכֹל
capably, adv.	בְּכִשָּׁרוֹן
capacious, adj.	נִרְחָב, מְרֻוָּח
capacity, n.	הַכָלָה, קִבּוּל; כִּשָּׁרוֹן
	תַּפְקִיד
cape, n.	קֶמֶשׁ, שְׂכְמִיָּה; שֵׁן סֶלַע, צוּק
caper, n.	פִּזּוּז, קִרְטוּעַ; צָלָף (שִׂיחַ)
caper, v.i.	קִרְטֵעַ, פִּזֵּז, דָּץ [דוץ]
caperberry, n.	אֶבְיוֹנָה
capillary, n. & adj.	שַׂעֲרָה, נִימָה;
	שָׂעִיר, נִימִי
capital, adj.	רָאשִׁי, גָּדוֹל
capital, n.	כּוֹתֶרֶת; בִּירָה, הוֹן,
	רְכוּשׁ, מָמוֹן
capitalism, n.	רְכוּשָׁנוּת
capitalist, n.	רְכוּשָׁן
capitulate, v.i.	נִכְנַע [כנע], נִמְסַר
	[מסר]
capitulation, n.	הַכְּנָעוּת, כְּנִיעָה
capon, n.	תַּרְנְגוֹל מְסֹרָס
caprice, n.	צִבְיוֹן
capricious, adj.	צִבְיוֹנִי
capsize, n.	הֲפִיכָה, הִתְהַפְּכוּת (סִירָה)
capsize, v.t.	הָפַךְ, הִתְהַפֵּךְ (סִירָה)
capsize, v.i.	נֶהְפַּךְ [הפך]
capsule, n.	תַּרְמִיל, הֶלְקֵט, נַרְתִּיק,
	כְּמוּסָה (לְרְפוּאָה)
captain, n.	שָׂרֵן; רַב חוֹבֵל, קַבַּרְנִיט
caption, n.	כּוֹתֶרֶת
captivate, v.t.	כִּשֵּׁף, לָקַח לֵב
captivation, n.	שְׁבִיָּה, לְכִידַת לֵב
captive, n.	אָסִיר, שָׁבוּי
captivity, n.	שְׁבִי, שָׁבוּת
captor, n.	שׁוֹבֶה
capture, n.	לְכִידָה
car, n.	מְכוֹנִית; מֶרְכָּבָה (בְּרַכֶּבֶת)
caramel, n.	סֻכָּר שָׂרוּף, סֻכָּרְיָה
carat, n.	קְרָט
caravan, n.	אוֹרְחָה, שַׁיָּרָה
carbine, n.	קַרְבִּין, רוֹבֶה קָצָר וְקַל
carbohydrate, n.	פַּחְמֵימָה
carbon, n.	פַּחְמָן
carbon dioxide	דּוּ־תַּחְמֹצֶת הַפַּחְמָן
carbuncle, n.	כַּדְכֹּד
carburetor, carburettor, n.	מְאַיֵּד
carcass, n.	פֶּגֶר, נְבֵלָה
card, n.	קְלָף, כַּרְטִיס, מַקְרֵדָה
card, v.t.	סָרַק (פִּשְׁתָּן), נִפֵּץ (צֶמֶר);
	נָתַן קְלָפִים, קָרַד
cardboard, n.	נְיָרֶת, קַרְטוֹן
cardiac, adj.	שֶׁל הַלֵּב
cardinal, adj.	רָאשִׁי, עִקָּרִי
cardinal, n.	חַשְׁמָן; אַדְמֹן (צִפּוֹר)
care, n.	דְּאָגָה; זְהִירוּת; טִפּוּל
care, v.i.	דָּאַג, טִפֵּל
careen, v.t. & i.	נָטָה עַל צִדּוֹ
career, n.	תַּכְלִיתָנוּת, מִקְצוֹעַ, מִשְׂרָה
careful, adj.	זָהִיר, נִשְׁמָר
carefully, adv.	בִּזְהִירוּת, בְּדַיְקָנוּת
carefulness, n.	זְהִירוּת, דַּיְקָנוּת
careless, adj.	בִּלְתִּי זָהִיר, פָּזִיז
carelessness, n.	רַשְׁלָנוּת, אִי זְהִירוּת
caress, n.	לְטִיפָה
caress, v.t.	לִטֵּף
cargo, n.	מִטְעָן, מַשָּׂא
caricature, n.	תְּמוּנָה מְנֻוֶּמֶת, מֻפְלֶצֶת
caricature, v.t.	צִיֵּר תְּמוּנָה מְנֻוֶּמֶת
caricaturist, n.	צִיָּר תְּמוּנוֹת מְנֻוָּמוֹת,
	נַוְּכָן
caries, n.	עַשֶּׁשֶׁת, רִקָּבוֹן (עֲצָמוֹת)
carmine, n.	אַרְגָּמָן, שָׁנִי, תּוֹלָע
carnal, adj.	בְּשָׂרִי, חוּשִׁי, תַּאֲוָנִי
carnation, n.	צִפֹּרֶן (פֶּרַח)
carnival, n.	עַדְלִידַע, קַרְנָבָל

carnivorous, _adj._	אוֹכֵל בָּשָׂר
carob, _n._	חָרוּב
carol, _n._	מִזְמוֹר, שִׁיר הַמּוֹלָד
carotid, _n._	עוֹרֵק הָרֹאשׁ
carouse, _n._	מִשְׁתֶּה
carouse, _v.t. & i._	סָבָא, שָׁכַר
carp, _n._	שַׁבּוּט (דָּג)
carp, _v.i._	הִטִּיל [נטל] דֹּפִי
carpenter, _n., v.t. & i._	נִגֵּר; נַגָּר
carpentry, _n._	נַגָּרוּת
carpet, _n._	שָׁטִיחַ, מַרְבַד
carpet, _v.t._	כִּסָּה בִּשְׁטִיחִים
carriage, _n._	עֲגָלָה, מֶרְכָּבָה; הוֹבָלָה; נְשִׂיאָה; הִתְנַהֲגוּת
carrier, _n._	סַבָּל; נוֹשֵׂא (מַעֲבִיר) מַחֲלָה
carrion, _n._	נְבֵלָה
carrot, _n._	גֶּזֶר
carry, _v.t. & i._	נָשָׂא, הֵבִיא [בוא] הִסִּיעַ [נסע]
cart, _n._	עֲגָלָה
cart, _v.t._	נָשָׂא בַּעֲגָלָה
cartage, _n._	שְׂכַר עֲגָלָה
cartilage, _n._	סַחֲחוּס, סְחוּס
cartilaginous, _adj._	סְחוּסִי
carton, _n._	נִרְזַת, קַרְטוֹן
cartoon, _n._	צִיּוּר הַתּוּלִי
cartoonist, _n._	צַיָּר הַתּוּלִי
cartridge, _n._	תַּחְמִישׁ, כַּדּוּר
carve, _v.t. & i._	גִּלֵּף, חָקַק, חָרַת
carver, _n._	חַשָּׁב, גַּלָּף
carving, _n._	כִּיּוּר, פִּתּוּחַ, חִטּוּב
cascade, _n._	אֶשֶׁד, אֲשֵׁדָה
cascade, _v.t._	נָפַל, זָרַם, סָחַף
case, _n._	מִשְׁפָּט; מִקְרֶה, מְאוֹרָע; עֲבֻדָּה; מַחֲלָה; תִּיק; אַרְגָּז; אָרוֹן
casein, _n._	גְּבִינִין
casement, _n._	מַלְבֵּן, מִסְגֶּרֶת (חַלּוֹן)
cash, _n._	פֶּרֶט, מְזֻמָּנִים; מָעוֹת; אֲגוֹרָה
cash, _v.t._	פֵּרֵט, מִזְמֵן
cashier, _n._	גִּזְבָּר, קַפָּאִי
casing, _n._	תִּיק, מִשְׁבֶּצֶת
cask, _n._	חָבִיוֹנָה, חָבִית
casket, _n._	קֻפְסָה; אֲרוֹן מֵתִים
casque, _n._	קַסְדָּה, כּוֹבַע מַתֶּכֶת
casserole, _n._	אִלְפָּס, קַלַּחַת
cassock, _n._	מְעִיל הַכְּמָרִים
cast, _n._	הַשְׁלָכָה; צוּרָה, מַרְאֶה; דְּפֶס, יְצִיקָה; קְבוּצַת שַׂחֲקָנִים
cast, _v.t._	זָרַק, הִשְׁלִיךְ [שלך], יָצַק
castanets, _n. pl._	עַרְמוֹנִיּוֹת
castaway, _n._	נִדָּח
caste, _n._	כַּת, כִּתָּה, מַעֲמָד
castigate, _v.t._	הוֹכִיחַ [יכח], יִסֵּר
castigation, _n._	יִסּוּר, עֲנִישָׁה
casting, _n._	הַשְׁלָכָה; יְצִיקָה; הַגְרָלָה
cast iron, _n._	יְצֶקֶת, בַּרְזֶל יָצוּק
castle, _n._	צְרִיחַ (שַׂחְמָט); טִירָה, מִגְדָּל, בִּירָנִית
castle, _v.t._	הִצְרִיחַ [צרח]
castoff, _adj._	מָאוּס, נָטוּשׁ
castor oil	שֶׁמֶן קִיק
castor-oil plant	קִיקָיוֹן
castrate, _adj._	סָרִיס, עָקָר
castrate, _v.t._	סֵרֵס, עִקֵּר
castration, _n._	עִקּוּר, סֵרוּס
casual, _adj._	מִקְרִי, אֲרָעִי
casualty, _n._	מִקְרֶה, אָסוֹן; פָּצוּעַ; תְּאוּנָה
casuist, _n._	חָרִיף, פַּלְפְּלָן, מְפַלְפֵּל
casuistry, _n._	פִּלְפּוּל
cat, _n._	חָתוּל
cataclysm, _n._	אָסוֹן, מַהְפֵּכָה, מַבּוּל, שֶׁטֶף
catacomb, _n._	מְעָרַת כּוּכִים, מְעָרַת קְבָרִים
catalog, _n._	רְשִׁימָה (סְפָרִים וְכוּ'), קָטָלוֹג

catalog, v.t.	הֵכִין [כון] רְשִׁימָה, קִטְלֵג
catamount, n.	חֲתוּל הַבָּר
cataract, n.	אֶשֶׁד, מַפַּל מַיִם; יָרוֹד,
	חֲרַדְּלִית; תְּבַלּוּל; חִלָּזוֹן (בָּעַיִן)
catarrh, n.	נַזֶּלֶת
catastrophe, n.	אָסוֹן, שׁוֹאָה, חֻרְבָּן
catch, n.	תְּפִיסָה, צֵיד דָּגִים; בְּרִיחַ
	(בְּמַנְעוּל)
catch, v.t.	תָּפַס, הֶחֱזִיק (חזק); אָחַז
	(אש); הִשִּׂיג (נשג); נִדְבַּק (דבק)
	(בְּמַחֲלָה); צָד (צוד), דָּג (דוג);
	הִצְטַנֵּן [צנן]
catcher, n.	תּוֹפֵס
catchup, catsup, ketchup, n.	
	רֹטֶב עַנְבָנִיּוֹת
categorical, adj.	סוּגִי, מֻחְלָס, וַדָּאִי,
	נִמְרָץ
category, n.	סוּג (עֶלְיוֹן), מַעֲמָד,
	מַדְרֵגָה, מַחְלָקָה
cater, v.i.	הִסְפִּיק (ספק) מָזוֹן
caterer, n.	סַפַּק מָזוֹן
caterpillar, n.	זַחַל
catfish, n.	שְׂפַמְנוּן
catgut, n.	מֵיתָר, כְּלִי מֵיתָרִים
cathartic, adj. & n.	מְשַׁלְשֵׁל
cathedral, n.	כְּנֵסִיָּה
catheter, n.	אַבּוּב
catholic, adj. & n.	כְּלָלִי, עוֹלְמִי, קָתוֹלִי
catsup, v. catchup	
cattle, n.	בָּקָר, בְּהֵמָה, אֶלֶף, מִקְנֶה
cattleman, n.	בּוֹקֵר, בַּקָּר
caudal, adj.	זָנְבִי
caudate, adj.	בַּעַל זָנָב
cauldron, v. caldron	
cauliflower, n.	כְּרוּבִית
caulk, v. calk	
causal, adj.	סִבָּתִי, עֶלָּתִי, גּוֹרֵם,
	מִקְרִי, פָּשׁוּט (לְבוּשׁ)

causality, n.	סִבָּתִיּוּת
causally, adv.	בְּתוֹר סִבָּה
causation, n.	גְּרִימָה
cause, n.	סִבָּה, טַעַם, עִלָּה, עִנְיָן,
	מִשְׁפָּט
cause, v.t.	גָּרַם, הֵסֵב (סבב), הֵבִיא
	[בוא] לִידֵי
causeless, adj.	חֲסַר סִבָּה, חֲסַר טַעַם
causerie, n.	שִׂיחָה
caustic, adj.	מְאַכֵּל; צוֹרֵב; חוֹתֵךְ; חַד
caustically, adv.	בַּעֲקִיצָה
cauterize, v.t.	כָּוָה, כִּוָּה, הִצְרִיב
	[צרב]
caution, n.	זְהִירוּת, הַזְהָרָה, הַתְרָאָה
caution, v.t.	הִזְהִיר (זהר), הִתְרָה
	(תרה)
cautious, adj.	מָתוּן, זָהִיר, נִזְהָר
cautiously, adv.	בִּזְהִירוּת
cautiousness, n.	זְהִירוּת, מְתִינוּת
cavalcade, n.	אוֹרְחַת פָּרָשִׁים
cavalier, n.	אַבִּיר, צָבָא, רוֹכֵב
cavalry, n.	חֵיל פָּרָשִׁים, צְבָא רוֹכְבִים
cave, n.	מְעָרָה, כּוּךְ, חוֹר
cave, v.t. & i.	כָּרָה, הִתְמוֹטֵט (מוט)
cavern, n.	נִקְרָה, חָלָל
cavernous, adj.	מָלֵא נְקָרוֹת, חָלוּל
caviar, caviare, n.	שַׁחֲלָה, אֶשְׁכּוֹל,
	סְגוּל
cavil, n.	נִּוּי, דֹּפִי
cavil, v.t.	בִּקֵּשׁ עֲלִילוֹת, הִתְגּוֹלֵל
	[גלל] עַל
cavity, n.	חָלָל, חוֹר, רֵיקָנוּת, מְחִלָּה
caw, n.	קִרְקוּר
caw, v.t. & i.	קִרְקֵר
cease, v.t. & i.	פָּסַק, כָּלָה, חָדַל
ceaseless, adj.	בִּלְתִּי פוֹסֵק
ceaselessly, adv.	בְּלִי הֶרֶף
cedar, n.	אֶרֶז

cede, v.t.	וְתֵּר
ceil, v.t.	סָפַן
ceiling, n.	תִּקְרָה, סִפּוּן
celebrant, n.	חוֹגֵג
celebrate, v.t. & i.	חָגַג, הִלֵּל, שָׁבַּח
celebrated, adj.	מְפֻרְסָם
celebration, n.	חֲגִיגָה
celebrity, n.	אִישׁ מְפֻרְסָם, מְהֻלָּל
celerity, n.	מְהִירוּת, חִפָּזוֹן
celery, n.	כַּרְפַּס
celestial, adj.	שְׁמֵימִי, נָאֱצָל
celibacy, n.	פְּרִישׁוּת, רַוָּקוּת
celibate, n.	פָּרוּשׁ, רַוָּק
cell, n.	תָּא
cellar, n.	מַרְתֵּף, יֶקֶב
cellular, adj.	תָּאִי
cellule, n.	תָּאוֹן
celluloid, n.	צִיבִית
cellulose, n.	תָּאִית
cement, n.	מֶלֶט
cement, v.t.	מִלֵּט, טָח [טוח]
cemetery, n.	בֵּית קְבָרוֹת, בֵּית חַיִּים
censer, n.	מִקְטֶרֶת, מַחְתָּה
censor, n.	בַּדָּק, מְבַקֵּר, נָקְרָן
censorial, adj.	בִּקָּרְתִּי
censorship, n.	בַּדָּקָת
censure, n.	נְזִיפָה, גְּנַּי
censure, v.t.	גִּנָּה, נָזַף
census, n.	מִפְקָד
cent, n.	סֶנְט
centenarian, n.	בֶּן מֵאָה שָׁנָה
centenary, n.	מֵאוֹן, מֵאָה שָׁנִים
center, centre, n.	מֶרְכָּז, אֶמְצַע, טַבּוּר
center, centre, v.t.	רִכֵּז
center, centre, v.i.	הִתְרַכֵּז [רכז]
centigrade, adj.	בַּעַל מֵאָה מַעֲלוֹת
centigram, centigramme, n.	מֵאִית
	הַגְּרָם, סַנְטִיגְרָם
centimeter, centimetre, n.	מֵאִית
	הַמֶּטֶר, סַנְטִימֶטֶר
centipede, n.	נָדָל
central, adj.	מֶרְכָּזִי, אֶמְצָעִי
centralization, n.	רִכּוּז, מִרְכּוּז
centralize, v.t. & i.	רִכֵּז, מִרְכֵּז,
	הִתְרַכֵּז [רכז]
centralizer, n.	רַכֵּז, מְרַכֵּז
centrifugal, adj.	בּוֹרֵחַ מֶרְכָּז
century, n.	מֵאָה (שָׁנָה)
ceramics, n.	קַדָּרוּת
cere, v.t.	דָּנַג
cereal, adj.	דְּגָנִי, זַרְעוֹנִי
cerebral, adj.	מֹחִי, מֹחָנִי
ceremonial, adj.	סִכְסִי, מִנְהָנִי
ceremonial, n.	סֵדֶר הַטְּכָסִים
ceremony, n.	טֶכֶס, סֶקֶס, מִנְהָג
certain, adj.	בָּטוּחַ, וַדַּאי, בָּרוּר;
	פְּלוֹנִי
certainly, adv.	בְּוַדַּאי, בְּלִי סָפֵק
certainty, n.	וַדָּאוּת
certificate, n.	תְּעוּדָה, אִשּׁוּר
certified, adj.	מְאֻשָּׁר
certify, v.t.	אִשֵּׁר
certitude, n.	וַדָּאוּת
cessation, n.	הֶפְסֵק, הַפְסָקָה, חֶדֶל,
	חֶדָּלוֹן, הֲפוּגָה, בִּטּוּל
cession, n.	וִתּוּר, מְסִירָה
cesspool, cesspit, n.	בִּיב (בּוֹר) שְׁפָכִים
chafe, n.	חִכּוּךְ, שִׁפְשׁוּף
chafe, v.t. & i.	הִתְרַגֵּשׁ [רגש], הִקְנִים
	[קנט]
chaff, n.	לֵצָנוּת; מוֹץ, פְּסֹלֶת
chaff, v.t. & i.	לָגְלֵג, הִתְלוֹצֵץ [ליץ]
chaffer, n.	תִּגְרָנוּת; לַגְלְגָן, מִתְלוֹצֵץ
chaffer, v.i.	הִתְוַכֵּחַ [וכח] עַל הַמְּחִיר,
	עָמַד עַל הַמֶּקַח
chagrin, n.	צַעַר, עָגְמַת נֶפֶשׁ

chagrin, *v.t.*	צֵעֵר	channel, *n.*	תְּעָלָה
chain, *n.*	שַׁרְשֶׁרֶת, שַׁלְשֶׁלֶת, כֶּבֶל,	channel, *v.t.*	תִּעֵל; כִּוֵּן, הִכְרִין [כון]
	זֵק, עֲבוֹת	chant, *n.*	זֶמֶר, זִמְרָה, מִזְמוֹר, נִגּוּן
chain, *v.t.*	שָׁלַל, אָסַר בְּזִקִּים, כָּבַל	chant, *v.i. & t.*	זִמֵּר, רִנֵּן, שָׁר [שיר],
chair, *n.*	כִּסֵּא		קוֹנֵן [קין]
chair, *v.t.*	הוֹשִׁיב [ישב]; שִׁמֵּשׁ יוֹשֵׁב	chaos, *n*	תֹּהוּ וָבֹהוּ, מְבוּכָה
	רֹאשׁ	chap, *n.*	בָּחוּר
chairman, *n.*	יוֹשֵׁב רֹאשׁ	chap, *v.t.&i.*	פִּלַּח, בָּקַע; נִסְדַּק [סדק]
chaise, *n.*	מֶרְכָּבָה	chapel, *n.*	בֵּית תְּפִלָּה
chalice, *n*	כּוֹס, גָּבִיעַ	chaperon, *n.*	חוֹסָה, מֵגֵן, בַּת לַוָּאי
chalk, *n.*	גִּיר, קַרְטוֹן	chaperon, *v.t.*	חָסָה
chalk, *v.t.*	כָּתַב בְּגִיר, קִרְטֵם	chaplain, *n.*	רַב (כֹּמֶר) צְבָאִי
challenge, *n.*	הִתְגָּרוּת, תִּגְרִית, אֶתְגָּר,	chapter, *n.*	פֶּרֶק, סָנִיף; בָּבָא, בָּבָה
	הִתְרָסָה, הַזְמָנָה לְדוּ קְרָב; סַפְקָנוּת	char, *v.t. & i.*	חָרַךְ, נָחַל, הָיָה לְפֶחָם
challenge, *v.t.*	הִתְגָּרָה [גרה], תִּגֵּר,	character, *n.*	תְּכוּנָה, טֶבַע, אֹפִי;
	הִתְרִיס [תרס] כְּנֶגֶד		טִיב; אוֹת
challenger, *n.*	תִּגְרָן	characteristic, *adj.*	אָפְיָנִי
chamber, *n.*	חֶדֶר, לִשְׁכָּה	characteristic, *n.*	תְּכוּנָה, טִיב
chameleon, *n.*	זִקִּית	characterization, *n.*	אִפְיוּן
chamfer, *n.*	חָרִיץ	characterize, *v.t.*	אִפֵּן, תֵּאַר
chamois, *n.*	יָעֵל	characterless, *adj.*	מְחֻסַּר אֹפִי
chamomile, *v.* camomile		charcoal, *adj.*	פֶּחָם (עֵץ)
champagne, *n.*	יֵין תּוֹסֵס, יֵין קוֹצֵף	charge, *n.*	מַשָּׂא, מִטְעָן; דְּאָגָה, חוֹבָה;
champion, *n.*	מְנַצֵּחַ, גִּבּוֹר, אַלּוּף		הִשְׁתָּעֲרוּת, זְקִיפָה לְחֶשְׁבּוֹן
champion, *v.t.*	תָּמַךְ, הֵגֵן [גנן], הִמְלִיץ	charge, *v.t. & i.*	הֶאֱשִׁים [עמס];
	[מלץ]		הֶאֱשִׁים [אשם]; הִשְׁתָּעֵר [שער]
championship, *n.*	אַלִּיפוּת, נִצָּחוֹן,		קָבַע מְחִיר, זָקַף לְחֶשְׁבּוֹן
	רָאשׁוּת	charger, *n.*	קְעָרָה, אַנְגַּרְטֵל; סוּס
chance, *n.*	אֶפְשָׁרוּת, מִקְרֶה,		מִלְחָמָה
	הִזְדַּמְּנוּת	charily, *adv.*	בִּזְהִירוּת
chance, *v.t.*	קָרָה	chariot, *n.*	רֶכֶב, מֶרְכָּבָה
chancellor, *n.*	שַׂר; דַּיָּן; נְשִׂיא מִכְלָלָה	charioteer, *n.*	רַכָּב, קָרְר; מַזָּל עֶגְלוֹן
chandelier, *n.*	נִבְרֶשֶׁת	charitable, *adj.*	צַדְקָן, נְדִיב לֵב
change, *n.*	חֲלִיפוֹת, חִלּוּף, הֲמָרָה,	charity, *n.*	צְדָקָה, נְדָבָה, חֶסֶד
	שִׁנּוּי, פֶּרֶט, מָעוֹת; הִשְׁתַּנּוּת	charlatan, *n.*	נוֹכֵל, רַמַּאי, יַדְעוֹנִי
change, *v.t. & i.*	שִׁנָּה, הָפַךְ, חִלֵּף,	charm, *n.*	חֵן, קֶסֶם, חֶבֶר, כְּשָׁפִים;
	הִתְחַלֵּף [חלף]		קָמֵעַ
changeable, *adj.*	מִשְׁתַּנֶּה	charm, *v.t.*	לִבֵּב, קָסַם, כִּשֵּׁף, לָחַשׁ

charmer, n.	קוֹסֵם, חוֹבֵר, מְלַחֵשׁ; יִדְעוֹנִי	check, cheque, n.	הַמְחָאָה; עִכּוּב, סִימָן, בַּקָּרָה; מְבַדֵּק
charming, adj.	מַקְסִים, נֶחְמָד; לוֹחֵשׁ	check, v.t.	עִכֵּב, סִמֵּן, בָּדַק, אִם
chart, n.	מַפָּה, לוּחַ, תַּרְשִׁים	checker, chequer, n.	בּוֹלֵם, עוֹצֵר
chart, v.t.	רָשַׁם, לִוָּה	checker, chequer, v.t.	שִׁבֵּץ
chart, v.i.	עָשָׂה מַפָּה, מִפָּה	checkerboard, n.	לוּחַ שַׁחְמָט
charter, n.	אִשּׁוּר, כְּתַב זְכֻיּוֹת	checkmate, n.	שַׁחְמָט!
charter, v.t.	אִשֵּׁר, שָׂכַר	checkmate, v.t.	נָתַן מָט, לָכַד (אֶת הַמֶּלֶךְ בְּשַׁחְמָט)
chary, adj.	חַסְכָן, מְקַמֵּץ; מָתוּן; זָהִיר	cheek, n.	לְחִי, לָחִי, לֶסֶת, חַצְפָּה
chase, n.	רְדִיפָה, צַיִד	cheeky, adj.	עַז פָּנִים
chase, v.t. & i.	רָדַף, הִדִּיחַ [נדח]	cheep, n.	צִפְצוּף, צִיּוּץ
chase, v.t.	פִּתַּח, חָקַק	cheep, v.t. & i.	צִפְצֵץ, צִיֵּץ
chasm, n.	תְּהוֹם, נְקָרָה	cheer, n.	שִׂמְחָה, הֵידָד; בְּדִיחוּת
chassis, n.	מֶרְכָּב	cheer, v.t. & i.	שִׂמַּח, מָחָא כַּף; הֵרִיעַ [רוע]; עוֹדֵד [עוד]
chaste, adj.	צָנוּעַ, בַּיְשָׁן, תָּם		
chasten, v.t.	הוֹכִיחַ [יכח], יִסֵּר, טִהֵר	cheerful, adj.	שָׂמֵחַ
chasteness, n.	צְנִיעוּת, תֹּם	cheerfully, adv.	בְּשִׂמְחָה
chastise, v.t.	עָנַשׁ, יִסֵּר	cheerless, adj.	קוֹדֵר, עָצוּב, גוֹנֵחַ
chastisement, n.	עֲנִישָׁה, יִסּוּר, מַלְקוּת	cheese, n.	גְּבִינָה
		cheesecake, n.	עֻגַת גְּבִינָה
chastity, n.	טָהֳרַת הַמִּין, צְנִיעוּת	chef, n.	טַבָּח רָאשִׁי
chat, n.	שִׂיחָה	chemical, adj.	כִּימִי
chat, v.i.	שׂוֹחֵחַ, הֵשִׂיחַ [שיח]	chemist, n.	כִּימַאי; רוֹקֵחַ
chattels, n. pl.	מִטַּלְטְלִין	chemistry, n	כִּימִיָּה
chatter, n.	פִּטְפּוּט	cheque, v. check	
chatter, v.t. & i.	פִּטְפֵּט, צִפְצֵץ	chequer, v. checker	
chatterer, n.	פַּשָּׁט, פַּטְפְּטָן	cherish, v.t.	חָשַׁב, הוֹקִיר [יקר], פִּנֵּק
chauffeur, n.	נֶהָג		
chauvinism, n.	קַנָּאוּת, קִיצוֹנִיּוּת	cherry, n.	דֻּבְדְּבָן; דֻּבְדְּבָנִיָּה
chauvinist, n.	קַנַּאי	cherub, n.	כְּרוּב, מַלְאָךְ; אִשָּׁה יָפָה
cheap, adj.	זוֹל; נִקְלֶה	cherubic, adj.	כְּרוּבִי, מַלְאָכִי
cheapen, v.t.	הֵזִיל [זול]	cherubim, n. pl.	כְּרוּבִים
cheaply, adv.	בְּזוֹל	chess, n.	שַׁחְמָט, אִשְׁקוּקָה
cheapness, n.	זוֹל, זוֹלוּת	chest, n.	חָזֶה; אָרְגָּז, תֵּבָה; אָרוֹן
cheat, n.	הוֹנָאָה, תַּרְמִית; רַמַּאי	chestnut, adj.	עַרְמוֹנִי
cheat, v.t. & i.	הוֹנָה [ינה], רִמָּה	chestnut, n.	עַרְמוֹן
cheater, n.	נוֹכֵל, רַמַּאי	chevy, n.	צַיִד, קוֹל צַיָּדִים

4

chew, n.	לְעִיסָה, גֵּרָה	chinaware, n.	כְּלֵי חֶרֶס
chew, v.i.	לָעַס, כָּסַס	Chinese, adj. & n.	סִינִי, בֶּן סִין, סִינִית
chewing gum	צֶמֶג לְעִיסָה, לַעַס		(לָשׁוֹן)
chicanery, n.	רַמָּאוּת, מִרְמָה, אַחִיזַת	chink, n.	צִלְצוּל; סֶדֶק
	עֵינַיִם	chink, v.i.	סָתַם סְדָקִים, נִסְדַּק
chick, n.	אֶפְרוֹחַ, גּוֹזָל		[סדק]
chicken, n.	תַּרְנְגוֹל, תַּרְנְגֹלֶת, פַּרְנִית	chink, v.t. & i.	קִשְׁקֵשׁ, צִלְצֵל
chicken pox, n.	אֲבַעְבּוּעוֹת רוּחַ	chip, n.	קִיסָם, שָׁבָב
chick-pea, n.	חִמְצָה	chip, v.t. & i.	סָתַת, שִׁבֵּב, בָּקַע
chicory, n.	עֹלֶשׁ	chipper, n.	זָרִיז, נִמְרָץ
chide, v.t. & i. [יכח]	הוֹכִיחַ, גָּעַר, נָזַף	chipper, v.i.	צִפְצֵף
chief, adj.	רָאשִׁי, עִקָּרִי	chiropodist, n.	רוֹפֵא יַבָּלוֹת
chief, n.	רֹאשׁ, מְנַהֵל, עִקָּר	chirp, n.	צִפְצוּף
chiefly, adv.	בְּיִחוּד, בְּעִקָּר	chisel, n.	אִזְמֵל, חֶרֶט, מַפְסֶלֶת
chieftain, n.	רֹאשׁ שֵׁבֶט	chisel, v.t. & i.	גִּלֵּף, חָטַב, חָצַב, חָרַת
chiffon, n.	מַלְמָלָה, מֶשִׁי רַךְ		[חנה] וְנָה], רִמָּה
chilblain, n.	אֲבַעְבּוּעוֹת חֹרֶף	chiseler, chiseller, n.	רַמַּאי, מְרַמֶּה,
child, n.	יֶלֶד, יַלְדָּה, בֵּן, בַּת		נוֹכֵל
childbirth, n.	לֵדָה, חֶבְלֵי לֵדָה	chitchat, n.	שִׂיחַת חֻלִּין
childhood, n.	יַלְדוּת	chiton, n.	חָלוּק
childish, adj.	יַלְדּוּתִי	chivalrous, adj.	אָדִיב
childishness, n.	יַלְדּוּתִיּוּת	chivalry, n.	אֲדִיבוּת
childless, adj.	שַׁכּוּל, עֲרִירִי, עֲקָרָה	chlorine, n.	כְּלוֹר
childlike, adj.	יַלְדּוּתִי, דּוֹמֶה לְיֶלֶד	chlorophyll, chlorophyl, n.	יַרְקוֹן
children, n. pl.	יְלָדִים, סְפָלִים, טַף	chocolate, n.	שׁוֹקוֹלָד
Children of Israel	בְּנֵי יִשְׂרָאֵל	choice, adj.	מֻבְחָר, מְשֻׁבָּח
chill, adj.	קָרִיר	choice, n.	מֻבְחָר, בְּרֵרָה, בְּחִירָה
chill, n.	צִנָּה, קֹר, צְמַרְמֹרֶת	choir, n.	מַקְהֵלָה
chill, v.t.	קֵרֵר, צִנֵּן	choke, v.t. & i. [חנק]	חָנַק, נֶחְנַק
chilly, adj.	קָרִיר, צוֹנֵן	cholera, n.	חֲלִירַע
chime, n.	צִלְצוּל פַּעֲמוֹנִים	choose, v.t. & i.	בָּחַר, בָּרַר, אָבָה
chime, v.t. & i.	צִלְצֵל בְּפַעֲמוֹנִים	chop, n.	נֵתַח, חֲתִיכָה, צֶלַע, צַלְעִית
chimera, n.	מִפְלֶצֶת, תַּעְתּוּעַ	chop, v.t. & i.	חָטַב, קִטַּע, קָצַץ
chimerical, adj.	דִּמְיוֹנִי; מְתַעְתֵּעַ	choppy, adj.	סוֹעֵר, גּוֹעֵשׁ
chimney, n.	מַעֲשֵׁנָה, אֲרֻבָּה	choral, adj.	שֶׁל מַקְהֵלָה
chimpanzee, n.	קוֹף הָאָדָם, שִׁמְפַּנְזֶה	chord, n.	מֵיתָר, חוּט
chin, n.	סַנְטֵר	chord, v.t.	שָׂם [שים] חוּטִים (מֵיתָרִים)
china, n.	חַרְסִינָה	chore, n.	מְשִׂימָה

chorus, n.	מַקְהֵלָה
chrestomathy, n.	מִבְחַר הַסִּפְרוּת
Christ, n.	יֵשׁוּ הַנּוֹצְרִי
christen, v.t.	הִטְבִּיל (טבל), קָרָא שֵׁם
Christendom, n.	הָעוֹלָם הַנּוֹצְרִי
Christian, adj. & n.	נוֹצְרִי
Christianity, n.	נַצְרוּת
Christianize, v.t.	נִצֵּר
Christmas, n.	חַג הַמּוֹלָד הַנּוֹצְרִי
Christmas tree	אַשּׁוּחַ
chromatic, adj.	צִבְעוֹנִי, שֶׁל חֲצָאֵי צְלִילִים
chromium, n.	כְּרוֹם
chronic, adj.	מְמֻשָּׁךְ
chronicle, n.	דִּבְרֵי הַיָּמִים
chronicle, v.t.	כָּתַב בְּסֵפֶר דִּבְרֵי הַיָּמִים
Chronicles, n. pl.	סֵפֶר דִּבְרֵי הַיָּמִים (בַּתְּנַ"ךְ)
chronology, n.	סֵדֶר הַדּוֹרוֹת
chronometer, n.	מַדְזְמַן
chrysalis, n.	גֹּלֶם
chrysanthemum, n.	חַרְצִית
chubby, adj.	מְסֻרְבָּל
chuck, v.t.	הִשְׁלִיךְ (שלך)
chuckle, n.	צְחוֹק (עָצוּר)
chuckle, v.i.	צָחַק (בְּקִרְבּוֹ)
chum, n.	חָבֵר, יָדִיד
chum, v.i.	הָיָה חָבֵר, גָּר (גור) עִם חָבֵר
chump, n.	שׁוֹטֶה, הֶדְיוֹט, חֲסַר שֵׂכֶל
church, n.	כְּנֵסִיָּה
churchman, n.	כֹּמֶר
churl, n.	בּוּר, הֶדְיוֹט
churlish, adj.	הֶדְיוֹטִי
churlishness, n.	בַּעֲרוּת, הֶדְיוֹטוּת
churn, n.	מַחְבֵּצָה
churn, v.t. & i.	חָבַץ, חָמַר; הִתְנַעֵשׁ (נעש)
chute, n.	מַגְלֵשָׁה, מִזְחֵלָה
cicada, n.	צְלָצַל, צְרָצַר, צַרְצוּר
cicatrice, cicatrix, n.	צַלֶּקֶת, שָׂרֶסֶת
cider, n.	יֵין תַּפּוּחִים
cigar, n.	סִיגָרָה
cigarette, n.	סִיגָרִיָּה
cincture, n.	חֲגוֹרָה, אַבְנֵט
cinder, n.	רֶמֶץ, אֵפֶר
cinema, n.	קוֹלְנוֹעַ, רְאִינוֹעַ
cinematograph, n.	מְכוֹנַת (מַצְלֵמַת) קוֹלְנוֹעַ
cinnamon, n.	קִנָּמוֹן
cipher, cypher n.	אֶפֶס; סְפָרָה; צֹפֶן; כְּתָב סְתָרִים; מִשְׁלֶבֶת
cipher, v.i. & t.	חִשֵּׁב; צָפַן, כָּתַב בִּכְתַב סְתָרִים
circa, adv.	בְּעֵרֶךְ
circle, n.	עִגּוּל, גֹּרֶן, מָחוֹז, חוּג
circle, v.t.	חָג (חוג), סִבֵּב, כִּתֵּר
circle, v.i.	סָבַב, הִסְתּוֹבֵב (סבב)
circuit, n.	סָבוּב, הֶקֵּף, מַעְגָּל זָרָם, וְגִילָה
circuitous, adj.	עִגּוּלִי, עָקִיף
circular, adj.	עָגֹל, מְסֻבָּב
circular, n.	חוֹזֵר, מִכְתָּב חוֹזֵר
circulate, v.t.	הֵפִיץ (פוץ)
circulate, v.i.	סָבַב
circulation, n.	הֲפָצָה, הִסְתּוֹבְבוּת סָבוּב, מַחְזוֹר; תְּפוּצָה
circulator, n.	מֵפִיץ
circumcise, v.t.	מָהַל, מָל (מול)
circumciser, n.	מוֹהֵל
circumcision, n.	מְהִילָה, בְּרִית מִילָה
circumference, n.	הֶקֵּף, מַעְגָּל
circumnavigation, n.	הַקָּפַת הָאָרֶץ (בָּאֳנִיָּה)
circumscribe, v.t.	הִגְדִּיר (גדר), תָּחַם
circumscription, n.	הַגְבָּלָה

circumspect, *adj.*	זָהִיר, פִּקֵּחַ
circumstance, *n.*	אֹפֶן, מַצָּב, מִקְרֶה,
	סִבָּה, נְסִבָּה
circumstances, *n. pl.*	תְּנָאִים, נְסִבּוֹת
circumstantial, *adj.*	נְסִבָּתִי, עָקִיף,
	מִקְרִי
circumvent, *v.t.*	עָקַף, הוֹנָה [ינה],
	תִּחְבֵּל
circus, *n.*	קִרְקָס, זִירָה; רְחָבָה, כִּכָּר
cistern, *n.*	בּוֹר, בְּאֵר, גֵּב
citadel, *n.*	מִבְצָר, מְצוּדָה
citation, *n.*	סַעַד, הַזְכָּרָה; הוֹעָדָה
cite, *v.t.*	הֵבִיא [בוא], תָּבַע
	(לְדִין); שִׁבַּח, הִזְכִּיר [זכר] לְטוֹבָה
citric acid	חֻמְצַת לִימוֹן
citron, *n.*	אֶתְרוֹג, פְּרִי עֵץ הָדָר
citizen, *n.*	אֶזְרָח, עִירוֹנִי
citizenship, *n.*	אֶזְרָחוּת
city, *n.*	עִיר, קִרְיָה
civic, *adj.*	אֶזְרָחִי, עִירוֹנִי
civics, *n.*	תּוֹרַת הָאֶזְרָחוּת
civil, *adj.*	אָדִיב, מְנֻמָּס; אֶזְרָחִי
civilian, *n.*	אֶזְרָחָן
civility, *n.*	אֲדִיבוּת
civilization, *n.*	תַּרְבּוּת
civilize, *v.t.*	תִּרְבֵּת
clad, *adj.*	לָבוּשׁ
claim, *n.*	זְכוּת; דְּרִישָׁה, תְּבִיעָה
claim, *v.t. & i.*	דָּרַשׁ, תָּבַע
claimant, *n.*	תּוֹבֵעַ, דּוֹרֵשׁ
clairvoyant, *n.*	מְנַחֵשׁ
clamber, *v.i.*	טִפֵּס
clamor, clamour, *n.*	הֲמֻלָּה, מְהוּמָה
clamor, clamour, *v.t. & i.*	צָעַק
clamorous, clamourous, *adj.*	צַעֲקָנִי
clamp, *n.*	מַלְחֶצֶת, כְּלִיבָה, מְהַדֵּק, אֶטֶב
clamp, *v.t.*	לָחַץ, הִדֵּק

clan, *n.*	שֵׁבֶט, מִשְׁפָּחָה
clandestine, *adj.*	חֲשָׁאִי, נִסְתָּר
clang, *n.*	צִלְצוּל
clank, *n.*	קִשְׁקוּשׁ
clannish, *adj.*	שִׁבְטִי, מִשְׁפַּחְתִּי
clap, *n.*	מְחִיאָה
clap, *v.t. & i.*	מָחָא כַּף, תָּקַע יָד
clapper, *n.*	עִנְבָּל; מַכּוֹשׁ
claret, *n.*	יֵין אָדֹם
clarification, *n.*	זִכּוּךְ; בֵּרוּר, הִתְלַבְּנוּת
clarify, *v.t.*	בֵּרֵר, הִסְבִּיר [סבר]
clarify, *v.i.*	הִתְבַּהֵר [בהר], הִתְבָּרֵר [ברר]
clarinet, *n.*	חָלִיל
clarion, *n.*	קֶרֶן
clarity, *n.*	בְּרִירוּת, בְּהִירוּת
clash, *n.*	הִתְנַגְּשׁוּת
clash, *v.t. & i.*	הִתְנַגֵּשׁ [נגש]
clasp, *n.*	אֶטֶב, מַכְבֵּנָה (לְשֵׂעָר); מְהַדֵּק (לְנְיָרוֹת, לִכְבָסִים); מַנְעוּל (לְתַכְשִׁיטִים); לְחִיצָה (יָדַיִם)
clasp, *v.t.*	הִדֵּק, חָבַק; לָחַץ (יָדַיִם)
class, *n.*	מַעֲמָד; כִּתָּה, מַחְלָקָה; סוּג
classic, classical, *adj.*	מוֹפְתִי
classic, *n.*	מוֹפֵת
classification, *n.*	מִיּוּן, סִוּוּג, סִדּוּר
classify, *v.t.*	מִיֵּן, סִוֵּג, סִדֵּר
classmate, *n.*	בֶּן מַחְלָקָה, בֶּן כִּתָּה
clatter, *n.*	שָׁאוֹן, פִּטְפּוּט; חֲרִיקָה
clatter, *v.t.*	הִקִּישׁ [נקש]
clatter, *v.i.*	קִשְׁקֵשׁ
clause, *n.*	קֶטַע, סָעִיף
clavicle, *n.*	בְּרִיחַ, עֶצֶם הַבְּרִיחַ
claw, *n.*	צִפֹּרֶן; שְׂרִיטָה
claw, *v.t.*	שָׂרַף בְּצִפָּרְנַיִם, שָׂרַט
clay, *n.*	חֹמֶר, חֵמָר, חַרְסִית
clean, *adj.*	נָקִי, זַךְ, צַח

clean, v.t.   נִקָּה, טִהֵר, לִבֵּן

cleaner, n.   מְנַקֶּה

cleanness, cleanliness, n.   נִקָּיוֹן, טֹהַר

cleanse, v.t.   טִהֵר, חִטֵּא

clear, adj.   בָּהִיר, צַח; מוּבָן, בָּרוּר; צָלוּל (יַיִן)

clear, v.t.   זִכָּה, סִנֵּן, בֵּרֵר

clear, v.i.   סִלֵּק חֶשְׁבּוֹן, שִׁלֵּם; הִפְלִיג (פלג); הִזְדַּכֵּךְ [זכך] (יַיִן); הִתְפַּזֵּר [פזר] (עֲנָנִים)

clearance, n.   הֲסָרָה, הַרְחָקָה; סִלּוּק חֶשְׁבּוֹנוֹת; מִרְוָח, מְכִירָה כְּלָלִית

clearing, n.   פִּנּוּי; פְּרִיקַת מַשָּׂא; הַסְבָּרָה; קָרַחַת יַעַר

clearinghouse, n.   לִשְׁכַּת סִלּוּקִין

clearly, adv.   בְּפֵרוּשׁ, בַּעֲלִיל; בָּרוּר; בִּבְהִירוּת

clearness, n.   בְּהִירוּת, צְלִילוּת

cleat, n.   טָרִיז, יָתֵד; שָׁלְבִּית, מַאֲחָז; אֶדֶן (סוּלְיוֹת)

cleavage, n.   בְּקִיעָה, פִּלּוּחַ

cleave, v.t.   סָדַק, בָּקַע, פִּלֵּג, פָּלַח

cleave, v.i.   נִדְבַּק [דבק], דָּבַק; נִבְקַע [בקע], נִסְדַּק [סדק]

cleaver, n.   חוֹסֵם, פּוֹלֵחַ, קוֹפִיץ

clef, n.   מַפְתֵּחַ תָּוִים

cleft, n.   נָקִיק, חָגָו, סֶדֶק; שֶׁסַע

clemency, n.   חֲנִינָה, רִתְיוֹן, רַכּוּת

clement, adj.   רַחוּם, חַנּוּן, מְרֻחָם, מוֹחֵל

clergy, n.   כְּהֻנָּה

clergyman, n.   כֹּהֵן

clerical, adj.   שֶׁל כְּהֻנָּה, שֶׁל מַזְכִּיר

clerk, n.   לַבְלָר, מַזְכִּיר

clever, adj.   מֻכְשָׁר, פִּקֵּחַ, נָבוֹן, חָכָם

cleverly, adv.   בְּחָכְמָה

cleverness, n.   תְּבוּנָה

clew, v. clue

cliché, n.   גְּלוּפָה

click, n.   נְקִישָׁה

client, n.   לָקוֹחַ, קוֹנֶה

clientele, n.   לְקוֹחוֹת

cliff, n.   שֵׁן, שִׁנִּית, חוֹם

climate, n.   אַקְלִים, מֶזֶג אֲוִיר

climatic, adj.   אַקְלִימִי

climax, n.   פִּסְגָּה; מַשְׂבֵּר

climb, v.t. & i.   טִפֵּס, עָלָה; נָסַק (מָטוֹס)

climber, n.   טַפְסָן, מְטַפֵּס (צֶמַח)

clinch, v.t.   קָפַץ, סָגַר בִּכְלָם, אָחַז, הִדֵּק (שִׁנַּיִם), קָמַץ (יָד); קִיֵּם, כָּפַף (מַסְמֵר); חִזֵּק

cling, v.i.   אָחַז, דָּבַק, נִדְבַּק [דבק]

clinic, n.   מִרְפָּאָה

clinical, adj.   קְלִינִי

clink, n.   קִשְׁקוּשׁ

clink, v.t. & i.   קִשְׁקֵשׁ

clinker, n.   קַשְׁקְשָׁן

clip, n.   אֶטֶב, מְהַדֵּק; מַטְעֵן (כַּדּוּרִים); גְּזִיזָה

clip, v.t. & i.   גָּזַז, כָּסַם הִדֵּק, זֵרֵז; קָצַץ (מַטְבְּעוֹת)

clipper, n.   גּוֹזֵז, מִגְזֵזָה, מִסְפָּרַשִׁית; מָטוֹס גָּדוֹל

clipping, n.   גֶּזֶר (גְּזַר עִתּוֹן וְכוּ')

clique, n.   כְּנוּפְיָה, חֲבוּרָה

clitoris, n.   דַּגְדְּגָן

cloak, n.   מְעִיל, אַדֶּרֶת, גְּלִימָה, קָפֹשׁ

cloak, v.t.   הִלְבִּישׁ [לבש] אַדֶּרֶת

cloak, v.i.   לָבַשׁ אַדֶּרֶת

clock, n.   שָׁעוֹן

clockwork, n.   מְכוֹנַת הַשָּׁעוֹן

clod, n.   רֶגֶב, גּוּשׁ

clog, n.   נַעַל עֵץ, קַבְקָב; מַעֲצוֹר

clog, v.t. & i.   חָסַם, עִכֵּב, סָתַם, הִסְתַּתֵּם [סתם], נִדְבַּק [דבק]

cloister, *n.* מִנְזָר; סְטָו

cloister, *v.t.* סָגַר בְּמִנְזָר

cloistral, *adj.* מִנְזָרִי

close, *adj.* סָגוּר, נָעוּל; צָפוּף, קָרוֹב; דּוֹמֶה; מַחֲנִיק (אֲוִיר); קַמְצָן

close, *n.* גְּמַר, סוֹף, רַחֲבַת מִנְזָר

close, *v.t.* סָגַר, עָצַם, גָּמַר, בָּלַם

close, *v.i.* נִסְגַּר [סגר], נִנְעַל [נעל], הִתְחַבֵּר [חבר]

closeness, *n.* צְפִיפוּת, דֹּחַק

closet, *n.* אֲרוֹן (בְּגָדִים) קִיר, חָרָד; חֶדֶר מְיֻחָד, חֲדַר מוֹעֵצָה

closet, *v.t.* סָגַר

closure, *n.* סְגִירָה, סְתִימָה, סוֹף

clot, *n.* עַבְטִיט (דָּם קָרוּשׁ), חֲרָרַת דָּם; גּוּשׁ

clot, *v.i. & t.* קָרַשׁ, קָפָא, נִקְרַשׁ [קרש], נִקְפָּא [קפא]

cloth, *n.* אָרִיג, אֶרֶג, בַּד; מַטְלִית

clothe, *v.t.* הִלְבִּישׁ [לבש], עָטָה

clothes, *n. pl.* בְּגָדִים, מַלְבּוּשִׁים

clothier, *n.* מוֹכֵר בְּגָדִים

clothing, *n.* מַלְבּוּשׁ, לְבוּשׁ

cloud, *n.* עָב, עָנָן, נָשִׂיא, חָזִיז

cloud, *v.t. & i.* הִתְעַנֵּן [ענן], הִתְכַּסָּה [כסה] בַּעֲנָנִים, הִתְקַדֵּר [קדר], הֶאֱפִיל [אפל]; הֵעִיב (עוב), הֶחֱשִׁיךְ [חשך]

cloudburst, *n.* שֶׁבֶר נְשָׂאִים

cloudless, *adj.* בָּהִיר

cloudlet, *n.* עֲנָנָה

cloudy, *adj.* מְעֻנָּן

clout, *n.* מַטְלִית, סְחָבָה; מַטְרָה; מַכָּה, סְטִירַת לֶחִי

clout, *v.t.* הִכָּה [נכה], סָטַר

clove, *n.* קַרְפּוּל (תַּבְלִין)

clover, *n.* שַׁלְשׁוֹן, תִּלְתָּן

clown, *n.* בַּדְּחָ, בַּדְחָן, נִחְכָּן, לֵץ

cloy, *v.t.* הִשְׂבִּיעַ [שבע], הָיָה לְזָרָא

club, *n.* אַלָּה; מוֹעֲדוֹן

club, *v.t.* הִכָּה [נכה] בְּאַלָּה

cluck, *n.* קִרְקוּר

cluck, *v.i.* קִרְקֵר

clue, clew, *n.* פְּקַעַת חוּטִים; קָצֶה

clump, *n.* מִפְרָשׂ; רֶמֶז, סִימָן; מַפְתֵּחַ (לְפִתְרוֹן) קְבוּצַת עֵצִים; גּוּשׁ; סֻלְיָה; נוֹסֶפֶת, פְּסִיעָה גַּסָּה

clump, *v.i.* הָלַךְ בִּכְבֵדוּת

clumsy, *adj.* מְסֻרְבָּל, מְגֻשָּׁם

cluster, *n.* אֶשְׁכּוֹל

cluster, *v.i.* צָמַח בְּאֶשְׁכּוֹלוֹת; הִתְקַהֵל [קהל]

clutch, *n.* אֲחִיזָה, תְּפִיסָה; צִפֹּרֶן; מַצְמֵד, מַזְוֵג, בְּרִיכַת אֶפְרוֹחִים

clutch, *v.t. & i.* אָחַז, תָּפַס, דָּנֵר

clutter, *n.* מְבוּכָה

clyster, *n.* חֹקֶן

coach, *n.* עֲגָלָה, מֶרְכָּבָה; מְאַמֵּן

coach, *v.t. & i.* לִמֵּד, הֵכִין (כון), אִמֵּן; הִתְגַּנֵּב [חנב]

coachman, *n.* עֶגְלוֹן

coagulate, *v.t.* הִקְפִּיא [קפא], הִקְרִישׁ [קרש]

coagulate, *v.i.* קָרַשׁ

coagulation, *n.* קְרִישָׁה, הַקְרָשָׁה

coal, *n.* פֶּחָם

coal, *v.t.* סִפֵּק פֶּחָם

coal, *v.i.* הִצְטַיֵּד [צוד] בְּפֶחָם

coalesce, *v.i.* הִתְמַזֵּג [מזג], הִתְאַחֵד [אחד]

coalescence, *n.* אִחוּד, חִבּוּר הִתְחַבְּרוּת

coalition, *n.*

coal oil נֵפְט, שֶׁמֶן פְּחָמִים

coal tar זֶפֶת פְּחָמִים, עִטְרָן

coarse, *adj.* גַּס, עָבֶה

coarsely, *adv.* בְּגַסּוּת

coarseness, *n.*	נַסּוּת
coast, *n.*	חוֹף, שְׂפַת הַיָּם
coast, *v.i.*	שָׁט [שׁוט] קָרוֹב לַחוֹף, גָּלַשׁ
coastal, *adj.*	חוֹפָנִי
coaster, *n.*	סְפִינַת חוֹף
coast guard	שׁוֹמְרֵי חוֹף
coat, *n.*	מְעִיל, בֶּגֶד; שִׁכְבָה
coat, *v.t.*	כִּסָּה (בְּצֶבַע), מָרַח
coax, *v.t.*	שִׁדֵּל
cob, *n.*	אֶשְׁכּוֹל, שִׁבֹּלֶת הַתִּירָס;
	בַּרְבּוּר; עַכָּבִישׁ
cobalt, *n.*	זַרְנִיךְ, קֹבַּלְת, שֵׁדָן
cobble, *v.t. & i.*	תִּקֵּן נְעָלַיִם
cobbler, *n.*	סַנְדְּלָר, רַצְעָן
cobra, *n.*	פֶּתֶן
cobweb, *n.*	קוּרֵי עַכָּבִישׁ
cochineal, *n.*	זְהוֹרִית
cochlea, *n.*	שַׁבְּלוּל (הָאֹזֶן)
cock, *n.*	תַּרְנְגוֹל, שְׂכְוִי, נֶבֶר; חֹלֶם
	(רוֹבֶה) בֶּרֶז
cock, *v.t.*	הֵרִים [רום], זָקַף, דָּרַךְ
cockatoo, *n.*	תֻּכִּי
cockeye, *n.*	עַיִן פּוֹזֶלֶת
cockle, *n.*	שַׁבְּלוּל
cockroach, *n.*	חֲפוּשִׁית הַבַּיִת, יְבוּסִי
cocktail, *n.*	מַשְׁקֶה כָּהֲלִי, פַּרְפֶּרֶת
cocky, *adj.*	נָא, גֵּאָה, מִתְרַבְרֵב
coconut, *n.*	אֱגוֹז הֹדּוּ, נַרְגִּל
cocoon, *n.*	פְּקַעַת
cod, codfish, *n.*	אַלְתִּית, חֲמוֹר הַיָּם
coddle, *n.*	מְפֻנָּק
code, *n.*	כְּתַב סְתָרִים; חֹק; סֵפֶר
	חֻקִּים, צֹפֶן
codger, *n.*	קַמְצָן, כִּילַי
codicil, *n.*	נִסְפָּף לַצַּוָּאָה
codification, *n.*	קְבִיעַת חֻקִּים
codify, *v.t.*	עָרַךְ חֻקִּים
coeducation, *n.*	חִנּוּךְ מְעֹרָב
coefficient, *n.*	מָנָה, מְקַדֵּם, כּוֹפֵל
coerce, *v.t.*	הִכְרִיחַ [כרח] כָּפָה
coercion, *n.*	הַכְרָחָה, אִלּוּץ, כְּפִיָּה
coercive, *adj.*	מַכְרִיחַ, כּוֹפֶה
coeval, *adj.*	בֶּן דּוֹר, בֶּן זְמַנֵּנוּ
coexist, *v.i.*	חָיָה עִם, הִתְקַיֵּם [קים]
	בּוֹ בִּזְמַן
coexistence, *n.*	דּוּ־קִיּוּם
coffee, *n.*	קָהֲוָה, קָפֶה
coffee shop	אַהֲוָאָה, בֵּית קָפֶה
coffin, *n.*	אֲרוֹן מֵתִים
cog, *n.*	שֵׁן (בְּגַלְגַּל)
cog, *v.t.*	קָבַע שֵׁן, רִמָּה
cogent, *adj.*	מְשַׁכְנֵעַ, מַכְרִיעַ
cogitate, *v.t. & i.*	הִרְהֵר, הָגָה,
	הִתְעַשֵּׁת [עשת]
cogitation, *n.*	הִרְהוּר
cognate, *adj.*	דּוֹמֶה, בֶּן גֶּזַע, קָרוֹב
cognition, *n.*	יְדִיעָה, דַּעַת
cognizance, *n.*	הֲבָנָה, הַכָּרָה
cognizant, *adj.*	יוֹדֵעַ, מַכִּיר
cohabitation, *n.*	בְּעִילָה, הַזְדַּוְּגוּת,
	בִּיאָה, גִּישָׁה, עוֹנָה
cohere, *v.i.*	דָּבַק
coherence, *n.*	עֲקֵבִיּוּת, חִבּוּר, קֶשֶׁר
coherent, *adj.*	עֲקֵבִי, קָשִׁיר, לָכִיד,
	מְחֻבָּר, הֶגְיוֹנִי
cohesion, *n.*	אַחְדּוּת, אִחוּד,
	הִתְלַכְּדוּת, קְשִׁירוּת, תְּאַחִיזָה
cohesive, *adj.*	מִתְדַּבֵּק, מִתְלַכֵּד
coiffure, *n.*	תִּסְפֹּרֶת, תִּסְרֹקֶת
coil, *n.*	לִפְיָתָה, פְּקַעַת, סְלִיל, קָפִיץ
coil, *v.t.*	גָּלַל, כָּרַךְ
coil, *v.i.*	נִלְפַּת [לפת]
coin, *n.*	מַטְבֵּעַ
coin, *v.t.*	טָבַע, הִטְבִּיעַ [טבע]; חִדֵּשׁ
	מִלִּים, מִנָּה
coinage, *n.*	הַטְבָּעָה, טְבִיעָה

coiner, n.	מַטְבִּיעַ, מֵנִיחַ
coincide, v.i.	הִסְכִּים [סכם], הִתְאִים
	[תאם]
coincidence, n.	תְּחוּלָה, הַסְכָּמָה,
	הִתְאָמָה
coincident, adj.	מַתְאִים, דּוֹמֶה
coition, coitus, n.	תַּשְׁמִישׁ הַמִּטָּה,
	הִזְדַּוְּגוּת, מִשְׁגָּל, בִּיאָה, גִּישָׁה
coke, n.	קוֹקְס, פַּחֲמֵי אֶבֶן שְׂרוּפִים
cold, n.	קָרָה, קֹר, צִנָּה, הִצְטַנְּנוּת
cold, adj.	קַר, צוֹנֵן
coldblooded, adj.	אַכְזָרִי, חֲסַר לֵב
coldhearted, adj.	חֲסַר רֶגֶשׁ
coldness, n.	קֹר
coleslaw, n.	מְלִיחַ כְּרוּב
colic, n.	צְוִית מֵעַיִם, כְּאֵב בֶּטֶן
collaborate, v.i.	שִׁתֵּף פְּעֻלָּה, עָבַד
	יַחַד עִם
collaboration, n.	שִׁתּוּף פְּעֻלָּה
collaborator, n.	מְסַיֵּעַ, עוֹזֵר; בּוֹגֵד
collapse, n.	מַיִם, הִתְמוֹטְטוּת, הָרֶס,
	שֶׁבֶר
collapse, v.i. & t.	הִתְמוֹטֵט [מוט],
	כָּשַׁל; הִתְעַלֵּף [עלף];
	הֻקְפַּל [קפל]
collapsible, adj.	מִתְקַפֵּל
collar, n.	צַוָּארוֹן, עֲנָק
collar, v.t.	תָּפַס אָדָם בְּעָרְפּוֹ
collate, v.t.	עָרַךְ; אָסַף, אָכַל, לָעַס
collateral, adj.	צְדָדִי, נוֹסָף, מַקְבִּיל
collation, n.	אֲכִילָה קַלָּה; תֵּאוּם,
	הִתְיַצְּצוּת
colleague, n.	חָבֵר, רֵעַ
collect, v.t.	אָסַף, קִבֵּץ, לָקַט, כָּנַס
collect, v.i.	הִתְאַסֵּף [אסף], הִתְקַבֵּץ
	[קבץ]
collection, n.	נְבִיָּה, מַאֲסָף, קִבּוּץ,
	אֹסֶף

collective, adj.	מְשֻׁתָּף, קִבּוּצִי
collective, n.	קִבּוּץ
collector, n.	מְאַסֵּף, גּוֹבֶה
college, n.	מִכְלָלָה
collegian, n.	מִכְלָלָנִי, תַּלְמִיד מִכְלָלָה
collegiate, adj.	שֶׁל מִכְלָלָה
collide, v.i.	הִתְנַגֵּשׁ [נגש]
collie, n.	כֶּלֶב רוֹעִים
collier, n.	כּוֹרֶה פֶּחָם
colliery, n.	מִכְרֵה פֶּחָם
collision, n.	הִתְנַגְּשׁוּת
colloquial, adj.	מְדֻבָּר
colloquy, n.	דּוּ־שִׂיחַ, וִכּוּחַ
collusion, n.	קֶשֶׁר, מֶרֶד, קְנוּנְיָה
colon, n.	נְקֻדָּתַיִם (:)
colonel, n.	אַלּוּף מִשְׁנֶה
colonial, adj.	מוֹשַׁבְתִּי
colonist, n.	מִתְיַשֵּׁב
colonization, n.	יִשּׁוּב, הִתְיַשְּׁבוּת
colonize, v.t. & i.	יִשֵּׁב, הִתְיַשֵּׁב [ישב]
colonnade, n.	שְׂדֵרַת עַמּוּדִים, סְטָו
colony, n.	מוֹשָׁבָה
color, colour, n.	צֶבַע, גָּוֶן; אֹדֶם
color, colour, v.t.	צָבַע, גָּוֵן
color, colour, v.i.	הִתְאַדֵּם [אדם]
coloration, colouration, n.	צְבִיעָה,
	צְבּוּעַ; רַבְגּוֹנִיּוּת
colored, coloured, adj.	צָבוּעַ; כּוּשִׁי;
	מֻזְיָף
colorful, colourful, adj.	צִבְעוֹנִי, חַי,
	סַסְגּוֹנִי
colorless, colourless, adj.	חֲסַר צֶבַע,
	חֲסַר אֹפִי
colors, colours, n. pl.	דֶּגֶל, נֵס
colossal, adj.	עֲנָקִי
colossus, n.	עֲנָק, פֶּסֶל עֲנָק
colt, n.	סְיָח
columba, n.	יוֹנָה

columbary, n.	שׁוֹבָךְ	comet, n.	שָׁבִיט (כּוֹכָב)
columbine, adj.	יוֹנִי	come to pass	קָרָה
column, n.	עַמּוּד, טוּר	comfit, n.	מַמְתָּק, פַּרְפֶּרֶת
columnar, adj.	עַמּוּדִי	comfort, n.	נֹחִיּוּת, נֶחָמָה, תַּנְחוּמִים
columnist, n.	טוּרָן (בְּעִתּוֹן)	comfort, v.t.	נִחֵם, אִמֵּץ
coma, n.	תַּרְדֵּמָה, אַלְחוּשׁ	comfortable, adj.	נֹחַ
comb, n.	מַסְרֵק, מַנְרֵדָה; כַּרְבֹּלֶת	comforter, n.	מְנַחֵם
comb, v.t. & i.	סָרַק, הִסְתָּרֵק [סרק];	comfortless, adj.	לְלֹא נֶחָמָה
	נִפֵּץ; חִפֵּשׂ; הִתְנַפֵּץ [נפץ] (הֵגֵל)	comic, n.	מַצְחִיק
combat, n.	קְרָב, דּוּ־קְרָב, הִתְגּוֹשְׁשׁוּת	comical, adj.	הִתּוּלִי
combat, v.t. & i.	נִלְחַם [לחם];	coming, n.	בִּיאָה
	הִתְגּוֹשֵׁשׁ [גשש]	comity, n.	נְדִיבוּת, נֹעַם
combatant, adj.	לוֹחֵם, נִלְחָם,	comma, n.	פָּסִיק (,)
	מִתְגּוֹשֵׁשׁ	command, n.	פְּקֻדָּה, צַו; שְׁלִיטָה;
comber, n.	סוֹרֵק		חֲלִישָׁה עַל; מִפְקָדָה
combination, n.	תַּרְכֹּבֶת, הַרְכָּבָה,	command, v.t. & i.	פָּקַד, צִוָּה;
	צֵרוּף, מִצְרֶפֶת		חָלַשׁ עַל
combine, n.	מַקְצֵרְדָּשׁ, אֱגוּד	commandant, n.	מְפַקֵּד
combine, v.t.	אָחַד, צֵרַף	commandeer, v.t.	גִּיֵּס לַצָּבָא
combine, v.i.	הִתְאַחֵד [אחד],	commander, n.	שַׂר צָבָא
	הִצְטָרֵף [צרף]	commandment, n.	צַו, צִוּוּי, מִצְוָה,
combustible, adj.	אָכִל, בָּעִיר		דָּבָר, דִּבֵּר, דִּבְּרָה
combustion, n.	בְּעִירָה, שְׂרוּף, אָכוּל	the Ten Commandments, n. pl.	
come, v.i.	בָּא [בוא], אָתָה		עֲשֶׂרֶת הַדְּבָרִים, עֲשֶׂרֶת הַדִּבְּרוֹת
come about	קָרָה	commemorate, v.t.	הִזְכִּיר [זכר]; חָגַג
come across	הִסְכִּים; פָּגַשׁ	commemoration, n.	אַזְכָּרָה, הַזְכָּרָה,
come back	חָזַר, שָׁב [שוב]		חֲגִינָה
come by	הִשִּׂיג [נשג]	commence, v.i.	הִתְחִיל [חלל]; סִיֵּם
comedian, n.	בַּדְחָן		(מִכְלָלָה)
comedy, n.	מַהֲתַלָּה, קוֹמֶדְיָה	commencement, n.	הַתְחָלָה; סִיּוּם
come in	נִכְנַס [כנס]		(לְמוּדִים)
comeliness, n.	חֵן, נוֹי	commend, v.t.	שִׁבַּח, קִלֵּס
comely, adj.	מַתְאִים, הוֹלֵם; חִנָּנִי	commendable, adj.	רָאוּי
come near	קָרַב	commendation, n.	שֶׁבַח, תְּהִלָּה
come of age	הִתְבַּגֵּר [בגר]	commensurate, adj.	שָׁוֶה־מִדָּה, שָׁקוּל
come out	יָצָא	comment, n.	הֶעָרָה, בֵּאוּר
comestible, adj.	רָאוּי לַאֲכִילָה, אָכִיל	comment, v.i.	פֵּרֵשׁ, בֵּאֵר, הֵעִיר
comestibles, n. pl.	מַאֲכָלִים, אֹכֶל		[עור]

commentary, *n.*	פֵּרוּשׁ, בֵּאוּר
commentator, *n.*	פַּרְשָׁן, מְפָרֵשׁ
commerce, *n.*	מִסְחָר
commercial, *adj.*	מִסְחָרִי
commercially, *adv.*	בְּדֶרֶךְ הַמִּסְחָר
commercialize, *v.t.*	מִסְחֵר, הָפַךְ
	מִסְחָרִי
commiserate, *v.t.*	רִחֵם, חָמַל
commiseration, *n.*	חֶמְלָה, רַחֲמָנוּת
commissary, *n.*	חֲנוּת שֶׁקֵּ"ם; סוֹכֵן,
	עָמִיל
commission, *n.*	מִשְׁלַחַת, וַעֲדָה,
	עֲמִילוּת, עֲמָלָה
commission, *v.t.*,	יִפָּה כֹּחַ, הַזְמִין [זמן],
	מִנָּה, גִּיֵּס
commissioner, *n.*	נָצִיב
commit, *v.t.*	עָשָׂה; הִפְקִיד [פקד];
	סִכֵּן, סִבֵּךְ
committal, commitment, *n.*	
	הִתְחַיְּבוּת
committee, *n.*	וַעַד, וַעֲדָה
commode, *n.*	שִׁדָּה, קַמְטֵר
commodious, *adj.*	נוֹחַ, מְרֻוָּח
commodities, *n. pl.*	מִצְרָכִים מִסְחָרִיִּים
commodity, *n.*	נוֹחִיּוּת, רָוַח, סְחוֹרָה
commodore, *n.*	רַב חוֹבֵל
common, *adj.*	מְשֻׁתָּף; שָׁכִיחַ, צִבּוּרִי;
	רָגִיל, פָּשׁוּט; הֶדְיוֹט, הֲמוֹנִי; כְּלָלִי
commonalty, *n.*	הֲמוֹן הָעָם
commoner, *n.*	בֶּן הֶהָמוֹן; הֶדְיוֹט;
	צִיר, נִבְחָר
common law	חֹק הַמְּדִינָה
commonly, *adv.*	כָּרָגִיל
common noun	שֵׁם עֶצֶם כְּלָלִי
commonplace, *adj.*	בֵּינוֹנִי, שִׁטְחִי
commons, *n. pl.*	הֲמוֹן הָעָם
common sense	הַשֵּׂכֶל הַיָּשָׁר, הִגָּיוֹן
commonweal, *n.*	טוֹבַת הַכְּלָל

commonwealth, *n.*	קְהִלְיָה
commotion, *n.*	זִיעַ, זַעֲזוּעַ, מְהוּמָה
commune, *n.*	קְבוּצָה
commune, *v.t.*	דִּבֶּר עִם
communicable, *adj.*	נִמְסָר, מִדַּבֵּר;
	מִדַּבֵּק
communicant, *n. & adj.*	מוֹדִיעַ,
	מִשְׁתַּתֵּף
communicate, *v.t.*	מָסַר, גִּלָּה, הוֹדִיעַ
	[ידע]
communication, *n.*	הוֹדָעָה, תְּשִׁדֹּרֶת,
	הִתְקַשְּׁרוּת, תִּקְשֹׁרֶת, תַּחְבּוּרָה;
	הִתְכַּתְּבוּת, חֲלִיפַת מִכְתָּבִים
communicative, *adj.*	דַּבְּרָנִי
communion, *n.*	אַחֲוָה, מַשָּׂא וּמַתָּן;
	הִתְיַחֲדוּת
communiqué, *n.*	הוֹדָעָה רִשְׁמִית
communism, *n.*	שֻׁתָּפָנוּת
communist, *n.*	שֻׁתָּפָן
communistic, *adj.*	שֻׁתָּפָנִי
community, *n.*	קְהִלָּה, עֵדָה, צִבּוּר;
	שֻׁתָּפוּת
commutation, *n.*	חִלּוּף, תְּמוּרָה;
	הַמְתָּקַת דִּין
commutator, *n.*	מִשְׁנֶה (זֶרֶם חַשְׁמַל)
commute, *v.t.*	נָסַע יוֹם יוֹם, הֶחֱלִיף
	[חלף]; הִמְתִּיק [מתק] (דִּין)
commuter, *n.*	נוֹסֵעַ קָבוּעַ, מַחֲלִיף זֶרֶם
compact, *adj.*	צָפוּף, לָכוּד, מְעֻבֶּה
compact, *n.*	אֲמָנָה, בְּרִית, קֻפְסָנִית;
	תַּמְרוּקָה (לְאַבְקָה)
compact, *v.t.*	הִדֵּק, אִחֵד, צִפֵּף
companion, *n.*	חָבֵר, עָמִית, שֻׁתָּף
companionship, *n.*	יְדִידוּת, חֲבֵרוּת,
	הִתְאַנְּדוּת
company, *n.*	חֶבְרָה; חֶבֶר; לַהֲקָה
comparable, *adj.*	מֻשְׁוֶה, מִשְׁתַּוֶּה,
	דּוֹמֶה לְ–

comparative, *adj. & n.*	יַחֲסִי; עֵרֶךְ; הַיִתְרוֹן
compare, *v.t. & i.*	הִשְׁוָה [שוה], דִּמָּה; הִשְׁתַּוָּה [שוה]
comparison, *n.*	הַשְׁוָאָה, דִּמְיוֹן; מָשָׁל
compartment, *n.*	חֶדֶר; תָּא, מַחֲלָקָה
compass, *n.*	מָחוֹג, מְחוּגָה; מַצְפֵּן; הֶקֵּף
compass, *v.t.*	סוֹבֵב [סבב]; הֵקִיף [קוף]; כִּתֵּר; זָמַם
compassion, *n.*	חֶמְלָה, רַחֲמָנוּת; נִחוּם
compassionate, *adj.*	מְרַחֵם, רַחוּם
compatibility, *n.*	הִשְׁתַּוּוּת, נָאוּת, הַתְאָמָה
compatible, *adj.*	יָאֶה; מַתְאִים
compatriot, *n.*	עֲמִית, בֶּן אֶרֶץ
compel, *v.t.*	הִכְרִיחַ [כרח], כָּפָה
compensate, *v.t. & i.*	תִּגְמֵל, גָּמַל; פִּצָּה; קִזֵּז; שִׁלֵּם; פִּיֵּס
compensation, *n.*	פִּצּוּי; תַּגְמוּל; הֲטָבָה; שִׁלּוּם, שִׁלּוּמִים; קִזּוּז
compete, *v.i.*	הִתְחָרָה [חרה]
competence, competency, *n.*	יְכֹלֶת; סַמְכוּת; כִּשָּׁרוֹן
competent, *adj.*	מֻכְשָׁר, מֻסְמָךְ; מַתְאִים
competition, *n.*	תַּחֲרוּת, הִתְחָרוּת
competitive, *adj.*	תַּחֲרוּתִי, הִתְחָרוּתִי
competitor, *n.*	מִתְחָרֶה
compilation, *n.*	אִסּוּף, אֹסֶף, מַאֲסָף; חִבּוּר
compile, *v.t.*	אָסַף, לָקַט, חִבֵּר
compiler, *n.*	מְחַבֵּר, אוֹסֵף, מְלַקֵּט
complacence, complacency, *n.*	נַחַת, שַׁאֲנַנּוּת
complacent, *adj.*	שְׂבַע רָצוֹן, נוֹחַ, שַׁאֲנָן
complain, *v.i.*	הִתְאוֹנֵן [אנן], קָבַל; הִתְרָעֵם [רעם]
complainant, *n.*	מִתְאוֹנֵן, מִתְלוֹנֵן
complaint, *n.*	תְּלוּנָה, הִתְאוֹנְנוּת
complaisance, *n.*	אֲדִיבוּת, נֹעַם, נִמוּסִיּוּת
complaisant, *adj.*	אָדִיב, נָעִים, נִמוּסִי
complement, *n.*	הַשְׁלָמָה, מַשְׁלִים
complement, *v.t.*	הִשְׁלִים [שלם]
complementary, *adj.*	מַשְׁלִים
complete, *adj.*	גָּמוּר, תָּמִים; שָׁלֵם; מָלֵא
complete, *v.t.*	גָּמַר, הִשְׁלִים [שלם]; מִלֵּא; כִּלָּה
completely, *adv.*	בִּשְׁלֵמוּת; כָּלִיל
completeness, *n.*	שְׁלֵמוּת, תַּמּוּת
completion, *n.*	גְּמָר, גְּמִירָה; הַשְׁלָמָה
complex, *adj.*	מֻסְבָּךְ, מֻרְכָּב
complex, *n.*	תַּסְבִּיךְ; תַּצְמִיד
complexion, *n.*	צֶבַע הַפָּנִים; תֹּאַר, מַרְאֶה
complexity, *n.*	תִּסְבֹּכֶת
compliance, compliancy, *n.*	הֵעָנוּת, הַסְכָּמָה
compliant, *adj.*	נִשְׁמָע צַח, מַסְכִּים; סָבִיךְ
complicate, *v.t.*	סִבֵּךְ
complicated, *adj.*	קָשֶׁה, מֻסְבָּךְ
complication, *n.*	קֹשִׁי, סִבּוּךְ; הִסְתַּבְּכוּת
complicity, *n.*	הִשְׁתַּתְּפוּת בַּעֲבֵרָה
compliment, *n.*	מַחֲמָאָה, שֶׁבַח, תְּהִלָּה
compliment, *v.t.*	הִלֵּל, שִׁבֵּחַ, בֵּרַךְ
complimentary, *adj.*	לְלֹא תְּמוּרָה, בְּכָבוֹד
comply, *v.i.*	נַעֲנָה [ענה], עָשָׂה רָצוֹן, מִלֵּא בַּקָּשָׁה
component, *n.*	רָכִיב
comport, *v.t. & i.*	הִתְנַהֵג [נהג], נָאוֹת [אות]
comportment, *n.*	הִתְנַהֲגוּת

compose, v.t. & i.	כָּתַב; אָרַג; חִבֵּר; הִלְחִין [לחן]
composed, adj.	שָׁלֵו, מָתוּן; מָרְכָּב
composedly, adv.	בְּיִשּׁוּב הַדַּעַת, בְּשֶׁקֶט
composer, n.	מַלְחִין, מְחַבֵּר (נְגִינוֹת)
composite, adj. & n.	מָרְכָּב; צֵרוּף, תַּסְבִּיךְ
composition, n.	חִבּוּר; הַלְחָנָה; סִדּוּר; תַּרְכֹּבֶת
compositor, n.	סַדָּר, מְחַבֵּר; מַלְחִין
compost, n.	בַּלְפֹּר
composure, n.	מְתִינוּת; שֶׁקֶט; יִשּׁוּב הַדַּעַת
compote, n.	לִפְתָּן, מְתִיקָה
compound, adj.	מָרְכָּב
compound, n.	מִגְרָשׁ וּבְנָיָנָיו; תַּרְכֹּבֶת, הַרְכָּבָה, תַּעֲרֹבֶת, מִלָּה מָרְכֶּבֶת
compound, v.t. & i.	עִרְבֵּב; הִרְכִּיב [רכב]; הִתְפַּשֵּׁר [פשר]; הִכְפִּיל [כפל] רִבִּית; הִתְרַבָּה [רבה]
compound interest	רִבִּית דְּרִבִּית
comprehend, v.t.	כָּלַל; הֵבִין [בין], תָּפַס, הִשִּׂיג [נשג]
comprehensible, adj.	מוּבָן, קַל לְהָבִין
comprehension, n.	הֲבָנָה
comprehensive, adj.	מֵבִין; מַקִּיף
compress, n.	תַּחְבֹּשֶׁת, רְטִיָּה
compression, n.	דְּחִיסוּת, לְחִיצָה, צְפִיפָה, דְּחִיסָה
compressor, n.	מָדְחֵס, דַּחְסָן
comprise, comprize, v.t.	כָּלַל, וְכָלַל [כלל], הֵכִיל [כול], הֶחֱזִיק [חזק] בְּקִרְבּוֹ
compromise, n.	פְּשָׁרָה, וַתּוּר, וִתּוּר, וְתָרוֹן
compromise, v.t.	פִּשֵּׁר, הִתְפַּשֵּׁר [פשר]; סִכֵּן
comptroller, n.	מְפַקֵּחַ; מְבַקֵּר; מַשְׁגִּיחַ
compulsion, n.	הֶכְרֵחַ; כְּפִיָּה; אֹנֶס
compulsive, adj.	אֹנֵס; מַכְרִיחַ; כּוֹפֶה
compulsory, adj.	הֶכְרֵחִי; שֶׁל חוֹבָה
compunction, n.	חֲרָטָה, מוּסָר כְּלָיוֹת
computation, n.	חֲשִׁיבָה, אֲמָדָן
compute, v.t.	חָשַׁב
comrade, n.	חָבֵר, יָדִיד
comradeship, n.	רֵעוּת, יְדִידוּת
con, adv.	כְּנֶגֶד
con, v.t.	שָׁנַן, לָמַד עַל פֶּה
concatenate, v.t.	שִׁרְשֵׁר
concatenation, n.	שִׁרְשׁוּר
concave, adj.	שְׁקַעֲרוּרִי, קָעוּר
concavity, n.	שְׁקַעֲרוּרִית
conceal, v.t.	הִסְתִּיר [סתר], הִצְפִּין [צפן], הִטְמִין [טמן]
concealment, n.	מִסְתָּר, הַצְפָּנָה, הַעֲלָמָה, הַכְמָנָה, הֶעְלֵם
concede, v.t.	וִתֵּר, הוֹדָה [ידה]
conceit, n.	גַּאֲוָה, יְהִירוּת, יָהֳרָה, נַחַת
conceited, adj.	יָהִיר, גַּאַוְתָן
conceivable, adj.	עוֹלֶה עַל הַדַּעַת
conceive, v.t. & i.	חָשַׁב, דִּמָּה, הֵבִין [בין], הָרָה, הִתְעַבֵּר [עבר], חִבֵּל, יָחַם
concentrate, v.t. & i.	רִכֵּז, הִתְרַכֵּז [רכז]; צִמְצֵם
concentrate, n.	תַּרְכִּיז
concentration, n.	רִכּוּז, הִתְרַכְּזוּת
concentric, concentrical, adj.	מְשֻׁתָּף; מֶרְכָּזוֹ
concept, n.	מֻשָּׂג, רַעֲיוֹן
conception, n.	הֲבָנָה; הַשָּׂגָה; תְּפִיסָה; עִבּוּר, הִתְעַבְּרוּת, הֵרָיוֹן
concern, n.	דְּאָגָה; חֲשָׁשׁ; מִפְעָל; עֵסֶק, יַחַס

concerning, prep. בְּנוֹגֵעַ לְ־, עַל אוֹדוֹת, לְגַבֵּי	concur, v.i. הִסְכִּים [סכם], הִתְאִים [תאם]
concert, n. הֶסְכֵּם; נֶשֶׁף; מַנְגִּינָה	concurrence, n. הַסְכָּמָה, הִתְאָמָה
concert, v.t. הִסְכִּים [סכם]; זָמַם	concurrent, adj. מַתְאִים, מַסְכִּים; מִתְאַחֵד; מַשִּׁיק
concession, n. וִתּוּר; זִכָּיוֹן	concussion, n. זַעֲזוּעַ, חַלְחָלָה
concessionaire, n. זִכְיוֹנַאי, בַּעַל זִכָּיוֹן	condemn, v.t. הִרְשִׁיעַ [רשע], הֶאֱשִׁים [אשם], חִיֵּב; גִּנָּה, פָּסַל
conciliate, v.t. פִּיֵּס, פִּשֵּׁר	condemnation, n. הַרְשָׁעָה, הַאֲשָׁמָה, חִיּוּב; גִּנּוּי, פְּסִילוּת
conciliation, n. פִּיּוּס, הַשְׁלָמָה	
conciliator, n. מְפַיֵּס	condensation, n. דְּחִיסָה; עִבּוּי; הִתְאַבְּכוּת, הִתְעַבּוּת
concise, adj. מְקֻצָּר; תַּמְצִיתִי	
conciseness, n. קִצּוּר; תַּמְצִית	condense, v.t. צִמְצֵם; עִבָּה; גִּבֵּשׁ; רִכֵּז, תִּמְצֵת, קִצֵּר, צִמְצֵם
conclude, v.t. & i. גָּמַר, סִיֵּם, כִּלָּה; הֶחֱלִיט [חלט], הִסִּיק [נסק]	
	condense, v.i. הִתְעַבָּה [עבה] הִצְטַמְצֵם [צמצם]
conclusion, n. הַחְלָטָה; תּוֹצָאָה; מַסְקָנָה; סִיּוּם	condenser, n. מְרַכֵּז, מְעַבֶּה, מְצַמְצֵם
conclusive, adj. מֻחְלָט	condescend, v.i. הוֹאִיל [יאל], הִשְׁתַּפֵּל [שפל], מָחַל עַל כְּבוֹדוֹ
conclusively, adv. בְּהֶחְלֵט	
concoct, v.t. עִבֵּל; הֵכִין [כון]; מָזַג; חִבֵּל; בָּדָה (סִפּוּר), הִמְצִיא [מצא]	condescension, n. מְחִילָה, וַתְּרוֹן, הִשְׁתַּפְּלוּת
	condiment, n. תֶּבֶל, לֶפֶת, בֶּג, פַּת בַּג, כַּדּוּר (כַּדּוּרֵי לֶחֶם), חֲרוֹסֶת
concoction, n. בִּשּׁוּל; בְּדוּת; זֶמֶם	
concomitance, concomitancy, n. לָוַאי; צְמִידוּת	condition, n. תְּנַאי; מַצָּב
	condition, v.t. הִתְנָה [תנה]; הֵכִין, תִּקֵּן, מִזֵּג (אֲוִיר)
concomitant, n. מְלַוֶּה, בֶּן לָוַאי, נִסְפָּח	
concord, n. הֶסְכֵּם	conditional, adj. תָּלוּי; תְּנַאי, מֻתְנֶה
concordance, n. הֶתְאֵם	condole, v.i. נִחַם
concordant, adj. מַסְכִּים; מַתְאִים	condolence, n. תַּנְחוּמִים
concordat, n. אֲמָנָה, בְּרִית	condone, v.t. מָחַל, סָלַח
concourse, n. רְחָבָה; פְּגִישָׁה; אֲסֵפָה	conduce, v.i. הוֹעִיל [יעל], הֵבִיא [בוא] לִידֵי
concrete, adj. מַמָּשִׁי, מוּחָשִׁי, מַעֲשִׂי	
concrete, n. מַצֵּיבָה, עַרְבֶּלֶת (בֶּטוֹן)	conducive, adj. מֵבִיא לִידֵי, מוֹעִיל
concrete, v.t. חִבֵּר; עִרְבֵּל	conduct, n. הַנְהָגָה, הִתְנַהֲגוּת
concrete, v.i. הִתְאַחֵד [אחד]; הִתְעַרְבֵּל [ערבל]	conduct, v.t. & i. נָהַג; נִהֵל; נִצַּח עַל; הִתְנַהֵג [נהג], הוֹבִיל [יבל]
concubinage, n. פִּילַגְשׁוּת	
concubine, n. פִּילֶגֶשׁ	conduction, n. הוֹבָלָה, הוֹלָכָה
concupiscence, n. אַבְיוֹנָה, תַּאֲוַת הַמִּין	conductive, adj. מוֹבִיל, מַעֲבִיר
concupiscent, concupiscible, adj. חַמְדָּנִי, מִתְאַוֶּה	

conductivity, n.   הוֹבָלָה, הַעֲבָרָה,
מוֹלִיכוּת

conductor, n.   מַנְהִיג, נָהָג; מוֹבִיל;
מַעֲבִיר; מְנַצֵּחַ; כַּרְטִיסָן

conduit, n.   צִנּוֹר

cone, n.   חָרוּט, חַדּוּדִית; צְנוֹבָר;
גָּבִיעַ (לִנְלִידָה)

confabulation, n.   שִׂיחָה

confection, n.   מִרְקַחַת

confectioner, n.   רוֹקֵחַ

confederacy, confederation, n.
הִתְאַחֲדוּת, בְּרִית

confederate, adj. & n.   מְאֻחָד, בֶּן
בְּרִית

confederate, v.i.   הִתְחַבֵּר [חבר]

confer, v.t. & i.   הִתְיָעֵץ [יעץ]; הֶעֱנִיק
[ענק]

conference, n.   יְשִׁיבָה, וְעִידָה

confess, v.t. & i.   הוֹדָה [ידה], הִתְוַדָּה
[ידה]

confession, n.   וִדּוּי, הוֹדָיָה

confessor, n.   מִתְוַדֶּה

confide, v.t. & i.   בָּטַח, הֶאֱמִין [אמן]
בְּ־; גִּלָּה סוֹד לְ־

confidence, n.   אֵמוּן, בִּטָּחוֹן

confident, adj.   מַאֲמִין, בּוֹטֵחַ

confidential, adj.   חֲשָׁאִי, סוֹדִי

confidentially, adv.   בְּסוֹד

confidently, adv.   מִתּוֹךְ אֵמוּן

confine, v.t.   הִגְדִּיר [גדר]; צִמְצֵם;
יִחֵד

confinement, n.   אֲסִירָה; לֵדָה

confirm, v.t.   אִשֵּׁר, קִיֵּם

confirmation, n.   אִשּׁוּר, אֲשָׁרָה, קִיּוּם;
בַּר (בַּת) מִצְוָה

confirmative, confirmatory, adj.
מְאַשֵּׁר, מְקַיֵּם

confiscate, v.t.   הֶחֱרִים [חרם] רְכוּשׁ

confiscation, n.   הַחְרָמָה

conflagration, n.   שְׂרֵפָה, דְּלֵקָה

conflict, n.   סִכְסוּךְ, מִלְחָמָה

conflux, n.   מִשְׁפָּךְ

conform, v.t.   הִתְאִים [תאם], הִסְכִּים
[סכם]

conformable, adj.   מַתְאִים, הוֹלֵם

conformation, n.   צוּרָה, מִבְנֶה, סֵדֶר

conformity, n.   דְּמוּת, שִׁוּוּי, הַסְכַּנְלוּת,
הַתְאָמָה

confound, v.t.   בִּלְבֵּל, עִרְבֵּב, שָׁמֵם,
הִכְלִים [כלם]

confront, v.t.   עִמֵּת, עָמַד, הֶעֱמִיד
[עמד] בִּפְנֵי

confuse, v.t.   בִּלְבֵּל, הֵבִיךְ [בוך],
עִרְבֵּב

confusion, n.   מְבוּכָה, מְהוּמָה,
בִּלְבּוּל

confutation, n.   הַכְחָשָׁה, הֲזָמָה

confute, v.t.   הִכְחִישׁ [כחש], סָתַר
דִּבְרֵי, הִפְרִיךְ [פרך]

congeal, v.t. & i.   קָרַשׁ, הִקְרִישׁ [קרש],
קָפָא, הִקְפִּיא [קפא], הִתְקָרֵשׁ
[קרש], הִגְלִיד [גלד]

congenial, adj.   מַתְאִים, אָהוּד

congenital, adj.   לֵדָתִי, שֶׁמִּלֵּדָה,
מֵרֶחֶם

congest, v.t. & i.   עָרַם, צָבַר, מִלֵּא
יוֹתֵר מִדַּי, הִגְדִּישׁ [גדש]

congestion, n.   צְפִיפוּת, דְּחַק, מְלֵאוּת,
גֹּדֶשׁ (דָּם)

conglomerate, adj.   צָבוּר, מְנֻבָּב

conglomerate, n.   אֹסֶף, גִּבּוּב

conglomeration, n.   קִבּוּץ, כִּנּוּס, אֹסֶף

congratulate, v.t.   בֵּרַךְ

congratulation, n.   בְּרָכָה

congregate, v.t. & i.   הִקְהִיל, הִתְקַהֵל
[קהל], אָסַף

congregate, v.i.	הִתְאַסֵּף [אסף], נִקְהַל, הִתְקַהֵל [קהל]
congregation, n.	קָהָלָה, עֵדָה, צִבּוּר, קְהַל מִתְפַּלְלִים
congregational, adj.	עֲדָתִי, צִבּוּרִי
congress, n.	כְּנֵסָה, כְּנֵסִיָּה, כֶּנֶס, כִּנּוּס בֵּית נִבְחָרִים; מִשְׁגָּל
congressional, adj.	כְּנֵסִיָּתִי, צִבּוּרִי
congruence, congruency, n.	הַתְאָמָה
congruent, adj.	מַתְאִים, עֶקְבִּי
congruity, n.	הֶתְאֵם, עֶקְבִּיּוּת
congruous, adj.	מַתְאִים, עָקִיב
conic, conical, adj.	חֲרוּטִי
conifer, n.	מַחְטָן, עֵץ מַחַט
conjectural, adj.	מְשֹׁעָר, שֶׁל אֻמְדָּנָה
conjecture, n.	אֹמֶד, אֻמְדָּנָה, הַשְׁעָרָה, סְבָרָה
conjecture, v.t. & i.	שִׁעֵר, אָמַד, סָבַר
conjoin, v.t.	אִחֵד, חִבֵּר
conjoin, v.i.	הִתְאַחֵד [אחד], הִתְחַבֵּר [חבר]
conjoint, adj.	מְאֻחָד, מְשֻׁתָּף
conjugal, adj.	זִוּוּגִי, שֶׁל נְשׂוּאִים
conjugate, adj. & n.	מְצֻרָף, מִלָּה נִגְזֶרֶת
conjugate, v.t.	נָטָה פֹּעַל
conjugate, v.i.	הִזְדַּוֵּג [זוג]
conjugation, n.	בִּנְיָן, זְוָרָה, נְטִיַּת הַפֹּעַל
conjunction, n.	צֵרוּף, חִבּוּר; מִלַּת הַחִבּוּר, קֶשֶׁר
conjunctivitis, n.	דַּלֶּקֶת הַלַּחְמִית
conjunctive, adj.	מְחַבֵּר, מְאַחֵד
conjure, v.t. & i.	הִשְׁבִּיעַ [שבע]; לָחַשׁ, קָסַם, כִּשֵּׁף
conjurer, conjuror, n.	לוֹחֵשׁ, מְכַשֵּׁף, בַּעַל אוֹב; מַשְׁבִּיעַ
connect, v.t. & i.	חִבֵּר, קָשַׁר, הִתְחַבֵּר [חבר], הִתְקַשֵּׁר [קשר]
connection, n.	קֶשֶׁר, חִבּוּר, שַׁיָּכוּת, יַחַס
connective, adj.	מְקַשֵּׁר, מְחַבֵּר, חִבּוּרִי
connivance, n.	הֶסְכֵּם חֲשָׁאִי, הַעְלָמַת עַיִן
connive, v.i.	הֶעְלִים [עלם] עַיִן
connoisseur, n.	מֻמְחֶה, בָּקִי, יַדְעָן
connotation, n.	הַנְדָּרָה, רֶמֶז, מַסְקָנָה
connubial, adj.	שֶׁל נְשׂוּאִים
conquer, v.t.	כָּבַשׁ, לָכַד, הִכְנִיעַ [כנע], נִצַּח
conqueror, n.	גִּבּוֹר, מְנַצֵּחַ, כּוֹבֵשׁ, לוֹכֵד
conquest, n.	כִּבּוּשׁ, לְכִידָה, נִצָּחוֹן
consanguinity, n.	קִרְבַת דָּם, שְׁאֵרָה
conscience, n.	יַדְעוּת, מַצְפּוּן, הַכָּרָה פְּנִימִית
conscienceless, adj.	לְלֹא מַצְפּוּן, חֲסַר יַדְעוּת
conscientious, adj.	בַּעַל מַצְפּוּן, יָשָׁר
conscious, adj.	בַּעַל הַכָּרָה, תּוֹדָעִי, עֵרָנִי
consciously, adv.	בְּכַוָּנָה, בִּידִיעָה, בְּהַכָּרָה
consciousness, n.	הַכָּרָה, שֵׂכֶל, יְדִיעָה
conscript, adj.	מְגֻיָּס
conscript, n.	טִירוֹן (צָבָא), מְגֻיָּס
conscript, v.t.	רָשַׁם (לְצָבָא), גִּיֵּס
conscription, n.	גִּיּוּס
consecrate, v.t. & adj.	הִקְדִּישׁ [קדש], קָדַשׁ; מְקֻדָּשׁ
consecration, n.	הַקְדָּשָׁה, הִתְקַדְּשׁוּת
consecutive, adj.	רָצוּף, תָּכוּף
consent, n.	הֶסְכֵּם, הַסְכָּמָה
consent, v.i.	אָבָה, הִסְכִּים [סכם], רָצָה, הוֹאִיל [יאל]
consequence, n.	תּוֹצָאָה, מַסְקָנָה, עֵקֶב

consequent, *adj.*	יוֹצֵא מִכַּךְ, עוֹקֵב	console, *v.t.*	נִחֵם
	(בָּא, רוֹדֵף) אַחֲרֵי	consolidate, *v.t.*	חִבֵּר, אִחֵד; חִזֵּק;
consequential, *adj.*	עָקִיב, מַסְקָנִי		גִּבֵּשׁ, מִצֵּק; יִצֵּב
consequently, *adv.*	הִלְכָּךְ, עֵקֶב זֶה	consolidate, *v.i.*	הִתְחַבֵּר [חבר]
conservation, *n.*	שִׁמּוּר, שְׁמִירָה, קִיּוּם		הִתְאַסֵּף [אסף], הִתְגַּבֵּשׁ [נבש],
conservatism, *n.*	שַׁמְרָנוּת		הִתְמַצֵּק [מצק]
conservative, *adj.*	מְשַׁמֵּר, שַׁמְרָנִי	consolidation, *n.*	אִחוּד, חִזּוּק,
conservator, *n.*	שַׁמְרָן, מְשַׁמֵּר		הִתְאַחֲדוּת, מִזּוּג, הִתְגַּבְּשׁוּת, יִצּוּב,
conservatory, *n.*	בֵּית מִדְרָשׁ לְזִמְרָה		בִּסּוּס
conserve, *v.t.*	שָׁמַר, שִׁמֵּר, חָשַׂךְ	consommé, *n.*	מְרַק בָּשָׂר
consider, *v.t. & i.*	הִתְבּוֹנֵן [בין]	consonance, consonancy, *n.*	אַחְדוּת,
	הִסְתַּכֵּל [סכל], חָשַׁב, חִשֵּׁב,		הַתְאָמָה; לִכּוּד קוֹלוֹת, מִזּוּג צְלִילִים
	הִתְחַשֵּׁב [חשב]	consonant, *n.*	אוֹת נָעָה, אוֹת
considerable, *adj.*	רַב עֶרֶךְ, נִכָּר		מְבַטְאָה; עִצּוּר
considerably, *adv.*	בְּכַמּוּת הֲגוּנָה,	consort, *n.*	שֻׁתָּף, חָבֵר; בַּעַל; אִשָּׁה;
	בְּמִדָּה רַבָּה		אֳנִיַּת לְוָי
considerate, *adj.*	מִתְחַשֵּׁב, נוֹהָר, מָתוּן	consort, *v.t.*	הִתְחַבֵּר [חבר], נִתְלָוָה
consideration, *n.*	הִתְחַשְּׁבוּת,		[לוה] אֶל
	הִתְבּוֹנְנוּת, עִיּוּן, הוֹקָרָה; תְּמוּרָה	conspicuous, *adj.*	בּוֹלֵט, בָּרוּר, חָשׁוּב,
consign, *v.t.*	מָסַר, שָׁלַח (סְחוֹרָה),		נִגְלֶה
	הִפְקִיד [פקד]	conspicuously, *adv.*	בְּנִגְלוּי, כְּבוֹלֵט
consignee, *n.*	מְקַבֵּל, שָׂגִיר	conspiracy, *n.*	קֶשֶׁר, מֶרֶד, הִתְקַשְּׁשׁוּת
consignment, *n.*	סְחוֹרָה בַּעֲמִילוּת,	conspirator, *n.*	זוֹמֵם, מוֹרֵד, מִתְנַקֵּשׁ
	מִשְׁגּוֹר	conspire, *v.t. & i.*	מָרַד, זָמַם, הִתְקַשֵּׁר
consignor, *n.*	שׁוֹגֵר, מְשַׁלֵּחַ, שׁוֹלֵחַ,		[קשר]
	מוֹסֵר, מַפְקִיד	constable, *n.*	שׁוֹטֵר, בַּלָּשׁ
consist, *v.i.*	הֵכִיל [כול], הָיָה מֻרְכָּב	constabulary, *adj. & n.*	מִשְׁטַרְתִּי;
	מִ־		מִשְׁטָרָה
consistency, consistence, *n.*	עֲקִיבוּת,	constancy, *n.*	קְבִיעוּת, תְּמִידוּת,
	עֲקִיבִיּוּת; סֹמֶךְ; יַצִּבוּת; מִתְיַשְּׁבוּת		נֶאֱמָנוּת
consistent, *adj.*	עָקִיב, יָצִיב; אִשּׁוּן;	constant, *adj.*	קָבוּעַ, תְּמִידִי, תָּדִיר
	מִתְיַשֵּׁב עִם	constant, *n.*	מִסְפָּר קַיָּם
consistently, *adv.*	בַּעֲקִיבוּת,	constantly, *adv.*	תָּדִיר, תָּמִיד,
	בְּהַתְאָמָה עִם		בִּתְמִידוּת
consistory, *n.*	מוֹעֵצָה	constellation, *n.*	מַזָּל, קְבוּצַת כּוֹכָבִים
consolation, *n.*	נֶחָמָה, תַּנְחוּמִים	consternation, *n.*	מְבוּכָה, תִּמָּהוֹן
consolatory, *adj.*	מְנַחֵם, מְעוֹדֵד		בֶּהָלָה
console, *n.*	זִוִּית, סְפִחָה	constipation, *n.*	אֲמִיצוּת, עֲצִירוּת

constituency, n.   קְהַל בּוֹחֲרִים

constituent, adj. & n.   בּוֹחֵר, עִקָּר,
עִקְרִי, יְסוֹד, יְסוֹדִי, מְכוֹנֵן

constitute, v.t.   יָסַד, קָבַע, כּוֹנֵן [כון]

constitution, n.   חֻקָּה, תְּחֻקָּה, תַּקָּנוֹן;
מִבְנֶה (גּוּף), מַעֲרֶכֶת, הַרְכָּבָה

constitutional, adj.   חֻקִּי, חָקָתִי,
מַעֲרַכְתִּי, מִבְנִי

constitutionality, n.   חֻקָּתִיּוּת

constrain, v.t.   הִכְרִיחַ [כרח], כָּפָה;
עָצַר

constraint, n.   הֶכְרֵחַ, אֹנֶס, עֲצִירָה,
מְנִיעָה

constrict, v.t.   צִמְצֵם, הִדֵּק, כִּוֵּץ

constriction, n.   הַצְטַמְצְמוּת, הִדּוּק,
כִּוּוּץ, הִתְכַּנְּצוּת

constrictor, n.   (נָחָשׁ) בָּרִיחַ

construct, v.t.   בָּנָה

construction, n.   מִבְנֶה, בִּנְיָן, בְּנִיָּה;
פֵּרוּשׁ, בֵּאוּר

constructive, adj.   בּוֹנֶה

constructor, n.   בּוֹנֶה

construe, v.t.   תִּרְגֵּם, פֵּרֵשׁ, בֵּאֵר

consul, n.   קוֹנְסוּל

consult, v.t. & i.   הִתְיָעֵץ [יעץ], נוֹעַץ

consultant, consulter, n.   יוֹעֵץ

consultation, n.   הִתְיָעֲצוּת

consume, v.t. & i.   אָכַל, בָּעַר, כָּלָה;
אֻכַּל; הִתְאַכֵּל [אכל]

consumer, n.   אוֹכֵל; צַרְכָן

consummate, adj.   מֻשְׁכְלָל, גָּמוּר

consummate, v.t.   הִשְׁלִים [שלם], גָּמַר

consummation, n.   הִתְמַלְּאוּת,
הִתְנַשְּׁמוּת

consumption, n.   שַׁחֶפֶת, כִּלָּיוֹן, רָזוֹן

consumptive, adj.   מְשֻׁחָף

contact, n.   מַגָּע, נְגִיעָה, קֶשֶׁר;
תַּשְׁלֹבֶת

contact, v.t. & i.   נָגַע, פָּגַע, הִפְגִּיעַ
[פגע]; הִתְקַשֵּׁר [קשר]

contagion, n.   הִתְדַּבְּקוּת

contagious, adj.   מִדַּבֵּק

contain, v.t.   הֶחֱזִיק [חזק], הֵכִיל [כול]

contain, v.i.   הִתְאַפֵּק

container, n.   מֵכָל, כְּלִי קִבּוּל

contaminate, v.t.   סָאַב, טִנֵּף, זִהֵם

contamination, n.   סָאֲבוֹן, זִהוּם

contemn, v.t.   בָּזָה, נָאַף

contemplate, v.t. & i.   הִתְבּוֹנֵן [בין],
הָגָה, חָשַׁב; הִרְהֵר; הִתְכַּוֵּן [כון]

contemplation, n.   הִתְבּוֹנְנוּת, מַחֲשָׁבָה

contemplative, adj.   מִתְבּוֹנֵן, חוֹשֵׁב,
מְהַרְהֵר

contemporaneous, adj.   בֶּן דּוֹר

contemporary, adj.   בֶּן זְמַן

contempt, n.   בּוּז, בִּזּוּי, שְׁאָט נֶפֶשׁ

contemptible, adj.   נִבְזֶה, בָּזוּי

contemptuous, adj.   מְבַזֶּה

contend, v.t. & i.   טָעַן, דָּן [דון], רָב
[ריב] הִתְחָרָה [חרה]

contender, n.   יָרִיב

content, adj.   מְרֻצֶּה, שְׂבַע רָצוֹן

content, n.   שִׂמְחָה, נַחַת רוּחַ; תֹּכֶן

contentedly, adv.   בְּרָצוֹן

contention, n.   מָדוֹן, מְרִיבָה, קְטָטָה,
וִכּוּחַ

contentious, adj.   מִתְקוֹטֵט, מְחַרְחֵר רִיב

contentment, n.   שַׁלְוָה, שִׂמְחָה, מְנוּחָה,
הִסְתַּפְּקוּת

contents, n. pl.   תֹּכֶן הָעִנְיָנִים, נֶפַח,
תְּכוּלָה

contest, n.   תַּחֲרוּת, הִתְחָרוּת, תִּגְרָה,
רִיב, הִתְמוֹדְדוּת

contest, v.t. & i.   הִתְנַצֵּחַ [נצח], רָב
[ריב] עִרְעֵר, הִתְחָרָה [חרה],
הִתְמוֹדֵד [מדד]

contestant, contester, *n.* נִלְחָם, טוֹעֵן,
מְעַרְעֵר

context, *n.* הֶקְשֵׁר

contiguous, *adj.* נוֹגֵעַ, הַבָּא בְּמַגָּע,
סָמוּךְ

continence, continency, *n.* הִתְאַפְּקוּת,
כְּבִישַׁת הַיֵּצֶר

continent, *adj.* מַבְלִיג, מִתְאַפֵּק,
מוֹשֵׁל בְּרוּחוֹ

continent, *n.* יַבָּשָׁה, יַבֶּשֶׁת

contingency, *n.* מִקְרֶה, אֶפְשָׁרוּת

contingent, *adj.* אֶפְשָׁרִי, מִקְרִי

continual, *adj.* תְּמִידִי, מַתְמִיד, נִמְשָׁךְ

continually, *adv.* בְּלִי הֶפְסֵק, תָּמִיד

continuance, *n.* הֶמְשֵׁךְ, תְּמִידוּת

continuation, *n.* הַמְשָׁכָה, הַאֲרָכָה

continue, *v.t.* הִמְשִׁיךְ [משך], הוֹסִיף
[יסף]

continue, *v.i.* נִשְׁאַר [שאר], עָמַד, הָיָה

continuity, *n.* הַתְמָדָה, הֶמְשֵׁכִיּוּת,
רְצִיפוּת

continuous, *adj.* נִמְשָׁךְ, מִתְמַשֵּׁךְ

continuously, *adv.* בְּהֶמְשֵׁךְ

contort, *v.t.* עִקֵּם, עִוָּה

contortion, *n.* עִקּוּם, הַעֲוָיָה, עֲוָיָה

contour, *n.* מִתְאָר

contraband, *n.* הַבְרָחַת מֶכֶס, סְחוֹרָה
אֲסוּרָה

contraceptive, *n.* כְּלִי, כּוֹבְעוֹן,
אֶמְצָעִי לִמְנִיעַת הֵרָיוֹן

contract, *n.* חוֹזֶה

contract, *v.t.* צִמְצֵם, כִּוֵּץ

contract, *v.i.* הִתְכַּוֵּץ [כוץ]; הִתְנָה
[תנה], עָשָׂה חוֹזֶה

contraction, *n.* הִצְטַמְצְמוּת, הִתְכַּוְּצוּת

contractor, *n.* קַבְּלָן

contradict, *v.t.* הִכְחִישׁ [כחש], הֵזִים
[זום], סָתַר

contradiction, *n.* נִגּוּד, הֲזָמָה, סְתִירָה,
הַכְחָשָׁה

contradictory, *adj.* סוֹתֵר, מִתְנַגֵּד

contrariwise, *adv.* לְהֶפֶךְ, אַדְּרַבָּה

contrary, *adj.* מִתְנַגֵּד, סוֹתֵר, הַפַּכְפַּךְ

contrast, *n.* הַשְׁוָאָה, הֶבְדֵּל, הֶפֶךְ

contrast, *v.t.* הִשְׁוָה [שוה]

contravene, *v.t.* הֵפֵר [פור] חֹק

contribute, *v.t.* תָּרַם, נָדַב

contribution, *n.* תְּרוּמָה, נְדָבָה

contributor, *n.* תּוֹרֵם

contributory, *adj.* שֶׁל תְּרוּמָה

contrite, *adj.* עָנָו, שְׁפַל רוּחַ, נִכְנָע

contrition, *n.* נֹחַם

contrivance, *n.* הַמְצָאָה, תַּחְבּוּלָה

contrive, *v.t.* תִּחְבֵּל, הִמְצִיא [מצא]
זָמַם, חִבֵּל

contriver, *n.* מַמְצִיא, תַּחְבְּלָן

control, *n.* בַּחְבִּין, בִּקֹּרֶת, בַּקָּרָה,
פִּקּוּחַ, הַשְׁגָּחָה, שִׁלְטוֹן

control, *v.t.* שָׁלַט, מָשַׁל, עָצַר, בִּקֵּר.
פִּקֵּחַ

controller, *n.* בַּדָּק, מְבַקֵּר, מְפַקֵּחַ,
מוֹשֵׁל, מַשְׁגִּיחַ

controversial, *adj.* וִכּוּחִי, שָׁנוּי
בְּמַחֲלֹקֶת

controversy, *n.* וִכּוּחַ, מַחֲלֹקֶת, רִיב,
קְטָטָה

controvert, *v.t.* סָתַר, הִכְחִישׁ [כחש],
הִתְוַכֵּחַ [וכח]

contumacious, contumelious, *adj.*
עַז פָּנִים, חָצוּף, עַקְשָׁן, סוֹרֵר

contumacy, *n.* מַרְדּוּת, עַקְשָׁנוּת,
הִתְעַקְּשׁוּת

contusion, *n.* הַטָּפָה, חֲבָלָה, פְּצִיעָה

conundrum, *n.* חִידָה

convalesce, *v.i.* הִבְרִיא [ברא], שָׁב
[שוב] לְאֵיתָנוֹ, הֶחֱלִים [חלם]

convalescence, *n.*	הַחֲלָמָה, הַבְרָאָה
convalescent, *adj.* & *n.*	מַחֲלִים, מַבְרִיא
convene, *v.t.*	הִקְהִיל [קהל], כָּנַס, כִּנֵּס
convene, *v.i.*	נִקְהַל [קהל], נֶאֱסַף [אסף], הִתְכַּנֵּס [כנס]
convenience, *n.*	נוֹחוּת
convenient, *adj.*	נוֹחַ, רָצוּי
conveniently, *adv.*	בִּנְוֹחִיּוּת
convent, *n.*	מִנְזָר
convention, *n.*	אֲסֵפָה, וְעִידָה, כֶּנֶס, כִּנּוּס; הֶסְכֵּם
conventional, *adj.*	מֻסְכָּם, מְקֻבָּל
conventual, *adj.*	מִנְזָרִי
converge, *v.i.*	הִתְקָרֵב [קרב], נִפְגַּשׁ [פגשׁ], הִתְכַּנֵּס [כנס] אֶל
conversation, *n.*	שִׂיחָה, שִׂיחַת רֵעִים
conversational, *adj.*	שֶׁל שִׂיחָה, מְדֻבָּר
converse, *n.*	הַפּוּךְ
converse, *v.i.*	שָׂח [שׂיח], שׂוֹחֵחַ [שׂיח] דִּבֵּר
conversion, *n.*	הֲמָרָה, חִלּוּף, הִפּוּךְ; שְׁמָד
convert, *n.*	מְשֻׁמָּד, מוּמָר, גֵּר
convert, *v.t.* & *i.*	הָפַךְ, הֵמִיר [מור]; שִׁמֵּד; הִשְׁתַּמֵּד
converter, convertor, *n.*	מַחֲלִיף, מֵמִיר
convertible, *adj.* & *n.*	מִתְחַלֵּף, מִשְׁתַּנֶּה; מְכוֹנִית עִם גַּג מִתְקַפֵּל
convex, *adj.*	קָמוּר, גַּבְנוּנִי
convexity, *n.*	קְמִירוּת, גַּבְנוּנִיּוּת
convey, *v.t.*	הוֹבִיל [יבל]; הוֹדִיעַ [ידע]; הֶעֱבִיר [עבר]
conveyance, *n.*	הוֹבָלָה; הוֹדָעָה; הַעֲבָרָה, כְּלִי (רֶכֶב), תּוֹבָלָה
conveyer, conveyor, *n.*	מַעֲבִיר; מוֹלִיךְ, מוֹבִיל
convict, *n.*	אָסִיר, אָשֵׁם
convict, *v.t.*	הִרְשִׁיעַ [רשׁע], חִיֵּב
conviction, *n.*	הַרְשָׁעָה, חִיּוּב בַּדִּין; הַכָּרָה פְּנִימִית, שִׁכְנוּעַ
convince, *v.t.*	הוֹכִיחַ [יכח], שִׁכְנַע
convivial, *adj.*	עַלִּיז, שָׂמֵחַ, חַגִּינִי
conviviality, *n.*	חֶדְוָה, שִׂמְחָה
convocation, *n.*	סִיּוּם; עֲצֶרֶת, אֲסֵפָה
convoke, *v.t.*	כִּנֵּס, הִקְהִיל [קהל]
convolution, *n.*	פִּתּוּל
convoy, *n.*	שַׁיָּרָה
convoy, *v.t.*	לִוָּה וְהֵגַן [גנן]
convulsion, *n.*	פִּרְכּוּר, כְּוִיצָה, עֲוִית, חַלְחָלָה, חַלְחוּל
cony, *n.*	שָׁפָן
coo, *v.i.* & *n.*	הָמָה, הָגָה; הֶמְיַת יוֹנִים
cook, *n.*	טַבָּח, מְבַשֵּׁל
cook, *v.t.* & *i.*	טָבַח, בִּשֵּׁל, הִתְבַּשֵּׁל [בשׁל]
cookbook, *n.*	סִפְרָבוֹן
cooker, *n.*	כְּלִי בִּשּׁוּל; כּוּפָח, תַּנּוּר; מַרְחֶשֶׁת, סִיר; מַיִּף חֲשַׁבּוֹנוֹת
cookery, *n.*	בִּשּׁוּל, טֶבַח, טַבָּחָה
cooky, cookie, *n.*	עוּגִית
cool, *adj.*	קַר, קָרִיר; אָדִישׁ
cool, *v.t.*	צִנֵּן, קֵרַר
cool, *v.i.*	הִתְקָרֵר [קרר], הִצְטַנֵּן [צנן]
cooler, *n.*	מְצַנֵּן, מְקָרֵר
coolie, *n.*	סַבָּל
coolly, *adv.*	בִּקְרִירוּת, בַּאֲדִישׁוּת
coolness, *n.*	קְרִירוּת, צִנָּה; אֲדִישׁוּת
coop, *n.*	לוּל; חֲבִית
coop, *v.t.*	סָגַר, שָׂם [שׂים] בְּלוּל
cooper, *n.*	חַבְתָּן
cooperage, *n.*	חַבְתָּנוּת
co-operate, *v.i.*	שִׁתֵּף פְּעֻלָּה, פָּעַל יַחַד, סִיֵּעַ
co-operation, *n.*	שִׁתּוּפִיּוּת, שִׁתּוּף פְּעֻלָּה
co-operative, *adj.*	שִׁתּוּפִי, מְשֻׁתָּף

5°

co-operative, n.	צָרְכָנִיָּה, חֲנוּת (אֲגֻדָּה) שִׁתּוּפִית
co-operator, n.	מְסַיֵּעַ, מִשְׁתַּתֵּף
co-ordinate, adj.	שָׁוֶה, שָׁקוּל
co-ordinate, v.t.	הִשְׁוָה [שוה], הִתְאִים [תאם]
co-ordination, n.	הַשְׁוָאָה, הַתְאָמָה, סִדּוּר
coot, n.	גִּירִית
cop, n.	שׁוֹטֵר
cope, v.i.	יָכֹל לְ־, הִתְגַּבֵּר [גבר] עַל
copious, adj.	גָּדוּשׁ, רָחָב, רַב
copiously, adv.	בְּשֶׁפַע
copper, n.	נְחֹשֶׁת
coppery, adj.	נְחָשְׁתִּי
coppice, n.	חֻרְשׁ שִׂיחִים
copulate, v.i.	הִזְדַּוֵּג [זוג]
copulation, n.	הִזְדַּוְּגוּת, תַּשְׁמִישׁ, הַרְבָּעָה, גִּישָׁה, תַּפְקִיד
copy, n.	פַּתְשֶׁגֶן, הֶעְתֵּק, הַעֲתָקָה, חִקּוּי; טֹפֶס; כְּתַב יָד, חֹמֶר הַדְפָּסָה
copy, v.t. & i.	הֶעְתִּיק [עתק], חִקָּה
copyist, n.	מַעֲתִּיק
copyright, n.	כָּל הַזְּכֻיּוֹת שְׁמוּרוֹת
coquet, n.	גַּנְדְּרָן
coquet, coquette, v.i.	הִתְגַּנְדֵּר [נדר]
coquetry, n.	אַהֲבַהֲבִים, הִתְגַּנְדְּרוּת
coquette, n.	אַהֲבַהֲבֶת, גַּנְדְּרָנִית
coral, n.	אַלְמֹג, אִלְּם
cord, n.	מֵיתָר; חוּט; פְּתִיל
cord, v.t.	קָשַׁר
cordage, n.	חֲבָלִים, חַבְלֵי סְפִינָה
cordial, adj.	לְבָבִי
cordiality, n.	לְבָבִיּוּת, יְדִידוּת
corduroys, n. pl.	מִכְנְסֵי (אֲרִיג צַלְעִי) קְטִיפָה
core, n.	לֵב, מֶרְכָּז; עִקָּר; תּוֹךְ
core, v.t.	הוֹצִיא [יצא] הַתּוֹךְ
cork, n.	פְּקָק, פְּקָק; שַׁעַם
cork, v.t.	פָּקַק, סָתַם
corkscrew, n.	מַחְלֵץ
cormorant, n.	שָׁלָךְ, קָקְנַאי (עוֹף)
corn, n.	תִּירָס; תְּבוּאָה, בָּר, דָּגָן; שֶׁבֶר; יַבֶּלֶת
cornea, n.	קַרְנִית (הָעַיִן)
corner, n.	פִּנָּה, זָוִית, קֶרֶן; קָצֶה; כָּנָף
corner, v.t. & i.	זִוָּה
corners, n. pl.	כְּנָפוֹת
cornerstone, n.	אֶבֶן הַפִּנָּה
cornet, n.	קֶרֶן (כְּלִי נְגִינָה)
cornice, n.	כַּרְכֹּב
corolla, n.	כּוֹתֶרֶת, עֲלֵי הַכּוֹתֶרֶת
corollary, n.	תּוֹצָאָה, מַסְקָנָה
corona, n.	עֲטָרָה, זֵר, כֶּתֶר
coronation, n.	הַכְתָּרָה
coroner, n.	חוֹקֵר (סִבּוֹת מָוֶת)
coronet, n.	צְפִירָה, זֵר, כֶּתֶר
corporal, n.	רַב טוּרָאִי
corporal, adj.	גּוּפָנִי, גַּשְׁמִי
corporate, adj.	מְשֻׁתָּף, קִבּוּצִי
corporation, n.	שֻׁתָּפוּת, חֶבְרָה חֻקִּית
corporeal, adj.	גּוּפָנִי, גַּשְׁמִי, חָמְרִי
corps, n.	פְּלֻגָּה, גְּדוּד; סֶגֶל
corpse, n.	גּוּפָה, גְּוִיָּה, גּוּפַת מֵת; נְבֵלָה
corpulence, corpulency, n.	גֹּדֶל, שְׁמַנְמַנּוּת, פִּימָה
corpulent, adj.	שָׁמֵן, דָּשֵׁן
corpuscle, n.	גּוּפִיף; כַּדּוּרִית (דָּם)
corral, n.	גְּדֵרָה, דִּיר
correct, adj.	מְדֻיָּק, מְתֻקָּן; נָכוֹן; יָשָׁר
correct, v.t.	תִּקֵּן, הִגִּיהַּ [נגה]; יִסֵּר
correction, n.	תִּקּוּן; תּוֹכֵחָה; יִסּוּר; הַגָּהָה
corrective, adj.	מְתַקֵּן
correctly, adv.	כַּהֲלָכָה, כָּרָאוּי
corrector, n.	מַגִּיהַּ, מְתַקֵּן

correctness, *n.*	יֹשֶׁר, דִּיּוּק	cost, *n.*	שְׁוִי, מְחִיר, דָּמִים, הוֹצָאָה
correlation, *n.*	מִתְאָם	cost, *v.i.*	שָׁוָה, עָלָה (בִּמְחִיר)
correspond, *v.i.*	הִתְכַּתֵּב [כתב]	costliness, *n.*	יֹקֶר
correspondence, *n.*	תִּכְתֹּבֶת,	costly, *adj.*	בִּיקָר, יָקָר
	הִתְכַּתְּבוּת, חִלּוּף מִכְתָּבִים;	costume, *n.*	תִּלְבֹּשֶׁת, חֲלִיפָה
	הֶתְאֵם; כַּתָּבָה	costumer, *n.*	עוֹשֵׂה (מוֹכֵר) חֲלִיפוֹת
correspondent, *n.*	דּוֹמֶה, מַתְאִים;	cosy, *v.* cozy	
	כַּתָּב; מִתְכַּתֵּב	cot, *n.*	מִטָּה (קְטַנָּה) מִתְקַפֶּלֶת
corridor, *n.*	מָבוֹא, מִסְדְּרוֹן, פְּרוֹזְדוֹר	cote, *n.*	דִּיר, מִכְלָה, לוּל, שׁוֹבָךְ
corroborate, *v.t.*	חִזֵּק, אִמֵּת, אִשֵּׁר	cottage, *n.*	בַּיִת קָטָן, סֻכָּה, צְרִיף
corroboration, *n.*	חִזּוּק, אִמּוּת, אִשּׁוּר	cottage cheese	גְּבִינָה לְבָנָה
corrode, *v.t.*	אָכַל (חֲלֻדָּה), אִכֵּל	cotton (wool), *n.*	צֶמֶר גֶּפֶן, כֻּתְנָה
corrode, *v.i.*	הֶחֱלִיד [חלד]	couch, *n.*	סַפָּה
corrosion, *n.*	אִכּוּל	cough, *n.*	שָׁעוּל
corrosive, *adj.*	מְכַלֶּה, מְאַכֵּל	cough, *v.t.* & *i.*	שָׁעַל, הִשְׁתָּעֵל [שעל]
corrugate, *v.t.* & *i.*	קָמַט, קִמֵּט	council, *n.*	מוֹעָצָה
corrugated, *adj.*	מְקֻמָּט, גַּלִּי	councilor, councillor, *n.*	חָבֵר הַמּוֹעָצָה
corrugation, *n.*	קִמּוּט, קְמִיטָה	counsel, *n.*	עֵצָה; הִתְיָעֲצוּת; יוֹעֵץ;
corrupt, *adj.*	מְקֻלְקָל, מֻשְׁחָת, בִּלְתִּי		עוֹרֵךְ דִּין; מְזִמָּה
	מוּסָרִי	counsel, *v.t.*	עָץ [עוץ], יָעַץ; הִזְהִיר
corrupt, *v.t.*	קִלְקֵל, הִשְׁחִית [שחת];		[זהר]
	שִׁחֵד, עִוֵּת	counselor, counsellor, *n.*	יוֹעֵץ
corrupt, *v.i.*	הִתְעַוֵּל/עַוֵּל, [קלקל],	count, *n.*	מִנְיָן, סְפִירָה; סְכוּם; אָצִיל;
	נִשְׁחַת [שחת]		אַלּוּף
corrupter, *n.*	מְקַלְקֵל, מַשְׁחִית	count, *v.t.*	מָנָה, סָפַר
corruption, *n.*	שֹׁחַד, הַשְׁחָתָה, שְׁחִיתוּת;	count, *v.i.*	נִשְׁעַן [שען] עַל, בָּטַח בְּ-,
	אִי מוּסָרִיּוּת, קִלְקוּל, קַלְקָלָה		סָמַךְ עַל, הִסְתַּמֵּךְ [סמך]
corsage, *n.*	חָזִיָּה; פִּרְחָה	countenance, *n.*	מַרְאֶה; תֹּאַר; הַסְכֵּם;
corsair, *n.*	שׁוֹדֵד יָם, סְפִינַת שׁוֹדְדִים		עֵזֶר
corset, *n.*	מָחוֹךְ	countenance, *v.t.*	סִיַּע, עוֹדֵד [עוד],
cortege, cortège, *n.*	סִיעָה; בְּנֵי לְוָיָה		אָמֵץ
cortex, *n.*	שִׁיפָה	counter, *adj.*	נֶגְדִּי
corvette, corvet, *n.*	אֳנִיַּת מִלְחָמָה	counter, *n.*	מַנַּאי (בִּמְכוֹנָה), סוֹפֵר,
cosmetic, *n.* & *adj.*	תַּמְרוּק, יְפוּי; מְיַפֶּה		מוֹנֶה; חֶשְׁבּוֹנִיָּה; דַּלְפֵּק
cosmic, *adj.*	תֵּבֵלִי, עוֹלָמִי	counter, *adv.*	כְּנֶגֶד, לְהֶפֶךְ, בְּנִגּוּד
cosmopolitan, *adj.* & *n.*	עוֹלָמִי; אֶזְרַח	counter, *v.i.*	נָגַד
	הָעוֹלָם	counteract, *v.t.*	הִתְנַגֵּד, סָתַר; הֵפֵר
cosmos, *n.*	תֵּבֵל, עוֹלָם		[פור]

counterattack, *n.*	הַתְקָפַת נֶגֶד
counterbalance, *v.t.*	הִכְרִיעַ [כרע];
	שָׁקַל (כְּנֶגֶד)
counterbalance, *n.*	הֶכְרֵעַ, מִשְׁקָל
	(אִזּוּן) שֶׁכְּנֶגֶד
counterespionage, *n.*	רִגּוּל נֶגְדִּי
counterfeit, *adj.*	מְחֻקֶּה, מְזֻיָּף
counterfeit, *n.*	זִיּוּף, חִקּוּי; הֶעְתֵּק
counterfeit, *v.t.*	חִקָּה, זִיֵּף
counterfeiter, *n.*	זַיְּפָן, מְחַקֶּה
countermand, *v.t.*	הֵפֵר [פור], הִתְנַגֵּד
	[נגד]
counteroffensive, *n.*	הַתְקָפַת נֶגֶד
counterpart, *n.*	חֵלֶק מִשְׁנֶה, מַקְבִּיל,
	מַשְׁלִים
counterpoint, *n.*	פּוּּם, פִּמְמוֹן; הִפּוּךְ
counterpoise, *n.*	שִׁוּוּי מִשְׁקָל; הַכְרָעָה
counterrevolution, *n.*	מַהְפֵּכָה נֶגְדִּית
countersignature, *n.*	חֲתִימָה נוֹסֶפֶת
countersign, *v.t.*	אִשֵּׁר חֲתִימָה, הוֹסִיף
	[יסף] חֲתִימָה
counterweight, *n.*	מִשְׁקָל נֶגְדִּי, הַכְרָעַ
countess, *n.*	אֲצִילָה
countless, *adj.*	לְאֵין מִסְפָּר
country, *n.*	אֶרֶץ, מְדִינָה; מִחוּץ לָעִיר
countryman, *n.*	בֶּן אֶרֶץ
countryside, *n.*	מְקוֹם קַיִט, מָקוֹם
	נֹפֶשׁ, קַיְטָנָה
county, *n.*	מָחוֹז
coup, *n.*	פְּעֻלַּת פֶּתַע; הַפִּיכָה; מַכָּה
	נִצַּחַת
couple, *n.*	זוּג, צֶמֶד
couple, *v.t.*	זִוֵּג, חִבֵּר, קָשַׁר
couple, *v.i.*	הִזְדַּוֵּג [זוג], הִתְחַבֵּר [חבר]
couplet, *n.*	בַּיִת, חָרוּז
coupling, *n.*	זִוּוּג, חִבּוּר, קִשּׁוּר;
	מַצְמֵד; הִזְדַּוְּגוּת
coupon, *n.*	שׁוֹבֵר, תָּלוּשׁ
courage, *n.*	אֹמֶץ, אֹמֶץ לֵב, עֹז
	רוּחַ, גְּבוּרָה
courageous, *adj.*	אַמִּיץ, אִישׁ חַיִל
courageously, *adv.*	בְּאֹמֶץ לֵב
courier, *n.*	שָׁלִיחַ, רָץ, בַּלְדָּר
course, *n.*	מַהֲלָךְ; מֵרוֹץ; סִדְרָה;
	מָנָה; שִׁעוּר; כִּוּוּן; נָסַת, מַסְלוּל;
	נִדְבָּךְ
course, *v.t. & i.*	שָׁטַף, עָבַר, רָדַף
	(צֵידָה)
courser, *n.*	סוּס מָהִיר
court, *n.*	חָצֵר, חֲצַר מַלְכוּת; בֵּית
	מִשְׁפָּט
court, *v.t.*	חִזֵּר, בִּקֵּשׁ, הִפְצִיר [פצר]
courteous, *adj.*	אָדִיב
courteously, *adv.*	בַּאֲדִיבוּת
courtesan, *n.*	יַצְאָנִית, זוֹנָה; חַצְרָן
courtesy, *n.*	אֲדִיבוּת; קִדָּה
court-martial, *n.*	בֵּית דִּין צְבָאִי
courtship, *n.*	חִזּוּר (אַחַר אִשָּׁה), חַזְרָנוּת
courtyard, *n.*	חָצֵר
cousin, *n.*	דּוֹדָן, דּוֹדָנִית
cove, *n.*	מִפְרָצִית (מִפְרָץ קָטָן); מַחֲסֶה
covenant, *n.*	בְּרִית, הֶסְכֵּם, אֲמָנָה;
	חָזוּת
covenant, *v.t. & i.*	כָּרַת בְּרִית
cover, *n.*	מִכְסֶה, מַעֲטֶה, צִפּוּי, כִּסּוּי;
	כְּרִיכָה; עֲרֵבוּת
cover, *v.t.*	כִּסָּה, הֶעֱלָה [עלה], צִפָּה,
	סָכַךְ
coverlet, *n.*	שְׂמִיכָה, מִכְסֶה
covert, *adj.*	מְכֻסֶּה, נִסְתָּר; סוֹדִי
covert, *n.*	מַאֲרָב, אֶרֶב, מַחֲבוֹא
covet, *v.t. & i.*	אִוָּה, חָמַד, הִתְחַשֵּׁק
	[חשק], הִתְאַוָּה [אוה]
covetous, *adj.*	מִתְאַוֶּה, חוֹשֵׁק
covetousness, *n.*	חֶמְדָּה, חֵשֶׁק,
	תְּשׁוּקָה, תַּאֲוָה

covey, n. — בְּרִיכָה, חֲבוּרָה שֶׁל צִפֳּרִים

cow, n. — פָּרָה

cow, v.t. — הִתְיָרֵא [ירא], פָּחַד, הֵבִיא [בוא] מֹרֶךְ בְּלֵב

coward, n. — פַּחְדָן, מוּג לֵב

cowardice, n. — פַּחְדָנוּת, יִרְאָה

cowardly, adv. — בְּמֹרֶךְ לֵב, בְּפַחַד

cowboy, n. — בַּקָּר

cower, v.i. — קָרַס (מִפַּחַד), חָרַד, רָעַד

cowhide, n. — עוֹר פָּרָה

cowl, n. — בַּרְדָּס

coxcomb, n. — גַּנְדְּרָן, מִתְיַפֶּה

coxswain, n. — חַבַּאי (מְפַקֵּד) סִירָה

coy, adj. — בַּיְשָׁן, צָנוּעַ

coyote, n. — זְאֵב עֲרָבוֹת

coyness, n. — בַּיְשָׁנוּת, צְנִיעָה

cozen, v.t. & i. — רִמָּה

cozy, cosy, cosey, adj. & n. — מָרְוָח, מָלֵא נוּחִיּוּת; מַטְמֵן

crab, n. — (מַזָּל) סַרְטָן זָעֵף

crab apple — חֻזְרָר, עֻזְרָד, עֻזְרָר

crabbed, adj. — זָעֵף, סָר וְזָעֵף

crack, n. — סֶדֶק, נֶפֶץ; נְקִיק

crack, v.t. & i. — בָּקַע, סָדַק, פָּצַח נִסְדַּק [סדק], הִתְבַּקַּע [בקע], נִבְקַע

cracker, n. — רְקִיק, מַצִּיָּה, פַּכְסָם מְפַצֵּחַ; זִקּוּק (דִּי נוּר)

crackers, n. pl. — רְקִיקִים

cradle, n. — עֲרִיסָה

cradle, v.t. — נִעְנֵעַ בַּעֲרִיסָה, יִשֵּׁן

cradle, v.i. — שָׁכַב בַּעֲרִיסָה

craft, n. — אֻמָּנוּת, עָרְמָה, תַּחְבּוּלָה; אֳנִיָּה קְטַנָּה, (כְּלָל) אֳנִיּוֹת, מְטוֹסִים

craftiness, n. — עַרְמוּמִיּוּת

craftsman, n. — אֻמָּן; בַּעַל מְלָאכָה, מֻמְחֶה, בַּעַל מִקְצוֹעַ

craftsmanship, n. — מִקְצוֹעִיּוּת, אֻמָּנוּת, מֻמְחִיּוּת

crafty, adj. — זָרִיז, נוֹכֵל, עָקֹב, עַרְמוּמִי

crag, n. — צוּק

cram, v.t. & i. — לָעַס, פִּטֵּם, זָלַל; הִתְמַלֵּא [מלא] (יְדִיעוֹת); דָּחַס, הִתְדַּחֵס [דחס]

cramp, n. — כְּוִיצָה, שָׁבָץ; מַלְחֶצֶת, צֶבֶת

cramp, v.t. — הִתְכַּוֵּץ [כוץ]; לָחַץ, חִזֵּק

cranberry, n. — כְּרוּכִית

crane, n. — עָגוּר, עֲגוּרָן, כְּרוּכִיָּה; מָנוֹף, מַדְלֶה

crane, v.t. & i. — עָגַר, הֵנִיף [נוף], הֶעֱלָה [עלה]; הֵסֵס

cranial, adj. — גֻּלְגָּלְתִּי, קַרְקַפְתִּי

cranium, n. — גֻּלְגֹּלֶת, קַרְקֶפֶת

crank, n. — אַרְכֻּבָּה, יָדִית

crank, v.t. — הֵנִיעַ [נוע], סוֹבֵב הַיָּדִית, אִרְכֵּב

crankshaft, n. — גַּלְגִּלְכֻּבָּה, גַּל אַרְכֻּבָּה

cranky, adj. — נִרְגָּן

cranny, n. — סֶדֶק, בְּקִיעַ

crape, v. crepe

crash, n. — נֶפֶץ, הִתְחַנְּשׁוּת, הִתְרַסְּקוּת

crash, v.t. & i. — שָׁבַר, נִפֵּץ, הִתְנַפֵּץ [נפץ], הִתְרַסֵּק [רסק], הִתְנַגֵּשׁ [נגש]

crass, adj. — טִפֵּשׁ, גַּס

crate, n. & v.t. — אֲרָגֵּז, תֵּבָה, סַל (גָּדוֹל); אָרַז (בְּתֵבוֹת)

crater, n. — לוֹעַ, לַע

cravat, n. — עֲנִיבָה

crave, v.t. & i. — הִשְׁתּוֹקֵק [שקק], הִתְחַנֵּן [חנן], הִתְאַוָּה [אוה]

craving, n. — תְּשׁוּקָה, כֹּסֶף, גַּעְגּוּעִים

crawl, n. — זְחִילָה; שְׂחִיַּת חֲתִירָה; מַאֲגוֹר יַמִּי

crawl, v.i. — זָחַל

crayfish, crawfish, n. — סַרְטָן הַמַּיִם

crayon, n. — גִּיר, חֶרֶט

craze, craziness, *n.*	שִׁגָּעוֹן, בֻּלְמוֹס
craze, *v.t. & i.*	הִשְׁתַּגֵּעַ [שגע]
crazily, *adv.*	בְּשִׁגָּעוֹן
crazy, *adj.*	מְשֻׁגָּע, מְטֹרָף
creak, *n.*	חֲרִיקָה, צְרִימָה
creak, *v.i.*	חָרַק, צָרַם
cream, *n.*	זִבְדָּה, שַׁמֶּנֶת; עִדִּית; מִשְׁחָה
cream, *v.t.*	עָשָׂה שַׁמֶּנֶת, לָקַח הַמֻּבְחָר
crease, *n.*	קִפּוּל, קֶמֶט
crease, *v.t. & i.*	קִפֵּל, קָמַט, קִמֵּט,
	הִתְקַמֵּט [קמט]
create, *v.t.*	בָּרָא, יָצַר
creation, *n.*	בְּרִיאָה, יְצִירָה
creative, *adj.*	בּוֹרֵא, יוֹצֵר
creator, *n.*	בּוֹרֵא, יוֹצֵר
creature, *n.*	יְצוּר, בְּרִיאָה
credence, *n.*	אֵמוּן, אֱמָנָה
credential, *n.*	אִשּׁוּר
credentials, *n. pl.*	כְּתַב הַאֲמָנָה
credibility, *n.*	מְהֵימָנוּת, כֵּנוּת; אֹמֶן;
	אֵמוּן
credible, *adj.*	נֶאֱמָן, מְהֵימָן
credit, *n.*	אַשְׁרַאי; הַקָּפָה; תְּהִלָּה;
	כָּבוֹד
credit, *v.t.*	הִקִּיף [קוף], זָקַף (עַל
	חֶשְׁבּוֹן)
creditor, *n.*	נוֹשֶׁה, מַלְוֶה
credo, creed, *n.*	אֱמוּנָה, עִקָּר
creek, *n.*	פֶּלֶג
creep, *v.i.*	זָחַל, רָמַשׂ, הִתְרַפֵּס
	[רפס], הִתְגַּנֵּב [גנב]
creepy, *adj.*	זַחְלָנִי
cremate, *v.t.*	שָׂרַף לְאֵפֶר(גוּפָה)
cremation, *n.*	שְׂרֵפַת גוּפָה
crematorium, crematory, *n.*	מִשְׂרָפָה
crepe, crape, *n.*	סַלְסָלָה (אָרִיג מֶשִׁי)
crescent, *n.*	סַהַר, שַׁהֲרוֹן
cress, *n.*	שַׁחַל
crest, *n.*	כַּרְבֹּלֶת; בְּלוֹרִית; זֵר; רֶכֶס;
	שֶׁלֶט (אַבִּירִים); קְצֵה הַגַּל
crevasse, *n.*	חָרִיץ
crew, *n.*	צֶוֶת (מַלָּחִים, וְכוּ')
crib, *n.*	עֶרֶס, עֲרִיסָה
crick, *n.*	עֲוִית, שָׁבָץ
cricket, *n.*	צְרָצַר
crier, *n.*	כָּרוֹז, מַכְרִיז, צַעֲקָן
crime, *n.*	חֵטְא, פֶּשַׁע, עֲבֵרָה
criminal, *adj.*	עֲבַרְיָן, חוֹטֵא, פּוֹשֵׁעַ
criminality, *n.*	תַּפְשָׁעָה, עֲבַרְיָנוּת
criminologist, *n.*	בָּקִי בְּתוֹרַת הַחַטָּאִים
criminology, *n.*	תּוֹרַת הַחַטָּאִים
crimp, *n.*	קֶמֶט
crimp, *v.t.*	קָמַט, כִּוֵּץ
crimson, *adj.*	אֲדַמְדָּם, תַּכְלִילִי
crimson, *n.*	אֹדֶם, אַרְגָּמָן, שָׁנִי
crimson, *v.t.*	צָבַע בְּצֶבַע שָׁנִי, תָּלַע
crimson, *v.i.*	הִתְאַדֵּם [אדם], תָּלַע
cringe, *n.*	הִתְרַפְּסוּת, חֹנֶף
cringe, *v.i.*	הִתְרַפֵּס [רפס], הֶחֱנִיף
	[חנף]
crinkle, *n.*	קִפּוּל, קֶמֶט
crinkle, *v.t.*	קִפֵּל, קִמֵּט, כִּוֵּץ
crinkle, *v.i.*	הִתְקַמֵּט [קמט], הִתְכַּוֵּץ
	[כוץ]
cripple, *n.*	קִטֵּעַ, נָכֶה, בַּעַל מוּם,
	מוּמָם
cripple, *v.t.*	קִטַּע, עָשָׂה לְבַעַל מוּם,
	הוּמַם [מום], הִטִּיל [נטל] מוּם
crisis, *n.*	מַשְׁבֵּר
crisp, *adj.*	מְסֻלְסָל, מְתֻלְתָּל; שָׁבִיר;
	פָּרִיךְ, פָּרִיר; חַד (שֵׂכֶל), עַלִּיז
crisp, *v.t. & i.*	סִלְסֵל, תִּלְתֵּל, פּוֹרֵר,
	פָּרַךְ, הִתְפָּרֵךְ [פרך]
crisscross, *n. & adj.*	שְׁתִי וָעֵרֶב, תַּשְׁבֵּץ
criterion, *n.*	קְנֵה מִדָּה, בֹּחַן, תַּבְחִין
critic, *n.*	מְבַקֵּר, בֹּחַן

critical, _adj._ מַשְׁבֵּרִי; מְסֻכָּן; מַכְרִיעַ;
בִּקָּרְתִּי

criticism, _n._ בִּקֹּרֶת, גְּנוּי

criticize, criticise, _v.t. & i._ בִּקֵּר,
גִּנָּה

critique, _n._ בִּקֹּרֶת, נִתּוּחַ

croak, _n._ קִרְקוּר

croak, _v.t._ קִרְקֵר

crochet, _n._ מִסְרָגָה, צְנוֹרָה

crochet, _v.t._ צִנֵּר, סָרַג

crockery, _n._ כְּלֵי חֶרֶס

crocodile, _n._ תַּנִּין, תִּמְסָח

crocus, _n._ חֲבַצֶּלֶת, כַּרְכֹּם

croft, _n._ שָׂדֶה, מִגְרָשׁ

crofter, _n._ אִכָּר זָעִיר

crone, _n._ זְקֵנָה בָּלָה

crony, _n._ חָבֵר, יָדִיד

crook, _n._ עִקּוּם; מַקֵּל כָּפוּף, שֵׁבֶט;
נֹכֵל, גַּזְלָן

crook, _v.t. & i._ עָקַם, כָּפַף, הִתְעַקֵּם
[עקם], נִכְפַּף [כפף]

crooked, _adj._ עָקֹם; בִּלְתִּי יָשָׁר

croon, _v.t._ שׁוֹרֵר [שיר]; זִמְזֵם

crooner, _n._ מְזַמְזֵם

crop, _n._ יְבוּל; זֶפֶק; שֶׁלַח

crop, _v.t._ זָרַע; קָצַר, קָנַב, קָצַץ

cropper, _n._ קוֹצֵר

croquet, _n._ מִשְׂחָק בְּכַדּוּרֵי עֵץ

croquette, _n._ קְצִיצָה, לְבִיבָה

cross, _adj._ צוֹלֵב; זָעֵף, נִרְגָּז, סָר

cross, _n._ צְלָב

cross, _v.t. & i._ שִׂכֵּל; שָׁלֵּב (יָדַיִם);
עָבַר, חָצָה, מָחַק, הִכְלִיא [כלא];
הִכְעִיס [כעס]; צָלַב, הִצְטַלֵּב
[צלב]; הִתְעָרֵב [ערב]; רָמַז, נִרְמַז

crossbar, _n._ כָּפִיס

crossbow, _n._ קֶשֶׁת מַצְלִיבָה

crossbreed, _n._ כִּלְאַיִם, הַכְלָאָה

crossbreed, _v.t._ הִרְכִּיב [רכב],
הִכְלִיא [כלא]

crosscut, _adj., n., v.t. & i._ חֲתַךְ רֹחַב,
חָתַךְ

cross-examination, _n._ חֲקִירַת עֵדִים

cross-examine, _v.t._ חָקַר

cross-eye, _n._ פְּזִילָה

crossing, _n._ מַעֲבָר, עִבּוּר, סְתִירָה

crosspiece, _n._ יָצוּל; מַשְׁקוֹף

crossroad, _n._ מִסְעָף

crosswise, _adv._ בָּאֲלַכְסוֹן, לָרֹחַב

crossword puzzle תַּשְׁבֵּץ

crotch, _n._ מִפְשָׂעָה, מִפְשָׂשׂ, זָוִית

crouch, _v.t. & i., n._ כָּרַע, קָרַס, הִתְרַפֵּס
[רפס], רָבַץ; הַרְכָּנָה, הִתְכּוֹפְפוּת

croup, _n._ קָרֶמֶת, אַסְכָּרָה; אֲחוֹרֵי
הַסּוּס

crow, _n._ קְרִיאַת הַתַּרְנְגֹל; עוֹרֵב;
מָנוֹף

crow, _v.i._ קָרָא, הִתְפָּאֵר [פאר]

crowbar, _n._ כִּילָף, מַפֵּץ, קִילוֹן

crowd, _n._ הָמוֹן, אַסַּפְסוּף, דֹּחַק

crowd, _v.t. & t._ דָּחַק, מִלֵּא; הִתְקַהֵל
[קהל], הִצְטוֹפֵף [צפף],
נִדְחַק [דחק]

crown, _n._ כֶּתֶר, עֲטָרָה, זֵר, כּוֹתֶרֶת;
אָמִיר (עֵץ)

crown, _v.t._ הִכְתִּיר [כתר], עָטַר

crucial, _adj._ מַכְרִיעַ

crucible, _n._ מַצְרֵף, כּוּר, עֲלִיל

crucifix, _n._ צְלָב

crucifixion, _n._ צְלִיבָה

crucify, _v.t._ צָלַב, עִנָּה

crude, _adj._ גָּלְמִי, בִּלְתִּי מְעֻבָּד; נַס;
תָּפֵל

crudeness, crudity, _n._ נַסּוּת, תְּפֵלוּת

cruel, _adj._ אַכְזָר, אַכְזָרִי

cruelly, _adv._ בְּאַכְזָרִיּוּת

cruelty, n.	אַכְזָרִיוּת
cruet, n.	בַּקְבּוּק קָטָן, צִנְצֶנֶת
cruise, n.	סִיּוּל (עַל הַיָּם)
cruise, v.i.	שׁוֹטֵט [שוט]
cruiser, n.	אֳנִיַּת מִלְחָמָה, אֳנִיַּת מֵרוֹץ
crumb, n.	פֵּרוּר, פְּתִית
crumb, v.t.	פּוֹרֵר [פרר], פָּתַת, פָּרַךְ
crumble, v.i.	הִתְפּוֹרֵר [פרר],
	הִתְמוֹטֵט [מוט]
crumbly, adj.	פָּרִיךְ
crumple, v.t. & i.	קִמֵּט, הִתְקַמֵּט [קמט]
crunch, n.	כִּרְסוּם
crunch, v.t. & i.	כִּרְסֵם, כָּסַס
crusade, n. & v.i.	מַסַּע צְלָב; הִתְקִיף
	[תקף] בְּקַנָּאוּת
crusader, n.	צַלְבָּן, (נוֹשֵׂא הַצְּלָב)
cruse, n.	פַּךְ, צַפַּחַת
crush, n.	מְעִיכָה, לַחַץ, דְּחַק; תְּשׁוּקָה
crush, v.t.	מָעַךְ; לָחַץ; נִפֵּץ; דִּכֵּא;
	טָחַן
crush, v.i.	פּוֹרֵר [פרר]; הִשְׁמִיד
	[שמד]; כִּלָּה
crust, n.	קְרוּם (הַלֶּחֶם), גֶּלֶד
crust, v.t. & i.	קָרַם, הִגְלִיד [גלד]
crutch, n.	מִשְׁעֶנֶת, קַב
crutches, n. pl.	קַבַּיִם
crux, n.	עִקָּר
cry, n.	בֶּכִי, בְּכִיָּה, צְעָקָה, קְרִיאָה
cry, v.i. & t.	בָּכָה, יִבֵּב, קָרָא; צָעַק
crypt, n.	כּוּךְ, מְעָרָה
cryptic, cryptical, adj.	בִּלְתִּי מוּבָן,
	סָמִיר
crystal, n.	בְּדֹלַח, נָבִישׁ, אֶלְנָבִישׁ
crystalline, adj.	בְּדָלְחִי, נָבִישִׁי, צַח
crystallization, n.	נִבּוּשׁ, הִתְנַבְּשׁוּת
crystallize, v.t.	נִבֵּשׁ
crystallize, v.i.	הִתְנַבֵּשׁ [נבש]
cub, n.	גּוּר
cube, n.	קֻבִּיָּה
cubic, cubical, adj.	מְעֻקָּב
cubism, n.	צִיּוּר נֶפַח
cuckoo, n.	קוּקִיָּה
cucumber, n.	קִשּׁוּא, מְלָפְפוֹן
cud, n.	גֵּרָה
cuddle, n.	חִבּוּק, לִשּׁוּף
cuddle, v.t.	חִבֵּק, לִשֵּׁף
cuddle, v.i.	הִתְחַבֵּק [חבק]
cue, n.	זָנָב; כָּנָף; רֶמֶז; תּוֹר;
	מַטֶּה (בִּלְיָרְד)
cuff, n.	יָדָה; חֶפֶת; שַׁרְווּלִית
cuirass, n.	מָגֵן, שִׁרְיוֹן, צִנָּה
cuirassier, n.	צִנָּן, נוֹשֵׂא צִנָּה
cuisine, n.	בִּשּׁוּל, שִׁיטַת בִּשּׁוּל
culinary, adj.	אָכִיל
cull, v.t.	בָּחַר, לָקַט
culminate, v.i.	הִגִּיעַ [נגע]; נִגְמַר [גמר]
culmination, n.	פִּסְגָּה, שִׂיא; סִיּוּם
culpable, adj.	אָשֵׁם, חַיָּב
culprit, n.	אָשֵׁם, נֶאֱשָׁם, פּוֹשֵׁעַ
cult, n.	הַעֲרָצָה, הָאֱלָהָה, פֻּלְחָן
cultivate, v.t.	עִבֵּד הָאֲדָמָה, גִּדֵּל
	נִכֵּשׁ, תָּחַח
cultivation, n.	עִבּוּד אֲדָמָה, גִּדּוּל;
	נִכּוּשׁ, תָּחוּחַ
cultivator, n.	אִכָּר, עוֹבֵד אֲדָמָה;
	מְנַכֵּשׁ, מְתַחֵחַ, מַתְחֵחָה
cultural, cultured, adj.	תַּרְבּוּתִי
culture, n.	תַּרְבּוּת
cumber, n.	תְּעוּקָה, הַכְבָּדָה
cumbersome, adj.	מַכְבִּיד, מֵעִיק
cumbrous, adj.	מֵעִיק, מַפְרִיעַ
cumulation, n.	עֲרֵמָה, צְבִירָה, אֲסִיפָה
cumulative, adj.	נֶעֱרָם, נִצְבָּר
cuneiform, adj. & n.	(שֶׁל) כְּתָב הַיְתֵדוֹת
cunning, adj.	עָקֹב, עַרְמוּמִי
cunning, n.	תַּרְמִית, עַרְמוּמִיּוּת

cup, n. & v.t. סֵפֶל, גָּבִיעַ; מִשְׁקַע הַשַּׁד
(בַּחֲזִיָּה); מִלֵּא; הִקִּיז (נקז) [דָּם]

cupbearer, n. מַשְׁקֶה, שַׂר מַשְׁקִים

cupboard, n. מִזְנוֹן, אֲרוֹן כֵּלִים;
קַמְטָר, חָרָד

cupful, n. מְלֹא הַסֵּפֶל

cupidity, n. תַּאֲוָה, חֵשֶׁק, חֶמְדָּה

cupola, n. כִּפָּה

cur, n. כֶּלֶב כִּלְאַיִם, נִבְזֶה

curable, adj. רָפִיא, שֶׁאֶפְשָׁר לְרַפֵּא

curacy, n. גַּלָּחוּת

curate, n. כֹּמֶר, גַּלָּח

curator, n. מְנַהֵל בֵּית נְכוֹת, מְפַקֵּחַ,
מַשְׁגִּיחַ

curb, n. מֶתֶג; מַעְצוֹר; שְׂפַת הַמִּדְרָכָה

curb, v.t. עָצַר, בָּלַם, רִסֵּן; הֶחֱרִיא
[חרא] [כֶּלֶב]

curd, n. חָלָב נִקְרָשׁ, חֶבֶץ, קוּם

curdle, v.t. & i. קָפָא, קָרַשׁ, הִקְרִישׁ
[קרש]

cure, n. רְפוּאָה, תְּרוּפָה, מַרְפֵּא;
שִׁמּוּר

cure, v.t. & i. רִפֵּא, תִּקֵּן, עִשֵּׁן, שִׁמֵּר;
הִבְרִיא [ברא], הִתְרַפֵּא [רפא]

cureless, adj. שֶׁאֵין לוֹ רְפוּאָה

curettage, n. גְּרִידָה

curfew, n. עֹצֶר; כִּבּוּי אוֹרוֹת

curio, n. יְקַר הַמְּצִיאוּת, דָּבָר עַתִּיק

curiosity, n. סַקְרָנוּת

curious, adj. סַקְרָנִי

curl, n. סִלְסוּל, תַּלְתַּל, קְוֻצָּה

curl, v.t. & i. סִלְסֵל, תִּלְתֵּל, פָּתַל;
הִסְתַּלְסֵל [סלסל]

curly, adj. מְסֻלְסָל, מְתֻלְתָּל

currants, n. pl. דִּמְדְּמָנִיּוֹת, עִנְבֵי
שׁוּעָל; צִמּוּקִים שְׁחוֹרִים

currency, n. כֶּסֶף, שְׁטַר כֶּסֶף, מָמוֹן,
מָעוֹת, מַטְבֵּעַ

current, adj. מְקֻבָּל; נָפוֹץ; שׁוֹטֵף, זוֹרֵם

current, n. זֶרֶם, שִׁבֹּלֶת, מַהֲלָךְ

currently, adv. כָּרָגִיל, לְפִי שָׁעָה

curriculum, n. תָּכְנִית לִמּוּדִים

curry, v.t. קֵרְצֵף (סוּס), עִבֵּד (עוֹר);
הֶחֱנִיף [חנף]

currycomb, n. קַרְצֶפֶת, מַגְרֶדֶת
(מַסְרֵק סוּסִים)

curse, n. קְלָלָה, אָלָה; שְׁבוּעָה

curse, v.t. & i. אָרַר, קִלֵּל, אָלָה

cursed, adj. מְקֻלָּל, אָרוּר

cursive, adj. & n. כְּתָב שׁוֹטֵף, אוֹת
מֻטָּה, מָשִׁיט

cursory, adj. שִׁטְחִי, פָּזִיז

curt, adj. פַּסְקָנִי; מְקֻצָּר

curtail, v.t. קִצֵּר, מִעֵט, קִפַּח

curtailment, n. קִצּוּר, קִפּוּחַ, הַפְחָתָה

curtain, n. & v.t. וִילוֹן, מָסָךְ, פָּרֹכֶת;
וִלֵּן

curtly, adv. בְּקִצּוּר

curtsy, curtsey, n. & v.t. קִדָּה; קָדַד

curvature, n. קֶשֶׁת, כְּפִיפָה, עֲקִימָה

curve, n. קֶשֶׁת, כְּפִיפָה, עֲקֻמִּית,
עֲקֹם, עֲקֻמָּה

curve, v.t. & i. כָּפַף, עִקֵּל, הִתְכּוֹפֵף
[כפף]

curvet, n. דְּהִירָה, דְּהָרָה

cushion, n. כַּר, כֶּסֶת, סָמוֹךְ, מַרְדַּעַת

cushion, v.t. הוֹשִׁיב [ישב] עַל כַּר

cusp, n. עֹקֶץ

custard, n. חֲבִיצָה, רַפְרֶפֶת

custodian, n. מַשְׁגִּיחַ, מְמֻנֶּה, מְפַקֵּחַ

custody, n. הַשְׁגָּחָה; כְּלִיאָה

custom, n. מֶכֶס; מִנְהָג, הֶרְגֵּל; נִמּוּס

customary, adj. נָהוּג, מְקֻבָּל

customer, n. קוֹנֶה, לָקוֹחַ

customhouse, n. בֵּית הַמֶּכֶס

custom made לְפִי הַזְמָנָה

cut, n.	חֲתָךְ, פֶּצַע; חֲתִיכָה, נֵתַח; גְּזֵרָה (לְבוּשׁ)	cyclic, cyclical, adj.	חוּגִי, מַחֲזוֹרִי
		cyclist, n.	אוֹפַנָּן
cut, v.t. & i.	חָתַךְ, כָּרַת, גָּזַז, חָטַב; גָּזַר	cyclone, n.	סְעָרָה
cute, adj.	מְלֻבָּב, נֶחְמָד	cyclopedia, cyclopaedia, n.	מַחֲזוֹר
cuticle, n.	עוֹר (קַרְנִי), קְרוּם, קְרוּמִית	cylinder, n.	אִצְטְוָנָה; עַמּוּד; גָּלִיל
cutlery, n.	סַכִּינִים, סַכּוּ"ם; סַכִּינָאוּת	cylindric, cylindrical, adj.	גְּלִילִי
cutlet, n.	צַלְעִית, צֵלָע, קְצִיצָה	cymbals, n.pl.	צֶלְצְלִים (צֶלְצָל)
cutout, n.	מַפְסֵק, שַׂסְתּוֹם	cynic, n.	לַעֲגָן, מֹשֵׁךְ
cutter, n.	גּוֹזֵר; מִפְרָשִׂית, סִירָה חַדְתָּרְנִית	cynical, adj.	כַּלְבִּי, בָּז, לוֹעֵג
		cynicism, n.	כַּלְבִּיּוּת, לַעַג, לִגְלוּג
cutthroat, n.	רוֹצֵחַ	cynosure, n.	תַּלְפִּיּוֹת, מֶרְכַּז הַהִתְעַנְיְנוּת
cyclamen, n.	רַקֶּפֶת		
cycle, n.	מַחֲזוֹר, תְּקוּפָה; אוֹפַנַּיִם	cypress, n.	בְּרוֹשׁ
cycle, v.i.	סָבַב; אָפַן	cyst, n.	כִּיס, שַׁלְחוּף, כִּיסוֹן

D, d

D, d, n.	דִּי, הָאוֹת הָרְבִיעִית בָּאָלֶף בֵּית הָאַנְגְּלִי; רְבִיעִי, ד'	dais, n.	בָּמָה, בִּימָה
		daisy, n.	מַרְגָּנִית, קַחְוָן
dab, n.	נְגִיעָה (קַלָּה); פּוּטִית, דָּג מֹשֶׁה רַבֵּנוּ	dale, n.	עֵמֶק
		dalliance, n.	בִּלּוּי זְמַן; הִתְפַּנְּקוּת
dab, v.t.	נָגַע, מָשַׁח	dally, v.i.	בִּטֵּל זְמַן; שִׁעֲשַׁע, הִתְמַהְמַהּ
dabble, v.t. & i.	שִׁכְשֵׁךְ; עָשָׂה בִּשְׁטָחִיוּת	dam, n.	סֶכֶר
		dam, v.t.	סָכַר; עָצַר, עִכֵּב
dace, n.	קַרְפְּיוֹן	damage, n.	נֶזֶק, הֶפְסֵד
dad, daddy, n.	אַבָּא	damage, v.t. & i.	הִזִּיק (נֹזֶק); הִפְסִיד (פְּסַד); נֻזַּק, הִתְקַלְקֵל (קַלְקֵל)
daffodil, n.	עֵירֹן, נַרְקִיס זָהָב		
daft, adj.	שׁוֹטֶה, טִפֵּשׁ, מְשֻׁגָּע	damask, n.	בַּד; פְּלָדָה
dagger, n.	חֲנִית, פִּגְיוֹן	dame, n.	אִשָּׁה, גְּבֶרֶת
dahlia, n.	דָּלְיָה	damn, v.t. & i.	קִלֵּל, אָרַר; חִיֵּב
daily, n.	עִתּוֹן יוֹמִי	damnation, n.	קְלָלָה, הַרְשָׁעָה
daily, adv.	יוֹם יוֹם	damp, adj.	רָטֹב; לַח, סָחוּב
daintiness, n.	נְעִימוּת, עֲדִינוּת, רַכּוּת	damp, dampness, n.	לַחוּת, סַחַב
dainty, adj. & n.	עָדִין, נָעִים	damp, dampen, v.t.	הִרְטִיב (רטב), לִחְלַח
dairy, n.	מַחְלָבָה		
dairyman, dairymaid, n.	חוֹלֵב,	damsel, n.	נַעֲרָה, עַלְמָה
	חוֹלֶבֶת; חַלְבָּן, חַלְבָּנִית	damson, n.	שָׁזִיף (קָטָן)

dance, n.	רִקּוּד, רְקִידָה, מָחוֹל, נֶשֶׁף רִקּוּדִים
dance, v.t. & i.	רָקַד, חִגַּג, חָל, הִתְחוֹלֵל [חול]
dancer, n.	רַקְדָן, מְחוֹלֵל
dandelion, n.	שֵׁן הָאַרְיֵה
dander, n.	זַעַם, קַשְׂקֶשֶׁת
dandle, v.t.	שִׁעֲשַׁע
dandruff, n.	סַבֵּי רֹאשׁ, קַשְׂקֶשֶׁת, יַלֶּפֶת
dandy, n.	גַּנְדְּרָן
danger, n.	סַכָּנָה
dangerous, adj.	מְסֻכָּן
dangle, v.t.	דִּלְדֵּל
dangle, v.i.	הִתְדַּלְדֵּל, הִדַּלְדֵּל [דלדל]
dank, adj.	רָטֹב, לַח
dapper, adj.	נָקִי, מְקֻשָּׁט
dapple, n.	מְנֻמָּר
dapple, v.t.	נִמֵּר
dare, n.	הֵעָזָה
dare, v.t. & i.	הֵעֵז [עזז], הֵעֵז פָּנִים, הִרְהִיב [רהב] עֹז
daredevil, n.	עַז (רוּחַ) נֶפֶשׁ, רְהַבְתָן
daring, n.	עַזּוּת נֶפֶשׁ, רַהֲבָה, אֹמֶץ, הֵעָזָה
daring, adj.	אַמִּיץ, נוֹעָז
dark, adj.	חָשֵׁךְ, אָפֵל, קוֹדֵר; כֵּהֶה, עָמוּם, אָמֻם
dark, n.	חֹשֶׁךְ, אֹפֶל
darken, v.t. & i.	הֶחֱשִׁיךְ [חשך], הֶאֱפִיל [אפל], קָדַר, הִקְדִּיר [קדר], הִתְקַדֵּר [קדר]
darkness, n.	חֲשֵׁכָה, חֹשֶׁךְ, אֲפֵלָה
darling, adj. & n.	יָקִיר, אָהוּב, חָבִיב, נֶחְמָד
darn, darning, n.	תִּקּוּן גַּרְבַּיִם, טְלַאי, הַטְלָאָה
darn, v.t.	תִּקֵּן גַּרְבַּיִם, הִטְלִיא [טלא]
darnel, n.	זוּן
darner, n.	מְתַקֵּן גַּרְבַּיִם
dart, n.	שֵׁךְ, חֵץ; תְּנוּעָה מְהִירָה
dart, v.t. & i.	מִהֵר, הֵחִישׁ [חוש] אָץ [אוץ], דָּהַר
dash, n.	מַקָּף (-); מַכָּה; מִקְצָת (טִפָּה)
dash, v.t. & i.	שִׁבֵּר, רָצַץ; רָץ [רוץ], מִהֵר, דָּהַר; הִסְתָּעֵר [סער], הִשְׁתָּעֵר [שער], נָח [נוח]
dashboard, n.	לוּחַ מַחְוָנִים
dashing, adj.	חַי, עֵר, מִתְפָּאֵר
dastard, n.	פַּחְדָן, מוּג לֵב
dastardly, adj.	כְּמוּג לֵב
data, n. pl.	נְתוּנִים, פְּרָטִים, עֻבְדוֹת
date, n.	דֶּקֶל, תָּמָר; תַּאֲרִיךְ; יֵעוּד פְּגִישָׁה, רֵאָיוֹן
date, v.t.	צִיֵּן תַּאֲרִיךְ; קָבַע פְּגִישָׁה (רֵאָיוֹן)
daub, n.	כֶּתֶם; תְּמוּנָה זוֹלָה
daub, v.t. & i.	מָרַח (צְבָעִים); הִכְתִּים [כתם]
daughter, n.	בַּת
daughter-in-law, n.	כַּלָּה
daunt, v.t.	אִיֵּם, הִפְחִיד [פחד]
dauntless, adj.	אַמִּיץ
davenport, n.	מִכְתָּבָה, סַפָּה-מִטָּה
davit, n.	מַדְלֵה (סִירוֹת)
dawdle, v.i.	בִּלָּה זְמָן, בִּזְבֵּז, פִּגֵּר, אֵחַר
dawn, n.	שַׁחַר
dawn, v.i.	עָלָה הַשַּׁחַר; הִתְחִיל [תחל] לְהָבִין
day, n.	יוֹם
daze, n.	סַנְוֵרִים, עִוָּרוֹן
daze, v.t.	סִנְוֵר, עִוֵּר
dazzle, n.	תַּמָּהוֹן, סַנְוֵרִים
dazzle, v.t. & i.	סִנְוֵר, הִכָּה בְּסַנְוֵרִים
dead, adj.	מֵת
dead, n.	מֵת, מֵתִים

deaden, v.t. & i.	הִקְהָה [קהה],
	הִכְהָה [כהה]
deadline, n.	גְּבוּל לֹא יַעֲבֹר; שָׁעָה
	אַחֲרוֹנָה
deadly, adj.	מֵמִית, אַכְזָרִי
Dead Sea	יָם הַמֶּלַח
deaf, adj.	חֵרֵשׁ
deafen, v.t.	חָרַשׁ, הֶחֱרִישׁ [חרש]
deafness, n.	חֵרְשׁוּת
deal, n.	עֵסֶק, עִסְקָה; חִלּוּק
	(קְלָפִים); מָנָה
deal, v.t. & i.	הִתְעַסֵּק [עסק], סָחַר;
	חִלֵּק (קְלָפִים); נָהַג, הִתְנַהֵג [נהג]
dealer, n.	תַּגָּר, סוֹחֵר; מְחַלֵּק קְלָפִים
dealing, n.	מִסְחָר; עֵסֶק
dean, n.	דֵּיקָן, נְשִׂיא מִכְלָלָה
dear, adj. & n.	אָהוּב, יָקָר, חָבִיב
dearly, adv.	בְּאַהֲבָה; בְּיֹקֶר
dearness, n.	יֹקֶר
dearth, n.	מַחְסוֹר, רָעָב
death, n.	מָוֶת, מִיתָה, תְּמוּתָה, פְּטִירָה
deathbed, n.	מִשְׁכַּב מָוֶת
deathblow, n.	מַכַּת מָוֶת
deathless, adj.	נִצְחִי
deathly, adj. & adv.	כַּמֵּת, מֵמִית
death rate	שִׁעוּר הַתְּמוּתָה
debacle, n.	מַפָּלָה, תְּבוּסָה
debar, v.t.	מָנַע, עָצַר
debark, v.t. & i.	יָצָא מֵאֳנִיָּה, עָלָה
	לַיַּבָּשָׁה
debase, v.t.	הִשְׁפִּיל [שפל]
debasement, n.	הַשְׁפָּלָה
debatable, adj.	תָּלוּי, מֻטָּל בְּסָפֵק
debate, n.	וִכּוּחַ
debate, v.t. & i.	הִתְוַכֵּחַ [וכח]
debater, n.	מִתְוַכֵּחַ
debauch, v.t. & i.	הִשְׁחִית [שחת],
	הִתְהוֹלֵל [הלל]
debauchery, n.	שְׁחִיתוּת, שָׁחֵיתוּת הַמִּדּוֹת, הוֹלְלוּת
debilitate, v.t.	הֶחֱלִישׁ [חלש]
debility, n.	חֻלְשָׁה, תַּשִּׁישׁוּת
debit, n.	חוֹב, חוֹבָה
debit, v.t.	חִיֵּב
debonair, debonaire, adj.	עַלִּיז
debris, n.	הֶרֶס, מַפֹּלֶת, חָרְבָּה
debt, n.	חוֹב, חוֹבָה
debtor, n.	חַיָּב, לֹוֶה
debut, n.	הוֹפָעָה רִאשׁוֹנָה
debutante, n.	מַתְחִילָה, סִירוֹנִית
decade, n.	עָשׂוֹר, עֶשֶׂר שָׁנִים
decadence, decadency, n.	הִתְנַוְּנוּת
decadent, n.	מִתְנַוֵּן
Decalogue, Decalog, n.	עֲשֶׂרֶת
	הַדִּבְּרִים, עֲשֶׂרֶת הַדִּבְּרוֹת
decamp, v.i.	בָּרַח, נָס [נוס]
decant, v.t.	יָצַק, מָזַג
decanter, n.	בַּקְבּוּק
decapitate, v.t.	כָּרַת רֹאשׁ, הִתִּיז [נתז]
decapitation, n.	כְּרִיתַת רֹאשׁ, עֲרִיפָה
decay, n.	רִקָּבוֹן, עִפּוּשׁ, בְּאֻשָּׁה
decay, v.t. & i.	רָקַב, בָּאַשׁ, הִתְעַפֵּשׁ
	[עפש]; הִשְׁחִית [שחת]
decease, n.	מָוֶת, מִיתָה
decease, v.i.	נִפְטַר [פטר], מֵת [מות]
deceit, n.	מִרְמָה, רַמָּאוּת
deceitful, adj.	רַמַּאי
deceitfulness, n.	תַּרְמִית, רַמָּאוּת
deceive, v.t.	רִמָּה, הִתְעָה [תעה]; בָּגַד
deceiver, n.	רַמַּאי
decelerate, v.t. & i.	הֵאֵט [אטס]
December, n.	דֶּצֶמְבֶּר
decency, n.	נִמּוּסִיּוּת, הֲגִינוּת
decent, adj.	הָגוּן, נָכוֹן, מַתְאִים
decently, adv.	בִּצְנִיעוּת, בְּדֶרֶךְ אֶרֶץ

decentralization, n.	בִּזּוּר
decentralize, v.t.	בִּזֵּר
deception, n.	אוֹנָאָה, תַּרְמִית, אַכְזָבָה
deceptive, adj.	מַתְעֶה, מְרַמֶּה,
	מְאַכְזֵב
decide, v.t. & i.	הֶחְלִיט [חלט], דָּן
	[דין], הִכְרִיעַ [כרע]
decidedly, adv.	בְּהֶחְלֵט
deciduous, adj.	נָשִׁיר (עֵץ)
decimal, adj.	עֶשְׂרוֹנִי
decimate, v.t.	הָרַג, הֵמִית [מות],
	הִשְׁמִיד [שמד] רַבִּים
decipher, v.t.	פָּתַר, בֵּאֵר, פִּעְנֵחַ
decision, n.	הַחְלָטָה, הַכְרָעָה
decisive, adj.	מָחְלָט
decisively, adv.	לַגְמְרֵי
deck, n.	סִפּוּן אֳנִיָּה; חֲבִילָה (קְלָפִים)
deck, v.t.	קִשֵּׁט, עָדָה
declaim, v.t.	הִקְרִיא [קרא]
declamation, n.	הַקְרָאָה
declaration, n.	הַצְהָרָה, הַכְרָזָה
declarative, adj.	מַצְהִיר, מַכְרִיז,
	מוֹדִיעַ
declare, v.t.	אָמַר, הִכְרִיז [כרז],
	הוֹדִיעַ [ידע], הִצְהִיר [צהר]
declension, n.	מִדְרוֹן, נְטִיָּה (דִּקְדּוּק)
declination, n.	הַטָּיָה, יְרִידָה
decline, n.	יְרִידָה, דִּלְדּוּל, הִתְמַעֲטוּת
decline, v.t. & i.	יָרַד, נָטָה, סֵרַב, מֵאֵן
declivity, n.	מוֹרָד, מִדְרוֹן, שִׁפּוּעַ
decompose, v.t. & i.	פָּרַק, הִתְפָּרֵק
	[פרק]; נִרְקַב [רקב], רָקַב, נָמַק
	[מקק]; הִפְרִיד [פרד]
decomposition, n.	פֵּרוּק, רִקָּבוֹן,
	הַפְרָדָה
decorate, v.t.	עִטֵּר, קִשֵּׁט, יִפָּה
decoration, n.	תַּפְאוּרָה, קִשּׁוּט, יִפּוּי;
	אוֹת (כָּבוֹד) הִצְטַיְּנוּת
decorative, adj.	מְקַשֵּׁט, קִשּׁוּטִי
decorator, n.	מְקַשֵּׁט, קַשְׁטָן (דִּירָה);
	תַּפְאוּרָן (בָּמָה)
decorous, adj.	צָנוּעַ, אָדִיב, נָאֶה
decoy, v.t.	פִּתָּה, דִּמָּה
decoy, n.	דְּמֶה
decrease, n.	מִעוּט, הַמְעָטָה, פְּחָת
decrease, v.t. & i.	הִתְמַעֵט [מעט];
	מִעֵט, הֶחְסִיר [חסר], הִפְחִית
	[פחת]
decree, n.	פְּקֻדָּה, צַו, גְּזֵרָה, חֹק
decree, v.t. & i.	חָרַץ, פָּסַק, צִוָּה, חָקַק
decrepit, adj.	יָשִׁישׁ, חַלָּשׁ, יָגֵעַ
decrepitude, n.	זִקְנָה, חֻלְשַׁת זִקְנָה,
	אֲפִיסַת כֹּחוֹת
decry, v.t.	גִּנָּה
dedicate, v.t.	הִקְדִּישׁ [קדש], חָנַךְ
dedication, n.	הַקְדָּשָׁה, חֲנֻכָּה
dedicator, n.	מַקְדִּישׁ, חוֹנֵךְ
deduce, v.t.	הִסִּיק [נסק]
deduct, v.t.	חִסֵּר, גָּרַע, נִכָּה, הִפְחִית
	[פחת]
deduction, n.	נִכּוּי, חִסּוּר; מַסְקָנָה
deductive, adj.	מְנַכֶּה, מַפְחִית, מַסִּיק
deem, v.t. & i.	סָבַר, חָשַׁב
deed, n.	פְּעֻלָּה, מִפְעָל, מַעֲשֶׂה; שְׁטָר
deep, adj.	עָמֹק, סָתוּם
deep, n.	עֹמֶק, תְּהוֹם
deepen, v.t. & i.	הֶעֱמִיק [עמק], עָמַק
deepfreeze, n. & v.t.	מִקְפָּאוֹן;
	הִתְקַמְפָּא [קפא]
deer, n.	צְבִי, אַיָּל
deface, v.t.	מָחַק, הִשְׁחִית [שחת],
	הֵפֵר [פרר]
defalcate, v.t. & i.	מָעַל בִּכְסָפִים
defalcation, n.	מְעִילָה בִּכְסָפִים
defamation, n.	דִּבָּה, הוֹצָאַת שֵׁם רָע,
	הַשְׁמָצָה

defamatory, *adj.* מוֹצִיא דִּבָּה, מְנַדֵּף, מַשְׁמִיץ	defile, *n.* מַעֲבָר; הַזְדַּנְּבוּת
defame, *v.t.* הוֹצִיא [יצא] דִּבָּה, גִּדֵּף, שָׁמֵץ, הֶאֱשִׁים [אשם]	defile, *v.t.* טִמֵּא, חִלֵּל, זִהֵם, הַזְדַּנֵּב [זנב]
default, *n.* מוּם, וְלְזוּל; הִשְׁתַּמְּטוּת	defilement, *n.* הַבְזָיָה, חִלּוּל, טֻמְאָה
default, *v.i.* הִשְׁתַּמֵּט [שמט]	define, *v.t.* הִגְדִּיר [גדר], הִגְבִּיל [גבל]
defaulter, *n.* חוֹטֵא; מִשְׁתַּמֵּט	definite, *adj.* מְסֻיָם, בָּרוּר, מְדֻיָּק, מֻגְבָּל, מְיֻדָּע
defeat, *n.* מַפָּלָה, תְּבוּסָה	definite article ה' הַיְדִיעָה, תָּוִית מְיַדַּעַת
defeat, *v.t.* נִצַּח, הִכָּה, הִפִּיל [נפל], הֵבִיס [בוס]	definitely, *adv.* בְּהֶחְלֵט
defeatist, *n.* תְּבוּסָן	definition, *n.* הַגְדָּרָה
defecate, *v.t. & i.* יָצָא, עָשָׂה צְרָכִים, הִפְרִישׁ [פרש] (צוֹאָה), הֶחֱרִיא [חרא]	definitive, *adj.* מֻחְלָט, מְסַיֵּם, מֻגְבָּל
	deflate, *v.t. & i.* הֵרִיק [ריק], הִדֵּק, כִּוֵּץ, הוֹרִיד [ירד] (שַׁעַר הַמַּטְבֵּעַ)
defect, *n.* מוּם, פְּגָם, חִסָּרוֹן, מִגְרַעַת	deflect, *v.t. & i.* הִטָּה [נטה]
defection, *n.* מְעִילָה, בְּגִידָה; בְּרִיחָה	deflection, deflexion, *n.* הַטָּיָה, כֶּפֶף
defective, *adj.* פָּגוּם, לָקוּי, בַּעַל מוּם	deforest, *v.t.* בֵּרֵא
defend, *v.t.* הֵגֵן [גנן]; הִצְדִּיק [צדק]	deform, *v.t.* הוּגַּם [מום], כִּעֵר, קִלְקֵל
defendant, *n.* נֶאֱשָׁם, נִתְבָּע; מֵגֵן	deformation, *n.* קִלְקוּל, הַטָּלַת מוּם
defender, *n.* (אִישׁ) מָגֵן; טוֹעֵן	deformity, *n.* מוּם, כִּעוּר
defense, defence, *n.* הֲגָנָה, סַנֵּגוֹרְיָה, טַעֲוּן	defraud, *v.t.* הוֹנָה [ינה], רִמָּה
	defray, *v.t.* שִׁלֵּם (הוֹצָאוֹת)
defenseless, defenceless, *adj.* מְחֻסַּר הֲגָנָה, מְחֻסַּר סַנֵּגוֹרְיָה	defrayment, *n.* תַּשְׁלוּם, סִלּוּק
	defrost, *v.t.* הִפְשִׁיר [פשר]
defensive, *adj.* מֵגֵן	defroster, *n.* מַפְשֵׁר
defer, *v.t. & i.* דָּחָה, עִכֵּב; נִכְנַע [כנע]	deft, *adj.* זָרִיז
	deftly, *adv.* בִּזְרִיזוּת
deference, *n.* כָּבוֹד, הַכְנָעָה; צִיּוּת	deftness, *n.* זְרִיזוּת
deferentially, *adv.* בְּכָבוֹד	defunct, *adj. & n.* מֵת, נִפְטָר
deferment, *n.* דְּחִיָּה	defy, *v.t.* הִתְנַגֵּד [נגד] לְ—
defiance, *n.* הִתְקוֹמְמוּת, חֲצָפָה, הִתְרָסָה	degenerate, *adj. & n.* מָשְׁחָת, מְנֻוָּנֶה, יָרוּד
defiant, *adj.* מִתְקוֹמֵם, חָצוּף, מַתְרִיס	degenerate, *v.i.* הִשְׁחִית [שחת], הִתְנַוֵּן [נון]
defiantly, *adv.* בְּחֻצְפָּה	degeneration, degeneracy, *n.* יְרִידָה, הִתְנַוְּנוּת, שְׁחִיתוּת הַמִּדּוֹת
deficiency, deficience, *n.* פְּגָם, גֵּרָעוֹן, מַחְסוֹר	
deficient, *adj.* זָעוּם, חָסֵר, חָסִיר, פָּגוּם	degradation, *n.* הוֹרָדָה בְּדַרְגָּה, חֶרְפָּה, קָלוֹן, הַשְׁפָּלָה
deficit, *n.* גֵּרָעוֹן בְּכֶסֶף	

degrade, v.i.	הוֹרִיד [ירד] בְּדַרְגָּה,	delight, v.t. & i.	עִנֵּג, שִׂמַּח, שִׁעֲשַׁע;
	בִּזָּה, מִעֵט, הִשְׁפִּיל [שפל]		הִתְעַנֵּג [ענג]
degree, n.	מַעֲלָה, דַּרְגָּה; תֹּאַר	delightful, adj.	מְעַנֵּג
	(מִכְלָלָה); עֵרֶךְ; אֵיכוּת	delightfully, adv.	בְּתַעֲנוּג
by degrees	בְּהַדְרָגָה	delineate, v.t.	שִׂרְטֵט, רָשַׁם, תֵּאֵר
to a degree	בְּמִדַּת מָה	delineation, n.	שִׂרְטוּט, רְשִׁימָה, תֵּאוּר
dehydration, n.	יִבּוּשׁ, צִמּוּם	delinquency, n.	חֵטְא, פְּשִׁיעָה,
	(יְרָקוֹת וְכוּ'), אַל מֵימָם		עֲבֵרָה; חַטָּאוֹת נְעוּרִים; הִתְרַשְּׁלוּת
deification, n.	הַאֲלָהָה	delinquent, adj. & n.	פּוֹשֵׁעַ, מִתְרַשֵּׁל;
deify, v.t.	הֶאֱלִיהַ [אלה]		עַבַרְיָן
deign, v.t. & i.	הוֹאִיל [יאל], הִרְשָׁה	deliquesce, v.i.	נָמַס [מסס],
	[רשה]		הִתְמוֹסֵס [מסס]
deity, n.	אֱלֹהוּת	deliquescent, adj.	נָמֵס, מִתְמַסְמֵס
dejected, adj.	נוּגֶה, עָצוּב	delirious, adj.	מְטֹרָף, מְשֻׁגָּע
dejectedly, adv.	בְּעֶצֶב	delirium, n.	טֵרוּף, טֵרוּף דַּעַת
dejection, n.	יָגוֹן, עַצְבוּת	deliver, v.t.	הִצִּיל [נצל], פָּדָה, הִרְצָה
delay, n.	עִכּוּב; שְׁהִיָּה, אִחוּר		[רצה]; מָסַר, הִסְגִּיר [סגר];
delay, v.t. & i.	עִכֵּב; שָׁהָה, אֵחַר,		יִלֵּד, מִלֵּט
	הִתְמַהְמַהּ [מהמה], הִשְׁהָה [שהה]	deliverance, n.	שִׁחְרוּר, הַצָּלָה,
delectable, adj.	מְעַנֵּג, מוֹצֵא חֵן		יְשׁוּעָה; מְסִירָה
delegate, n.	צִיר, נָצִיג, בָּא כֹּחַ	deliverer, n.	מַצִּיל, מוֹשִׁיעַ; מוֹסֵר
delegate, v.t.	שָׁלַח בְּתוֹר נָצִיג;	delivery, n.	הַצָּלָה, יְשׁוּעָה; מְסִירָה;
	נָתַן כֹּחַ וְהַרְשָׁאָה		לֵדָה; חֲלֻקָּה (מִכְתָּבִים)
delegation, delegacy, n.	מִשְׁלַחַת	deli, n.	גַּיְא, עֵמֶק
delete, v.t.	מָחָה, מָחַק	delude, v.t.	הִשִּׁיא [נשא], רִמָּה,
deletion, n.	מְחִיקָה		הִתְעָה [תעה]
deliberate, v.t. & i.	חָשַׁב, שָׁקַל	deluge, n. & v.t.	מַבּוּל, שִׁטָּפוֹן;
	בְּדַעַת, הִתְיָעֵץ [יעץ]		הֵצִיף [צוף] מַיִם
deliberation, n.	עִיּוּן, שִׁקּוּל דַּעַת,	delusion, n.	דִּמְיוֹן שָׁוְא, מִרְמָה,
	מְתִינוּת		הוֹנָאָה, הַתְעָיָה, תַּעְתּוּעַ
deliberative, adj.	מָתוּן	delusive, adj.	מַתְעֶה, מְרֻמֶּה
delicacy, n.	עֲדִינוּת, רֹךְ	de luxe, n.	מְפֹאָר, מְהֻדָּר
delicate, adj.	נָעִים, טָעִים, עָדִין	delve, v.t. & i.	הִתְעַמֵּק [עמק],
delicately, adv.	בְּרֹךְ		חָקַר, כָּרָה
delicatessen, n.	(חֲנוּת) מַטְעַמִּים,	demagogue, demagog, n.	מַטִּיף הֲמוֹנִי,
	מַעֲדַנִּים		מַלְהִיב
delicious, adj.	טָעִים	demand, n.	דְּרִישָׁה, תְּבִיעָה; בִּקּוּשׁ
delight, n.	תַּעֲנוּג, שִׂמְחָה, נֹעַם, חֶמֶד	demand, v.t. & i.	דָּרַשׁ, תָּבַע, בִּקֵּשׁ

demarcation, *n.*	תְּחוּם, גְּבִילָה	demote, *v.t.*	הוֹרִיד [ירד] בְּדַרְגָּה
demean, *v.t. & i.*	הַשְׁפִּיל [שפל];	demur, *n.*	עִרְעוּר, פִּקְפּוּק
	הִתְבַּזָּה [בזה], הִתְנַהֵג [נהג]	demur, *v.i.*	עִרְעֵר, טָעַן, פִּקְפֵּק
demeanor, demeanour, *n.*	נִמּוּס,	demure, *adj.*	מָתוּן, רְצִינִי, מִצְטַנֵּעַ
	הִתְנַהֲגוּת	demurely, *adv.*	בִּרְצִינוּת
demented, *adj.*	מְטֹרָף, מְשֻׁגָּע	demurrage, *n.*	עִכּוּב, הַשְׁהָיָה; דְּמֵי
demerit, *n.*	צִדּוּן רַע [לְתַלְמִיד],		הַשְׁהָיָה
	מִגְרַעַת, חִסָּרוֹן	den, *n.*	מְאוּרָה, גֹּב
demigod, *n.*	אֱלִיל, אַרִיאֵל	denature, *v.t.*	פָּגַל
demilitarize, *v.t.*	פֵּרֵז	denial, *n.*	הַכְחָשָׁה, סֵרוּב, מֵאוּן
demise, *n.*	הוֹרָשָׁה, הַעֲבָרָה; מִיתָה,	denizen, *n. & v.t.*	תּוֹשָׁב; אִכְלֵס
	מָוֶת	denominate, *v.t.*	נָקַב בְּשֵׁם, כִּנָּה
demise, *v.t.*	הִנְחִיל [נחל], הוֹרִישׁ	denomination, *n.*	כִּנּוּי, נְקִיבַת שֵׁם;
	[ירש]		כִּתָּה; קְהִילָה
demitasse, *n.*	סִפְלוֹן	denominational, *adj.*	כִּתָּתִי, קְהִילָתִי
demobilization, *n.*	שִׁחְרוּר כְּלָלִי מִן	denominator, *n.*	מְכַנֶּה
	הַצָּבָא	denote, *v.t.*	סִמֵּן, צִיֵּן
demobilize, *v.t.*	שִׁחְרֵר מִן הַצָּבָא	denouement, *n.*	הַתָּרָה
democracy, *n.*	עַמּוֹנִיּוּת, דֵּמוֹקְרַטְיָה	denounce, *v.t.*	גִּנָּה, הִלְשִׁין [לשן]
democrat, *n.*	עַמּוֹנַאי, דֵּמוֹקְרָט	dense, *adj.*	מְעֻבֶּה, צָפוּף, סָמִיךְ
democratic, *adj.*	עַמָּמִי, דֵּמוֹקְרָטִי	density, *n.*	עֹבִי, צְפִיפוּת, סְמִיכוּת
demolish, *v.t.*	הֶחֱרִיב [חרב], הָרַס,	dent, *n.*	שֵׁן; שְׁקִיעָה, שֶׁקַע, מִשְׁקָע, גֻּמָּה
	כִּלָּה	dent, *v.t.*	עָשָׂה שֶׁקַע, עָשָׂה גֻּמָּה
demolition, *n.*	הֲרִיסָה, הֶרֶס, חָרְבָּן	dental, *adj.*	שֵׁנִּי, שֶׁל שִׁנַּיִם
demon, *n.*	שֵׁד, רוּחַ	dentifrice, *n.*	מִשְׁחַת (אַבְקַת, תַּרְחִיץ)
demoniac, demoniacal, *adj.*	שֵׁדִי, מְזִיק		שִׁנַּיִם
demonstrate, *v.t. & i.*	הִצִּיג [יצג],	dentist, *n.*	רוֹפֵא שִׁנַּיִם, שַׁנָּן
	הֶרְאָה [ראה], הוֹכִיחַ [יכח];	denture, *n.*	(טוּר) שִׁנַּיִם מְלָאכוּתִיּוֹת
	הִפְגִּין [פגן]	denudation, *n.*	עִרְטוּל, חֲשִׂיפָה
demonstration, *n.*	הַצָּגָה, הוֹכָחָה;	denude, *v.t.*	עָרַם, עִרְטֵל, הֶעֱרָה
	הַפְגָנָה		[ערה]
demonstrative, *adj.*	מוֹכִיחַ; מַפְגִּין;	denunciation, *n.*	הַאֲשָׁמָה, הַלְשָׁנָה, גִּנּוּי
	מַדְגִּישׁ, רוֹמֵז [דְּקְדּוּק]	deny, *v.t. & i.*	הִכְחִישׁ [כחש]
demonstrator, *n.*	מוֹכִיחַ, מַרְאֶה;	deodorant, *adj. & n.*	מֵפִיג (מַרְחִיק)
	מַפְגִּין, מַדְרִים		רֵיחַ רַע
demoralization, *n.*	הַשְׁחָתַת הַמִּדּוֹת	deodorize, *v.t.*	הֵפִיג [פוג] רֵיחַ רַע
demoralize, *v.t.*	הִשְׁחִית [שחת]	depart, *v.t. & i.*	עָזַב, יָצָא, נִפְרַד
	אֶת הַמִּדּוֹת, הֵמֵס [מסס] לֵב		[פרד]; נָסַע; מֵת

department, n.   סָנִיף; מַחְלָקָה

department store, n.   חֲנוּת כָּל בַּה

departure, n.   עֲזִיבָה, נְסִיעָה, יְצִיאָה;
פְּרִידָה; מִיתָה

depend, v.i.   תָּלָה, סָמַךְ; וְשְׁעַן

dependence, n.   תְּלוּת, תְּלִיָּה, סְמִיכָה;
אֵמוּן

dependent, adj.   תָּלוּי, סוֹמֵךְ

depict, v.t.   תֵּאֵר

depiction, n.   תֵּאוּר

depilation, n.   אֲשֵׁרַת שֵׂעָר

deplete, v.t.   הֵרִיק [ריק]

depletion, n.   הֲרָקָה

deplorable, adj.   מִסְכֵּן, אֻמְלָל

deplore, v.t.   הִצְטַעֵר [צער] (עַל)

deploy, v.t. & i.   הֶעֱמִיד [עמד]
בְּמַעֲרָכָה; פָּרַס (דָּנַל), הִתְפָּרַס
[פרס]

deponent, adj. & n.   מֵעִיד, עֵד

depopulate, v.t.   הִשְׁמִיד [שמד] תּוֹשָׁבִים

depopulation, n.   הַשְׁמָדַת (הִתְמַעֲטוּת)
אֻכְלוּסִים

deport, v.t.   שִׁלַּח, גֵּרֵשׁ; הִתְנַהֵג [נהג]

deportation, n.   הַגְלָיָה

deportment, n.   הִתְנַהֲגוּת, נִמּוּס

depose, v.t. & i.   הוֹרִיד [ירד], הֵסִיר,
[סור] הִרְחִיק [רחק]; הֵעִיד [עוד]

deposit, n.   פִּקָּדוֹן, מַשְׁכּוֹן, עֵרָבוֹן;
מִשְׁקָע (שְׁמָרִים); דְּמֵי קְדִימָה,
רֹבֶד, שִׁכְבָה

deposit, v.t. & i.   שָׂם [שים], הִנִּיחַ
[נוח], הִפְקִיד [פקד]; שָׁקַע

deposition, n.   הַפְקָדָה; הָעֲדָאָה;
הַדָּחָה; מִרְבָּד

depositor, n.   מַפְקִיד

depository, n.   אוֹצָר; נִפְקָד

depot, n.   תַּחֲנָה (רַכֶּבֶת); מַחְסָן; קֶלֶס

depravation, n.   קִלְקוּל, הַשְׁחָתָה

deprave, v.t.   קִלְקֵל, הִשְׁחִית [שחת]

depravity, n.   פְּרִיצוּת, תַּרְבּוּת רָעָה,
שְׁחִיתוּת הַמִּדּוֹת

deprecate, v.t.   הִבִּיעַ [נבע] צַעַר, קָבַל

deprecation, n.   קְבִילָה, הַבָּעַת צַעַר

depreciate, v.t. & i.   הִפְחִית [פחת],
הוּזַל [וזל], יָרַד (מְחִיר)

depreciation, n.   פְּחָת, יְרִידַת (עֵרֶךְ)
מְחִיר

depredate, v.t.   בָּזַז, עָשַׁק

depredation, n.   בִּזָּה, עֹשֶׁק

depress, v.t.   הֵעִיק [עוק], הֶעֱצִיב
[עצב], הִשְׁפִּיל [שפל]

depression, n.   יְרִידָה; שֶׁקַע; עַצְבוּת,
שֵׁפֶל, מִשְׁבֵּר (כַּלְכָּלִי)

deprivation, deprival, n.   קִפּוּחַ,
שְׁלִילָה, חִסּוּר

deprive, v.t.   קִפַּח, שָׁלַל, מָנַע

depth, n.   עֹמֶק, מְצוּלָה, תְּהוֹם

deputation, n.   מַלְאָכוּת, חַרְשָׁאָה;
מִשְׁלַחַת

depute, v.t.   שָׁלַח, מִנָּה כִּסְגָן

deputize, v.t.   יִפָּה כֹּחַ

deputy, n.   צִיר, סְגָן

derail, v.i.   הוֹרִיד מִמְּסִלַּת הַבַּרְזֶל,
יָרַד מִמְּסִלַּת הַבַּרְזֶל

derailment, n.   הוֹרָדָה (יְרִידָה)
מִמְּסִלַּת הַבַּרְזֶל

derange, v.t.   בִּלְבֵּל, עִרְבֵּב, הִפְרִיעַ
[פרע]

derangement, n.   מְבוּכָה, בִּלְבּוּל

derelict, adj. & n.   נָטוּשׁ, נֶעֱזָב, בִּלְתֵּי
נֶאֱמָן; חֵפֶץ נָטוּשׁ; חֵלֶךְ

dereliction, n.   נְטִישָׁה, הַזְנָחָה, עֲזִיבָה,
הַפְקָרָה

deride, v.t.   לָעַג, לִגְלֵג, עָשָׂה צְחוֹק מִ־

derision, n.   צְחוֹק, לַעַג

derisive, adj.   לוֹעֵג, מְהַתֵּל

derivation, *n.*	מָקוֹר, הִתְפַּתְּחוּת, הַגְזָרָה
derivative, *adj. & n.*	מִסְתָּעֵף, נִגְזָר; תּוֹלָדָה, נִגְזֶרֶת
derive, *v.t. & i.*	הֵפִיק [פוק], הוֹצִיא [יצא], נָזַר; הִסְתָּעֵף [סעף] מ־
dermatologist, *n.*	מֻמְחֶה לְמַחֲלוֹת עוֹר
derogation, *n.*	קִפּוּחַ, הַפְחָתַת עֵרֶךְ, הַשְׁפָּלָה
derogatory, *adj.*	מְבַזֶּה
derrick, *n.*	מָנוֹף, עֲגוּרָן; מִגְדָּל קִדּוּחַ
descant, *v.i.*	הֶאֱרִיךְ [ארך] בְּדִבּוּר
descend, *v.i.*	יָרַד, נָחַת
descendant, *adj. & n.*	צֶאֱצָא, יוֹצֵא חֲלָצַיִם
descent, *n.*	מוֹרָד, יְרִידָה; מוֹצָא
describe, *v.t.*	תֵּאֵר
description, *n.*	תֵּאוּר
descriptive, *adj.*	מְתָאֵר, תֵּאוּרִי
descry, *v.t.*	הִכִּיר [נכר], רָאָה
desecrate, *v.t.*	חִלֵּל
desecration, *n.*	חִלּוּל
desegregation, *n.*	בִּטּוּל הַהַפְרָדָה הַגִּזְעִית
desert, *n.*	מִדְבָּר, יְשִׁימוֹן
desert, *v.t. & i.*	עָזַב, זָנַח, נָטַשׁ, בָּרַח, עָרַק
deserter, *n.*	עָרִיק
desertion, *n.*	בְּרִיחָה, עֲזִיבָה, נְטִישָׁה, עֲרִיקָה
deserve, *v.t. & i.*	הָיָה רָאוּי, זָכָה
deserving, *adj.*	זַכַּאי
desiccate, *v.t. & i.*	יָבֵשׁ, הִתְיַבֵּשׁ [יבש]
design, *n.*	צִיּוּר; רְשׁוּם; מַחֲשָׁבָה; כַּוָּנָה
design, *v.t. & i.*	שִׂרְטֵט, רָשַׁם; חָשַׁב, זָמַם
designate, *v.i.*	מִנָּה, סִמֵּן, נָקַב בְּשֵׁם
designation, *n.*	כִּנּוּי, מִנּוּי
designer, *n.*	רַשָּׁם, שַׂרְטָט, מְשַׂרְטֵט, צַיָּר
designing, *adj.*	מְתֻכְנָן; נוֹכֵל
designing, *n.*	רְשִׁימָה, צִיּוּר; תְּכִינָה; הִתְנַכְּלוּת
desirable, *adj.*	רָצוּי, נֶחְמָד
desire, *v.t. & i.*	חָפֵץ, רָצָה, אָבָה, תָּאַב, חָמַד; הִשְׁתּוֹקֵק [שקק], הִתְאַוָּה [אוה] ל־
desire, *n.*	חֵפֶץ, רָצוֹן, תַּאֲוָה, חֶמְדָּה, מִשְׁאָלָה
desirous, *adj.*	חוֹמֵד, חוֹשֵׁק, מִתְאַוֶּה
desist, *v.i.*	חָדַל, הִרְפָּה [רפה]
desk, *n.*	מִכְתָּבָה; שֻׁלְחָן (כְּתִיבָה)
desolate, *adj.*	חָרֵב, שָׁמֵם, נָטוּשׁ; אֻמְלָל
desolate, *v.t.*	הֶחֱרִיב [חרב]; אִמְלֵל
desolation, *n.*	שְׁמָמָה, צִיָּה, תּוּגָה, צַעַר
despair, *n.*	יֵאוּשׁ, מַפַּח נֶפֶשׁ
despair, *v.t. & i.*	הִתְיָאֵשׁ [יאש]
despatch, *v.* dispatch	
desperado, *n.*	שׁוֹדֵד, עַבַרְיָן, בִּרְיוֹן
desperate, *adj.*	מִתְיָאֵשׁ, נוֹאָשׁ, עַז
desperately, *adv.*	נֶפֶשׁ, מִסְכָּן בְּיֵאוּשׁ, בְּאֵין תִּקְוָה
desperation, *n.*	יֵאוּשׁ, הֶעָזָה
despicable, *adj.*	בָּזוּי, נִתְעָב, מָאוּס
despise, *v.t.*	בָּזָה, תִּעֵב, וְזִלְזֵל
despiser, *n.*	בָּז
despite, *n.*	גֹּעַל, בּוּז
despite, *prep.*	לַמְרוֹת
despoil, *v.t.*	שָׁלַל, בָּזַז, גָּזַל
despoiler, *n.*	גַּזְלָן, עוֹשֵׁק
despond, *v.i.*	הִתְיָאֵשׁ [יאש]
despondence, despondency, *n.*	יֵאוּשׁ, דִּכָּאוֹן, עַגְמַת (מַפַּח) נֶפֶשׁ

despondent, *adj.*	מְדֻכָּא, מְדֻכְדָּךְ
despot, *n.*	עָרִיץ, אַכְזָר
despotic, despotical, *adj.*	עָרִיץ, אַכְזָר
despotism, *n.*	עָרִיצוּת, אַכְזָרִיּוּת,
	שְׁרִירוּת לֵב
dessert, *n.*	קִנּוּחַ סְעֻדָּה, פַּרְפֶּרֶת,
	לִפְתָּן
destination, *n.*	מַטָּרָה, תַּכְלִית,
	מָחוֹז חֵפֶץ, יַעַד, יֵעוּד
destine, *v.t.*	מִנָּה, יָעַד
destiny, *n.*	גּוֹרָל, מַזָּל, יֵעוּד
destitute, *adj.*	רָשׁ, מִסְכֵּן
destitution, *n.*	רִישׁ, מִסְכֵּנוּת, מַחְסוֹר
destroy, *v.t.*	הָרַס, כִּלָּה, הִשְׁחִית
	[שׁחת], הִשְׁמִיד [שׁמד]
destroyer, *n.*	מַשְׁחִית, מַשְׁחֶתֶת (אֳנִיָּה)
destructible, *adj.*	נִשְׁחָת
destruction, *n.*	חֻרְבָּן, הֶרֶס, הַשְׁחָתָה,
	הַשְׁמָדָה
destructive, *adj.*	מַשְׁמִיד, הוֹרֵס, הַרְסָנִי,
	מְכַלֶּה, מֵמִית
desultory, *adj.*	פּוֹסֵחַ, מְדַלֵּג, מְסֹרָג,
	מִקְרִי
detach, *v.t.*	פֵּרֵק, הִפְרִיד [פרד],
	הִתִּיר [נתר], נִתֵּק
detachable, *adj.*	פָּרִיק, פָּרִיד, נָתִיק
detachment, *n.*	הַפְרָדָה, גְּדוּד צָבָא,
	עֶצְבָּה
detail, *n.*	פְּרָט, פֶּרֶס, פְּלֻנָּה
detail, *v.t.*	פֵּרַס, תֵּאַר
detailed, *adj.*	מְפֹרָט
detain, *v.t.*	עִכֵּב, הִשְׁהָה [שׁהה],
	אָסַר, עָצַר
detainment, *n.*	מַעֲצָר, מַעְצוֹר, עִכּוּב
detect, *v.t.*	גִּלָּה, מָצָא
detection, *n.*	גִּלּוּי
detective, *n. & adj.*	בַּלָּשׁ, שׁוֹטֵר חֲרָשׁ;
	בַּלָּשִׁי

detector, *n.*	מְגַלֶּה, בַּחֹן, גַּלַּאי
detention, *n.*	חֲבִישָׁה, כְּלִיאָה, מַעֲצָר
deter, *v.t.*	הִפְחִיד [פחד], עִכֵּב
detergent, *n.*	מְנַקֶּה, תַּמְסַת (אַבְקַת)
	נִקּוּי, כֶּבֶס
deteriorate, *v.t. & i.*	קִלְקֵל; הִתְקַלְקֵל,
	הָלַךְ וְרַע
deterioration, *n.*	קִלְקוּל, הֲרָעָה
determinable, *adj.*	מֻגְדָּר
determination, *n.*	הַחְלָטָה; עַקְשָׁנוּת;
	חֲגִדָּרָה, קְבִיעָה
determine, *v.t.*	הֶחְלִיט (חלט), הִגְדִּיר
	[גדר], קָבַע
deterrent, *adj. & n.*	מוֹנֵעַ (גּוֹרֵם)
	מַרְתִּיעַ
detest, *v.t.*	שָׂנֵא, מָאַס
detestable, *adj.*	שָׂנוּא, מָאוּס, נִמְאָס,
	בָּזוּי
detestation, *n.*	שִׂנְאָה, גֹּעַל
dethrone, *v.t.*	הוֹרִיד [ירד] מִכִּסֵּא
	הַמְּלוּכָה
dethronement, *n.*	הוֹרָדָה מִכִּסֵּא
	הַמְּלוּכָה
detonate, *v.t. & i.*	נִפֵּץ, פּוֹצֵץ [פצץ];
	הִתְפּוֹצֵץ
detonation, *n.*	נֶפֶץ, הִתְפּוֹצְצוּת
detonator, *n.*	פַּצָץ
detour, *n.*	עֲקִיפָה, עֲקִיפַת דֶּרֶךְ
detract, *v.t. & i.*	גָּרַע, חִסֵּר
detraction, *n.*	הַקְטָנָה, הַלְשָׁנָה, עַלְבּוֹן
detriment, *n.*	רָעָה, נֶזֶק, הֶפְסֵד
detrimental, *adj.*	מַזִּיק
Deuteronomy, *n.*	(סֵפֶר) דְּבָרִים
devaluation, *n.*	יֵרוּד, הַפְחָתַת עֵרֶךְ
	הַמַּטְבֵּעַ
devastate, *v.t.*	הֵשַׁם, הֵשִׁים [שׁמם]
devastation, *n.*	שְׁמָמָה, יְשִׁימוֹן
develop, *v.t. & i.*	פִּתַּח, הִתְפַּתַּח

developer, n.   מְפַתֵּחַ (בְּצִלּוּם)

development, n.   פִּתּוּחַ, הִתְפַּתְּחוּת

deviate, v.i.   תָּעָה, נָטָה, נָטָה הַצִּדָּה

deviation, n.   נְטִיָּה, סְטִיָּה, מִשְׁגֶּה

device, n.   תַּחְבּוּלָה, הַמְצָאָה, מְזִמָּה;
מִתְקָן, הֶתְקֵן, מַכְשִׁיר

devil, n.   שָׂטָן, שֵׁד, יֵצֶר הָרָע; מְקָרְעַ
(מְכוֹנַת קְרִיעָה)

devilish, adj.   שְׂטָנִי

devilment, n.   הִשְׁתּוֹבְבוּת

devilry, deviltry, n.   שֵׁדִיּוּת, רָעָה

devious, adj.   עֲקַלְקַל

devise, n.   יְרֻשָּׁה

devise, v.t.   בָּדָא, הִמְצִיא [מצא], זָמַם;
הוֹרִישׁ [ירש]

devoid, adj.   חָסֵר, רֵיק

devolve, v.t. & i.   מָסַר, הֶעֱבִיר [עבר],
נִמְסַר [מסר]

devote, v.t.   הִקְדִּישׁ [קדש], הִתְמַסֵּר
[מסר]

devoted, adj.   מָסוּר, מֻקְדָּשׁ

devotee, n.   נֶאֱמָן, קַנַּאי

devotion, n.   מְסִירוּת, חֲסִידוּת, אֱמוּן

devour, v.t.   אָכַל, טָרַף, בָּלַע, חָסַל

devourer, n.   אַכְלָן, בַּלְעָן

devout, adj.   אָדוּק, חָסִיד, חָרֵד

dew, n. & v.t.   טַל; טִלֵּל, הִטְלִיל [טלל]

dewy, adj.   טָלוּל

dexterity, n.   חֲרִיצוּת, זְרִיזוּת, מְיֻמָּנוּת

dexterous, dextrous, adj.   חָרוּץ, זָרִיז,
מְיֻמָּן

diabetes, n.   סֻכֶּרֶת

diabetic, adj. & n.   חוֹלֵה סֻכָּר

diabolic, diabolical, adj.   שֵׁדִי

diadem, n.   כֶּתֶר, עֲטָרָה

diagnose, v.t.   אִבְחֵן, בָּחַן (מַחֲלָה)

diagnosis, n.   אִבְחוּן, אַבְחָנָה

diagnostic, adj.   אַבְחָנִי

diagnostician, n.   אַבְחָן, מְאַבְחֵן, אַבְחֶנֶת

diagonal, adj. & n.   אֲלַכְסוֹנִי; אֲלַכְסוֹן

diagonally, adv.   בַּאֲלַכְסוֹן

diagram, n.   תַּרְשִׁים, שְׂרַטוּט

dial, v.t. & n.   חִיֵּג, חוּגָן; מַצְפֵּן כּוֹרִים

dialect, n.   מִבְטָא, נִיב

dialectic, dialectical, adj.   מִבְטָאִי,
נִיבִי

dialing, n.   חִיּוּג

dialogue, dialog, n.   דּוּ־שִׂיחַ

diameter, n.   קֹטֶר

diametrical, adj.   קָטְרִי

diamond, n.   יַהֲלֹם

diapason, n.   מִנְבּוּל, קוֹלָן, מַזְלֵג קוֹל

diaper, n.   חִתּוּל, חוֹתֶלֶת

diaphaneity, n.   שְׁקִיפוּת

diaphanous, adj.   שָׁקוּף

diaphragm, n.   סַרְעֶפֶת, טַרְפֵּשׁ, תָּפִית

diarrhea, diarrhoea, n.   שִׁלְשׁוּל

diary, n.   יוֹמָן

diaspora, n.   נְפוֹצָה, תְּפוּצָה

dibble, n.   דֶּקֶר, מִנְבֵּט

dice, n. (pl. of die) v.t. & i.   קֻבִּיּוֹת;
חָתַדְּ לְ־ (בְּ); שִׂחֵק (קִשֵּׁט) קֻבִּיּוֹת

dicker, v.t. & i.   הִתְמַקַּח, תִּגֵּר, עָמַד
עַל הַמֶּקַח, הִתְמַקַּח [מקח]

Dictaphone, n.   מְכוֹנַת הַכְתָּבָה

dictate, n.   פְּקֻדָּה, גְּזֵרָה

dictate, v.t. & i.   פָּקַד, צִוָּה; הִכְתִּיב
[כתב]

dictation, n.   הַכְתָּבָה, תַּכְתִּיב

dictator, n.   שַׁלִּיט, רוֹדָן; מַכְתִּיב

dictatorial, adj.   שַׁלִּיטִי, רוֹדָנִי

dictatorship, n.   שִׁלְטוֹן, רוֹדָנוּת

diction, n.   לָשׁוֹן, סִגְנוֹן, מִדְבָּר

dictionary, n.   מִלּוֹן

didactic, didactical, adj.   לִמּוּדִי,
מַשְׂכִּיל

die, *n.*	קֻבִּיָּה; מַטְבֵּעַת
die, *v.i.*	מֵת [מוּת], נִפְטַר, יָצְאָה
	נִשְׁמָתוֹ, גָּוַע, שָׁבַק (חַיִּים);
	דָּעַךְ (לְהָבָה); הִשְׁתּוֹקֵק [שקק]
diet, *n.*	בְּרִיָה, בָּרוּת, מָזוֹן, תְּזוּנָה,
	אֲכִילָה קַלָּה
diet, *v.t. & i.*	בָּרָה, נָזוֹן (הֵזִין) [זון],
dietetic, dietetical, *adj.*	בְּרִיִי, מְזוֹנִי,
	תְּזוּנָתִי
dietetics, *n.*	בְּרִיּוּת, (תּוֹרַת הַ)תְּזוּנָה
dietitian, dietician, *n.*	בָּרַאי, תְּזוּנַאי
differ, *v.i.*	נִבְדַּל [בדל], הָיָה שׁוֹנֶה
	מִ־; חָלַק עַל
difference, *n.*	הֶבְדֵּל, שִׁנּוּי, שֶׁנִי;
	מַחֲלֹקֶת, הֶפְרֵשׁ
different, *adj.*	שׁוֹנֶה, נִבְדָּל
differentiate, *v.t.*	הִבְדִּיל [בדל],
	הִפְלָה [פלה] ●
differentiation, *n.*	הַבְדָּלָה, בִּדּוּל
differently, *adv.*	אַחֶרֶת
difficult, *adj.*	קָשֶׁה
difficulty, *n.*	קֹשִׁי
diffidence, *n.*	אִי בִּטָּחוֹן, עֲנָוָה, בַּיְשָׁנוּת
diffident, *adj.*	עָנָו, בַּיְשָׁן, צָנוּעַ
diffuse, *adj.*	נָפוֹץ, מְפֻזָּר
diffuse, *v.t.*	הֵפִיץ [פוץ], פִּזֵּר
diffusion, *n.*	הֲפָצָה, הִתְרַחֲבוּת;
	הִשְׁתַּפְּכוּת, דִּיּוּת
dig, *v.t.*	חָפַר, עָדַר, כָּרָה, חָטַט, נָעַץ [נעץ]
digest, *n.*	תַּמְצִית, קִצּוּר
digest, *v.t. & i.*	עִכֵּל, הִתְעַכֵּל [עכל];
	תִּמְצֵת
digestible, *adj.*	מִתְעַכֵּל
digestion, *n.*	עִכּוּל
digestive, *adj.*	עִכּוּלִי
digger, *n.*	חוֹפֵר, כּוֹרֶה; מַחְפֵּר
digit, *n.*	אֶצְבַּע; יְחִידָה, סִפְרָה
dignified, *adj.*	מְכֻבָּד

dignify, *v.t.*	כִּבֵּד, רוֹמֵם [רום]
dignitary, *n.*	בַּעַל מִשְׂרָה שֶׁל כָּבוֹד,
	אִישׁ מְכֻבָּד, וְכִבֵּד
dignity, *n.*	כָּבוֹד, אֲצִילוּת, הֲדָרַת
	פָּנִים
digress, *v.i.*	נָטָה הַצִּדָּה
digression, *n.*	נְטִיָּה, נְסִיגָה
dike, dyke, *n.*	דָּיֵק, סוֹלְלָה, תְּעָלָה,
	סֶכֶר
dilapidated, *adj.*	נֶהֱרָס, נֶחְרָב
dilapidation, *n.*	הֶרֶס, חֻרְבָּן
dilate, *v.t. & i.*	הִרְחִיב (רחב), הִגְדִּיל
dilatation, *n.*	הִתְרַחֲבוּת
dilation, *n.*	הַרְחָבָה, הַגְדָּלָה
dilatory, *adj.*	אִטִּי, דּוֹחֶה
dilemma, *n.*	מְבֻסָּק, בְּעָיָה, בְּרֵרָה
dilettante, *n.*	חוֹבְבָן, שַׁטְחִי
diligence, *n.*	חֲרִיצוּת, הַתְמָדָה, שְׁקִידָה
diligent, *adj.*	חָרוּץ, מַתְמִיד, שַׁקְדָן
diligently, *adv.*	בַּחֲרִיצוּת
dill, *n.*	שֶׁבֶת; שָׁמִיר
dillydally, *v.i.*	הִתְמַהְמֵהַּ [מהמה]
dilute, *v.t.*	מָהַל (מָשַׁק), הִדְלִיל
	(דלל), הִקְלִישׁ [קלש]
dilution, *n.*	מְהִילָה, הַדְלָלָה, הַקְלָשָׁה
dim, *adj.*	כֵּהֶה, עָמוּם; מְעֻרְפָּל
dim, *v.t. & i.*	הִכְהָה (כהה), עָמַם,
	הֶחְשִׁיךְ (חשך], כָּהָה
dime, *n.*	מַטְבֵּעַ אֲמֵרִיקָאִי, עֲשָׂרָה
	סֶנְטִים
dimension, *n.*	מִדָּה, שִׁעוּר, מֵמַד, גֹּדֶל
dimensional, *adj.*	מֵמַדִּי
diminish, *v.t. & i.*	הִפְחִית (פחת),
	הִמְעִיט (מעט), הִתְמַעֵט (מעט]
diminution, *n.*	הַקְטָנָה, פְּחָת;
	הִתְמַעֲטוּת
diminutive, *adj. & n.*	מַקְטִין, מְמַעֵט
dimness, *n.*	כֵּהוּת, אֲפְלוּלִיּוּת

dim-out, n.	עִמּוּם (אוֹרוֹת)
dimple, n.	גֻּמַּת חֵן (בַּלֶּחִי)
dimple, v.t. & i.	עָשָׂה גֻמּוֹת
din, n., v.t. & i.	שָׁאוֹן, שָׁאַן, רָעַשׁ
dine, v.t. & i.	סָעַד, אָכַל; נָתַן אֲרֻחָה, הֶאֱכִיל [אכל]
diner, n.	מֶרְכֶּבֶת הָאֹכֶל
dinette, n.	חֲדַר־אֹכֶל
dinghy, n.	סִירָה, סִירַת דּוּגָה
dingle, n.	גַּיְא
dingy, adj.	מְלֻכְלָךְ, אָפֵל
dining room	חֲדַר הָאֹכֶל
dinner, n.	אֲרֻחָה, סְעֻדָּה, אֲרֻחַת (הָעֶרֶב) הַצָּהֳרַיִם
dint, n.	מַכָּה, כֹּחַ
diocese, n.	בִּישׁוֹפוּת, מְחוֹז הַבִּישׁוֹף
dip, n.	טְבִילָה, הַטְבָּלָה; מֹרָד
dip, v.t. & i.	טָבַל, וְטִבֵּל, שָׁקַע
diphtheria, diphtheritis, n.	אַסְכָּרָה
diphthong, n.	דּוּ־קוֹל, דּוּ־תְנוּעָה
diploma, n.	תְּעוּדָה, תְּעוּדַת סִיּוּם
diplomacy, n.	מְדִינָאוּת
diplomat, n.	מְדִינַאי
dipper, n.	טוֹבֵל; סַבְלָן (עוֹף); תַּרְוָד; מַצֶּקֶת; מַזָּל, הַדֹּב (הַקָּטָן) הַגָּדוֹל
dire, direful, adj.	נוֹרָא, מַפְחִיד
direct, adj.	יָשָׁר, יָשָׁר, מְפֹרָשׁ, בָּרוּר
direct, v.t. & i.	כִּוֵּן, הִפְנָה [פנה], נִהֵל, הִדְרִיךְ [דרך], צִוָּה
directly, adv.	יָשָׁר, תֵּכֶף וּמִיָּד
direction, n.	כִּוּוּן, הַדְרָכָה, נִהוּל
director, n.	מְנַהֵל
directorate, n.	מִנְהָלָה
directory, n.	מַדְרִיךְ
dirge, n.	קִינָה
dirk, n.	פִּגְיוֹן
dirt, n.	לִכְלוּךְ, רֶפֶשׁ; זֻהֲמָה; אֲדָמָה; עָפָר; רְכִילוּת
dirty, adj.	מְלֻכְלָךְ, נִרְפָּשׁ;, נִבְזֶה, נִתְעָב
dirty, v.t. & i.	לִכְלֵךְ, טִנֵּף, הִתְלַכְלֵךְ [לכלך]
disability, n.	מוּם, חֻלְשָׁה, תְּשִׁישׁוּת, נָכוּת, לִקּוּי
disable, v.t.	הֶחֱלִישׁ [חלש], הוּמַם, עָשָׂה לְבַעַל מוּם, שָׁלַל אֶת הַיְכֹלֶת
disadvantage, n.	הֶזֵּק, גְּרִיעוּת, חֶסְרוֹן
disadvantageous, adj.	בִּלְתִּי נוֹחַ
disagree, v.i.	הָיָה שׁוֹנֶה, חָלַק עַל, רָב [ריב], נֶבְדַּל [בדל]
disagreeable, adj.	בִּלְתִּי נָעִים
disagreement, n.	אִי הַסְכָּמָה, אִי הַתְאָמָה
disallow, v.t. & i.	אָסַר, הֵנִיא [נוא]
disappear, v.i.	נֶעְלַם [עלם], עָבַר, חָלַף
disappearance, n.	הֵעָלְמוּת
disappoint, v.t.	הִכְזִיב [כזב], כִּזֵּב
disappointing, adj.	מַכְזִיב
disappointment, n.	מַפַּח נֶפֶשׁ, אַכְזָבָה
disapprobation, disapproval, n.	גְּנּוּי, אִי הַסְכָּמָה
disapprove, v.t.	גִּנָּה
disarm, v.t. & i.	פֵּרַק נֶשֶׁק, הִתְפָּרֵק [פרק] מִנִּשְׁקוֹ
disarmament, n.	פֵּרוּק נֶשֶׁק
disarrange, v.t.	בִּלְבֵּל
disarrangement, n.	אִי סֵדֶר
disaster, n.	אָסוֹן, צָרָה, שׁוֹאָה
disastrous, adj.	אָיֹם, נוֹרָא
disavow, v.t.	נִכֵּר, כִּחֵשׁ
disband, v.t. & i.	פֵּרַק גְּדוּד, פִּזֵּר
disbelief, n.	אִי אֵמוּן
disbelieve, v.t. & i.	כָּפַר
disbeliever, n.	כּוֹפֵר
disburse, v.t.	שִׁלֵּם, הוֹצִיא [יצא] כֶּסֶף

disbursement, n.   הוֹצָאָה, תַּשְׁלוּמִים

disc, v. disk

discard, v.t. & i.   הִשְׁלִיךְ [שלך],
הִרְחִיק [רחק]

discern, v.t.   הִכִּיר [נכר], רָאָה,
הִבְחִין [בחן], הִבְדִּיל [בדל]

discernment, n.   הַכָּרָה, רְאִיָּה, שְׁפוּט,
הַבְחָנָה

discharge, n.   פְּרִיקָה, פִּטּוּרִים,
שִׁחְרוּר; יְרִיָּה

discharge, v.t.   פָּרַק; פִּטֵּר; שִׁחְרֵר;
יָרָה (רוֹבֶה)

disciple, n.   תַּלְמִיד

discipline, n.   מִשְׁמַעַת

discipline, v.t.   לִמֵּד; מִשְׁמֵעַ

disclaim, v.t.   הִכְחִישׁ [כחש] (תְּבִיעָה)

disclose, v.t.   גִּלָּה, הוֹדִיעַ [ידע]

disclosure, n.   גִּלּוּי, הוֹדָעָה

discolor, discolour, v.t. & i.   טִשְׁטֵשׁ,
שִׁנָּה צֶבַע

discoloration, discolouration, n.
דְּהִיָּה, שִׁנּוּי צֶבַע

discomfit, v.t.   נִצַּח (בְּמִלְחָמָה),
הֵבִיס [בוס]

discomfiture, n.   יֵאוּשׁ, תְּבוּסָה, מְבוּכָה

discomfort, n.   אִי נוֹחִיּוּת

discomfort, v.t.   גָּרַם אִי נוֹחִיּוּת

disconcert, v.t.   הִרְגִּיז [רגז], בִּלְבֵּל

disconnect, v.t.   הִפְרִיד [פרד],
הִבְדִּיל [בדל], נִתֵּק (קֶשֶׁר)

disconsolate, adj.   עָצוּב

discontent, discontentment, n.
אִי רָצוֹן

discontinuance, discontinuation, n.
אִי הַמְשָׁכָה, הֶפְסֵק

discontinue, v.t.   הִפְסִיק [פסק],
חָדַל מִ—

discord, n.   אִי הַסְכָּמָה, רִיב, מָדוֹן

discordant, adj.   צוֹרֵם (אֶת הָאֹזֶן); סוֹתֵר

discount, n.   נִכָּיוֹן, נִכּוּי, הַנָּחָה

discount, v.t. & i.   נִכָּה (רִבִּית), הִמְעִיט
(מֵעֵט) (הַמְּחִיר), פִּקְפֵּק (בֶּאֱמִתּוּת)

discourage, v.t.   רִפָּה יָדֵי—, דִּחָה, יֵאֵשׁ

discouragement, n.   רִפְיוֹן יָדַיִם,
יֵאוּשׁ, דְּחִיָּה

discourse, n.   נְאוּם, הַרְצָאָה

discourse, v.t. & i.   הִרְצָה [רצה],
שָׂח [שיח]

discourteous, adj.   בִּלְתִּי (מְנֻמָּס)
אָדִיב, גַּס

discourtesy, n.   גַּסּוּת, אִי אֲדִיבוּת

discover, v.t.   גִּלָּה, הִמְצִיא [מצא]

discovery, n.   חִדּוּשׁ, תַּגְלִית

discredit, n.   אִי אֵמוּן, שֵׁם רָע, שִׂמְצָה

discredit, v.t.   הִבִּיעַ [נבע] אִי אֵמוּן,
חִלֵּל שֵׁם, הִשְׁמִין [שמן]

discreet, adj.   זָהִיר, שׁוֹמֵר סוֹד

discreetly, adv.   בִּזְהִירוּת, בַּחֲשַׁאי

discrepancy, n.   סְתִירָה, נִגּוּד

discrete, adj.   פָּרוּשׁ

discretion, n.   שִׁקּוּל דַּעַת, חָכְמָה,
בִּינָה, כֹּחַ שִׁפּוּט

discretionary, discretional, adj.
לְפִי שִׁקּוּל דַּעַת

discriminate, v.t. & i.   הִפְלָה [פלה]

discrimination, n.   הַבְחָנָה, הַפְלָיָה

discuss, v.t.   הִתְוַכֵּחַ [וכח], דָּן [דון],
שָׂח [שיח]

discussion, n.   וִכּוּחַ, שִׂיחָה, פִּלְפּוּל

disdain, n.   בּוּז

disdain, v.t.   בָּזָה, תִּעֵב

disdainful, adj.   בָּז, מְתָעֵב

disease, n.   מַחֲלָה, חֳלִי

diseased, adj.   חוֹלֶה, חוֹלָנִי

disembark, v.t. & i.   יָצָא מֵאֳנִיָּה,
הוֹרִיד [ירד] מֵאֳנִיָּה, פָּרַק (מִטְעָן)

disembarkation, *n.*	יְצִיאָה מֵאֳנִיָּה,
	הוֹרָדָה (פְּרִיקָה) מֵאֳנִיָּה
disenchant, *v.t.*	הֵסִיר [סור] קֶסֶם
disengage, *v.t.*	שִׁחְרֵר, הִתִּיר [נתר]
disengagement, *n.*	שִׁחְרוּר, הַתָּרָה
disentangle, *v.t.*	הוֹצִיא [יצא] מִסְּבָךְ
disfavor, disfavour, *n.*	אִי רָצוֹן
disfiguration, *n.*	קִלְקוּל צוּרָה
disfigure, *v.t.*	קִלְקֵל צוּרָה
disgorge, *v.t. & i.*	הֵקִיא [קיא], שָׁפַךְ,
	הִשְׁתַּפֵּךְ [שפך]
disgrace, *n.*	חֶרְפָּה, גְּנַאי, כְּלִימָה
disgrace, *v.t.*	חֵרֵף, בִּיֵּשׁ
disgraceful, *adj.*	מְגֻנֶּה, נִבְזֶה
disguise, *n.*	הִתְנַכְּרוּת; מַסְוֶה;
	הִתְחַפְּשׂוּת
disguise, *v.t.*	הִסְתִּיר [סתר] תְּחַפֵּשׂ
disgust, *n.*	גֹּעַל נֶפֶשׁ, בְּחִילָה
disgust, *v.t.*	עוֹרֵר [עור] גֹּעַל נֶפֶשׁ
dish, *n.*	קְעָרָה, צַלַּחַת; מַאֲכָל
dish, *v.t.*	חִלֵּק [מנות], הִגִּישׁ [נגש]
	בְּצַלַּחַת
dishcloth, *n.*	מַטְלִית
dishearten, *v.t.*	רִפָּה יָדֵי–
dishevel, *v.t.*	פָּרַע אוֹ סָתַר [שֵׂעָר]
dishonest, *adj.*	בִּלְתִּי יָשָׁר, לֹא יָשָׁר
dishonesty, *n.*	אִי יֹשֶׁר, רַמָּאוּת, מַעַל
dishonor, dishonour, *n.*	חֶרְפָּה, בִּזָּיוֹן,
	אִי כָּבוֹד
dishonor, dishonour, *v.t.*	הִכְלִים
	[כלם], בִּיֵּשׁ, בִּזָּה; חִלֵּל (לֹא קִיֵּם
	חֲתִימָה, שְׁטָר, תַּשְׁלוּם); אָנַס
dishonorable, dishonourable, *adj.*	
	מְגֻנֶּה, מַחְפִּיר
dishwasher, *n.*	מַדִּיחַ (כֵּלִים)
disillusion, *v.t.*	הִשִּׁילָה [שלה], קָנָה
	לַשָּׁוְא, שִׁחְרֵר מֵהֲזָיָה, הִתְפַּקַּח
	[פקח]

disinclination, *n.*	אִי (רָצוֹן) נְטִיָּה
disinfect, *v.t.*	טִהֵר, חִטֵּא
disinfectant, *n.*	מְחַטֵּא
disinfection, *n.*	טִהוּר, חִטּוּי
disinherit, *v.t.*	בִּטֵּל יְרֻשָּׁה
disintegrate, *v.t. & i.*	פּוֹרֵר, הִתְפּוֹרֵר
	[פרר]
disintegration, *n.*	הִתְפּוֹרְרוּת
disinter, *v.t.*	הוֹצִיא [יצא] מִקֶּבֶר
disinterment, *n.*	הוֹצָאָה מִקֶּבֶר
disinterested, *adj.*	בִּלְתִּי מְעֻנְיָן
disjoin, *v.t.*	הִפְרִיד [פרד], הִתְפָּרֵק
	[פרק]
disjoint, *v.t.*	פֵּרֵד, פֵּרֵק, נִתֵּק
disjointed, *adj.*	מְפֹרָד, מְנֻתָּק
disk, disc, *n.*	תַּקְלִיט, פְּנֵי הָעִגּוּל,
	צַלַּחַת, אָנָן
disk jockey, *n.*	תַּקְלִיטָן
dislike, *n.*	שִׂנְאָה, מְאִיסָה
dislike, *v.t.*	שָׂנֵא, מָאַס
dislocate, *v.t.*	הֶעְתִּיק (מֵהַמָּקוֹם),
	נָקַע (אֵבֶר)
dislocation, *n.*	נְקִיעָה, עֲתִיקָה
dislodge, *v.t.*	גֵּרֵשׁ, נִשֵּׁל
disloyal, *adj.*	בִּלְתִּי נֶאֱמָן, בּוֹגֵד
disloyalty, *n.*	בֶּגֶד, בְּגִידָה
dismal, *adj.*	עָגוּם, עָצֵב
dismantle, *v.t.*	הֵסִיר רָהִיטִים, הֵסִיר
	[סור] חֲלָקִים; פֵּרֵק (פְּצָצָה)
dismay, *n.*	בֶּהָלָה
dismay, *v.t.*	הִפְחִיד [פחד], הִבְהִיל
	[בהל]
dismember, *v.t.*	הִפְרִיד [פרד], קָרַע,
	גָּזַר, אִבֵּר
dismemberment, *n.*	אִבּוּר
dismiss, *v.t.*	פִּטֵּר, שִׁלַּח; הִתְפַּזְּרוּ
	(פְּקוּדָה)
dismissal, *n.*	פִּטּוּר, פְּטוּרִים, שִׁלּוּחַ

dismount, v.t. & i.	יָרַד, הוֹרִיד [ירד] (מֵעַל סוּס); רָדָה (פְּקוּדָה לְרוֹכְבִים)
disobedience, n.	אִי מִשְׁמַעַת, אִי צִיּוּת, מְרִי, מֶרִי
disobedient, adj.	מַמְרֶה, שֶׁאֵינוֹ מַקְשִׁיב
disobey, v.t.	הִמְרָה [מרה]
disorder, n.	מְהוּמָה, אִי סֵדֶר
disorder, v.t.	בִּלְבֵּל, סִכְסֵךְ
disorderly, adj.	פָּרוּעַ
disorganize, v.t.	גָּרַם אִי סֵדֶר, בִּלְבֵּל, עִרְעֵר
disown, v.t.	הִכְחִישׁ [כחש], זָנַח, בִּטֵּל יְרֻשָּׁה
disparage, v.t.	זִלְזֵל
disparagement, n.	זִלְזוּל, פְּגִיעָה בְּכָבוֹד
disparity, n.	אִי שִׁוְיוֹן, הֶבְדֵּל, פֶּעַר
dispassionate, adj.	קַר רוּחַ, מָתוּן, בִּלְתִּי מְשֻׁחָד
dispatch, despatch, n.	מִשְׁלוֹחַ, אִגֶּרֶת, מִבְרָק, חֲפָזָה, מְהִירוּת
dispatch, v.t.	גָּמַר בִּמְהִירוּת, שָׁלַח, סִלֵּק, הֵמִית [מות]
dispel, v.t.	פִּזֵּר, גֵּרַשׁ
dispensary, n.	מִרְפָּאָה, בֵּית רְפוּאוֹת
dispensation, n.	חִלּוּק, מַתְּנַת יָהּ, הֶתֵּר, שִׁחְרוּר (מֵחוֹבָה)
dispense, v.t.	חִלֵּק, בִּטֵּל, הִתִּיר [נתר], הִרְקִיחַ [רקח] (רְפוּאוֹת)
dispenser, n.	רוֹקֵחַ
disperse, v.t. & i.	זָרָה, פִּזֵּר, הֵפִיץ [פוץ]; הִתְפַּזֵּר [פזר]
dispersion, n.	פִּזּוּר, תְּפוּצָה, נְפוֹצָה
dispirit, v.t.	הֵמֵס [מסס] לֵב, דִּכְדֵּךְ
displace, v.t.	שָׂם [שים] לֹא בִּמְקוֹמוֹ, סִלֵּק, הוֹרִיד [ירד], עָקַר מִמְּקוֹמוֹ
displaced person, D.P., n.	עָקוּר
displacement, n.	מַעְתָּק, הֶדְחֵק, תְּפוּסָה (נֶפַח)
display, n.	רַאֲוָה, הַצָּנָה, תְּצוּגָה, תַּעֲרוּכָה
display, v.t.	הִצִּיג [יצג]
displease, v.t. & i.	הִכְעִיס [כעס], הָיָה רַע בְּעֵינָיו, הָיָה לְמָרַת רוּחַ
displeasure, n.	מָרַת רוּחַ
disport, n.	שַׁעֲשׁוּעַ, מִשְׂחָק
disport, v.t. & i.	שִׁעֲשַׁע, הִשְׁתַּעֲשַׁע [שעשע] בָּדַר, הִתְבַּדֵּר [בדר]
disposal, n.	סִדּוּר, פִּקּוּחַ, רְשׁוּת
dispose, v.t.	סִדֵּר, הִשְׁתַּמֵּשׁ [שמש], מָכַר
disposition, n.	מֶזֶג, נְטִיָּה, הֶסְדֵּר
dispossess, v.t.	הוֹרִיד [ירד] מִנְּכָסִים, נִשֵּׁל
dispraise, v.t. & n.	גִּנָּה; גְּנוּת
disproof, n.	הַכְחָשָׁה, הֲזָמָה
disproportion, n.	אִי הַתְאָמָה
disprove, v.t.	הִכְחִישׁ [כחש]
disputant, n.	בַּעַל דִּין, מִתְוַכֵּחַ
dispute, n.	מַחֲלֹקֶת, רִיב, וִכּוּחַ
dispute, v.t. & i.	הִכְחִישׁ [כחש], חָלַק, רָב [ריב], הִתְוַכֵּחַ [וכח], הִתְדַּיֵּן [דין]
disqualification, n.	פְּסִילוּת
disqualify, v.t.	פָּסַל, שָׁלַל זְכוּת
disquiet, v.t. & n.	הִפְרִיעַ [פרע] מְנוּחָה, הִדְרִיךְ [דרך] מְנוּחָה; אִי שֶׁקֶט
disquieting, adj.	מַפְרִיעַ, מַדְאִיג
disquietude, n.	חֹסֶר מְנוּחָה
disregard, n.	הִתְעַלְּמוּת, הַעֲלָמַת עַיִן, בִּטּוּל, וְלִזוּל
disregard, v.t.	הֶעְלִים [עלם] עַיִן, זִלְזֵל
disrepute, n.	שֵׁם רָע
disrespect, n.	אִי כָּבוֹד
disrespect, v.t.	פָּגַע בְּכָבוֹד

disrespectful, *adj.*	מְזַלְזֵל, שֶׁאֵינוֹ מְכַבֵּד	dissonance, *n.*	אִי הַתְאָמָה, צְרִימָה
		dissonant, *adj.*	צוֹרֵם; נוֹגֵד
disrobe, *v.t. & i.*	פָּשַׁט, הִתְפַּשֵּׁט [פשט], הִפְשִׁיט [פשט] בְּגָדִים	dissuade, *v.t.*	יָעֵץ נֶגֶד-, הוֹצִיא [יצא] מִלֵּב, מָנַע
disrupt, *v.t. & i.*	קָרַע, שָׁבַר; נִקְרַע, נִשְׁבַּר; שִׁבֵּשׁ (תְּנוּעָה)	distaff, *n.*	פֶּלֶךְ, כִּישׁוֹר; אִשָּׁה
		distance, *n.*	מֶרְחָק, מַהֲלָךְ, דֶּרֶךְ
disruption, *n.*	קֶרַע, קְרִיעָה, שֶׁבֶר	distant, *adj.*	רָחוֹק
dissatisfaction, *n.*	אִי שְׂבִיעַת רָצוֹן תַּרְעֹמֶת	distantly, *adv.*	הַרְחֵק, מֵרָחוֹק
		distaste, *n.*	בְּחִילָה, גֹּעַל, גֹּעַל נֶפֶשׁ
dissatisfy, *v.t.*	גָּרַם אִי שְׂבִיעַת רָצוֹן	distaste, *v.t.*	מָאַס, בָּחַל
dissect, *v.t.*	נִתַּח, בִּתֵּר	distasteful, *adj.*	בִּלְתִּי עָרֵב, גָּעֳלִי, חֲסַר טַעַם
dissection, *n.*	נִתּוּחַ, בִּתּוּר		
disseminate, *v.t.*	זָרַע, זֵרָה, פִּזֵּר הֵפִיץ [פוץ]	distemper, *n.*	רֹגֶז, טֵרוּף; מַחֲלַת כְּלָבִים
dissemination, *n.*	זְרִיעָה, פִּזּוּר, הֲפָצָה	distend, *v.t. & i.*	נָפַח, הִרְחִיב [רחב]; הִתְנַפַּח [נפח], הִתְמַתַּח [מתח] הִתְאָרֵךְ [ארך]
dissension, *n.*	מַצָּה, מְרִיבָה, מַחֲלֹקֶת		
dissent, *v.t.*	חָלַק עַל-, הִתְנַגֵּד לְ- [נגד]	distention, distension, *n.*	הִתְפַּשְּׁטוּת, הַרְחָבָה, הִתְנַפְּחוּת, הִתְמַתְּחוּת
dissenter, dissentient, *n.*	מִתְנַגֵּד חוֹלֵק	distill, distil, *v.t. & i.*	זִקֵּק, טִפְטֵף, זָלַף
dissertation, *n.*	מֶחְקָר, חִבּוּר מַדָּעִי	distillation, *n.*	זִקּוּק
dissever, *v.t.*	חָתַךְ, חִלֵּק, נִתֵּק, קָרַע	distiller, *n.*	זַקָּק, מְזַקֵּק
dissimilar, *adj.*	שׁוֹנֶה	distillery, *n.*	בֵּית זִקּוּק
dissimulation, *n.*	הִתְחַפְּשׂוּת, צְבִיעוּת	distinct, *adj.*	מֻבְדָּק, בָּרוּר; שׁוֹנֶה, נִבְדָּל
dissipate, *v.t. & i.*	בִּזְבֵּז, פִּזֵּר, הִתְהוֹלֵל [הלל]	distinction, *n.*	הִצְטַיְּנוּת, הֶבְדֵּל, הַפְלָיָה
dissipation, *n.*	בִּזְבּוּז, פִּזּוּר; הוֹלֵלוּת	distinctive, *adj.*	אָפְיָנִי, שׁוֹנֶה, נִבְדָּל
dissociate, *v.t. & i.*	הִתְרַחֵק [רחק] מִ-, הוֹצִיא [יצא] עַצְמוֹ מִ-, הִפְרִיד [פרד]	distinctness, *n.*	אָפְיָנוּת, בְּהִירוּת
		distinguish, *v.t. & i.*	הִבְדִּיל [בדל] בֵּין-, הִפְלָה [פלה], הִבְחִין [בחן]
dissolute, *adj. & n.*	שׁוֹבָב, הוֹלֵל, תַּאֲוָתָן	distinguished, *adj.*	מֻבְהָק, מְצֻיָּן
dissolution, *n.*	הֲמָסָה, הַמַּסּוּת; הֲפָרָה, בִּטּוּל, פֵּרוּק, הִתְפָּרְקוּת, פִּזּוּר	distort, *v.t.*	עִקֵּם, עִוֵּת, סֵרֵס, סִלֵּף
		distortion, *n.*	עִקּוּם, עִוּוּת, סֵרוּס, סִלּוּף
dissolve, *v.t. & i.*	הֵמֵס [מסס], הֵמַס [מסס], הֵפֵר [פרר] (חוֹזֶה), הִתִּיר [נתר] (קֶשֶׁר), פֵּרֵק (חֶבְרָה), פִּזֵּר, הִתְפַּזֵּר [פזר] (יְשִׁיבָה, כְּנֶסֶת)	distract, *v.t.*	הִפְרִיעַ [פרע], הִסִּיחַ [נסח] דַּעַת, הֵבִיךְ [בוך]

distraction, *n.*	מְבוּכָה, הַסָּחַת הַדַּעַת, פְּזּוּר הַנֶּפֶשׁ
distraught, *adj.*	נָבוֹךְ
distress, *n.*	דֹּחַק, צָרָה, מְצוּקָה, אֶבְיוֹנוּת
distress, *v.t.*	צָעַר, הֵצִיק [צוק], הֵעִיק [עוק]
distressful, *adj.*	דָּחוּק, עָנִי
distribute, *v.t.*	חִלֵּק, הֵפִיץ [פוץ]
distribution, *n.*	חֲלֻקָּה, חִלּוּק, הֲפָצָה, תְּפוּצָה
distributor, distributer, *n.*	מֵפִיץ, מְחַלֵּק
district, *n.*	מָחוֹז, גָּלִיל, חֶבֶל, פֶּלֶךְ
distrust, *n.*	אִי אֵמוּן, חֲשָׁד
distrust, *v.t.*	חָשַׁד בְּ־, הִשִּׁיל [נשל] סָפֵק בְּ־
distrustful, *adj.*	חוֹשֵׁד
disturb, *v.t.*	הִפְרִיעַ [פרע], בִּלְבֵּל
disturbance, *n.*	הַפְרָעָה, מְהוּמָה, פְּרִיעָה
disturber, *n.*	מַפְרִיעַ
disunion, *n.*	פֵּרוּד, הַבְדָּלָה, הִתְבַּדְּלוּת, פְּרִישָׁה, אַל אַחוּד
disunite, *v.t.*	הִפְרִיד [פרד]
disuse, *n.*	אִי שִׁמּוּשׁ
disuse, *v.t.*	חָדַל מִלְּהִשְׁתַּמֵּשׁ
ditch, *n.*	עָרוּץ, תְּעָלָה
ditto, *n.*	אוֹתוֹ דָּבָר, הַנִּזְכָּר לְעֵיל, הַנַּ״ל
ditty, *n.*	שִׁירוֹן
diurnal, *adj.*	יוֹמִי, יוֹמְיוֹמִי
divan, *n.*	סַפָּה
dive, diving, *n.*	צְלִילָה
dive, *v.i.*	צָלַל
diver, *n.*	אַמּוּדַאי, צוֹלֵל; טַבְלָן (עוֹף)
diverge, *v.i.*	הִפְרִיד [פרד] הָיָה שׁוֹנֶה, הִתְרַחֵק [רחק], סָר [סור]
divergence, divergency, *n.*	הִסְתָּעֲפוּת, מֶרְחָק
divergent, *adj.*	שׁוֹנֶה, מִתְרַחֵק, מִתְחַלֵּק
divers, *adj.*	אֲחָדִים; שׁוֹנֶה, מִתְחַלֵּף
diverse, *adj.*	שׁוֹנֶה, בִּלְתִּי דּוֹמֶה, רַב (צוּרוֹת) צְדָדִי
diversification, *n.*	שִׁנּוּי, הִשְׁתַּנּוּת, שִׁנּוּי
diversify, *v.t.*	שִׁנָּה, עָשָׂה שִׁנּוּיִים
diversion, *n.*	הַפְנָיָה, הַטָּיָה, בִּדּוּר, שִׁנּוּי, שַׁעֲשׁוּעִים
diversity, *n.*	שִׁנּוּי, שׁוֹנוּת
divert, *v.t.*	הִסִּיחַ [נסח] דַּעַת, פָּנָה לֵב; הֶחֱרָח [פוה], הִטָּה [נטה], בִּדֵּר
divest, *v.t.*	הִפְשִׁיט [פשט], שָׁלַל מִ־
divide, *v.t. & i.*	חִלֵּק, הִפְרִיד [פרד], בָּקַע, פִּלֵּג, הִתְפַּלֵּג [פלג], הִתְחַלֵּק [חלק]
dividend, *n.*	מְחֻלָּק, רֶוַח נֶחֱלָק (מְמָנִיּוֹת)
divider, divisor, *n.*	מְחַלֵּק
divination, *n.*	נִחוּשׁ, כְּשָׁפִים, הַגָּדַת עֲתִידוֹת
divine, *adj. & n.*	קָדוֹשׁ, אֱלֹהִי, דָּתִי; כֹּהֵן
divine, *v.t. & i.*	נִחֵשׁ, שִׁעֵר, שָׁאַל בָּאוֹב
diviner, *n.*	מַגִּיד עֲתִידוֹת, אוֹב, מְכַשֵּׁף, מְנַחֵשׁ, קוֹסֵם
divinity, *n.*	אֱלֹהוּת
divisible, *adj.*	מִתְחַלֵּק
division, *n.*	חִלּוּק, חֲלֻקָּה; נְגוּד; פְּלוּג; פְּלוּגָּה (צָבָא)
divisor, *v.* divider	
divorce, *n.*	גֵּט, גֵּרוּשִׁים, סֵפֶר כְּרִיתוּת
divorce, *v.t.*	נָתַן (עט) סֵפֶר כְּרִיתוּת, גֵּרֵשׁ

divorcé(e), n.	נְרוּשׁ, גְּרוּשָׁה
divulge, v.t.	גִּלָּה, הוֹדִיעַ [ידע] (סוֹד)
dizziness, n.	סְחַרְחֹרֶת
dizzy, adj.	סְחַרְחַר, מְסֻחְרָר
do, n.	דוֹ (הַצְּלִיל הָרִאשׁוֹן בְּסוֹלַם הַנְּגִינָה)
do, v.t. & i.	עָשָׂה, גָּמַר, הוֹנָה [ינה]
docile, adj.	נוֹחַ, צַיְתָן, מַקְשִׁיב, לָמִיד
docility, n.	נוֹחוּת, רַכּוּת, צַיְּתוּת
dock, n.	מִסְפָּנָה, רְצִיף, תָּא (סַרְטֵל) הַנֶּאֱשָׁמִים, גֶּדֶם הַזָּנָב
dock, v.t.	הִסְפִּין (ספן) קָטַע (זָנָב)
docket, n.	רְשִׁימָה, קִצּוּר
doctor, n.	רוֹפֵא, מְלֻמָּד
doctorate, n.	תֹּאַר (מְלֻמָּד) דּוֹקְטוֹר
doctrine, n.	תּוֹרָה, שִׁיטָה, עִקָּר, דֵּעָה
document, n.	תְּעוּדָה, מִסְמָךְ
document, v.t.	תֵּעֵד, מִסְמֵךְ
documentary, adj.	שֶׁל תְּעוּדוֹת
dodge, n.	הִתְחַמְּקוּת, עָרְמָה
dodge, v.t. & i.	הִתְחַמֵּל [חמק], הִשְׁתַּמֵּט [שמט], הֶעֱרִים [ערם]
doe, n.	צְבִיָּה, אַיָּלָה
doeskin, n.	עוֹר צְבִי
doff, v.t.	פָּשַׁט, הֵסִיר [סור]
dog, n.	כֶּלֶב, אַבְרֵק; בֶּן בְּלִיַּעַל
dogfish, n.	גִּלְדָּן
dogged, adj.	עַקְשָׁן
dogma, n.	אֱמוּנָה, עִקָּר
dogmatic, dogmatical, adj.	עִקָּרִי
doily, n.	מַפִּית
doldrums, n. pl.	שַׁעֲמוּם, שִׁמָּמוֹן
dole, n.	נְדָבָה, קִצְבָּה, דְּמֵי אַבְטָלָה
dole, v.t.	חִלֵּק, נָתַן צְדָקָה
doleful, adj.	מְדֻכָּא
doll, n.	בֻּבָּה
dollar, n.	דּוֹלָר, מַטְבֵּעַ (אוֹ שְׁטָר), כֶּסֶף אֲמֶרִיקָנִי בֶּן מֵאָה סֶנְט

dolly, n.	בָּבִית, בֻּבָּה קְטַנָּה; גַּלְגִּלֹנֶת
dolor, dolour, n.	מַכְאוֹב, עֶצֶב, אֵבֶל
dolorous, dolourous, adj.	מַכְאִיב, עָצוּב
dolphin, n.	שַׁבּוּט
dolt, n.	טִפֵּשׁ, שׁוֹטֶה, "חֲמוֹר"
domain, n.	אֲחֻזָּה, מָרוּת, תְּחוּם
dome, n.	כִּפָּה
domestic, adj. & n.	בֵּיתִי; מְשָׁרֵת
domesticate, v.t.	בֵּיֵּת, אִלֵּף
domicile, n.	מְקוֹם מְגוּרִים, בַּיִת
domicile, v.t.	שִׁכֵּן, דִּיֵּר, הוֹשִׁיב [ישב]
dominant, adj.	שׁוֹלֵט, שׂוֹרֵר
dominate, v.t. & i.	שָׁלַט, שָׂרַר, מָשַׁל, הִשְׁתַּלֵּט [שלט]
domination, n.	שְׁלִיטָה, שְׂרָרָה
domineer, v.i.	הִשְׂתָּרֵר [שרר]
dominion, n.	מֶמְשָׁלָה, שְׁלִיטָה, מְלוּכָה
domino, n.	פְּתִינִיל
dominoes, n. pl.	פְּסִפְּסִים (מִשְׂחָק)
don, n.	דּוֹן; תַּלְמִיד חָכָם
don, v.t.	לָבַשׁ, עָטָה
donate, v.t.	נָדַב
donation, n.	מַתָּנָה, נְדָבָה, שַׁי, מִנְחָה
donkey, n.	חֲמוֹר; עַקְשָׁן, טִפֵּשׁ, שׁוֹטֶה
donor, n.	מְנַדֵּב, נַדְבָן
doom, n.	אֲבַדּוֹן, כִּלָּיוֹן, גְּזַר דִּין, גּוֹרָל
doom, v.t.	גָּזַר (דִּין), חָרַץ (מִשְׁפָּט), חִיֵּב
door, n.	דֶּלֶת, פֶּתַח
doorkeeper, n.	שׁוֹעֵר
doorpost, n.	מְזוּזָה
doorway, n.	מָבוֹא, פֶּתַח
dope, n. & v.t.	חֲשִׁישׁ, סַם מְשַׁכֵּר; שׁוֹטֶה; הִמֵּם
dormant, adj.	מִתְנַמְנֵם, יָשֵׁן, נִרְדָּם, רָדוּם
dormer, n.	חֲדַר מִשּׁוֹת; נַמְלוֹנִית (צֹהַר גַּג)

dormitory, *n.*	פְּנִימִיָה
dormouse, *n.*	מְכַרְסֵם, עַכְבָּר קָטָן
dorsal, *adj.*	גַּבִּי, שֶׁל הַגַּב
dose, *n.*, *v.t.* & *i.*	כַּמּוּת, מָנָה; מִנֵּן
dot, *n.* & *v.t.*	נְקֻדָּה; נָדָן; נִקֵּד
dotage, *n.*	זִקְנָה, טִפְּשׁוּת, חֹסֶר דַּעַת
dotard, *n.*	מְטֹרָף, טִפְּשִׁי
dote, *v.t.*	תָּשַׁשׁ
double, *adj.*	כָּפוּל, פִּי שְׁנַיִם, זוּגִי
double, *n.*, *adv.*	בֶּן זוּג, מִשְׁנֶה; כִּפְלַיִם
double, *v.t.* & *i.*	כָּפַל, נִכְפַּל [כפל],
	הִכְפִּיל [כפל]
doubt, *n.*	פִּקְפּוּק, סָפֵק, חֲשָׁשׁ
doubt, *v.t.* & *i.*	פִּקְפֵּק, הִסֵּס, הָיָה
	מְסֻפָּק
doubtful, *adj.*	מְסֻפָּק, מְפַקְפֵּק
doubtfully, *adv.*	בְּסָפֵק
doubtless, *adj.*	בְּלִי סָפֵק, בְּוַדַּאי
dough, *n.*	בָּצֵק, עִסָּה; מְזֻמָּנִים
doughnut, *n.*	סֻפְגָּנִיָּה
doughty, *adj.*	אַמִּיץ
douse, dowse, *v.t.* & *i.*	כִּבָּה; הִרְטִיב
[רטב]; הִשְׁלִיךְ [שלך] (הַמַּיְמָה)	
dove, *n.*	תּוֹר, יוֹנָה; תָּמִים, צָנוּעַ
dovecot, dovecote, *n.*	שׁוֹבָךְ
dovetail, *n.* & *v.t.*	שָׁלַב; שֶׁלֶב
dowager, *n.*	אַלְמָנָה, יוֹרֶשֶׁת
dowdy, *adj.* & *n.*	מְלֻכְלֶכֶת; לְכִלוּכִית
dowel, *n.* & *v.t.*	יָתֵד, חִזֵּק בְּיָתֵד
dower, dowry, *n.*	נְדוּנְיָה, מַתָּנָה
down, *n.*	נוֹצָה, מוֹךְ
down, *adv.*	לְמַטָּה, מַטָּה
down, *v.t.*	הוֹרִיד [ירד], הִשְׁפִּיל [שפל]
downcast, *adj.*	נִדְכֶּה
downfall, *n.*	מַפָּלָה, תְּבוּסָה, כִּשָּׁלוֹן
downhearted, *adj.*	נִכְאָא, נוּגֶה
downpour, *n.*	גֶּשֶׁם זַעַף
downright, *adj.*	יָשָׁר, מֻחְלָט

downright, *adv.*	בְּפֵרוּשׁ, לְגַמְרֵי
downstairs, *adv.*	בַּקּוֹמָה הַתַּחְתּוֹנָה
downtown, *adv.*	לְמוֹרַד הָעִיר
downy, *adj.*	מוֹכִי, רַךְ
dowry, dowse, *v.* dower, douse	
doze, *n.* & *v.i.* [נמנם]	תְּנוּמָה; הִתְנַמְנֵם
dozen, *n.*	תְּרֵיסָר
drab, *n.* & *v.t.*	מְזֹהָם, מְטֻנָּף; זוֹנָה;
	זָנָאי; זָנָה
draft, draught, *n.*	קִצּוּר, שִׂרְטוּט,
תַּרְשִׁים; טִיּוּטָה; נִיּוּס; מִטְעָן;	
(מְשִׁיכַת) שְׁלָל (דָּגִים); רוּחַ פְּרָצִים;	
שְׁתִיָּה; הַמְחָאָה, שְׁטָר; שֶׁקַע	
drag, *n.*	מְשִׁיכָה, גְּרִירָה, סְחִיבָה;
	מְצָצָה (סִיגָרְיָה); מַשְׂדֵּדָה
drag, *v.t.* & *i.*	גָּרַר, סָחַב
dragnet, *n.*	מִכְמֹרֶת
dragon, *n.*	דְּרָקוֹן; כַּעֲסָן
dragoon, *n.* & *v.t.*	פָּרָשׁ; רָדַף, הִכְנִיעַ
	[כנע], הִכְרִיחַ [כרח]
drain, *n.*	תְּעָלָה, מַרְזֵב
drain, *v.t.* & *i.*	נִקֵּז, יִבֵּשׁ, מָצָה, מָצַץ
drainage, *n.*	בִּיּוּב, נִקּוּז, יִבּוּשׁ
drainer, *n.*	מְנַקֵּז, מְיַבֵּשׁ
drake, *n.*	בַּרְוָז (זָכָר)
dram, *n.*	מִשְׁקָל; כּוֹסִית יַיִן, לְגִימַת
	יי"שׁ
drama, *n.*	חִזָּיוֹן, מַחֲזֶה, מַעֲנָמָה
dramatic, dramatical, *adj.*	חִזְיוֹנִי
dramatist, *n.*	מַחֲזַאי
dramatize, *v.t.*	הִקְחִיז [מחז]
drape, *v.t.*	רָבַד, וִלֵּן
draper, *n.*	סוֹחֵר אֲרִיגִים
drapery, *n.*	אֲרִיגִים
drastic, *adj.*	מַחֲמִיר, קָשֶׁה, נִמְרָץ, חָזָק
draught, *v.* draft	
draughts, *n. pl.*	מִשְׂחַק הַנְּשִׂיאָה,
	נַרְדְּשִׁיר

draw, n.	מְשִׁיכָה; שְׁאִיבָה; גּוֹרָל
draw, v.t. & i.	מָשַׁךְ, סָחַב, שָׁאַב,
	דָּלָה; סָפַן; צִיֵּר
drawback, n.	מִכְשׁוֹל; עִכּוּב; הֶפְסֵד
drawer, n.	מוֹשֵׁךְ; מְשַׂרְטֵט, מְגֵרָה;
	שׁוֹאֵב
drawing, n.	מְשִׁיכָה; שְׁאִיבָה; צִיּוּר
drawl, v.t. & i.	דִּבֵּר לְאַט וּבַעֲצַלְתַּיִם
dray, n.	עֲגָלַת מַשָּׂא
drayman, n.	עֶגְלוֹן
dread, v.t. & i.	פָּחַד, חָרַד, יָרֵא,
	הִתְיָרֵא [ירא]
dread, n.	פַּחַד, יִרְאָה, אֵימָה
dreadful, adj.	מַפְחִיד, אָיֹם, נוֹרָא
dreadfully, adv.	בְּפַחַד, בְּיִרְאָה
dreadnought, dreadnaught, n.	אֳנִיַּת
	מַקְלְעִים
dream, n.	חֲלוֹם, חִזָּיוֹן, הֲזָיָה
dream, v.t. & i.	חָלַם, רָאָה בַּחֲלוֹם
dreamer, n.	חוֹלֵם
dreamily, adv.	כְּבַחֲלוֹם
dreamland, n.	אֶרֶץ פְּלָאִים
dreamy, adj.	בַּעַל הֲלוֹמוֹת, חוֹלֵם
drear, dreary, adj.	נִדְכֶּה, נוּגָה
dredge, v.t.	נִקָּה (יָם), קָדַח
dregs, n. pl.	פְּסֹלֶת, שְׁמָרִים
drench, v.t. & n.	הִשְׁקָה [שרה], הַשְׁקָה
	[שקה], הִרְוָה [רוה]; הַרְטָבָה
dress, n.	שִׂמְלָה, חֲלִיפָה, מַלְבּוּשׁ
dress, v.t. & i.	לָבַשׁ, הִתְלַבֵּשׁ (הִלְבִּישׁ
	[לבש]; עָרַךְ (שֻׁלְחָן); הֵכִין [כון]
	לְבִשּׁוּל; קִשֵּׁט; עִבֵּד (עוֹר); חָבַשׁ
	(פֶּצַע)
dresser, n.	שִׁדָּה
dressmaker, n.	תּוֹפֶרֶת
dribble, v.t. & i., n.	טִפְטֵף, עָרַף;
	הוֹרִיד [ירד] רִיר; טִפָּה, טִפְטוּף;
	רִיר
drier, dryer, n.	מְיַבֵּשׁ
drift, n.	נְטִיָּה; מִסְחָף
drift, v.t. & i.	סָחַף, נִסְחַף (סחף),
	זָרַם, צָבַר (שֶׁלֶג), הִצְטַבֵּר (צבר);
	נָע [נוע] לְלֹא כִּוּוּן
driftwood, n.	עֵץ סַחַף
drill, n.	מַקְדֵּחַ, תַּרְגִּיל, תִּרְגּוּל;
	מַזְרֵעָה; זְרִיעָה בִּשׁוּרוֹת
drill, v.t. & i.	קָדַח, נָקַב, תִּרְגֵּל (צבא);
	הִתְאַמֵּן [אמן]; זָרַע בְּשׁוּרוֹת
drink, n.	מַשְׁקֶה, שְׁתִיָּה
drink, v.t. & i.	שָׁתָה, הִשְׁתַּכֵּר [שכר]
drinker, n.	שַׁתְיָן
drip, n. & v.i.	דָּלַף, טִפְטֵף, דָּלַח
drive, n.	נְסִיעָה, דֶּרֶךְ; מְנִיעָה
drive, v.t. & i.	דָּחַף, דָּפַק; נָהַג
	(מְכוֹנִית), הוֹלִיךְ [הלך] (בְּהֵמוֹת)
	שָׁקַע (מַסְמֵר, בֹּרֶג)
drivel, n.	רוֹק, רִיר; הֶבֶל
drivel, v.t.	הוֹרִיד [ירד] רִיר;
	הִבִּיל (הבל) (דִּבֵּר הֶבֶל)
driveler, driveller, n.	מוֹרִיד רִיר;
	טִפֵּשׁ
driver, n.	נָהָג, נֶהָג
drizzle, n.	רְבִיבִים, גֶּשֶׁם דַּק
drizzle, v.i.	רְעַף, יָרַד גֶּשֶׁם דַּק
droll, adj.	מַצְחִיק, מְשֻׁנֶּה, מוּזָר
dromedary, n.	גָּמָל, בֶּכֶר
drone, n.	זָכָר הַדְּבוֹרִים; עַצְלָן; זִמְזוּם
drone, v.t.	זִמְזֵם; הָלַךְ בָּטֵל
droop, n.	נְבִילָה, קְמִילָה, כְּפִיפָה
droop, v.i. & t.	שָׁחַח; נָבַל, קָמַל
drop, n.	טִפָּה, נֶטֶף, אֶגֶל (טַל);
	נְפִילָה; לֵדָה, וְלָד; חָרָד
drop, v.t. & i.	הִפִּיל [נפל], נָפַל;
	טִפְטֵף, הִזִּיל [נזל]; יָלַד;
	שִׁלְשֵׁל; צָנַח
dropper, n.	אֲדָק, טַפְטֶפֶת

dropsy, n.	מַיֶּמֶת
dross, n.	סִיג, בְּדִיל
drought, drouth, n.	בַּצֹרֶת, יֹבֶשׁ,
	צִיָּה, צִמָּאוֹן, חֹרֶב, חֲרָבוֹן
drove, n.	הָמוֹן, עֵדֶר, מִקְנֶה
drown, v.t. & i.	הִטְבִּיעַ [טבע]; טָבַע [טבע]
drowning, n.	טְבִיעָה
drowse, n.	תְּנוּמָה
drowse, v.i.	הִתְנַמְנֵם [נמנם]
drowsiness, n.	שֵׁנָה, תַּרְדֵּמָה,
	הִתְנַמְנְמוּת
drowsy, adj.	נִרְדָּם, מִתְנַמְנֵם
drudge, n.	עוֹבֵד עֲבוֹדָה קָשָׁה
drudge, v.i.	עָבַד קָשֶׁה
drudgery, n.	עֲבוֹדַת פֶּרֶךְ
drug, n.	סַם, רְפוּאָה, תְּרוּפָה
drug, v.t. & i.	שָׁתָה סַמִּים, הִרְקָה
	[רקה] (חוֹשִׁים)
druggist, n.	רוֹקֵחַ
drugstore, n.	בֵּית מִרְקַחַת
drum, n.	תֹּף
drum, v.t. & i.	תָּפַף, תּוֹפֵף, תִּפֵּף
drummer, n.	תַּפָּף, מְתוֹפֵף
drunk, adj., drunkard, n.	שִׁכּוֹר
drunken, adj.	שִׁכּוֹר, שָׁכוּר, סוֹבֵא
drunkenness, n.	שִׁכָּרוֹן, שִׁכְרוּת
dry, adj.	יָבֵשׁ; נָגוּב; חָרֵב; צָמֵא;
	חֲסַר עִנְיָן; בִּלְתִּי אָדִיב
dry, v.t. & i.	יִבֵּשׁ, נִגֵּב, הוֹבִישׁ [יבש];
	הִתְיַבֵּשׁ [יבש]
dryer, v. drier	
dryness, n.	יֹבֶשׁ, חֹרֶב
dual, adj.	כָּפוּל, זוּגִי
dual, n.	מִסְפָּר (שֵׁם) זוּגִי
dualism, duality, n.	כְּפִילוּת, שְׁנִיּוּת
dub, v.t.	כִּנָּה, מָרַח
dubious, adj.	מְסֻפָּק
dubiously, adv.	בְּסָפֵק

duchess, n.	דֻּכָּסִית
duck, n.	בַּרְוָז
duck, v.t. & i.	צָלַל, טָבַל בַּמַּיִם;
	הִתְכּוֹפֵף [כפף]; הִשְׁתַּמֵּט [שמט]
duckling, n.	בַּרְוְזוֹן
duct, n.	שְׁבִיל, בִּיב
ductile, adj.	נָמִישׁ
dude, n.	גַּנְדְּרָן
dudgeon, n.	זַעַם, חֵמָה
duds, n. pl.	מַלְבּוּשִׁים
due, adj.	מַגִּיעַ, רָאוּי
due, n.	מַס, חוֹב
duel, n.	מִלְחֶמֶת שְׁנַיִם, דּוּ קְרָב
duel, v.i.	לָחַם מִלְחֶמֶת שְׁנַיִם
duelist, duellist, n.	לוֹחֵם מִלְחֶמֶת שְׁנַיִם
dues, n. pl.	דְּמֵי חָבֵר
duet, n.	צֶמֶד, שִׁיר שֶׁל שְׁנַיִם
duke, n.	דֻּכָּס
dull, adj.	קֵהֶה; דָּהָה; טִפְּשִׁי; מְשַׁעֲמֵם;
	מְעֻנָּן
dull, v.i. & i.	הִקְהָה [קהה], טִמְטֵם
dullard, n.	כְּסִיל, שׁוֹטֶה
dullness, n.	קֵהוּת, טִפְּשׁוּת
dumb, adj.	אִלֵּם; דּוֹמֵם
dumfound, dumbfound, v.t.	הִדְהִים
	[דהם]
dummy, adj.	דּוֹמֶם, מְלָאכוּתִי
dummy, n.	גֹּלֶם, שַׁתְקָן; דְּגָמָן, דָּמָה
dump, n.	אַשְׁפָּה; מַחְסָן (צְרָאִי)
dump, v.t.	הִשְׁלִיךְ [שלך], הֵרִיק [ריק]
dun, adj. & n.	חוּם אֲפַרְפַּר; נוֹשֶׁה
dunce, n.	הֶדְיוֹט, טִפֵּשׁ, כְּסִיל
dune, n.	חוֹלָה
dung, n.	דֹּמֶן, זֶבֶל, אַשְׁפָּה
dungarees, n. pl.	מִכְנְסֵי עֲבוֹדָה
dungeon, n.	בֵּית סֹהַר
dunghill, n.	מַדְמֵנָה
dupe, n. & v.t.	פֶּתִי; רִמָּה

7

duplex, n. & adj.	כְּפֻלָּה, מַכְפֵּלָה
duplicate, n.	הֶעְתֵּק
duplicate, v.t.	הִכְפִּיל [כפל], שִׁכְפֵּל
duplicator. n.	מַכְפֵּלֶת
duplication, n.	חִקּוּי, כְּפִילוּת, הַכְפָּלָה, שִׁכְפּוּל
duplicity, n.	שְׁנִיּוּת, עֲקַבָּה, מִרְמָה
durability, n.	הִתְקַיְּמוּת, קִיּוּם
durable, adj.	מִתְקַיֵּם, נִמְשָׁךְ
duration, n.	הֶמְשֵׁךְ, קִיּוּם
duress, n.	מְצוּקָה, כְּלִיאָה
during, prep.	בְּמֶשֶׁךְ, מֶשֶׁךְ
dusk, n.	חֲשֵׁכָה, בֵּין הַשְּׁמָשׁוֹת, בֵּין הָעַרְבַּיִם
dusky, adj.	אֲפַלוּלִי
dust, n.	אָבָק, עָפָר, שַׁחַק
dust, v.t. & i.	אָבֵּק, הֵסִיר [סור] אָבָק, כִּסָּה בְּאָבָק, הִתְכַּסָּה [כסה] בְּאָבָק, הִתְאַבֵּק [אבק]
dusty, adj.	אָבִיק, אֲבָקִי, מְאֻבָּק
Dutch, adj. & n.	הוֹלַנְדִּי, הוֹלַנְדִּית
dutiable, adj.	חַב מֶכֶס, טָעוּן מַס
dutiful, adj.	מַקְשִׁיב, מְצַיֵּת
duty, n.	חוֹבָה, תַּפְקִיד, מַס, מֶכֶס

dwarf, n.	גַּמָּד, נַנָּס
dwarf, v.t. & i.	גִּמֵּד, נִנֵּס, הִתְגַּמֵּד [גמד], הִתְנַנֵּס [ננס]
dwell, v.i.	שָׁכַן, גָּר [גור], דָּר [דור]
dweller, n.	תּוֹשָׁב, דָּר
dwelling, n.	מָעוֹן, מִשְׁכָּן, דִּירָה
dwindle, v.i.	הִתְמַעֵט [מעט], הִתְנַוְנָה [נונה]
dye, n.	צֶבַע
dye, v.t.	צָבַע
dyer, n.	צוֹבֵעַ, צַבָּע
dyeing, n.	צְבִיעָה
dyestuff, n.	צִבְעָן
dying, adj.	גּוֹסֵס, גּוֹוֵעַ, מֵת
dyke, v. dike	
dynamic, dynamical, adj.	פָּעִיל, בַּעַל מֶרֶץ, שֶׁל פְּחוֹת
dynamite, n.	חֹמֶר נֶפֶץ, פְּחִית
dynamite, v.t.	נִפֵּץ (טָעַן) בְּחֹמֶר נֶפֶץ
dynamo, n.	דִּינָמוֹ
dynastic, adj.	שׁוֹשַׁלְתִּי
dynasty, n.	שׁוֹשֶׁלֶת
dysentery, n.	בּוּרְדָּם, שִׁלְשׁוּל דָּם
dyspepsia, n.	פֶּרְעִכּוּל, עִכּוּל קָשֶׁה

E, e

E, e, n.	אי, הָאוֹת הַחֲמִישִׁית בָּאָלֶף־בֵּית הָאַנְגְּלִי; חֲמִישִׁי, ה'
each, adj. & pron.	כָּל, כָּל אֶחָד
eager, adj.	נִכְסָף, מִשְׁתּוֹקֵק, נִלְהָב, לָהוּט
eagerly, adv.	בְּהִתְלַהֲבוּת
eagerness, n.	הִתְלַהֲבוּת, חֵשֶׁק
eagle, n.	נֶשֶׁר, עָזְנִיָּה
ear, n.	אֹזֶן, שִׁבֹּלֶת
eardrum, n.	תֹּף הָאֹזֶן

early, adj.	מֻקְדָּם, קָדוּם, מַשְׁכִּים
early, adv.	בְּהַשְׁכָּמָה, בְּהַקְדֵּם
earmark, n.	צִיּוּן, סִימָן
earmark, v.t.	סִמֵּן, צִיֵּן
earn, v.t.	הִשְׂתַּכֵּר [שכר], הִרְוִיחַ [רוח]
earnest, adj., n.	רְצִינִי, רְצִינוּת
earnings, n. pl.	הַכְנָסָה, רְוָחִים
earring, n.	עָגִיל, נֶזֶם הָאֹזֶן, נְטִיפָה, חֲלִי, לַחַשׁ

earth, n. אֶרֶץ, כַּדּוּר הָאָרֶץ, אֲדָמָה, יַבָּשָׁה, עָפָר

earthen, adj. אַרְצִי, חַרְסִי

earthenware, n. כְּלֵי חֶרֶס

earthly, adj. אַרְצִי, חָמְרִי

earthquake, n. רְעִידַת אֲדָמָה, רַעַשׁ

earthworm, n. שִׁלְשׁוּל

ease, n. שַׁלְוָה, נַחַת, רְוָחָה

ease, v.t. הֵקֵל [קלל] (כְּאֵב), הֵנִיחַ [נוח] (דַּעַת)

easel, n. כַּנָּה, אַתּוֹנָה

easily, adv. בְּקַלּוּת, עַל נְקַלָּה

easiness, n. קַלּוּת, נַחַת

east, n. מִזְרָח, קֶדֶם

Easter, n. פֶּסַח, פַּסְחָא

easterly, adj. מִזְרָחִי, קָדִים

eastward, eastwards, adv. מִזְרָחָה

easy, adj. קַל, נוֹחַ

eat, v.t. & i. אָכַל, סָעַד, אִכֵּל, הִתְאַכֵּל [אכל]

eatable, adj. אָכִיל, רָאוּי לַאֲכִילָה

eatables, n. pl. אֳכָלִים

eater, n. אוֹכֵל, אַכְלָן

eavesdrop, v.i. צִית, הִקְשִׁיב [קשב] בַּסֵּתֶר

eavesdropper, n. מַקְשִׁיב בְּסֵתֶר, צִיתָן

ebb, n. שֵׁפֶל הַמַּיִם (בַּיָּם), הִתְמַעֲטוּת

ebb, v.i. הִשְׁתַּפֵּל [שפל], מָעַט, נִתְמַעֵט [מעט]

ebonite, n. אֶבֶן הַבְּנֶה

ebony, n. הָבְנֶה

ebullition, n. תְּסִיסָה, רְתִיחָה

eccentric, adj. & n. יוֹצֵא מֶרְכָּז; מְשֻׁנֶּה, יוֹצֵא דֹפֶן

eccentricity, n. יְצִיאַת מֶרְכָּז; יְצִיאַת דֹפֶן, זָרוּת

Ecclesiastes, n. קֹהֶלֶת

ecclesiastic, n. כֹּהֵן, כֹּמֶר

ecclesiastical, adj. כְּנֵסִיָּתִי, רוּחָנִי

echo, n., v.t. & i. בַּת קוֹל, הֵד; הִדְהֵד

eclipse, n. לִקּוּי (חַמָּה, לְבָנָה)

eclipse, v.t. & i. לָקְתָה [לקה] (חַמָּה, לְבָנָה), הֶאֱפִיל [אפל], הֶחְשִׁיךְ [חשך]

economic, economical, adj. כַּלְכָּלִי, חִסְכָנִי

economically, adv. בְּחִסָּכוֹן

economist, n. כַּלְכְּלָן, חַסְכָן

economize, v.t. & i. חָסַךְ

economy, n. כַּלְכָּלָה, חִסָּכוֹן, חַסְכָנוּת

ecstasy, n. תַּעֲנוּג, הִתְלַהֲבוּת; הִתְרַגְּשׁוּת

ecstatic, adj. מִתְפָּעֵל, מִתְלַהֵב

ecstatically, adv. בְּהִתְפָּעֲלוּת; בְּהִתְלַהֲבוּת

eczema, n. חֲזָזִית

eddy, n., v.t. & i. שִׁבֹּלֶת (בַּנָּהָר, בַּיָּם), מְעַרְבֹּלֶת; עִרְבֵּל

Eden, n. עֵדֶן

edge, n. קָצֶה, שָׂפָה; לִזְבֵּז; חַד; שׁוּנִית

edge, v.t. & i. חִדֵּד, שִׁנֵּן; עָשָׂה שָׂפָה, הִתְקָדֵּם [קדם] לְאַט לְאַט

edible, adj. & n. אָכִיל; מַאֲכָל

edict, n. גְּזֵרָה, צַו

edification, n. חִנּוּךְ, לִמּוּד

edifice, n. בִּנְיָן

edify, v.t. לִמֵּד, חִנֵּךְ

edit, v.t. עָרַךְ

edition, n. הוֹצָאָה, מַהֲדוּרָה

editor, n. עוֹרֵךְ

editorial, n. מַאֲמָר רָאשִׁי

educate, v.t. חִנֵּךְ, הוֹרָה [ירה]

education, n. חִנּוּךְ, לִמּוּד, אִמּוּן

educational, adj. חִנּוּכִי

educator, n. אָמֵּן, מוֹרֶה, מְחַנֵּךְ

eel, n. צְלוֹפָח (דָּג)

eerie, eery, adj. סוֹדִי; מַפְחִיד; נִסְתָּר

efface, *v.t.*	מָחָה, מָחַק; הִכְחִיד [כחד]
effect, *n.*	תּוֹצָאָה, מְסַבֵּב, תַּכְלִית;
	רֹשֶׁם, כַּוָּנָה
effect, effectuate, *v.t.*	גָּרַם, הוֹצִיא
	[יצא] לְפֹעַל, פָּעַל, סִבֵּב, יָעַל
effective, *adj.*	יָעִיל
effects, *n. pl.*	חֲפָצִים
effeminacy, *n.*	נָשִׁיּוּת, נַקְבוּת
effeminate, *adj.*	נָשִׁי, נַקְבִּי
effervesce, *v.i.*	תָּסַס
effervescence, effervescency, *n.*	
	תְּסִיסָה, קַצְפָה
effervescent, *adj.*	תּוֹסֵס
effete, *adj.*	עָיֵף, חַלָּשׁ; עָקָר
efficacious, *adj.*	יָעִיל, מֻכְשָׁר, פָּעִיל
efficacy, *n.*	מֶרֶץ, כֹּשֶׁר, יְעִילוּת
efficiency, *n.*	יְעִילוּת, חֲרִיצוּת, זְרִיזוּת
efficient, *adj.*	יָעִיל, זָרִיז, נִמְרָץ
efficiently, *adv.*	בִּיעִילוּת, בְּמֶרֶץ
effigy, *n.*	דְּמוּת, צֶלֶם
effluence, *n.*	שֶׁפֶךְ, הִשְׁתַּפְּכוּת
effort, *n.*	הִשְׁתַּדְּלוּת, מַאֲמָץ
effrontery, *n.*	עַזּוּת (פָּנִים) מֵצַח, חֻצְפָה
effulgence, *n.*	זִיו, זְרִיחָה, זֹהַר
effulgent, *adj.*	קוֹרֵן, מַבְהִיק
effusion, *n.*	הַגָּרָה, שְׁפִיכָה, הִשְׁתַּפְּכוּת
effusive, *adj.*	מִשְׁתַּפֵּךְ, נִגָּר, רַגְשָׁנִי
egg, *n.*	בֵּיצָה
eggplant, *n.*	חָצִיל
ego, *n.*	אָנֹכִי, אֲנִי
egoism, egotism, *n.*	אָנֹכִיּוּת
egoist, egotist, *n.*	אָנֹכִין, אָנֹכִיִּי
egress, *n.*	יְצִיאָה, מוֹצָא
Egypt, *n.*	מִצְרַיִם
eight, *n.*	שְׁמוֹנָה, שְׁמוֹנָה
eighteen, *n.*	שְׁמוֹנָה עָשָׂר, שְׁמוֹנָה עֶשְׂרֵה
eighteenth, *adj.*	הַשְּׁמוֹנָה עָשָׂר,
	הַשְּׁמוֹנָה עֶשְׂרֵה
eighth, *adj. & n.*	שְׁמִינִי, שְׁמִינִית
eighty, *n.*	שְׁמוֹנִים
either, *adj. & pron.*	כָּל אֶחָד, הָאֶחָד
	(מִשְּׁנַיִם)
either, *conj.*	אוֹ, אִם
ejaculate, *v.t.*	קָרָא, צָוַח
eject, *v.t.*	הוֹצִיא [יצא], הִשְׁלִיךְ
	[שלך], גֵּרַשׁ; שִׁחֵת (זֶרַע)
ejection, *n.*	הוֹצָאָה, גֵּרוּשׁ, הַשְׁלָכָה;
	שִׁחוּת, קֶרִי
eke, *v.t.*	סִפֵּק (בְּדֹחַק); הֶאֱרִיךְ [ארך],
	הִגְדִּיל [גדל]
elaborate, *adj.*	מְסֻפָּר, מֻרְכָּב,
	מְשֻׁכְלָל, מְעֻבָּד
elaborate, *v.t.*	שִׁכְלֵל, עִבֵּד
elaboration, *n.*	שִׁכְלוּל, שִׁפּוּר
elapse, *v.i.*	חָלַף, עָבַר
elastic, *adj.*	גָּמִישׁ, קְפִיצִי
elasticity, *n.*	גְּמִישׁוּת, קְפִיצִיּוּת
elate, *v.t.*	שִׂמַּח
elation, *n.*	חֶדְוָה, גִּיל
elbow, *n.*	מַרְפֵּק, אַצִּיל
elbow, *v.t. & i.*	דָּחָה הַצִּדָּה, עָשָׂה
	(לְעַצְמוֹ) מָקוֹם
elder, *adj. & n.*	בְּכוֹר, זָקֵן; סַמְבּוּק
elderly, *adj.*	קְצָת זָקֵן
eldest, *adj.*	הַזָּקֵן בְּיוֹתֵר; בְּכוֹר
elect, *adj. & n.*	נִבְחָר, בָּחִיר
elect, *v.t.*	בָּחַר, מִנָּה
election, *n.*	בְּחִירָה, בִּכּוּר
elections, *n. pl.*	בְּחִירוֹת
elective, *adj.*	נִבְחָר
elector, *n.*	מַצְבִּיעַ, בּוֹחֵר
electorate, *n.*	בּוֹרְרוּת, כְּלַל
	הַבּוֹחֲרִים
electric, electrical, *adj.*	חַשְׁמַלִּי
electrically, *adv.*	עַל יְדֵי חַשְׁמַל
electrician, *n.*	חַשְׁמַלַּאי, חַשְׁמְלָן

electricity, n.	חַשְׁמַל	ellipsis, n.	הַבְלָעָה, הַשְׁמָטָה
electrification, n.	הִתְחַשְׁמְלוּת, חִשְׁמוּל		(שֶׁל אוֹת אוֹ מִלָּה)
electrify, v.t.	חִשְׁמֵל	elliptic, adj.	סַנְלְגֹּל, עֲגֹל־מָאֳרָךְ
electrocute, v.t.	הֵמִית [מות] בְּחַשְׁמַל	elm, n.	בּוּקִיצָה
electrocution, n.	מִיתַת חַשְׁמַל	elocution, n.	הַשָּׂפָה, דַּבְּרָנוּת
electrolysis, n.	הַפְרָדָה (הַמָּסָה)	elongate, v.t.	הֶאֱרִיךְ [ארך]
	חַשְׁמַלִּית	elongation, n.	הַאֲרָכָה
electron, n.	אֶלֶקְטְרוֹן, חַשְׁמַלְיָה	elope, v.i.	בָּרַח עִם אֲהוּבָה
elegance, n.	שְׁפִירוּת	elopement, n.	בְּרִיחַת נֶאֱהָבִים
elegant, adj.	שָׁפִיר, מְפֹאָר, נֶהְדָּר	eloquence, n.	צַחוּת (הַדִּבּוּר)
elegy, n.	הֶסְפֵּד, קִינָה	eloquent, adj.	צַח לָשׁוֹן, נִמְלָץ
element, n.	יְסוֹד	else, adj. & adv.	אַחֵר, בְּדֶרֶךְ אַחֶרֶת
elementary, adj.	יְסוֹדִין פָּשׁוּט	elsewhere, adv.	בְּמָקוֹם אַחֵר
elephant, n.	פִּיל	elucidate, v.t.	בֵּאֵר, הִבְהִיר [בהר]
elephantine, adj.	פִּילִי	elucidation, n.	בֵּאוּר, הָאָרָה, הַבְהָרָה
elevate, v.t.	הֵרִים [רום], הִגְבִּיהַּ	elude, v.t.	הִתְחַמֵּק [חמק], הִשְׁתַּמֵּט
	[גבה], רוֹמֵם, שִׂגֵּב		[שמט], נִמְלַט [מלט]
elevation, n.	הַגְבָּלָה], גֹּבַהּ, שִׂיא,	elusive, adj.	מִתְחַמֵּק, מוֹלִיךְ שׁוֹלָל
	הַעֲלָאָה	emaciate, v.t. & i.	רָזָה, כָּחַשׁ
elevator, n.	מַעֲלִית	emaciation, n.	רָזוֹן
eleven, adj. & n.	אַחַד עָשָׂר, אַחַת	emanate, v.i.	יָצָא, נָבַע
	עֶשְׂרֵה	emanation, n.	יְצִיאָה, שֶׁפֶךְ, שֶׁפַע
eleventh, adj.	הָאַחַד עָשָׂר, חָאַחַת	emancipate, v.t.	נָתַן שִׁוּוּי זְכֻיּוֹת,
	עֶשְׂרֵה		שִׁחְרֵר
elf, n.	שֵׁד, רוּחַ	emancipation, n.	דְּרוֹר, שִׁוּוּי זְכֻיּוֹת
elfin, adj. & n.	יֶלֶד שׁוֹבָב, שֵׁדִי	emancipator, n.	מְשַׁחְרֵר
elfish, adj.	שׁוֹבָב עָרוּם	emasculate, v.t.	סֵרֵס, הֶחֱלִישׁ [חלש]
elicit, v.t.	הוֹצִיא [יצא] מֵ־, גִּלָּה	embalm, v.t.	חָנַט
elide, v.t.	הִבְלִיעַ [בלע], הִשְׁמִיט	embalmer, n.	חוֹנֵט
	[שמט] (הַבְרָה)	embankment, n.	דַּיֵּק, סְכֵר, מַחְסוֹם
eligible, adj.	רָאוּי לְהִבָּחֵר, רָצוּי	embargo, n.	אִסּוּר, עִכּוּב (מִשְׁלוֹחַ)
eliminate, v.t.	הוֹצִיא [יצא], הִרְחִיק	embark, v.t. & i.	הֶעֱלָה (עלה) עַל
	[רחק], גֵּרַשׁ		אֳנִיָּה, הִפְלִיג [פלג]; הִתְחִיל [תחל]
elimination, n.	הַרְחָקָה, הַשְׁמָטָה	embarkation, n.	הַפְלָגָה
elixir, n.	סַם חַיִּים	embarrass, v.t.	הֵבִיא [בוא] בִּמְבוּכָה;
elk, n.	אַיָּל הַקּוֹרֵא		הֵבִיךְ [בוך]
ell, n.	אַמָּה	embarrassment, n.	מְבוּכָה
ellipse, n.	סַנְלְגֹּל, עִגּוּל (מָאֳרָךְ) בֵּיצִי	embassy, n.	שַׁגְרִירוּת, צִירוּת

embattle, v.t.	עָרַךְ לְקְרָב
embed, v.t.	הִשְׁכִּיב [שכב], שָׁבֵּץ
embellish, v.t.	יִפָּה
embellishment, n.	יִפּוּי
embers, n. pl.	רֶמֶץ
embezzle, v.t.	מָעַל בִּכְסָפִים
embezzlement, n.	מְעִילָה בִּכְסָפִים
embitter, v.t.	מֵרַר, הִכְעִיס [כעס]
emblazon, v.t.	קִשֵּׁט
emblem, n.	סֵמֶל, אוֹת
emblematic, adj.	סִמְלִי
embodiment, n.	גִּשּׁוּם, הַגְשָׁמָה, הִתְגַּשְּׁמוּת
embody, v.t.	הִגְשִׁים [גשם], לְכֵד, הֵכִיל [כול]
embody, v.i.	הִתְלַכֵּד [לכד], הִתְחַבֵּר [חבר]
embolden, v.t.	עוֹדֵד [עוד], אִמֵּץ
embosom, v.t.	טָמַן בְּחֵיקוֹ, הוֹקִיר [יקר]; שָׁמַר
emboss, v.t.	הִטְבִּיעַ [טבע] צוּרָה
embower, v.t. [שים]	סוֹכֵךְ [סכך], שָׂם בְּסֻכָּה
embower, v.i.	הֵסֵךְ [סכך]; יָשַׁב בְּסֻכָּה
embrace, n.	חֲבִיקָה, חִבּוּק, גִּפּוּף
embrace, v.t. & i.	חִבֵּק, גִּפֵּף; הֵכִיל [כול]; הִתְחַבֵּק [חבק]
embroider, v.t.	רָקַם
embroidery, n.	רָקַם, רִקְמָה
embroil, v.t.	סִכְסֵךְ; עוֹרֵר רִיב
embryo, n.	עֻבָּר, שָׁלִיל
embryologist, n.	מֻמְחֶה בְּתוֹלְדוֹת הָעֻבָּר
embryology, n.	תּוֹרַת הָעֻבָּר
embryonic, adj.	עֻבָּרִי, שְׁלִילִי, בִּלְתִּי מְפֻתָּח
emend, v.t.	תִּקֵּן, הִגִּיהַּ [נגה]
emendation, n.	תִּקּוּן, הַטָבָה, הַגָּהָה
emerald, n.	בָּרֶקֶת
emerge, v.i.	יָצָא, עָלָה, הוֹפִיעַ [יפע], נִגְלָה [גלה]
emergence, n.	הוֹפָעָה, עֲלִיָּה
emergency, n.	שְׁעַת חֵרוּם, דְּחָק, הֶכְרֵח
emery, n.	שָׁמִיר
emetic, n.	סַם הֲקָאָה
emigrant, n.	מְהַגֵּר
emigrate, v.i.	הִגֵּר
emigration, n.	הֲגִירָה, הִגּוּר
eminence, eminency, n.	רוֹמְמוּת; הִתְרוֹמְמוּת, הִתְנַשְּׂאוּת, חֲשִׁיבוּת, הוֹד, רוֹם, מַעֲלָה
eminent, adj.	רָם, נִכְבָּד
emissary, n.	שָׁלִיחַ, צִיר
emission, n.	הוֹצָאָה, שִׁלּוּחַ
emit, v.t.	הוֹצִיא [יצא]; הֵפִיץ [פרץ]
emolument, n.	הַכְנָסָה, מַשְׂכֹּרֶת
emotion, n.	רֶגֶשׁ, הַרְגָּשָׁה, הִתְרַגְּשׁוּת
emotional, adj.	רַגְשָׁנִי, רִגְשִׁי
emperor, n.	מֶלֶךְ, קֵיסָר
emphasis, n.	הַדְגָּשָׁה, הַבְלָטָה, הַטְעָמָה
emphasize, v.t.	הִדְגִּישׁ [דגש], הִטְעִים [טעם]
emphatic, adj.	בּוֹלֵט, מָדְגָּשׁ, וַדָּאִי
empire, n.	מַמְלָכָה
empiric, empirical, adj.	נִסְיוֹנִי
employ, n.	עֵסֶק, שִׁמּוּשׁ
employ, v.t.	הֶעֱבִיד [עבד], הֶעֱסִיק [עסק], הִשְׁתַּמֵּשׁ [שמש] בְּ־
employee, n.	שָׂכִיר, פּוֹעֵל, פָּקִיד
employer, n.	מַעֲבִיד, מַעֲסִיק
employment, n.	עֲבוֹדָה, מַעֲשֶׂה, מְלָאכָה, הַעֲסָקָה
emporium, n.	מַרְכָּז מִסְחָרִי, שׁוּק; חֲנוּת כָּל־בָּה

empower, v.t.	יִפָּה כֹחַ, הִרְשָׁה [רשה]	encroachment, n.	הַסָּגַת גְּבוּל
empress, n.	מַלְכָּה	encrust, v.t. & i.	צִפָּה, כִּסָּה
emptiness, n.	רֵיקָנוּת, חָלָל, תֹּהוּ	encumber, v.t.	הִכְבִּיד [כבד],
empty, adj.	רֵיק, בּוּר; רָעֵב		הֶעֱמִיס [עמס]
empty, v.t. & i.	הֵרִיק [ריק], שָׁפַךְ,	encumbrance, n.	הַכְבָּדָה, מַעֲמָסָה
	פִּנָּה, רוֹקֵן, נִתְרוֹקֵן [רוקן]	encyclical, adj. & n.	כְּלָלִי, (מִכְתָּב)
emulate, v.t.	הִתְחָרָה [חרה]		חוֹזֵר
emulation, n.	הִתְחָרוּת, תַּחֲרוּת	encyclopedia, encyclopaedia, n.
emulsion, n.	תַּחֲלִיב		אַגְרוֹן, מַחֲזוֹר, אֶנְצִיקְלוֹפֶּדְיָה
enable, v.t.	נָתַן הַיְכֹלֶת, הִרְשָׁה [רשה],	end, n.	תַּכְלִית, סוֹף, קֵץ, סִיּוּם
	אִפְשֵׁר	end, v.t. & i.	גָּמַר, הִשְׁלִים [שלם], כִּלָּה, סִיֵּם
enact, v.t.	חָקַק, הִצִּיג [יצג], מִלֵּא	endanger, v.t.	סִכֵּן
	תַּפְקִיד	endear, v.t.	חִבֵּב
enactment, n.	חֻקָּה, תַּקָּנָה	endearment, n.	אַהֲבָה, חִבָּה, חָבוּב
enamel, n., v.t.	אִימֵל; אָמֵל	endeavor, endeavour, n.	הִתְאַמְּצוּת,
enamor, enamour, v.t.	הִתְאַהֵב [אהב]		הִשְׁתַּדְּלוּת
encamp, v.i.	חָנָה	endeavor, endeavour, v.t. & i.
encampment, n.	חֲנִיָּה, מַחֲנֶה, אָהֳלִיָּה		הִתְאַמֵּץ [אמץ], הִשְׁתַּדֵּל [שדל]
encase, v.t.	נִרְתַּק; צִפָּה, כִּסָּה	ending, n.	סִיּוּם, גְּמָר, תּוֹצָאָה
enchain, v.t.	כָּבַל, אָסַר בַּאֲזִקִּים	endive, n.	עֹלֶשׁ (שָׂרַי)
enchant, v.t.	לִבֵּב, קָסַם	endless, adj.	שֶׁאֵין לוֹ סוֹף, אַל סוֹפִי
enchantment, n.	כִּשּׁוּף, נַחַשׁ,	endlessly, adv.	לְאֵין סוֹף
	הִתְלַהֲבוּת	endorse, indorse, v.t.	אִשֵּׁר, קִיֵּם
enchantress, n.	מְלַבֶּבֶת, קוֹסֶמֶת	endorsement, indorsement, n.
encircle, v.t.	הִקִּיף [נקף], כִּתֵּר,		אִשּׁוּר, קִיּוּם
	עָטַר, סָבַב	endow, v.t.	הֶעֱנִיק [ענק]; חָנַן
enclose, inclose, v.t.	שָׂם [שים] בְּ־,		(בְּכִשָּׁרוֹן)
	צֵרֵף, רָצַף לְ־; נָדַר	endowment, n.	הַעֲנָקָה, זֶבֶד; כִּשָּׁרוֹן
enclosure, n.	הֶקֵּף, עֲזָרָה, גְּדֵרָה,	endurable, adj.	שֶׁאֶפְשָׁר לִסְבֹּל
	מִכְלָאָה, בְּצָרָה, טִירָה	endurance, n. קִיּוּם	סַבְלָנוּת, הַתְמָדָה,
encomium, n.	שֶׁבַח, תְּהִלָּה	endure, v.t. & i.	סָבַל, נָשָׂא; הִתְקַיֵּם
encompass, v.t.	אָפַף, סָבַב, כִּתֵּר		[קום]
encore, n., adv. & interj.	הַדְרָן	enema, n.	חֹקֶן
encounter, n.	פְּגִישָׁה; הִתְנַגְּשׁוּת	enemy, n.	אוֹיֵב, שׂוֹנֵא, צַר
encounter, v.t. & i.	פָּגַשׁ, הִתְנַגֵּשׁ [נגש]	energetic, adj.	בַּעַל מֶרֶץ, נִמְרָץ
encourage, v.t.	עוֹדֵד [עוד], אִמֵּץ לֵב	energetically, adv.	בְּמֶרֶץ
encouragement, n.	אִמּוּץ, חִזּוּק	energize, v.t. & i.	הִמְרִיץ [מרץ]
encroach, v.i.	הִסִּיג [נסג] גְּבוּל	energy, n.	מֶרֶץ, כֹּחַ

enervate, v.t.	עִצְבֵּן, הֶחֱלִישׁ [חלש]
enfeeble, v.t.	רִפָּה, נֶחֱלַשׁ [חלש]
enfold, v. infold	
enforce, v.t.	הוֹצִיא [יצא] לְפֹעַל, הִכְרִיחַ [כרח], כָּפָה, אָלֵץ
enforcement, n.	אֹנֶס, הֶכְרֵחַ
enfranchise, v.t.	נָתַן זְכוּת בְּחִירוּת, שִׁחְרֵר
enfranchisement, n.	גְּאֻלָּה, פְּדוּת
engage, v.t. & i.	הֶעֱסִיק [עסק]; עָרַב; אֵרַס
engagement, n.	עֵסֶק; הִתְקַשְּׁרוּת; אֵרוּסִים
engender, v.t. & i.	הוֹלִיד [ילד]; יָצַר; גּוֹלֵד [ילד], יָלַד
engine, n.	מָנוֹעַ, מְכוֹנָה
engineer, n.	מְהַנְדֵּס; מְכוֹנַאי, מְכוֹנֵן; קַטָּרַאי
engineer, v.t.	הִנְדֵּס, כּוֹנֵן [כון], בָּנָה
England, n.	אַנְגְּלִיָּה
English, adj. & n.	אַנְגְּלִי, אַנְגְּלִית
engraft, v.t.	הִרְכִּיב [רכב]
engrave, v.t.	חָרַת, גִּלֵּף, חָקַק
engraver, n.	גַּלָּף, חוֹרֵת, חָקָק, חוֹרֵט
engraving, n.	גְּלִיפָה, פִּתּוּחַ, חֲקִיקָה
engross, v.t.	כָּתַב (בְּאוֹתִיּוֹת גְּדוֹלוֹת); מִלֵּא (לֵב, זְמַן)
engulf, v.t.	בָּלַע
enhance, v.t.	גִּדֵּל, הִגְדִּיל [גדל], הִרְבָּה [רבה]
enhancement, n.	הַרְמָה, הַגְבָּמָה, רִבּוּי, גְּדִילָה
enigma, n.	חִידָה, בְּעָיָה
enigmatic, enigmatical, adj.	סָתוּם, בִּלְתִּי מוּבָן
enjoin, v.t.	אָסַר, צִוָּה עַל
enjoy, v.t.	שָׂמַח, נֶהֱנָה [הנה], הִתְעַנֵּג [ענג], הִשְׁתַּעֲשַׁע [שעשע]
enjoyment, n.	תַּעֲנוּג, הֲנָאָה
enkindle, v.t.	הִדְלִיק [דלק], הִבְעִיר [בער], הִצִּית [יצת]
enlarge, v.t. & i.	הֶחֱרָה [חרה] (אַף); הֵסִית [סות] הִרְחִיב [רחב], הִגְדִּיל [גדל], הֶאֱרִיךְ [ארך]
enlargement, n.	הַרְחָבָה, הַגְדָּלָה
enlighten, v.t.	הִסְבִּיר [סבר], הֵאִיר [אור] עֵינֵי, הֵבִין [בין], הֶחְכִּים [חכם]
enlightenment, n.	הַסְבָּרָה, הַשְׂכָּלָה
enlist, v.t. & i.	הִתְנַדֵּב [נדב] לַצָּבָא
enlistment, n.	הַרְשָׁמָה, הִסְתַּפְּחוּת
enliven, v.t.	נָפַח רוּחַ חַיִּים בְּ-; עוֹרֵר
enmity, n.	שִׂנְאָה, אֵיבָה
ennoble, v.t.	רוֹמֵם [רום], גִּדֵּל
ennui, n.	שִׁעֲמוּם, לֵאוּת
enormity, n.	נֹדֶל, עֹצֶם; זָדוֹן
enormous, adj.	גָּדוֹל, כַּבִּיר, עָצוּם
enough, adj. & adv.	מַסְפִּיק; לְמַדַּי
enough, n.	דַּי, סִפּוּק
enquire, v. inquire	
enrage, v.t.	הִכְעִיס [כעס], הִקְצִיף [קצף]
enrapture, v.t.	לִבֵּב, שִׂמַּח
enrich, v.t.	הֶעֱשִׁיר [עשר]
enrichment, n.	הַעֲשָׁרָה
enroll, v.t.	הִרְשִׁים [רשם]
enrollment, n.	הַרְשָׁמָה
enshrine, v.t.	הִקְדִּישׁ [קדש]
enshroud, v.t.	עָטַף בְּתַכְרִיכִים
ensign, n.	דֶּגֶל, נֵס; דִּגְלָן, דַּגָּל
enslave, v.t.	שִׁעְבֵּד, הִשְׁתַּעְבֵּד [עבד]
enslavement, n.	שִׁעְבּוּד
ensnare, v.t.	לָכַד בַּפַּח
ensue, v.i.	בָּא [בוא] אַחֲרֵי
ensure, v. insure	
entail, v.t.	גָּרַר אַחֲרָיו; גָּרַם

entangle, *v.t.*	בִּלְבֵּל, סִבֵּךְ, סִכְסֵךְ
entanglement, *n.*	סְבוּךְ, בִּלְבּוּל
enter, *v.i. & t.*	נִכְנַס [כנס], בָּא [בוא],
	רָשַׁם, פִּנְקֵס
enterprise, *n.*	הֶעָזָה, יָזְמָה, עֵסֶק
entertain, *v.t. & i.*	בִּדְחָן, בִּדֵּחַ, בִּדֵּר,
	שִׁעֲשַׁע, הִשְׁתַּעֲשַׁע [שעשע]; אֵרַח
entertainer, *n.*	בַּדְחָן
entertainment, *n.*	בִּדּוּחַ, שַׁעֲשׁוּעַ,
	בִּדּוּר
enthrall, enthral, *v.t.*	שִׁעְבֵּד
enthrone, *v.t.*	הִמְלִיךְ [מלך], הִכְתִּיר
	[כתר]
enthuse, *v.t. & i.*	הִלְהִיב, הִתְלַהֵב [להב]
enthusiasm, *n.*	הִתְלַהֲבוּת
enthusiast, *n.*	מִתְלַהֵב
enthusiastic, *adj.*	נִלְהָב
entice, *v.t.*	פִּתָּה, הֵסִית [סות]
enticement, *n.*	פִּתּוּי, הֲסָתָה
entire, *adj.*	שָׁלֵם, כָּלִיל, מָלֵא, כָּל כֻּלּוֹ
entirely, *adv.*	לְגַמְרֵי
entirety, *n.*	הַכֹּל, שְׁלֵמוּת
entitle, *v.t.*	כִּנָּה, קָרָא שֵׁם; נָתַן זְכוּת
entity, *n.*	הֲוָיָה, מְצִיאוּת
entomb, *v.t.*	קָבַר, קִבֵּר
entombment, *n.*	קְבוּרָה, קִבּוּר
entomologist, *n.*	חוֹקֵר חֲרָקִים
entomology, *n.*	חָכְמַת הַחֲרָקִים
entrails, *n. pl.*	קְרָבַיִם
entrance, *n.*	כְּנִיסָה, פֶּתַח, מָבוֹא
entrance, *v.t.*	קָסַם, הִלְהִיב [להב]
entrant, *n.*	נִכְנָס, בָּא
entrap, *v.t.*	לָכַד בַּפַּח
entreat, *v.t. & i.*	הִפְצִיר [פצר], הִתְחַנֵּן [חנן]
entreaty, *n.*	הַפְצָרָה, בַּקָּשָׁה, תַּחֲנוּן
entree, entrée, *n.*	מָבוֹא, כְּנִיסָה; מָנָה
	רִאשׁוֹנָה, פַּרְפְּרָאוֹת
entrust, *v.* intrust	

entry, *n.*	כְּנִיסָה; פִּנְקוּס; עֵרֶךְ (בְּמִלּוֹן)
entwine, *v.t.*	כָּרַךְ, שָׂרַג, סִבֵּךְ
enumerate, *v.t.*	סָפַר, מָנָה, סִפְרֵר
enumeration, *n.*	סְפִירָה, מִנְיָן, סִפְרוּר
enunciate, *v.t.*	בִּטֵּא, דִּבֵּר
enunciation, *n.*	הַבָּעָה, נִיב, בִּטּוּי,
	מִבְטָא
envelop, *v.t.*	כִּסָּה, הֶעֱטָה [עטה],
	עָטַף, עָשַׁף
envelope, envelop, *n.*	מַעֲטָפָה
envelopment, *n.*	עִטּוּף, עֲטִיפָה
envenom, *v.t.*	הִרְעִיל [רעל]
enviable, *adj.*	מְעוֹרֵר קִנְאָה
envious, *adj.*	מְקַנֵּא, חוֹמֵד
environment, *n.*	סְבִיבָה
envisage, *v.t.*	חָשַׁב, עָמַד בִּפְנֵי, אָמַר
	לַעֲשׂוֹת
envoy, *n.*	שָׁלִיחַ, צִיר
envy, *n.*	קִנְאָה
envy, *v.t. & i.*	קִנֵּא, הִתְקַנֵּא [קנא]
epaulet, epaulette, *n.*	כְּתֵפָה
ephemeral, *adj.*	בֶּן יוֹם, חוֹלֵף
epic, *adj.*	אַפִּי, נִשְׂגָּב
epic, *n.*	שִׁיר (עֲלִילָה) גִּבּוֹרִים
epicure, *n.*	רוֹדֵף תַּעֲנוּגִים
epidemic, *adj. & n.*	מַגֵּפָה; מַגֵּפָה
epidermis, *n.*	עוֹר עֶלְיוֹן
epigram, *n.*	מִכְתָּם
epigrammatic, *adj.*	מִכְתָּמִי
epilepsy, *n.*	כִּפְיוֹן, נְפִילוֹת
epileptic, *n.*	נִכְפֶּה
epilogue, *n.*	סִיּוּם, נְעִילָה; הַפְטָרָה;
	חֲתִימָה, מְחָתָם
episcopacy, *n.*	בִּישׁוֹפוּת
episode, *n.*	מִקְרֶה, מְאֹרָע
epistle, *n.*	מִכְתָּב, אִגֶּרֶת
epistolary, *adj.*	מִכְתָּבִי, אִגַּרְתִּי
epitaph, *n.*	כְּתֹבֶת מַצֵּבָה

epithet, *n.*	תֹּאַר	ere, *prep. & conj.*	טֶרֶם, לִפְנֵי
epitome, *n.*	תַּמְצִית, קִצּוּר, סִכּוּם	erect, *adj.*	זָקוּף, יָשָׁר
epitomize, *v.t.*	תִּמְצֵת, קִצֵּר, סִכֵּם	erect, *v.t.*	כּוֹנֵן [כון], הֵקִים [קום],
epoch, *n.*	תְּקוּפָה		בָּנָה, יִסֵּד
epochal, *adj.*	תְּקוּפָתִי, שֶׁל תְּקוּפָה	erection, *n.*	הֲקָמָה, עֲמִידָה; קִשּׁוּי,
equability, *n.*	בִּקְבִיעוּת		זְקִיפָה
equable, *adj.*	קָבוּעַ	eremite, *n.*	מִתְבּוֹדֵד, פָּרוּשׁ, נָזִיר
equal, *adj.*	שָׁוֶה, שָׁקוּל, מָעֳיָן	ermine, *n.*	חֹלֶד הָרִים
equal, *v.t.*	שָׁוָה, הִשְׁתַּוָּה [שוה], דָּמָה	erode, *v.t.*	חָלַד, אָכַל; נִסְחַף [סחף]
equality, *n.*	שִׁוְיוֹן	erosion, *n.*	סַחַף, סְחוֹפֶת, הַתְלָדָה
equalize, *v.t.*	הִשְׁוָה [שוה]	erotic, *adj.*	עִגּוּבְנִי, תַּאֲוָמִינִי
equalizer, *n.*	מַשְׁוֶה	err, *v.t. & i.*	תָּעָה, שָׁנָה, הִתְעָה [תעה]
equanimity, *n.*	מְתִינוּת, יִשּׁוּב הַדַּעַת		הִשְׁגָּה [שגה], הֶחֱטִיא [חטא]
equate, *v.t.*	הִשְׁוָה, הִשְׁתַּוָּה [שוה]	errand, *n.*	שְׁלִיחוּת
equation, *n.*	מִשְׁוָאָה	errant, *adj.*	נוֹדֵד, תּוֹעֶה, שׁוֹנֶה
equator, *n.*	קַו הַמַּשְׁוֶה	erroneous, *adj.*	מְשֻׁבָּשׁ, מֻטְעֶה
equatorial, *adj.*	שֶׁל קַו הַמַּשְׁוֶה	error, *n.*	שִׁבּוּשׁ, שְׁגִיאָה, מִשְׁגֶּה, טָעוּת
equestrian, *n. & adj.*	רוֹכֵב, פָּרָשׁ;	erst, erstwhile, *adv.*	לְפָנִים
	שֶׁל פָּרָשִׁים	erudite, *adj.*	בָּקִי, מְלֻמָּד
equidistant, *adj.*	שָׁוֶה מֶרְחָק	erudition, *n.*	לַמְדָנוּת, בְּקִיאוּת, יַדְעָנוּת
equilateral, *adj.*	שָׁוֶה צְלָעוֹת	eruption, *n.*	הִתְפָּרְצוּת, פְּרִיחָה,
equilibrium, *n.*	שִׁוּוּי מִשְׁקָל, אִזּוּן		סַפַּחַת
equinox, *n.*	תְּקוּפָה, שִׁוְיוֹן יוֹם וָלַיְלָה	eruptive, *adj.*	מִתְפָּרֵץ
autumnal equinox	תְּקוּפַת תִּשְׁרֵי	erysipelas, *n.*	שׁוֹשַׁנָּה, וֶרֶדֶת, סַמֶּקֶת
vernal equinox	תְּקוּפַת נִיסָן	escalator, *n.*	מַדְרֵגוֹת נוֹעַ
equip, *v.t.*	סִפֵּק, זִיֵּן, הֵכִין [כון]	escapade, *n.*	מְשׁוּבָה, בְּרִיחָה
equipment, *n.*	אַסְפָּקָה, זִיּוּן	escape, *n.*	מָנוֹס, מִפְלָט
equitable, *adj.*	יָשָׁר, צוֹדֵק	escape, *v.t. & i.*	בָּרַח, נָס [נוס], נִמְלַט
equity, *n.*	יֹשֶׁר, צֶדֶק		[מלט], הִסְתַּלֵּק [סלק]
equivalent, *adj.*	שָׁקוּק, מָעֳיָן	eschew, *v.t.*	נִמְנַע [מנע] (מִן), הִשְׁתַּמֵּט
equivalent, *n.*	שֹׁוִי		[שמט]
equivocal, *adj.*	כְּפוּל מַשְׁמָעוּת,	escort, *n.*	מְלַוָּה, שׁוֹמֵר, לִוּוּי
	מְסֻפָּק	escort, *v.t.*	לִוָּה
era, *n.*	תַּאֲרִיךְ, סְפִירָה, תְּקוּפָה	escutcheon, *n.*	צִנָּה, מָגֵן, שֶׁלֶט
eradicate, *v.t.*	עָקַר, שֵׁרֵשׁ	esophagus, oesophagus, *n.*	וֶשֶׁט, בֵּית
erase, *v.t.*	מָחַק		הַבְּלִיעָה
eraser, *n.*	מוֹחֵק	esoteric, *adj.*	סוֹדִי, נִסְתָּר
erasure, *n.*	מְחִיקָה	especial, *adj.*	מְיֻחָד, עִקָּרִי

especially, *adv.*	בְּמִיֻחָד, בְּיִחוּד
espionage, *n.*	רִגּוּל
espousal, *n.*	כְּלוּלוֹת, נְשׂוּאִים, חֲתֻנָּה; הִתְמַסְּרוּת
espouse, *v.t.*	נָשָׂא, נָשָׂא הַשִּׂיא [נשא]; הֵגֵן [גנן] עַל (רַעְיוֹן)
esprit, *n.*	רוּחַ, שֵׂכֶל; חֲרִיפוּת
espy, *v.t.*	רָאָה, גִּלָּה; תָּר [תור], רִגֵּל
esquire, *n.*	אָדוֹן, מַר
essay, *n.*	מַסָּה; נִסָּיוֹן
essay, *v.t.*	נִסָּה
essence, *n.*	תַּמְצִית, עִקָּר; מַהוּת
essential, *adj.*	עִקָּרִי, מַהוּתִי
essentially, *adv.*	בְּעִקָּר, בְּעֶצֶם מַהוּתוֹ
establish, *v.t.*	הֵקִים [קום], קִיֵּם, יָסַד, כּוֹנֵן [כון]
establishment, *n.*	מוֹסָד, מָכוֹן; קִיּוּם
estate, *n.*	מַעֲמָד, מַצָּב; נְכָסִים, נַחֲלָה
esteem, *n.*	כָּבוֹד, הוֹקָרָה
esteem, *v.t.*	כִּבֵּד, הוֹקִיר [יקר]
estimate, estimation, *n.*	הַעֲרָכָה, אֹמֶד, אָמַד, שׁוּמָה
estimate, *v.t. & i.*	אָמַד, הֶעֱרִיךְ [ערך], שָׁם [שום]
estrange, *v.t.*	הִרְחִיק [רחק], הִפְרִיד [פרד] בֵּין, הֵסִיר [סור] לִבּוֹ מֵאַחֲרֵי; הָלַךְ עִמּוֹ בְּקֶרִי
estrangement, *n.*	הִתְנַכְּרוּת, הִתְרַחֲקוּת; קֶרִי
estuary, *n.*	מוֹצָא (שֶׁל נָהָר לַיָּם)
etch, *v.t. & i.*	חָרַט, קִעְקֵעַ
etching, *n.*	תַּחֲרִיט, חֲרִיטָה, קִעְקֵעַ
eternal, *adj.*	נִצְחִי, עוֹלָמִי
eternally, *adv.*	לָנֶצַח, לְעוֹלָם, לָעַד
eternity, *n.*	נֶצַח, נִצְחִיּוּת
ether, *n.*	אֲוִיר עֶלְיוֹן, אֶתֶר
ethereal, *adj.*	אֲוִירִי, שְׁמֵימִי
ethical, *adj.*	מוּסָרִי, מִדּוֹתִי

ethics, *n. pl.*	מוּסָר, מִדּוֹת
ethnologist, *n.*	חוֹקֵר חַיֵּי עַמִּים
ethnology, *n.*	תּוֹרַת הָעַמִּים
etiquette, *n.*	נִמּוּס, דֶּרֶךְ אֶרֶץ
étude, *n.*	תַּרְגִּיל (בִּנְגִינָה)
etymological, *adj.*	גִּזְרוֹנִי
etymology, *n.*	גִּזְרוֹנוּת, חֵקֶר מִלִּים
Eucharist, *n.*	סְעֻדַּת יֵשׁוּ
eulogize, *v.t.*	שִׁבַּח, הִלֵּל
eulogy, *n.*	שֶׁבַח, קִלּוּס; הֶסְפֵּד
eunuch, *n.*	סָרִיס
euphemism, *n.*	לָשׁוֹן נְקִיָּה
euphony, *n.*	נְעִימָה, נְעִימוּת הַצִּלְצוּל
Europe, *n.*	אֵירוֹפָּה
evacuate, *v.t.*	הֵרִיק [ריק], יָצָא, עָזַב
evacuation, *n.*	יְצִיאָה, עֲזִיבָה, הֲרָקָה
evade, *v.t. & i.*	הִשְׁתַּמֵּט [שמט]
evade, *v.t. & i.*	הִתְחַמֵּק [חמק]; נִצַּל, נִמְלַט [מלט]
evaluate, *v.t.*	הֶעֱרִיךְ [ערך]
evangelic, evangelical, *adj.*	שֶׁל (הַבְּרִית הַחֲדָשָׁה) תּוֹרַת יֵשׁוּ, אֵוַנְגֵּלִי
evaporate, *v.t. & i.*	אִיֵּד, אָיַד, הִתְאַיֵּד [איד], הִתְאַדָּה [אדה], הִתְנַדֵּף [נדף]
evaporation, *n.*	הִתְאַיְּדוּת; הִתְאַדּוּת
evasion, *n.*	הַעֲרָמָה, נְסִיגָה, הִתְחַמְּקוּת
evasive, *adj.*	מִתְחַמֵּק, מִשְׁתַּמֵּט
eve, *n.*	עֶרֶב
even, *adj.*	שָׁוֶה, דּוֹמֶה, שָׁקוּל, מְעֻיָּן
even, *adv., v.t. & i.*	אֲפִילוּ, אַף; הִשְׁוָה [שוה], הִשְׁתַּוָּה [שוה]
evening, *n.*	עֶרֶב, לַיְלָה
event, *n.*	מְאֹרָע, מִקְרֶה, אֵרוֹעַ
eventual, *adj.*	אֶפְשָׁרִי
eventually, *adv.*	לְבַסּוֹף, סוֹף סוֹף
ever, *adv.*	תָּמִיד, בְּכָל אֹפֶן, בִּכְלָל
evermore, *adv.*	תָּמִיד, לָנֶצַח
every, *adj.*	כָּל

everybody, everyone, *n.* כָּל אִישׁ,
כָּל אֶחָד, הַכֹּל

everyday, *adj.* יוֹמְיוֹמִי

everything, *n.* הַכֹּל, כָּל דָּבָר

everywhere, *adv.* בְּכָל מָקוֹם

evict, *v.t.* גֵּרֵשׁ, הוֹצִיא [יצא] בְּכֹחַ

eviction, *n.* הוֹצָאָה, גֵּרוּשׁ

evidence, *n.* עֵדוּת, רְאָיָה, הוֹכָחָה

evident, *adj.* מְפֹרָשׁ, בָּרוּר, בּוֹלֵט

evidently, *adv.* כִּנְרְאֶה

evil, *adj.* & *n.* רַע, רֹעַ, רָעָה, פֶּגַע

evil eye עַיִן הָרַע

evince, *v.t.* הֶרְאָה [ראה]

evoke, *v.t.* הֶעֱלָה [עלה] (מֵת), עוֹרֵר
[עור]

evolution, *n.* הִתְפַּתְּחוּת, תּוֹרַת
הַהִתְפַּתְּחוּת

evolutionary, *adj.* הִתְפַּתְּחוּתִי

evolve, *v.t.* & *i.* פָּתַח, הִתְפַּתַּח [פתח]

ewe, *n.* רָחֵלָה, כִּבְשָׂה

ewer, *n.* קִיתוֹן, כַּד

exact, *adj.* נָכוֹן, מְדֻיָּק, בָּרוּר

exact, *v.t.* דָּרַשׁ, תָּבַע

exacter, *n.* תַּבְעָן, נוֹשֶׂה

exaction, *n.* תְּבִיעָה יְתֵרָה, לְחִיצָה,
נְגִישָׂה

exactitude, *n.* דִּיְקָנוּת

exactly, *adv.* בְּדִיּוּק

exactness, *n.* דִּיּוּק

exaggerate, *v.t.* הִגְזִים [גזם], הִפְלִיג
[פלג], הִפְרִיז [פרז]

exaggeration, *n.* גּוּזְמָה, הַגְזָמָה, הַפְרָזָה

exalt, *v.t.* הֵרִים [רום], רוֹמֵם [רום],
שִׂנֵּב, קִלֵּס

exaltation, *n.* שֶׂגֶב, הִתְרוֹמְמוּת

examination, *n.* מִבְחָן, בְּחִינָה,
בְּדִיקָה, חֲקִירָה

examine, *v.t.* בָּחַן, בָּדַק, חָקַר, עִיֵּן

examiner, *n.* חוֹקֵר, בּוֹחֵן, בּוֹדֵק

example, *n.* דֻּגְמָה, מָשָׁל, דִּמְיוֹן

exasperate, *v.t.* הִכְעִיס [כעס],
הִרְגִּיז [רגז]

exasperation, *n.* הַכְעָסָה, הַרְגָּזָה

excavate, *v.t.* חָפַר, כָּרָה

exceed, *v.t.* & *i.* עָלָה עַל, גָּדַשׁ אֶת
הַסְּאָה, הִפְרִיז [פרז] עַל הַמִּדָּה,
עָבַר (מִדָּה, מְהִירוּת)

exceeding, *adj.* גָּדוֹל, מְרֻבֶּה

exceedingly, *adv.* הַרְבֵּה, הַרְבֵּה מְאֹד,
עַד מְאֹד

excel, *v.t.* & *i.* הִצְטַיֵּן [צין]

excellence, *n.* הִצְטַיְּנוּת

excellency, *n.* הִצְטַיְּנוּת; הוֹד מַעֲלָתוֹ
(כִּנּוּי כָּבוֹד)

excellent, *adj.* מְצֻיָּן, נִפְלָא

except, *v.t.* & *i.* הוֹצִיא [יצא] מֵהַכְּלָל,
חָלַק עַל, הִתְנַגֵּד [נגד] לְ-

except, *prep.* זוּלַת, מִלְּבַד

exception, *n.* חָרִיג, יוֹצֵא מִן הַכְּלָל;
הִתְנַגְּדוּת

exceptional, *adj.* יוֹצֵא מִן הַכְּלָל, יָקָר
הַמְּצִיאוּת, בִּלְתִּי רָגִיל

excerpt, *n.* קֶטַע

excess, *n.* יִתָּרוֹן, עֹדֶף; רִב, קִיצוֹנִיּוּת;
שֶׁפַע, יֶתֶר

excessive, *adj.* נִפְרָז, מְיֻתָּר

exchange, *n.* חִלּוּף, תְּמוּרָה, מְחִיר,
שַׁעַר; מִשְׂעָרָה

exchange, *v.t.* & *i.* הֶחֱלִיף, הֵמִיר

exchequer, *n.* אוֹצַר הַמְּדִינָה

excise, *n.* & *v.t.* מֶכֶס (מַס) עֲקִיפִין,
בִּלּוֹ; כָּרַת, קִצֵּץ; הֵרִים [רום]
מֶכֶס, הִטִּיל [נטל] בְּלוֹ

excite, *v.t.* גֵּרָה, עוֹרֵר [עור],
הִרְגִּיז [רגז]

excitement, *n.* הִתְרַגְּשׁוּת, גֵּרוּי, הַרְגָּזָה

exclaim, v.t.	קָרָא, צָעַק
exclamation, n.	קְרִיאָה, צְעָקָה
exclamation point	סִימָן קְרִיאָה (!)
exclude, v.t.	הוֹצִיא [יצא] מִן הַכְּלָל
exclusion, n.	הוֹצָאָה מִן הַכְּלָל
exclusive, adj.	בִּלְעֲדִי, יְחוּדִי
excommunicate, v.t.	הֶחֱרִים [חרם]
excommunication, n.	הַחֲרָמָה, חֵרֶם
excrement, n.	פֶּרֶשׁ, רְעִי, צוֹאָה, גָּלָל
	(שֶׁל בְּהֵמוֹת), חֶרְיוֹנִים, דְּבִיוֹנִים
excrete, v.t.	הוֹצִיא [יצא], הִפְרִישׁ
	[פרש], הִתְרִיז [תרז]
excruciating, adj.	מַכְאִיב, מְעֻנֶּה
exculpate, v.t.	נִקָּה, זִכָּה, הִצְדִּיק
	[צדק]
excursion, n.	טִיּוּל
excursionist, n.	טַיָּל
excuse, n.	מְחִילָה, סְלִיחָה; אֲמַתְלָה,
	תּוֹאֲנָה, סִבָּה
excuse, v.t.	מָחַל, סָלַח, הִצְדִּיק
	[צדק], הִצְטַדֵּק [צדק]
execrable, adj.	נִמְאָס, נִבְזֶה, נִתְעָב
execrate, v.t.	שָׂנֵא, אָרַר, קִלֵּל
execute, v.t. & i.	פָּעַל, הוֹצִיא [יצא]
	לְפֹעַל; הוֹצִיא [יצא] לַהֶרֶג
execution, n.	הוֹצָאָה לַהֶרֶג, הֲמָתָה
	(שֶׁל בֵּית דִּין); הוֹצָאָה לַפֹּעַל
executioner, n.	תַּלְיָן, טַבָּח
executive, adj. & n.	מוֹצִיא לַפֹּעַל;
	וַעַד פּוֹעֵל
exegesis, n.	פֵּרוּשׁ (הַתַּנַ"ךְ), בֵּאוּר
exemplary, adj.	מוֹפְתִי, לְמוֹפֵת
exemplification, n.	הַדְגָּמָה
exemplify, v.t.	הִדְגִּים [דגם], עָשָׂה
	הֶעְתֵּקִים
exempt, adj. & v.t.	פָּטוּר; שִׁחְרֵר,
	פָּטַר
exemption, n.	שִׁחְרוּר, פְּטוּר
exercise, n.	אִמּוּן, תַּרְגִּיל, תַּרְגּוּל,
	שִׁעוּר; הִתְעַמְּלוּת
exercise, v.t. & i.	הִשְׁתַּמֵּשׁ [שמש] בְּ~
	תִּרְגֵּל, הִתְרַגֵּל [רגל]; עָמֵל,
	הִתְעַמֵּל [עמל]
exert, v.t.	פָּעַל, הִתְאַמֵּץ [אמץ];
	הִתְיַגֵּעַ [יגע]
exertion, n.	הִתְאַמְּצוּת, עָמָל
exhalation, n.	נְשִׁיפָה, הִתְאַדּוּת,
	הִתְנַדְּפוּת, נֹהַר
exhale, v.t. & i.	נָשַׁף, הִתְנַדֵּף [נדף]
exhaust, n.	מוֹצָא, פְּלִיטָה, מִפְלָט
	(מְכוֹנִית)
exhaust, v.t.	הֵרִיק [ריק], הִלְאָה
	[לאה]; פָּלַט (אֵדִים)
exhaustion, n.	הֲרָקָה, עֲיֵפוּת, לֵאוּת,
	הַפְלָטָה
exhaustive, adj.	מְמַצֶּה
exhibit, n.	מֻצָּג, רַאֲוָה
exhibit, v.t.	הֶרְאָה [ראה], הִצִּיג [יצג]
exhibition, n.	הַצָּגָה, תַּעֲרוּכָה
exhilarate, v.t.	שִׂמַּח, חִדָּה
exhilaration, n.	הַצְהָלָה, הַרְנָנַת לֵב
exhort, v.t. & i.	הוֹכִיחַ [יכח], יִסֵּר,
	יָעַץ
exhortation, n.	זֵרוּז, הָאָצָה, הַזְהָרָה
exhumation, n.	הוֹצָאָה מֵעָפָר (מֵת)
exhume, v.t.	הוֹצִיא מֵהַקֶּבֶר
exigency, n.	צֹרֶךְ, דֹּחַק
exigent, adj.	מֵאִיץ, דּוֹחֵק
exile, n.	גּוֹלָה, גָּלוּת
exile, v.t.	הִגְלָה
exist, v.i.	נִמְצָא [מצא], הִתְקַיֵּם [קום]
	הָיָה, חָיָה
existence, n.	חַיִּים, יֵשׁוּת, קִיּוּם,
	מְצִיאוּת
existent, adj.	קַיָּם, נִמְצָא
exit, n.	מוֹצָא, יְצִיאָה

exodus, *n.*	יְצִיאָה
Exodus, *n.*	(סֵפֶר) שְׁמוֹת
exonerate, *v.t.*	זִכָּה, הִצְדִּיק [צדק] בַּדִּין
exorbitant, *adj.*	נִפְרָז, מֻפְלָג, רַב
exorcise, exorcize, *v.t.*	גֵּרַשׁ שֵׁדִים
exotic, *adj.*	נָכְרִי, חִיצוֹנִי
expand, *v.t. & i.*	פָּשַׂס, הִתְפַּשֵּׁט [פשט], הִשְׂתָּרַע [שרע], שָׁטַח, הִשְׁתַּטַּח [שטח]
expander, *n.*	מַרְחִיב
expanse, *n.*	מֶרְחָב, שֶׁטַח
expansion, *n.*	הִתְפַּשְּׁטוּת, הִתְרַחֲבוּת
expatriate, *v.t.*	הִגְלָה [גלה]
expatriation, *n.*	הַגְלָיָה, גֵּרוּשׁ, שִׁלּוּחַ
expect, *v.t.*	חִכָּה, יִחֵל, קִוָּה, צִפָּה
expectancy, *n.*	חִכּוּי, תּוֹחֶלֶת, שֶׂבֶר, סֵבֶר, צִפִּיָּה
expectant, *adj.*	מְיַחֵל, מְחַכֶּה
expectation, *n.*	תִּקְוָה, צִפִּיָּה, תּוֹחֶלֶת
expectorate, *v.t.*	יָרַק, רָקַק
expectoration, *n.*	רֹק, כִּיחַ
expediency, *n.*	הַתְאָמָה, כְּדָאִיּוּת
expedient, *adj.*	מַתְאִים, מוֹעִיל
expedite, *v.t.*	הֵקֵל [קלל], מִהֵר
expedition, *n.*	מְהִירוּת, פְּזִיזוּת; מִשְׁלַחַת
expel, *v.t.*	גֵּרַשׁ, הוֹצִיא [יצא]
expend, *v.t.*	הוֹצִיא [יצא] (כֶּסֶף), בִּלָּה
expenditure, *n.*	הוֹצָאָה
expense, *n.*	הוֹצָאָה
expensive, *adj.*	יָקָר
expensively, *adv.*	בְּיֹקֶר
experience, *n.*	נִסָּיוֹן, הַרְפַּתְקָה
experience, *v.t.*	לָמַד, הִתְנַסָּה [נסה]
experienced, *adj.*	מְנֻסֶּה
experiment, *n.*	מִבְחָן, נִסָּיוֹן
experiment, *v.i.*	עָשָׂה נִסְיוֹנוֹת, נִסָּה
experimental, *adj.*	נִסְיוֹנִי
experimentation, *n.*	נִסּוּי, הִתְנַסּוּת
expert, *n.*	מֻמְחֶה, יַדְעָן
expertness, *n.*	מֻמְחִיּוּת, בְּקִיאוּת
expiate, *v.t.*	רִצָּה, כִּפֵּר
expiation, *n.*	כִּפּוּר, רִצּוּי
expiration, *n.*	סוֹף; נְשִׁימָה, הוֹצָאַת רוּחַ, יְצִיאַת נְשָׁמָה
expire, *v.t. & i.*	נָשַׁם, שָׁאַף רוּחַ; מֵת, כָּבָה
explain, *v.t.*	פֵּרַשׁ, בֵּאֵר, תֵּרַץ
explanation, *n.*	בֵּאוּר, הַסְבָּרָה
explanatory, *adj.*	מְבָאֵר, מְפָרֵשׁ
explicit, *adj.*	מְפֹרָשׁ, בָּרוּר
explicitly, *adv.*	בְּפֵרוּשׁ
explode, *v.t. & i.*	פּוֹצֵץ, הִתְפּוֹצֵץ [פצץ]
exploit, *n.*	עֲלִילָה, מַעֲשֶׂה גְּבוּרָה
exploit, *v.t.*	נִצֵּל, הֵפִיק [פוק] תּוֹעֶלֶת
exploitation, *n.*	נִצּוּל
explore, *v.t.*	חָקַר, חִפֵּשׂ, רִגֵּל
explorer, *n.*	תַּיָּר, חוֹקֵר, מְחַפֵּשׂ
explosion, *n.*	הִתְפּוֹצְצוּת
explosive, *n. & adj.*	חֹמֶר נֶפֶץ; נָכוֹן לְהִתְפּוֹצֵץ, פַּצִּיץ
exponent, *n.*	מַעֲרִיךְ (אַלְגֶּבְרָה); מְבָאֵר, מְפָרֵשׁ
export, exportation, *n.*	יְצוּא
export, *v.t.*	יִצֵּא
exporter, *n.*	יַצְאָן
expose, *v.t.*	גִּלָּה, פִּרְסֵם, הִצִּיג [יצג], בֵּאֵר
exposition, *n.*	הֶסְבֵּר; תַּעֲרוּכָה
expostulate, *v.t.*	הִתְאוֹנֵן [אנן], הִתְוַכֵּחַ [וכח] עִם
expostulation, *n.*	קְבִילָנָה, תְּלוּנָה
exposure, *n.*	הוֹקָעָה; מַחֲשׂוֹף; הִגָּלוּת, הִתְגַּלּוּת

expound, v.t.	פֵּרַשׁ, בֵּאֵר, הִסְבִּיר [סבר]
expounder, n.	מְבָאֵר, מְפָרֵשׁ, מַסְבִּיר
express, adj. & n.	מְפֹרָשׁ, מְיֻחָד; דָּחוּף; מַסָּע מָהִיר
express, v.t.	הִבִּיעַ [נבע], חִוָּה, בִּשֵּׂא, סָחַט
expression, n.	הַבָּעָה, בִּטּוּי; סְחִיטָה
expressly, adv.	בִּמְפֹרָשׁ
expropriate, v.t.	הִפְקִיעַ [פקע] (נְכָסִים)
expulsion, n.	גֵּרוּשׁ
expurgate, v.t.	טִהֵר, נִקָּה (סֵפֶר)
exquisite, adj.	מְצֻיָּן, נִבְחָר, נַעֲלֶה, מְעֻלֶּה
extant, adj.	נִמְצָא, קַיָּם
extemporaneous, adj.	לְלֹא הֲכָנָה
extend, v.t. & i.	הוֹשִׁיט [ישט] (יָד), הִתְרַחֵב [רחב], הִתְמַתַּח [מתח], מָתַח, הוֹסִיף [יסף], הִשְׂתָּרֵעַ [שרע]
extension, n.	הַאֲרָכָה, הַרְחָבָה, מְתִיחָה
extensive, adj.	נִרְחָב, כּוֹלֵל, מַקִּיף
extensively, adv.	בַּאֲרִיכוּת
extenuate, v.t.	הֵקֵל [קלל], הִקְטִין [קטן]
extenuation, n.	הֲקָלָה, הַקְטָנָה
exterior, adj.	חִיצוֹנִי
exterior, n.	חִיצוֹנִיּוּת
exterminate, v.t.	הִשְׁמִיד [שמד], הִכְרִית [כרת], כִּלָּה
extermination, n.	הַשְׁמָדָה
external, adj.	חִיצוֹנִי
extinct, adj.	נִכְחָד, נִשְׁכָּח, כָּבוּי
extinction, n.	כִּבּוּי, הַשְׁמָדָה
extinguish, v.t.	כִּבָּה, הֶאֱפִיל [אפל], כִּלָּה
extinguisher, n.	מַטְפֶּה, מְכַבֶּה

extirpate, v.t.	עָקַר, שֵׁרַשׁ, הִכְרִית [כרת]
extirpation, n.	הַשְׁמָדָה, כְּרִיתָה
extol, v.t.	קִלֵּס, שִׁבַּח, הִלֵּל
extort, v.t.	הוֹצִיא [יצא] בְּכֹחַ (אוֹ עַל יְדֵי אִיּוּם), עָשַׁק, חָמַס
extortion, n.	עֹשֶׁק
extortioner, n.	עוֹשֵׁק
extra, adj., n. & adv.	נוֹסָף, בִּלְתִּי רָגִיל, בְּיִחוּד, מְיֻחָד
extract, n.	תַּמְצִית; מִיץ
extract, v.t.	עָקַר (שֵׁן), הוֹצִיא [יצא], הֵפִיק [פוק]
extraction, n.	עֲקִירָה, הוֹצָאָה; מָצוּי; גֶּזַע (מוֹצָא)
extradite, v.t.	הִסְגִּיר [סגר] (פּוֹשֵׁעַ)
extradition, n.	הַסְגָּרָה
extraneous, adj.	זָר, חִיצוֹנִי; טָפֵל
extraordinary, adj.	יוֹצֵא מִן הַכְּלָל, בִּלְתִּי רָגִיל
extravagance, n.	בִּזְבּוּז, מוֹתָרוֹת
extravagant, adj.	מְבַזְבֵּז, נִפְרָז, מֻפְלָג
extreme, adj.	קִיצוֹנִי, אַחֲרוֹן
extreme, n.	קָצֶה, קִיצוֹן
extremely, adv.	(הַרְבֵּה) מְאֹד
extremist, n.	קִיצוֹנִי
extremity, n.	קָצֶה, גְּבוּל; קָצֶה הָאֵבֶר (כְּנָף; רֶגֶל; יָד)
extricate, v.t.	שִׁחְרֵר מִסְּבָךְ, חִלֵּץ
exuberance, n.	שֶׁפַע, מַרְבִּית, רֹב
exuberant, adj.	מִתְרַבֶּה, מְשֻׁנְשָׁן
exudation, n.	הַזָּעָה, דִיּוּת
exude, v.t. & i.	נָטַף, דִּיַּת, הַזִּיעַ [זוע]
exult, v.i.	צָהַל, עָלַז, שָׂמַח
exultant, adj.	עַלִּיז, שָׂמֵחַ
exultation, n.	חֶדְוָה, דִּיצָה, שָׂשׂוֹן, שִׂמְחָה

eye, *n.*	עַיִן; מַרְאָה; בִּינָה; קוּף מַחַט;
	הִתְבּוֹנְנוּת; רְאִיָּה
eye, *v.t.*	הִבִּיט [נבט], הִתְבּוֹנֵן [בין]
	נָתַן עַיִן, עִיֵּן
eyeball, *n.*	גַּלְגַּל הָעַיִן
eyebrow, *n.*	גַּבָּה, גַּבַּת עַיִן, גְּבִין

eyeglasses, *n. pl.*	מִשְׁקָפַיִם
eyelid, *n.*	עַפְעַף, שְׁמוּרָה
eyelash, *n.*	רִיס
eyelet, *n.*	לוּלָאָה, קוּף
eyesight, *n.*	רְאִיָּה; הַבָּטָה

F, f

F, f, *n.*	אֶף, הָאוֹת הַשִּׁשִּׁית בָּאָלֶף־בֵּית
	הָאַנְגְּלִי, שִׁשָּׁה, ו׳
fable *n.*	בְּדָיָה, מַעֲשִׂיָּה, אַגָּדָה
fable, *v.t. & i.*	בָּדָא, סִפֵּר
fabric, *n.*	אֶרֶג, אָרִיג, בִּנְיָן
fabricate, *v.t.*	יָצַר, בָּדָא, בָּדָה
fabrication, *n.*	יְצִירָה, בְּדָיָה, בִּדָּיוֹן
fabulous, *adj.*	בַּדּוּי, דִּמְיוֹנִי; כּוֹזֵב;
	עָצוּם
façade, *n.*	חֲזִית (פְּנֵי בִּנְיָן)
face, *n.*	פָּנִים, פַּרְצוּף, קְלַסְתֵּר פָּנִים;
	אֹמֶץ
face, *v.t. & i.*	עָמַד בִּפְנֵי, עָמַד פָּנִים
	אֶל פָּנִים; הִתְנַגֵּד [נגד]; כִּסָּה, צִפָּה
facetious, *adj.*	עַלִּיז, מְחֻדָּד מְבַדֵּחַ,
	הִתּוּלִי
facial, *adj.*	שֶׁל פָּנִים
facile, *adj.*	קַל
facilitate, *v.t.*	הֵקֵל [קלל]
facilities, *n. pl.*	נוֹחִיּוֹת
facility, *n.*	קַלּוּת; נוֹחִיּוּת, נוֹחוּת
facing, *n.*	פְּנִיָּה, צִפּוּי, חֲזִית
facsimile, *n.*	הֶעְתֵּק, הַעְתָּקָה, פַּתְשֶׁגֶן
	דְּמוּת
fact, *n.*	עֻבְדָּה, אֲמִתּוּת
faction, *n.*	פְּלֻגָּה, מִפְלָגָה; רִיב,
	מַחֲלֹקֶת
factitious, *adj.*	מְלָאכוּתִי

factor, *n.*	מַכְפִּיל (בְּחֶשְׁבּוֹן); גּוֹרֵם,
	פּוֹעֵל; סוֹכֵן, עָמִיל
factory, *n.*	בֵּית חֲרֹשֶׁת
faculty, *n.*	חֶבֶר הַמּוֹרִים, מַחְלָקָה
	(בְּמִכְלָלָה), יְכֹלֶת, בִּינָה
fad, *n.*	אָפְנָה, מִנְהָג, שִׁגָּעוֹן
fade, *v.i.*	דָּהָה, נָבַל, קָמַל, בָּלָה, כָּהָה
fag, *v.t. & i.*	עָבַד קָשֶׁה, יָעַף, הִתְיַגֵּעַ
	[יגע], חָלָאָה, הֶעֱבִיד [עבד]
fagot, faggot, *n.*	חֲבִילָה, צְרוֹר
fail, *v.t. & i.*	הִכְזִיב [כזב], כָּשַׁל,
	חָסַר, אָזַל; פָּשַׁט רֶגֶל
failure, *n.*	כִּשָּׁלוֹן, אִי הַצְלָחָה, מַפָּלָה;
	פְּשִׁיסַת רֶגֶל; הַזְנָחָה
faint, *adj.*	מִתְעַלֵּף, חַלָּשׁ, פַּחְדָּן, חִוֵּר
faint, *v.i.*	הִתְעַלֵּף [עלף], עָיֵף
faintness, *n.*	רִפְיוֹן, חַלָּשׁוּת, תְּשִׁישׁוּת
	פַּחְדָּנוּת; חֶרְדּוֹן
fair, *adj.*	צוֹדֵק; מַתְאִים; בֵּינוֹנִי; נֶחְמָד
fair. *n.*	יָרִיד, שׁוּק
fair, *adv.*	יָפֶה, נָאֶה
fairly, *adv.*	יָפֶה, נָאֶה, בְּצֶדֶק, בְּיֹשֶׁר
fairness, *n.*	צֶדֶק, יֹשֶׁר
fairy, *n.*	פֵּיָה, קוֹסֶמֶת, מַקְסִימָה
fairyland, *n.*	אֶרֶץ הַקּוֹסְמִים
fairy tale	מַעֲשִׂיָּה, אַגָּדָה
faith, *n.*	אֵמוּן, אֱמוּנָה, אֱמֶת
faithful, *adj.*	נֶאֱמָן

faithless, *adj.*	חֲסַר אֱמוּנָה, בּוֹגֵד; סוֹטֶה, סוֹטָה
fake, *n.*	גּוֹנֵב דַּעַת, אֲחִיזַת עֵינַיִם, תַּרְמִית, מִרְמָה
fake, *v.t.*	גָּנַב דַּעַת, אָחַז עֵינַיִם
falcon, *n.*	בַּז
falconer, *n.*	בַּזְיָר
falconry, *n.*	בַּזְיָרוּת
fall, *v.t. & i.*	נָפַל, יָרַד
fall, *n.*	נְפִילָה, יְרִידָה; מַפָּל, אֶשֶׁד; מַפֹּלֶת; סְתָו
fallacious, *adj.*	מַתְעֶה, מַטְעֶה, מְרֻמֶּה
fallacy, *n.*	טָעוּת, מִרְמָה, הַטְעָיָה
fallow, *n.*	בּוּר, שָׂדֶה בּוּר מִלַּאכוּתִי
false, *adj.*	מְזֻיָּף, כּוֹזֵב, מְרֻמֶּה
falsification, *n.*	זִיּוּף
falsify, *v.t.*	זִיֵּף
falsity, *n.*	שַׁקְרוּת
falter, *v.i. & t.*	פִּקְפֵּק, נִמְנֵם
fame, *n.*	תִּפְאֶרֶת, שֵׁמַע, שֵׁם טוֹב, פִּרְסוּם
famed, *adj.*	מְפֻרְסָם, מְהֻלָּל
familiar, *adj. & n.*	רָגִיל, יָדִיד, מַכִּיר
familiarity, *n.*	יְדִידוּת, קִרְבָה
familiarize, *v.t.*	הִרְגִּיל [רגל]; יִדַּע
family, *n.*	מִשְׁפָּחָה, גֶּזַע
famine, *n.*	רָעָב
famish, *v.t. & i.*	הֵמִית [מות], מֵת (בְּרָעָב)
famous, *adj.*	נוֹדָע, גָּדוֹל, מְפֻרְסָם
fan, *n.*	מְנִיפָה, מְאַוְרֵר, אֻרְדָּר; מַעֲרִיץ
fan, *v.t.*	הֵנִיף [נוף] (בִּמְנִיפָה), לִבָּה (אֵשׁ), זֵרָה (תְּבוּאָה)
fanatic, fanatical, *adj. & n.*	קַנָּאִי
fanaticism, *n.*	קַנָּאוּת
fanciful, *adj.*	דִּמְיוֹנִי
fancy, *adj.*	יָפֶה, דִּמְיוֹנִי
fancy, *n.*	דִּמְיוֹן; רָצוֹן מְיֻחָד, נְטִיָּה, מִשְׁאָלָה
fancy, *v.t. & i.*	דִּמָּה, שִׁעֵר; חָפֵץ
fang, *n.*	שֵׁן חַיָּה, שֵׁן נָחָשׁ, שֵׁן כֶּלֶב
fantastic, fantastical, *adj.*	נִפְלָא, דִּמְיוֹנִי, מֻפְלָא, דִּמְיוֹנִי
fantasy, phantasy, *n.*	דִּמְיוֹן, הֲזָיָה, בְּדָי; חִבּוּר נְגִינִי
far, *adj.*	רָחוֹק
far, *adv.*	מֵרָחוֹק
faraway, *adj.*	רָחוֹק, פְּזוּר נֶפֶשׁ, מְפֻזָּר
far-between, *adj.*	נָדִיר, שֶׁאֵינוֹ שָׁכִיחַ
farce, *n.*	חִזָּיוֹן מַצְחִיק, מַצְחֵק
farcical, *adj.*	מְגֻחָךְ, מַצְחִיק
fare, *n.*	נְסִיעָה, מְחִיר נְסִיעָה; מַאֲכָלִים
fare, *v.i.*	נִמְצָא (בְּמַצָּב), הָיָה, נָסַע, אָכַל וְשָׁתָה; קָרָה
farewell, *interj. & n.*	שָׁלוֹם! פְּרִידָה
farina, *n.*	קֶמַח, עֲמִילָן
farm, *n.*	חַוָּה, אֲחֻזָּה, מֶשֶׁק
farm, *v.t.*	אִכֵּר, עָבַד אֲדָמָה
farmer, *n.*	אִכָּר, חַקְלָאִי
farmhouse, *n.*	בֵּית (הָאִכָּר) הַחַוָּה
farming, *n.*	אִכָּרוּת, חַקְלָאוּת
farmstead, *n.*	מֶשֶׁק הָאִכָּר
farmyard, *n.*	חֲצַר הַחַוָּה
farsighted, *adj.*	רְחוֹק רְאוּת; חוֹזֶה מֵרֹאשׁ
farther, *adj. & adv.*	נוֹסָף, יוֹתֵר רָחוֹק; הָלְאָה, וְעוֹד
farthermost, farthest, *adj. & adv.*	הָרָחוֹק בְּיוֹתֵר
farthing, *n.*	פְּרוּטָה (אַנְגְּלִית)
fascinate, *v.t. & i.*	לָכַד בְּחַבְלֵי קֶסֶם, הִקְסִים (קסם); לִבֵּב
fascination, *n.*	הַקְסָמָה, מִקְסָם
fashion, *n.*	אֹפֶן, אָפְנָה; צוּרָה, דֶּרֶךְ
fashion, *v.t.*	הָיָה לְאָפְנָה, נָתַן צוּרָה, יָצַר, הִתְאִים [תאם]
fashionable, *adj.*	שֶׁלְּפִי הָאָפְנָה

8

fast, *adj.*	סָגוּר, מְהֻדָּק; מָהִיר, פָּזִיז; מָסוּר, נֶאֱמָן	fault, *n.*	לִקּוּי, מוּם, חִסָּרוֹן, אָשָׁם; קִלְקוּל
fast, *n.*	תַּעֲנִית, צוֹם	faultless, *adj.*	שָׁלֵם, צָרוּף, חֲסַר מוּם
fast, *adv.*	בִּמְהִירוּת	faulty, *adj.*	לִקּוּי, פָּגוּם
fast, *v.i.*	הִתְעַנָּה [ענה], צָם [צום]	fauna, *n.*	הַחַי, חַיּוֹת, בַּעֲלֵי חַיִּים
fasten, *v.t. & i.*	סָגַר, נָעַל, הֵנִיף [נוף]; חִזֵּק, חִבֵּר, הִדְבִּיק [דבק], הֶחֱזִיק [חזק]; נִדְבַּק [דבק] בְּ־	favor, favour, *n.*	טוֹבָה, סַעַד, חֶסֶד
		favor, favour, *v.t.*	תָּמַךְ, נָשָׂא פָנִים, עָשָׂה חֶסֶד
fastening, *n.*	קֶשֶׁר, הִדּוּק, סְגִירָה, נְעִילָה	favorable, favourable, *adj.*	מְקֻבָּל, רָצוּי
fastidious, *adj.*	אֲנִין הַדַּעַת, מְפַנָּק, נוֹקְדָן	favorably, favourably, *adv.*	בְּרָצוֹן
		favorite, favourite, *n.*	אָהוּב, חָבִיב, נִבְחָר
fastness, *n.*	מְהִירוּת; מִצּוּדָה; בִּטָּחוֹן	favoritism, favouritism, *n.*	הַעֲדָפָה, מַשּׂוֹא פָנִים, נְשִׂיאַת פָּנִים
fat, *adj.*	שָׁמֵן, דָּשֵׁן, כָּבֵד; עָשִׁיר		
fat, *n.*	שֻׁמָּן, שֹׁמֶן, שֶׁמֶן, חֵלֶב	fawn, *n.*	עֹפֶר, יַחְמוּר צָעִיר
fatal, *adj.*	מֵבִיא מָוֶת, גּוֹרָלִי, אָסוֹנִי	fay, *n.*	פֵּיָה, שֵׁדָה, מַקְסִימָה
fatalism, *n.*	גּוֹרָלִיּוּת	fealty, *n.*	נֶאֱמָנוּת, אֱמוּן
fatalist, *n.*	מַאֲמִין בְּגוֹרָלִיּוּת	fear, *n.*	פַּחַד, יִרְאָה, חִתָּה
fatality, *n.*	גּוֹרָל, (מִקְרֶה) מָוֶת; אָסוֹן	fear, *v.t. & i.*	פָּחַד, יָרֵא, חָשַׁשׁ
fate, *n.*	גּוֹרָל, מַזָּל, גְּזֵרָה, מָנָה; מִיתָה	fearful, *adj.*	דָּחִיל, אָיֹם, נוֹרָא, מַפְחִיד
fateful, *adj.*	גּוֹרָלִי	fearfully, *adv.*	בְּיִרְאָה
father, *n.*	אָב, אַבָּא; מוֹלִיד; מַמְצִיא	fearless, *adj.*	בְּלִי חַת
father, *v.t.*	הָיָה אָב לְ־	fearsome, *adj.*	מַחֲרִיד, אָיֹם
fatherhood, *n.*	אַבְהוּת, אֲבָהוּת	feasibility, *n.*	אֶפְשָׁרוּת
father-in-law, *n.*	חוֹתֵן, חָם	feasible, *adj.*	אֶפְשָׁרִי
fatherland, *n.*	אֶרֶץ אָבוֹת, מְכוֹרָה	feast, *n.*	חַג, מִשְׁתֶּה, כֵּרָה
fatherless, *adj.*	יָתוֹם	feast, *v.t. & i.*	חָגַג, אָכַל וְשָׁתָה, כָּרָה, שִׁעֲשַׁע
fatherlike, fatherly, *adv.*	אַבְהִי		
fathom, *v.t.*	חָקַר, בָּא [בוא] עַד חֵקֶר	feat, *n.*	מִפְעָל
fathomless, *adj.*	עָמֹק, עַד אֵין חֵקֶר	feather, *n.*	נוֹצָה, אֶבְרָה
fatigue, *n.*	עֲיֵפוּת, יְגִיעָה, לֵאוּת	feather, *v.t. & i.*	כִּסָּה נוֹצוֹת, קִשֵּׁט בְּנוֹצוֹת, הִתְכַּסָּה [כסה] נוֹצוֹת
fatigue, *v.t.*	הִלְאָה [לאה], יִגַּע		
fatness, *n.*	שֹׁמֶן, שַׁמְנוּת	feathery, *adj.*	נוֹצִי
fatten, *v.t.*	הִשְׁמִין [שמן], פִּטֵּם, סִיֵּב	feature, *n.*	אֲרֶשֶׁת (קְלַסְתֵּר) פָּנִים,
fatten, *v.i.*	דָּשֵׁן, שָׁמֵן		שִׁרְטוּט, אֹפִי; תּוֹסֶפֶת; סֶרֶט רָאשִׁי
fatty, *adj.*	שַׁמְנוּנִי	featureless, *adj.*	חֲסַר אֲרֶשֶׁת פָּנִים
fatuous, *adj.*	טִפְּשִׁי, חֲסַר דַּעַת		
faucet, *n.*	בֶּרֶז, דַּד, מֵינֶקֶת	febrile, *adj.*	קַדַּחְתָּנִי

February, n.	פֶבְּרוּאַר (הַחֹדֶשׁ הַשֵּׁנִי בַּשָּׁנָה הָאֶזְרָחִית)
feces, n.	חֲרָאִים, צוֹאָה, גְּלָלִים רְעִי, צְפִיעִים, לְשָׁלֶשֶׁת (עוֹפוֹת); פְּסֹלֶת, שְׁמָרִים
fecund, adj.	פּוֹרֶה
fecundate, v.t.	הִפְרָה [פרה], עִבֵּר
fecundity, n.	פְּרִיָּה וּרְבִיָּה, פִּרְיָה וּרְבִיָּה
federal, adj.	מְאֻחָד, מְאֻגָּד, שֶׁל בְּרִית
federalism, n.	הִתְאַחֲדוּת, אַחְדוּת
federation, n.	הִסְתַּדְּרוּת
fee, n.	תַּשְׁלוּם, שָׂכָר, אַגְרָה
fee, v.t.	שִׁלֵּם שָׂכָר
feeble, adj. & n.	חַלָּשׁ, רָפֶה, תָּשׁוּשׁ
feebleness, n.	תְּשִׁישׁוּת
feed, n.	מַאֲכָל, סְעָדָה, מִשְׁתֶּה; מִרְעֶה
feed, v.t. & i.	הֶאֱכִיל [אכל], זָן [זון], פִּרְנֵס, אָכַל, הִתְפַּרְנֵס [פרנס]; הִכְנִיס [כנס] (בִּמְכוֹנָה)
feeder, n.	מַאֲכִיל, מַלְעִיט, מְכַלְכֵּל
feel, n.	חוּשׁ, חוּשׁ הַמִּשּׁוּשׁ, תְּחוּשָׁה
feel, v.t.	הִרְגִּישׁ [רגש], מִשֵּׁשׁ, מִשְׁמֵשׁ, נָשַׁשׁ
feeler, n.	מַרְגִּישׁ; זִיז; מְרַגֵּל
feeling, n.	הַרְגָּשָׁה, תְּחוּשָׁה, רֶגֶשׁ, מִשּׁוּשׁ
feet, n. pl.	רַגְלַיִם
feign, v.t. & i.	הֶעֱמִיד [עמד] פָּנִים, הִתְחַפֵּשׂ [חפש], עָשָׂה עַצְמוֹ כְּאִלּוּ
feint, n.	תַּחְבּוּלָה, תּוֹאֲנָה
felicitate, v.t.	אִשֵּׁר, בֵּרֵךְ
felicitation, n.	בְּרָכָה, בִּרְכַּת מַזָּל טוֹב
felicity, n.	אֹשֶׁר, בְּרָכָה, הַצְלָחָה
feline, adj.	חֲתוּלִי; עָרוּם
fell, adj.	אַכְזָרִי, אִים, מֵמִית, עַר
fell, n.	עוֹר
fell, v.t.	כָּרַת, חָטַב, הִפִּיל [נפל] (עֵץ)

fellow, n.	עָמִית, רֵעַ, חָבֵר, אִישׁ; מֻדְעָן, פּוֹחֵז; בֶּן זוּג
fellowship, n.	חֲבֵרוּת, שֻׁתָּפוּת, רֵעוּת; תְּמִיכָה
felly, n.	חִשּׁוּק (שֶׁל גַּלְגַּל)
felon, n.	עֲבַרְיָן, חוֹטֵא, פּוֹשֵׁעַ, נִשְׁחָת, חַבּוּרָה
felony, n.	עֲבֵרָה, עָווֹן (פְּלִילִי)
felt, n.	לֶבֶד, נֶמֶט
female, adj. & n.	נְקֵבִי, נְקֵבָה, אִשָּׁה
feminine, adj.	נָשִׁי
femur, n.	קוּלִית, עֶצֶם הַיָּרֵךְ
fen, n.	בִּצָּה
fence, n.	גָּדֵר, וָדֵר, סְיָג
fence, v.t. & i.	גָּדַר, סִיֵּג, סָיֵף, הִסְתַּיֵּף [סיף]
fencer, n.	סַיָּף
fencing, n.	גְּדִירָה, סִיּוּג, סִיּוּף
fend, v.t.	הִרְחִיק [רחק], הֵשִׁיב [שוב] (אָחוֹר), סָכַךְ, הֵגֵן [גנן]
fender, n.	שְׁבָכָה, שְׁבָכַת תַּנּוּר, כָּנָף (מְכוֹנִית)
fennel, n.	שׁוּם, גֹּפֶר, שֻׁמָּר
ferment, n.	תְּסִיסָה, שְׂאוֹר שֶׁבָּעִסָּה, מְהוּמָה
ferment, v.i. & t.	תָּסַס, הִתְגָּעֵשׁ [געש], הֵסִית [סות]
fermentation, n.	חִמּוּץ, תְּסִיסָה
fern, n.	שָׁרֶךְ
ferocious, adj.	אַכְזָרִי
ferocity, n.	אַכְזָרִיּוּת
ferret, n. & v.t.	נַבְרָן, נָבַר, חִטֵּט, גִּלָּה
ferrous, adj.	בַּרְזִלִּי
ferrule, n.	חָח
ferry, n.	מַעְבָּרֶת, גֶּשֶׁר נָע
ferry, v.t. & i.	הֶעֱבִיר [עבר] בְּמַעְבָּרֶת; עָבַר בְּמַעְבָּרֶת
ferryboat, n.	מַעְבָּרֶת, רַפְסוֹדָה

8*

fertile, *adj.*	פּוֹרָה
fertility, *n.*	פּוֹרִיּוּת, פְּרִיָּה, פִּרְיוֹן
fertilize, *v.t.*	הִפְרָה [פרה], עִבֵּר; זִבֵּל
fertilizer, *n.*	זֶבֶל; זַבָּל
fervency, *n.*	חֹם, הִתְלַהֲבוּת
fervent, *adj.*	נִלְהָב, חַם
fervently, *adv.*	בְּהִתְלַהֲבוּת
fervid, *adj.*	קוֹדֵחַ, לוֹהֵט
fervor, fervour, *n.*	קִנְאָה, לַהַט
festal, *adj.*	שָׂמֵחַ, עַלִּיז
fester, *v.i. & t.*	מֻגַּל, הִתְמַגֵּל [מגל], רָקַב, נָמַק
festival, *n.*	חַג, חֲגִינָה, מוֹעֵד
festive, *adj.*	שָׂמֵחַ, חֲגִיגִי
festivity, *n.*	חֲגִיגוּת, חֶדְוָה, גִּילָה
festoon, *n.*	זֵר (מִקְלַעַת) פְּרָחִים; לוֹיָה
fetch, *v.t. & i.*	הִשִּׂיג [נשג] (מְחִיר), הֵבִיא [בוא]
fetid, *adj.*	מַבְאִישׁ, מַסְרִיחַ
fetish, fetich, *n.*	תֶּרֶף (תְּרָפִים), אֱלִיל, קָמִיעַ
fetters, *n. pl.*	זִיקִים, אֲזִקִּים, כְּבָלִים; עַבְדוּת
fetter, *v.t.*	כָּפַת, עָקַד, אָסַר בַּאֲזִקִּים, אָסַר בִּכְבָלִים
fettle, *n.*	מַצָּב, נְכוֹנוּת
fetus, foetus, *n.*	עֻבָּר
feud, *n.*	שִׂנְאָה, קְטָטָה, רִיב (מִשְׁפָּחוֹת, אַחִים)
fever, *n.*	אַבְעֲבִית, חַמָּה, קַדַּחַת, חֹם צְמַרְמֹרֶת
feverish, *adj.*	קַדַּחְתָּנִי
few, *adj.*	מְעַטִּים, אֲחָדִים
fiancé(e), *n.*	חָתָן, כַּלָּה, אֵרוּס, אֲרוּסָה
fiasco, *n.*	כִּשָּׁלוֹן, תְּבוּסָה
fiat, *n.*	גְּזֵרָה; יְהִי
fib, *n.*	בְּדָיָה, כָּזָב, כִּזּוּבוֹן, צְ׳זְבַּת

fibber, fibster, *n.*	בַּדַּאי, כַּזְּבָן
fiber, fibre, *n.*	סִיב, צִיב, לִיף
fibrous, *adj.*	סִיבִי, לִיפִי
fickle, *adj.*	הַפַכְפַּךְ, פְּתַלְתֹּל
fickleness, *n.*	הַפַכְפְּכָנוּת
fiction, *n.*	בְּדָיָה, סִפּוּר דִּמְיוֹנִי, סִפְרוּת
fictional, fictitious, *adj.*	בָּדוּי
fiddle, *n.*	כִּנּוֹר
fiddle, *v.t. & i.*	כִּנֵּר, נִגֵּן בְּכִנּוֹר; בִּטֵּל זְמָן, עָסַק בִּדְבָרִים בְּטֵלִים
fiddler, *n.*	כִּנָּר; בַּטְלָן
fidelity, *n.*	אֵמוּן, נֶאֱמָנוּת, יֹשֶׁר
fidget, *n.*	עַצְבָּנוּת, תְּזוּזִית
fidget, *v.t. & i.*	הָיָה עַצְבָּנִי, הִתְנוֹעֵעַ [נוע]
field, *n.*	שָׂדֶה, שְׁדֵמָה
fiend, *n.*	שֵׁד, שָׂטָן
fierce, *adj.*	עַז, אַכְזָרִי
fiery, *adj.*	לוֹהֵט, נִלְהָב
fife, *n.*	חָלִיל, מַשְׁרוֹקִית
fifteen, *adj. & n.*	חֲמִשָּׁה עָשָׂר, חֲמֵשׁ עֶשְׂרֵה
fifteenth, *adj.*	הַחֲמִשָּׁה עָשָׂר, הַחֲמֵשׁ עֶשְׂרֵה
fifth, *adj.*	חֲמִישִׁי, חֲמִישִׁית
fifthly, *adv.*	חֲמִישִׁית
fiftieth, *adj.*	הַחֲמִשִּׁים
fifty, *adj. & n.*	חֲמִשִּׁים
fig, *n.*	תְּאֵנָה
fight, *n.*	הֵאָבְקוּת, קְרָב, מִלְחָמָה
fight, *v.t. & i.*	לָחַם, נִלְחַם [לחם], רָב, הִתְגּוֹשֵׁשׁ [גשש]
fighter, *n.*	מִתְגּוֹשֵׁשׁ, לוֹחֵם
figurative, *adj.*	מֻשְׁאָל
figuratively, *adv.*	בְּהַשְׁאָלָה
figure, *n.*	דְּמוּת, צוּרָה; אִישִׁיּוּת; סְפָרָה
figure, *v.t. & i.*	דִּמָּה, שִׁעֵר, חִשֵּׁב; הָיָה חָשׁוּב

filament, *n.*	נִימָה, חוּט (בְּאַנְס חַשְׁמַלִּי,
	בְּנוּרָה); זִיר (בְּפֶרַח)
filbert, *n.*	אֶלְסָר
filch, *v.t.*	גָּנַב, סָחַב
file, *n.*	תִּיק, תִּיקִיָה; שׁוּרָה; פְּצִירָה,
	מַסָּר, שׁוֹפִין
file, *v.t. & i.*	פָּצַר, שָׁף (שׁוּף) תִּיק,
	סִדֵּר (בְּתִיק), טָר (טוּר) הָלַךְ
	בְּשׁוּרָה, עָבַר בְּשׁוּרָה
filial, *adj.*	שֶׁל בֵּן, שֶׁל בַּת, כְּבֵן, דּוֹמֶה
	לְבֵן
filibuster, *n.*	נְאוּם אֵין סוֹף; לַסְטִים
filigree, *n.*	תַּחְרִים בְּכֶסֶף וּבְזָהָב
fill, *n.*	שֹׂבַע, סִפּוּק, רְוָיָה
fill, *v.t. & i.*	מִלֵּא; נִמְלָא [מלא]
filler, *n.*	מְמַלְּאָן, מִלּוּא, מִלּוּי
fillet, *n.*	שָׁבִיס, סֶרֶט; בָּשָׂר (דָּג)
	לְלֹא עֲצָמוֹת
filling, *n.*	מִלּוּי, סְתִימָה (לְשִׁנַּיִם)
filly, *n.*	סְיָחָה
film, *n.*	קְרוּם; שִׁכְבָה; סֶרֶט
	(שֶׁל מַצְלֵמָה, רְאִינוֹעַ, קוֹלְנוֹעַ)
film, *v.t. & i.*	קָרַם; צִלֵּם, הִסְרִיט
	(סֶרֶט)
film strip	סִרְטוֹן
filter, *n.*	מְסַנֵּן, מְסַנֶּנֶת
filter, *v.t. & i.*	סִנֵּן, פִּכְפֵּךְ
filth, *n.*	חֶלְאָה, סֻנְפָּה, זֻהֲמָה, זֻהַם
filthy, *adj.*	מְלֻכְלָךְ, מְזֹהָם, מְסֻנָּף
filtration, *n.*	סִנּוּן
fin, *n.*	סְנַפִּיר
final, *adj.*	סוֹפִי, מֻחְלָט
finale, *n.*	נְעִילָה (בִּנְגִינָה)
finality, *n.*	צְמִיתוּת, הֶחְלֵט
finally, *adv.*	לְבַסּוֹף, לְסוֹף
finance, *n.*	כְּסָפִים, עִנְיְנֵי כְּסָפִים,
	מָמוֹנוּת
finance, *v.t.*	מִמֵּן
financial, *adj.*	מָמוֹנִי, כַּסְפִּי
financier, *n.*	מָמוֹנַאי
finch, *n.*	פָּרוּשׁ (צִפּוֹר)
find, *n.*	מְצִיאָה, תַּגְלִית
find, *v.t.*	מָצָא, גִּלָּה
finder, *n.*	מוֹצֵא
finding, *n.*	מְצִיאָה; פְּסַק דִּין
fine, *adj.*	דַּק, עָדִין, חַד; בְּסֵדֶר,
	נָאֶה, טוֹב
fine, *n.*	קְנָס, עֹנֶשׁ
fine, *v.t.*	קָנַס, עָנַשׁ; צָרַף
fine arts	הָאֻמָּנֻיּוֹת הַיָּפוֹת
finger, *n.*	אֶצְבַּע (בְּהֶן, אֶגוּדָל; אֶצְבַּע;
	אַמָּה, אֶצְבַּע צְרֵדָה, קְמִיצָה; זֶרֶת)
finger, *v.t. & i.*	נָגַע; נָעַע בְּאֶצְבְּעוֹת;
	מִשֵּׁשׁ, מִשְׁמֵשׁ; גָּנַב, סָחַב; פָּרַט, נִגֵּן
finical, *adj.*	קַפְּדָן
finish, *n.*	גְּמָר, גֶּמֶר, סִיּוּם
finish, *v.t.*	גָּמַר, כִּלָּה, אָפַס, חָדַל
finite, *adj.*	סוֹפִי
fir, *n.*	אֶרֶן, צְנוֹבָר, אַשּׁוּחַ
fire, *n.*	אֵשׁ, דְּלֵקָה, מְדוּרָה, שְׂרֵפָה;
	יְרִיָּה; הִתְלַהֲבוּת, רֶגֶשׁ
fire, *v.t. & i.*	שָׂרַף, הִבְעִיר [בער],
	הִדְלִיק [דלק], הִצִּית [יצת],
	הִסִּיק [נסק]; יָרָה; פִּטֵּר;
	הִלְהִיב [להב]
fire, *v.i.*	בָּעַר, הִתְלַהֵט [להט],
	הִתְלַהֵב [להב]
fire alarm	אַזְעָקַת אֵשׁ
firearm, *n.*	כְּלִי נֶשֶׁק (רוֹבֶה, אֶקְדָּח)
firebrand, *n.*	אוּד
firecracker, *n.*	פְּצָצַת שָׁוְא
fire engine	מְכוֹנִית כַּבָּאִים
fire escape	מוֹצָא מִדְּלֵקָה
fire extinguisher	מַטְפֶּה
firefly, *n.*	גַּחְלִילִית
fireman, *n.*	כַּבַּאי

fireplace, n.	אָח, מוֹקֵד
fireproof, adj.	עוֹמֵד בִּפְנֵי אֵשׁ
firewood, n.	עֲצֵי הַסָּקָה, עֲצֵי דֶּלֶק
fireworks, n. pl.	זִקּוּקִין דִּי־נוּר (דִּנּוּר)
firm, adj.	יַצִּיב, קַיָּם, חָזָק, תַּקִּיף, קָשֶׁה
firm, n.	בֵּית עֵסֶק
firmament, n.	רָקִיעַ, שָׁמַיִם
firmly, adv.	בְּתֹקֶף, בְּחָזְקָה
firmness, n.	תַּקִּיפוּת, שְׁרִירוּת
first, adj.	רִאשׁוֹן
first, n.	רֵאשִׁית, הַתְחָלָה
first, adv.	רֵאשִׁית, בְּרֵאשִׁית, תְּחִלָּה
first aid	עֶזְרָה רִאשׁוֹנָה
first-born, adj. & n.	רֵאשִׁית אוֹן, בְּכוֹר
first-class, adj.	מֻבְחָר, מַדְרֵגָה רִאשׁוֹנָה; מַחְלָקָה (כִּתָּה) רִאשׁוֹנָה
first-rate, adj.	מִן הַמֻּבְחָר
fiscal, adj.	כַּסְפִּי, כַּלְכָּלִי
fish, n.	דָּג, דָּגָה
fish, v.t. & i.	דָּג (דּוּג), חִכָּה, חָרַם, צָד (צוד), דָּגִים, הוֹצִיא (יצא), מָשָׁה, דָּלָה; חָזַק, בִּקֵּשׁ מַחֲמָאָה
fisher, fisherman, n.	חָרָם, דַּיָּג
fishery, n.	דַּיִג, דּוּגָה
fishhook, n.	אַמְגָּן, קֶרֶס
fishing, n.	דַּיִג, דִּיּוּג, דִּינָה, חָרָם, חִכּוּי
fishwife, n.	מוֹכֶרֶת דָּגִים
fission, n.	סְדִיקָה, סָדוּק
fissure, n.	סֶדֶק, חָרִיץ בָּקִיעַ, שֶׁסַע
fist, n.	אֶגְרוֹף
fisticuff, n.	מַכַּת אֶגְרוֹף
fistula, n.	שְׁפוֹפֶרֶת מְצִיצָה
fit, adj.	מַתְאִים, רָאוּי, יָאֶה, הוֹלֵם
fit, n.	הַתְאָמָה, הַתְקָנָה
fit, v.t. & i.	הִתְאִים (תאם), הָיָה רָאוּי, כִּוֵּן, הָלַם
fitness, n.	כֹּשֶׁר, הַכְשֵׁר
five, adj. & n.	חֲמִשָּׁה, חָמֵשׁ
fivefold, adj. & adv.	כָּפוּל חָמֵשׁ, פִּי חֲמִשָּׁה
fix, n.	מַצָּב קָשֶׁה, מְבוּכָה
fix, v.t. & i.	תִּקֵּן, כּוֹנֵן (כון), קָבַע; שָׁחַד; נָעַץ (מַבָּט)
fixation, n.	קְבִיעָה, נְעִיצַת מַבָּט
fixedness, n.	קִיּוּם
fixture, n.	קְבִיעָה, תִּקּוּן, רָהִיט קָבוּעַ
fizzle, n.	כִּשָּׁלוֹן, הִתְגַּנְּשׁוּת, תְּסִיסָה
fizzle, v.i.	כָּשַׁל, נִכְשַׁל (כשל); תָּסַס
flabby, adj.	רָפֶה, רַךְ, חֲסַר שְׁרִירִים
flaccid, adj.	רָפֶה, רַךְ
flag, n.	דֶּגֶל, נֵס, מַרְצֶפֶת
flag, v.t. & i.	הִדְגִּיל (דגל); רִצֵּף; עָיֵף, רָפָה, נִלְאָה (לאה)
flagrant, adj.	נָלוֹז, מַחְפִּיר, מֵבִישׁ
flair, n.	חוּשׁ הָרֵיחַ
flake, n.	פְּתוֹת, פָּתִית
flake, v.t.	פָּתַת, פִּתֵּת
flame, n.	לֶהָבָה, שַׁלְהֶבֶת; אַהֲבָה
flame, v.t. & i.	הִלְהִיב (להב), שִׁלְהֵב; הִתְלַהֵט (להט), הִדְלִיק (דלק)
flamingo, n.	שְׁקִיטָן
flange, n.	אֹזֶן, מַאֲזֵן
flank, n.	אֲגַף, צַד (בְּהֵמָה)
flank, v.t. & i.	אֲגַף, תָּקַף, הֵגֵן
flannel, n.	אֲרִיג צֶמֶר
flannelette, n.	צַמְרָת
flap, n.	דַּשׁ, כָּנָף (בֶּגֶד); תְּנוּךְ (אֹזֶן); סְטִירָה
flap, v.t. & i.	נוֹפֵף (נוף), נִפְנֵף, הִשְׁתַּרְבֵּב (שרבב); הִכָּה (כָּנָף); סָטַר
flapper, n.	סוֹטֵר; אֶפְרוֹחַ; נַעֲרָה
flare, n.	הִתְלַקְּחוּת
flare, v.i.	הִתְלַהֵט (להט); הִתְאַנֵּף (אנף)
flash, n.	הַבְרָקָה, בָּזָק, הֶרֶף עַיִן

flash, v.t. & i.	הֵהֵל, הֵאִיר [אור],	flex, v.t.	עָקַם, כָּפַף
	בָּרַק, הִבְרִיק [ברק]	flexibility, n.	גְּמִישׁוּת
flask, n.	פַּךְ, בַּקְבּוּק, צְלוֹחִית	flexible, n.	גָּמִישׁ
flat, adj.	חָלָק, נָמוּךְ; שָׁטוּחַ, תָּפֵל	flexure, n.	עָקוֹם, עִוּוּת, נְטִיָּה, הַטָּיָה
flat, n.	דִּירָה; כַּף (רֶגֶל); פַּס (יָד);	flicker, n.	הִבְהוּב, רִפְרוּף
	שֶׁטַח, מִישׁוֹר; אֶגֶם; קַת	flicker, v.i.	הִבְהֵב, רִפְרֵף
flatten, v.t. & i.	שָׁטַח, הִיְשִׁיר [ישר];	flier, flyer, n.	עָף, טַיָּס, מְעוֹפֵף
	נַעֲשָׂה [עשה] תָּפֵל	flight, n.	נִיסָה, מְנוּסָה; סִיסָה
flatter, v.t.,	הֶחֱנִיף[חנף], דִּבֶּר חֲלָקוֹת,	flighty, adj.	קַל דַּעַת, בַּעַל דִּמְיוֹן מֻפְרָז
	הֶחֱלִיק [חלק] לָשׁוֹן	flimsy, adj.	קָלוּשׁ, קַל, רָפֶה
flatterer, n.	מַחֲנִיף, חוֹנֵף	flinch, v.i.	פִּקְפֵּק, הִסֵּס
flattery, n.	חֹנֶף, חֲנֻפָּה, חֲלַקְלַקּוֹת	fling, n.	מְשׁוּבָה; זְרִיקָה; הִתּוּל
flaunt, v.i.	הִתְגַּנְדֵּר [נדר],	fling, v.t. & i.	הִשְׁלִיךְ [שלך], זָרַק,
	הִתְיַהֵר [יהר], הִתְפָּאֵר [פאר]		רָמָה, יָרָה
flavor, flavour, n.	טַעַם, בֹּשֶׂם	flint, n.	צוּר, אֶבֶן אֵשׁ
flavor, flavour, v.t.	תִּבֵּל, בִּשֵּׂם	flinty, adj.	שֶׁל צוּר; עִקֵּשׁ
flaw, n.	פְּגָם, פְּגִימָה, חֶסָּרוֹן, לִקּוּי	flip, n.	סְטִירָה
flawless, adj.	תָּמִים, לְלֹא מוּם אוֹ פְּגָם	flip, v.t.	סָטַר
flax, n.	כֻּתָּן, פִּשְׁתָּן	flippancy, n.	חֻצְפָּה, פְּזִיזוּת, שְׁטְחִיּוּת,
flay, v.t.	סָרַק (בְּשַׂר אָדָם); הִפְשִׁיט		לַהַג
	[פשט] (עוֹר)	flippant, adj.	קַל דַּעַת, נִמְהָר, פָּזִיז,
flea, n.	פַּרְעוֹשׁ		שִׁטְחִי
fleck, n.	רֶבֶב, כֶּתֶם	flirt, flirtation, n.	אַהַבְהָב, אֲהַבְהָבִים
fleck, v.t.	נִמֵּר	flirt, v.t. & i.	אֲהַבְהֵב, הִתְנַפְנֵף [נפנף]
flection, flexion, n.	הַטָּיָה, נְטִיָּה	flit, v.i.	עָבַר; חָלַף; הִתְעוֹפֵף [עוף]
	(דְּקְדּוּק)	float, n.	רַפְסוֹדָה; צַף, פְּקַק חַכָּה
fledgling, fledgeling, n.	אֶפְרוֹחַ, גּוֹזָל	float, v.t. & i.	הֵצִיף [צוף], הֵשִׁיט
flee, v.t. & i.	בָּרַח, נָס [נוס]		צָף [צוף]
fleece, n.	צֶמֶר; גִּזָּה, עֲנָנָה	floater, n.	צָף, מָצוֹף
fleece, v.t.	גָּזַז; עָשַׁק, גָּזַל, רִמָּה	flock, n.	עֵדֶר, קְהִילָה, מַחֲנֶה, קְבוּצָה
fleecy, adj.	גִּזִּי, צַמְרִי	flock, v.i.	הִתְאַסֵּף [אסף], נִקְהַל
fleer, n.	(הַ)עֲוָיַת לַעַג, מַבָּט שֶׁל בִּטּוּל		[קהל], נָהַר, הִתְקַבֵּץ [קבץ]
fleer, v.i.	לִגְלֵג, הִתְלוֹצֵץ [ליץ]	floe, n.	שִׁכְבַת קֶרַח, צָף
fleet, adj.	מָהִיר	flog, v.t.	שִׁרְבֵּט, הִלְקָה [לקה]
fleet, n.	אֳנִי, צִי, יוֹבֵל	flood, n.	מַבּוּל, שִׁטָּפוֹן, גֵּאוּת הַיָּם
flesh, n.	בָּשָׂר, שְׁאֵר בָּשָׂר	flood, v.t.	שָׁטַף, הֵצִיף [צוף]
fleshly, adj.	דֶּרֶךְ בְּשָׂרִים, תַּאַוְתָנִי,	floor, n.	קַרְקַע, רִצְפָּה, קוֹמָה,
	בְּשָׂרִי, גּוּפִי		דִּיּוֹטָה; רְשׁוּת הַדִּבּוּר

floor, *v.t.*	רָצֵף; הִפִּיל [נפל] מִגֵּר, הִכָּה
flooring, *n.*	חָמְרֵי רִצּוּף
flop, *v.i.*	הִתְנַפְנֵף [נפנף]; נָפַל (אַרְצָה); נִכְשַׁל [כשל]
flora, *n.*	הַצּוֹמֵחַ, מַמְלֶכֶת הַצְּמָחִים
floral, *adj.*	פִּרְחִי
florist, *n.*	פִּרְחָן, מוֹכֵר (מְנַדֵּל) פְּרָחִים
florid, *adj.*	מָלֵא פְּרָחִים; מְלִיצִי
florin, *n.*	מַטְבֵּעַ (הוֹלַנְדִּי, אַנְגְּלִי)
floss, *n.*	מֶשִׁי (חַי) נָא
flotilla, *n.*	אֲנִיּוֹן, צִי קָטָן
flotsam, *n.*	שְׁבָרִים שָׁטִים
flounce, *v.i.*	הִתְנַדְנֵד [נדנד]
flounder, *n.*	סַנְדָּל, דָּג מֹשֶׁה רַבֵּנוּ
flounder, *v.i.*	הִתְנַהֵל [נהל] בִּכְבֵדוּת; פִּרְכֵּס, פִּרְכֵּס
flour, *n.*	קֶמַח, סֹלֶת
flourish, *n.*	קִשּׁוּט; הֲנָפָה (חֶרֶב)
flourish, *v.t. & i.*	נֵץ (נוב); פָּרַח; הִצְלִיחַ [צלח], עָשָׂה חַיִל
floury, *adj.*	קִמְחִי
flout, *n.*	לִגְלוּג
flout, *v.t.*	לִגְלֵג, בָּז (בוז)
flow, *n.*	זֶרֶם; גֵּאוּת (הַיָּם); שֶׁפֶךְ; שֶׁפַע (דִּבּוּר)
flow, *v.t. & i.*	זָרַם, נָזַל, שָׁפַע, גָּאָה (הַיָּם), נָבַע, הִתְנַפְנֵף [נפנף]
flower, *n.*	פֶּרַח; עִטּוּר, קִשּׁוּט; מִבְחָר
flower, *v.t. & i.*	פָּרַח; קִשֵּׁט (בִּפְרָחִים)
flowery, *adj.*	מְכֻסֶּה פְּרָחִים; נִמְלָץ (דִּבּוּר, סִגְנוֹן)
flowerpot, *n.*	עָצִיץ (פְּרָחִים)
flu, influenza, *n.*	שַׁפַּעַת
fluctuate, *v.i.*	הִתְנוֹעֵעַ [נוע]; עָלָה וְיָרַד (מְחִיר)
flue, *n.*	מַעֲבָר (בָּאֲרֻבָּה, בַּמַּצְעֲצֵנָה)
fluency, *n.*	אִשְׁנָרָה, שְׁגָרָה, הֶרְגֵּל; נְזִילוּת; שֶׁפַע (דִּבּוּר)

fluent, *adj.*	שָׁגוּר, שׁוֹטֵף, שְׁטָפִי
fluff, *n.*	מוֹכִית
fluffy, *adj.*	מוֹכִי
fluid, *adj.*	נוֹזְלִי
fluid, *n.*	נוֹזֵל, נוֹזְלִים
flunk, *n.*	כִּשָּׁלוֹן
flunk, *v.i.*	נִכְשַׁל [כשל] (בִּבְחִינָה)
flunky, flunkey, *n.*	מְשָׁרֵת, שַׁמָּשׁ; חוֹנֵף
fluoresce, *v.i.*	הִקְרִין [קרן]; הִתְנַגֵּן [נגן]
fluorescence, *n.*	הַתְנַגְּנוּת, קְרִינָה
flurry, *n.*	הִתְרַגְּשׁוּת, שָׁאוֹן; סוּפָה
flurry, *v.t.*	בִּלְבֵּל, הִבְהִיל [בהל]
flush, *n.*	אָדָם (פָּנִים); שֶׁפַע; הִתְעוֹפְפוּת (פִּתְאוֹמִית); פְּרִיחָה; צַמַרְמֹרֶת, סִדְרַת קְלָפִים בְּיָד
flush, *v.t. & i.*	הִתְאַדֵּם [אדם], הֶאֱדִים [אדם]; הִסְמִיק [סמק]; נִכְלַם [כלם]; יִשֵּׁר (דְּפוּס), הִדִּיחַ [נדח] (אֶת בֵּית כִּסֵּא)
flush, *adj.*	סָמוּק, אָדֹם; פּוֹרֵחַ; נִמְצָא בְּשֶׁפַע (כֶּסֶף); מַקְבִּיל, יָשָׁר (סִדּוּר דְּפוּס); מָלֵא (יַד קְלָפִים)
fluster, *v.t. & n.*	הִרְגִּיז [רגז], בִּלְבֵּל; חֹם, הַמְהִיר [מהר]; הִתְרַגְּשׁוּת; חֹם; מְהֻגָּר
flute, *n. & v.t.*	חָלִיל, אַבּוּב; חִלֵּל
flutist, *n.*	חֲלִילָן
flutter, *v.t. & i.*	רִפְרֵף, פִּרְפֵּר; רָחַף
flutter, *n.*	רִפְרוּף, רָחוּף
flux, *n.*	זוֹב, זִיבָה; זְרִימָה; גֵּאוּת (יָם)
fly, *n.*	יָעֵף, מָעוֹף, טִיסָה; זְבוּב
fly, *v.t. & i.*	עָף, עוֹפֵף, הִתְעוֹפֵף [עוף], סָס [טוס]
flyer, *v.* flier	
foal, *n.*	סְיָח
foal, *v.i.*	הִמְלִיט [מלט], יָלַד (סוּסִים)
foam, *n.*	קֶצֶף, אַדְוָה (קֶצֶף גַּלֵּי הַיָּם)

foam, v.t. & i.	הִקְצִיף [קצף], קָצַף, הֶעֱלָה קֶצֶף (אַדְוָה)
focal, adj.	מֶרְכָּזִי, מוֹקְדִי
focus, n. & v.t.	מוֹקֵד, מֶרְכֵּז, רִכֵּז, מִקֵּד
fodder, n.	מִסְפּוֹא
foe, n.	אוֹיֵב, שׂוֹנֵא, צַר
foetus, fetus, n.	עֻבָּר
fog, n., v.t. & i.	עֲרָפֶל, עִרְפֵּל; הִתְעַרְפֵּל [ערפל]; הֶאֱפִיל [אפל]
foggy, adj.	מְעֻרְפָּל
foible, n.	חֻלְשָׁה, מוּם, פְּנִימָה
foil, n.	רָדִיד, גִּלָּיוֹן (עָלֶה)
foil, v.t.	סִכֵּל, הֵפֵר [פרר]
fold, n.	גְּדֵרָה, דִּיר, מִכְלָה, עֶדְרָה; קֶמֶט; קִפּוּל, קֶפֶל
fold, v.t.	קִפֵּל; כָּפַל; קָמַט; חִבֵּק; כָּלָא
folder, n.	מִקְפָּל; מַצְטְפָה, עֲטִיפָה, כְּרִיכָה
foliage, n.	עַלְוָה
folk, n.	אֲנָשִׁים, בְּנֵי אָדָם, לְאֹם, קְרוֹבִים
folklore, n.	מִנְהֲגֵי הֲמוֹן הָעָם
follow, v.t. & i.	עָקַב, הָלַךְ אַחֲרֵי
follower, n.	הוֹלֵךְ (בְּעִקְבוֹת), תַּלְמִיד, מַעֲרִיץ, חָסִיד
folly, n.	טִפְּשׁוּת, שְׁטוּת, שִׁגָּעוֹן, עָוֶל
foment, v.t.	הִלְהִיב [להב] (לִמְהוּמוֹת); הֵסִית [סות], הֵחֵם [חמם]
fomentation, n.	חִמּוּם, עוֹרְרוּת
fond, adj.	אוֹהֵב
fondle, v.t. & i.	אָהַב, חִבֵּב, לִטֵּף
fondness, n.	חִבָּה
font, n.	כִּיּוֹר (לִטְבִילָה); יַצֶּקֶת (דְּפוּס)
food, n.	אֹכֶל, מַאֲכָל, מָזוֹן
fool, n.	כְּסִיל, פֶּתִי, שׁוֹטֶה
fool, v.t.	שָׁטָה; הִתֵּל [תלל], הֵתֵל; הוֹנָה [ינה], רִמָּה
foolery, n.	טִפְּשׁוּת
foolhardiness, n.	פַּחֲזוּת
foolish, adj.	מַצְחִיק, נִבְעָר
foolishness, n.	טִפְּשׁוּת
foot, n.	רֶגֶל, כַּף הָרֶגֶל; שַׁעַל; בָּסִיס, מַרְגְּלוֹת
foot, v.t. & i.	צָעַד, הָלַךְ בָּרֶגֶל; בָּעַט
football, n.	כַּדּוּרֶגֶל
footfall, n.	פְּסִיעָה, צַעַד
foothold, n.	עֶמְדָּה, מִדְרָךְ (כַּף רֶגֶל)
footing, n.	מַעֲמָד, עֵקֶב, הֲלִיכָה, יְסוֹד
footlights, n. pl.	אוֹרוֹת הַבָּמָה
footnote, n.	הֶעָרָה, רַגְלָן
footpad, n.	שׁוֹדֵד, גַּזְלָן
footprint, n.	עֲקֵבָה
footsore, n.	כְּאֵב רַגְלַיִם
footstep, n.	צַעַד, אִשּׁוּר, עָקֵב
footstool, n.	הֲדֹם
fop, n.	גַּנְדְּרָן
for, prep.	בְּ-, לְ-, בְּעַד, בִּגְלַל, בִּשְׁבִיל
for, conj.	כִּי, יַעַן כִּי, כִּי אֲשֶׁר, הֱיוֹת כִּי, כֵּיוָן שֶׁ-
forage, n.	מִסְפּוֹא
foray, v.t.	בָּזַז
forbear, v.t. & i.	חָס [חוס], הֶאֱרִיךְ [ארך] רוּחַ, הִתְאַפֵּק [אפק]
forbid, v.t.	אָסַר
force, n.	כֹּחַ, הַכְרָחָה; פְּלֻגָּה
force, v.t. & i.	הִכְרִיחַ [כרח], הִתְאַמֵּץ [אמץ], אִלֵּץ, אָנַס
forceful, adj.	נִמְרָץ, חָזָק
forceps, n.	מֶלְקָחַיִם, צְבָת
ford, n.	מַעֲבָר, מַעְבָּרָה
ford, v.t.	עָבַר, חָצָה נָהָר בָּרֶגֶל
fore, adj.	קוֹדֵם, קַדְמִי, קַדְמוֹן
fore, adv. & prep.	נֹכַח, בִּפְנֵי

forearm, *n.*	קָנֶה, אַמָּה
forebear, forbear, *n.*	אָב קַדְמוֹן
forebode, *v.t. & i.*	הִרְגִּישׁ, [רגש],
	הִגִּיד [נגד] מֵרֹאשׁ, נִבֵּא
forecast, *n.*	חִזּוּי
foreclose, *v.t.*	שָׁלַל זְכוּת (מַשְׁכַּנְתָּה)
foreclosure, *n.*	שְׁלִילַת זְכוּת
forefather, *n.*	אָב קַדְמוֹן
forefinger, *n.*	אֶצְבַּע
forefoot, *n.*	רֶגֶל קַדְמִית (בְּהֵמָה)
forefront, *n.*	רֹאשׁ וְרִאשׁוֹן, רִאשׁוֹן לַכֹּל
forego, forgo, *v.t. & i.*	וִתֵּר, מָחַל עַל,
	הִנִּיחַ [נוח], מָנַע (עַצְמוֹ) מִ–
foregone, *adj.*	קוֹדֵם, נֶחֱרָץ מֵרֹאשׁ
foreground, *n.*	פָּנִים, חָזִית
forehead, *n.*	מֵצַח
foreign, *adj.*	נָכְרִי, זָר
foreigner, *n.*	נָכְרִי, זָר; לוֹעֵז
forelock, *n.*	תַּלְתָּל
foreman, *n.*	מַשְׁגִּיחַ (עֲבוֹדָה), פּוֹעֵל רָאשִׁי
foremast, *n.*	תֹּרֶן קִדְמִי
foremost, *adj.*	חָשׁוּב בְּיוֹתֵר
forerun, *v.t.*	קָדַם
forerunner, *n.*	מְבַשֵּׂר
foresail, *n.*	מִפְרָשׂ רָאשִׁי
foresee, *v.t.*	רָאָה מֵרֹאשׁ
foresight, *n.*	רְאִיָּה מֵרֹאשׁ, זְהִירוּת
foreskin, *n.*	עָרְלָה
forest, *n.*	יַעַר, חֻרְשָׁה, חֹרֶשׁ
forest, *v.t.*	יִעֵר
forestall, *v.t.*	קִדֵּם (פְּנֵי רָעָה)
forester, *n.*	יַעֲרָן
forestry, *n.*	יִעוּר
foretaste, *v.t.*	טָעַם מֵרֹאשׁ
foretell, *v.t.*	הִגִּיד [נגד] מֵרֹאשׁ, נִבֵּא
forethought, *n.*	מַחֲשָׁבָה תְּחִלָּה
foretoken, *n.*	אוֹת, מוֹפֵת
forever, *adv.*	לָנֶצַח, לְעוֹלָם
forewarn, *v.t.*	הִתְרָה [תרה], הִזְהִיר [זהר]
foreword, *n.*	הַקְדָּמָה, מָבוֹא
forfeit, *adj.*	אָבֵד, הֶפְסִיד [פסד]
forfeit, *n. & v.t.*	קְנָס; אָבֵד זְכוּת
forfeiture, *n.*	אִבּוּד, הֶפְסֵד, קְנָס, כֹּפֶר
forgather, *v.i.*	נֶאֱסַף [אסף], הִתְאַסֵּף
forge, *n.*	מַפָּחָה
forge, *v.t. & i.*	חִשֵּׁל, יָצַר, הָאִיץ [אוץ], זִיֵּף
forger, *n.*	זַיְּפָן
forgery, *n.*	זִיּוּף
forget, *v.t.*	שָׁכַח, נָשָׁה
forgetful, *adj.*	שַׁכְחָנִי
forgetfulness, *n.*	שַׁכְחָנוּת, שִׁכְחָה, נְשִׁיָּה
forget-me-not, *n.*	זִכְרִינִי (פֶּרַח)
forgettable, *adj.*	שָׁכוּחַי, נָשִׁיִּי
forgive, *v.t. & i.*	מָחַל, סָלַח
forgiveness, *n.*	מְחִילָה, סְלִיחָה
forgo, *v.* forego	
fork, *n.*	מַזְלֵג, קִלְשׁוֹן (לִתְבוּאָה); הִסְתָּעֲפוּת
fork, *v.t. & i.*	הִקְלִישׁ [קלש], הֵרִים [רום] בְּקִלְשׁוֹן; הִסְתָּעֵף [סעף]
forlorn, *adj.*	נוֹאָשׁ, נֶעֱזָב, אוֹבֵד
form, *n.*	צוּרָה, תַּבְנִית, דְּמוּת, אֹפֶן, מִין; סִדּוּר (דְּפוּס)
form, *v.t. & i.*	צָר [צור], נָתַן צוּרָה, הִלְבִּישׁ [לבש] צוּרָה; עָרַךְ, יָצַר, בָּרָא; אִלֵּף, לִמֵּד
formal, *adj.*	רִשְׁמִי, טֶקְסִי, צוּרָתִי
formalism, *n.*	צוּרִיּוּת, נָקְדָנוּת
formality, *n.*	חִיצוֹנִיּוּת, רִשְׁמִיּוּת
formally, *adv.*	בְּאֹפֶן רִשְׁמִי
formation, *n.*	הֲוָיָה, יְצִירָה, תְּצוּרָה, בְּרִיאָה

formative, *adj.*	יוֹצֵר; מְקַבֵּל צוּרָה
former, *adj.*	צַר, מְהֻנֶּה; קוֹדֵם,
	הנ"ל (הַנִּזְכָּר לְעֵיל)
formerly, *adv.*	מִקֹּדֶם, לְפָנִים
formidable, *adj.*	כַּבִּיר, אַדִּיר, נוֹרָא
formless, *adj.*	אָטוּם, חֲסַר צוּרָה
formula, *n.*	טֹפֶס, נֻסְחָה
formulate, *v.t.*	נָתַן צוּרָה, נִסֵּחַ
fornicate, *v.i.*	זָנָה, נָאַף, שִׁמֵּשׁ
fornication, *n.*	נִאוּף, זְנוּת
forsake, *v.t.*	נָטַשׁ, זָנַח
forswear, *v.t. & i.*	כִּחֵשׁ, הִכְחִישׁ
	[כחש]; נִשְׁבַּע [שבע] (לַשֶּׁקֶר)
fort, *n.*	מִבְצָר, מְצוּדָה
forth, *adv.*	הָלְאָה
forthcoming, *adj. & n.*	הוֹלֵךְ
	(מְמַשְׁמֵשׁ) וּבָא
forthright, *adj.*	יָשָׁר
forthwith, *adv.*	מִיָּד, תֵּכֶף וּמִיָּד
fortieth, *adj.*	הָאַרְבָּעִים
fortification, *n.*	בִּצוּר, מִבְצָר
fortify, *v.t.*	בִּצֵּר; עוֹדֵד, קִיֵּם, שִׂגֵּב
fortitude, *n.*	אֹמֶץ רוּחַ
fortnight, *n.*	שְׁבוּעַיִם
fortnightly, *adj.*	דּוּ שְׁבוּעִי
fortnightly, *adv.*	אַחַת לִשְׁבוּעַיִם,
	פַּעַם בִּשְׁבוּעַיִם
fortress, *n.*	מִבְצָר, מִשְׂגָּב, מָעֹז
fortuitous, *adj.*	מִקְרִי, אַרְעִי
fortuity, *n.*	מִקְרֶה, עֲרַאי, מִקְרִיּוּת
fortunate, *adj.*	מְאֻשָּׁר, מַצְלִיחַ, בַּר מַזָּל
fortunately, *adv.*	לְאָשְׁרוֹ, לְמַזָּלוֹ
fortune, *n.*	מַזָּל, גּוֹרָל; מִקְרֶה; רְכוּשׁ,
	עֹשֶׁר, הוֹן
fortuneteller, *n.*	יַדְּעוֹנִי
forty, *adj. & n.*	אַרְבָּעִים
forum, *n.*	דּוּכָן, בָּמָה (מִפְגָּשׁ) לְוִכּוּחַ
	חָפְשִׁי
forward, *adj.*	קָדִים, זָרִיז
forward, forwards, *adv.*	קָדִימָה,
	הָלְאָה
fossil, *n. & adj.*	אֶבֶן, מְאֻבָּן
fossilize, *v.t. & i.*	הִתְאַבֵּן [אבן]
foster, *v.t.*	כִּלְכֵּל; אִמֵּץ, גִּדֵּל
foster child	יֶלֶד מְאֻמָּץ
foul *adj.*	מָאוּס, זָהוּם, מְנֻנֶּה, שָׁפָל
foul, *v.t. & i.*	לִכְלֵךְ, טִנֵּף; נִטְנַּף
	(טנף), הִתְלַכְלֵךְ [לכלך]
foulness, *n.*	לִכְלוּךְ, תּוֹעֵבָה
found, *v.t.*	יִסֵּד, בִּסֵּס, כּוֹנֵן [כון],
	הִשְׁתִּית [שתת]; יָצַק, הִתִּיךְ [נתך]
foundation, *n.*	יְסוֹד; בָּסִיס, אֲשָׁיָה,
	מַשְׁתִּית, שֵׁת; קֶרֶן (מוֹסָד)
founder, *n.*	מְיַסֵּד; יוֹצֵק, מַתִּיךְ
founder, *v.t. & i.*	טָבַע, הִטְבִּיעַ
foundling, *n.*	אֲסוּפִי
foundry, *n.*	בֵּית יְצִיקָה
fount, *n.*	עַיִן, מַעְיָן; יַצֶּקֶת (דְּפוּס)
fountain, *n.*	מִזְרָקָה
fountain pen	עֵט נוֹבֵעַ, נְבִעוֹן
four, *adj. & n.*	אַרְבַּע, אַרְבָּעָה
fourfold, *adj.*	אַרְבַּעַת מוֹנִים, פִּי
	אַרְבָּעָה, אַרְבַּעְתַּיִם
fourscore, *adj.*	שְׁמוֹנִים
foursquare, *adj.*	מְרֻבָּע; צוֹדֵק
fourteen, *adj. & n.*	אַרְבַּע עֶשְׂרֵה,
	אַרְבָּעָה עָשָׂר
fourteenth, *adj.*	הָאַרְבָּעָה עָשָׂר,
	הָאַרְבַּע עֶשְׂרֵה
fourth, *adj. & n.*	רְבִיעִי; רֶבַע
fowl, *n.*	עוֹף, בְּשַׂר עוֹף
fowl, *v.i.*	צָד [צוד] עוֹפוֹת
fox, *n.*	שׁוּעָל
foxglove, *n.*	אֶצְבָּעִית (פֶּרַח)
foxy, *adj.*	שׁוּעָלִי, עָרוּם
foyer, *n.*	מִסְדְּרוֹן, פְּרוֹזְדּוֹר

fraction, n.	שֶׁבֶר; תִּשְׁבֹּרֶת, קֶטַע	fray, v.t. & i.; חִכֵּךְ	מָהָה, בָּלָה, בִּלָּה
fractional, adj.	זָעִיר, תִּשְׁבָּרְתִּי		הִפְחִיד [פחד]
fracture, n.	שֶׁבֶר, סְדִיקָה	freak, n.	מִפְלֶצֶת
fracture, v.t.	שִׁבֵּר	freakish, adj.	מוּזָר, מְשֻׁנֶּה
fragile, adj.	שָׁבִיר, פָּרִיךְ	freckle, n.	עֲדָשָׁה, נֶמֶשׁ, בַּהֶרֶת, נָמוּר
fragility, n.	שְׁבִירוּת, פְּרִיכוּת	freckle, v.t. & i.	כִּסָּה נְמָשִׁים,
fragment, n.	קֶטַע, בֶּזֶק, שָׁבָב, שֶׁבֶר		הִתְכַּסָּה [כסה] נְמָשִׁים (עֲדָשִׁים)
fragmentary, adj.	קִטְעִי, מְקֻטָּע	free, adj. & adv.	חָפְשִׁי, פָּנוּי, מֻתָּר,
fragrance, n.	נִיחוֹחַ, רֵיחָנִיּוּת, בְּשֹׁמִיּוּת		פֻּזְרָנִי; חִנָּם
fragrant, adj.	נִיחוֹחִי, בָּשְׂמִי, רֵיחָנִי	freedom, n.	חֹפֶשׁ, חֵרוּת, דְּרוֹר
frail, adj.	חַלָּשׁ, תָּשׁוּשׁ, רַךְ	free will	בְּחִירָה חָפְשִׁית; רְצִיָּה
frailty, n.	חֻלְשָׁה, חַלָּשׁוּת, תְּשִׁישׁוּת	Freemasonry, n.	בַּנָּאוּת חָפְשִׁית
frame, n.	מִסְגֶּרֶת, מַלְבֵּן, שֶׁלֶד	freeze, v.i. & t.	קָפָא, גָּלַד; הִקְפִּיא
frame, v.t.	עִצֵּב, הֵכִין [כון]; הִתְקִין		[קפא], הִגְלִיד[גלד]
	[תקן] מִסְגֶּרֶת, מִסְגֵּר, הִסְגִּיר [סגר];	freight, n.	מַשָּׂא, מִטְעָן
	זָמַם, הִצְמִיד [צמד] פֶּשַׁע לְאַחֵר	freight, v.t.	טָעַן
framework, n.	שֶׁלֶד	freighter, n.	סְפִינַת מַשָּׂא
France, n.	צָרְפַת	French, adj. & n.	צָרְפָתִי; צָרְפָתִית
franchise, n.	דְּרוֹר, שִׁחְרוּר; זְכוּת	frenzy, n.	חֵמָה, טֵרוּף, הִתְרַגְּשׁוּת
	הַצְבָּעָה	frequency, n.	תְּדִירוּת, תְּכִיפוּת,
frank, adj.	אֲמִתִּי, כֵּן, יָשָׁר, גָּלוּי,		בִּקּוּר
	גְּלוּי לֵב	frequent, adj.	תָּדִיר, שָׁכִיחַ, תָּכוּף,
frankfurter, frankforter, n.	נַקְנִיקִית		רָגִיל
frankincense, n.	לְבוֹנָה	frequent, v.t.	בִּקֵּר תָּדִיר
frankly, adv.	בֶּאֱמֶת, בִּישֶׁר לֵב		לְעִתִּים קְרוֹבוֹת
frankness, n.	תְּמִימוּת, יֹשֶׁר, אֲמִתִּיּוּת,	frequently, adv.	
	כֵּנוּת	fresh, adj.	טָרִי, רַעֲנָן, חָצוּף, שַׁחְצָנִי
frantic, adj.	מִתְרַגֵּז, מְטֹרָף	freshen, v.t. & i. [חזק]	גָּבַר, הִתְחַזֵּק
fraternal, adj.	אַחֲוָתִי		נִשְׁרָה [שרה], רִעֲנַן, הֶחֱיָה [חיה]
fraternity, n.	אַחֲוָה, מִסְדָּר	freshman, n.	תַּלְמִיד) סִירוֹן
fraternize, v.i.	הִתְאַחָה [אחוה],	freshness, n.	טְרִיּוּת, אָב, רַעֲנַנּוּת
	הִתְרוֹעֵעַ [רעע]	fret, n.	רֹגֶז, הִתְרַגְּשׁוּת
fratricide, n.	הֲרִיגַת אָח	fret, v.t. & i.	אָכַל, רָנָה, קָצַף;
fraud, n.	רַמָּאוּת, מִרְמָה, הוֹנָאָה,		שָׁף [שוף], אִכֵּל; נֶאֱכַל [אכל],
	מַעַל		הִתְמַרְמֵר [מרר], הִתְנַגֵּשׁ [נגש],
fraudulent, adj.	מְרֻמֶּה		הִתְאוֹנֵן [אנן]
fraught, adj.	עָמוּס, טָעוּן; מָלֵא	fretful, adj.	זוֹעֵף, מִתְרַגֵּז
fray, n.	מָדוֹן, רִיב, מַצָּה	friable, adj.	מִתְפּוֹרֵר
		friar, n.	נָזִיר

friary, *n.*	מִנְזָר	frog, *n.*	צְפַרְדֵּעַ
friction, *n.*	שִׁפְשׁוּף, חֲפִיפָה, חִכּוּךְ;	frolic, *adj.*	מִשְׁתּוֹבֵב, עַלִּיז
	סִכְסוּךְ, חִלּוּקֵי דֵּעוֹת	frolic, *n.*	שָׂשׂוֹן, עֲלִיצוּת
Friday, *n.*	יוֹם שִׁשִּׁי	frolic, *v.i.*	צָחַק
fried, *adj.*	מְטֻגָּן	frolicsome, *adj.*	שָׂמֵחַ, מְלֵא מְשׁוּבָה
friend, *n.*	יָדִיד, רֵעַ, עָמִית, חָבֵר	from, *prep.*	מֵ־, מִ־, מִן, מֵאֵת
friendless, *adj.*	חֲסַר יָדִיד	front, *n.*	פָּנִים; מֵצַח, חֲזִית (מִלְחָמָה),
friendliness, *n.*	יְדִידוּת		הֶעָזָה, חֻצְפָּה
friendly, *adj.*	יְדִידִי, יְדִידוּתִי	front, *v.i.*	פָּנָה, הִשְׁקִיף [שקף]
friendly, *adv.*	בִּידִידוּת	frontage, *n.*	חֲזִית, פְּנֵי בִּנְיָן
friendship, *n.*	יְדִידוּת, אַהֲבָה	frontal, *adj.*	מִצְחִי
frigate, *n.*	אֳנִיַּת מִלְחָמָה, סְפִינַת קְרָב	frontier, *n.*	גְּבוּל, מֶצֶר
fright, *n.*	אֵימָה, בֶּהָלָה, יִרְאָה, פַּחַד,	frost, *n.*	כְּפוֹר, קִפָּאוֹן
	חִתָּה, בְּעָתָה, חֲרָדָה	frosty, *adj.*	כְּפוֹרִי, קָפוּא; אָדִישׁ,
frighten, *v.t.*	הִבְהִיל [בהל], יֵרֵא		קַר רוּחַ
	הִפְחִיד [פחד], הִבְעִית [בעת],	froth, *n., v.t. & i.*	קֶצֶף, הִתְקַצֵּף
	הֶחֱת [חתת]		[קצף]
frightful, *adj.*	מַבְהִיל, מַפְחִיד, אָיֹם	frown, *n.*	קֶמֶט מֵצַח, מַבָּט זַעַם, זַעַף
frigid, *adj.*	קַר מְאֹד, קַר הַמֶּזֶג (אֹפִי)	frown, *v.i.*	קָמַט אֶת הַמֵּצַח, הִבִּיט
frigidity, *n.*	קֹר, קָרָה, צִנָּה		[נבט] בְּזַעַם, קָדַר
frill, *n.*	מְלָל, פִּיף, צִיצָה, נָדִיל	frowzy, frowsy, *adj.*	מְלֻכְלָךְ, פָּרוּעַ
fringe, *n.*	אִמְרָה, מִפְרַחַת	frozen, *adj.*	קָפוּא, נִגְלָד
fringe, *v.t.*	עָשָׂה אִמְרוֹת	frugal, *adj.*	חַסְכָנִי, דַּל
frippery, *n.*	בְּגָדִים (חֲמָרִים) יְשָׁנִים,	frugality, *n.*	חִסָּכוֹן, דַּלּוּת
	גְּרוּטָאוֹת	fruit, *n.*	פְּרִי, פֵּרוֹת
frisk, *n.*	דִּלּוּג	fruitage, *n.*	יְבוּל, תְּנוּבָה
frisk, *v.i.*	קִרְטֵעַ	fruitful, *adj.*	פּוֹרֶה, עוֹשֶׂה (נוֹשֵׂא) פְּרִי
frisky, *adj.*	פָּזִיז, עַלִּיז	fruition, *n.*	הִתְנַשְּׂמוּת, עֲשִׂית פְּרִי
fritter, *n.*	כִּיסָן, חָרִיס, (מַאֲפֶה	frustrate, *v.t.*	הֵפֵר [פרר], הִכְזִיב
	מְמֻלָּא)		[כזב]
fritter, *v.t.*	בִּזְבֵּז, פֵּרֵר	frustration, *n.*	מַפָּח נֶפֶשׁ, אַכְזָבָה
frivolity, *n.*	הֶבֶל, קַטְנוּת, פַּחֲזוּת	fry, *v.t. & i.*	טִגֵּן, סָגַן, הִכְעִיס [כעס],
frivolous, *adj.*	קַטְנוּנִי, רֵיק, קַל רֹאשׁ,		הִרְגִּיז [רגז]
	פּוֹחֵז	frying pan	מַחֲבַת, מַרְחֶשֶׁת
frizzle, *v.t.*	סִלְסֵל	fuddle, *v.t. & i.*	שִׁכֵּר, הִשְׁתַּכֵּר [שכר]
fro, *adv.* to and fro	הָלֹךְ וָשׁוֹב,	fudge, *n.*	שִׁטְיוֹת; מִשְׁקְלָדָה
	אָנֹה וָאָנָה	fuel, *n.*	דֶּלֶק, הֶסֵּק
frock, *n.*	שִׂמְלָה; מְעִיל, זִיג	fugitive, *adj.*	פָּלִיט, בּוֹרֵחַ

fulfill, fulfil, v.t.	קִיֵּם, מִלֵּא, הִשְׁלִים [נשם]
fulfillment, fulfilment, n.	הִתְקַיְּמוּת, מִלּוּי, הִתְגַּשְּׁמוּת
full, adj.	מָלֵא, נָדוּשׁ, שָׂבֵעַ, רָוֶה
full, adv.	בִּמְלֹאוֹ, לְגַמְרֵי
fullness, n.	מִלּוֹא, גֹּדֶשׁ, שְׁלֵמוּת
fulminate, v.t. & i.	נִפֵּץ, פּוֹצֵץ [פצץ]
fumble, v.t. & i.	מִשֵּׁשׁ; גִּמְגֵּם
fume, n.	עָשָׁן; רֹגֶז
fume, v.t. & i.	עִשֵּׁן, הֶעֱלָה [עלה] עָשָׁן; אִדָּה, הִתְאַדָּה; חָרָה אַפּוֹ, קָצַף
fumigate, v.t.	קִטֵּר, עִשֵּׁן
fumigation, n.	עִשּׁוּן
fun, n.	לָצוֹן, צְחוֹק, עֹנֶג
function, n.	תַּפְקִיד, מִשְׂרָה, פְּעֻלָּה, תִּפְקוּד; טֶקֶס
function, v.t.	תִּפְקֵד, נָשָׂא מִשְׂרָה, פָּעַל
functional, adj.	תַּפְקִידִי, פִּקּוּדִי
functionary, n.	פָּקִיד, פִּקּוּדְרוֹן
fund, n.	קֶרֶן, אֶמְצָעִים
fundamental, adj.	יְסוֹדִי, עִקָּרִי
funeral, adj.	שֶׁל לְוָיָה, אֵבֶל
funeral, n.	לְוָיָה, קְבוּרָה
fungus, fungi (pl.), n.	פִּטְרִיָּה, סְפוֹג
funk, n.	פַּחַד, מֹרֶךְ לֵב, הִתְכַּנְּצוּת מִבֶּהָלָה
funnel, n.	מַשְׁפֵּךְ
funny, adj.	בַּדְּחָנִי
fur, n.	פַּרְוָה, אַדֶּרֶת
furbish, v.t.	צִחְצַח, חִדֵּשׁ, מֵרַק, לִטֵּשׁ
furious, adj.	מִתְקַצֵּף, מִתְרַגֵּז
furl, v.t.	קִפֵּל וְקָשַׁר (דֶּגֶל, מִפְרָשׂ)
furlough, n.	חֻפְשָׁה צְבָאִית
furlough, v.t.	נָתַן חֻפְשָׁה צְבָאִית
furnace, n.	כִּבְשָׁן, כּוּר
furnish, v.t.	רָהַט, סִפֵּק, הִמְצִיא [מצא] לְ־
furniture, n.	רָהִיט, רָהִיטִים
furor, n.	חָרוֹן, זַעַם, עֶבְרָה
furrier, n.	פַּרְוָן
furrow, n.	מַעֲנִית, נָדוּד, חָרִיץ, תֶּלֶם
furrow, v.t.	תִּלֵּם, הִתְלִים [תלם], חָרַשׁ
further, adj.	יוֹתֵר רָחוֹק, נוֹסָף
further, adv.	הָלְאָה, שׁוּב, מִלְּבַד זֶה, גַּם (אַף)
further, v.t.	דָּחַף, קִדֵּם, סִיַּע, עָזַר, הוֹעִיל [יעל] לְ־
furtherance, n.	קִדּוּם
furthermore, adv. & conj.	יֶתֶר עַל כֵּן, עוֹד זֹאת
furthermost, furthest, adj.	הָרָחוֹק בְּיוֹתֵר
furtive, adj.	עָרוּם, (מַבָּט) גָּנוּב
fury, n.	זַעַם, חֵמָה, כַּעַס, חָרוֹן, חֲרוֹן אַף
furze, n.	רֹתֶם
fuse, fuze, n.	נָפֵץ; מַבְתֵּחַ, בִּטָּחוֹן חַשְׁמַל
fuse, fuze, v.t. & i.	הִתִּיךְ [נתך], הִתָּךְ, מֻזַּג, הִתְמַזֵּג [מזג]
fuselage, n.	שֶׁלֶד שֶׁל אֲוִירוֹן
fusillade, n.	יְרִיּוֹת תְּכוּפוֹת
fusion, n.	הַתָּכָה, הִתּוּךְ, חִבּוּר, צֵרוּף, הִתְמַזְּגוּת
fuss, n.	הַמֻּלָּה, מְבוּכַת שָׁוְא
futile, adj.	חֲסַר תּוֹעֶלֶת, לַשָּׁוְא, בְּחִנָּם, אַפְסִי
futility, n.	הֶבֶל, אַפְסוּת, חֹסֶר תּוֹעֶלֶת
future, adj.	עֲתִידִי
future, n.	עָתִיד
fuze, v. fuse	
fuzz, n.	מוֹךְ

G, g

G, g, n. נ׳י, הָאוֹת הַשְּׁבִיעִית
בָּאָלֶף בֵּית הָאַנְגְּלִי; שְׁבִיעִי, ז׳

gab, gabble, n. פִּטְפּוּט, שִׂיחָה
בְּטֵלָה

gabardine, gaberdine, n. אָרִיג צַמְרִי;
מְעִיל, מְעִיל (אָרֹךְ) עֶלְיוֹן

gabble, v.i. פִּטְפֵּט

gable, n. גַּמְלוֹן (גַּג)

gad, v.i. שׁוֹטֵט (שׁוּט), הָלַךְ בָּטֵל,
שָׁם (שׁוּט), נָע וָנָד

gadfly, n. זְבוּב סוּסִים

gadget, n. מַכְשִׁיר

gag, n. מַחְסוֹם זָמַם, סְתִימָה

gag, v.t. & i. סָתַם, הִפְתַּם [סתם]
(פֶּה), הִשְׁתִּיק [שׁתק], הֶהֱסָה [הסה]

gaiety, gayety, n. עַלִּיזוּת, שִׂמְחָה

gaily, gayly, adv. בְּשִׂמְחָה, בְּחֶדְוָה

gain, n. רֶוַח, שָׂכָר; זְכִיָּה

gain, v.t. & i. הִרְוִיחַ [רוח], הִשְׁתַּכֵּר
[שׂכר]; הִתְקַדֵּם [קדם], הִשִּׂיג
[נשׂג], רָכַשׁ

gainer, n. מַרְוִיחַ

gainful, adj. מַכְנִיס רֶוַח, מוֹעִיל

gainsay, v.t. הִכְחִישׁ [כחשׁ], הִתְנַגֵּד
[נגד] לְ־

gainsayer, n. מִתְנַגֵּד

gait, n. הִלּוּךְ

gala, adj. חֲגִיגִי

galaxy, n. שְׁבִיל הֶחָלָב; אֲסֵפָה
נֶהְדָּרָה, קְבוּצַת הוֹד

gale, n. נַחְשׁוֹל; סוּפָה

Galilean, adj. & n. גְּלִילִי

Galilee, n. גָּלִיל

gall, n. מְרֵרָה, מְרָה; רֹאשׁ, לַעֲנָה

gall, v.t. & i. חָכַךְ (עוֹר); הִרְגִּיז [רגז];
כָּעַס, זָעַף; מֵרַר, הִתְמַרְמֵר [מרמר]

gallant, adj. אָדִיב, אַבִּיר, אַמִּיץ לֵב

gallery, n. יָצִיעַ, גְּזֻזְרָה; אוּלָם (מוּסָד)
לִתְצוּגוֹת אֳמָנוּתִיוֹת

galley, n. סְפִינָה חַד מִכְסִית, מִפְרָשִׂית,
סִירַת מְשׁוֹטִים; מִסְדָּרָה (דְּפוּס)

galley proof הַגָּהָה רִאשׁוֹנָה

gallon, n. גָּלוֹן (4.543 לִיטְרִים)

gallop, n. דְּהָרָה

gallop, v.i. & t. דָּהַר, הִדְהִיר [דהר]

galloper, n. דַּהֲרָן

gallows, n. עֵץ תְּלִיָּה

galore, adv. לְמַכְבִּיר, בְּשֶׁפַע, לָרֹב

galoshes, n. pl. עַרְדָּלַיִם

galvanize, v.t. גִּלְוֵן

gamble, v.t. & i. שִׂחֵק בְּמַזָּל (בִּקְלָפִים
בְּקֻבִּיָּה וְכוּ׳)

gambler, n. קֻבְיוֹסְטוֹס, מְשַׂחֵק
(בִּקְלָפִים, בְּקֻבִּיָּה), קַלְפָן

gambol, n. קַרְטוּעַ, רְקִידָה

gambol, v.i. קִרְטַע, פִּרְכֵּס

game, n. מִשְׂחָק; צֵידָה, צַיִד; גִּילָה

game, v.i. שִׂחֵק

gamesome, adj. עַלִּיז, שַׁחֲקָנִי

gamester, n. מְשַׂחֵק

gammon, n. קֹתֶל

gander, n. אַוָּז

gang, n. חֲבוּרָה, כְּנֻפְיָה

ganglion, n. הַרְצָב; צֹמֶת עֲצַבִּים

gangrene, n. מֶקֶק, חַרְחוּר

gangrene, v.i. נָמַק, הִתְנַמֵּק [מקק]

gangster, n. שׁוֹדֵד, מַנְהִיג כְּנֻפְיָה

gangway, n. מַעֲבָר, דֶּרֶךְ; סֻלָּם אֳנִיָּה

gaol, v. jail

127

gap, n.	פִּרְצָה, נָקִיק
gape, n.	פְּעִירַת פֶּה, פִּהוּק
gape, v.t. & i.	עָשָׂה פֶּרֶץ, פָּעַר, פִּהֵק
garage, n.	מוּסָךְ, תַּחֲנִית
garb, n.	מַלְבּוּשׁ, לְבוּשׁ
garb, v.t.	הִלְבִּישׁ [לבשׁ]
garbage, n.	אַשְׁפָּה, זֶבֶל
garble, v.t.	נִפָּה; עָקַם, קִלְקֵל
garden, n.	גַּן, גִּנָּה, בֻּסְתָּן
garden, v.t.	עָבַד בְּגַן
gardener, n.	גַּנָּן, בֻּסְתָּנַאי
gardenia, n.	גַּרְדֵּנִית
gardening, n.	גַּנָּנוּת
gargle, v.t.	עִרְעֵר, גִּרְגֵּר
gargle, n.	גִּרְגּוּר, עִרְעוּר
garish, adj.	מַבְהִיק, נִפְתָּל, הַכְכַפֵּף
garland, n.	זֵר פְּרָחִים, נֵזֶר, לוֹיָה
garlic, n.	שׁוּם
garment, n.	בֶּגֶד, שִׂמְלָה, מַלְבּוּשׁ, כְּסוּת
garner, v.t. & n.	אָסַף, צָבַר, אָצַר; אָסָם
garnish, v.t. & n.	יִפָּה, קִשֵּׁט; קִשּׁוּט
garret, n.	עֲלִיָּה, עֲלִית הַגַּג, חֲדַר עֲלִיָּה
garrison, n.	מִשְׁמָר, חֵיל הַמִּשְׁמָר, מִצָּב, מַצָּבָה
garrison, v.t.	מִשְׁמֵר
garrulity, n.	פַּטְפְּטָנוּת, אַרְכָנוּת
garrulous, adj.	פַּטְפְּטָנִי, אַרְכָנִי
garter, n.	בִּירִית, חֶבֶק
garter, v.t.	קָשַׁר בְּבִירִית
gas, n.	גָּז
gaseous, adj.	גָּזִי
gash, n.	שֶׂרֶטֶת, גְּדוּדָה
gash, v.t.	שָׂרַט, פָּצַע, גָּדַד
gasket, n.	אֹטֶם
gasoline, gasolene, n.	גַּוּוֹלִין, דֶּלֶק, בֶּנְזִין
gasp, n.	הִתְנַשְּׁמוּת, פְּעִירַת פֶּה
gasp, v.i.	שָׁאַף (נָשַׁם) בִּכְבֵדוּת
gastric, adj.	שֶׁל הַקֵּבָה
gastronomy, n.	יְדִיעַת (תּוֹרַת) הָאֹכֶל
gate, n.	שַׁעַר, מָבוֹא
gatepost, n.	מְזוּזָה
gather, v.t. & i.	אָסַף, הִתְאַסֵּף [אסף], קִבֵּץ, הִקְהִיל [קהל], כִּנֵּס
gathering, n.	אֲסִיפָה, כִּנּוּס; אֲסֵפָה, עֲצֶרֶת
gaud, n.	עֲדִי; פְּתִיגִיל
gaudy, adj.	מַבְהִיק
gauge, gage, n.	מַכְשִׁיר מְדִידָה; (קָנֶה) מִדָּה
gauge, gage, v.t.	מָדַד; הִשְׁוָה [שׁוה], מִדֵּות
gaunt, adj.	צָנוּם, כָּחוּשׁ, רָזֶה, דַּק
gauntlet, n.	מָנוֹל מְזֻיָּן
gauze, n.	מַלְמָלָה, חוּר
gauzy, adj.	חוּרִי, מַלְמָלִי
gavel, n.	הַלְמוּת, מַקֶּבֶת, קוֹרְנָס, פַּטִּישׁ יוֹשֵׁב רֹאשׁ
gawk, n.	שׁוֹטֶה, הֶדְיוֹט
gawky, adj.	טִפְּשִׁי, דְּבִי, מְנֻשָּׁם
gay, adj.	עַלִּיז, שָׂמֵחַ
gayety, gaiety, n.	עַלִּיזוּת, שִׂמְחָה
gayly, gaily, adv.	בְּשִׂמְחָה, בְּחֶדְוָה
gaze, n.	הַבָּטָה, מַבָּט, הַצָּצָה
gaze, v.i.	הִבִּיט [נבט], הִסְתַּכֵּל [סכל], חָזָה, הִשְׁתָּאָה [שׁאה]
gazelle, n.	אַיָּלָה
gazette, n.	עִתּוֹן רִשְׁמִי
gazette, v.t.	פִּרְסֵם
gazetteer, n.	מוֹדִיעַ רִשְׁמִי, עִתּוֹנַאי
gear, n.	כֵּלִים, רִתְמָה; סַבֶּכֶת (גַּלְגַּל מְשֻׁנָּן)
gear, v.t.	הִכְשִׁיר [כשׁר], תִּקֵּן, רָתַם; שִׁלֵּב
gearing, n.	שִׁלּוּב, תִּשְׁלֹבֶת

gears, n. pl.	גַּלְגַּלִּים מְשֻׁנָּנִים; חֲפָצִים, מַכְשִׁירִים
gee, v.t. & i.	זָז (זוּז), הֵימִין [ימן] (סוּסִים)
geese, n. pl.	אַוָּזִים
Gehenna, n.	גֵּיהִנּוֹם, תֹּפֶת, תָּפְתֶּה
geisha, n.	רַקְדָנִית יַפָּנִית
gelatin, gelatine, n.	מִקְפָּא, קְרִישָׁה
gem, n.	תַּכְשִׁיט, אֶבֶן טוֹבָה
gendarme, n.	שׁוֹטֵר
gender, n.	מִין (דִּקְדּוּק)
genealogy, n.	תּוֹלְדוֹת, יַחַס
general, adj.	כְּלָלִי, כּוֹלֵל, רָגִיל
general, n.	רַב אַלּוּף, שַׂר צָבָא
generalissimo, n.	שַׂר צְבָאוֹת, מַצְבִּיא
generality, n.	כְּלָלִיּוּת, רֹב
generalization, n.	תַּכְלִיל, כְּלוּל, הַכְלָלָה
generalize, v.t.	כָּלַל, הִכְלִיל [כלל]
generally, adv.	עַל פִּי רֹב, בִּכְלָל
generate, v.t.	הוֹלִיד [ילד]; יָצַר
generation, n.	רְבִיָּה, יְצִירָה; דּוֹר
generative, adj.	מוֹלִיד, שֶׁל פְּרִיָּה וּרְבִיָּה, פּוֹרֶה
generator, n.	מוֹלִיד, אָב, מְחוֹלֵל
generic, adj.	כְּלָלִי, מִינִי, סוּגִי
generosity, n.	נְדִיבוּת, נַדְבָנוּת
generous, adj.	נָדִיב
genesis, n.	יְצִירָה; מוֹצָא, הִתְהַוּוּת
Genesis, n.	(סֵפֶר) בְּרֵאשִׁית
genetics, n. pl.	יְדִיעַת הַיְצִירָה וְהַהִתְפַּתְחוּת
genetic, adj.	תּוֹלְדָי, הִתְהַוּוּתִי
genial, adj.	נוֹחַ, נָעִים, מְשַׂמֵּחַ, שָׂמֵחַ
genital, adj.	מִינִי
genitals, n. pl.	אֶבְרֵי הַמִּין, עֶרְוָה, עֶרְיָה, מְבֻשִׁים, תָּרְפָּה
genitive, adj. & n.	יַחַס הַקִּנְיָן, יַחַס הַשַּׁיָּכוּת
genius, n.	גָּאוֹן; גְּאוֹנוּת; כִּשָּׁרוֹן; רוּחַ (טוֹב) רַע
genteel, adj.	אָדִיב, נִמּוּסִי
gentian, n.	יְרוֹאָר
gentile, adj. & n.	גּוֹי, נָכְרִי, עָרֵל
gentility, n.	אֲדִיבוּת
gentle, adj.	עָדִין, רַךְ, אָצִיל, אֶפְרָתִי
gentlefolk, gentlefolks, n. pl.	אֶפְרָתִים, אֲדִיבִים, עֲדִינִים
gentleman, n.	אָדוֹן, אָדִיב, אֶפְרָתִי, רָדִיף
gentleness, n.	רַכּוּת, חֲבִיבוּת, נֹעַם
gentlewoman, n.	אֶפְרָתִית, אֲדוֹנָה
gentry, n.	גְּבֶרֶת, גְּבִירָה, עֲדִינָה נְשׂוּאֵי פָנִים, דָּרֵי מַעֲלָה
genuine, adj.	אֲמִתִּי, סְבָעִי; מְקוֹרִי
geographer, n.	חוֹקֵר כְּתִיבַת הָאָרֶץ
geographic, geographical, adj.	שֶׁל כְּתִיבַת הָאָרֶץ
geography, n.	כְּתִיבַת הָאָרֶץ
geologist, n.	חוֹקֵר יְדִיעַת הָאֲדָמָה
geology, n.	יְדִיעַת הָאֲדָמָה, חֵקֶר הָאָרֶץ
geometric, geometrical, adj.	הַנְדָּסִי, תִּשְׁבָּרְתִּי
geometry, n.	תִּשְׁבֹּרֶת, הַנְדָּסָה
geranium, n.	מְקוֹר הַחֲסִידָה
germ, n.	חַיְדַּק, נֶבֶט, נֶבֶשׁ, חֶנֶט, עֻבָּר
German, adj. & n.	גֶּרְמָנִי, אַשְׁכְּנַזִּי
germicide, n.	מְכַלֵּה חַיְדַּקִּים
germinate, v.t. & i.	נָבַט, הִצְמִיחַ [צמח]
germination, n.	נְבִיטָה, צְמִיחָה
gerund, n.	שֵׁם הַפֹּעַל
gestation, n.	הֵרָיוֹן
gesticulate, v.i.	הֶחֱוָה (חוה), דִּבֵּר בִּרְמָזִים, עָשָׂה תְּנוּעוֹת
gesticulation, n.	עֲוָיָה, הַעֲוָיַת פָּנִים

gesture, *n.*	מַחֲוֶה, רְמִיזָה, תְּנוּעָה
gesture, *v.i.*	עָשָׂה תְּנוּעוֹת
get, *v.t. & i.*	קִבֵּל, לָקַח, קָנָה, נָחַל, הִשִּׂיג [נשג]
get away	הִתְחַמֵּק [חמק], נִמְלַט [מלט]
get into	נִכְנַס [כנס]
get out	יָצָא
get together	הִתְאַסֵּף [אסף]
gewgaw, *n.*	מִשְׂחָק, צַעֲצוּעַ
ghastly, *adj.*	אָיֹם, מַבְעִית, נוֹרָא
ghost, *n.*	רוּחַ (הַמֵּת), שֵׁד
ghostly, *adj.*	רוּחִי, רוּחָנִי
G.I.	חַיָּל בַּצָּבָא הָאָמֵרִיקָאִי
giant, *n.*	עֲנָק, נָפִיל, כַּפַּח
gibber, *v.i.*	גִּמְגֵּם, לִמְלֵם
gibberish, *adj. & n.*	מְגֻמְגָּם; לִמְלוּם, גִּמְגּוּם, קְשֵׁה הֲבָנָה
gibbet, *n.*	עֵץ תְּלִיָּה
gibbet, *v.t.*	תָּלָה עַל עֵץ
gibe, jibe, *n.*	לַעַג, מַהֲתַלָּה
gibe, jibe, *v.i.*	לִגְלֵג, הִתֵּל; הִתְנוֹעֵעַ [נוע]
giblets, *n. pl.*	קְרָבַיִם, אֵיבָרִים פְּנִימִיִּים (שֶׁל עוֹף)
giddiness, *n.*	סְחַרְחֹרֶת (רֹאשׁ)
giddy, *adj.*	סְחַרְחַר, מְבֻלְבָּל
gift, *n.*	מַתָּן, מַתָּנָה, מִנְחָה, שַׁי, תְּשׁוּרָה, דּוֹרוֹן
gifted, *adj.*	בַּעַל כִּשְׁרוֹנוֹת, מְחֹנָן
gig, *n.*	דּוּגִית, צְלָצַל
gigantic, *adj.*	עֲנָקִי, גְּבַהּ קוֹמָה
giggle, *n.*	חִיּוּךְ, גִּחוּךְ, צְחוֹק
giggle, *v.i.*	חִיֵּךְ, גִּחֵךְ, צָחַק
gild, *v.* guild	
gild, *v.t.*	הִזְהִיב [זהב]
gilding, *n.*	הַזְהָבָה
gill, *n.*	זִים, אָגִיד; מִדָּה: 118 גְּרָמִים
gilt, *adj.*	מוּפָז, מְזֻהָב
gimlet, *n.*	מַקְדֵּד יָד
gin, *n.*	רֶשֶׁת, חַכָּה, פַּח; עַרְעֶרֶת (מַשְׁקֶה חָרִיף)
gin, *v.t.*	לָכַד בְּפַח, חָבַט, נִקָּה מִזְרָעִים
ginger *n.*	זַנְגְּבִיל
ginger, ale, ginger beer	זַנְגְּבִילָה
gingerbread, *n.*	לֶחֶם זַנְגְּבִיל
gingerly, *adj.*	מָתוּן, זָהִיר
gingham, *n.*	מִסְטְרִיָּה
gipsy, *v.* gypsy	
giraffe, *n.*	זֶמֶר, נָמֵל נְמֵרִי
gird, *v.t. & i.*	חָגַר, אָזַר, שִׁנֵּס, הִקִּיף [נקף]
girder, *n.*	כָּפִיס
girdle, *n.*	מֵזַח, אֵזוֹר, אַבְנֵט, חֲגוֹרָה
girdle, *v.t.*	חָגַר, עָטַר, סָבַב, הִקִּיף [נקף]
girl, *n.*	נַעֲרָה, יַלְדָּה, רִיבָה, בְּתוּלָה, בַּחוּרָה; עוֹזֶרֶת, מְשָׁרֶתֶת
girlhood, *n.*	נַעֲרוּת, יְמֵי בְּתוּלִים
girth, *n.*	חֶבֶק
gist, *n.*	עִקָּר, תַּמְצִית, תֹּכֶן
give, *v.t.*	נָתַן, יָהַב
give away	גִּלָּה (סוֹד); חִלֵּק
give back	הֵשִׁיב [שוב], הֶחֱזִיר [חזר]
give birth	יָלְדָה [ילד]
give ground	נָסוֹג [נסג]
give up	הִתְיָאֵשׁ [יאש], הִסְגִּיר [סגר]
give way	וִתֵּר
giver, *n.*	נוֹתֵן, נַדְבָן
gizzard, *n.*	קֻבַת עוֹף
glacial *adj.*	קַרְחִי
glacier, *n.*	קַרְחוֹן
glad, *adj.*	מְרֻצֶּה, שָׂמֵחַ
gladden,, *v.t. & i.*	שִׂמַּח, שָׂשׂ [שיש]
glade, *n.*	קְרָחָה (בַּיַּעַר)
gladiola, gladiolus, *n.*	סֵיפָן

gladly, adv.	בְּשִׂמְחָה	glitter, n.	זִיו, זֹהַר
gladness, n.	שִׂמְחָה	glitter, v.i.	נִצְנֵץ, הִבְהִיק [בהק]
glamour, glamor, n.	מִקְסָם	gloaming, n.	בֵּין (הַשְּׁמָשׁוֹת) הָעַרְבַּיִם
glamorous, glamourous, adj.	מַהְהִיר	gloat, v.i.	הִסְתַּכֵּל (סכל) בְּתַאֲוָה,
glance, n.	מַבָּט, הַבָּטָה, סְקִירָה		הִבִּיט (נבט) בִּתְשׁוּקָה
glance, v.t. & i.	סָקַר, הֵעִיף (עוף) עַיִן	globe, n.	כַּדּוּר, כַּדּוּר הָאָרֶץ
gland, n.	בַּלּוּס, בַּלּוּטָה, שָׁקֵד	globule, n.	כַּדּוּרִית, גַּרְעִין
glandular, adj.	בַּלּוּטִי	gloom, n.	אֲפֵלָה, חַשְׁכוּת, קַדְרוּת;
glare, n.	זֹהַר, בָּרָק; סִנְוּוּר		עַצָּבוֹן, תּוּגָה, צַעַר
glare, v.i.	הִבִּיט (נבט), הִזְהִיר [זהר],	gloomy, adj.	אָפֵל, קוֹדֵר; עָצוּב
	הִבְרִיק [ברק]; סִנְוֵר	glorification, n.	הִדּוּר, תְּהִלָּה, הַעֲרָצָה
glass, n.	זְכוּכִית; מַרְאָה; כּוֹס	glorify, v.t.	הֶאְדִּיר [אדר], הִלֵּל,
glassware, n.	כְּלֵי זְכוּכִית		שִׁבַּח, פֵּאַר
glassy, adj.	זְכוּכִי	glorious, adj.	מְפֹאָר, מְהֻלָּל, נָאְדָּר
glaucoma, n.	בַּרְקִית	glory, n.	פְּאֵר, תִּפְאֶרֶת, הוֹד, תְּהִלָּה
glaze, n.	זִגּוּג	gloss, n.	פֵּרוּשׁ, הֶעָרָה
glaze, v.t.	זִגֵּג, הִסְגִּיר (סגר) זְכוּכִית	gloss, v.t. & i.	מֵרֵט, מָחַל; בֵּאֵר
gleam, n.	אוֹר, זֹהַר, זִיו, נִצְנוּץ	glossary, n.	מִלִּית, בֵּאוּר מִלִּים
gleam, v.i.	הֵאִיר [אור], הִזְהִיר [זהר]	glossy, adj.	נוֹצֵץ, מַבְרִיק
glean, n.	לֶקֶט	glove, n.	כְּפָפָה, כְּסָיָה
glean, v.t. & i.	לִקֵּט	glow, n.	לֶהָבָה; הִתְלַהֲבוּת, לַחַשׁ
gleaner, n.	מְלַקֵּט		(גֶּחָלִים); אֹדֶם
glee, n.	שִׂמְחָה, מָשׂוֹשׂ, צָהֳלָה	glow, v.i.	בָּעַר, לָחַשׁ, לָחַם
gleeful, adj.	צָהֵל, עַלִּיז, שָׂשׂ	glower, n. & v.i.	מַבָּט זוֹעֵם; זָעַף
glen, n.	גַּיְא, מְצוּלָה	glowworm, n.	גַּחֶלֶת
glib, adj.	מָהִיר, חֲלַקְלַק	glucose, n.	סֻכַּר עֲנָבִים
glide, n.	רְחוּף, הַחֲלָקָה; דְּאִיָה, גְּלִישָׁה	glue, n.	דֶּבֶק
glide, v.i.	רִחֵף, הֶחֱלִיק [חלק], דָּאָה	glue, v.t.	הִדְבִּיק [דבק]
glimmer, n.	אוֹר רָפֶה; הַבְהוּב (אֵשׁ)	gluey, adj.	דִּבְקִי
glimmer, v.i.	עִמְעֵם; הִבְהֵב	glum, adj.	נֶעְכָּר, עָגוּם
glimpse, n.	קֶרֶן אוֹר, מְעוּף עַיִן	glut, n.	עֹדֶף, שֹׂבַע, שֶׁפַע, רְוָיָה
glimpse, v.i. & t.	נִצְנֵץ; נִרְאָה [ראה]	glut, v.t.	מִלֵּא, הִשְׂבִּיעַ [שבע]
	(עַיִן) לִפְרָקִים	glutton, n.	בַּלְעָן, זוֹלֵל, גַּרְגְּרָן
glint, v.t. & i.	הִבְהִיק [בהק], נִצְנֵץ	gluttonous, adj.	בַּלְעִי
glint, n.	נִצְנוּץ, הַבְהָקָה	gluttony, n.	בַּלְעוּת, גַּרְגְּרָנוּת
glisten, n.	צִחְצוּחַ	glycerin, glycerine, n.	מְתִקִית
glisten, v.i.	הִבְרִיק [ברק], הִזְהִיר	gnarl, n.	נְהִימָה
	[זהר], נִצְנֵץ [נצץ]	gnash, v.t.	חָרַק שִׁנַּיִם

9*

gnat, *n.*	בַּקָּה, יַבְחוּשׁ
gnaw, *v.t. & i.*	כִּרְסֵם
gnome, *n.*	נַנָּס; פִּתְגָּם
go, *v.i.*	הָלַךְ; הִתְאִים [תאם]; נָסַע
go away	הָלַךְ לוֹ, הִסְתַּלֵּק [סלק]
go back	חָזַר, שָׁב [שוב]
go down	יָרַד, טָבַע, שָׁקַע
go in	נִכְנַס [כנס]
go out	יָצָא; דָּעַךְ
goad, *n.*	דָּרְבָן; מַלְמֵד
goad, *v.t.*	הִמְרִיץ [מרץ], הֵאִיץ [אוץ]
goal, *n.*	מַטָּרָה, תַּכְלִית; שַׁעַר
	כַּדּוּרֶגֶל
goat, *n.*	תַּיִשׁ, צָפִיר, עַתּוּד
goat, *n. f.*	עֵז, שְׂעִירָה
gobble, *v.t. & i.*	אָכַל, בָּלַע; אָדַר
	(תַּרְנְגוֹל הֹדּוּ)
gobbler, *n.*	תַּרְנְגוֹל הֹדּוּ
goblet, *n.*	גָּבִיעַ
go-between, *n.*	מְתַוֵּךְ, סַרְסוּר, אִישׁ
	בֵּינַיִם, שַׁדְכָן
goblin, *n.*	רְפָאִים
god, *n.*	אֵל, אֱלִיל
God, *n.*	אֱלָהּ, אֱלֹהִים, אֵל, הַקָּדוֹשׁ
	בָּרוּךְ הוּא (הקב"ה), הַשֵּׁם, ה',
	יָהּ, יְהֹוָה, אֶהְיֶה (אֲשֶׁר אֶהְיֶה)
God forbid	חָלִילָה, חַס וְחָלִילָה,
	חַס וְשָׁלוֹם
God willing	אִם יִרְצֶה הַשֵּׁם (אי"ה),
	בָּרוּךְ הַשֵּׁם (ב"ה)
thank God	תּוֹדָה לָאֵל
goddess, *n.*	אֱלִילָה, אֵלָה
godfather, *n.*	סַנְדָּק
godhead, *n.*	אֱלֹהוּת
godlike, *adj.*	אֱלֹהִי, דּוֹמֶה לֵאלֹהִים
godmother, *n.*	סַנְדָּקִית
godsend, *n.*	חֶסֶד אֱלֹהִים
godship, *n.*	אֱלֹהוּת

godly, *adj.*	אֱלֹהִי, קָדוֹשׁ
Godspeed, *n.*	בִּרְכַּת אֱלֹהִים, „צֵאתְךָ
	לְשָׁלוֹם", „עֲלֵה וְהַצְלַח"
goggle, *v.i.*	פָּזַל
gold, *n.*	זָהָב, חָרוּץ, כֶּתֶם, פָּז
golden, *adj.*	זָהוּב
goldfish, *n.*	דַּג זָהָב
goldsmith, *n.*	צוֹרֵף, זֶהָבִי
golf, *n.*	כַּדּוּרַאלָּה, גּוֹלְף
gondola, *n.*	סִירִית, גּוֹנְדוֹלָה
gong, *n.*	לֻף, מְצַלּוּל
gonorrhea, gonorrhoea, *n.*	זִיבָה
good, *adj. & n.*	יָשָׁר, טוֹב, מוֹעִיל,
	רָאוּי; חֶסֶד
good-by, good-bye, *n. & interj.*	שָׁלוֹם
goodness, *n.*	טוּב, חֶסֶד
goods, *n. pl.*	רְכוּשׁ, קִנְיָנָה, סְחוֹרָה
goody, *n.*	מִתְחַסֵּד; מַמְתָּק
good will, *n.*	רָצוֹן טוֹב; שֵׁם (לָקוּחוֹת)
goose, *n.*	אַוָּזָה
gooseberry, *n.*	עֲבָבִית
gore, *v.t.*	נָגַח, נִגַּח; דָּקַר
gorge, *n.*	גָּרוֹן; גַּיְא
gorge, *v.t.*	הִלְעִיט [לעט], בָּלַע
gorgeous, *adj.*	נֶהְדָּר, כְּלִיל יֹפִי
gorilla, *n.*	קוֹף אָדָם, גּוֹרִילָה
gory, *adj.*	דָּמוּם
gosling, *n.*	אַוְזוֹן
gospel, *n.*	בְּשׂוֹרָה, תּוֹרָה, אֱמוּנָה
gossip, *n.*	פִּטְפּוּט, לְשׁוֹן הָרָע,
	רְכִילוּת, רַכְלָתָנוּת
gossip, *v.i.*	רִכֵּל, הִלְעִיז [לעז]
Gothic, *adj.*	גּוֹתִי, פִּרְאִי, גַּס
gouge, *n.*	חֶרֶט מְקֹעָר
gourd, *n.*	דְּלַעַת
gourmand, *n.*	אַכְלָן
gourmet, *n.*	סִיבְאַכְלָן
gout, *n.*	צִנִּית

govern, v.t.	מָשַׁל, שָׁלַט, נָהֵל
governess, n.	אוֹמֶנֶת
government, n.	מֶמְשָׁלָה, שִׁלְטוֹן
governor, n.	מוֹשֵׁל, נָצִיב, שַׁלִּיט
gown, n.	שִׂמְלָה
grab, n.	חֲטִיפָה, תְּפִיסָה, אֲחִיזָה
grab, v.t. & i.	חָטַף, תָּפַס, אָסַר
grace, n.	חֶסֶד, חֵן, חֲנִינָה, גְּמוּל;
	בִּרְכַּת הַמָּזוֹן
grace, v.t.	חָנַן, פֵּאֵר
graceful, adj.	חִנָּנִי, מְלֵא חֵן
graceless, adj.	חֲסַר חֵן
gracious, adj.	נָדִיב, טוֹב לֵב
graciousness, n.	חֶסֶד, טוּב לֵב
grade, n.	דַּרְגָּה; שִׁפּוּעַ; כִּתָּה; דָּרְגָּ;
	צִיּוּן
grade, v.t.	יִשֵּׁר, פִּלֵּס, הִדְרִיג [דרג];
	חִלֵּק; נָתַן צִיּוּן, צִיֵּן
gradient, n.	מוֹרָד
gradual, adj.	הַדְרָגִי, דָּרוּג, מָדְרָג
graduate, n.	מְסַיֵּם
graduate, v.i.	סִיֵּם
graduation, n.	סִיּוּם; מַחֲזוֹר; הַדְרָגָה;
	דֵּרוּג
graft, n.	יָחוּר; שֹׁחַד
graft, v.t. & i.	הִרְכִּיב [רכב]; שָׁחַד
grain, n.	גַּרְעִין; דָּגָן, תְּבוּאָה, בַּר
gram, n.	גְּרַם
grammar, n.	דִּקְדּוּק
grammarian, n.	מְדַקְדֵּק
grammatical, adj.	דִּקְדּוּקִי
granary, n.	אַמְבָּר, אָסָם, מְגוּרָה
grand, adj.	גָּדוֹל, מְפֹאָר, נֶהְדָּר
granddaughter, n.	נֶכְדָּה
grandeur, n.	רוֹמְמוּת, גְּדֻלָּה
grandfather, n.	סָב, סַבָּא, אָב זָקֵן
grandmother, n.	סָבָה, סַבְתָּא,
	אֵם זְקֵנָה

grandson, n.	נֶכֶד
grange, n.	חַוָּה, מֶשֶׁק
granite, n.	שַׁחַם
grant, n.	הַעֲנָקָה, תְּמִיכָה, מַתָּנָה,
	הַנָּחָה
grant, v.t.	נָתַן, הִנִּיחַ [נוח], הוֹדָה
	[ידה]
granular, adj.	מְגֻרְעָן, מְחֻסְפָּס
granulate, v.t. & i.	גִּרְעֵן, פֵּרֵר
granulation, n.	גִּרְעוּן
granule, n.	גַּרְגֵּר, פֵּרוּר
grape, n.	עֵנָב
grapefruit, n.	אֶשְׁכּוֹלִית
grapevine, n.	גֶּפֶן
graphite, n.	אָבָר
grapnel, n.	עֹגֶן קָטָן
grapple, n.	הִתְנַגְּשׁוּת, נַפְתּוּלִים
grapple, v.t. & i.	אָחַז, תָּפַשׂ; נֶאֱבַק
	[אבק]
grasp, v.t. & i.	תָּפַס, הֵבִין [בין], הִשִּׂיג
	[נשג]
grasp, n.	תְּפִיסָה, הֲבָנָה, הַשָּׂגָה
grass, n.	עֵשֶׂב, דֶּשֶׁא
grasshopper, n.	חָנָב, אַרְבֶּה, חַרְגּוֹל
grassy, adj.	עֶשְׂבִּי
grate, n.	מִכְבָּר, סָרִיג, שְׂבָכָה
grate, v.t. & i.	שִׁפְשֵׁף, גֵּרַד, הִרְגִּיז
	[רגז]
grateful, adj.	אֲסִיר תּוֹדָה
gratefulness, n.	הַכָּרַת טוֹבָה
gratification, n.	נַחַת רוּחַ, רָצוֹן,
	גְּמוּל, הַעֲנָקָה
gratify, v.t.	גָּמַל, נָתַן שָׂכָר; מִלֵּא
	תַּאֲוָתוֹ, הִשְׂבִּיעַ [שבע] רְצוֹן
grating, n.	בַּרְזִלֵּי הַמִּכְבָּר
gratis, adv.	חִנָּם, לְלֹא תַּשְׁלוּם
gratitude, n.	הַכָּרַת תּוֹדָה
gratuitous, adj.	נִתָּן חִנָּם, מְיֻתָּר

gratuity, n.	מַתָּת, מַתָּנָה, שַׁי, תְּשׁוּרָה
grave, adj.	רְצִינִי
grave, n.	קֶבֶר, אַשְׁמָן
grave, v.t.	חָרַת, גִּלֵּף, פִּתֵּחַ, פָּסַל
gravedigger, n.	קַבְּרָן
gravel, n.	חָצָץ
gravely, adv.	בִּרְצִינוּת
graven, adj.	חָרוּת, חָקוּק
gravestone, n.	נֶפֶשׁ, מַצֵּבָה
graveyard, n.	בֵּית קְבָרוֹת, מִקְבָּרָה
gravitate, v.t.	נִמְשַׁךְ [משׁך]
gravitation, n.	הַמְשָׁכוּת, כֹּחַ
	הַמְשִׁיכָה, כֹּחַ הַכֹּבֶד
gravity, n.	מְשִׁיכַת הָאָרֶץ; רְצִינוּת
gravy, n.	רֹטֶב, צִיר, זֶמֶת
gray, grey, adj. & n.	אָפֹר, אָמֹץ; שָׂב
graybeard, greybeard, n.	זָקֵן, אִישׁ
	שֵׂיבָה
graze, v.t. & i.	רָעָה; נָגַע נְגִיעָה קַלָּה
grazing, n.	רְעִי, רְעִיָּה, מִרְעֶה
grease, n.	שֶׁמֶן, חֵלֶב; שֶׁמֶן סִיכָה
grease, v.t.	שִׁמֵּן, הֵסִיךְ [סוּךְ]; שָׁחַד
greasy, adj.	שַׁמֵּן, שַׁמְנוּנִי
great, adj.	גָּדוֹל, כַּבִּיר, נַעֲלֶה, חָשׁוּב,
	מְפֻרְסָם
great-grandchild, n.	נִין
greatly, adv.	הַרְבֵּה, בְּמִדָּה מְרֻבָּה
greatness, n.	גֹּדֶל, גְּדֻלָּה
Grecian, adj.	יְוָנִי
greed, n.	תַּאֲוָה, אַהֲבַת בֶּצַע, קְמִיצוּת
greedy, adj.	מִתְאַוֶּה, קַמְצָן
Greek, adj. & n.	יְוָנִי, יְוָנִית
green, adj.	יָרֹק
green, n.	יֶרֶק
green, v.t. & i.	צָבַע יָרֹק, עָשָׂה יָרֹק;
	הוֹרִיק [ירק]; דָּשָׁא
greenback, n.	דּוֹלָר, שְׁטָר "יָרֹק"
greenhorn, n.	"יָרֹק", בִּלְתִּי מְנֻסֶּה
greenhouse, n.	חֲמָמָה
greenish, adj.	יְרַקְרַק
greet, v.t. & i.	דָּרַשׁ בְּשָׁלוֹם, קִבֵּל פְּנֵי
	אִישׁ בְּבִרְכַּת שָׁלוֹם
greeting, n.	דְּרִישַׁת (פְּרִיסַת) שָׁלוֹם
grenade, n.	פְּצָצַת יָד, רִמּוֹן יָד
grey, v. gray	
grid, n.	סְבָכָה (לַחַלּוֹן)
griddle, n.	מַחֲבַת, מַרְחֶשֶׁת
griddlecake, n.	רְדִידָה, חֲמִיטָה
gridiron, n.	מִשְׁפָּדָה
grief, n.	יָגוֹן, תּוּגָה, צַעַר, עָגְמַת נֶפֶשׁ
grievance, n.	תְּלוּנָה, קְבִילָנָה
grieve, v.t.	עָצַב, צִעֵר
grieve, v.i.	נֶעֱצַב, הִתְאַבֵּל [אבל]
grievous, adj.	מַדְאִיב, מְצַעֵר
grill, n.	צָלִי (עַל נֶחָלִים)
grill, v.t. & i.	צָלָה; וְצָלָה [צלה]
grim, adj.	מַחֲרִיד, זוֹעֵם, נוֹאָשׁ
grimace, n.	הַעֲוָיָה
grimace, v.i.	עִוָּה
grime, n.	לִכְלוּךְ, פִּיחַ
grimy, adj.	מְלֻכְלָךְ
grin, v.t.	חִיֵּךְ, צָחַק
grin, n.	חִיּוּךְ רָחָב, צְחוֹק, צְחוֹק לַעַג
grind, n.	טְחִינָה, שִׁפְשׁוּף, מֵרוּט;
	שְׁחִיקָה
grind, v.t. & i.	טָחַן, דִּקֵּק, שָׁחַק,
	כָּתַשׁ; הִשְׁחִיז [שחז], שָׁף [שׁוף];
	חָרַק (שִׁנַּיִם)
grinder, n.	שֵׁן טוֹחֶנֶת; מַשְׁחִיז
grindstone, n.	אֶבֶן מַשְׁחֶזֶת, מַשְׁחֵזָה
grip, n.	תְּפִיסָה, לְחִיצָה, לְחִיצַת יָד;
	יָדִית; שְׁפַעַת
grip, v.t. & i.	תָּפַס, הֶחֱזִיק (חֹזֶק)
gripe, n.	תְּפִיסָה, לְחִיצָה
grippe, n.	שְׁפַעַת
grisly, adj.	אָיֹם, נוֹרָא

grist, *n.*	גֶּרֶשׂ
gristle, *n.*	סָחוּס, חַסְחוּס
grit, *n.* (רוּחַ)	חוֹל נַס; אֶבֶן חוֹל; אֹמֶץ
grits, *n. pl.*	גְּרִיסִים; דַּיְסָה
grizzly, *adj.*	אָפֹר, אַפְרוּרִי
groan, *n.*	אֲנָחָה, נְאָקָה, הֲמִיָה
groan, *v.t. & i.*	נֶאֱנַח [אנח], גָּנָה, הָמָה
grocer, *n.*	בַּעַל מַכֹּלֶת
grocery, *n.*	מַכֹּלֶת, חֲנוּת מַכֹּלֶת
grog, *n.*	מַשְׁקֶה חָרִיף, יַיִ"שׁ
groggy, *adj.*	שִׁכּוֹר; מִתְנוֹעֵעַ
groin, *n.*	מִפְשָׂעָה; זָוִית קַשְׁתִּית
groom, *n.*	סַיָּס; שַׁבִּין, חָתָן
groom, *v.t.*	טִפֵּל; נִקָּה (סוּסִים)
groove, *n.*	חָרִיץ, חָרָץ, תֶּלֶם
groove, *v.t.*	חָרַץ, עָשָׂה חָרִיץ בְּ–
grope, *v.t. & i.*	מִשֵׁשׁ, גִּשֵׁשׁ
gross, *n.*	תְּרֵיסַר תְּרֵיסָרִים; סַךְ הַכֹּל
gross, *adj.*	גָּדוֹל, עָצוּם, עָבֶה, נַס;
	נִגְעַ, תַּאֲוָנִי, טִפְּשִׁי
grotesque, *adj.*	מוּזָר, מְשֻׁנֶּה
grotto, *n.*	נִקְרָה, נָקִיק, נַחַר
grouch, *n.*	זְעוּם פָּנִים
grouch, *v.i.*	רָטַן
ground, *n.*	קַרְקַע; אֲדָמָה, אֶרֶץ;
	נִמּוּק; יְסוֹד, סֶמֶךְ; מִגְרָשׁ (מִשְׁחָקִים)
ground, *v.t. & i.*	יִסֵּד, בִּסֵּס; עָלָה עַל
	שִׂרְטוֹן; חֻבַּר לָאֲדָמָה
groundless, *adj.*	חֲסַר יְסוֹד
group, *n.*	לַהֲקָה, קְבוּצָה, פְּלֻגָּה
group, *v.t.*	הִתְגּוֹדֵד [גדד]
grouse, *n.*	קְטָטָה, תַּרְחוֹל
grove, *n.*	חֹרְשָׁה, מַטָּע; פַּרְדֵּס
grovel, *v.i.*	הִתְרַפֵּס [רפס], זָחַל
grow, *v.t. & i.*	גִּדֵּל, הִצְמִיחַ [צמח];
	גָּדַל, צָמַח, רָבָה
growl, *n.*	נְהִימָה, הִתְמַרְמְרוּת
growl, *v.i.*	נָהַם, הִתְלוֹנֵן [לין]

growth, *n.*	גִּדּוּל, צְמִיחָה
grub, *n.*	זַחַל (נֶלֶם); מָזוֹן
grub, *v.t. & i.*	חָפַר, עָמַל, אָכַל,
	הֶאֱכִיל [אכל]
grudge, *n.*	שִׂנְאָה, קִנְאָה
grudge, *v.t.*	הָיָה צַר עַיִן, נָטַר, קִנֵּא
gruel, *n.*	מִקְפָּא, דַּיְסָה
gruesome, *adj.*	מַבְהִיל, אִים
gruff, *adj.*	זוֹעֵם, נַס, קָשֶׁה
grumble, *n.*	רִטּוּן, הִתְמַרְמְרוּת
grumble, *v.i.*	רָטַן, הִתְאוֹנֵן [און]
grumpy, *adj.*	מִתְמַרְמֵר, זוֹעֵם, מִתְלוֹנֵן
grunt, *n.*	אֲנָקָה, נְאָקָה, צְרִיחָה
grunt, *v.i.*	נָאַק, אָנַק, צָרַח
guano, *n.*	דִּבְיוֹנִים
guarantee, guaranty, *n.*	עֲרֻבָּה, עֶרְבּוֹן
guarantee, *v.t.*	עָרַב
guard, *n.*	(חַיִל) מִשְׁמָר, נוֹטֵר, שׁוֹמֵר
guard, *v.t. & i.*	שָׁמַר, נָטַר, נָצַר; נִשְׁמַר
	[שמר], נִזְהַר [זהר]
guardian, *n.*	מַשְׁגִּיחַ, אֶפִּיטְרוֹפּוֹס
guerdon, *n.*	שָׂכָר, גְּמוּל, פְּרָס
guerrilla, guerilla, *n.*	הִתְגָּרוּת
guess, *n.*	סְבָרָה, נִחוּשׁ, הַשְׁעָרָה
guess, *v.t. & i.*	נִחֵשׁ, סָבַר, חָשַׁב
guest, *n.*	אוֹרֵחַ, קָרוּא
guffaw, *n.*	צְחוֹק עַז (קוֹלָנִי)
guidance, *n.*	הַדְרָכָה, הַנְהָגָה
guide, *n.*	מַדְרִיךְ, מוֹרֵה דֶּרֶךְ, מַנְהִיג
guide, *v.t.*	הִדְרִיךְ [דרך], הִנְהִיג, נָחָה
guidebook, *n.*	מַדְרִיךְ
guild, gild, *n.*	אַחֲוָה, הִתְאַחֲדוּת, חֶבְרָה
guile, *n.*	הוֹנָאָה, עָרְמָה
guileful, *adj.*	כּוֹזֵב
guileless, *adj.*	זַךְ, תָּם
guillotine, *n.*	מַעֲרֶפֶת, גַּרְדּוֹם, מַכְרֵתָה
guillotine, *v.t.*	עָרַף, כָּרַת (רֹאשׁ)
guilt, *n.*	אַשְׁמָה, עֲבֵרָה, רִשְׁעָה

guiltiness, *n.*	עָוֹן, אָוֶן, רֶשַׁע, פֶּשַׁע	gunsmith, *n.*	נַשָּׁק
guilty, *adj.*	אָשֵׁם, חַיָּב	gurgle, *n.*	גִּרְגּוּר
guinea pig, *n.*	חֲזִיר יָם	gurgle, *v.i.*	גִּרְגֵּר
guise, *n.*	מַרְאֶה, דְּמוּת, מַסְוֶה, מַסֵּכָה	gush, *v.t. & i.*	נָבַע; נָמֹל [מול] (דְּמָעוֹת)
guitar, *n.*	קַתְרוֹס	gush, *n.*	מַבּוּעַ, שֶׁפֶךְ
gulch, *n.*	בְּקִיעַ הָרִים, גַּיְא	gust, *n.*	טַעַם; זַעַק; סוּפַת פִּתְאוֹם,
gulf, *n.*	מִפְרָץ, לְשׁוֹן יָם		רוּחַ תְּזָזִית
gull, *n.*	שַׁחַף	gut, *v.t.*	רֵשׁ (בֵּטֶן), שָׁפַךְ (הוֹצִיא) מֵעַיִם
gull, *v.t.*	רִמָּה	guts, *n. pl.*	מֵעַיִם, קְרָבַיִם; הָעֲזָה,
gullet, *n.*	וֶשֶׁט, בֵּית הַבְּלִיעָה		אֹמֶץ (רוּחַ)
gullible, *adj.*	נוֹחַ לְהַאֲמִין, מַאֲמִין לַכֹּל	gutter, *n.*	סִילוֹן, בִּיב, תְּעָלָה; מַזְחִילָה
gully, *n.*	עָרוּץ, תְּעָלָה מְלָאכוּתִית	guttural, *adj.*	מִבְטָא גְּרוֹנִי
gulp, *n.*	לְגֶם, לְנִימָה גְּדוֹלָה, עְלוּעַ	guy, *n.*	בַּרְנָשׁ
gulp, *v.t.*	גָּמַע, לָגַם, עִלַּע	guy, *v.t.*	עָשָׂה לִצְחוֹק, הִתְלוֹצֵץ (לִיץ)
gum, *n.*	צֶמֶג, שְׂרָף; לַסְתּוֹת	guzzle, *v.i.*	זָלַל
gum, *v.t.*	צִמֵּג, הִדְבִּיק (דבק)	gymnasium, *n.*	מִדְרָשָׁה, בֵּית סֵפֶר
gummy, *adj.*	צָמִיג, דָּבִיק		תִּיכוֹנִי; אוּלָם הִתְעַמְּלוּת
gumption, *n.*	תְּבוּנָה	gymnast, *n.*	מִתְעַמֵּל
gums, *n. pl.*	חֲנִיכַיִם, חֲנָכַיִם	gymnastics, *n. pl.*	הִתְעַמְּלוּת
gun, *n.*	רוֹבֶה, קְנֵה רוֹבֶה; תּוֹתָח	gynecology, gynaecology, *n.*	יְדִיעַת
gun, *v.t.*	יָרָה		מַחֲלוֹת נָשִׁים
gunboat, *n.*	סִירַת תּוֹתָחִים	gypsum, *n.*	גֶּבֶס
gunfire, *n.*	אֵשׁ תּוֹתָחִים	gypsy, gipsy, *n.*	צוֹעֲנִי, צוֹעֲנִית
gunman, *n.*	שׁוֹדֵד מְזֻיָּן	gyrate, *v.i.*	הִסְתּוֹבֵב (סבב), הִתְגַּלְגֵּל
gunner, *n.*	תּוֹתְחָן, מְקַלְעָן		(גלגל)
gunnery, *n.*	תּוֹתְחָנוּת	gyration, *n.*	הִסְתּוֹבְבוּת
gunpowder, *n.*	בָּרָד, אֲבַק שְׂרֵפָה	gyve, *n. (pl.)*	סַד, אֲזִיקִים
gunshot, *n.*	טְוָח (מִטַּחֲוֵה) רוֹבֶה	gyve, *v.t.*	שָׂם (שׂים) בְּסַד, אָסַר (בְּאֲזִיקִים)

H, h

H, h, *n.*	אֵיטְשׁ, הָאוֹת הַשְּׁמִינִית בָּאָלֶף	habitant, *n.*	תּוֹשָׁב, דַּיָּר
	בֵּית הָאַנְגְלִי; שְׁמִינִי, ח'	habitat, *n.*	מָעוֹן, מָמֹר, מִשְׁכָּן, מָדוֹר
haberdasher, *n.*	סִדְקִי (סִדְקָן)	habitation, *n.*	בַּיִת, דִּירָה
haberdashery, *n.*	סִדְקִית	habitual, *adj.*	רָגִיל, הֶרְגֵּלִי
habit, *n.*	מִנְהָג, הֶרְגֵּל; לְבוּשׁ, מַלְבּוּשׁ	habituate, *v.t.*	הִרְגִּיל (רגל)
habitable, *adj.*	רָאוּי לִמְגוּרִים	hack, *v.t. & i.*	קִצֵּץ, קָרַע לִגְזָרִים

hack, hackney, *n.*	סוּס עֲבוֹדָה, כִּרְכָּרָה
hackle, *n.*	נוֹצָה אֲרֻכָּה (בְּצַוְּאר הָעוֹף)
haddock, *n.*	חֲמוֹר יָם
Hades, *n.*	שְׁאוֹל, גֵּיהִנּוֹם
haemorrhoids, *v.* hemorrhoids	
haemorrhage, *v.* hemorrhage	
haft, *n.*	נִצָּב, יָדִית
hag, *n.*	אִשָּׁה מְכֹעֶרֶת, מְכַשֵּׁפָה, זְקֵנָה
	בָּלָה
haggard, *adj.*	דַּל, רַע הַמַּרְאֶה
haggle, *n.*	תִּגּוּר, תִּגְרָה
haggle, *v.i.*	תִּגֵּר, עָמַד עַל הַמֶּקַח
Hagiographa, *n.pl.*	כְּתוּבִים, דִּבְרֵי קֹדֶשׁ
hail, *n.*	בָּרָד
hail, *v.t. & i.*	בֵּרַךְ בְּשָׁלוֹם; בָּרַד
hailstone, *n.*	אֶבֶן הַבָּרָד, אֶלְגָּבִישׁ,
	חֲנָמָל
hailstorm, *n.*	סוּפַת בָּרָד
hair, *n.*	שַׂעֲרוֹת, שַׂעֲרָה, שֵׂעָר, נִימָה
haircut, *n.*	תִּסְפֹּרֶת
hairdresser, *n.*	סַפָּר, סַפֶּרֶת
hairpin, *n.*	מַכְבֵּנָה, סִכַּת רֹאשׁ
hairy, *adj.*	שָׂעִיר
hake, *n.*	דַּג הַיָּם
halcyon, *adj.*	שָׁלֵו, שׁוֹקֵט
hale, *adj.*	בָּרִיא, שָׁלֵם
half, *n.*	חֲצִי, מֶחֱצָה, מַחֲצִית
halibut, *n.*	פּוּסִית
hall, *n.*	אוּלָם, מָבוֹא, מִסְדְּרוֹן
hallelujah, halleluiah, *n.*	הַלְלוּיָהּ
hallow, *v.t.*	קִדֵּשׁ, הִקְדִּישׁ (קֹדֶשׁ)
hallucination, *n.*	חֲזוֹן תַּעְתּוּעִים,
	דִּמְיוֹן כּוֹזֵב, דִּמְיוֹן שָׁוְא שֶׁל זֹהַר
halo, *n.*	הִלָּה, עֲטָרָה
halt, *n.*	צְלִיעָה, פְּסִיחָה; הַפְסָקָה,
	מְקוֹם עֲמִידָה
halt, *v.t. & i.*	עָמַד מִלֶּכֶת, נָח [נוח];
	פָּסַח, צָלַע; מָעַד

halter, *n.*	אַפְסָר; חֶבֶל תְּלִיָּה
halve, *v.t.*	חָצָה, חָצָץ, חִלֵּק לִשְׁנַיִם
ham, *n.*	עֹרֶק, רֵב, שׁוֹק חֲזִיר, אַרְכֻּבָּה
hamburger, *n.*	קְצִיצָה, בְּשַׂר קָצוּץ
hamlet, *n.*	כְּפָר קָטָן
hammer, *n.*	פַּטִּישׁ, מַקֶּבֶת, הַלְמוּת,
	קֻרְנָס
hammer, *v.t. & i.*	הִכָּה בְּפַטִּישׁ, רִדֵּד,
	הָלַם
hammock, *n.*	עַרְסָל
hamper, *n.*	סַלְסִלָּה, סַל נְצָרִים
hamper, *v.t.*	עִכֵּב, עָצַר
hamstring, *n. & v.t.*	גִּיד הַבֶּרֶךְ; עִקֵּר
	(סוּס, פַּר)
hand, *n.*	יָד; כַּף, מָחוֹג (שָׁעוֹן);
	מִשְׂחָק (קְלָפִים)
at hand	קָרוֹב
hand, *v.t.*	מָסַר, נָתַן, הִסְגִּיר (סָגַר)
handbill, *n.*	מוֹדָעִית, מוֹדַעַת יָד
handcuffs, *n. pl.*	אֲזִקִּים, נְחֻשְׁתַּיִם
handcuff, *v.t.*	אָסַר בַּאֲזִקִּים
handful, *n.*	חֹפֶן, מְלֹא הַיָּד
handicap, *n.*	מִכְשׁוֹל, פּוּקָה, קֹשִׁי
handicraft, *n.*	אֻמָּנוּת, מְלֶאכֶת יָד
handkerchief, *n.*	מִמְחָטָה, מִסְפַּחַת
handle, *n.*	יָדִית, אֲחִיזָה, אֹזֶן, קַת (רוֹבֶה)
handle, *v.t.*	נָגַע; טִפֵּל בְּ–, מִשֵּׁשׁ;
	הִתְעַסֵּק (עֵסֶק)
handsome, *adj.*	יָפֶה, נָאֶה, שַׁפִּיר
handwork, *n.*	מְלֶאכֶת יָד
handwriting, *n.*	כְּתַב יָד
handy, *adj.*	מוֹעִיל, שִׁמּוּשִׁי
hang, *n.*	תְּלִיָּה, צְלִיבָה
hang, *v.t. & i.*	תָּלָה, הָיָה תָלוּי, צָלַב
hangar, *n.*	מוּסָךְ, מוּסָף לִמְטוֹסִים
hanger, *n.*	תַּלְיָן; מִתְלֶה, תְּלִי, קֹלָב
hangman, *n.*	תַּלְיָן, טַבָּח
hang-over, *n. & adj.*	הִתְפַּכְּחוּת

hank, *n.*	פְּקַעַת	harken, hearken, *v.i.,*	הִקְשִׁיב [קשב],
hanker, *v.i.*	הִשְׁתּוֹקֵק [שקק], הִתְאַוָּה		שָׁמַע
	[אוה]	harlequin, *n.*	לֵיצָן, מוּקְיוֹן
hansom, *n.*	מֶרְכָּבָה	harlot, *n.*	זוֹנָה, קְדֵשָׁה
hap, *n.*	מָאֹרָע, מִקְרֶה	harm, *n.*	רָעָה; נֶזֶק
haphazard, *n.,* *adj.* & *adv.*	מִקְרֶה,	harm, *v.t.*	הֵרַע [רעע], הִזִּיק [נזק]
	הַזְדַּמְּנוּת; אַרְעִי; בְּמִקְרֶה	harmful, *adj.*	רַע, מַזִּיק
haphtarah, *n.*	הַפְטָרָה	harmless, *adj.*	בִּלְתִּי מַזִּיק; תַּף, תָּמִים
hapless, *adj.*	מִסְכֵּן, אֻמְלָל	harmonic, *adj.*	מַתְאִים
haply, *adv.*	בְּמִקְרֶה	harmonica, *n.*	מַפּוּחִית
happen, *v.i.*	קָרָה, אֻנָּה, הָיָה,	harmonize, *v.t.*	הִתְאִים [תאם],
	נִהְיָה [היה]		הִסְכִּים [סכם]
happily, *adv.*	בְּדַרְכּוֹ (נס) מַזָּל, לְאָשְׁרוֹ	harmony, *n.*	הַתְאָמָה, הֶסְכֵּם,
happiness, *n.*	אֹשֶׁר, הַצְלָחָה		אַחְדוּת
happy, *adj.*	מְאֻשָּׁר, שָׂמֵחַ	harness, *n.* & *v.t.*	רִתְמָה; רָתַם
harangue, *n.*	נְאוּם נִלְהָב	harp, *n.*	נֵבֶל, גֵּבֶל
harass, *v.t.*	הֵצִיק [צוק], הִרְגִּיז [רגז]	harper, harpist, *n.*	פּוֹרֵט בְּנֵבֶל
	עִנָּה, מוֹטֵט [מוט], הִלְאָה [לאה]	harpoon, *n.*	רֹמַח דַּיָּגִים, צִלְצָל
harbinger, *n.*	מַכְרִיז, כָּרוֹז, מְבַשֵּׂר	harpoon, *v.t.*	דָּג (צָד) בְּצִלְצָל
harbor, harbour, *n.*	נָמֵל, מָחֹז	harpsichord, *n.*	פְּסַנְתְּרִיּוֹן
harbor, harbour, *v.t.* & *i.*	נָתַן מַחֲסֶה,	harrow, *n.*	מַשְׂדֵּדָה
אִכְסֵן, צָפַן בְּלִבּוֹ, טָמַן בְּחֵבוֹ		harrow, *v.t.*	שִׂדֵּד; הֵעִיק [עוק],
harborage, harbourage, *n.*	נָמֵל, מַעֲנָנָה		הֵצִיק [צוק]
hard, *adj.* & *adv.*	קָשֶׁה, חָזָק; בְּקֹשִׁי	harry, *v.t.* & *i.*	בָּזַז, שָׁסָה, הִקְנִיס
harden *v.t.*	הִקְשָׁה [קשה], חִזֵּק, חִסֵּם		[קנס], קִנְטֵר
harden, *v.i.*	הִתְקַשָּׁה [קשה] הָיָה קָשֶׁה,	harsh, *adj.*	נָס; מַחְמִיר, אַכְזָרִי
	הִתְאַכְזֵר [אכזר]	harshness, *n.*	נַסּוּת, אַכְזָרִיּוּת
hardhearted, *adj.*	קְשֵׁה לֵב, קָשֶׁה	hart, *n.*	אַיָּל
hardihood, *n.*	גְּבוּרָה, אֹמֶץ; חֻצְפָּה,	harvest, *n.*	אָסִיף, קָצִיר, בָּצִיר
	עַזּוּת (פָּנִים)	(עֲנָבִים), גְּדִירָה (תְּמָרִים),	
hardness, *n.*	קָשִׁיּוּת, נַסּוּת	מָסִיק (זֵיתִים), קְצִיעָה (תְּאֵנִים)	
hardship, *n.*	עָמָל, יְגִיעָה, דַּחֲקוּת, קֹשִׁי	harvest, *v.t.*	קָצַר, אָסַף, בָּצַר, גָּדַר,
hardware, *n.*	כְּלֵי (מַכְשִׁירֵי) בַּרְזֶל		מָסַק, קָצַע
hardy, *adj.*	עַז, חָזָק	harvester, *n.*	קוֹצֵר, מְאַסֵּף, בּוֹצֵר,
hare, *n.*	אַרְנָב, אַרְנֶבֶת	גּוֹדֵר, מוֹסֵק, קָצָע; קְצַרְדָּשׁ	
harebell, *n.*	פַּעֲמוֹנִית	hash, *n.* & *v.t.*	פְּרִימָה; קִצֵּץ, פֵּרַם
harem, *n.*	הַרְמוֹן	hassock, *n.*	הֲדוֹם
hark, *v.i.*	הִקְשִׁיב [קשב], שָׁמַע	haste, *n.*	מְהִירוּת; חִפָּזוֹן, פְּזִיזוּת

hasten, *v.t. & i.*	מִהֵר, הֶחִישׁ [חוש],	hazy, *adj.*	מְעֻרְפָּל, עַרְפִלִּי, אָדִי
	הֵאִיץ [אוץ]; חָשׁ [חוש], אָץ [אוץ]	he, *pron.*	הוּא
hastily, *adv.*	בִּמְהִירוּת, חִישׁ	head, *adj.*	רִאשׁוֹן, עִקָּרִי, רָאשִׁי
hasty, *adj.*	נִמְהָר, בָּהוּל, נֶחְפָּז	head, *n.*	רֹאשׁ; גֻּלְגֹּלֶת
hat, *n.*	כּוֹבַע, מִגְבַּעַת	head, *v.t. & i.*	יָשַׁב (עָמַד בְּ) רֹאשׁ, נִהֵל
hatch, *n.*	בְּרִיכָה; פֶּתַח-אֳנִיָּה	headache, *n.*	מֵחוֹשׁ (כְּאֵב) רֹאשׁ
hatch, *v.t.*	דָּגַר, הִדְגִּיר [דגר]; זָמַם;	headlight, *n.*	פָּנָס (קִדְמִי) חֲזִית
	נִבְקַע [בקע]; נִדְגַּר [דגר]	headline, *n.*	כּוֹתֶרֶת
hatchery, *n.*	מַדְגֵּרָה	headmaster, *n.*	מְנַהֵל בֵּית סֵפֶר
hatchet, *n.*	קַרְדֹּם, גַּרְזֶן	headquarters, *n.*	מִפְקָדָה, מַטֶּה
hate, *n.*	אֵיבָה, שִׂנְאָה, טִינָה	headsman, *n.*	תַּלְיָן, טַבָּח
hateful, *adj.*	נִמְאָס, בָּזוּי	headstrong, *adj.*	עַקְשָׁנִי
hater, *n.*	שׂוֹנֵא, אוֹיֵב	headway, *n.*	הִתְקַדְּמוּת
hatred, *n.*	שִׂנְאָה, אֵיבָה	heady, *adj.*	פָּזִיז, נֶחְפָּז, נִמְהָר; מְשַׁכֵּר
hatter, *n.*	כּוֹבְעָן	heal, *v.t. & i.*	נִרְפָּא [רפא], רִפֵּא,
haughtiness, *n.*	רָמוּת, יְהִירוּת,		הִתְרַפֵּא [רפא]
	רַהַב, גַּאַוְתָנוּת	healer, *n.*	מְרַפֵּא
haughty, *adj.*	יָהִיר, גֵּא	healing, *n.*	רִפּוּי
haul, *n.*	מְשִׁיכָה, גְּרִירָה, סְחִיבָה, הַעֲלָאָה.	health, *n.*	בְּרִיאוּת, קַו הַבְּרִיאוּת
haul, *v.t.*	מָשַׁךְ, סָחַב, גָּרַר	healthy, *adj.*	בָּרִיא, שָׁלֵם, חָזָק
haunch, *n.*	יָרֵךְ, מֹתֶן	heap, *n.*	עֲרֵמָה, גַּל, עֹמֶר, תֵּל
haunt, *n.*	מָקוֹם מְבֻקָּר	heap, *v.t.*	צָבַר, עָרַם, גִּבֵּב, גִּדֵּשׁ,
haunt, *v.t.*	בִּקֵּר בִּקְבִיעוּת		הִכְבִּיר [כבר]
have, *v.t.*	הָיָה לְ-	hear, *v.t. & i.*	הֶאֱזִין [אזן], הִקְשִׁיב
haven, *n.*	נָמֵל; מִבְטָח, מִקְלָט		[קשב], שָׁמַע, נִשְׁמַע [שמע]
haversack, *n.*	תַּרְמִיל, יַלְקוּט, אַמְתַּחַת	hearing, *n.*	שְׁמִיעָה, חוּשׁ הַשְּׁמִיעָה,
havoc, *n.*	הֶרֶס, הַשְׁמָדָה		חֲקִירָה וּדְרִישָׁה
hawk, *n.*	אַיָּה, נֵץ; כְּעַכּוֹעַ	hearken, harken, *v.i.*	הִקְשִׁיב [קשב],
hawk, *v.t. & i.* (נץ)	כִּעְכֵּעַ, רָכַל; פָּרַח		שָׁמַע
hawker, *n.* (צַיָּד)	רוֹכֵל; מַפְרִיחַ נֵצִים	hearsay, *n.*	שְׁמוּעָה
hawthorn, *n.*	עֻזְרָד	hearse, *n.*	מִטָּה, אֲרוֹן מֵתִים
hay, *n.*	חָצִיר, מִסְפּוֹא יָבֵשׁ	heart, *n.*	לֵב, לִבָּה, לֵבָב
haycock, *n.*	עֲרֵמַת חָצִיר	heartache, *n.*	צַעַר, כְּאֵב לֵב
hazard, *n.*	מִאְרָע, מִקְרֶה; סִכּוּן	heartbeat, *n.*	דֹּפֶק לֵב
hazard, *v.t.*	סִכֵּן	heartbreak, *n.*	שִׁבְרוֹן לֵב
hazardous, *adj.*	מְסֻכָּן	heartbroken, *adj.*	שְׁבוּר לֵב
haze, *n.*	עֲרָפֶל	heartburn, *n.*	צָרֶבֶת
hazel, hazelnut, *n.*	אֱלְסָר	heartfelt, *adj.*	לְבָבִי

hearth, *n.*	אָח, מוֹקֵד	hegira, hejira, *n.*	(שְׁנַת הַ) מְנוּסָה
heartiness, *n.*	לְבָבִיּוּת		(סְפִירַת הַשָּׁנִים הַמֻּסְלְמִית)
heartless, *adj.*	אַכְזָרִי	heifer, *n.*	עֶגְלַת בָּקָר
heat, *n.*	חֹם, חַמָּה, חֲמִימוּת, שָׁרָב	height, hight, *n.*	גֹּבַהּ, שִׂיא, מָרוֹם
heat, *v.t. & i.*	הֵחֵם [חמם], הִתְחַמֵּם	heighten, *v.t.*	הִגְבִּיהַּ [גבה], רוֹמֵם
	[חמם]; לְבֵּן; הִסִּיק [נסק]		[רום], הִגְבִּיר [גבר], הִשְׁבִּיחַ [שבח]
heater, *n.*	מְחַמֵּם	heinous, *adj.*	נִבְזֶה, מָאוּס; עָצוּם; אָים
heath, *n.*	עֲרָעָר	heir, *n.*	יוֹרֵשׁ
heathen, *n.*	עכו״ם: עוֹבֵד כּוֹכָבִים	heiress, *n.*	יוֹרֶשֶׁת
	וּמַזָּלוֹת, עוֹבֵד אֱלִילִים	heirloom, *n.*	יְרֻשָּׁה, תּוֹרָשָׁה
heather, *n.*	אַבְרָשׁ	helicopter, *n.*	מָסוֹק
heave, *n.*	הֲרָמָה, הַשְׁלָכָה, הִתְרוֹמְמוּת	hell, *n.*	שְׁאוֹל, גֵּיהִנּוֹם, תָּפְתֶּה
heave, *v.t. & i.*	רָנַע, הִשְׁלִיךְ [שלך]	hello, *n.*	הָלוֹ (בִּרְכַּת שָׁלוֹם)
	הֵנִיף [נוף], הִתְרוֹמֵם [רום], הִתְגָּעַשׁ	heim, *n.*	הֶגֶה
	[געש], הִתְעַמֵּל [עמל]; הֵקִיא [קיא]	helmet, *n.*	קַסְדָּה, כּוֹבַע פְּלָדָה
heaven, *n.*	שָׁמַיִם, רָקִיעַ, שַׁחַק	helmsman, *n.*	נַט
heavenly, *adj.*	שְׁמֵימִי, אֱלֹהִי, נִפְלָא	helot, *n.*	עֶבֶד
heavily, *adv.*	בִּכְבֵדוּת, בְּקֹשִׁי	helotry, *n.*	עַבְדוּת
heaviness, *n.*	כֹּבֶד, מִשְׁקָל, כְּבֵדוּת	help, *n.*	עֵזֶר, עֶזְרָה, יְשׁוּעָה, סִיּוּעַ,
heavy, *adj.*	כָּבֵד, חָמוּר, סָמִיךְ		תְּמִיכָה; תְּרוּפָה; שֵׁרוּת; מְשָׁרֵת
Hebraic, *adj.*	עִבְרִי	help, *v.t. & i.*	עָזַר, סִיַּע, תָּמַךְ; שֵׁרֵת;
Hebraize, *v.t. & i.*	עִבְרֵר, הִתְעַבְרֵר		רִפֵּא; חִלֵּק מְנוֹת (אֹכֶל)
	[עברר]	helper, *n.*	מוֹשִׁיעַ, עוֹזֵר
Hebrew, *n. & adj.*	עִבְרִי, עִבְרִית,	helpful, *adj.*	עוֹזֵר, מוֹעִיל; מְרַפֵּא
	לְשׁוֹן הַקֹּדֶשׁ	helpless, *adj.*	חֲסַר עֵזֶר, מִסְכֵּן,
heckle, *v.t.*	הִטְרִיד [טרד] בִּשְׁאֵלוֹת		אֻמְלָל; אֵין אוֹנִים, רָפֶה
hectic, *adj. & n.*	קוֹדֵחַ, מְכֻלֶּה; שֶׁל	helpmate, *n.*	עֵזֶר כְּנֶגֶד, אִשָּׁה; עוֹזֵר
	מֶזֶג הַגּוּף; עַז, עִזּוּזִי; קַדַּחַת חוֹזֶרֶת	helve, *n.*	יָדִית, נִצָּב, קַת
hedge, *n.*	סְיָג, מְסוּכָה	hem, *n.*	אִמְרָה, מְלָל
hedge, *v.t.*	גָּדַר, כִּתֵּר	hem, *v.t. & i.*	עָשָׂה אִמְרָה (מְלָל), מָלַל [מלל]
hedgehog, *n.*	קִפּוֹד		כְּחַכֵּךְ, גִּמְגֵּם
heed, *n. & v.t.*	תְּשׂוּמֶת לֵב, הַקְשָׁבָה	hemisphere, *n.*	חֲצִי כַּדּוּר הָאָרֶץ
	שָׂם [שים] לֵב, הִקְשִׁיב [קשב]	hemlock, *n.*	עֵשֶׂב אַרְסִי, רֹשׁ אַשּׁוּחַ
heedful, *adj.*	זָהִיר, מִתְחַשֵּׁב	hemorrhage, haemorrhage, *n.*	דִּמּוּם
heedless, *adj.*	בִּלְתִּי זָהִיר, מְזֻלְזָל	hemorrhoids, haemorrhoids, *n. pl.*	
heel, *n.*	עָקֵב		טְחוֹרִים, תַּחְתּוֹנִיּוֹת, עֲפָלִים
heel, *v.t. & i.*	נָסָה, הִטָּה [נטה] (אֳנִיָּה)	hemp, *n.*	קַנָּבוֹס
	תָּפַר (עָקֵב)	hemstitch, *n.*	חֲצִי (פֶּלֶן) חָרוּז

hen, n.	תַּרְנְגֹלֶת	hesitate, v.i.	הִסֵּס
hence, adv.	מֵעַתָּה; לָכֵן, לְפִיכָךְ	hesitation, n.	הִסּוּס
henceforth, henceforward, adv.		heterodox, adj.	כּוֹפֵר, מִין, אֶפִּיקוֹרוֹס
מֵעַתָּה וָהָלְאָה, מִכָּאן וָאֵילָךְ (וּלְהַבָּא)		heterodoxy, n.	כְּפִירָה, מִינוּת,
henchman, n.	מְשָׁרֵת, שַׁמָּשׁ; חָסִיד		אֶפִּיקוֹרְסוּת
hen coop, hen house	לוּל	heterogeneous, adj.	מֻרְכָּב, רַבְגּוֹנִי
henna, n.	יַחֲנוּן	hew, v.t.	חָטַב, כָּרַת, חָצַב, חָקַק,
henpeck, v.t.	קִנְטֵר		פָּסַל, סִתֵּת
her, pron.	שֶׁלָּהּ, אוֹתָהּ	hexagon, n.	מְשֻׁשֶּׁה
herald, n.	כָּרוֹז, שָׁלִיחַ, מְבַשֵּׂר	Hexateuch, n.	שֵׁשֶׁת הַסְּפָרִים (חֻמָּשׁ
herb, n.	עֵשֶׂב, צֶמַח		וְסֵפֶר יְהוֹשֻׁעַ)
herbaceous, adj.	עֶשְׂבִּי, מְכֻסֶּה עֵשֶׂב	heyday, n.	שִׂיא, פִּסְגָּה
herd, n.	עֵדֶר, מִקְנֶה	hibernate, v.i.	חָרַף
herd, v.t.	חָיָה לְעֵדֶר, הִתְאַסֵּף [אסף]	hiccup, hiccough, n.	שִׁהוּק
herdsman, herder, n.	בּוֹקֵר, נוֹקֵד	hickory, n.	אֱגוֹזָה אֲמֵרִיקָאִית
here, adv.	כָּאן, פֹּה	hidden, adj.	טָמוּן
hereafter, n.	עוֹלָם הַבָּא	hide, n.	עוֹר, שֶׁלַח
hereafter, adv.	מֵעַתָּה וָהָלְאָה	hide, v.t. & i.	הִסְתִּיר [סתר], הֶחְבִּיא
hereby, adv.	בָּזֶה, עַל יְדֵי זֶה		[חבא], הִצְפִּין [צפן], הִטְמִין [טמן]
hereditary, n.	יְרֻשִּׁי, עוֹבֵר בִּירֻשָּׁה		הִסְתַּתֵּר [סתר], הִתְחַבֵּא [חבא]
heredity, n.	מוֹרָשָׁה, יְרֻשָּׁה, תּוֹרָשָׁה	hideous, adj.	מְכֹעָר, אָיֹם, גָּעֲלִי
herein, hereon, adv.	בָּזֶה	hideousness, n.	כִּעוּר
hereof, adv.	מִזֶּה	hie, v.t. & i.	מִהֵר, הֶחָשׁ [חוש] הֵאִיץ
heresy, n.	כְּפִירָה		[אוץ]
heretic, adj.	כּוֹפֵר	hierarchy, n.	שִׁלְטוֹן הַכְּהֻנָּה
heretofore, adv.	לִפְנֵי כֵן	hieroglyph, hieroglyphic, n.	כְּתָב
herewith, adv.	בָּזֶה, בְּזֹאת		(חֲשָׁאִים) חַרְטֻמִּים
heritage, n.	יְרֻשָּׁה	high, adj.	גָּבֹהַּ, רָם; נַעֲלֶה, נִשָּׂא; גֵּא;
hermaphrodite, n.	דּוּ־מִינִי, אַנְדְּרוֹגִינוֹס		יָהִיר, תָּקִיף; שָׁכּוֹר
hermetic, adj.	סָגוּר וּמְסֻגָּר	high, n. & adv.	גֹּבַהּ, מָרוֹם; לְמַעְלָה
hermit, n.	פָּרוּשׁ, נָזִיר, מִתְבּוֹדֵד, הָרָרִי	highland, n.	רָמָה
hermitage, n.	מִנְזָר, בֵּית הַפָּרוּשׁ	high school	מִדְרָשָׁה, בֵּית סֵפֶר תִּיכוֹן
hero, n.	גִּבּוֹר	highway, n.	כְּבִישׁ
heroic, adj.	גִּבּוֹרִי	highwayman, n.	שׁוֹדֵד דְּרָכִים
heroine, n.	גִּבּוֹרָה	hike, n.	טִיּוּל, הֲלִיכָה; עֲלִיָּה (מְחִיר)
heroism, n.	גְּבוּרָה	hike, v.t.	טִיֵּל; הֶעֱלָה [עלה] (מְחִיר)
heron, n.	אֲנָפָה	hilarious, adj.	צוֹהֵל, עַלִּיז
herring, n.	דָּג מָלוּחַ	hilarity, n.	צָהֳלָה, מָשׂוֹשׂ, חֶדְוָה

hill, *n.*	גִּבְעָה, תֵּל	hoard, *v.t. & i.* [צנע]	גָּנַז, אָגַר, הִצְנִיעַ
hillock, *n.*	גִּבְשׁוּשִׁית	hoarfrost, *n.*	כְּפוֹר
hilt, *n.*	נִצָּב, קַת	hoarse, *adj.*	צָרוּד
hilly, *adj.*	הֲרָרִי	hoary, *adj.*	לְבַנְבַּן, אָפֹר, שָׂב
him, *pron.*	אוֹתוֹ	hoax, *n.*	תַּרְמִית, כָּזָב, תַּעְתּוּעַ
himself, *pron.*	(הוּא) בְּעַצְמוֹ (בְּגוּפוֹ)	hoax, *v.t.*	הוֹנָה [ינה], רִמָּה, תִּעְתַּע
hin, *n.*	הִין (6.810 לִיטְרִים)	hobble, *v.t. & i.*	צָלַע, אָסַר, כָּבַל
hind, hinder, *adj.*	אֲחוֹרִי, אֲחוֹרַנִּי	hobby, *n.*	תַּחְבִּיב; סִיָח, סוּס
hind, *n.*	אַיָּלָה, צְבִיָּה; אִכָּר שָׂכִיר	hobgoblin, *n.*	רוּחַ, שֵׁד, מִפְלֶצֶת
hinder, *v.t. & i.*	עִכֵּב, מָנַע	hobo, *n.*	אוֹרֵחַ פּוֹרֵחַ, נוֹדֵד
hindrance, *n.*	מִכְשׁוֹל, הַפְרָעָה	hock, *n.*	קַרְסֹל הַסּוּס; יַיִן לָבָן
hinge, *n.*	צִיר	hockey, *n.*	הוֹקִי
hinge, *v.t. & i.*	עָשָׂה (סָבַב עַל) צִיר	hocus-pocus, *n.*	אֲחִיזַת עֵינַיִם,
hint, *n.*	רֶמֶז		גְּנֵבַת דַּעַת
hint, *v.t. & i.*	רָמַז, רִמֵּז, נִרְמַז [רמז]	hod, *n.*	אֵבוּס הַבַּנַּאי, עֲרֵבָה
hip, *n.*	יָרֵךְ	hoe, *n.*	מַעְדֵּר, מַכּוֹשׁ
hippodrome, *n.*	זִירַת סוּסִים	hoe, *v.t. & i.*	עָדַר, עָדֵר, עָזַק, נִכֵּשׁ
hippopotamus, *n.*	בְּהֵמוֹת, סוּס הַיְאוֹר	hog, *n.*	חֲזִיר; גַּרְגְּרָן
hire, *n. & v.t.*	שָׂכָר, מַשְׂכֹּרֶת, שְׂכִירוּת;	hoggish, *adj.*	חֲזִירִי, גַּס, כִּילַי
	מְחִיר; שָׂכַר	hoist, *n.*	הֲנָפָה, הֲרָמָה
hireling, *n.*	שָׂכִיר	hoist, *v.t.*	הֵנִיף [נוף], הֵרִים [רום]
his, *pron.*	שֶׁלּוֹ	hold, *n.*	אֲחִיזָה; סַפְנָה, תַּחְתִּית אֳנִיָּה
hiss, *v.t. & i.*	שָׁרַק, רָטַן	hold, *v.t. & i.*	אָחַז, עָצַר, סָבַר, דָּבַק,
historian, *n.*	כּוֹתֵב דִּבְרֵי הַיָּמִים		הֶחֱזִיק [חזק]
historical, *adj.*	שֶׁל דִּבְרֵי הַיָּמִים,	holder, *n.*	מַחֲזִיק
	הִסְטוֹרִי	holding, *n.*	הַשְׁפָּעָה, תֹּקֶף; רְכוּשׁ
history, *n.*	דִּבְרֵי הַיָּמִים; תּוֹלָדוֹת	hole, *n.*	חוֹר, נֶקֶב
hit, *n.*	מַכָּה, סְטִירָה; פְּגִיעָה; הַצְלָחָה	holiday, holyday, *n.*	חַג, מוֹעֵד, יוֹם טוֹב
hit, *v.t. & i.*	הִכָּה, הִתְנַגֵּשׁ [נגש];	holiness, *n.*	קֹדֶשׁ, קְדֻשָּׁה
	נָגַע, קָלַע, פָּגַע	Holland, *n.*	הוֹלַנְד
hitch, *n.*	מִכְשׁוֹל, נֶגֶף; קֶשֶׁר; נְסִיעַת חִנָּם	hollow, *adj.*	חָלוּל, נָבוּב; כּוֹזֵב
hitch, *v.t. & i.*	קָשַׁר, חִבֵּר, הֵזִיז [זוז]	hollow, *n.*	חָלָל; בּוֹר
hither, *adv.*	הֵנָּה, הֲלוֹם, לְכָאן	hollowness, *n.*	נְבִיבוּת, רֵיקוּת; תַּרְמִית
hitherto, *adv.*	עַד עַתָּה	holly, *n.*	אֹדֶר
hive, *n.*	כַּוֶּרֶת	hollyhock, *n.*	הַרְאָנָה, הַרְאַנַת אַמַּיִם
hives, *n.*	אַסְכָּרָה, חַרְלֶת	holocaust, *n.*	שֶׂבַח, הֶרֶג רַב
hoar, *adj.*	לְבַנְבַּן, אָפֹר, שָׂב	holster, *n.*	נַרְתִּיק אֶקְדָּח
hoard, *n.*	אוֹצָר, מַחְסָן נִסְתָּר	holy, *adj. & n.*	קָדוֹשׁ; מִקְדָּשׁ

holyday, holiday, *n.*	חַג, מוֹעֵד, יוֹם טוֹב	hood, *n.* (מְכוֹנִית)	בַּרְדָּס; נָבָל; חֲפִיפָה
Holy Land	אֶרֶץ (הַקֹּדֶשׁ) יִשְׂרָאֵל	hoodlum, *n.*	עַוָּל, נָבָל
homage, *n.*	הַעֲרָצָה	hoof, *n.*	פַּרְסָה, טֶלֶף
home, *n.*	בַּיִת, דִּירָה	hook, *n.*	וָו, אַנְקוֹל, חַכָּה, קֶרֶס
home, *adv.*	בַּבַּיִת, הַבַּיְתָה	hook, *v.t.*	צָד, חִכָּה; רָכַס; תָּפַשׂ בָּוָו
homeland, *n.*	מוֹלֶדֶת, אֶרֶץ מוֹלַדְתָּ	hookworm, *n.*	תּוֹלַעַת חַכָּה
homeless, *adj.*	לְלֹא בַּיִת	hoop, *n. & v.t.*	חִשּׁוּק גַּלְגַּל; חִשֵּׁק
homely, *adj.*	מְכֹעָר; פָּשׁוּט; בֵּיתִי	hoot, *v.i.*	שָׁרַק עַל, צָעַק, צִפְצֵף
homemade, *adj.*	בֵּיתִי, עָשׂוּי בַּבַּיִת	hop, *n.*	כִּשּׁוּת; קְפִיצָה, נְתִירָה
homesick, *adj.*	מִתְגַּעְגֵּעַ	hop, *v.i. & t.*	דִּלֵּג, קִפֵּץ, נִתֵּר פִּזֵּז;
homesickness, *n.*	גַּעְגּוּעִים		צָלַע, פָּסַח
homestead, *n.*	נַחֲלָה	hope, *n.*	תִּקְוָה, תּוֹחֶלֶת, יָהָב
homeward, *adv.*	הַבַּיְתָה	hope, *v.t. & i.*	קִוָּה, יִחֵל, צִפָּה
homicidal, *adj.*	קַטְלָנִי	hopeful, *adj.*	מְקַוֶּה, מְיַחֵל, מְצַפֶּה
homicide, *n.*	רֶצַח	hopeless, *adj.*	חֲסַר תִּקְוָה, נוֹאָשׁ
homily, *n.*	דְּרוּשׁ, דְּרָשָׁה	hopper, *n.* (מַשְׁפֵּךְ חִטִּים)	חָגָב, אַגָּנָה
hominy, *n.*	גְּרִיס, דַּיְסָה	horde, *n.*	הָמוֹן, אֲסַפְסוּף
homo, *n.*	אָדָם	horizon, *n.*	אֹפֶק
homogeneous, *adj.*	חַדְגּוֹנִי	horizontal, *adj.*	אָפְקִי, מְאֻזָּן
homonym, *n.*	מִלָּה מְשֻׁתֶּפֶת	horn, *n.*	קֶרֶן, יוֹבֵל; שׁוֹפָר; חֲצוֹצְרָה
hone, *v.t.*	הִשְׁחִיז (סַכִּין), לִטֵּשׁ	horn, *v.t.*	נָגַח
honest, *adj.*	יָשָׁר, כֵּן, נֶאֱמָן	hornet, *n.*	צִרְעָה
honestly, *adv.*	בֶּאֱמֶת	horoscope, *n.*	מַזָּל (לֵדָה)
honesty, *n.*	אֱמִתִּיּוּת, יֹשֶׁר, יַשְׁרוּת,	horrible, *adj.*	מְכֹעָר, מַחֲרִיד, אָיֹם,
	כֵּנוּת, נֶאֱמָנוּת		נוֹרָא
honey, *n.*	דְּבַשׁ, נֹפֶת, מֹתֶק	horrid, *adj.*	מַפְחִיד, מַבְהִיל, מַבְחִיל
honeybee, *n.*	דְּבוֹרָה	horrify, *v.t.*	הֶחֱרִיד (חָרַד), הִבְעִית
honeycomb, *n.*	יַעֲרָה, יַעֲרַת דְּבַשׁ		(בָּעַת), הִפְחִיד (פָּחַד)
honeycomb, *v.t.*	מִלֵּא (נְקָבִים) תָּאִים;	horror, *n.*	בֶּהָלָה, זְוָעָה, אֵימָה
	חָרַר, נִקֵּב	hors d'oeuvre	פַּרְפְּרָאוֹת
honeydew melon, *n.*	אֲבַטִּיחַ דְּבָשִׁי	horse, *n.*	סוּס, רֶכֶשׁ, אַבִּיר, רַמָּךְ
honeymoon, *n.*	יֶרַח הַדְּבַשׁ	horseman, *n.*	פָּרָשׁ, רַכָּב
honor, honour, *n. & v.t.*	כָּבוֹד; כִּבֵּד;	horsepower, *n.*	כֹּחַ סוּס
	שִׁלֵּם (שָׂכָר) בִּזְמַנּוֹ	horseradish, *n.*	חֲזֶרֶת
honorable, honourable, *adj.*	נִכְבָּד,	horseshoe, *n.*	פַּרְסַת בַּרְזֶל
	מְכֻבָּד	horticultural, *adj.*	גַּנָּנִי
honorarium, *n.*	שָׂכָר, שְׂכַר שֵׁרוּת	horticulture, *n.*	גַּנָּנוּת
honorary, *adj.*	שֶׁל כָּבוֹד, נִכְבָּד	horticulturist, *n.*	גַּנָּן

hosanna, *interj. & n.*	הוֹשַׁעְנָא	however, *conj.*	אַף עַל פִּי כֵן, עִם
hose, *n.*	צִנּוֹר; גֶּרֶב		כָּל זֹאת, בְּכָל זֹאת
hosiery, *n.*	גַּרְבַּיִם	howitzer, *n.*	תּוֹתָח־שָׂדֶה
hospice, *n.*	אַכְסַנְיָה, פֻּנְדָּק, בֵּית מָלוֹן	howl, *n.*	יְלָלָה, יְלֵל
hospitable, *adj.*	מַכְנִיס אוֹרְחִים	howl, *v.t. & i.*	יִלֵּל, צָוַח
hospital, *n.*	בֵּית חוֹלִים	hub, *n.*	חִשּׁוּר (אוֹפַן); מֶרְכָּז; טַבּוּר
hospitality, *n.*	אֹרַח, הַאֲרָחָה, הַכְנָסַת	hubbub, *n.*	מְהוּמָה, הֲמֻלָּה
	אוֹרְחִים	huckleberry, *n.*	אֻכְמָנִית
host, *n.*	צָבָא רַב, מַעֲרָכָה כְּבֵדָה;	huckster, *n.*	סַרְדָּקִי, רוֹכֵל
	בַּעַל בַּיִת, מְאָרֵחַ; פֻּנְדָּקִי; דַּיָּל	huddle, *v.t. & i.*	אָסַף, צָבַר
	לֶחֶם קָדוֹשׁ (אֵצֶל הַנּוֹצְרִים)		בְּעִרְבּוּבְיָה; נִדְחַק זֶה אֵצֶל זֶה
hostage, *n.*	(בֶּן) תַּעֲרוּבָה (תַּעֲרוּבוֹת)	hue, *n.*	זְעָקָה; צֶבַע, גָּוֶן
hostel, hostelry, *n.*	אַכְסַנְיָה, פְּנִימִיָּה	hue and cry	זְעָקָה וּרְדִיפָה (אַחֲרֵי
hostess, *n.*	בַּעֲלַת בַּיִת, מְאָרַחַת, דַּיֶּלֶת		פּוֹשֵׁעַ)
hostile, *adj.*	אוֹיֵב, אוֹיְבִי, שׂוֹנֵא,	huff, *n.*	חֵמָה, זַעַם, חֲרִי אַף, נֶאֱתָן,
	מִתְנַגֵּד		יָהִיר
hostility, *n.*	אֵיבָה, הִתְנַגְּדוּת	hug, *n.*	חִבּוּק, גִּפּוּף
hot, *adj.*	חַם, תַּאַוְתָנִי, חָרִיף, חַד	hug, *v.t.*	חִבֵּק, גִּפֵּף
hotbed, *n.*	מִנְבָּטָה	huge, *adj.*	עָצוּם, עֲנָקִי
hotel, *n.*	מָלוֹן, בֵּית מָלוֹן, אַכְסַנְיָה	hulk, *n.*	(שֶׁלֶד) סְפִינָה גְּדוֹלָה וִישָׁנָה;
hotheaded, *adj.*	נִמְהָר, פָּזִיז, רַתְחָן		אָדָם מְגֻשָּׁם אוֹ דָּבָר גַּס
hothouse, *n.*	חֲמָמָה	hull, *n.*	שֶׁלֶד אֳנִיָּה, קְלִפָּה, מִכְסֶה,
hound, *n. & v.t.*	כֶּלֶב צַיִד; רָדַף, שִׁסָּה		תַּרְמִיל
hour, *n.*	שָׁעָה; מוֹעֵד, זְמָן	hull, *v.t.*	קִלֵּף; פָּגַע בָּאֳנִיָּה בַּקְּלִיעַ
house, *n.*	בַּיִת, מָעוֹן	hum, *v.t. & i.*	זִמְזֵם; רָנַּן
house, *v.t.*	אִכְסֵן, הוֹשִׁיב [ישב] בְּבַיִת	hum, humming, *n.*	זִמְזוּם; רְנָנָה, רֹגֶן
household, *n.*	כְּבוּדָּה, הַנְהָלַת בַּיִת		בִּשְׂפָתַיִם סְגוּרוֹת
housekeeper, *n.*	סוֹכֵן בַּיִת	human, *adj. & n.*	אֱנוֹשִׁי, אֱנוֹשׁ, בְּרִיָּה
housemaid, *n.*	עוֹזֶרֶת, מְשָׁרֶתֶת, שִׁפְחָה	humane, *adj.*	אֱנוֹשִׁי, טוֹב לֵב, רַחוּם
housewarming, *n.*	חֲנֻכַּת בַּיִת	humanely, *adv.*	בְּחֶסֶד, בְּרַחֲמִים
housewife, *n.*	בַּעֲלַת בַּיִת	humanitarian, *n.*	אוֹהֵב (אָדָם) בְּרִיּוֹת
housework, *n.*	עֲבוֹדַת בַּיִת	humanities, *n. pl.*	מַדְּעֵי הָרוּחַ
hovel, *n.*	צְרִיף רָעוּעַ	humanity, *n.*	אֱנוֹשִׁיּוּת; טוּב לֵב; הַמִּין
hover, *v.i.*	רִחֵף, הִסֵּס, שָׁהָה		הָאֱנוֹשִׁי, אַהֲבַת הַבְּרִיּוֹת
how, *adv.*	אֵיךְ, אֵיכָה, אֵיכָכָה, כֵּיצַד		אֱנָשׁ
	הָא כֵּיצַד, הֲכֵיצַד	humanize, *v.t.*	
however, howsoever, *adv.*	בְּכָל אֹפֶן,	humankind, *n.*	הַמִּין הָאֱנוֹשִׁי
	מִכָּל מָקוֹם, עַל כָּל פָּנִים	humble, *adj. & v.t.*	צָנוּעַ, עָנָו, נֶחְבָּא
			אֶל הַכֵּלִים; הִדְבִּיר, דִּכָּא, הִשְׁפִּיל

humbug, *n.*	תַּעְתּוּעַ, רַמָּאוּת, הוֹנָאָה; כַּזְבָן, רַמַּאי
humbug, *v.t.*	תִּעְתַּע, הוֹלִיךְ [הלך] שׁוֹלָל, רִמָּה, הוֹנָה
humdrum, *adj.*	מְשַׁעְמֵם
humid, *adj.*	לַח, סָחוּב, רָטֹב
humidity, *n.*	לַחוּת, רְטִיבוּת
humiliate, *v.t.*	עָלַב, הֶעֱלִיב [עלב]; הִשְׁפִּיל [שפל], בִּזָּה
humiliation, *n.*	עֶלְבּוֹן, הַשְׁפָּלָה
humility, *n.*	עֲנָוָתָנוּת, הַכְנָעָה
hummingbird, *n.*	כְּרוּם
hummock, *n.*	גִּבְעָה, חֵלְיוּחַ, נַרְשׁוֹשִׁית
humor, humour, *n.*	לֵחַ, חֶלֶם; בְּדִיחוּת
humorist, humourist, *n.*	לֵיצָן, בַּדְחָן
humorous, humourous, *adj.*	הַתּוּלִי
hump, *n.*	דַּבֶּשֶׁת; חֲטוֹטֶרֶת
humus, *n.*	עַדְמִית, דִּשֶׁן, תְּאֲחִית
hundred, *adj. & n.*	מֵאָה, ק'
hundredfold, *adj. & n.*	פִּי מֵאָה
hundredth, *adj. & n.*	הַמֵּאָה; מֵאִית
Hungary, *n.*	הוּנְגַרְיָה
hunger, *n.*	רָעָב, רְעָבוֹן, כָּפָן; תְּשׁוּקָה
hunger, *v.i. & t.*	רָעַב, כָּפַן; הִרְעִיב [רעב]; עָרַג
hungry, *adj.*	רָעֵב
hunt, *n. & v.t.*	צַיִד; צָד
hunter, *n.*	צַיָּד
hunting, *n.*	חָפּוּשׂ; צַיִד
hurdle, *n.*	חַיִץ
hurl, *n.*	הַשְׁלָכָה, זְרִיקָה
hurl, *v.t.*	הִשְׁלִיךְ [שלך], זָרַק
hurrah, *interj.*	הֶאָח, הֵידָד
hurrah, *v.i.*	קָרָא (הֵאָח) הֵידָד
hurricane, *n.*	סוּפָה, סַעַר, סְעָרָה
hurry, *n.*	חִפָּזוֹן, מְהִירוּת
hurry, *v.t. & i.*	הֶחְפִּיז [חפז], הֵחִישׁ [חוש], מִהֵר, אָץ [אוץ]
hurt, *n.*	פְּגִיעָה, עֶלְבּוֹן; פֶּצַע; מַכְאוֹב
hurt, *v.t.*	הִכְאִיב [כאב]; פָּצַע, נָגַף; הִזִּיק [נזק], הֶעֱלִיב [עלב]
husband, *n.*	אִישׁ, בַּעַל, בֶּן זוּג
husband, *v.t.*	חָשַׂךְ, נִהֵל בְּחִסָּכוֹן
husbandman, *n.*	חַקְלַאי, אִכָּר
husbandry, *n.*	אִכָּרוּת, חַקְלָאוּת
hush, *n.*	דְּמָמָה, דּוּמִיָּה
hush, *v.t.*	הֶחְשָׁה [הסה], הִשְׁתִּיק [שתק]
husk, *n.*	קְלִפָּה; מוֹץ
husk, *v.t.*	מָלַל, קָלַף, קִלֵּף
hustle, *n.*	דְּחִיפָה, שֶׁל
hustle, *v.t.*	עָבַד דֶּרֶךְ; דָּסַף, דָּסַק
husky, *adj.*	צָרוּד, נִגָּר, חָזָק
hut, *n.*	צְרִיף; מְלוּנָה
hutch, *n.*	תֵּבָה, אַרְגָּז, קֻפְסָה
hyacinth, *n.*	יַקִנְתּוֹן, יָקִנְת
hybrid, *n.*	בֶּן כִּלְאַיִם
hybridization, *n.*	הַכְלָאָה
hybridize, *v.t.*	הִכְלִיא [כלא]
hydrant, *n.*	בֶּרֶז שְׂרֵפָה
hydraulic, *adj.*	שֶׁל תּוֹרַת (כֹּחַ) הַמַּיִם
hydrogen, *n.*	אַבְמַיִם, מֵימָן
hydrometer, *n.*	מַדְמַיִם
hydrophobia, *n.*	כַּלֶּבֶת
hyena, hyaena, *n.*	צָבוֹעַ
hygiene, *n.*	גֵּהוּת, תּוֹרַת הַבְּרִיאוּת
hygienic, *adj.*	גֵּהוּתִי
hymen, *n.*	(קְרוּם) בְּתוּלִים, כְּלוּלוֹת
hymn, *n.*	פִּיּוּס, מִזְמוֹר, תְּהִלָּה
hyphen, *n.*	מַקָּף (־)
hyphenated, *adj.*	מְמֻקָּף
hypnotize, *v.t.*	יִשֵּׁן, שִׁעְבֵּד (רָצוֹן), הִרְדִּים [רדם]
hypochondriac, *n.*	בַּעַל מָרָה שְׁחוֹרָה
hypocrisy, *n.*	צְבִיעוּת
hypocrite, *n.*	צָבוּעַ

hypothesis, *n.*	הַנָּחָה, הַשְׁעָרָה	hysteria, *n.*	גֵרְנְזוּת, נִרְגָּשׁוּת
hypothetical, *adj.*	הַנָּחִי, הַשְׁעָרִי	hysterical, *adj.*	רָגוּשִׁי

I, i

I, i, *n.*	אִי, הָאוֹת הַתְּשִׁיעִית	idolize, *v.t.*	הֶעֱרִיץ [ערץ], הֶאֱלִיהַּ
	בָּאָלֶף־בֵּית הָאַנְגְּלִי; תְּשִׁיעִי, ט'		[אלה]
I, *pron.*	אֲנִי, אָנֹכִי	idyl, idyll, *n.*	שִׁיר רוֹעִים, אִידִלְיָה
ice, *n.*	קֶרַח, גְּלִיד	if, *conj.*	אִם, לוּ, אִלּוּ
ice, *v.t.*	הִקְפִּיא [קפא], הִגְלִיד [גלד]	ignite, *v.t. & i.*	הִצִּית [יצת]; הִתְלַקַּח
iceberg, *n.*	קַרְחוֹן		[לקח]
icebox, *n.*	אֲרוֹן קֵרוּר, מְקָרֵר	ignition, *n.*	הַצָּתָה
ice cream	גְּלִידָה	ignoble, *adj.*	נִקְלֶה, שָׁפָל
iceman, *n.*	קַרְחָן	ignominy, *n.*	חֶרְפָּה, בִּזָּיוֹן, קָלוֹן
icing, *n.*	סִכְרוּר (עוּגוֹת)	ignorance, *n.*	בּוּרוּת, עַם הָאֲרָצוּת
icon, *n.*	אִיקוֹנִין, תְּמוּנָה, צֶלֶם, פֶּסֶל	ignorant, *adj. & n.*	בּוּר, נִבְעָר
idea, *n.*	רַעְיוֹן, מֻשָּׂג, דֵּעָה		(מִדַּעַת), עַם הָאָרֶץ
ideal, *adj.*	דְּמְיוֹנִי, מוֹפְתִי, רַעְיוֹנִי	ignore, *v.t.*	הִתְעַלֵּם [עלם] מְ־,
ideal, *n.*	שְׁאִיפָה, מַשְׂאַת נֶפֶשׁ		הִתְנַכֵּר [נכר]
idealist, *n.*	שְׁאַפְתָן, הוֹזֶה	ill, *adj.*	חוֹלֶה; רַע
idealistic, *adj.*	שְׁאַפָנִי, שְׁאַפְתָנִי	ill, *n.*	מַחֲלָה, חֵלִי, צָרָה
idealism, *n.*	שְׁאַפְתָנוּת, שַׁאֲפָנוּת	illegal, *adj.*	בִּלְתִּי חֻקִּי
idem, id.	אוֹתוֹ, אוֹתָהּ	illegible, *adj.*	אַל קָרִיא, שֶׁאֵין לְקָרְאוֹ
identical, *adj.*	דּוֹמֶה, זֶהֶה		פָּסוּל; מְמֻזָּר
identification, *n.*	זִהוּי	illegitimate, *adj.*	שֶׁאֵינוֹ חָפְשִׁי, קַמְצָנִי
identify, *v.t.*	דִּמָּה, זִהָה, הִכִּיר [נכר]	illiberal, *adj.*	אָסוּר
identity, *n.*	זֶהוּת, שִׁרְיוֹן	illicit, *adj.*	בּוּרוּת
idiom, *n.*	נִיב, בִּטּוּי	illiteracy, *n.*	בּוּר, עַם הָאָרֶץ
idiot, *n.*	פֶּתִי, כְּסִיל, טִפֵּשׁ	illiterate, *adj. & n.*	בִּלְתִּי נִמּוּסִי, גַּס
idiotic, *adj.*	טִפְּשִׁי	ill-mannered, *adj.*	מַחֲלָה
idle, *adj. & v.t.*	בָּטֵל; בָּטַל, הָלַךְ בָּטֵל	illness, *n.*	בִּלְתִּי הֶגְיוֹנִי
idleness, *n.*	בַּשָּׁלָה, רֵיקוּת, עַצְלוּת	illogical, *adj.*	מֵרִיב; זוֹעֵף
idler, *n.*	בַּטְלָן	ill-tempered, *adj.*	הִתְנַהֵג [נהג] בְּאַכְזָרִיּוּת
idol, *n.*	אֱלִיל, שִׁקּוּץ, תֶּרֶף, פֶּסֶל	illtreat, *v.t.*	הֵאִיר [אור],
idolater, *n.*	עוֹבֵד אֱלִילִים	illuminate, *v.t. & i.*	הֵפִיץ [פוץ] אוֹר, פֵּרַשׁ
idolatry, *n.*	עֲבוֹדָה זָרָה, עֲבוֹדַת	illumination, *n.*	הֶאָרָה, תְּאוּרָה
	אֱלִילִים, עַכּוּ"ם	illusion, *n.*	הֲזָיָה, דִּמְיוֹן

illusive, *adj.* מַתְעֶה, מַטְעֶה

illustrate, *v.i.* הַדְגִּים [דגם], קִשֵּׁט בְּצִיּוּרִים

illustration, *n.* צִיּוּר, דֻּגְמָה, בֵּאוּר

illustrator, *n.* מְצַיֵּר

illustrious, *adj.* מְהֻלָּל, נוֹדָע, מְפֻרְסָם

image, *n.* צוּרָה, דְּמוּת, צֶלֶם, תֹּאַר

imaginable, *adj.* תָּאִיר, תֵּאוּרִי

imaginary, *adj.* דִּמְיוֹנִי, מְדֻמֶּה

imagination, *n.* דִּמְיוֹן, דְּמוּי, הֲזָיָה

imaginative, *adj.* בַּעַל דִּמְיוֹן

imagine, *v.t. & i.* דִּמָּה, שִׁעֵר, תֵּאַר בְּנַפְשׁוֹ, צִיֵּר לְעַצְמוֹ

imbecile, *adj. & n.* שׁוֹטֶה, כְּסִיל

imbecility, *n.* שְׁטוּת

imbibe, *v.t.* סָבָא, גָּמַע

imbue, *v.t.* סִבֵּל, הִשְׁרָה [שרה], צָבַע (צֶבַע עָמֹק)

imitate, *v.t.* חִקָּה, זִיֵּף

imitation, *n.* חִקּוּי, זִיּוּף

imitator, *n.* מְחַקֶּה

immaculate, *adj.* חַף, טָהוֹר, נָקִי

immaterial, *adj.* בִּלְתִּי חָמְרִי, בִּלְתִּי גַּשְׁמִי, בִּלְתִּי חָשׁוּב

immature, *adj.* בִּלְתִּי בָּשֵׁל, בִּלְתִּי גָּמֵל, בִּלְתִּי מְבֻגָּר

immaturity, *n.* בֹּסֶר; אִי בַּגְרוּת

immediate, *adj.* תֵּכֶף

immediately, *adv.* מִיָּד, תֵּכֶף וּמִיָּד

immense, *adj.* עָצוּם, רַב מְאֹד

immensely, *adv.* מְאֹד, עָצוּם

immensity, *n.* גֹּדֶל, עֹצֶם, עָצְמָה

immerse, *v.t.* סָבַל, הִטְבִּיל, [טבל] הִשְׁקִיעַ [שקע], הִתְעַמֵּק [עמק]

immersion. *n.* הַטְבָּלָה, הַשְׁקָעָה, שִׁקּוּעַ

immigrant, *adj. & n.* מְהַגֵּר, עוֹלֶה

immigrate, *v.i.* הִגֵּר, עָלָה

immigration, *n.* הֲגִירָה, עֲלִיָּה

imminent, *adj.* קָרוֹב, מְמַשְׁמֵשׁ וּבָא

immobile, *adj.* שֶׁאֵינוֹ נָע; אֵיתָן

immobility, *n.* חֹסֶר תְּנוּעָה

immoderate, *adj.* מֻפְרָז

immodest, *adj.* בִּלְתִּי עָנָו, בִּלְתִּי צָנוּעַ

immoral, *adj.* בִּלְתִּי מוּסָרִי

immorality, *n.* אִי מוּסָרִיּוּת, פְּרִיצוּת

immortal, *adj.* בֶּן אַלְמָוֶת, נִצְחִי

immortality, *n.* אַלְמָוֶת

immovable, *adj.* קָבוּעַ, מֻצָּק; שֶׁאֵינוֹ מֵרְנִיס

immune, *adj.* מְחֻסָּן

immunity, *n.* חִסּוּן, חֹסֶן חַטְּ־גּוּנָ

immunize, *v.t.* חִסֵּן, הִתְחַסֵּן [חסן]

imp, *n.* בֶּן שֵׁדִים; רוּחָן; יֶלֶד שׁוֹבָב

impact, *n.* הִתְנַגְּשׁוּת

impair, *v.t. & i.* הִזִּיק [נזק], קִלְקֵל, רָפָה, הוֹרַע [רעע]

impairment, *n.* הַשְׁחָתָה, הֶפְסֵד

impart, *v.t.* נָתַן, מָסַר

impartial, *adj.* יָשָׁר, צוֹדֵק, שֶׁאֵינוֹ נוֹשֵׂא פָּנִים, כָּל צְדָדִי

impartiality, *n.* אַל צְדָדִיּוּת

impassible, *adj.* חֲסַר רֶגֶשׁ

impassioned, *adj.* נִלְהָב, נִרְגָּשׁ

impassive, *adj.* קַר רוּחַ

impatience, *n.* אִי סַבְלָנוּת, קֹצֶר רוּחַ

impatient, *adj.* קְצַר רוּחַ

impeach, *v.t.* הֶאֱשִׁים [אשם], גִּנָּה

impeccable, *adj.* לְלֹא (פְּגָם) חֵטְא

impede, *v.t.* עִכֵּב, מָנַע

impediment, *n.* מִכְשׁוֹל, מַעְצוֹר

impel, *v.t. & i.* הִמְרִיץ [מרץ], הֵאִיץ [אוץ]

impending, *adj.* תָּלוּי (וְעוֹמֵד), קָרוֹב (לָבוֹא)

impenetrable, *adj.* בִּלְתִּי חַדִּיר

impenitent, *adj.* עֲרֵל (קְשֵׁה) לֵב

imperative, *adj.* הֶכְרָחִי, מְצֻוֶּה

imperative, *n.*	צָו, פְּקֻדָּה; צִוּוּי	impolite, *adj.*	לֹא מְנֻמָּס, גַּס
imperceptible, *adj.*	אַלְתְּחוּשִׁי, בִּלְתִּי מֻחָשׁ	impoliteness, *n.*	אִי אֲדִיבוּת
		impolitic, *adj.*	בְּלֹא חָכְמָה
imperfect, *adj.*	פָּגוּם, לָקוּי	imponderable, *adj.*	חֲסַר מִשְׁקָל
imperfect, *n.*(דִקְדּוּק)	עָבָר בִּלְתִּי נִשְׁלָם	import, importation, *n.*	יְבוּא, יָבוֹא
imperfection, *n.*	פְּגָם, אִי שְׁלֵמוּת	import, *v.t. & i.*	יִבֵּא; סִמֵּן, סָבַר,
imperial, *adj.*	מַלְכוּתִי, מַמְלַכְתִּי		רָזַם; הָיָה חָשׁוּב
imperialism, *n.*	מַמְלַכְתִּיּוּת,	importance, *n.*	חֲשִׁיבוּת
	הִשְׁתַּלְּטוּת (עַל עַמִּים)	important, *adj.*	חָשׁוּב, נִכְבָּד
imperil, *v.t.*	סִכֵּן	importer, *n.*	יְבוּאָן
imperious, *adj.*	מֵאִיץ, נוֹגֵשׂ; הֶכְרֵחִי	importune, *v.t.*	הִפְצִיר [פצר] בְּ־,
imperishable, *adj.*	בִּלְתִּי נִשְׁחַת, נִשְׁמָר		הֵצִיק [צוק] לְ־
impermeable, *adj.*	אָטִים, בִּלְתִּי חָדִיר	impose, *v.t. & i.*	שָׂם [שִׂים] עַל, נָתַן
impersonal, *adj.*	לֹא אִישִׁי, סְתָמִי		עַל; עָשָׂה רֹשֶׁם; הִכְבִּיד [כבד]
impersonate, *v.t.*	הִתְרָאָה [ראה]	imposition, *n.*	תְּבִיעָה (בִּלְתִּי צוֹדֶקֶת),
	כְּאַחֵר, חִקָּה		הַעֲמָסָה, הַשָּׁלָה
impertinence, *n.*	עַזּוּת פָּנִים, חֻצְפָּה	impossibility, *n.*	אִי אֶפְשָׁרוּת
impertinent, *adj.*	חָצוּף, עַז פָּנִים	impossible, *adj.*	בִּלְתִּי אֶפְשָׁרִי
imperturbable, *adj.*	מָתוּן, שָׁלֵו	impost, *n.*	מַס, מֶכֶס
impervious, *adj.*	בִּלְתִּי חָדִיר	impostor, *n.*	רַמַּאי, צָבוּעַ
impetuous, *adj.*	רַגְשָׁנִי, פָּזִיז, נִמְהָר	imposture, *n.*	הוֹנָאָה, תַּרְמִית
impetus, *n.*	מֵנִיעַ, גּוֹרֵם, כֹּחַ דְּחִיפָה	impotence, *n.*	אִי יְכֹלֶת, חֻלְשָׁה,
impiety, *n.*	חֹסֶר יִרְאָה, חֹסֶר כָּבוֹד		הַפְרָעַת הָאֲבִיּוֹנָה, חֹסֶר אוֹן
impinge, *v.i.*	הִתְנַגֵּף [נגף], הִתְנַגֵּשׁ בְּ־	impotent, *adj.*	חַלָּשׁ, אֵין אוֹנִים;
impious, *adj.*	בִּלְתִּי דָתִי, חֲסַר יִרְאָה		מֻפְרַע הָאֲבִיּוֹנָה
implacable, *adj.*	אִי מְרֻצֶּה, אִי פַּשְׁרָנִי	impoverish, *v.t.*	רוֹשֵׁשׁ
implant, *v.t.*	שָׁתַל, נָטַע, הִשְׁרִישׁ	impoverishment, *n.*	דַּלּוּת, דִּלְדּוּל,
	(שרש) (בַּלֵּב)		הִתְרוֹשְׁשׁוּת, אֶבְיוֹנוּת
implausible, *adj.*	בִּלְתִּי מוּבָן	impracticable, *adj.*	בִּלְתִּי מַעֲשִׂי
implement, *n.*	מַכְשִׁיר, כְּלִי	imprecate, *v.t.*	קִלֵּל, אָלָה, אָרַר, קִבֵּב
implement, *v.t.*	בִּצֵּעַ, הוֹצִיא [יצא]	imprecation, *n.*	קְלָלָה, אָלָה, תַּאֲלָה
	לַפֹּעַל	impregnable, *adj.*	עָמִיד, בִּלְתִּי נִכְבָּשׁ
implicate, *v.t.*	סִבֵּךְ, מָשַׁךְ לְתוֹךְ,	impregnate, *v.t.*	עִבֵּר, הִפְרָה (פרה)
	הִסְתַּבֵּךְ (סבך)	impregnation, *n.*	עִבּוּר, הַפְרָיָה
implication, *n.*	מַסְקָנָה, הִסְתַּבְּכוּת	impresario, *n.*	אָמְרָגָן
implicit, *adj.*	מוּבָן, מָלֵא, גָּמוּר	impress, *n.*	טְבִיעָה, רֹשֶׁם, מַשָּׁג
implore, *v.t.*	הִתְחַנֵּן (חנן), בִּקֵּשׁ	impress, *v.t.*	טָבַע (מַטְבֵּעַ); הִשְׁפִּיעַ
imply, *v.t.*	כָּלַל, סָבַר, רָזַם		(שפע), עָשָׂה רֹשֶׁם

impression, *n.*	רֹשֶׁם, טְבִיעָה; הַדְפָּסָה; שֶׁקַע
impressive, *adj.*	עוֹשֶׂה רֹשֶׁם
impressment, *n.*	תְּפִיסָה
imprint, *n.*	סִימָן, חוֹתָם, טְבִיעָה
imprint, *v.t.*	הִדְפִּיס [דפס]; שִׁנֵּן [לְזִכָּרוֹן]
imprison, *v.t.*	כָּלָא, אָסַר, חָבַשׁ
imprisonment, *n.*	כְּלִיאָה, מַאֲסָר
improbability, *n.*	אִי סְבִירוּת
improbable, *adj.*	לֹא יִתָּכֵן
impromptu, *adv.*	לְפֶתַע, בְּפֶתַע, בְּלִי הֲכָנָה קוֹדֶמֶת, בְּהֶסַּח הַדַּעַת
improper, *adj.*	בִּלְתִּי הוֹגֵן
impropriety, *n.*	תִּפְלָה
improve, *v.t. & i.*	שִׁבַּח, הִשְׁבִּיחַ [שבח] טִיֵּב, הִתְקַדֵּם [קדם]
improvement, *n.*	הַטָּבָה, סִיּוּב, הַשְׁבָּחָה, הִתְקַדְּמוּת
improvidence, *n.*	אִי זְהִירוּת, רַשְׁלָנוּת
improvisation, *n.*	אִלְתּוּר
improvise, *v.t. & i.*	אִלְתֵּר
imprudence, *n.*	אִי זְהִירוּת, רַשְׁלָנוּת
imprudent, *adj.*	שֶׁאֵינוֹ זָהִיר, רַשְׁלָנִי
impudence, *n.*	עַזּוּת פָּנִים, חֻצְפָּה
impudent, *adj.*	חָצוּף, עַז פָּנִים
impulse, *n.*	דַּחַף, דְּחִיפָה רִגְעִית
impulsion, *n.*	דְּחִיפָה, כֹּחַ מְעַשֶּׂה
impulsive, *adj.*	רִגְשָׁנִי, פָּזִיז
impunity, *n.*	חֹסֶר עֹנֶשׁ
impure, *adj.*	טָמֵא, זָהוּם, לֹא נָקִי, מְגֹאָל
impurity, *n.*	טֻמְאָה, זֻהֲמָה, סִּגּוּף
impute, *v.t.*	יִחֵס לְ–, חָשַׁב
in, *prep. & adv.*	בְּ–, בְּתוֹךְ, בְּקֶרֶב, מִבִּפְנִים
inability, *n.*	אִי יְכֹלֶת
inaccessible, *adj.*	אַל נָגִישׁ
inaccuracy, *n.*	טָעוּת, אִי דִּיוּק
inaccurate, *adj.*	בִּלְתִּי מְדֻיָּק
inaction, inactivity, *n.*	אִי פְּעֻלָּה
inactive, *adj.*	בִּלְתִּי פָּעִיל
inadequate, *adj.*	בִּלְתִּי (מַסְפִּיק) מַתְאִים
inadmissible, *adj.*	אִי רָשׂוּי, בִּלְתִּי מְקֻבָּל
inadvertent, *adj.*	בִּלְתִּי זָהִיר, רַשְׁלָנִי
inadvisable, *adj.*	לֹא כְּדַאי, לֹא יָעוּץ
inalienable, *adj.*	נִמְנַע הַהַרְחָקָה
inane, *n.*	רִיק, אַפְסִי, אַל שִׂכְלִי
inanimate, *adj.*	דּוֹמֵם, מֵת, חֲסַר חַיִּים
inappropriate, *adj.*	בִּלְתִּי מַתְאִים
inaptitude, *adj.*	אִי הַתְאָמָה, אִי כִּשָּׁרוֹן
inarticulate, *adj.*	אַל דִּבּוּרִי
inartistic, *adj.*	בִּלְתִּי אָמָּנוּתִי
inasmuch, *adv.*	מִכֵּיוָן שֶׁ–
inattention, *n.*	אִי (הַקְשָׁבָה) תְּשׂוּמֶת לֵב
inattentive, *adj.*	בִּלְתִּי מַקְשִׁיב, רַשְׁלָנִי
inaudible, *adj.*	אַל שְׁמִיעַ, שֶׁאֵינוֹ נִשְׁמָע
inaugurate, *v.t.*	חָנַךְ, חִנֵּךְ
inauguration, *n.*	חֲנֻכָּה, הַקְדָּשָׁה
inboard, *adj. & adv.*	בִּירְכְּתֵי הָאֳנִיָּה
inborn, *adj.*	שֶׁמִּלֵּדָה, טִבְעִי
incalculable, *adj.*	אַל חָשִׁיב, שֶׁאֵין לְחַשֵּׁב
incandescence, *n.*	לַהַט, הִתְלַבְּנוּת
incandescent, *adj.*	לוֹהֵט, מִתְלַבֵּן
incantation, *n.*	כִּשׁוּף, לַחַשׁ
incapable, *adj.*	חֲסַר יְכֹלֶת, בִּלְתִּי (מְסֻגָּל) מֻכְשָׁר
incapacity, *n.*	אִי יְכֹלֶת, אִי כִּשָּׁרוֹן
incarcerate, *v.t.*	חָבַשׁ, אָסַר
incarnate, *v.t.*	הִגְשִׁים [גשם], הִלְבִּישׁ [לבש] בָּשָׂר
incase, *v.t.*	תִּיֵּק, נִרְתַּק
incautious, *adj.*	אִי זָהִיר
incendiary, *adj. & n.*	מַצִּית, מַבְעִיר

incense, n. & v.t.	קַטֵּרֶת; הִקְטִיר
	[קטר]; הִכְעִיס [כעס]
incentive, adj.	מְעוֹדֵד
inception, n.	הַתְחָלָה, תְּחִלָּה
incessant, adj.	בִּלְתִּי מַפְסִיק, נִמְשָׁךְ
incest, n.	בְּעִילַת (אֲסוּרִים) שְׁאֵרִים
inch, n.	אִינְטְשׁ, 2.54 סֶנְטִימֶטְרִים
incident, n.	תַּקְרִית, מִקְרֶה, מְאֹרָע
incidental, adj.	מִקְרִי, טָפֵל
incidentally, adv.	בְּמִקְרֶה, אַגַּב
	(אֹרְחָא)
incinerate, v.t.	שָׂרַף (לְאֵפֶר)
incinerator, n.	מַשְׂרֵפָה
incipient, adj.	הַתְחָלִי, רֵאשִׁיתִי
incise, v.t.	חָתַךְ, שָׂרַט, חָקַק, חָרַת
incision, n.	חֶתֶךְ, שְׂרִיטָה, גְּדִירָה
incisor, n.	שֵׁן חוֹתֶכֶת
incite, v.t.	הֵסִית [סות]
incitement, n.	הֲסָתָה
incivility, n.	אִי אֲדִיבוּת
inclement, adj.	אַכְזָרִי; סוֹעֵר
inclination, n.	נְטִיָּה, הַטָּיָה, יֵצֶר
incline, n.	מִדְרוֹן, שִׁפּוּעַ
incline, v.t. & i.	נָטָה; הִטָּה [נטה]
inclose, enclose, v.t.	גָּדַר; צָרַף
include, v.t.	הֵכִיל [כול], כָּלַל
inclusive, adj.	כּוֹלֵל, וְעַד בִּכְלָל
incognito, adj. & adv.	בְּעִלּוּם שֵׁם
incoherence, n.	חֹסֶר קֶשֶׁר, עִלְּגוּת
incoherent, adj.	חֲסַר קֶשֶׁר, עִלֵּג
incombustible, adj.	לֹא (בָּעִיר) אָכָל
income, n.	הַכְנָסָה; הַגָּעָה, בִּיאָה
income tax	מַס הַכְנָסָה
incommode, v.t.	הִפְרִיעַ [פרע],
	הִטְרִיחַ [טרח], הִכְבִּיד [כבד]
incomparable, adj.	בִּלְתִּי דָּמוּי, שֶׁאֵין
	דּוֹמֶה לוֹ
incompatible, adj.	בִּלְתִּי מַתְאִים

incompetent, adj.	בִּלְתִּי מֻכְשָׁר
incomplete, adj.	לֹא שָׁלֵם
incomprehensible, adj.	בִּלְתִּי מוּבָן
inconceivable, adj.	לֹא עוֹלֶה עַל
	הַדַּעַת, אִי אֶפְשָׁרִי, שֶׁאֵין לְהָנִיחַ
inconclusive, adj.	בִּלְתִּי (מַכְרִיעַ)
	מוֹכִיחַ
incongruous, adj.	בִּלְתִּי מַתְאִים
inconsequent, adj.	בִּלְתִּי עָקִיב
inconsiderate, adj.	שֶׁאֵינוֹ מִתְחַשֵּׁב
inconsistency, n.	אִי עֲקִיבוּת
inconsistent, adj.	בִּלְתִּי עָקִיב
inconsolable, adj.	בִּלְתִּי מִתְנַחֵם
inconspicuous, adj.	בִּלְתִּי (מֻרְגָּשׁ) נִכָּר
inconstant, adj.	בִּלְתִּי יַצִּיב, קַל דַּעַת
incontinent, adj.	בִּלְתִּי מִתְאַפֵּק
incontrollable, adj.	בִּלְתִּי מְרֻסָּן,
	לֹא שׁוֹלֵט בְּרוּחוֹ
inconvenience, n.	אִי נוֹחוּת
inconvenient, adj.	לֹא נֹחַ
inconvertible, adj.	בִּלְתִּי מִשְׁתַּנֶּה
incorporate, adj.	כָּלוּל, מְחֻבָּר,
	מְאֻגָּד, מְשֻׁתָּף, רוּחָנִי
incorporate, v.t. & i.	אִחֵד, צֵרֵף, חִבֵּר,
	כָּלַל, הִתְאַגֵּד (אגד), הִתְחַבֵּר
	[חבר] (לְחֶבְרָה מִסְחָרִית)
incorrect, adj.	מֻטְעֶה, מְשֻׁבָּשׁ
incorrigible, adj.	מֻשְׁחָת, בִּלְתִּי מְתֻקָּן
incorruptible, adj.	בִּלְתִּי מֻשְׁחָת,
	בִּלְתִּי מֻשְׁחָד
increase, n.	תּוֹסֶפֶת, הִתְרַבּוּת, גִּדּוּל
increase, v.t. & i.	הוֹסִיף [יסף], רָבָה,
	הִתְרַבָּה [רבה], הִרְבָּה [רבה]
incredible, adj.	לֹא יֵאָמֵן כִּי יְסֻפַּר
incredulity, n.	אִי אֱמוּנָה
increment, n.	גִּדּוּל, תּוֹסֶפֶת
incriminate, v.t.	הֶאֱשִׁים [אשם]
incrustation, n.	הַקְרָמָה

incubate, v.t. & i.	דָּגַר הַדְגִּיר [דגר], רָבַץ עַל בֵּיצִים
incubation, n.	תַּדְגֹּרֶת, בְּרִיכָה, דְּגִירָה
incubator, n.	מַדְגֵּרָה, מִדְגָּרָה
inculcate, v.t.	הִכְנִיס [כנס] בְּמוֹחוֹ, הוֹרָאָה, לִמּוּד
inculcation, n.	הוֹרָאָה, לִמּוּד
inculpate, v.t.	הֶאֱשִׁים [אשם]
incumbent, adj.	מוּטָל עַל, שׂוּמָה עַל
incur, v.t.	גָּרַם לְ־, עָשָׂה, הִתְחַיֵּב [חיב]
incurable, adj.	בִּלְתִּי נִרְפָּא
incurious, adj.	שֶׁאֵינוֹ סַקְרָן
incursion, n.	הִתְנַפְּלוּת, פְּשִׁיטָה
indebted, adj.	חַיָּב, אֲסִיר תּוֹדָה
indebtedness, n.	הִתְחַיְּבוּת, חוֹב, תּוֹדָה
indecency, n.	חֹסֶר הַצְּנִיעוּת, פְּרִיצוּת
indecent, adj.	בִּלְתִּי צָנוּעַ, פָּרוּץ
indecision, n.	הַסּוּס, אִי הַחְלָטָה
indecorous, adj.	בִּלְתִּי נִמּוּסִי, גַּס
indeed, adv.	בֶּאֱמֶת, אָמְנָם
indefatigable, adj.	בִּלְתִּי נִלְאֶה
indefensible, adj.	נִמְנַע הַהֲגָנָּה
indefinable, adj.	בִּלְתִּי מְגֻדָּר
indefinite, adj.	בִּלְתִּי (מְגֻדָּר) מְדֻיָּק
indefinite article	תָּוִית מְסַמֶּמֶת
indelible, adj.	בִּלְתִּי נִמְחָק
indelicacy, n.	חֹסֶר (דֶּרֶךְ אֶרֶץ) נִמּוּס
indelicate, adj.	לֹא צָנוּעַ, גַּס
indemnify, v.t.	שִׁלֵּם (דְּמֵי) נֵזֶק
indemnity, n.	פִּצּוּי, שִׁלּוּמִים
indent, v.t.	שֵׁן, פְּגַם
indentation, indention, n.	שֵׁנִית, גּוּמָה
independence, n.	עַצְמָאוּת
Independence Day	יוֹם הָעַצְמָאוּת
independent, adj.	עַצְמָאִי, בִּלְתִּי תָּלוּי
indescribable, adj.	בִּלְתִּי מְתֹאָר
indestructible, adj.	בִּלְתִּי נֶהֱרָס
indeterminate, adj.	לֹא בָּרוּר, סָתוּם

index, n.	מַרְאֵה מָקוֹם, מַפְתֵּחַ (סֵפֶר); מַדָּד, מַחְוָן, מָחוֹג; מַעֲרִיךְ
index finger	אֶצְבַּע
India, n.	הֹדּוּ
indicate, v.t.	הֶרְאָה [ראה], הִצְבִּיעַ [צבע], סִמֵּן
indication, n.	סִימָן, הֶכֵּר, הוֹרָאָה
indicative, adj.	מַרְאֶה, רוֹמֵז, מַצְבִּיעַ
indict, v.t.	הֶאֱשִׁים [אשם]
indictment, n.	אִשּׁוּם, הַאֲשָׁמָה
indifference, n.	אֲדִישׁוּת
indifferent, adj.	אָדִישׁ, קַר רוּחַ
indigence, n.	מִסְכֵּנוּת, עֹנִי
indigent, adj.	רָשׁ, מָךְ, עָנִי, דַּל
indigestion, n.	אִי עִכּוּל, קִלְקוּל קֵבָה
indignant, adj.	כּוֹעֵס, מִתְמַרְמֵר
indignation, n.	הִתְמַרְמְרוּת, כַּעַס
indignity, n.	עֶלְבּוֹן, פְּגִיעָה בְּכָבוֹד
indirect, adj.	בִּלְתִּי יָשִׁיר, עָקִיף
indiscreet, adj.	לֹא חָכָם, אִי זָהִיר
indiscriminate, adj.	בִּלְתִּי מֻפְלָה
indispensable, adj.	נָחוּץ, הֶכְרָחִי
indisposed, adj.	חוֹלֶה קְצָת, מְמָאֵן
indisposition, n.	חֱלִי, מַחֲלוֹשׁ; מֵאוּן
indisputable, adj.	מוּבָן מֵאֵלָיו
indistinct, adj.	מְעֻרְפָּל, לֹא בָּרוּר
indite, v.t.	כָּתַב, חִבֵּר (מִכְתָּב)
individual, adj. & n.	אִישׁ, אִישִׁי, פְּרָט, פְּרָטִי, יָחִיד, יְחִידִי
individuality, n.	אִישִׁיּוּת, עַצְמִיּוּת
indivisibility, n.	אִי הִתְחַלְּקוּת
indivisible, adj.	בִּלְתִּי מִתְחַלֵּק
indoctrinate, v.t.	שֵׁנַּן, לִמֵּד; עִקְרֵן
indolent, adj.	נִרְפֶּה, עָצֵל, בִּלְתִּי מַכְאִיב
indomitable, adj.	שֶׁאֵינוֹ מְקַבֵּל מָרוּת
indoor, adj.	פְּנִים הַבַּיִת
indoors, adv.	בַּבַּיִת

indorse, endorse, v.t.	קִיֵּם, אִשֵּׁר
indorsement, endorsement, n.	קִיּוּם, אִשּׁוּר
indubitable, adj.	בִּלְתִּי מְסֻפָּק, בָּטוּחַ
induce, v.t.	פִּתָּה, שִׁדֵּל
inducement, n.	פִּתּוּי, שִׁדּוּל
induct, v.t.	הִכְנִיס [כנס]; גִּיֵּס
induction, n.	הַכְנָסָה; גִּיּוּס; הַקְדָּמָה, מָבוֹא; הַשְׁרָאָה
indulge, v.t. & i.	פִּנֵּק, עִדֵּן; הִתְמַכֵּר [מכר] לְ־, לֹא שָׂלַט בְּרוּחוֹ
indulgence, n.	פִּנּוּק, עִדּוּן; הִתְמַכְּרוּת; רַתְיָנוּת, סַלְחָנוּת
indulgent, adj.	מְפַנֵּק, מְעֻדָּן
industrial, adj.	תַּעֲשִׂיָּתִי
industrialist, n.	תַּעֲשְׂיָן
industrialization, n.	תִּעוּשׁ
industrious, adj.	שַׁקְדָּן, מַתְמִיד, חָרוּץ
industry, n.	חֲרֹשֶׁת, תַּעֲשִׂיָּה; שְׁקִידָה
inebriate, n. & adj.	שִׁכּוֹר; שָׁכוּר, מְבֻסָּם
inebriate, v.t.	שִׁכֵּר
inedible, adj.	בַּל אָכִיל, שֶׁאֵינוֹ נֶאֱכָל
ineffable, adj.	שֶׁאֵין לְבַטֵּא
ineffective, adj.	לְלֹא רֹשֶׁם, חֲסַר פְּעוּלָה, בִּלְתִּי מוֹעִיל
inefficiency, n.	חֹסֶר יְעִילוּת
inefficient, adj.	בִּלְתִּי יָעִיל
inelegant, adj.	בִּלְתִּי (שַׁפִּיר) נִמּוּסִי
ineloquent, adj.	כְּבַד פֶּה
inept, adj.	בִּלְתִּי מַתְאִים
inequality, n.	אִי שִׁוְיוֹן
inequity, n.	אִי (צֶדֶק) יֹשֶׁר
inert, adj.	לֹא פָּעִיל, מְפֻגָּר
inessential, adj.	לֹא חָשׁוּב, לֹא נִצְרָךְ
inestimable, adj.	לְאֵין עֵרֶךְ, אֵין עֶרֶךְ
inevitable, adj.	בִּלְתִּי נִמְנַע, הֶכְרֵחִי
inexact, adj.	בִּלְתִּי מְדֻיָּק
inexcusable, adj.	בִּלְתִּי נִמְחָל
inexhaustible, adj.	שֶׁאֵינוֹ פּוֹסֵק
inexorable, adj.	בִּלְתִּי נֶעְתָּר, שֶׁאֵינוֹ נַעֲנֶה
inexpedient, adj.	שֶׁאֵינוֹ כְּדַי, חֲסַר תּוֹעֶלֶת, בִּלְתִּי מוֹעִיל
inexpensive, adj.	לֹא יָקָר, זוֹל
inexperience, n.	חֹסֶר נִסָּיוֹן
inexperienced, adj.	בִּלְתִּי מְנֻסֶּה
inexpert, adj.	שֶׁאֵינוֹ מֻמְחֶה
inexpiable, adj.	לֹא יְכֻפָּר
inexplicable adj.	בִּלְתִּי מְבֹאָר
inexplicit, adj.	בִּלְתִּי בָּרוּר
inexpressible, adj.	אַל מַבָּע
inextinguishable, adj.	לֹא יְכֻבֶּה
inextricable, adj.	בִּלְתִּי נָתִיר, סָתוּם
infallible, adj.	אַל שׁוֹגֵן, שֶׁאֵינוֹ טוֹעֶה
infamous, adj.	בַּעַל שֵׁם רַע, בָּזוּי
infamy, n.	בִּזָּיוֹן, כְּלִימָה, שַׁעֲרוּרִיָּה
infancy, n.	תִּינוֹקוּת, יַלְדוּת
infant, n.	תִּינוֹק, תִּינֹקֶת, עוֹלָל, וָלָד
infantile, adj.	תִּינוֹקִי, יַלְדוּתִי
infantry, n.	חֵיל רַגְלִים
infantryman, n.	רַגְלִי
infatuate, v.t.	הִקְסִים [קסם]
infatuation, n.	הַקְסָמָה, שִׁגָּעוֹן, הִתְאַהֲבוּת
infeasible, adj.	בִּלְתִּי מַעֲשִׂי
infect, v.t.	הִדְבִּיק [דבק] (מַחֲלָה), אִלַּח
infection, n.	הַדְבָּקוּת, אִלּוּחַ
infer, v.t.	בָּא [בוא] לִידֵי מַסְקָנָה
inference, n.	הֶקֵּשׁ
inferior, adj. & n.	פָּחוּת, נוֹפֵל
inferiority, n.	נְחִיתוּת, פְּחִיתוּת, קַטְנוּת
inferiority complex	תַּסְבִּיךְ נְחִיתוּת
infernal, adj.	שֶׁל אֲבַדּוֹן, שְׁאוֹלִי
inferno, n.	שְׁאוֹל
infertile, adj.	בִּלְתִּי פּוֹרֶה

infertility, n.	עֲקָרוּת
Infest, v.t.	פָּשַׁט עַל; שָׁרַץ
infidel, adj. & n.	כּוֹפֵר; שֶׁאֵינוֹ מַאֲמִין
infidelity, n.	כְּפִירָה, בְּגִידָה
infiltrate, v.t. & i.	סִנֵּן, הִסְתַּנֵּן [סנן]
infiltration, n.	הִסְתַּנְּנוּת
infinite, adj.	אֵין סוֹפִי, סוֹפִי
infinitely, adv.	לְאֵין שִׁעוּר
infinitesimal, adj.	קָטָן בְּתַכְלִית הַקַּטְנוּת
infinitive, adj. & n.	שֵׁם הַפֹּעַל, מָקוֹר [בְּדִקְדּוּק]
Infinity, n.	אֵין סוֹף
infirm, adj.	רָפֶה, תְּשׁוּשׁ כֹּחַ, חַלָּשׁ
Infirmary, n.	מִרְפָּאָה
infirmity, n.	חֻלְשָׁה, תְּשִׁישׁוּת, נְכוּת
inflame, v.t. & i.	הִדְלִיק [דלק]; הִלְהִיב [להב], הֵסִית [סות], הִקְצִיף [קצף]; הִשְׁתַּלְהֵב [שלהב], הִתְלַהֵב [להב], הִתְלַקַּח [לקח]
inflammable, n.	דָּלִיק, שָׂרִיף
Inflammation, n.	דַּלֶּקֶת
inflate, v.t.	נִפַּח
Inflation, n.	נִפּוּחַ, הִתְנַפְּחוּת, יְרִידַת עֵרֶךְ הַכֶּסֶף
Inflect, v.t.	נָטָה, הִשָּׁה [נטה] [בְּדִקְדּוּק]
inflection, inflexion, n.	נְטִיָּה, הַשָּׁיָה [בְּדִקְדּוּק]
inflexible, adj.	אִי גָּמִישׁ, שֶׁאֵינוֹ נִכְפָּף, עִקֵּשׁ
inflict, v.t.	הֵטִיל [נטל], הֵבִיא [בוא] עַל, גָּרַם לְ־
influence, n.	הַשְׁפָּעָה
influence, v.t.	הִשְׁפִּיעַ [שפע]
influenza (often flu), n.	שַׁפַּעַת
influx, n.	שֶׁפַע, זֶרֶם
infold, enfold, v.t.	עָטַף, סָגַר, חָבַק
inform, v.t. & i.	הוֹדִיעַ [ידע], הִגִּיד [נגד] לְ־, הִלְשִׁין [לשן]
informal, adj.	בִּלְתִּי רִשְׁמִי
informant, n.	מוֹדִיעַ; מַלְשִׁין
information, n.	הוֹדָעָה, יְדִיעָה
informer, n.	מוֹדִיעַ; מָסוֹר, מוֹסֵר, מַלְשִׁין
infraction, n.	הֲפָרָה
infrequent, adj.	נָדִיר, בִּלְתִּי שָׁכִיחַ
infringe, v.t.	הֵפֵר [חק], עָבַר עַל חֹק; הִסִּיג [נסג] גְּבוּל
infringement, n.	עֲבֵרָה, הַפָּרָה; הַסָּגַת גְּבוּל
Infuriate, v.t.	הִקְצִיף [קצף], הִכְעִיס [כעס], שִׁגַּע
infuse, v.t.	הִשְׁרָה [שרה] יָצַק
infusion, n.	שְׁרִיָּה, הַשְׁרָאָה, יְצִיקָה, שְׁלִיקָה
ingenious, adj.	חָרִיף [שֵׂכֶל], מֻכְשָׁר
ingenuity, n.	חֲרִיפוּת, שְׁנִינוּת, פִּקְּחוּת
ingenuous, adj.	תָּמִים, תָּם
inglorious, adj.	מַחְפִּיר, מֵבִישׁ, דְּרָאוֹנִי
ingot, n.	מֵטִיל מַתֶּכֶת
ingratitude, n.	כְּפִיַּת טוֹבָה
ingredient, n.	סַמְמָן, סַמָּן, רָכִיב, מַרְכִּיב
ingress, n.	כְּנִיסָה, מָבוֹא
inhabit, v.t. & i.	יָשַׁב [בְּאֶרֶץ], שָׁכַן, גָּר
inhabitant, n.	תּוֹשָׁב, שָׁכֵן, דַּיָּר
inhalation, n.	הַנְשָׁמָה, שְׁאִיפָה
inhale, v.t.	נָשַׁם, שָׁאַף
inherent, adj.	תּוֹכִי, פְּנִימִי, טִבְעִי
inherit, v.t. & i.	נָחַל, יָרַשׁ
inheritance, n.	יְרֻשָּׁה, מוֹרָשָׁה
inhibit, v.t.	עִכֵּב, אָסַר, עָצַר
inhibition, n.	עכּוּב, עֲכָבָה
inhospitable, adj.	שֶׁאֵינוֹ מְאָרֵחַ

inhuman, *adj.*	בִּלְתִּי אֱנוֹשִׁי
inimical, *adj.*	אוֹיֵב, שׂוֹנֵא, מִתְנַגֵּד
inimitable, *adj.*	בִּלְתִּי מְחֻקֶּה, שֶׁאִי אֶפְשָׁר לְחַקּוֹת
iniquity, *n.*	אָוֶן, עַוְלָה
initial, *adj.*	תְּחִלִּי, רִאשׁוֹן
initials, *n. pl.*	רָאשֵׁי תֵּבוֹת, ר״ת
initiation, *n.*	חֲנֻכָּה
initiative, *adj. & n.*	מַתְחִיל, יוֹזֵם; יָזְמָה, הַתְחָלָה
initiate, *v.t.*	יָזַם, חָנַם, הִתְחִיל [תחל]
inject, *v.t.*	הִזְרִיק [זרק]
injection, *n.*	זְרִיקָה
injunction, *n.*	צַו, אַזְהָרָה, הַזְהָרָה
injure, *v.t.*	הִזִּיק [נזק], פָּצַע
injurious, *adj.*	מַזִּיק
injury, *n.*	נֶזֶק, פְּצִיעָה, פֶּנַם
injustice, *n.*	אִי צֶדֶק, עָוֶל
ink, *n. & v.t.*	דְּיוֹ; דִּיֵּת
inkstand, inkwell, *n.*	דְּיוֹתָה, קֶסֶת
inland, *n.*	פְּנִים הָאָרֶץ
inlay, *v.t. & n.*	שִׁבֵּץ; תַּשְׁבֵּץ
inlet, *n.*	מִפְרָצוֹן, מִפְרָץ קָטָן
inmate, *n.*	דָּיָּר, שָׁכֵן, אָסְפִּיז
inmost, *adj.*	תּוֹךְ תּוֹכִי
inn, *n.*	אַכְסַנְיָה, פֻּנְדָּק
innate, *adj.*	שֶׁמִּלֵּדָה, טִבְעִי
inner, *adj.*	תּוֹכִי, פְּנִימִי
innermost, *adj.*	פְּנִים פְּנִימִי, תּוֹךְ תּוֹכִי
innkeeper, *n.*	אַכְסְנַאי, פֻּנְדְּקַאי
innocence, *n.*	תֹּם, תְּמִימוּת
innocent, *adj.*	תָּם, תָּמִים, נָקִי, חַף
innocuous, *adj.*	שֶׁאֵינוֹ מַזִּיק
innovate, *v.t.*	חִדֵּשׁ
innovation, *n.*	חִדּוּשׁ
innuendo, *n.*	רְמִיזָה
innumerable, *adj.*	בְּלֹא מִסְפָּר, שֶׁאִי אֶפְשָׁר לִסְפֹּר
inoculate, *v.t.*	הִרְכִּיב [רכב]
inoculation, *n.*	הַרְכָּבָה
inoffensive, *adj.*	שֶׁאֵינוֹ (עוֹלֵב) מַזִּיק
inoperative, *adj.*	אִי פָּעִיל
inopportune, *adj.*	שֶׁלֹּא (בְּעִתּוֹ) בִּזְמַנּוֹ
inordinate, *adj.*	מֻפְרָז
inquest, *n.*	מַחְקֹרֶת, חֲקִירַת מָוֶת
inquire, enquire, *v.t. & i.*	חָקַר וְדָרַשׁ, שָׁאַל
inquiry, *n.*	חֲקִירָה, דְּרִישָׁה
inquisition, *n.*	חֲקִירָה דָּתִית עוֹיֶנֶת
inquisitive, *adj.*	סַקְרָנִי
inroad, *n.*	פְּלִישָׁה, חֲדִירָה
insane, *adj.*	מְשֻׁגָּע, חֲסַר דַּעַת, מְטֹרָף
insanity, *n.*	טֵרוּף הַדַּעַת, שִׁגָּעוֹן
insatiable, *adj.*	בִּלְתִּי שָׂבֵעַ, שֶׁאֵין לְהַשְׂבִּיעוֹ, אַלְשָׂבוּעַ
inscribe, *v.t.*	כָּתַב, רָשַׁם, הִקְדִּישׁ [קדש] לְ–
inscription, *n.*	חֲקִיקָה, חֲרִיתָה, כְּתֹבֶת
inscrutable, *adj.*	סוֹדִי, נִמְנַע הַהֲבָנָה
insect, *n.*	חֶרֶק, שֶׁרֶץ, רֶמֶשׂ
insecticide, *n.*	סַם שְׁרָצִים
insecure, *adj.*	לֹא בָּטוּחַ
insecurity, *n.*	אִי בִּטָּחוֹן
insensate, *adj.*	חֲסַר רֶגֶשׁ
insensibility, *n.*	חֹסֶר רֶגֶשׁ
insensitive, *adj.*	חֲסַר (רֶגֶשׁ) תְּחוּשָׁה
inseparable, *adj.*	בִּלְתִּי נִפְרָד
insert, *v.t.*	הִכְנִיס [כנס], הֶחְדִּיר [חדר]
insertion, *n.*	הַכְנָסָה; הַחְדָּרָה
inside, *adj. & adv.*	פְּנִימִי, פְּנִימָה
insidious, *adj.*	מַתְעֶה, עַקְמוּמִי
insight, *n.*	הֲבָנָה פְּנִימִית, חוּשׁ פְּנִימִי
insignia, *n. pl.*	סֵמֶל, סִימָן
insignificance, *n.*	חֹסֶר עֵרֶךְ, אִי חֲשִׁיבוּת

Insignificant, adj.	חֲסַר עֵרֶךְ, בִּלְתִּי חָשׁוּב
Insincere, adj.	צָבוּעַ, כּוֹזֵב, לֹא יָשָׁר
Insinuate, v.t. & i.	רָמַז
Insinuation, n.	רְמִיזָה (לְרָעָה)
Insipid, adj.	תָּפֵל, חֲסַר טַעַם
Insipience, n.	חֹסֶר טַעַם, תִּפְלָה
Insist, v.i.	עָמַד (עַל דַּעְתּוֹ), דָּרַשׁ (בְּתֹקֶף)
Insistence, n.	הִתְעַקְּשׁוּת
Insistent, adj.	עַקְשָׁן, קְשֵׁה־עֹרֶף
Insolence, n.	עַזּוּת, חֲצִפָּה
Insoluble, adj.	לֹא פָתִיר, בִּלְתִּי נָמֵס
Insolvency, n.	פְּשִׁיטַת רֶגֶל
Insolvent, adj.	פּוֹשֵׁט רֶגֶל
Insomnia, n.	נְדוּדִים, נְדִידַת שֵׁנָה, חֹסֶר שֵׁנָה, אָרֶק
Inspect, v.t.	בִּקֵּר, פָּקַח
Inspection, n.	בְּדִיקָה, פִּקּוּחַ
Inspector, n.	בּוֹחֵן, מְפַקֵּחַ
Inspiration, n.	הַשְׁרָאָה, הַאֲצָלָה
Inspire, v.t. & i.	נָשַׁם, הֶאֱצִיל (אצל), הִשְׁרָה (שרה); הִלְהִיב (להב)
Instability, n.	אִי יַצִּיבוּת, פַּקְפְּקָנוּת
Install, instal, v.t.	קָבַע, הִתְקִין (תקן), הֶעֱמִיד (עמד)
Installation, n.	מִתְקָן, הַתְקָנָה
Installment, instalment, n.	פֵּרָעוֹן לְשֵׁעוּרִין, שֵׁעוּר, הֶמְשֵׁךְ (סִפּוּר)
Instance, n.	מָשָׁל, דֻּגְמָה
Instant, n.	רֶגַע, הֶרֶף עַיִן
instantaneous, adj.	כְּהֶרֶף עַיִן, רִגְעִי
Instantly, adv.	כְּרֶגַע, מִיָּד, תֵּכֶף וּמִיָּד
Instead, adv.	בִּמְקוֹם, תַּחַת
Instep, n.	קְמוּר הָרֶגֶל
Instigate, v.t.	הֵסִית (סות)
Instigation, n.	הֲסָתָה
Instigator, n.	מֵסִית

instill, instil, v.t.;	טִפְטֵף, הִטִּיף (נטף); הִכְנִיס (כנס), הֶחְדִּיר (חדר)
Instinct, n.	חוּשׁ טִבְעִי, חוּשׁ, יֵצֶר, נְטִיָּה טִבְעִית
instinctive, adj.	יִצְרִי, חוּשִׁי, רִגְשִׁי
Institute, n. & v.t.;	מוֹסָד; חֹק (מִשְׁפָּט); יִסֵּד; הֵחֵל (חלל) (בְּמִשְׁפָּט)
institution, n.	מוֹסָד, אֲגֻדָּה; תִּקּוּן
instruct, v.t.	לִמֵּד, חִנֵּךְ, הוֹרָה (ירה)
instruction, n.	לִמּוּד, הוֹרָאָה
instructor, n.	מְלַמֵּד, מוֹרֶה
instrument, n.	מַכְשִׁיר, כְּלִי; כְּלִי נְגִינָה; גּוֹרֵם, אֶמְצָעִי; מִסְמָךְ
insubordinate, adj.	בִּלְתִּי נִכְנָע, סוֹרֵר, מַמְרֶה
insubordination, n.	מַרְדוּת, מְרִי, אִי צִיּוּת
insubstantial, adj.	אִי מַמְשִׁי, לְלֹא יְסוֹד
insufferable, adj.	גָּדוֹל מִנְּשֹׂא, אִי אֶפְשָׁר לִסְבֹּל
insufficient, adj.	בִּלְתִּי מַסְפִּיק
insular, adj.	אִיִּי, שֶׁל אִי, מֻגְבָּל בְּדֵעוֹת
insulate, v.t.	בּוֹדֵד
insulation, n.	בִּדּוּד
insulator, n.	מְבַדֵּד
insult, n.	עֶלְבּוֹן, חֵרוּף, גִּדּוּף
insult, v.t.	הֶעֱלִיב (עלב), פָּגַע בִּכְבוֹד
insupportable, adj.	קָשֶׁה מִנְּשֹׂא
insurance, n.	בִּטּוּחַ, אַחֲרָיוּת
insure, ensure, v.t.	בִּטֵּחַ, הִבְטִיחַ (בטח)
insured, adj.	מְבֻטָּח
insurgence, n.	מֶרֶד, הִתְקוֹמְמוּת
insurgent, n.	מוֹרֵד, מִתְקוֹמֵם
insurmountable, adj.	בִּלְתִּי עָבִיר
insurrection, n.	מֶרֶד, מְרִידָה
intact, adj.	שָׁלֵם, כָּלִיל

intake, n.	הַכְנָסָה; אֲסִיפָה
intangible, adj.	וְמִנְע הַמַּמּוּשׁ, שֶׁאֵין בּוֹ
	מַמָּשׁ, לֹא מַמָּשִׁי
integer, n.	יְחִידָה (סְפְרָה) שְׁלֵמָה,
	מִסְפָּר שָׁלֵם
integral, adj.	שָׁלֵם
integrate, v.t.	הִשְׁלִים [שלם], אָחַד
integration, n.	הַשְׁלָמָה, אָחוּד
integrity, n.	יֹשֶׁר, שְׁלֵמוּת
intellect, n.	שֵׂכֶל, דַּעַת, בִּינָה, תְּבוּנָה
intellectual, adj.	מַשְׂכִּיל
intelligence, n.	חָכְמָה, הַשְׂכָּלָה
intelligent, adj.	חָכָם, מַשְׂכִּיל
intelligible, adj.	מוּבָן
intemperance, n.	אִי הִתְאַפְּקוּת, אִי
	הַבְלָנָה; סְבִיאָה
intend, v.t.	הִתְכַּוֵּן [כון], סָבַר, הָיָה
	בְּדַעְתּוֹ
intendant, n.	מַשְׁגִּיחַ
intense, adj.	כַּבִּיר, קִיצוֹנִי
intensify, v.t.	הֶעֱצִים [עצם], הִגְדִּיל
	[גדל]
intensity, n.	עָצְמָה, חֹזֶק
intensive, adj.	מַגְבִּיר, מַגְדִּיל, מְחַזֵּק,
	מַדְגִּישׁ (דִּקְדּוּק)
intent, intention, n.	רָצוֹן, פְּנִיָּה, כַּוָּנָה
intentional, adj.	מֵזִיד, שֶׁבְּכַוָּנָה,
	שֶׁבִּצְדִיָּה
inter, v.t.	קָבַר
interaction, n.	פְּעֻלָּה הֲדָדִית
intercede, v.i.	הִשְׁתַּדֵּל [שדל] בְּעַד,
	תָּוֵךְ בֵּין
intercept, v.t.	תָּפַס בַּדֶּרֶךְ, עָצַר,
	הִפְסִיק [פסק]
intercession, n.	תִּוּוּךְ, הִשְׁתַּדְּלוּת
interchange, v.t.	הֶחֱלִיף [חלף],
	הֵמִיר [מור]
intercollegiate, adj.	בֵּינְמִכְלְלָתִי
intercourse, n.	מַשָּׂא וּמַתָּן, מַגָּע וּמַשָּׂא;
	בְּעִילָה, תַּשְׁמִישׁ, בִּיאָה, הִזְדַּוְּגוּת,
	שְׁכִיבָה עִם
interdict, v.t.	אָסַר
interdiction, n.	אִסּוּר
interest, n.	עִנְיָן, חֵלֶק בְּ−; רִבִּית
interest, v.t.	עִנְיֵן
interfere, v.i.	הִתְעָרֵב בְּ−
interference, n.	הִתְעָרְבוּת
interim, adv.	בֵּינָתַיִם
interior, adj. & n.	פְּנִימִי; פְּנִים
interjection, n.	קְרִיאָה, מִלַּת קְרִיאָה
interlace, v.t. & i.	שָׁזַר, הִשְׁתַּזֵּר [שזר]
interlock, v.t. & i.	חִבֵּר, סָגַר יַחַד
interloper, n.	אוֹרֵחַ לֹא מְזֻמָּן, נִכְנָס
	לְלֹא רְשׁוּת
interlude, n.	מִשְׂחָק בֵּינַיִם
interlunar, adj.	בֵּין יְרָחִי
intermarriage, n.	נִשּׂוּאֵי תַּעֲרֹבֶת
intermediary, adj. & n.	סַרְסוּר, מְתַוֵּךְ,
	אִישׁ־בֵּינַיִם
intermediate, adj.	אֶמְצָעִי, בֵּינוֹנִי
interment, n.	קְבוּרָה
interminable, adj.	בִּלְתִּי מֻגְבָּל, אֵין
	סוֹפִי
intermingle, v.t. & i.	עִרְבֵּב, בִּלְבֵּל
intermission, n.	הַפְסָקָה, הֲפוּגָה
intermit, v.t. & i.	הִפְסִיק [פסק];
	נִפְסַק [פסק]
intermittent, adj.	סָרוּג, מְסֹרָג
intermixture, n.	בְּלִיל
internal, adj.	פְּנִימִי
international, adj.	בֵּינְלְאֻמִּי
internationalize, v.t.	בִּנְאֵם
interpolate, v.t.	בִּיֵּן
interpolation, n.	בִּיּוּן
interpose, v.t. & i.	הִפְסִיק [פסק] בֵּין,
	חָצַץ בֵּין, פִּשֵּׁר

Interpret, v.t.	בֵּאֵר, פֵּרֵשׁ, תִּרְגֵּם
Interpretation, n.	בֵּאוּר, תִּרְגּוּם, פֵּשֶׁר
interpreter, n.	מְתֻרְגְּמָן, תֻּרְגְּמָן
interrogate, v.t.	חָקַר
interrogation, n.	חֲקִירָה וּדְרִישָׁה
interrogative, n.	שׁוֹאֵל, חוֹקֵר וְדוֹרֵשׁ
interrupt, v.t.	הִפְסִיק
interruption, n.	הַפְסָקָה
Intersect, v.t.	הִצְטַלֵּב [צלב]
intersection, n.	מִצְלָבָה, פָּרָשַׁת דְּרָכִים
intersperse, v.t.	הֵפִיץ [פוץ], פִּזֵּר
intertwine, v.t. & i.	שָׂזַר, פָּתַל
interurban, adj.	בֵּין עִירוֹנִי
interval, n.	רֶוַח, הֶפְסֵק, שָׁהוּת
intervene, v.i.	הִתְעָרֵב [ערב], עָמַד בֵּין, חָצַץ בֵּין
intervention, n.	הִתְעָרְבוּת
interview, n.	רַאֲיוֹן
intestines, n. pl.	(בְּנֵי) מֵעַיִם, קְרָבַיִם
Intimacy, n.	קִרְבָה, יְחָסִים קְרוֹבִים
Intimate, adj.	מְקֹרָב, יְדִידוּתִי
intimation, n.	רֶמֶז, רְמִיזָה
intimidate, v.t.	הִפְחִיד [פחד], אִיֵּם
Intimidation, n.	הַפְחָדָה, אִיּוּם
into, prep.	לְתוֹךְ, אֶל
intolerable, adj.	שֶׁאִי אֶפְשָׁר לִסְבֹּל, גָּדוֹל מִנְּשֹׂא
intolerance, n.	אִי סוֹבְלָנוּת
intolerant, adj.	שֶׁאֵינוֹ סוֹבְלָנִי
intonation, n.	הַטְעָמָה
intoxicant, n.	מְשַׁכֵּר
intoxicate, v.t.	שִׁכֵּר
Intoxication, n.	שִׁכּוּר, שִׁכָּרוֹן, שַׁכְרוּת
intractable, adj.	מַמְרֶה, שׁוֹבָב
intransitive, adj.	(פֹּעַל) עוֹמֵד (דִּקְדּוּק)
intravenous, adj.	תּוֹךְ וְרִידִי
Intrench, v.t.	הִתְחַפֵּר [חפר]
intrepid, adj.	אַמִּיץ לֵב
intricacy, n.	הִסְתַּבְּכוּת
intricate, adj.	מְסֻבָּךְ
intrigue, v.t. & i.	סִכְסֵךְ, זָמַם
intrigue, n.	סִכְסוּךְ, תַּחְבּוּלָה
intrinsic, intrinsical, adj.	תּוֹכִי, טָבוּעַ, פְּנִימִי, טִבְעִי
introduce, v.t.	הִצִּיג [יצג]
introduction, n.	הַצָּגָה, הַקְדָּמָה, מָבוֹא
introspection, n.	הִסְתַּכְּלוּת עַצְמִית, הִסְתַּכְּלוּת פְּנִימִית
intrude, v.t. & i.	נִכְנַס [כנס] לְלֹא רְשׁוּת
intrusion, n.	כְּנִיסָה לְלֹא רְשׁוּת
intrusive, n.	נִכְנָס, נִדְחָק
intrust, entrust, v.t.	הִפְקִיד [פקד]
intuition, adj.	חוּשׁ פְּנִימִי
inundate, v.t.	הֵצִיף [צוף], שָׁטַף
inundation, n.	שִׁטָּפוֹן, הַצָּפָה, מַבּוּל
inure, v.t.	הִרְגִּיל [רגל]
invade, v.t.	פָּלַשׁ
invader, n.	פּוֹלֵשׁ
invalid, adj.	בְּלִי עֵרֶךְ, בָּטֵל וּמְבֻטָּל
invalid, n.	נָכֶה, בַּעַל מוּם
invalidate, v.t.	בִּטֵּל עֵרֶךְ
invaluable, adj.	חָשׁוּב, שֶׁלֹּא יֵעָרֵךְ
invariable, adj.	בִּלְתִּי מִשְׁתַּנֶּה, קָבוּעַ
invasion, n.	פְּלִישָׁה, חֲדִירָה
invent, v.t.	הִמְצִיא [מצא]
invention, n.	הַמְצָאָה, אַמְצָאָה
inventive, adj. & n.	מַמְצִיא
inventory, n.	פִּרְטָה, כְּלַל הַחֲפָצִים
inverse, adj.	הָפוּךְ, נֶגְדִּי
invert, v.t.	הָפַךְ
invert, inverted, adj.	מְהֻפָּךְ
invest, v.t. & i.	הִשְׁקִיעַ [שקע]
investigate, v.t.	חָקַר וְדָרַשׁ
investigation, n.	חֲקִירָה וּדְרִישָׁה

investigator, *n.*	חוֹקֵר, בּוֹדֵק
investment, *n.*	הַשְׁקָעָה; הַלְבָּשָׁה
investor, *n.*	מַשְׁקִיעַ
inveterate, *adj.*	יָשָׁן נוֹשָׁן; מֻשְׁרָשׁ
invidious, *adj.*	מַרְגִּיז, מַכְעִיס; מְקַנֵּא
invigorate, *v.t.*	אִמֵּץ, חִזֵּק, הֶחֱלִיץ [חלץ]
invisible, *adj.*	שֶׁאֵינוֹ נִרְאֶה
invitation, *n.*	הַזְמָנָה
invite, *v.t.*	הִזְמִין [זמן]
invoice, *n.*	חֶשְׁבּוֹן
invoke, *v.t.*	הִתְחַנֵּן [חנן]
involuntary, *adj.*	בִּלְתִּי רְצוֹנִי, שֶׁבְּעַל כָּרְחוֹ
involve, *v.t.*	סִבֵּךְ בְּ־, מָשַׁךְ לְתוֹךְ, הִסְתַּבֵּךְ [סבך]
invulnerable, *adj.*	בִּלְתִּי נִפְגָּע
inward, *adj.*	פְּנִימִי
inwrought, *adj.*	מְקֻשָּׁט, עָדוּי
iodine, *n.*	יוֹד
Iran, *n.*	פָּרַס, אִירָן
irascibility, *n.*	רַתְחָנוּת
irate, *adj.*	כּוֹעֵס
ire, *n.*	קֶצֶף, חָרוֹן
ireful, *adj.*	מְלֵא חֵמָה
Ireland, *n.*	אִירְלַנְדִיָה
iridescent, *adj.*	צִבְעוֹנִי, מְגֻוָּן
iris, *n.*	קֶשֶׁת; קַשְׁתִּית (בָּעַיִן); דְּנָלִית, חִלְפִּית (פֶּרַח)
Irish, *adj.*	אִירִי
irk, *v.t.*	הִלְאָה [לאה], הִטְרִיחַ [טרח]
irksome, *adj.*	מַטְרִיד, מְשַׁעֲמֵם
iron, *adj.*	בַּרְזִלִּי
iron, *n.*	בַּרְזֶל; מַגְהֵץ
iron, *v.t.*	גִּהֵץ
ironical, ironic, *adj.*	לוֹעֵג, מְלַגְלֵג
ironing, *n.*	גִּהוּץ
irony, *n.*	הִתּוּל, שְׁנִינָה
irradiate, *v.t. & i.*	הִקְרִין [קרן], נָגַהּ, נָצַץ
irradiation, *n.*	הַקְרָנָה
irrational, *adj.*	בִּלְתִּי שִׂכְלִי
irreconcilable, *adj.*	שֶׁאֵין לְהַשְׁלִים עִמּוֹ
irrecoverable, *adj.*	שֶׁאֵין לְהָשִׁיב
irredeemable, *adj.*	שֶׁאֵין לִפְדּוֹת
irrefutable, *adj.*	שֶׁאֵין לִסְתּוֹר
irregular, *adj.*	יוֹצֵא מִן הַכְּלָל, בִּלְתִּי חֻקִּי, מְסֻדָּר
irregularity, *n.*	מִסְדָּר
irrelevant, *adj.*	בִּלְתִּי שַׁיָּךְ
irreligious, *adj.*	אִי דָתִי
irremediable, *adj.*	בִּלְתִּי נִרְפָּא, נִמְנַע הָרְפוּאָה
irreparable, *adj.*	שֶׁאֵין לְתַקֵּן
irreproachable, *adj.*	תָּמִים, נָקִי מְדֹפִי
irresistible, *adj.*	שֶׁאֵין לַעֲמוֹד בְּפָנָיו; מְלַבֵּב
irresolute, *adj.*	מְהַסֵּס, מְפַקְפֵּק
irrespective, *adj.*	שֶׁאֵינוֹ מִתְחַשֵּׁב בְּ־
irresponsible, *adj.*	בִּלְתִּי אַחֲרַאי
irresponsive, *adj.*	שֶׁאֵינוֹ נַעֲנֶה
irretrievable, *adj.*	אָבֵד, שֶׁאֵין לְהָשִׁיב
irreverence, *n.*	חֹסֶר כָּבוֹד
irreverent, *adj.*	מְחֻסַּר רֶגֶשׁ כָּבוֹד
irrevocable, *adj.*	שֶׁאֵין לְהָשִׁיב
irrigate, *v.t.*	הִשְׁקָה [שקה], הִרְטִיב [רטב]
irrigation, *n.*	הַשְׁקָאָה, הַשְׁקָיָה
irritable, *adj.*	רָגִיז
irritate, *v.t.*	הִרְגִּיז [רגז], הִכְעִיס [כעס]
irritation, *n.*	הַרְגָּזָה, הַכְעָסָה
irruption, *n.*	הִתְפָּרְצוּת
Isaiah, *n.*	(סֵפֶר) יְשַׁעְיָה
Islam, *n.*	אִסְלָאם (תּוֹרַת מֻחַמַּד)
island, isle, *n.*	אִי

islet, *n.*	אִיּוֹן
isolate, *v.t.*	הִבְדִּיל [בדל], הִפְרִיד
	[פרד], הִסְגִּיר [סגר]
isolation, *n.*	הַפְרָשָׁה, הַבְדָּלָה; בְּדִוּד;
	הֶסְגֵּר
Israel, *n.*	יִשְׂרָאֵל; מְדִינַת יִשְׂרָאֵל
Israeli, *n. & adj.*	יִשְׂרְאֵלִי, אֶזְרַח
	מְדִינַת יִשְׂרָאֵל
Israelite, *n. & adj.*	יְהוּדִי, יִשְׂרְאֵלִי
issue, *n.*	יְצִיאָה, מוֹצָא; צֶאֱצָא, פְּרִי
	בֶּטֶן; הוֹצָאָה; הַדְפָּסָה; גִּלָּיוֹן
	חוֹבֶרֶת; נְפּוּחַ, שְׁאֵלָה; זְרִימָה
issue, *v.t. & i.*	הוֹצִיא [יצא] (לְאוֹר);
	נוֹלַד [ילד]; נָבַע

isthmus, *n.*	מֵצַר יָם
it, *pron.*	הוּא, הִיא; אוֹתוֹ, אוֹתָהּ
Italian, *n. & adj.*	אִיטַלְקִי, אִיטַלְקִית
italics, *n.*	אוֹתִיּוֹת מְשֻׁוֹּת
itch, *n. & v.t.*	גֵּרוּי; חָכַךְ
itchy, *adj.*	גֵּרוּי
item, *n.*	פְּרָט
itemize, *v.t.*	פֵּרֵט
iterate, *v.t.*	חָזַר (עַל)
itinerary, *n.*	מַסְעוֹן
its, *adj. & pron.*	שֶׁלּוֹ, שֶׁלָּהּ
itself, *pron.*	הוּא עַצְמוֹ, הִיא עַצְמָהּ
ivory, *n.*	שֵׁן, שֶׁנְהָב
ivy, *n.*	קִיסוֹס

J, j

J, j, *n.*	גֵּ'י, הָאוֹת הָעֲשִׂירִית
	בָּאָלֶף־בֵּית הָאַנְגְּלִי; עֲשִׂירִי, יֵ'
jab, *n., v.t. & i.*	דְּקִירָה; דָּקַר
jabber, *v.i.*	פִּטְפֵּט
jack, *n.*	מַגְבֵּהַּ, מָנוֹף; שֵׁם מְקֻצָּר שֶׁל
	יַעֲקֹב אוֹ יוֹחָנָן; מַלָּח; חַיָּל (קְלָף
	בְּמִשְׂחָק); דִּגְלוֹן; נָאד
jack, *v.t.*	הִגְבִּיהַּ [נבה], הֵנִיף [נוף],
	הֵרִים [רום]
jackal, *n.*	תַּן
jackass, *n.*	חֲמוֹר; טִפֵּשׁ, כְּסִיל
jacket, *n.*	מְעִילוֹן, מָתְנִיָּה
jackknife, *n.*	אוֹלָר
jack rabbit	אַרְנָב, אַרְנֶבֶת
Jacob, *n.*	יַעֲקֹב, יִשְׂרָאֵל
jade, *n.*	סוּסָה תְּשׁוּשָׁה; יַצְאָנִית; יָרְקֹן
	(אֶבֶן טוֹבָה)
jag, *n.*	בְּלִיטָה, צוּק, שֵׁן סֶלַע
jagged, *adj.*	פָּצוּר, מְשֻׁנָּן
jail, gaol, *n.*	כֶּלֶא, בֵּית סֹהַר

jailer, *n.*	אַסָּר, כַּלְאַי
jam, *n.*	רִבָּה, מִרְקַחַת
jam, jamb, *n.*	דֹּחַק, צְפִיפוּת; מַעֲצוֹר
jam, jamb, *v.t.*	לָחַץ, דָּחַק, עָצַר
jamb, jambe, *n.*	מְזוּזָה
jangle, *n.*	סִכְסוּךְ; קִשְׁקוּשׁ
jangle, *v.t. & i.*	קִשְׁקֵשׁ, הִתְקַשְׁקֵשׁ
	[קשקש]
janitor, *n.*	שׁוֹעֵר, שַׁמָּשׁ
January, *n.*	יַנּוּאָר
Japan, *n.*	יַפָּן
Japanese, *n. & adj.*	יַפָּנִי, יַפָּנִית
jape, *v.t. & i.*	בָּדַח, לָעַג
jar, *n.*	צִנְצֶנֶת; כַּד
jar, *n.*	וַעֲזוּעַ
jar, *v.t. & i.*	הִזְדַּעְזֵעַ [זעזע], נְעֲנַע
jargon, *n.*	זַ'רְגּוֹן, לְשׁוֹן תַּעֲרֹבֶת, אִידִית
jasmine, jessamine, *n.*	יַסְמִין
jasper, *n.*	יָשְׁפֵה
jaundice, *n.*	צְהֶבֶת, יֵרָקוֹן

jaunt, n.	טִיּוּל, נְסִיעָה קְצָרָה, הִתְשׁוֹטְטוּת
jaunt, v.i.	טִיֵּל, שׁוֹטֵט [שׁוֹט]
jaunty, adj.	נָאֶה, טוֹב לֵב, עַלִּיז, צוֹהֵל
javelin, n.	כִּידוֹן
jaw, n.	לֶסֶת
jealous, adj.	מְקַנֵּא, מִתְקַנֵּא
jealousy, n.	קִנְאָה, צָרוּת עַיִן
jeer, n., v.t. & i.	לַעַג, לִגְלֵג
Jehovah, n.	יהוה, יְהֹוָה
jejune, adj.	חֲסַר (עִנְיָן), טַעַם יָבֵשׁ
jelly, n.	קָרִישׁ, מִקְפָּא
jellyfish, n.	דַּג הַמִּקְפָּא
jeopardize, v.t.	סִכֵּן
Jeremiah, n.	(סֵפֶר) יִרְמְיָה
jerk, n.	פִּרְכּוּס, פִּרְפּוּר; נִיעַ, זִיעַ; אָדָם נִבְזֶה
jerkin, n.	מְעִילוֹן, מָתְנִיָּה
jersey, n.	פֶּקְרָס, מֵיזַע
Jerusalem, n.	יְרוּשָׁלַיִם
jessamine, jasmine, n,	יַסְמִין
jest, n.	לָצוֹן, צְחוֹק
jest, v.t. & i.	הֵתֵל [תלל], הִתְלוֹצֵץ [ליץ]
jester, n.	לֵצָן
Jesus, n.	יֵשׁוּ הַנּוֹצְרִי
jet, n.	סִילוֹן
jetty, n.	מֵזַח, מַעֲגָן
Jew, n.	יְהוּדִי
jewel, n.	תַּכְשִׁיט, אֶבֶן חֵן
jewel, v.t.	קִשֵּׁט
jeweler, jeweller, n.	צוֹרֵף, זָהָבִי
jewelry, jewellery, n.	חֲלָיָה, עֲדִי
Jewess, n.	יְהוּדִיָּה
Jewish, adj.	יְהוּדִי, יְהוּדִית
Jewry, n.	כְּלָל יִשְׂרָאֵל, כְּנֶסֶת יִשְׂרָאֵל
jib, n.	מִפְרָשׂ; יַד הַמַּדְלָה
jibe, v. gibe	
jiffy, n.	הֶרֶף עַיִן
jig, n.	חַדְּכָה; חִנְגָּה, לַחַן עַר
jilt, n.	נְטִישַׁת אָהוּב
jilt, v.t. & i.	נָטַשׁ אֲהוּבָתוֹ
jingle, n. & v.i.	צִלְצוּל, צִלְצֵל
job, n.	עֲבוֹדָה, מִשְׂרָה, עֵסֶק
jockey, n.	פָּרָשׁ (רֶכֶב) מִתְחָרֶה
jocose, jocular, adj.	מְבַדֵּחַ, לֵצָנִי, מְהַתֵּל
jocund, adj.	עַלִּיז, שָׂמֵחַ
jog, v.t. & i.	דָּחַף, עוֹרֵר [עור]
jog, n.	הֲדִיפָה, תְּנוּעָה אִטִּית
join, v.t. & i.	הִתְחַבֵּר [חבר], דָּבַק, הִסְתַּפֵּחַ [ספח]
joiner, n.	מְהַדֵּק; נַגָּר
joint, adj.	מְשֻׁתָּף, מְחֻבָּר
joint, n.	אַרְכֻּבָּה, פֶּרֶק, חָלָיָה
joist, n.	עֵץ, קוֹרָה
joke, n.	בְּדִיחָה, הֲלָצָה
joke, v.t. & i.	הִתְלוֹצֵץ [ליץ], הֵתֵל [תלל]
joker, n.	לֵצָן; (עִם קְלָף בְּמִשְׂחָק)
jolly, adj.	שָׂמֵחַ, עַלִּיז
jolt, n.	דְּחִיפָה
jolt, v.t. & i.	נִדְנֵד, הִתְנַדְנֵד [נדנד]
jostle, v.t. & i.	דָּחַף, דָּחַק אִישׁ אֶת רֵעֵהוּ
jot, n.	נְקֻדָּה
jot, v.t.	רָשַׁם בְּקִצּוּר
journal, n.	עִתּוֹן; יוֹמָן
journalism, n.	עִתּוֹנָאוּת
journalist, n.	עִתּוֹנַאי
journey, n.	נְסִיעָה; מַהֲלָךְ
journey, v.i.	נָסַע
journeyman, n.	שׁוּלְיָה
jovial, adj.	עַלִּיז
joy, n.	שִׂמְחָה, גִּילָה
joy, v.t. & i.	שָׂשׂ [שׂישׂ], גָּל [גיל], חָדָה, שָׂמֵחַ
joyful, adj.	שָׂמֵחַ

joyless, *adj.*	נוּגֶה, עָצוּב	jump, *n.*	קְפִיצָה, דִּלּוּג
joyous, *adj.*	שָׂמֵחַ, מְשַׂמֵּחַ	jump, *v.t. & i.*	קָפַץ, דִּלֵּג
jubilant, *adj.*	צָהֵל	junction, *n.*	צֹמֶת, קֶשֶׁר, חִבּוּר
jubilee, *n.*	יוֹבֵל, שְׁנַת הַחֲמִשִּׁים	juncture, *n.*	צֹמֶת
Judaism, *n.*	יַהֲדוּת	June, *n.*	יוּנִי
Judaize, *v.i. & t.*	הִתְיַהֵד [יהד], יְהֵד	jungle, *n.*	יַעַר (עַד) עָבֹת
judge, *n.* קָבִּי	שׁוֹפֵט, פָּלִיל, דַּיָּן, מֵבִין,	junior, *adj.*	צָעִיר, קָטָן
judge, *v.t. & i.*	דָּן [דון], שָׁפַט	junk, *n.*	גְּרוּטָאוֹת
Judges, *n.*	(סֵפֶר) שׁוֹפְטִים	jurisdiction, *n.*	שִׁלְטוֹן
judgment, judgement, *n.*	פְּסַק, פָּסַק	jurisprudence, *n.*	מִשְׁפְּטָנוּת
דִּין, מִשְׁפָּט, תְּבוּנָה, הֲבָנָה, סְבָרָה		jurist, *n.*	מִשְׁפְּטָן
judicial, judiciary, *adj.*	מִשְׁפָּטִי, מָתוּן	juror, *n.*	מֻשְׁבָּע
judiciously, *adv.*	בְּיִשּׁוּב הַדַּעַת	jury, *n.*	חֶבֶר מֻשְׁבָּעִים
jug, *n.*	כַּד	just, *adj.*	צַדִּיק, יָשָׁר, נָכוֹן, מְדֻיָּק
juggle, *v.t. & i.*	תִּעְתֵּעַ, אָחַז עֵינַיִם	just, *adv.*	זֶה עַתָּה, אַךְ, בְּדִיּוּק, בְּקֹשִׁי
juggler, *n.*	מְתַעְתֵּעַ, מְאַחֵז עֵינַיִם	justice, *n.*	צֶדֶק, מִשְׁפָּט, שׁוֹפֵט
jugular, *adj.*	וְרִידִי	justification, *n.*	הַצְדָּקָה, הִתְנַצְּלוּת
jugular vein	וְרִיד	justify, *v.t.*	צִדֵּק, הִצְדִּיק [צדק]
juice, *n.*	מִיץ, עָסִיס	justly, *adv.*	בְּצֶדֶק
juicy, *adj.*	מִיצִי, עֲסִיסִי	jut, *v.t. & i.*	בָּלַט
July, *n.*	יוּלִי	jute, *n.*	סִיבֵי יוּטָה, יוֹטָה
jumble, *n.*	תַּעֲרֹבֶת, בְּלִיל	juvenile, *adj. & n.*	צָעִיר; מְשֻׁחְרַת, קָטִין
jumble, *v.t. & i.*	עִרְבֵּב, הִתְעַרְבֵּב	juxtaposition, *n.*	קִרְבָּה, סְמִיכוּת,
[ערבב], סְכְסֵךְ, הִסְתַּכְסֵךְ [סכסך]			מִצְרָנוּת

K, k

K, k, *n.*	קֵי, הָאוֹת הָאַחַת עֶשְׂרֵה	kerchief, *n.*	מִטְפַּחַת, מִמְחָטָה
	בָּאָלֶף בֵּית הָאַנְגְּלִי	kernel, *n.*	גַּרְעִין, עִקָּר
kangaroo, *n.*	קֵיסוֹנִי, קֶנְגּוּרוּ	kerosene, *n.*	שֶׁמֶן אֲדָמָה, נֵפְט
keel, *n.*	קַרְקָעִית, תַּחְתִּית	ketchup, *v.* catchup	
keen, *adj.*	חַד, שָׁנוּן, עֶרְנִי	kettle, *n.*	קַמְקוּם, דּוּד, קַלַּחַת
keenness, *n.*	חַדּוּת	key, *n.*	מַפְתֵּחַ; מַכּוֹשׁ, מְנַעֲנֵעַ; גֹּבַה הַקּוֹל
keep, *n.*	מִחְיָה, פַּרְנָסָה	key, *v.t.*	נָעַל
keep, *v.t. & i.*	הֶחֱזִיק [חזק], שָׁמַר, פִּרְנֵס	khaki, *adj.*	חָקִי
keg, *n.*	גֶּרֶב (חָבִית מֵחֶרֶס)	kick, *n.*	בְּעִיטָה, הֶדֶף; הִתְנַגְּדוּת;
kennel, *n.*	מְלוּנַת כֶּלֶב, מְאוּרַת כֶּלֶב		חִיל־גִּיל

11

kick, *v.t. & i.*	בָּעַט; הִתְנַגֵּד [נגד] לְ־
kid, *n.*	גְּדִי; יֶלֶד
kid, *v.t. & i.*	הִתְלוֹצֵץ [ליץ], לָעַג
kidnap, *v.t.*	חָטַף (אָדָם)
kidnaper, *n.*	חוֹטֵף (אָדָם)
kidney, *n.*	כִּלְיָה
kill, *v.t.*	הָרַג, מוֹתֵת [מות], קָטַל
killer, *n.*	רוֹצֵחַ, הָרָג; לִוְיָתָן
kilogram, kilogramme, *n.*	קִילוֹגְרָם
kilometer, kilometre, *n.*	קִילוֹמֶטֶר
kilowatt, *n.*	קִילוֹוַאט
kimono, *n.*	קִימוֹנוֹ (מְעִיל בַּיִת יַפָּנִי)
kin, *n.*	קָרוֹב, שְׁאֵר בָּשָׂר
kind, *n.*	מִין, סוּג, זַן
kind, kindhearted, *adj.*	מֵיטִיב, טוֹב לֵב, נוֹחַ
kindergarten, *n.*	גַּן יְלָדִים
kindle, *v.t. & i.*	דָּלַק, הִדְלִיק [דלק], הִצִּית [יצת], בָּעַר
kindling, *n.*	הַדְלָקָה, הַצָּתָה
kindly, *adv.*	בְּטוּב לֵב, בְּטוּבוֹ
kindness, *n.*	טוּב לֵב
kindred, *adj.*	קָרוֹב, שְׁאֵר בָּשָׂר
kindred, *n.*	קֻרְבָה, שַׁאֲרָה
king, *n.*	מֶלֶךְ
kingdom, *n.*	מַלְכוּת
kingly, *adj.*	מַלְכוּתִי
kink, *n.*	כֶּפֶף, עִקּוּם
kiss, *n.*	נְשִׁיקָה
kiss, *v.t. & i.*	נָשַׁק, נִשֵּׁק, הִתְנַשֵּׁק [נשק]
kit, *n.*	תַּרְמִיל, יַלְקוּט, צִקְלוֹן; חֲתַלְתּוּל; כִּנּוֹר קָטָן
kitchen, *n.*	מִטְבָּח, בֵּית תַּבְשִׁיל
kitchenette, kitchenet, *n.*	מִטְבָּחוֹן
kite, *n.*	בַּז, אַיָּה; עֲפִיפוֹן
kitten, kitty, *n.*	חֲתַלְתּוּל
knack, *n.*	כִּשָּׁרוֹן, חָרִיצוּת לְדָבָר
knapsack, *n.*	יַלְקוּט, תַּרְמִיל גַּב
knave, *n.*	נוֹכֵל, רַמַּאי
knavery, *n.*	נוֹכְלוּת, עָקְבָה
knead, *v.t.*	לָשׁ [לוש], גִּבֵּל
knee, *n.*	בֶּרֶךְ, אַרְכּוּבָּה
kneel, *v.i.*	כָּרַע, בָּרַךְ
knell, *n.*	צִלְצוּל
knife, *n.*	סַכִּין, מַאֲכֶלֶת
knife, *v.t.*	דָּקַר בְּסַכִּין
knight, *n.*	אַבִּיר, פָּרָשׁ
knighthood, *n.*	אַבִּירוּת
knit, *v.t.*	סָרַג
knitting, *n.*	סְרִינָה
knob, *n.*	כַּפְתּוֹר, גֻּלָּה
knock, *n.*	דְּפִיקָה, מַכָּה
knock, *v.t. & i.*	דָּפַק, הִכָּה [נכה]
knockout, *n.*	הַמּוּם, הַפָּלָה
knoll, *n.*	גִּבְעָה
knot, *n.*	קֶשֶׁר
knot, *v.t. & i.*	קָשַׁר
know, *v.t. & i.*	יָדַע, הִכִּיר [נכר], הֵבִין [בין]
knowledge, *n.*	יְדִיעָה, דֵּעָה, חָכְמָה, הַשְׂכָּלָה
knuckle, *n.*	פֶּרֶק הָאֶצְבַּע
Koran, *n.*	קֻרְאָן

L, l

L, l, *n.*	אֵל, הָאוֹת הַשְׁתֵּים עֶשְׂרֵה בָּאָלֶף בֵּית הָאַנְגְּלִי
label, *n.*	פֶּתֶק, תָּו
label, *v.t.*	שָׂם [שים] תָּו, הִדְבִּיק [דבק] פֶּתֶק
labial, *adj.*	שְׂפָתִי

labor, labour, n.   עֲבוֹדָה, מְלָאכָה;
עָמָל, צִירִים, חֶבְלֵי לֵדָה;
(מַעֲמַד הַ)פּוֹעֲלִים, (הַ)עוֹבְדִים

labor, labour, v.t. & i.   עָבַד, עָמַל
יָגַע, טָרַח; הִתְעַמֵּל [עמל],
הִתְיַגֵּעַ [יגע]; הִתְמוֹדֵד [נדד] (אָנְיָה)

laboratory, n.   מַעְבָּדָה

Labor Day   יוֹם הָעֲבוֹדָה

laborer, n.   עוֹבֵד, עָמֵל, פּוֹעֵל

laborious, adj.   מְיַגֵּעַ, מְצַיֵּף, חָרוּץ

labyrinth, n.   מָבוֹךְ

lace, n.   שְׂרוֹךְ (נַעַל); תַּחְרִים

lace, v.t.   שָׁנַץ, רָקַם

laceration, n.   שְׂרִיטָה, פְּצִיעָה

lachrymal, adj.   דִּמְעִי, שֶׁל דְּמָעוֹת

lack, n.   חֶסֶר, מַחְסוֹר, הֶעְדֵּר

lack, v.t. & i.   חָסַר

laconic, adj.   מְצֻמְצָם, קָצָר

lacquer, n.   בָּרֶקֶת, לַכָּה

lad, n.   נַעַר, בָּחוּר, עֶלֶם

ladder, n.   סֻלָּם

lading, n.   טְעִינָה, הַעֲמָסָה; מִטְעָן,
מַשָּׂא

Ladino, n.   סְפָרַדִּית־יְהוּדִית, לָדִינוֹ

ladle, n.   תַּרְוָד, בַּחֲשָׁה

lady, n.   גְּבִירָה, גְּבֶרֶת

lag, n. & v.i.   פִּגּוּר, הִתְמַהְמֵהַּ [מהמה]
פִּגֵּר, הִתְעַכֵּב [עכב]

lagoon, n.   מִקְוֵה מַיִם, בְּרֵכָה, אֲגַם

lair, n.   מַרְבֵּץ; אֶרֶב

laity, n.   הֲמוֹן הָעָם

lake, n.   אֲגַם

lamb, n.   טָלֶה, שֶׂה, כֶּבֶשׂ

lambkin, n.   טַלְיָה

lame, adj.   פִּסֵּחַ, חִגֵּר, נְכֵה רַגְלַיִם

lameness, n.   פִּסְחוּת, חִגְּרוּת, צְלִיעָה

lament, n.   קִינָה, שִׁיר אֵבֶל, נְהִי,
מִסְפֵּד

lament, v.t.   אָלָה, אָנָה, הִתְאַבֵּל [אבל]
קוֹנֵן [קין], סָפַד

lamentation, n.   קִינָה, נֹהַ, נְהִי, הֶסְפֵּד

Lamentations, n. pl.   קִינוֹת, מְגִלַּת
אֵיכָה

lamenter, n.   מְקוֹנֵן

laminate, adj.   עֲשׂוּי שְׁכָבוֹת

laminate, v.t. & i.   חִלֵּק לִשְׁכָבוֹת,
הִתְחַלֵּק [חלק] לִשְׁכָבוֹת

lamp, n.   מְנוֹרָה, עֲשָׁשִׁית

lampoon, n.   שְׁנִינָה, כְּתָב פְּלַסְתֵּר

lampshade, n.   נָלָה, סִכּוּךְ, מִצְלָה

lance, n.   רֹמַח, שֶׁלַח

lancer, n.   רַמָּח, נוֹשֵׂא שֶׁלַח

lancet, n.   אִזְמֵל

land, n.   אֲדָמָה, יַבָּשָׁה, קַרְקַע, אֶרֶץ

landlady, n.   בַּעֲלַת בַּיִת

landing, n.   יְרִידָה (מֵאָנְיָה), עֲלִיָּה
(לַיַּבָּשָׁה), נְחִיתָה (מֵאֲוִירוֹן)

landlord, n.   בַּעַל בַּיִת

landscape, n.   נוֹף

landslide, n.   מַפָּל אֲדָמָה; נִצָּחוֹן

lane, n.   מִשְׁעוֹל

language, n.   לָשׁוֹן, שָׂפָה; סִגְנוֹן

languid, adj.   תָּשׁוּשׁ, חַלָּשׁ

languish, v.i.   תָּשַׁשׁ, נֶחֱלַשׁ [חלש], כָּמַהּ,
לָהָה

languor, n.   תְּשִׁישׁוּת, נִמְנוּם, רָפֶשׁ חַלְשָׁה

lank, adj.   כָּחוּשׁ, דַּק

lantern, n.   פָּנָס

lap, n.   חֵיק, חֹצֶן; לְקִיקָה

lap, v.t.   לָקַק

lapel, n.   דַּשׁ; אֹזֶן

lapse, n.   שְׁכְחָה, שְׁגִיאָה, בִּטּוּל

lapse, v.i.   עָבַר (זְמַן), שָׁגָה, בָּטֵל

lapwing, n.   אֲבַטִּיס, קִיוִית

larboard, n.   שְׂמֹאל אָנְיָה

larceny, n.   גְּנֵבָה

11*

larch, n.	לֶנֶשׁ	laugh, n.	צְחוֹק, שְׂחוֹק, לְגְלוּג
lard, n.	שֻׁמָּן חֲזִיר	laugh, v.t. & i.	צָחַק, עָשָׂה צְחוֹק מְ־;
larder, n.	מִזְוֶה		לְגְלֵג
large, adj.	גָּדוֹל, רָחָב	laughable, adj.	מַצְחִיק
largeness, n.	גֹּדֶל, רֹחַב	laughter, n.	צְחוֹק, שְׂחוֹק
lark, n.	עֶפְרוֹנִי, חוּגָה, זַרְעִית	launching, n.	הַשָּׁקָה
larva, n.	זַחַל	launder, v.t.	כֻּבֵּס
laryngitis, n.	דַּלֶּקֶת הַגָּרוֹן	laundry, n.	מַכְבֵּסָה, מִכְבָּסָה
larynx, n.	גַּרְגֶּרֶת, גָּרוֹן	laureate, adj.	מֻכְתָּר
lascivious, adj.	תַּאֲוְתָנִי	laurel, n.	עָר, דִּפְנָה
lash, n.	מַלְקֵב, שׁוֹט, שֵׁבֶט; עַפְעַף	lava, n.	לַבָּה, תִּיכָה
lash, v.t. & i.	הִלְקָה [לקה], הִצְלִיף	lavatory, n.	בֵּית שִׁמּוּשׁ; חֲדַר רַחְצָה
	[צלף], רָצַע	lavender, n.	אֲזוֹבְיוֹן
lass, n.	עַלְמָה, בַּחוּרָה	lavish, v.t.	נָתַן בְּשֶׁפַע, פִּזֵּר; בִּזְבֵּז
lassie, n.	יַלְדָּה	law, n.	מִשְׁפָּט, חֹק, תּוֹרָה, דִּין
lassitude, n.	לֵאוּת, עֲיֵפוּת, רִפְיוֹן	lawful, adj.	חֻקִּי, מִשְׁפָּטִי; מֻתָּר
lasso, n.	פִּלְצוּר	lawgiver, lawmaker, n.	מְחוֹקֵק
lasso, v.t.	לָכַד בְּפִלְצוּר	lawlessness, n.	הֶפְקֵר, פְּרִיצוּת
last, n.	אִמּוּם	lawn, n.	מִדְשָׁאָה
last, adj.	אַחֲרוֹן, סוֹפִי	lawsuit, n.	מִשְׁפָּט
last, v.i.	נִמְשַׁךְ [משך], הִתְקַיֵּם [קים]	lawyer, n.	עוֹרֵךְ דִּין
lasting, adj.	קַיָּם, מִתְקַיֵּם, נִמְשָׁךְ	lax, adj.	מֻרְשָׁל, רָפֶה, קַל
latch, n.	בְּרִיחַ	laxity, n.	רַשְׁלָנוּת, קַלּוּת
latch, v.t.	נָעַל, סָגַר	laxative, n.	רַפֵּף, סַם מְשַׁלְשֵׁל
late, adj.	מְאֻחָר, מְפַגֵּר	lay, adj. & n.	חִלּוֹנִי; פִּיּוּט; לַחַן
lately, adv.	מִקָּרוֹב	lay, v.t. & i.	שָׂם [שים], הִנִּיחַ [נוח],
latent, adj.	נִסְתָּר, נִצְפָּן, צָפוּן		הִשְׁכִּיב [שכב], הִטִּיל [נטל]
lateral, adj.	צְדָדִי	layer, n.	שִׁכְבָה, נִדְבָּךְ, מַרְבֵּג
lathe, n.	מַחֲרֵטָה	layoff, n.	פִּשּׁוּרִים, שִׁלּוּחַ (פּוֹעֲלִים)
lather, n.	קֶצֶף	lazily, adv.	בְּעַצְלְתַּיִם
lather, v.t.	הִקְצִיף [קצף], כִּסָּה בְּקֶצֶף	laziness, n.	עַצְלוּת
Latin, adj. & n.	לָטִינִית, רוֹמִית; לַטִּינִי	lazy, adj.	עָצֵל
latitude, n.	קַו־רֹחַב	lead, n.	אָבָר, עוֹפֶרֶת
latrine, n.	מַחֲרָאָה, בֵּית (כִּסֵּא) שִׁמּוּשׁ	lead, v.t. & i.	צִפָּה (מִלֵּא) בְּעוֹפֶרֶת
latter, adj.	שֵׁנִי, אַחֲרוֹן	lead, v.t. & i.	הִנְהִיג [נהג], הוֹלִיךְ
lattice, n.	סְבָכָה		[הלך]; עָמַד בְּרֹאשׁ
laud, v.t.	הִלֵּל, שִׁבַּח	lead, n.	נִהוּל, הַנְהָגָה; הִתְחָלָה;
laudation, n.	הִלּוּל, שֶׁבַח		תַּפְקִיד רָאשִׁי

leader, *n.*	מַנְהִיג	leek, *n.*	כְּרֵשָׁה
leadership, *n.*	הַנְהָגָה	leer, *v.i.*	פָּזַל
leaf, *n.*	טֶרֶף, עָלֶה; דַּף	lees, *n. pl.*	שְׁמָרִים
leaflet, *n.*	חוֹבֶרֶת, עָלְעָל	leeway, *n.*	דֶּרֶךְ שֶׁכְּנֶגֶד הָרוּחַ; יוֹתֵר
league, *n.*	אֲגֻדָּה, בְּרִית, חֶבֶר;		זְמָן (מָקוֹם)
	4.6—2.4 מִילִין	left, *adj. & n.*	שְׂמָאלִי; שְׂמֹאל
leak, leakage, *n.*	דֶּלֶף	lefthanded, *adj.*	אֲשֶׁר, אֲשֶׁר יַד יְמִינוֹ
leak, *v.t.*	דָּלַף	leftist, *n. & adj.*	שְׂמָאלִי
leaky, *adj.*	דּוֹלֵף	leg, *n.*	רֶגֶל
lean, *v.t. & i.*	נִשְׁעַן [שׁען], נִסְמַךְ	legacy, *n.*	מוֹרָשָׁה
	[סמך]; נָטָה, הִטָּה [נטה], סָמַךְ	legal, *adj.*	חֻקִּי
lean, *adj.*	כָּחוּשׁ, רָזֶה, צָנוּם	legality, *n.*	חֻקִּיּוּת
leanness, *n.*	רָזוֹן	legalize, *v.t.*	הִכְשִׁיר [כשר]; קִיֵּם,
leap, *n.*	קְפִיצָה, זְנִיקָה		אִשֵּׁר
leap, *v.i.*	קָפַץ, זִנֵּק	legate, *n.*	צִיר
leap year	שָׁנָה מְעֻבֶּרֶת	legatee, *n.*	יוֹרֵשׁ
learn, *v.t. & i.*	לָמַד, נוֹדַע [ידע] לְ–	legation, *n.*	צִירוּת
learned, *adj.*	מְלֻמָּד, מַשְׂכִּיל, בֶּן תּוֹרָה	legend, *n.*	אֲגָדָה
learning, *n.*	לִמּוּד	legendary, *adj.*	אֲגָדִי
lease, *v.t.*	חָכַר, הֶחְכִּיר [חכר]	legging, *n.*	רַגְלִיָּה, כִּסּוּי רֶגֶל
lease, *n.*	שְׂכִירוּת, שְׂכִירָה, חֲכִירָה,	legible, *adj.*	קָרִיא, בָּרוּר (כְּתָב)
	שְׁטַר חֲכִירָה	legion, *n.*	גְּדוּד, לִגְיוֹן
leash, *n.*	רְצוּעָה	legislate, *v.i.*	חָקַק
least, *adj.*	הַפָּחוּת (הַקָּטֹן) בְּיוֹתֵר	legislation, *n.*	תְּחִקָּה, תְּחִקָּה
least, *adv.*	פָּחוֹת מִכֹּל, לְפָחוֹת	legislative, *adj.*	תְּחִקָּתִי
leather, *n.*	עוֹר	legislator, *n.*	מְחוֹקֵק
leave, *n.*	פְּרִידָה, חֻפֶּשׁ	legislature, *n.*	בֵּית מְחוֹקְקִים
leave, *v.t. & i.*	עָזַב, יָצָא, הִשְׁאִיר	legitimacy, *n.*	כַּשְׁרוּת, חֻקִּיּוּת
	[שאר]; הוֹרִישׁ [ירש]; נָסַע;	legitimate, *adj.*	כָּשֵׁר, חֻקִּי
	הִסְתַּלֵּק [סלק]	legume, *n.*	קִטְנִית, פְּרִי תַּרְמִילִי
leaven, *n.*	חָמֵץ, שְׂאוֹר	leisure, *n.*	נוֹחִיּוּת; פְּנַאי
leaven, *v.t.*	הֶחְמִיץ [חמץ]	leisurely, *adj. & adv.*	מְיֻשָּׁב, אִטִּי;
lecture, *n.*	הַרְצָאָה, נְאוּם		בִּמְתִינוּת
lecture, *v.t. & i.*	יִסֵּר, הִרְצָה [רצה]	lemon, *n.*	לִימוֹן
lecturer, *n.*	מַרְצֶה	lemonade, *n.*	לִימוֹנִית, לִימוֹנָדָה
ledge, *n.*	זִיז	lend, *v.t. & i.*	הִשְׁאִיל [שאל], הִלְוָה
ledger, *n.*	סֵפֶר חֶשְׁבּוֹנוֹת, פִּנְקָס		[לוה]
leech, *n.*	עֲלוּקָה	lender, *n.*	מַלְוֶה

length, *n.*	אֹרֶךְ	liability, *n.*	אַחֲרָיוּת, הִתְחַיְּבוּת
at length	בַּאֲרִיכוּת	liable, *adj.*	עָלוּל, אַחֲרָאִי
lengthen, *v.t.*	הֶאֱרִיךְ [ארך]	liaison, *n.*	קֶשֶׁר, חִבּוּק, הִתְקַשְּׁרוּת,
lengthy, *adj.*	אָרִיךְ		יַחַס שֶׁל אֲהָבִים
leniency, *n.*	רַכּוּת, רַחֲמִים	liar, *n.*	כַּזְבָן, שַׁקְרָן
lenient, *adj.*	מֵקֵל, נוֹחַ	libel, *n.*	דִּבָּה, לַעַז, הַשְׂמָצָה
lens, *n.*	עֲדָשָׁה	libel, *v.t.*	הִשְׂמִיץ [שמץ]; הוֹצִיא [יצא]
Lent, *n.*	יְמֵי הַצּוֹם לִפְנֵי פַּסְחָא, לֶנְט		דִּבָּה
lentils, *n. pl.*	עֲדָשִׁים	liberal, *adj.*	נָדִיב, חָפְשִׁי בְּדֵעוֹת
leopard, *n.*	נָמֵר	liberal arts, *n.*	מַדָּעֵי הָרוּחַ
leper, *n.*	מְצֹרָע	liberality, *n.*	נְדִיבוּת, נַתְּרָנוּת
leprosy, *n.*	צָרַעַת, שְׁחִין	liberate, *v.t.*	שִׁחְרֵר
less, *adj.*	פָּחוֹת	liberation, *n.*	שִׁחְרוּר
lessee, *n.*	שׂוֹכֵר, חוֹכֵר, אָרִיס	liberator, *n.*	גּוֹאֵל, מְשַׁחְרֵר
lessen, *v.t. & i.*	הִפְחִית [פחת], הִתְמַעֵט	libertine, *n.*	תַּאַוְתָן, פָּרוּץ
	[מעט], פָּחַת, חִסֵּר	liberty, *n.*	דְּרוֹר, חֵרוּת
lesson, *n.*	שִׁעוּר	librarian, *n.*	סַפְרָן
lessor, *n.*	מַחְכִּיר, מַשְׂכִּיר	library, *n.*	סִפְרִיָּה
lest, *conj.*	פֶּן, לְבִלְתִּי	lice, *n. pl.*	כִּנִּים
let, *n.*	מִכְשׁוֹל, מַעְצוֹר	license, licence, *n.*	רִשָּׁיוֹן, רְשׁוּת;
let, *v.t. & i.*	נָתַן, הִשְׂכִּיר [שכר],		פְּרִיצוּת, חֹפֶשׁ
	הִרְשָׁה [רשה]	license, licence, *v.t.*	נָתַן רִשָּׁיוֹן
lethal, *adj.*	מֵמִית	licentious, *adj.*	מֻפְקָר
lethargic, lethargical, *adj.*	יָשֵׁן, מִתְנַמְנֵם	lichen, *n.*	קָרִיד (צֶמַח); חֲזָזִית
lethargy, *n.*	תַּרְדֵּמָה עֲמֻקָּה	lick, *n.*	לְחִיכָה, לְקִיקָה
letter, *n.*	אוֹת, מִכְתָּב, אִגֶּרֶת	lick, *v.t. & i.*	לִחֵךְ, לָקַק, הִכָּה
lettuce, *n.*	חַסָּה		[נכה], נִצַּח
level, *adj.*	שָׁוֶה	lid, *n.*	מִכְסֶה; עַפְעַף (עַיִן)
level, *n.*	רָמָה, מִישׁוֹר; מִשְׁטָח	lie, *n.*	כָּזָב, שֶׁקֶר
level, *v.t. & i.*	שָׁוָה, הִשְׁוָה [שוה], יִשֵּׁר	lie, *v.i.*	כָּזַב, שִׁקֵּר; שָׁכַב, נָח [נוח]
lever, *n.*	מָנוֹף, מוֹט	lief, *adv.*	בְּרָצוֹן
leverage, *n.*	הֲנָפָה, תְּנוּפָה; הֶסֵּט	lien, *n.*	מַשְׁכַּנְתָּה, שֶׁעָבוּד נְכָסִים
leviathan, *n.*	לִוְיָתָן		(קַרְקָעוֹת)
levity, *n.*	קַלּוּת רֹאשׁ, קַלּוּת דַּעַת	lieu, *n.*	מָקוֹם
levy, *n.*	מַס, מֶכֶס	lieutenant, *n.*	סֶגֶן
lewd, *adj.*	נוֹאֵף, זוֹנֶה, תַּאַוְתָנִי	life, *n.*	חַיִּים; חֵלֶד; תּוֹלְדוֹת חַיִּים
lewdness, *n.*	נִאוּף	lifeboat, *n.*	סִירַת הַצָּלָה
lexicography, *n.*	מִלּוֹנוּת	lifetime, *n.*	יְמֵי חַיִּים

lift, *n.*	הֲרָמָה, סַעַד; מַעֲלִית	lineage, *n.*	יִחוּס
lift, *v.t.*	הֵרִים [רום], הֶעֱלָה [עלה]	lineal, *adj.*	קַוִּי; עוֹבֵר בִּירֻשָּׁה
ligament, *n.*	מֵיתָר פְּרָקִים	linear, *adj.*	קַוִּי, יָשָׁר
light, *adj.*	בָּהִיר, מֵאִיר; קַל, קַל דַּעַת	linen, *n.*	בַּד, לְבָנִים, פִּשְׁתָּן
light, *n.*	אוֹר, מָאוֹר; אֵשׁ	liner, *n.*	אֳנִיָּה, אֲנִית נוֹסְעִים
light, *v.t. & i.*	דָּלַק, הִדְלִיק [דלק],	linger, *v.i.*	הִתְמַהְמַהּ [מהמה], שָׁהָה
	הִבְעִיר [בער], בָּעַר; הֵאִיר [אור]	lingerie, *n.*	לְבָנִים
lighten, *v.t.*	הֵקַל [קלל]	linguist, *n.*	בַּלְשָׁן
lighter, *n.*	סִירָה פּוֹרֶקֶת; מַצִּית	liniment, *n.*	מִשְׁחָה
lighthouse, *n.*	מִגְדַּלּוֹר	lining, *n.*	בִּטְנָה
lightly, *adv.*	בְּקַלּוּת	link, *n.*	חֻלְיָה, פֶּרֶק, קֶשֶׁר
lightness, *n.*	קַלּוּת	link, *v.t.*	חִבֵּר, קִשֵּׁר
lightning, *n.*	בָּרָק, חָזִיז	linoleum, *n.*	שַׁעֲמָנִית, לִינוֹל
like, *adj. & adv.*	דּוֹמֶה, שָׁוֶה; כְּמוֹ	linseed, *n.*	זֶרַע פִּשְׁתִּים
like, *v.t.*	אָהַב, מָצָא חֵן	lint, *n.*	פִּשְׁתָּן
likeable, *adj.*	חָבִיב	lintel, *n.*	מַשְׁקוֹף
likelihood, *n.*	אֶפְשָׁרוּת	lion, *n.*	אַרְיֵה, לָבִיא, לַיִשׁ, שַׁחַל;
likely, *adj. & adv.*	אֶפְשָׁרִי; כַּנִּרְאֶה		מַזָּל אַרְיֵה
liken, *v.t.*	דִּמָּה, הִשְׁוָה [שוה]	lioness, *n.*	לְבִיאָה
likeness, *n.*	שִׁנְיוֹן, דְּמוּת, דִּמְיוֹן, צֶלֶם	lip, *n.*	שָׂפָה
likewise, *adv.*	כְּמוֹ כֵן, גַּם כֵּן	liquefy, *v.t.*	הֵמֵס [מסס], הִתִּיךְ [נתך]
lilac, *n.*	אֲבִיבִית, לִילָךְ	liquid, *adj.*	נוֹזֵל
lily, *n.*	חֲבַצֶּלֶת	liquidate, *v.t.*	פָּרַע (חוֹבוֹת), חִסֵּל
limb, *n.*	אֵבֶר, כָּנָף, רֶגֶל, זְרוֹעַ	liquor, *n.*	מַשְׁקֶה חָרִיף, שֵׁכָר, יַיִ״שׁ
limber, *adj.*	גָּמִישׁ	lisp, *v.t. & i.*	שִׁנְשֵׁן, גִּמְגֵּם
lime, *n. & v.t.*	שִׂיד, סִיד; סִיֵּד	list, *n.*	רְשִׁימָה
lime tree	תִּרְזָה (עֵץ)	list, *v.t. & i.*	רָשַׁם בִּרְשִׁימָה; נָטְתָה
limelight, *n.*	אוֹר סִידָן; מָקוֹם מְפֻרְסָם		[נטה] אֳנִיָּה
limestone, *n.*	גִּיר, אֶבֶן סִיד	listen, *v.i.*	הֶאֱזִין [אזן], הִקְשִׁיב [קשב],
limit, *n.*	גְּבוּל, קֵץ		שָׁמַע
limit, *v.t.*	הִגְבִּיל [גבל]	listener, *n.*	שׁוֹמֵעַ, מַאֲזִין, מַקְשִׁיב
limitation, *n.*	הַגְבָּלָה, תְּחוּם	listless, *adj.*	אִי פָּעִיל, אָדִישׁ, קַר רוּחַ
limitless, *adj.*	בִּלְתִּי מֻגְבָּל, לְלֹא גְּבוּל	litany, *n.*	תְּפִלָּה
limp, *n. & v.i.*	צְלִיעָה; צָלַע	liter, litre, *n.*	לִיטֶר
limpid, *adj.*	בָּהִיר, זַךְ	literacy, *n.*	דַּעַת קְרֹא וּכְתֹב
line, *n.*	שׁוּרָה, חֶבֶל, קַו	literal, *adj.*	מִלּוּלִי, מְדֻיָּק
line, *v.t.*	שִׂרְטֵט; עָשָׂה בִּטְנָה, מִלֵּא;	literally, *adv.*	אוֹת בְּאוֹת
	עָרַךְ שׁוּרוֹת שׁוּרוֹת	literary, *adj.*	סִפְרוּתִי

literate, *adj.*	מַשְׂכִּיל
literature, *n.*	סִפְרוּת
lithe, *adj.*	גָּמִישׁ, כָּפִיף
lithograph, *n.*	דְּפוּס אֶבֶן, לִיתוֹגְרַפְיָה
litigation, *n.*	מִשְׁפָּט; רִיב
litter, *n.*	אֲלֻנְקָה; אַשְׁפָּה; גּוּרִים
little, *adj.*	קָטָן, מְעַט, פָּעוּט
little, *adv.*	קִמְעָה, מְעַט, קְצָת
liturgy, *n.*	סֵדֶר תְּפִלּוֹת, פֻּלְחָן
live, *v.t. & i.*	חָיָה; גָּר [גור], דָּר [דור]; הִתְפַּרְנֵס [פרנס]
live, *adj.*	חַי; פָּעִיל; בּוֹעֵר
livelihood, *n.*	מִחְיָה, פַּרְנָסָה, כַּלְכָּלָה
liveliness, *n.*	עֵרָנוּת, זְרִיזוּת
lively, *adj.*	עֵרָנִי, זָרִיז
liver, *n.*	כָּבֵד
livery, *n.*	מַדִּים, בִּגְדֵי שָׂרָד
livestock, *n.*	בְּהֵמוֹת, מִקְנֶה, צֹאן וּבָקָר
livid, *adj.*	כְּחַלְחַל
living, *n.*	חַיִּים; מִחְיָה, הַכְנָסָה
lizard, *n.*	לְטָאָה
load, *n.*	מִטְעָן, עֹמֶס, נֵטֶל, מַשָּׂא
load, *v.t. & i.*	הֶעֱמִיס [עמס], טָעַן
loadstar, lodestar *n.*	כּוֹכָב מַדְרִיךְ
loadstone, lodestone, *n.*	אֶבֶן שׁוֹאֶבֶת
loaf, *n.*	כִּכָּר
loaf, *v.i.*	הָלַךְ בָּטֵל, בִּטֵּל זְמָן
loafer, *n.*	בַּטְלָן
loam, *n.*	טִיט, חֹמֶר
loan, *n.*	מִלְוָה, הַלְוָאָה
loan, *v.t. & i.*	הִלְוָה [לוה], הִשְׁאִיל [שאל]
loath, *adj.*	מְמָאֵן, מְתָעֵב
loathe, *v.t. & i.*	שָׂנֵא, מָאַס, גָּעַל
loathsome, *adj.*	נִתְעָב, נִמְאָס
lobby, *n.*	טְרַקְלִין, אוּלָם הַמַּתָּנָה; מִסְדְּרוֹן, פְּרוֹזְדוֹר

lobby, *v.t.*	שִׁדֵּל (צִירִים)
lobe, *n.*	תְּנוּךְ, בָּדָל (אֹזֶן); אָנָּה
lobster, *n.*	סַרְטָן יָם
local, *adj.*	מְקוֹמִי
local, *n.*	מָקוֹם
locality, *n.*	סְבִיבָה
localize, *v.t.*	מִקֵּם
locate, *v.t.*	מָצָא מְקוֹם מְגוּרִיר, מָצָא
location, *n.*	קְבִיעַת מָקוֹם, מָקוֹם
lock, *n.*	מַנְעוּל; תַּלְתַּל
lock, *v.t. & i.*	נָעַל; נִסְגַּר [סגר]
locker, *n.*	אָרוֹן
lockjaw, *n.*	צַפֶּדֶת
lockout, *n.*	הַשְׁבָּתָה
locksmith, *n.*	מַסְגֵּר
lockup, *n.*	מַאֲסָר; בֵּית כֶּלֶא (סֹהַר)
locomotion, *n.*	תְּנוּעָה, תַּעֲבוּרָה
locomotive, *n. & adj.*	קַשָּׁר; נָע
locust, *n.*	אַרְבֶּה, חָגָב, גָּזָם
lode, *n.*	עַפְרָה, מַחְצָב
lodestar, *v.* loadstar	
lodestone, *v.* loadstone	
lodge, *n.* (אוּלָם)	מְלוּנָה, שׁוֹמֵרָה, מְקוֹם אֲסֵפוֹת שֶׁל מִסְדָּרִים
lodge, *v.t.*	הֵלִין [לון], אִכְסֵן, דָּר [דור]
lodger, *n.*	דַּיָּר
lodging, *n.*	מָדוֹר, דִּירָה, מִשְׁכָּן
loft, *n.*	עֲלִיָּה
lofty, *adj.*	נָבוֹהַּ, נִשָּׂא, נַעֲלֶה
log, *n.*	בּוּל עֵץ, קוֹרָה; יוֹמָן (רַב חוֹבֵל)
log, *v.t.*	כָּרַת עֵצִים
logarithm, *n.*	מַעֲרִיךְ הַחֶזְקָה
loggerhead, *n.*	בַּעַר, בּוּר
logic, *n.*	הִגָּיוֹן, סְבָרָה, חָכְמַת הַהִגָּיוֹן
logical, *adj.*	הִגְיוֹנִי
logician, *n.*	בַּעַל הִגָּיוֹן

loins, n. pl.	יְרֵכַיִם, מָתְנַיִם, חֲלָצַיִם
loiter, v.i.	שָׁהָה, בִּשֵּׁל זְמַן, הִתְמַהְמַהּ
	[מהמה]
loll, v.i.	יָשַׁב נֹחַ, שָׁכַב בַּעֲצַלְתַּיִם
lone, lonely, adj.	עֲרִירִי, בּוֹדֵד,
	גַּלְמוּד
loneliness, n.	בְּדִידוּת
lonesome, adj.	נֶעֱזָב (לְנַפְשׁוֹ)
long, adj.	אָרֹךְ
long, v.i.	הִשְׁתּוֹקֵק [שקק], הִתְגַּעְגֵּעַ
	[געגע]
longevity, n.	אֹרֶךְ (אֲרִיכוּת) יָמִים
longing, n.	גַּעְגּוּעִים, כִּסּוּף, כְּסוּפִים
longitude, n.	קַו־אֹרֶךְ
longshoreman, n.	סַוָּר
look, n.	מַרְאֶה, מַבָּט
look, v.t. & i.	הִתְבּוֹנֵן [בין] הִבִּיט
	[נבט], רָאָה, צָפָה, הִסְתַּכֵּל [סכל]
looking glass	מַרְאָה, רְאִי
loom, n.	נוֹל, מָנוֹר
loom, v.i.	הוֹפִיעַ [יפע], נִרְאָה [ראה]
	מֵרָחוֹק
loop, n. & v.t.	עֲנִיבָה, לוּלָאָה; עָנַב
loophole, n.	פְּתִיחָה; חוֹר (בְּקִיר);
	מָנוֹס
loose, adj.	רָפֶה, פָּרוּץ; מְחֻלְחָל
loose, v.t.	הִתִּיר [נתר]
loosen, v.t.	שִׁלְשֵׁל, רִפָּה
looseness, n.	רִפְיוֹן; שִׁלְשׁוּל; פְּרִיצוּת
loot, n.	מַלְקוֹחַ, שָׁלָל, בִּזָּה
loot, v.t.	בָּזַז, שָׁלַל
lop, v.t.	גָּדַע, קָטַע
loquacious, adj.	פַּטְפְּטָנִי
Lord, n.	אֱלֹהִים, הַקָּדוֹשׁ בָּרוּךְ הוּא
lord, n.	גְּבִיר, אָדוֹן, אִישׁ
lordship, n.	אֲדָנוּת
lore, n.	לֶקַח, גִּרְסָא, לִמּוּד
lorgnette, n	מִשְׁקֶפֶת
lorn, adj.	גַּלְמוּד, עָזוּב
lorry, n.	מְכוֹנִית מַשָּׂא, מַשָּׂאִית
lose, v.t. & i.	אָבַד, הִפְסִיד [פסד];
	יָצָא חַיָּב, נִצַּח
loss, n.	אֲבֵדָה; הֶפְסֵד; מִיתָה
lot, n.	מִגְרָשׁ; מַזָּל, מָנָה, גּוֹרָל; רֹב
lousy, adj.	מָלֵא כִּנִּים; שָׁפָל, נִתְעָב
lotion, n.	מִשְׁחָה, נוֹזֵל רְחִיצָה
lottery, n.	הַגְרָלָה
loud, adj.	רוֹעֵשׁ; בָּהִיר; נַס
loudly, adv.	בְּקוֹל רָם
lounge, n.	אוּלָם (חֶדֶר) מַרְגּוֹעַ
lounge, v.i.	בִּלָּה בְּנוֹחִיּוּת
louse, n.	כִּנָּה
lout, n.	טִפֵּשׁ, שׁוֹטֶה, בַּעַר
lovable, adj.	חָבִיב, נֶחְמָד
love, n.	אַהֲבָה, חִבָּה
love, v.t. & i.	אָהַב, חִבֵּב
loveless, adj.	חֲסַר אַהֲבָה
loveliness, n.	חֶמְדָּה
lovely, adj. & adv.	אָהוּב, נֶחְמָד, חִנָּנִי
lover, n.	אָהוּב, דּוֹד
lovesick, adj.	מְאֹהָב, חוֹלֶה אַהֲבָה
low, adj.	נָמוּךְ, עָמֹק, מְעַט, שָׁפֵל; חָשׁךְ
low, adv.	לְמַטָּה
lower, v.t.	הוֹרִיד [ירד], הִשְׁפִּיל [שפל]
lowland, n.	שְׁפֵלָה
lowliness, n.	עֲנָוִית, שִׁפְלוּת
lowly, adj.	צָנוּעַ, עָנָו, שָׁפָל
loyal, adj.	נֶאֱמָן
loyalty, n.	נֶאֱמָנוּת
lozenges, n. pl.	סֻכָּרִיּוֹת לַגָּרוֹן
lubber, n.	גֹּלֶם
lubricant, n.	שֶׁמֶן, חֹמֶר סִיכָה
lubricate, v.t.	מָשַׁח (מָרַח) בְּשֶׁמֶן, סָךְ
	[סוך], שִׁמֵּן, הֶחֱלִיק [חלק]
lubrication, n.	סִיכָה, מְשִׁיחָה, מְרִיחָה
	(בְּשֶׁמֶן), שִׁמּוּן

lucent, *adj.*	מֵאִיר, מַזְהִיר	lunge, *v.t. & i.*	דָּחַף, פִּתֵּק (חֶרֶב);
lucerne, lucern, *n.*	אַסְפֶּסֶת		נִדְחַף (דָּחַף) קָדִימָה
lucid, *adj.*	מוּבָן, בָּרוּר; זַךְ, בָּהִיר	lunge, *n.*	בִּתּוּק חֶרֶב, דְּחִיפָה
Lucifer, *n.*	אַיֶּלֶת הַשַּׁחַר, כּוֹכַב נֹגַהּ	lurch, *n.*	נְעַנוּעַ; מְבוּכָה, מַצָּב קָשֶׁה
luck, *n.*	מַזָּל, גַּד, הַצְלָחָה	lure, *n.*	מְשִׁיכָה, פִּתּוּי
luckily, *adv.*	לְאָשְׁרוֹ, בְּמַזָּל	lure, *v.t.*	מָשַׁךְ (לֵב), פִּתָּה
lucky, *adj.*	מַצְלִיחַ, בַּר מַזָּל	lurk, *v.i.*	אָרַב
lucrative, *adj.*	מַכְנִיס רָוַח	luscious, *adj.*	טָעִים, נֶחְמָד
ludicrous, *adj.*	מְגֻחָךְ	lush, *adj.*	עֲסִיסִי
luff, *v.i. & n.*	פָּנָה לְצַד הָרוּחַ; צַד הָרוּחַ	lust, *n.*	חֵשֶׁק, תַּאֲוָה
lug, *v.t. & n.*	סָחַב; אֹזֶן (הַכְּלִי)	lust, *v.i.*	אִוָּה, חָמַד
luggage, *n.*	מִטְעָן, חֲפָצִים, מִזְוָדוֹת	luster, lustre, *n.*	זִיו, נֹגַהּ; בְּרָקֶשֶׁת;
lugubrious, *adj.*	עָצוּב, נוּגֶה		תְּקוּפַת חָמֵשׁ שָׁנִים
lukewarm, *adj.*	חָמִים; פּוֹשֵׁר; אָדִישׁ	lustrous, *adj.*	מַבְרִיק, מַבְהִיק
lull, *v.t. & n.*	יִשֵּׁן, הִרְגִּיעַ (רֹגַע); שֶׁקֶט	lusty, *adj.*	בָּרִיא, חָזָק
lullaby, *n.*	שִׁיר עֶרֶשׂ	lute, *n.*	עוּד
lumbago, *n.*	מַתֶּנֶת	luxuriance, *n.*	שֶׁפַע
lumber, *n.*	גְּרוּטָאוֹת; עֵצִים, עֵצָה	luxurious, *adj.*	עָשִׁיר, בַּעַל מוֹתָרוֹת
lumber, *v.i.*	הִתְנַהֵל (נהל) בִּכְבֵדוּת;	luxury, *n.*	מוֹתָרוֹת, עֶדְנָה
	כָּרַת עֵצִים	lye, *n.*	אֵפֶר
luminary, *n.*	מָאוֹר, מֵאִיר עֵינַיִם	lying, *n.*	שְׁכִיבָה, רְבִיצָה; כַּחַשׁ, רְמִיָּה
luminous, *adj.*	מֵאִיר, נוֹצֵץ	lying-in, *n.*	לֵדָה, שְׁכִיבַת יוֹלֶדֶת
lump, *n.*	רֶגֶב	lymph, *n.*	לֵחָה לְבָנָה, לִבְנָה
lunacy, *n.*	שִׁגָּעוֹן	lymphatic, *adj.*	אִטִּי, מְחָלְחָל
lunar, *adj.*	יְרֵחִי	lynch, *v.t.*	עָנַשׁ כְּפִי דִין הֶהָמוֹן
lunatic, *adj.*	סַהֲרוּרִי, מְטֹרָף	lynx, *n.*	חֻלְדַּת הַבָּר
lunch, luncheon, *n.*	אֲרוּחַת צָהֳרַיִם	lyre, *n.*	נֵבֶל
lunch, *v.i.*	אָכַל אֲרוּחַת הַצָּהֳרַיִם	lyric, lyrical, *adj.*	הֲגִינִי, שִׁירִי, לִירִי
lung, *n.*	רֵאָה	lyric, *n.*	הָגִיג, שִׁירַת הַגָּיוֹן

M, m

M, m, *n.*	אֵם, הָאוֹת הַשְּׁלֹשׁ עֶשְׂרֵה	macaroon, *n.*	שְׁקֵדוֹן
	בָּאָלֶף בֵּית הָאַנְגְּלִי	macaw, *n.*	תֻּכִּי
ma'am, madam, *n.*	גְּבֶרֶת, גְּבִרְתִּי	mace, *n.*	שַׁרְבִיט, אַלָּה
macadam, *n.*	כְּבִישׁ	machinate, *v.t.*	זָמַם
macadamize, *v.t.*	כָּבַשׁ, סָלַל כְּבִישׁ	machination, *n.*	מְזִמָּה
macaroni, *n.*	אִסְרָיוֹת; נַנְדָּרָן	machinator, *n.*	תַּחְבְּלָן, תַּכְסִיסָן

machine, n.	מְכוֹנָה
machine gun	מְכוֹנַת יְרִיָּה
machinist, n.	מְכוֹנַאי
mackerel, n.	כּוּפְיָה
mackintosh, n.	מְעִיל גֶּשֶׁם, גְּשָׁמוֹן
mad, adj.	מְשֻׁגָּע; מִתְרַגֵּז; שְׁגַעוֹנִי
madam, ma'am, n.	גְּבֶרֶת, גְּבִרְתִּי
madcap, n.	פּוֹחֵז, פֶּרֶא
madden, v.t. & i.	שִׁגֵּעַ; הִשְׁתַּגֵּעַ [שגע]
made-up, adj.	בָּדוּי; מְפֻרְכָּס, מְאֻפָּר
madhouse, n.	בֵּית מְשֻׁגָּעִים
madman, n.	מְשֻׁגָּע
madness, n.	שִׁגָּעוֹן, טֵרוּף
madrigal, n.	שִׁיר אַהֲבָה
magazine, n.	מַחְסָן, מַמְגוּרָה, קֹבֶץ; תְּקוּפוֹן; מַחְסָנִית
maggot, n.	תּוֹלֵעַ, גֹּלֶם
magic, n.	קֶסֶם, חֶבֶר, כִּשּׁוּף
magician, mage, n.	חַרְטֹם, מְכַשֵּׁף
magistrate, n.	שׁוֹפֵט
magnanimity, n.	נְדִיבוּת, רֹחַב לֵב
magnanimous, adj.	נָדִיב
magnate, n.	שׁוֹעַ, אָצִיל, עָשִׁיר, אַדִּיר
magnet, n.	אֶבֶן (זוֹחֶלֶת) שׁוֹאֶבֶת
magnetic, adj.	שׁוֹאֵב, מוֹשֵׁךְ
magnificence, n.	הָדָר, פְּאֵר, יְפִי, הוֹד
magnificent, adj.	נֶהְדָּר, הָדוּר, מְפֹאָר
magnifier, n.	מַגְדִּיל
magnify, v.t.	הִגְדִּיל [גדל]; הִלֵּל
magnitude, n.	גֹּדֶל; שִׁעוּר
magpie, n.	לִבְנִי, עוֹרֵב צִבְעוֹנִי
mahogany, n.	תּוֹלְעָנָה
maid, n.	מְשָׁרֶתֶת, עוֹזֶרֶת, בַּחוּרָה
maiden, adj.	רִאשׁוֹן, חָדָשׁ, טָהוֹר
maiden, n.	בְּתוּלָה, עַלְמָה
maidenhood, n.	בְּתוּלִים
mail, n.	שִׁרְיוֹן; דֹּאַר, מִכְתָּבִים
mail, v.t.	שָׁלַח בַּדֹּאַר
mailman, n.	דַּוָּר
maim, v.t.	הוּמַם [מום], קִטֵּעַ
main, adj.	רָאשִׁי, עִקָּרִי
main, n.	עִקָּר; גְּבוּרָה
mainly, adv.	בְּיִחוּד, בְּעִקָּר
mainstay, n.	מִשְׁעָן, מְפַרְנֵס
maintain, v.t.	הֶחֱזִיק [חזק] בְּ־; כִּלְכֵּל; סָעַן שֶׁ־
maintenance, n.	תַּמִּיכָה, מִחְיָה
maize, n.	תִּירָס
majestic, majestical, adj.	מַלְכוּתִי, נִשְׂגָּב, נֶהְדָּר
majesty, n.	הוֹד מַלְכוּת
major, adj.	בַּגִּיר, בָּכִיר, רָאשִׁי, עִקָּרִי
major, n.	רַב סֶרֶן
majority, n.	רֹב (דֵּעוֹת); בַּגִּירוּת
make, n.	אֹפִי, טֶבַע, מִין, תּוֹצֶרֶת
make, v.t. & i.	עָשָׂה, בָּרָא, יָצַר
maker, n.	עוֹשֶׂה
make-up, n.	אִפּוּר
maladjustment, n.	הִסְתַּגְּלוּת גְּרוּעָה
maladministration, n.	נִהוּל נָרוּעַ
malady, n.	מַחֲלָה, מַדְוֶה
malapert, adj.	שַׁחֲצָנִי, חָצוּף
malaria, n.	קַדַּחַת
malcontent, adj.	בִּלְתִּי מְרֻצֶּה
male, adj.	גַּבְרִי, זָכְרִי, זַכְרוּתִי
male, n.	גֶּבֶר, זָכָר
malediction, n.	אָלָה, קְלָלָה
malefactor, n.	עֲבַרְיָן, חוֹטֵא
malevolence, n.	רֶשַׁע, זָדוֹן
malevolent, adj.	רַע לֵב, זְדוֹנִי
malfeasance, n.	תַּעֲלוּל, מַעֲשֵׂה רַע
malice, n.	זָדוֹן, מַשְׂטֵמָה
malicious, adj.	זְדוֹנִי, שׂוֹטֵם
malign, adj.	מַמְאִיר, מַשְׁחִית, מַזִּיק, קָשֶׁה, רַע לֵב

malign, v.t.	הָלַךְ רָכִיל
malignant, adj.	מַמְאִיר, רָשָׁע, מַזִּיק
malignity, n.	רֹעַ לֵב
mallard, n.	בַּרְוָז הַבָּר
mallet, n.	מַקֶּבֶת, פַּטִּישׁ
malnutrition, n.	תְּזוּנָה גְּרוּעָה
malodor, malodour, n.	רֵיחַ רַע, סִרְחוֹן
malodorous, adj.	מַסְרִיחַ, בּוֹאֵשׁ
malt, n.	לֶתֶת, חֲמִירָה
maltreat, v.t.	הִתְנַכֵּן [נכה] בְּאַכְזָרִיּוּת
mamma, mama, n.	אֵם, אִמָּא, אִמָּא
mammal, n.	יוֹנֵק
mammon, n.	מָמוֹן, בֶּצַע, כֶּסֶף
mammoth, n.	מַמּוּתָה
man, n.	גֶּבֶר, אִישׁ, אֱנוֹשׁ, (בֶּן) אָדָם
man, v.t.	הֶעֱמִיד [עמד] חֵיל מַצָּב
manacles, n. pl.	אֲזִקִּים, כְּבָלִים
manage, v.t. & i.	כִּלְכֵּל, נִהֵל
management, n.	נִהוּל
manager, n.	מְנַהֵל
mandate, n.	מִצְוֹת, פְּקֻדָּה; הַרְשָׁאָה
mandible, n.	לֶסֶת
mandrake, n.	יַבְרוּחַ, דּוּדָאִים
mane, n.	רַעֲמָה
maneuver, manoeuvre, n.	תִּמְרוֹן,
	מֶרוֹן, אִמּוּנִים; תַּחְבּוּלָה
manful, adj.	אַמִּיץ לֵב
mange, n.	אָכוּל
manger, n.	אֵבוּס
mangle, n.	מַעֲגִילָה, זֵרָה, מַנְהֵץ
	חַשְׁמַלִּי; מַסְחֵס לִלְבָנִים
mangle, v.t.	הִשִּׁיל [נטל] מוּם בְּ־,
	הִשְׁחִית [שחת], שָׂרַף; זֵר, גַּהֵץ,
	הֶחֱלִיק [חלק] (לְבָנִים)
manhandle, v.t.	הִשְׁתַּמֵּשׁ [שמש] בְּכֹחַ
manhood, n.	גַּבְרוּת, בַּגְרוּת, אֹמֶץ
mania, n.	רוּחַ תְּזָזִית, שִׁגָּעוֹן, תְּשׁוּקָה
maniac, n. & adj.	מְתְהוֹלֵל, מְטֹרָף

manicure, n.	עִדּוּן (מְעַדֵּן) יָדַיִם
manifest, adj.	בָּרוּר, יָדוּעַ
manifest, n. & v.t.	שְׁטַר מִטְעָן; גִּלָּה
manifestation, n.	פִּרְסוּם, הַפְגָּנָה
manifesto, n.	הַצְהָרָה (שֶׁל מִטְעָן)
manifold, adj.	מְרֻבֶּה, רַב מִינִי
manikin, mannequin, n.	גֻּמָּד, נַנָּס;
	מִדְגָּם, דֻּגְמָן, דֻּגְמָנִית
manipulate, v.t. & i.	נִהֵל; פָּעַל בְּיָדַיִם;
	זִיֵּף; מִשֵּׁשׁ
mankind, n.	אֱנוֹשׁ; אֱנוֹשׁוּת
manliness, n.	גַּבְרוּת
manna, n.	מָן
manner, n.	אֹרַח, אֹפֶן, מִנְהָג, נִמּוּס,
	דֶּרֶךְ אֶרֶץ
man-of-war, n.	אֳנִיַּת מִלְחָמָה
manor, n.	אֲחֻזָּה
manservant, n.	מְשָׁרֵת, עֶבֶד, שַׁמָּשׁ
mansion, n.	אַרְמוֹן
manslaughter, n.	רֶצַח בִּשְׁגָגָה
mantel, mantelpiece, n.	מַדָּף הָאָח
mantle, n.	מְעִיל, מַעֲטֶה
mantle, v.t. & i.	עָטַף; הִתְאַדֵּם [אדם]
manual, adj.	שֶׁל יָד, שִׁמּוּשִׁי
manual, n.	סֵפֶר שִׁמּוּשִׁי
manufactory, n.	בֵּית חֲרֹשֶׁת
manufacture, n.	חֲרֹשֶׁת, תַּעֲשִׂיָּה
manufacture, v.t.	תִּעֵשׂ, חָרַשׁ, יָצַר
manufacturer, n.	תַּעֲשְׂיָן, חַרְשְׁתָן
manure, n.	דֹּמֶן, זֶבֶל, דָּשֶׁן
manure, v.t.	זִבֵּל, סִיֵּב
manuscript, MS., n.	כְּתַב יָד, כ״י
many, adj. & n.	רַבִּים, הַרְבֵּה
map, n.	מַפָּה
maple, n.	גֻּלְמוּשׁ
maple sirup	שְׂרָף הַגֻּלְמוּשׁ
mar, v.t.	הִשְׁחִית [שחת], הֵפֵר [פרר]
marauder, n.	שׁוֹדֵד

marble, n.	שַׁיִשׁ	martin, n.	סְנוּנִית
marbles, n. pl.	שֵׁשׁ־ם	martyr, n.	מְעֻנֶּה, קָדוֹשׁ
March, n.	מֶרְץ	martyrdom, n.	קִדּוּשׁ הַשֵּׁם; עִנּוּיִים
march, n.	צְעָדָה, הֲלִיכָה, תַּהֲלוּכָה	marvel, n.	פְּלִיאָה
march, v.t. & i.	צָעַד, הִצְעִיד [צעד]	marvel, v.t. & i.	תָּמַהּ, הִתְפַּלֵּא [פלא]
mare, n.	סוּסָה	marvelous, marvellous, adj.	מֻפְלָא
margarine, n.	חֶמְאָית, חֶמְאָה	mascot, n.	סְגֻלָּה, מֵבִיא מַזָּל
	מְלָאכוּתִית, מַרְגָּרִינָה	masculine, adj. & n.	זָכָר, גַּבְרִי; מִין
margin, n.	שׁוּלַיִם		זָכָר (דִּקְדּוּק)
marigold, n.	מְרֻגֶּמֶת (פֶּרַח)	masculinity, n.	זַכְרוּת
marijuana, n.	חַשִׁישׁ	mash, n. & v.t.	בְּלִיל, בָּלַל
marinate, v.t.	כָּבַשׁ בָּשָׂר, דָּגִים)	mask, n.	מַסֵּכָה, מַסְוֶה
marine, adj.	יַמִּי	mask, v.t. & i.	הִסְוָה (סוה), הִתְחַפֵּשׂ
marine, n.	צִי, אֳנִי		[חפשׂ]
mariner, n.	סַפָּן, מַלָּח	mason, n.	בַּנַּאי; בּוֹנֶה חָפְשִׁי
marital, adj.	שֶׁל נִשּׂוּאִים, שֶׁל כְּלוּלוֹת	masonry, n.	בַּנָּאוּת; בַּנָּאוּת חָפְשִׁית
maritime, adj.	יַמִּי	Masora, Masorah, n.	מָסוֹרָה
mark, n.	מַטָּרָה, צִיּוּן, סִימָן, חוֹתָם	masquerade, n.	חַג מַסֵּכוֹת; עַדְלָיָדַע
mark, v.t. & i.	סִמֵּן, צִיֵּן, תֵּאַר	mass, n.	כַּמּוּת גְּדוֹלָה, גּוּשׁ, הֲמוֹן הָעָם
market, mart, n.	שׁוּק	mass, v.t. & i.	הִתְאַסֵּף [אסף], אָסַף,
market, v.t.	סָחַר, קָנָה וּמָכַר		צָבַר, הִצְטַבֵּר [צבר], נִקְהַל [קהל]
marksman, n.	קַלָּע	massacre, n.	טֶבַח, הֲרֵגָה
marmalade, n.	אֹם, רִבָּה	massacre, v.t.	רָצַח, קָסַל
maroon, n.	חוּם, עַרְמוֹנִי	massage, n.	מִשּׁוּי
marquee, n.	אֹהֶל גָּדוֹל	massage, v.t.	מָשָׁה, מִשָּׁה
marriage, n.	חֲתֻנָּה, נִשּׂוּאִים, כְּלוּלוֹת	masseur, n.	מְמַשֵּׁא
married, adj.	נָשׂוּי, נְשׂוּאָה	massive, adj.	מוּצָק, אָטוּם; אֵיתָן
marrow, n.	לֵשֶׁד, לְשַׁד עֲצָמוֹת	mast, n.	תֹּרֶן
marry, v.t. & i.	הִשִּׂיא [נשׂא]; נִשָּׂא	master, n.	אָדוֹן, בַּעַל, בָּקִי, מוֹרֶה,
	[נשׂא] (אִשָּׁה)		אָמָּן, מְמֻנֶּה, יַדְעָן, רַב
Mars, n.	מַאֲדִים (מַזָּל)	master, v.t.	שָׁלַט, הֵבִין (בין), יָדַע
marsh, n.	בִּצָּה	masticate, v.t.	כָּסַס, לָעַס
marshal, n.	סְפָר; מַצְבִּיא	mastication, n.	כְּסִיסָה, לְעִיסָה
marshal, v.t.	סִדֵּר; הִנְהִיג [נהג]	masturbate, v.t.	אוֹנֵן
marshy, adj.	בִּצָּתִי	masturbation, n.	אוֹנָנוּת
mart, v. market		mat, adj.	כֵּהֶה, לֹא מַבְרִיק
marten, n.	נְמִיָּה	mat, n.	מַחְצֶלֶת, שָׁטִיחַ
martial, adj.	צְבָאִי, מִלְחַמְתִּי	matador, n.	לוֹדָר, לוֹחֵם בְּשׁוָרִים

match, *n.*	חָבֵר, תֵּיאוֹם; שִׁדּוּךְ;	mauve, *n.*	סָגֹל בָּהִיר
	הִתְחָרוּת; מַדְלֵק, נַפְרוּר	maw, *n.*	קֻבָּה
match, *v.t. & i.*	הִשְׁוָה (שׁוה), הָיָה	mawkish, *adj.*	רַגְשָׁנִי בְּיוֹתֵר; מַבְחִיל
	דּוֹמֶה, דִּמָּה; זִוֵּג	maxim, *n.*	אִמְרָה, כְּלָל
matchmaker, *n.*	שַׁדְּכָן	maximum, *n.*	יַתִּירוּת, מַכְּסִימוּם
mate, *n.*	בֶּן זוּג, בַּת זוּג, עָמִית	May, *n.*	מָאי
mate, *v.t. & i.*	זִוֵּג, הִזְדַּוֵּג [זוג]; הִתְחַבֵּר	may, *v.i.*	יָכֹל, הָיָה (אֶפְשָׁר), מֻתָּר לְ־
	[חבר]	maybe, *adv.*	אוּלַי, אֶפְשָׁר
material, *adj. & n.*	חָמְרִי, גּוּפָנִי, גַּשְׁמִי;	mayor, *n.*	מֹרְעִיר, רֹאשׁ הָעִירִיָּה
	חָשׁוּב; חֹמֶר	maze, *n.*	מָבוֹךְ; סָבַךְ, מְבוּכָה
materialism, *n.*	חָמְרִיּוּת	me, *pron.*	אֹתִי
materialist, *n.*	חָמְרָן	mead, *n.*	תֶּמֶד, צוּף
materialize, *v.t.*	חָמְרָן, הִגְשִׁים [גשם]	meadow, *n.*	אָפָר, מִרְעֶה
maternal, *adj.*	אִמָּהִי	meager, meagre, *adj.*	כָּחוּשׁ, רָזֶה
maternity, *n.*	אִמָּהוּת	meal, *n.*	אֲרוּחָה, סְעֻדָה; קֶמַח
mathematical, *adj.*	חֶשְׁבּוֹנִי, מָתֶמָטִי	mealtime, *n.*	שְׁעַת אֲרוּחָה, שְׁעַת סְעוּדָה
mathematician, *n.*	חַשְׁבָּן, מָתֶמָטִיקַאי	mealy, *adj.*	קִמְחִי; מַחֲנִיף
mathematics, *n.*	תּוֹרַת הַחֶשְׁבּוֹן	mean, *adj.*	נִקְלֶה, מִסְכֵּן, שָׁפָל; מְמֻצָּע
mating, *n.*	הִזְדַּוְּגוּת	mean, *n.*	תָּוֶךְ, אֶמְצַע, אֶמְצָעוּת
matriculate, *v.t.*	נִרְשַׁם [רשם] לַמִּכְלָלָה.	mean, *v.t. & i.*	כִּוֵּן לְ־, חָשַׁב, טָמַן,
matriculation, *n.*	תְּעוּדַת בַּגְרוּת		הִתְכַּוֵּן [כון], אָמַר, סָבַר
matrimony, *n.*	חֲתֻנָּה, נִשּׂוּאִים, כְּלוּלוֹת	meander, *n.*	עֲקַלְקַל
matrix, *n.*	אִמָּה, אֵם הַדְּפוּס	meander, *v.i.*	הִתְפַּתֵּל [פתל]
matron, *n.*	מְנַהֶלֶת	meaning, *n.*	כַּוָּנָה; מוּבָן, מַשְׁמָעוּת,
matter, *n.*	חֹמֶר, גּוּף, עִנְיָן	means, *n. pl.*	אֶמְצָעִים, רְכוּשׁ
matter, *v.i.*	הָיָה חָשׁוּב	meantime, meanwhile, *adv.*	בֵּינְתַיִם
matter-of-fact, *adj.*	עִנְיָנִי, רָגִיל	measles, *n.*	אַדֶּמֶת, חַצֶּבֶת
mattock, *n.*	מַעְדֵּר	measurable, *adj.*	מָדִיד
mattress, *n.*	מִזְרָן	measure, *n.*	(קַנֶּה) מִדָּה; צַעַד
mature, *adj.*	בָּשֵׁל, מְבֻגָּר	measure, *v.t. & i.*	מָדַד, נִמְדַּד [מדד]
mature, *v.t. & i.*	בָּשֵׁל, הִבְשִׁיל [בשל],	measurement, *n.*	מְדִידָה, מֶמַד
	בָּגַר, הִתְבַּגֵּר [בגר]	meat, *n.*	בָּשָׂר
maturity, *n.*	הִתְבַּשְּׁלוּת, הִתְבַּכְּרוּת,	meaty, *adj.*	בְּשָׂרִי, עֲשִׁיר הַתֹּכֶן
	בַּגְרוּת	mechanic, *n.*	מְכוֹנָן, מְכוֹנַאי
maudlin, *adj.*	בַּכְיָנִי; מְבֻסָּם	mechanics, *n.*	מְכוֹנָאוּת; פְּרָטִים
'maul, mall, *n.*	קֻרְנָס, פַּטִּישׁ כָּבֵד	mechanism, *n*	מִנְגָּנוֹן
mausoleum, *n.*	כּוּךְ, נֶפֶשׁ, יָד, מַצֶּבֶת	mechanize, *v.t.*	מִכֵּן
	זִכָּרוֹן, קֶבֶר נֶהְדָּר	mechanization, *n.*	מִכּוּן

medal, *n.*	אוֹת (כָּבוֹד) הַצְטַיְנוּת	member, *n.*	אֵבֶר; חָבֵר
meddle, *v.i.*	הִתְעָרֵב [ערב]	membership, *n.*	חַבֵרוּת, חֲבֵרְתִּיוּת
meddler, *n.*	מִתְעָרֵב	membrane, *n.*	קְרוּם
medial, *adj.*	שָׁכִיחַ, בֵּינוֹנִי, אֶמְצָעִי	memento, *n.*	מַזְכֶּרֶת
median, *adj.*	מְמֻצָּע, אֶמְצָעִי, בֵּינוֹנִי	memoir, *n.*	זִכְרוֹן דְּבָרִים
mediate, *v.t.*	תִּוֵּךְ, פִּשֵּׁר	memoirs, *n. pl.*	זִכְרוֹנוֹת
mediation, *n.*	תִּוּוּךְ, פְּשָׁרָה	memorandum, *n.*	תַּזְכִּיר
mediator, *n.*	מְתַוֵּךְ	memorial, *n.*	זֵכֶר
medical, *adj.*	מְרַפֵּא	memorize, *v.t.*	זָכַר, חָזַר בְּעַל פֶּה
medicament, *n.*	רְפוּאָה	memory, *n.*	זִכָּרוֹן; זֵכֶר; מַזְכֶּרֶת
medicate, *v.t.*	רִפֵּא	menace, *n. & v.t.*	אִיּוּם; אִיֵּם
medicinal, *adj.*	רְפוּאִי	mend, *n.*	תִּקּוּן
medicine, *n.* חָכְמַת הָרְחוּאָה, רְפוּאָה	mend, *v.t.*	תִּקֵּן, הִטְלִיא [טלא]
medieval, mediaeval, *adj.* שֶׁל יְמֵי	mendacious, *adj.*	שַׁקְרָנִי
הַבֵּינַיִם	mendacity, *n.*	שֶׁקֶר, כָּזָב; שַׁקְרָנוּת
mediocre, *adj.*	בֵּינוֹנִי	mender, *n.*	מְתַקֵּן
mediocrity, *n.*	בֵּינוֹנִיּוּת	mendicant, *n.*	פּוֹשֵׁט יָד, קַבְּצָן
meditate, *v.t. & i.*	הִרְהֵר, הָגָה	menial, *adj. & n.*	מְשָׁרֵת, מִתְרַפֵּס
meditation, *n.*	עִיּוּן, הִרְהוּר, הָגוּת	meningitis, *n.*	שַׁבְּתָה, דַּלֶּקֶת קְרוּם
meditative, *adj.*	עִיּוּנִי		הַמֹּחַ
medium, *n.*	אֶמְצַע, אֶמְצָעִי, תָּוֶךְ	menopause, *n.*	הַפְסָקַת הַוֶּסֶת
medley, *n.*	תַּעֲרֹבֶת, עֵרֶב	menses, *n. pl.*	עֶדְנָה, דֶּרֶךְ (אֹרַח)
meed, *n.*	פְּרָס, שָׂכָר		וְשִׂים, וֶסֶת
meek, *adj.*	עָנָו, צָנוּעַ	menstruate, *v.i.*	וֶסֶת, פָּרַס נִדָּה
meekness, *n.*	עֲנָוָה	mensuration, *n.*	(חָכְמַת) (הַ)מְּדִידָה
meet, *adj.*	הוֹלֵם, מַתְאִים	mental, *adj.*	שִׂכְלִי
meet, *v.t. & i.* קָדַם, נִפְגַּשׁ [פגש],	mentality, *n.*	שִׂכְלִיּוּת
פָּגַשׁ, הִתְאַסֵּף [אסף], סִלֵּק (חוֹב)	mention, *n.*	הַזְכָּרָה, זֵכֶר
meeting, *n.*	אֲסֵפָה, פְּגִישָׁה	mention, *v.t.*	הִזְכִּיר [זכר]
megaphone, *n.*	רַמְקוֹל	mentor, *n.*	יוֹעֵץ, מַדְרִיךְ
melancholy, *n.*	מָרָה שְׁחוֹרָה, עֶצֶב	menu, *n.*	תַּפְרִיט
mellow, *adj.*	רַךְ, בָּשֵׁל, נָעִים, מְבֻסָּם	mephitic, *adj.*	מַבְאִישׁ; אַרְסִי
melodious, *adj.*	נִגּוּנִי, לַחֲנִי	mercantile, *adj.*	מִסְחָרִי
melodrama, *n.*	מַחֲזֶה מְקֻנְעָה	mercenary, *adj.*	אוֹהֵב בֶּצַע, תַּגְרָנִי
melody, *n.*	לַחַן, נִגּוּן	merchandise, *n.*	סְחוֹרָה, מַעֲרָב,
melon, *n.*	אֲבַטִּיחַ צָהֹב, מֵילוֹן		רְכֻלָּה
melt, *v.t. & i.* הֵמֵס [מסס], נָתַךְ, נִתַּךְ	merchant, *n.*	סוֹחֵר, כְּנַעֲנִי, תַּגָּר
נָמַס [מסס]	merchantman, *n.*	אֳנִיַּת סוֹחֵר

merciful, *adj.*	חַנּוּן, רַחוּם
merciless, *adj.*	אִי חַנּוּן, אַכְזָרִי
mercurial, *adj.*	שֶׁל כַּסְפִּית; מָהִיר
mercury, *n.*	כַּסְפִּית, כֶּסֶף חַי
mercy, *n.*	חֶמְלָה, רַחֲמִים
mere, *adj.*	לְבַדּוֹ, רַק זֶה
merely, *adv.*	בִּלְבַד, אַךְ
meretricious, *adj.*	מְפֻקָּר, פָּרִיץ
merge, *v.t. & i.*	הִתְמַזֵּג [מזג], הִתְאַחֵד
	[אחד]
merger, *n.*	הִתְאַחֲדוּת, הִתְמַזְּגוּת
meridian, *n.*	קַו הָאֹרֶךְ; שִׂיא, גֹּבַהּ
merit, *n.*	זְכוּת, עֵרֶךְ
merit, *v.t.*	זָכָה, הָיָה רָאוּי
meritorious, *adj.*	רָאוּי, מְשֻׁבָּח
mermaid, *n.*	בַּת (עַלִּים) הַיָּם
merrily, *adv.*	בְּגִיל, בְּשִׂמְחָה
merriment, *n.*	גִּיל, שִׂמְחָה
merry, *adj.*	עַלִּיז, צָהֵל
merry-go-round, *n.*	סְחַרְחֵרָה
mesh, *n., v.t. & i.*	רֶשֶׁת; וְלִכְּד
	[לכד], הִסְתַּבֵּךְ (סבך] בְּרֶשֶׁת
meshy, *adj.*	רִשְׁתִּי
mesmerize, *v.t.*	הִרְדִּים (רדם]; לִבֵּב
mess, *n.*	מְנַת (חֲדַר הָ) אֹכֶל, תַּבְשִׁיל; בִּלְבּוּל
mess, *v.t. & i.*	סִפֵּק מָזוֹן; בִּלְבֵּל; לִכְלֵךְ; אָכַל בְּצַוְתָּא
message, *n.*	יְדִיעָה, שְׁלִיחוּת
messenger, *n.*	רָץ, שָׁלִיחַ, מְבַשֵּׂר
metabolism, *n.*	שִׁנּוּי הַחֲמָרִים (בַּגּוּף)
metal, *n.*	מַתֶּכֶת
metallic, *adj.*	מַתְכָּתִי
metallurgy, *n.*	תּוֹרַת הַמַּתָּכוֹת
metamorphosis, *n.*	גִּלְגּוּל, חֲלִיפַת (שִׁנּוּי) צוּרָה
metaphor, *n.*	הַשְׁאָלָה, מְלִיצָה
metaphorical, metaphoric, *adj.*	
	מְלִיצִי, מֻשְׁאָל, מֶטָפוֹרִי
metaphysical, *adj.*	שֶׁל אַחַר הַטֶּבַע
mete, *n. & v.t.*	גְּבוּל; מָדַד, חִלֵּק
meteor, *n.*	אֶלְגָּבִישׁ, כּוֹכָב נוֹפֵל, זִיק
meteoric, *adj.*	זִיקִי, מֶטֶאוֹרִי
meteorology, *n.*	תּוֹרַת מֶזֶג הָאֲוִיר
meter, metre, *n.*	מֶטֶר
meter, *n.*	מוֹנֶה, מוֹדֵד
method, *n.*	שִׁטָּה
methodical, *adj.*	שִׁיטָתִי
meticulous, *adj.*	קַפְּדָן, קַפְּדָנִי
metric, *adj.*	מֶטְרִי
metropolis, *n.*	עִיר (רַבָּתִי) בִּירָה
metropolitan, *adj.*	רַבָּתִי
mettle, *n.*	הִתְלַהֲבוּת, אֹמֶץ לֵב, תְּכוּנָה
mew, *v.t.*	כָּלָא; הִשִּׁיר (נשׁר] (נוֹצוֹת); יִלֵּל (חָתוּל)
mezzanine, *n.*	קוֹמָה אֶמְצָעִית
mica, *n.*	נְצִיץ
microbe, *n.*	חַיְדַּק
microphone, *n.*	רַמְקוֹל
microscope, *n.*	רָאִידַק (זְכוּכִית מַגְדֶּלֶת
microscopic, *adj.*	זַעֲרוּרִי, מִקְרוֹסְקוֹפִי
mid, *adj.*	בֵּינוֹנִי
midday, *n.*	צָהֳרַיִם
middle, *n.*	תִּיכוֹן, אֶמְצָעִי
middle, *adj.*	אֶמְצָע; תּוֹךְ, חֲצִי
middleman, *n.*	מְתַוֵּךְ, סַרְסוּר
midge, *n.*	יַבְחוּשׁ, בַּקָּה
midget, *n.*	נַנָּס, נַמָּד
midnight, *n.*	חֲצוֹת, חֲצוֹת לַיְלָה
midriff, *n.*	סַרְעֶפֶת, טַרְפֵּשׁ
midshipman, *n.*	פֶּרַח (חֲנִיךְ) יַמָּאוּת
midst, *n.*	אֶמְצַע, קֶרֶב
midsummer, *n.*	אֶמְצַע הַקַּיִץ
midway, *adj. & adv.*	בְּאֶמְצַע הַדֶּרֶךְ

midwife, *n.*	מְיַלֶּדֶת, חֲכָמָה	mince, *v.t. & i.*	פָּרַם, קָצַץ בָּשָׂר; סָפַף
midwifery, *n.*	יִלּוּד, מְיַלְּדוּת	mind, *n.*	שֵׂכֶל, דֵּעָה, מַחֲשָׁבָה
mien, *n.*	מַרְאֶה פָּנִים	mind, *v.t. & i.*	שָׂם [שִׂים] לֵב, נִשְׁמַר
might, *n.*	עָצְמָה, פֹּחַ, עֱזוּז, תֹּקֶף,		[שמר], הִקְשִׁיב [קשב]
	חַיִל, אוֹן, אֱיָל	mindful, *adj.*	נִזְהָר, מַקְשִׁיב
mighty, *adj.*	אַדִּיר, חָזָק, אַבִּיר	mine, *n.*	מִכְרֶה; מוֹקֵשׁ
mighty, *adv.*	מְאֹד	mine, *pron.*	שֶׁלִּי
migrant, *adj.*	נָע וָנָד, נוֹדֵד	mine, *v.t. & i.*	כָּרָה, עָבַד בְּמִכְרֶה;
migration, *n.*	נְדִידָה, הֲגִירָה		מִקֵּשׁ, מָקֵשׁ
migratory, *adj.*	נוֹדֵד	miner, *n.*	כּוֹרֶה; מוֹקְשַׁאי
mild, *adj.*	רַךְ, עָדִין, נוֹחַ	mineral, *n. & adj.*	מַחְצָב; מַעְדָּנִי
mildew, *n.*	יֵרָקוֹן	mingle, *v.t.*	הִתְעָרֵב [ערב]
mildness, *n.*	רֹךְ	miniature, *adj.*	זָעִיר
mile, *n.*	מִיל; 1.609 קִילוֹמֶטֶר	miniature, *n.*	זְעִירִית, זְעִירָה
milieu, *n.*	סְבִיבָה, חוּג	minimal, *adj.*	פָּחוּת, הַקָּטָן בְּיוֹתֵר
militant, *adj.*	תּוֹקְפָנִי	minimize, *v.t.*	הִפְחִית [פחת]
militarism, *n.*	צְבָאִיּוּת	minimum, *adj. & n.*	מִעַט שֶׁבְּמֻעָט,
military, *adj.*	צְבָאִי		הַחֵלֶק הַקָּטָן בְּיוֹתֵר
military, *n.*	חַיִל, צָבָא	mining, *n.*	כְּרִיָּה; מִקּוּשׁ
militia, *n.*	חֵיל אֶזְרָחִים, חַיִל נוֹטְרִים	minister, *n.*	נָזִיר, שַׂר, כֹּהֵן, כֹּמֶר
milk, *n.*	חָלָב	minister, *v.t. & i.*	כִּהֵן, שֵׁרֵת
milk, *v.t. & i.*	חָלַב, הֶחֱלִיב [חלב]	ministry, *n.*	מִשְׂרָד, וְזָרָה, רַבָּנוּת,
milkmaid, *n.*	חוֹלֶבֶת, חַלְבָּנִית		כְּהֻנָּה
milkman, *n.*	חוֹלֵב, חַלְבָּן	mink, *n.*	(פַּרְוַת) חָרְפָּן, חֻלְדַּת הָאֲגַם
Milky Way	שְׁבִיל (נְתִיב) הֶחָלָב	minnow, *n.*	בֶּן שִׁבּוּט
mill, *n.*	טַחֲנָה, בֵּית רֵחַיִם	minor, *adj.*	קָטָן, פָּחוּת; קַל עֵרֶךְ, טָפֵל
mill, *v.t.*	טָחַן	minor, *n.*	קַטִּין; מִינוֹר (מוּסִיקָה)
millennium, *n.*	אַלְפוֹן, אֶלֶף שָׁנִים	minority, *n.*	מִעוּט; קַטְנוּת
miller, *n.*	טוֹחֵן; מַטְחֵן	minstrel, *n.*	מְזַמֵּר, פַּיְטָן
millet, *n.*	דֹּחַן, דּוּרָה	mint, *n.*	מִסְבָּעָה; נַעֲנָע
milliner, *n.*	כּוֹבְעָנִית	mint, *v.t.*	הִטְבִּיעַ [טבע]
millinery, *n.*	כּוֹבְעָנוּת	minuet, *n.*	רִקּוּד בְּקֶצֶב אִטִּי, מֶנוּאֶט
million, *n.*	מִלְיוֹן	minus, *adj. & n.*	פָּחוֹת; סִימָן
millionaire, *n.*	מִלְיוֹנֵר		הַהַפְחָתָה (–), חֶסְרוֹן, פֶּגַם, לִקּוּי
millstone, *n.*	אֶבֶן רֵחַיִם (פֶּלַח רֶכֶב;	minute, *adj.*	פָּעוּט, מְדֻיָּק
	שֶׁכֶב, פֶּלַח תַּחְתִּית)	minute, *n.*	דַּקָּה, רֶגַע
mime, *n.*	חִקּוּי, מִשְׂחָק חִקּוּי	minutely, *adj.*	בִּפְרוֹטְרוֹט
mimic, *v.t.*	חִקָּה	minutes, *n. pl.*	פִּרְטֵי כֹּל

12

minx, *n.*	נַעֲרָה חֲצוּפָה	misdemeanor, misdemeanour, *n.*	
miracle, *n.*	פֶּלֶא, נֵס		הִתְנַהֲגוּת פְּרוּעָה, תַּעֲלוּל
miraculous, *adj.*	מֻפְלָא, פִּלְאִי	misdirect, *v.t.*	הִשְׁגָּה [שגה]
mirage, *n.*	מִקְסַם שָׁוְא, מִירָז'	misdirection, *n.*	הַשְׁגָּיָה
mire, *n.*	טִיט, רֶפֶשׁ, יָוֵן	miser, *n.*	קַמְצָן, כִּילַי
mire, *v.t. & i.*	טִנֵּף, שָׁקַע בָּרֶפֶשׁ	miserable, *adj.*	אֻמְלָל, מִסְכֵּן
mirror, *n.*	מַרְאָה, רְאִי	misery, *n.*	עֹנִי, מְצוּקָה
mirror, *v.t.*	הֶרְאָה [ראה] כְּבִרְאִי	misfit, *n.*	אִי הַתְאָמָה, אִי (סִגּוּל)
mirth, *n.*	שִׂמְחָה, עֲלִיצוּת		הִסְתַּגְּלוּת; אָדָם בִּלְתִּי מְסֻגָּל
misadventure, *n.*	אָסוֹן, מִקְרֶה רַע	misfortune, *n.*	אָסוֹן, שֶׁבֶר, צָרָה
misanthrope, *n.*	שׂוֹנֵא אָדָם	misgive, *v.t. & i.*	הִטִּיל [נטל] סָפֵק
misapply, *v.t.*	הִשְׁתַּמֵּשׁ [שמש]	misgiving, *n.*	חֲשָׁשׁ, סָפֵק
	בְּאֹפֶן רַע	misguide, *v.t.*	הוֹלִיךְ [הלך] שׁוֹלָל
misapprehend, *v.t.*	טָעָה	mishap, *n.*	אָסוֹן, נֶכֶר
misapprehension, *n.*	טָעוּת	Mishnah, Mishna, *n.*	מִשְׁנָה
misappropriate, *v.t.*	מָעַל	misinformation, *n.*	(מְסִירַת) יְדִיעוֹת
misbehave, *v.i.*	נָהַג שֶׁלֹּא כַּהֹגֶן		שָׁוְא
misbehavior, misbehaviour, *n.*		misinterpret, *v.t. & i.*	בֵּאֵר שֶׁלֹּא כַּהֹגֶן
	הִתְנַהֲגוּת רָעָה	misjudge, *v.t. & i.*	טָעָה בְּמִשְׁפָּט,
misbelieve, *v.i.*	הֶאֱמִין [אמן] בַּשָּׁוְא		שָׁפַט שֶׁלֹּא בְּצֶדֶק
miscalculate, *v.t. & i.*	טָעָה בְּחֶשְׁבּוֹן	misjudgment, misjudgement, *n.*	
miscalculation, *n.*	חֶשְׁבּוֹן שָׁוְא		עִוּוּת דִּין
miscarriage, *n.*	נֵפֶל, הַפָּלָה; הִתְנַהֲגוּת	mislay, *v.t.*	הִנִּיחַ [נוח] שֶׁלֹּא בִּמְקוֹמוֹ,
	רָעָה		אָבַד
miscarry, *v.i.*	תָּעָה בַּדֶּרֶךְ; הִפִּילָה	mislead, *v.t.*	הִטְעָה [טעה], הִתְעָה
	[נפל] (וָלָד)		[תעה]
miscellaneous, *adj.*	שׁוֹנִים; מְעֹרָב	mislike, *n. & v.t.*	מִאִיסָה; מָאַס
mischance, *n.*	מַזָּל רַע, צָרָה	mismanage, *v.t. & i.*	נִהֵל שֶׁלֹּא כַּהֹגֶן
mischief, *n.*	תַּעֲלוּל, הֶזֵּק, קַלְקָלָה	misplace, *v.t.*	שָׂם [שים] שֶׁלֹּא בִּמְקוֹמוֹ
mischievous, *adj.*	מַשְׁחִית, מְחַבֵּל,	misprint, *n.*	טָעוּת דְּפוּס
	מַזִּיק	misprint, *v.t.*	הִדְפִּיס [דפס] בְּטָעוּת
misconceive, *v.t. & i.*	טָעָה בַּהֲבָנָה	mispronounce, *v.t. & i.*	בִּטֵּא שֶׁלֹּא
misconception, *n.*	מֻשָּׂג כּוֹזֵב		כַּהֹגֶן
misconduct, *n.*	הִתְנַהֲגוּת פְּרוּעָה	mispronunciation, *n.*	בִּטּוּי שֶׁלֹּא כַּהֹגֶן
misconstrue, *v.t.*	בֵּאֵר שֶׁלֹּא כַּהֹגֶן	misread, *v.t.*	קָרָא שֶׁלֹּא כַּהֹגֶן
miscount, *v.t. & i.*	טָעָה בְּחֶשְׁבּוֹן	misrepresent, *v.t.*	תֵּאֵר בִּלְתִּי נָכוֹן
miscreant, *n.*	נָבָל, עֲוָל	misrepresentation, *n.*	תֵּאוּר מְזֻיָּף
misdeed, *n.*	מַעֲשֶׂה רַע	miss, *n.*	גְּבֶרֶת (לֹא נְשׂוּאָה), עַלְמָה

miss, n.	הַחְטָאַת הַמַּטָּרָה	mix, v.t. & i.	הִתְעָרֵב [ערב], עִרְבֵּב
miss, v.t. & i.	פָּקַד, חָסַר, הֶחֱטִיא		עִרְבֵּל, בָּחַשׁ, הִתְמַזֵּג [מזג],
	[חטא] (מַטָּרָה); עָבַר (מוֹעֵד);		נִסְמַע [סמע]
	הִרְגִּישׁ [רגש] בְּחֶסְרוֹן	mixer, n.	מְעַרְבֵּל, בּוֹלֵל, מְעָרֵב
misshape, v.t.	נָתַן צוּרָה לֹא נְכוֹנָה	mixture, n.	עֵרוּב, מֶזֶג, עִרְבּוּב,
missile, n.	טִיל, קָלִיעַ		עַרְבּוּל, תַּעֲרֹבֶת
mission, n.	יָעוּד, שְׁלִיחוּת, מִשְׁלַחַת,	moan, n.	הֲמִיָּה, אֲנָקָה
	תַּפְקִיד	moan, v.i.	נָאַנַח [אנח], נֶאֱנַק [אנק]
missionary, n.	שָׁלִיחַ, שָׁלִיחַ דָּתִי	moat, n. & v.t.	תְּעָלָה, תִּעֵל
missive, n. & adj.	מִכְתָּב, אִגֶּרֶת;	mob, n. & v.t.	הָמוֹן, אֲסַפְסוּף;
	שָׁלוּחַ, מָסוּר		הִתְקַהֵל [קהל], הִתְנַפֵּל [נפל] עַל
misspell, v.t.	טָעָה בִּכְתִיב	mobile, adj.	נָע, מִתְנוֹעֵעַ, נָיָד, מוּנָד
misstate, v.t.	מָסַר יְדִיעוֹת שָׁוְא	mobility, n.	נַיָּדוּת, נְדִידָה, תְּנוּעָה
misstatement, n.	הוֹדָעַת שָׁוְא	mobilization, n.	גִּיּוּל, נִיּוּס
misstep, n.	צַעַד שָׁוְא, מִשְׁגֶּה	mobilize, v.t. & i.	גִּיֵּס, חִיֵּל, הִתְגַּיֵּס
mist, n.	עֲלָטָה, עַרְפֶּל		[גיס]
mistake, n.	שְׁגִיאָה, טָעוּת, שִׁבּוּשׁ	moccasin, n.	נַעַל עוֹר הַצְּבִי, נָחָשׁ
mistake, v.t. & i.	שָׁגָה, טָעָה, הִשְׁתַּבֵּשׁ		אַרְסִי
	[שבש]	mock, adj.	מְנֻחָךְ, מְדֻמֶּה, מְזֻיָּף
Mister, Mr., n.	אָדוֹן, מַר	mock, n. & v.t.	לַעַג; לִגְלֵג, הִתֵּל,
mistletoe, n.	דִּבְקוֹן		הֵתֵל [תלל], לָעַג, צָחַק
mistreat, v.t.	הִשְׁתַּמֵּשׁ [שמש] בְּדָבָר	mocker, n.	לֵץ, לַגְלְגָן
	לְרָעָתוֹ, צֵעֵר	mockery, n.	מַחֲתָלָה, לַעַג, לִגְלוּג
mistress, n.	אֲהוּבָה, פִּילֶגֶשׁ, שֵׁגָל	mode, n.	אֹרַח, מִנְהָג, אֹפֶן, אָפְנָה
mistress, Mrs., n.	גְּבֶרֶת, מָרָה	model, adj.	מוֹפְתִי
mistrust, n.	חֲשָׁד	model, n.	מוֹפֵת, דֻּגְמָה, תַּבְנִית
mistrust, v.t. & i.	חָשַׁד	model, v.t. & i.	כִּיֵּר, עִצֵּב, צִיֵּר
misunderstanding, n.	אִי הֲבָנָה	moderate, adj.	מָתוּן, בֵּינוֹנִי, מְמֻצָּע
misuse, v.t.	הִשְׁתַּמֵּשׁ [שמש] בְּדָבָר	moderate, v.t. & i.	מִתֵּן, הִתְמַתֵּן [מתן];
	שֶׁלֹּא כַּהֹגֶן		הִפְחִית [פחת], הִגְבִּיל [גבל]
mite, n.	קַרְצִית	moderation, n.	מְתִינוּת, הִסְתַּפְּקוּת
miter, mitre, n.	מִצְנֶפֶת	moderator, n.	מְמַתֵּן
mitigate, v.t.	הֵקַל [קלל], שִׁכֵּךְ,	modern, adj.	חָדִישׁ
	הִמְתִּיק [מתק] דִּין	modernize, v.t.	חִדֵּשׁ
mitigation, n.	הֲקָלָה, הַמְתָּקַת דִּין	modest, adj.	עָנָו, צָנוּעַ
mitten, n.	כְּפָפָה, כְּסָיָה (לְלֹא אֶצְבָּעוֹת)	modesty, n.	עֲנָוָה, צְנִיעוּת
	אֶלָּא לָאֲגוּדָל)	modification, n.	שִׁנּוּי, הַגְבָּלָה
mix, n.	תַּעֲרֹבֶת	modify, v.t.	שִׁנָּה, הִגְבִּיל [גבל]

modiste, *n.*	תּוֹפֶרֶת	monastery, *n.*	מִנְזָר
modulate, *v.t. & i.*	סִלְסֵל (קוֹל)	Monday, *n.*	יוֹם שֵׁנִי, יוֹם ב׳
modulation, *n.*	סִלְסוּל, שִׁנּוּי הַקּוֹל	monetary, *adj.*	מָמוֹנִי
Mohammedan, *n. & adj.*	מֻחַמַּדִי	money, *n.*	כֶּסֶף, מָמוֹן, דָּמִים, מָעוֹת
moil, *v.i.*	עָמַל, יָגַע; לִכְלֵךְ	money order	הַמְחָאַת כֶּסֶף
moil, *n.*	עָמָל, יְגִיעָה; כֶּתֶם	monger, *n.*	רוֹכֵל, תַּגָּר
moist, *adj.*	לַח, רָטֹב, סָחוּב	mongrel, *adj.*	בֶּן כִּלְאַיִם, שַׁעַטְנֵז,
moisten, *v.t.*	לְחַלַּח, הִרְטִיב (רטב),		מְעֹרָב הַגְּזָעִים; כֶּלֶב רְחוֹב
	לָתַת (תְּבוּאָה)	monition, *n.*	הַתְרָאָה
moisture, *n.*	רְטִיבוּת, לֵתֶת, סַחַב	monitor, *n.*	מַדְרִיךְ, מַשְׁגִּיחַ; יוֹעֵץ;
molar, *adj.*	טוֹחֵן		מַתְרֶה
molar, *n.*	שֵׁן טוֹחֶנֶת	monk, *n.*	נָזִיר
molasses, *n.*	פְּסֹלֶת סֻכָּר	monkey, *n.*	קוֹף
mold, mould, *n. & v.t.*	אִמּוּם, יְצִירָה,	monkey, *v.t. & i.*	חָקָה
	דְּפוּס, טֹפֶס; יָצַר, עִצֵּב, יָצַק	monkey wrench	מַפְתֵּחַ אַנְגְּלִי
mold, mould, *n. & v.i.*	קוֹמָנִית, עֹבֶשׁ,	monocle, *n.*	מִשְׁקָף
	עִפּוּשׁ, עָפָר, חֹמֶר; עָבַשׁ, הִתְעַפֵּשׁ	monogamous, *adj.*	חַד זִוּוּגִי
	(עפש)	monogamy, *n.*	חַד זִוּוּגִיּוּת
molder, moulder, *v.t.*	הִרְקִיב (רקב),	monogram, *n.*	רִקְמַת שֵׁם
	הִתְפּוֹרֵר (פרר)	monologue, *n.*	חַד שִׂיחַ
mole, *n.*	חֹלֶד, אֶשּׁוּת, חֲפַרְפֶּרֶת;	monopolize, *v.t.*	לָקַח בְּמוֹנוֹפּוֹלִין
	בַּהֶרֶת, כֶּתֶם	monopoly, *n.*	זְכוּת יָחִיד, חַד מֶכֶר,
molecular, *adj.*	פְּרָדָתִי		חַד מִמְכָּר, הִשְׁתַּלְּטוּת יָחִיד
molecule, *n.*	פְּרָדָה	monosyllabic, *adj.*	חַד הֲבָרָתִי
molest, *v.t.*	הִפְרִיעַ (פרע), קִנְטֵר	monotheism, *n.*	אֱמוּנָה בְּאֵל אֶחָד,
molestation, *n.*	קִנְטוּר, הַקְנָטָה		חַד אֱלֹהוּת
mollify, *v.t.*	רִכֵּךְ	monotonous, *adj.*	חַד צְלִילִי, חַדְגּוֹנִי
mollusk, mollusc, *n.*	רַכּוּכִית	monotony, *n.*	חַד צְלִילִיּוּת, חַדְגּוֹנִיּוּת
mollycoddle, *v.t. & i.*	פִּנֵּק, הִתְפַּנֵּק	monsoon, *n.*	רוּחַ עוֹנָתִית הַמְּבִיאָה
	(פנק)		יְמוֹת הַגְּשָׁמִים
molt, moult, *v.t.*	הִשִּׁיר (נשר) (שֵׂעָר,	monster, *n.*	מִפְלֶצֶת
	נוֹצוֹת), הֶחֱלִיף (חלף) (עוֹר)	monstrosity, *n.*	תִּפְלֶצֶת, מִפְלֶצֶת
moment, *n.*	רֶגַע, הֶרֶף עַיִן; חֲשִׁיבוּת	monstrous, *adj.*	מַבְהִיל
momentary, *adj.*	רִגְעִי	month, *n.*	חֹדֶשׁ, יֶרַח
momentous, *adj.*	חָשׁוּב מְאֹד	monthly, *adj.*	חָדְשִׁי
momentum, *n.*	תְּנוּפָה	monthly, *adv.*	בְּכָל (פַּעַם בְּ) חֹדֶשׁ
monarch, *n.*	מֶלֶךְ, קֵיסָר	monument, *n.*	מַצֵּבָה, נֶפֶשׁ, יָד
monarchy, *n.*	מַלְכוּת, מַמְלָכָה	monumental, *adj.*	שֶׁל מַצֵּבָה, נִצְחִי

moo, n.	גְּעִיָּה	mortify, v.t. & i.	סִגֵּף, הִסְתַּגֵּף [סגף];
moo, v.i.	גָּעָה		הֶעֱלִיב [עלב], פָּגַע
mood, n.	מַצַּב רוּחַ, מִנְהָג	mortise, mortice, n.	שֶׁקַע, פּוֹתָה
moody, adj.	קוֹדֵר, סָר וְזָעֵף, מְצֻבְרָח	mortuary, n.	חֲדַר הַמֵּתִים
moon, n.	לְבָנָה, יָרֵחַ, סַהַר; חֹדֶשׁ	mosaic, n.	מַשְׂכִּית, פְּסֵיפָס, תַּשְׁבֵּץ
moonlight, n.	זֹהַר, אוֹר לְבָנָה	mosque, mosk, n.	מִסְגָּד
moor, v.t.	קָשַׁר (אֳנִיָּה)	mosquito, n.	יַתּוּשׁ
moorage, n.	עֲגוּן	moss, n.	חֲזָזִית, סְחָבִית
mop, n.	סְחָבָה, סְמַרְטוּט; עֲוָיָה	most, adj.	בְּיוֹתֵר
mop, v.t.	נִגֵּב בְּסְמַרְטוּט	most, adv.	לְכָל הַיּוֹתֵר, לָרֹב
mope, v.i.	יָשַׁב מַשְׁמִים, הִתְעַצֵּב	mostly, adv.	בְּעִקָּר, עַל פִּי רֹב
	[עצב]	mote, n.	קִיסָם
moral, adj. & n.	מוּסָרִי; מוּסָר; נִמְשָׁל	moth, n.	עָשׁ, סָס
morale, n.	מַצַּב מוֹעִין'	mother, n.	אֵם, הוֹרָה
morality, n.	מוּסָר, מוּסָרִיּוּת	motherhood, n.	אִמָּהוּת
moralize, v.i.	הִשִּׂיף [נסף] מוּסָר	mother-in-law, n.	חוֹתֶנֶת, חָמוֹת
morass, n.	בִּצָּה, טִיט	motherland, n.	(אֶרֶץ) מוֹלֶדֶת
moratorium, n.	אֲרָכָה חֻקִּית	motherless, adj.	יָתוֹם (מֵהָאֵם)
morbid, adj.	חוֹלָנִי, מְדֻכָּא	mother-of-pearl, n.	צֶדֶף
more, adj. & adv.	יוֹתֵר, נוֹסָף, עוֹד	Mother's Day	יוֹם הָאֵם
moreover, adv.	עוֹד זֹאת, יֶתֶר עַל כֵּן	motif, n.	רַעְיוֹן מֶרְכָּזִי
morgue, n.	חֲדַר הַמֵּתִים	motion, n.	תְּנוּעָה
moribund, adj.	גּוֹסֵס	motion, v.t. & i.	רָמַז; הֵנִיעַ [נוע];
morning, morn, n.	בֹּקֶר, שַׁחַר		סִמֵּן בִּתְנוּעָה
morose, adj.	קוֹדֵר, נוּגֶה	motion picture	סֶרֶט (רָאִינוֹעַ) קוֹלְנוֹעַ
morphine, morphin, n.	פִּרְגִּית, מוֹרְפִיוּם	motivation, n.	הַנְמָקָה
morrow, n.	מָחֳרָת	motive, adj. & n.	מֵנִיעַ, סִבָּה, טַעַם,
Morse code	כְּתַב מוֹרְס		גּוֹרֵם
morsel, n.	פְּרוּסָה	motley, adj. & n.	מְגֻוָּן, מְנֻמָּר; כֻּתֹּנֶת
mortal, adj. & n.	אֱנוֹשׁ, אֱנוֹשִׁי, בֶּן		פַּסִּים
	תְּמוּתָה; מֵמִית, מָוְתִי	motor, n.	מָנוֹעַ
mortality, n.	תְּמוּתָה	motorboat, n.	סִירַת נוֹעַ
mortar, n.	טִיחַ, סִיד, מֶלֶט, חֹמֶר;	motorcar, n.	מְכוֹנִית
	מַכְתֵּשׁ, מְדוֹכָה	motorcycle, n.	אוֹפַנּוֹעַ
mortgage, n.	מַשְׁכַּנְתָּה	motorcyclist, n.	אוֹפַנּוֹעָן
mortgage, v.t.	מִשְׁכֵּן	mottle, v.t.	נִמֵּר
mortification, n.	הֲמָתָה; סִגּוּף; פְּגִיעָה,	motto, n.	סִיסְמָה
	עֶלְבּוֹן	mould, v. mold	

moulder, v. molder	much, adj. & adv. רַב; הַרְבֵּה, מְאֹד
moult, v. molt	muck, n. זֶבֶל; רָקָב; חָרָא
mound, n. תֵּל, סוֹלְלָה	mucous, adj. רִירִי
mount, n. גִּבְעָה	mucus, n. רִיר; לֵחָה
mount, v.t. & i. הֶעֱלָה [עלה], רָכַב,	mud, n. בֹּץ, טִיט, רָפָשׁ
הִרְכִּיב [רכב], הָצִיג [יצג]	muddle, n. מְבוּכָה
mountain, n. הַר, הָרָר	muddle, v.t. בִּלְבֵּל, דָּלַח, עָכַר
mountaineer, n. הָרָרִי, מְטַפֵּס עַל	muddy, adj. רְפָשִׁי, דָּלוּחַ, מְרֻפָּשׁ
הָרִים	muff, n. חֻבָּה
mountainous, adj. הָרָרִי	muffin, n. לַחְמָנִית
mourn, v.i. & t. אָנָה, הִתְאַבֵּל [אבל]	muffle, v.t. הֶעֱטָה [עטה], כִּסָּה (פָּנִים),
mourner, n. אָבֵל, מִתְאַבֵּל, סַפָּד	מִעֵד (קוֹל)
mourning, n. אֵבֶל, אֲנִינָה, מִסְפֵּד	mufti, n. מֻפְתִּי, כֹּהֵן מֻסְלְמִי; לְבוּשׁ
mouse, n. עַכְבָּר	אֶזְרָחִי
mouse, v.t. & i. לָכַד עַכְבָּרִים	mug, n. סֵפֶל
moustache, v. mustache	muggy, adj. לַח וְחַם
mouth, n. פֶּה; פְּתִיחָה, פֶּתַח; קוֹל	mulatto, n. בֶּן תַּעֲרוֹבוֹת (לָבָן וְכוּשִׁי)
mouthful, n. מְלֹא הַפֶּה, לָגְמָה	mulberry, n. תּוּת
mouthpiece, n. פּוּמִית, פִּיָּה, מְצוּפִית	mulct, n. & v.t. כֹּפֶר, קְנָס; קָנַס
movable, moveable, adj. מִטַּלְטֵל, נָד	mule, n. פֶּרֶד, פִּרְדָּה
move, v.t. & i. הֵזִיז [זוז], הֵנִיעַ [נוע],	muleteer, n. נוֹהֵג פֶּרֶד
הִתְנוֹעֵעַ [נוע], הִתְנִיעַ [תנע];	mullet, n. שַׁבּוּט (דָּג)
הֶעֱבִיר [עבר], טִלְטֵל, רָחַשׁ	multifarious, adj. רַבְגּוֹנִי, מְגֻוָּן מִמִּינִים
(שְׂפָתַיִם); הָלַךְ (מֵעַיִם); עוֹרֵר	שׁוֹנִים, טָלוּא
[עור], נָגַע (לֵב), הִצִּיעַ (יצע]	multiform, adj. רַב צוּרָתִי
הֶחֱלִיף (חלף] (דִּירָה); הִתְקַדֵּם	multiple, adj. כָּפוּל
[קדם], הֵסִית [סות]	multiplication, n. הַכְפָּלָה, כֶּפֶל
move, n. תְּנוּעָה, הִלּוּךְ; צַעַד, צְעִידָה	multiplier, n. כּוֹפֵל, מַכְפִּיל
movement, n. תְּנוּעָה, נִיעַ, נִיד;	multiply, v.t. & i. רָבָה, הִפְרָה (פרה],
רְחִישָׁה; מַתְנֵעַ (שָׁעוֹן), תְּנִיעָה	הִרְבָּה (רבה], הִכְפִּיל (כפל]
(נְגִינָה)	mum, adj. דוֹמֵם
movies, n. pl. רְאִינוֹעַ, קוֹלְנוֹעַ, סֶרֶט	mumble, n. רָטוֹן, מִלְמוּל
movie camera צַלְמְנוֹעַ	mumble, v.t. & i. רָטַן, מִלְמֵל
mow, v.t. & i. קָצַר, עָרַם (תְּבוּאָה);	mummer, n. מְשַׂחֵק מַסֵּכוֹת
עִוָּה, הֶעֱוָה (פָּנִים)	mummify, v.t. חָנַט
mower, n. קוֹצֵר; מַקְצֵרָה	mummy, n. חָנוּט
Mr., n. מַר, אָדוֹן	mumps, n. חַזֶּרֶת
Mrs., n. מָרָה, גְּבֶרֶת	munch, v.t. & i. כִּרְסֵם, כָּסַס, לָעַס

mundane, *adj.*	אַרְצִי	muster, *n.*	הַקְהָלָה, הַקְהָלַת הַחַיָלִים
municipal, *adj.*	עִירוֹנִי		
municipality, *n.*	עִירִיָה	muster, *v.t. & i.*	הִתְאַסֵף [אסף],
munificence, *n.*	נַדְבָנוּת		מְעַק [זעק] הַצְבִּיא [צבא]
munificent, *adj.*	נַדְבָן	musty, *adj.*	מְעֻפָּשׁ, מָהֹהַּ
munition, *n.*	תַחְמֹשֶׁת	mutate, *v.t. & i.*	הֶחֱלִיף [חלף],
mural, *adj.*	כָּתְלִי		שָׁנָה, הִשְׁתַּנָּה [שנה]
murder, *n.*	רֶצַח	mutation, *n.*	תְמוּרָה, הִתְחַלְּפוּת
murder, *v.t.*	רָצַח, קָטַל, הִכָּה [נכה]	mute, *adj.*	דוֹמֵם, אִלֵם, שׁוֹתֵק
	נֶפֶשׁ	mutilate, *v.t.*	גָדַם, קִטַע, חָבַל,
murderer, *n.*	רוֹצֵחַ, קַטְלָן		הִשְׁחִית [שחת]
murderous, *adj.*	רִצְחָנִי, קַטְלָנִי	mutilation, *n.*	קִטּוּעַ, סֵרוּס
murk, *n.*	עֲלָטָה, אֲפֵלָה	mutineer, *n.*	מוֹרֵד
murky, *adj.*	אֲפֵלִילִי	mutineer, mutiny, *v.i.*	מָרַד, הִתְקוֹמֵם
murmur, *n.*	לַחַשׁ		[קום]
murmur, *v.t. & i.*	לָחַשׁ, לִחֵשׁ; הִתְלוֹנֵן	mutiny, *n.*	קֶשֶׁר, הִתְקוֹמְמוּת
	[לין], הִתְרָעֵם [רעם]	mutter, *v.t. & i.*	נִרְגַּן [רגן], מִלְמֵל
murrain, *n.*	מַגֵּפָה, דֶּבֶר (בַּבְּהֵמוֹת)	mutton, *n.*	בְּשַׂר כֶּבֶשׂ
muscle, *n.*	שְׁרִיר, עָצֵל, עַכְבָּר	mutual, *adj.*	הֲדָדִי, מְשֻׁתָּף
muscular, *adj.*	שְׁרִירִי, חָסֹן	muzzle, *n.*	מַחְסוֹם, זָמָם; פִּי רוֹבֶה
muse, *n.*	בַּת שִׁיר, רוּחַ הַשִּׁירָה	muzzle, *v.t.*	חָסַם, זָמַם
muse, *v.t. & i.*	הִרְהֵר, הִתְבּוֹנֵן [בין]	my, *pron.*	שֶׁלִי
museum, *n.*	בֵּית נְכוֹת	myopia, *n.*	קֹצֶר רְאִיָּה
mush, *n.*	פַּרְמָה	myopic, *adj.*	קְצַר רְאוּת
mushroom, *n.*	פִּטְרִיָה	myriad, *n.*	רְבָבָה
music, *n.*	נְגִינָה, מוּסִיקָה	myrrh, *n.*	מֹר, לֹט
musical, *adj.*	נְגִינָתִי, מוּסִיקָלִי	myrtle, *n.*	הֲדַס
musician, *n.*	מְנַגֵּן, מוּסִיקַאי	myself, *pron.*	אֲנִי, אָנֹכִי, אֲנִי בְּעַצְמִי
musket, *n.*	קְנֵה רוֹבֶה	mysterious, *adj.*	סָמִיר, נֶעְלָם, רָזִי,
muskrat, *n.*	עַכְבְּרוֹשׁ הַמֶּשֶׁק		סוֹדִי
muslin, *n.*	מַלְמָלָה	mystery, *n.*	רָז, לָט, תַּעֲלוּמָה
muss, *v.t. & n.*	עִרְבֵּב; מְהוּמָה,	mystic, mystical, *adj.*	כָּמוּס, נִסְתָּר,
	מְבוּכָה		קַבָּלִי
mussel, *n.*	חִלָּזוֹן	mystic, *n.*	מְקֻבָּל
Mussulman, *n.*	מָסְלְמִי	mysticism, *n.*	קַבָּלָה
must, *v.i.*	הָיָה מֻכְרָח, הָיָה מְחֻיָב	myth, *n.*	אַגָּדָה
mustache, moustache, *n.*	שָׂפָם	mythic, mythical, *adj.*	אַגָּדִי
mustard, *n.*	חַרְדָל	mythology, *n.*	אַגָּדוֹת (עַם) אֱלִילִים

N, n

N, n, *n.*	אֶן, הָאוֹת הָאַרְבַּע עֶשְׂרֵה בָּאֶלֶף בֵּית הָאַנְגְּלִי
nab, *v.t.*	תָּפַס
nacre, *n.*	צֶדֶף, צִדְפַּת־הַפְּנִינִים
nadir, *n.*	נְקֻדַּת הָאֹנֶךְ
nag, *n.*	סְיָח
nag, *v.t. & i.*	הִתְרָעֵם [רעם], הִקְנִיט [קנט]
nail, *n.*	מַסְמֵר; צִפֹּרֶן
nail, *v.t.*	סִמֵּר, מִסְמֵר, תָּקַע מַסְמְרִים
naive, *adj.*	תָּמִים, יַלְדוּתִי
naked, *adj.*	עָרֹם, חָשׂוּף; פָּשׁוּט
name, *n.*	שֵׁם, כִּנּוּי, חֲנִיכָה
name, *v.t.*	קָרָא בְּשֵׁם, כִּנָּה
nameless, *adj.*	לְלֹא שֵׁם, בֶּן בְּלִי שֵׁם
namely, *adv.*	כְּלוֹמַר, הַיְנוּ
namesake, *n.*	בֶּן שֵׁם
nap, *n.*	תְּנוּמָה; שַׂעֲרִיּוּת (בִּצְמָחִים, אָרִיג)
nap, *v.i.*	נִמְנֵם, הִתְנַמְנֵם [נמנם]
nape, *n.*	עֹרֶף, מַפְרֶקֶת
naphtha, *n.*	שֶׁמֶן אֲדָמָה, נֵפְטְ
napkin, *n.*	מַפִּית
narcissus, *n.*	נַרְקִיס
narcotic, *adj. & n.*	מַרְדִּים, מְאַלְחֵשׁ
nares, *n. pl.*	נְחִירַיִם
narrate, *v.t.*	סִפֵּר
narration, *n.*	סִפּוּר, הַגָּדָה
narrative, *n. & adj.*	סִפּוּר; סִפּוּרִי
narrator, *n.*	קַרְיָן, מְסַפֵּר
narrow, *adj.*	צַר, דָּחוּק; מֻגְבָּל
narrow-minded, *adj.*	צַר מֹחַ, מֻגְבָּל
narrowness, *n.*	צָרוּת; מֻגְבָּלוּת
nasal, *adj.*	אַפִּי, חָטְמִי
nascency, *n.*	לֵדָה
nascent, *adj.*	נוֹלָד, מִתְהַוֶּה
nasturtium, *n.*	כַּרְמוּל
nasty, *adj.*	מְזֹהָם, נָס, מָאוּס
natal, *adj.*	לֵדָתִי, שֶׁמִּלֵּדָה
nation, *n.*	לְאֹם, עַם, גּוֹי, אֻמָּה
national, *adj.*	לְאֻמִּי
nationalism, nationality, *n.*	לְאֻמִּיּוּת
nationalization, *n.*	הַלְאָמָה
nationalize, *v.t.*	הִלְאִים [לאם]
native, *adj.*	לֵדָתִי, אֶזְרָחִי
native, *n.*	יְלִיד הָאָרֶץ, אֶזְרָח
nativity, *n.*	לֵדָה
natural, *adj.*	טִבְעִי, אֲמִתִּי, פָּשׁוּט
naturalism, *n.*	טִבְעִיּוּת
naturalist, *n.*	חוֹקֵר הַטֶּבַע
naturalization, *n.*	אִזְרוּחַ, הִסְתַּגְּלוּת, אִקְלוּם
naturalize, *v.t.*	אִזְרֵחַ; אִקְלֵם, סִגֵּל
naturally, *adv.*	בְּאֹפֶן טִבְעִי, מוּבָן מֵאֵלָיו
nature, *n.*	טֶבַע, אֹפִי, טִיב, מִין, סוּג; תְּכוּנָה
naught, *n.*	אֶפֶס, אַיִן, לֹא כְלוּם
naughty, *adj.*	שׁוֹבָב, סוֹרֵר
nausea, *n.*	בְּחִילָה, גֹּעַל נֶפֶשׁ, קֶבֶס
nauseate, *v.t. & i.*	בָּחַל, חָשׁ גֹּעַל; קִבֵּס
nautical, *adj.*	יַמִּי, שֶׁל (סַפָּנִים) סַפָּנוּת
naval, *adj.*	יַמִּי
navel, *n.*	טַבּוּר
navigate, *v.t. & i.*	הִפְלִיג [פלג]; נִוֵּט
navigation, *n.*	הַפְלָגָה; סַפָּנוּת; נִוּוּט
navigator, *n.*	סַפָּן; נַוָּט
navy, *n.*	צִי, יַמִּיָּה
nay, *adv.*	לֹא, לָאו; אֲבָל
near, *adj., adv. & prep.*	עַל יַד, קָרוֹב, אֵצֶל

near, *v.t. & i.*	קָרַב, הִתְקָרֵב [קרב]	negligence, *n.*	הִתְרַשְּׁלוּת
nearly, *adv.*	כִּמְעַט	negotiate, *v.t. & i.*	נָשָׂא וְנָתַן, תִּוֵּךְ
nearness, *n.*	קִרְבָה	negotiation, *n.*	מַשָּׂא וּמַתָּן, תִּוּוּךְ
nearsighted, *adj.*	קְצַר (רְאִיָּה) רְאוּת	negotiator, *n.*	תַּוָּךְ, סַרְסוּר, מְתַוֵּךְ
nearsightedness, *n.*	קֹצֶר (רְאִיָּה)	negress, *n.*	כּוּשִׁית
	רְאוּת	negro, *n.*	כּוּשִׁי
neat, *adj.*	מְסֻדָּר, נָקִי	neigh, *n.*	צָהַל, צְהָלָה (שֶׁל סוּסִים)
nebulous, nebulose, *adj.*	מְעֻרְפָּל,	neigh, *v.i.*	צָהַל (סוּס)
	עַרְפִלִּי	neighbor, neighbour, *n.*	שָׁכֵן
necessary, *adj.*	נָחוּץ, הֶכְרֵחִי	neighborhood, neighbourhood, *n.*	
necessitate, *v.t.*	הִצְרִיךְ [צרך], הִכְרִיחַ		סְבִיבָה, שְׁכֵנוּת
	[כרח]	neither, *adj. & pron.*	לֹא זֶה, גַּם זֶה לֹא
necessity, *n.*	צֹרֶךְ, נְחִיצוּת, הֶכְרֵחַ וְזֵּיּוּן	Neo-Hebrew, *adj. & n.*	עִבְרִית (שֶׁל)
neck, *n.*	צַוָּאר, עֹרֶף		חֲדָשָׁה
necklace, *n.*	עֲנָק, שַׁרְשֶׁרֶת	neon, *n.*	אָדוֹן, אוֹר הֶבֶל, נֵאוֹן
necktie, *n.*	עֲנִיבָה, מִקְשֶׁרֶת	nephew, *n.*	אַחְיָן
necromancer, *n.*	יִדְּעוֹנִי, (בַּעַל) אוֹב,	nepotism, *n.*	הַעֲדָפַת קְרוֹבִים
	מְכַשֵּׁף	nerve, *n.*	עָצָב; עֹז, אֹמֶץ לֵב
nectar, *n.*	צוּף	nerve, *v.t.*	אִמֵּץ
nec, néc, *adj.*	נוֹלָדָח	nervous, *adj.*	עַצְבָּנִי, רָגִישׁ
need, *n.*	צֹרֶךְ, מַחְסוֹר, דֹּחַק	nervousness, *n.*	עַצְבָּנוּת, רַגְּשָׁנוּת
need, *v.t. & i.*	צָרַךְ, חָסַר, הִצְטָרֵךְ	nest, *n. & v.i.*	קַן, קִנֵּן
	[צרך], הָיָה נָחוּץ, הָיָה צָרִיךְ	nestle, *v.t. & i.*	קִנֵּן, חָסָה, הִתְרַפֵּק
needful, *adj.*	נָחוּץ, נִצְרָךְ		[רפק]; נִכְנַף [כנף] בְּ־
needle, *n.*	מַחַט	net, *n.*	נָקִי (מִשְׁקָל, מְחִיר וכו')
needless, *adj.*	לְלֹא צֹרֶךְ, לְלֹא תּוֹעֶלֶת	net, *n.*	רֶשֶׁת, חֵרֶם, מִכְמֶרֶת
needlework, *n.*	מְלֶאכֶת מַחַט	net, *v.t. & i.*	רִשֵּׁת, עָשָׂה רֶשֶׁת, רָשַׁת;
needy, *adj.*	אֶבְיוֹן, רָשׁ, קְשֵׁה יוֹם		חָרַם, לָכַד בְּרֶשֶׁת (בְּחֵרֶם)
nefarious, *adj.*	נִבְזֶה, נִתְעָב	nether, *adj.*	תַּחְתּוֹן
negate, *v.t.*	שָׁלַל	netting, *n.*	רִשּׁוּת; רְשָׁתוֹת
negation, *n.*	שְׁלִילָה	nettle, *n.*	סִרְפָּד
negative, *adj.*	שְׁלִילִי, מְסָרֵב	network, *n.*	מִקְלַעַת, הִצְטַלְּבוּת
negative, *n.*	שְׁלִילִית (בְּצִלּוּם), מְשֻׁלָּל	neuralgia, *n.*	כְּאֵב עֲצַבִּים
neglect, *n. & v.t.*	רַשְׁלָנוּת, הִתְרַשְּׁלוּת,	neurologist, *n.*	רוֹפֵא עֲצַבִּים
	זִלְזוּל, הַזְנָחָה; הִתְרַשֵּׁל [רשל],	neurosis, *n.*	עַצְבָּנוּת חוֹלָנִית
	זִלְזֵל בְּ־, עָזַב, הִזְנִיחַ [זנח]	neurotic, *adj.*	עַצְבָּנִי
neglectful, *adj.*	מְרֻשָּׁל, מַזְנִיחַ	neuter, *adj. & n.*	(מִין) סְתָמִי
negligee, *n.*	חֲשׂוּפָה	neutral, *adj. & n.*	חִיֵּד, לַצְלָן

neutrality, n.	חִיּוּד, לַעֲלָנוּת	nimble, adj.	מָהִיר, זָרִיז
never, adv.	לְעוֹלָם, מֵעוֹלָם לֹא	nimbus, n.	הִלָּה
nevertheless, adv.	אַף עַל פִּי כֵן, בְּכָל	Nimrod, n.	נִמְרוֹד; צַיָּד
	זֹאת	nine, adj. & n.	תִּשְׁעָה, תֵּשַׁע
new, adj.	חָדָשׁ	ninefold, adv. & adj.	פִּי (תֵּשַׁע) תִּשְׁעָה;
newly, adv.	מֵחָדָשׁ		תִּשְׁעָתַיִם; כָּפוּל (תֵּשַׁע) תִּשְׁעָה
newness, n.	חִדּוּשׁ	nineteen, adj. & n.	תִּשְׁעָה עָשָׂר,
news, n.	חֲדָשָׁה, חֲדָשׁוֹת		תְּשַׁע עֶשְׂרֵה
newsboy, n.	מוֹכֵר עִתּוֹנִים	nineteenth, adj.	הַתִּשְׁעָה עָשָׂר,
newspaper, n.	עִתּוֹן		הַתְּשַׁע עֶשְׂרֵה
New Testament	הַבְּרִית הַחֲדָשָׁה	ninetieth, adj.	הַתִּשְׁעִים
New Year	רֹאשׁ הַשָּׁנָה	ninety, adj. & n.	תִּשְׁעִים
next, adj. & adv.	הַבָּא אַחַר, סָמוּךְ	ninth, adj. & n.	תְּשִׁיעִי, תְּשִׁיעִית; חֵלֶק
nib, n.	חַרְטוֹם; צִפֹּרֶן (עֵט); יָדִית		תְּשִׁיעִי, תְּשִׁיעִית
	הַחֶרְמֵשׁ	nip, n.	צְבִיטָה, גְּמִיעָה; שִׁדָּפוֹן
nibble, n., v.t. & i.	כִּרְסוּם, חִשּׁוּט;	nip, v.t.	צָבַט, גָּמַע; שָׁדַף
	כִּרְסֵם, כִּסְכֵּס, חָטְחַט	nippers, n. pl.	מִצְבְּטַיִם, מַלְקָחַיִם
nice, adj.	יָפֶה, נָאֶה	nipple, n.	פִּטְמָה, דַּד, פִּי הַשַּׁד; עַיִן
nicely, adv.	הֵיטֵב, כַּהֹגֶן	nit, n.	סָפוּי, בֵּיצַת (חֲרָקִים) כִּנָּה
nicety, n.	קַפְּדָנוּת, דִּיּוּק; מַעֲדָן	niter, nitre, n.	מֶלַחַת
niche, n.	מִשְׁקָע, שֶׁקַע	nitrate, n.	חַנְקָה
nick, n.	חָרִיץ, פְּנִימָה; רֶגַע הַזְּמָן	nitric, adj.	חַנְקָנִי
nick, v.t.	עָשָׂה (חֲרִיצִים) בְּזְמַנּוֹ; רִמָּה	nitrogen, n.	אַבְחֹנֶק, חַנְקָן
nickel, n.	נִיקֶל; חֲמִשָּׁה סֶנְטִים	no, n. & adv.	לֹא, לָאו; אַיִן, אֵין
nickname, n.	חֲנִיכָה, שֵׁם לְוַי, כִּנּוּי	nobility, n.	אֲצִילוּת, עֲדִינוּת
niece, n.	אַחְיָנִית	noble, adj.	אֶפְרָתִי, אָצִיל, עָדִין
niggard, adj.	קַמְצָן	nobly, adv.	בְּרוּם נְדִיבָה
niggardliness, n.	קַמְצָנוּת	nobody, n.	אַף אֶחָד, אִישׁ
nigh, adj. & adv.	כִּמְעַט, קָרוֹב	nocturnal, adj.	לֵילִי
night, n.	לַיְלָה, לַיִל, לֵיל, חֲשֵׁכָה;	nocturne, n.	נִשְׁפִּית, נְגִינַת לַיִל
	מָוֶת; בּוּרוּת	nod, n.	נְעְנוּעַ רֹאשׁ
nightgown, nightshirt, n.	חֲלוּק לַיְלָה	nod, v.t. & i.	הֵנִיעַ [נוע] בְּרֹאשׁ; רָמַז
nightingale, n.	זָמִיר	node, n.	קֶשֶׁר, כַּפְתּוֹר; תִּסְבֹּכֶת
nightly, adj. & adv.	לֵילִי; בְּכָל לַיְלָה		מִסְעָף
nightmare, n.	סִיּוּט	noise, n.	רַעַשׁ, שָׁאוֹן, הֲמֻלָּה
nihilism, n.	אַפְסָנוּת	noiseless, adj.	דּוֹמֵם, שֶׁקֶט
nihilist, n.	אַפְסָנִי	noisy, adj.	מַרְעִישׁ, רוֹעֵשׁ
nil, n.	אֶפֶס, אַיִן	nomad, n.	גוֹדֵד, נָע וָנָד

nomadic, *adj.*	נוֹדֵד
nomenclature, *n.*	שֵׁמוֹת, מִנְחִים
nominal, *adj.*	שְׁמִי
nominate, *v.t.*	מִנָּה, הִצִּיעַ [יצע],
	הֶעֱמִיד [עמד]
nomination, *n.*	מֶעֱמָדוּת, הַעֲמָדָה,
	מִנּוּי
nominative, *adj.*	יַחַס הַנֹּשֵׂא
nominee, *n.*	מֻעֱמָד
nonage, *n.*	קַטְנוּת, מְעוּט
nonce, *n.*	הוֶֹה
nonchalance, *n.*	אֲדִישׁוּת, שִׁוְיוֹן נֶפֶשׁ
nonchalant, *adj.*	אֲדִישׁ, קַר רוּחַ, שְׁנֵה
	נֶפֶשׁ
noncommital, *adj.*	סָתוּם
noncommissioned, *adj.*	בִּלְתִּי מֻרְשֶׁה,
	לְלֹא דַּרְגַּת קְצֻנָּה
nonconductor, *n.*	בִּלְתִּי מוֹלִיךְ
nonconformity, *n.*	אִי הַסְכָּמָה
nondescript, *adj.*	אַל צִיּוּרִי, בִּלְתִּי
	מֻצָיָר
none, *pron.*	אַף אֶחָד, שׁוּם דָּבָר
nonentity, *n.*	הֶעְדֵּר, אֲפִיסָה
nonessential, *adj.*	בִּלְתִּי הֶכְרֵחִי, לֹא
	(חָשׁוּב) נָחוּץ בְּיוֹתֵר
nonexistence, *n.*	אִי מְצִיאוּת
nonmetal, *n.*	אַל מַתֶּכֶת
nonpareil, *adj.*	מְיֻחָד בְּמִינוֹ
nonpartisan, *adj.*	אַל מִפְלַגְתִּי
nonpayment, *n.*	אִי תַּשְׁלוּם
nonplus, *v.t.*	בִּלְבֵּל
nonresident, *adj.*	זָר, לֹא תּוֹשָׁב
nonresistence, *n.*	אִי הִתְנַגְּדוּת
nonsense, *n.*	הֶבֶל, שְׁטוּת
nonstop, *adj. & adv.*	לְלֹא הַפְסָקָה
nonunion, *adj.*	אַל הִסְתַּדְרוּתִי, שֶׁאֵינוֹ
	שַׁיָּךְ לַהִסְתַּדְרוּת (הָעוֹבְדִים)
noodle, *n.*	אִטְרִיָּה; טִפֵּשׁ

nook, *n.*	פִּנָּה
noon, *n.*	צָהֳרַיִם; גֹּבַהּ
noontime, *n.*	שְׁעַת הַצָּהֳרַיִם
noose, *n.*	קֶשֶׁר, עֲנִיבָה; מַלְכֹּדֶת
noose, *v.t.*	לָכַד בְּמַלְכֹּדֶת
nor, *conj.*	אַף לֹא, גַּם לֹא
norm, *n.*	כְּלָל, מוֹפֵת, מְמֻצָּע
normal, *adj.*	רָגִיל, שָׁכִיחַ, מְמֻצָּע
north, *adj., adv. & n.*	צְפוֹנִי, צְפוֹנָה;
	צָפוֹן
northeast, *adj., adv. & n.*	צָפוֹן מִזְרָח;
	צְפוֹנִי מִזְרָחִי, צְפוֹנִית מִזְרָחִית
northeastern, *adj.*	צְפוֹנִי מִזְרָחִי
northerly, *adj. & adv.*	צְפוֹנִי; צָפוֹנָה
North Pole	הַקֹּטֶב הַצְּפוֹנִי
northwest, *adj., adv. & n.*	צָפוֹן
	מַעֲרָב; צְפוֹנִי מַעֲרָבִי, צְפוֹנִית
	מַעֲרָבִית
nose, *n.*	אַף, חֹטֶם
nose, *v.t.*	הֵרִיחַ [ריח]
nosebleed, *n.*	דִּמְאָף
nostalgia, *n.*	גַּעְגּוּעִים
nostril, *n.*	נְחִיר
nostrum, *n.*	רְפוּאוֹת שָׁוְא
nosy, *adj.*	סַקְרָנִי
not, *adv.*	לֹא, בַּל, אַל, אַיִן
notable, *adj.*	נוֹדָע; נִכְבָּד
notably, *adv.*	בְּיִחוּד
notary, *n.*	נוֹטַרְיוֹן, סוֹפֵר הַקָּהָל
notation, *n.*	צִיּוּן
notch, *n.*	חָרִיץ, פְּגִימָה
notch, *v.t.*	חָרַץ
note, *n.*	תָּו, קוֹל; צִיּוּן, סִימָן; הֶעָרָה;
	חֲשִׁיבוּת, עֵרֶךְ; פִּתְקָה; שְׁטָר
	(חוֹב); רְשִׁימָה, תִּזְכֹּרֶת
note, *v.t.*	רָשַׁם, צִיֵּן, הִתְבּוֹנֵן [בין];
	שָׂם (שֶׂם) לֵב
notebook, *n.*	מַחְבֶּרֶת, פִּנְקָס

nothing, *n.*	מְאוּמָה; לֹא כְלוּם
nothingness, *n.*	אַפְסוּת, תֹּהוּ
notice, *n.*	שִׂימַת לֵב, הַזְהָרָה, מוֹדָעָה
notice, *v.t.*	הִרְגִּישׁ [רגש], הִתְבּוֹנֵן
	[בין], רָאָה
notification, *n.*	הוֹדָעָה
notify, *v.t.*	הוֹדִיעַ [ידע]
notion, *n.*	מֻשָּׂג, דֵּעָה
notoriety, *n.*	פִּרְסוּם (לִגְנַאי)
notorious, *adj.*	מְפֻרְסָם (לִגְנַאי)
notwithstanding, *adv. & conj.*	בְּכָל
	זֹאת
nought, naught, *adj. & n.*	אֶפֶס, לְלֹא
עֵרֶךְ; אֶפֶס, בְּלִימָה, אַיִן, לֹא כְלוּם	
noun, *n.*	שֵׁם, שֵׁם עֶצֶם
nourish, *v.t. & i.*	הֵזִין [זון], כִּלְכֵּל,
חִיָּה, הִבְרָה [ברה], הֶאֱכִיל [אכל]	
nourishment, *n.*	מָזוֹן, טֶרֶף, אֹכֶל,
	מִחְיָה
novel, *adj.*	חָדָשׁ, זָר, מוּזָר
novel, *n.*	סִפּוּר, נוֹבֶלָה, רוֹמָן
novelist, *n.*	סוֹפֵר, מְסַפֵּר
novelty, *n.*	חִדּוּשׁ, חֲדָשָׁה
November, *n.*	נוֹבֶמְבֶּר
novice, *n.*	טִירוֹן, מַתְחִיל
now, *adv.*	כָּעֵת, עַתָּה, עַכְשָׁו
nowadays, *adv.*	בְּיָמֵינוּ
nowhere, *adv.*	בְּשׁוּם מָקוֹם
nowise, *adv.*	בְּשׁוּם פָּנִים
noxious, *adj.*	מַזִּיק, מַשְׁחִית, רַע
nozzle, *n.*	זַרְבּוּבִית; אַסּוּךְ
nuance, *n.*	גָּוֶן
nuclear, *adj.*	גַּרְעִינִי, יְסוֹדִי, תַּמְצִיתִי
nucleus, *n.*	גַּרְעִין, יְסוֹד, תַּמְצִית
nude, *adj.*	חָשׂוּף, עָרֹם
nudge, *n.*	נְגִיעָה, דְּחִיפָה קַלָּה
nudity, nudeness, *n.*	מַעֲרֻמִּים, מַעַר,
מַחְשׂוֹף, עֶרְוָה, עֶרְיָה	

nuisance, *n.*	מִטְרָד, רֹגֶז
null, *adj.*	אַפְסִי, מְאֻפָּס
nullification, *n.*	הֲפָרָה, בִּשּׁוּל
nullify, *v.t.*	אִפֵּס, בִּשֵּׁל
nullity, *n.*	אַפְסוּת
numb, *adj.*	אַלְחוּשִׁי
number, *n.*	מִסְפָּר, סְפָרָה; מִנְיָן
number, *v.t.*	מָנָה, סָפַר, סִפְרֵר,
	מִסְפֵּר
Numbers, *n.*	(סֵפֶר) בַּמִּדְבָּר
numeral, *adj. & n.*	מִסְפָּרִי, סְפָרָה,
	מִסְפָּר
numerator, *n.*	מוֹנֶה, מְסַפְרֵר,
	מְמַסְפֵּר
numerical, *adj.*	מִסְפָּרִי
numerous, *adj.*	מְרֻבֶּה, שַׂגִּיא
nun, *n.*	נְזִירָה
nunnery, *n.*	מִנְזָר (נְשִׁים)
nuptial, *adj. & n. pl.*	שֶׁל כְּלוּלוֹת;
כְּלוּלוֹת, נִשּׂוּאִים	
nurse, *n.*	מֵינֶקֶת, חוֹבֶשֶׁת, אָחוֹת
nurse, *v.t.*	הֵינִיקָה [ינק]; טִפֵּל
	(בְּחוֹלֶה), אָמַן, גִּדֵּל
nursery, *n.*	בֵּית תִּינוֹקוֹת, מַשְׁתֵּלָה
nurture, *v.t.*	הֵזִין [זון], גִּדֵּל
nut, *n.*	אֱגוֹז (שֶׁל בֹּרֶג); אֱגוֹז; טִפֵּשׁ,
	פֶּתִי
nutcracker, *n.*	מַפְצֵחַ
nutmeg, *n.*	אֱגוֹז
nutriment, *n.*	מָזוֹן, אֹכֶל
nutrition, *n.*	תְּזוּנָה
nutritious, nutritive, *adj.*	זָן, מֵזִין
nutshell, *n.*	קְלִפַּת אֱגוֹז
nutty, *adj.*	אֱגוֹזִי; מְשֻׁגָּע
nuzzle, *v.t. & i.*	נִבֵּר, חִטֵּט, הִתְרַפֵּק
	[רפק]
nylon, *n.*	נַיְלוֹן, זְהוֹרִית
nymph, *n.*	בַּת נַלִּים, נִימְפָה

O, o

O, o, n.	אוֹ, הָאוֹת הַחֲמֵשׁ עֶשְׂרֵה בָּאָלֶף בֵּית הָאַנְגְּלִי; אֶפֶס; עִגּוּל
oaf, n.	גֹּלֶם, בּוּר
oak, n.	אַלּוֹן
oakum, n.	נְעֹרֶת, חֹסֶן
oar, n. & v.t.	מָשׁוֹט; חָתַר
oarlock, n.	עֵין הַמָּשׁוֹט
oarsman, n.	שַׁיָּט
oasis, n.	נָוֶה, נְאוֹת מִדְבָּר
oat, n.	שִׁבֹּלֶת שׁוּעָל
oath, n.	נֶדֶר, שְׁבוּעָה; אָלָה
oatmeal, n.	דַּיְסַת (קֶמַח) שִׁבֹּלֶת שׁוּעָל
obduracy, n.	עַקְשָׁנוּת
obdurate, adj.	עַקְשָׁן
obedience, n.	מִשְׁמַעַת, צִיְתָנוּת, יְקָהָה
obedient, adj.	צַיְתָן, מְמֻשְׁמָע
obeisance, n.	הִשְׁתַּחֲוָיָה, כְּרִיעַת בֶּרֶךְ
obelisk, n.	חַדּוּדִית, מַצֶּבֶת מַחַט
obese, adj.	שָׁמֵן (גּוּף)
obesity, n.	הַשְׁמָנָה
obey, v.t. & i.	צִיֵּת, שָׁמַע בְּקוֹל
obituary, adj.	שֶׁל מֵת
object, n.	חֵפֶץ, דָּבָר; תַּכְלִית, מַטָּרָה
object, v.t. & i.	הִתְנַגֵּד (נֶגֶד) לְ־
objection, n.	הִתְנַגְּדוּת
objective, adj. & n.	חִיצוֹנִי, עִנְיָנִי; יַחַס הַפָּעוּל (דִּקְדּוּק)
objector, n.	מִתְנַגֵּד
oblation, n.	מִנְחָה, קָרְבָּן
obligate, v.t.	חִיֵּב
obligation, n.	הִתְחַיְּבוּת
obligatory, adj.	הֶכְרֵחִי
oblige, v.t.	עָשָׂה חֶסֶד; אִלֵּץ, הִכְרִיחַ [כרח]
oblique, adj.	אֲלַכְסוֹנִי, מֻשְׁפָּע
obliterate, v.t.	מָחָה, מָחַק
obliteration, n.	מְחִיקָה, טִשְׁטוּשׁ
oblivion, n.	שִׁכְחָה, נְשִׁיָּה
oblivious, adj.	מֵסִיחַ דַּעְתּוֹ מִן, שׁוֹכֵחַ
oblong, adj.	מָאֳרָךְ
obloquy, n.	רְכִילוּת, תּוֹכֵחָה, גְּזִיפָה
obnoxious, adj.	נִתְעָב, מַבְחִיל
obscene, adj.	גַּס, מְגֻנֶּה, זְנוּנִי
obscenity, n.	נִבּוּל פֶּה, נַסּוּת, פְּרִיצוּת
obscure, adj.	אָפֵל, סָתוּם
obscure, v.t.	הֶחְשִׁיךְ [חשׁך]
obscurity, n.	אֲפֵלָה, חֹשֶׁךְ
obsequies, n. pl.	לְוָיָה, הַלְוָיָה
obsequious, adj.	צַיְתָן, נִכְנָע, עַבְדוּתִי
observable, adj.	בּוֹלֵט, נִכָּר
observance, n.	שִׂימַת לֵב
observant, adj.	מִתְבּוֹנֵן, זָהִיר
observation, n.	הֶעָרָה; תַּצְפִּית, הִסְתַּכְּלוּת
observatory, n.	מִצְפֶּה כּוֹכָבִים
observe, v.t. & i.	הִסְתַּכֵּל [סכל]
obsession, n.	דִּבּוּק
obsolescent, adj.	עוֹבֵר בָּטֵל
obsolete, adj.	יָשָׁן, יָשָׁן נוֹשָׁן
obsoleteness, n.	יַשְׁנוּת, יֹשֶׁן, עַתִּיקוּת
obstacle, n.	מִכְשׁוֹל
obstetrician, n.	מְיַלֵּד
obstetrics, n. pl.	תּוֹרַת (חָכְמַת) הַיִּלּוּד
obstinacy, n.	עַקְשָׁנוּת
obstinate, adj.	עַקְשָׁן
obstruct, v.t.	שָׂם מִכְשׁוֹל, סָתַם, עִכֵּב
obstruction, n.	מִכְשׁוֹל, עִכּוּב, חֲסִימָה
obtain, v.t.	הִשִּׂיג [נשׂג]
obtainment, n.	הַשָּׂגָה
obtrude, v.t.	הִבְלִיט [בלט], בָּלַט

obtrusion, n.	הַבְלָטָה עַצְמִית
obtrusive, adj.	מֵעִיז, מִתְבַּלֵּט
obtuse, adj.	אָטוּם, קֵהֶה; מְטֻמְטָם
obviate, v.t.	קָדַם, הֵסִיר [סוּר]
obvious, adj.	בָּרוּר, מוּבָן
occasion, n.	הַזְדַּמְּנוּת
occasion, v.t.	הֵבִיא [בוא] לִידֵי, גָּרַם
occasional, adj.	אַרְעִי, מִקְרִי
occasionally, adv.	לִפְעָמִים, לִפְרָקִים
occident, n.	מַעֲרָב, יָם
occult, adj.	סָמוּי, סָמִיר, נִסְתָּר, נֶעֱלָם
occupant, n.	דָּיָר
occupation, n.	מִשְׁלַח יָד, מִקְצוֹעַ
occupy, v.t. & i.	כָּבַשׁ, לָכַד, דָּר [דור], הִתְעַסֵּק [עסק]
occur, v.i.	אֵרַע, קָרָה, חָל [חול], הִתְרַחֵשׁ [רחש]
occurrence, n.	מִקְרֶה, מְאֹרָע, הִתְרַחֲשׁוּת
ocean, n.	יָם, אוֹקְיָנוֹס
oceanic, adj.	יַמִּי
octagon, n.	מְשֻׁמָּן
octave, n.	שְׁמִינִיָּה (בִּנְגִינָה)
October, n.	אוֹקְטוֹבֶּר
octogenarian, adj. & n.	בֶּן שְׁמוֹנִים (שָׁנָה)
octopus, n.	דַּג הַשֵּׁד (מִשְׁמָן הָרַגְלַיִם)
ocular, adj.	רְאִיּוּתִי, שֶׁל עַיִן
oculist, n.	רוֹפֵא עֵינַיִם
odd, adj.	מְשֻׁנֶּה, מוּזָר; נִפְרָד, נוֹתָר, עוֹדֵף
odds, n. pl.	אִי שִׁוְיוֹן, יִתְרוֹן; סִכּוּיִים; רִיב, סִכְסוּךְ
ode, n.	שִׁיר תְּהִלָּה
odious, adj.	נִתְעָב, שָׂנוּא
odor, odour, n.	רֵיחַ, בֹּשֶׂם
odorless, adj.	חֲסַר רֵיחַ
odorous, odourous, adj.	רֵיחָנִי
Oedipus complex	תַּסְבִּיךְ אֶדִיפּוּס
of, prep.	שֶׁל, מִתּוֹךְ
off, prep., adj. & adv.	מִן; מֵעַל
offal, n.	רָחוֹק; מֵרָחוֹק, מִנֶּגֶד
offal, n.	מַפָּל; פְּסֹלֶת, אַשְׁפָּה
offend, v.t. & i.	חָטָא, עָלַב, הִכְעִיס [כעס]
offender, n.	מְבַיֵּשׁ, מַכְעִיס, מֵזִיק
offense, offence, n.	עֲבֵרָה; עֶלְבּוֹן; הַתְקָפָה
offensive, adj. & n.	עוֹלֵב, מַבְחִיל; הַתְקָפָה, תְּקִיפָה
offer, n., v.t. & i.	הַצָּעָה, הִצִּיעַ [יצע], הִקְרִיב [קרב]
offering, n.	תְּרוּמָה, מַתָּנָה, קָרְבָּן
offhand, adv.	כִּלְאַחַר יָד, דֶּרֶךְ אַגַּב מִיָּד, לְלֹא (הַסּוּס) עִיּוּן
office, n.	מִשְׂרָד; מִשְׂרָה
officer, n.	פָּקִיד, קָצִין
official, adj. & n.	רִשְׁמִי; פָּקִיד
officiate, v.i.	כִּהֵן
officious, adj.	מִתְעָרֵב בְּעִנְיְנֵי אֲחֵרִים
offing, n.	מֶרְחָק מִן הַחוֹף
offset, n.	הַדְפָּסַת צִלּוּם; סְכוּם נֶגְדִּי
offspring, n.	וָלָד, זֶרַע, צֶאֱצָא
often, adv.	פְּעָמִים רַבּוֹת, לְעִתִּים קְרוֹבוֹת
ogle, n., v.t. & i.	קְרִיצַת עַיִן; שִׁקֵּר עֵינַיִם
ogre, n.	מִפְלֶצֶת, עֲנָק
oil, n.	שֶׁמֶן; נֵפְט
oil, v.t.	סָךְ [סוך], שִׁמֵּן
oilcloth, n.	דּוֹנַגִּית, בַּד מְדֻנָּג
oily, adj.	שַׁמְנוּנִי; מְחֻנָּף
ointment, n.	מִשְׁחָה
old, adj.	יָשָׁן, עַתִּיק, קָדוּם; זָקֵן
old age	זִקְנָה, שֵׂיבָה
Old Glory	דֶּגֶל אַרְצוֹת הַבְּרִית

Old Testament	תַּנַ"ךְ	opener, n.	פּוֹתֵחַ
oleander, n.	הַרְדּוּף	opening, n.	פְּתִיחָה; הִזְדַּמְּנוּת
olfactory, adj.	שֶׁל הֲרָחָה	opera, n.	אוֹפֶּרָה
olive, n.	זַיִת	operate, v.t. & i.	עָשָׂה, פָּעַל; הִפְעִיל
omelet, omelette, n.	חֲבִתָּה		[פעל]; נִתַּח
omen, n.	אוֹת, מוֹפֵת	operation, n.	פְּעֻלָּה; נִתּוּחַ
ominous, adj.	מְבַשֵּׂר רָע	operative, adj.	פּוֹעֵל, מְבַצֵּעַ
omission, n.	הַשְׁמָטָה	operator, n.	נָהָג, מַפְעִיל, פּוֹעֵל; מְנַתֵּחַ
omit, v.t.	הִשְׁמִיט [שמט], עָזַב	operetta, n.	אוֹפֶּרֵיתָה, אוֹפֶּרֶטָּה
omnibus, n.	מְכוֹנִית צִבּוּרִית	ophthalmology, n.	יְדִיעַת הָעֵינַיִם
omnipotent, adj.	כָּל יָכוֹל	opine, v.i.	חָשַׁב, הָיָה סָבוּר
omnivorous, adj.	אוֹכֵל כֹּל	opinion, n.	דֵּעָה, סְבָרָה, חַוַּת דַּעַת
on, adv.	קָדִימָה, הָלְאָה	opium, n.	רֹאשׁ, אוֹפְּיוֹן, אוֹפְיוּם, פַּרְגּוֹן
on, prep.	עַל, עֲלֵי, עַל פְּנֵי־	opponent, n.	מִתְנַגֵּד, יָרִיב
onanism, n.	מַעֲשֵׂה אוֹנָן, אוֹנָנוּת	opportune, adj.	מַתְאִים, בָּא בְּעִתּוֹ
once, adv.	פַּעַם, פַּעַם אַחַת, לְפָנִים	opportunity, n.	הִזְדַּמְּנוּת, שָׁעַת כֹּשֶׁר
one, adj.	אֶחָד, אַחַת; יָחִיד, יָדוּעַ;	oppose, v.t. & i.	הִתְנַגֵּד [נגד]
	פְּלוֹנִי (אַלְמוֹנִי), פְּלַמוֹנִי	opposite, adj. & n.	נֶגְדִּי, סוֹתֵר; נֶגֶד
oneness, n.	אַחְדוּת	opposition, n.	הִתְנַגְּדוּת, תְּנוּאָה, סְתִירָה
onerous, adj.	מַכְבִּיד, מָלֵא, מַטְרִיד	oppress, v.t.	דִּכָּא, נָגַשׂ, לָחַץ, הֵצֵר
oneself, pron.	עַצְמוֹ		[צרר]
one-sided, adj.	חַד צְדָדִי	oppression, n.	דִּכּוּי, נְגִישָׂה, שִׁעְבּוּד
onion, n.	בָּצָל	oppressive, adj.	מְדַכֵּא
onlooker, n.	מִסְתַּכֵּל, מִתְבּוֹנֵן	oppressor, n.	מְדַכֵּא, מֵעִיק, לוֹחֵץ,
only, adv.	אַךְ, רַק, בִּלְבַד		נוֹגֵשׂ
only, adj.	יָחִיד, יְחִידִי, לְבַדּוֹ	opprobrious, adj.	עוֹלֵב, מַכְלִים
onomatopoeia, n.	נִיב צִיּוּרִי	opprobrium, n.	דְּרָאוֹן, חֶרְפָּה,
onrush, n.	הִשְׁתָּעֲרוּת		תּוֹעֵבָה
onslaught, n.	הִתְנַפְּלוּת	optical, adj.	שֶׁל הָעַיִן, שֶׁל הָרְאִיָּה
onus, n.	מַעֲמָסָה, חוֹבָה, אַחֲרָיוּת	optician, n.	מִשְׁקָפָן
onward, onwards, adv.	הָלְאָה	optics, n.	תּוֹרַת הָאוֹר וְהָרְאִיָּה
onyx, n.	שֹׁהַם	optimism, n.	אֱמוּנָה בְּטוּב הָעוֹלָם
ooze, v.i.	נָזַל, טִפְטֵף	optimist, n.	בַּעַל בִּטָּחוֹן
opal, n.	לֶשֶׁם	optimistic, adj.	מַאֲמִין, בּוֹטֵחַ
opaque, adj.	אָטוּם, עָכוּר	option, n.	זְכוּת (הַבְּרֵרָה) הַבְּחִירָה
open, adj.	פָּתוּחַ, גָּלוּי, פָּנוּי	optional, adj.	שֶׁל זְכוּת הַבְּחִירָה
open, v.t. & i.	פָּתַח, פָּקַח, פָּצָה, פָּצַל;	opulence, n.	עֹשֶׁר, הוֹן
	הִתְחִיל [תחל]; גִּלָּה, נִפְתַּח [פתח]	opulent, adj.	אָמִיד; עָצוּם

or, *conj.*	אוֹ
oracle, *n.*	דְּבַר אֱלֹהִים; דְּבִיר
oracles, *n. pl.*	אוּרִים וְתֻמִּים
oracular, *adj.*	נְבוּאִי
oral, *adj.*	שֶׁל פֶּה, שֶׁבְּעַל פֶּה
orange, *n.*	תַּפּוּחַ זָהָב, תַּפּוּז
orangeade, *n.*	מֵי תַּפּוּזִים
orange juice	מִיץ תַּפּוּחֵי זָהָב
oration, *n.*	דְּרָשָׁה, נְאוּם
orator, *n.*	נוֹאֵם, מַשִּׂיף
oratory, *n.*	דַּבְּרָנוּת
orb, *n.*	כַּדּוּר, גַּלְגַּל, עִגּוּל; גֶּרֶם שָׁמַיִם; עַיִן
orbicular, *adj.*	עָגֹל, כַּדּוּרִי
orbit, *n.*	מְסִלַּת הַמַּזָּלוֹת; אֲרֻבַּת הָעַיִן
orchard, *n.*	פַּרְדֵּס, בֻּסְתָּן
orchestra, *n.*	תִּזְמֹרֶת
orchestral, *adj.*	תִּזְמָרְתִּי
orchestrate, *v.t.*	תִּזְמֵר
orchestration, *n.*	תִּזְמוּר
orchid, *n.*	סַחְלָב
ordain, *v.t.*	סָמַךְ, מִנָּה; הִתְקִין [תקן]
ordeal, *n.*	מַסָּה, נִסָּיוֹן (מִבְחָן) קָשֶׁה
order, *n.*	סֵדֶר, הַזְמָנָה, צַו, פְּקוּדָה; מִשְׁטוֹר, מִסְדָּר
order, *v.t. & i.*	סִדֵּר, מִשְׁטֵר, צִוָּה; גָּזַר, הִזְמִין [זמן]
orderly, *adj.*	מְסֻדָּר, שִׁטָּתִי, מְמֻשְׁטָר, כַּמִּשְׁפָּט
orderly, *n.*	שָׁלִישׁ, רָץ
orderly, *adv.*	בְּסֵדֶר
ordinal, *adj.*	סוֹדֵר (מִסְפָּר), סִדּוּרִי
ordinance, *n.*	גְּזֵרָה, צַו, תַּקָּנָה
ordinary, *adj.*	מָצוּי, רָגִיל
ordination, *n.*	סְמִיכָה
ordure, *n.*	דֹּמֶן, זֶבֶל
ore, *n.*	בֶּצֶר, עֶצְרָה (זָהָב, בַּרְזֶל וכו')
organ, *n.*	אֵבֶר; עוּגָב; מַנְגָּפָה
organic, *adj.*	אֶבְרִי; שֶׁל חַי, חִיּוּתִי
organism, *n.*	מְנֻגְנָן
organist, *n.*	עוּגְבַאי
organization, *n.*	הִסְתַּדְּרוּת, אִרְגּוּן
organize, *v.t.*	אִרְגֵּן, סִדֵּר, יִסֵּד
orgasm, *n.*	שִׂיא הָאַבִּינָה, מְרֻגָּשָׁה
orgy, *n.*	שִׁכְרוּת, הוֹלְלוּת
orient, *n.*	מִזְרָח, קֶדֶם
oriental, *adj.*	מִזְרָחִי
orientation, *n.*	הִתְמַצְּאוּת, כִּוּוּן הָרוּחוֹת
orifice, *n.*	פֶּה, פְּתִיחָה
origin, *n.*	מוֹצָא, מָקוֹר, מְכוֹרָה
original, *adj. & n.*	מְקוֹרִי, מָקוֹר
originality, *n.*	מְקוֹרִיּוּת
originate, *v.t. & i.*	הִתְחִיל [תחל], בָּרָא, הֵחֵל [חלל]
originator, *n.*	מַמְצִיא, מְחַדֵּשׁ
ornament, *n.*	תַּכְשִׁיט, קִשּׁוּט, עֲדִי
ornament, *v.t.*	הֶעֱדָה [עדה], קִשֵּׁט
ornamental, *adj.*	קִשּׁוּטִי, מְיֻפֶּה
ornate, *adj.*	מְקֻשָּׁט
ornithology, *n.*	חֲקִירַת עוֹפוֹת
orphan, *n. & v.t.*	יָתוֹם; יִתֵּם
orphanage, *n.*	בֵּית יְתוֹמִים
orthodox, *adj.*	אָדוּק, חָרֵד
orthographic, orthographical, *adj.*	שֶׁל כְּתִיב נָכוֹן
orthography, *n.*	כְּתִיב
oscillate, *v.t. & i.*	הִתְנוֹעֵעַ [נוע]; הֵנִיעַ [נוע], הִרְעִיד [רעד]
oscillation, *n.*	הַרְעָדָה, נְעְנוּעַ
oscillator, *n.*	מַרְעִיד, נָע
osseous, *adj.*	גַּרְמִי
ossification, *n.*	הַגְרָמָה, הִתְגַּרְמוּת, הִתְקַשּׁוּת (לְעֶצֶם)
ossify, *v.t. & i.*	גָּרַם, הִגְרִים [גרם], הִתְקַשָּׁה (הִקְשָׁה) (קַשָּׁה) (לְעֶצֶם)

ostensible, *adj.*	נִרְאֶה, נָלוּי, בּוֹלֵט
ostentation, *n.*	יָהִירוּת, הִתְהַדְּרוּת
ostentatious, *adj.*	יָהִיר, מִתְהַדֵּר
ostler, *n.*	אָרְוָן
ostracism, *n.*	חֵרֶם, נִדּוּי
ostracize, *v.t.*	הֶחֱרִים [חרם]
ostrich, *n.*	נַעֲמָה, יָעֵן, בַּת יַעֲנָה
other, *adj. & n.*	אַחֵר, נוֹסָף
otherwise, *adv.*	אַחֶרֶת
otter, *n.*	כֶּלֶב הַנָּהָר
ottoman, *n.*	סַפָּה מְרֻפֶּדֶת, הֲדוֹם
	מַרְפֵּד, שַׁרְפְרָף
ought, *v.*	הָיָה (צָרִיךְ) מָן, וו. הָיָה רָאוּי
ounce, *n.*	אוּנְקִיָּה : 28.35 גְּרָמִים
our, *adj.*, ours, *pron.*	שֶׁלָּנוּ
ourselves, *pron.*	אָנוּ, אֲנַחְנוּ; אוֹתָנוּ,
	(בְּ)עַצְמֵנוּ
oust, *v.t.*	גֵּרֵשׁ, הוֹצִיא [יצא] הַחוּצָה
out, *adv.*	הַחוּצָה, מִחוּץ, בַּחוּץ, לַחוּץ
outbalance, *v.t.*	הִכְרִיעַ [כרע]
outbid, *v.t.*	הִצִּיעַ [יצע] יוֹתֵר
outbreak, *n.*	הִתְפָּרְצוּת
outburst, *n.*	פֶּרֶץ
outcast, *adj.*	נִדָּח, מָחֳרָם
outcast, *n.*	מֻנְדֶּה
outcome, *n.*	תּוֹצָאָה
outcrop, *v.i.*	צָמַח
outcry, *n.*	זְעָקָה, שַׁוְעָה
outdo, *v.t.*	עָלָה עַל
outdoor, *adj.*	מִחוּץ לַבַּיִת
outer, *adj.*	חִיצוֹנִי
outfit, *n.*	צִיּוּד, צֵידָה, תִּלְבֹּשֶׁת
outgoing, *adj.*	יוֹצֵא
outing, *n.*	יְצִיאָה; טִיּוּל
outlandish, *adj.*	מְשֻׁנֶּה, מוּזָר
outlast, *v.t.*	אָרַךְ (יוֹתֵר); שָׂרַד;
	הֶאֱרִיךְ [ארך] יָמִים (אַחֲרֵי)
outlaw, *n.*	נִדָּח, מֻפְקָר, גַּזְלָן, שׁוֹדֵד

outlaw, *v.t.*	הִפְקִיר [פקר]; אָסַר
outlay, *v.t.*	הוֹצִיא [יצא] כֶּסֶף
outlet, *n.*	מוֹצָא; שׁוּק
outline, *n.*	רָאשֵׁי פְּרָקִים, תֵּאוּר, תַּרְשִׁים
outline, *v.t.*	תֵּאֵר, רָשַׁם
outlive, *v.t. & i.*	הֶאֱרִיךְ [ארך] יָמִים
outlook, *n.*	סִכּוּי; נוֹף, מִצְפֶּה
outlying, *adj.*	מֵעֵבֶר לַגְּבוּלִים, מֻפְרָשׁ
outmaneuver, outmanoeuvre, *v.t.*	
	הָיָה יִתְרוֹן לְ־, עָבַר עַל
outnumber, *v.t.*	עָלָה בְּמִסְפָּר עַל
outpost, *n.*	מִצְבָּה, חֵיל מַצָּב
outpour, *n.*	שְׁפִיכוּת
output, *n.*	תּוֹצֶרֶת
outrage, *n.*	שַׁעֲרוּרִיָּה, עַוְלָה, נְבָלָה
outrage, *v.t.*	שִׁעֲרֵר, עִוֵּל, אָנַס
outrageous, *adj.*	מַחְפִּיר; נִתְעָב;
	מַבְהִיל; מְגֻנֶּה
outright, *adv. & adj.*	לְגַמְרִי, מִיָּד; יָשָׁר
outrun, *v.t.*	עָבַר אֶת (בִּמְרוּצָה)
outset, *n.*	הַתְחָלָה, רֵאשִׁית
outshine, *v.t.*	עָלָה עַל, הִצְטַיֵּן [צין];
	הִבְהִיק [בהק] יוֹתֵר, הִזְדַּהֵר [זהר]
outside, *adv.*	בַּחוּץ, הַחוּצָה
outside, *adj. & n.*	צְדָדִי, חִיצוֹנִי; חוּץ
outsider, *n.*	זָר
outskirts, *n. pl.*	עִבּוּר, פַּרְבָּר, פַּרְוָר
outspoken, *adj.*	אֲמִתִּי, גְּלוּי לֵב
outspread, *v.t. & i.*	פָּזַר, הִתְפַּזֵּר [פזר]
outstanding, *adj.*	מְצֻיָּן, נִכָּר, בּוֹלֵט
outstretch, *v.t.*	פָּשַׁט (יָד)
outwards, *adv.*	כְּלַפֵּי חוּץ
outweigh, *v.t.*	הִכְרִיעַ [כרע] (בְּמִשְׁקָל)
outwit, *v.t.*	חָכַם מ־, רִמָּה, הִתְחַכֵּם
	(חכם) עַל־
oval, *adj.*	סְגַלְגַּל (עֲגֹל מָאֳרָךְ), בֵּיצִי
ovary, *n.*	שַׁחֲלָה
ovation, *n.*	תְּרוּעָה, מְחִיאַת כַּפַּיִם

oven, n.	תַּנּוּר, כִּבְשָׁן
over, adv.	לְמַעְלָה מְ-, יוֹתֵר מִדַּי; "עֵבֶר" (בְּאֶלְחוּטָאוּת)
over, prep.	עַל, מֵעַל לְ-, נוֹסָף
overalls, n. pl.	סַרְבָּלִים
overawe, v.t.	הִשִּׁיל [נטל] פַּחַד
overbearing, adj.	מְדַכֵּא, רוֹדֶף, מֵעִיק
overboard, adv.	הַמַּיְמָה (מֵאֲנִיָּה)
overcast, adj.	מְעֻנָּן, מְכֻסֶּה עֲנָנִים
overcharge, n.	מְחִיר מֻפְרָז
overcharge, v.t. & i.	דָּרַשׁ מְחִיר מֻפְרָז, הֶעֱמִיס [עמס] יוֹתֵר מִדַּי
overcloud, v.t. & i.	הֶעֱיב [עוב], הִקְדִּיר [קדר], הֶחְשִׁיךְ [חשך]
overcoat, n.	בֶּגֶד, מְעִיל
overcome, v.t. & i.	יָכֹל לְ-, הִתְגַּבֵּר עַל
overdo, v.t.	הִפְרִיז [פרז] עַל הַמִּדָּה
overdraw, v.t.	הִגְזִים [גזם], הוֹצִיא [יצא] יוֹתֵר כֶּסֶף מִן הַיֵּשׁ בְּעַיִן
overdue, adj.	שֶׁהִגִּיעַ זְמַנּוֹ
overflow, n.	שֶׁטֶף
overflow, v.t. & i.	עָבַר (מִלֵּא) עַל גְּדוֹתָיו, הִשְׁתַּפֵּךְ [שפך]
overgrow, v.t. & i.	כִּסָּה בִּצְמָחִים, גָּדַל לְ- יוֹתֵר מִדַּי
overhang, v.t. & i.	תָּלָה מִמַּעַל, נִשְׁקַף [שקף]
overhaul, v.t.	הִדְבִּיק [דבק] (אֳנִיָּה), הִשִּׂיג [נשג]; בָּדַק, תִּקֵּן, שִׁפֵּץ
overhead, adv. & adj.	מִמַּעַל, שֶׁמִּלְמַעְלָה
overhear, v.t.	שָׁמַע דֶּרֶךְ אַגַּב
overland, adj.	עַל פְּנֵי הַיַּבָּשָׁה
overlap, v.t. & i.	פָּשַׂט עַל פְּנֵי חֵלֶק
overlay, v.t.	צִפָּה, כִּסָּה
overload, v.t.	הֶעֱמִיס [עמס] יוֹתֵר מִדַּי
overlook, v.t.	הִשְׁקִיף [שקף] עַל; הֶעֱלִים [עלם] עַיִן, סָלַח, שָׁכַח
overmuch, adj.	רַב מִדַּי
overnight, adv. & n.	מֶשֶׁךְ הַלַּיְלָה; אֶמֶשׁ
overpower, v.t.	הִתְגַּבֵּר [גבר] עַל, נָבַר עַל, הִכְרִיעַ [כרע], הִכְנִיעַ [כנע]
overproduction, n.	תּוֹצֶרֶת יְתֵרָה
overreach, v.t.	רִמָּה, הֶעֱרִים [ערם]
override, v.t.	רָמַס; בִּטֵּל
overrule, v.t.	בִּטֵּל, הֶחֱלִיט [חלט] נֶגֶד
overrun, v.t. & i.	הִתְפַּשֵּׁט [פשט] עַל, עָבַר אֶת הַמִּטָּרָה (אֶת הַגְּבוּל), עַל גְּדוֹתָיו
overseas, adv.	מֵעֵבֶר לַיָּם, בִּמְדִינוֹת הַיָּם
oversee, v.t. & i.	הֶעֱלִים [עלם] עַיִן; הִשְׁגִּיחַ [שגח]
overshoe, n.	מַגָּף, עַרְדָּל
overshoot, v.t.	הֶחֱטִיא [חטא] אֶת הַמַּטָּרָה
oversight, n.	הַעֲלָמַת עַיִן, שִׁכְחָה, טָעוּת; הַשְׁגָּחָה
oversize, n.	מִדָּה גְּדוֹלָה מִדַּי
oversleep, v.i.	אֵחַר בַּשֵּׁנָה
overstate, v.t.	הִגְזִים [גזם]
overstep, v.t. & i.	עָבַר עַל, פָּשַׁע
overt, adj.	גָּלוּי
overtake, v.t.	הִדְבִּיק [דבק], הִשִּׂיג [נשג]
overthrow, v.t.	מִגֵּר, נִצַּח, הִפִּיל [נפל]
overtime, n.	עֹדֶף זְמַן, זְמַן עֲבוֹדָה נוֹסָף
overture, n.	פְּתִיחָה (בִּנְגִינָה), הַקְדָּמָה
overturn, v.t. & i.	הָפַךְ
overweight, n.	עֹדֶף מִשְׁקָל
overwhelm, v.t.	הִכְנִיעַ [כנע]
overwork, n.	עֲבוֹדָה יְתֵרָה
overwork, v.t. & i.	עָבַד יוֹתֵר מִדַּי, הֶעֱבִיד [עבד] יוֹתֵר

ovum, n.	בֵּיצָה	
owe, v.t. & i.	חָב, [חוֹב], הָיָה חַיָב	
owl, n.	יַנְשׁוּף, לִילִית, כּוֹס, תִּנְשֶׁמֶת	
own, adj.	שֶׁל עַצְמוֹ	
own, v.t.	הָיָה (שֶׁיָּדוֹ) לְ־; הוֹדָה [ידה]	
owner, n.	בַּעַל	
ownership, n.	בַּעֲלוּת	

ox, n.	שׁוֹר
oxide, oxid, n	תַּחְמֹצֶת
oxidize, v.t. & i.	חִמְצֵן, הִתְחַמְצֵן [חמצן]
oxygen, n.	חַמְצָן, אַבְחֶמֶץ
oyster, n.	צְדָפָה
ozone, n.	חַמְצָן (יַמִּי) רֵיחָנִי

P, p

P, p, n.	פִּי, הָאוֹת הַשֵּׁשׁ עֶשְׂרֵה בָּאָלֶף בֵּית הָאַנְגְּלִי
pace, n. & v.i.	צַעַד, פְּסִיעָה; צָעַד
pacific, adj.	מַשְׁלִים, שָׁקֵט, מַרְגִּיעַ
pacificate, v.t.	הִשְׁלִים [שלם], הִרְגִּיעַ [רגע]
pacification, n.	הַשְׁלָטַת (שֶׁקֶט) שָׁלוֹם
pacifism, n.	אַהֲבַת הַשָּׁלוֹם, שְׁלוֹמָנוּת
pacifist, n.	שְׁלוֹמָן, אוֹהֵב שָׁלוֹם
pacify, v.t.	עָשָׂה שָׁלוֹם, פִּיֵּס
pack, n.	צְרוֹר, חֲבִילָה; כְּנֻפְיָה, לַהֲקָה, עֵדָה
pack, v.t.	אָרַז, צָרַר, הֶעֱמִיס [עמס]
package, n.	חֲבִילָה, צְרוֹר
packer, n.	אוֹרֵז
packet, n.	חֲפִיסָה
packing, n.	אֲרִיזָה
packsaddle, n.	מַרְדַּעַת
pact, n.	בְּרִית, אֲמָנָה
pad, n.	לוּחַ כְּתִיבָה, כַּר; רָפָד
pad, v.t.	רִפֵּד
padding, n.	רִפּוּד
paddle, n., v.t. & i.	מָשׁוֹט; חָתַר
paddock, n.	גִּדְרָה, דִּיר
padlock, n.	מַנְעוּל תָּלוּי
padre, n.	כֹּמֶר
pagan, adj.	אֱלִילִי

pagan, n.	עוֹבֵד אֱלִילִים
paganism, n.	עֲבוֹדַת אֱלִילִים, אֱלִילִיּוּת
page, n.	נַעַר; עַמּוּד, דַּף
pageant, n.	תַּהֲלוּכָה
pail, n.	דְּלִי
pailful, adj.	מְלֹא הַדְּלִי
pain, n.	כְּאֵב, מֵחוּשׁ, מַכְאוֹב; צִיר, חֶבֶל
pain, v.t.	הִכְאִיב [כאב]; צִעֵר, הֶעֱצִיב [עצב]
painful, adj.	מַכְאִיב; מְצַעֵר
painless, adj.	חֲסַר כְּאֵב
painstaking, adj.	מְחָאַמֵּץ; חָרוּץ
paint, n.	צֶבַע
paint, v.t. & i.	צָבַע, צִיֵּר; תֵּאֵר; כִּחֵל; פִּרְכֵּס (פָּנִים)
painter, n.	צַבָּע; צַיָּר
painting, n.	צִיּוּר, תְּמוּנָה; צְבִיעָה; פִּרְכּוּס (פָּנִים)
pair, n.	זוּג, צֶמֶד
pair, v.t. & i.	זִוֵּג, הִזְדַּוֵּג [זוג]
pajamas, pyjamas, n. pl.	בִּגְדֵי שֵׁנָה
pal, n.	חָבֵר, רֵעַ, יָדִיד, עָמִית
palace, n.	הֵיכָל, אַרְמוֹן
palatable, adj.	עָרֵב
palatal, adj.	חִכִּי
palate, n.	חֵךְ
palatial, adj.	אַרְמוֹנִי, מְפֹאָר

13*

palaver, n.	שִׂיחָה; פִּטְפְּטָנוּת, פִּטְפּוּט	pang, n.	צִיר (חֶבְל לֵדָה), מַכְאוֹב
pale, adj., v.i. & t.	חִוֵּר, לְבַנְבַּן; חָוַר,	panhandle, n.	יָדִית הָאִלְפָּס
	הִלְבִּין (לָבָן); גָּדֵר	panic, adj. & n.	(שֶׁל) בֶּהָלָה
paleness, n.	חִוָּרוֹן	panic-stricken, adj.	מֻכֵּה פַחַד
Palestine, n.	אֶרֶץ יִשְׂרָאֵל	panorama, n.	נוֹף, מַרְאֶה כְּלָלִי
palette, n.	לוּחַ הַצְּבָעִים (שֶׁל הַצַּיָּר)	pansy, n.	אַמְנוֹן וְתָמָר, סַרְעֶפֶת
palfrey, n.	סוּס רְכִיבָה קָטָן (לְנָשִׁים)	pant, v.i.	נָשַׁם בִּמְהִירוּת; דָּפַק (הַלֵּב)
palisade, n.	חֲפוּף, מִצָּב		בְּחָזְקָה, עָרַג, הִתְאַנָּה [אוה]
pallbearer, n.	נוֹשֵׂא מִטַּת הַמֵּת	pantaloons, n. pl.	מִכְנָסַיִם, תַּחְתּוֹנִים
pallet, n.	מִטָּה דַלָּה; כַּף יוֹצְרִים	panther, n.	בַּרְדְּלָס
palliate, v.t.	הֵקֵל (קֵלֵל) (כְּאֵב),	pantomime, n.	מִשְׂחָק בְּלֹא מִלִּים,
	הִמְתִּיק (מתק) (דִּין)		מָעוֹנִית, חִקּוּי כֹּל
pallid, adj.	חִוֵּר, לְבַנְבַּן	pantry, n.	מִסְכֶּנֶת
pallor, n.	חִוָּרוֹן	pants, n. pl.	מִכְנָסַיִם, תַּחְתּוֹנִים
palm, n.	כַּף (פַּס) יָד; תָּמָר, דֶּקֶל	pap, n.	דַּיְסָה, מִקְפָּה, מִקְפִּית
palm, v.t.	נָגַע בְּ־, מִשְׁמֵשׁ; לָחַץ יָד;	papa, n.	אַבָּא
	שִׁחֵד, רִמָּה	papal, adj.	אַפִּיפְיוֹרִי
palmist, n.	קוֹרֵא (מְנַחֵשׁ) יָד	paper, n.	נְיָר; עִתּוֹן; חִבּוּר
palpability, n.	מַמָּשׁוּת, מוּחָשִׁיּוּת	paprika, paprica, n.	פִּלְפֵּל אָדֹם
palpable, adj.	מַמָּשִׁי, מוּחָשִׁי	papyrus, n.	גֹּמֶא, אָחוּ
palpitate, v.i.	דָּפַק, נָקַף	par, n.	שִׁוְיוֹן
palpitation, n.	דְּפִיקַת (נְקִיפַת) הַלֵּב	parable, n.	מָשָׁל
palsy, n. & v.t.	שִׁתּוּק; שִׁתֵּק	parabola, n.	תִּקְבֹּלֶת
palter, v.i.	הֶעֱרִים [ערם]	parachute, n., v.t. & i.	מַצְנֵחַ, הִצְנִיחַ
paltry, adj.	קַל עֵרֶךְ		[צנח]
pamper, v.t.	פִּנֵּק, הִלְעִיט [לעט], פִּטֵּם	parachutist, n.	צַנְחָן
pamphlet, n.	חוֹבֶרֶת	parade, n., v.t. & i.	תַּהֲלוּכָה; עָרַךְ
pamphleteer, n. & v.i.	כּוֹתֵב חוֹבָרֹת;		תַּהֲלוּכָה, עָבַר בְּסַךְ
	כָּתַב חוֹבָרֹת	paradise, n.	עֵדֶן, גַּן עֵדֶן
pan, n.	מַחֲבַת, אִלְפָּס	paradox, n.	הֶפֶּךְ, הִפּוּכוֹ שֶׁל דָּבָר
pancake, n.	לְבִיבָה, חֲמִיטָה	paraffin, n.	שֶׁמֶן מַחְצָבִי
pancreas, n.	לַבְלָב	paragon, n.	סֵמֶל, מוֹפֵת, דֻּגְמָה
pandemonium, n.	מְהוּמָה	paragraph, n.	פִּסְקָה, סָעִיף (§)
pander, v.i.	סִרְסֵר	parallel, adj.	מַקְבִּיל, שָׁוֶה, דּוֹמֶה
pane, n.	שִׁמְשָׁה, זְגוּגִית	parallel, n.	קַו מַקְבִּיל
panegyric, n.	תְּהִלָּה, שִׁיר שֶׁבַח	parallelism, n.	הַקְבָּלָה
panel, n.	לוּחַ, קֶרֶשׁ; מַלְבֵּן; חֲפוּי;	parallelogram, n.	מַקְבִּילִית, מַקְבִּילוֹן
	קְבוּצַת (רְשִׁימַת) שׁוֹפְטִים; סָפִין	paralysis, n.	שָׁבָץ, שִׁתּוּק

paralytic, adj.	מְשֻׁתָּק
paralyze, v.t.	שִׁתֵּק
paramount, adj.	הַגָּדוֹל (הַנִּכְבָּד)
	בְּיוֹתֵר, רִאשׁוֹן בְּמַעֲלָה
paramour, n.	אָהוּב, אֲהוּבָה, פִּילֶגֶשׁ
parapet, n.	מַעֲקֶה
paraphernalia, n. pl.	אֲבָנִים, דְּבָרִים
	אִישִׁיִּים; פְּתִינִיל
paraphrase, n.	עִבּוּד, תַּרְגּוּם חָפְשִׁי
parasite, n.	טַפִּיל
parasitic, parasitical, adj.	טַפִּילִי
parasol, n.	סוֹכֵךְ, שִׁמְשִׁיָּה, מִטְרִיָּה
parboil, v.t.	בִּשֵּׁל בְּמִקְצָת
parcel, n. & v.t.	חֲבִילָה, צְרוֹר; חִלֵּק
parcel post, n.	דֹּאַר חֲבִילוֹת
parch, v.t. & i.	יָבֵשׁ, יִבֵּשׁ, חָרַךְ, נֶחַר
	(גָּרוֹן)
parchment, n.	קֶלֶף, גְּוִיל
pardon, n.	חֲנִינָה, מְחִילָה, סְלִיחָה
pardon, v.t.	מָחַל, סָלַח, חָנַן
pare, v.t.	קִלֵּף
parent, n.	אָב, הוֹרֶה; אֵם, הוֹרָה
parentage, parenthood, n.	מָקוֹר;
	אֲבָהוּת; אִמָּהוּת
parenthesis, n.	סוֹגְרַיִם, חֲצָאֵי לְבָנָה
pariah, n.	מֻנְדֶּה
parish, n.	קְהִלָּה, עֵדָה, נָפָה
parishioner, n.	חָבֵר לִקְהִלָּה
parity, n.	שִׁרְיוֹן, שִׁוּוּי
park, n.	בִּיתָן, גַּן טִיּוּל, גַּן עִירוֹנִי
park, v.t.	הֶחֱנָה [חנה] (מְכוֹנִית)
parking, n.	חֲנָיָה, חֲנִיָּה
parkway, n.	כְּבִישׁ שְׂדֵרוֹת, מְסִלָּה רָאשִׁית
parlance, n.	דִּבּוּר, אֹפֶן הַדִּבּוּר
parley, n.	מַשָּׂא וּמַתָּן, שִׂיחָה
parley, v.i.	נָשָׂא וְנָתַן
parliament, n.	מִרְשָׁן, בֵּית מִרְשָׁים,
	כְּנֶסֶת
parliamentarian, n.	מִרְשָׁה, חָבֵר כְּנֶסֶת
parlor, n.	אוּלָם
parochial, adj.	קְהִלָּתִי, צַר אֹפֶק
parody, n.	חִקּוּי, שְׂחוֹק, שְׁנִינָה
parole, n.	הֵן צֶדֶק; אִמְרָה; שִׁבֹּלֶת
paroxysm, n.	תְּקִיפָה
parquet, n.	רִצְפַּת עֵץ
parricide, n.	רְצִיחַת אָב (אֵם); הוֹרֵג
	אָב (אֵם)
parrot, n. & v.t.	תֻּכִּי, חִקָּה כְּתֻכִּי
parry, n.	דְּחִיָּה, נְסִיגָה
parry, v.t.	הָדַף, דָּחָה
parsimonious, adj.	חַסְכָנִי, קַמְצָנִי
parsimony, n.	קַמְצָנוּת, חַסְכָנוּת
parsley, n.	נֵץ חָלָב, כַּרְפַּס
parsnip, n.	תָּרוֹלְבָתוֹר
parson, n.	כֹּהֵן, גַּלָּח, כֹּמֶר
part, n.	חֵלֶק, גֶּזֶר, קֶטַע, תַּפְקִיד
part, v.t. & i.	חִלֵּק, הִפְרִיד [פרד]
	נֶפְסַר [פסר], נִפְרַד [פרד]
partake, v.i.	הִשְׁתַּתֵּף [שתף] בְּ־, לָקַח
	חֵלֶק בְּ־
partial, adj.	מַעֲדִיף, נוֹשֵׂא פָּנִים;
	חֶלְקִי
partiality, n.	הַעֲדָפָה, נְשִׂיאַת פָּנִים
participant, n.	מִשְׁתַּתֵּף
participation, n.	הִשְׁתַּתְּפוּת
participle, n.	שֵׁם הַפְּעֻלָּה, בֵּינוֹנִי
	(דִּקְדּוּק)
particle, n.	גּוּשִׁישׁ; מִלַּת הַטַּעַם
	(דִּקְדּוּק)
particular, adj.	פְּרָטִי, מְיֻחָד; קַפְּדָן
particular, n.	פְּרָט
particularize, v.t. & i.	פֵּרֵט, פֵּרֵס
partisan, adj. & n.	מִפְלַגְתִּי; לוֹחֵם סֵתֶר
partisanship, n.	לְחִימַת יְחִידִים;
	מִפְלַגְתִּיּוּת
partition, n.	חֲלֻקָּה; מְחִיצָה

partition	pauperize

partition, v.t.	חִלֵּק; חָצַץ
partner, n.	שֻׁתָּף, חָבֵר לְדָבָר
partnership, n.	שֻׁתָּפוּת
partridge, n.	קוֹרֵא, חָגְלָה, תַּרְנְגוֹל בַּר
parturition, n.	לֵדָה
party, n.	מִפְלָגָה, סִיעָה; צַד; חֲבָרָה; נֶשֶׁף; מְסִבָּה
pass, n.	מַעֲבָר; רִשָּׁיוֹן; עֲמִידָה (בִּבְחִינָה)
pass, v.t. & i.	עָבַר, הִסְתַּלֵּק [סלק]; הָיָה, קָרָה; הִתְקַבֵּל [קבל]; הֶעֱבִיר [עבר]; חָרַץ (מִשְׁפָּט); אִשֵּׁר; בִּלָּה (זְמָן); עָמַד (בִּבְחִינָה)
passable, adj.	עָבִיר; בֵּינוֹנִי
passage, n.	מִסְדְּרוֹן; נְסִיעָה; מַעֲבָר; פִּסְקָה
passenger, n.	נוֹסֵעַ
passion, n.	יֵצֶר, חֵשֶׁק, תַּאֲוָה, תְּשׁוּקָה; סֵבֶל; חֵמָה, כַּעַס; רֶגֶשׁ
passionate, adj.	מִתְאַנֶּה, חוֹשֵׁק, חוֹמֵד; רַגְשָׁנִי
passive, adj.	סָבִיל, אָדִישׁ
Passover, n.	פֶּסַח
passport, n.	דַּרְכִּיָּה, דַּרְכּוֹן
password, n.	סִיסְמָה, אוֹת, סִימָן הֶכֵּר, שִׁבֹּלֶת
past, adj. & n.	(זְמָן) עָבַר, שֶׁעָבַר
paste, n. & v.t.	דֶּבֶק, טְפוּל; דִּבֵּק, הִדְבִּיק [דבק], סָפַל
pasteboard, n.	נְיָרֶת
pastel, n.	דֶּבֶק צְבָעִים, צִבְעוֹנִית
pasteurize, v.t.	חִטֵּא (פִּסְטֵר)
pastime, n.	שַׁעֲשׁוּעִים
pastor, n.	כֹּמֶר, כֹּהֵן, רוֹעֶה הָעֵדָה
pastoral, adj. & n.	רוֹעִי; שֶׁל כֹּהֵן; שִׁיר רוֹעִים
pastry, n.	מַאֲפֶה, עוּגוֹת, תֻּפִינִים
pasturage, n.	מִרְעֶה, אֵפֶר

pasture, n.	דֹּבֶר, מִרְעֶה
pasture, v.t.	רָעָה, הִרְעָה [רעה]
pat, n.	לְטִיפָה
pat, v.t.	לָטַף
patch, n.	טְלַאי
patch, v.t.	הִטְלִיא [טלא], תִּקֵּן
pate, n.	גֻּלַּת הָרֹאשׁ, מֹחַ
patent, n. & v.t.	זְכוּת יָחִיד; זִכָּה
paternal, adj.	אַבְהִי
paternity, n.	אַבְהוּת
path, n.	שְׁבִיל, מִשְׁעוֹל
pathetic, pathetical, adj.	נוֹגֵעַ עַד הַלֵּב, מַעֲצִיב
pathological, adj.	חוֹלָנִי
pathos, n.	הִתְלַהֲבוּת; רֶגֶשׁ צַעַר
pathway, n.	נָתִיב
patience, n.	סַבְלָנוּת
patient, adj.	סַבְלָן
patient, n.	חוֹלֶה
patriarch, n.	אָב קַדְמוֹן, אָב רִאשׁוֹן
patriarchs, n.pl.	(הָ)אָבוֹת
patrimony, n.	מוֹרָשָׁה, נַחֲלַת אָבוֹת
patriot, n.	מוֹלַדְתָּן, אוֹהֵב אַרְצוֹ
patriotic, adj.	מוֹלַדְתִּי קַנַּאי, לְאֻמִּי
patriotism, n.	אַהֲבַת הַמּוֹלֶדֶת, מוֹלַדְתִּיּוּת, לְאֻמִּיּוּת, קַנָּאוּת
patrol, n.	מִשְׁמָר, מִשְׁמֶרֶת
patrol, v.t. & i.	שָׁמַר, מִשְׁמֵר
patrolman, n.	אִישׁ מִשְׁמָר, שׁוֹטֵר
patron, n.	מְסַיֵּעַ, תּוֹמֵךְ, חוֹסֶה
patronage, n.	חָסוּת
patronize, v.t.	תָּמַךְ
patter, n., v.t. & i.	פִּטְפֵּט; מִלְמֵל
pattern, n.	דֻּגְמָה, תַּבְנִית
paunch, n.	בֶּטֶן, קֵבָה
pauper, n.	קַבְּצָן, אֶבְיוֹן, רָשׁ
pauperism, n.	קַבְצָנוּת, אֶבְיוֹנוּת
pauperize, v.t.	רוֹשֵׁשׁ, דִּלְדֵּל

pause, n.	שְׁהִיָּה, הַפְסָקָה
pause, v.i.	שָׁהָה, הִפְסִיק [פסק]
pave, v.t.	רָצַף, סָלַל
pavement, n.	מִדְרָכָה, מַרְצֶפֶת
pavilion, n.	בֵּיתָן
paw, n.	רֶגֶל (הַחַי)
pawn, n.	עֵרָבוֹן, חֲבוֹל, מַשְׁכּוֹן; חַיָל (בְּשַׂחְמָט)
pawn, v.t.	מִשְׁכֵּן, חָבַל, הֶעֱבִיט [עבט]
pawnbroker, n.	מַלְוֶה בְּמַשְׁכּוֹן
pawnshop, n.	מַעֲבָטָה, בֵּית מַשְׁכּוֹנוֹת
pay, n.	תַּשְׁלוּם, שָׂכָר, מַשְׂכֹּרֶת
pay, v.t. & i.	שָׁלֵם, פָּרַע, הוֹעִיל [יעל]
payment, n.	תַּשְׁלוּם
pea, n.	אֲפוּנָה
peace, n.	שָׁלוֹם, מְנוּחָה, שַׁלְוָה
peaceably, adv.	בְּ(דֶרֶךְ) שָׁלוֹם
peaceful, adj.	שְׁלוֹמִי, שָׁלֵו, שׁוֹקֵט
peach, n.	אֲפַרְסֵק
peacock, n.	טַוָּס
peak, n.	רֹאשׁ הַר, צוּק, שֵׁן סֶלַע; מִצְחָה (שֶׁל כּוֹבַע)
peal, n.	צִלְצוּל פַּעֲמוֹנִים
peal, v.i.	צִלְצֵל
peanut, n.	בֹּטֶן, אֱגוֹז אֲדָמָה
pear, n.	אַגָּס
pearl, n.	מַרְגָּלִית, פְּנִינָה, דַר
peasant, n.	אִכָּר, חַקְלַאי, עוֹבֵד אֲדָמָה
peasantry, n.	אִכָּרוּת, אִכָּרִים
peat, n.	כָּבוּל
pebble, n.	צְרוֹר, חָצָץ, חַלּוּק
peck, n.	נְקִירָה, פֶּק, פִּיק (רֶבַע בּוּשֶׁל)
peck, v.t.	נָקַר, הִקִּישׁ [נקש] בְּמַקּוֹר
peculation, n.	מְעִילָה
peculiar, adj.	אָפְיָנִי, מְשֻׁנֶּה
peculiarity, n.	זָרוּת
pecuniary, adj.	כַּסְפִּי, מָמוֹנִי
pedagogic, adj.	חִנּוּכִי

pedagogue, pedagog, n.	מְחַנֵּךְ
pedagogy, n.	חִנּוּךְ, תּוֹרַת הַהוֹרָאָה
pedal, adj.	שֶׁל הָרֶגֶל
pedal, n. & v.t.	דַּוְשָׁה; דָּוַשׁ
pedant, n.	נַקְדָּן, דַּיְקָן, קַפְּדָן
pedantic, adj.	נַקְדָּנִי, דַּיְקָנִי, קַפְּדָנִי
pedantry, n.	דַּיְקָנוּת, קַפְּדָנוּת
peddle, v.t. & i.	רָכַל
peddler, n.	רוֹכֵל
pedestal, n.	תּוֹשֶׁבֶת, אֶדֶן, בָּסִיס
pedestrian, adj. & n.	הוֹלֵךְ בְּרֶגֶל
pedigree, n.	שַׁלְשֶׁלֶת יָחֲסִין, יִחוּס, יַחַשׂ
peek, n.	סְקִירָה, מַבָּט
peek, v.i.	סָקַר, הֵצִיץ [ציץ]
peel, n.	מִגְרָדָה (אוֹפִים), קְלִפָּה
peel, v.t. & i.	פָּקַל (בְּצָלִים), קָלַף, הִתְקַלֵּף [קלף]
peep, n.	מַבָּט, הַצָּצָה; צִיּוּץ; צִפְצוּף
peep, v.i.	הֵצִיץ [ציץ]; צִפְצֵף
peer, v.i.	הִתְבּוֹנֵן [בין]
peevish, adj.	נִרְגָּן
peg, n.	יָתֵד, וָו (מֵעֵץ), תְּלִי; מַשְׁקֶה חָרִיף; מַדְרֵגָה, מַעֲלָה
peg, v.t.	תָּקַע, קָבַע; עָמַל
pelican, n.	שַׂקְנַאי
pellagra, n.	דַּלֶּקֶת הָעוֹר
pellet, n.	כַּדּוּרִית
pell-mell, pelimell, adv.	בְּעִרְבּוּבְיָה
pelt, n.	עוֹר, פַּרְוָה
pelvic, adj.	שֶׁל אַגַּן הַיְרֵכַיִם
pelvis, n.	אַגַּן הַיְרֵכַיִם
pen, n.	מִכְלָא, דִּיר
pen, v.t.	כָּלָא בְּמִכְלָא, כָּנַס לְדִיר
pen, n. & v.t.	עֵט; כָּתַב
penal, adj.	שֶׁל עֹנֶשׁ
penalize, v.t.	עָנַשׁ
penalty, n.	עֹנֶשׁ
penance, n.	תְּשׁוּבָה, חֲרָטָה

pence, n.	אֲגוֹרוֹת (אַנְגְּלִיּוֹת), פֶּרוּטוֹת
penchant, n.	נְטִיָּה
pencil, n.	עִפָּרוֹן, אַבְרוֹן
pendant, n.	נְטִיפָה
pendulous, adj.	תָּלוּי וּמִתְנַעֲנֵעַ
pendulum, n.	מְטֻלְטֶלֶת, מְטֻלְטֶלֶת
penetrable, adj.	חָדִיר
penetrate, v.t. & i.	חָדַר
penetration, n.	חֲדִירָה
peninsula, n.	חֲצִי אִי
penis, n.	זְמוֹרָה, גִּיד, אֵבֶר, אַמָּה, וָסִיב, שַׁמָּשׁ
penitence, n.	תְּשׁוּבָה, חֲרָטָה
penitent, adj. & n.	מִתְחָרֵט, חוֹזֵר בִּתְשׁוּבָה
penitentiary, n.	כֶּלֶא, בֵּית (סֹהַר) אֲסוּרִים
penknife, n.	אוֹלָר
pennant, n.	דִּגְלוֹן
penniless, adj.	חֲסַר פְּרוּטָה, אֶבְיוֹן
penny, n.	פְּרוּטָה, אֲגוֹרָה (אַנְגְּלִית)
pension, n.	קִצְבָּה
pension, v.t.	נָתַן (קָבַע) קִצְבָּה
pensive, adj.	שָׁקוּעַ בְּמַחֲשָׁבוֹת
pentagon, n.	מְחֻמָּשׁ (מְשֻׁכְלָל)
Pentecost, n.	שָׁבוּעוֹת
penthouse, n.	דִּירַת (עֲלִיַּת) גַּג
penurious, adj.	קַמְצָנִי
penury, n.	דַּלּוּת
people, n.	עַם, לְאֹם, גּוֹי, אֻמָּה, אֲנָשִׁים
people, v.t.	יִשֵּׁב, מִלֵּא (אֶרֶץ) תּוֹשָׁבִים
pepper, n.	פִּלְפֵּל
peppermint, n.	נַעְנָע
peppery, adj.	מְפֻלְפָּל, חָרִיף
pepsin, n.	מִיץ עִכּוּל
perambulate, v.t. & i.	הָלַךְ, טִיֵּל, עָבַר בְּ-
perambulation, n.	הֲלִיכָה, טִיּוּל
perambulator, n.	עֶגְלַת יְלָדִים
perceive, v.t.	חָשׁ [חוש], הִרְגִּישׁ [רגש]; בֵּן [בין]
per cent, per centum, n.	מֵאִית, אָחוּז, אָחוּז לְמֵאָה (%)
percentage, n.	אֲחוּזִים (לְמֵאָה)
percept, n.	מוּדְחָשׁ
perceptibility, n.	חִישָׁה
perception, n.	הַרְגָּשָׁה, בִּינָה, הַשְׁקָפָה, תְּחוּשָׁה, הַמְחָשָׁה, תְּפִיסָה
perceptive, adj.	מַרְגִּישׁ, מַשִּׂיג, תּוֹפֵס
perch, n.	מוֹט, כַּד עוֹפוֹת, נָמְרָה (דָּג)
perch, v.i.	יָשַׁב עַל מוֹט
perchance, adv.	אוּלַי
percolate, v.t. & i.	סִנֵּן, הִסְתַּנֵּן [סנן]
percolator, n.	מְסַנֶּנֶת, מַסְנֵן
percussion, n.	תְּפִיפָה, וְעֲזוּעַ
perdition, n.	כְּלָיָה, אֲבַדּוֹן, חָרְבָּן
peregrination, n.	נְדוּדִים
peremptory, adj.	מֻכְרָע, מָחֳלָט; עַקְשָׁנִי
perennial, adj.	רַב שָׁנָתִי; תְּמִידִי; אֵיתָן
perfect, adj.	שָׁלֵם, לְלֹא מוּם, מְשֻׁכְלָל
perfect, n.	עָבָר (דִּקְדּוּק)
perfect, v.t.	שִׁכְלֵל
perfection, n.	שִׁכְלוּל
perfidious, adj.	בּוֹגֵד
perfidy, n.	בְּגִידָה
perforate, v.t.	נִקֵּב, חָרַר, קָדַח
perforation, n.	חוֹר, נֶקֶב; נְקִיבָה
perforce, adv.	בְּחָזְקָה
perform, v.t. & i.	עָשָׂה, פָּעַל, בִּצַּע, הִצִּיג [יצג]
performance, n.	בִּצּוּעַ; הַצָּגָה
performer, n.	מְבַצֵּעַ; מַצִּיג
perfume, n. & v.t.	בֹּשֶׂם, זָלַח; בִּשֵּׂם
perfumery, n.	מִבְשָׂמָה
perfunctory, adj.	רַשְׁלָנִי
perhaps, adv.	אוּלַי, אֶפְשָׁר

peril, n. & v.t.	סַכָּנָה; סִכֵּן	persecute, v.t.	רָדַף
perilous, adj.	מְסֻכָּן	persecution, n.	רְדִיפָה
perimeter, n.	הֶקֵּף	persecutor, n.	רוֹדֵף
period, n. (.)	תְּקוּפָה, עִדָּן, עֵת, נְקֻדָּה;	perseverance, n.	הַתְמָדָה
	סוֹף פָּסוּק	persevere, v.i.	הִתְמִיד [תמד]
periodic, adj.	עִתִּי	persiflage, n.	לַעַג, פִּטְפּוּט
periodical, n.	עִתּוֹן, בִּטָּאוֹן	persist, v.i.	הִתְמִיד [תמד] בְּ־, עָמַד
periphery, n.	הֶקֵּף		(בְּ־) עַל דַּעְתּוֹ
periscope, n.	צוֹפָה כָּל	persistence, n.	עַקְשָׁנוּת
perish, v.t.	אָבַד, סָפָה, נָבַל	persistent, adj.	עַקְשָׁנִי, שׁוֹקֵד
perishable, adj.	שָׁחִית	person, n.	אִישׁ, גּוּף, אָדָם, בֶּן אָדָם
peritonitis, n.	צַפֶּקֶת	first person	מְדַבֵּר, גּוּף רִאשׁוֹן
periwig, n.	פֵּאָה נָכְרִית	second person	נֹכֵחַ, גּוּף שֵׁנִי
periwinkle, n.	חִלָּזוֹן הָאַרְגָּמָן; חוֹפָנִית	third person	נִסְתָּר, גּוּף שְׁלִישִׁי
perjure, v.t.	נִשְׁבַּע [שבע] לַשֶּׁקֶר	personage, n.	אָדָם חָשׁוּב
perjury, n.	שְׁבוּעַת שֶׁקֶר	personal, adj.	פְּרָטִי, אִישִׁי
perk, v.t. & i.	הִתְנַהֵר [נהר]; יָפָה	personality, n.	אִישִׁיּוּת
perky, adj.	שׁוֹבָב, חָצוּף	personification, n.	הִתְגַּשְּׁמוּת, גִּשּׁוּם
permanence, n.	תְּמִידוּת	personify, v.t.	גִּשֵּׁם, הִלְבִּישׁ [לבש]
permanency, n.	קְבִיעוּת		צוּרָה
permanent, adj.	תְּמִידִי	personnel, n.	צֶוֶת, סֶגֶל, חֶבֶר הָעוֹבְדִים
permeation, n.	חַדִירָה	perspective, n.	סִפּוּי; מֶרְחָק מְסֻיָּם
permissible, adj.	מֻתָּר	perspicacity, n.	חַדּוּת, חֲרִיפוּת (שֵׂכֶל)
permission, n.	רְשׁוּת, הַתָּרָה	perspicuous, adj.	מוּבָן, בָּרוּר, בָּהִיר
permit, n.	רִשָּׁיוֹן	perspiration, n.	הַזָּעָה
permit, v.t. [רשה]	הִתִּיר [נתר], הִרְשָׁה	perspire, v.i.	הִזִּיעַ [זוע]
permutation, n.	תְּמוּרָה	persuade, v.t. & i. [כנע]	שִׁכְנַע, הִשְׁתַּכְנַע
pernicious, adj.	מַזִּיק	persuasion, n.	הִשְׁתַּכְנְעוּת, שִׁכְנוּעַ
perpendicular, adj.	זָקוּף, אֲנָכִי	persuasive, adj.	מְשַׁכְנֵעַ
perpetrate, v.t.	עָבַר (עֲשָׂה) עֲבֵרָה, חָטָא	pert, adj.	עַז פָּנִים, חָצוּף
perpetual, adj.	תְּמִידִי, נִצְחִי	pertain, v.i.	הִתְיַחֵס [יחס]
perpetuate, v.t.	הִנְצִיחַ [נצח]	pertinacious, adj.	קְשֵׁה עֹרֶף, עַקְשָׁן
perpetuation, n.	הַנְצָחָה	pertinacity, n.	עַקְשָׁנוּת, קְשִׁי עֹרֶף
perpetuity, n.	נִצְחִיּוּת, תְּמִידוּת, עַד	pertinence, pertinency, n.	הַתְאָמָה,
perplex, v.t.	בִּלְבֵּל, הֶדְהִים [דהם]		שַׁיָּכוּת
perplexity, n.	מְבוּכָה, שִׁגּוּשׁ	pertinent, adj.	מַתְאִים, שַׁיָּךְ (לָעִנְיָן)
perquisite, n.	תּוֹסֶפֶת שָׂכָר; הַכְנָסָה;	perturb, v.t.	הִדְאִיג [דאג], הִרְגִּיז [רגז],
	הַעֲנָקָה		הִפְרִיעַ [פרע], הֵבִיךְ [בוך]

perturbation, n.	מְבוּכָה, הִתְרַגְּשׁוּת
perusal, n.	עִיּוּן, קְרִיאָה
peruse, v.t.	קָרָא, סָקַר
pervade, v.t.	חָדַר
perverse, adj.	מָסֻלָּף, מְעֻקָּל, מְעֻנֶּת
perversion, n.	סִלּוּף, סֵרוּס, עִוּוּת
perversity, n.	עִקְשׁוּת, סֶלֶף, שְׁחִיתוּת
pervert, n.	מֻשְׁחָת
pervert, v.t.	הִשְׁחִית [שחת] (מִדּוֹת),
	עִנָּת (דִּין), הָפַךְ (סִלֵּף) דְּבָרִים
pessimism, n.	יֵאוּשׁ
pessimist, n.	יֵאוּשָׁן, רוֹאֶה שְׁחוֹרוֹת
pessimistic, adj.	מִתְיָאֵשׁ, סַפְקָנִי
pest, n.	דֶּבֶר
pester, v.t.	הִטְרִיד [טרד]
pestiferous, adj.	מֵצִיק, מְיַגֵּעַ
pestilence, n.	מַגֵּפָה
pestle, n.	עֱלִי
pet, n.	מַחְמָד; שַׁעְשׁוּעַ; חַיַּת בַּיִת
pet, v.t.	פִּנֵּק, שִׁעֲשַׁע
petal, n.	עֲלֵעַל כּוֹתֶרֶת
petition, n.	בַּקָּשָׁה (כְּלָלִית), עֲצוּמָה
petition, v.t. & i.	בִּקֵּשׁ, הִפְצִיר [פצר]
petrifaction, n.	הִתְאַבְּנוּת
petrify, v.t. & i.	אִבֵּן, הִתְאַבֵּן [אבן]
petrol, n.	בֶּנְזִין
petroleum, n.	שֶׁמֶן אֲדָמָה, נֵפְטְ
petticoat, n.	תַּחְתּוֹנָה, חֲצָאִית; אִשָּׁה
pettiness, n.	קַטְנוּת
petty, adj.	פָּעוּט, פָּחוּת
petulant, adj.	קְצַר רוּחַ, רַגְזָנִי
pew, n.	מוֹשָׁב (בְּכְנֵסִיָּה), סַפְסָל
pewter, n.	מֶסֶג, נֵתֶךְ (תַּעֲרֹבֶת בְּדִיל
	וְעוֹפֶרֶת)
phantasm, n.	הֲזָיָה, דִּמְיוֹן שָׁוְא
phantasy, v. fantasy	
phantom, n.	רוּחַ הַמֵּת; מִפְלֶצֶת
Pharisee, n.	פְּרוּשִׁי

pharmacist, n.	רוֹקֵחַ
pharmacy, n.	בֵּית מִרְקַחַת
phase, n.	תְּקוּפָה; צוּרָה
pheasant, n.	פַּסְיוֹן
phenomenal, adj.	שֶׁל מַרְאֶה; בִּלְתִּי
	רָגִיל, יוֹצֵא מִן הַכְּלָל
phenomenon, n.	מַרְאֶה, תּוֹפָעָה
phial, n.	רִבְצָל
philander, v.i.	חִזֵּר אַחֲרֵי אִשָּׁה
philanderer, n.	מְחַזֵּר
philanthropist, n.	נָדִיב, נַדְבָן
philanthropy, n.	נַדְבָנוּת, אַהֲבַת
	אֲנָשִׁים, צְדָקָה
philharmonic, adj.	אוֹהֵב נְגִינָה
philologist, n.	בַּלְשָׁן
philology, n.	בַּלְשָׁנוּת
philosopher, n.	פִילוֹסוֹף
philosophical, adj.	פִילוֹסוֹפִי
philosophy, n.	פִילוֹסוֹפְיָה, חֶשְׁבּוֹן
philter, philtre, n.	שִׁקּוּי אַהֲבָה
phlegm, n.	כֵּיחַ, רִיר; אֲדִישׁוּת, קֹר
	רוּחַ
phlegmatic, adj.	אָדִישׁ, קַר רוּחַ
phobia, n.	בַּעַת
phone, n.	שָׂח רָחוֹק, טֶלֶפוֹן
phonetic, adj.	הֶבְרוֹנִי, מִבְטָאִי, קוֹלִי
phonograph, n.	מַקּוֹל
phosphate, n.	זַרְחָה
phosphoric, adj.	זַרְחָנִי
phosphorous, adj.	זַרְחִי
phosphorus, n.	זַרְחָן
photograph, n.	תַּצְלוּם, צִלּוּם
photograph, v.t.	צִלֵּם
photographer, n.	צַלָּם
photography, n.	כְּתָב אוֹר, צִלּוּם
photostat, n.	הֶעְתֵּק צִלּוּמִי
phrase, n.	מִבְטָא, בִּטּוּי, נִיב
phrase, v.t.	בִּטֵּא בְּמִלִּים

phraseology, *n.*	לָשׁוֹן, סִגְנוֹן
phrenology, *n.*	מְדִידַת (הַגֻּלְגֹּלֶת)
	הַקָּדְקֹד
physic, *n. & v.t.*	מִשְׁלְשֵׁל; רְפוּאָה;
	חָכְמַת הָרְפוּאָה; רִפֵּא, שִׁלְשֵׁל
physical, *adj.*	גּוּפָנִי, חָמְרִי
physician, *n.*	רוֹפֵא
physicist, *n.*	טִבְעָתָן
physics, *n.*	חָכְמַת הַטֶּבַע
physiognomy, *n.*	חָכְמַת הַפַּרְצוּף
physiological, *adj.*	שֶׁל תַּהֲלִיכֵי הַגּוּף
	הַחַי, מִשְׁטְבַע הַחַי
physiology, *n.*	טֶבַע בַּעֲלֵי הַחַיִּים
physique, *n.*	מִבְנֵה הַגּוּף
pianissimo, *adj.*	בְּשֶׁקֶט מְחֻלָּט (בִּנְגִינָה)
pianist, *n.*	פְּסַנְתְּרָן, פְּסַנְתְּרָנִית
piano, pianoforte, *n.*	פְּסַנְתֵּר
piazza, *n.*	כִּכָּר, רְחָבָה; מִרְפֶּסֶת
piccolo, *n.*	חֲלִילִית
pick, *n.*	מַעְדֵּר, נֶקֶר; בְּחִירָה
pick, *v.t. & i.*	קָטַף, בָּחַר; עָדַר; נִקֵּר
picket, *n.*	מִשְׁמֶרֶת
picket, *v.t.*	מִשְׁמֵר [שמר], הֶעֱמִיד
	[עמד] מִשְׁמֶרֶת
picking, *n.*	נְקִירָה, קָטִיף, קְטִיסָה
pickle, *n. & v.t.*	(מָלְפְפוֹן) כָּבוּשׁ; כָּבַשׁ
pickpocket, *n.*	כַּיָּס
pickup, *v.t.*	הֵרִים [רום]
picnic, *n.*	סְפַלַּת, טוּיְנָא
pictorial, *adj.*	צִיּוּרִי
picture, *n.*	תְּמוּנָה; סֶרֶט, קוֹלְנוֹעַ
picture, *v.t.*	צִיֵּר, תֵּאֵר
picturesque, *adj.*	יְפֵה נוֹף
pie, *n.*	כִּיסָן; נֶקֶר (עוֹף)
piece, *n.*	חֲתִיכָה, נֵתַח (בָּשָׂר), פְּרוּסָה
	(לֶחֶם), שֶׁבֶר, נֵזֶר (עֵץ)
piece, *v.t. & i.*	אִחָה, הִתְאַחָה [אחה]
piecework, *n.*	עֲבוֹדָה בְּקַבְּלָנוּת
pier, *n.*	מַעֲגָן
pierce, *v.t. & i.*	נָקַב, דָּקַר
piety, *n.*	יִרְאָה, חֲסִידוּת
pig, *n.*	חֲזִיר
pigeon, *n.*	יוֹנָה
pigeonhole, *n.*	תָּא, מְגוּרָה
pigeonhole, *v.t.*	חִלֵּק (שָׂם) בְּתָאִים
pigment, *n.*	צִבְעָן
pike, *n.*	כִּידוֹן, רֹמַח; אַבְרוֹמָה (דָּג)
pile, *n.*	עֲרֵמָה, סְוָר
pile, *v.t.*	צָבַר, עָרַם
piles, *n. pl.*	טְחוֹרִים, תַּחְתּוֹנִיּוֹת
pilfer, *v.t.*	סָחַב, גָּנַב
pilgrim, *n.*	עוֹלֶה רֶגֶל
pilgrimage, *n.*	עֲלִיָּה לָרֶגֶל
pill, *n.*	גְּלוּלָה
pillage, *n.*	בִּזָּה, שֹׁד
pillage, *v.t.*	בָּזַז
pillar, *n.*	עַמּוּד
pillion, *n.*	(כַּר) הָאֻכָּף; מוֹשָׁב אֲחוֹרִי
	(בְּאוֹפַנּוֹעַ)
pillory, *n.*	עַמּוּד קָלוֹן
pillow, *n.*	כֶּסֶת, כַּר
pillowcase, *n.*	צִפִּית, צְפִיָּה
pilot, *n. & v.t.*	נַוָּט; נִוֵּט
pimp, *n.*	סַרְסוּר זְנוּת
pimple, *n.*	חָטָט, חַסְטֶ
pin, *n.*	סִכָּה, רְכִיסָה, פְּרִיפָה
pin, *v.t.*	פָּרַף, רָכַס, חִבֵּר (בְּסִכָּה)
pinafore, *n.*	פַּרְגּוֹד (סַנָּר) יְלָדִים
pincers, *n. pl.*	מֶלְקָחַיִם; מַלְקֵט
pinch, *v.t. & i.*	צָבַט
pinch, *n.*	צְבִיטָה, קֹרֶט
pincushion, *n.*	כַּר סְכוֹת
pine, *n.*	אֹרֶן
pine, *v.i.*	דָּאַב
pineapple, *n.*	קְשֵׁט
pinfold, *n.*	מִכְלָאָה

pinion, n.	נַלְגַּל שִׁנַּיִם, סַבֶּבֶת; כָּנָף; קְצֵה (נוֹצָה) אֶבְרָה
pinion, v.t.	כָּפַת, עָקַד (קָשַׁר) כְּנָפַיִם
pink, adj.	וָרֹד
pink, n.	צִפֹּרֶן; מְעִיל צַיָּד אָדֹם
pinnace, n.	סִירַת מִפְרָשִׂים וּמְשׁוֹטִים
pinnacle, n.	מִגְדָּל מַשְׂכִּית; פִּסְגָּה
pint, n.	פִּינְט, 0.567 לִיטֶר
pioneer, n.	חָלוּץ
pioneer, v.t. & i.	הָיָה חָלוּץ
pious, adj.	אָדוּק, חָרֵד
pip, n.	חַרְצָן
pipe, n.	צִנּוֹר, מִקְטֶרֶת; אַבּוּב
pipe, v.t. & i.	חִלֵּל, הֶעֱבִיר [עבר] דֶּרֶךְ צִנּוֹרוֹת
piper, n.	מְחַלֵּל; צַנָּר
piquant, adj.	חַד, חָרִיף; מְסַקְרֵן
pique, n.	טִינָה, תַּרְעֹמֶת
piracy, n.	שֹׁד יַמִּי; גְּנֵבָה סִפְרוּתִית
pirate, n.	שׁוֹדֵד יָם; פּוֹגֵעַ בִּזְכוּת שְׁמוּרָה
pirouette, n.	רִקּוּד סְחַרְחוֹר
pistil, n.	עֱלִי
pistol, n.	אֶקְדָּח
piston, n.	בֻּכְנָה
pit, n.	נַלְעִין, חַרְצָן; שׁוּחָה, מִכְרֶה; בּוֹר, שַׁחַת, גוּמָץ, גּוּמָה
pitch, n.	זֶפֶת, כֹּפֶר; קוֹל יְסוֹד; מַעֲלָה
pitch, v.t.	זִפֵּת, כָּפַר
pitch, v.t. & i.	נָטָה, הֶאֱהִיל [אהל]; הִשְׁלִיךְ [שלך], קָלַע, זָרַק; הִשְׁמִיעַ [שמע] קוֹל
pitcher, n.	כַּד; קוֹלֵעַ
pitchfork, n.	קִלְשׁוֹן
piteous, adj.	עָלוּב, אֻמְלָל, מִסְכֵּן
pith, n.	עִקָּר, עָצְמָה
pithy, adj.	עַז, נִמְרָץ

pitiful, adj.	מִסְכֵּן, מְעוֹרֵר חֶמְלָה, עָלוּב
pitiless, adj.	שֶׁאֵינוֹ חוֹמֵל, אַכְזָרִי
pity, n.	חֶמְלָה, רַחֲמִים
pity, v.t. & i.	רִחֵם, חָמַל, חָס [חוס]
pivot, n.	צִיר, סֶרֶן
pivot, v.t. & i.	סָבַב עַל סֶרֶן
placable, adj.	וַתְּרָנִי
placard, n.	מוֹדָעָה
placate, v.t.	פִּיֵּס, רִצָּה, וִתֵּר
place, n.	מָקוֹם, מַעֲמָד; מִשְׂרָה
place, v.t.	שָׂם [שים], הִנִּיחַ [נוח], הֶעֱמִיד [עמד]
placid, adj.	שָׁלֵו, שׁוֹקֵט
placidity, n.	שַׁלְוָה, נַחַת
plagiarism, n.	גְּנֵבָה סִפְרוּתִית
plague, n.	מַכָּה, דֶּבֶר, מַגֵּפָה
plague, v.t.	הִדְבִּיק [דבק] (נֶגֶף, מַחֲלָה), עִנָּה, נָגַף, הִטְרִיד [טרד]
plaid, adj. & n.	(אָרִיג) מְשֻׁבָּץ
plain, n.	מִישׁוֹר, עֲרָבָה
plain, adj.	מוּבָן, פָּשׁוּט, בָּרוּר, יָשָׁר
plainness, n.	פַּשְׁטוּת
plaint, n.	תְּלוּנָה, נְהִי, קִינָה
plaintiff, n.	תּוֹבֵעַ, מַאֲשִׁים
plait, v.t.	קִפֵּל, סָרַג, קָלַע
plan, n.	תָּכְנִית, תַּרְשִׁים, תַּבְנִית, עֶשְׁתּוֹן, זָמָם, הַצָּעָה
plan, v.t. & i.	תִּכְנֵן, זָמַם, חָרַשׁ, הֵשִׁית [שית]
plane, plane tree, n.	דֻּלְב, עַרְמוֹן
plane, n.	שֶׁטַח, מִישׁוֹר
plane, adj.	שָׁטוּחַ
plane, n. & v.t.	מַקְצוּעָה; הִקְצִיעַ [קצע], הֶחֱלִיק [חלק], שָׁפָה, שָׁעַע
planet, n.	כּוֹכַב לֶכֶת, מַזָּל
plank, n.	דַּף, לוּחַ, קֶרֶשׁ
plank, v.t.	כִּסָּה בִּקְרָשִׁים

plant, *n.*	צֶמַח, שָׁתִיל; בֵּית חֲרֹשֶׁת; כְּלִי תַּעֲשִׂיָּה	pleasant, *adj.*	נָעִים, נֶחְמָד
		pleasantness, *n.*	נֹעַם
plant, *v.t. & i.*	נָטַע, שָׁתַל, זָרַע, יִסֵּד	pleasantry, *n.*	צְחוֹק, הֲלָצָה
plantation, *n.*	מַטָּע	please, *v.t. & i.*	הֵנָּה, הִשְׂבִּיעַ [שבע]
planter, *n.*	נוֹטֵעַ, שַׁתְלָן		רָצוֹן; מָצָא חֵן בְּעֵינֵי
plaque, *n.*	לוּחַ	please, pray, *interj.*	אָנָּא, אָנָּה,
plash, *n., v.t. & i.*	שְׁכְשׁוּךְ; הִשְׁתַּכְשֵׁךְ [שכשך]		בְּבַקָּשָׁה, ־נָא
		pleasurable, *adj.*	נוֹחַ, נָעִים, עָרֵב
plasma, *n.*	לַח הַדָּם, חֹמֶר הַתָּא	pleasure, *n.*	תַּעֲנוּג, הֲנָאָה
plaster, *n.*	טִיחַ; רְטִיָּה	pleat, *v.t. & n.*	סָרַג, קָלַע, קֶפֶל;
plaster, *v.t.*	הֵטִיחַ [טוח], טָח		קֶמֶט
plasterer, *n.*	טַיָּח	plebiscite, *n.*	מִשְׁאַל עַם
plastic, *adj.*	גָּמִישׁ, פְּלַסְטִי	pledge, *n. & v.t.*	הַבְטָחָה; מַשְׁכּוֹן,
plat, *n.*	מִגְרָשׁ		עֵרָבוֹן; עָבוֹט; הִבְטִיחַ [בטח]
plate, *n.*	קְעָרָה, צַלַּחַת; רָקוּעַ		עָבַט, חָבַל, מִשְׁכֵּן
plate, *v.t.*	רִקַּע, צִפָּה	plenary, *adj.*	מָלֵא, שָׁלֵם
plateau, *n.*	רָמָה, מִישׁוֹר	plenipotentiary, *n.*	מְיֻפֵּה כֹּחַ, מֻרְשֶׁה
platform, *n.*	בָּמָה, בִּימָה, דּוּכָן	plenitude, *n.*	שֶׁפַע
platinum, *n.*	כֶּתֶם, כַּתְמָן, פְּלָטִינָה	plentiful, *adj.*	רַב, מְרֻבֶּה
platitude, *n.*	שִׁטְחִיּוּת, רְגִילוּת, הַעֲרָה שְׂטָחִית	plenty, *n.*	שֶׁפַע, רְוָיָה, שֹׂבַע
		pliability, *n.*	גְּמִישׁוּת
platoon, *n.*	פְּלֻגָּה, גְּדוּד	pliable, *adj.*	גָּמִישׁ, נִכְפָּף
platter, *n.*	קְעָרָה, פִּנְכָּה	pliant, *adj.*	גָּמִישׁ, כָּפִיף
plaudit, *n.*	מְחִיאַת כַּפַּיִם	plicate, *adj.*	קָמוּט
plausible, *adj.*	אֶפְשָׁרִי, מִתְקַבֵּל עַל הַדַּעַת	pliers, *n. pl.*	צְבָת, מֶלְקָחַיִם
		plight, *n.*	הַבְטָחָה; מַצָּב קָשֶׁה
play, *n.*	מִשְׂחָק, שְׂחוֹק, שַׁעֲשׁוּעַ; מַחֲזֶה	plight, *v.t.*	הִבְטִיחַ [בטח], אֵרַס
play, *v.t. & i.*	שִׂחֵק; נִגֵּן; הִשְׁתַּעֲשַׁע [שעשע]	plinth, *n.*	מַסָּד, תּוֹשֶׁבֶת
		plod, *v.i.*	עָמַל, הָלַךְ בִּכְבֵדוּת
player, *n.*	מְשַׂחֵק, שַׂחְקָן	plodder, *n.*	יָגֵעַ
playful, *adj.*	שָׂשׂ, מִשְׁתַּעֲשֵׁעַ, מְשַׂחֵק	plot, *n., v.t. & i.*	קֶשֶׁר, מֶרֶד; עֲלִילָה
playground, *n.*	מִגְרַשׁ מִשְׂחָקִים		(בְּסִפּוּר); מִגְרָשׁ; זָמַם, קָשַׁר, חָרַשׁ
plaything, *n.*	שַׁעֲשׁוּעַ, צַעֲצוּעַ, מִשְׂחָק	plotter, *n.*	חוֹבֵל תַּחְבּוּלוֹת
playwright, *n.*	מַחֲזַאי	plover, *n.*	שָׁרוֹנִי, גְּשָׁמִי
plea, *n.*	טַעֲנָה, בַּקָּשָׁה, הִתְנַצְּלוּת	plow, plough, *n. & v.t.*	מַחֲרֵשָׁה; חָרַשׁ
plead, *v.t. & i.*	טָעַן, בִּקֵּשׁ, הִצְטַדֵּק [צדק]; סִנְגֵּר	plowshare, ploughshare, *n.*	אֵת
		pluck, *n.*	קְטִיפָה, מְרִיטָה; אֹמֶץ לֵב;
pleader, *n.*	סוֹלֵגַן		אֵבָרִים פְּנִימִיִּים (שֶׁל חַיָּה)

pluck, *v.t.* קָטַף (פֶּרַח); מָרַט (נוֹצָה);	pock, *n.* אֲבַעְבֻּעָה
תָּלַשׁ (עֲשָׂבִים); אָרָה (פֵּרוֹת); מָסַק	pocket, *n. & v.t.* כִּיס; שָׂם [שִׂים] בַּכִּיס;
(זֵיתִים); מָשַׁךְ, סָחַב	לָקַח (בְּעָרְמָה) בְּנִגְנָבָה
plug, *n.* פְּקָק, מַסְתֵּם, מְנוּפָה, סֶכֶר	pocketbook, *n.* אַרְנָק
plug, *v.t.* פָּקַק, סָתַם	pocketknife, *n.* אוֹלָר
plum, *n.* שָׁזִיף	pock-marked, *adj.* מְנֻמָּם, מְצֻלָּק
plumage, *n.* נוֹצוֹת	pod, *n. & v.i.* תַּרְמִיל (קִטְנִיּוֹת); תִּרְמֵל
plumb, *adj.* מְאֻנָּךְ	podagra, *n.* צִנִּית
plumb, *n.* אֲנָךְ, אֶבֶן הַבְּדִיל	poem, *n.* פִּיּוּט, שִׁיר
plumb, *v.t.* אָנַךְ	poesy, *n.* שִׁירָה
plumber, *n.* שְׁרַבְרָב	poet, *n.* מְשׁוֹרֵר, פַּיְטָן
plumbing, *n.* שְׁרַבְרָבוּת	poetic, poetical, *adj.* שִׁירִי
plume, *n.* נוֹצָה	poetry, *n.* שִׁירָה
plume, *v.t.* הִתְקַשֵּׁט (קשט] בְּנוֹצוֹת;	poignancy, *n.* חֲרִיפוּת, חַדּוּת
הִתְגָּאָה [גאה], הִתְיַהֵר [יהר]	poignant, *adj.* חָרִיף, עוֹקֵץ
plummet, *n.* אֲנָךְ, מִשְׁקֹלֶת	point, *n. & v.t.* דָּגַשׁ; עִקֵּץ, נִקֵּד;
plump, *adj., v.t. & i.* שָׁמֵן, הִשְׁמִין	עֶצֶם (הָעִנְיָן); תַּכְלִית; נֶקֶר, חִדֵּד;
[שמן], הִשְׁתַּמֵּן [שמן]	הִצְבִּיעַ (צבע], הֶרְאָה [ראה]
plunder, *n.* מְשִׁסָּה, בַּז, שָׁלָל	pointed, *adj.* עַל, כֵּן
plunder, *v.t.* שָׁסָה, בָּזַז, גָּזַל	pointer, *n.* מַחֲנֶה, חֹסֶר, מְכַוֵּן; כֶּלֶב
plunderer, *n.* שׁוֹדֵד	צַיָּד
plunge, *v.t. & i.* שָׁקַע, צָלַל, הִשְׁלִיךְ	poise, *n. & v.t.* מְתִינוּת, הִתְנַהֲגוּת;
[שלך] הַפְּנִימָה, טָבַל	מִשְׁקָל, שִׁוּוּי; יִצֵּב, הָיָה בְּשִׁוּוּי מִשְׁקָל
plunge, *n.* קְפִיצָה הַפְּנִימָה, טְבִילָה	poison, *n.* סַם, רַעַל, אֶרֶר, רוֹשׁ
plural, *n. & adj.* רַבִּים, רִבּוּי, מִסְפָּר	poison, *v.t.* סִמֵּם, הִרְעִיל [רעל]
רַבִּים (דִּקְדּוּק); שֶׁל רַבִּים, רַב	poisonous, *adj.* אַרְסִי, מַרְעִיל, מְסַמֵּם
plurality, *n.* רֹב, רִבּוּי	poke, *v.t. & i.* תָּחַב, דָּחַף, נָעַץ, חָתָה
plus, *n.* וְעוֹד, פְּלוּס (+)	poker, *n.* מַחְתָּה, שַׁפּוּד
plush, *n.* קְטִיפָה	polar, *adj.* קָטְבִּי, שֶׁל הַקֹּטֶב
plutocrat, *n.* עָשִׁיר, תַּקִּיף	pole, *n.* קֹטֶב, מוֹט, בַּד
ply, *v.t. & i.* כָּפַף, קִפֵּל; עָבַד	polemic, *adj. & n.* פֻּלְמָתָה (וכּוּחִי, (ויכוח); (בַּר)
(בְּמִקְצוֹעַ); תָּפַשׂ; (עֲט־וְכוּ');	police, *n. & v.t.* מִשְׁטָרָה; מִשְׁטֵר [שטר]
סָרַח, קָלַע	policeman, *n.* שׁוֹטֵר
pneumatic, *adj.* אֲוִירִי (לַחַץ)	policy, *n.* תְּעוּדַת בִּטּוּחַ; שִׁיטָה; תַּכְסִיס
pneumonia, *n.* דַּלֶּקֶת הָרֵאָה	Polish, *adj. & n.* פּוֹלָנִי, פּוֹלָנִית
poach, *v.t. & i.* צָד [צוד] לְלֹא רְשׁוּת,	polish, *n. & v.t.* מֵרוּס, צִחְצוּחַ; מֵרַס,
שָׁלַק (בֵּיצִים לְלֹא קְלִפָּה)	מִשְׁחַת נַעֲלַיִם; מֵרַט, צִחְצַח,
poacher, *n.* נִכְנָס בְּלִי רְשׁוּת, נַּב צַיִד	הִבְרִיק [ברק]

polite, adj.	אָדִיב, מְנֻמָּס	pool, n.	מִקְוֶה, בְּרֵכָה; קֶרֶן כְּלָלִית
politeness, n.	אֲדִיבוּת, נִמּוּס	poop, n.	אֲחוֹרֵי הָאֳנִיָּה, מִכְסֶה
politic, adj.	מְחֻכָּם, מְדִינִי	poor, adj.	גָּרוּעַ, קַל עֵרֶךְ; עָנִי, רָשׁ
political, adj.	מְדִינִי	pop, n.	קוֹל (יְרִיָּה), נֶפֶץ קַל;
politician, n.	מְדִינַאי		מַשְׁקֶה תּוֹסֵס
politics, n.	מְדִינִיּוּת	popcorn, n.	קְלִי תִּירָס
poll, n., v.t. & i.	בְּחִירוֹת; קָדְקֹד;	pope, n.	אַפִּיפְיוֹר
רְשִׁימַת בּוֹחֲרִים; כָּרַת (רֹאשׁ עֵץ);		poplar, n.	צַפְצָפָה
קִצֵּץ (קַרְנַיִם); גָּזַם (עֲנָפִים); הִצְבִּיעַ		poppy, n.	פֶּרֶג
(צבע) (בְּחִירוֹת); שִׁלֵּם מַס גֻּלְגֹּלֶת		populace, n.	אֲסַפְסוּף, הָמוֹן
pollen, n.	אָבָק (שֶׁל פֶּרַח)	popular, n.	עֲמָמִי, הֲמוֹנִי; מְפֻרְסָם,
pollination, n.	הַאֲבָקָה		חָבִיב, חֶבְרָתִי
pollute, v.t.	זִהֵם, שִׁקֵּץ	popularity, n.	עֲמָמִיּוּת, פִּרְסוּם
pollution, n.	זֻהֲמָה, חֶלְאָה; מִקְרֵה	popularize, v.t.	עָשָׂה עֲמָמִי, עִמֵּם
לַיְלָה, קֶרִי		populate, v.t. & i.	יָשַׁב, אִכְלֵס
poitroon, n.	מוּג לֵב	population, n.	יִשּׁוּב, אֻכְלוֹסִיָּה,
polygamy, n.	רִבּוּי נָשִׁים לְגֶבֶר אֶחָד		אֻכְלוֹסִים, תּוֹשָׁבִים
polyglot, n.	בַּלְשָׁן	populous, adj.	מְיֻשָּׁב, רַב אֻכְלוֹסִים
polygon, n.	רַב זָוִיּוֹת, רַב צְלָעוֹת,	porcelain, n.	חַרְסִינָה
פּוֹלִיגוֹן, רַבְצַלְעוֹן		porch, n.	מִרְפֶּסֶת
polygonal, adj.	מְרֻבֵּה זָוִיּוֹת	porcupine, n.	קִפּוֹד, דַּרְבָּן
polyp, n.	נַדָּל; גִּדּוּל בְּאַף	pore, n.	נַקְבּוּבִית; תָּא, נֶקֶב
polytechnic, adj.	שֶׁל אָמָּנֻיּוֹת רַבּוֹת	pore, v.i.	קָרָא בְּעִיּוּן, לָמַד בְּעִיּוּן, חָשַׁב
polytheism, n.	אֱמוּנָה בְּאֵלִים רַבִּים	pork, n.	בְּשַׂר חֲזִיר
polytheist, n.	מַאֲמִין בְּאֵלִים רַבִּים	pornography, n.	נִבּוּל עֵט, פִּרְסוּמֵי
pomade, n.	מִשְׁחָה, מִשְׁחַת בְּשָׂמִים		זְנוּנִים, כִּתְבֵי תַּזְנוּת
pomegranate, n.	רִמּוֹן	porous, adj.	נַקְבּוּבִי, סְפוֹגִי, נָבוּב
pommel, v.t.	חָבַט, מָחַץ	porpoise, n.	שַׁבּוּט
pomp, n.	תִּפְאֶרֶת	porridge, n.	דַּיְסָה
pompous, adj.	מְפֹאָר	port, n.	נָמָל, נְמֵל, שְׂמֹאל הָאֳנִיָּה;
pond, n.	בְּרֵכָה		פֶּתַח; נְשִׂיאָה; יַיִן אָדֹם (מָתוֹק)
ponder, v.t. & i.	חָשַׁב, הִרְהֵר	portable, adj.	יָבִיל, מְטַלְטֵל
ponderous, adj.	כָּבֵד מִשְׁקָל	portal, n.	כְּנִיסָה, שַׁעַר
poniard, n. & v.t.	פִּנְיוֹן; דָּקַר בְּפִנְיוֹן	portcullis, n.	דֶּלֶת מַחֲלִיקָה
pontiff, n.	אַפִּיפְיוֹר, הֶגְמוֹן	portend, v.t.	נִבָּא
pontoon, n.	סִירַת גֶּשֶׁר	portent, n.	אוֹת (רַע), סִימָן (רַע)
pony, n.	סוּסוֹן; סְיָח, סוּס צָעִיר	porter, n.	סַבָּל, כַּתָּף
poodle, n.	(כֶּלֶב) צִמְרוֹן	portfolio, n.	חֲפִיסָה, תִּיק; מִשְׂרַת שַׂר

portion, *n. & v.t.*	חֵלֶק, מָנָה; חִלֵּק, מִנָּה
portmanteau, *n.*	מִזְוָדָה גְּדוֹלָה
portrait, *n.*	תְּמוּנָה, דְּמוּת, תַּצְלוּם
portray, *v.t.*	תֵּאֵר, צִיֵּר
portrayal, *n.*	תֵּאוּר, צִיּוּר
Portuguese, *adj. & n.*	פּוֹרְטוּגָלִי, פּוֹרְטוּגָלִית
pose, *v.t. & i.*	הֶעֱמִיד [עמד] פָּנִים, דִּמֵּר, נִרְאָה [ראה] כְּ־, הִנִּיחַ [נוח]
position, *n.*	עֶמְדָּה; מַצָּב; מִשְׂרָה
positive, *adj.*	מֻחְלָט, חִיּוּבִי
positively, *adv.*	בְּפֵרוּשׁ, בְּחִיּוּב, בְּהֶחְלֵט, אַל נָכוֹן
possess, *v.t.*	הֶחֱזִיק [חזק], הָיָה לְ־
possession, *n.*	קִנְיָן, אֲחֻזָּה
possessor, *n.*	בַּעַל
possibility, *n.*	יְכֹלֶת, אֶפְשָׁרוּת
possible, *adj.*	אֶפְשָׁרִי
possibly, *adv.*	אֶפְשָׁר, אוּלַי
post, *n.*	מִשְׁמָר; מִשְׂרָה; דֹּאַר
post, *v.t.*	הֶעֱמִיד [עמד], הִצִּיג [יצג], דִּוַּאר, שָׁלַח (דֹּאַר); הִדְבִּיק [דבק] (מוֹדָעָה)
postage stamp	בּוּל דֹּאַר
post card, postcard, *n.*	גְּלוּיָה
poster, *n.*	מוֹדָעָה, תַּמְרוּר
posterior, *adj.*	מְאֻחָר; אֲחוֹרִי
posteriors, *n. pl.*	יַשְׁבָן, שֵׁת, עַכּוּז, אֲחוֹרַיִם
posterity, *n.*	צֶאֱצָאִים, זֶרַע, בָּנִים, הַדּוֹרוֹת הַבָּאִים
postgraduate, *adj.*	שֶׁלְּאַחַר סִיּוּם הַמִּכְלָלָה
posthaste, *n.*	מְהִירוּת
posthaste, *adv.*	בִּמְהִירוּת
posthumous, *adj.*	שֶׁלְּאַחַר הַמָּוֶת
postman, *n.*	דַּיָּר, דִּוְאָר
post office	(בֵּית) דֹּאַר
postpone, *v.t.*	דָּחָה
postponement, *n.*	דְּחוּי
postscript, P.S., *n.*	תּוֹסֶפֶת אַחֲרוֹנָה, ת״א
postulate, *v.t.*	בִּקֵּשׁ, הִנִּיחַ [נוח]
posture, *n.*	מַצָּב, מַעֲמַד הַגּוּף, תְּנוּחָה
postwar, *adj.*	שֶׁלְּאַחַר הַמִּלְחָמָה
posy, *n.*	סִיסְמָה, פִּתְגָּם; זֵר
pot, *n.*	קְדֵרָה, סִיר, עָצִיץ, חוֹר עָמֹק, סְכוּם כֶּסֶף הָגוּן
potash, *n.*	אַשְׁלָג
potation, *n.*	שְׁתִיָּה, שִׁקּוּי
potato, *n.*	תַּפּוּחַ אֲדָמָה
potency, potence, *n.*	אוֹן, כֹּחַ, עֹז, עָצְמָה
potent, *adj.*	אַדִּיר, חָזָק
potentate, *n.*	שַׁלִּיט, תַּקִּיף
potential, *adj.*	אֶפְשָׁרִי, שֶׁבְּכֹחַ, כָּמוּס
potentiality, *n.*	אֶפְשָׁרוּת, יְכֹלֶת, כָּמוּס
pother, *n.*	רְגָשָׁה
potion, *n.*	שִׁקּוּי, מַשְׁקֶה
potpourri, *n.*	תַּעֲרֹבֶת (נְגִינָה) סִפְרוּתִית
potsherd, *n.*	שֶׁבֶר כְּלִי חֶרֶס
pottage, *n.*	מָרָק יְרָקוֹת
potter, *n.*	קַדָּר, יוֹצֵר, כַּדָּד
pottery, *n.*	קַדָּרוּת; כְּלִי חֶרֶס
pouch, *n.*	שַׂקִּיק, חֲפִיסָה, כֻּלֶּכֶת
poultice, *n.*	תַּחְבֹּשֶׁת
poultry, *n.*	עוֹפוֹת בַּיִת
pounce, *v.i.*	עָט [עוט], טָשׂ [טוש] (עַל); שָׂרַט (חִתּוּל)
pound, *n.*	לִטְרָה; לִירָה; מִכְלָאָה
pound, *v.t.*	כָּתַשׁ, חָבַט, גָּרַס, כָּתַת, דָּךְ [דוך]; כָּלָא
pour, *v.t. & i.*	שָׁפַךְ, הִשְׁתַּפֵּךְ [שפך], יָצַק; יָרַד בְּחֹזֶק, שָׁטַף (גֶּשֶׁם), נָתַךְ; נִגֵּר, מָזַג; זָלַג (דְּמָעוֹת), דָּמַע

pout, n.	כַּעַס, רֹגֶז; שְׂפָתַיִם בּוֹלְטוֹת	precarious, adj.	בִּלְתִּי בָּטוּחַ
pout, v.i.	הִפְטִיר [פטר] בְּשָׂפָה,	precaution, n.	זְהִירוּת, הַזְהָרָה
	עָקַם פֶּה	precede, v.t. & i.	קָדַם לְ־, הִקְדִּים
poverty, n.	דַּלּוּת, עֲנִיּוּת, רֵישׁ		[קדם]
powder, n.	אָבָק, אַבְקָה	precedence, precedency, n.	קְדִימָה,
powder, v.t.	אָבֵק, שָׁחַק		זְכוּת קְדִימָה
powdery, adj.	אַבְקִי	precedent, n.	תַּקְדִּים
power, n.	כֹּחַ, עָצְמָה; מַעֲצָמָה	precept, n. תּוֹרָה, צַו, תְּעוּדָה, פְּקֻדָּה
powerful, adj.	חָזָק, אַדִּיר	preceptor, n.	רַב, מְלַמֵּד
powerless, adj.	אֵין אוֹנִים, חַלָּשׁ	precinct, n.	מָחוֹז
pox, n.	אֲבַעְבּוּעוֹת	precious, adj.	יָקָר
practicability, n.	מַעֲשִׂיּוּת, אֶפְשָׁרוּת	precipice, n.	מוֹרָד, שִׁפּוּעַ
practicable, adj.	מַעֲשִׂי	precipitancy, n.	חִפָּזוֹן
practical, adj.	מַעֲשִׂי, שִׁמּוּשִׁי	precipitate, adj.	מְבֹהָל, נוֹפֵל
practicality, n.	מַעֲשִׂיּוּת, שִׁמּוּשִׁיּוּת	precipitate, v.t. הִשְׁלִיךְ (שלך), הֶחִישׁ
practice, n.	תִּרְגּוּל, הֶרְגֵּל, אִמּוּן, שִׁנּוּן;		[חוש], הֵאִיץ [אוץ]
	מִנְהָג, מִקְצוֹעַ; שִׁיטָה	precipitation, n.	בְּהִילוּת; נְפִילָה;
practice, practise, v.t. & i.	הִתְרַגֵּל		מָטָר; מְהִירוּת
	[רגל], הִתְעַסֵּק [עסק]; הִתְאַמֵּן	precipitous, adj.	גּוֹפֵל, תָּלוּל, נִמְהָר,
	[אמן] בְּ־		מְבֹהָל
practiced, practised, adj.	מְנֻסֶּה, מְאֻמָּן	precise, adj.	מְדֻיָּק
prairie, n.	עֲרָבָה	precisely, adv.	בְּדִיּוּק
praise, n.	תְּהִלָּה, שֶׁבַח	precision, n.	דִּיּוּק
praise, v.t.	הִלֵּל, שִׁבַּח	preclude, v.t.	הוֹצִיא [יצא] (מִכְּלָל),
praiseworthy, adj.	רָאוּי לִתְהִלָּה		מָנַע מֵרֹאשׁ
prance, n. & v.i.	דְּהִירָה, דָּהַר	preclusion, n.	מְנִיעָה, הוֹצָאָה
prank, n.	לָצוֹן, צְחוֹק, לֵיצָנוּת	precocious, adj.	בָּשֵׁל (בּוֹגֵר) לִפְנֵי
prate, prattle, v.t. & i.	פִּטְפֵּט		הַזְּמַן
pray, v.t. & i.	הִתְחַנֵּן [חנן], הִתְפַּלֵּל	precocity, n.	בְּשֵׁלוּת מְהִירָה, בַּגְרוּת
	[פלל]		מֻקְדֶּמֶת
pray, v. please		preconceive, v.t.	הִשִּׂיג [נשׂג] מֵרֹאשׁ
prayer, n.	תְּפִלָּה, בַּקָּשָׁה	precondemn, v.t. הִרְשִׁיעַ [רשע] מֵרֹאשׁ
prayer book	סִדּוּר	precursor, n.	מְבַשֵּׂר
preach, v.t. & i.	הִטִּיף [נטף], דָּרַשׁ	predate, v.t.	הִקְדִּים [קדם] תַּאֲרִיךְ
preacher, n.	מַטִּיף, דַּרְשָׁן	predatory, adj.	שׁוֹדֵד, חוֹמֵס
preaching, n.	הַטָּפָה, דְּרָשָׁה	predecessor, n.	קוֹדֵם
preamble, n.	מָבוֹא, הַקְדָּמָה	predestinate, v.t.	עִתֵּד
prearrange, v.t.	סִדֵּר מֵרֹאשׁ	predicament, n.	מְבוּכָה, מַצָּב קָשֶׁה

14

predicate, *adj.* & *n.*	נָשׂוּא (דִּקְדּוּק), יַחֲסָה
predicate, *v.t.*	יָסַד, בִּסֵּס, יָחַס לְ־
predict, *v.t.* & *i.*	הִגִּיד מֵרֹאשׁ, נִבָּא
prediction, *n.*	נְבוּאָה, בְּשׂוֹרָה
predilection, *n.*	נְטִיָּה
predispose, *v.t.*	הִכְשִׁיר [כשר]
predisposition, *n.*	מִשְׁפָּט קָדוּם
predominance, predominancy, *n.*	שִׁלְטוֹן, הַכְרָעָה, יֶתֶר תֹּקֶף, יִתְרוֹן
predominant, *adj.*	שׁוֹלֵט, מַכְרִיעַ
predominate, *v.i.*	הָיָה רַב, שָׁלַט
pre-eminent, *adj.*	נַעֲלֶה, גָּמוּל
prefabricated, *adj.*	מוּכָן (תַּעֲשׂ) מֵרֹאשׁ
preface, *n.*	הַקְדָּמָה
preface, *v.t.* & *i.*	כָּתַב מָבוֹא
prefect, praefect, *n.*	מְנַהֵל, מְמֻנֶּה
prefer, *v.t.*	בָּחַר בְּ־, בִּכֵּר
preferable, *adj.*	עָדִיף
preference, *n.*	עֲדִיפוּת, הַעֲדָפָה
prefix, *n.*	תְּחִלִּית, קָדֹמֶת (דִּקְדּוּק)
pregnancy, *n.*	הֵרָיוֹן, עִבּוּר
pregnant, *adj.*	הָרָה, מְעֻבֶּרֶת, פּוֹרָה
prejudice, *n.*	דֵּעָה קְדוּמָה, מִשְׁפָּט קָדוּם
prelate, *n.*	הֶגְמוֹן
preliminary, *adj.*	מָבוֹאִי
preliminary, *n.*	מָבוֹא
prelude, *n.*	הַקְדָּמָה
premature, *adj.*	בַּכִּיר; פַּג
premeditate, *v.t.*	זָמַם (חָשַׁב) מֵרֹאשׁ
premeditation, *n.*	צְדִיָּה, זָדוֹן, מַחֲשָׁבָה תְּחִלָּה
premier, *n.*	רֹאשׁ הַמֶּמְשָׁלָה
première, *n.*	הַצָּגַת בְּכוֹרָה
premise, premiss, *n.*	הַנָּחָה
premise, *v.t.*	הִנִּיחַ [נוח]
premium, *n.*	פְּרָס, תַּשְׁלוּם, גְּמוּל, שָׂכָר
premonition, *n.*	הַתְרָאָה
premonitory, *adj.*	מַתְרָה
prenatal, *adj.*	שֶׁלִּפְנֵי הַלֵּדָה
preoccupied, *adj.*	שָׁקוּעַ בְּמַחֲשָׁבוֹת, מְפֻזָּר
preoccupy, *v.t.*	טָרַד, הֶעֱסִיק [עסק] (הַדַּעַת)
preparation, *n.*	הַכְשָׁרָה, הֲכָנָה
prepare, *v.t.* & *i.*	הִכְשִׁיר [כשר], הִתְכּוֹנֵן [כון], הֵכִין [כון]
prepay, *v.t.*	שִׁלֵּם לְמַפְרֵעַ (מֵרֹאשׁ)
preponderance, preponderancy, *n.*	יִתְרוֹן, הַכְרָעָה
preposition, *n.*	מִלַּת הַיַּחַס (דִּקְדּוּק)
preposterous, *adj.*	אֱוִילִי, שְׁטוּתִי, טִפְּשִׁי
prerequisite, *adj.*	דָּרוּשׁ מֵרֹאשׁ
prerogative, *n.*	זְכוּת בִּלְעָדִית
presage, *n.*	סִימָן
presage, *v.t.*	נִבָּא
prescribe, *v.t.* & *i.*	כָּתַב תְּרוּפָה; צִוָּה
prescription, *n.*	תְּרוּפָה; צַו
presence, *n.*	מְצִיאוּת, יֶשְׁנוּת, מַעֲמָד
present, *adj.*	נוֹכֵחַ, נִמְצָא; הֹוֶה (דִּקְדּוּק)
present, *n.*	מַתָּנָה, שַׁי, תְּשׁוּרָה, דּוֹרוֹן
present, *v.t.* & *i.*	הִצִּיג [נצג], נָתַן מַתָּנָה
presentation, *n.*	הַצָּגָה; נְתִינַת מַתָּנָה
presentiment, *n.*	הַרְגָּשָׁה מֻקְדֶּמֶת
presently, *adv.*	תֵּכֶף, עוֹד מְעַט
preservative, *adj.* & *n.*	מְשַׁמֵּר; חֹמֶר שִׁמּוּר
preservation, *n.*	שְׁמִירָה, שִׁמּוּר, קִיּוּם
preserve, *v.t.* & *i.*	חָיָה, שָׁמַר, שִׁמֵּר, הֵגֵן [גנן]
preside, *v.i.*	יָשַׁב רֹאשׁ
presidency, *n.*	נְשִׂיאוּת
president, *n.*	נָשִׂיא, יוֹשֵׁב רֹאשׁ
press, *v.t.* & *i.*	לָחַץ; דָּחַק, סָחַט; הֵצֵר [צרר], הֵעִיק [עוק]; מִהֵר, אִלֵּץ; נָהַג; דָּרַךְ (עֲנָבִים וְכוּ׳)

press, n.	דְּפוּס; עִתּוֹנוּת; מַכְבֵּשׁ;
	מַעֲנִילָה; בַּד, גַּת (לְזֵיתִים, לַעֲנָבִים)
pressure, n.	לַחַץ, עֲקָה; דֹּחַק; כְּפִיָּה
prestige, n.	הַשְׁפָּעָה, סַמְכוּת, כָּבוֹד
presumable, adj.	מִתְקַבֵּל עַל הַדַּעַת
presumably, adv.	כְּנִרְאָה
presume, v.t. & i.	שִׁעֵר, סָבַר
presumption, n.	הַשְׁעָרָה, סְבָרָה
presumptuous, adj.	גְּבַהּ לֵב, גַּס רוּחַ
	עַז פָּנִים
presumptuousness, n.	נַסּוּת (גֹּבַהּ)
	רוּחַ, זָדוֹן (לֵב), גַּאֲוָה
presupposition, n.	הַנָּחָה קוֹדֶמֶת
pretend, v.t. & i.	חִפֵּא, עָשָׂה כְּאִילוּ
pretender, n.	מִתְחַפֵּשׂ, תּוֹבֵעַ, תַּבְעָן
pretense, pretence, n.	אֲמַתְלָה;
	טַעֲנָה, תּוֹאֲנָה, תְּבִיעָה
pretension, n.	יָמְרָה, פִּתָּחוֹן פֶּה
pretext, n.	אֲמַתְלָה, עִלָּה
prettily, adv.	יָפֶה, הֵיטֵב
prettiness, n.	יֹפִי, יָפְיוּת
pretty, adj.	יָפֶה, נָאֶה
pretty, adv.	לְמַדַּי
prevail, v.i.	יָכֹל לְ־, הִתְגַּבֵּר [גבר]
	עַל, הִשְׁפִּיעַ [שפע] עַל
prevalent, adj.	שַׁלִּיט; נָפוֹץ
prevaricate, v.i.	דִּבֵּר דְּבָרִים בְּנֵי שְׁנֵי
	פָּנִים, סִלֵּף
prevent, v.t.	מָנַע
prevention, n.	מְנִיעָה
preview, v.t.	רָאָה מֵרֹאשׁ
previous, adj.	קוֹדֵם
previously, adv.	מִקֹּדֶם, קֹדֶם לָכֵן
prey, n.	טֶרֶף, שָׁלָל
prey, v.i.	טָרַף, הֵצִיק [צוק]
price, n.	מְחִיר
price, v.t.	הֶעֱרִיךְ [ערך], קָצַב מְחִיר
priceless, adj.	לֹא יְסֻלָּא בְּפָז

prick, prickle, n.	עֹקֶץ, חֹד
prick, prickle, v.t. & i.	נָקַב, עָקַץ, זָקַף
prickly, adj.	מָלֵא צְנִינִים, עוֹקֵץ,
	מֵאִיר
pride, n.	גַּאֲוָה, רַהַב, יָהֳרָה
pride, v.t.	הִתְגָּאָה [גאה], הִתְיַהֵר [יהר]
prideful, adj.	גֵּא
priest, n.	כֹּהֵן, גַּלָּח, כֹּמֶר
priesthood, n.	כְּהֻנָּה
prim, adj.	מִתְגַּנְדֵּר, מִתְהַדֵּר
primacy, n.	רִאשׁוֹנִיּוּת
primarily, adv.	לְכַתְּחִלָּה, קֹדֶם כֹּל
primary, adj.	רֹאשִׁי, עִקָּרִי; עַצְמִי,
	יְסוֹדִי (בֵּית סֵפֶר)
prime, n.	מֵיטָב, מִבְחָר; שַׁחַר;
	עֲלוּמִים; סִפְרָה בִּלְתִּי מִתְחַלֶּקֶת
prime, v.t.	צָבַע (שִׁכְבָה רִאשׁוֹנָה);
	מִלֵּא (אֲבַק שְׂרֵפָה); יָדַע, נָתַן
	יְדִיעוֹת וְחוּצוֹת
primer, n.	אַלְפוֹן
primeval, adj.	קַדְמוֹן
primitive, adj.	רִאשׁוֹנִי, רֵאשִׁיתִי
primp, v.t. & i.	הִתְקַשֵּׁט [קשט]
	בִּגַּנְדְּרָנוּת יְתֵרָה
primrose, n.	בְּכוֹר אָבִיב (פֶּרַח)
prince, n.	נָסִיךְ, אַלּוּף
princess, n.	נְסִיכָה
principal, adj. & n.	רָאשִׁי, מְנַהֵל;
	קֶרֶן (כֶּסֶף)
principle, n.	עִקָּרוֹן; כְּלָל; יְסוֹד
print, v.t. & i.	הִדְפִּיס (דֵּפֶס), כָּתַב
	בְּאוֹתִיּוֹת מְרֻבָּעוֹת (כְּתָב מְרֻבָּע)
print, n.	(אוֹתִיּוֹת) דְּפוּס, כְּתָב מְרֻבָּע
printer, n.	מַדְפִּיס
printing, n.	דְּפוּס, הַדְפָּסָה
prior, adj. & n.	קוֹדֵם; רֹאשׁ מִנְזָר
priority, n.	בְּכוֹרָה, דִּין קְדִימָה
prism, n.	מִנְסָרָה

prison, *n.*	סֹהַר, בֵּית סֹהַר, כֶּלֶא	procrastinator, *n.*	מִתְמַהְמֵהַּ
prisoner, *n.*	אַסִּיר; שָׁבוּי	procreate, *v.t.*	הוֹלִיד [ילד]
privacy, *n.*	פְּרָטִיּוּת	procreation, *n.*	הוֹלָדָה, תּוֹלָדָה
private, *adj.*	פְּרָטִי, אִישִׁי	proctor, *n.*	סוֹכֵן, מְפַקֵּחַ
private, *n.*	חַיָּל	procure, *v.t. & i.*	הִשִּׂיג [נשג], קִבֵּל;
privation, *n.*	מַחְסוֹר, עֹנִי		סִרְסֵר [זנות]
privately, *adv.*	בְּאֹפֶן פְּרָטִי	prod, *v.t. & n.*	דָּקַר, הֵאִיץ [אוץ];
privilege, *n. & v.t.*	זְכוּת (מְיֻחֶדֶת) יָתֵר;		מַלְמָד
	יִתְרוֹן; נָתַן זְכוּת מְיֻחֶדֶת, זִכָּה	prodigal, *adj.*	נָדִיב, פַּזְרָן, בַּזְבְּזָן
privy, *adj.*	פְּרָטִי, סוֹדִי, חֲשָׁאִי	prodigious, *adj.*	עֲנָקִי, עָצוּם
privy, *n.*	יוֹדֵעַ סוֹד; בֵּית כִּסֵּא	prodigy, *n.*	פֶּלֶא; עִלּוּי
prize, *n.*	שָׂכָר; פְּרָס	produce, *n., v.t. & i.*	תּוֹצֶרֶת, תְּנוּבָה;
prize, *v.t.*	לָקַח שָׁלָל; הֶעֱרִיךְ [ערך],		יָצַר, עָשָׂה, הֵבִיא [בוא], הֶרְאָה
	הוֹקִיר [יקר]		[ראה]; הֵצִין [יצן], בִּיֵּם, נָשָׂא פְּרִי;
prize fighter, *n.*	אֶגְרוֹפָן, מִתְאַגְרֵף		יָלַד, הוֹלִיד [ילד]; חוֹלֵל
pro, *n., adv. & prep.*	מְחַיֵּב; הֵן; בְּעַד	producer, *n.*	מְיַצֵּר, מוֹלִיד; מַסְרִיט;
probability, *n.*	אֶפְשָׁרִיּוּת, אֶפְשָׁרוּת		מְבַיֵּם
probable, *adj.*	אֶפְשָׁרִי	product, *n.*	תּוֹצֶרֶת, פְּרִי, יְבוּל, מוּצָר
probably, *adv.*	יִתָּכֵן	production, *n.*	יְצִירָה; תַּעֲשִׂיָּה;
probation, *n.*	בֵּרוּר; מִבְחָן; הוֹכָחָה		הַסְרָטָה; בִּיּוּם, הַצָּרוּת
probationer, *n.*	נִבְחָן	productive, *adj.*	פּוֹרֶה, יוֹצֵר, יוֹצְרָנִי
probe, *v.t.*	בָּדַק, בָּחַן; נִסָּה	productivity, *n.*	יוֹצְרָנִיּוּת
problem, *n.*	בְּעָיָה, שְׁאֵלָה	profanation, *n.*	חִלּוּל
problematical, problematic, *adj.*		profane, *adj. & v.t.*	חֻלּוֹנִי; חִלֵּל
	מְסֻפָּק	profess, *v.t. & i.*	הִכְרִיז [כרז], הִתְוַדָּה
procedure, *n.*	מִנְהָג, מַהֲלָךְ, נֹהַל		[ידה], הוֹדִיעַ [ידע]; הֶאֱמִין [אמן]
proceed, *v.i.*	עָשָׂה מִשְׁפָּט, הָלַךְ, עָשָׂה;		בְּ־; הֶעֱמִיד [עמד] פָּנִים
	הוֹסִיף [יסף], הִמְשִׁיךְ [משך]	profession, *n.*	מִקְצוֹעַ, הוֹדָאָה,
process, *n.*	מַהֲלָךְ; שִׁיטָה; פְּעֻלָּה; מִשְׁפָּט		הִתְוַדּוּת
procession, *n.*	תַּהֲלוּכָה	professional, *adj.*	מִקְצוֹעִי
proclaim, *v.t.*	הִכְרִיז [כרז], פִּרְסֵם	professor, *n.*	מוֹרֶה בְּדָת, פְּרוֹפֶסוֹר
proclamation, *n.*	הַכְרָזָה, הַצְהָרָה,	proffer, *n. & v.t.*	הַצָּעָה; הִצִּיעַ [יצע]
	גִּלּוּי דַּעַת	proficiency, *n.*	יַדְעָנוּת, הִתְמַחוּת
proclivity, *n.*	כִּשָּׁרוֹן	proficient, *adj.*	מֻבְהָק, מְמֻחֶה
procrastinate, *v.t. & i.*	הִשְׁהָה [שהה];	profile, *n.*	צְדוּדִית, מְחָתָּךְ
	דָּחָה, נִדְחָה [דחה]	profit, *n.*	רֶוַח, תּוֹעֶלֶת, הֲנָאָה
procrastination, *n.*	דְּחִיָּה, שְׁהִיָּה,	profit, *v.t. & i.*	הִרְוִיחַ [רוח], נֶהֱנָה
	אִחוּר		[הנה], הֵפִיק [פוק] תּוֹעֶלֶת

profitable, adj.	מוֹעִיל, מֵבִיא תּוֹעֶלֶת
profiteer, n.	מַפְקִיעַ שְׁעָרִים
profligate, adj. & n.	מֻפְקָר; הוֹלֵל
profound, adj.	עָמֹק
profundity, n.	עֹמֶק; עֲמֻקּוֹת
profuse, adj.	נָדִיב, מְפַזְּרוֹ, וַתְּרָן
profusion, n.	שֶׁפַע, נְדִיבוּת
progeny, n.	צֶאֱצָאִים
prognosis, n.	נְבוּאָה (קְבִיעָה) מֵרֹאשׁ
prognosticate, v.t. & i.	נִבֵּא
program, programme, n.	תָּכְנִית
progress, n.	הִתְקַדְּמוּת, קִדְמָה, שִׂגְשׂוּג
progress, v.i.	הִתְקַדֵּם [קדם], שִׂגְשֵׂג
progression, n.	מַהֲלָךְ
progressive, adj.	מִתְקַדֵּם
prohibit, v.t.	אָסַר
prohibition, n.	אִסּוּר
prohibitive, adj.	אוֹסֵר
project, n.	מִבְצָע, תָּכְנִית
project, v.t. & i.	זָרַק; עָרַךְ הַצָּעָה; בָּלַט
projectile, n.	קֶלַע, פְּגָז
projection, n.	בְּלִיטָה; זְרִיקָה; קְלִיעָה
projector, n.	זַרְקוֹר; צַלְמָנוֹעַ
proletarian, adj. & n.	עָמֵל (חֲסַר כֹּל)
proletariat, n.	מַעֲמַד הָעֲמֵלִים, חַסְרֵי כֹל
prolific, adj.	פּוֹרֶה
prolix, adj.	אַרְכָן
prologue, n.	פְּתִיחָתָה, רֵאשִׁית דָּבָר
prolong, prolongate, v.t.	הֶאֱרִיךְ [ארך], הִמְשִׁיךְ [משך]
prolongation, n.	הַאֲרָכָה, הַמְשָׁכָה
promenade, n.	טִיּוּל; שַׂיֶּלֶת
prominence, n.	חֲשִׁיבוּת; הִתְבַּלְּטוּת
prominent, adj.	בּוֹלֵט, חָשׁוּב
promiscuity, n.	פְּרִיצוּת; כִּלְאַיִם
promiscuous, adj.	מְעֹרָב, פָּרוּץ
promise, n.	הַבְטָחָה
promise, v.t. & i.	הִבְטִיחַ [בטח]
promissory, adj.	מַבְטִיחַ
promissory note	שְׁטַר חוֹב
promote, v.t. & i.	קִדֵּם, הֶעֱלָה [עלה]
promoter, n.	מְעוֹרֵר, לַחֲשָׁן, מְדָרְבֵּן
promotion, n.	הַעֲלָאָה, קִדּוּם, סִפּוּחַ, עוֹדְדוּת
prompt, adj.	מוּכָן, דַּיְקָן
prompt, v.t.	זֵרֵז, הֵסִית [סות]
promptitude, n.	דַּיְקָנוּת
promptly, adv.	בְּדִיּוּק
promptness, n.	מְהִירוּת, זְרִיזוּת
promulgate, v.t.	פִּרְסֵם, הוֹדִיעַ [ידע]
prone, adj.	מֻטָּל עַל כְּרֵסוֹ, נוֹטֶה, עָלוּל
prong, n.	חַדּוּד
pronoun, n.	שֵׁם הַגּוּף, כִּנּוּי (דִּקְדּוּק)
pronounce, v.t.	בִּטֵּא, הִבִּיעַ [נבע], חָרַץ (מִשְׁפָּט)
pronunciation, n.	מִבְטָא, בִּטּוּי, הֲבָרָה
proof, n.	רְאָיָה, הוֹכָחָה; נִסּוּי, הַנָּחָה; תְּכוּלַת הַכֹּהַל בְּמַשְׁקֶה מְשַׁכֵּר
proofreader, n.	מַגִּיהַּ
prop, n. & v.t.	מִשְׁעָן, תָּמַךְ, סָמַךְ
propaganda, n.	תַּעֲמוּלָה
propagate, v.t. & i.	הִרְבָּה [רבה], הוֹלִיד [ילד]; פָּרָה וְרָבָה; הֵפִיץ [פוץ]
propagation, n.	פְּרִיָּה וּרְבִיָּה, הֲפָצָה
propel, v.t.	דָּחַף, הֵנִיעַ [נוע]
propeller, n.	מַדְחֵף
propensity, n.	תְּשׁוּקָה, נְטִיָּה
proper, adj.	רָאוּי, הָגוּן, נָכוֹן, מַתְאִים; פְּרָטִי, מְיֻחָד
properly, adv.	כָּרָאוּי
property, n.	תְּכוּנָה, טֶבַע; רְכוּשׁ, נְכָסִים, אֲחֻזָּה

prophecy, n.	נְבוּאָה
prophesy, v.t. & i.	נִבָּא, הִתְנַבֵּא
	[נבא]
prophet, n.	נָבִיא, חוֹזֶה
Prophets, the	נְבִיאִים
prophetic, prophetical, adj.	נְבוּאִי
prophylactic, adj.	מוֹנֵעַ מַחֲלָה
propitious, adj.	נָעִים, רָצוּי, נוֹחַ
proportion, n.	יַחַס, מִדָּה
proportion, v.t.	הִתְאִים [תאם], חִלֵּק
proposal, n.	הַצָּעָה
propose, v.t. & i.	הִצִּיעַ [יצע], חָשַׁב,
	הִתְכַּוֵּן [כון]; דִּבֶּר בְּאִשָּׁה
proposition, n.	הַצָּעָה; הַנָּחָה; שְׁאֵלָה;
	מִשְׁפָּט
propound, v.t.	הִצִּיעַ [יצע] לִפְנֵי
proprietor, n.	בַּעַל (בַּיִת)
proprietorship, n.	בַּעֲלוּת
propriety, n.	הֲגִינוּת, אֲדִיבוּת
propulsion, n.	דְּחִיפָה
prosaic, adj.	לֹא שִׁירִי, מָצוּי, מְשַׁעֲמֵם,
	רָגִיל, פָּשׁוּט
proscribe, v.t.	אָסַר, הֶחֱרִים [חרם],
	הִגְלָה [גלה]
proscription, n.	נִדּוּי, גֵּרוּשׁ, שְׁלִילַת
	זְכֻיּוֹת
prose, n.	סִפְרוּת בְּלֹא מִשְׁקָל (חֲרוּזִים),
	לְשׁוֹן רְגִילָה
prosecute, v.t. & i.	תָּבַע לַדִּין, רָדַף
prosecution, n.	תְּבִיעָה לַדִּין
prosecutor, n.	קָטֵגוֹר, מַרְשִׁיעַ
proselyte, n.	גֵּר, גֵּר צֶדֶק
proselytize, v.t.	גִּיֵּר
prospect, n.	סִכּוּי, תִּקְוָה
prospect, v.t.	חִפֵּשׂ (זָהָב וְכוּ')
prospective, adj.	מְקֻוֶּה, נִכְסָף, מְצֻפֶּה
prospector, n.	מְחַפֵּשׂ
prospectus, n.	תַּסְכִּית, תָּכְנִיָּה

prosper, v.t. & i.	הִצְלִיחַ [צלח],
	עָשָׂה (חַיִל) הוֹן, שָׂגֵשׁ
prosperity, n.	שֶׁפַע, שִׂפְעָה, שִׂגְשׂוּג
prosperous, adj.	מַצְלִיחַ, עָשִׁיר,
	מֻצְלָח, מְשֻׂגְשָׁג; שׁוֹפֵעַ
prostitute, n.	זוֹנָה, קְדֵשָׁה, יַצְאָנִית
prostitute, v.t.	זָנָה, זִנָּה
prostitution, n.	זְנוּת, זְנוּנִים
prostrate, v.t.	מִגֵּר, הִשְׁלִיךְ [שלך]
	אַרְצָה, כָּשַׁל כֹּחַ
prostrate, adj.	אֵין אוֹנִים מִשְׁתַּטֵּחַ,
	מֻשָּׁל אַרְצָה
prostration, n.	קִדָּה, חֲלוּשָׁה, נְפִילַת
	אַפַּיִם, אֲפִיסַת כֹּחוֹת, דִּכְדּוּךְ
prosy, adj.	מְשַׁעֲמֵם, מְיֻגָּע
protagonist, n.	גִּבּוֹר (בְּמַחֲזֶה)
protect, v.t.	הֵגֵן [גנן], גּוֹנֵן
protection, n.	הֲגָנָה, מָגֵן, מַחֲסֶה
protector, n.	מֵגֵן
protégé, protégée, n.	חָסוּי, חֲסוּיָה
protein, n.	חֶלְבּוֹן
protest, n., v.t. & i.	מְחָאָה, מֶחָה,
	מִחָה, עִרְעֵר
Protestant, n.	מִתְנַגֵּד לַכְּנֵסִיָּה הָרוֹמִית
protocol, n.	פְּרָטֵי כֹּל; סֵדֶר (נֹהַג)
	רִשְׁמִי (מְדִינִי)
protoplasm, n.	אַבְחֹמֶר
prototype, n.	דֻּגְמָה רִאשׁוֹנָה
protract, v.t.	הֶאֱרִיךְ [ארך]
protraction, n.	הַאֲרָכָה, הִתְמַהְמְהוּת
protrude, v.i.	בָּלַט
protrusion, n.	בְּלִיטָה, הִתְבַּלְּטוּת
protuberance, n.	קֶשֶׁר; חָט; פִּיקָה
proud, adj.	גֵּא, יָהִיר
prove, v.t. & i.	הוֹכִיחַ [יכח], אִמֵּת;
	הֶרְאָה [ראה]
provender, n.	תֶּבֶן, מִסְפּוֹא
proverb, n.	מָשָׁל, פִּתְגָּם

Proverbs, n. pl.	מִשְׁלֵי (סֵפֶר)
provide, v.t. & i.	סִפֵּק, כִּלְכֵּל, הֵכִין
	[כּוּן]; הִמְצִיא [מצא]; הִתְנָה [תנה]
providence, n.	זְהִירוּת, חִסָּכוֹן
Providence, n.	הַשְׁגָּחָה (עֶלְיוֹנָה),
	אֱלֹהִים
province, n.	גָּלִיל, מָחוֹז
provincial, adj.	קַרְתָּנִי, קַטְנוּנִי
provision, n.	אַסְפָּקָה, צֵידָה
provisional, adj.	אַרְעִי, זְמַנִּי
proviso, n.	תְּנַאי
provocation, n.	הַסָּתָה
provocative, adj.	מֵסִית
provoke, v.t.	עוֹרֵר וְעוֹרֵר, הֵסִית [סות]
provost, n.	נָגִיד מִכְלָלָה; מְפַקֵּד
	מִשְׁטָרָה צְבָאִית; שׁוֹפֵט
prow, n.	חַרְטוֹם אֳנִיָּה
prowess, n.	גְּבוּרָה, אֹמֶץ
prowl, v.i.	שׁוֹטֵט [שוט], הִתְגַּנֵּב [גנב]
proximity, n.	קִרְבָה
proxy, n.	בָּא כֹחַ, מֻרְשֶׁה
prude, n.	קַפְּדָן, מִתְחַסֵּד, צָנוּעַ;
	מַצְנִיעַ לֶכֶת
prudence, n.	זְהִירוּת
prudent, adj.	זָהִיר, מָתוּן
prudish, adj.	מִתְחַסֵּד, צָנוּעַ
prune, n.	אָחוּן, אַחְנָנִית, שָׁזִיף
prune, v.t.	זָמַר (עֵצִים)
prurience, pruriency, n.	תְּשׁוּקָה,
	תַּאַוְתָנוּת
pry, v.t. & i.	אָרַב, עִיֵּן, הִתְבּוֹנֵן [בין]
psalm, n.	מִזְמוֹר
Psalms, n. pl., Psalter, n.	תְּהִלִּים
pseudonym, n.	שֵׁם עֵט, שֵׁם בָּדוּי
psyche, n.	נֶפֶשׁ הָאָדָם
psychiatry, n.	תּוֹרַת מַחֲלוֹת הַנֶּפֶשׁ
psychic, psychical, adj.	נַפְשִׁי
psychological, psychologic, adj.	נַפְשִׁי

psychologist, n.	מֻמְחֶה בְּתוֹרַת הַנֶּפֶשׁ
psychology, n.	תּוֹרַת הַנֶּפֶשׁ
psychopath, n.	חוֹלֵה (רוּחַ) נֶפֶשׁ
psychopathy, n.	מַחֲלַת (רוּחַ) נֶפֶשׁ
pub, n.	מִסְבָּאָה
puberty, n.	בַּגְרוּת מִינִית; צֶמֶל
pubescence, n.	הִתְבַּגְּרוּת; פֹּחַל
public, adj. & n.	צִבּוּרִי, צִבּוּר, קָהָל
publication, n.	פִּרְסוּם
public house	מִסְבָּאָה, בֵּית (מַרְזֵחַ) יַיִן
publicity, n.	פִּרְסוּם, פִּרְסֹמֶת
public school	בֵּית סֵפֶר עַמְמִי
publish v.t.	פִּרְסֵם, הוֹצִיא [יצא]
	לָאוֹר
publisher, n.	מוֹצִיא לָאוֹר, מוֹ"ל
pucker, v.t. & i.	הִתְכַּוֵּץ [כוץ]; קָמַט
pudding, n.	חֲבִיצָה
puddle, n.	שְׁלוּלִית, גֵּב
pudenda, n. pl.	מָעוֹר, עֶרְוָה, מְבוּשִׁים
puerile, adj.	יַלְדוּתִי
puerility, n.	יַלְדוּת
puff, v.t. & i.	נָשַׁב, הִפִּיחַ [נפח],
	עִשֵּׁן, הִתְנַפֵּחַ [נפח]
pugilism, n.	אֶגְרוֹפָנוּת
pugilist, n.	אֶגְרוֹפָן
pugnacious, adj.	שׁוֹאֵף קְרָבוֹת, אוֹהֵב
	מִלְחָמָה
puissance, n.	עָצְמָה; מַעֲצָמָה
puke, v.i.	הֵקִיא [קיא]
pull, n.	מְשִׁיכָה; הַשְׁפָּעָה
pull, v.t. & i.	מָשַׁךְ, סָחַב, עָקַר, תָּלַשׁ;
	חָתַר (בְּמָשׁוֹט)
pullet, n.	פַּרְגִּית, תַּרְנְגֹלֶת צְעִירָה
pulley, n.	גַּלְגִּלָּה
pulp, n.	בְּשַׂר הַפְּרִי; בְּלִילָה; רְבִיכָה;
	מִקְפָּא
pulpit, n.	דּוּכָן, בִּימָה
pulsate, v.i.	נָקַף, דָּפַק (לֵב)

pulsation, n.	נְקִיפָה, דְּפִיקָה (לֵב)
pulse, n.	נְקִיפָה, דֹּפֶק
pulverize, v.t. & i.	שָׁחַק, כָּתַת, דָּקַק, טָחַן
pumice, n.	אֶבֶן סְפוֹג
pump, n.	מַשְׁאָבָה
pump, v.t.	שָׁאַב
pumpkin, n.	דְּלַעַת
pun, n.	מִשְׂחַק מִלִּים, לָשׁוֹן נוֹפֵל עַל לָשׁוֹן
punch, v.t.	חָרַר, נָקַב; אָגְרֵף
punch, n.	מַכַּת אֶגְרוֹף; מַקָּב; שְׁקוּי יַיִן וּפֵרוֹת
punctilious, adj.	דַּיְקָנִי, קַפְּדָנִי
punctual, adj.	מְדֻיָּק, דַּיְקָן
punctuality, n.	דַּיְקָנוּת, דִּיּוּק
punctually, adv.	בְּדִיּוּק
punctuate, v.t.	נָקֵד
punctuation, n.	נִקּוּד, סִימָנֵי פִּסּוּק
puncture, n.	תֶּקֶר, נְקִירָה, נֶקֶר
puncture, v.t.	נָקַר, דָּקַר
pungency, n.	חֲרִיפוּת
pungent, adj.	חָרִיף, חַד
punish, v.t.	עָנַשׁ
punishment, n.	עֹנֶשׁ
punitive, adj.	שֶׁל עֳנָשִׁים
punt, n.	סִירַת מוֹטוֹת; בְּעִיטָה (כַּדּוּרְגֶל)
punt, v.t. & i.	חָתַר בְּמוֹט; בָּעַט (כַּדּוּרְגֶל)
puny, adj.	רָפֶה, חַלָּשׁ, פָּחוּת, פָּעוּט
pup, n.	גּוּר (כְּלָבִים)
pupa, n.	גֹּלֶם
pupil, n.	אִישׁוֹן, בָּבָה, חָנִיךְ, תַּלְמִיד
puppet, n.	בֻּבָּה
puppy, n.	כְּלַבְלַב
purblind, adj.	קְצַר רְאִיָּה; חֲסַר בִּינָה
purchase, n.	קְנִיָּה, מִקְחָה
purchase, v.t.	קָנָה, רָכַשׁ, הִשִּׂיג (נשג); הֵרִים [רום] (בְּמָנוֹף)
purchaser, n.	קוֹנֶה
pure, adj.	טָהוֹר, נָקִי, זַךְ, צַח; בַּר לֵבָב
purée, n.	דַּיְסָה
purely, adv.	אַךְ וְרַק, לַחֲלוּטִין
pureness, n.	טֹהַר נִקָּיוֹן, בַּר (לֵבָב), דַּךְ
purgative, adj.	מְשַׁלְשֵׁל
purgatory, n.	גֵּיהִנֹּם, תְּפָתֶּה, שְׁאוֹל
purge, n.	מְשַׁלְשֵׁל; טְהוּר
purge, v.t. & i.	שִׁלְשֵׁל; טִהַר
purification, n.	טְהוּר, נִקּוּי, טָהֳרָה
purify, v.t.	טִהֵר; זִכֵּךְ; צֵרַף, זִקֵּק
purism, n.	סַהֲרָנוּת (בְּלָשׁוֹן)
purity, n.	טָהֳרָה, נִקָּיוֹן, זַכּוּת
purloin, v.t.	גָּנַב
purple, adj.	אַרְגְּמָנִי
purple, n.	אַרְגָּמָן, אַרְגְּוָן
purport, n.	מוּבָן, כַּוָּנָה
purpose, n.	תַּכְלִית, מַטָּרָה
purr, pur, n.	רִנְרוּן (חָתוּל)
purr, pur, v.t. & i.	רִנְרֵן
purse, n.	אַרְנָק, חָרִיט, פְּרָס, גְּמֻלָה
purse, v.t. & i.	שָׂם [שׂים] בְּאַרְנָק, קָמַט, כִּוֵּץ
purser, n.	גּוֹבֵר בָּאֳנִיָּה
pursue, v.t. & i.	רָדַף; הִתְמִיד [תמד], הִמְשִׁיךְ [משך], עָקַב
pursuit, n.	רְדִיפָה, מִשְׁלַח יָד, עֵסֶק
purvey, v.t. & i.	סִפֵּק
purveyance, n.	אַסְפָּקָה, סִפּוּק
purveyor, n.	סַפָּק
pus, n.	מֻגְלָה
push, n., v.t. & i.	דְּחִיפָה; דָּחַף, הָדַף, הֵאִיץ [אוץ], הֵחִישׁ [חוש]; נִדְחַק [דחק]
pusillanimity, n.	מֹרֶךְ לֵב, פַּחְדָּנוּת
pusillanimous, adj.	מוּג (רַךְ) לֵב, פַּחְדָן
puss, pussy, n.	חָתוּל, חֲתוּלָה

put, *v.t.*	שָׂם [שים], שָׁת [שית], נָתַן, שָׁפַת (סיר), הִנִּיחַ [נוח], הִשְׁכִּיב [שכב]
put in	הִכְנִיס [כנס]; בָּא [בוא]
put off	דָּחָה; פָּשַׁט
put on	לָבַשׁ, נָעַל
put out	גֵּרֵשׁ, הוֹצִיא [יצא]; הִרְגִּיז [רגז]; כִּבָּה; נִקֵּר
put through	בִּצַּע
putrefaction, *n.*	מֵק, רִקָּבוֹן
putrefy, *v.t. & i.*	רָקַב, הִרְקִיב [רקב]
putrid, *adj.*	מַבְאִישׁ
putty, *n. & v.t.*	מֶרֶק, סְפֶלֶת, טְפֵל; טָפַל
puzzle, *n.*	חִידָה, מְבוּכָה
puzzle, *v.t. & i.*	הִפְלִיא [פלא], חָד [חוד]; הָיָה נָבוֹךְ
pygmy, *n. & adj.*	גַּמָּד, נַנָּס; אֶצְבְּעוֹנִי
pyjamas, *v.* pajamas	
pylon, *n.*	שַׁעַר
pyramid, *n.*	הָרֶם, חַדּוּדִית
pyre, *n.*	מִשְׂרֶפֶת, מְדוּרָה
pyromania, *n.*	מָשׁוּחַ בְּאֵשׁ, שִׁגָּעוֹן הַצָּתָה
python, *n.*	פֶּתֶן

Q, q

Q, q, *n.*	קִיוּ, הָאוֹת הַשְּׁבַע עֶשְׂרֵה בָּאָלֶף בֵּית הָאַנְגְּלִי
quack, *n.*	קַרְקוּר; רַמַּאי; רוֹפֵא אֱלִיל
quack, *v.t.*	קִרְקֵר; רִמָּה
quackery, *n.*	מִרְמָה, תַּרְמִית, רַמָּאוּת
quadrangle, *n.*	מְרֻבָּע
quadrant, *n.*	רְבִיעַ, רֶבַע הָעִגּוּל (הַמַּעְגָּל)
quadrate, *v.t. & i.*	רִבֵּעַ, הִתְאִים [תאם], הִקְבִּיל [קבל]
quadrennial, *adj.*	בֶּן (שֶׁל) אַרְבַּע שָׁנִים, אַחַת לְאַרְבַּע שָׁנִים
quadrilateral, *adj.*	מְרֻבָּע, מְרֻבַּע הַצְּלָעוֹת
quadruped, *adj. & n.*	בַּעַל אַרְבַּע רַגְלַיִם, הוֹלֵךְ עַל אַרְבַּע
quadruple, *adj. & adv.*	כָּפוּל אַרְבָּעָה, אַרְבַּעְתַּיִם, פִּי אַרְבָּעָה
quadruple, *v.t. & i.*	הִכְפִּיל [כפל] פִּי אַרְבָּעָה
quaff, *n.*	לְגִימָה
quaff, *v.t. & i.*	גָּמַע
quagmire, *n.*	בִּצָּה, אֶרֶץ הַבֹּץ
quail, *n.*	שְׂלָו, סְלָו
quaint, *adj.*	מוּזָר, יָשָׁן
quake, *n.*	רְעִידָה, רַעַד, רַעַשׁ, חֲרָדָה
quake, *v.i.*	רָעַד, רָעַשׁ, הִתְגָּעֵשׁ [געש]
qualification, *n.*	תְּכוּנָה, מִדָּה; תְּנַאי
qualify, *v.t.*	אִפְיֵן, הִכְשִׁיר [כשר]; אִפְיֵן
qualitative, *adj.*	אֵיכוּתִי
quality, *n.*	אֵיכוּת, מִין, סוּג
qualm, *n.*	מוּסַר כְּלָיוֹת, בְּחִילָה
quandry, *n.*	מְבוּכָה, פִּקְפּוּק
quantitative, *adj.*	כַּמּוּתִי, סְכוּמִי
quantity, *n.*	כַּמּוּת, סְכוּם
quarantine, *n. & v.t.*	הֶסְגֵּר, הִסְגִּיר [סגר]
quarrel, *n. & v.i.*	רִיב, מְרִיבָה, קְטָטָה, מָדוֹן, מַחֲלֹקֶת; רָב [ריב], הִתְקוֹטֵט [קטט]
quarrelsome, *adj.*	יָרִיב, אִישׁ מָדוֹן
quarry, *n. & v.t.*	מַחְצָבָה; חָצַב אֲבָנִים

quart, n.	רְבִיעִית, קוָרְט (שְׁנֵי פִּינְטִים)
quarter, n.	רֶבַע; רֹבַע; שְׁכוּנָה
quarter, v.t. & i.	חִלֵּק לְאַרְבָּעָה;
	הִשְׁכִּין [שכן], אִכְסֵן
quarterly, n. & adj.	רִבְעוֹן; שֶׁל רָבַע
quarterly, adv.	פַּעַם בִּשְׁלֹשָׁה חֳדָשִׁים
quartermaster, n.	אַפְסְנָאי
quartet, quartette, n.	רְבִיעִיָּה
quarto, n.	תַּבְנִית רָבוּעַ (4°)
quartz, n.	חַלָּמִישׁ
quash, v.t.	בִּטֵּל, שָׂם [שים] קֵץ
quaver, n.	רֶטֶט, סִלְסוּל
quaver, v.t.	רָעַד, סִלְסֵל
quay, n.	רָצִיף
queasy, adj.	בּוֹחֵל
queen, n.	מַלְכָּה
queer, adj.	מְשֻׁנֶּה, מוּזָר
quell, v.t.	הִכְרִיעַ [כרע], הִכְנִיעַ [כנע];
	הִשְׁקִיט [שקט]
quench, v.t.	כִּבָּה; שָׁבַר (צָמָא)
querulous, adj.	קוֹבֵל, מִתְלוֹנֵן
query, n.	שְׁאֵלָה; סִימָן שְׁאֵלָה
query, v.t.	שָׁאַל, חָקַר; הֵסִיר [נסל]
	סָפֵק
quest, n.	בַּקָּשָׁה, מִשְׁאָלָה, חֲקִירָה,
	חִפּוּשׂ
quest, v.t. & i.	שָׁחַר, בִּקֵּשׁ, חִפֵּשׂ
question, n.	שְׁאֵלָה, קֻשְׁיָה, בְּעָיָה
question, v.t. & i.	שָׁאַל, חָקַר, הִרְהֵר
question mark	סִימַן שְׁאֵלָה (?)
questionnaire, n.	שְׁאֵלוֹן
queue, n.	תּוֹר, שׁוּרָה
quibble, n.	פִּלְפּוּל
quibble, v.i.	הִתְפַּלְפֵּל [פלפל]
quick, adj.	זָרִיז, מָהִיר
quick, adv.	חִישׁ, מַהֵר, מְהֵרָה
quicken, v.t. & i.	הֶחֱיָה [חיה], מִהֵר,
	הֵחִישׁ [חיש], זֵרֵז
quickly, adv.	מַהֵר, מְהֵרָה
quickness, n.	זְרִיזוּת, מְהִירוּת
quicksilver, n.	כַּסְפִּית, כֶּסֶף חַי
quiesce, v.i.	הֶחֱרִישׁ [חרש]
quiescence, n.	שַׁלְוָה
quiescent, adj.	נָרְגָּע, נִבְלָע (דִּקְדּוּק)
quiet, n.	שֶׁקֶט
quiet, v.t. & i.	הִשְׁתִּיק [שתק], הִשְׁקִיט
	[שקט], הִרְגִּיעַ [רגע]
quietly, adv.	בִּמְנוּחָה, בְּשֶׁקֶט
quietude, n.	מְנוּחָה, דְּמָמָה
quietus, n.	סוֹף, מָוֶת
quill, n.	נוֹצָה, מוֹךְ
quilt, n.	שְׂמִיכָה
quince, n.	חַבּוּשׁ
quinine, n.	כִּינִין
quinsy, n.	אַסְכָּרָה
quintessence, n.	תַּמְצִית
quintet, quintette, n.	חֲמִישִׁיָּה
quintuple, adj.	כָּפוּל חָמֵשׁ, פִּי חָמֵשׁ
quintuplet, n.	חֲמִישִׁיָּה
quip, n.	לִגְלוּג, עֲקִיצָה
quit, v.t.	עָזַב, נָטַשׁ
quit, adj.	מְפֻטָּר, מְשֻׁחְרָר
quite, adv.	לְגַמְרֵי, בְּהֶחְלֵט
quitter, n.	מִשְׁתַּמֵּט, רַךְ לֵב
quiver, n.	רַעַד, פַּרְפּוּר
quiver, v.i.	רָעַד, הִזְדַּעְזַע [זעזע]
quiver, n.	תְּלִי, אַשְׁפָּה
quixotic, adj.	דִּמְיוֹנִי, קִישׁוֹטִי
quiz, n.	חִידוֹן, מִבְחָן, צְחוֹק
quiz, v.t.	בָּחַן; לִגְלֵג
quorum, n.	מִנְיָן
quota, n.	מִכְסָה
quotation, n.	הַבָאָה, מַרְאֵה מָקוֹם,
	מוּבָאָה, שַׁעַר, צִיטָטָה
quote, n. & v.t.	הֵבִיא [בא] שַׁעַר, צִטֵּם
quotient, n.	חֵלֶק, מָנָה

R, r

R, r, *n.*	אַר, הָאוֹת הַשְּׁמוֹנֶה עֶשְׂרֵה בָּאָלֶף־בֵּית הָאַנְגְלִי
rabbi, *n.*	רַב
rabbinical, rabbinic, *adj.*	רַבָּנִי
rabbit, *n.*	שָׁפָן
rabble, *n.*	אֲסַפְסוּף
rabid, *adj.*	מִתְאַנֵּף, מִתְנַגֵּשׁ
rabies, *n.*	כַּלֶּבֶת
race, *n.*	גֶּזַע
race, *n.*	וְתִעֲלָה, וּמֵרוֹץ
race, *v.t. & i.*	רָץ [רוץ]; הִתְחָרָה [חרה], הֵרִיץ [רוץ]
racial, *adj.*	גִּזְעִי
rack, *n.*	קֹלָב; דְּפוּפָה; פַּס שִׁנַּיִם (בִּמְכוֹנָה); סַד
racket, *n.*	כַּף, מַחְבֵּט, הֲמֻלָּה, רַמָּאוּת
racketeer, *n.*	רַמַּאי, שׁוֹדֵד
racy, *adj.*	חָרִיף, חַד
radar, *n.*	מַכָּ"ם, מַכְשִׁירֵי כִּוּוּן וּמֶרְחָק
radiance, radiancy, *n.*	זֹהַר
radiant, *adj.*	מַזְהִיר, מַקְרִין
radiate, *v.t. & i.*	הִקְרִין [קרן]
radiation, *n.*	הַקְרָנָה
radiator, *n.*	מַקְרֵן
radical, *adj.*	יְסוֹדִי; קִיצוֹנִי, שָׁרְשִׁי
radical, *n.*	קִיצוֹנִי; שֹׁרֶשׁ, אוֹת שָׁרְשִׁית (בְּדִקְדּוּק); סִימָן הַשֹּׁרֶשׁ (√)
radicalism, *n.*	קִיצוֹנִיּוּת
radio, *n.*	רַדְיוֹ, אַלְחוּט
radioactive, *adj.*	פָּעִיל הַקְרָנָה
radiogram, *n.*	מִבְרָק אַלְחוּטִי
radiology, *n.*	תּוֹרַת הַהַקְרָנָה
radiotelegraph, *n.*	מִבְרָק אַלְחוּטִי
radiotherapy, *n.*	רִפּוּי בְּאוֹרִית
radish, *n.*	צְנוֹן, צְנוֹנִית
radium, *n.*	אוֹרִית
radius, *n.*	מָחוֹג, חֲצִי קֹטֶר, קֶרֶן; תְּחוּם; עֶצֶם (בְּאַמַּת הַיָּד), הַקָּנֶה הַגָּדוֹל
radix, *n.*	שֹׁרֶשׁ
raffle, *n.*	הַגְרָלָה; גּוֹרָל, פַּיִס, פּוּר
raffle, *v.t.*	הִגְרִיל [גרל], הִפִּיל [נפל] גּוֹרָל
raft, *n.*	דָּבְרָה, רַפְסוֹדָה
rafter, *n.*	אֲצִילָה, כָּפִיס, קוֹרַת גַּג
rag, *n.*	סְמַרְטוּט, בְּלָאָה, סְחָבָה
ragamuffin, *n.*	(בַּעַל) לְבוּשׁ בְּלָאִים, רֵיקָא, פּוֹחֵז, בְּלִיַּעַל
rage, *n.*	חָרוֹן, כַּעַס, חֲרִי אַף
rage, *v.i.*	זָעַף, הִתְקַצֵּף [קצף], הִתְנַגֵּשׁ [נגש]
ragged, *adj.*	בָּלוּי, לְבוּשׁ בְּלָאוֹת
raid, *n.*	פְּשִׁיטָה, הִתְנַפְּלוּת
raid, *v.t.*	פָּשַׁט עַל
rail, *n.*	מַעֲקֶה, גֶּדֶר, שְׂבָכָה, סָרִיג; פַּס בַּרְזֶל
rail, *v.t. & i.*	נִדָּף, לָעַג, סָרַג; שָׁלַח בְּמִסְלַת בַּרְזֶל
railing, *n.*	מַעֲקֶה; פַּסֵּי בַּרְזֶל
railroad, railway, *n.*	מְסִלַּת בַּרְזֶל
raiment, *n.*	לְבוּשׁ, מַלְבּוּשׁ
rain, *n.*	גֶּשֶׁם, מָטָר, יוֹרֶה (גֶּשֶׁם רִאשׁוֹן), מַלְקוֹשׁ (גֶּשֶׁם אַחֲרוֹן)
rain, *v.t. & i.*	הִגְשִׁים [גשם], הִמְטִיר [מטר]
rainbow, *n.*	קֶשֶׁת
raincoat, *n.*	מְעִיל גֶּשֶׁם
raindrop, *n.*	אֶגֶל, טִפַּת גֶּשֶׁם
rainfall, *n.*	רְבִיעָה, יְרִידַת גְּשָׁמִים
rainy, *adj.*	גָּשׁוּם, סַגְרִירִי

219

raise, v.t. [עלה] הֶעֱלָה ,[רום] הֵרִים	random, n. הַזְדַּמְּנוּת, מִקְרֶה
דָּלָה ,(דֶּנֶל) הֵנִיף (נוף) הֵרִים (מְחִירִים)	range, n. ;(הָרִים) שַׁלְשֶׁלֶת ,שוּרָה
[קום] הֵקִים (רֹאשׁ) זָקַף ;(מַיִם)	מִרְעֶה, מַעֲרָכָה, סֵדֶר; כִּירָה
;(עַיִן) הֵעִיף (עוף) הֶעֱרִיךְ (נבה) הִגְבִּיהַּ	range, v.t. & i. ;הִתְיַצֵּב ,מִיֵּן ,סִדֵּר
;(צֶמַח) הִצְמִיחַ (יְלָדִים) גִּדֵּל	,(פשט) הִתְפַּשֵּׁט ,בְּמַעֲרָכָה (יצב)
;(כְּסָפִים) הִשִּׂיג (נשה) הִשִּׁיא (מִקְנֶה) רִבָּה	[שרע] הִשְׁתָּרַע
(שְׁאֵלָה) [תקנה] עוֹרֵר (עור) עוֹרֵר	rank, adj. פָּרוּעַ, נֶאֱלָח ,נִבְאָשׁ ,סָרוּחַ
raise, n. תּוֹסֶפֶת ,הוֹסָפָה ,הֲרָמָה	rank, n. (חַיָּלִים) טוּר ,דַּרְגָּה ,שׁוּרָה
raisin, n. צִמּוּק	rank, v.t. & i. בְּשׁוּרָה [עמד] הֶעֱמִיד
rake, n. מַחְתָּה ,מַגְרֵפָה ,מַקְפֵּר	ransack, n. מְשַׁסָּה
rake, v.t. & i. ,גֵּרֵף ,(פקר) הִתְפַּקֵּר	ransack, v.t. & i. שָׁלַל ,בָּזַז
חָתָה ,אָסַף	ransom, n. פִּדְיוֹן ,כֹּפֶר
rally, n. הִתְעוֹרְרוּת ,מִפְגָּשׁ	ransom, v.t. נָתַן כֹּפֶר
הִתְעוֹדְדוּת ,הִתְאוֹשְׁשׁוּת ,הִתְאַמְּצוּת	rant, v.i. צָנַח ,צָרַח
rally, v.t. & i. [מְחָדָשׁ] [אחד] הִתְאַחֵד	rap, n. דְּפִיקָה
הִתְאוֹשֵׁשׁ ;קִבֵּץ ;(עור) הִתְעוֹרֵר	rap, v.t. & i. [דפק] הִתְדַּפֵּק ,דָּפַק
[עדד] הִתְעוֹדֵד ,[אשש]	rapacious, adj. ;לְהוּט ,גַּזְלָנִי ,חַמְסָנִי
ram, n. מַזַּל טָלֶה ;אַיִל ,עַתּוּד ,רְאֵם	חַמְדָּן
ram, v.t. דָּחַף ,תָּקַב ,אִיֵּל ,תָּקַע ,נָגַח	rape, n. לֶפֶת ,אֹנֶס
ramble, n. הִשְׁתָּרְכוּת ,הִתְשׁוֹטְטוּת	rape, v.t. אָנַס
ramble, v.i. נָדַד (שוט) שׁוֹטֵט	rapid, adj. & n. אֶשֶׁדָה ,מָהִיר
rambler, n. נוֹדֵד ,מְשׁוֹטֵט	rapidity, n. מְהִירוּת
ramification, n. ;הִתְפַּצְלוּת ,הִסְתָּעֲפוּת	rapture, n. אֹשֶׁר
עָנָף ,עֳפִי	rare, adj. ;יְקַר הַמְּצִיאוּת ,נָדִיר
ramify, v.t. & i. (סעף) הִסְתָּעֵף	נָא, צָלוּי לְמֶחֱצָה
[פצל] הִתְפַּצֵּל	rarefy, v.t. & i. [קלש] דִּקֵּק [קלש] הִתְקַלֵּשׁ
ramp, n. ;מְדְרוֹנִי מַעֲבָר ,שִׁפּוּעַ	rarely, adv. לְעִתִּים רְחוֹקוֹת
סוֹלְלָה	rarity, n. נְדִירוּת
ramp, v.i. זִנֵּק ;(צֶמַח) טִפֵּס; עָמַד עַל	rascal, n. נָבָל
(לַיִשׁ) רַגְלָיו	rash, adj. פָּזִיז ,נִמְהָר
rampage, n. הִתְנַהֲנוּת פְּרוּעָה	rash, n. (עוֹר) תִּפְרַחַת
rampant, adj. פָּרוּעַ, עוֹבֵר גְּבוּל	rasp, n. מַשְׁפָּה
rampart, n. דָּיֵק ,סוֹלְלָה	rasp, v.t. & i. [שוף] שָׁף ,גֵּרֵד
ramshackle, adj. רָעוּעַ	raspberry, n. פֶּטֶל ,תּוּת
ranch, n. חַוָּה	rat, n. חֻלְדָּה ,עַכְבְּרוֹשׁ
rancid, adj. נֶאֱלָח ,מְקֻלְקָל	rate, n. קֶצֶב ,שִׁעוּר ,עֵרֶךְ ,מְחִיר
rancor, rancour, n. שִׂטְנָה ,אֵיבָה	rate, v.t. & i. הֶעֱרִיךְ ,אָמַד ,גִּנָּה
random, adj. מְקְרִי, לְלֹא מַשְׂטָרָה	[ערך]

rather, *adv.*	לְהֶפֶךָ, מוּטָב שֶׁ־; מְאֹד;
	בְּמִדָּה יְדוּעָה
ratification, *n.*	אִשּׁוּר, קִיּוּם
ratify, *v.t.*	אִשֵּׁר, קִיֵּם
rating, *n.*	הַעֲרָכָה; מַדְרֵגָה; גְּעָרָה
ratio, *n.*	עֵרֶךָ, יַחַס
ration, *n.*	מָנָה
ration, *v.t.*	קָצַב, חִלֵּק
rational, *adj.*	שִׂכְלִי, שִׂכְלְתָנִי
rationalism, *n.*	שִׂכְלְתָנוּת
rationalize, *v.t.*	שָׂכַל, הִשְׂכִּיל [שכל]
rattle, *n.*	רַעֲשָׁן, רַעַשׁ; קַשְׁקוּשׁ,
	קַשְׁקָשָׁה
rattle, *v.t. & i.*	קִשְׁקֵשׁ, דִּבֵּר מַהֵר;
	הֵבִיךָ [בוך]
rattlesnake, *n.*	עֶכֶס, עֶכֶן
raucous, *adj.*	צָרוּד, נִחָר
ravage, *n.*	חֻרְבָּן, שׁוֹאָה
ravage, *v.t.*	הֶחֱרִיב [חרב] הִשְׁחִית
	[שחת]
rave, *v.i.*	הִשְׁתּוֹלֵל [שלל], דִּבֵּר מִתּוֹךָ
	הֲזָיָה [שׁגעון], הִשְׁתַּגֵּעַ [שגע];
	הִתְמַרְמֵר [מרמר]
ravel, *n.*	סְבַךָ (חוּטִים), תִּסְבֹּכֶת
ravel, *v.t. & i.*	סִבֵּךָ, הִסְתַּבֵּךָ [סבך]
raven, *n.*	עוֹרֵב
ravenous, *adj.*	זוֹלֵל, גַּרְגְּרָן
ravine, *n.*	גַּיְא
ravish, *v.t.*	אָנַס; לִבֵּב, קָסַם
ravishment, *n.*	קְסִימָה, לִבּוּב; אֹנֶס
raw, *adj.*	סַגְרִירִי (אֲוִיר); חַי (בָּשָׂר),
	בִּלְתִּי מְבֻשָּׁל; גָּלְמִי, נָס (חֹמֶר);
	בִּלְתִּי מְחֻנָּךָ
ray, *n.*	קֶרֶן אוֹר; שֶׁמֶץ
rayon, *n.*	זְהוֹרִית
raze, *v.t.*	עֵרָה; מָחָה, מָחַק
razor, *n.*	מַגְלֵחַ, מְכוֹנַת (תַּעַר) גִּלּוּחַ,
	מוֹרָה

reach, *v.t. & i.*	הִגִּיעַ [נגע], הִשִּׂיג
	[נשג]; הוֹשִׁיט [ישט] יָד
react, *v.i.*	הֵגִיב [גוב], הִתְפָּעֵל [פעל]
reaction, *n.*	תְּגוּבָה, פְּעֻלָּה (הַשְׁפָּעָה)
	חוֹזֶרֶת, נְסִיגָה
reactionary, *adj. & n.*	נָסוֹג אָחוֹר
read, *v.t. & i.*	קָרָא, הִקְרִיא [קרא]
reader, *n.*	קוֹרֵא, מִקְרָאָה
readily, *adv.*	בְּרָצוֹן, בְּחֵפֶץ לֵב; מִיָּד,
	בִּמְהִירוּת
readiness, *n.*	נְכוֹנוּת
reading, *n.*	קְרִיאָה, הַקְרָאָה
readjust, *v.t.*	סִגֵּל שֵׁנִית
readjustment, *n.*	הִסְתַּגְּלוּת, סִגּוּל מֶחֱדָשׁ
ready, *adj.*	מוּכָן, מְזֻמָּן
reagent, *n.*	מַסְעִיל, מְעוֹרֵר
real, *adj.*	אֲמִתִּי, מַמָּשִׁי
real estate, *n.*	נִכְסֵי דְלָא נַיְדֵי,
	מְקַרְקְעִים
realistic, *adj.*	מְצִיאוּתִי, מַמָּשִׁי
reality, *n.*	מְצִיאוּת, מַמָּשׁוּת
realization, *n.*	הִתְגַּשְּׁמוּת
realize, *v.t.*	הִגְשִׁים [גשם], הִשִּׂיג [נשג]
really, *adv.*	בֶּאֱמֶת
realm, *n.*	מַמְלָכָה, תְּחוּם
realty, *n.*	נִכְסֵי דְלָא נַיְדֵי
ream, *n.*	חֲבִילַת נְיָר, רִים
ream, *v.t.*	קָדַד
reamer, *n.*	מַקְדֵּד
reap, *v.t.*	קָצַר, אָסַף
reaper, *n.*	קוֹצֵר; מַקְצְרָה
reappear, *v.i.*	הוֹפִיעַ [יפע] שׁוּב
rear, *adj.*	אֲחוֹרִי, אֲחוֹרַנִּי
rear, *n., v.t. & i.*	אָחוֹר; רוֹמֵם [רום];
	גִּדֵּל, רִבָּה, חָנַךָ; הִתְרוֹמֵם [רום]
	(סוּס), עָמַד עַל רַגְלָיו הָאֲחוֹרִיּוֹת
rearm, *v.t.*	יִין, הִזְדַּיֵּן [זין] מֵחָדָשׁ
reason, *n.*	בִּינָה; טַעַם, סִבָּה; דַּעַת

reason, v.t. & i.	חָשַׁב, הִתְוַכֵּחַ [וכח]
reasonable, adj.	צוֹדֵק, שִׂכְלִי
reassure, v.t.	הִבְטִיחַ [בטח] מֵחָדָשׁ
rebate, n.	הַנָּחָה
rebate, v.t.	הוֹרִיד [ירד] מֵהַמְּחִיר
rebel, adj., n. & v.i.	מוֹרֵד; מָרַד
rebellion, n.	מֶרֶד, הִתְקוֹמְמוּת
rebellious, adj.	מוֹרֵד
rebirth, n.	תְּחִיָּה
rebound, n. & v.i.	הֵד, בַּת קוֹל;
	קְפִיצָה אֲחוֹרָה, הִדָּהֵר; קָפַץ לְאָחוֹר
rebuff, n.	דְּחִיפָה, סֵרוּב
rebuild, v.t	בָּנָה שֵׁנִית
rebuke, n. & v.t.	נְזִיפָה, גְּעָרָה; נָּעַר
rebut, v.t. & i.	הֵזֵם [זמם], סָתַר
rebuttal, n.	הֲזָמָה
recalcitrant, adj.	מַמְרָה
recall, v.t.	הִזְכִּיר [זכר]; מָכַר [זכר],
	הֵשִׁיב [שוב], הֶחֱזִיר [חזר]
recall, n.	הַחֲזָרָה, הֲשָׁבָה
recantation, n.	חֲרָטָה
recapitulate, v.t.	סִכֵּם
recapitulation, n.	סִכּוּם
recapture, v.t.	חָזַר וְלָכַד
recast, v.t.	יָצַק שֵׁנִית
recede, v.i.	נָסוֹג, נִרְתַּע [רתע]
receipt, n.	קַבָּלָה
receive, v.t.	קִבֵּל
recent, adj.	חָדָשׁ, בָּא מִקָּרוֹב
receptacle, n.	כְּלִי, בֵּית קִבּוּל
reception, n.	קַבָּלַת פָּנִים
receptivity, n.	קַבָּלוֹן, תְּפִיסָה
recess, n.	הַפְסָקָה; מִשְׁקָע; מַחֲבוֹא
recipe, n.	תְּרוּפָה; מִרְשָׁם; פְּרָטָה
recipient, adj. & n.	מְקַבֵּל
reciprocal, adj.	הֲדָדִי
reciprocate. v.t. & i.	גָּמַל, הֵשִׁיב [שוב]

reciprocation, reciprocity, n.	הֲדָדִיּוּת
recital, n.	מֵיעָע
recitation, n.	הַקְרָאָה
recite, v.t. & i.	סִפֵּר, אָמַר בְּעַל פֶּה, הִקְרִיא [קרא]
reckless, adj.	נִמְהָר, אִי זָהִיר, פָּזִיז
reckon, v.t. & i.	חָשַׁב, הִתְחַשֵּׁב [חשב], סָמַךְ עַל
reclaim, v.t.	תָּבַע בַּחֲזָרָה, הִשְׁבִּיחַ [שבח]
reclamation, n.	דְּרִישָׁה בַּחֲזָרָה; סִיּוּב
recline, v.t. & i.	הִטָּה [נטה], הֵסֵב [סבב], שָׁכַב
recluse, adj. & n.	בּוֹדֵד, מִתְבּוֹדֵד
recognition, n.	הַכָּרָה, הוֹדָאָה
recognize, v.t. & i.	הִכִּיר [נכר], הוֹדָה [ידה]
recoil, n.	הַרְתָּעָה
recoil, v.t. & i.	נִרְתַּע [רתע]
recollect, v.t. & i.	זָכַר, מָכַר [זכר]
recollection, n.	זִכָּרוֹן
recommence, v.t. & i.	הִתְחִיל [תחל] שׁוּב
recommend, v.t.	הִמְלִיץ [מלץ], יָעַץ
recommendation, n.	הַמְלָצָה, עֵצָה
recompense, n.	תַּגְמוּל, גְּמוּל
recompense, v.t. & i.	גָּמַל
reconcile, v.t.	הִשְׁלִים [שלם], פִּשֵּׁר
reconciliation, n.	הִתְפַּשְּׁרוּת, הַשְׁלָמָה
recondition, v.t.	חִדֵּשׁ
reconnaissance, reconnoissance, n.	סִיּוּר, רִגּוּל
reconquer, v.t.	כָּבַשׁ שֵׁנִית
reconsider, v.t.	חָשַׁב שֵׁנִית
reconstruct, v.t.	חָזַר וּבָנָה
reconstruction, n.	בְּנִיָּה מְחֻדֶּשֶׁת
reconvene, v.t. & i.	הִתְכַּנֵּס [כנס] שֵׁנִית, כָּנַס שֵׁנִית

record, *n.*	זִכְרוֹן דְּבָרִים, רְשִׁימָה; תַּקְלִיט	recurrence, *n.*	שִׁיבָה, חֲזָרָה
		red, *adj.*	אָדֹם
record, *v.t.*	רָשַׁם, הִקְלִיט [קלט]	red cross, *n.*	הַצְּלָב הָאָדֹם
recorder, *n.*	מַזְכִּיר, רוֹשֵׁם; מַקְלִיט	redden, *v.t. & i.*	אָדַם, הִתְאַדֵּם [אדם].
record player	מָקוֹל		הִסְמִיק [סמק] הִסְתַּמֵּק [סמק]
recount, *v.t.*	סִפֵּר בִּפְרוֹטְרוֹט; מָנָה שֵׁנִית	reddish, *adj.*	אֲדַמְדָּם, אַדְמוֹנִי
recoup, *v.t.*	שָׁלֵּם (קִבֵּל) פִּצּוּיִים	redeem, *v.t.*	גָּאַל, מָלֵּא (הַבְטָחָה), פָּרַע (חוֹב)
recourse, *n.*	מִפְלָט		
recover, *v.t. & i.*	הֵשִׁיב [שוב], רָכַשׁ שֵׁנִית; הִתְרַפֵּא [רפא], הִבְרִיא [ברא]; כִּסָּה (רִפֵּד) שֵׁנִית	redeemer, *n.*	גּוֹאֵל, פּוֹדֶה, מוֹשִׁיעַ
		redemption, *n.*	גְּאֻלָּה, פִּדְיוֹן
		redevelop, *v.t. & i.*	פִּתַּח שֵׁנִית, הִתְפַּתַּח [פתח] שֵׁנִית
recovery, *n.*	הֲשָׁבַת אֲבֵדָה; הַבְרָאָה, הַחְלָמָה	redness, *n.*	אֹדֶם, סֹמֶק, סְקָרָה
recreate, *v.t.*	שָׁב [שוב] וְיָצַר, שִׁעֲשַׁע	redolent, *adj.*	רֵיחָנִי, נִיחוֹחִי
recreation, *n.*	יְצִירָה מֵחָדָשׁ; מַרְגּוֹעַ, שַׁעֲשׁוּעַ	redouble, *v.t. & i.*	גִּדֵּל, רִבָּה, הוֹסִיף [יסף], הִגְדִּיל [גדל]
recriminate, *v.t. & i.*	הֶאֱשִׁים [אשם] אֶת הַמַּאֲשִׁים	redoubt, *n.*	סוֹלְלָה
recrimination, *n.*	הַאֲשָׁמָה נֶגְדִּית, הַאֲשָׁמַת הַמַּאֲשִׁים	redress, *n.*	פִּצּוּי; תִּקּוּן מְעֻוָּת
		reduce, *v.t.*	הִקְטִין [קטן], הִמְעִיט [מעט], הָפְחִית [פחת]
recruit, *n.*	טִירוֹן (צבא)	reduction, *n.*	הַנָּחָה (מְמַחִיר), הַפְחָתָה
recruit, *v.t. & i.*	גִּיֵּס, הֵרִים [רום] צָבָא; סָעַד לִבּוֹ; הִבְרִיא [ברא]; שָׁב [שוב] וְהִצְטַיֵּד (ציד)	redundant, *adj.*	עוֹדֵף, מְיֻתָּר
		re-echo, *n.*	בַּת הֵד
rectangle, *n.*	מְרֻבָּע, מַלְבֵּן	re-echo, *v.t. & i.*	הֵדַד (הִדְהֵד) שֵׁנִית
rectangular, *adj.*	מְרֻבָּע, יְשַׁר זָוִית	reed, *n.*	סוּף, קָנֶה, אַגְמוֹן; אַבּוּב
rectification, *n.*	יִשּׁוּר; תִּקּוּן, זִקּוּק, צְרִיפָה	reef, *n.*	שֵׁן (צוּק) יָם
rectify, *v.t.*	תִּקֵּן; זִקֵּק, זִכֵּךְ	reek, *n.*	בְּאָשָׁה, סִרְחוֹן; עָשָׁן, הֶבֶל
rectitude, *n.*	יֹשֶׁר, תֹּם	reek, *v.i.*	בָּאַשׁ, הִסְרִיחַ [סרח], הֶעֱלָה [עלה] (הבל)
rector, *n.*	נָגִיד, נְגִיד מִכְלָלָה	reel, *n.*	גָּלִיל, אַשְׁוָה
rectum, *n.*	חַלְחֹלֶת	reel, *v.t. & i.*	הִגְלִיל [גלל], כָּרַךְ (עַל גָּלִיל); הִתְמוֹטֵט [מוט]
recumbent, *adj.*	שׁוֹכֵב		
recuperate, *v.t. & i.*	הִבְרִיא [ברא], הֶחֱלִים [חלם], שָׁב [שוב] לְאֵיתָנוֹ	re-elect, *v.t.*	בָּחַר שׁוּב
		re-enter, *v.t. & i.*	נִכְנַס [כנס] שׁוּב; הִכְנִיס [כנס] שׁוּב
recuperation, *n.*	הַבְרָאָה, הַחְלָמָה		
recur, *v.i.*	שָׁב [שוב] וְחָזַר; נִשְׁנָה [שנה]; נִזְכַּר [זכר]	re-establish, *v.t.*	הֵקִים [קום] שׁוּב, יִסֵּד שׁוּב

refer, v.t. & i. יָחֵס, הִתְיָחֵס [יחס] לְ;	refund, v.t. הֶחֱזִיר [חזר] כֶּסֶף
הִפְנָה [פנה]	refusal, n. סֵרוּב, מֵאוּן
referee, n. בּוֹרֵר	refuse, n. פְּסֹלֶת, זֶבֶל
reference, n. עִיּוּן; עִנְיָן, יַחַס; הַמְלָצָה	refuse, v.t. & i. סֵרֵב, מֵאֵן
referendum, n. מִשְׁאָל עַם	refutation, n. דְּחִיָּה, הֲזָמָה
refill, v.t. מִלֵּא שׁוּב	refute, v.t. הִכְחִישׁ [כחש]
refine, v.t. & i. זִקֵּק, סִנֵּן, הִסְתַּנֵּן [סנן]	regain, v.t. רָכַשׁ שׁוּב
refinement, n. זִקּוּק; עֲדִינוּת	regal, adj. מַלְכוּתִי, מְפֹאָר
refinery, n. בֵּית זִקּוּק	regale, v.t. & i. שִׁעֲשַׁע, הֶאֱכִיל [אכל]
refit, v.t. & i. הִתְקִין [תקן] שׁוּב	וְהִשְׁקָה [שקה], אָכַל וְשָׁתָה
reflect, v.t. & i. הִקְרִין [קרן] (אוֹרָה);	regalia, n. pl. נִגּוּנֵי (סִימָנֵי) מְלָכִים;
חָשַׁב; בִּיֵּשׁ; הִשְׁתַּקֵּף [שקף]	תִּלְבֹּשֶׁת הוֹד
reflection, reflexion, n. הַקְרָנָה;	regard, n. כָּבוֹד, חִבָּה; יַחַס; דְּרִישַׁת
הִרְהוּר; עִיּוּן; הַאֲשָׁמָה; הִשְׁתַּקְּפוּת	(פְּרִיסַת) שָׁלוֹם; מַבָּט
reflector, n. מַחֲזִירְאוֹר, מַקְרִין	regard, v.t. & i. חָשַׁב לְ־, הִתְבּוֹנֵן
reflex, n. בָּבוּאָה; תְּנוּעָה שֶׁלֹּא מֵרָצוֹן	[בין], כִּבֵּד, שָׂם [שים] לֵב
reforest, v.t. יָעַר שׁוּב	regenerate, adj. מְחֻדָּשׁ
reform, v.t. & i. תִּקֵּן, הִשְׁתַּנָּה [שנה]	regeneration, n. הִתְחַדְּשׁוּת
לְטוֹבָה, הֵיטִיב [יטב] דַּרְכּוֹ	regent, n. עוֹצֵר, שַׁלִּיט
reformation, n. תִּקּוּן; שִׁנּוּי עֲרָכִין;	regild, v.t. הִזְהִיב [זהב] שׁוּב
תִּקּוּן (חִדּוּשׁ) הַדָּת	regime, n. שִׁלְטוֹן; מִנְהָלָה
reformatory, n. בֵּית אֲסוּרִים	regiment, n. גְּדוּד
לַעֲבַרְיָנִים צְעִירִים	region, n. אֵזוֹר; מָחוֹז
reformer, n. מְתַקֵּן	regional, adj. גְּלִילִי, מְחוֹזִי
refraction, n. תִּשְׁבֹּרֶת	register, n. רְשִׁימָה
refractory, adj. סוֹרֵר, סוֹרֵר וּמוֹרֶה	register, v.t. רָשַׁם, נִרְשַׁם [רשם]; שָׁלַח
refrain, n. חֲזָרָת (שִׁיר)	(בַּדֹּאַר) בְּאַחֲרָיוּת
refrain, v.t. & i. מָנַע, הִתְאַפֵּק [אפק]	registered, adj. רָשׁוּם
refresh, v.t. & i. הֶחֱיָה [חיה], הִרְוָה	registrar, n. רָשָׁם, דִּפְתְּרָן
[רוה]	registration, n. רְשׁוּם, הַרְשָׁמָה
refreshment, n. תִּקְרֹבֶת	registry, n. מְקוֹם הָרְשׁוּם
refrigerate, v.t. קֵרַר	regress, regression, n. נְסִיגָה לְאָחוֹר
refrigeration, n. קֵרוּר	regret, n. דְּאָבוֹן, חֲרָטָה; צַעַר
refrigerator, n. מְקָרֵר	regret, v.t. הִתְחָרֵט [חרט], הִצְטַעֵר
refuge, n. מִקְלָט	[צער]
refugee, n. פָּלִיט	regretful, adj. מִצְטַעֵר
refulgent, adj. מַבְרִיק, מַזְהִיר	regular, adj. קָבוּעַ, רָגִיל, תַּקִּין
refund, n. כֶּסֶף מוּשָׁב	regularity, n. קְבִיעוּת

regulate, v.t.	וָסֵת, כִּוֵּן, סִדֵּר, הִסְדִּיר [סדר]
regulation, n.	הֶסְדֵּר, וָסוּת, סִדּוּר; חֹק; תַּקָּנָה
regulator, n.	וַסָּת
regurgitate, v.t. & i.	הֶעֱלָה [עלה] גֵּרָה, הֵקִיא [קיא]
rehabilitate, v.t.	הֵשִׁיב [שוב] (כְּבוֹד) אָדָם) לְקַדְמוּתוֹ
rehabilitation, n.	הָשָׁבַת כְּבוֹד אָדָם
rehearsal, n.	שִׁנּוּן, חֲזָרָה
rehearse, v.t.	שִׁנֵּן, חָזַר
reign, n.	שִׁלְטוֹן, מְלוּכָה, מַלְכוּת
reign, v.i.	מָלַךְ, מָשַׁל, שָׁלַט
reimburse, v.t.	הֵשִׁיב [שוב], הֶחֱזִיר [חזר] (כֶּסֶף, וְכוּ'), שִׁלֵּם בַּחֲזָרָה
reimbursement, n.	תַּשְׁלוּם, הֲשָׁבַת מָמוֹן
rein, n.	מוֹשְׁכָה (לְסוּס)
rein, v.t. & i.	נָהַג בְּמוֹשְׁכוֹת
reincarnation, n.	תְּחִיָּה, תְּחִיַּת הַנֶּפֶשׁ
reindeer, n.	הָאַיָּל הַבֵּיתִי
reinforce, v.t.	חִזֵּק
reins, n. pl.	כְּלָיוֹת
reinstate, v.t.	הֵשִׁיב [שוב] לְמַצָּבוֹ הַקּוֹדֵם, הֶחֱזִיר [חזר] לִמְקוֹמוֹ (מַצָּבוֹ)
reinsure, v.t.	בִּטַּח שׁוּב
reiterate, v.t.	שָׁנָה, חָזַר עַל
reiteration, n.	חֲזָרָה, שִׁנּוּן
reject, v.t.	דָּחָה, פָּסַל, מֵאֵן
rejection, n.	דְּחִיָּה, סֵרוּב, מֵאוּן
rejoice, v.t. & i.	שָׂמַח, שִׂמֵּחַ, שָׂשׂ [שיש], חָדָה
rejoicing, n.	שָׂשׂוֹן, גִּילָה, שִׂמְחָה, דִּיצָה, חֶדְוָה
rejoin, v.t. & i.	הִתְחַבֵּר [חבר] שׁוּב, הִצְטָרֵף [צרף] שׁוּב; הֵשִׁיב [שוב], עָנָה (בְּדִין)
rejoinder, n.	מַעֲנֶה
rejuvenate, v.t.	חִדֵּשׁ נְעוּרִים
rekindle, v.t. & i.	הִבְעִיר [בער] שׁוּב, הִלְהִיב [להב] שׁוּב
relapse, n.	נְסִיגָה, שִׁיבָה, הֲשָׁנוּת (חֳלִי)
relapse, v.i.	חָזַר, שָׁב [שוב] חָלְיוֹ
relate, v.t. & i.	הִגִּיד [נגד], סִפֵּר, יִחַס; הִתְיַחֵס [יחס]
relation, n.	שַׁיָּכוּת, יַחַס; שְׁאֵר בָּשָׂר, קִרְבָה (מִשְׁפָּחָה)
relationship, n.	קִרְבָה, יַחַס, שַׁיָּכוּת
relative, adj. & n.	יַחֲסִי; קָרוֹב, שְׁאֵר בָּשָׂר; כִּנּוּי שֵׁם
relatively, adv.	בְּאֹפֶן יַחֲסִי
relativity, n.	יַחֲסוּת
relax, v.t. & i.	הִשְׁקִיט [שקט] (עֲצַבִּים), הֵקַל [קלל], הֵסִיחַ [נסח] דַּעַת, נָח [נוח]
relaxation, n.	מְנוּחָה (נַפְשִׁית), שֶׁקֶט, נֶפֶשׁ, הִתְפַּשְׁטוּת
relay, v.t. & i.	הֶעֱבִיר [עבר], הֶחֱלִיף [חלף]; הִנִּיחַ [נוח] שׁוּב
release, n.	פְּטוֹר; דְּרוֹר; שִׁחְרוּר
release, v.t.	הִתִּיר [נתר]; שִׁחְרֵר
relegate, v.t.	מָסַר, שָׁלַח, הִגְלָה [גלה]
relentless, adj.	אַכְזָרִי מְאֹד
relevance, relevancy, n.	שַׁיָּכוּת, קֶשֶׁר
relevant, adj.	שַׁיָּךְ
reliability, n.	מְהֵימָנוּת, נֶאֱמָנוּת, הִסְתַּמְּכוּת
reliable, adj.	מְהֵימָן, נֶאֱמָן, בֶּן סֶמֶךְ
reliance, n.	בִּטָּחוֹן, אֵמוּן
relic, n.	שָׂרִיד, מַזְכֶּרֶת
relict, n.	אַלְמָנָה
relief, n.	רְוָחָה, יֶשַׁע, סַעַד; תַּבְלִים
relieve, v.t.	מִלֵּא מָקוֹם, הֵקַל [קלל] (כְּאֵב)
religion, n.	דָּת, אֱמוּנָה

15

religious, adj. דָּתִי, אָדוּק, מַאֲמִין

relinquish, v.t. עָזַב, נָטַשׁ

relish, n. תַּבְלִין, תִּבְלִים; טַעַם

relish, v.t. & i. תִּבֵּל; הִתְעַנֵּג [ענג]

reluctance, n. אִי רָצוֹן

rely, v.i. בָּטַח, סָמַךְ, נִסְמַךְ [סמך]

remain, v.i. נִשְׁאַר [שאר], נוֹתַר [יתר]

remainder, n. שְׁאָר, שְׁאֵרִית, נוֹתָר

remains, n. pl. שְׁיָרִים

remand, v.t. עָצַר (אָדָם)

remark, n. & v.t. הֶעָרָה; הֵעִיר [עור]

remarkable, adj. מְצֻיָּן, נִפְלָא

remedy, n. & v.t. רְפוּאָה, תְּעָלָה,
תְּרוּפָה; תִּקֵּן, רִפֵּא; תִּקֵּן

remember, v.t. & i. זָכַר; זִכֵּר [זכר];
דָּרַשׁ בִּשְׁלוֹמוֹ

remembrance, n. זֵכֶר, זִכָּרוֹן; מַזְכֶּרֶת

remind, v.t. הִזְכִּיר [זכר]

reminiscences, n. pl. זִכְרוֹנוֹת

reminiscent, adj. מַזְכִּיר

remiss, adj. מְפַגֵּר, רַשְׁלָנִי

remission, n. כַּפָּרָה, פְּטוּר

remit, v.t. & i. וִתֵּר (חוֹב), מָסַר (כֶּסֶף)

remnant, n. נוֹתָר, שְׁאֵרִית, פְּלֵטָה

remodel, v.t. חִדֵּשׁ אֶת פְּנֵי־

remonstrance, n. נְזִיפָה, תּוֹכֵחָה

remonstrate, v.t. מָחָה

remorse, n. חֲרָטָה, מוּסַר כְּלָיוֹת

remorseful, adj. מִתְחָרֵט

remote, adj. רָחוֹק; נִדָּח

removal, n. סִלּוּק, הֲסָרָה; הַעֲבָרָה

remove, v.t. & i. הֵסִיר [סור], הִרְחִיק
[רחק], סִלֵּק, פִּנָּה; הֶעְתִּיק [עתק]

remunerate, v.t. שִׁלֵּם שָׂכָר

remuneration, n. גְּמוּל

renaissance, n. תְּחִיָּה

rend, v.t. & i. נִקְרַע [קרע], קָרַע;
נִבְקַע [בקע], נִתְקָרַע [קרע]

render, v.t. נָתַן, הֵשִׁיב [שוב], מָסַר

rendezvous, n. יַעַד, רַאֲיוֹן, פְּנִיָּה

rendezvous, v.i. רִאֲיֵן, הִתְוַעֵד [ועד]

rendition, n. הַסְבָּרָה

renegade, n. מוּמָר

renew, v.t. & i. חִדֵּשׁ, הִתְחַדֵּשׁ [חדש]

renewal, n. חִדּוּשׁ, הִתְחַדְּשׁוּת

renounce, v.t. & i. וִתֵּר, הֵפֵר

renovate, v.t. חִדֵּשׁ

renovation, n. חִדּוּשׁ, הִתְחַדְּשׁוּת

renovator, n. מְחַדֵּשׁ

renown, n. שֵׁמַע, פִּרְסוּם

rent, n. שְׂכִירוּת, קֶרַע, סֶדֶק

rent, v.t. & i. הִשְׂכִּיר [שכר], הֶחְכִּיר
[חכר]; נִשְׂכַּר [שכר]

rental, n. חֲכִירָה

renunciation, n. וִתּוּר

reopen, v.t. & i. פָּתַח שׁוּב

reorganize, v.t. & i. אִרְגֵּן (הִתְאַרְגֵּן
[ארגן], הִסְתַּדֵּר [סדר]) מֵחָדָשׁ

repair, n. תִּקּוּן, בֶּדֶק (בַּיִת)

repair, v.t. תִּקֵּן

reparation, n. פִּצּוּי

repartee, n. תְּשׁוּבָה (נִמְרָצָה) כַּהֲלָכָה

repast, n. אֲרֻחָה, סְעֻדָּה, כְּרָה, מִשְׁתֶּה

repay, v.t. & i. הֵשִׁיב [שוב], גָּמוּל,
שִׁלֵּם שׁוּב

repeal, n. & v.t. בִּטּוּל; בִּטֵּל

repeat, n. הַדְרָן

repeat, v.t. & i. שָׁנָה, חָזַר עַל

repeatedly, adv. שׁוּב, לֹא פַעַם

repel, v.t. & i. הָדַף, הֵשִׁיב [שוב]
אָחוֹר

repellant, adj. דּוֹחֶה, מַבְחִיל

repent, v.t. & i. הִתְחָרֵט [חרט]; חָזַר
בִּתְשׁוּבָה

repentance, n. חֲרָטָה, חֲזָרָה בִּתְשׁוּבָה

repentant, adj. מִתְחָרֵט, בַּעַל תְּשׁוּבָה

repercussion, n. הַרְתָּעָה, הֵד	reprint, v.t. [דפס] שׁוּב, הִסְפִּיס
repetition, n. חֲזָרָה, הִשָּׁנוּת	[טפס]
repine, v.t. & i. הִתְרָעֵם [רעם], קָבַל	reprisal, n. נְקִמָה
replace, v.t. מִלֵּא מָקוֹם, הֶחֱלִיף	reproach, n. תּוֹכֵחָה, תּוֹכָחָה, נְעָרָה
[חלף]; הֵשִׁיב [שוב] לִמְקוֹמוֹ	reproach, v.t. הוֹכִיחַ [יכח], חֵרֵף
replacement, n. חִלּוּף מָקוֹם, תְּמוּרָה;	reprobate, n. חַטָּא, עַוָּל
הֲשָׁבָה, הַחֲזָרָה	reprobation, n. הַאֲשָׁמָה, גִּנּוּי
replenish, v.t. מִלֵּא מֵחָדָשׁ	reproduce, v.t. הוֹלִיד [ילד]; הֶעְתִּיק
replenishment, n. מִלּוּי (מִלּוּא) מֵחָדָשׁ	[עתק]
replete, adj. מָלֵא וְנָדוּשׁ, מָלֵא וּמְמֻלָּא	reproduction, n. הַעְתָּקָה; הוֹלָדָה;
replica, n. הֶעְתֵּק	פְּרִיָּה וּרְבִיָּה
reply, n. מַעֲנֶה, תְּשׁוּבָה	reproof, n. מוּסָר, תּוֹכֵחָה, נְעָרָה
reply, v.t. & i. עָנָה, הֵשִׁיב [שוב]	reproval, n. גִּנּוּי, נְזִיפָה, תּוֹכָחָה
report, n. שְׁמוּעָה, דּוּ"חַ, דִּין וְחֶשְׁבּוֹן	reprove, v.t. הוֹכִיחַ [יכח], נָעַר בְּ־
report, v.t. & i. הוֹדִיעַ [ידע]; דִּוַּח;	reptile, n. רַחַשׁ, רֶמֶשׂ. שֶׁרֶץ
נָתַן דִּין וְחֶשְׁבּוֹן, סִפֵּר	republic, n. קְהִלִּיָּה
reporter, n. עִתּוֹנַאי, מוֹדִיעַ	repudiate, v.t. כָּחַשׁ, מָאַס; גֵּרֵשׁ (אִשָּׁה)
repose, n. שֵׁנָה, מְנוּחָה, דּוּמִיָּה	בַּעַל)
repose, v.t. & i. הֵנִיחַ [נוח]; נָח, שָׁכַב,	repudiation, n. הַכְחָשָׁה; שְׁמִטָּה (חוֹב);
הִשְׁכִּיב [שכב]	גֵּרוּשׁ, הִתְגָּרְשׁוּת
repository, n. גִּנְזַךְ, אוֹצָר	repugnance, n. גֹּעַל
reprehend, v.t. גִּנָּה, נָזַף	repugnant, adj. דּוֹחֶה
reprehension, n. הַאֲשָׁמָה, תּוֹכֵחָה,	repulse, n. הַדִּיפָה
נְזִיפָה	repulse, v.t. הָדַף, הֵשִׁיב [שוב] אָחוֹר
represent, v.t. יִצֵּג, הָיָה בָּא כֹּחַ,	repulsion, n. דְּחִיָּה, מַשְׂטֵמָה
תֵּאֵר, צִיֵּר	repulsive, adj. דּוֹחֶה (לְאָחוֹר), מַבְחִיל.
representation, n. בָּאוּת כֹּחַ, נְצִיגוּת,	מְעוֹרֵר גֹּעַל
תֵּאוּר, הַצָּגָה, חִזָּיוֹן	reputable, adj. נִכְבָּד, חָשׁוּב
representative, adj. & n. מֻרְשֶׁה, בָּא,	reputation, repute, n. שֵׁמַע, הַעֲרָכָה,
כֹּחַ, מְיֻפֵּה כֹּחַ	שֵׁם (טוֹב, רַע)
repress, v.t. הִשְׁקִיט [שקט], מֵרֵד [מרד],	request, n. דְּרִישָׁה, בַּקָּשָׁה
דִּכֵּא, הִכְנִיעַ [כנע]	request, v.t. דָּרַשׁ, בִּקֵּשׁ
repression, n. דִּכּוּי, הַדְבָּרָה	requiem, n. תְּפִלַּת אַשְׁכָּבָה, הַזְכָּרַת
repressive, adj. מְדַכֵּא, מְעַכֵּב	נְשָׁמוֹת
reprieve, n. רְוָחָה, הַרְוָחָה	require, v.t. בִּקֵּשׁ, תָּבַע, דָּרַשׁ
reprieve, v.t. נָתַן רְוָחָה	requirement, n. צֹרֶךְ; דְּרִישָׁה; תְּנַאי
reprimand, n. & v.t. נְזִיפָה; נָזַף	requisite, adj. נָחוּץ, הֶכְרֵחִי
reprint, n. הֶטְפֵּס	requisite, n. הֶכְרֵחַ

requisition, n.	תְּבִיעָה, הַחֲרָמָה
requisition, v.t.	הֶחֱרִים [חרם]
requital, n.	גְּמוּל, שִׁלּוּם; מִדָּה כְּנֶגֶד מִדָּה
requite, v.t.	נָקַם
rescind, v.t.	בִּטֵּל
rescission, n.	בִּטּוּל
rescript, n.	צַו
rescue, n.	הַצָּלָה
rescue, v.t.	הִצִּיל [נצל]
research, n.	חֲקִירָה
resemblance, n.	דִּמְיוֹן
resemble, v.t. & i.	דָּמָה
resent, v.t. & i.	הִתְרַעֵם [רעם]
resentful, adj.	מִתְרַעֵם
resentment, n.	תַּרְעֹמֶת, אֵיבָה, שִׂנְאָה
reservation, n.	הַעֲלָמָה; הַזְמָנָה
reserve, v.t.	אָגַר, שָׁמַר, הֶחֱזִיק [חזק] (זְכוּת)
reserve, n.	אוֹצָר; חֵיל מִלּוּאִים
reservoir, n.	אֲשׁוּחַ; בְּרֵכָה, מִקְוֵה מַיִם
reside, v.i.	דָּר [דור], גָּר [גור], שָׁכַן
residence, n.	זְבוּל, דִּירָה, מָעוֹן, מִשְׁכָּן, מְגוּרִים
resident, n.	תּוֹשָׁב, דַּיָּר, דִּיּוּר
residential, adj.	דִּיּוּרִי
residual, adj. & n.	עוֹדֵף, מוֹתָר
residue, n.	שְׁאֵרִית, יִתְרָה
resign, v.t. & i.	וִתֵּר, הִתְפַּטֵּר [פטר]
resignation, n.	הַכְנָעָה; הִתְפַּטְּרוּת
resilience, resiliency, n.	גְּמִישׁוּת
resilient, adj.	גָּמִישׁ
resin, n.	שְׂרָף
resist, v.t. & i.	הִתְנַגֵּד [נגד]
resistance, n.	תְּנוּדָה, הִתְנַגְּדוּת
resistant, adj.	מִתְקוֹמֵם, מִתְנַגֵּד
resolute, adj.	תַּקִּיף
resolution, n.	תַּקִּיפוּת; הַחְלָטָה
resolve, v.t.	הֶחֱלִיט [חלט]
resonance, n.	תְּהוּדָה
resonant, adj.	מְהַדְהֵד
resort, n.	תַּחְבּוּלָה, אֶמְצָעִי; קַיְטָנָה
resound, v.i. & t.	הִשְׁמִיעַ [שמע]
	הֵדִים, הִדְהֵד, הִתְפַּפֵּס [פסס]
resource, n.	מוֹצָא; עֵזֶר, עֹשֶׁר; תַּחְבּוּלָה
resources, n. pl.	אֶמְצָעִים
resourceful, adj.	בַּעַל תַּחְבּוּלוֹת, בַּעַל אֶמְצָעִים
respect, n. & v.t.	כָּבוֹד; כִּבֵּד
respectable, adj.	נִכְבָּד, מְכֻבָּד
respectful, adj.	מַכִּיר פָּנִים, אָדִיב
respectfully, adv.	בְּכָבוֹד
respective, adj.	שׁוֹנֶה; מְיֻחָד
respiration, n.	נְשִׁימָה
respiratory, adj.	נְשִׁימִי
respire, v.t. & i.	נָשַׁם
respite, n.	הֲרָוָחָה
resplendent, adj.	מַזְהִיר
respond, v.t. & i.	עָנָה, הֵשִׁיב [שוב]
respondent, adj. & n.	מֵשִׁיב; נִתְבָּע
response, n.	תְּשׁוּבָה, מַעֲנֶה
responsibility, n.	אַחֲרָיוּת
responsible, adj.	אַחֲרַאי
responsive, adv.	מִתְפָּעֵל, מֵשִׁיב
rest, n.	מְנוּחָה, מְנָת; עוֹדֵף
rest, v.t. & i.	נָח [נוח], שָׁבַת, הֵנִיחַ [נוח]; בִּסֵּס; נִשְׁעַן [שען] עַל
restaurant, n.	מִסְעָדָה
restful, adj.	מַרְגִּיעַ, שָׁלֵו
restitution, n.	הֲשָׁבָה, פִּצּוּי
restive, adj.	מוֹרֵד, עַקְשָׁנִי
restless, adj.	סוֹעֵר, נִפְעָם, נִרְגָּז
restorative, n.	מֵשִׁיב לִתְחִיָּה, מְחַזֵּק
restore, v.t.	הֵשִׁיב [שוב] לְקַדְמָתוֹ
restrain, v.t.	עָצַר, מָנַע, גָּרַע, כָּלָא

restraint, n.	עִכּוּב, מַעֲצוֹר
restrict, v.t.	הִגְבִּיל [נבל], צִמְצֵם
restriction, n.	הַגְבָּלָה, צִמְצוּם, מַעֲצוֹר
result, n.	תּוֹצָאָה, תּוֹלָדָה
result, v.i.	צָמַח מֵ־, יָצָא מֵ־, נוֹלַד [ילד]; נִגְמַר [גמר] בְּ־
resume, v.t.	הִתְחִיל [תחל] שׁוּב; שָׁב [שוב] לְ־, חָזַר לְ־
résumé, n.	סִכּוּם, קִצּוּר
resurgence, n.	תְּחִיָּה
resurrection, n.	תְּחִיַּת הַמֵּתִים, תְּחִיָּה
resuscitate, v.t.	הֶחֱיָה [חיה], חִיָּה, הֵשִׁיב [שוב] נֶפֶשׁ
retail, n.	קִמְעוֹנוּת
retail, v.t.	מָכַר בְּקִמְעוֹנוּת
retailer, n.	קִמְעוֹנַאי
retain, v.t.	הֶחֱזִיק [חזק], שָׁמַר, עִכֵּב
retainer, n.	דְּמֵי קְדִימָה, מִפְרָעָה
retaliate, v.t.	הֵשִׁיב [שוב] גְּמוּל
retaliation, n.	נְקִימָה, הִתְנַקְּמוּת
retaliatory, adj.	נוֹקֵם
retard, n.	אִחוּר
retard, v.t.	אִחֵר, עִכֵּב
reticence, n.	שַׁתְקָנוּת
reticent, adj.	שַׁתְקָנִי
retina, n.	רִשְׁתִּית (בָּעַיִן)
retinue, n.	עֲבָדָה, בְּנֵי לְוָיָה
retire, v.t. & i.	פָּרַשׁ, הִסְתַּלֵּק [סלק], הִתְפַּטֵּר [פטר]; שָׁכַב לִישֹׁן; נָסוֹג [סוג]
retirement, n.	פְּרִישָׁה, נְסִיגָה, מְנוּחָה
retort, n., v.t. & i.	מַעֲנֶה חָרִיף; הֵשִׁיב [שוב] מַעֲנֶה חָרִיף
retouch, v.t.	דִּיֵּת
retrace, v.t.	בָּדַק שֵׁנִית
retract, v.t. & i.	חָזַר בּוֹ
retraction, n.	הֲשָׁבָה
retreat, n.	נְסִיגָה, מִפְלָס
retreat, v.i.	נָסוֹג [סוג]
retrench, v.t. & i.	צִמְצֵם, הִקְצִית [פחת]
retribution, n.	שִׁלּוּם, גְּמוּל
retrieve, v.t.	מָצָא וְהֵבִיא [בוא] (צַיִד); תִּקֵּן
retriever, n.	עָקְבָתָן (כֶּלֶב צַיִד)
retrograde, adj.	נָסוֹג
retrogression, n.	נְסִיגָה
retrospect, v.i.	הִסְתַּכֵּל [סכל] בֶּעָבָר (לְאָחוֹר)
return, n.	חֲזָרָה, הַחֲזָרָה, הֲשָׁבָה
return, v.t. & i.	הֵשִׁיב [שוב], הֶחֱזִיר [חזר]; שָׁב [שוב], חָזַר
reunion, n.	הִתְאַסְּפוּת, הִתְאַחֲדוּת
reunite, v.i.	הִתְחַבֵּר [חבר] שׁוּב, הִתְאַחֵד [אחד]
reveal, v.i.	גִּלָּה, נִגְלָה [גלה]
revel, v.i.	הִתְעַנֵּג [ענג] עַל, הִתְעַלֵּס [עלס] בְּ־
revelation, n.	גִּלּוּי, הִתְגַּלּוּת
revelry, n.	הוֹלֵלוּת
revenge, n., v.t. & i.	נְקָמָה, נָקָם; נָקַם, נָקַם, הִתְנַקֵּם [נקם]
revenue, n.	הַכְנָסָה
reverberate, v.i.	הֵדֵד, הִדְהֵד; הִקְרִין [קרן], הִשְׁתַּקֵּף [שקף]
revere, v.t.	כִּבֵּד, הֶעֱרִיץ [ערץ]
reverence, n.	כָּבוֹד, חֲרָצָה, קִדָּה
reverend, adj. & n.	נִכְבָּד, נַעֲרָץ; רַב, כֹּהֵן
reverent, adj.	מְכֻבָּד, מַעֲרִיץ
reverie, revery, n.	הֲזָיָה
reversal, n.	הִפּוּךְ
reverse, n., v.t. & i.	הֵפֶךְ, תְּבוּסָה; הַצַּד הַשֵּׁנִי; אָסוֹן, צָרָה; הָפַךְ, הִפֵּךְ, הִתְהַפֵּךְ [הפך]
reversible, adj.	בַּר הִפּוּךְ

reversion, *n.*	חֲזָרָה, הֲשָׁבָה
revert, *v.i.*	הֶחֱזִיר [חזר] שׁוּב; הָפַךְ
review, *n. & v.t.*	תִּסְקֹרֶת; מִסְקָר;
חֲזָרָה; בִּקֹּרֶת, סְקִירָה; בִּשָּׁאוֹן; סָקַר	
revile, *v.t. & i.*	גִּדֵּף
revilement, *n.*	חֵרוּף
revise, *v.t.*	הִגִּיהַ [נגה], תִּקֵּן
revision, *n.*	הַגָּהָה
revival, *n.*	תְּחִיָּה
revive, revivify, *v.t.*	הֶחֱיָה [חיה]
revocation, *n.*	הֲפָרָה
revoke, *v.t.*	הֵשִׁיב [שוב], בִּשֵּׁל
revolt, *n.*	מֶרֶד, קֶשֶׁר
revolt, *v.i.*	מָרַד, בָּחַל, הִתְקוֹמֵם [קום]
revolution, *n.*	מַהְפֵּכָה, סִבּוּב
revolutionary, *adj. & n.*	מַהְפְּכָנִי;
מַהְפְּכָן	
revolve, *v.t. & i.*	סָבַב, סִבֵּב, הִסְתּוֹבֵב [סבב]
revolver, *n.*	אֶקְדָּח
revulsion, *n.*	מְנִיעָה, עֲקִירָה
reward, *n.*	תַּגְמוּל
reward, *v.t. & i.*	נָתַן שָׂכָר, גָּמַל
rewrite, *v.t.*	כָּתַב שׁוּב
rhapsody, *n.*	שִׁגָּיוֹן
rhetoric, *n.*	נְאִימָה, מְלִיצָה
rhetorical, *adj.*	נְאִימִי, מְלִיצִי
rheumatic, *adj.*	שִׁגְרוֹנִי
rheumatism, *n.*	שִׁגָּרוֹן
rhinoceros, *n.*	קַרְנָף
rhubarb, *n.*	רִבָּס, חָמִיץ
rhyme, rime, *n.*	חָרוּז
rhyme, *v.t. & i.*	חָרַז
rhythm, *n.*	קֶצֶב, מִשְׁקָל
rhythmic, *adj.*	קָצוּב
rib, *n.*	צֵלָע
ribald, *adj.*	נָבָל
ribbon, *n.*	רֶהַט, סֶרֶט

rice, *n.*	אֹרֶז
rich, *adj.*	עָשִׁיר
riches, *n. pl.*	עֹשֶׁר
richness, *n.*	עֲשִׁירוּת
rick, *n.*	עֲרֵמָה
rickets, *n.*	רַכִּית, רַכֶּכֶת
rickety, *adj.*	מֻכֵּה רַכִּית, רָעוּעַ
rid, *v.t.*	פָּטַר, נִפְטַר [פטר]
riddance, *n.*	פְּטוּר
riddle, *n.*	חִידָה; כְּבָרָה
riddle, *v.t. & i.*	חָד [חוד] חִידָה; כִּבֵּר,
נִפָּה	
ride, *v.t. & i.*	רָכַב; נָסַע
ride, *n.*	רְכִיבָה; נְסִיעָה; טִיּוּל
rider, *n.*	רוֹכֵב
ridge, *n.*	תֶּלֶם; רֶכֶס
ridge, *v.t. & i.*	הִתְלִים [תלם]; רָגַע [ים]
ridicule, *n.*	לַעַג, לִגְלוּג
ridicule, *v.t.*	לָעַג, לִגְלֵג
ridiculous, *adj.*	מְגֻחָךְ
rife, *adj.*	שׁוֹפֵעַ; מְקֻבָּל, רָגִיל
rifle, *n.*	רוֹבֶה
rifle, *v.t.*	גָּזַל, שָׁדַד; חָרַץ (רוֹבֶה)
rift, *n.*	בְּקִיעַ, סֶדֶק
rig, *n.*	מִפְרָשׂ; אַבְזָרִים; מַכְשִׁיר; לְבוּשׁ
rig, *v.t.*	הִלְבִּישׁ [לבש]; תִּקֵּן; פָּרַשׂ
(מִפְרָשׂ); זִיֵּף	
rigging, *n.*	חֶבֶל, אַבְזָרֵי אֳנִיָּה (חֲבָלִים,
מִפְרָשִׂים וְכוּ')	
right, *adj.*	יְמָנִי; נָכוֹן, צוֹדֵק, יָשָׁר
right, *n.*	יָמִין; צֶדֶק, יֹשֶׁר; מִשְׁפָּט; זְכוּת
right, *v.t. & i.*	נָקַף, הַזְדַּקֵּף [זקף],
יִשֵּׁר, תִּקֵּן	
right, *adv.*	בְּצֶדֶק, כְּהֹגֶן
righteous, *adj.*	תָּם; צוֹדֵק
rightful, *adj.*	צוֹדֵק, בַּעַל חֲזָקָה
right-hand, right-handed, *adj.*	יְמָנִי,
יְמָנִי	

rightly, *adv.*	בְּצֶדֶק	riverside, *n.*	שְׂפַת נָהָר
rigid, *adj.*	קָשֶׁה; קַפְּדָנִי	rivet, *n.* & *v.t.*	מַסְמֶרֶת; סִמְרֵד
rigidity, *n.*	קַפְּדָנוּת, עַקְשָׁנוּת, הַחְמָרָה	rivulet, *n.*	יוּבַל
	יְתֵרָה	roach, *n.*	יַבּוּסִי, מָקָק
rigor, *n.*	קַשְׁיוּת; קַפְּדָנוּת	road, *n.*	דֶּרֶךְ, כְּבִישׁ
rigorous, *adj.*	קָשֶׁה; קַפְּדָנִי	roadblock, *n.*	חֲסִימָה
rill, *n.*	אָפִיק	roam, *v.i.*	שׁוֹטֵט
rim, *n.*	מִסְגֶּרֶת; חִשּׁוּק	roar, *n.*	שְׁאָנָה, נְהִימָה
rim, *v.t.*	הִסְגִּיר [סגר], חָשַׁק	roar, *v.t.*	שָׁאַג, נָהַם
rime, *v.* rhyme		roast, *n.*	צְלִי
rind, *n.*	קְלִפָּה, קְרוּם	roast beef	אֶשְׁפָּר
ring, *n.*	צִלְצוּל; טַבַּעַת; עוּגִיל; זֵירָה;	roast, *v.t.* & *i.*	צָלָה, נִצְלָה [צלה]
	כְּנֵפְיָה	rob, *v.t.*	זֵּל, שָׁדַד, חָמַס
ring, *v.t.* & *i.*	צִלְצֵל; כִּתֵּר	robber, *n.*	שׁוֹדֵד, גַּזְלָן
ringleader, *n.*	רֹאשׁ כְּנֵפְיָה	robbery, *n.*	שֹׁד, גְּזֵלָה
ringlet, *n.*	טַבַּעַת קְטַנָּה; תַּלְתַּל	robe, *n.*	שִׂמְלָה, גְּלִימָה
rink, *n.*	חֲלַקְלַקָּה	robe, *v.t.* & *i.*	לָבַשׁ; הִלְבִּישׁ [לבש]
rinse, *v.t.*	שָׁטַף, הֵדִיחַ [נדח], הִנְעִיל	robin, *n.*	אַדְמוֹן
	[נעל]	robust, *adj.*	חָסֹן, חָזָק
riot, *n.*	מְהוּמָה; חִנְגָּא	rock, *n.*	צוּר, סֶלַע
riot, *v.t.* & *i.*	הֵקִים [קום] מְהוּמָה;	rock, *v.t.* & *i.*	נִעְנֵעַ, הִתְנַעְנֵעַ [נענע]
	הִתְהוֹלֵל [הלל]	rocket, *n.*	סִילוֹן, סִיל
rip, *n.*	קֶרַע	rocking chair	נַדְנֵדָה
rip, *v.t.* & *i.*	קָרַע; נִקְרַע [קרע]	rocky, *adj.*	סַלְעִי
ripe, *adj.*	בָּשֵׁל, בּוֹגֵר	rod, *n.*	זְמוֹרָה, מוֹט, מַקֵּל, קָנֶה (מִדָּה)
ripen, *v.t.* & *i.*	הִבְשִׁיל, גָּמַל	rodent, *adj.* & *n.*	מְכַרְסֵם
ripple, *n.*	אַדְוָה	rodeo, *n.*	רוֹדֵיאוֹ (תַּחֲרוּת בּוֹקְרִים)
rise, *n.* & *v.i.*	עֲלִיָּה, זְרִיחָה; קָם [קום];	roe, *n.*	אַיָּלָה, אֶשְׁכּוֹל (שַׁחֲלַת) בֵּיצֵי
	עָלָה; עָמַד, זָרַח; מָרַד; חָמַץ		דָּגִים
risk, *n.* & *v.t.*	סִכּוּן; סִכֵּן	roebuck, *n.*	אַיָּל
risky, *adj.*	מְסֻכָּן	rogue, *n.*	נוֹכֵל, רַמַּאי
rite, *n.*	טֶקֶס	roguish, *adj.*	מִשְׁתּוֹבֵב
ritual, *n.*	פֻּלְחָן	role, *n.*	תַּפְקִיד
rival, *adj.* & *n.*	מִתְחָרֶה; צָרָה	roll, *n.*	לַחְמָנִיָּה; גִּלְגּוּל; גַּלְגַּל; סְלִיל;
rivalry, *n.*	תַּחֲרוּת		גָּלִיל; רְשִׁימָה; כֶּרֶךְ; גְּוִיל
rive, *v.t.* & *i.*	נִבְקַע [בקע]; נִקְרַע	roll, *v.t.* & *i.*	גִּלְגֵּל; כָּרַךְ; עִגֵּל;
	[קרע]; בָּקַע, קָרַע		הִסְתּוֹבֵב [סבב], הִתְגַּלְגֵּל [גלגל]
river, *n.*	נָהָר, נַחַל	roll call	מִפְקָד

roller, n.	מַעֲגִילָה	rough, adj.	מְחֻסְפָּס; נַס; סוֹעֵר (יָם)
Roman, adj. & n.	רוֹמִי, רוֹמָאִי	roughness, n.	חִסְפּוּס; נַסּוּת, פְּרָאוּת
romance, n.	זֶמֶר עֲמָמִי	round, adj. & adv.	עָגֹל; מִסָּבִיב
romantic, adj.	רַגְשָׁן, רַגְשָׁנִי, מְאֹהָב	round, n.	סָבוּב; עָגּוֹל
romanticism, n.	רוֹמַנְטִיזְם	round, v.t.	עִגֵּל, סִבֵּב
romp, n. & v.i.	הוֹלֵלוּת; הִתְהוֹלֵל [הלל]	roundabout, adj & n.	עֲקַלְקַל, סְחַרְחֵרָה
rood, n.	צְלָב; מִדָּה (¼ אֶקֶר)	roundish, adj.	עֲגַלְגַּל
roof, n. & v.t.	גַּג; עָשָׂה גַּג	roundness, n.	עֲגּוּלִיּוּת
roofless, adj.	לְלֹא גַּג	rouse, v.t.	הֵעִיר [עור], עוֹרֵר [עור]
rook, n.	צְרִיחַ (שַׁחְמָט); רַמַּאי	rout, n. (צָבָא)	מְבוּכָה, נְגִיסָה וּבְרִיחָה
rook, v.t. & i.	הוֹנָה [ינה], רִמָּה	rout, v.t. & i. (נכה)	הִכָּה וְנָס (צְּבָאָ), הֵפִיץ [פוץ] (אוֹיֵב)
room, n.	חֶדֶר; מָקוֹם, רֶוַח	route, n.	דֶּרֶךְ, מַהֲלָךְ
room, v.i.	דָּר [דור] בְּחֶדֶר	route, v.t.	הִדְרִיךְ [דרך]
roomy, adj.	מְרֻוָּח	routine, n.	שִׁגְרָה
roost, n.& v.i. (עוף)	לוּל; יָשַׁב עַל מוֹט	rove, v.i.	שׁוֹטֵט [שוט], הִשְׁחִיל [שחל]
rooster, n.	תַּרְנְגוֹל	row, n.	רִיב, מְהוּמָה; שׁוּרָה, תּוֹר, סוּר
root, n.	שֹׁרֶשׁ, מָקוֹר	row, v.t. & i.	שָׁט [שוט], חָתַר בְּמָשׁוֹט
root, v.t. & i.	הִשְׁרִישׁ [שרש], שֵׁרֵשׁ	rowboat, n.	סִירָה
rope, n.	חֶבֶל; עֲנִיבַת תְּלִיָּה	rowing, n.	שַׁיִט, חֲתִירָה
rope, v.t. & i.	קָשַׁר (עִצֵּר) בְּחֶבֶל; נָדַר, חָסַם (בְּחֶבֶל); לָכַד בְּפַלְצוּר	royal, adj.	מַלְכוּתִי
rosary, n.	מַחֲרֹזֶת, עֲרוּגַת שׁוֹשַׁנִּים	royalist, n.	מְלוּכָן
rose, n.	וֶרֶד, שׁוֹשַׁנָּה	royalty, n.	מַלְכוּת; שְׂכַר סוֹפְרִים
rosin, n.	שְׂרָף, נֶטֶף אֵלָה	rub, n.	חִכּוּךְ; מְחִיקָה; שִׁפְשׁוּף
rostrum, n.	דּוּכָן; בָּמָה	rub, v.t. & i.	שִׁפְשֵׁף, סָךְ [סוך], חִכֵּךְ
rosy, adj.	וָרֹד	rubber, n.	צֶמֶג; מוֹחֵק
rot, n.	רִקָּבוֹן; פִּטְפּוּס	rubbish, n.	אַשְׁפָּה; שְׁטוּת
rot, v.t. & i.	רָקַב, נִרְקַב [רקב]	rubble, n.	מַפֹּלֶת, חָצָץ
rotary, adj.	סוֹבֵב, סִבּוּבִי	rubric, n.	אֹדֶם; כּוֹתֶרֶת בְּעַמּוּד (בְּאוֹתִיּוֹת אֲדֻמּוֹת)
rotate, v.t. & i.	סָבַב, הִסְתּוֹבֵב [סבב]	ruby, n.	אֹדֶם, כַּדְכֹּד
rotation, n. (זְרָעִים)	הִסְתּוֹבְבוּת; חִלּוּף	rudder, n.	הֶגֶה
rote, n.	שִׁנּוּן מִלִּים בְּעַל פֶּה	rude, adj.	נַס, חָצוּף
rotten, adj.	נִרְקָב	rudiment, n.	הִתְחָלָה; נֶבֶט
rotund, adj.	עָגֹל	rudimentary, adj.	שָׁרְשִׁי, הַתְחָלִי
rouge, n.	סְקָרָה (פּוּךְ), אֹדֶם שְׂפָתַיִם	rue, n.	חֲרָטָה
rouge, v.t. & i.	פִּרְכֵּס, הִתְפַּרְכֵּס [פרכס]; סָקַר, נְסָקַר [סקר]	rue, v.t. & i.	הִתְחָרֵט [חרט]

rueful, adj.	עָצוּב	run after	רָדַף
ruff, n.	צַוְּארוֹן קָלוּעַ	run away	בָּרַח, נָס [נוס], נִמְלַט
ruffian, n.	עָוָּל, פָּרִיץ, בּוּר		[מלט]
ruffle, n. & v.t.	מַלְמָלַת קְמָטִים;	runner, n.	רָץ
	קִמֵּט, קִפֵּל, בִּלְבֵּל	running, n.	רִיצָה, מְזִלָה
rug, n.	שָׁטִיחַ; שְׂמִיכָה	rung, n.	שָׁלָב, חָזָק
rugged, adj.	מְחֻסְפָּס, נַס; סוֹעֵר	runt, n.	גַּמֶּדֶת (חַיָּה); נַס
ruin, n.	חֻרְבָּן, חָרְבָּה, הֶרֶס; שֶׁבֶר	runway, n.	מַסְלוּל
ruin, v.t. & i.	הָרַס, הֶחֱרִיב [חרב]; רוֹשֵׁשׁ [רשש]	rupture, n.	שְׁבִירָה; שֶׁבֶר
ruination, n.	הַרִיסָה; רִישׁ, רִישׁוּת	rupture, v.t. & i.	שָׁבַר; נִשְׁבַּר [שבר]
rule, n., v.t. & i.	כְּלָל; חֹק; שִׁלְטוֹן;	rural, n.	כַּפְרִי
	מָשַׁל, הֶחֱלִיט (חלט); קִוְקֵו	ruse, n.	תַּחְבּוּלָה
ruler, n.	שַׁלִּיט; סַרְגֵּל	rush, n., v.t. & i.	פִּזְוֹּת, חִפָּזוֹן,
rum, n.	רוֹם (יי"ש)		מְרוּצָה, דְּחַק; סוּף, אַגְמוֹן; אָץ,
rumble, n.	שָׁאוֹן; כִּסֵּא מִתְקַפֵּל		[אוץ]; מִהֵר, הֵאִיץ [אוץ], הֶחָשׁ
	(בְּמִכְלוֹנִית)		[חוש]
ruminant, adj. & n.	מַעֲלֶה גֵרָה	rusk, n.	צָנִים
ruminate, v.t. & i.	הֶעֱלָה [עלה] גֵּרָה	russet, adj.	אַדְמוֹנִי, חוּם
rummage, v.t. & i.	מִשְׁמֵשׁ, מָשַׁשׁ, חִפֵּשׂ	Russian, adj. & n.	רוּסִי, רוּסִית
rumor, rumour, n. & v.t.	שְׁמוּעָה,	rust, n., v.t. & i.	חֲלֻדָּה, הֶחֱלִיד [חלד]
	לַעַז, הֵפִיץ [פוץ] שְׁמוּעָה	rustic, adj. & n.	כַּפְרִי
rump, n.	(בְּשַׂר) אֲחוֹרַיִם (שֶׁל בַּעֲלֵי	rustle, n.	אִוְשָׁה, רִשְׁרוּשׁ
	חַיִּים); אַלְיָה	rustle, v.t.	אָוַשׁ, רִשְׁרֵשׁ
rumple, n. v.t. & i.	קִמֵּט, קִפֵּל (שֵׂעָר);	rusty, adj.	חָלוּד, חָלִיד
	קָמַט, קִפֵּל, פָּרַע	rut, n.	יְחוּם, תַּאֲנָה
rumpus, n.	סְכְסוּךְ, קְטָטָה	rut, v.i.	יִחֵם, הִתְיַחֵם [יחם]
run, n., v.t. & i.	רִיצָה, מֵרוּץ, נַחַל;	ruthless, adj.	אַכְזָרִי, לְלֹא חֶמְלָה
	מַהֲלָךְ; קְרִיעָה (עֶרֶב); הֵרִיץ [רוץ];	rye, n.	שִׁפּוֹן
	רָץ [רוץ]; נָזַל, דָּלַף; הָלַךְ; נָהַל		

S, s

S, s, n.	אֶס, הָאוֹת הַתְּשַׁע עֶשְׂרֵה	saber, sabre, n.	סַיִף, חֶרֶב
	בָּאָלֶף בֵּית הָאַנְגְּלִי	sable, n.	נְמִיָּה; צֶבַע שָׁחוֹר; חֲרָדוֹת
Sabbath, n.	שַׁבָּת		(בִּגְדֵי אֵבֶל)
Sabbatic, Sabbatical, adj.	שֶׁל שַׁבָּת	sabotage, n. & v.t.	חַבָּלָה; חִבֵּל
sabbatical year	שַׁבָּתוֹן	sac, n.	שַׂק

saccharine, adj. & n.	מָתוֹק; סָכָּרִין	sailboat, n.	מִפְרָשִׂית
sack, n.	שַׂק; בִּזָּה, שָׁלָל	sailing, n.	הַפְלָגָה
sack, v.t.	בָּזַז, שָׁדַד; שָׂם [שִׂים] בַּשַּׂק;	sailor, n.	מַלָּח, סַפָּן, חוֹבֵל
	פִּטֵּר	saint, n. & v.t.	קָדוֹשׁ; עָשָׂה לְקָדוֹשׁ
sacrament, n.	סְעֻדַּת הַקֹּדֶשׁ (לַנּוֹצְרִים)	saintly, adv.	כְּקָדוֹשׁ
sacramental, adj.	שֶׁל קְדֻשָּׁה	sake, n.	סִבָּה, תַּכְלִית
sacred, adj.	קָדוֹשׁ	salad, n.	מָלִיחַ, סָלָט
sacredness, n.	קְדֻשָּׁה, קֹדֶשׁ	salamander, n.	לְהָבִית
sacrifice, n.	קָרְבָּן, זֶבַח	salary, n.	מַשְׂכֹּרֶת
sacrifice, v.t. & i.	הִקְרִיב [קרב];	sale, n.	מְכִירָה
	זָבַח	salesman, n.	מוֹכֵר, רַוְכָן
sacrilege, n.	חִלּוּל הַקֹּדֶשׁ	salesmanship, n.	רַוְכָנוּת
sacrilegious, adj.	מְחַלֵּל הַקֹּדֶשׁ	salient, adj.	בּוֹלֵט
sad, adj.	עָצוּב, נוּגֶה	saline, adj.	מְלֻחִי
sadden, v.t. & i.	הֶעֱצִיב [עצב],	saliva, n.	רִיר
	הִתְעַצֵּב [עצב]	salivate, v.t.	רָר [ריר]
saddle, n. & v.t.	אֻכָּף, עָבִיט (לְנָמָל),	sallow, adj.	חִוֵּר
	מַרְדַּעַת; אָכַף	sally, n.	הֲנָחָה, תְּקִיפָה
saddler, n.	אֻכָּפָן, כָּרָר	sally, v.i.	הֵנִיחַ [נוח]
Sadducee, n.	צְדוֹקִי	salmon, n.	אִלְתִּית, סַלְמוֹן
sadiron, n.	מַגְהֵץ	salon, n.	אוּלָם, סְרָקְלִין, סָלוֹן
sadly, adv.	בְּעֶצֶב, מִתּוֹךְ יָגוֹן	saloon, n.	מִסְבָּאָה
sadness, n.	תּוּגָה, יָגוֹן, עֹצֶב	salt, n. & v.t.	מֶלַח, הִמְלִיחַ [מלח]
safe, n. & adj.	כַּסֶּפֶת, קֻפָּה; בָּטוּחַ	saltless, adj.	תָּפֵל, חֲסַר מֶלַח
safeguard, v.t. & n.	שָׁמַר; שְׁמִירָה	saltpeter, saltpetre, n.	מֶלַחַת
safely, adv.	בְּבִטְחָה, בְּשָׁלוֹם	salty, adj.	מָלוּחַ
safety, n.	בִּטָּחוֹן, בִּטְחָה	salubrity, n.	הַבְרָאָה
safety razor	מְכוֹנַת גִּלּוּחַ	salutary, adj.	מַבְרִיא
safety valve	שַׁסְתּוֹם בִּטְחָה	salutation, n.	בִּרְכַּת שָׁלוֹם
saffron, n.	כַּרְכֹּם	salute, n., v.t. & i.	בֵּרֵךְ
sag, v.i.	שָׁקַע, הָיָה מֻשָּׁה בָּאֶמְצַע		בְּשָׁלוֹם; הִצְדִּיעַ [צדע]
saga, n.	אַגָּדָה, מַעֲשִׂיָּה	salvation, n.	תְּשׁוּעָה, יְשׁוּעָה, הַצָּלָה
sagacious, adj.	מְחֻכָּם	salve, n.	מִשְׁחָה, רִקּוּחַ
sagacity, n.	פִּקְחוּת	salve, salvage, v.t.	הִצִּיל [נצל]
sage, adj. & n.	חָכָם, פִּקֵּחַ	same, adj. & pron.	אוֹתוֹ, עַצְמוֹ; שָׁוֶה
sage, n.	מַרְוָה (צֶמַח)	sameness, n.	זֵהוּת
sail, n.	מִפְרָשׂ	sample, n.	דֻּגְמָה
sail, v.i.	שָׁט [שוט], הִפְלִיג [פלג]	sample, v.t.	לָקַח דֻּגְמָה, טָעַם

Samson, *n.*	שִׁמְשׁוֹן
Samuel, *n.*	שְׁמוּאֵל (סֵפֶר)
sanatorium, *n.*	מִבְרָאָה
sanctification, *n.*	קִדּוּשׁ
sanctify, *v.t.*	קִדֵּשׁ
sanctimonious, *adj.*	מִתְחַסֵּד, צָבוּעַ
sanction, *n. & v.t.*	אִשּׁוּר; אִשֵּׁר
sanctuary, *n.*	מִקְדָּשׁ, מִשְׁכָּן; מִפְלָט,
	מִקְלָט
sand, *n. & v.t.*	חוֹל; פִּזֵּר (כִּסָּה) חוֹל
sandal, *n.*	סַנְדָּל
sandpaper, *n.*	נְיַר חוֹל
sandwich, *n.*	כָּרִיךְ
sane, *adj.*	בְּרִיא הַשֵּׂכֶל
sanguinary, *adj.*	דָּמִי, מָלֵא דָּמִים;
	צְמֵא דָם
sanitarium, *n.*	מִבְרָאָה
sanitary, *adj.*	תַּבְרוּאִי
sanitation, *n.*	תַּבְרוּאָה
sanity, *n.*	צְלִילוּת הַדַּעַת
sap, *n., v.t. & i.*	לַח, חָתַר (מִתַּחַת);
	הִתִּישׁ (תשש) (כֹּחַ)
sapience, *n.*	דַּעַת
sapling, *n.*	נֶטַע
sapphire, *n.*	סַפִּיר
sarcasm, *n.*	עוֹקְצָנוּת, שְׁנִינָה
sarcastic, *adj.*	עוֹקְצָנִי, לוֹעֵג; שָׁנוּן
sarcophagus, *n.*	אָרוֹן (מֵתִים)
sardine, *n.*	סַרְדִּית
sardonic, *adj.*	לִגְלְגָנִי, בָּז
sash, *n.*	סֶרֶט; חֲגוֹרָה, אַבְנֵט; מִסְגֶּרֶת
satanic, satanical, *adj.*	שְׂטָנִי
satchel, *n.*	יַלְקוּט
sate, satiate, *v.t.*	הִשְׂבִּיעַ (שבע)
sateen, *n.*	סָטִין, אַטְלָס
satellite, *n.*	לַוְיָן
satiation, satiety, *n.*	שֹׂבַע, שָׂבְעָה
satire, *n.*	מַהֲתַלָּה

satiric, satirical, *adj.*	הִתּוּלִי
satirize, *v.t.*	לָעַג לְ—
satisfaction, *n.*	הַשְׂבָּעַת (שְׂבִיעַת)
	רָצוֹן; פִּצּוּי
satisfactory, *adj.*	מַשְׂבִּיעַ רָצוֹן, מַסְפִּיק
satisfy, *v.t. & i.*	הִשְׂבִּיעַ (שבע) רָצוֹן
saturate, *v.t.*	הִרְוָה (רוה)
saturation, *n.*	רְוָיָה
Saturday, *n.*	שַׁבָּת, יוֹם הַשְּׁבִיעִי
satyr, *n.*	שָׂעִיר; נוֹאֵף
sauce, *n.*	רֹסֶב, מִיץ, צִיר
sauce, *v.t.*	תִּבֵּל בְּרֹסֶב; הִתְנַהֵג (נהג)
	בְּחֻצְפָּה
saucepan, *n.*	מַרְחֶשֶׁת, אִלְפָּס
saucer, *n.*	תַּחְתִּית, קְעָרִית
saucy, *adj.*	חֲצַצְנִי, עַז פָּנִים
sauerkraut, *n.*	כְּרוּב כָּבוּשׁ
saunter, *n. & v.i.*	טִיּוּל מָתוּן; טִיֵּל
sausage, *n.*	נַקְנִיק
savage, *adj. & n.*	פֶּרֶא, פְּרָאִי
savagery, *n.*	פְּרָאוּת
save, *v.t.*	הִצִּיל (נצל), הוֹשִׁיעַ (ישע);
	חָסַךְ, קִמֵּץ
save, *prep.*	חוּץ מִן, לְבַד
saver, savior, saviour, *n.*	גּוֹאֵל, מוֹשִׁיעַ
saving, *n.*	חִסָּכוֹן, הַצָּלָה
Savior, Saviour, *n.*	הַגּוֹאֵל, הַמָּשִׁיחַ
savor, savour, *n.*	טַעַם, רֵיחַ
savor, savour, *v.t. & i.*	טָעַם, תִּבֵּל
savory, savoury, *adj.*	טָעִים, רֵיחָנִי
saw, *n.*	מַסּוֹר, מַשּׂוֹר
saw, *v.t. & i.*	נִסֵּר, הִתְנַסֵּר (נסר)
sawdust, *n.*	נְסֹרֶת
sawmill, *n.*	מִנְסָרָה
saxophone, *n.*	סַקְסוֹפוֹן
say, *v.t. & i.*	אָמַר, דִּבֵּר
saying, *n.*	אִמְרָה, אֲמִירָה, מָשָׁל;
	פִּתְגָּם

scab, n.	שְׁחִין, נֶלֶד
scabbard, n.	נָדָן, תַּעַר
scaffold, n.	גַּרְדּוֹם; פִּגּוּם
scald, n. & v.t.	צְרִיבָה, כְּוִיָה, כָּוָה,
	צָרַב, שָׁלַק, הִגְלִישׁ [נלש] (חָלָב),
	מָלַג, שָׁטַף בְּרוֹתְחִים
scale, n. & v.t.	קַשְׂקֶשֶׁת; מֹאזְנַיִם, פֶּלֶס;
	סֻלָּם (בִּנְגִינָה); מַעֲלָה, מַדְרֵנָה;
	הֵסִיר [סור] קַשְׂקַשֵּׁי הַדָּג; שָׁקַל;
	עָלָה, טִפֵּס
scallion, n.	בָּצָל יָרוֹק, בְּצַלְצוּל
	אַשְׁקְלוֹן
scallop, n.	רַכִּיכָה; קוֹנְכִית
scalp, n. & v.t.	קַרְקֶפֶת; קִרְקֵף
scalpel, n.	אִזְמֵל
scaly, adj.	בַּעַל קַשְׂקַשּׂוֹת, קַשְׂקַשִּׁי
scamp, n.	עֲוִיל, נָבָל
scamper, v.i.	רָץ [רוץ] בִּמְהִירוּת
scan, v.t. & i.	הִסְתַּכֵּל [סכל], עִיֵּן
scandal, n.	שַׁעֲרוּרִיָה
scandalize, v.t.	שִׁעֲרֵר
scandalous, adj.	שַׁעֲרוּרִי
scant, adj.	מְצֻמְצָם, מֻגְבָּל
scapegoat, n.	שָׂעִיר לַעֲזָאזֵל
scapegrace, n.	בַּטְלָן
scar, n.	צַלֶּקֶת
scarce, adj.	יְקַר הַמְּצִיאוּת, נָדִיר
scarcely, adv.	בְּקֹשִׁי, כִּמְעַט שֶׁלֹּא
scarcity, n.	מַחְסוֹר, נְדִירוּת
scare, n. & v.t.	פַּחַד, בֶּהָלָה, הִפְחִיד
	[פחד], הִבְהִיל [בהל]
scarecrow, n.	דַּחְלִיל
scarf, n.	רְדִיד, סוּדָר
scarlet, adj. & n.	תּוֹלַעְנִי, סַגְגּוֹנִי,
	שָׁנִי, תּוֹלַעַת
scarlet fever, scarlatina, n.	שָׁנִית
scatter, v.t. & i.	פִּזֵּר, הֵפִיץ [נפץ];
	הִתְפַּזֵּר [פזר]
scavenger, n.	זַבָּל, מְנַקֶּה רְחוֹבוֹת,
	אַשְׁפְּתָן
scenario, n.	עֲלִילָה
scene, n.	מַחֲזֶה, מִסְבָּה
scenery, n.	נוֹף, קְלָעִים (בִּימָה)
scent, n.	רֵיחַ, הֲרָחָה
scent, v.t. & i.	הֵרִיחַ [ריח], בִּשֵּׂם
scepter, sceptre, n.	שַׁרְבִיט
sceptic, v. skeptic	
scepticism, v. skepticism	
schedule, n. & v.t.	רְשִׁימָה, תָּכְנִית,
	לוּחַ זְמַנִּים; עָשָׂה רְשִׁימָה, קָבַע
	זְמַנִּים, תִּכְנֵן
scheme, schema, n., v.t. & i.	תָּכְנִית,
	תַּרְשִׁים, תַּחְבּוּלָה; זָמַם
schemer, n.	זוֹמֵם
schism, n.	מַחֲלֹקֶת, פֵּרוּד
scholar, n.	לַמְדָּן, מְלֻמָּד, (תַּלְמִיד)
	חָכָם
scholarly, adj.	לָמִיד, לִמּוּדִי, לַמְדָנִי,
	מְלֻמָּד
scholarship, n.	חָכְמָה, הִתְלַמְּדוּת;
	מִלְגָּה
scholastic, adj. & n.	שֶׁל חָכְמָה, שֶׁל
	בֵּית סֵפֶר, לִמּוּדִי
school, n. & v.t.	בֵּית סֵפֶר; לִמֵּד, חָנַךְ
schoolboy, n.	תַּלְמִיד
schoolteacher, n.	מוֹרֶה, מוֹרָה
schooner, n.	אֳנִיַּת מִפְרָשׂ, מִפְרָשִׂית
science, n.	מַדָּע
scientific, adj.	מַדָּעִי
scientist, n.	מַדְעָן
scintillate, v.i.	נָצַץ, נִצְנֵץ
scintillation, n.	הִתְנוֹצְצוּת
scion, n.	נֵצֶר, חֹטֶר
scissors, n. pl.	מִסְפָּרַיִם
scoff, n., v.t. & i.	לַעַג, לִגְלוּג, לָגַל
scold, n., v.t. & i.	וְעָרָה; גָּעַר

scoop, n.	מַבְחֵשׁ, בַּחֲשָׁה, תַּרְוָד; יָעֶה; חֲדָשָׁה מַרְעִישָׁה (בְּעִתּוֹן)
scoop, v.t.	חָשַׂף, דָּלָה, הֶעֱלָה (עֲלָה); הוֹצִיא [יצא], הִשִּׂיג [נשג] (חֲדָשׁוֹת)
scoot, v.i.	נָס [נוס], רָץ [רוץ]
scooter, n.	גַּלְגִּלַּיִם
scope, n.	הֶקֵּף, מֶרְחָב
scorch, v.t. & i.	שָׂרַף, חָרַךְ; נֶחֱרַךְ [חרך], נִכְוָה [כוה]
score, n.	חֶשְׁבּוֹן; עֶשְׂרִים; חוֹב; תָּוִים
score, v.t. & i.	חִשֵּׁב, מָנָה; חָרַץ; רָשַׁם
scorn, n. & v.t.	בּוּז, לִגְלוּג, בִּזָּה, לָעַג
scorpion, n.	עַקְרָב
Scotch, adj. & n.	שׁוֹטְלַנְדִּי, שׁוֹטְלַנְדִּית, יַיִ״שׁ, וִיסְקִי
scoundrel, n.	בֶּן בְּלִיַּעַל, נָבָל
scour, v.t. & i.	נָקָה, שִׁפְשֵׁף
scourge, n.	עֹנֶשׁ; פַּרְגּוֹל, שׁוֹט
scourge, v.t.	הִלְקָה [לקה] רָצַע
scout, n.	צוֹפֶה; מְרַגֵּל
scout, v.t. & i.	תָּר [תור], רִגֵּל; לָעַג
scowl, v.i. & n.	קָמַט מֵצַח, הֵרֵעַ [רעם] פָּנִים; מַבָּט (קוֹדֵר) זוֹעֵם
scrabble, n.	גֵּרוּד, חִפּוּף, שְׂרִיטָה
scrabble, v.t. & i.	גֵּרַד, חָכַךְ, שָׂרַט
scramble, n. & v.t.	הִתְחַבְּטוּת; מָרַס (שָׂרַף) בֵּיצִים
scrap, n.	נְשֹׁרֶת, פְּתֹלֶת, קַטְסָה
scrape, n.	גֵּרוּד, חִכּוּךְ
scrape, v.t. & i.	גֵּרַד, חָכַךְ
scraper, n.	מְגָרֵד, מַחְסֵט, מַגְרֵדֶת
scratch, n.	סְרִיטָה, שְׂרִיטָה, שָׂרֶטֶת
scratch, v.t. & i.	גֵּרַד, הִתְגָּרֵד [גרד]; שָׂרַט, נִשְׂרַט [שרט], סָרַט, נִסְרַט [סרט]
scrawl, n., v.t. & i.	כְּתִיבָה גְרוּעָה; כָּתַב כְּתִיבָה גְרוּעָה; תִּנָּה
scream, n.	צְעָקָה, צְוָחָה, צְרִיחָה
scream, v.t. & i.	צָעַק, צָנַח, צָרַח
screech, n., v.t. & i.	צְעָקָה, צְוָחָה; צְרִצוּר, חֲרִיקָה; צָרַח, צָעַק; חָרַק, צִרְצֵר
screen, n.	מָסָךְ, בַּד
screen, v.t.	סָכַךְ, נָפָה, הִצְפִּין [צפן]
screw, n. & v.t.	בֹּרֶג; בָּרַג
screw driver, screwdriver, n.	מַבְרֵג, סַפְלָן
scribble, n., v.t. & i.	כְּתִיבָה גְרוּעָה; כָּתַב כְּתִיבָה גְרוּעָה, תִּנָּה
scribe, n.	מַזְכִּיר, סוֹפֵר, לַבְלָר
scrimp, n., v.t. & i.	קַמְצָן; קִמֵּץ, צִמְצֵם
scrip, n.	תְּעוּדָה
script, n.	כְּתָב; נֹסַח
scripture, n.	מִקְרָא
Scriptures, n. pl.	כִּתְבֵי הַקֹּדֶשׁ, תַּנַ״ךְ
scroll, n.	מְגִלָּה
scrub, n., v.t. & i.	סָבַךְ; חֹרֶשׁ; שִׁפְשׁוּף; עוֹבֵד עֲבוֹדָה שְׁחוֹרָה; נִקָּה, שִׁפְשֵׁף
scruple, n. & v.t.	מִצְעָר, שֶׁמֶץ; קַרְטוֹב; גֵּרָה; הַכָּרָה פְּנִימִית; פִּקְפּוּק, הִסּוּס; מַצְפּוּן; פִּקְפֵּק, הִסֵּס
scrupulous, adj.	מַצְפּוּנִי, זָהִיר, דַּיְקָן
scrutinize, v.t.	חָקַר וְדָרַשׁ, בָּחַן וּבָדַק
scrutiny, n.	בְּדִיקָה
scud, n. & v.i.	נְשִׂאִים, עָבִים; רָץ [רוץ] (שָׁט [שוט]) בִּמְהִירוּת
scuffle, n. & v.i.	מַצָּה; נִצָּה
scull, n.	מָשׁוֹט קָצָר
scull, v.t. & i.	חָתַר בְּמָשׁוֹט קָצָר
scullery, n.	חֲדַר הֲדָחָה (לְיַד הַמִּטְבָּח)
sculptor, n.	חַטָּב, פַּסָּל, גַּלָּף
sculpture, n.	פָּסוּל, חָטוּב, גִּלּוּף, כִּיּוּר
sculpture, v.t.	פִּסֵּל, חָטַב, כִּיֵּר
scum, n.	קֶצֶף, חֶלְאָה

scum, v.i.	הֵסִיר [סור] קֶצֶף	secondary, adj.	מִשְׁנִי
scurrilous, adj.	נָס, מְנַבֵּל פִּיו	secondary school	בֵּית סֵפֶר תִּיכוֹן
scurvy, n.	צַפְדִּינָה, גָּרָב	secondhand, adj.	מְשַׁמֵּשׁ
scuttle, v.t.	טִבַּע (אֳנִיָּה)	secondly, adv.	שֵׁנִית
scythe, n.	מַגָּל, חֶרְמֵשׁ	secrecy, n.	סֵתֶר, חֶבְיוֹן, סוֹדִיּוּת
sea, n.	יָם	secret, n. & adj.	סוֹד; סוֹדִי, חֲשָׁאִי
seaboard, n.	שְׂפַת הַיָּם	secretariat, secretariate, n.	מַזְכִּירוּת
seacoast, n.	חוֹף יָם	secretary, n.	מַזְכִּיר
seagull, n.	שַׁחַף	secrete, v.t.	הֶחְבִּיא [חבא], הִסְמִין
seal, n.	סְתָימָה, חוֹתֶמֶת; כֶּלֶב יָם		[סמן]; הִפְרִישׁ [פרש]
seal, v.t.	סָתַם; חָתַם	secretion, n.	הַצְפָּנָה; הַפְרָשָׁה, הֲרָרָה
sea level	גֹּבַהּ (פְּנֵי) הַיָּם	secretive, adj.	שׁוֹמֵר סוֹד; שַׁתְקָנִי;
seam, n.	תֶּפֶר, אִמְרָה		מָרִיר
seam, v.t. & i.	אָחָה, תָּפַר, אִמֵּר	secretly, adj.	חֶרֶשׁ, בְּסוֹד
seaman, n.	סַפָּן, מַלָּח, חוֹבֵל	secret service	בּוֹלֶשֶׁת
seamstress, sempstress, n.	תּוֹפֶרֶת	sect, n.	כַּת, כִּתָּה
seaport, n.	עִיר נָמֵל	sectarian, adj.	כִּתָּתִי
sear, v.t.	שָׂרַף, הִכְוָה [כוה]	section, n.	גִּזְרָה, חֵלֶק, פֶּרֶק, סָעִיף;
search, n., v.t. & i.	חִפּוּשׂ; חִפֵּשׂ		סִדְרָה, מִשְׁנֶה, סִיעָה, סָנִיף
searchlight, n.	זַרְקוֹר	sector, n.	מָחוֹג, קֶטַע
seashore, n.	חוֹף הַיָּם	secular, adj.	חִלּוֹנִי
seasickness, n.	חֲלִי יָם, קֶבֶס	secularism, secularity, n.	חִלּוֹנִיּוּת
seaside, n.	שְׂפַת (חוֹף) הַיָּם	secure, adj.	בָּטוּחַ
season, n.	עוֹנָה, תְּקוּפָה	secure, v.t.	אִבְטַח
season, v.t. & i.	תִּבֵּל, הִרְגִּיל [רגל],	security, n.	בִּטָּחוֹן, אַבְטָחָה, בִּטְחָה,
	הִתְרַגֵּל [רגל]; יָבֵשׁ (עֵצִים)		עֲרֵבוּת, מַשְׁכּוֹן
seasonable, seasonal, adj.	בְּעִתּוֹ;	sedan, n.	אַפִּרְיוֹן
	זְמַנִּי, מַתְאִים	sedate, adj.	נִרְגָּע, מְיֻשָּׁב
seasoning, n.	תְּבָלִים, תִּבּוּל	sedative, adj. & n.	מַרְגִּיעַ, מַשְׁקִיט
seat, n.	מְקוֹם יְשִׁיבָה, מוֹשָׁב, כִּסֵּא	sedentary, adj.	מְיֻשָּׁב
seat, v.t.	הוֹשִׁיב [ישב]	sedge, n.	חִילָף, חֶלֶף
seaweed, n.	חִילָף, אַצָּה	sediment, n.	שְׁמָרִים, מִשְׁקָע
secede, v.i.	פָּרַשׁ, נִבְדַּל [בדל]	sedimentary, adj.	מִשְׁקָעִי
secession, n.	הִתְבַּדְּלוּת, הִתְפָּרְדוּת	sedition, n.	מֶרִי, מֶרֶד
seclude, v.t.	הִתְבּוֹדֵד	seditious, adj.	מוֹרֵד
seclusion, n.	הִתְבּוֹדְדוּת	seduce, v.t.	פִּתָּה
second, adj. & n.	שֵׁנִי, מִשְׁנֶה, שְׁנִיָּה	seducer, n.	מְפַתֶּה
second, v.t.	תָּמַךְ	seduction, n.	פִּתּוּי

seductive, *adj.*	מֵסִית, מַדִּיחַ
sedulous, *adj.*	חָרוּץ, שַׁקְדָּנִי
see, *v.t. & i.*	רָאָה, חָזָה, הֵבִין [בין]
seed, *n.*	זֶרַע
seed, *v.t. & i.*	זָרַע, הִזְרִיעַ [זרע]
seeder, *n.*	זוֹרֵעַ, מַזְרֵעָה
seedless, *adj.*	חֲסַר זְרָעִים
seedling, *n.*	שָׁתִיל
seeing, *n. & conj.*	רְאִיָּה, רָאוּת; הוֹאִיל וְ־
seek, *v.t. & i.*	חִפֵּשׂ, דָּרַשׁ
seeker, *n.*	מְחַפֵּשׂ
seem, *v.i.*	נִדְמָה [דמה], נִרְאָה [ראה]
seemly, *adj.*	יָאֶה, הָגוּן, מַתְאִים
seep, *v.i.*	נָטַף, סִפְסֵף
seer, *n.*	חוֹזֶה, נָבִיא
seesaw, *n.*	נַדְנֵדָה
seethe, *v.t.*	הִרְתִּיחַ [רתח]
segment, *n.*	פֶּלַח, קֶטַע
segregate, *v.t.*	הִפְרִיד [פרד], הִפְרִישׁ [פרש]
segregation, *n.*	בִּדּוּל
seine, *n.*	מִכְמֶרֶת
seismic, seismical, *adj.*	שֶׁל רְעִידַת (תְּנוּדַת) הָאֲדָמָה, רַעֲשִׁי
seismograph, *n.*	רְשַׁמְרַעַשׁ
seize, *v.t. & i.*	חָטַף, תָּפַס, אָחַז, טָרַף
seizure, *n.*	תְּפִיסָה
seldom, *adv.*	לְעִתִּים רְחוֹקוֹת
select, *adj.*	נִבְחָר, מֻבְחָר, מְעֻלֶּה
select, *v.t.*	בָּחַר, בֵּרֵר
selection, *n.*	בְּחִירָה, בְּרֵרָה, מִבְחָר
selective, *adj.*	בָּחִיר, שֶׁל בְּחִירָה
selector, *n.*	בּוֹחֵר, בּוֹרֵר
self, *adj. & n.*	עַצְמוֹ, אוֹתוֹ, גּוּף, עֶצֶם, נֶפֶשׁ
self-assurance, *n.*	בִּטָּחוֹן עַצְמִי
self-control, *n.*	שְׁלִיטָה עַצְמִית

self-defense, *n.*	הֲגָנָה עַצְמִית
self-destruction, *n.*	אִבּוּד עַצְמוֹ
self-esteem, *n.*	כָּבוֹד עַצְמוֹ
self-evident, *adj.*	מוּבָן מֵאֵלָיו
self-government, *n.*	שִׁלְטוֹן עַצְמִי
selfish, *adj.*	אָנֹכִיִּי
selfless, *adj.*	שֶׁאֵינוֹ דּוֹאֵג לְעַצְמוֹ
self-respect, *n.*	כְּבוֹד עַצְמִי
self-sacrifice, *n.*	הַקְרָבָה עַצְמִית
selfsame, *adj.*	הוּא בְּעַצְמוֹ
sell, *v.t. & i.*	מָכַר, זִבֵּן; נִמְכַּר [מכר], הִזְדַּבֵּן [זבן]
seller, *n.*	מוֹכֵר, זַבָּן
semantics, *n.*	תּוֹרַת הַמַּשְׁמָעוּת (מִלִּים)
semaphore, *n.*	אַתּוּת, מַחֲנָן, אַתּוּתוֹר
semblance, *n.*	דְּמוּת, דִּמְיוֹן
semester, *n.*	זְמָן
semiannual, *adj.*	חֲצִי שְׁנָתִי
semen, *n.*	זֶרַע (שִׁכְבַת)
semicircle, *n.*	חֲצִי עִגּוּל, חֲצִי גֹּרֶן
semicolon, *n.*	נְקֻדָּה וּפְסִיק (;)
seminary, *n.*	בֵּית מִדְרָשׁ, סֶמִינַרְיוֹן
semiofficial, *adj.*	חֲצִי רִשְׁמִי
Semite, *n. & adj.*	שֵׁמִי
sempstress, *v.* seamstress	
senate, *n.*	בֵּית הַמְּחוֹקְקִים, סֶנָט
send, *v.t. & i.*	שָׁלַח, נִשְׁלַח [שלח]
sender, *n.*	שׁוֹלֵחַ
senile, *adj.*	תָּשׁוּשׁ, שֶׁל זִקְנָה
senility, *n.*	זִקְנָה
senior, *adj. & n.*	בְּכוֹר, רָאשׁוֹן
seniority, *n.*	בְּכוֹרָה
sensation, *n.*	הַרְגָּשָׁה, תְּחוּשָׁה
sensational, *adj.*	מַפְלִיא; חוּשִׁי
sense, *n.*	חוּשׁ, רֶגֶשׁ; מוּבָן; שֵׂכֶל
senseless, *adj.*	חֲסַר רֶגֶשׁ; טִפְּשִׁי
sensibility, *n.*	רְגִישׁוּת

sensible, *adj.*	מוּחָשׁ, נָבוֹן	serene, *adj.*	צַח, בָּהִיר; שׁוֹקֵט
sensibly, *adv.*	בְּחָכְמָה, בְּבִינָה	serenity, *n.*	שֶׁקֶט, מְנוּחָה, שַׁלְוָה
sensitive, *adj.*	רָגִישׁ, רַגְשָׁנִי	serf, *n.*	עֶבֶד
sensory, *adj.*	חוּשָׁנִי	serfdom, *n.*	עַבְדוּת
sensual, *adj.*	חוּשָׁנִי; תַּאֲוָנִי	sergeant, *n.*	סַמָּל
sensuality, *n.*	חוּשָׁנִיּוּת	serial, *adj.*	שֶׁל סִדְרָה
sensuous, *adj.*	חוּשִׁי, תַּאֲוָתָנִי	serial, series, *n.*	סִדְרָה
sentence, *n.*	מִשְׁפָּט, מַאֲמָר; גְּזַר דִּין,	serious, *adj.*	רְצִינִי, מְיֻשָּׁב
	פְּסַק דִּין	seriousness, *n.*	רְצִינוּת
sentence, *v.t.*	הוֹצִיא [יצא] מִשְׁפָּט,	sermon, *n.*	דְּרָשָׁה
	חִיֵּב, הִרְשִׁיעַ [רשע]	sermonize, *v.t. & i.*	הִשִּׂיף [נטף], דָּרַשׁ
sententious, *adj.*	פִּתְגָּמִי, נִמְרָץ	serpent, *n.*	נָחָשׁ, שְׁפִיפוֹן
sentient, *adj.*	בַּעַל הַרְגָּשָׁה, מַרְגִּישׁ	serpentine, *adj.*	פְּתַלְתֹּל, מְעֻקָּל
sentiment, *n.*	רֶגֶשׁ, הַרְגָּשָׁה דַּקָּה	serum, *n.*	נַסְיוֹב
sentimental, *adj.*	רַגְשָׁנִי	servant, *n.*	מְשָׁרֵת, עֶבֶד
sentimentality, *n.*	רַגְשָׁנִיּוּת	serve, *v.t. & i.*	שֵׁרֵת, שִׁמֵּשׁ
sentinel, sentry, *n.*	שׁוֹמֵר, שַׁמָּר, אִישׁ	service, *n.*	שֵׁרוּת; תְּפִלָּה; צָבָא
	מִשְׁמָר	servile, *adj.*	עַבְדוּתִי
separable, *adj.*	בַּר הַפְרָדָה	servility, *n.*	עַבְדוּת, שִׁעְבּוּד
separate, *adj.*	מֻפְרָד, מֻבְדָּל	servitor, *n.*	מְשָׁרֵת
separate, *v.t. & i.*	הִפְרִיד [פרד],	servitude, *n.*	עַבְדוּת, שִׁפְלוּת
	הִבְדִּיל [בדל] הִתְבַּדֵּל [בדל]	sesame, *n.*	שֻׁמְשׁוֹם
separately, *adv.*	לְחוּד	session, *n.*	יְשִׁיבָה, אֲסֵפָה
separation, *n.*	הַפְרָדָה, הִתְפָּרְדוּת; נֵס	set, *n.*	שְׁקִיעָה; כִּוּוּן, קְבוּצָה; מַקְלֵט;
separator, *n.*	מַפְרִדָה; מַבְדִּיל, מַפְרִיד		סֵדֶר, סִדְרָה, מַעֲרֶכֶת כֵּלִים, סֶקְס
September, *n.*	סֶפְּטֶמְבֶּר	set, *v.t. & i.*	הוֹשִׁיב [ישב], שָׂם [שׂים],
septic, *adj.*	מַרְקִיב, שֶׁל רָקָבוֹן		שָׂפַת, עָרַךְ [שִׁלְטָן] קָבַע, פּוֹנֵן
sepulcher, sepulchre, *n.*	כּוּךְ, קֶבֶר		[כון]; שָׁקַע; שָׁתַל
sepulcher, sepulchre, *v.t.*	קָבַר	set aside	הִשְׁלִיךְ [שׁלך] הַצִּדָּה,
sepulture, *n.*	קְבוּרָה		דָּחָה, הִפְרִישׁ [פרש], בְּשֵׁל
sequel, *n.*	הֶמְשֵׁךְ; תּוֹצָאָה	set back	עִכֵּב
sequence, *n.*	רְצִיפוּת; תּוֹלָדָה	set off	קִשֵּׁט, פּוֹצֵץ [פצץ]
sequester, sequestrate, *v.t.*	הִפְקִיעַ	set sail	הִפְלִיג [פלג]
	[פקע], עִקֵּל, הֶחֱרִים [חרם]	set up	יִסֵּד, כּוֹנֵן [כון]
sequestration, *n.*	תְּפִיסַת נְכָסִים, עִקּוּל	setting, *n.*	מַצָּע; מִשְׁבֶּצֶת
seraglio, *n.*	הַרְמוֹן, אַרְמוֹן הַשֻּׁלְטָן	settle, *v.t. & i.*	יָשַׁב; שִׁכֵּן, שָׁכַן, הִתְיַשֵּׁב
sere, *adj.*	נוֹבֵל, קָמֵל		[ישב], שָׁקַע [שְׁמָרִים]; סִלֵּק, פָּרַע;
serenade, *n.*	רְמִשִּׁית		הִשְׁתַּקַּע [שקע]; הִתְפַּשֵּׁר [פשר]

settlement, *n.* מוֹשָׁבָה; פְּשָׁרָה; יִשׁוּב	shackle, *v.t.* כָּבַל, אָסַר בַּאֲזִקִּים (בִּכְבָלִים)
settler, *n.* מִתְיַשֵּׁב	
seven, *adj. & n.* שִׁבְעָה, שֶׁבַע	shackles, *n. pl.* נְחֻשְׁתַּיִם, אֲזִקִּים, כְּבָלִים
sevenfold, *adj. & adv.* פִּי שִׁבְעָתַיִם, (כָּפוּל) שִׁבְעָה (שֶׁבַע); שִׁבְעַת מוֹנִים	shade, shadow, *n.* צֵל
	shade, shadow, *v.t.* [צלל] אִפְלֵל, הֵצֵל
seventeen, *adj. & n.* שִׁבְעָה עָשָׂר, שְׁבַע עֶשְׂרֵה	shady, *adj.* חָשׁוּךְ, מוּצָל, לֹא מְכֻבָּד
seventeenth, *adj. & n.* הַשִּׁבְעָה עָשָׂר, הַשְּׁבַע עֶשְׂרֵה	shaft, *n.* חֵץ; מַחְפֹּרֶת; נֵל, סַלְסַל (בְּמְכוֹנָה); מוֹט, יְצוּל
seventieth, *adj.* הַשִּׁבְעִים	shaggy, *adj.* שָׂעִיר, מְחֻסְפָּס
seventy, *adj. & n.* שִׁבְעִים	shake, *n.*, *v.t. & i.* זַעֲזוּעַ, נְעְנוּעַ;
sever, *v.t. & i.* חָפְסִיק [פסק]; פָּרַד, הִפְרִיד [פרד]; חָתַךְ	זִעֲזַע, חִלְחֵל, נִעֲנַע, הִתְנַעֲנֵעַ (נענע), נָעַר, הִזְדַּעֲזַע [זעזע],
several, *adj.* אֲחָדִים, כַּמָּה	רָעַד; נוֹפֵף [נוף]; תָּקַע (לָחַץ) יָד;
severally, *adv.* לְבַד, כָּל אֶחָד בִּפְנֵי עַצְמוֹ; לְחוּד	טָרַף (מַשְׁקָאוֹת)
severance, *n.* הַפְרָדָה, הַתָּרָה (קֶשֶׁר), קְצִיצָה, קְטִיעָה	shaky, *adj.* מִתְנַעֲנֵעַ, רוֹפֵף, מִתְמוֹטֵט
	shall, *v.* פֹּעַל עֵזֶר לְצַיֵּן אֶת הֶעָתִיד (גּוּף רִאשׁוֹן)
severe, *adj.* מַחְמִיר, מַקְפִּיד, קָשֶׁה; מֵמְאִיר, אָנוּשׁ	shallow, *adj.* לֹא עָמֹק, רָדוּד; שִׂטְחִי
severely, *adv.* קָשׁוֹת	sham, *n.* תַּרְמִית, זִיּוּף
severity, *n.* קַפְּדָנוּת, הַחֲמָרָה, אַכְזָרִיּוּת, רְצִינוּת	sham, *v.t. & i.* הֶעֱמִיד [עמד] פָּנִים, הִתְחָרָה [ראה] כְּ־
	shamble, *n.* מִטְבָּחַיִם, מִטְבָּח
sew, *v.t. & i.* תָּפַר, חָיֵּט	shame, *n.* חֶרְפָּה, בּוּשָׁה, כְּלִימָה; בִּישָׁנוּת
sewer, *n.* תּוֹפֵר, חַיָּט	
sewer, *n.* בִּיב	shame, *v.t.* בִּיֵּשׁ, הוֹבִישׁ [בוש], הִכְלִים [כלם]
sewerage, *n.* בִּיּוּב	
sewing machine מְכוֹנַת תְּפִירָה	shampoo, *n.* חֲפִיפָה; סַבֹּנֶת
sex, *n.* מִין	shampoo, *v.t.* חָפַף, סִבֵּן אֶת הָרֹאשׁ
sexless, *n.* סְמַטוּם	shamrock, *n.* תִּלְתָּן
sextet, sextette, *n.* שִׁשִּׁיָּה	shank, *n.* שׁוֹק
sexton, *n.* שַׁמָּשׁ, חַזָּן	shanty, *n.* צְרִיף
sexual, *adj.* מִינִי	shape, *n.* דְּמוּת, צוּרָה
sexual intercourse תַּשְׁמִישׁ, בְּעִילָה, הִזְדַּוְּגוּת, מִשְׁגָּל, עוֹנָה, יְדִיעָה	shape, *v.t. & i.* צָר [צור], יָצַר; עִצֵּב; קִבֵּל צוּרָה
	shapeless, *adj.* גָּלְמִי, חֲסַר צוּרָה
sexuality, *n.* מִינִיּוּת	shapely, *adj.* יָפֶה צוּרָה, יְפַת תֹּאַר
shabby, *adj.* מְכֹעָר, בָּלוּי	

16

share, n.	מְנָיָה; חֵלֶק, מָנָה; אֵת (מַחֲרֵשָׁה)
share, v.t. & i.	חִלֵּק, הִשְׁתַּתֵּף [שתף]
sharecropper, n.	אָרִיס
shareholder, n.	בַּעַל מְנָיָה
sharer, n.	מִשְׁתַּתֵּף
shark, n.	כָּרִישׁ
sharp, adj.	חָרִיף, שָׁנוּן, חַד, מְחֻדָּד
sharpen, v.t. & i.	הִשְׁחִיז [שחז], חִדֵּד, הִתְחַדֵּד [חדד], לָטַשׁ
sharpener, n.	מַשְׁחֵיזוֹ; מַשְׁחֵנָה
sharpness, n.	חַד, חַדּוּת; חֲרִיפוּת
shatter, v.t. & i.	נִפֵּץ, שִׁבֵּר, הִשְׁתַּבֵּר [שבר]
shave, n.	תִּגְלַחַת, גִּלּוּחַ
shave, v.t. & i.	גִּלַּח, הִתְגַּלַּח [גלח]
shaving, n.	גִּלּוּחַ; שִׁיפָה
shawl, n.	רָדִיד, מִטְפַּחַת
she, pron.	הִיא
sheaf, n. & v.t.	אֲלֻמָּה, עֹמֶר, אָלַם; עִמֵּר
shear, v.t. & i.	גָּזַז, סִפֵּר
shearer, n.	גּוֹזֵז
shears, n. pl.	מִסְפָּרַיִם
sheath, n.	תַּעַר, תִּיק
shed, n.	צְרִיף
shed, v.t. & i.	נָשַׁר, הִשְׁלִיךְ [שלך] (עָלִים); זָלַג (דְּמָעוֹת); שָׁפַךְ (דָּם); הֵפִיץ (נפץ] (אוֹר); פָּשַׁט עוֹרוֹ
sheen, n.	זֹהַר, בָּרָק
sheep, n.	צֹאן, כֶּבֶשׂ
sheepfold, n.	דִּיר, מִכְלָה
sheer, adj.	מֻחְלָט; זַךְ; דַּק; שָׁקוּף; תָּלוּל
sheet, n.	סָדִין; גִּלָּיוֹן; לוּחַ (בַּרְזֶל)
shelf, n.	כּוֹנָנִית, מַדָּף
shell, n.	קְלִפָּה, תַּרְמִיל; כַּדּוּר; פֶּגֶם
shell, v.t. & i.	קָלַּף, בָּזַק, הִפְגִּיז [פגז]
shellac, n.	לַכָּה
shellfish, n.	רַכִּיכָה; סַרְטָן
shelter, n.	מַחֲסֶה
shepherd, n.	רוֹעֶה צֹאן
sherbet, n.	שֶׁרְבֶּת, גְּלִידָה
sheriff, n.	פְּקִיד הַמִּשְׁטָרָה הַמְּחוֹזִית
sherry, n.	יֵין חֶרֶס, שֶׁרִי
shibboleth, n.	סִיסְמָה, סִימָן הֶכֵּר, שִׁבֹּלֶת-שִׁבֹּלֶת
shield, n. & v.t.	מָגֵן, שֶׁלֶט; הֵגֵן [גנן]
shift, n.	שִׁנּוּי, הַחְלָפָה, אֶמְצָעִי; תַּחְבּוּלָה; קְבוּצַת עוֹבְדִים
shift, v.t. & i.	הֶעֱבִיר [עבר]; שָׁנָה; הֶחֱלִיף [חלף] (סַבֶּלֶת)
shilling, n.	מַטְבֵּעַ אַנְגְּלִי, שִׁילִינְג
shimmer, n. & v.i.	נֹגַהּ; נִצְנֵץ
shimmery, adj.	מְנַצְנֵץ
shin, n. & v.t.	שׁוֹק; טִפֵּס
shine, n. & v.i.	זְרִיחָה, זֹהַר; צִחְצוּחַ; זָרַח, הִבְרִיק [ברק]; צִחְצַח (עֲלַיִם)
shingle, n. & v.t.	רַעַף; רָעַף
shiny, adj.	מֵאִיר, מַבְרִיק, מְצֻחְצָח
ship, n.	אֳנִיָּה, סְפִינָה
ship, v.t. & i.	שָׁלַח (סְחוֹרוֹת)
shipment, n.	מִשְׁלוֹחַ (סְחוֹרוֹת)
shipper, n.	שׁוֹלֵחַ סְחוֹרוֹת
shipping, n.	מִשְׁלוֹחַ (סְחוֹרוֹת)
shipwreck, n.	שֶׁבֶר (אֳנִיָּה); תְּבוּסָה; הֶרֶס
shipyard, n.	מִסְפָּנָה
shire, n.	מָחוֹז (בְּאַנְגְלִיָּה)
shirk, v.t.	הִשְׁתַּמֵּט [שמט]
shirt, n.	כֻּתֹּנֶת, חָלוּק
shiver, n., v.t. & i.	רְעָדָה, צְמַרְמֹרֶת; רָעַד
shoal, n.	מַיִם רְדוּדִים; עֵדָה (דָּגִים)
shock, n.	הֶדֶף, בֶּהָלָה
shock, v.t.	הָדַף, עָלַב, הֶחֱרִיד [חרד]

shocking, *adj.*	מְזַעֲזֵעַ, מַבְהִיל
shoe, *n.*	נַעַל
shoe, *v.t.*	נָעַל, הִנְעִיל [נעל]
shoehorn, *n.*	כַּף נַעַל
shoelace, *n.*	שְׂרוֹךְ נַעַל
shoemaker, *n.*	רַצְעָן, סַנְדְּלָר
shoot, *n.*	אָב, נֵצֶר; שְׁלוּחָה, זְמוֹרָה
shoot, *v.t. & i.*	יָרָה; הִשְׁלִיךְ [שלך];
	צָלֵם, הִסְרִיט [סרט] (סֶרֶט);
	הִצְמִיחַ [צמח]; עָבַר בִּמְהִירוּת
shooting star	כּוֹכָב נוֹפֵל
shop, *n.*	חֲנוּת, בֵּית מְלָאכָה
shop, *v.i.*	קָנָה (בִּקֵּר) בַּחֲנֻיּוֹת
shopkeeper, *n.*	חֶנְוָנִי, זַבָּן
shopper, *n.*	קוֹנֶה
shopwindow, *n.*	חַלּוֹן רַאֲוָה
shore, *n.*	חוֹף, גָּדָה; מִשְׁעָן
short, *adj.*	קָצָר; פָּחוּת, נִצְרָךְ
short, *n.*	תַּמְצִית; קִצּוּר
shortage, *n.*	מַחְסוֹר; גֵּרָעוֹן
short circuit	קֶצֶר (חַשְׁמַל)
shorten, *v.t.*	קִצֵּר; הִמְעִיט [מעט]
shortening, *n.*	קִצּוּר; שֶׁמֶן
shorthand, *n.*	קַצְרָנוּת, כְּתָבְצָר
shortly, *adv.*	בְּקָרוֹב; בִּקְצָרָה
shortness, *n.*	קֹצֶר
shorts, *n. pl.*	מִכְנָסַיִם קְצָרִים
shortsighted, *adj.*	קְצַר רְאוּת
shot, *n.*	יְרִי, סְרָח; זְרִיקָה
shoulder, *n. & v.t.*	כָּתֵף, שֶׁכֶם; כִּתֵּף;
	נָשָׂא, קִבֵּל עָלָיו אַחֲרָיוּת
shoulder blade	שִׁכְמָה, עֶצֶם הַשִּׁכְמָה
shout, *n.*	צְעָקָה, זְעָקָה
shout, *v.t. & i.*	צָעַק, זָעַק
shove, *n., v.t. & i.*	דְּחִיפָה; דָּחַף
shovel, *n. & v.t.*	מַגְרֵפָה, יָעֶה, אֵת;
	גָּרַף, הֵרִים [רום], חָפַר, חָתָה
show, *n.*	הַצָּגָה; תַּעֲרוּכָה; מַחֲזֶה
show, *v.t. & i.*	הֶרְאָה [ראה], הִצִּיג
	[נצג]
shower, *n., v.t. & i.*	מִקְלַחַת, גֶּשֶׁם
	קַל; הִתְקַלֵּחַ [קלח]; הִמְטִיר [מטר]
shrapnel, *n.*	רְסִיס, קֶלַע פָּנוּ
shred, *n.*	גֶּזֶר, חֲתִיכָה, קֶרַע
shred, *v.t.*	קָרַע, חָתַךְ, גָּזַר
shrew, *n.*	מִרְשַׁעַת; חַדֵּף
shrewd, *adj.*	פִּקֵּחַ
shrewdness, *n.*	עַרְמוּמִית, פִּקְחוּת
shriek, *n.*	צְוָחָה, צְרִיחָה
shriek, *v.t. & i.*	צָוַח, צָרַח
shrike, *n.*	חַנְקָן
shrill, *adj.*	חַד (קוֹל)
shrill, *v.i.*	צִרְצֵר
shrimp, *n.*	קְרוּמִית, חֲסִילוֹן; נַמָּד
shrine, *n.*	מִקְדָּשׁ; קֶבֶר קָדוֹשׁ; מִשְׁכָּן
shrink, *v.t. & i.*	כָּוַץ, הִתְכַּוֵּץ [כוץ]
shrinkage, *n.*	הִתְכַּוְּצוּת
shrivel, *v.t. & i.*	צָמַק, הִצְטַמֵּק [צמק]
shroud, *v.t.*	עָטַף בְּתַכְרִיכִים
shrouds, *n. pl.*	תַּכְרִיכִים
shrub, *n.*	שִׂיחַ
shrug, *v.t. & i.*	הֵנִיעַ [נוע] (מָשַׁךְ)
	כְּתֵפַיִם
shudder, *n.*	צְמַרְמֹרֶת; חֲרָדָה;
	חַלְחָלָה
shudder, *v.i.*	הִזְדַּעֲזֵעַ [זעזע], רָעַד
shuffle, *v.t. & i., n.*	גִּרְרֵר; עִרְבֵּב;
	(קְלָפִים); עִרְבּוּב, תַּחְבּוּלָה
shun, *v.t.*	סָר [סור] מִן; הִתְחַמֵּק
	[חמק]; הִתְרַחֵק [רחק]
shunt, *n., v.t. & v.i.*	הַטָּיָה, הַפְנָיָה (רַכֶּבֶת);
	מֶתֶק; הֶעֱבִיר [עבר], הִפְנָה [פנה]
	הַצִּדָּה
shut, *v.t. & i.*	סָגַר, נִסְגַּר [סגר]; נָעַל;
	קָפַץ (יָד); כָּלָא; עָצַם (עֵינַיִם);
	סָתַם (פֶּה); אָטַם (אֹזֶן)

shutter, *n.*	תְּרִיס
shuttle, *n.*	עָכְּבִיר, אֶרֶג, כִּרְכָּר
shuttle, *v.t. & i.*	הָלַךְ וְחָזַר
shy, *adj.*	בַּיְשָׁן, צָנוּעַ
sibyl, *n.*	חוֹזָה, נְבִיאָה
sick, *adj.*	חוֹלֶה, מִתְעַנֵּעַ
sicken, *v.t. & i.*	חָלָה, הֶחֱלָה [חלה];
	עוֹרֵר [עור] גֹּעַל נֶפֶשׁ
sickle, *n.*	מַגָּל
sickly, *adv.*	חוֹלָנִי
sickness, *n.*	חֱלִי, מַחֲלָה
side, *n.*	צַד, עֵבֶר
side, *v.i.*	צִדֵּד עִם, נָטָה אַחֲרֵי
sidelong, *adj.*	צְדָדִי
sidetrack, *v.t.*	הֶעֱבִיר [עבר], הִפְנָה
	[פנה]
sidewalk, *n.*	מִדְרָכָה
sideways, sidewise, *adv.*	הַצִּדָּה
sidle, *v.i.*	קָרַב מִן הַצַּד
siege, *n. & v.t.*	מָצוֹר, צָר [צור]
siesta, *n.*	שְׁנַת צָהֳרַיִם
sieve, *n.*	כְּבָרָה, נָפָה
sift, *v.t. & i.*	נִפָּה, עִרְבֵּל
sigh, *n., v.t., v.t. & i.*	אֲנָחָה; נֶאֱנַח [אנח]
sight, *n.*	מַרְאֶה, מַבָּט; כַּוֶּנֶת (רוֹבֶה)
sight, *v.t.*	רָאָה; כִּוֵּן
sightless, *adj.*	עִוֵּר
sightly, *adj.*	נָאֶה
sightseeing, *n.*	תִּיּוּר, סִיּוּר
sign, *n.*	סִימָן, אוֹת; שֶׁלֶט; רֶמֶז; מַזָּל
sign, *v.t. & i.*	חָתַם; רָמַז
signal, *n.*	אוֹת, סִימָן
signal, *v.t. & i.*	אִתֵּת, אוֹתֵת
signaling, signalling, *n.*	אִתּוּת
signatory, *n.*	חוֹתֵם
signature, *n.*	חֲתִימָה
significance, *n.*	חֲשִׁיבוּת, עֵרֶךְ
significant, *adj.*	חָשׁוּב, רַב עֵרֶךְ

signification, *n.*	מַשְׁמָעוּת
signify, *v.t. & i.*	סִמֵּן, הִבִּיעַ [נבע];
	הוֹרָה [ירה], הֶרְאָה [ראה]
signpost, *n.*	צִיּוּן, תַּמְרוּר
silage, *n.*	תַּחֲמִיץ
silence, *n.*	דּוּמִיָּה, דְּמָמָה; שְׁתִיקָה
silence, *v.t.*	הִשְׁתִּיק [שתק]; הָדַם [דמם]
silent, *adj.*	דּוֹמֵם; שׁוֹתֵק
silently, *adv.*	בִּשְׁתִיקָה, בִּדְמָמָה
silex, *n.*	חַלָּמִישׁ
silhouette, *n.*	בָּבוּאָה, צְלָלִית
silk, *n.*	מֶשִׁי
silkworm, *n.*	תּוֹלַעַת מֶשִׁי
sill, *n.*	סַף
silly, *adj.*	סִפְשִׁי
silo, *n.*	מְגוּרָה, אָסָם
silt, *n., v.t. & i.*	סִיט, סָתַם בְּטִיט
silver, *n.*	כֶּסֶף
silver, *v.t.*	הִכְסִיף [כסף]
silver, silvery, *adj.*	כַּסְפִּי
silversmith, *n.*	כַּסָּף, צוֹרֵף
silverware, *n.*	כְּלֵי כֶסֶף
similar, *adj.*	דּוֹמֶה
similarity, *n.*	דִּמְיוֹן
simmer, *v.i.*	רָתַח לָאַט
simper, *n.*	חִיּוּךְ מְלָאכוּתִי
simper, *v.i.*	חִיֵּךְ, גִּחֵךְ, הִצְטַחֵק [צחק]
simple, *adj.*	פָּשׁוּט, תָּם, פֶּתִי, שׁוֹטֶה
simpleton, *n.*	תָּם, סָפָשׁ, פֶּתִי
simplicity, *n.*	עֲנָוָה; פַּשְׁטוּת, תְּמִימוּת
simplify, *v.t.*	עָשָׂה פָּשׁוּט, הֵקֵל [קלל]
simply, *adv.*	בְּפַשְׁטוּת
simplification, *n.*	פֶּשֶׁט
simulate, *v.t.*	הִתְחַפֵּשׂ [חפש]
simulation, *n.*	הִתְחַפְּשׂוּת
simultaneous, *adj.*	בּוֹ בִּזְמַן
simultaneously, *adv.*	בְּעֵת וּבְעוֹנָה
	אַחַת

sin, *n.*	עֲבֵרָה, חֵטְא, עָוֹן, פֶּשַׁע	sister, *n.*	אָחוֹת
sin, *v.i.*	חָטָא	sister-in-law, *n.*	גִּיסָה, יְבָמָה
since, *adv. & prep.*	מֵאָז, לְמִן, בֵּינְתַיִם	sit, *v.t. & i.*	יָשַׁב, רָכַב עַל; דָּגַר
since, *conj.*	מִכֵּיוָן שֶׁ־, יַעַן, הוֹאִיל וְ־	site, *n.*	מָקוֹם, אֲתַר
sincere, *adj.*	כֵּן, נֶאֱמָן	sitting, *n.*	יְשִׁיבָה, דְּגִירָה
sincerely, *adv.*	בְּתָמִים, בֶּאֱמֶת	situate, *adj.*	קָבוּעַ, נִמְצָא, יוֹשֵׁב, מוּנָח
sincerity, *n.*	כֵּנוּת, יֹשֶׁר	situation, *n.*	מַצָּב, מַעֲמָד; סְבִיבָה;
sinecure, *n.*;	נִכְסֵי קְנַסְיָה; קִצְבַּת לְמֶר;		מִשְׂרָה
	מִשְׂרָה בְּלֹא עֲבוֹדָה	six, *adj. & n.*	שִׁשָּׁה, שֵׁשׁ
sinew, *n.*	גִּיד	sixfold, *adj. & adv.*	שִׁשְׁתַּיִם, פִּי שִׁשָּׁה
sinful, *adj.*	חוֹטֵא, פּוֹשֵׁעַ		כָּפוּל שִׁשָּׁה, שֵׁשֶׁת מוֹנִים
sing, *v.i.*	שָׁר (שִׁיר), זִמֵּר	sixteen, *n.*	שִׁשָּׁה עָשָׂר, שֵׁשׁ עֶשְׂרֵה
singe, *v.t.*	חָרַךְ (שֵׂעָר)	sixteenth, *adj. & n.*	הַשִּׁשָּׁה עָשָׂר
singer, *n.*	זַמָּר		הַשֵּׁשׁ עֶשְׂרֵה
single, *adj.*	אֶחָד, יְחִידִי, יָחִיד; רַוָּק	sixth, *adj. & n.*	שִׁשִּׁי, שִׁשִּׁית
single, *v.t. & i.*	בֵּרַר, בָּחַר	sixtieth, *adj. & n.*	הַשִּׁשִּׁים
singular, *adj. & n.*	אֶחָד, יָחִיד, מְיֻחָד;	sixty, *adj. & n.*	שִׁשִּׁים
	יוֹצֵא מִן הַכְּלָל; מִסְפָּר יָחִיד	size, *n.*	גֹּדֶל
singularity, *n.*	יְחִידוּת, עַצְמִיּוּת	size, *v.t.*	מָדַד, הֶעֱרִיךְ (ערך)
sinister, *adj.*	שְׂמָאלִי; רַע, מֻשְׁחָת, לֹא	sizzle, *n.*	לְחִישָׁה, רְחִישָׁה
	יָשָׁר; נוֹרָא	sizzle, *v.i.*	רָחַשׁ, לָחַשׁ
sink, *n.*	כִּיּוֹר, אֲגַן רַחְצָה	skate, *v.i.*	הִתְגַּלְגֵּל (גלגל), הֶחֱלִיק
sink, *v.t.*	הִשְׁקִיעַ (שקע), טִבַּע		(חלק)
sink, *v.i.*	יָרַד, שָׁבַע, שָׁקַע	skates, *n. pl.*	גַּלְגִּלִיּוֹת, מַחֲלִיקַיִם
sinless, *adj.*	חַף מִפֶּשַׁע	skater, *n.*	מַחֲלִיק (עַל קֶרַח), מִתְגַּלְגֵּל
sinner, *n.*	רָשָׁע, פּוֹשֵׁעַ, חוֹטֵא	skein, *n.*	צְנִיפָה, אַשְׁנָה, סְלִיל, פְּקַעַת
sinuous, *adj*	מִתְפַּתֵּל, עֲקַלְתּוֹן	skeleton, *n.*	שֶׁלֶד
sinus, *n.*	גַּת (בָּאַף, בַּמֹּחַ)	skeptic, sceptic, *n.*	סַפְקָן, פַּקְפְּקָן
sip, *n.*	לְגִימָה, גְּמִיעָה	skepticism, scepticism, *n.*	סַפְקָנוּת,
sip, *v.t. & i.*	גָּמַע, גְּמָא, לָגַם		פַּקְפְּקָנוּת
siphon, *n.*	גְּשִׁתָּה, מְיַנֶּקֶת	sketch, *n.*	תַּרְשִׁים; צִיּוּר; תָּאוּר, מִתְוֶה
siphon, *v.t. & i.*	גִּשֵּׁת	sketch, *v.t.*	צִיֵּר; רָשַׁם, תִּנָּה
sir, *n.*	אָדוֹן, מַר	skewer, *n.*	שִׁפּוּד
sire, *n.*	אָב, מֶלֶךְ, אָדוֹן; אֲדוֹנִי הַמֶּלֶךְ	ski, *v.i.*	גָּלַשׁ
sire, *v.t.*	הוֹלִיד (ילד)	skis, *n. pl.*	מִגְלָשַׁיִם
siren, *n.*	צוֹפָר	skid, *v.i.*	הִתְחַלֵּק (חלק), נִמְעַד (מעד)
sirloin, *n.*	בְּשַׂר מֹתֶן	skier, *n.*	גַּלָּשׁ
sirup, syrup, *n.*	שֶׁרֶב, עָסִיס	skiff, *n.*	אֲרֻבָּה

skill, n. אֻמָּנוּת, יְדִיעָה, מְמְחִיּוּת	slam, n., v.t. & i. דְּפִיקָה, חֲבָטָה קָשָׁה;
skilled, adj. מֻמְחֶה, מְאֻמָּן	בְּקֶרֶת חֲרִיפָה; סָגַר בְּכֹחַ (דֶּלֶת),
skillet, n. מַחֲבַת	חָבַט בְּרַעַשׁ; בָּקַר בַּחֲרִיפוּת
skillful, skilful, adj. מֻכְשָׁר, מְאֻמָּן,	slander, n. & v.t. דִּבָּה, הַשְׁמָצָה;
מְנֻסֶּה	הוֹצִיא (יִצֵא) דִּבָּה; הִלְשִׁין (לשן)
skim, v.t. & i. הֵסִיר (סור) אֶת הַקֶּצֶף	slanderous, adj. מַשְׁמִיץ, הוֹלֵךְ רָכִיל
(קְרוּם, זְבְדֶּה, שַׁמֶּנֶת), קִפָּה;	slang, n. דִּבּוּר הֲמוֹנִי, עָגָה
דִּפְדֵּף (סֵפֶר), רִפְרֵף	slant, n. שִׁפּוּעַ
skim milk חֲלֵב רָזֶה	slant, v.t. & i. נָטָה, הִשְׁתַּפַּע (שפע)
skimp, v.i. קִמֵּץ	slap, n. & v.t. סְטִירָה; סָטַר
skimpy, adj. צַר עַיִן, כִּלַּי	slash, n. חֲתָךְ, שָׂרֶטֶת, שְׂרִיטָה, חֶרֶק
skin, n. שֶׁלַח, גֶּלֶד, עוֹר; קְלִפָּה	slash, v.t. & i. חָתַךְ, שָׂרַט, חֵרַק, קָרַע
skin, v.t. & i. הִפְשִׁיט (פשט) (עוֹר);	slat, n. פַּס, קָנֶה (שֶׁל עֵץ אוֹ מַתֶּכֶת)
קָרַם; הִגְלִיד (גלד)	slate, n. שָׂרַד, חֶרֶס, מִכְתָּב, צִפְחָה,
skinny, adj. כָּחוּשׁ, רָזֶה	לוּחַ צִפְחָה; רְשִׁימַת מֶעֱמָדִים
skip, n. דִּלּוּג	(בִּבְחִירוֹת)
skip, v.t. & i. עָבַר, דִּלֵּג	slaughter, n. טֶבַח, שְׁחִיטָה, הֶרֶג
skipper, n. רַב חוֹבֵל	slaughter, v.t. טָבַח, שָׁחַט
skirmish, n. תִּגְרָה	slaughterer, n. טַבָּח, שׁוֹחֵט
skirmish, v.i. הִתְגָּרָה (גרה)	slaughterhouse, n. (בֵּית) מִטְבָּחַיִם
skirt, n. שִׂמְלָה, חֲצָאִית, שָׂפָה, גְּבוּל	slave, n. & v.i. עֶבֶד; עָבַד בְּפָרֶךְ
skirt, v.t. גָּבַל בְּ־, הָיָה סָמוּךְ; סִבֵּב	slavery, n. עַבְדוּת, עֲבוֹדַת פֶּרֶךְ
skit, n. הַצָּגָה קַלָּה, תֵּאוּר מַצְחִיק	slaw, n. כְּרוּב סָלָט
skittish, adj. עֵר, קַל דַּעַת; פַּחְדָן	slay, v.t. הָרַג, קָטַל, הֵמִית (מות)
skulk, v.i. הִתְחַבֵּא (חבא)	slayer, n. רוֹצֵחַ, קַטְלָן
skull, n. גֻּלְגֹּלֶת, קַרְקֶפֶת, קָדְקֹד	sleazy, adj. רוֹפֵף, דַּק
skunk, n. בַּאֲשָׁן	sled, sledge, n. מִזְחֶלֶת, מִגְרָרָה
sky, n. שָׁמַיִם, רָקִיעַ, מָרוֹם, מְרוֹמִים	sledge, sledge hammer, n. כֵּילַף
skyscraper, n. מִגְרַד שְׁחָקִים	sleek, adj. חָלָק, עָרוּם
slab, n. לוּחַ, טַבְלָה	sleep, n. שֵׁנָה, תַּרְדֵּמָה, מְנַת
slack, adj. עַצְלָנִי, נִרְפֶּה, רַשְׁלָנִי	sleep, v.i. יָשֵׁן, נִרְדַּם (רדם)
slacken, v.t. & i. רָפָה, דִּלְדֵּל	sleeper, n. יָשֵׁן; אֶדֶן; רַכֶּבֶת שֵׁנָה
slackness, n. רִפְיוֹן, רַשְׁלָנוּת	sleeplessness, n. אִי שֵׁנָה, תְּעוּרָה
slacks, n. pl. מִכְנָסַיִם	sleepwalker, n. סַהֲרוּרִי
slag, n. סִיג, סִינִים, פְּסֹלֶת	sleepy, adj. יָשֵׁן, רָדִים, מְיֻשָּׁן
slake, v.t. (צמא) שָׁבַר (צִמָּא); הִשְׁקִיט (שקט),	sleet, n. & v.i. שְׁלוּגִית (גֶּשֶׁם וְשֶׁלֶג
הֵקַל (קלל) (כְּאֵב), כִּבָּה	מְעוֹרָבִים); יָרְדָה שְׁלוּגִית
מִחָה (סִיד)	sleeve, n. שַׁרְווּל

sleigh, *n.*	מִזְחֶלֶת, מִגְרָרָה
slender, *adj.*	דַּק; כָּחוּשׁ
sleuth, *n.*	בַּלָּשׁ
slice, *n.*,	חֲתִיכָה (וּבְינָה), פְּרוּסָה (לֶחֶם), נֵתַח (בָּשָׂר), פֶּלַח (אֲבַטִּיחַ, תַּפּוּז)
slice, *v.t.*	חָתַךְ, נִתַּח, פָּרַס, פָּלַח
slick, *adj.* & *n.*	עָרוּם, רַמַּאי, מַחֲלִיק לָשׁוֹן
slicker, *n.*	מְעִיל גֶּשֶׁם; עָרוּם; רַבְתָן
slide, *n.*, *v.t.* & *i.*	חַלְקְלַקָּה, גְּלִישָׁה; שְׁקוּפִית (לְפָנַס קֶסֶם); גָּלַשׁ; הֶחֱלִיק [חלק]
slight, *adj.*, *n.* & *v.t.*	רָזֶה, דַּק; קַל עֵרֶךְ; זִלְזוּל; זִלְזֵל, בָּזָה
slightly, *adv.*	מְעַט, קְצָת
slim, *adj.*	רָזֶה, דַּק, מוּעָט
slime, *n.*	יָוֵן, בֹּץ, טִיט
sling, *n.* & *v.t.*	מִקְלַעַת, קֶלַע; קָלַע
slink, *v.t.* & *i.*	צָפַן, הִתְגַּנֵּב [גנב]
slip, *n.*, *v.t.* & *i.*	מְעִידָה; נֶצֶר, חֹטֶר; מִשְׁנֶה; תַּחְתּוֹנִית; הִתְחַלֵּק [חלק], מָעַד, נִשְׁמַט [שמט], שָׁגָה
slippers, *n. pl.*	נַעֲלֵי בַּיִת
slippery, *adj.*	חַלַקְלַק; מַמְעִיד; עַרְמוּמִי
slit, *n.*	סֶדֶק, בְּקִיעַ, חָרִיץ, שֶׁסַע
slit, *v.t.*	סִדֵּק, בָּקַע, שִׁסַּע
slither, *v.i.*	הֶחֱלִיק [חלק]
sliver, *n.*	בְּקַעַת, שְׁבָב, נֵזֶר עֵץ
sloe, *n.*	דֻּרְדַּר, קוֹץ
slogan, *n.*	סִיסְמָה, מִימְרָה
sloop, *n.*	אֳנִיַּת מִפְרָשׂ (יְחִידַת הַתֹּרֶן)
slope, *n.*	מִדְרוֹן, שִׁפּוּעַ, מוֹרָד
slope, *v.t.* & *i.*	הִטָּה [נטה] בַּאֲלַכְסוֹן, שִׁפַּע, הִשְׁתַּפַּע [שפע]
sloppy, *adj.*	רַשְׁלָנִי, גַּרְפָּשׁ
slot, *n.*	סֶדֶק, חָרִיץ
sloth, *n.*	עַצְלוּת; בַּטְלָה

slouchy, *adj.*	מְדֻלְדָּל
slough, *v.t.* & *i.*	הִשְׁלִיךְ [שלך], הִשִּׁיר [נשר]; נִפְרַד [פרד]
slough, *n.*	בִּצָּה; קְרוּם פֶּצַע, גֶּלֶד, עוֹר; אַכְזָבָה
slovenly, *adj.*	מְלֻכְלָךְ, רַשְׁלָנִי, מְזֻנָּח
slow, *adj.*	אִטִּי
slow, *adv.*	לְאַט
slow, *v.t.* & *i.*	הֵאֵט [אטט]
slowly, *adv.*	לְאַט לְאַט
slowness, *n.*	אִטִּיּוּת
sludge, *n.*	בֹּץ, רָפָשׁ
slug, *n.*	כַּדּוּר (לִכְלֵי יְרִיָּה); שַׁבְּלוּל, חִלָּזוֹן
sluggard, *n.*	נִרְפֶּה, בַּטְלָן, עַצְלָן, עָצֵל
sluice, *n.* & *v.t.*	סֶכֶר; הִשְׁקָה [שקה]
slum, *n.*	שְׁכוּנַת עֹנִי, מְגוּרִים מְרוּדִים
slumber, *n.*	נִים, נְמְנוּם, תְּנוּמָה
slumber, *v.i.*	נִמְנֵם
slump, *n.* & *v.t.*	יְרִידָה, נְפִילָה; יָרַד (מְחִיר)
slur, *n.*	כֶּתֶם, פְּגִיעָה בְּכָבוֹד; סִימָן אִחוּד בַּנְּגִינָה
slur, *v.t.* & *i.*	אִלַּח, הִכְתִּים [כתם]; הוֹצִיא [יצא] לַעַז, הֶעֱלִיב [עלב]
slush, *n.*	רֶפֶשׁ, בֹּץ שֶׁלֶג
sly, *adj.*	נוֹכֵל, עָקֹב, עָרוּם
slyly, *adv.*	בְּעָרְמָה
smack, *n.*, *v.t.* & *i.*	טַעַם; שֶׁמֶץ; סְטִירָה; נְשִׁיקָה; דִּיגִית; הִצְלִיף [צלף], סָטַר; נָשַׁק
small, *adj.*	קָטָן, פָּעוּט, מוּעָט, זָעִיר
smallness, *n.*	קֹטֶן, קַטְנוּת, זְעִירוּת
smallpox, *n.*	אֲבַעְבּוּעוֹת
smart, *adj.*	חָכָם, פִּקֵּחַ, חָרִיץ
smartness, *n.*	חָכְמָה, פִּקְחוּת, חֲרִיפוּת
smash, *n.*	נִפּוּץ, מַכָּה, פְּשִׁיטַת רֶגֶל

smash, *v.t. & i.*	נִפֵּץ, הִכָּה [נכה];
	שָׁבֵּר; פָּשַׁט רֶגֶל
smattering, *n.*	יְדִיעָה שְׁטְחִית
smear, *n.*	כֶּתֶם, רֶבֶב, לִכְלוּךְ
smear, *v.t.*	הִכְתִּים [כתם], לִכְלֵךְ;
	הִשְׁמִיץ [שמץ], נִבֵּל; סִיֵּט, סָפַל
smell, *n.*	רֵיחַ, חוּשׁ הָרֵיחַ
smell, *v.t. & i.*	הֵרִיחַ [ריח]
smelt, *v.t.*	הִתִּיךְ [נתך], צָרַף
smelter, *n.*	צוֹרֵף
smile, *n.*	חִיּוּךְ, בַּת צְחוֹק
smile, *v.t. & i.*	חִיֵּךְ
smirch, *n.*	לִכְלוּךְ, כֶּתֶם
smirch, *v.t.*	נִבֵּל, נִוֵּל, הִשְׁמִיץ [שמץ]
smirk, *n. & v.i.*	חִיּוּךְ; נֶחָד
smite, *v.t. & i.*	הִכָּה [נכה]
smith, *n.*	נַפָּח
smithy, *n.*	מַפָּחָה, נַפָּחִיָּה
smock, *n.*	מַעֲטֶפֶת
smoke, *n., v.t. & i.*	עָשָׁן; עִשֵּׁן, עָשַׁן
smoker, *n.*	מְעַשֵּׁן, עַשְׁנָן
smokestack, *n.*	מַעֲשֵׁנָה, אֲרֻבָּה
smoking, *n.*	עִשּׁוּן
smoky, *adj.*	עָשֵׁן, מְעֻשָּׁן
smooth, *adj.*	חָלָק, חֲלַקְלַק
smooth, smoothen, *v.t.*	הֶחֱלִיק [חלק]
smoothness, *n.*	חֲלַקְלַקּוּת
smother, *v.t.*	חָנַק; כִּבָּה (אֵשׁ)
smudge, *n.*	כֶּתֶם, לִכְלוּךְ, רֶבֶב
smug, *adj.*	נָאֶה, גֵּאֶה
smuggle, *v.t. & i.*	הִבְרִיחַ [ברח] מֶכֶס,
	הִכְנִיס [כנס] בִּגְנֵבָה
smuggler, *n.*	מַבְרִיחַ מֶכֶס
smut, *n. & v.i.*	לִכְלוּךְ; הִתְלַכְלֵךְ
	[לכלך]
smutty, *adj.*	מְלֻכְלָךְ
snack, *n.*	מַטְעָם
snaffle, *n. & v.t.*	מֶתֶג; מִתֵּג

snag, *n.*	שֵׁן בּוֹלֶטֶת; זִיז עָנָף; קֹשִׁי
snail, *n.*	חִלָּזוֹן
snake, *n.*	נָחָשׁ
snap, *n., v.t. & i.*	נִתּוּק, שְׁבִירָה;
	חֲטִיפָה, פְּרִיכָה, תַּצְלוּם (רֶגְעִי);
	נִתֵּק, שָׁבֵּר, נָתַק, נִשְׁבַּר (פִּתְאֹם);
	הֵשִׁיב [שוב] בְּכַעַס, הִצְלִיף [צלף]
	(אֶצְבָּעוֹת)
snapdragon, *n.*	לֹעַ אֲרִי
snappy, *adj.*	זָרִיז, מָהִיר; רַתְחָנִי
snapshot, *n.*	תַּצְלוּם רִגְעִי
snare, *n.*	מַלְכֹּדֶת, פַּח, מוֹקֵשׁ
snare, *v.t.*	לָכַד בְּפַח
snarl, *n.*	תַּרְעֹמֶת, רִטּוּן
snarl, *v.t. & i.*	סִבֵּךְ, הִסְתַּבֵּךְ [סבך]
snatch, *n. & v.t.*	חֲטִיפָה; חָטַף
sneak, *v.i.*	הִתְגַּנֵּב [גנב]; הִתְחַמֵּק
	[חמק], הִתְרַפֵּס [רפס]
sneer, *n.*	לַעַג, לִגְלוּג
sneer, *v.i.*	לָעַג, לִגְלֵג
sneeze, *n.*	עָטוּשׁ
sneeze, *v.i.*	עָטַשׁ, הִתְעַטֵּשׁ [עטש]
sniff, *n.*	הֲרָחָה
sniff, *v.t. & i.*	הֵרִיחַ [ריח]; שָׁאַף (רוּחַ)
sniffle, *n. & v.i.*	נַזֶּלֶת; נָזַל
snigger, *n.*	צְחוֹק, גִּחוּךְ
snigger, *v.i.*	נֶחַד, חִיֵּךְ
snip, *n. & v.t.*	גְּזִיז, חֲתִיכָה; גָּזַז
snipe, *n.*	חַרְטוֹמָן
snipe, *v.t. & i.*	צָלֵף, הִצְלִיף [צלף],
	יָרָה מִמַּאֲרָב
sniper, *n.*	צַלָּף
snitch, *v.t.*	הָלַךְ רָכִיל
snivel, *n.*	נַחַר, נַחֲרָה; נַזֶּלֶת
snivel, *v.i.*	נָזַל; יָבֵּב
snob, *n.*	רַבְרְבָן
snobbishness, *n.*	רַבְרְבָנוּת
snooze, *n.*	נִמְנוּם, תְּנוּמָה, שֵׁנָה קַלָּה

snooze, v.i.	נִמְנֵם, הִתְנַמְנֵם [נמנם]
snore, n. & v.i.	נְחִירָה; נָחַר
snort, n., v.t. & i.	נַחַר, נַחֲרַת סוּס; נָחַר
snout, n.	חֹטֶם חַיָּה (חֲזִיר)
snow, n.	שֶׁלֶג
snow, v.t. & i.	הִשְׁלִיג [שלג], יָרַד שֶׁלֶג
snowball, n.	כַּדּוּר שֶׁלֶג
snowflake, n.	פְּתוֹת שֶׁלֶג
snowy, adj.	מַשְׁלִיג
snub, n.	פְּגִיעָה בְּכָבוֹד, זִלְזוּל
snub, v.t.	דָּחָה (בְּאֹפֶן נַס)
snuff, v.i. & t.	הֵרִיחַ (רֵיחַ) טַבָּק,
	שָׁאַף, מָחַט (נֵר)
snug, adj.	מְתֻרְפָּק; צַר וְחָמִים
snuggle, v.t. & i.	הִתְרַפֵּק [רפק] עַל
so, adv. & conj.	כָּךְ, כָּכָה, וּבְכֵן, לָכֵן;
	בִּתְנַאי, אִם
soak, n.	שְׁרִיָּה
soak, v.t. & i.	שָׁרָה, הִרְטִיב [רטב],
	סָפַג
soap, n. & v.t.	בֹּרִית, סַבּוֹן; סִבֵּן
soar, v.i.	הִמְרִיא [מרא], הִתְנַשֵּׂא [נשא]
sob, n.	הִתְיַפְּחוּת
sob, v.t. & i.	בָּכָה, הִתְיַפַּח [יפח]
sobbing, n.	יְבּוּב, יְלָלָה
sober, adj., v.t. & i.	רְצִינִי, מָתוּן; פִּכֵּחַ;
	הֵסִיר (פוּג), פָּכַח, הִתְפַּכַּח [פכח]
soberness, sobriety, n.	פִּכְחוּת, פִּכָּחוֹן
soberly, adv.	בְּפִכְחוּת
so-called, adj.	הַמְכֻנֶּה
sociable, adj.	חַבְרוּתִי
social, adj.	חֶבְרָתִי, צִבּוּרִי
socialism, n.	שִׁתְּפָנוּת
socialist, n.	שִׁתְּפָנִי
society, n.	חֶבְרָה
sociologic, sociological, adj.	שֶׁל תּוֹרַת
	הַחֶבְרָה
sock, n.	גֶּרֶב
socket, n.	צִיר; שֶׁקַע
sod, n.	עֶשְׂבָּה
soda, n.	נֶתֶר, פַּחֲמַת הַנַּתְרָן; גַּזּוֹז
sodden, adj.	מְבֻשָּׁל, סָפוּג
sodium, n.	נַתְרָן
sodomy, n.	סְדוֹמִיּוּת, מַעֲשֵׂה סְדוֹם
sofa, n.	סַפָּה
soft, adj.	רַךְ, נוֹחַ
soften, v.t. & i.	רִכֵּךְ, הִתְרַכֵּךְ [רכך]
softly, adv.	בְּרַכּוּת, לְאַט
softness, n.	רֹךְ, רַכּוּת
soggy, adj.	לַח
soil, n.	אֲדָמָה, עָפָר
soil, v.t. & i.	לִכְלֵךְ, הִתְלַכְלֵךְ [לכלך]
sojourn, n. & v.i.	מְגוּרִים; גָּר [גור]
solace, n. & v.t.	נֶחָמָה; נִחֵם
solar, adj.	שִׁמְשִׁי
solder, n.	הַלְחָמָה
solder, v.t.	הִלְחִים [לחם], חִבֵּר
soldier, n.	חַיָּל, אִישׁ צָבָא
soldiery, n.	צָבָא, חַיָּל
sole, adj.	יְחִידִי
sole, n. & v.t.	סַלְיָה, גֻּלְדָּה, כַּף (רֶגֶל);
	סָנְדֵּל, דָּג מֹשֶׁה רַבֵּנוּ; הִרְכִּיב
	[רכב] סַלְיָה
solecism, n.	שִׁבּוּשׁ דִּקְדּוּקִי, מִשְׁגֶּה;
	הֲפָרַת מִנְהָג
solely, adv.	לְבַד, רַק
solemn, adj.	חֲגִיגִי, רְצִינִי
solemnity, n.	חֲגִיגִיּוּת, רְצִינוּת
solemnize, v.t.	חָגַג
solicit, v.t.	בִּקֵּשׁ, תָּבַע, הִפְצִיר [פצר]
solicitation, n.	בַּקָּשָׁה, הַפְצָרָה,
	הַעֲתָרָה
solicitor, n.	מְבַקֵּשׁ; עוֹרֵךְ דִּין
solicitous, adj.	דּוֹאֵג, מִשְׁתַּדֵּל
solicitude, n.	דְּאָגָה, אִי מְנוּחָה
solid, adj.	מוּצָק, אָטוּם

solid, *n.*	גּוּף מוּצָק; אֶטֶם	somnolent, *adj.*	מְנֻמְנָם
solidarity, *n.*	אַחְדוּת	son, *n.*	בֵּן
solidification, *n.*	הִתְקַשּׁוּת, הַצָּקָה	sonata, *n.*	נֶגֶן, יְצִירָה לִנְגִינָה
solidify, *v.t. & i.*	עָשָׂה מוּצָק, גִּבֵּשׁ,	song, *n.*	שִׁיר, זֶמֶר, מִזְמוֹר, רִנָּה;
	הִתְגַּבֵּשׁ [גבש], הִתְעַבָּה [עבה]		פְּרוּטָה
solidity, *n.*	מוּצָקוּת, חֹזֶק	songster, *n.*	זַמָּר, מְזַמֵּר; זַמֶּרֶת
soliloquy, *n.*	שִׂיחַ יָחִיד	son-in-law, *n.*	חָתָן
solitary, *adj. & n.*	יְחִידִי, בּוֹדֵד,	sonnet, *n.*	שִׁיר זָהָב, חֲרוּזָה
	נַלְמוּד, עֲרִירִי	sonorous, *adj.*	צְלִילִי, מְצַלְצֵל,
solitude, *n.*	בְּדִידוּת		קוֹלָנִי, קוֹלִי
solo, *n.*	שִׁירַת יָחִיד	soon, *adv.*	בְּקָרוֹב, מַהֵר, מִיָּד
solstice, *n.*	תְּקוּפַת הַחַמָּה, תְּקוּפָה	soot, *n.*	פִּיחַ
solubility, *n.*	הֲמַסּוּת, תְּמִסָּה	soothe, *v.t.*	הִשְׁקִיט [שקט], פִּיֵּס
soluble, *adj.*	נָמֵס	soothsayer, *n.*	מְנַחֵשׁ, יִדְּעוֹנִי
solution, *n.*	הַפְרָדָה; הַתָּרָה; פִּתְרוֹן;	sooty, *adj.*	מְפֻיָּח
	תְּמִסָּה, פֵּשֶׁר	sop, *v.t. & i.*	שָׁרָה, סָפַג, הָיָה רָטֹב
solve, *v.t.*	פָּתַר, פֵּרַשׁ; מָצָא (חִידָה)		כֻּלּוֹ
solvent, *adj. & n.*	מָסִיס; בַּר (בַּעַל)	sophism, *n.*	פִּלְפּוּל, חִדּוּד
	פֵּרָעוֹן	sophisticated, *adj.*	מְחֻכָּם, נָבוֹן,
somber, sombre, *adj.*	כֵּהֶה, קוֹדֵר,		מְפֻלְפָּל
	נוּגֶה	sophomore, *n.*	תַּלְמִיד בְּכִתָּה ב'
some, *adj. & pron.*	מְעַט, אֲחָדִים		(בְּבֵית סֵפֶר נָּבֹהַ, בְּמִכְלָלָה)
somebody, *pron.*	מִישֶׁהוּ, מִי שֶׁהוּא,	soporific, *adj.*	מְיַשֵּׁן, מַרְדִּים, מַקְהֶה
	פְּלוֹנִי		הַחוּשִׁים
somehow, *adv.*	אֵיךְ שֶׁהוּא, בְּאֵיזֶה אֹפֶן	soprano, *n.*	קוֹל (צְלִמוֹת, סוֹפְּרָנוֹ
	שֶׁהוּא	sorcerer, *n.*	מְכַשֵּׁף, קוֹסֵם, מָגוֹשׁ
someone, *n. & pron.*	מִי שֶׁהוּא, מִישֶׁהוּ	sorcery, *n.*	כִּשּׁוּף, קֶסֶם
somersault, *n.*	קְפִיצָה וְהִתְהַפְּכוּת,	sordid, *adj.*	בָּזוּי, נִבְזֶה, צַיְקָן
	הִתְגַּלְגְּלוּת, הֻזְדַּקְּרוּת	sore, *adj.*	זוֹעֵם, מְצַעֵר; מַכְאִיב
somersault, *v.i.*	הִתְהַפֵּךְ (הפך),	sore, *n.*	כְּאֵב; פֶּצַע; חַבּוּרָה, צַעַר
	הִתְגַּלְגֵּל (גלגל), הֻזְדַּקֵּר (זקר)	sorority, *n.*	חֶבְרַת בַּחוּרוֹת (בְּמִכְלָלָה)
something, *n.*	כְּלוּם, דְּבַר מָה, מַשֶּׁהוּ	sorrel, *adj. & n.*	שָׂרֹק, אֲדַמְדַּם־חוּם;
sometimes, *adv.*	לִפְעָמִים, מִזְּמַן לִזְמַן,		חַמְצִיץ (צֶמַח)
	לְעִתִּים	sorrow, *n.*	צַעַר, יָגוֹן, מַכְאוֹב, אֵבֶל
somewhat, *adv.*	קְצָת	sorrow, *v.i.*	הִצְטַעֵר (צער), הִתְאַבֵּל
somewhere, *adv.*	אֵיפֹה שֶׁהוּא, בְּאֵיזֶה		(אבל)
	מָקוֹם	sorry, *adj.*	חוֹמֵל, מִצְטַעֵר, מִתְחָרֵט
somnambulist, *n.*	סַהֲרוּרִי, מְכֵּה יָרֵחַ	sort, *n.*	מִין, סִיב, אֹפֶן

sort, *v.t. & i.* מִיַן; הִתְחַבֵּר [חבר];	sow, *n.* חֲזִירָה
הָלַם	sow, *v.t. & i.* זָרַע
sortie, *n.* הַגָּחָה	spa, *n.* מַעְיָן מַחְצָבִי
sot, *n.* שִׁכּוֹר, הֲלוּם יַיִן	space, *n.* מָקוֹם, רֶוַח, מֶרְחָק
sough, *n. & v.i.* אִוְשָׁה; רִשְׁרוּשׁ, אָנַשׁ;	space, *v.t.* רִוַּח
רִשְׁרֵשׁ, הִתְרַשְׁרֵשׁ [רשרש]	spacious, *adj.* מְרֻוָּח, נִרְחָב, רְחַב יָדַיִם
soul, *n.* נֶפֶשׁ, רוּחַ, נְשָׁמָה, בֶּן אָדָם	spade, *n.* אֵת, מָרָה
sound, *n. & v.i.* צְלִיל; הֲבָרָה; יָם; מֵצַר יָם	spade, *v.t.* חָפַר בְּאֵת, הָפַךְ אֲדָמָה
sound, *adj.* בָּרִיא, שָׁלֵם	spaghetti, *n.* אִטְרִיּוֹת
sound, *v.t. & i.* הִשְׁמִיעַ [שמע] (נָתַן)	span, *n.* סֶפַח, זֶרֶת, מִדָּה; זְמַן מֻגְבָּל;
קוֹל; חִצְצֵר, צִלְצֵל; מָדַד עֹמֶק;	צֶמֶד (בָּקָר, סוּסִים וְכוּ׳); חֶלֶד
בָּדַק, בָּחַן	span, *v.t.* מָדַד; גִּשֵּׁר, עָבַר מֵעַל
soundless, *adj.* דּוֹמֵם, מַחֲשֶׁה, שׁוֹתֵק,	spangle, *n. & v.i.* נָצִיץ; נָץ, נִצְנֵץ
חֲסַר קוֹל	Spaniard, *n.* סְפָרַדִּי, בֶּן סְפָרַד
soundness, *n.* שְׁלֵמוּת, מְתֹם	spaniel, *n.* כֶּלֶב צַיִד
soup, *n.* מָרָק	spank, *v.t. & i.* הִכָּה בְּכַף הַיָּד
sour, *adj.* חָמוּץ	(בָּאֲחוֹרַיִם), סָטַר, הִרְבִּיץ [רבץ]
sour, *v.i.* חָמַץ, הֶחֱמִיץ [חמץ]	(לְיֶלֶד); הָלַךְ מַהֵר
source, *n.* מַעְיָן, מָקוֹר, מוֹצָא	spar, *n.* תֹּרֶן; פַּצֶּלֶת
sourness, *n.* חֲמִיצוּת	spare, *adj.* עוֹדֵף, יָתֵר, פָּנוּי, רָזֶה
souse, *n.* צִיר; שְׁרָיָן; כְּבִישָׁה	spare, *v.t. & i.* חָמַל עַל, חָשַׂךְ,
souse, *v.t. & i.* כָּבַשׁ בְּצִיר (שִׁמֵּר)	הִשְׁאִיר [שאר] בַּחַיִּים
south, *n.* דָּרוֹם, נֶגֶב	sparingly, *adv.* בְּחִסָּכוֹן, בְּקִמּוּץ
south, *adj.* דְּרוֹמִי	spark, *n.* זַק, נִיצוֹץ, שָׁבִיב
south, *adv.* דָּרוֹמָה, נֶגְבָּה	sparkle, *v.t. & i.* נָצַץ, נִצְנֵץ, הִבְרִיק
south, *v.i.* הִדְרִים [דרם]	[ברק]
southeast, *adj. & n.* דְּרוֹמִית מִזְרָחִית;	spark plug נֵר הַצָּתָה, מַצֵּת
דָּרוֹם־מִזְרָח	sparrow, *n.* דְּרוֹר, אַנְקוֹר
southerly, *adj.* דְּרוֹמִי, נֶגְבִּי	sparse, *adj.* דָּלִיל, מְפֻזָּר וּמְפֹרָד
southward, southwards, *adv.* הַנֶּגְבָּה,	spasm, *n.* חַלְחָלָה, עֲוִית
דְּרוֹמָה	spasmodic, *adj.* עֲוִיתִי
southwest, *adj. & n.* דְּרוֹמִית־	spate, *n.* מַבּוּל, זֶרֶם מַיִם
מַעֲרָבִית; דְּרוֹם־מַעֲרָב	spatter, *n.* הַתָּזָה
souvenir, *n.* מַזְכֶּרֶת	spatter, *v.t. & i.* הִתִּיז [נתז]
sovereign, *adj. & n.* רִבּוֹנִי; לִירָה	spawn, *n.* בֵּיצֵי דָגִים
שְׁטֶרְלִינְג (זָהָב)	spawn, *v.t. & i.* הִטִּיל [נטל] בֵּיצִים,
sovereignty, *n.* רִבּוֹנוּת	שָׁרַץ
soviet, *n.* מוֹעֲצָה רוּסִית	speak, *v.i.* דִּבֵּר, מִלֵּל

speaker, *n.*	דּוֹבֵר; נוֹאֵם, דַּרְשָׁן	spell, *v.t. & i.*	אִיֵּת; כִּשֵּׁף
speaking, *n.*	דִּבּוּר, מִלּוּל	spellbound, *adj.*	מָקְסָם, מְכֻשָּׁף
spear, *n.*	כִּידוֹן	speller, *n.*	מְאַיֵּת; סֵפֶר כְּתִיב
spear, *v.t.*	דָּקַר בְּכִידוֹן	spelling, *n.*	כְּתִיב, אִיּוּת
special, *adj.*	מְיֻחָד, נָדִיר, יוֹצֵא מִן הַכְּלָל	spend, *v.t. & i.*	הוֹצִיא [יצא] (כֶּסֶף); בִּלָּה (זְמַן); כִּלָּה (כֹּחוֹת)
specialist, *n.*	מֻמְחֶה, בַּעַל מִקְצוֹעַ	spendthrift, *n.*	פַּזְרָן, בַּזְבְּזָן
specialize, *v.i.*	הִתְמַחָה [מחה]	sperm, *n.*	זֶרַע, תָּא
specially, *adv.*	בִּפְרָט, בְּיִחוּד	spew, *v.t. & i.*	הֵקִיא [קיא]
specie, *n.*	מַטְבֵּעַ (זָהָב)	sphere, *n.*	גַּלְגַּל, כַּדּוּר; מַזָּל, חוּג
species, *n.*	סוּג, מִין	spherical, *adj.*	כַּדּוּרִי, עֲגַלְגַּל
specific, *adj.*	מְיֻחָד	sphinx, *n.*	אָדָם חִידָה, בַּעַל תַּעֲלוּמוֹת
specification, *n.*	פֵּרוּשׁ, פֵּרוּט	spice, *n.*	תֶּבֶל, בֹּשֶׂם
specify, *v.t.*	פֵּרַט	spice, *v.t.*	תִּבֵּל, בִּשֵּׂם
specimen, *n.*	דֻּגְמָה	spices, *n. pl.*	תְּבָלִים, תַּבְלִין
specious, *adj.*	נָכוֹן, לְכַאוֹרָה	spicy, *adj.*	מְתֻבָּל
speck, *n.*	כֶּתֶם	spider, *n.*	עַכָּבִישׁ
speck, *v.t.*	הִכְתִּים [כתם]	spigot, *n.*	יָתֵד; דַּד; בֶּרֶז
speckle, *n.*	רֶבֶב, כֶּתֶם (קָטָן)	spike, *n.*	מַסְמֵר, יָתֵד; שִׁבֹּלֶת, מְלִילָה
speckle, *v.t.*	הִכְתִּים [כתם], נִמֵּר	spill, *n., v.t. & i.*	שָׁפֶךְ, שְׁפִיכָה; נְגִירָה;
spectacle, *n.*	מַרְאֶה, חִזָּיוֹן		שָׁבָב, קֵיסָם, שָׁפַךְ, נִשְׁפַּךְ [שפך]; הִגִּיר [נגר]
spectacles, *n. pl.*	מִשְׁקָפַיִם		
spectacular, *adj.*	נֶהְדָּר	spin, *n., v.t. & i.*	סָוָיָה; סִבּוּב; סָבַב, הִסְתּוֹבֵב [סבב]; סָוָה
spectator, *n.*	צוֹפֶה, עֵד רְאִיָּה		
specter, spectre, *n.*	רוּחַ מֵת, רָפָא	spinach, *n.*	תֶּרֶד
spectrum, *n.*	תַּחֲזִית	spinal, *adj.*	שֶׁל חוּט (עַמּוּד) הַשִּׁדְרָה
speculate, *v.i.*	הִרְהֵר, סִפְסֵר	spindle, *n.*	פֶּלֶךְ, כִּישׁוֹר
speculation, *n.*	סַפְסָרוּת; עִיּוּן	spine, *n.*	עַמּוּד הַשִּׁדְרָה; קוֹץ; עֹקֶץ
speculative, *adj.*	עִיּוּנִי, סַפְסָרִי	spinner, *n.*	טוֹנֶה, טַוַּאי
speculator, *n.*	סַפְסָר	spinning, *n.*	טְוִיָּה
speech, *n.*	לָשׁוֹן; דִּבּוּר; נְאוּם; הַרְצָאָה	spinning wheel	אוֹפַן כִּישׁוֹר
		spinster, *n.*	רַוָּקָה (זְקֵנָה)
speechless, *adj.*	אִלֵּם; נְטוּל כֹּחַ הַדִּבּוּר	spiral, *adj.*	בְּרַגִּי, חֶלְזוֹנִי, לוּלְיָנִי
speed, *n.*	מְהִירוּת; הַלּוּךְ; תְּאוּצָה	spire, *n.*	רֹאשׁ מִגְדָּל; חִלָּזוֹן
speed, *v.i.*	מִהֵר, אָץ [אוץ]	spirit, *n. & v.t.*	רוּחַ; נְשָׁמָה; כַּוָּנָה;
speedily, *adv.*	חִישׁ, בִּמְהִירוּת		כֹּהַל; דָּלַק; עוֹדֵד, הַלְהִיב [להב]; חָטַף
speedy, *adj.*	זָרִיז, מָהִיר		
spell, *n.*	לַחַשׁ, חֶבֶר, קֶסֶם, כִּשּׁוּף	spirited, *adj.*	עַלִּיז, נִמְרָץ

spiritual, *adj.*	רוּחָנִי	sporadic, *adj.*	בּוֹדֵד, מְפֻזָּר
spirt, *v.* spurt		spore, *n.*	נֶבֶג, תָּא
spit, *n. & v.t.*	שַׁפֵּד; שִׁפֵּד	sport, *n.*	סְפּוֹרְט, מִשְׂחָק, שַׁעֲשׁוּעַ; לִנְלוֹג
spit, *n., v.t. & i.*	רֹק; יָרַק, רָקַק	spot, *n., v.t. & i.*	מָקוֹם; כֶּתֶם; כִּתֵּם,
spite, *n. & v.t.*	קִנְטוּר; קִנְטֵר, הִרְגִּיז		טִנֵּף, מֵר; הִכִּיר [נכר], מָצָא
	[רגז]; הַכְעִיס [כעס]	spotless, *adj.*	חֲסַר כֶּתֶם (דֹּפִי)
spittle, *n.*	רִיר, רֹק	spotted, *adj.*	בָּרֹד, מְנֻמָּר, כָּתֹם
spittoon, *n.*	מַרְקֵקָה	spouse, *n.*	בַּעַל, אִשָּׁה, נָשׂוּא, נְשׂוּאָה
splash, *n., v.t. & i.*	נֶתֶז; הִתִּיז [נתז]	spout, *n.*	זַרְבּוּבִית
spleen, *n.*	טְחוֹל; כַּעַס, מָרָה שְׁחוֹרָה	spout, *v.i.*	הִשְׁתַּפֵּךְ [שפך]
splendid, *adj.*	מְצֻיָּן, נֶהְדָּר	sprain, *n. & v.t.*	נֶקַע, נְקִיעָה; נָקַע
splendor, splendour, *n.*	תִּפְאֶרֶת, הוֹד,	sprawl, *v.i.*	הִשְׂתָּרֵעַ [שטח], נָהַר,
	הָדָר, הֲדָר		הִסְתָּרֵחַ [סרח]
splice, *v.t.*	חִבֵּר, אִחָה	spray, *n.*	זַרְזִיף, רְסִיס
splint, *n.*	גֶּשֶׁשׁ	spray, *v.t.*	רִסֵּס, הִתִּיז [נתז]
splinter, *n.*	קִיסָם, שָׁבָב	spread, *n., v.t. & i.*	הִתְפַּשְּׁטוּת, מַפָּה;
splinter, *v.t.*	בָּקַע, בִּקַּע		מַצָּע, מִכְסֶה; מֵרַח, פָּרַשׂ; הֵפִיץ
split, *adj.*	שָׁסוּעַ, מְבֻקָּע		[נפץ]; הִתְפַּשֵּׁט [פשט]; מֵרַח
split, *n., v.t. & i.*	סֶדֶק, בִּקִּיעַ, שֶׁסַע;		(חֶמְאָה); פָּשַׂק (רַגְלַיִם)
	מַחֲלֹקֶת, פֵּרוּד; סָדַק; חִלֵּק	spree, *n.*	הִלּוּלָה
	גָּזַר, נִבְקַע [בקע], שִׁסַּע, בִּקַּע	sprig, *n.*	נֵצֶר
spoil, *n., v.t. & i.*	שָׁלָל, בַּז, מַלְקוֹחַ;	sprightly, *adj.*	עַלִּיז, זָרִיז
	בָּזַז, שָׁלַל; הִשְׁחִית [שחת], קִלְקֵל	spring, *n., v.t. & i.*	אָבִיב; מַבּוּעַ, עַיִן,
spoilage, *n.*	קִלְקוּל, הַשְׁחָתָה		מַעְיָן, קָפִיץ; קָפַץ; נָבַע, צָמַח, חָרַג
spoke, *n.*	חִשּׁוּר	sprinkle, *v.t. & i.*	זִלֵּחַ, הִרְבִּיץ [רבץ]
spoliation, *n.*	גְּזֵלָה, חֲטִיפָה	sprinkler, *n.*	זַלֵּחַ, מַמְטֵרָה
sponge, *n.*	סְפוֹג	sprinkling, *n.*	זְלִיחָה, הַמְטָרָה
sponge, *v.t. & i.*	סָפַג, רָחַץ, הִתְרַחֵץ	sprint, *n.*	מְרוּצָה
	[רחץ] בִּסְפוֹג	sprite, *n.*	שֵׁד, רוּחַ
spongy, *adj.*	סְפוֹגִי	sprout, *n.*	נֶבֶט, צֶמַח
sponsor, *n.*	אַחְרַאי, תּוֹמֵךְ	sprout, *v.i.*	צָמַח, נָבַט
spontaneity, *n.*	דְּחִיפָה פְּנִימִית	spruce, *n.*	תִּרְזִית
spontaneous, *adj.*	מִתּוֹךְ דְּחִיפָה	spry, *adj.*	קַל, זָרִיז
	פְּנִימִית, בָּא מֵאֵלָיו	spume, *n.*	קֶצֶף
spool, *n.*	סְלִיל, אַשְׁוָה	spunk, *n.*	אֹמֶץ לֵב
spoon, *n.*	כַּף	spunky, *adj.*	אַמִּיץ לֵב
spoon, *v.t.*	הֶעֱלָה [עלה] בְּכַף	spur, *n. & v.t.*	דָּרְבָן, דִּרְבֵּן
spoonful, *n.*	מְלֹא כַּף	spurious, *adj.*	מְזֻיָּף, כּוֹזֵב

spurn, v.t.	בָּעַט בְּ, דָּחָה, מָאַס	squirt, n.	הַזָּיָה, הַתָּזָה
spurt, spirt, n.	שְׁפִיכָה, זֶרֶם	squirt, v.t.	הִזָּה [נזה], הִתִּיז [נתז]
spurt, spirt, v.t. & i.	קָלַח, זִנֵּק, זָרַק	stab, n.	דְּקִירָה
sputter, v.t. & i.	רָקַק; דִּבֵּר בִּמְהִירוּת	stab, v.t. & i.	נָחַר, דָּקַר
spy, n.	מְרַגֵּל	stability, n.	אֵיתָנוּת, קִיּוּם, קְבִיעוּת
spy, v.t. & i.	רִגֵּל, תָּר [תור]	stabilize, v.t.	כּוֹנֵן [כון], יִצֵּב, יִשֵּׁר,
squab, n.	תָּסִיל, גּוֹזָל		שִׁנָּה, עָשָׂה קָבוּעַ
squabble, n. & v.i.	רִיב; רָב [ריב]	stable, n.	אֻרְוָה, רֶפֶת
squad, n.	חֶבֶר, סֶגֶל, צֶוֶת	stable, adj.	אֵיתָן, קָבוּעַ
squadron, n.	סִיַּסֶת	staccato, adj.	מְקֻטָּע (בִּנְגִינָה)
squalid, adj.	מְזֹאָל, מְטֻנָּף	stack, n.	עֲרֵמָה, גָּדִישׁ
squall, n.	נַחְשׁוֹל; סוּפָה; יְלָלָה	stack, v.t.	עָרַם, גָּדַשׁ
squally, adj.	סוֹעֵר	stadium, n.	רִיס, אִצְטַדְיוֹן
squander, v.t. & i.	בִּזְבֵּז, פִּזֵּר	staff, n.	מַטֶּה, מַקֵּל; פְּקִידוּת
square, n., v.t. & i.	רִבּוּעַ, (עֶרֶךְ)	stag, n.	אַיָּל
	מְרֻבָּע; מַלְבֵּן; זָוִיתוֹן, מַזְוִית; כִּכָּר;	stage, n.	בָּמָה; תַּחֲנָה; דַּרְגָּה
	רִבֵּעַ; סִלֵּק (חֶשְׁבּוֹן); פָּרַע (חוֹב)	stage, v.t.	הִצִּיג [נצג]
square, adj.	מְרֻבָּע; נָכוֹן, יָשָׁר	stagger, v.i.	הִתְמוֹטֵט (מוט), מָעַד
square root	שֹׁרֶשׁ מְרֻבָּע $(\sqrt{\ })$	stagnant, adj.	עוֹמֵד, שׁוֹקֵט (עַל
squash, n.	דְּלַעַת, קִשּׁוּא		שְׁמָרָיו)
squash, v.t.	מָעַךְ	stagnate, v.i.	חָדַל (עָמַד) מִנּוֹעַ,
squat, v.i.	רָבַץ, יָשַׁב שָׁפוּף		הִקְפִּיא (קפא), נֶאֱלַח [אלח]
squatter, n.	אָרִיס	stain, n., v.t. & i.	כֶּתֶם; לִכְלֵךְ; כָּתַם;
squeak, n., v.t. & i.	חֲרִיקָה, חָרַק		נִכְתַּם [כתם]
squeal, n. & v.i.	צְרִיחָה; צָרַח, צָנַח	stair, n.	מַדְרֵגָה
squeamish, adj.	בַּחְרָן, נַקְרָן	staircase, stairway, n.	(חֲדַר) מַדְרֵגוֹת
squeeze, n.	סְחִיטָה; לְחִיצָה; דֹּחַק	stake, n. & v.t.	יָתֵד; עֵרָבוֹן;
squeeze, v.t.	סָחַט; לָחַץ; דָּחַק		הִתְעָרֵב בוּת, תָּמַךְ; חִזֵּק; סִכֵּן;
squeezer, n.	מַסְחֵט		הִתְעָרֵב [ערב]
squelch, v.t.	הֶחֱסָה [הסה], הָמַם	stale, adj.	יָשָׁן, בָּלָה, קָשֶׁה (לֶחֶם)
squib, n.	לַעַג	stalemate, n.	בֵּין הַמְּצָרִים, נְקֻדַּת
squill, n.	חָצָב		קִפָּאוֹן
squint, n.	פְּזִילָה	stalk, n.	קָנֶה, קָלַח, גִּבְעוֹל, הַצֵּן
squint, v.t. & i.	מִצְמֵץ, פָּזַל	stall, n.	אֻרְוָה
squire, n.	נוֹשֵׂא כֵּלִים שֶׁל אַבִּיר,	stall, v.t. & i.	שָׂם [שים] בְּאֻרְוָה;
	אָצִיל, בַּעַל נְכָסִים, תֹּאַר כָּבוֹד		נִתְקַע [תקע]
squirm, v.i.	הִתְפַּתֵּל [פתל]	stallion, n.	סוּס, הַצֵּן
squirrel, n.	סְנָאִי	stalwart, adj.	חָזָק, עַז, תַּקִּיף, אַמִּיץ

stamen, *n.*	אַבְקָן
stamina, *n.*	כֹּחַ הַקִּיּוּם, חָיּוֹנִיּוּת
stammer, *n.*	גִּמְגּוּם
stammer, *v.t. & i.*	גִּמְגֵּם, לְמְלֵם
stammerer, *n.*	עִלֵּג, כְּבַד (פֶּה) לָשׁוֹן
stamp, *n.*	חוֹתָם, חוֹתֶמֶת; בּוּל; תָּו
stamp, *v.t. & i.*	רָקַע, דָּרַךְ; בָּטַשׁ;
	טָבַע, חָתַם, הַדְבִּיק [דבק] בּוּל
stampede, *n.*	מְנוּסָה מְבֹהֶלֶת (חַיּוֹת)
stampede, *v.t. & i.*	נָס [נוס] בְּבֶהָלָה
stanch, staunch, *adj. & n.*	נֶאֱמָן, בַּר
	סֶמֶךְ, בַּעַל דֵּעָה
stanch, staunch, *v.t. & i.*	עָצַר, נֶעֱצַר
	[עצר]
stand, *n.*	עַמּוּד, דּוּכָן, עֶמְדָּה
stand, *v.t. & i.*	עָמַד, קָם [קום], סָבַל
stand by	הָיָה נָכוֹן (מוּכָן) עָמַד
	לְיָמִין, תָּמַךְ, הֵגֵן [גנן]
stand for	סִמֵּל, הִצִּיג [יצג]
stand out	בָּלַט, הִצְטַיֵּן [צין]
standard, *adj.*	רָגִיל, קָבוּעַ
standard, *n.*	נֵס, דֶּגֶל; קָנֶה מִדָּה, תֶּקֶן
standardization, *n.*	תִּקּוּן
standardize, *v.t.*	תִּקֵּן, קָבַע תֶּקֶן
standing, *n.*	עֲמִידָה, מַעֲמָד
standpoint, *n.*	נְקֻדַּת מַבָּט
standstill, *n.*	הַפְסָקָה, קִפָּאוֹן
stanza, *n.*	בַּיִת (בְּשִׁיר)
staple, *n.*	תּוֹצֶרֶת עִקָּרִית, מִצְרָךְ; פּוֹתָה
star, *n., v.t. & i.*	כּוֹכָב; מַזָּל; סִימָן;
	שִׂחֵק רֹאשִׁי; סִמֵּן בְּכוֹכָב; קִשֵּׁט
	בְּכוֹכָבִים; שִׂחֵק תַּפְקִיד רֹאשִׁי;
	הִצְטַיֵּן [צין]
starboard, *n.*	יְמִין אֳנִיָּה
starfish, *n.*	כּוֹכַב יָם
starch, *n. & v.t.*	עֲמִילָן; עִמְלֵן
stare, *v.t. & i.*	לָטַשׁ עֵינַיִם, הִשְׁתָּאָה
	[שאה]
stark, *adj.*	אַלִּים, עָרֹם; מָחְלָט
starling, *n.*	זַרְזִיר
Star-Spangled Bannner, The	
	הַהִמְנוֹן הַלְּאֻמִּי שֶׁל אַרְצוֹת הַבְּרִית
start, *n.*	הַתְחָלָה; חִיל, רֶטֶט
start, *v.t. & i.*	הִתְחִיל [תחל], יָצָא;
	הִתְחַלְחֵל [חלחל]; סִלֵּד
startle, *v.t. & i.*	נִרְתַּע [רתע], הֶחֱרִיד
	[חרד]
starvation, *n.*	רָעָב, כָּפָן
starve, *v.t. & i.*	רָעֵב, הִרְעִיב [רעב]
state, *n.*	מַצָּב, מְדִינָה; רָשׁוּת
state, *v.t.*	אָמַר, הִבִּיעַ [נבע]
stately, *adj.*	מְפֹאָר, נֶהְדָּר
statement, *n.*	גִּלּוּי דַּעַת, אַחֲזָה
stateroom, *n.*	תָּא (בָּאֳנִיָּה, בְּרַכֶּבֶת)
statesman, *n.*	מְדִינָאִי
static, statical, *adj.*	נָח, מִשְׁקָלִי
station, *n.*	מַעֲמָד; תַּחֲנָה
station, *v.t.*	הֶעֱמִיד [עמד]; שָׂת [שית]
stationary, *adj.*	קָבוּעַ
stationery, *n.*	(חֲנוּת) מִצְרְכֵי כְּתִיבָה,
	נְיָר מִכְתָּבִים
statistics, *n. pl.*	נִסְכֶּמֶת, מִסְפָּרִים,
	לוּחַ
statuary, *n.*	פַּסָּל, פְּסָלִים
statue, *n.*	פֶּסֶל, מַצֵּבָה
stature, *n.*	קוֹמָה, גֹּבַהּ
status, *n.*	מַצָּב, חֲזָקָה
status quo	הַמַּצָּב הַקַּיָּם
statute, *n.*	חֹק, חֻקָּה
statutory, *adj.*	חֻקִּי, חֻקָּתִי
staunch, *v.* stanch	
stave, *n.*	בַּד, אַלָּה; חֶזֶק; בַּיִת
	(בְּשִׁיר)
stave, *v.t.*	שָׁבַר, שִׁבֵּר, פָּרַץ (פֶּרֶץ);
	הִרְחִיק [רחק], דָּחָה
stay, *n.*	שְׁהִיָּה, מְנִיעָה; סֶמֶךְ, מִשְׁעָן

stay, *v.t. & i.*	תָּמַךְ; מָנַע, עִכֵּב; הִשְׁקִיט [שקט]; נִשְׁאָר [שאר], דָּר [דור] הִתְגּוֹרֵר [גור], הִתְאָרֵם [ארח]	stenographer, *n.*	קַצְרָן, קַצְרָנִית
		stenography, *n.*	קַצְרָנוּת
		step, *n.*	צַעַד, פְּסִיעָה, מַדְרֵנָה; שָׁלָב
stead, *n.*	יִתְרוֹן, תּוֹעֶלֶת; מָקוֹם	step, *v.t. & i.*	צָעַד, דָּרַךְ, פָּסַע
steadfast, *adj.*	תַּקִּיף, מֻחְלָט	stepbrother, *n.*	אָח חוֹרֵג
steadfastness, *n.*	אֱמוּנָה	stepchild, *n.*	יֶלֶד חוֹרֵג
steadily, *adv.*	בִּקְבִיעוּת	stepdaughter, *n.*	בַּת חוֹרֶגֶת
steadiness, *n.*	תְּמִידוּת, קְבִיעוּת, יַצִּיבוּת, בְּטִיחוּת	stepfather, *n.*	אָב חוֹרֵג
		stepladder, *n.*	סֻלָּם מִטַּלְטֵל
steady, *adj.*	תְּמִידִי, בָּטוּחַ, קָבוּעַ, יַצִּיב	stepmother, *n.*	אֵם חוֹרֶגֶת
		steppe, *n.*	עֲרָבָה
steady, *v.t.*	יִצֵּב, כּוֹנֵן [כון], כָּנַן, חִזֵּק	stepsister, *n.*	אֲחוֹת חוֹרֶגֶת
		stepson, *n.*	בֵּן חוֹרֵג
steak, *n.*	אֻמְצָה	stereoscope, *n.*	רְאִימֻף
steal, *v.t. & i.*	גָּנַב, הִתְגַּנֵּב [גנב]	stereotype, *n.*	אֻמָּה (אִמָּהוֹת דְּפוּס)
stealthy, *adj.*	עָרוּם	sterile, *adj.*	עָקָר, מְעֻקָּר
steam, *n.*	אֵדִים, קִיטוֹר; כֹּחַ, מֶרֶץ	sterility, *n.*	עֲקָרוּת
steam, *v.t. & i.*	אִדָּה, הִתְאַדָּה [אדה]; הִתְנוֹעֵעַ [נוע] (הַפְּלִין [פלן]) בְּכֹחַ הַקִּיטוֹר; בִּשֵּׁל בְּאֵדִים	sterilization, *n.*	הַעֲקָרָה, סֵרוּס; טָהוּר, חִטּוּי
		sterilize, *v.t.*	חִטֵּא, טִהֵר; עִקֵּר
		sterilizer, *n.*	מְעַקֵּר, מְחַטֵּא
steam engine	קַטָּר, מְנוֹעַ קִיטוֹר	sterling, *n. & adj.*	תָּקֵן (צְרִיפַת)
steamer, steamship, *n.*	אֳנִיַּת קִיטוֹר		כֶּסֶף (0.500) זָהָב (0.9166), כֶּסֶף (זָהָב) טָהוּר (בִּכְלִים וְכוּ׳) רַב עֵרֶךְ, אֲמִתִּי
steamy, *adj.*	אֵדִי, מְאֻדָּה		
steed, *n.*	אַבִּיר, הֹצֶן, סוּס		
steel, *n.*	פְּלָדָה		
steep, *adj.*	תָּלוּל, מְשֻׁפָּע	stern, *adj.*	תַּקִּיף, קַפְּדָנִי
steep, *n.*	מוֹרָד, מַדְרוֹן, שִׁפּוּעַ	stern, *n.*	אֲחוֹרֵי הָאֳנִיָּה
steep, *v.t.*	שָׁרָה	sternum, *n.*	עֶצֶם הֶחָזֶה
steepen, *v.i.*	הִשְׁתַּפַּע [שפע]	stethoscope, *n.*	מַסְכֵּת
steeple, *n.*	מִגְדָּל	stevedore, *n.*	סַוָּר
steer, *n.*	שׁוֹר	stew, *n., v.t. & i.*	תַּרְבִּיךְ; רִבֵּךְ
steer, *v.t. & i.*	נִהַג, הִדְרִיךְ [דרך]	steward, *n.*	מְנַהֵל מֶשֶׁק בַּיִת, מֶלְצַר (אֳנִיָּה)
steerage, *n.*	נַטּוּת, נְהִיגַת אֳנִיָּה; סְפוֹנִית, כִּתָּה זוּלָה (רְבִיעִית) בָּאֳנִיָּה		
		stewpan, *n.*	מַרְחֶשֶׁת
steersman, *n.*	הַנַּאי, נַט	stich, *n.*	חָרוּז
stem, *n.*	שֹׁרֶשׁ; גֶּזַע; קָנֶה	stick, *n.*	מַקֵּל, שֵׁבֶט
stem, *v.t.*	עָכֵּב	stick, *v.t. & i.*	תָּחַב, הִדְבִּיק [דבק]; נִדְבַּק [דבק]
stench, *n.*	בְּאָשָׁה, צַחֲנָה, סִרְחוֹן		
stencil, *n.*	שַׁעֲוָנִיָּה		

sticky, adj.	צָמִיג, דָּבִיק
stiff, adj.	אָשׁוּן, לֹא נָמִישׁ, קָשֶׁה
stiffen, v.t. & i.	הִקְשָׁה, הִתְקַשָּׁה [קשה]
stiff-necked, adj.	קְשֵׁה עֹרֶף
stiffness, n.	קַשְׁיוּת, קְשִׁי עֹרֶף
stifle, v.t. & i.	כִּבָּה, חָנַק, נֶחֱנַק [חנק]
stigma, n.	הוֹקָעָה, אוֹת קָלוֹן, כֶּתֶם;
	צַוָּאר הָאָבְקָנִים
stigmatic, adj.	מוּקִיעַ, נִכְתָּם
stigmatize, v.t.	הוֹקִיעַ [יקע], הִכְתִּים
	[כתם]
still, adj.	דּוֹמֵם, מַחֲשֶׁה, שׁוֹתֵק, שׁוֹקֵט
still, n.	דְּמָמָה, מְזַקֶּקֶת, מַזְקֵקָה
still, adv.	עוֹד, עֲדַיִן, בְּכָל זֹאת
stillborn, adj.	נוֹלָד מֵת
still life	טֶבַע דּוֹמֵם (בְּצִיּוּר)
stillness, n.	דּוּמִיָּה, חֲשַׁאי
stilts, n. pl.	קַבַּיִם
stimulant, adj. & n.	מְגָרֶה, מְעוֹרֵר
stimulate, v.t.	גֵּרָה, עוֹרֵר [עור]
stimulation, n.	הִתְעוֹרְרוּת, גֵּרוּי
stimulus, n.	גֵּרוּי
sting, n.	עֹקֶץ; עֲקִיצָה
sting, v.t. & i.	עָקַץ; הִקִּישׁ [נכש],
	הִכְאִיב [כאב]
stinginess, n.	קַמְצָנוּת
stingy, adj.	קַמְצָן, צַיְקָן
stink, n. & v.t.	צַחַן, סִרְחוֹן; הִבְאִישׁ
	[באש], הִסְרִיחַ [סרח]
stint, n., v.t. & i.	מְשִׂימָה, הַגְבָּלָה,
	שִׁעוּר; צִמְצֵם, חָדַל
stipend, n.	מִלְגָּה, פְּרָס, תְּמִיכָה
stipulate, v.t.	הִתְנָה [תנה]
stipulation, n.	תְּנַאי, הַתְנָיָה
stir, n., v.t. & i.	תְּנוּעָה, זִיעַ, רְגָשָׁה;
	חִרְחֵר, זָז [זוז], נָע [נוע], הֵנִיעַ [נוע]
stirring, adj.	תְּנוּדָה, תְּנוּעָה
stirrup, n.	אַרְכּוֹף
stitch, n.	תֶּפֶר, שָׁלָל
stitch, v.t. & i.	תָּפַר, שָׁלַל, כִּלֵּב
stoat, n.	חֻלְדַּת אֵירוֹפָּאִי
stock, n.	בּוּל עֵץ, גֹּלֶם, שׁוֹשֶׁה, גֶּזַע;
	מְלַאי, בָּקָר, מְנָיָה
stockade, n.	חִפּוּף
stockbroker, n.	סוֹכֵן מְנָיוֹת
stock exchange	מִשְׁעָרָה, בֻּרְסָה
stockholder, n.	בַּעַל מְנָיוֹת
stocking, n.	גֶּרֶב
stocky, adj.	גּוּץ וְעָבֶה, חָזָק
stockyard, n.	מִכְלָאַת בְּהֵמוֹת
stole, adj. & n.	סַבְלָן; אֶרֶךְ (רוּחַ)
	אַפַּיִם
stoke, v.t. & i.	סִפֵּק פֶּחָם לִמְכוֹנָה
stolid, adj.	אֱוִילִי, סִפְּשִׁי; לֹא מִתְרַגֵּז
stomach, n. & v.t.	קֵבָה, סָבַל
stone, n.	אֶבֶן, גַּרְעִין, חַרְצָן, חַצֶּצֶת
stone, v.t.	רָגַם, סָקַל, רִצֵּף
stonecutter, n.	סַתָּת, חַצָּב
stony, adj.	סַרְסִי, אַבְנִי, אַבְנוּנִי
stool, n.	הֲדֹם, כִּסֵּא, יְצִיאָה (מֵעַיִם)
stoop, n.	הִתְכּוֹפְפוּת, מִרְפֶּסֶת
stoop, v.i.	כָּפַף, שָׁחָה, הִשְׁפִּיל [שפל]
stop, n.	סְתִימָה, עֲמִידָה, הַפְסָקָה;
	תַּחֲנָה
stop, v.t. & i.	הִפְסִיק [פסק], עָצַר;
	עִכֵּב, פָּקַק, חָדַל, עָמַד (מְלֶאכֶת)
stoppage, n.	מַעְצוֹר
stopper, n.	מַסְתֵּם, פְּקָק, מְגוּפָה
storage, n.	אִחְסוּן, אַחְסָנָה
store, n.	חֲנוּת, מַחְסָן
store, v.t.	אִחְסֵן, שָׂם [שים] בְּמַחְסָן,
	שָׁמַר
storehouse, n.	מַחְסָן, אַמְבָּר
storekeeper, n.	חֶנְוָנִי
storey, v. story	
stork, n.	חֲסִידָה

17

storm, n.	סְעָרָה, סַעַר, סוּפָה
storm, v.t. & i.	סָעַר, הִסְתָּעֵר [סער], נָעַשׁ, הִתְנָעֵשׁ [נעש]
story, n.	סִפּוּר, מַעֲשִׂיָה
story, storey, n.	דִּיּוֹטָה, קוֹמָה, עֲלִיָּה
storyteller, n.	מְסַפֵּר
stout, adj.	מוּצָק, מְגֻשָּׁם, שָׁמֵן, עָבֶה
stove, n.	כִּירָה, תַּנּוּר
stow, v.t.	הִנִּיחַ [נוח] בִּצְפִיפוּת, אֶחְסַן, הִסְתִּיר [סתר]
stowaway, n.	סְמִיּוֹן, נוֹסֵעַ סָמוּי, מִסְתַּתֵּר
straddle, v.t. & i.	הָלַךְ (עָמַד) בְּפִשּׂוּק רַגְלַיִם
straggle, v.i.	הָלַךְ בָּטֵל, שׁוֹטֵט
straight, adj.	יָשָׁר, נָכֹחַ
straighten, v.t.	יִשֵּׁר, תִּקֵּן
straightforward, adj.	גְּלוּי לֵב, יָשָׁר
straightway, adv.	תֵּכֶף וּמִיָּד
strain, n.	כְּפִיָּה, מְתִיחָה, נְקִיעָה, נְעִימָה (לַחַן); גֶּזַע; שֹׁרֶשׁ
strain, v.t. & i.	נָקַע, סִנֵּן, הִתְאַמֵּץ [אמץ], מָתַח
strainer, n.	מְסַנֶּנֶת
strait, n.;	מֵצַר, לְשׁוֹן (בְּרִית, מֵצַר) יָם; מְצוּקָה
straiten, v.t.;	הֵצַר [צרר], הֵצִיק [צוק], צִמְצֵם
strait jacket	מְעִיל לְחוֹלֵי רוּחַ
strand, n.	חוֹף; נָדִיל, סִיב, פָּתִיל; מַחְלָרוֹת
strand, v.t. & i.	הֶעֱלָה [עלה] עַל חוֹף (שִׁרְטוֹן); הִשְׁאִיר [שאר] (נִשְׁאַר) בִּמְצוּקָה
strange, adj.	זָר, מוּזָר, תָּמוּהַּ, אָדִישׁ
strangeness, n.	זָרוּת
stranger, n.	נָכְרִי, זָר; לוֹעֵז
strangle, strangulate, v.t.	חָנַק

strangulation, n.	שָׁנוּק, חֲנִיקָה, תַּשְׁנוּק, חֶנֶק
strap, n. & v.t.	רְצוּעָה; קָשַׁר בִּרְצוּעָה, רָצַע, הִלְקָה [לקה] בִּרְצוּעָה
	פַּרְגֹּל; הִשְׂחִיז [שחז] (תַּעַר) בִּרְצוּעָה
stratagem, n.	תַּכְסִיס, תַּחְבּוּלָה, הַעֲרָמָה
strategic, strategical, adj.	תַּכְסִיסִי
strategy, strategics, n.	תַּכְסִיסָנוּת
stratify, v.t. & i.	סִדֵּר בִּשְׁכָבוֹת
stratum, n.	שִׁכְבָה
straw, n.	קַשׁ
strawberry, n.	תּוּת גַּנָּה, תּוּת שָׂדֶה
stray, n.	תּוֹעֶה
stray, v.i.	תָּעָה, טָעָה, שָׁנָה
streak, n.	קַו, רְצוּעָה, תְּכוּנָה, אֹפִי
stream, n.	זֶרֶם, נַחַל, פֶּלֶג, יוּבַל
stream, v.i.	זָרַם, זָלַג
streamer, n.	דֶּגֶל, נֵס, סֶרֶט
streamlined, adj.	מְחֻדָּשׁ, מְעֻדְכָּן
street, n.	רְחוֹב
streetcar, n.	חַשְׁמַלִּית, קָרוֹן
strength, n.	אוֹן, בֶּצֶר, כֹּחַ, חֹזֶק, עָצְמָה
strengthen, v.t. & i.	חִזֵּק, אִמֵּץ, בִּצֵּר, הִתְחַזֵּק [חזק]
strenuous, adj.	מִרְצִי, קָשֶׁה, תַּקִּיף, אַמִּיץ; נִלְהָב
stress, n.	הַדְגָּשָׁה; לַחַץ, מְצוּקָה
stress, v.t.	הִדְגִּישׁ [דגש]; לָחַץ
stretch, n.	זְמַן; מֶרְחָק; מְתִיחָה
stretch, v.t. & i.	מָתַח, פָּשַׁט, הוֹשִׁיט [ישט], הִתְמַתַּח [מתח]
stretcher, n.	אֲלֻנְקָה
strew, v.t.	פִּזֵּר, זָרָה
strict, adj.	חָמוּר, מְדַקְדֵּק, מַקְפִּיד
strictly, adv.	בְּעֶצֶם, בְּדִיּוּק
strictness, n.	הַקְפָּדָה
stride, n.	פְּסִיעָה גַּסָּה
stride, v.i.	פָּסַע פְּסִיעוֹת גַּסּוֹת

strident, adj.	צוֹרֵם
strife, n.	מָדוֹן, רִיב, קְטָטָה, סִכְסוּךְ
strike, n.	מַכָּה; שְׁבִיתָה
strike, v.t. & i.	הִכָּה [נכה], קָפַח (שֶׁמֶשׁ); צִלְצֵל (פַּעֲמוֹן, שָׁעוֹן); פָּעַם, פָּנַע; הִפְלִיא [פלא]; שָׁבַת (פּוֹעֲלִים); נִצְנֵץ (רַעֲיוֹן); הִצִּית [יצת] (שְׂרֵפָה), גִּלָּה, מָצָא (נֵפְט); טָבַע (מַטְבְּעוֹת); הִכִּישׁ [נכש]
striker, n.	שׁוֹבֵת
striking, adj.	בּוֹלֵט, נִפְלָא
string, n.	פְּתִיל; מֵיתָר, חֲרוּזֶת
string, v.t.	קָשַׁר, מָתַח מֵיתָרִים; חָרַז; הִשְׁחִיל [שחל]
stringent, adj.	מַחְמִיר; דָּחוּק; מְשֻׁכְנָע
strip, n.	פַּס, סֶרֶט
strip, v.t. & i.	הִפְשִׁיט [פשט], הִתְפַּשֵּׁט [פשט], עִרְטֵל
stripe, n.	רְצוּעָה, סֶרֶט
stripe, v.t.	רָצַע, הִלְקָה [לקה]
striped, adj.	עָקֹד
strive, v.i.	הִשְׁתַּדֵּל [שדל], הִתְאַמֵּץ [אמץ]; נִלְחַם [לחם]; הִתְחָרָה [חרה]
stroke, n.	מַהֲלֻמָּה, מַכָּה; לְטִיפָה
stroke, v.t.	לִטֵּף, הֶחֱלִיק [חלק]
stroll, n.	סִיּוּל
stroll, v.i. & i.	סִיֵּל, הִתְהַלֵּךְ [הלך]
stroller, n.	סַיָּל, סַיְלָן
strong, adj.	רַב, עָצוּם, חָרִיף, חָזָק
stronghold, n.	בִּצָּרוֹן, מְצוּדָה, מִבְצָר
strop, n.	רְצוּעַת הַשְׁחָזָה
strop, v.t.	הִשְׁחִיז [שחז]
structural, adj.	בִּנְיָנִי
structure, n.	בִּנְיָן, מִבְנֶה
struggle, n.	נַפְתּוּלִים, הֵאָבְקוּת, הִתְלַבְּטוּת
struggle, v.i.	נֶאֱבַק [אבק], פִּרְפֵּר
strumpet, n.	זוֹנָה, יַצְאָנִית
strut, n.	צַעַד גַּאַוְתָנִי
strut, v.i.	צָעַד בְּגַאֲוָה
stub, n.	גֶּדֶם; סַדָּן (עֵץ); שׁוֹבֵר, תֹּרֶף (בִּפְנָקַס הַמְחָאוֹת, קַבָּלוֹת)
stubble, n.	גִּבְבָה, קַשׁ
stubborn, adj.	עַקְשָׁנִי, קְשֵׁה עֹרֶף
stubbornness, n.	עַקְשָׁנוּת, קְשִׁי עֹרֶף
stubby, adj.	גּוּץ וְעָבֶה
stucco, n.	כִּיּוּר, סִיחַ קִירוֹת
stucco, v.t.	כִּיֵּר, סָח (סוח) קִירוֹת
stuck-up, adj.	יָהִיר, גַּאַוְתָן
stud, n. & v.t.	מַסְמֵר (סִיכָּה) בּוֹלֵט; כַּפְתּוֹר (רְ"וֹת); בְּלִיטָה, מִלֵּא (שֶׁרֶץ) בְּלִיטוֹת
student, n.	חוֹקֵר, תַּלְמִיד
studio, n.	לִמּוּדִיָּה, אֻלְפָּן
studious, adj.	שׁוֹקֵד
study, n.	לִמּוּד, מֶחְקָר, עִיּוּן
study, v.t. & i.	לָמַד, חָקַר, עִיֵּן
stuff, n.	דָּבָר, חֹמֶר, אָרֶג, גּוּף
stuff, v.t. & i.	זָלַל, מִלֵּא, אָבַס, פִּטֵּם
stuffing, n.	מִלּוּי, פִּטּוּם
stuffy, adj.	מַחֲנִיק, מְחֻסַּר אֲוִיר
stultify, v.t.	סִכֵּל, בִּטֵּל
stumble, n.	מִכְשׁוֹל, תַּקָּלָה
stumble, v.t. & i.	נִכְשַׁל, הִכְשִׁיל [כשל]; נָגַף
stumbling block	מִכְשׁוֹל, אֶבֶן נֶגֶף, תַּקָּלָה
stump, n., v.t. & i.	גֶּדֶם, סַדָּן, כָּרַת; דִּבֵּק מוֹאֲמִים; גָּדַע, גָּדַם; סִיר וְנָאַם
stun, n.	מַהֲלֻמָּה, תִּמָּהוֹן
stun, v.t.	הָלַם, הִתְמִיהַּ [תמה]
stunning, adj.	תָּאֲוָה לָעֵינַיִם, יָפֶה, מַרְהִיב עַיִן
stunt, n.	פֶּלֶא, רַבְרְבָה; עֲצִירַת גִּדּוּל
stupefaction, n.	תִּמָּהוֹן, תַּרְדֵּמָה
stupefy, v.t.	הָמַם, הִכָּה [נכה] בְּתִמָּהוֹן

stupendous, *adj.*	מַפְלִיא, נִפְלָא	submergence, submersion, *n.*	טְבִיעָה,
stupid, *adj.*	שׁוֹטֶה, סָפָשׁ, כְּסִיל		טְבִילָה, הַטְבָּעָה, צְלִילָה
stupidity, *n.*	סִפְשׁוּת	submission, *n.*	כְּנִיעָה; צִיּוּת
stupor, *n.*	תַּרְדֵּמָה	submissive, *adj.*	נִכְנָע; שְׁפַל רוּחַ
sturdy, *adj.*	אֵיתָן, חָזָק, מוּצָק	submit, *v.i.*	נִכְנַע [כנע], טָעַן; הִצִּיעַ
sturgeon, *n.*	חִדְקָן, אַסְפָן		[יצע]
stutter, *n.*	גִּמְגּוּם, לִמְלוּם	subnormal, *adj.*	פָּת (תָּקִין) רָגִיל
stutter, *v.t. & i.*	גִּמְגֵּם, לִמְלֵם	subordinate, *adj. & n.*	כָּפוּף לְ־,
stutterer, *n.*	מְגַמְגֵּם, לַמְלְמָן		פָּחוּת עֶרֶךְ; סָמֶן, מִשְׁנֶה
sty, *n.*	שְׂעוֹרָה (בָּעַיִן); דִּיר חֲזִירִים	subordinate, *v.t.*	שִׁעְבֵּד; הוֹרִיד [ירד]
style, *n. & v.t.*	סִגְנוֹן, אָפְנָה; כִּנָּה, קָרָא		בְּדַרְגָּה, שָׂם [שים] תַּחַת מָרוּת
stylish, *adj.*	לְפִי הָאָפְנָה	subordination, *n.*	כְּנִיעוּת; צִיּוּת,
stylist, *n.*	מְסַגְנֵן		קַבָּלַת מָרוּת
stylus, *n.*	חֶרֶט	suborn, *v.t.*	הֵסִית [נסת], הֵדִּיחַ [נדח]
suave, *adj.*	נָעִים, מַסְבִּיר פָּנִים	subpoena, subpena, *n.*	הַזְמָנָה לַדִּין
suavity, *n.*	נְעִימוּת, סֵבֶר פָּנִים יָפוֹת	subscribe, *v.t. & i.*	חָתַם, הִתְחַיֵּב [חיב]
subaltern, *adj. & n.*	מִשְׁנֶה, סָמֶן	subscriber, *n.*	חוֹתֵם
subcommittee, *n.*	וַעֲדַת מִשְׁנֶה	subscription, *n.*	חֲתִימָה; הִתְחַיְּבוּת
subconscious, *adj. & n.*	תַּת הַכָּרָתִי,	subsequent, *adj.*	מְאֻחָר
	תַּת יָדַע, תַּת הַכָּרָה	subservient, *adj.*	מְשֻׁעְבָּד, נִכְנָע
subcontractor, *n.*	קַבְּלָן מִשְׁנֶה	subside, *v.i.*	שָׁקַע, צָלַל (שְׁמָרִים);
subdivide, *v.t. & i.*	חִלֵּק שׁוּב		שָׁכַךְ (רֹגֶז); הוּקַל [קלל] (כְּאֵב);
subdivision, *n.*	חֲלֻקָּה מִשְׁנִית		שָׁקַט (יָם)
subdue, *v.t.*	הִכְנִיעַ [כנע], נִצַּח, הִגְמִין	subsidiary, *adj.*	מְסַיֵּעַ, צְדָדִי
	[נמך]; הִדְבִּיר [דבר]	subsidize, *v.t.*	תָּמַךְ, נָתַן תְּמִיכָה
subject, *adj. & n.*	נוֹשֵׂא, עִנְיָן; נָתִין;	subsidy, *n.*	תְּמִיכָה
	כָּפוּף לְ־, מְשֻׁעְבָּד; עָלוּל לְ־	subsist, *v.t. & i.*	פַּרְנֵס, הִתְפַּרְנֵס
subject, *v.t.*	שִׁעְבֵּד, הִכְנִיעַ [כנע]		[פרנס], כִּלְכֵּל, הִתְקַיֵּם [קום]
subjection, *n.*	הַכְנָעָה, שִׁעְבּוּד	subsistence, *n.*	מִחְיָה, פַּרְנָסָה, קִיּוּם
subjective, *adj.*	נוֹשְׂאִי, פְּנִימִי, נַפְשִׁי	substance, *n.*	חֹמֶר, גּוּף, תֹּכֶן, רְכוּשׁ
subjugate, *v.t.*	שִׁעְבֵּד	substantial, *adj.*	מַמָּשִׁי; אָמִיד
subjugation, *n.*	שִׁעְבּוּד	substantial, *n.*	עִקָּר
subjunctive, *n.*	דֶּרֶךְ הָאִוּוּי	substantially, *adv.*	בְּעִקָּר
sublet, *v.t. & i.*	הִשְׂכִּיר (שָׂכַר) לְשֵׁנִי	substantiate, *v.t.*	אִמֵּת
sublime, *adj.*	נִשְׂגָּב	substantiation, *n.*	הוֹכָחָה
submarine, *n. & adj.*	צוֹלֶלֶת, צוֹלְלָה;	substantive, *adj. & n.*	מַהוּתִי; שֵׁם
	תַּת יַמִּי		עֶצֶם
submerge, *v.t. & i.*	צָלַל, טָבַע	substitute, *n.*	תְּמוּרָה; מְמַלֵּא מָקוֹם

substitute, v.t.	הֵמִיר [מור]; מִלֵּא מָקוֹם
substitution, n.	תַּחֲלִיף, חִלּוּף, תְּמוּרָה.
substructure, n.	יְסוֹד, אֹסֶם
subterfuge, n.	תּוֹאֲנָה, אֲמַתְלָה, הוֹנָאָה
subterranean, adj.	תַּת קַרְקָעִי
subtle, adj.	מְסֻלְפָּל, פִּקְחִי, דַּק
subtlety, n.	חָכְמָה, שְׁנִינוּת, דַּקּוּת
subtract, v.t.	נִכָּה, חִסֵּר
subtraction, n.	חִסּוּר, פְּעֻלַּת הַחִסּוּר
suburb, n.	שְׁכוּנָה, פַּרְוָר
suburban, adj.	פַּרְוָרִי
subvention, n.	סִיּוּעַ, תְּמִיכָה
subversion, n.	הֲפִיכָה, הֲפִיכַת מִשְׁטָר
subversive, adj.	הוֹפֵךְ; מַשְׁחִית
subvert, v.t.	הִשְׁחִית [שחת], הָפַךְ
subway, n.	תַּחְתִּית
succeed, v.t. & i.	בָּא [בוא] אַחֲרֵי, יָרַשׁ; הִצְלִיחַ [צלח]
success, n.	הַצְלָחָה
successful, adj.	מֻצְלָח
succession, n.	רְצִיפוּת, תְּכִיפוּת; שׁוּרָה; יְרֻשָׁה
successor, n.	יוֹרֵשׁ, מְמַלֵּא מָקוֹם
succor, succour, n.	סִיּוּעַ, סַעַד
succor, succour, v.t.	סִיַּע
succotash, n.	פּוֹלְתִּירָס
succulence, succulency, n.	עֲסִיסִיּוּת
succulent, adj.	עֲסִיסִי
succumb, v.i.	מֵת [מות]
such, adj. & pron.	כָּזֶה
suck, n.	יְנִיקָה
suck, v.t. & i.	יָנַק; מָצַץ; סָפַג
sucker, n.	יוֹנֵק, יוֹנֶקֶת; פֶּתִי, שׁוֹטֶה
suckle, v.t.	הֵינִיק [ינק]
suckling, n.	יוֹנֵק, תִּינוֹק
suction, n.	יְנִיקָה, מְצִיצָה
sudden, adj.	פִּתְאוֹמִי

suddenly adv.	פִּתְאוֹם
suddenness, n.	פִּתְאוֹמִיּוּת
suds, n. pl.	מֵי סַבּוֹן קְצָפִים
sue, v.t. & i.	נִשְׁפַּט [שפט], תָּבַע לַדִּין; הִתְחַנֵּן [חנן], חִזֵּר (אַחֲרֵי אִשָּׁה)
suet, n.	חֵלֶב בְּהֵמוֹת מְחֻתָּךְ, פֶּדֶר
suffer, v.t. & i.	סָבַל, הִרְשָׁה [רשה]
sufferance, n.	סַבְלָנוּת, רְשׁוּת
suffering, n.	סֵבֶל
suffice, v.t. & i.	הָיָה דַי, הִסְפִּיק [ספק]
sufficiency, n.	דַּיּוּת
sufficient, adj.	מַסְפִּיק
suffix, n.	סוֹפִית, סִלֹּמֶת
suffocate, v.t. & i.	חָנַק, נֶחְנַק [חנק]
suffocation, n.	חֶנֶק, סַאֲנוּק
suffrage, n.	זְכוּת הַצְבָּעָה
suffuse, v.t.	כִּסָּה, הִשְׁתַּפֵּךְ [שפך]
suffusion, n.	הִשְׁתַּפְּכוּת, כִּסּוּי
sugar, n.	סֻכָּר
sugar, v.t.	סִכֵּר, הִמְתִּיק [מתק]
sugar beet	סֶלֶק סֻכָּר
sugar cane	קְנֵה סֻכָּר
suggest, v.t.	הִצִּיעַ [יצע]; רָמַז; יָעַץ
suggestion, n.	הַצָּעָה
suggestive, adj.	רוֹמֵז, מְרַמֵּז
suicide, n.	אִבּוּד עַצְמוֹ לָדַעַת
suit, n.	חֲלִיפָה, תְּבִיעָה מִשְׁפָּטִית
suit, v.t. & i.	הָלַם, הִתְאִים [תאם], מָצָא חֵן בְּעֵינֵי
suitable, adj.	מַתְאִים
suite, n.	בְּנֵי לְוָיָה; שׁוּרַת חֲדָרִים
suitor, n.	מְבַקֵּשׁ, מַצְהִיר, חוֹזֵר אַחֲרֵי אִשָּׁה
sulfur, sulphur, n.	גָּפְרִית
sulk, v.i.	עָנַם, זָעַף
sulkiness, n.	עֲגְמַת נֶפֶשׁ
sullen, adj.	קוֹדֵר, נִדְכֶּה
sulphate, n.	גָּפְרָה

sulphide,sulphid,*n.* דו תַחְמֹצֶת הַגָּפְרִית	supercargo, *n.* מְמֻנֶּה עַל הַמִּטְעָן
sulphuric, *adj.* גָּפְרִיתָנִי	supercilious, *adj.* יָהִיר, שַׁחֲצָנִי
sulphurous, *adj.* גָּפְרִיתִי	superficial, *adj.* שִׂטְחִי
Sultan, *n.* שַׁלְטָן	superficiality, *n.* שִׂטְחִיּוּת
sultry, *adj.* חַם, מַחֲנִיק	superfluity, *n.* יִתְרָה, עֹדֶף
sum, *n.* סַף, סְכוּם, סַף הַכֹּל	superfluous, *adj.* מְיֻתָּר
sum, summarize, *v.t.* סִכֵּם	superhuman, *adj.* עַל אֱנוֹשִׁי
summary, *adj.* תַּמְצִיתִי; תָּכוּף	superintend, *v.t.* הִשְׁגִּיחַ [שׁגח] עַל,
summer, *n. & v.i.* קַיִץ; קָיַץ, הִתְקַיֵּץ	פִּקַּח; נִהֵל
[קיץ]	superintendence, superintendency, *n.*
summit, *n.* פִּסְגָּה	נִהוּל; פִּקּוּחַ
summon, *v.t.* תָּבַע, הִזְמִין [זמן]	superintendent, *n.* מְנַהֵל; מְפַקֵּחַ
(לְדִין); כִּנֵּס	superior, *adj.* מְשֻׁבָּח, הַטּוֹב בְּיוֹתֵר
summons, *n.* תְּבִיעָה, הַזְמָנָה (לְדִין)	superiority, *n.* יִתְרוֹן, עֶלְיוֹנוּת
sumptuous, *adj.* מְפֹאָר	superlative, *adj.* הַגָּבֹהַּ בְּיוֹתֵר
sun, *n.* שֶׁמֶשׁ, חַמָּה, חֶרֶס, חַרְסָה	superlative, *n.* עֵרֶךְ הַהַפְלָגָה
sun, *v.t. & i.* חִמֵּם, הִתְחַמֵּם [חמם]	(דִּקְדּוּק); מֻבְחָר
sunbeam, *n.* קֶרֶן (חַמָּה) שֶׁמֶשׁ	superman, *n.* אָדָם עֶלְיוֹן
sunbonnet, *n.* כּוֹבַע שֶׁמֶשׁ	supernatural, *adj.* שֶׁלְּמַעְלָה מֵהַטֶּבַע
sunburn, *n.* שְׁוִיּ, שְׁזִיפָה, הַשְׁחָמָה	supernumerary, *n.* עוֹדֵף
Sunday, *n.* יוֹם רִאשׁוֹן, יוֹם א׳	supersede, *v.t.* לָקַח מָקוֹם
sunder, *v.t.* הִפְרִיד [פרד]	superstition, *n.* אֱמוּנָה תְּפֵלָה
sundial, *n.* שְׁעוֹן שֶׁמֶשׁ	superstitious, *adj.* הַבְלִי, הַבְלוּתִי
sundown, *n.* שְׁקִיעַת הַחַמָּה	supervene, *v.i.* בָּא [בוא], קָרָה לְפֶתַע
sundries, *n. pl.* שׁוֹנוֹת	supervise, *v.t.* פִּקַּח, הִשְׁגִּיחַ [שׁגח]
sundry, *adj.* שׁוֹנֶה; אֲחָדִים	supervision, *n.* פִּקּוּחַ, הַשְׁגָּחָה
sunflower, *n.* חַמָּנִית	supervisor, *n.* מְפַקֵּחַ, מַשְׁגִּיחַ
sunken, *adj.* מֻשְׁקָע	supine, *adj.* אָדִישׁ
sunlight, *n.* אוֹר הַשֶּׁמֶשׁ	supper, *n.* אֲרֻחַת (סְעֻדַּת) עֶרֶב
sunny, *adj.* מָלֵא שֶׁמֶשׁ, חַרְסִי; בָּהִיר	supplant, *v.t.* לָקַח מָקוֹם
sunrise, *n.* עֲלִיַּת הַחַמָּה	supple, *adj.* גָּמִישׁ
sunset, *n.* שְׁקִיעַת (בּוֹא) הַחַמָּה	supple, *v.t. & i.* גִּמֵּשׁ, הִתְגַּמֵּשׁ [גמשׁ]
sunshade, *n.* סוֹכֵךְ, שִׁמְשִׁיָּה, מֵצֵל	supplement, *n.* תּוֹסֶפֶת, מוּסָף
sunstroke, *n.* מַכַּת שֶׁמֶשׁ	supplement, *v.t.* מִלֵּא, נָתַן תּוֹסֶפֶת
sup, *v.t. & i.* סָעַד אֲרֻחַת עֶרֶב	supplementary, *adj.* נוֹסָף, מַשְׁלִים
superabundance, *n.* שִׁפְעָה רַבָּה	suppleness, *n.* גְּמִישׁוּת
superannuation, *n.* יְשִׁישׁוּת	supplicant, suppliant, *adj. & n.*
superb, *adj.* נֶהְדָּר	מִתְחַנֵּן, מַפְצִיר, מַעְתִּיר

supplicate, v.t.	הִתְחַנֵּן [חנן], הֶעְתִּיר
	[עתר], בִּקֵּשׁ
supplication, suppliance, n.	תְּחִנָּה,
	תַּחֲנוּן, עֲתִירָה, חִלּוּי
supplier, n.	סַפָּק, מְסַפֵּק
supply, n.	הַסְפָּקָה, אַסְפָּקָה, סִפּוּק
supply, v.i.	סִפֵּק
support, n.	תְּמִיכָה, מִשְׁעָן, מִסְעָד
support, v.t.	תָּמַךְ, פִּרְנֵס
supporter, n.	תּוֹמֵךְ, מְפַרְנֵס
suppose, v.t.	סָבַר, שִׁעֵר
supposition, supposal, n.	הַנָּחָה,
	סְבָרָה, הַשְׁעָרָה
suppository, n.	פְּתִילָה (לִרְפוּאָה)
suppress, v.t.	הִכְנִיעַ [כנע], כָּבַשׁ
suppression, n.	דִּכּוּי
suppurate, v.i.	מִגֵּל, הִתְמַגֵּל [מגל]
suppuration, n.	מִגּוּל
supremacy, n.	עֶלְיוֹנוּת
supreme, adj.	עֶלְיוֹן, רִאשׁוֹן בְּמַעֲלָה
surcharge, n.	מַעֲמָסָה כְּבֵדָה; הַפְקָעַת
	שְׁעָרִים
surcharge, v.t.	הֶעֱמִיס [עמס] יוֹתֵר
	מִדַּי; הִפְקִיעַ [פקע] שַׁעַר
sure, adj.	בָּטוּחַ, וַדַּאי
surely, adv.	בֶּאֱמֶת, בֶּטַח, אָכֵן
sureness, n.	וַדָּאוּת
surety, n.	עֲרֻבָּה, מַשְׁכּוֹן
surf, n.	דֶּכִי, שְׁאוֹן (קֶצֶף) גַּלִּים
surface, n.	מִשְׁטָח, שֶׁטַח, פָּנִים
surfeit, n.	גֹּדֶשׁ, עֹדֶף
surfeit, v.t. & i.	זָלַל, גִּרְגֵּר, לָעַס
surge, n.	מִשְׁבָּר, הִתְגַּעֲשׁוּת
surge, v.i.	הִתְנַשֵּׂא [נשא], הִתְגָּעֵשׁ [געש]
surgeon, n.	מְנַתֵּחַ
surgery, n.	נִתּוּחַ
surgical, adj.	נִתּוּחִי
surly, adj.	מְעֻקָּם, יָהִיר

surmise, n.	סְבָרָה, הַשְׁעָרָה, נִחוּשׁ
surmise, v.t.	שִׁעֵר
surmount, v.t.	גָּבַר, הִתְגַּבֵּר [גבר] עַל
surname, n. & v.t.	חֲנִיכָה, כִּנּוּי; כִּנָּה
surpass, v.t.	עָבַר עַל
surplus, adj.	עוֹדֵף, יָתֵר, מְיֻתָּר
surplus, n.	מוֹתָר, עֹדֶף
surprise, n. & v.t.	הַפְתָּעָה, הִפְתִּיעַ
	[פתע], הִפְלִיא [פלא]
surprising, adj.	מַתְמִיהַּ, מַפְלִיא
surrender, n., v.t. & i.	כְּנִיעָה, הַסְגָּרָה;
	נִכְנַע [כנע], הִסְגִּיר [סגר]
surreptitious, adj.	מֻתְנָב
surrogate, n.	מְמַלֵּא מָקוֹם, סְגָן; שׁוֹפֵט
	לְצַוָּאוֹת
surround, v.t.	הִקִּיף [נקף], עָטַר, סָבַב
surroundings, n. pl.	סְבִיבָה
surtax, n.	מַס נוֹסָף
surveillance, n.	הַשְׁגָּחָה
survey, n. & v.t.	סְקִירָה, מִסְקָר,
	סֶקֶר, מְשִׁיחָה (מְדִידַת) קַרְקָעוֹת;
	בָּחַן, סָקַר, מָדַד (מָשַׁח) קַרְקָעוֹת
surveying, n.	מְשִׁיחַת קַרְקָעוֹת
surveyor, n.	מָשׁוֹחַ, מוֹדֵד
survival, n.	הִשָּׁאֲרוּת
survive, v.t. & i.	נִשְׁאַר [שאר] בַּחַיִּים,
	שָׂרַד, נוֹתַר (נִתּוֹתַר) [יתר]
survivor, n.	שָׂרִיד, פָּלִיט
susceptibility, n.	עֵרוּת, רַגְשָׁנוּת,
	רְגִישׁוּת
susceptible, adj.	רָגִישׁ, רַגְשָׁנִי, מְתָרְגֵּשׁ
suspect, adj. n. & v.t.	חָשׁוּד; חָשַׁד
suspend, v.t.	תָּלָה; הִפְסִיק [פסק]
suspenders, n. pl.	כְּתֵפִיּוֹת, מוֹשְׁכוֹת
suspense, n.	מְתִיחוּת; רִפְיוֹן; הֶפְסֵק
suspension, n.	תְּלִיָּה; עִכּוּב, הַפְסֵק
suspicion, n.	חָשָׁד
suspicious, adj.	חַשְׁדָּנִי

sustain, v.t.	תָּמַךְ, סָעַד, פִּרְנֵס; הוֹכִיחַ [וכח]; נָשָׂא, סָבַל
sustenance, n.	מִחְיָה, סַעַד, מָזוֹן
suture, n.	תֶּפֶר, תְּפִירָה
suzerainty, n.	שִׁלְטוֹן
svelte, adj.	עָנֹג, דַּק, נָמִישׁ
swab, n.	סְחָבָה; סְפוֹג
swab, v.t.	שִׁפְשֵׁף, מֵרַח; נִקָּה (פֶּצַע)
swaddle, swathe, n. & v.t.	חִתּוּל; חִתֵּל
swagger, n.	הִתְרַבְרְבוּת, הִתְפָּאֲרוּת
swagger, v.i.	הִתְרַבְרֵב [רברב], הִתְפָּאֵר [פאר]
swain, n.	בֶּן כְּפָר
swallow, n.	סְנוּנִית, דְּרוֹר; לְגִימָה, בְּלִיעָה
swallow, v.t. & i.	לָגַם, בָּלַע, לָעַס
swamp, n.	בִּצָּה, יָוֵן
swan, n.	בַּרְבּוּר
swap, swop, v.t.	הֵמִיר [מור], הֶחֱלִיף [חלף]
sward, n.	מִדְשָׁאָה
swarm, n.	נָחִיל, נְחִיל דְּבוֹרִים, דְּבוֹרִית; הָמוֹן; עֶרֶב רַב; שֶׁרֶץ
swarm, v.t.	שָׁרַץ, רָחַשׁ; הִתְקַהֵל [קהל], הִתְנוֹדֵד [נדד]
swarthy, adj.	שָׁזוּף, שְׁחַרְחַר
swash, n.	שִׁכְשׁוּךְ, הַתָּזָה (מַיִם)
swash, v.i.	שִׁכְשֵׁךְ, הִתִּיז [נתז]
swastika, swastica, n.	צְלַב הַקֶּרֶס
swat, v.t.	הִכָּה [נכה], הִצְלִיף [צלף]
swatter, n.	כַּף זְבוּבִים, מַצְלֵף
swath, swathe, n.	תְּנוּפַת מַגָּל; שׁוּרַת קָצִיר
swathe, v. swaddle	
sway, n., v.t. & i.	הִתְנוֹעֲעוּת, נְטִיָּה; שִׁלְטוֹן; הַשְׁפָּעָה; נָטָה, הִנִיעַ [נוע], הִתְנוֹעֵעַ [נוע], שָׁלַט, מָשַׁל, הִשְׁפִּיעַ [שפע]
swear, v.t. & i.	קִלֵּל, גִּדֵּף, נִשְׁבַּע (הִשְׁבִּיעַ) [שבע]
swearing, n.	שְׁבוּעָה; חֵרוּף, גִּדּוּף
sweat, n.	יֶזַע, זֵעָה
sweat, v.t. & i.	הִזִּיעַ [זוע]
sweater, n.	מֵיזָע, צְמַרְיָה
Swede, n.	שְׁוֵדִי
sweep, n.	גְּרִיפָה, סְאַסוּא; תְּנוּפָה
sweep, v.t. & i.	גָּרַף, סָחַף; סִאטֵא
sweet, adj.	מָתֹק; רֵיחָנִי; עָרֵב; נֶחְמָד
sweet, n.	מֶתֶק, מְתִיקוּת
sweeten, v.t. & i.	מִתֵּק, הִמְתִּיק [מתק]
sweetheart, n.	אָהוּב, אֲהוּבָה
sweetness, n.	מֹתֶק, מְתִיקוּת
sweets, n. pl.	מַמְתַּקִּים
swell, n., v.t. & i.	תְּפִיחָה, גַּל; בְּלִיטָה; נָפַח, הִתְנַפַּח [נפח], תָּפַח
swelling, n.	נְפִיחָה, תְּפִיחָה; הִתְנַפְּחוּת; גֵּאוּת יָם
swelter, n.	חֹם לוֹהֵט
swelter, v.i.	נָמוֹג [מוג] מֵחֹם, זָעָה
swerve, n. & v.i.	סְטִיָּה, סָטָה
swift, adj.	מָהִיר
swiftly, adv.	מַהֵר, בִּמְהִירוּת
swiftness, n.	מְהִירוּת
swim, n.	שְׂחִיָּה; הִתְעַלְּפוּת, סְחַרְחֹרֶת
swim, v.t. & i.	שָׂחָה, שָׁט [שוט]; הִתְעַלֵּף [עלף], הִסְתַּחְרֵר [סחרר]
swimming, n.	שְׂחִיָּה; סְחַרְחֹרֶת (רֹאשׁ)
swimmer, n.	שַׂחְיָן
swindle, n.	הוֹנָאָה, רַמָּאוּת
swindle, v.t.	רִמָּה
swindler, n.	רַמַּאי
swine, n.	חֲזִיר, חֲזִירָה
swing, n.	נְעְנוּעַ, נַדְנֵדָה, עַרְסָל
swing, v.t. & i.	נִדְנֵד, הִתְנַדְנֵד [נדנד], עִרְסֵל; נִתְלָה [תלה]

swipe, v.t.	הִלְקָה [לקה]; גָּנַב
swirl, v.t. & i.	הִתְחוֹלֵל [חלל], הִסְתּוֹבֵב [סבב]
swish, n.	רִשְׁרוּשׁ
Swiss, adj.	שְׁוֵיצָרִי
switch, n.	מֶתֶג, מַפְסֵק; שׁוֹט; פְּאָה נָכְרִית; מַעֲבִיר (פַּסֵּי רַכֶּבֶת, זֶרֶם חַשְׁמַל)
switch, v.t. & i.	הֶעֱבִיר [עבר]; הֵנִיעַ [נוע]; הִצְלִיף [צלף]; חִבֵּר
swivel, n.	צִיר
swivel, v.t. & i.	סוֹבֵב [סבב] עַל צִיר
swoon, n.	הִתְעַלְּפוּת
swoon, v.i.	הִתְעַלֵּף [עלף]
swoop, n.	עֵיטָה
swoop, v.t. & i.	עָט [עוט, עיט], שָׂשׂ [טוש]
swop v. swap	
sword, n.	חֶרֶב, סַיִף
swordfish, n.	חֲלִיפִית, דַּג הַחֶרֶב
swordsman, n.	סַיָּף
sycamore, n.	שִׁקְמָה
sycophancy, n.	חֲנֻפָּה
sycophant, n.	מְלַחֵךְ פִּנְכָּה, מַחֲלִיק לָשׁוֹן
syllable, n.	הֲבָרָה
syllogism, n.	הֶקֵּשׁ
syllogize, v.t. & i.	הִקִּישׁ [קיש]
symbol, n.	סֵמֶל, אוֹת
symbolic, symbolical, adj.	סִמְלִי
symbolism, n.	סִמְלִיּוּת
symbolize, v.t.	סִמֵּל, סָמַל
symmetrical, adj.	שְׁוֵה עֵרֶךְ, תְּאוֹמִי
symmetry, n.	תְּאוּם, שִׁוּוּי עֵרֶךְ
sympathetic, adj.	אוֹהֵד
sympathy, n.	אַהֲדָה, חֶמְלָה
sympathize, v.i.	אָהַד
symphony, n.	תְּאוּם צְלִילִים, סִמְפּוֹנְיָה
symposium, n.	מְסִבַּת רֵעִים
symptom, n.	אוֹת, סִימָן
symptomatic, symptomatical, adj.	סִימָנִי, מְסַמֵּן, מְצַיֵּן
synagogue, n.	בֵּית הַכְּנֶסֶת
synchronization, n.	תִּזְמֹנֶת
synchronize, v.t. & i.	תִּזְמֵן
syncopation, n.	הַבְלָעַת אוֹת, הַשְׁמָטָה
syndicate, n.	הִתְאַחֲדוּת סוֹחֲרִים
synod, n.	כְּנֵסִיָּה
synonym, synonyme, n.	שֵׁם נִרְדָּף
synonymous, adj.	נִרְדָּף
synopsis, n.	תַּמְצִית, קִצּוּר
syntax, n.	תַּחְבִּיר
synthesis, n.	תִּרְכֹּבֶת, הַרְכָּבָה
synthetic, adj.	מֻרְכָּב, בְּאֹפֶן מְלָאכוּתִי
syphilis, n.	עַגֶּבֶת
syringe, n.	מַזְרֵק, חֹקֶן
syringe, v.t.	הִזְרִיק [זרק]; חָקַן, חִקֵּן
system, n.	שִׁיטָה
systematic, systematical, adj.	שִׁיטָתִי
systematize, v.t.	עָשָׂה בְּשִׁיטָה, סִדֵּר

T, t

T, t, n.	טִי, הָאוֹת הָעֶשְׂרִים בָּאָלֶף בֵּית הָאַנְגְּלִי
tab, n.	פֶּתֶק, תָּוִית, חֶשְׁבּוֹן
tabby, n.	חָתוּל בַּיִת
tabernacle, n.	מִשְׁכָּן (אַרְעִי); גּוּף אָדָם; אֹהֶל מוֹעֵד; בֵּית (תְּפִלָּה) כְּנֶסֶת
table, n.	שֻׁלְחָן; דֶּלְפֵּק; לוּחַ; סַבְלָה; אֲרֻחָה; תֹּכֶן (הָעִנְיָנִים)

table 266 tantrum

table, *v.t.*	לָנַח; שָׂם [שִׂים] עַל שֻׁלְחָן; דָּחָה (הַצָּעָה)
tablecloth, *n.*	מַפָּה
tableland, *n.*	מִישׁוֹר
tablespoon, *n.*	כַּף
tablet, *n.*	לוּחַ; טַבְלִית
taboo, tabu, *adj. & n.*	מֻחְרָם, מְקֻדָּשׁ; חֵרֶם, הֶקְדֵּשׁ
tabular, *adj.*	לוּחִי
tabulate, *v.t.*	לִנַּח
tacit, taciturn, *adj.*	שׁוֹתֵק, שַׁתְקָנִי
tack, *n.*	נַעַץ; תֶּפֶר מַכְלִיב; כִּוּן (אֳנִיָּה)
tackle, *n.*	גַּלְגֶּלֶת, מַכְשִׁירִים, חֲבָלִים
tackle, *v.t. & i.*	תָּפַשׂ, אָחַז בְּ־; נִסָּה
tact, *n.*	נִמּוּס, גִּנּוּן, תַּכְסִיס
tactful, *adj.*	נִמּוּסִי, בַּעַל נִמּוּס
tactical, *adj.*	תַּכְסִיסִי
tactics, *n. pl.*	תַּכְסִיסָנוּת, תַּכְסִיסֵי קְרָב
tactile, *adj.*	מִשּׁוּשִׁי
tactless, *adj.*	בִּלְתִּי מְנֻמָּס, נַס
tadpole, *n.*	רֹאשָׁן
taffy, *n.*	סֻכָּרִיָּה, נֹפֶת; חֲנֻפָּה
tag, *n.*	תָּוִית, פֶּתֶק; מִשְׂחַק יְלָדִים ("תְּפֹשׂ אוֹתִי")
tail, *n.*	זָנָב; אַלְיָה (כֶּבֶשׂ); שָׁבִיס (פֹּרֶכֶב); כָּנָף (בֶּגֶד)
tailor, *n.*	חַיָּט, תּוֹפֵר
tailor, *v.t. & i.*	תָּפַר, חִיֵּט
taint, *n.*	כֶּתֶם; מוּם
taint, *v.t. & i.*	אָלַח, סִמֵּם, הִשְׁחִית [שחת], הִכְתִּים [כתם]
take, *v.t. & i.*	לָקַח, נָטַל
take in	הִכְנִיס [כנס]; קִפֵּל (מִפְרָשׂ)
take off	הֵסִיר [סור]; פָּשַׁט, סָס [סוס]
take on	קִבֵּל עַל עַצְמוֹ, הִתְחַיֵּב [חוב]
take place	קָרָה
talc, talcum, *n.*	אַבְקָה, טַלְק

tale, *n.*	אַגָּדָה, סִפּוּר, מַעֲשִׂיָּה
talent, *n.*	כִּשָּׁרוֹן
talented, *adj.*	כִּשָּׁרוֹנִי, בַּעַל כִּשָּׁרוֹן
talisman, *n.*	קָמִיעַ
talk, *n.*	דִּבּוּר, שִׂיחָה, נְאוּם
talk, *v.t. & i.*	דִּבֵּר, שָׂח, שׂוֹחֵחַ [שׂיח]
talkative, *adj.*	פַּטְפְּטָנִי, דַּבְּרָנִי
talker, *n.*	פַּטְפְּטָן, דַּבְּרָן
tall, *adj.*	גָּדוֹל, רָם, גָּבֹהַּ
tallow, *n.*	חֵלֶב
tally, *v.t.*	הִתְאִים [תאם]
Talmud, *n.*	תַּלְמוּד, גְּמָרָא
tame, *adj.*	מְרֻסָּן, מְאֻלָּף, בֵּיתִי
tame, *v.t.*	הִכְנִיעַ [כנע], אִלֵּף, רִסֵּן, הָפַךְ בֵּיתִי
tam-o'-shanter, *n.*	כֻּפָּה שׁוֹטְלַנְדִּית
tamper, *v.i.*	הִתְעָרֵב [ערב] בְּ־
tan, *adj. & n.*	שָׁחֹם, שָׁזוּף; עָפָץ
tan, *v.t. & i.*	עִבֵּד עוֹרוֹת, בִּרְסֵק; הִשְׁתַּזֵּף [שׁזף]
tandem, *adj. & n.*	(בְּ) זֶה אַחַר זֶה; אוֹפַנַּיִם (כִּרְכָּרָה) לִשְׁנַיִם
tang, *n.*	קוּף; טַעַם (רֵיחַ) חָרִיף
tangent, *adj. & n.*	נוֹגֵעַ; מַשִּׁיק
tangerine, *n.*	מַרְיוֹסֵף, יוֹסִימוֹן
tangible, *adj.*	מַמָּשִׁי
tangle, *n.*	סְבַךְ
tangle, *v.t. & i.*	סִבֵּךְ, הִסְתַּבֵּךְ [סבך]
tank, *n.*	וַחַל; אֲשׁוּחַ, מֵיכָל, טַנְק
tankard, *n.*	מָזְרָק
tanner, *n.*	עַבְדָּן, בֻּרְסִי
tannery, *n.*	עַבְדָּנוּת, בֻּרְסָקִי
tannin, tannic acid, *n.*	חֻמְצַת (עֲצִים) אֹלֶן
tanning, *n.*	בֻּרְסָקוּת, עִבּוּד
tantalize, *v.t. & i.*	הִתְגָּרָה [גרה], קִנְטֵר
tantamount, *adj.*	שָׁקוּל כְּנֶגֶד
tantrum, *n.*	הִתְפָּרְצוּת שֶׁל זַעַם, פֶּרֶץ

tap, *n.* דְּפִיקָה קַלָּה; בֶּרֶז; מַבְרֵז; מֵינֶקֶת, שְׁפוֹפֶרֶת; מְגוּפָה

tap, *v.t. & i.* דָּפַק דְּפִיקָה קַלָּה, מָשַׁךְ (הוֹצִיא [יצא]) מַשְׁקֶה מֵחָבִית, קָדַח (חוֹר בְּחָבִית); חָלַץ (פְּקָק), מִצָּה; חִבֵּר, קִשֵּׁר (לִרְשָׁתוֹת מַיִם, חַשְׁמַל, וְכוּ׳)

tape, *n.* סֶרֶט, דִּבְקוֹן

tape, *v.t.* עָנַד, קָשַׁר, מָדַד בְּסֶרֶט

taper, *v.t. & i.* הִתְמַעֵט [מעט], הָלַךְ וְהִתְחַדֵּד [חדד] בְּקָצֵהוּ

tapestry, *n.* טַפִּיט, מַרְבַד, שָׁטִיחַ

tapeworm, *n.* שֶׁרֶץ

tapioca, *n.* קַסָּוִית

tape recorder מַקְלִיטוֹן

taproom, taphouse, *n.* מִמְזָנָה, מִסְבָּאָה

tar, *n. & v.t.* זֶפֶת; מַלָּח; זִפֵּת

tardy, *adj.* מְאֻחָר, מְפַגֵּר

tare, *n.* זוּן, בִּקְיָה; בֵּרוּץ נִכָּיוֹן (מִשְׁקָל)

target, *n.* מַטָּרָה, מִפְגָּע

tariff, *n.* תַּעֲרִיף (מֶכֶס), מְחִירוֹן

tarn, *n.* אֲגַם הָרִים

tarnish, *n.* רְבָב, כֶּתֶם; הַכְתָּמָה

tarnish, *v.t. & i.* הִכְהָה [כהה], הוּעַם [עמם]

tarpaulin, *n.* זַפְתּוּת, צַדְרָה, אַבַּרְזִין; מַלָּח

tarry, *adj.* מְזֻפָּת, מְזֻפָּף

tarry, *v.i.* שָׁהָה, הִתְמַהְמֵהַּ [מהמה]

tart, *adj.* חָמוּץ, חָרִיף

tart, *n.* קְרָצָה, עוּגַת פֵּרוֹת; יַצְאָנִית

tartar, *n.* שְׁמָרִים; חֲצַץ שִׁנַּיִם

task, *n.* מְשִׂימָה, מַטָּלָה, שִׁעוּר

tassel, *n.* פִּיף, גְּדִיל, צִיצִית

taste, *n., v.t. & i.* טַעַם; טָעַם

tasteful, *adj.* טָעִים

tasteless, *adj.* תָּפֵל, חֲסַר טַעַם

tatter, *n.* סְחָבָה

tatter, *v.t.* קָרַע

tatters, *n. pl.* סְמַרְטוּטִים, סְחָבוֹת

tattle, *n.* פִּטְפּוּט, לַהַג

tattle, *v.t.* הָלַךְ רָכִיל, פִּטְפֵּט

tattoo, *n. & v.t.* קַעֲקַע; קִעְקַע

taunt, *n. & v.t.* גִּדּוּף, הִתּוּל, לַעַג; גִּדֵּף

tavern, *n.* מִסְבָּאָה, בֵּית מַרְזֵחַ

tawdry, *adj.* נִקְלֶה, תָּפֵל

tawny, tawney, *adj.* צְהַבְהַב חוּם

tax, *n.* מַס, מֶכֶס, אַרְנוֹנָה, בְּלוֹ

tax, *v.t.* הִשִּׁיל [נטל] (שָׂם [שים]) מַס; הִטְרִיחַ [טרח]

taxation, *n.* הַשָּׁלַת מִסִּים

taxi, taxicab, *n.* מוֹנִית

taxidermy, *n.* פִּחְלוּץ

taxpayer, *n.* מְשַׁלֵּם מִסִּים

tea, *n.* תֵּה, טֵה

teach, *v.t. & i.* הוֹרָה [ירה], לִמֵּד

teacher, *n.* מוֹרֶה, מְלַמֵּד, רַב

teaching, *n.* הוֹרָאָה

teacup, *n.* כּוֹס תֵּה

teakettle, *n.* קֻמְקוּם תֵּה

teal, *n.* בַּרְוָז בַּר

team, *n.* פְּלֻגָּה; צֶמֶד

teamwork, *n.* שִׁתּוּף פְּעֻלָּה

tear, *n.* קֶרַע

tear, teardrop, *n.* דֶּמַע, דִּמְעָה, אֵגֶל

tear, *v.t. & i.* קָרַע, נִקְרַע [קרע]; דָּמַע, זָלַג דְּמָעוֹת

tearful, *adj.* דָּמוּעַ, מַדְמִיעַ

tease, *v.t.* קִנְטֵר, הִתְגָּרָה [גרה]

tease, teaser, *n.* קַנְטְרָן, מִתְגָּרֶה

teaspoon, *n.* כַּפִּית

teat, *n.* דַּד, פִּטְמָה

technical, *adj.* טֶכְנִי

technician, *n.* טֶכְנַאי

technique, *n.* טֶכְנִיקָה

tedious, *adj.* מְיַגֵּעַ, מְשַׁעֲמֵם

tee, n.	מַטָּרָה; תְּלוּלִית (גּוֹלְף)
teem, v.i.	שָׁרַץ, שָׁפַע, פָּרָה וְרָבָה
teenager, n.	בֶּן (בַּת) יִ״ג-י״ם
teens, n. pl.	שְׁנוֹת הָעֶשְׂרֵה
teeth, n.pl.	שִׁנַּיִם
teethe, v.i.	שָׁנַן, הִצְמִיחַ [צמח] שִׁנַּיִם
teetotaler, teetotaller, n.	מִתְנַזֵּר מִיַּיִן
teetotalism, n.	הִנָּזְרוּת מִן הַיַּיִן
telegram, n.	מִבְרָק
telegraph, n., v.t. & i.	מִבְרָקָה; הִבְרִיק [ברק]
telegrapher, telegraphist, n.	אַבְרָק
telegraphy, n.	הַבְרָקָה
telepathy, n.	הַעֲבָרַת רְגָשׁוֹת
telephone, n.	טֵלֵפוֹן, שָׂח רָחוֹק
telephone, v.t. & i.	סִלְפֵּן, צִלְצֵל
telephotography, n.	הַבְרָקַת תְּמוּנוֹת
telescope, n.	מִשְׁקֶפֶת
television, n.	טֵלֵוִיזְיָה
tell, v.t. & i.	אָמַר, הִגִּיד [נגד], סִפֵּר
teller, n.	מְסַפֵּר; גּוֹבֶר
telltale, n.	מַלְשִׁין, הוֹלֵךְ רָכִיל
temerity, n.	פְּזִיזוּת, הֶעָזָה, אֹמֶץ לֵב
temper, n.	מֶזֶג, הִתְרַגְּזוּת
temper, v.t.	עִרְבֵּב (צֶבַע), פִּיֵּס;
	חִסֵּם, הִכְרִין [כון], הִנְמִיד [נמך]
	(קוֹל); סִגֵּל
temperament, n.	מֶזֶג
temperamental, adj.	רַגְשָׁנִי, מָהִיר
	חֵמָה
temperance, n.	הִסְתַּפְּקוּת; הִנָּזְרוּת
	מִן הַיַּיִן, כְּבִישַׁת הַיֵּצֶר
temperate, adj.	בֵּינוֹנִי, מָתוּן
temperature, n.	חֹם, מִדַּת הַחֹם;
	מֶזֶג אֲוִיר
tempered, adj.	מְמֻזָּג, מְחֻסָּם, מֻקְשֶׁה
tempest, n.	סוּפָה, סְעָרָה, סַעַר
tempestuous, adj.	סוֹעֵר, זוֹעֵף
temple, n.	הֵיכָל, בֵּית מִקְדָּשׁ, מִקְדָּשׁ,
	בֵּית כְּנֶסֶת; רַקָּה, צֶדַע
tempo, n.	זְמָנָה, מִפְעָם, קֶצֶב
temporal, adj.	זְמַנִּי; חִלּוֹנִי; צִדְעִי
temporary, adj.	עֲרָאִי, חוֹלֵף, זְמַנִּי
temporize, v.i.	הִתְפַּשֵּׁר [פשר] (עִם
	תְּנָאֵי הַזְּמַן), הִסְתַּגֵּל [סגל]
tempt, v.t.	נִסָּה, פִּתָּה
temptation, n.	יֵצֶר הָרָע, פִּתּוּי
tempter, n.	שָׂטָן, מְנַסֶּה, יֵצֶר הָרָע
ten, adj. & n.	עֲשָׂרָה, עֶשֶׂר
tenable, adj.	אָחִיז, שֶׁאֶפְשָׁר לְהָגֵן עָלָיו
tenacious, adj.	אוֹחֵז בְּחָזְקָה, צָמִיג,
	מַדְבִּיק; מְשַׁמֵּר
tenacity, n.	אֲחִיזָה, צְמִיגוּת, הַדְבָּקוּת
tenancy, n.	אֲרִיסוּת, דַּיָּרוּת, חֲזָקָה
tenant, n.	אָרִיס, דַּיָּר, חָכִיר
tenantry, n.	אֲרִיסוּת, דַּיָּרוּת
Ten Commandments	עֲשֶׂרֶת (הַ)דִּבְּרִים)
	הַדִּבְּרוֹת
tend, v.t. & i.	רָעָה (צֹאן), טִפֵּל בְּ־,
	שָׁמַר עַל, שֵׁרֵת; נָטָה
tendance, n.	שְׁמִירָה, הַשְׁגָּחָה
tendency, n.	נְטִיָּה, מְגַמָּה, כִּוּוּן
tender, adj.	רַךְ, עָדִין
tender, n.	שׁוֹמֵר, מַשְׁגִּיחַ; כֶּסֶף חוּקִי;
	מִכְרָז; קָרוֹן (אֳנִיַּת) לְנַאי; מַשָּׁאִית
tender, v.t. & i.	הִצִּיעַ (וְצע); רָכַּךְ
tenderloin, n.	בְּשַׂר יָרֵךְ
tenderly, adv.	בְּרֹךְ, בַּעֲדִינוּת
tenderness, n.	רַכּוּת, רֹךְ, עֲדִינוּת
tendinous, n.	גִּידִי, מֵיתָרִי
tendon, n.	גִּיד, מֵיתָר, אֲלִיל
tendril, n.	נְטִישָׁה (שֶׁל גֶּפֶן), שָׂרִיג, זַלְזַל
tenement house	בֵּית דַּיָּרִים
tenet, n.	יְסוֹד, דֵּעָה, עִקָּר
tenfold, adj. & adv.	כָּפוּל עֲשָׂרָה, פִּי
	עֶשֶׂר, עֲשֶׂרֶת מוֹנִים

tennis, *n.*	טֶנִיס
tenon, *n.*	שֵׁנָם
tenor, *n.*	נְטִיָּה, כִּוּוּן; טֶנוֹר
tense, *adj.*	מָתוּחַ
tense, *n.*	זְמַן (דִּקְדּוּק)
tensile, *adj.*	מִתְמַתֵּחַ
tension, *n.*	מְתִיחוּת; מְתִיחָה, מֶתַח
tent, *n.*	אֹהֶל
tent, *v.t. & i.*	אָהַל
tentacle, *n.*	כַּף מִשּׁוּשׁ
tentative, *adj.*	שֶׁלְּשֵׁם נִסָּיוֹן, עֲרָאִי
tentatively, *adj.*	כְּנִסָּיוֹן
tenth, *adj. & n.*	עֲשִׂירִי, עֲשִׂירִית; עִשָּׂרוֹן
tenuous, *adj.*	דַּק, דַּקִּיק, קָלוּשׁ
tenure, *n.*	אֲחִיזָה, חֲזָקָה; נֶחָק
tepid, *adj.*	פּוֹשֵׁר
tercentenary, *adj. & n.*	יוֹבֵל שְׁלֹשׁ מֵאוֹת
term, *n.*	זְמַן; מֻנָּח; תְּנַאי; גְּבוּל
term, *v.t.*	כִּנָּה, קָרָא בְּשֵׁם
terminal, *adj. & n.*	שֶׁל גְּבוּל; סוֹף, גְּבוּל; תַּחֲנָה (סוֹפִית אוֹ רָאשִׁית)
terminate, *v.t. & i.*	גָּמַר, חָדַל, סִיֵּם; נִגְמַר [גמר]
termination, *n.*	סִיּוּם, גְּמָר, קֵץ
terminology, *n.*	מַעֲרֶכֶת מֻנָּחִים
terminus, *n.*	תַּחֲנָה סוֹפִית; גְּבוּל
termite, *n.*	אַרְצִית, טֶרְמִיט
terrace, *n.*	מִרְפֶּסֶת; מִדְרָן
terrapin, *n.*	צַב הַיָּם
terrestrial, *adj.*	אַרְצִי
terrible, *adj.*	אָיֹם, נוֹרָא, מַפְחִיד
terrific, *adj.*	נִפְלָא, עָצוּם; נוֹרָא
terrify, *v.t.*	הִפְחִיד [פחד], הִבְהִיל [בהל]
territorial, *adj.*	אַרְצִי
territory, *n.*	אַרְצָה, גָּלִיל

terror, *n.*	אֵימָה, פַּחַד, בֶּהָלָה, חִתָּה
terrorism, *n.*	בֶּרִיוֹנוּת, אֵימְתָנִיּוּת
terrorist, *n.*	בִּרְיוֹן, אֵימְתָן
terrorize, *v.t.*	הִפְחִיד [פחד], הִפִּיל [נפל] אֵימָה עַל
terse, *adj.*	מְקֻצָּר
test, *n.*	בְּחִינָה, מִבְחָן, בְּדִיקָה, נִסָּיוֹן
test, *v.t.*	נִסָּה, בָּחַן
testament, *n.*	צַוָּאָה; בְּרִית
New Testament	הַבְּרִית הַחֲדָשָׁה
Old Testament	כִּתְבֵי הַקֹּדֶשׁ, תַּנַ״ךְ
testicle, testis, *n.*	אֶשֶׁךְ
testify, *v.t. & i.*	הֵעִיד [עוד]
testimony, *n.*	עֵדוּת, הוֹקָרָה
test tube	מַבְחֵנָה
tetanus, *n.*	צַפֶּדֶת
tether, *n.*	רֶסֶן
text, *n.*	גִּרְסָה, נֹסַח, פִּתְשֶׁגֶן
textbook, *n.*	סֵפֶר לִמּוּד
textile, *adj. & n.*	שֶׁל אֲרִיגָה; אֶרֶג
texture, *n.*	אֲרִינָה, מַסֶּכֶת
than, *conj.*	מֵאֲשֶׁר, מִ־
thank, *v.t.*	הוֹדָה [ידה]
thankful, *adj.*	אֲסִיר תּוֹדָה
thankless, *adj.*	כְּפוּי טוֹבָה
thanks, *n. pl.*	חֵן חֵן, תּוֹדָה
thanksgiving, *n.*	הוֹדָיָה
Thanksgiving Day	יוֹם הַהוֹדָיָה
that, *adj.*	הַה, א, הַהִיא, הַלָּז, הַלָּזוּ
that, *conj.*	שֶׁ־, כִּי, בַּאֲשֶׁר
that, *pron.*	אֲשֶׁר, שֶׁ־, הַ־
thatch, *n.*	סְכָךְ
thatch, *v.t.*	סִכֵּךְ
thaw, *n., v.t. & i.*	הַפְשָׁרָה, נְמִיסָה; הִפְשִׁיר [פשר] (שֶׁלֶג), נָמֵס [מסס] (קֶרַח)
the, *def. art. & adj.*	הַ, הָ, הֶ (הַא הַיְדִיעָה)

theater, theatre, *n.* בֵּיא חִזָּיוֹן, תֵּאַטְרוֹן	therewith, *adv.* עִם זֶה
theatrical, *adj.* חִזָּיוֹנִי, תֵּאַטְרוֹנִי	therewithal, *adv.* לְמַעְלָה (חוּץ) מִזֶּה
thee, *pron.* אוֹתָךְ, אוֹתָךְ	thermal, thermic, *adj.* חַם, שֶׁל חֹם
theft, *n.* גְּנֵבָה	thermometer, *n.* מַדְחֹם
their, theirs, *adj. & pron.* שֶׁלָּהֶם,	Thermos bottle (Reg.) שְׁמַרְחֹם
שֶׁלָּהֶן	thermostat, *n.* סְדַרְחֹם
them, *pron.* אוֹתָם, אוֹתָן	thesaurus, *n.* אוֹצָר, מִלּוֹן
theme, *n.* חִבּוּר; נוֹשֵׂא	these, *adj. & pron.* אֵלֶּה, אֵלּוּ, הַלָּלוּ
themselves, *pron.* אוֹתָם (בְּ) עַצְמָם,	thesis, *n.* הַנָּחָה, מֶחְקָר; מַסָּה
אוֹתָן (בְּ)עַצְמָן	thews, *n. pl.* שְׁרִירִים, כֹּחַ, עָצְמָה
then, *adv.* אָז, אַחַר כֵּן	they, *pron.* הֵם, הֵמָּה, הֵן, הֵנָּה
then, *conj.* אִם כֵּן, וּבְכֵן, אֵפוֹא, לָכֵן	thick, *adj. & adv.* עָבֶה, סָמִיךְ
thence, *adv.* מִשָּׁם, מֵאָז, מִזֶּה	thicken, *v.t. & i.* [עבה] עָבָה, הִתְעַבָּה
thenceforth, thenceforward, *adv.* מֵאָז	thicket, *n.* סְבַךְ, חֻרְשָׁה, חֹרֶשׁ
וָהָלְאָה, מִשָּׁם וְאֵילָךְ	thickly, *adv.* בְּעֹבִי
theocracy, *n.* שִׁלְטוֹן (הַדָּת) כֹּהֲנִים	thickness, *n.* עֹבִי
theology, *n.* תּוֹרַת (הָאֱמוּנָה) הָאֱלֹהוּת	thief, *n.* גַּנָּב
theorem, *n.* כְּלָל, הַנָּחָה	thieve, *v.t. & i.* גָּנַב
theoretical, theoretic, *adj.* עִיּוּנִי,	thievery, *n.* גְּנֵבָה
רַעְיוֹנִי	thigh, *n.* יָרֵךְ
theory, *n.* עִיּוּן, הַנָּחָה, הַשְׁעָרָה	thimble, *n.* אֶצְבָּעוֹן
therapeutic, therapeutical, *adj.*	thin, *adj.* דַּק, רָזֶה, צָנוּם
מְרַפֵּא, שֶׁל רְפוּאָה	thin, *v.t. & i.* [רזה] רָזָה, דִּלֵּל; הִרְזָה
there, *adv.* שָׁם, שָׁמָּה	thine, thy, *adj. & pron.* שֶׁלְּךָ, שֶׁלָּךְ
there, *interj.* הִנֵּה	thing, *n.* דָּבָר, עֵצֶם, עִנְיָן
thereabouts, thereabout, *adv.*	think, *v.t. & i.* חָשַׁב, סָבַר
בְּקֵרוּב, בִּקְרוּב מָקוֹם, קָרוֹב לָזֶה,	thinker, *n.* חוֹשֵׁב
בְּעֵרֶךְ שָׁם	thinking, *n.* מַחְשָׁבָה, חֲשִׁיבָה
thereafter, *adv.* אַחַר כַּךְ, אַחֲרֵי כֵן	third, *adj. & n.* שְׁלִישִׁי, שְׁלִישִׁית
thereby, *adv.* עַל יְדֵי זֶה, בָּזֶה	thirdly, *adv.* שְׁלִישִׁית
therefore, therefor, *adv.* לְפִיכָךְ, לָכֵן,	thirst, *n.* צָמָא, צִמָּאוֹן; תְּשׁוּקָה
עַל כֵּן	thirst, *v.i.* צָמֵא, הִצָּמָא [צמא]; עָרַג
therein, *adv.* בָּזֶה, שָׁם, שָׁמָּה	thirsty, *adj.* צָמֵא; שׁוֹקֵק
there is יֵשׁ	thirteen, *adj. & n.* שְׁלֹשָׁה עָשָׂר, שְׁלֹשׁ
thereof, *adv.* מִזֶּה	עֶשְׂרֵה
thereon, *adv.* עַל זֶה	thirteenth, *adj.* הַשְּׁלֹשָׁה עָשָׂר, הַשְּׁלֹשׁ
thereupon, *adv.* אָז	עֶשְׂרֵה
there was הָיָה	thirtieth, *adj.* הַשְּׁלֹשִׁים

thirty, adj. & n.	שְׁלֹשִׁים	three, adj. & n.	שְׁלֹשָׁה, שָׁלֹשׁ
this, pron.	זֶה, זֹאת	threefold, adj. & adv.	פִּי שְׁלֹשָׁה, כָּפוּל
this, adj.	הַזֶּה, הַזֹּאת		שְׁלֹשָׁה, שְׁלֹשָׁתַיִם
thistle, n.	בַּרְקָן, דַּרְדַּר	threescore, adj. & n.	שִׁשִּׁים, שֶׁל שִׁשִּׁים
thither, adv.	שָׁמָּה, לְשָׁם	threesome, n.	שְׁלִישִׁיָּה
thong, n.	רְצוּעָה	threshold, n.	מִפְתָּן, סַף
thorax, n.	חָזֶה, בֵּית הֶחָזֶה	thrice, adv.	שָׁלֹשׁ פְּעָמִים
thorn, n.	קוֹץ, סִיר, חוֹחַ, סִלּוֹן	thrift, n.	חִסָּכוֹן
thorny, adj.	קוֹצִי, קָשֶׁה	thrifty, adj.	חַסְכָנִי
thorough, adj.	שָׁלֵם, מֻחְלָט, גָּמוּר	thrill, n.	זַעֲזוּעַ, רַעַד, רַעֲדוּד
thoroughbred, adj.	סְהַר גֶּזַע	thrill, v.t. & i.	רָעַד, הִרְעִיד [רעד],
thoroughfare, n.	דֶּרֶךְ צִבּוּרִי		רִעֲדֵד
thoroughly, adv.	לְגַמְרִי	thrive, v.i.	הִצְלִיחַ [צלח], גָּדַל
thoroughness, n.	שְׁלֵמוּת	throat, n.	גָּרוֹן
those, adj. & pron.	הָהֵם, הָהֵמָּה; הָהֵן,	throb, n.	דְּפִיקָה, נְקִיפָה
	הָהֵנָּה	throb, v.i.	דָּפַק (לֵב), נָקַף
thou, pron.	אַתָּה, אַתְּ	throe, n.	צִיר, נְסִיסָה, חֶבֶל (חַבְלֵי
though, conj.	אֲפִילוּ, אַף עַל פִּי כֵן,		לֵדָה)
	אִם כִּי	thrombosis, n.	הִתְפַּקְּקוּת (הַדָּם)
thought, n.	מַחֲשָׁבָה, רַעֲיוֹן, שַׂרְעַף,	thrombus, n.	דָּם קָרוּשׁ, חַרְצַת דָּם
	הִרְהוּר, עֶשְׁתּוֹן	throne, n.	כִּסֵּא הַמֶּלֶךְ
thoughtful, adj.	חוֹשֵׁב, זָהִיר, דּוֹאֵג	throng, n.	הָמוֹן
thoughtless, adj.	אִי זָהִיר, חֲסַר	throng, v.t. & i.	צָחַק, צִפֵף, דָּחַס
	מַחֲשָׁבָה		הִתְגּוֹדֵד [גדד] הִתְקָהֵל [קהל]
thousand, adj. & n.	אֶלֶף	throttle, n.	מַשְׁנָק, מַצְעֶרֶת, גָּרוֹן
thousandth, adj. & n.	הָאֶלֶף	throttle, v.t.	הִצְעִיר [צער], חָנַק
thrall, n.	עֶבֶד; עַבְדוּת	through, prep., adj. & adv.	עַל יָדֵי,
thrash, v.t. & i.	דָּשׁ (דוש), הִלְקָה		דֶּרֶךְ, בִּגְלַל, מִפְּנֵי, מֵחֲמַת, בְּשֶׁל;
	[לקה]		כֻּלּוֹ (רֹאשׁוֹ וְרֻבּוֹ), מִשָּׁלָם
thrasher, n.	דַּיָּשׁ	throughout, adv. & prep.	כֻּלּוֹ, מֵרֹאשׁוֹ
thrashing, n.	דִּישָׁה, דַּיִשׁ; הַלְקָאָה		וְעַד סוֹפוֹ, בְּכָל
thrashing machine	מְדִישָׁה	throw, n.	זְרִיקָה, הַשְׁלָכָה
thread, n.	חוּט, פְּתִיל, הֶלֶךְ (מַחֲשָׁבָה)	throw, v.t. & i.	זָרַק, הִשְׁלִיךְ [שלך]
	סְלִיל (לְלִינִי)	thrum, v.i.	פָּרַט בְּחַדְצְלִילִיּוּת
thread, v.t.	הִשְׁחִיל [שחל] חוּט, חָרַז	thrush, n.	סֵרָד (צִפּוֹר); דַּלֶּקֶת הַפֶּה
threadbare, adj.	מָהוּהַ, בָּלֶה וְשָׁחוּק		(בִּילָדִים)
threat, n.	אִיּוּם	thrust, n.	הֲדִיפָה, דְּקִירָה
threaten, v.t. & i.	אִיֵּם	thrust, v.t. & i.	תָּקַע, דָּקַר, הָדַף

thud, *n.*	חֲבָטָה
thug, *n.*	לַסְטִים, שׁוֹדֵד
thumb, *n.*	בֹּהֶן, אֲגוּדָל
thumbtack, *n.*	נַעַץ
thump, *n.*	חֲבָטָה, הַכָּאָה, מַכָּה
thump, *v.t. & i.*	חָבַט, הִקִּישׁ [נקשׁ], הִכָּה [נכה]
thunder, *n., v.t. & i.*	רַעַם; הִרְעִים [רעם]
thunderous, *adj.*	מַרְעִים
thunderstruck, *adj.*	הֲלוּם רַעַם, מֻכֵּה תִּמָּהוֹן
Thursday, *n.*	יוֹם חֲמִישִׁי, יוֹם ה׳
thus, *adv.*	כַּךְ, כֹּה, כֵּן
thwart, *v.t.*	עָצַר, מָנַע, שָׂם [שים] לְאַל, הֵפֵר [פרר]
thy, *adj.*	שֶׁלְּךָ, שֶׁלָּךְ
thyme, *n.*	קוֹרָנִית
thyroid, *n.*	תְּרִיסִיָּה
thyroid gland	בַּלּוּטַת הַתְּרִיס
thyself, *pron.*	אַתָּה בְּעַצְמְךָ, אַתְּ בְּעַצְמֵךְ
tiara, *n.*	צַהֲרוֹן, צִיץ, נֵזֶר
tibia, *n.*	שׁוֹקָה, הַקָּנֶה הַגָּדוֹל שֶׁל הַשּׁוֹק
tic, *n.*	עֲוִית הַפָּנִים
tick, *n.*	קַרְצִית, צִפָּה; טִקְטוּק
ticket, *n.*	כַּרְטִיס; פֶּתֶק קְנָס (מִשְׁטָרָה); רְשִׁימַת מֻעֲמָדִים (לַבְּחִירוֹת)
tickle, *n. & v.t.*	דִּגְדּוּג; דִּגְדֵּג, שִׂמַּח
tidal, *adj.*	שֶׁל זַרְמָה
tide, *n.*	זַרְמָה, גֵּאוּת וָשֵׁפֶל
tidiness, *n.*	נִקָּיוֹן, סֵדֶר
tidings, *n. pl.*	בְּשׂוֹרָה
tidy, *adj.*	מְסֻדָּר, נָקִי
tidy, *v.t.*	סִדֵּר, נִקָּה
tie, *n.*	חֶבֶל; חִבּוּר, קֶשֶׁר, עֲנִיבָה; לוּלָאָה; אֶדֶן (רַכֶּבֶת); פַּס
tie, *v.t.*	קָשַׁר, חִבֵּר; עָנַב (עֲנִיבָה)
tier, *n.*	שׁוּרָה, גֶּרֶךְ
tie-up, *n.*	עִכּוּב
tiger, *n.*	נָמֵר
tight, *adj.*	צַר, מָתוּחַ; קַמְצָנִי, מְהֻדָּק
tighten, *v.t.*	מִתַּח, הִדֵּק, קִפֵּץ (יָד)
tights, *n., pl.*	הִדּוּקִים, מִכְנְסֵי גֶּרֶב
tigress, *n.*	נְמֵרָה
tile, *n. & v.t.*	רַעַף; רִצֵּף
till, *prep. & conj.*	עַד, עַד אֲשֶׁר
till, *v.t.*	פָּלַח, חָרַשׁ, עָבַד אֲדָמָה
tillage, *n.*	פְּלִיחָה, עֲבוֹדַת אֲדָמָה
tiller, *n.*	פַּלָּח, אִכָּר, עוֹבֵד אֲדָמָה; יְדִית הַהֶגֶה (סִירָה)
tilt, *n., v.t. & i.*	שִׁפּוּעַ; נָטָה, הִטָּה [נטה], הָסֵב; נִלְחַם [לחם] בְּכִידוֹנִים
timber, *n.*	עֵצָה, עֵצִים, עֲצֵי בִּנְיָן, נְסָרִים, קְרָשִׁים
timbre, *n.*	נְעִימָה, צְלִיל
time, *n.*	זְמַן, עֵת, תְּקוּפָה, עִדָּן; שָׁעָה; פַּעַם; פְּנַאי
time, *v.t. & i.*	כִּוֵּן, עָשָׂה בְּעִתּוֹ, תִּכְנֵן
timeless, *adj.*	לְלֹא גְּבוּל, נִצְחִי
timer, *n.*	מַדְזְמַן
timetable, *n.*	לוּחַ הַשָּׁעוֹת (לַנְּסִיעוֹת)
timid, *adj.*	בַּיְשָׁנִי, פַּחְדָּנִי
timidity, *n.*	פַּחְדָּנוּת, בַּיְשָׁנוּת
timorous, *adj.*	פַּחְדָּנִי, רַךְ לֵבָב
timothy, *n.*	אִיטָן (עֵשֶׂב)
tin, *n.*	בְּדִיל, בַּעַץ, פַּח, פַּחִית
tin, *v.t.*	שִׁמֵּר בְּפָח, כִּסָּה בְּפַח
tincture, *n.*	גָּוֶן, טַעַם, שִׁיּוּר, תַּמְסָסָה
tincture, *v.t.*	גִּוֵּן, צָבַע, גָּוֵן
tinder, *n.*	צָתִית (קַשׁ, קֵיסָם, שְׁבָב)
tinfoil, *n.*	נְיָר כֶּסֶף, פְּחִיתִית
tinge, *v.t.*	גִּוֵּן
tingle, *n.*	תְּחוּשַׁת דְּקִירָה
tingle, *v.i.*	חָשׁ [חוש] כְּעֵין דְּקִירָה

tinker, n.   מְתַקֵּן בְּצוּרָה (עֲרָאִית)

   גְּרוּטָאָה; סַלַּאי

tinkle, n.   צִלְצוּל, קִשְׁקוּשׁ

tinkle, v.t. & i.   צִלְצֵל, קִשְׁקֵשׁ

tinsel, n.   אֶרֶג מַבְרִיק וּמַתְכָּתִי לְקִשּׁוּט;

   תִּקְשֹׁטֶת זוֹלָה

tinsmith, tinman, n.   פֶּחָח

tint, n. & v.t.   גּוֹנוֹן; גִּנֵּן

tiny, adj.   קְטַנְטַן, קָטָן, זָעִיר

tip, n.   רֹאשׁ, חֹד; רֶמֶז; הַעֲנָקָה, דְּמֵי

   (שֵׁרוּת) שְׁתִיָּה

tip, v.t. & i.   הָטָה [נטה], נָטָה [נטה]

   (חוֹד); שִׁלֵּם דְּמֵי (שֵׁרוּת) שְׁתִיָּה

tipple, n.   סָבָא, מַשְׁקֶה (חָרִיף)

tipple, v.t.   סָבָא, שָׁכַר, הִשְׁתַּכֵּר [שכר]

tippler, n.   שִׁכּוֹר, שַׁתְיָן

tipsy, adj.   שָׁכוּר, שִׁכּוֹר, מְבֻסָּם

tiptoe, n.   רָאשֵׁי אֶצְבָּעוֹת

tiptoe, v.i.   הָלַךְ עַל רָאשֵׁי הָאֶצְבָּעוֹת

tirade, n.   שֶׁצֶף חֲרָפוֹת, מַבּוּל מִלִּים

tire, n.   צְמִיג

tire, v.t. & i.   יִגֵּעַ, הִתְיַגֵּעַ [יגע], עִיֵּף,

   נִלְאָה [לאה]

tired, adj.   עָיֵף, נִלְאָה, יָגֵעַ

tireless, adj.   שֶׁלֹּא יָדַע לֵאוּת, שֶׁאֵינוֹ

   מִתְיַעֵף

tiresome, adj.   מְעַיֵּף, מְיַגֵּעַ

tissue, n.   רִקְמָה, אָרִיג דַּק

tissue paper   נְיָר (אֲרִיזָה) דַּק

titanic, adj.   עֲנָקִי

titbit, n.   מַטְעָם; חֲדָשׁוֹת; רְגוֹן

tithe, n. & v.t.   מַעֲשֵׂר; עִשֵּׂר

titillate, v.t.   דִּגְדֵּג

titillation, n.   דִּגְדּוּג

title, n.   שֵׁם סֵפֶר, תֹּאַר; זְכוּת; כְּתֹבֶת

title page   שַׁעַר (סֵפֶר)

titter, n. & v.i.   חִיּוּךְ, גִּחוּךְ; חִיֵּךְ

tittle, n.   תָּג, קוֹצוֹ שֶׁל יוֹד

titular, adj.   מְתֹאָר

to, prep.   לְ-, אֶל, עַד

toad, n.   קַרְפָּדָה

toadstool, n.   פִּטְרִיָּה, כְּמֵהָה

toady, n.   חוֹנֵף, מְלַחֵךְ פִּנְכָּה

toady, v.t. & i.   הֶחֱנִיף [חנף]

toast, n.   שְׁתִיַּת "לַחַיִּים"; קָלִי

toast, v.t.   קָלָה; שָׁתָה "לַחַיִּים"

toastmaster, n.   רַבְרְקָה, שַׂר הַמַּשְׁקִים

tobacco, n.   טַבָּק, טוּטוּן

toboggan, n.   מִזְחֶלֶת

today, n.   הַיּוֹם

toddle, n. & v.i.   הִדְדָּה [דדה] דִּדּוּת,

   דִּדּוּת, מִדְדָּה

toddler, n.   תִּינוֹק, מִדְדֶּה

toe, n.   אֶצְבַּע הָרֶגֶל

toenail, n.   צִפֹּרֶן

together, adv.   כְּאֶחָד, יַחַד, בְּיַחַד, יַחְדָּו

toil, n.   עָמָל, טִרְחָה

toil, v.i.   עָמַל, טָרַח, יָגַע

toilet, n.   בֵּית (שִׁמּוּשׁ, כִּסֵּא) כָּבוֹד

token, n.   אוֹת; סֵמֶל; אֲסִימוֹן

tolerable, adj.   בֵּינוֹנִי, שֶׁאֶפְשָׁר לְסוֹבְלוֹ

tolerance, toleration, n.   סוֹבְלָנוּת

tolerant, adj.   סוֹבְלָנִי

tolerate, v.t.   סָבַל, נָשָׂא

toll, n.   צִלְצוּל אֵשֶׁת; מַס מַעֲבָר

toll, v.t. & i.   צִלְצֵל (פַּעֲמוֹן, שָׁעָה)

tomato, n.   עֲגְבָנִיָּה

tomb, n.   קֶבֶר

tomboy, n.   רִיבָה עַלִּיזָה

tombstone, n.   מַצֵּבָה, גּוֹלֵל, נֶפֶשׁ

tomcat, n.   חָתוּל

tome, n.   כֶּרֶךְ (סֵפֶר)

tomfoolery, n.   שְׁטוּת, סִכְלוּת, הֶבֶל

tomorrow, adv.   מָחָר

tomtit, n.   יַרְגָּזִי (צִפּוֹר)

ton, n.   טוֹן

tonal, adj.   קוֹלִי, צְלִילִי

tone, *n.*	צְלִיל, קוֹל; טַעַם, גָּוֶן; מַצָּב
	רוּחַ, אֹפִי, סִיב
tone, *v.t.* & *i.*	מִזֵּג, הִתְמַזֵּג [גוון]; הִטְעִים
	[טעם]
tongs, *n. pl.*	מֶלְקָחַיִם, צְבָת
tongue, *n.*	לָשׁוֹן, שָׂפָה; דִּבּוּר
tongueless, *adj.*	נְטוּל לָשׁוֹן, אִלֵּם
tongue-tied, *adj.*	כְּבַד (פֶּה) לָשׁוֹן
tonic, *n.* & *adj.*	אֹתָן; מְאַמֵּץ, מְחַזֵּק
tonight, *adv.*	הַלַּיְלָה
tonnage, *n.*	מַעֲמָס, מַס (אֳנִיּוֹת)
tonsilitis, *n.*	דַּלֶּקֶת הַשְּׁקֵדִים
tonsils, *n. pl.*	לוֹזִים, שְׁקֵדִים
tonsure, *n.*	גִּלּוּחַ הָרֹאשׁ, גְּזִיזַת הַשֵּׂעָר
too, *adv.*	גַּם, גַּם כֵּן, אַף; יוֹתֵר מִדַּי
tool, *n.*	כְּלִי, מַכְשִׁיר, אֶמְצָעִי
toot, *n.*, *v.t.* & *i.*	תְּקִיעָה, צְפִירָה;
	תָּקַע, צָפַר; הִכָּה (חָלִיל)
tooth, *n.*	שֵׁן; זִיז, בְּלִיטָה
molar tooth	שֵׁן (מַתְאִימָה) טוֹחֶנֶת
artificial tooth	שֵׁן תּוֹתֶבֶת
toothache, *n.*	כְּאֵב שִׁנַּיִם
toothbrush, *n.*	מִבְרֶשֶׁת שִׁנַּיִם
toothpick, *n.*	מְחַצֶּצָה, קֵיסָם
top, *n.*	רֹאשׁ, פִּסְגָּה; אָמִיר (עֵץ);
	סְבִיבוֹן; (חֵלֶק) עֶלְיוֹן
top, *v.t.*	זָמַר, הִכְתִּיר (כֶּתֶר); כִּסָּה אֶת
	הָרֹאשׁ; הִצְטַיֵּן (צִיֵּן), עָלָה עַל
topaz, *n.*	פִּטְדָה
topcoat, *n.*	מְעִיל עֶלְיוֹן
top hat	מִגְבַּע, גְּלִילוֹן
topic, *n.*	נוֹשֵׂא, תֹּכֶן
topography, *n.*	תֵּאוּר מְקוֹמוֹת
topple, *v.t.* & *i.*	הִפִּיל [נפל]; נָפַל
topsy-turvy, *adj.*	מָלֵא מְבוּכָה, הָפוּךְ
topsy-turvy, *adv.*	לְלֹא סֵדֶר, בִּמְבוּכָה
torch, *n.*	לַפִּיד, אֲבוּקָה
toreador, *n.*	שַׁוָּר, לוֹחֵם שְׁוָרִים
torment, *n.*	עִנּוּי, יִסּוּרִים
torment, *v.t.*	עִנָּה, גָּרַם יִסּוּרִים
tormentor, *n.*	מְעַנֶּה
tornado, *n.*	זַעֲוָה, סְעָרָה
torpedo, *n.*	מוֹקֵשׁ יָם
torpedo, *v.t.*	הִשְׁחִית [שחת] בְּמוֹקְשֵׁי
	יָם; כִּלָּה
torpid, *adj.*	מֻקְהֶה, עַצְלָנִי; מְטֻמְטָם
torpor, *n.*	חֹסֶר פְּעִילוּת, קֵהוּת;
	עַצְלָנוּת, טִמְטוּם
torrent, *n.*	חֲרַדְלִית זֶרֶם, נַחַל, שֶׁטֶף
torrential, *adj.*	שׁוֹטֵף
torrid, *adj.*	בּוֹעֵר, לוֹהֵט, חָרֵב
torsion, *n.*	פִּתּוּל, שְׁזִירָה
torso, *n.*	גּוּפָה, גְּוִיָּה
tort, *n.*	עַוְלָתָה
tortoise, *n.*	צָב
tortuous, *adj.*	מִתְפַּתֵּל, עָקֹשׁ, מָשְׁחָת
torture, *n.*	עִנּוּי, יִסּוּרִים, סִגּוּף
torture, *v.t.*	עִנָּה, סִגֵּף; סִלֵּף
toss, *v.t.* & *i.*	הִשְׁלִיךְ [שלך], זָרַק;
	הִתְהַפֵּךְ [הפך] מִצַּד אֶל צַד,
	הִתְנוֹעֵעַ [נוע] (בְּלוֹרִית)
tot, *n.*	דָּבָר מָה, פָּעוֹט, תִּינוֹק; סְכוּם
total, *n.*	סַךְ הַכֹּל, סְכוּם
total, *v.t.* & *i.*	סִכֵּם
totalitarian, *n.* & *adj.*	דַּבְּרָנִי, דַּבְּרָנִי
totality, *n.*	כְּלָלוּת
totally, *adv.*	לְנַמְרֵי, כֻּלּוֹ
totter, *v.i.*	הִתְמוֹטֵט [מוט], נָע [נוע]
touch, *n.*	נְגִיעָה, מִשְׁמוּשׁ, מִבְחָן, מַגָּע;
	אֶבֶן בֹּחַן, פְּגִיעָה; שֶׁמֶץ
touch, *v.t.* & *i.*	מִשֵּׁשׁ, מִשְׁמֵשׁ, פָּגַע;
	הִגִּיעַ [נגע]; נָגַע, הִשְׁפִּיעַ [שפע]; הִרְגֵּן
	פָּגַע
touchy, *adj.*	קָשֶׁה, נַס, קָשֵׁה עֹרֶף
tough, *adj.*	קָשֶׁה, נַס, קָשֵׁה עֹרֶף
toughen, *v.t.* & *i.*	הִתְקַשָּׁה [קשה]
toughness, *n.*	קֹשִׁי

tour, n.	סִיּוּר
tour, v.t. & i.	סִיֵּר
tourist, n.	תַּיָּר
tournament, n.	הִתְחָרוּת
tousle, v.t.	פָּרַע, בִּלְבֵּל, סָתַר
tow, n. נְעֹרֶת (חֹסֶן) פִּשְׁתָּן	אַרְכָּה, חֶבֶל;
tow, v.t.	גָּרַר, מָשַׁךְ בְּחֶבֶל
toward, towards, prep.	אֶל, לְ־,
	לִקְרַאת, כְּלַפֵּי, לְנֹבַח
towel, n.	מַגֶּבֶת, אֲלֻנְטִית
tower, n.	מִגְדָּל, בַּחוּן
tower, v.t.	הִתְרוֹמֵם [רום]
towery, adj.	רָם
town, n.	עִיר, כְּרַךְ
town hall	בֵּית מוֹעֶצֶת הָעִיר
township, n.	עִירִיָּה
toxemia, toxaemia, n.	הַרְעָלַת דָּם
toxic, adj.	אַרְסִי, מֻרְעָל
toxin, toxine, n.	אֶרֶס, רַעַל
toy, n.	שַׁעֲשׁוּעַ, מִשְׂחָק, צַעֲצוּעַ
toy, v.i.	שִׂחֵק, הִשְׁתַּעֲשַׁע [שעשע]
trace, n.	עָקֵב, סִימָן; שֶׁמֶץ
trace, v.t. & i.	עָקַב, הִתְחַקָּה [חקה],
	חִפֵּשׂ; שִׂרְטֵט
tracer, n.	מְשָׂרְטֵט; עוֹקֵב
trachea, n.	גַּרְגֶּרֶת, קְנֵה הַנְּשִׁימָה
trachoma, n.	גַּרְעֶנֶת
track, n.	עָקֵב; שֶׁמֶץ, רֶשֶׁם, נָתִיב;
	מַסְלוּל, מְסִלָּה, מַעְגָּל; מִפְשָׂק
track, v.t. & i.	עָקַב, הִתְחַקָּה [חקה]
	אַחֲרֵי
tract, n.	שֶׁטַח, כִּבְרַת אֶרֶץ; חִבּוּר,
	מַסֶּכֶת
tractable, adj.	צַיְתָן, נוֹחַ
tractate, n.	מַסֶּכֶת, מַסָּה
traction, n.	גְּרִירָה, מְשִׁיכָה, סְחִיבָה
tractor, n.	טְרַקְטוֹר; נַגָּד
trade, n.	אֻמָּנוּת, מִקְצוֹעַ; מִסְחָר

trade, v.t. & i.	סָחַר, הֶחֱלִיף [חלף]
trade-mark, n.	תָּו (אוֹת סֵמֶל) מִסְחָרִי
trade-union, n.	אֲגֻדָּה מִקְצוֹעִית
trader, n.	סוֹחֵר, תַּגָּר
tradesman, n.	סוֹחֵר, חֶנְוָנִי
tradition, n.	מָסֹרֶת, קַבָּלָה
traditional, adj.	מָסָרְתִּי, מְקֻבָּל
traffic, n.	תַּעֲבוּרָה, תְּנוּעָה; סַחַר,
	מַרְכֹּלֶת
traffic, v.t. & i.	סָחַר
tragedy, n.	אָסוֹן; מַעֲנָמָה (חֶזְיוֹן תּוּגָה)
tragic, tragical, adj.	נוּגֶה, עָגוּם, סַרְגָּנִי
trail, n.	מִשְׁעוֹל, שְׁבִיל; עָקֵב; שֹׁבֶל
trail, v.t. & i.	עָקַב, הִתְחַקָּה [חקה]
	אַחֲרֵי; סָחַב, הִסְתָּרֵךְ [סרך];
	סְפֵס [צמח]
trailer, n.	גְּרוּר; מְטַפֵּס (צֶמַח)
train, n.	רַכֶּבֶת, תַּהֲלוּכָה; שֹׁבֶל
	(שִׂמְלָה); הֲלַךְ (מַחֲשָׁבוֹת);
	בְּנֵי לְוָיָה
train, v.t. & i.	אִמֵּן, אִלֵּף, חִנֵּךְ, הִדְרִיךְ
	[דרך]; כִּוֵּן (נֶשֶׁק)
trainer, n.	מְאַמֵּן, מַדְרִיךְ
training, n.	חִנּוּךְ, אִלּוּף, אִמּוּן,
	הַדְרָכָה
trait, n.	אֹפִי, תְּכוּנָה
traitor, adj. & n.	בּוֹגֵד, בָּגוּד
trajectory, n. בַּמַּסָּע)	קַמְרוֹן (הַקָּלִיעַ
	מַסְלוּל
tram, n.	חַשְׁמַלִּית
tramp, n., v.t. & i.	נָע וָנָד, גּוֹדֵד,
	אוֹרֵחַ פּוֹרֵחַ; שִׁעֲסָה; צָעַן, נָדַד;
	שָׁעַט, דָּרַךְ בְּחָזְקָה
trample, v.t. & i.	בָּסַס, רָמַס, דָּרַךְ
trance, n.	הַדְהָמָה, שְׁנַת מַרְמִיסָה
tranquil, adj.	שׁוֹקֵט
tranquilize, tranquillize, v.t. & i.	
	הִשְׁקִיט [שקט]

tranquility, tranquillity, *n.*	שַׁלְוָה,
	שֶׁקֶט
transact, *v.t. & i.*	סָחַר, נָשָׂא וְנָתַן,
	עָסַק, הִתְעַסֵּק [עסק]
transaction, *n.*	מַשָּׂא וּמַתָּן, עֵסֶק,
	מִסְחָר
transatlantic, *adj.*	עֵבֶר אַטְלַנְטִי
transcend, *v.t. & i.*	עָלָה עַל, הִשְׂגִּיב
	[שגב] מֵ־
transcendent, transcendental, *adj.*	
	נַעֲלָה, דִּמְיוֹנִי, מִפְלָא
transcribe, *v.t.*	תִּעְתֵּק, הֶעְתִּיק [עתק]
transcript, *n.*	תַּעְתִּיק
transcription, *n.*	תַּעְתּוּק
transfer, *n.*	הַעֲבָרָה, הַקְנָיָה
transfer, *v.t. & i.*	הֶעֱבִיר [עבר], מָסַר
transfiguration, *n.*	הִשְׁתַּנּוּת, שִׁנּוּי
	צוּרָה
transfigure, *v.t.*	שִׁנָּה צוּרָה
transform, *v.t. & i.*	שִׁנָּה (צוּרָה), הָפַךְ
	לְ־, נֶהְפַּךְ [הפך] לְ־
transformation, *n.*	שִׁנּוּי, הִשְׁתַּנּוּת,
	הֲפִיכָה
transformer, *n.*	שַׁנַּאי, מְשַׁנֶּה
transfuse, *v.t. & i.* עֵרָה (הֶעֱבִיר [עבר]) דָּם	
transfusion, *n.*	עֵרוּי דָּם
transgress, *v.t. & i.*	עָבַר עַל (גְּבוּל),
	חָטָא, פָּשַׁע
transgression, *n.*	עֲבֵרָה, חֵטְא, פֶּשַׁע
transgressor, *n.*	עַבַרְיָן, חוֹטֵא, פּוֹשֵׁעַ
transient, *adj.*	עוֹבֵר, חוֹלֵף, עֲרָאִי
transit, *n.*	הַעֲבָרָה
transition, *n.*	מַעֲבָר, שִׁנּוּי
transitive, *adj.*	עוֹבֵר, יוֹצֵא (פֹּעַל)
transitory, *adj.*	עוֹבֵר, חוֹלֵף, רְגָעִי
translate, *v.t.*	תִּרְגֵּם
translation, *n.*	תִּרְגּוּם
translator, *n.*	מְתַרְגֵּם, תֻּרְגְּמָן
transliterate, *v.t.*	לִעֵז
transliteration, *n.*	לִעוּז
translucent, *adj.*	שָׁקוּף לְמֶחֱצָה
transmigration, *n.*	נְדוּדִים, גִּלְגּוּל
	(נְשָׁמוֹת)
transmission, *n.*	מְסִירָה, הַעֲבָרָה;
	מִמְסָרָה
transmit, *v.t.*	מָסַר, הֶעֱבִיר [עבר],
	הִנְחִיל [נחל]
transmitter, *n.*	מַקְלֵט, אַפַּרְכֶּסֶת;
	מַשְׂדֵּר (רָדְיוֹ); מַתְאֵם
transmute, *v.t.*	שִׁנָּה, תִּחְלֵף
transom, *n.*	מַשְׁקוֹף, חַלּוֹנִית
transparent, *adj.*	שָׁקוּף, בָּהִיר, מוּבָן
transpiration, *n.*	הֲזָעָה
transpire, *v.t. & i.*	הִזִּיעַ (זוע); נִגְלָה
	(גלה), הָיָה, קָרָה
transplant, *v.t.*	הֶעֱבִיר [עבר] נֶטַע,
	שָׁתַל (שוב)
transport, *n.*	הוֹבָלָה, הַעֲבָרָה;
	הִתְרַגְשׁוּת, הִתְלַהֲבוּת
transport, *v.t.*	הוֹבִיל (יבל), הֶעֱבִיר
	[עבר]; הִגְלָה [גלה]; הִתְלַהֵב [להב]
transportation, *n.*	הוֹבָלָה, תַּחְבּוּרָה
transposition, *n.*	סֵרוּס (דְּבָרִים),
	הֲפִיכַת הַסֵּדֶר
transverse, *adj.*	לְעֵבֶר, לְרֹחַב
trap, *n.*	מַלְכֹּדֶת, פַּח, מוֹקֵשׁ, מַאֲרָב
trap, *v.t. & i.*	לָכַד בְּפַח, מִקֵּשׁ
trapeze, *n.*	מִשְׁעֶנֶת, טְרָפֵז
trash, *n.*	אַשְׁפָּה
traumatic, *adj.*	שֶׁל חַבָּלָה
travail, *n. & v.i.*	עָמָל, טִרְחָה, עֲבוֹדַת
	פֶּרֶךְ; חֶבְלֵי לֵדָה, צִירִים; נֶהְפַּךְ
	[הפך] (צִירִים), חָלָה [חיל],
	נֶאֶנְחָה [אנח] (בְּצִירֵי יוֹלֵדָה)
travel, *n. & v.i.*	נְסִיעָה, נָסַע
traveler, traveller, *n.*	נוֹסֵעַ

travelogue, travelog, n.   נְאוּם מַסָּעוֹת

traverse, n., v.t. & i.   מַשְׁקוֹף, קוֹרָה,
אַסְקֻפָּה, אֶרֶב; אֲלַכְסוֹן; עָבַר

travesty, n.   נַחְכִּית, חִקּוּי

trawl, n. & v.t.   מִכְמֹרֶת; כָּמַר

trawler, n.   פּוֹרֵשׂ מִכְמֹרֶת

tray, n.   מַגָּשׁ, טַס

treacherous, adj.   בּוֹגֵד

treachery, n.   בְּגִידָה

treacle, n.   פְּסֹלֶת הַסֻּכָּר, נֹפֶת

tread, n.   הֲלִיכָה, דְּרִיכָה, צַעַד

tread, v.t. & i.   צָעַד, דָּרַךְ, רָמַס

treadle, n.   דַּוְשָׁה

treason, n.   מַעַל, בֶּגֶד

treasure, n.   אוֹצָר; מַטְמוֹן

treasure, v.t.   אָצַר; הוֹקִיר [יקר]

treasurer, n.   גִּזְבָּר

treasury, n.   סְמִיוֹן, אוֹצָר הַמֶּמְשָׁלָה

treat, v.t. & i.   הִתְנַהֵג [נהג] (עִם), טִפֵּל
בְּ–; רִפֵּא; כִּבֵּד

treatise, n.   מַסֶּכֶת, מֶחְקָר

treatment, n.   רִפּוּי; טִפּוּל; הִתְנַהֲגוּת

treaty, n.   בְּרִית, אֲמָנָה

treble, adj. & v.t.   שְׁלָשְׁתַּיִם, פִּי שְׁלֹשָׁה;
קוֹלְרָמִי; שִׁלֵּשׁ

tree, n., v.t. & i.   אִילָן, עֵץ; טִפֵּס עַל
עֵץ, הִתְחַבֵּא [חבא] בְּעֵץ

trefoil, n.   אַסְפֶּסֶת, תִּלְתָּן

trellis, n. & v.t.   עָרִיס, הִדְלָה [דלה]

tremble, n.   זַעֲזוּעַ, צְמַרְמֹרֶת, חַלְחָלָה,
רַעַד, חֲרָדָה

tremble, v.i.   זָעַע, הִתְחַלְחֵל [חלחל],
רָשַׁם, רִתֵּת, רָעַד, חָל [חיל]

tremendous, adj.   עָצוּם, נָדוֹל, נוֹרָא,
שַׂנִּיא

tremor, n.   רַעַד, רְעָדָה, חֲרָדָה,
זַעֲזוּעַ, חַלְחָלָה, רָשֶׁט

tremulous, adj.   מָרַתֵּת, מְרַשֵּׁט, רוֹעֵד

trench, n.   חֲפִירָה

trench, v.t. & i. [חפר] חָפַר, הִתְחַפֵּר

trend, n.   זֶרֶם, נְטִיָּה, מְגַמָּה

trend, v.i.   נָטָה

trepidation, n.   חִתָּה, חֲרָדָה, פִּרְפּוּר

trespass, n.   עֲבֵרָה; כְּנִיסָה לְלֹא
רְשׁוּת

trespass, v.i.   עָבַר נְבוּל, חָטָא

trespasser, n.   עֲבַרְיָן, חוֹדֵר לְקִנְיַן
פְּרָטִי

tress, n.   תַּלְתַּל

trestle, n.   כֵּן, כַּן, תּוֹשֶׁבֶת

trial, n.   נִסָּיוֹן, מִבְחָן, מִשְׁפָּט

triangle, n.   מְשֻׁלָּשׁ

triangulation, n.   שִׁלּוּשׁ

tribal, adj.   שִׁבְטִי

tribe, n.   שֵׁבֶט, מַטֶּה

tribulation, n.   שֶׁבֶר, תְּלָאָה, מְצוּקָה

tribunal, n.   בֵּית דִּין, בֵּית מִשְׁפָּט

tribune, n.   פָּקִיד רוֹמִי (נִבְחָר עַל יְדֵי
הָעָם), מֵלִיץ יֹשֶׁר; בָּמָה, דּוּכָן

tributary, adj.   מַעֲלֶה מַס

tributary, n.   יוּבַל, פֶּלֶג

tribute, n.   מַס (עוֹבֵד), אֶשְׁכָּר; הוֹדָיָה"
הַכָּרַת טוֹבָה

trice, n.   הֶרֶף עַיִן, רֶגַע קָט

trick, n.   אֲחִיזַת עֵינַיִם, רְבוּתָה, עָקְבָה

trickery, n.   מִרְמָה, הוֹנָאָה, הַעֲרָמָה,
גְּנֵבַת דַּעַת

trickle, n.   סִפְסוּף, הַרְעָפָה

trickle v.i.   סִפְסֵף, נָזַל

tricky, adj.   עָרוּם

tricycle, n.   תְּלַת אוֹפָן

trifle, n.   מִצְעָר

trifle, v.t. & i.   זִלְזֵל, כִּשֵּׁל, בִּזְבֵּז

trigger, n.   הֶדֶק

trigonometry, n.   תּוֹרַת הַמְשֻׁלָּשִׁים

trill, n.   רַעַד קוֹל, סִלְסוּל

trill, v.t. & i.	סִלְסֵל
trim, n.	תִּקּוּן, הַתְאָמָה, קִשּׁוּט
trim, v.t.	הִקְצִיעַ (קֶצַע), תִּקֵּן, סָדֵּר;
	גָּזַז, נָקַף (שֵׂעָר), כָּסַח (צִפָּרְנַיִם);
	יִסֵּר, מָחַט (מְנוֹרָה), דִּלֵּל (עֵצִים);
	זָמַר (עֲנָבִים); קָשֵּׁט
trinity, n.	שִׁלּוּשׁ
trinket, n.	עֲדִי, תַּכְשִׁיט קָטָן; מִצְעָר
trio, n.	שְׁלִישִׁיָּה
trip, n.	נְסִיעָה, מִכְשׁוֹל, מְעִידָה,
	מִשְׁגֶּה
trip, v.t. & i.	סָפַף, מָעַד, הִכְשִׁיל
	(כשל), נִכְשַׁל (כשל), הִפִּיל
	(נפל); שָׁנָה, הֵרִים (רום) (עֹגֶן)
tripartite, adj.	תְּלַת צְדָדִי
tripe, n.	קֵבַת בְּהֵמָה, חֹסֶר עֶרֶךְ
triple, triplex, adj.	מְשֻׁלָּשׁ, שְׁלָשְׁתַּיִם,
	פִּי שְׁלֹשָׁה
triple, v.t. & i.	כָּפַל שְׁלָשְׁתַּיִם, שִׁלֵּשׁ
triplet, n.	שְׁלִישִׁיָּה
triplicate, adj. & n.	מְשֻׁלָּשׁ, תְּלַת
	הֶעְתֵּקִי, הֶעְתֵּק שְׁלִישִׁי
tripod, n.	חֲצֻבָּה
trite, adj.	נָדוֹשׁ, מָעוּךְ מִתּוֹךְ שִׁמּוּשׁ,
	מָהוּט
trituration, n.	שְׁחִיקָה, כְּתִישָׁה
triumph, n.	נִצָּחוֹן
triumph, v.i.	נִצַּח
triumphal, adj.	שֶׁל נִצָּחוֹן
triumphant, adj.	מְנַצֵּחַ
trivial, adj.	קַל עֶרֶךְ, רָגִיל
troglodyte, n.	שׁוֹכֵן מְעָרוֹת, קוֹף
troll, n.	שִׁיר מַעְגָּל, קֶטַע שִׁיר; פִּתְיוֹן
troll, v.t. & i.	דָּג [דוג] בְּחַכָּה נִמְשֶׁכֶת;
	זִמֵּר לְפִי הַתּוֹר; הִלֵּל בְּשִׁיר
trolley, trolly, n.	חַשְׁמַלִּית
trollop, n.	יַצְאָנִית, מְפֻקֶּרֶת
trombone, n.	חֲצוֹצְרָה נְחֹשֶׁת

troop, n. & v.i.	חֲבוּרָה (אֲנָשִׁים); גְּדוּד
	(חַיָּלִים); גְּנֻדָּה (פָּרָשִׁים);
	הִתְגּוֹדֵד (גדד)
trooper, n.	רַכָּב (חַיָל) פָּרָשׁ
trophy, n.	מַזְכֶּרֶת נִצָּחוֹן; פְּרָס
	הִתְחָרוּת
tropical, adj.	טְרוֹפִּי, שֶׁל הָאֵזוֹר הַחַם
trot, n.	דְּהָרָה, שְׁעָטָה
troth, n.	אֵמוּן; אֱמֶת
trouble, n.	צָרָה, מְהוּמָה, טֹרַח, צַעַר
trouble, v.t. & i.	הִפְרִיעַ (פרע),
	הִטְרִיחַ (טרח), דָּאַג
troublesome, adj.	מַטְרִים, מַטְרִיד
trough, n.	אֵבוּס, שֹׁקֶת, עֲרֵבָה, מִשְׁאֶרֶת
trounce, v.t.	הִלְקָה (לקה), הִכָּה (נכה)
troupe, n.	לַהֲקָה
trousers, n. pl.	מִכְנָסַיִם
trousseau, n.	סַבְלוֹנוֹת
trout, n.	שֶׁמֶק (אִלְתִּית)
trowel, n.	כַּף הַסַּיָּדִים, מַגְרוֹפִית
truant, adj.	נֶעְדָּר, בָּטֵל
truce, n.	שְׁבִיתַת נֶשֶׁק, הֲפוּגָה
truck, n.	מַשָּׂאִית
truculent, adj.	פָּרָא
trudge, v.i.	הָלַךְ (בִּכְבֵדוּת) מִתּוֹךְ
	עֲיֵפוּת
true, adj.	אֲמִתִּי, נֶאֱמָן
truffle, n.	כְּמֵהָה
truism, n.	אֱמֶת מְסֻכֶּמֶת, פְּשִׁיטָא
truly, adj.	בֶּאֱמֶת, אָכֵן, אָמְנָם, בְּרַם
trump, v.t. & i.	נִצַּח בִּקְלַף שַׁלִּיט;
	עָלָה עַל; רִמָּה
trumpet, n.	חֲצוֹצְרָה
trumpet, v.t. & i.	חִצְצֵר, תָּקַע
	בַּחֲצוֹצְרָה
truncheon, n.	אַלַּת שׁוֹטֵר
trundle, n.	מְרִיצָה דּוּ אוֹפַנִּית; אוֹפָן,
	גַּלְגַּל (קָטָן)

trundle, *v.t. & i.* גִּלְגֵּל, הִתְגַּלְגֵּל [גלגל]	tuna, *n.* טֻנָּס
trunk, *n.* גֵּזַע (עֵץ), גּוּפָה; חֵדֶק (פִּיל);	tune, *n.* נְגִינָה, לַחַן, נְעִימָה
אַרְגָּז, מִזְוָדָה; מֶרְכָּבִיָּה (לְטֶלֶפוֹנִים)	tune, *v.t.* כִּנֵּן, הִכְרִין [כון] (כִּנֵּן כְּלֵי
truss, *n.* חֲגוֹרַת שֶׁבֶר, תַּחְבֹּשֶׁת,	זֶמֶר)
אֱגֶד; חֲבִילָה, צְרוֹר	tuner, *n.* כַּנֶּנֶת, מַכְנֵן, מְכַנֵּן
truss, *v.t.* אָרַז (בַּחֲבִילָה), קָשַׁר	tunic, *n.* סַרְבָּל
trust, *n.* אֵמוּן, בִּטָּחוֹן; פִּקָּדוֹן	tuning fork מַצְלֵל
trust, *v.t. & i.* בָּטַח בְּ־, הֶאֱמִין [אמן]	tunnel, *n.* מִנְהָרָה, נִקְבָּה
בְּ־, הִפְקִיד [פקד] לְמִשְׁמֶרֶת	turban, *n.* מִצְנֶפֶת, סְבוּל
trustee, *n.* נֶאֱמָן, מְפַקֵּחַ, אֶפִּטְרוֹפּוֹס	turbid, *adj.* דָּלוּחַ, עָכוּר
trustful, *adj.* בַּעַל בִּטָּחוֹן, בּוֹטֵחַ	turbine, *n.* מֵנִיעַ מִסְתּוֹבֵב, טוּרְבִּינָה
trustworthy, *adj.* מְהֵימָן	turbulent, *adj.* תּוֹסֵס, סוֹעֵר, רוֹעֵשׁ
truth, *n.* אֱמֶת, קֹשְׁט	tureen, *n.* קְעָרָה עֲמֻקָּה
truthful, *adj.* כֵּן, אֲמִתִּי	turf, *n.* כַּבּוּל; רִיס (לְמֵרוֹץ סוּסִים)
try, *n.* נִסָּיוֹן, הִשְׁתַּדְּלוּת	turgid, *adj.* מְלִיצִי, נָפוּחַ
try, *v.t. & i.* נִסָּה, הִשְׁתַּדֵּל [שדל]; שָׁפַט	turkey, *n.* תַּרְנְגוֹל הֹדּוּ
tub, *n.* גִּגִּית, אַמְבָּט	Turkish, *adj. & n.* תֻּרְכִּין, תֻּרְכִּית
tube, *n.* שְׁפוֹפֶרֶת	turmoil, *n.* מְבוּכָה, מְהוּמָה
tuber, *n.* פֶּקַע, פְּקַעַת	turn, *n.* סִבּוּב, נְטִיָּה, כִּוּוּן; תּוֹר
tubercle, *n.* גֻּבְשׁוּשִׁית; פֶּקַע	turn, *v.t. & i.* סָר [סור], הִפְנָה [פנה];
tuberculosis, *n.* שַׁחֶפֶת	סִבֵּב, הָפַךְ, הִשְׁתַּנָּה [שנה];
tuberculous, *adj.* מְשֻׁחָף	חָרַט (בְּמַחֲרֵטָה); הִרְהֵר; תִּרְגֵּם;
tubular, *adj.* שְׁפוֹפַרְתִּי	הֶחְמַ(חמץ), הַתְּנַגֵּן (נגן)
tuck, *v.t.* תָּחַב	(חָלַב); הֵמִיר [מור] (דָּת)
Tuesday, *n.* יוֹם שְׁלִישִׁי, יוֹם ג'	turn down סֵרֵב, דָּחָה
tug, *n.* סְפִינַת (עֹבֶר) גְּרִירָה, מְשִׁיכַת עֹז	turn out גֵּרַשׁ; כִּבָּה; הוֹצִיא [יצא]
tug, *v.t. & i.* גָּרַר, מָשַׁךְ בְּחָזְקָה	(עֲבוֹדָה); יָצָא, הָיָה לְ־
tuition, *n.* הוֹרָאָה, לִמּוּד; שְׂכַר לִמּוּד	turncoat, *n.* הַפַּכְפַּךְ, בּוֹגֵד
tulip, *n.* חֲזָמָה, צִבְעוֹנִי	turner, *n.* חָרָט
tulle, *n.* צָעִיף, אָרִיג דַּק וּמֻרְשָׁת	turning, *n.* נְטִיָּה, פְּנִיָּה
tumble, *n.* נְפִילָה, הִתְגַּלְגְּלוּת	turnip, *n.* לֶפֶת
tumble, *v.t. & i.* נָפַל, הִתְהַפֵּךְ [הפך],	turnout, *n.* אֲסֵפָה, מִפְנֶה (דָּרֶךְ);
גִּדֵּ(רַקֵּר (זקר)	תּוֹצֶרֶת, מֶרְכָּבָה; שְׁבִיתָה
tumbler, *n.* כּוֹס; לוּלְיָן; יוֹן מְזַדַּקֵּר	turnover, *n.* הֲפִיכָה, פְּרִידוֹן (מִסְעָרָ),
tumidity, *n.* תְּפִיחוּת	הוֹן חוֹזֵר, מַחֲזוֹר
tumor, tumour, *n.* גָּדוּל, מַצֶּבָה	turnpike, *n.* שַׁעַר הַמֶּכֶס
tumult, *n.* הֲמֻלָּה, מְבוּכָה	turpentine, *n.* שֶׁמֶן הָאֵלָה, עָטְרָן
tumultuous, *adj.* הוֹמֶה, שׁוֹאָה, רוֹעֵשׁ	turpitude, *n.* שְׁפְלוּת

turquoise, n.	סַרְקִיָה (אֶבֶן סוֹכָה)
turret, n.	מִגְדַּל קָטָן; מִגְדַּל צוֹפִים;
	צְרִיחַ הַמַּס (שֶׁל שִׁרְיוֹן); כַּנֶּנֶת
turtle, n.	צָב הַיַּבָּשָׁה
turtledove, n.	תּוֹר
tusk, n.	שֶׁנְהָב (פִּיל), חָט (חֲזִיר)
tussle, n.	הֵאָבְקוּת
tussle, v.i.	נֶאֱבַק [אבק]
tutor, n.	מוֹרֶה פְּרָטִי
tuxedo, n.	מִקְטֹרֶן, חֲלִיפַת עֶרֶב
twaddle, n.	פִּטְפּוּס, שִׂיחָה בְּטֵלָה
twaddle, v.i.	פִּטְפֵּט
twain, adj. & n.	שְׁנַיִם, צֶמֶד
tweed, n.	אֲרִיג צֶמֶר עָבֶה
tweet, n.	צִפְצוּף
twe zers, n. pl.	מַלְקֵס
twelfth, adj. & n.	הַחֵלֶק הַשְּׁנֵים עָשָׂר
twelve, adj. & n.	שְׁנֵים עָשָׂר, שְׁתֵּים
	עֶשְׂרֵה, תְּרֵיסַר
twentieth, adj. & n.	(הַחֵלֶק) הָעֶשְׂרִים
twenty, adj. & n.	עֶשְׂרִים
twentyfold, adj.	כָּפוּל עֶשְׂרִים
twice, adv.	פַּעֲמַיִם, שְׁתֵּי פְעָמִים
twiddle, v.t. & i.	הִשְׁתַּעֲשַׁע [שעשע]
	(בְּזוֹטוֹת) בִּשְׁטִיּוֹת, חָבַק יָדַיִם,
	הִתְבַּטֵּל [בטל]
twig, n.	שָׂרִיג, וַלְזַל, נְטִישָׁה, חֹטֶר, בַּד
twilight, n.	בֵּין הַשְּׁמָשׁוֹת, בֵּין הָעַרְבַּיִם
twin, adj.	זוּגִי, כָּפוּל
twin, n.	תְּאוֹם, תְּאֹם
twine, n.	גָּדִיל, חוּט (מְשֻׁלָּשׁ)
twine, v.t. & i.	פָּתַל, קָלַע; הִתְפַּתֵּל [פתל]
twinge, n.	כְּאֵב פֶּתַע; פִּרְכּוּס
twinkle, v.i.	נָצַץ (כּוֹכָב); עִפְעֵף,
	קָרַץ, פִּלְבֵּל, מִצְמֵץ עֵינַיִם
twirl, n.	הִתְחוֹלְלוּת, סִבּוּב
twirl, v.t. & i.	סִלְסֵל, סִבֵּב (שָׂפָם)
twist, n.	שְׁזִירָה, קְלִיעָה
twist, v.t. & i.	גָּנָה, פָּתַל; עָקַם, עִנָּה,
	סִלֵּף; הִתְפַּתֵּל [פתל]
twit, v.t.	גָּנָה, הוֹכִיחַ (יכח), הִקְנִיט
	(קנט), הִרְעִים (רעם]
twitch, n.	עֲוִית (הִתְכַּוְּצוּת) פֶּתַע,
	פִּרְכּוּס
twitch, v.t. & i.	הִתְעַוָּה (עוה), הִתְכַּוֵּץ
	(כוץ)
twitter, n. & v.i.	צִפְצוּף; צִפְצֵף
two, adj. & n.	שְׁנַיִם, שְׁתַּיִם, שְׁנֵי־, שְׁתֵּי־
twofold, adj.	כָּפוּל שְׁנַיִם
twosome, adj.	זוּגִי
tycoon, n.	תַּעֲשְׂיָן רַב מִשְׁקָל
tympanum, n.	תֹּף (הָאֹזֶן)
type, n.	אוֹתִיּוֹת (דְּפוּס); מִין; סֵמֶל
type, v.t.	תִּקְתֵּק (בִּמְכוֹנַת כְּתִיבָה)
typesetter, n.	סַדָּר, מְסַדֵּר
typewriter, n.	מְכוֹנַת כְּתִיבָה
typing, n.	תִּקְתּוּק
typist, n.	כַּתְבָנִית, תַּקְתְּקָנִית
typographer, n.	מַדְפִּיס
typhoid, adj. & n.	(שֶׁל) טִיפוּס;
typical, adj.	אָפְיָנִי
tyrannical, tyrannic, adj.	אַכְזָרִי,
	קְשֵׁה לֵב
tyranny, n.	עֲרִיצוּת, אַכְזָרִיּוּת
tyrant, n.	אַכְזָר, עָרִיץ

U, u

U, u, n.	יד, הָאוֹת הָעֶשְׂרִים וְאַחַת
	בְּאָלֶף בֵּית הָאַנְגְּלִי
ubiquitous, adj.	נִמְצָא בַּכֹּל (בְּכָל
	מָקוֹם)

udder, *n.* כְּחָל, עָטִין

ugliness, *n.* כִּעוּר, מִאוּס

ugly, *adj.* מְכֹעָר, מָאוּס

ukulele, *n.* יֻקֶלֵילִי, גִּיטָרָה קְטַנָּה

ulcer, *n.* כִּיב

ulcerous, *adj.* כִּיבִי

ulna, *n.* עֶצֶם הָאַמָּה, עֶצֶם הַגֹּמֶד

ulterior, *adj.* רָחוֹק;כָּמוּס, נִסְתָּר

ultima, *n.* מִלְּרַע (דִּקְדּוּק)

ultimate, *adj.* סוֹפִי, מֻחְלָט, אַחֲרוֹן

ultimately, *adv.* לַבְּסוֹף, לָאַחֲרוֹנָה

ultimatum, *n.* אַתְרָאָה

ultra, *adj.* קִיצוֹנִי

ultraviolet, *adj.* עַל סָגֹל

ululation, *n.* יְלָלָה

umbel, *n.* סוֹכֶךְ

umber, *adj. & n.* שְׁחַמְחַם; שְׁחַמְתָּנִי

umbilicus, *n.* טַבּוּר

umbra, *n.* צֵל; רוּחַ (שֵׁד)

umbrage, *n.* צֵל; עֶלְבּוֹן

umbrageous, *adj.* מֻצָּל

umbrella, *n.* שִׁמְשִׁיָּה, מִטְרִיָּה, סוֹכֵךְ

umpire, *n.* בּוֹרֵר, שׁוֹפֵט, מַכְרִיעַ, שַׁלִּישׁ

umpire, *v.t. & i.* פִּשֵּׁר, שָׁפַט בֵּין

unable, *adj.* חֲסַר אוֹנִים, שֶׁאֵינוֹ יָכֹל

unabridged, *adj.* בִּלְתִּי מְקֻצָּר

unacceptable, *adj.* לֹא מִתְקַבֵּל, לֹא רָאוּי (לְהִתְקַבֵּל)

unaccountable, *adj.* שֶׁאֵין לְבָאֵר

unaccustomed, *adj.* אִי רָגִיל

unacquainted, *adj.* שֶׁאֵין מַכִּיר

unadvised, *adj.* פָּזִיז, מָהִיר, נַעֲשֶׂה בְּלִי מַחֲשָׁבָה תְּחִלָּה

unafraid, *adj.* בִּלְתִּי (פּוֹחֵד) יָרֵא

unaffected, *adj.* טִבְעִי, בִּלְתִּי מֻשְׁפָּע

unaided, *adj.* חֲסַר עֶזְרָה

unalloyed, *adj.* חֲסַר סִיג, טָהוֹר

unalterable, *adj.* בִּלְתִּי מִשְׁתַּנֶּה

unanimity, *n.* פֶּה אֶחָד, הֶסְכֵּם כְּלָלִי

unanimous, *adj.* אֶחָד

unannounced, *adj.* בִּלְתִּי קָרוּא

unanswerable, *adj.* לֹא נִתָּן לִתְשׁוּבָה

unapproachable, *adj.* אַל נִגָּשׁ

unarm, *v.t.* פָּרַק נֶשֶׁק

unarmed, *adj.* חֲסַר נֶשֶׁק, בִּלְתִּי מְזֻיָּן

unashamed, *adj.* חֲסַר בּוּשָׁה, שֶׁאֵינוֹ מִתְבַּיֵּשׁ

unasked, *adj.* בִּלְתִּי (מְבֻקָּשׁ) נִשְׁאָל

unassailable, *adj.* אַל נִתְקָף

unassisted, *adj.* שֶׁלֹּא נֶעֱזָר, חֲסַר סִיּוּעַ

unassuming, *adj.* צָנוּעַ, פָּשׁוּט, עָנָו, נֶחְבָּא אֶל הַכֵּלִים

unattractive, *adj.* בִּלְתִּי מַקְסִים, לֹא מוֹשֵׁךְ

unauthorized, *adj.* חֲסַר רְשׁוּת, חֲסַר סְמִיכוּת

unavailable, *adj.* בִּלְתִּי מָצוּי, שֶׁאֵינוֹ בְּנִמְצָא

unavoidable, *adj.* שֶׁאֵין לְהִמָּלֵט מִמֶּנּוּ, הֶכְרֵחִי

unaware, unawares, *adj. & adv.* שֶׁלֹּא מְדַּעַת, בְּלִי דַּעַת, שֶׁבְּלֹא יוֹדְעִים

unbalanced, *adj.* לֹא שָׁקוּל, בִּלְתִּי מְאֻזָּן

unbearable, *adj.* שֶׁקָּשֶׁה לִסְבֹּל, כָּבֵד מִנְּשֹׂא

unbeaten, *adj.* בִּלְתִּי מְנֻצָּח

unbecoming, *adj.* שֶׁאֵינוֹ הָגוּן, בִּלְתִּי מַתְאִים, לֹא הוֹלֵם

unbelief, *n.* חֹסֶר אֱמוּנָה, סַפְקָנוּת, כְּפִירָה

unbelievable, *adj.* בִּלְתִּי מְהֵימָן, שֶׁאֵין מַאֲמִינִים לוֹ

unbeliever, *n.* סַפְקָן, כּוֹפֵר

unbend, *v.t. & i.* יִשֵּׁר, הִתְיַשֵּׁר [ישר]

unbiased, unbiassed, adj.	שֶׁאֵין לוֹ מִשְׁפָּט קָדוּם, בִּלְתִּי מְשֻׁחָד
unbind, v.t.	פָּתַח קֶשֶׁר, הִתִּיר [נתר]
unblushing, adj.	בִּלְתִּי מִתְאַדֵּם, חֲסַר עֶנְוָה, חָצוּף
unborn, adj.	טֶרֶם נוֹלַד, עֲתִידִי
unbosom, v.t. & i.	גִּלָּה, הִתְוַדָּה [ידה], שָׁפַךְ נַפְשׁוֹ לִפְנֵי
unbounded, adj.	בִּלְתִּי מֻגְבָּל
unbreakable, adj.	בִּלְתִּי שָׁבִיר; בִּלְתִּי נִפְסָק
unbridled, adj.	בִּלְתִּי מְרֻסָּן, פָּרִיץ
unbroken, adj.	לֹא שָׁבוּר; בִּלְתִּי נִפְסָק, נִמְשָׁךְ; שֶׁאֵינוֹ מְאֻלָּף (סוס)
unburden, v.t.	פָּרַק מַשָּׂא, הֵקֵל (קלל) עַל הַלֵּב
unbutton, v.t.	הִתִּיר [נתר] כַּפְתּוֹרִים
uncalled-for, adj.	חוּץ לִמְקוֹמוֹ, לֹא (מְבֻקָּשׁ) דָּרוּשׁ, מְיֻתָּר
uncanny, adj.	מִסְתּוֹרִי, מוּזָר
unceasing, adj.	שֶׁאֵינוֹ חָדֵל, נִמְשָׁךְ
unceremonious, adj.	נָס, בִּלְתִּי מְנֻמָּס
uncertain, adj.	מְסֻפָּק, לֹא בָּטוּחַ
uncertainty, n.	פִּקְפּוּק, אִי (בְּטִיחוּת) וַדָּאוּת
unchain, v.t.	שִׁחְרֵר, הִתִּיר [נתר] כְּבָלִים
unchallenged, adj.	אַל תַּגְרִיתִי, לְלֹא הִתְנַגְּדוּת
unchangeable, adj.	בִּלְתִּי מִשְׁתַּנֶּה
uncharitable, adj.	לֹא נָדִיב, שֶׁאֵינוֹ בַּעַל צְדָקָה, אַכְזָרִי, אַל רַחוּם
uncharted, adj.	שֶׁלֹא רָשׁוּם בַּמַּפָּה
unchaste, adj.	לֹא צָנוּעַ
unchecked, adj.	בִּלְתִּי מְרֻסָּן, לֹא נִבְדָּק
uncircumcised, adj. & n.	עָרֵל, לֹא (נִמּוֹל) מָהוּל
uncivil, adj.	לֹא נִמּוּסִי, גַּס, אִי אָדִיב
uncivilized, adj.	חֲסַר תַּרְבּוּת, פֶּרֶא
unclaimed, adj.	לֹא נִדְרָשׁ
uncle, n.	דּוֹד
Uncle Sam	מֶמְשֶׁלֶת אַרְצוֹת הַבְּרִית
unclean, adj.	אִי נָקִי, מְנֹאָל, טָמֵא
unclose, v.t.	פָּתַח
unclothe, v.t.	הִפְשִׁיט [פשט]
uncomfortable, adj.	אִי נָעִים, לֹא נוֹחַ
uncommon, adj.	אִי רָגִיל, נָדִיר
uncommunicative, adj.	מַחֲרִישׁ, שׁוֹתֵק
uncomplaining, adj.	לֹא מִתְלוֹנֵן
uncompromising, adj.	תַּקִּיף בְּדַעְתּוֹ, בִּלְתִּי פַּשְׁרָנִי
unconcern, n.	שִׁוְיוֹן נֶפֶשׁ, אֲדִישׁוּת
unconcerned, adj.	אָדִישׁ, בִּלְתִּי מֻדְאָג
unconditional, adj.	גָּמוּר, מֻחְלָט, לְלֹא תְּנַאי
unconfirmed, adj.	בִּלְתִּי רִשְׁמִי, שֶׁלֹּא מְאֻשָּׁר
unconquerable, adj.	נִמְנַע הַנִּצּוּחַ, שֶׁאֵין לְהִתְגַּבֵּר עָלָיו
unconscious, adj.	מְחֻסַּר הַכָּרָה
unconstitutional, adj.	אַל חָקָתִי, לֹא חֻקִּי, שֶׁאֵינוֹ כַּדִּין, שֶׁאֵינוֹ כַּהֲלָכָה
uncontrollable, adj.	שֶׁאִי אֶפְשָׁר לִשְׁלֹט עָלָיו
unconventional, adj.	בִּלְתִּי מְקֻבָּל
uncooked, adj.	בִּלְתִּי מְבֻשָּׁל
uncork, v.t.	חָלַץ פְּקָק
uncounted, adj.	לֹא סָפוּר
uncouple, v.t.	הִתִּיר [נתר] קָשֶׁר
uncouth, adj.	גַּס, מְשֻׁנֶּה
uncover, v.t. & i.	גִּלָּה, חָשַׂף, פָּרַע
unction, n.	מְשִׁיחָה, מִשְׁחָה, לְבָבִיּוּת; רַגְשָׁנוּת דָּתִית
uncultivated, adj.	בּוּר, בָּר, בִּלְתִּי מְעֻבָּד

uncultured, *adj.*	חֲסַר תַּרְבּוּת, בּוּר
uncut, *adj.*	בִּלְתִּי (מְלֻטָּשׁ) חָתוּךְ
undamaged, *adj.*	בִּלְתִּי מְקֻלְקָל, לְלֹא (נֶזֶק) פְּגָם
undaunted, *adj.*	לְלֹא (פַּחַד) חַת
undeceived, *adj.*	לֹא (מְטֻעֶה) מְרֻמֶּה
undecided, *adj.*	בִּלְתִּי מֻחְלָט, מֻטָּל בְּסָפֵק
undefeated, *adj.*	בִּלְתִּי (מוּבָס) מוּפָר
undefined, *adj.*	בִּלְתִּי (בָּרוּר) מֻגְדָּר
undemocratic, *adj.*	דַּבְּרִי, בִּלְתִּי עַמָּוֹנִי
undeniable, *adj.*	שֶׁאֵין לְהַכְחִישׁ, שֶׁאֵין לִסְתֹּר
under, *adv.* & *prep.*	פָּחוֹת מ־, תַּחַת מִתַּחַת לְ־, לְמַטָּה מ־
under, *adj.*	תַּחְתּוֹן, תַּחְתִּי, תַּת־
undercarriage, *n.*	מִבְנֵה יְסוֹד; גּוּף (שֶׁלֶד) הַמְּכוֹנִית; גַּלְגַּלֵּי הַנְּחִיתָה (אֲוִירוֹן)
underclothes, underclothing, *n.*	תַּחְתּוֹנִים
underestimate, *v.t.*	הֶמְעִיט (מֵעֵט) דְּמוּתוֹ, הֵקַל [קלל] בְּ־
underfeed, *v.t.*	נָתַן לֶחֶם צַר, כִּלְכֵּל בְּמִדָּה בִּלְתִּי מַסְפֶּקֶת
undergo, *v.t.*	סָבַל, נָשָׂא, עָבַר
undergraduate, *n.*	תַּלְמִיד מִכְלָלָה (טֶרֶם סִיֵּם חֹק לִמּוּדָיו)
underground, *adj.* & *n.*	תַּת קַרְקָעִי; כָּמוּס; (רַכֶּבֶת) תַּחְתִּית; בֶּטֶן אֲדָמָה; מַחְתֶּרֶת
underhanded, *adj.*	סָמִיר, כָּמוּס, עָרוּם, נַעֲשֶׂה בְּתַרְמִית
underline, *v.t.*	קִוְקֵו, הִטְעִים [טעם], הִדְגִּישׁ [דגש]
underlying, *adj.*	יְסוֹדִי
undermine, *v.t.*	חָתַר מִתַּחַת לְ־
underneath, *adv.* & *prep.*	תַּחַת, מִתַּחַת לְ־
undernourished, *adj.*	לֹא נָזוֹן לְמַדַּי
underprivileged, *adj.*	חֲסַר זְכֻיּוֹת, מְדֻלְדָּל
underrate, *v.t.*	הֶמְעִיט (מֵעֵט) דְּמוּתוֹ, הֵקַל [קלל] בְּ־
undersell, *v.t.*	מָכַר בְּזוֹל
underskirt, *n.*	גּוּפִיָּה
undersign, *v.t.*	חָתַם מַטָּה
undersized, *adj.*	(חֵלֶק) נְמוּד
underskirt, *n.*	תַּחְתּוֹנִית
understand, *v.t.* & *i.*	הֵבִין [בין], הִכִּיר [נכר], יָדַע
understanding, *n.*	שֵׂכֶל, דַּעַת, בִּינָה, הֲבָנָה
understate, *v.t.* & *i.*	נָקַט לָשׁוֹן הַמְעָטָה
understatement, *n.*	לְשׁוֹן הַמְעָטָה
understudy, *n.*	שַׂחְקָן מִשְׁנֶה
understudy, *v.t.* & *i.*	לָמַד תַּפְקִיד בִּכְדֵי לְמַלֵּא מָקוֹם שַׂחְקָן
undertake, *v.t.* & *i.*	נָשָׂה, קִבֵּל עַל עַצְמוֹ, הִבְטִיחַ [בטח]
undertaker, *n.*	קַבְּלָן; קַבְּרָן
undertaking, *n.*	קַבְּלָנוּת; קַבְּרָנוּת
underwear, *n.*	תַּחְתּוֹנִים
underweignt, *n.*	מִשְׁקָל פָּחוֹת מֵהַמִּדָּה
underworld, *n.*	שְׁאוֹל; הָעוֹלָם הַתַּחְתּוֹן
underwrite, *v.t.*	חָתַם עַל, סָמַךְ
undeserved, *adj.*	בִּלְתִּי רָאוּי, שֶׁלֹּא מַגִּיעַ
undesirable, *adj.*	לֹא מְבֻקָּשׁ; לֹא רָצוּי
undeveloped, *adj.*	בִּלְתִּי מְפֻתָּח
undisciplined, *adj.*	בִּלְתִּי מְמֻשְׁמָע
undisguised, *adj.*	בִּלְתִּי (מְסֻוֶּה) מְחֻפָּשׂ, חֲסַר הִתְנַכְּרוּת
undisputed, *adj.*	אַל וִכּוּחִי

undistinguished, adj.	לֹא מְצֻיָּן
	בִּלְתִּי נִכָּר, אַל מָפְלָא, אִי דָּגוּל
undisturbed, adj.	שַׁאֲנָן, שׁוֹקֵט, שָׁלֵו
undivided, adj.	בִּלְתִּי מְחֻלָּק, אָחִיד
undo, v.t.	פָּתַח, קִלְקֵל, הִתִּיר [נתר] בִּטֵּל
undoubted, adj.	שֶׁאֵינוֹ מֻטָּל בְּסָפֵק, וַדַּאי, בָּטוּחַ
undoubtedly, adv.	בְּוַדַּאי, לְלֹא סָפֵק
undress, v.t. & i.	[פשט] פָּשַׁט, הִתְפַּשֵּׁט
undue, adj.	שֶׁטֶּרֶם הִגִּיעַ זְמַנּוֹ, לֹא מַגִּיעַ
undulation, n.	תְּנוּדָה נַלִּית
undying, adj.	שֶׁבִּלְי הַפְסָקָה, אַלְמוֹתִי
unearned, adj.	שֶׁלֹּא זָכָה בּוֹ
unearth, v.t.	גִּלָּה, הוֹצִיא [יצא] מִן הָאֲדָמָה (מִן הַקֶּבֶר)
uneasiness, n.	אִי מְנוּחָה
uneasy, adj.	חֲסַר מְנוּחָה, סַר
uneducated, adj.	בִּלְתִּי מְחֻנָּךְ
unemotional, adj.	אִי רָגִישׁ, בִּלְתִּי רַגְשִׁי
unemployed, adj.	מְחֻסַּר עֲבוֹדָה
unemployment, n.	אַבְטָלָה, חֹסֶר עֲבוֹדָה
unending, adj.	עַד אֵין סוֹף
unendurable, adj.	שֶׁאֵין לָשֵׂאתוֹ
unequal, adj.	לֹא שָׁוֶה
unequaled, unequalled, adj.	יָחִיד (חַד) בְּמִינוֹ
unequivocal, adj.	שֶׁאֵינוֹ מִשְׁתַּמֵּעַ לִשְׁנֵי פָנִים, בָּרוּר
unerring, adj.	שֶׁאֵינוֹ טוֹעֶה, שֶׁאֵינוֹ שׁוֹגֶה; בָּטוּחַ בְּעַצְמוֹ
unessential, adj.	בִּלְתִּי חָשׁוּב
uneven, adj.	בִּלְתִּי זוּגִי, אִי יָשָׁר, לֹא חָלָק
uneventful, adj.	חֲסַר הֲרַת מְאֹרָעוֹת
unexampled, adj.	לְלֹא דֻגְמָה, שֶׁאֵין דּוֹמֶה לוֹ
unexpected, adj.	פִּתְאוֹמִי, בִּלְתִּי צָפוּי
unexpectedly, adv.	בְּמַפְתִּיעַ, בְּהֶסַּח הַדַּעַת
unexplained, adj.	בִּלְתִּי מְבֹאָר
unexplored, adj.	בִּלְתִּי נֶחְקָר
unfailing, adj.	בִּלְתִּי מְאַכְזֵב, נֶאֱמָן
unfair, adj.	לֹא צוֹדֵק, לֹא יָשָׁר
unfaithful, adj.	בּוֹגֵד, שֶׁאֵינוֹ נֶאֱמָן
unfaithfulness, n.	בְּגִידָה, מְעִילָה
unfamiliar, adj.	בִּלְתִּי רָגִיל, זָר
unfasten, v.t. & i.	[נתר] פָּתַח, הִתִּיר
unfavorable, unfavourable, adj.	שְׁלִילִי, נֶגְדִּי
unfeeling, adj.	אַכְזָרִי, חֲסַר רֶגֶשׁ
unfetter, v.t.	[נתר] הִתִּיר אֲזִקִּים
unfinished, adj.	בִּלְתִּי (מְשֻׁלָּם) גָּמוּר
unfit, adj.	לֹא רָאוּי, פָּסוּל, פָּגוּם
unfix, v.t.	[נתר] פָּתַח, הִתִּיר
unfledged, adj.	לֹא מְפֻתָּח; חֲסַר נוֹצוֹת
unflinching, adj.	לֹא נִרְתָּע, חֲסַר הַסּוּס
unfold, v.t. & i.	פֵּרַשׂ; פָּתַח, גִּלָּה
unforced, adj.	לֹא (מְחֻיָּב) מֻכְרָח
unforeseen, adj.	בִּלְתִּי (נִרְאֶה מֵרֹאשׁ) צָפוּי
unforgettable, adj.	לֹא יִשָּׁכַח
unforgivable, adj.	אַל מָחוּל
unfortunate, adj.	מִסְכֵּן, אֻמְלָל, חֲסַר מַזָּל
unfortunately, adv.	לְדַאֲבוֹן־
unfounded, adj.	בְּלִי בָּסִיס, שֶׁאֵין לוֹ רַגְלַיִם, שֶׁאֵין לוֹ יְסוֹד
unfrequented, adj.	נִדָּח, בּוֹדֵד
unfriendly, adj.	בִּלְתִּי יְדִידוּתִי
unfruitful, adj.	עָקָר, סָרָק
unfurl, v.t.	פָּתַח, פָּרַשׂ
unfurnished, adj.	בִּלְתִּי מְרֻהָס
ungainly, adj.	חֲסַר חֵן

ungenerous, *adj.*	חֲסַר נְדִיבוּת, צַר
	עַיִן, קַמְצָנִי
ungentle, *adj.*	אִי נוֹחַ, בִּלְתִּי עָדִין
ungodly, *adj.*	שֶׁאֵין אֱלֹהִים בְּלִבּוֹ,
	פּוֹרֵק עֹל שָׁמַיִם
ungovernable, *adj.*	פֶּרֶא, שׁוֹבֵב,
	בִּלְתִּי מְרֻסָּן
ungraceful, *adj.*	חֲסַר חֵן, דְּבִי
ungrateful, *adj.*	כְּפוּי טוֹבָה
unguarded, *adj.*	בִּלְתִּי שָׁמוּר
unguent, *n.*	מִשְׁחָה, דֹּהַן
unhampered, *adj.*	שֶׁאֵין מַפְרִיעַ אוֹתוֹ
unhandsome, *adj.*	בִּלְתִּי נָאֶה, לֹא
	נֶחְמָד
unhandy, *adj.*	מְגֻשָּׁם, גִּמְלוֹנִי, אִי זָרִיז,
	נֵס, אִי מָהִיר
unhappy, *adj.*	לֹא שָׂמֵחַ, עָלוּב, אֻמְלָל
unharmed, *adj.*	שֶׁלֹּא נִזּוֹק, לֹא
	מְקֻלְקָל
unhealthy, *adj.*	חוֹלָנִי, לֹא בָּרִיא
unhesitating, *adj.*	שֶׁאֵינוֹ (נִמְנָע) מְהַסֵּס,
	חֲסַר פִּקְפּוּק
unhitch, *v.t.*	הִתִּיר [נתר] קֶשֶׁר
unholy, *adj.*	לֹא קָדוֹשׁ, חִלּוֹנִי
unhonored, unhonoured, *adj.*	בִּלְתִּי
	(אִי) מְכֻבָּד
unhook, *v.t. & i.*	הֵסִיר [סור] מֵעַל וָו
unhurt, *adj.*	בִּלְתִּי מֻכֶּה, חֲסַר פֶּצַע
unicellular, *adj.*	חַדְתָּאִי
unidentified, *adj.*	בִּלְתִּי מְזֻהֶה
unification, *n.*	אֵחוּד, הִתְאַחֲדוּת
unifier, *n.*	מְאַחֵד
uniform, *adj. & n.*	מַדִּים; חַד צוּרָתִי
uniformity, *n.*	חַדְגּוֹנִיּוּת, שָׁוָה צוּרָה
unify, *v.t.*	אִחֵד
unilateral, *adj.*	חַדְצְדָדִי
unimaginable, *adj.*	שֶׁאֵינוֹ עוֹלֶה עַל
	הַדַּעַת
unimaginative, *adj.*	אִי דִּמְיוֹנִי
unimpeachable, *adj.*	חַף מִפֶּשַׁע
unimportant, *adj.*	קַל עֵרֶךְ, בִּלְתִּי
	חָשׁוּב
uninformed, *adj.*	חֲסַר יְדִיעָה
uninhabited, *adj.*	בִּלְתִּי נוֹשָׁב
uninjured, *adj.*	לֹא פָּצוּעַ, בִּלְתִּי
	(נָזוֹק) נִפְגָּע
uninspired, *adj.*	מֻשְׁלָל רוּחַ הַקֹּדֶשׁ
unintelligible, *adj.*	לֹא מוּבָן
unintentional, *adj.*	בִּמְזִיד, בְּשׁוֹגֵג
uninteresting, *adj.*	בִּלְתִּי מְעַנְיֵן
uninterrupted, *adj.*	בִּלְתִּי נִפְסָק
uninvited, *adj.*	בִּלְתִּי מֻזְמָן, לֹא קָרוּא
union, *n.*	הִתְאַחֲדוּת, בְּרִית, אַחֲדוּת;
	אֲגֻדָּה (מִקְצוֹעִית)
unique, *adj.*	יָחִיד, מְיֻחָד בְּמִינוֹ
unison, *n.*	חַדְקוֹלִיּוּת, אַחֲדוּת
unit, *n.*	סָנִיף, יְחִידָה, חֲטִיבָה
unite, *v.t. & i.*	אִחֵד, הִתְאַחֵד [אחד]
united, *adj.*	מְאֻחָד
United Kingdom	הַמַּמְלָכָה הַמְאֻחֶדֶת
United States	אַרְצוֹת הַבְּרִית
unity, *n.*	אַחֲדוּת
universal, *adj.*	כְּלָלִי, עוֹלָמִי, נִצְחִי
universe, *n.*	עוֹלָם, תֵּבֵל, יְקוּם, בְּרִיאָה
university, *n.*	מִכְלָלָה, אוּנִיבֶרְסִיטָה
unjust, *adj.*	בִּלְתִּי צוֹדֵק
unkempt, *adj.*	נֵס, פָּרוּעַ, לֹא סָרוּק
unkind, *adj.*	אַכְזָר, רַע לֵב, לֹא טוֹב
unknowing, *adj.*	בִּלְתִּי יוֹדֵעַ, לֹא מֵבִין
unknown, *adj.*	בִּלְתִּי יָדוּעַ, אַלְמוֹנִי
unlace, *v.t. & i.*	הִתִּיר [נתר] (נַעַל)
unlade, *v.t.*	פָּרַק מַשָּׂא
unlawful, *adj.*	אָסוּר, בִּלְתִּי חֻקִּי
unlearn, *v.t.*	שָׁכַח (לִמּוּד)
unleash, *v.t.*	הִתִּיר [נתר] רְצוּעָה
unleavened, *adj.*	חָמֵץ

unleavened bread	מַצָּה
unless, *conj.*	כִּי אִם, אֶלָּא, אִם כֵּן
unlike, *adj. & adv.*	שׁוֹנֶה; בְּאֹפֶן שׁוֹנֶה
unlikely, *adj.*	מְסֻפָּק, שֶׁאֵינוֹ מִסְתַּבֵּר
unlimited, *adj.*	בִּלְתִּי מֻגְבָּל
unload, *v.t. & i.*	פָּרַק; הִתְפָּרֵק [פרק]
unlock, *v.t.*	פָּתַח; גִּלָּה (לֵב)
unlovely, *adj.*	מְכֹעָר, חֲסַר חֵן
unlucky, *adj.*	רַע (בִּישׁ) מַזָּל, חֲסַר הַצְלָחָה
unman, *v.t.*	הֵמֵס [מסס] לֵב; סֵרֵס
unmanageable, *adj.*	אִי מְצִיַּת, בִּלְתִּי מְנֻהָל
unmanly, *adj.*	לֹא גַּבְרִי, מוּג לֵב
unmannerly, *adj.*	חֲסַר דֶּרֶךְ אֶרֶץ, גַּס
unmarried, *adj.*	בִּלְתִּי נָשׂוּא
unmask, *v.t. & i.*	הֵסִיר [סור] (קְרַע) מַסֵּכָה, גִּלָּה אֶת (אָסִיר) זְהוּתוֹ
unmatched, *adj.*	לֹא מַתְאִים, חֲסַר זִוּוּג; בִּלְתִּי מְשֻׁנֶּה
unmeaning, *adj.*	חֲסַר כַּוָּנָה, רֵיק, נָבוּב
unmeasured, *adj.*	אִי מָדוּד, רְחַב יָדַיִם
unmentionable, *adj.*	לֹא רָאוּי לְהַזְכִּיר
unmerciful, *adj.*	אַכְזָרִי, קְשֵׁה לֵב
unmindful, *adj.*	לֹא מַקְשִׁיב, לֹא זָהִיר
unmistakable, *adj.*	שֶׁאֵין לִטְעוֹת בּוֹ, בָּרוּר
unmitigated, *adj.*	לֹא מֻקְּל, לֹא מֻרְגָּע
unmoral, *adj.*	בִּלְתִּי מוּסָרִי
unmoved, *adj.*	לֹא מֻשְׁפָּע
unnamed, *adj.*	לֹא נִקְרָא בְּשֵׁם, בִּלְתִּי מְכֻנֶּה
unnatural, *adj.*	בִּלְתִּי טִבְעִי
unnecessary, *adj.*	בִּלְתִּי הֶכְרֵחִי, מְיֻתָּר
unnerve, *v.t.*	הֶחֱלִישׁ [חלש], הֵמֵס [מסס] לֵב, רִפָּה יָדַיִם
unnoticed, *adj.*	בִּלְתִּי מֻכָּר, בִּלְתִּי נוֹדַע
unobserved, *adj.*	לֹא נִרְאֶה
unobtrusive, *adj.*	בִּלְתִּי (נוֹעָז) מְחֻצָּף; בִּלְתִּי בּוֹלֵט
unoccupied, *adj.*	פָּנוּי, שֶׁאֵינוֹ (תָּפוּס) עָסוּק
unoffended, *adj.*	לֹא נֶעֱלָב
unofficial, *adj.*	אִי רִשְׁמִי
unorganized, *adj.*	לֹא מְאֻרְגָּן
unorthodox, *adj.*	לֹא אָדוּק, בִּלְתִּי (מְסָרְתִּי) מְקֻבָּל
unpack, *v.t. & i.*	הֵרִיק [ריק] מִזְוָדָה, הוֹצִיא [יצא] מֵאַרְגָּז
unpaid, *adj.*	בִּלְתִּי נִפְרָע, לֹא שֻׁלַּם
unpalatable, *adj.*	לֹא עָרֵב, בִּלְתִּי טָעִים
unparalleled, *adj.*	שֶׁאֵין דּוֹמֶה לוֹ
unpeopled, *adj.*	בִּלְתִּי מְיֻשָּׁב, חֲסַר אֲנָשִׁים
unperceived, *adj.*	לֹא מֻרְגָּשׁ
unpleasant, *adj.*	אִי נָעִים
unpolished, *adj.*	בִּלְתִּי מְצֻחְצָח, גַּס, בִּלְתִּי אָדִיב
unpolluted, *adj.*	אִי מְחֻלָּל, אִי מְטֻנָּף
unpopular, *adj.*	אִי עֲמָמִי, בִּלְתִּי חֲבִיב
unprecedented, *adj.*	לְלֹא תַּקְדִּים
unpredictable, *adj.*	שֶׁאִי אֶפְשָׁר לְנַבֵּא מֵרֹאשׁ
unprejudiced, *adj.*	לֹא מְשֻׁחָד
unprepared, *adj.*	אִי מוּכָן, בִּלְתִּי מְזֻמָּן
unpretending, *adj.*	צָנוּעַ, פָּשׁוּט; שֶׁאֵינוֹ תּוֹבֵעַ
unprincipled, *adj.*	חֲסַר עֶקְרוֹנוֹת, בִּלְתִּי מוּסָרִי
unprofitable, *adj.*	בִּלְתִּי מוֹעִיל, לֹא מַכְנִיס רֶוַח
unprovoked, *adj.*	בִּלְתִּי (מֻשְׁסֶה) מְגֹרֶה
unpublished, *adj.*	לֹא מֻדְפָּס, בִּלְתִּי מֻכְרָז, שֶׁלֹּא יָצָא לָאוֹר

unqualified, *adj.*	בִּלְתִּי מֻגְבָּל, שֶׁאֵינוֹ מַתְאִים, שֶׁאֵין לוֹ הַיְדִיעוֹת הַמַּסְפִּיקוֹת	unsanitary, *adj.*	בִּלְתִּי תַּבְרוּאִי
		unsatisfactory, *adj.*	בִּלְתִּי (מַשְׂבִּיעַ רָצוֹן) מֵנִיחַ אֶת הַדַּעַת
unquenchable, *adj.*	שֶׁלֹּא נִתָּן לְרַוּוּי		
unquestionable, *adj.*	שֶׁלְּמַעֲלָה מִכָּל חֲשָׁד, שֶׁלְּמַעֲלָה מִכָּל סָפֵק	unsatisfied, *adj.*	שֶׁאֵינוֹ שְׂבַע רָצוֹן, בִּלְתִּי מְרֻצֶּה
unravel, *v.t.* & *i.*	הִתִּיר [נתר], הִפְקִיעַ [פקע] (חוּטִים); פָּתַר	unsavory, unsavoury, *adj.*	תָּפֵל, סָר, אַל מוּסָרִי סַעַם; אַל מוּסָרִי
unready, *adj.*	בִּלְתִּי מָזְמָן, לֹא מוּכָן	unsay, *v.t.*	חָזַר בּוֹ מִדְּבָרָיו
unreal, *adj.*	בִּלְתִּי מַמָּשִׁי, מְדֻמֶּה	unscathed, *adj.*	בִּלְתִּי (מוּרָע) מֻזָּק
unreasonable, *adj.*	מֻפְרָז, מְנֻגָּם	unschooled, *adj.*	אִי מְחֻנָּךְ, בִּלְתִּי מְלֻמָּד
unrecognizable, *adj.*	שֶׁאֵינוֹ נִכָּר	unscientific, *adj.*	בִּלְתִּי מַדָּעִי
unrefined, *adj.*	בִּלְתִּי מְזֻקָּק; גַּס	unscrew, *v.t.*	הוֹצִיא וִיצֵא] בֹּרֶג
unreflecting, *adj.*	בִּלְתִּי מְחָזֵר (קֶרֶן אוֹר, נַל חֹם); שֶׁאֵינוֹ מְהַרְהֵר	unscrupulous, *adj.*	בִּלְתִּי מוּסָרִי, חֲסַר עֶקְרוֹנוֹת
		unsearchable, *adj.*	סוֹדִי; אֵין חֵקֶר
unrelenting, *adj.*	שֶׁלֹּא מְוַתֵּר, אַכְזָרִי	unseasonable, *adj.*	שֶׁחוּץ לִזְמַנּוֹ, שֶׁלֹּא בְּעִתּוֹ
unreliable, *adj.*	שֶׁאֵין לִסְמֹךְ עָלָיו		
unrelieved, *adj.*	לֹא נֶחֱלָף	unseat, *v.t.*	הוֹרִיד (יָרַד] מִכִּסְאוֹ
unremitting, *adj.*	בְּלֹא לֵאוּת, מַתְמִיד	unseemly, *adj.*	לֹא נָאֶה, בִּלְתִּי מַתְאִים, פָּרוּץ
unreserved, *adj.*	פָּנוּי; בְּגִלּוּי לֵב, בִּלְתִּי (מְסֻיָּן) מֻגְבָּל	unseen, *adj.*	בִּלְתִּי נִרְאֶה, סָמוּי מִן הָעַיִן
unresisting, *adj.*	בִּלְתִּי מִתְנַגֵּד	unselfish, *adj.*	נְדִיב לֵב, זוּלְתָן
unrest, *n.*	תְּסִיסָה, אִי מְנוּחָה	unsettle, *v.t.*	הִפְרִיעַ [פרע], בִּלְבֵּל, עָקַר (מִמְּקוֹמוֹ)
unrestrained, *adj.*	לֹא מִתְאַפֵּק, לֹא נִמְנָע		
		unshackle, *v.t.*	הִתִּיר [נתר] כְּבָלִים
unrestricted, *adj.*	בִּלְתִּי (מְסֻיָּן) מֻגְבָּל	unshaken, *adj.*	לֹא מְחֻלְחָל, לֹא מְרֻנָּז, לֹא מְרֻעָד, אֵיתָן, יַצִּיב
unrighteous, *adj.*	חוֹטֵא, שֶׁאֵינוֹ צַדִּיק, עַוָּל		
unripe, *adj.*	לֹא בָּשֵׁל	unshaven, *adj.*	בִּלְתִּי מְגֻלָּח, שָׂעִיר
unrivaled, unrivalled, *adj.*	שֶׁאֵין כָּמוֹהוּ, שֶׁאֵין דּוֹמֶה לוֹ	unsheathe, *v.t.*	הֵרִיק (ריק) (הוֹצִיא [יצא]) חֶרֶב מִתַּעֲרָהּ, שָׁלַף
unroll, *v.t.* & *i.*	פָּתַח (נִלְגַּל)	unship, *v.t.*	פָּרַק (מַשָּׂא) מֵאֳנִיָּה, הֵסִיר [סור] מֵאֳנִיָּה
unruffled, *adj.*	שׁוֹקֵט, נָח		
unruly, *adj.*	שׁוֹבָב, פָּרוּעַ	unsightly, *adj.*	מְכֹעָר, מַכְלִים לַמַּבָּט
unsafe, *adj.*	מְסֻכָּן	unskillful, unskilful, *adj.*	בִּלְתִּי מְנֻסֶּה
unsafety, *n.*	סַכָּנָה	unsociable, *adj.*	בִּלְתִּי חֶבְרָתִי
unsalable, unsaleable, *adj.*	בִּלְתִּי מָכִיר	unsolder, *v.t.*	הֵמֵס [מסס] הַלְחָמָה, הִפְרִיד [פרד]

unsophisticated, adj.	פָּשׁוּט, טִבְעִי
unsound, adj.	שֶׁאֵינוֹ (מְבֻסָּס) מְיֻסָּד;
	לֹא בָּרִיא; בִּלְתִּי שָׁפוּי (בְּדַעְתּוֹ)
unsparing, adj.	פַּזְרָנִי, בַּעַל יָד רְחָבָה;
	שֶׁאֵינוֹ מְרַחֵם
unspeakable, adj.	שֶׁאֵין לְהַבִּיעַ, שֶׁאֵין
	לְבַטֵּא, נִמְנָע הַדִּבּוּר
unstable, adj.	בִּלְתִּי קָבוּעַ, מִשְׁתַּנֶּה,
	חֲסַר יַצִּיבוּת
unsteady, adj.	בִּלְתִּי קָבוּעַ, לֹא בָּטוּחַ
unstrung, adj.	חֲסַר מֵיתָר, רָפֶה
unsubstantial, adj.	מֵיתָר, מְרֻפֶּה עֲצַבִּים
	בִּלְתִּי מַמָּשִׁי, דִּמְיוֹנִי
unsuccessful, adj.	לֹא מַצְלִיחַ, לֹא בַּר
	מַזָּל
unsuitable, adj.	לֹא מַתְאִים, לֹא הוֹלֵם
unsurpassed, adj.	יָחִיד בְּמִינוֹ
unsuspected, adj.	לֹא חָשׁוּד
unsuspicious, adj.	אִי חַשְׁדָּנִי
unswerving, adj.	חֲסַר (סְטִיָּה) נְטִיָּה
untangle, v.t.	שִׁחְרֵר מִסְּבַךְ, פָּתַר
untarnished, adj.	בִּלְתִּי (כָּהוּי) עָמוּם
untaught, adj.	בִּלְתִּי מְלֻמָּד, בּוּר
unthinkable, adj.	לֹא עוֹלֶה עַל הַדַּעַת
unthought-of, adj.	לֹא בָּא בְּחֶשְׁבּוֹן
untidy, adj.	אִי נָקִי, רַשְׁלָנִי
untie, v.t.	הִתִּיר (נתר), פָּתַח
until, prep. & conj.	עַד, עַד אֲשֶׁר
untimely, adj.	מֻקְדָּם, לֹא בִּזְמַנּוֹ
untiring, adj.	בִּלְתִּי מִיַּגֵּעַ, לֹא מִתְיַגֵּעַ
unto, prep.	אֶל, לְ-, עַד
untold, adj.	לֹא (מְסֻפָּר) מְפֹרָשׁ
untouched, adj.	לֹא נָגַע, לֹא מְשֻׁמָּשׁ
untoward, adj.	סוֹרֵר, שׁוֹבָב
untrained, adj.	לֹא מָדְרָךְ, בִּלְתִּי
	(מְחֻנָּךְ) מְאֻלָּף
untried, adj.	בִּלְתִּי מְנֻסֶּה
untroubled, adj.	לֹא מֻרְגָּז, לֹא מֻטְרָח
untrue, adj.	לֹא אֲמִתִּי
untruth, n.	שֶׁקֶר, כָּזָב
untutored, adj.	בִּלְתִּי מְחֻנָּךְ, בּוּר
unused, adj.	לֹא מְשֻׁמָּשׁ
unusual, adj.	אִי רָגִיל, לֹא מָצוּי
unutterable, adj.	שֶׁאֵין (לְבַטֵּא) לְהַבִּיעַ
unvarnished, adj.	בִּלְתִּי מְלֻקָּה
unvarying, adj.	תָּדִיר, בִּלְתִּי מִשְׁתַּנֶּה
unveil, v.t. & i.	הֵסִיר [סור] צָעִיף;
	גִּלָּה, הִתְגַּלָּה [גלה]
unwanted, adj.	לֹא רָצוּי
unwarrantable, adj.	בִּלְתִּי מֻצְדָּק
unwashed, adj.	לֹא רָחוּץ
unwelcome, adj.	לֹא מְקֻבָּל, לֹא רָצוּי
unwell, adj.	לֹא בָּרִיא, חוֹלָנִי
unwholesome, adj.	בִּלְתִּי (בָּרִיא) מֻסִכָּן
unwieldy, adj.	כָּבֵד וְגָדוֹל, גַּס
unwilling, adj.	מְסָרֵב, מְמָאֵן
unwillingly, adv.	שֶׁלֹּא בְּרָצוֹן
unwind, v.t.	הִתִּיר [נתר], פָּתַח
unwise, adj.	לֹא חָכָם, לֹא מְחֻכָּם
unwitting, adj.	חֲסַר יְדִיעָה, מַסִּיחַ
	דַּעְתּוֹ
unworkable, adj.	אִי מַעֲשִׂי
unworthy, adj.	שֶׁאֵינוֹ כְּדַאי, לֹא רָאוּי
unwrap, v.t. & i.	הֵסִיר [סור] (מַעֲטֶה)
	עֲטִיפָה
unwritten, adj.	שֶׁלֹּא נִכְתַּב, שֶׁבְּעַל פֶּה
unwritten law	תּוֹרָה שֶׁבְּעַל פֶּה
unyielding, adj.	עַקְשָׁן, קָשֶׁה, שֶׁלֹּא
	מְוַתֵּר
up, adv. & prep.	עַל, לְמַעְלָה
upbraid, v.t.	גָּעַר בְּ-, גִּנָּה, הוֹכִיחַ
	[יכח]
upbringing, n.	גִּדּוּל, חִנּוּךְ
upgrade, n.	מַעֲלֶה, שִׁפּוּעַ, מִדְרוֹן
upgrade, v.t.	עָלָה דַּרְגָּה
upgrowth, n.	הִתְקַדְּמוּת, הִתְפַּתְּחוּת

upheaval, n.	מַהְפֵּכָה	urge, v.t. & i.	הִפְצִיר [פצר], הָאִיץ
uphill, n.	מַעֲלֶה, מַעֲלֵה הַגִּבְעָה		[אוץ], עוֹרֵר, אִלֵּץ
uphold, v.t.	חִזֵּק, תָּמַךְ, אִשֵּׁר	urgency, n.	דְּחִיפוּת
upholster, v.t.	רִפֵּד	urgent, adj.	דּוֹחֵק, מֵאִיץ, תָּכוּף
upholsterer, n.	רַפָּד	urinal, n.	מִשְׁתָּנָה, עָבִיט
upholstery, n.	רַפָּדוּת, רִפּוּד	urinate, v.i.	הִשְׁתִּין [שתן], הֵסִיךְ [סוך]
upkeep, n.	כַּלְכָּלָה, פַּרְנָסָה		אֶת רַגְלָיו
upland, n.	רָמָה	urine, n.	שֶׁתֶן, מֵי רַגְלַיִם
uplift, v.t.	הֵרִים [רום], נָשָׂא	urn, n.	כְּלִי (לֶאֱסֹר הַמֵּת); קַלְפֵּי
upon, prep.	עַל, אַחֲרֵי, בְּ־		(לְגוֹרָלוֹת); (כְּלִי) חֶרֶס; קָבָר
upper, adj.	עֶלְיוֹן, עִלִּי	Ursa Major	עַיִשׁ, הַדֹּב הַגָּדוֹל
uppermost, adj.	הָעֶלְיוֹן	Ursa Minor	בֶּן עַיִשׁ, הַדֹּב הַקָּטָן
upraise, v.t.	הֵקִים [קום], הֵרִים [רום]	urticaria, n.	חָרֶלֶת, סִרְפֶּדֶת
upright, adj.	זָקוּף, נִצָּב: כֵּן, יָשָׁר	us, pron.	אוֹתָנוּ, לָנוּ
uprightness, n.	כֵּנוּת, יֹשֶׁר	usable, adj.	שִׁמּוּשִׁי
uprise, v.i.	הִתְעוֹרֵר [עור], עָלָה,	usage, n.	הִשְׁתַּמְּשׁוּת, שִׁמּוּשׁ, מִנְהָג,
	נָאֶה		הֶרְגֵּל
uprising, n.	הִתְקוֹמְמוּת	use, n.	שִׁמּוּשׁ, הִשְׁתַּמְּשׁוּת, תּוֹעֶלֶת, צֹרֶךְ
uproar, n.	שָׁאוֹן, הָמוֹן, מְהוּמָה	use, v.t. & i.	הִשְׁתַּמֵּשׁ [שמש], הָיָה רָגִיל
uproot, v.t.	עָקַר, נָתַשׁ, שֵׁרֵשׁ, יָעָה	useful, adj.	מוֹעִיל, רַב תּוֹעֶלֶת
upset, v.t.	בִּלְבֵּל, הָפַךְ, הָמַם	usefulness, n.	תּוֹעֶלֶת
upshot, n.	תּוֹצָאָה, מַסְקָנָה	useless, adj.	חֲסַר תּוֹעֶלֶת, שֶׁל שָׁוְא
upside, n.	צַד עִלִּי	usher, n.	סַדְרָן; שׁוֹמֵר
upside down	רֹאשׁוֹ לְמַטָּה, הֲפֵכָה	usher, v.t.	הִכְנִיס [כנס], סִדֵּר
upstairs, adv.	לְמַעֲלָה, בַּקּוֹמָה	usual, adj.	רָגִיל, שָׁכִיחַ
	הָעֶלְיוֹנָה	usually, adv.	עַל פִּי רֹב
upstart, n.	הָדְיוֹט שֶׁעָלָה לִגְדֻלָּה	usurer, n.	מַלְוֶה בְּרִבִּית
up-to-date, adj.	מְיֻדָּכָּן, עַרְכָּנִי	usurious, adj.	נוֹשֵׁךְ, מַלְוֶה בְּרִבִּית
uptown, adv.	בְּמַעֲלֵה הָעִיר	usurp, v.t.	תָּפַס (שֶׁלֹּא כְדִין), גָּזַל
upturn, v.t.	הָפַךְ, פָּתַח (הָאֲדָמָה)	usurpation, n.	גְּזֵלָה, תְּפִיסָה (תְּבִיעָה)
upward, upwards, adv.	מַעֲלָה, לְמַעְלָה		שֶׁלֹּא כְדִין
uranium, n.	אוּרָן	usurper, n.	חוֹטֵף, תּוֹפֵס (שֶׁלֹּא כְדִין),
urban, adj.	עִירוֹנִי, קַרְתָּנִי		גַּזְלָן
urbane, adj.	עָדִין, אָדִיב	usury, n.	נֶשֶׁךְ, רִבִּית, מַרְבִּית, תַּרְבִּית
urchin, n.	שׁוֹבָב, זַעֲטוּט, פִּרְחָח	utensil, n.	כְּלִי תַּשְׁמִישׁ, כְּלִי
urea, n.	אֶבֶן הַשֶּׁתֶן, חֹמֶר הַשֶּׁתֶן	uterus, n.	רֶחֶם, בֵּית הֵרָיוֹן
uremia, uraemia, n.	שַׁתֶּנֶת	utilitarian, adj. & n.	תּוֹעַלְתִּי, תּוֹעַלְתָן
ureter, n.	שָׁפְכָן, צִנּוֹר הַשֶּׁתֶן	utilitarianism, n.	תּוֹעַלְתָּנוּת

utility, *n.*	תּוֹעֶלֶת
utilize, *v.t.*	הִשְׁתַּמֵּשׁ [שמש] בְּ־
	לְתוֹעַלְתּוֹ, הֵפִיק [פוק] תּוֹעֶלֶת
utmost, *adj. & n.*	קִיצוֹנִי, כָּל מַה
	שֶׁאֶפְשָׁר, גָּדוֹל, רָחוֹק בְּיוֹתֵר
utopia, *n.*	חֲלוֹם שָׁוְא
utricle, *n.*	שַׁלְפּוּחִית

utter, *adj.*	מֻחְלָט, כָּלִיל, גָּמוּר
utter, *v.t.*	דִּבֵּר, מִלֵּל, בִּטֵּא, הוֹצִיא
	[יצא] קוֹל
utterance, *n.*	נִיב, בִּטּוּי, הַבָּעָה, דִּבּוּר
utterly, *adv.*	לַחֲלוּטִין, כָּלִיל, לְגַמְרֵי
uttermost, *adj.*	קִיצוֹנִי
uvula, *n.*	לְהָאָה

V, v

V, v, *n.*	וִי, הָאוֹת הָעֶשְׂרִים וּשְׁתַּיִם
	בָּאָלֶף בֵּית הָאַנְגְּלִי
vacancy, *n.*	מָקוֹם (רֵיק) פָּנוּי; רֵיקוּת
vacant, *adj.*	רֵיק, פָּנוּי
vacate, *v.t.*	פִּנָּה מָקוֹם
vacation, *n.*	חֹפֶשׁ, חֻפְשָׁה
vacationist, vacationer, *n.*	קַיְטָן
vaccinate, *v.t.*	חִסֵּן, הִרְכִּיב [רכב]
	אֲבַעְבּוּעוֹת
vaccination, *n.*	הַרְכָּבַת אֲבַעְבּוּעוֹת
vaccine, *n.*	תַּרְכִּיב, זֶרֶק
vacillate, *v.i.*	הָסַס, פִּקְפֵּק
vacillation, *n.*	הָסוּס, פִּקְפּוּק,
	הִתְנַגְּעוּת
vacuum, *n.*	רֵיק, רֵיקוּת, רֵיקָנוּת, חָלָל
vacuum bottle	תֶּרְמוֹס, שְׁמַרְחֹם
vacuum cleaner	שָׁאֲבָק
vagabond, *n.*	נוֹדֵד, נָע וָנָד
vagary, *n.*	שִׁגָּעוֹן, הַפַּכְפְּכָנוּת; הֲזָיָה
vagina, *n.*	נַרְתִּיק, בֵּית הָרֶחֶם, פֹּת
vagrancy, *n.*	נְדִידָה, נְדוּדִים
vagrant, *adj. & n.*	נוֹדֵד, נָע וָנָד
vague, *adj.*	סָתוּם, כֵּהֶה, לֹא בָּרוּר,
	מְטֻשְׁטָשׁ
vaguely, *adv.*	בְּעֵרֶךְ, לֹא בִּבְרִירוּת
vain, *adj.*	יָהִיר, גֵּא, שַׁחֲצָנִי; אַפְסִי
vainglory, *n.*	גַּאֲוָה, יְהִירוּת, רַהַב,
	הִתְרַבְרְבוּת

vainly, *adv.*	שָׁוְא, לַשָּׁוְא, חִנָּם
vale, *v.* valley	
valediction, *n.*	(בִּרְכַּת, נְאוּם) פְּרִידָה
valentine, *n.*	אוֹהֵב, אֲהוּבָה; אִגֶּרֶת
	אַהֲבָה
valerian, *n.*	נֵרְדְּ (צֶמַח); סַם מַרְגִּיעַ
valet, *n.*	מְשָׁרֵת, שַׁמָּשׁ
valetudinary, *adj. & n.*	חוֹלָנִי, חַלָּשׁ
valiant, *adj.*	גִּבּוֹר, אַמִּיץ לֵב
valid, *adj.*	שָׁרִיר, קַיָּם, תַּקִּיף
validate, *v.t.*	אִשֵּׁר, קִיֵּם
validation, *n.*	אִשּׁוּר, קִיּוּם
validity, *n.*	תֹּקֶף
valise, *n.*	מִזְוָדָה, חֲפִיסָה
valley, vale, *n.*	עֵמֶק, בִּקְעָה, גַּיְא
valor, valour, *n.*	גְּבוּרָה, חַיִל, אֹמֶץ
valorous, *adj.*	אַמִּיץ לֵב, אִישׁ חַיִל
valuable, *adj.*	יְקַר עֵרֶךְ, יָקָר
valuation, *n.*	הַעֲרָכָה, שׁוּמָה, הַאֲמָדָה,
	אֹמֶד, אֻמְדָּנָה
value, *n.*	מְחִיר, עֵרֶךְ, שֹׁוִי
value, *v.t.*	אָמַד, הֶעֱרִיךְ (ערך), שָׁם
	[שום]
valued, *adj.*	רַב עֵרֶךְ, יָקָר
valueless, *adj.*	חֲסַר עֵרֶךְ
valve, *n.*	שַׁסְתּוֹם, סְגוֹר (הַלֵּב)
valvular, *adj.*	שֶׁל שַׁסְתּוֹם, שֶׁל סְגוֹר
	(הַלֵּב)

vampire, *n.*	עַרְפָּד, מוֹצֵץ דָּם
van, *n.*	חָלוּץ
van, *n.*	מַשָּׂאִית קַלָּה, מְכוֹנִית מְשֻׁלּוֹחַ
vandal, *n.*	מְחַבֵּל אָמָּנוּת, מַשְׁחִית יֹפִי
vandalism, *n.*	חַבּוּל (יֹפִי) אָמָּנוּת
vane, *n.*	שַׁבְשֶׁבֶת, שַׁפְשֶׁפֶת
vanguard, *n.*	מִשְׁמַר הָרֹאשׁ, חָלוּץ (בְּצָבָא)
vanilla, *n.*	שְׁנָף, וָנִיל
vanish, *v.i.*	חָלַף, גָּז (גוז), נֶעְלָם [עלם], אָבַד
vanity, *n.*	הֶבֶל, רִיק, רֵיקָנוּת, שָׁוְא; גַּנְדְּרָנוּת, הִתְפָּאֲרוּת
vanquish, *v.t.*	כָּבַשׁ, נִצַּח
vantage, *n.*	יִתְרוֹן
vapid, *adj.*	תָּפֵל, פָּג, חֲסַר טַעַם
vapor, vapour, *n.*	אֵד, קִיטוֹר, הֶבֶל
vaporization, vapourization, *n.*	אִיּוּד, הִתְנַדְּפוּת, הִתְאַדּוּת; רִסּוּס
vaporize, vapourize, *v.t. & i.*	אִיֵּד, הִתְאַיֵּד [איד], הִתְנַדֵּף [נדף]; רִסֵּס
vaporizer, vapourizer, *n.*	מְאַיֵּד, מְרַסֵּס, מַזְלֵף
vaporous, *adj.*	אֵדִי, מְאֻיָּד
variability, *n.*	הִשְׁתַּנּוּת, שֹׁנִי
variable, *adj. & n.*	מִשְׁתַּנֶּה, הֲפַכְפַּךְ; שׁוֹנֶה, שָׁנִין
variance, *n.*	שִׁנּוּי, הִשְׁתַּנּוּת; אִי הַסְכָּמָה, חִלּוּק דֵּעוֹת
variant, *adj. & n.*	שׁוֹנֶה, נֻסָּח אַחֵר
variate, *v.t.*	שִׁנָּה
variation, *n.*	שִׁנּוּי, הִשְׁתַּנּוּת
varicose, *adj.*	צָבֶה, תָּפוּחַ, נָפוּחַ
varied, *adj.*	מְגֻנָּן, רַבְגּוֹנִי, רַבְמִינִי
variegate, *v.t.*	נִמֵּר, פִּתֵּךְ, גִּוֵּן
variegated, *adj.*	רַבְצִבְעִי, צִבְעוֹנִי
variegation, *n.*	רַבְגּוֹנִיּוּת, נִמּוּר
variety, *n.*	גּוֹוֶן, מִין, סוּג, בִּדּוּר

various, *adj.*	שׁוֹנֶה, רַבְגּוֹנִי, מְגֻנָּן, רַבְצְדָדִי
varnish, *n.*	לַכָּה
varnish, *v.t.*	לִכָּה, צִחְצַח, מָרַט
vary, *v.t. & i.*	שִׁנָּה, הִשְׁתַּנָּה [שנה], הִתְחַלֵּף [חלף], נָטָה (לְצַד אֶחָד)
vase, *n.*	צִנְצֶנֶת, אַנְרְטֵל
vassal, *n.*	עֶבֶד
vast, *adj.*	גָּדוֹל, רָחָב, עָצוּם
vastness, *n.*	מֶרְחָב, עֹצֶם, גֹּדֶל
vat, *n.*	גִּגִּית, מַעֲטָן, חָבִית
vaudeville, *n.*	תִּסְקֹרֶת
vault, *n.*	כִּפָּה; כּוּךְ, מְעָרָה; קְפִיצָה, קֶשֶׁת
vault, *v.t. & i.*	קָמַר, קָפַץ (בְּמוֹט)
vaunt, *v.t. & i.*	הִתְפָּאֵר [פאר]
veal, *n.*	בְּשַׂר עֵגֶל
veer, *v.t. & i.*	הֵסֵב [סבב], שִׁנָּה אֶת כִּוּוּנוֹ, הִפְנָה [פנה]
vegetable, *adj.*	צִמְחִי
vegetable, *n.*	יָרָק, יְרָקוֹת
vegetarian, *adj. & n.*	צִמְחוֹנִי
vegetate, *v.i.*	צָמַח, חַי (חיה) חַיֵּי עַצְלוּת וּבַשְׁלָה
vegetation, *n.*	צִמְחִיָּה, דֶּשֶׁא, יֶרֶק; הֲוָיָה רֵיקָה וּמְשֻׁעֲמֶמֶת
vegetative, *adj.*	צוֹמֵחַ
vehemence, *n.*	עֹז, הִתְלַהֲבוּת, אַלִּימוּת
vehement, *adj.*	עַז, נִמְרָץ, נִלְהָב, תַּקִּיף, אַלִּים
vehicle, *n.*	כְּלִי רֶכֶב
veil, *n.*	צָעִיף, הַוּמָה, רְעָלָה, מַסְוֶה
veil, *v.t.*	הִסְתִּיר [סתר], כִּסָּה בְּצָעִיף, הֶעֱטָה (הֶצֱעִיף) [צעף]
vein, *n.*	עוֹרֵק (צֶמַח), וָרִיד; קַו, שַׂרְטוּט (בְּשַׁיִשׁ, בְּעֵץ); שִׁכְבָה מַחְצָב; תְּכוּנָה, צִבְיוֹן

velocity, *n.*	מְהִירוּת	ventriloquist, *n.*	דַּבְּרָן מִבֶּטֶן, בַּעַל
velvet, *n.*	קְטִיפָה		אוֹב, פְּתוֹם
venal, *adj.*	מִתְמַכֵּר, מְקַבֵּל שֹׁחַד,	venture, *n.*	הַעְפָּלָה, הֶעָזָה, נִסָּיוֹן
	נִמְכָּר בְּכֶסֶף	venture, *v.t. & i.*	הֵהִין [הין], הֵעֵז
venality, *n.*	תַּאֲוַת בֶּצַע, קַבָּלַת שֹׁחַד		[עזז], הִסְתַּכֵּן [סכן], נִסָּה
vend, *v.t. & i.*	מָכַר	venturesome, *adj.*	מֵהִין, מַעְפִּיל
vendee, *n.*	קוֹנֶה	venue, *n.*	מְקוֹם (הַמֶּשַׁע) הַמִּשְׁפָּט,
vendue, *n.*	מְכִירָה פֻּמְבִּית		מוֹצָא הַמֻּשְׁבָּעִים
vendetta, *n.*	נְקָמָה, גְּאֻלַּת הַדָּם	Venus, *n.*	נֹגַהּ, אַיֶּלֶת הַשַּׁחַר
vendor, vender, *n.*	מוֹכֵר, רוֹכֵל, תַּגָּר	veracious, *adj.*	דּוֹבֵר אֱמֶת, נֶאֱמָן
veneer, *n.*	לָבִיד, צִפּוּי; יְפְעָה חִיצוֹנִית	veracity, *n.*	כֵּנוּת, אֱמֶת
venerable, *adj.*	נִכְבָּד, נְשׂוּא פָּנִים	veranda, verandah, *n.*	מִרְפֶּסֶת
venerate, *v.t.*	כִּבֵּד	verb, *n.*	פֹּעַל
veneration, *n.*	כִּבּוּד, יִרְאַת הָרוֹמְמוּת	verbal, *adj.*	מִלּוּלִי, פְּעָלִי, שֶׁבְּעַל פֶּה
venereal, *adj.*	מִינִי, שֶׁל אַהֲבָה מִינִית;	verbally, *adv.*	מִלָּה בְמִלָּה, בְּעַל פֶּה
	מֻנָּע בְּמַחֲלַת מִין	verbatim, *adv.*	בְּדִיּוּק, מִלָּה בְמִלָּה
venereal disease	מַחֲלַת מִין מִדַּבֶּקֶת	verbena, vervain, *n.*	פֶּרַח הָעֲלֶה
	(עַגֶּבֶת, זִיבָה)	verbose, *adj.*	מְנֻבָּב (מַרְבֶּה) דְּבָרִים
venery, *n.*	מִשְׁגָּל, בְּעִילָה, בִּיאָה,	verdant, *adj.*	יָרֹק, מְכֻסֶּה יֶרֶק
	תַּשְׁמִישׁ (הַמִּטָּה)	verdict, *n.*	גְּזַר דִּין, פְּסַק דִּין
Venetian blind	תְּרִיס (מִתְקַפֵּל)	verdure, *n.*	יֶרֶק, דֶּשֶׁא, רַעֲנַנּוּת
	גְּלִילָה, תְּרִיס רְפָפוֹת	verge, *n.*	שַׁרְבִיט, מַקֵּל, שֵׁבֶט, גְּבוּל,
vengeance, *n.*	נָקָם		סְפָר; חוּג, מַעְגָּל
vengeful, *adj.*	מִתְנַקֵּם	verge, *v.i.*	הָיָה סָמוּךְ, הִתְקָרֵב [קרב]
venison, *n.*	בְּשַׂר צְבִי	verification, *n.*	אִמּוּת, הוֹכָחָה,
venom, *n.*	אֶרֶס, חֵמָה		הִתְאַמְּתוּת
venomous, *adj.*	אַרְסִי, מַמְאִיר	verified, *adj.*	מְאֻמָּת
venous, *adj.*	וְרִידִי	verify, *v.t.*	אִמֵּת
vent, *n.*	מוֹצָא, פֶּתַח; הַבָּעָה; פִּי הַטַּבַּעַת	verily, *adv.*	בֶּאֱמֶת, אָמְנָם
vent, *v.t.*	הוֹצִיא [יצא], עָשָׂה פֶּתַח,	veritable, *adj.*	אֲמִתִּי, מַמָּשִׁי
	עָשָׂה חוֹר בְּ־, שָׁפַךְ (חֵמָה)	verity, *n.*	אֱמֶת, אֲמִתִּיּוּת, כֵּנוּת
ventilate, *v.t.*	אִוְרֵר	vermicide, *n.*	מְכַלֶּה תוֹלָעִים
ventilation, *n.*	אִוְרוּר	vermifuge, *n.*	מְגָרֵשׁ הַתּוֹלָע
ventilator, *n.*	מְאַוְרֵר	vermillion, *n.*	שָׁשַׁר
ventral, *adj.*	בִּטְנִי	vermouth, *n.*	(יֵין) לַעֲנָה
ventricle, *n.*	קִבַּת (הַמֹּחַ) הַלֵּב	vermin, *n. sing. & pl.*	שֶׁרֶץ, שְׁרָצִים
ventriloquism, ventriloquy, *n.*		vernacular, *adj.*	מְקוֹמִי, נִיבִי, הֲמוֹנִי,
	דִּבּוּר בֶּטֶן, אוֹב, פְּתוֹמוּת		שֶׁל מוֹלַדְתּ

vernacular, *n.*	שָׂפָה הֲמוֹנִית, שְׂפַת אֵם, נִיב, בַּת לָשׁוֹן
vernal, *adj.*	אֲבִיבִי
versatile, *adj.*	רַבְצְדָדִי
versatility, *n.*	רַבְצְדָדִיּוּת
verse, *n.*	חָרוּז, שִׁיר, פִּיּוּט, פָּסוּק
versed, *adj.*	בָּקִי, מָבְהָק, מְמֻחֶה
versification, *n.*	חַרְזָנוּת, חֲרִיזָה
versifier, *n.*	חַרְזָן
versify, *v.t. & i.*	חָרַז, הָפַךְ לְשִׁירָה
version, *n.*	נֻסְחָה, גִּרְסָה
versus, *prep.*	כְּנֶגֶד, לְעֻמַּת
vertebra, *n.*	חֻלְיָה (שֶׁל הַשִּׁדְרָה)
vertebral, *adj.*	חֻלְיָנִי
vertebrate, *adj.*	שֶׁל בַּעֲלֵי חֻלְיוֹת
vertebrate, *n.*	בַּעַל חֻלְיָה
vertical, *adj.*	זָקוּף, נִצָּב, מְאֻנָּךְ, קׇדְקׇדִי
vertiginous, *adj.*	סְחַרְחַר
vertigo, *n.*	סְחַרְחֹרֶת
vervain, *v.* verbena	
verve, *n.*	הַשְׁרָאָה, כִּשְׁרוֹן; חִיּוּנִיּוּת הִתְלַהֲבוּת, מֶרֶץ
very, *adj.*	גּוּפוֹ, עַצְמוֹ, מֻחְלָס
very, *adv.*	מְאֹד
vesicle, *n.*	שַׁלְפּוּחִית, שַׁלְחוּף, בּוּעָה
vesper, *adj. & n.*	נֶגַהּ; כּוֹכָב; עֶרֶב; תְּפִלַּת עֶרֶב; שֶׁל עֶרֶב
vessel, *n.*	כְּלִי; סְפִינָה; אֲוִירוֹן; וָרִיד, עוֹרֵק; כְּלִי חֶמְדָּה
vest, *n.*	אֲפֻדָּה, חֲזִיָּה
vest, *v.t. & i.*	נָתַן (יִפּוּי כֹּחַ) לְ-, הֶעֱטָה [עטה]
vestibule, *n.*	פְּרוֹזְדוֹר, אוּלָם, מִסְדְּרוֹן
vestige, *n.*	עָקֵב, זֵכֶר, סִימָן
vestment, *n.*	מַד
vestry, *n.*	מַלְתָּחָה
vetch, *n.*	בַּקְיָה, כַּרְשִׁינָה

veteran, *n.*	וָתִיק, רַב נִסְיוֹנוֹת
veterinarian, *n.*	רוֹפֵא בְּהֵמוֹת
veterinary, *adj. & n.*	שֶׁל רְפוּאַת בְּהֵמוֹת
veto, *n.*	כֹּחַ הַהֲפָרָה, קוֹל הַכְרֵעַ
vex, *v.t.*	הִרְגִּיז [רגז], הִקְנִיט [קנט], הִכְעִיס [כעס]
vexation, *n.*	הַרְגָּזָה, הִתְרַגְּזוּת, קִנְטוּר
via, *prep.*	דֶּרֶךְ
viaduct, *n.*	גֶּשֶׁר (רַכֶּבֶת) דְּרָכִים
vial, *n.*	צְלוֹחִית
viands, *n. pl.*	מְזוֹנוֹת, מַאֲכָלִים
viaticum, *n.*	אֶשֶׁל, הוֹצָאוֹת הַדֶּרֶךְ, צֵדָה לַדֶּרֶךְ; לֶחֶם קֹדֶשׁ
vibrate, *v.t. & i.*	הִרְעִיד [רעד], רָעַד, נִטְנַע, הִתְנַעֲנֵעַ [נענע], רָשַׁט
vibrant, *adj.*	רַעֲדוּדִי, רָעוּד
vibration, *n.*	תְּנוּדָה, זַעֲזוּעַ, רִטּוּט
vibrator, *n.*	רַטָּט
vice, *n.*	פְּרִיצוּת, שְׁחִיתוּת; חֶסָּרוֹן, מַגְרֶעֶת, דֹּפִי
vice, *v.* vise	
vice, *prep.*	בִּמְקוֹם
vice, *n.*	סֶגֶן, מִשְׁנֶה
vice president	סֶגֶן הַנָּשִׂיא
viceroy, *n.*	מִשְׁנֶה לַמֶּלֶךְ
vice versa	לְהֶפֶךְ
vicinity, *n.*	קִרְבָה, סְבִיבָה, שְׁכֵנוּת
vicious, *adj.*	מֻשְׁחָת, רַע; מְזֹהָם
vicissitude, *n.*	חֲלִיפָה, תְּמוּרָה
victim, *n.*	קׇרְבָּן
victor, *n.*	בַּעַל נִצָּחוֹן, מְנַצֵּחַ, כּוֹבֵשׁ
victorious, *adj.*	נִצְחָנִי, מְנֻצָּח
victory, *n.*	נִצָּחוֹן, יֶשַׁע
victual, *v.t. & i.*	סִפֵּק מָזוֹן, הִצְטַיֵּד [ציד]
victuals, *n. pl.*	אֹכֶל, מָזוֹן
vide, *imp.*	עַיֵּן, רְאֵה

vie, *v.i.*	שָׁאַף לְעֶלְיוֹנוּת
view, *n.*	דֵּעָה, הַשְׁקָפָה, רְאוּת
view, *v.t.*	רָאָה, הִשְׁקִיף [שקף]• בָּדַק,
	הִסְתַּכֵּל [סכל]
viewpoint, *n.*	הַשְׁקָפָה, נְקֻדַּת רְאוּת
vigil, *n.*	עֵרוּת; מִשְׁמָר, לֵיל שִׁמּוּרִים;
	תְּפִלַּת לַיְלָה; אַשְׁמוּרָה
vigilance, *n.*	עֵרָנוּת, זְהִירוּת
vigilant, *adj.*	עֵר, זָהִיר
vigor, vigour, *n.*	אוֹן, עֱזוּז, עָצְמָה;
	מֶרֶץ
vigorous, *adj.*	חָזָק, עַז, רַב כֹּחַ, אַמִּיץ
vile, *adj.*	שָׁפָל, נִתְעָב, נָבָל
vilify, *v.t.*	חֵרֵף, נִבֵּל [פיה]
villa, *n.*	חַוִּילָה, וִילָה
village, *n.*	כְּפָר, סִירָה
villager, *n.*	בֶּן כְּפָר, כַּפְרִי
villain, *n.*	עַוָּל, בְּלִיַּעַל
villainous, *adj.*	בְּלִיַּעַל, מְעֻוָּל
villainy, *n.*	נְבָלָה, שַׁעֲרוּרִיָּה, נַוְלוּת
villous, *adj.*	שָׂעִיר, צַמְרִי
vim, *n.*	עֹז, כֹּחַ
vindicate, *v.t.*	הִצְדִּיק [צדק]
vindication, *n.*	הַצְדָּקָה
vindictive, *adj.*	מִתְנַקֵּם
vine, *n.*	גֶּפֶן
vinegar, *n.*	חֹמֶץ
vineyard, *n.*	כֶּרֶם
vinous, *adj.*	יֵינִי, שֶׁל יַיִן
vintage, *n.*	בָּצִיר
vintner, *n.*	יֵינָן, בּוֹצֵר
viola, *n.*	בַּטְנוּן, וִיאוֹלָה
violate, *v.t.*	עָבַר עַל, הֵפֵר [פרר],
	חִלֵּל; אָנַס; הִפְרִיעַ [פרע],
	הִפְסִיק [פסק]
violation, *n.*	חִלּוּל; אֹנֶס; עֲבֵרָה;
	הֲפָרָה; הַפְסָקָה, הַפְרָעָה
violator, *n.*	מְחַלֵּל; אַנָּס; עַבַרְיָן
violence, *n.*	אַלִּימוּת, תּוֹקְפָנוּת;
	הִתְחַלְּלוּת
violent, *adj.*	אַלִּים, זוֹעֵם, תַּקִּיף
violet, *adj. & n.*	סָגֹל, סִגָלִיָּה, סְגָלִית;
violin, *n.*	כִּנּוֹר
violinist, *n.*	כַּנָּר
violoncello, *n.*	בַּטְנוּנִית, וִיאוֹלוֹנְצֶ'לּוֹ
viper, *n.*	אֶפְעֶה
virago, *n.*	אֵשֶׁת מְדָנִים, אֲרוּרָה
virgin, *n.*	בְּתוּלָה
virginity, *n.*	בְּתוּלִים
virile, *adj.*	גַּבְרִי; אַמִּיץ, עַז
virility, *n.*	גַּבְרוּת; אֹמֶץ, אוֹן; גְּבוּרָה
virtually, *adv.*	בְּעֶצֶם
virtue, *n.*	מִדָּה, סְגֻלָּה, מַעֲלָה
virtuoso, *n.*	אָמָּן רִאשׁוֹן בְּמַעֲלָה;
	חוֹבֵב (אוֹסֵף) דִּבְרֵי אָמָּנוּת
virtuous, *adj.*	מוּסָרִי, צַדִּיק
virulent, *adj.*	אַרְסִי, מֵמִית; מִדַּבֵּק
virus, *n.*	נְגִיף; אֶרֶס, רוֹשׁ
visa, *n.*	אַשְׁרָה, וִיזָה
visage, *n.*	פָּנִים, פַּרְצוּף
vis-a-vis, *adv.*	מוּל, פָּנִים אֶל פָּנִים
viscera, *n. pl.*	קְרָבַיִם
viscidity, *n.*	צְמִיגוּת, דְּבִיקוּת
viscosity, *n.*	צְמִיגוּת
viscous, *adj.*	דָּבִיק, צָמֹג
vise, vice, *n.*	מַכְבֵּשׁ, מַלְחֶצֶת,
	מֶלְחָצַיִם
visibility, *n.*	רְאִיּוּת
visible, *adj.*	נִרְאֶה; נָלוֹד
vision, *n.*	חָזוֹן, חִזָּיוֹן; רְאוּת, רְאִיָּה,
	חוּשׁ הָרְאִיָּה
visionary, *adj. & n.*	חוֹזֶה, חוֹלֵם;
	דִּמְיוֹנִי
visit, *n.*	בִּקּוּר
visit, *v.t. & i.*	הִתְאָרֵחַ [ארח] בְּבֵית
	מִשֶּׁהוּ, בִּקֵּר, פָּקַד

visitant, adj. & n.	מְבַקֵּר
visitation, n.	פְּקִידָה; עֹנֶשׁ; בִּקּוּר
visitor, n.	אוֹרֵחַ, מְבַקֵּר
visor, vizor, n.	מִצְחָה, סַךְ (שֶׁמֶשׁ)
vista, n.	מַרְאֶה, מַרְאֶה רָחוֹק
visual, adj.	חֲזוּתִי, שֶׁל רְאִיָּה, נִרְאֶה
visualize, v.t. & i.	דִּמָּה בְּנַפְשׁוֹ, רָאָה בְּעֵינֵי רוּחוֹ
vital, adj.	חִיּוּנִי, הֶכְרֵחִי
vitality, n.	חִיּוּנִיּוּת, חִיּוּת
vitalize, v.t.	חִיָּה
vitamin, n.	אָב־מָזוֹן, חִיּוּנָה, וִיטָמִין
vitiate, v.t.	בִּטֵּל (חוֹזֶה); הִשְׁחִית [שחת], זִהֵם, טִנֵּף
vitreous, adj.	זְכוּכִי, זְגוּגִי
vitriol, n.	גָּפְרָה, חֻמְצָה גָּפְרִיתָנִית
vituperate, v.t.	גִּנָּה, חֵרֵף
vituperation, n.	גִּנּוּי, חֵרוּף, גִּדּוּף
vivacious, adj.	עַלִּיז, מָלֵא חַיִּים
vivacity, n.	עַלִּיזוּת, שִׁפְעַת חַיִּים
vivarium, n.	בֵּיבָר, גַּן חַיּוֹת
vivid, adj.	חַי; בָּהִיר, פָּעִיל
vivify, v.t.	חִיָּה, הֶחֱיָה [חיה]
vivisection, n.	נִתּוּחַ בְּגוּף הַחַי
vixen, n.	שׁוּעָלָה; נִרְגֶּנֶת
vizor, v. visor	
vocable, n.	מִלָּה, תֵּבָה
vocabulary, n.	אוֹצַר מִלִּים, מִלּוֹן
vocal, adj.	קוֹלִי, קוֹלָנִי
vocal, n.	תְּנוּעָה, אוֹת קוֹלִית
vocalist, n.	זַמָּר
vocalize, v.t. & i.	בִּטֵּא בְּקוֹל; זִמֵּר
vocation, n.	מְלָאכָה, מִשְׁלַח יָד
vociferate, v.t. & i.	צָעַק בְּקוֹל
vociferation, n.	צַעֲקָנוּת, קוֹלָנִיּוּת
vogue, n.	אָפְנָה
voice, n.	קוֹל; כֹּחַ הַדִּבּוּר, בִּטּוּי, הַבָּעָה; דֵּעָה; הַצָּבָעָה
voice, v.t.	בִּטֵּא, הִבִּיעַ [נבע]
voiceless, adj.	נְטוּל (חֲסַר) קוֹל, דּוֹמֵם
void, adj.	רֵיק, נָבוּב; בָּטֵל
void, n.	חָלָל, תֹּהוּ
void, v.t.	הֵרִיק (רֵיק), בִּטֵּל
volatile, adj.	מִתְאַיֵּד, עָלִיז, קַל דַּעַת
volatilize, v.t. & i.	אִיֵּד, הִתְאַיֵּד [איד]
volcanic, adj.	מִתְגַּעֵשׁ
volcano, n.	הַר גַּעַשׁ
volition, n.	בְּחִירָה, רָצוֹן
volley, n.	יְרִיָּה בְּצִרוֹרוֹת; שֶׁטֶף (מִלִּים, אָלוֹת)
volt, n.	וֹולְט, מִדָּה שֶׁל מֶתַח חַשְׁמַלִּי
voltage, n.	מֶתַח חַשְׁמַלִּי
voluble, adj.	פַּטְפְּטָנִי, דַּבְּרָנִי
volume, n.	כֶּרֶךְ (סֵפֶר); נֶפַח; כַּמּוּת הַקּוֹל
voluminous, adj.	רַב (סְפָרִים) כְּרָכִים; רָחָב, מְרֻבֶּה
voluntary, adj.	שֶׁמֵּרָצוֹן (חָפְשִׁי), שֶׁל רְשׁוּת
volunteer, n.	מִתְנַדֵּב
volunteer, v.t. & i.	הִתְנַדֵּב [נדב]
voluptuary, n.	תַּאַוְתָן
voluptuous, adj.	תַּאַוְתָנִי
vomit, n.	קִיא, הֲקָאָה
vomit, v.t. & i.	קָא (קיא], הֵקִיא [קיא]
voracious, adj.	זוֹלֵל, גַּרְגְּרָן, רַעַבְתָן
voracity, n.	זוֹלְלוּת, גַּרְגְּרָנוּת
vortex, n.	מְעַרְבֹּלֶת, שִׁבֹּלֶת
vote, n.	בְּחִירָה, קוֹל, הַצְבָּעָה
vote, v.t. & i.	בָּחַר, הִצְבִּיעַ [צבע]
voter, n.	בּוֹחֵר, מַצְבִּיעַ
vouch, v.t. & i.	עָרַב, הָיָה עֵד לְ־
voucher, n.	מֵעִיד, עָרֵב; קַבָּלָה, חֶשְׁבּוֹן, שׁוֹבֵר
vouchsafe, v.t.	הוֹאִיל [יאל] בְּחַסְדּוֹ, הִרְשָׁה [רשה], נָתַן לְ־

vow, n.	נֶדֶר	vulgarity, n.	גַּסּוּת; הֲמוֹנִיּוּת
vow, v.t. & i.	נָדַר	vulgarize, v.t.	הֵגֵס [נסס], עָשָׂה נַס
vowel, n.	נְקֻדָּה, תְּנוּעָה	Vulgate. n.	הַתַּרְגּוּם הָרוֹמִי (לָטִינִי)
voyage, n.	נְסִיעָה, תִּיּוּר		שֶׁל הַתַּנַ״ךְ, הִתְהַמְנוּת הַתַּנַ״ךְ
voyage, v.i. & t.	נָסַע	vulnerability, n.	פְּגִיעוּת
vulcanize, v.t. & i.	גִּפֵּר	vulnerable, adj.	פָּגִיעַ
vulgar, adj.	פָּשׁוּט, גַּס; הֲמוֹנִי	vulture, n.	עַיִט

W, w

W, w, n.	דּוּבְּלְיוּ, הָאוֹת הָעֶשְׂרִים	waif, n.	(יֶלֶד) הֶפְקֵר, אֲסוּפִי
	וְשָׁלֹשׁ בָּאָלֶף בֵּית הָאַנְגְלִי	wail, v.t. & i.	קוֹנֵן [קין], יִלֵּל, הִתְאַבֵּל
wabble, v. wobble			[אבל]
wad, n.	סְתָם, פְּקָק, מְנוּפָה; (חֹמֶר)מִלּוּי	wail, n.	קִינָה, יְלָלָה
wad, v.t.	סָתַם פָּקַק; מִלֵּא (בְּמִלּוּי)	waist, n.	מֹתֶן, מָתְנַיִם
waddle, n.	הֲלִיכָה (בַּרְוָזִית)	waistcoat, n.	מִתְנִיָּה, חֲזִיָּה
waddle, v.i.	הִתְנַעֲנַע [נענע] בַּהֲלִיכָה	wait, n.	הַמְתָּנָה, חִכּוּי
	(כְּבַרְוָז)	wait, v.t. & i.	הִמְתִּין [מתן], חִכָּה;
wade, v.t. & i.	חָצָה, עָבַר (נָהָר)		שֵׁרֵת, הִגִּישׁ [נגש] (מַאֲכָלִים)
	בָּרֶגֶל; הָלַךְ בִּכְבֵדוּת (בְּבֹצָה וְכוּ׳)	walter, n.	מֶלְצַר, דַּיָּל
wafer, n.	צַפִּיחִית	waiting, n.	צִפִּיָּה, חִכּוּי
waffle, n.	רָקִיק	waitress, n.	מֶלְצָרִית, דַּיֶּלֶת
waft, n.	נְפְנוּף, רִפְרוּף	waive, v.t.	וִתֵּר עַל (זְכוּת)
waft, v.t. & i.	צָף [צוף], שָׁט [שוט],	waiver, n.	וִתּוּר
	נִפְנַף, רִפְרֵף	wake, n.	עֵקֶב; שְׁמוּרִים, מִשְׁמָר
wag, waggle, n.	נַעֲנוּעַ, כִּשְׁכּוּשׁ, נִדְנוּד	wake, v.t. & i.	הֵקִיץ [קוץ], הֵעִיר
wag, waggle, v.t. & i.	הֵנִיעַ [נוע], נָעֲנַע,		[עור], הִתְעוֹרֵר [עור]; עָמַד עַל
	כִּשְׁכֵּשׁ (זָנָב), נִדְנֵד		הַמִּשְׁמָר
wage, n.	שָׂכָר, מַשְׂכֹּרֶת	wakeful, adj.	עֵר, נְדוּד שֵׁנָה
wage, v.t.	עָשָׂה (מִלְחָמָה)	wakefulness, n.	עֵרוּת
wager, v.t. & i.	הִתְעָרֵב [ערב]	waken, v.t. & i.	הִתְעוֹרֵר [עור]
wager, n.	הִתְעָרְבוּת, הַמַּרְאָה	wale, n. & v.t.	חַבּוּרָה; רָצַע
waggery, n.	לֵצָנוּת, הֲלָצָה, מְשׁוּבָה	walk, n., v.i. & t.	הֲלִיכָה, דֶּרֶךְ; טִיֵּל;
waggish, adj.	לֵיצָנִי, הֲלָצִי, הַתּוּלִי		הָלַךְ, טִיֵּל, פָּסַע, צָעַד, הִתְהַלֵּךְ
wagon, waggon, n.	עֲגָלָה; קְרוֹן רַכֶּבֶת		[הלך]
	עֲגָלַת (מְכוֹנִית) מַשָּׂא	walking, n.	הֲלִיכָה
wagtail, n.	נַחֲלִיאֵלִי	walkingstick	מַקֵּל (הֲלִיכָה), יָד (לְטִיּוּל)

walkout, n.	שְׁבִיתָה
wall, n.	פֹּתֶל, קִיר, חוֹמָה
wall, v.t.	גָּדַר, הִקִּיף [קוף] חוֹמָה
wallet, n.	אַרְנָק
wallflower, n.	מַנְתּוּר צָהֹב
wallop, n. & v.t.	מַכָּה, הִכָּה [נכה]
wallow, v.i.	הִתְבּוֹסֵס [בוס], הִתְגּוֹלֵל
	[גלל]; הִתְנַלְגֵּל [גלגל] בְּמוֹתָרוֹת
wallpaper, n.	נְיַר קִיר
walnut, n.	אֱגוֹז
walrus, n.	סוּס הַיָּם
waltz, n.	רִקּוּד הַסְּחַרְחֹרֶת, וַלְס
waltz, v.t. & i.	יָצָא בְּמָחוֹל
	הַסְחַרְחֹרֶת, הִסְתַּחְרֵר [סחרר]
wan, adj.	חִוֵּר, חוֹלָנִי
wand, n.	שֵׁבֶט, מַקֵּל, מַטֶּה
wander, v.i.	נָדַד, תָּעָה
wanderer, n.	נָע וָנָד, נוֹדֵד, תּוֹעֶה
Wandering Jew	הַיְּהוּדִי הַנּוֹדֵד;
	(צֶמַח מִשְׂתָּרֵעַ)
wane, v.i.	הִתְמַעֵט [מעט], הָלַךְ וּפָחַת
wane, n.	הִתְמַעֲטוּת (הַיָּרֵחַ), גְּמַר (הַקַּיִץ)
wangle, v.t. & i.	הִתְחַכֵּם [חכם],
	הִתְחַמֵּק [חמק]
want, n.	מַחְסוֹר, חֹסֶר, צֹרֶךְ, הֶכְרֵחַ
want, v.t. & i.	חָפֵץ, רָצָה; חָסַר,
	הִצְטָרֵךְ [צרך]
wanting, adj.	נֶעְדָּר, לָקוּי, חָסֵר
wanton, adj.	מֻשְׁחָת, הוֹלֵל, תַּאַוְתָנִי
wantonness, n.	הֶפְקֵרוּת, פְּרִיצוּת
war, n.	מִלְחָמָה
war, v.i.	נִלְחַם [לחם], לָחַם
warbler, n.	זָמִיר
ward, n.	כֶּלֶא, חֶדֶר (בְּבֵית חוֹלִים)
	מִשְׁמָר, הַשְׁגָּחָה, חָנִיךְ
warden, warder, n.	שׁוֹמֵר, מְפַקֵּחַ, כַּלָּאי
wares, n. pl.	סְחוֹרָה
warehouse, n. & v.t.	מַחְסָן; אָחְסֵן
warfare, n.	(תַּכְסִיסֵי) מִלְחָמָה, קְרָב
warily, adv.	בִּזְהִירוּת
wariness, n.	זְהִירוּת
warlike, adj.	מִלְחַמְתִּי, קְרָבִי
warlock, n.	קוֹסֵם, מְכַשֵּׁף, בַּעַל אוֹב
warm, adj.	חַם, חָמִים, לְבָבִי; מִתְלַהֵב
warm, v.t. & i.	חִמֵּם, הִתְחַמֵּם [חמם]
	עִנְיֵן, הִתְעַנְיֵן [ענין]
warmth, n.	חֹם, לְבָבִיּוּת, חֲמִימוּת
warn, v.t.	הִתְרָה [תרה], הִזְהִיר [זהר]
warning, n.	אַזְהָרָה, הַזְהָרָה
warp, n.	שְׁתִי, חֶבֶל נֶרֶר (שֶׁל אֳנִיָּה);
	עִקּוּל
warp, v.t. & i.	עִקֵּם, סִלֵּף, נָטָה הַצִּדָּה;
	גָּרַר (מָשׁוֹט) בְּחֶבֶל
warrant, n.	עֲרֻבָּה, יְפוּי כֹּחַ, אִשּׁוּר;
	פְּקֻדַּת מַאֲסָר
warrant, v.t.	הִצְדִּיק (צדק), יִפָּה כֹּחַ,
	הִרְשָׁה [רשה]
warranty, n.	יְפוּי כֹּחַ, עֲרֻבּוּת
warrior, n.	אִישׁ מִלְחָמָה, חַיִל, אִישׁ
	צָבָא
warship, n.	אֳנִיַּת מִלְחָמָה
wart, n.	יַבֶּלֶת
wary, adj.	זָהִיר
was, v. be	
wash, n.	כִּבּוּס, כְּבִיסָה, כְּבָסִים;
	רְחִיצָה
wash, v.t. & i.	רָחַץ, כִּבֵּס; חָפַף
	(רֹאשׁ); נָטַל (יָדַיִם); שָׁטַף, נִשְׁטַף
	[שטף]
washcloth, n.	מַטְלִית
washer, n.	כַּבָּס, כּוֹבֵס, דִּסְקִית
washing, n.	כִּבּוּס, כְּבִיסָה
washing machine	מְכוֹנַת כְּבִיסָה
washroom, n.	חֲדַר רַחְצָה
wasp, n.	צִרְעָה
waste, adj.	חָרֵב, שׁוֹמֵם, פָּסוּל

waste, *n.*	הֶפְסֵד, בִּזְבּוּז, פְּסֹלֶת, שְׁמָמוֹן
waste, *v.t. & i.*	הֵשַׁם [שום], כִּלָּה, בִּזְבֵּז, רָזָה, נִשְׁחַף [שחף]
wasteful, *adj.*	מַשְׁחִית, בַּזְבְּזָן
waste (paper) basket, *n.*	סַל (לִפְסֹלֶת) נְיָרוֹת
watch, *n.*	שָׁעוֹן; אַשְׁמוּרָה, אַשְׁמֹרֶת, מִשְׁמֶרֶת, שְׁמִירָה, הַשְׁגָּחָה, מִשְׁמָר
watch, *v.t. & i.*	שָׁמַר, נָטַר, צָפָה, צִפָּה
watchdog, *n.*	כֶּלֶב שְׁמִירָה
watchmaker, *n.*	שָׁעָן
watchman, *n.*	שׁוֹמֵר, נוֹצֵר
watchtower, *n.*	מִצְפֶּה
watchword, *n.*	סִיסְמָה
water, *n.*	מַיִם; יָם; שֶׁתֶן
water, *v.t. & i.*	הִשְׁקָה [שקה], הִרְוָה [רוה]; זָלַג (דְּמָעוֹת); שָׁתַן; רָר [ריר] (הַפֶּה)
water closet	בֵּית (כִּסֵּא) כָּבוֹד
water color	צֶבַע מַיִם
watercourse, *n.*	זֶרֶם, תְּעָלָה
water cure	רִפּוּי בְּמַיִם
waterfall, *n.*	אֶשֶׁד
watermelon, *n.*	אֲבַטִּיחַ
waterproof, *adj.*	אָטַם, בִּלְתִּי חָדִיר לְמַיִם
waterside, *n.*	חוֹף יָם, שְׂפַת נָהָר
waterway, *n.*	תְּעָלָה
watt, *n.*	וַט, יְחִידַת מִדָּה לְחַשְׁמַל
wave, *n.*	גַּל, מִשְׁבָּר; תְּנוּפָה, תַּלְתַּל
wave, *v.t. & i.*	הֵנִיף [נוף], נִפְנֵף; נָע [נוע] (גל), הִתְנַפְנֵף (נפנף); תִּלְתֵּל
waver, *v.i.*	פִּקְפֵּק, הִבְלִיחַ (בלח), הִתְמַסְמֵס (מוט)
wavy, *adj.*	גַּלִּי
wax, *n.*	דּוֹנַג, שַׁעֲוָה

wax, *v.t. & i.*	דָּנַג; הִתְגַּדֵּל [גדל] (הַיָּרֵחַ), נַעֲשָׂה [עשה] יוֹתֵר מָלֵא, הָיָה
way, *n.*	דֶּרֶךְ, אֹרַח; אֹפֶן, מִנְהָג
wayfaring, *n.*	נְסִיעָה
waylay, *v.t.*	אָרַב לְ־
wayward, *adj.*	מַמְרֶה, סוֹרֵר
we, *pron.*	אֲנַחְנוּ, אָנוּ, נַחְנוּ
weak, *adj.*	חַלָּשׁ, תָּשׁוּשׁ, רָפֶה, חָלוּשׁ
weaken, *v.t. & i.*	הֶחֱלִישׁ [חלש], רִפָּה, תָּשַׁשׁ, חָלַשׁ
weakling, *n.*	אֵין אוֹנִים, תְּשׁוּשׁ רוּחַ
weakness, *n.*	חֻלְשָׁה, רִפְיוֹן, תְּשִׁישׁוּת, חַלָּשׁוּת
wealth, *n.*	עֹשֶׁר, רְכוּשׁ, הוֹן, כְּבֻדָּה
wealthy, *n.*	עָשִׁיר, אָמִיד
wean, *v.t.*	גָּמַל (יֶלֶד מִינִיקָה); הִרְחִיק [רחק] מִן הַהֶרְגֵּל
weapon, *n.*	נֶשֶׁק, זַיִן, כְּלִי זַיִן
wear, *v.t. & i.*	לָבַשׁ; נָשָׂא, בָּלָה, בִּלָּה
weariness, *n.*	תִּלְאָה
wearisome, *adj.*	מְעַיֵּף, מַלְאֶה
weary, *adj.*	מְעַיֵּף, עָיֵף, מְיֻגָּע
weary, *v.t. & i.*	יָגַע, עָיֵף, הִתְיַגֵּעַ [יגע]; עִיֵּף, הִתְעַיֵּף [עיף]
weasel, *n.*	חֻלְדָּה
weather, *n.*	אֲוִיר, מֶזֶג אֲוִיר
weather, *v.t. & i.*	עָמַד בִּפְנֵי, סָבַל
weathercock, *n.*	שַׁבְשֶׁבֶת
weave, *v.t. & i.*	אָרַג, סֵרַג
weaver, *n.*	אוֹרֵג
weaving, *n.*	אֲרִיגָה, מִקְלַעַת
web, *n.*	אֶרֶג, אָרִיג; קוּרֵי עַכָּבִישׁ; רֶשֶׁת, קְרוּם הַשְּׂחִיָּה
wed, *v.t. & i.*	נָשָׂא (אִשָּׁה); נִשְּׂאָה (לְאִישׁ)
wedding, *n.*	חֲתֻנָּה, נִשּׂוּאִים, חֻפָּה
wedge, *n.*	יָתֵד, טְרִיז
wedge, *v.t.*	בָּקַע, נָעַץ
wedlock, *n.*	כְּלוּלוֹת, נִשּׂוּאִים

Wednesday, n.	יוֹם רְבִיעִי, יוֹם ד'
wee, adj.	קְטַנְטַן, זָעִיר
weed, n.v.t. & i.	עֵשֶׂב (שׁוֹטֶה) רַע; נִכֵּשׁ
weeds, n. pl.	עֲשָׂבִים (שׁוֹטִים) רָעִים;
	בִּגְדֵי אֲבֵלִים
week, n.	שָׁבוּעַ
weekday, n.	יוֹם חֹל
week end	סוֹף הַשָּׁבוּעַ
weekly, adj.	שְׁבוּעִי
weekly, n.	שְׁבוּעוֹן
weekly, adv.	פַּעַם בְּשָׁבוּעַ
weep, v.t. & i.	בָּכָה, דָּמַע
weeper, n.	בַּכְיָן
weeping, adj.	בּוֹכֶה, דּוֹמֵעַ; נָשׁוּם
weevil, n.	חֲפוּשִׁית הַסָּס, רְצִינָה,
	תּוֹלַעַת הַתְּבוּאָה
weigh, v.t. & i.	שָׁקַל; סָבַר, חָשַׁב;
	הָיָה שָׁקוּל; הֵרִים [רוּם] (עֹנֶן)
weight, n. & v.t.	מִשְׁקָל, כֹּבֶד; עֵרֶךְ;
	הִכְבִּיד [כבד]
weighty, adj.	כָּבֵד, חָשׁוּב
weir, n.	סֶכֶר; סְכַד נָהָר
weird, adj.	גּוֹרָלִי, בִּלְתִּי טִבְעִי
welcome, adj.	רָצוּי, שֶׁבּוֹאוֹ בָּרוּךְ
welcome, n.	קַבָּלַת פָּנִים
welcome, v.t.&interj.	קִבֵּל בְּסֵבֶר פָּנִים
	יָפוֹת, קִדֵּם בִּבְרָכָה; בָּרוּךְ הַבָּא
weld, v.t.	רִתֵּךְ
welder, n.	רַתָּךְ
welfare, n.	בְּרִיאוּת, אשֶׁר
well, adj.	בָּרִיא, טוֹב
well, n.	בְּאֵר, בַּיִר; מָקוֹר (יְדִיעוֹת)
well, adv.	טוֹב, הֵיטֵב, מְאֹד, יָפֶה
well-behaved, adj.	הַמִּתְנַהֵג יָפֶה, בַּעַל
	מִדּוֹת טוֹבוֹת
well-being, n.	בְּרִיאוּת
well-bred, adj.	מְחֻנָּךְ הֵיטֵב, מְנֻמָּס
well-nigh, adv.	קָרוֹב לְ־, כִּמְעַט

well-to-do, well-off, adj.	אָמִיד, מַצְלִיחַ
welter, v.i.	הִתְגּוֹלֵל (גלל), הִתְבּוֹסֵס
	(בוס); הָיָה בִּמְבוּכָה
wen, n.	מֻרְסָה, חַבּוּרָה, בּוּעָה
wench, n.	נַעֲרָה; אָמָה, שִׁפְחָה
west, n. & adj.	מַעֲרָב, יָם; מַעֲרָבִי
west, adv.	מַעֲרָבָה
westerly, adj. & adv.	מַעֲרָבִי, מַעֲרָבָה
western, adj.	מַעֲרָבִי
westward, adj. & adv.	מַעֲרָבָה, יָמָּה
wet, adj.	לַח, רָטֹב; נָשׁוּם
wet, wetness, n.	רְטִיבוּת
wet, v.t. & i.	הִרְטִיב (רטב), לַחְלַח;
	הִתְרַטֵּב (רטב)
wet nurse	מֵינֶקֶת
whack, n.	סְטִירָה, מַכָּה, הַכָּאָה
whale, n.	לִוְיָתָן
wharf, n.	מַעֲגָן, רָצִיף
what, adj. & pron.	מַה (מָה, מֶה);
	אֲשֶׁר, שֶׁ־
whatever, whatsoever, adj. & pron.	
	מַה שֶּׁ־, כָּל שֶׁהוּא, אֵיזֶה שֶׁהוּ,
	כָּל אֲשֶׁר
wheal, n.	צַלֶּקֶת, חַבּוּרָה
wheat, n.	חִטָּה
wheel, n.	גַּלְגַּל, אוֹפָן
wheel, v.t. & i.	גִּלְגֵּל, הִתְגַּלְגֵּל (גלגל);
	סוֹבֵב (סבב)
wheelbarrow, n.	חַדּוֹפָן, מְרִיצָה
wheeze, n. & v.i.	נְשִׁימָה כְּבֵדָה;
	נָשַׁם בִּכְבֵדוּת
when, adv. & conj.	מָתַי, אֵימָתַי;
	כַּאֲשֶׁר, בִּזְמַן שֶׁ־, כְּשֶׁ־
whence, adv.	מֵאַתָּה, אֵי מִזֶּה, מִנַּיִן
whenever, adv.	בְּכָל פַּעַם שֶׁ־, בְּכָל
	עֵת אֲשֶׁר, כָּל אֵימַת שֶׁ־
where, adv.	אֵיפֹה, אַיֵּה, לְאָן, אָנָה;
	בִּמְקוֹם אֲשֶׁר

whereabouts, whereabout, n. & adv.	מָקוֹם; בְּאֵיזֶה מָקוֹם
whereas, conj.	כְּפִי שֶׁ־, הֱיוֹת שֶׁ־, כֵּיוָן שֶׁ־, הוֹאִיל וְ־
whereat, adv.	לַאֲשֶׁר; אָז
whereby, adv.	בַּאֲשֶׁר; בַּמֶּה
wherefore, adv.	לָמָּה, מַדּוּעַ, לְפִיכָךְ
wherein, adv.	בַּאֲשֶׁר; בַּמֶּה
whereof, adv.	בַּמֶּה, עַל מַה, מִמַּה, אֲשֶׁר מִמֶּנּוּ
whereto, adv.	אָנָה, לְאָן, לְהֵיכָן; אֲשֶׁר אֵלָיו
whereupon, adv.	עַל (לְשֵׁם) מַה, לַאֲשֶׁר.
wherewithal, n.	אֶמְצָעִים
wherewithal, wherewith, adv.	בַּמֶּה; אֲשֶׁר בּוֹ
wherever, adv.	בְּאֵיזֶה מָקוֹם, בְּכָל מָקוֹם שֶׁ־
whet, v.t.	הִשְׁחִיז [שחז], חִדֵּד, לָטַשׁ; עוֹרֵר [עור], גֵּרָה
whether, conj.	אִם
whetstone, n.	מַשְׁחֶזֶת, מַלְטֶשֶׁת
whey, n.	מֵי גְבִינָה, קוּם
which, pron.	אֵיזֶה, אֵיזוֹ
whichever, whichsoever, adj. & pron.	אֵיזֶה שֶׁהוּא, זֶה אוֹ זֶה
whiff, n.	נְשִׁימָה, נְשִׁיבָה, נְשִׁיפָה
whiff, v.t. & i.	נָשַׁב, נָשַׁף, הוֹצִיא [יצא] עִגּוּלֵי עָשָׁן
while, n. & conj.	זְמָן, זְמַן מָה, עֵת; בִּזְמַן שֶׁ־, כָּל זְמַן שֶׁ־, כָּל עוֹד
while, v.t.	בִּלָּה (זְמָן)
whilst, conj., v. while	
whim, whimsey, whimsy, n.	צִבָּיוֹן
whimper, n.	יְבָבָה חֲרִישִׁית
whimsical, adj.	צִבְיוֹנִי
whin, n.	רֹתֶם
whine, n.	יְלָלָה, יְבָבָה
whine, v.t. & i.	יִלֵּל, יִבֵּב, בָּכָה
whinny, n.	צַהֲלָה (סוּס), צְנִיפָה
whinny, v.i.	צָהַל, צָנַף
whip, n.	שׁוֹט, שֵׁבֶט, מַגְלֵב; עִנְיָן; קַצֶּפֶת
whip, v.t. & i.	הִלְקָה [לקה], חָבַט, הִצְלִיף [צלף]; הִקְצִיף [קצף]
whir, n.	זִמְזוּם, מְהוּמָה, מְהִירוּת
whir, v.i.	זִמְזֵם; הָמָה
whirl, n.	הִסְתּוֹבְבוּת, הֲמֻלָּה
whirl, v.t. & i.	הִסְתּוֹבֵב [סבב], סִבֵּב (בִּמְהִירוּת); הֵרִים [כום] בְּסוּפָה (עֲלֵי שַׁלֶּכֶת)
whirlpool, n.	מְעַרְבֹּלֶת, שְׁפֹלֶת מַיִם
whirlwind, n.	סוּפָה, סְעָרָה
whisk, n.	סְאוֹס מָהִיר; תְּנוּעָה קַלָּה; מַקְצֵף
whisk broom	מַטְאֲטֵא בְּנָדִים
whiskers, n. pl.	זָקָן; שְׂפַם הֶחָתוּל
whisky, whiskey, n.	שֵׁכָר, יֵין שָׂרָף
whisper, n.	לְחִישָׁה, לַחַשׁ
whisper, v.t. & i.	הִתְלַחֵשׁ [לחש], לָחַשׁ
whistle, n.	מַשְׁרוֹקִית; שְׁרִיקָה
whistle, v.t. & i.	שָׁרַק, צִפְצֵף
whit, n.	שֶׁמֶץ, מַשֶּׁהוּ
white, adj.	לָבָן
white, n.	לָבָן; חֶלְבּוֹן
White House, The	הַבַּיִת הַלָּבָן, בֵּית מוֹשָׁבוֹ שֶׁל נְשִׂיא ארה"ב
whiten, v.t. & i.	לִבֵּן, הִלְבִּין [לבן]
whiteness, n.	לֹבֶן
whitewash, n.	סִיד, שִׂיד
whitewash, v.t.	סִיֵּד; חִפָּה עַל, עָצַם עַיִן
whither, adv.	אֲשֶׁר שָׁם; אָנָה, לְאָן
whitish, adj.	לְבַנְבַּן
whitlow, n.	כְּאֵב צִפֹּרֶן
Whitsuntide, n.	חַג הַשָּׁבוּעוֹת

whittle, v.t. & i.	חִתֵּךְ עֵץ בְּסַכִּין;
	הִמְעִיט [מעט] (בְּהוֹצָאוֹת)
whiz, whizz, n. & v.t.	זִמְזוּם; זִמְזֵם
who, pron.	מִי; אֲשֶׁר, שֶׁ־
whoever, pron.	כָּל אֲשֶׁר, כָּל מִי שֶׁ־
whole, adj.	שָׁלֵם, כָּל
whole, n.	כֹּל, הַכֹּל
wholehearted, adj.	בְּכָל לֵב
wholeness, n.	שְׁלֵמוּת
wholesale, n.	סִיטוֹנוּת
wholesaler, n.	סִיטוֹנַאי, סִיטוֹן
wholesome, adj.	בָּרִיא, מַבְרִיא
wholly, adj.	כֻּלּוֹ, כָּלִיל, לְגַמְרֵי
whom, pron.	אֶת מִי, אֶת אֲשֶׁר, אֲשֶׁר
whomsoever, pron.	אֶת מִי שֶׁהוּא
whooping cough	שַׁעֶלֶת
whore, n.	זוֹנָה, יַצְאָנִית, מְפַקֶּרֶת,
	נוֹאֶפֶת
whore, v.t. & i.	זָנָה, הִזְנָה (זנה), נָאַף
whortleberry, n.	אֻכְמָנִית
whose, pron.	שֶׁל מִי, אֲשֶׁר... לוֹ
why, adv.	מִפְּנֵי מַה, מַדּוּעַ, לָמָּה
wick, n.	פְּתִילָה
wicked, adj.	רַע, רָשָׁע; שׁוֹבָב
wickedness, n.	רִשְׁעוּת, רֶשַׁע
wicker, n.	נֵצֶר
wicket, n.	פִּשְׁפָּשׁ (פֶּתַח בַּשַּׁעַר);
	תָּא הַקַּפָּה, קֶשֶׁת (בְּמִשְׂחַק קְרִיקֶט)
wide, adj.	רָחָב; נִרְחָב, מְרֻוָּח
wide, adv.	לִרְוָחָה; לְמֵרָחוֹק
wide-awake, adj.	עֵרָנִי, עֵר לְגַמְרֵי
widen, v.t. & i.	הִרְחִיב (רחב);
	הִתְרַחֵב (רחב), רָחַב
wide-open, adj.	פָּתוּחַ לִרְוָחָה
widespread, adj.	נְפוֹץ בְּרַבִּים
widow, n. & v.t.	אַלְמָנָה; אִלְמֵן
widower, n.	אַלְמָן
widowhood, n.	אַלְמוֹן, אַלְמְנוּת
width, n.	רֹחַב, רְוָחָה
wield, v.t.	עָצַר בְּ־, שָׁלַט עַל, תָּפַשׂ,
	מָשַׁל בְּ־
wife, n.	אִשָּׁה, רַעְיָה, זוּגָה, עֵזֶר כְּנֶגְדּוֹ
wifehood, n.	אִשּׁוּת
wig, n.	פֵּאָה נָכְרִית
wigwag, n.	אִתּוּת (בְּדְגָלִים וְכוּ')
wigwag, v.t. & i.	אִתֵּת, הִתְנוֹעֵעַ [נוע];
	כִּשְׁכֵּשׁ (ונב)
wild, adj.	שׁוֹבָב, פָּרוּעַ; פֶּרֶא
wild ass	עָרוֹד, פֶּרֶא, חֲמוֹר הַבָּר
wildcat, n.	חָתוּל הַבָּר, שׁוּנְרָה; פֶּרֶא
	אָדָם; עֵסֶק בִּישׁ; קְדִיחַת בְּאֵר
	(לְלֹא סְגֻּיֵּי הַמְצָאוֹת נֵפְטְ)
wilderness, n.	יְשִׁימוֹן, מִדְבָּר
wildness, n.	פִּרְאוּת
wile, n.	עָרְמָה
will, n.	רָצוֹן; צַוָּאָה
will, v.t. & i.	רָצָה, חָפֵץ, הוֹרִישׁ
	(ירשׁ), צִוָּה, הִשְׁאִיר (שׁאר)
willful, wilful, adj.	מֵזִיד, עַקְשָׁן,
	עִקְּשָׁנִי
willing, adj.	רוֹצֶה, מְרֻצֶּה, חָפֵץ
willow, n.	עֲרָבָה, צַפְצָפָה
willy-nilly, adj. & adv.	שֶׁלֹּא בִּרְצוֹן;
	מִתּוֹךְ הֶכְרֵחַ
wilt, n. v.t. & i.	קְמִילָה, כְּמִישָׁה, קָמַל,
	כָּמַשׁ, נָבַל, חָלַשׁ, עֻלַּף
wily, adj.	עָרוּם
win, n., v.t. & i.	נִצָּחוֹן, הַצְלָחָה, נִצַּח,
	זָכָה, רָכַשׁ לֵב; הִרְוִיחַ (רוח)
wince, n.	הַרְתָּעָה
wince, v.i.	סָלַד, נִרְתַּע (רתע)
winch, n.	אַרְכֻּבָּה, מָנוֹף
wind, n.	רוּחַ, נְשִׁימָה; פִּטְפּוּט
wind, v.t. & i.	כָּרַךְ, נִלְפַּת (לפת);
	הִתְפַּתֵּל (פתל); כִּוֵּן (שָׁעוֹן)
windfall, n.	נֶשֶׁר; רָוַח פִּתְאֹמִי

windmill, n.	טַחֲנַת רוּחַ
window, n.	חַלּוֹן, אֶשְׁנָב, צֹהַר
windowpane, n.	זְגוּגִית, שִׁמְשָׁה
windpipe, n.	גַּרְגֶּרֶת
windshield, n.	שִׁמְשַׁת מָגֵן, מָגֵן רוּחַ
windup, n.	גְּמַר, סִיּוּם
windy, adj.	שֶׁל רוּחַ, סוֹעֵר; פַּטְפְּטָנִי
wine, n., v.t. & i.	יַיִן, חֶמֶר; שָׁתָה,
	הִשְׁקָה [שקה] יַיִן
wineglass, n.	גְּבִיעַ (כּוֹס) שֶׁל יַיִן
wing, n.	כָּנָף; אֲנַף (צְבָא)
wing, v.t. & i.	דָּאָה, עָף (עוף); עוֹפֵף
	[עוף]; פָּצַע (כָּנָף), נְכַנֵּף [כנף]
wink, n.	קְרִיצַת עַיִן; רֶמֶז, רְמִיזָה
wink, v.t.	מִצְמֵץ, קָרַץ עַיִן; רָמַז
winner, n.	מְנַצֵּחַ, זוֹכֶה
winnow, n.	מִזְרֶה
winnow, v.t. & i.	זָרָה, נָפָּה, הֵפִיץ
	[פוץ]
winter, n.	חֹרֶף
winter, v.t. & i.	חָרַף, הֶחֱרִיף [חרף]
wintry, adj.	חָרְפִּי
wipe, v.t.	קִנַּח, נֵגֵב, מָחָה (אַף);
	הִשְׁמִיד [שמד]
wire, n.	חוּט (מַתֶּכֶת) בַּרְזֶל, תַּיִל; מִבְרָק
wire, v.t. & i.	חִזֵּק (קִשֵּׁר) בְּחוּט
	בַּרְזֶל; הִבְרִיק [ברק]
wireless, adj. & n.	אַלְחוּטִי; אַלְחוּט
wiring, n.	חִבּוּר חוּטֵי חַשְׁמַל, תַּיּוּל
wisdom, n.	בִּינָה, חָכְמָה, חָכְמוֹת
wisdom tooth	שֵׁן הַבִּינָה
wise, adj.	נָבוֹן, פִּקֵּחַ, חָכָם
wiseacre, n.	מִתְחַכֵּם, שׁוֹטֶה
wisecrack, n.	הֶעָרָה מְחֻכֶּמֶת
wisecrack, v.i.	דִּבֵּר וְהִתְחַכֵּם [חכם]
wish, n.	מִשְׁאָלָה, רָצוֹן; אִחוּל
wish, v.t. & i.	חָפֵץ, אִוָּה, רָצָה;
	הִתְאַוָּה [אוה]; אִחֵל

wishbone, n.	עֶצֶם הֶחָזֶה (בָּעוֹף)
wishful, adj.	מִשְׁתּוֹקֵק
wisp, n.	חֲבִילַת (אֲגֻדַּת) חָצִיר (קַשׁ);
	מַטְאֲטֵא קָטָן
wistful, adj.	מִתְגַּעְגֵּעַ, שָׁקוּעַ בְּמַחֲשָׁבוֹת
wit, v.t. & i.	יָדַע
wit, n.	שֵׂכֶל, חָכְמָה, עָרְמָה, פִּקְחוּת;
	חִדּוּד, שְׁנִינָה; פִּקֵּחַ
witch, n.	מְכַשֵּׁפָה, קוֹסֶמֶת, בַּעֲלַת אוֹב
witchcraft, witchery, n.	קְסָמִים,
	קִסּוּם, כְּשָׁפִים, כִּשּׁוּף, אוֹב
with, prep.	עִם, אֶת, בְּ־
withdraw, v.t. & i.	הוֹצִיא [יצא], הֵסִיר
	[סור]; הִסְתַּלֵּק [סלק], פָּרַשׁ;
	יָצָא, נָסוֹג [סוג]
withdrawal, n.	לְקִיחָה בַּחֲזָרָה,
	הִסְתַּלְּקוּת, פְּרִישָׁה; נְסִיגָה
wither, v.t. & i.	נִכְמַשׁ [כמש]; הוֹבִישׁ
	[יבש]; רָזָה; יָבֵשׁ, נָבַל
withhold, v.t.	מָנַע, עָצַר; הֶחֱזִיק [חזק]
within, prep.	פְּנִימָה
within, adv.	בְּתוֹךְ, בִּפְנִים, בְּקֶרֶב
without, adv.	בַּחוּץ, מָחוּץ
without, prep.	בְּלִי
withstand, v.t. & i.	סָבַל, עָמַד בִּפְנֵי
witness, n.	עֵד; שֵׁהֵד; עֵדוּת
witness, v.t. & i.	הֵעִיד [עוד], סָהַד
witticism, n.	חִדּוּד, הֲלָצָה, שְׁנִינָה
wittingly, adv.	בְּכַוָּנָה
witty, adj.	הֲלָצִי, חִדּוּדִי, חָרִיף
wizard, n.	קוֹסֵם, מְכַשֵּׁף, יִדְּעוֹנִי, אַשָּׁף
wobble, wabble, v.i.	הִתְנוֹעֵעַ [נוע],
	רָעַד
woe, wo, n.	יָגוֹן, תּוּגָה, מַדְוֶה
woeful, woful, adj.	עָצוּב, נוּגֶה
wolf, n.	זְאֵב; רוֹדֵף נָשִׁים
woman, n.	אִשָּׁה, בַּעֲלָה, נְקֵבָה
womanhood, n.	אִשּׁוּת, נָשִׁיּוּת

womankind, n.	נָשִׁים
womb, n.	רֶחֶם
wonder, n.	פֶּלֶא, תִּמָּהוֹן, הִתְפַּלְאוּת, הִשְׁתּוֹמְמוּת
wonder, v.i.	הִתְפַּלֵּא [פלא], הִשְׁתּוֹמֵם [שמם], תָּמַהּ
wonderful, adj.	נִפְלָא, מַפְלִיא, תָּמוּהַּ
wonderment, n.	הִתְפַּלְאוּת, הִשְׁתּוֹמְמוּת
wondrous, adj.	נִפְלָא, מֻפְלָא
wont, adj.	רָגִיל, מֻרְגָּל
wont, n.	הֶרְגֵּל, מִנְהָג
woo, v.t.	רָדַף (חִזֵּר) אַחֲרֵי (אִשָּׁה)
wood, n.	עֵץ, עֵצָה, יַעַר, חֹרֶשׁ
woodchopper, n.	חוֹטֵב עֵצִים
woodcock, n.	חַרְטֹמָן
woodcut, n.	פִּתּוּחַ עֵץ, תַּחֲרִיט
wooden, adj.	עֵצִי
woodpecker, n.	נַקָּר
wood pigeon	צוֹצַל, צוּצֶלֶת, יוֹנַת בָּר
wood pulp	מֹךְ הָעֵץ
woodworker, n.	חָרָשׁ עֵץ, נַגָּר
woof, n.	עֵרֶב, נֶפֶשׁ הַמַּסֶּכֶת
wool, n.	צֶמֶר
woolen, woollen, adj.	צַמְרִי
woolen, woollen, n.	אֲרִיג צֶמֶר
woolens, n. pl.	בִּגְדֵי צֶמֶר, סְחוֹרַת צֶמֶר
woolly, adj.	צָמִיר, צַמְרִי
word, n.	מִלָּה, תֵּבָה; דִּבּוּר, הַבְטָחָה
wording, n.	נֹסַח, הַבָּעָה (בְּמִלִּים)
work, n.	עֲבוֹדָה, מְלָאכָה, פְּעֻלָּה
work, v.t. & i.	עָבַד, פָּעַל; הֶעֱבִיד [עבד]; הִשְׁפִּיעַ [שפע]
workable, adj.	מַעֲשִׂי, בַּר בִּצּוּעַ
worker, workman, n.	פּוֹעֵל, שָׂכִיר
workmanship, n.	אָמָּנוּת, מְלָאכָה
workroom, n.	חֲדַר עֲבוֹדָה
workshop, n.	בֵּית מְלָאכָה
world, n.	עוֹלָם, תֵּבֵל, חֶלֶד; אֶרֶץ
worldly, adj.	אַרְצִי, חָמְרִי, חִלּוֹנִי
worm, n.	תּוֹלָע, תּוֹלַעַת, רִמָּה; סְלִיל
worm-eaten, adj.	אֲכוּל תּוֹלָעִים, מִתְלָע
wormwood, n.	לַעֲנָה
worn-out, adj.	מָהוּהַּ, בָּלוּי
worry, n.	דְּאָגָה, חֲרָדָה
worry, v.t. & i.	דָּאַן, חָשַׁשׁ לְ־; נָשַׁךְ (טָרַף) עַד מְוֶת, הִדְאִיב [דאב], צִעֵר, הֶעֱצִיב [עצב], הִצְטַעֵר [צער]
worse, adj. & adv.	נָרוּעַ (רַע) מִן
worsen, v.t. & i.	עָשָׂה (הָיָה) יוֹתֵר רַע, נָרוֹעַ
worship, n.	הַעֲרָצָה; פֻּלְחָן (דָּתִי); עֲבוֹדַת אֱלֹהִים; תְּפִלָּה; כָּבוֹד, מַעֲלָתוֹ (רֹאשׁ עִיר, שׁוֹפֵט)
worship, v.t. & i.	עָבַד אֱלֹהִים, הִתְפַּלֵּל [פלל], הֶעֱרִיץ [ערץ]
worst, adj. & n.	הַנָּרוּעַ (הָרַע) בְּיוֹתֵר
worsted, adj. & n.	מְשׁוֹרָר, חוּט מְשֻׁזָּר
worth, adj.	כְּדַאי, רָאוּי שֶׁמְּחִירוֹ שָׁוֶה
worth, n.	עֵרֶךְ, שִׁוְי, מְחִיר
worthless, adj.	חֲסַר עֵרֶךְ
worthy, adj.	רַב עֵרֶךְ, הָגוּן, נִכְבָּד, רָאוּי, זַכַּאי
wound, n.	פֶּצַע, מַכָּה, חַבּוּרָה
wound, v.t. & i.	פָּצַע, הִכְאִיב [כאב]
wrangle, n.	וִכּוּחַ, רִיב, מַחֲלֹקֶת
wrangle, v.i.	רָב (ריב), הִתְוַכַּח [יכח]
wrap, n.	גְּלִימָה, עֲטִיפָה, גְּלוֹם
wrap, v.t.	עָטַף, עָטָה, חִתֵּל, כִּסָּה
wrapper, n.	עֲטִיפָה, מַעֲטֶה; עוֹטֵף
wrath, n.	רֹגֶז, חָרוֹן, חֲרִי אַף, חֵמָה, כַּעַס, זַעַם
wrathful, adj.	כּוֹעֵס, זוֹעֵם
wreak, v.t.	נָקַם

wreath, n.	זֵר, עֲטָרָה
wreathe, v.t. & i.	עָשָׂה לְזֵר, הִסְתָּרֵג [סרג]
wreck, n.	כִּלָּיוֹן, הֶרֶס, אָבְדָן; טְרוּף סְפִינָה
wreck, v.t. & i.	שָׁבֵּר, נִפֵּץ, הִשְׁחִית [שחת], נִטְרְפָה [טרף] סְפִינָה
wreckage, n.	חֻרְבָּן, כִּלָּיוֹן; שִׁבְרֵי אֳנִיָּה
wren, n.	גִּדְרוֹן
wrench, n.	מַפְתֵּחַ בְּרָגִים; עִקּוּם, נְקִיעָה
wrench, v.t. & i.	נָקַע; עִקֵּם; עִוֵּת (סֵרֵס) (מִלָּה, מִשְׁפָּט)
wrest, v.t.	עָקַר, מָשַׁךְ בְּחָזְקָה, הוֹצִיא [יצא] בְּחָזְקָה
wrestle, v.t. & i.	הִתְגּוֹשֵׁשׁ (גשש), נֶאֱבַק [אבק]
wrestle, wrestling, n.	הֵאָבְקוּת, נַפְתּוּלִים, הִתְגּוֹשְׁשׁוּת
wrestler, n.	מִתְגּוֹשֵׁשׁ
wretch, n.	חֵלֶךְ, חֶלְכָּה, מִסְכֵּן, אֻמְלָל
wretched, adj.	חֶלְכָּה, מִסְכֵּן, אֻמְלָל
wretchedness, n.	מִסְכֵּנוּת, אֻמְלָלוּת
wriggle, n., v.t. & i.	הִתְפַּתְּלוּת; כִּשְׁכֵּשׁ (זָנָב); הִתְפַּתֵּל [פתל], נָעְנַע; כִּשְׁכֵּשׁ (זָנָב)
wright, n.	בַּעַל מְלָאכָה, אֻמָּן
wring, v.t.	סָחַט, מָלַק; פָּרַשׂ (יָדַיִם)
wringer, n.	סוֹחֵט, מַסְחֵט, מַעְגִּילָה
wrinkle, n.	קֶמֶט
wrinkle, v.t. & i.	קָמַט, הִתְקַמֵּט [קמט]
wrinkly, wrinkled, adj.	מְקֻמָּט, כָּמוּשׁ
wrist, n.	פֶּרֶק (אַמַּת, שֹׁרֶשׁ) הַיָּד
wristwatch, n.	שְׁעוֹן יָד
writ, n.	כְּתָב, שְׁטָר, פְּקֻדָּה
write, v.t. & i.	כָּתַב; חִבֵּר
writer, n.	מְחַבֵּר, כּוֹתֵב, סוֹפֵר
writhe, v.t. & i.	עָקַם, עִוָּה; הִתְעַקֵּם [עקם], הִתְעַנָּה (עוה) [מכאב]
writing, n.	כְּתָב; כְּתִיבָה, חִבּוּר
written, adj.	כָּתוּב
wrong, adj.	לֹא נָכוֹן, לֹא צוֹדֵק, טוֹעֶה מֻטְעֶה; לֹא מַתְאִים
wrong, n.	רַע, שֶׁקֶר, עַוְלָה, טָעוּת
wrong, v.t.	הֵרַע (רעע), עִוָּה (עֵל)
wrongdoer, n.	מְעַוֵּל, חוֹטֵא, רָשָׁע
wrought, adj.	עָשׂוּי, מְעֻבָּד
wry, adj.	עָקֹם, מְעֻקָּל, מְעֻוָּת
wych-elm, n.	תֵּאַשּׁוּר

X, x

X, x, n.	אֶכְּס, הָאוֹת הָעֶשְׂרִים וְאַרְבַּע בְּאָלֶף בֵּית הָאַנְגְּלִי; כַּמּוּת בִּלְתִּי יְדוּעָה
xenophobia, n.	שִׂנְאַת נָכְרִים
X ray	קַרְנֵי (X) רֶנְטְגֶן
xylography, n.	חֲרִיתַת עֵץ
xylophone, n.	מַכּוֹשִׁית, כְּסִילוֹפוֹן

Y, y

Y, y, n.	אוּאַי, הָאוֹת הָעֶשְׂרִים וְחָמֵשׁ בְּאָלֶף בֵּית הָאַנְגְּלִי
yacht, n.	אֳנִיַּת טִיּוּל
yacht, v.i.	שָׁט [שוט] (נָסַע) בָּאֳנִיַּת טִיּוּל

yachtsman, n.	בַּעַל אֲנִיַּת טִיּוּל
yam, n.	תַּפּוּחַ אֲדָמָה מָתוֹק
yank, v.t. & i.	עָקַר, מָשַׁךְ בְּחָזְקָה,
	הוֹצִיא [יצא] בְּחָזְקָה
Yankee, n.	יְלִיד אֲמֶרִיקָה
yap, v.i. & n.	נָבַח, פִּטְפֵּט; פִּטְפְּטָן,
	נְבִיחָה
yard, n.	חָצֵר; אַמָּה, 0.9144 מֶטֶר
yardstick, n.	קְנֵה מִדָּה, אַמָּה
yarn, n.	מַטְוֶה, תִּקְוָה (פְּתִיל, חוּט)
	סִפּוּר בַּדִּים, בְּדוּתָה, בְּדָיָה
yaw, n.	נְטִיָּה, נְטִיַּת אֳנִיָּה מִן הַדֶּרֶךְ
yaw, v.t. & i.	נָטָה מֵהַדֶּרֶךְ
yawn, n.	פִּהוּק
yawn, v.i.	פִּהֵק
yea, adv.	כֵּן, אָמְנָם כֵּן
yean, v.t. & i.	הִמְלִיטָה [מלט]
	(טְלָאִים, גְּדָיִים)
year, n.	שָׁנָה, יָמִים
yearbook, n.	שְׁנָתוֹן
yearly, adj. & adv.	שְׁנָתִי; בְּכָל שָׁנָה
yearn, v.i.	הִתְגַּעְגֵּעַ [געגע] לְ־, הִתְאַוָּה
	[אוה] לְ־, כָּסַף
yearning, n.	גַּעֲגוּעִים, כִּסּוּפִים, כִּלְיוֹן
	עֵינַיִם, כְּלוֹת נֶפֶשׁ
yeast, n.	שְׁמָרִים; קֶצֶף
yell, n.	צְעָקָה, צְוָחָה, צְרִיחָה
yell, v.t. & i.	צָעַק, צָוַח, צָרַח
yellow, adj.	צָהֹב; מֻג לֵב
yellow, n.	צְהִיבוּת, חֶלְמוֹן (בֵּיצָה)
yellowish, adj.	צְהַבְהַב, כְּתַמְתַּם
yelp, v.i.	יִלֵּל, נָבַח
yelp, n.	נְבִיחָה, יְלָלָה

yeoman, n.	פָּקִיד בְּבֵית הַמֶּלֶךְ; בַּעַל
	אֲחֻזָּה; בֶּן חוֹרִין
yes, adv.	הֵן, כֵּן
yesterday, n. & adv.	אֶתְמוֹל, תְּמוֹל
yet, adv.	עֲדַיִן, עוֹד
Yiddish, n.	אִידִית, יְהוּדִית, זַ'רְגּוֹן
yield, n.	יְבוּל, תְּנוּבָה, הַכְנָסָה
yield,, v.t. & i.	נָתַן פְּרִי, מָסַר, וִתֵּר
	עַל, נִכְנַע [כנע]
yoke, n.	עֹל; עַבְדוּת; אֶסֶל
yoke, v.t.	נָתַן עֹל עַל, שִׁעְבֵּד
yokefellow, n.	בֶּן זוּג, רֵעַ, עָמִית, חָבֵר
yolk, n.	חֶלְמוֹן
yonder, adv. & adj.	שָׁם; הַלָּזֶה, הַהוּא
	(הָהֵם וְכוּ')
yore, adv.	לְפָנִים, בִּימֵי קֶדֶם
you, ye, pron.	אַתָּה, אַתְּ, אַתֶּם, אַתֶּן;
	אוֹתְךָ, אוֹתָךְ, אֶתְכֶם, אֶתְכֶן;
	לְךָ, לָךְ, לָכֶם, לָכֶן
young, adj.	צָעִיר, רַךְ בְּשָׁנִים
young, n.	צֶאֱצָאִים, וְלָדוֹת, גּוֹזָלִים
youngster, n.	עֶלֶם, בָּחוּר
your, yours, adj. & pron.	שֶׁלְּךָ, שֶׁלָּךְ,
	שֶׁלָּכֶם, שֶׁלָּכֶן
yourself, pron.	אַתָּה בְּעַצְמְךָ, אַתְּ
	בְּעַצְמֵךְ
yours truly	שֶׁלְּךָ (שֶׁלָּךְ) בֶּאֱמוּנָה
youth, n.	נַעַר, נְעוּרִים, בַּחֲרוּת;
	בָּחוּר, נַעַר
youthful, adj.	צָעִיר, רַעֲנָן
yule, n.	חַג הַמּוֹלָד
yuletide, n.	תְּקוּפַת חַג הַמּוֹלָד

Z, z

Z, z, n.	זֶד, זִי, הָאוֹת הָעֶשְׂרִים וָשֵׁשׁ
	בְּאָלֶף בֵּית הָאַנְגְּלִי
zany, n.	בַּדְחָן, לֵץ
zeal, n.	קִנְאוּת, חֵשֶׁק, מְסִירוּת

zealot, *n.*	קַנַּאי	zinc ointment	אַבְצִית (מִשְׁחָה)
zealous, *adj.*	קַנַּאי, נִלְהָב	Zion, *n.*	(הַר) צִיּוֹן; יְרוּשָׁלַיִם; יִשְׂרָאֵל
zebra, *n.*	זֶבְּרָה, סוּס עָקֹד	Zionism, *n.*	צִיּוֹנוּת
zebu, *n.*	זֶבּוּ, שׁוֹר גַּבֵּן	Zionist, *n.*	צִיּוֹנִי
zed, *n.*	זֶד, שֵׁם הָאוֹת "z"	zipper, *n.*	רוֹכְסָן, רְצָרֵץ
zenith, *n.*	זֵנִית, לֵב הַשָּׁמַיִם; פִּסְגָּה	zither, *n.*	צִיתָר
zephyr, *n.*	רוּחַ יָם, רוּחַ צַח; צֶמֶר	zodiac, *n.*	(גַּלְגַּל) הַמַּזָּלוֹת
	סְרִינָה רַךְ	zonal, *adj.*	אֵזוֹרִי
zero, *n.*	אַיִן, לֹא כְּלוּם, אֶפֶס, שֵׁם	zone, *n.*	אֵזוֹר
	הַסִּפְרָה "0"	zoo, *n.*	גַּן חַיּוֹת, בֵּיבָר
zest, *n.*	הִתְלַהֲבוּת, חֵשֶׁק, טַעַם	zoology, *n.*	זוֹאוֹלוֹגְיָה, תּוֹרַת הַחַי
zigzag, *adj.* & *n.*	עֲקַלְקַל, עֲקַלָּתוֹן,	zyme, *n.*	תֶּסֶס
	זִגְזַג; זִמְזֵן	zymosis, *n.*	תְּסִיסָה
zinc, *n.*	אָבָץ		

deputy minister	תַּת־שַׂר	under, sub- תַּת, תה"פ
brim (hat)	תִּתּוֹרָה, נ', ר', ־רוֹת	subconscience תַּת־יֶדַע, תַּת־הַכָּרָה
having no	תַּתְרָן, ת"ז, ־נִית, ת"נ	subaqueous, submarine תַּת־יַמִּי
sense of smell		underwater תַּת־מֵימִי
lack of sense of smell	תַּתְרָנוּת, נ'	submachine gun תַּת־מִקְלָע

repenter	בַּעַל־תְּשׁוּבָה
putting, placing	תְּשׂוּמָה, נ׳
deposit, pledge,	תְּשׂוּמֶת יָד
security	
attention	תְּשׂוּמֶת לֵב
deliverance,	תְּשׁוּעָה, נ׳, ר׳, ־עוֹת
salvation; victory	
longing, desire	תְּשׁוּקָה, נ׳, ר׳, ־קוֹת
present, gift	תְּשׁוּרָה, נ׳, ר׳, ־רוֹת
weak	תָּשׁוּשׁ, ת״ז, תְּשׁוּשָׁה, ת״נ
youth, early	תַּשְׁחֹרֶת, נ׳
manhood	
ninth	תְּשִׁיעִי, ת״ז, ־עִית, ת״נ
one-ninth,	תְּשִׁיעִית, נ׳, ר׳, ־עִיוֹת
ninth part	
weakness, feebleness	תְּשִׁישׁוּת, נ׳
gearing, meshing	תִּשְׁלֹבֶת, נ׳
payment,	תַּשְׁלוּם, ז׳, ר׳, ־מִים, ־מוֹת
indemnity	
use; utensil,	תַּשְׁמִישׁ, ז׳, ר׳, ־שִׁים
article; sexual intercourse	
religious articles	תַּשְׁמִישֵׁי־קְדֻשָּׁה
strangulation	תַּשְׁנוּק, תַּשְׁנִיק, ז׳
nine	תֵּשַׁע, ש״מ, נ׳
nineteen	תְּשַׁע־עֶשְׂרֵה, ש״מ, נ׳
to divide, multiply by	תִּשַּׁע, פ״י
nine	
nine	תִּשְׁעָה, ש״מ, ז׳
nineteen	תִּשְׁעָה־עָשָׂר, ש״מ, ז׳
ninety	תִּשְׁעִים, ש״מ, זו״נ
present, gift	תֶּשֶׁר, ז׳
to give a gift;	תִּשֵּׁר, פ״י
to present	
Tishri, seventh month of	תִּשְׁרִי, ז׳
Hebrew calendar	
to be weak, feeble	תָּשַׁשׁ, פ״ע
subsoil; sub-	תַּשְׁתִּית, נ׳, ר׳, ־תִּיוֹת
structure	

knapsack, bag;	תַּרְמִיל, ז׳, ר׳, ־לִים
seed bag, pod; capsule	
deceitfulness	תַּרְמִית, נ׳
to form pods; to put into	תִּרְמֵל, פ״ע
capsules; to carry a knapsack	
mast, pole	תֹּרֶן, ז׳, ר׳, תְּרָנִים
cock, rooster; hen	תַּרְנְגוֹל, ז׳, תַּרְנְגֹלֶת, נ׳, ר׳, ־לִים, ־לוֹת
turkey	תַּרְנְגוֹל־הֹדּוּ, תַּרְנְהוֹד
to shield;	[תרס] הִתְרִיס, פ״ע
to resist, defy, challenge	
to blow trumpet,	[תרע] הִתְרִיעַ, פ״ע
sound alarm	
grudging person	תַּרְעוּמָן, ז׳, ר׳, ־נִים
poison	תַּרְעֵלָה, נ׳, ר׳, ־לוֹת
murmur,	תַּרְעֹמֶת, נ׳, ר׳, ־עֹמוֹת
complaint; grudge	
shame;	תָּרְפָּה, תּוּרְפָּה, נ׳, ר׳, ־פוֹת
obscenity; weakness; pudenda	
household gods, idols,	תְּרָפִים, ז״ר
teraphim	
laxative	תִּרְפִּיוֹן, ז׳, ר׳, ־נִים
to answer, solve	תֵּרֵץ, פ״י
(difficulty)	
sketch, plan	תַּרְשִׁים, ז׳, ר׳, ־מִים
chrysolite,	תַּרְשִׁישׁ, ז׳, ר׳, ־שִׁים
precious stone	
two	תַּרְתֵּי, ש״מ, נ׳
praise	תִּשְׁבָּחָה, נ׳, ר׳, ־חוֹת
checkered	תִּשְׁבֵּץ, ז׳, ר׳, ־בְּצִים
work; crossword puzzle	
fractions; geometry	תִּשְׁבֹּרֶת, נ׳
urgent	תִּשְׁדֹּרֶת, נ׳, ר׳, ־דֹרוֹת
dispatch (radio)	
noise, shout,	תְּשׁוּאָה, נ׳, ר׳, ־אוֹת
roar; applause	
answer, reply;	תְּשׁוּבָה, נ׳, ר׳, ־בוֹת
return: repentance	

translating	תִּרְגּוּם, ז', ר', ־מִים
exercise, drill	תַּרְגִּיל, ז', ר', ־לִים
to teach to walk; to drill	תִּרְגֵּל, פעו"י
to translate, interpret	תִּרְגֵּם, פ"י
translator, interpreter	תֻּרְגְּמָן, ז', תּוּרְגְּמָן ר', ־נִים
beetroot; spinach	תֶּרֶד, ז', ר', תְּרָדִים
deep sleep, trance	תַּרְדֵּמָה, נ', ר', ־מוֹת
to warn, forewarn	[תרה] הִתְרָה, פ"י
ladle	תַּרְוָד, ז', ר', ־וָדוֹת, ־וָדִים
straight-lined	תָּרוּס, ת"ז, תְּרוּסָה, ת"נ
contribution; offering; choice	תְּרוּמָה, נ', ר', ־מוֹת
shout of joy; war cry; alarm; blast (of trumpet)	תְּרוּעָה, נ', ר', ־עוֹת
healing; remedy, cure; medicine	תְּרוּפָה, נ', ר', ־פוֹת
answer, solution (to problem); excuse	תֵּרוּץ, ז', ר', ־צִים
to excrete	[תרז] הִתְרִיז פ"ע
lime tree, linden tree	תִּרְזָה, נ', ר', תְּרָזוֹת
two	תְּרֵי, ש"מ
613; 613 commandments listed in the Bible	תַּרְיַ"ג (מִצְווֹת)
shutter, blind; shield	תְּרִיס, ז', ר', ־סִים
twelve, dozen	תְּרֵיסַר, ש"מ
duodenum	תְּרֵיסַרְיוֹן, ז'
compound	תַּרְכֹּבֶת, נ', ר', ־כּוֹבוֹת
serum, vaccine	תַּרְכִּיב, ז', ר', ־בִים
to contribute; to remove (ashes from altar)	תָּרַם, פ"י
deceit, treachery	תָּרְמָה, נ'
lupine	תֻּרְמוֹס, ז', ר', ־סִים

to prepare; to ordain, establish	הִתְקִין, פ"י
normality; norm, standard	תֶּקֶן, ז', ר', תְּקָנִים
repair; reform; amendment	תַּקָּנָה, נ', ר', ־נוֹת
bylaws, constitution	תַּקָּנוֹן, ז', ר', תַּקָּנוֹנִים
to blow (horn); to thrust; to stick in, drive in; to strike, slap	תָּקַע, פ"י
blast (of horn)	תֶּקַע, ז'
plug	תֶּקַע, ז', ר', תְּקָעִים
to attack, assail	תָּקַף, פ"י
strength, power; validity	תֹּקֶף, ז'
budget	תַּקְצִיב, ז', ר', ־בִים
budgetary	תַּקְצִיבִי, ת"ז, ־בִית, ת"נ
synopsis, résumé	תַּקְצִיר, ז', ר', ־רִים
refreshments	תִּקְרֹבֶת, נ', ר', ־רוֹבוֹת
ceiling; roofing	תִּקְרָה, נ', ר', ־רוֹת
clicking, ticking; typewriting	תִּקְתּוּק, ז', ר', ־קִים
to tick, click; to typewrite	תִּקְתֵּק, פעו"י
to tour, explore; to spy out, seek out	תָּר, פ"י, ע' [תור]
culture; education, rearing, manners; increase, growth	תַּרְבּוּת, נ', ר', ־בֻּיוֹת
cultured	תַּרְבּוּתִי, ת"ז, ־תִית, ת"נ
stew	תַּרְבִּיךְ, ז'
garden; academy	תַּרְבֵּץ, ז', ר', ־צִים
interest, usury; growth	תַּרְבִּית, נ', ר', ־בִּיוֹת
greenish-yellow	תָּרֹג, ת"ז, תְּרֻגָּה, ת"נ
drilling, exercising	תִּרְגּוּל, ז', ר', ־לִים
translation	תִּרְגּוּם, ז', ר', ־מִים

time bomb	מְכוֹנַת־תֹּפֶת
display	תְּצוּגָה, נ׳, ר׳, ־גוֹת
formation	תְּצוּרָה, נ׳, ר׳, ־רוֹת
photograph	תַּצְלוּם, ז׳, ר׳, ־מִים
observation	תַּצְפִּית, נ׳, ר׳, ־פִּיּוֹת
consumption of necessities	תִּצְרֹכֶת, נ׳
receipt (money)	תַּקְבּוּל, ז׳, ר׳, ־לִים
parallelism	תַּקְבֹּלֶת, נ׳, ר׳, ־בֻּלוֹת
precedent	תַּקְדִּים, ז׳, ר׳, ־מִים
hope; cord, strap	תִּקְוָה, נ׳, ר׳, ־ווֹת
standing up,	תְּקוּמָה, נ׳, ר׳, ־מוֹת
rising; restoration	
repair,	תִּקּוּן, ז׳, ר׳, ־נִים
improvement; reform; emendation	
trumpet,	תָּקוֹעַ, ז׳, ר׳, ־עוֹת
blast instrument	
stuck in	תָּקוּעַ, ת״ז, תְּקוּעָה, ת״נ
circuit, cycle;	תְּקוּפָה, נ׳, ר׳, ־פוֹת
period, era	
periodical	תְּקוּפוֹן, ז׳, ר׳, ־נִים
regular, normal	תָּקִין, ת״ז, תְּקִינָה, ת״נ
regularity, normality	תְּקִינוּת, נ׳
blast, blowing	תְּקִיעָה, נ׳, ר׳, ־עוֹת
of horn; driving in, sticking in	
handshake	תְּקִיעַת־כַּף
mighty, strong;	תַּקִּיף, ת״ז, ־פָה, ת״נ
hard, severe	
attack	תְּקִיפָה, נ׳, ר׳, ־פוֹת
might; strength; severity	תַּקִּיפוּת, נ׳
to stumble;	[תקל] נִתְקַל, פ״ע
to strike against	
	תַּקָּלָה, תְּקָלָה, נ׳, ר׳, ־לוֹת
stumbling; stumbling block	
phonograph	תַּקְלִיט, ז׳, ר׳, ־טִים
record	
to be straight	תָּקַן, פ״ע
to make straight;	תִּקֵּן, פ״י
to repair; to reform	

phylacteries	תְּפִילִין, תְּפִלִּין, נ״ר
seizing,	תְּפִיסָה, תְּפִישָׂה, נ׳, ר׳, ־סוֹת
taking hold; grasp, comprehension;	
prison	
sewing	תְּפִירָה, נ׳, ר׳, ־רוֹת
unsalted,	תָּפֵל, ת״ז, תְּפֵלָה, ת״נ
tasteless, insipid	
to be silly, talk nonsense	תָּפַל, פ״י
unsavoriness;	תִּפְלָה, נ׳, ר׳, תִּפְלוּת, נ׳
impropriety, obscenity	
prayer;	תְּפִלָּה, תְּפִילָה, נ׳, ר׳, ־לוֹת
phylactery	
phylacteries	תְּפִלִּין, תְּפִילִין, נ״ר
tastelessness,	תִּפְלוּת, נ׳, ר׳, ־לֻיּוֹת
insipidity	
transpiration	תַּפְלִיט, ז׳
shuddering,	תִּפְלֶצֶת, נ׳, ר׳, ־לָצוֹת
horror	
delicacy;	תַּפְנוּק, ז׳, ר׳, ־קִים
enjoyment; comfort	
turning,	תַּפְנִית, נ׳, ר׳, ־נִיּוֹת
direction, tendency	
to seize, grasp, take hold	תָּפַס, פ״י
to beat the drum	תָּפַף, פ״י
to beat, drum	תּוֹפֵף, פ״י
to execute, command	תָּפְקַד, פ״י
role, function;	תַּפְקִיד, ז׳, ר׳, ־דִים
command, charge	
to sew; to sew together	תָּפַר, פ״י
stitch, seam	תֶּפֶר, ז׳, ר׳, תְּפָרִים
blossoming;	תִּפְרַחַת, נ׳, ר׳, ־רָחוֹת
skin rash	
menu	תַּפְרִיט, ז׳, ר׳, ־טִים
to seize, grasp, take hold	תָּפַשׂ, פ״י
to take hold of;	תָּפֵשׂ, פ״י
to climb	
place of burning;	תֹּפֶת, נ׳ תָּפְתֶּה, ז׳
inferno, hell	

תִּסְרֹקֶת, נ', ר', ־רֹקוֹת	combing of hair, hair dressing, coiffure, hair-do
תָּעַב, פ"י	to loathe; to make loathsome
תַּעֲבוּרָה, נ'	transportation
תִּעֵד, פ"י	to classify documents
תָּעָה, פ"ע	to err, go astray
תְּעוּדָה, נ', ר', ־דוֹת	testimony; document, certificate; mission
תְּעוּדַת־בַּגְרוּת	high-school diploma
תְּעוּדַת־זֶהוּת	identity card
תְּעוּל, ז'	canalization; sewerage
תְּעוּפָה, נ', ר', ־פוֹת	flight, aviation
שְׂדֵה־תְּעוּפָה	airport, airfield
תְּעוּרָה, נ'	wakefulness, arousement
תִּעוּשׁ, ז'	industrialization
תְּעִיָּה, נ', ר', ־יוֹת	wandering, erring
תִּעֵל, פ"י	to canalize; to drain
תְּעָלָה, נ', ר', ־לוֹת	trench, canal; healing, cure
תַּעֲלִיל, ז', ר', ־לִים	mischievousness; wantonness; naughty boy
תַּעֲלוּמָה, נ', ר', ־מוֹת	secret, hidden thing
תַּעֲמוּלָה, נ'	propaganda
תַּעֲמְלָן, ז', ר', ־נִים	propagandist
תַּעֲנוּג, ז', ר', ־נִים, ־גוֹת	enjoyment, pleasure, delight
תַּעֲנִית, נ', ר', ־נִיּוֹת	fast, fasting
תַּעֲסוּקָה, נ'	employment
תַּעֲצוּמָה, נ', ר', ־מוֹת	might
תַּעַר, ז', ר', תְּעָרִים	razor; sheath, scabbard
תַּעֲרֹבֶת, נ', ר', ־רֹבוֹת	mixture, alloy
תַּעֲרוּבָה, נ', ר', ־בוֹת	pledge
בֶּן תַּעֲרוּבוֹת	hostage

תַּעֲרוּכָה, נ', ר', ־כוֹת	exhibition, exposition
תַּעֲרִיף, ז', ר', ־פִים	price list; tariff
תִּעֵשׂ, פ"י	to industrialize
תַּעֲשִׂיָּה, נ', ר', ־שִׂיּוֹת	industry, manufacture
תַּעֲשִׂיָּן, ז', ר', ־נִים	manufacturer, industrialist
תַּעְתּוּעַ, ז', ר', ־עִים	mockery
תַּעְתִּיק, ז', ר', ־קִים	transliteration
תִּעְתַּע, פ"י	to mock, trifle
תִּעְתֵּק, פ"י	to transliterate
תֹּף, תּוֹף, ז', ר', תֻּפִּים	drum
תֹּף־מִרְיָם	tambourine
תַּפְאוּרָה, נ', ר', ־רוֹת	decoration; theatrical setting
תִּפְאָרָה, תִּפְאֶרֶת, נ'	beauty, glory
תַּפּוּז, ז', ר', ־זִים	orange
תַּפּוּחַ, ז', ר', ־חִים	apple; apple tree; pile
תַּפּוּחַ־אֲדָמָה	potato
תַּפּוּחַ־זָהָב, ע' תַּפּוּז	orange
תָּפוּחַ, ת"ז, תְּפוּחָה, ת"נ	swollen
תְּפוּנָה, נ'	doubt
תְּפוּס, ז', ר', ־סִים	pommel
תָּפוּס, ת"ז, תְּפוּסָה, ת"נ	taken, occupied
תְּפוּסָה, נ', ר', ־סוֹת	violated woman
תְּפוּצָה, נ', ר', ־צוֹת	dispersion, diaspora; distribution, sale
תְּפוּקָה, נ'	production
תָּפוּר, ז'	sewing
תָּפוּשׂ, ת"ז, תְּפוּשָׂה, ת"נ	taken, occupied
תָּפוֹז, ת"ז, תְּפוֹזָה, ת"נ	orange (color)
תָּפַח, פ"ע	to swell
תֶּפַח, ז'	swelling
תְּפִילָה, תְּפִלָּה, נ', ר', ־לּוֹת	prayer; phylactery

royalties תַּמְלוּג, ז׳, ר׳, ־גִים
to be finished, [תמם] תַּם, פ״ע
perfect; to cease; to be spent;
to be destroyed
to finish, make perfect; הֵתַם, פ״י
to cease doing
to be innocent; הִתַּמֵּם, פ״ח
to feign simplicity
liquefaction תֶּמֶס, ז׳
תְּמִסָּה, תְּמִיסָה, נ׳, ר׳, ־סוֹת
dissolving, solution
octopus תְּמָנוּן, ז׳, ר׳, ־נִים
prophylaxis תְּמְנוּעַ, ז׳
crocodile תִּמְסָח, ז׳, ר׳, ־חִים
essence, תַּמְצִית, נ׳, ר׳, ־צִיּוֹת
summary; extract, juice
palm tree; date תָּמָר, ז׳, ר׳, תְּמָרִים
palm tree תֹּמֶר, ז׳, ר׳, תְּמָרִים
to rise straight up (smoke) תִּמֵּר, פ״ע
palm tree; תְּמָרָה, נ׳, ר׳, ־רוֹת
date; berry
maneuver, תִּמְרוֹן, ז׳, ר׳, ־נִים
stratagem
cosmetic; תַּמְרוּק, ז׳, ר׳, ־קִים
perfume
perfumery, תַּמְרוּקִיָּה, נ׳, ר׳, ־קִיּוֹת
cosmetic shop
signpost; תַּמְרוּר, ז׳, ר׳, ־רִים
bitterness
jackal תַּן, ז׳, ר׳, תַּנִּים
Tanna, teacher of תַּנָּא, ז׳, ר׳, ־אִים
the Mishnah
condition, תְּנַאי, ז׳, ר׳, תְּנָאִים, תְּנָיִים
stipulation
betrothal תְּנָאִים, ז״ר
to recount; to mourn תִּנָּה, פ״י
to stipulate, הִתְנָה, פ״י
make a condition

oppositon; תְּנוּאָה, נ׳, ר׳, ־אוֹת
reluctance; occasion; pretext
fruit, produce תְּנוּבָה, נ׳, ר׳, ־בוֹת
motion, תְּנוּדָה, נ׳, ר׳, ־דוֹת
vibration, fluctuation; migration
repose; תְּנוּחָה, נ׳, ר׳, ־חוֹת
resting place
lobe (of ear) תְּנוּךְ, ז׳, תְּנוּךְ אֹזֶן
slumber תְּנוּמָה, נ׳, ר׳, ־מוֹת
motion, תְּנוּעָה, נ׳, ר׳, ־עוֹת
movement; vowel
swinging, תְּנוּפָה, נ׳, ר׳, ־פוֹת
waving, shaking
stove, oven תַּנּוּר, ז׳, ר׳, ־רִים
תַּנְחוּם, ז׳, ר׳, ־מִים, ־מוֹת
consolation, comfort
serpent, תַּנִּים, תַּנִּין, ז׳, ר׳, ־נִים
sea monster; crocodile
Bible: Pentateuch, תַּנַ״ךְ, ז׳
Prophets, Writings (Hagiographa)
to set in motion, [תנע] הִתְנִיעַ, פ״י
to start (engine)
owl; chameleon תִּנְשֶׁמֶת, נ׳, ר׳, ־שָׁמוֹת
complex תַּסְבִּיךְ, ז׳, ר׳, ־כִים
תִּסְבֹּכֶת, תִּסְבּוֹכֶת, נ׳, ר׳, ־כוֹת
complexity, complication
retreat תְּסוּגָה, נ׳, ר׳, ־גוֹת
squab תָּסִיל, ז׳, ר׳, ־תְּסָלִים
fermentation, תְּסִיסָה, נ׳, ר׳, ־סוֹת
bubbling, effervescence
prospectus תַּסְכִּית, ז׳, ר׳, ־תִים
ferment; תֹּסֶס, ז׳, ר׳, תְּסָסִים
enzyme
to ferment, bubble, תָּסַס, פ״ע
effervesce
haircut תִּסְפֹּרֶת, נ׳, ר׳, ־פּוֹרוֹת
review, תִּסְקֹרֶת, נ׳, ר׳, ־רוֹת
vaudeville

תַּלְמוּד, ז', ר', ־דִים, ־דוֹת — teaching; learning; Talmud

תַּלְמוּדִי, ת"ז, ־דִית, ת"נ — Talmudic; expert in the Talmud

תַּלְמִיד, ז', ר', ־דִים — student, disciple

תַּלְמִיד חָכָם — scholar

תְּלֻנָּה, תְּלוּנָה, נ', ר', ־נוֹת — complaint, murmuring

תִּלַּע, פ"י — to remove worms; to make red

תֻּלַּע, פ"ע — to be filled with worms; to be freed from worms; to be dressed in scarlet

הִתְלִיעַ, פ"ע — to be worm-eaten

תַּלְפִּיָּה, נ', ר', ־יוֹת — stronghold; turret

תָּלַשׁ, פ"י — to pluck up, tear out

תֵּלֶת, ש"מ — three

תְּלַת־אוֹפַן — tricycle

תִּלְתּוּל, ז', ר', ־לִים — curling; wart

תַּלְתַּל, ז', ר', ־תַּלִּים — lock, curl (of hair)

תִּלְתֵּל, פ"י — to curl

תִּלְתָּן, ז' — clover, fenugreek

תַּם, פ"ע, ע' [תמם] — to be finished, perfect; to be destroyed; to be spent; to cease

תָּם, ת"ז, תַּמָּה, ת"נ — complete, perfect, whole; innocent, simple, artless

כְּתִיבָה תַּמָּה — calligraphy

תֹּם, ז' — innocence, simplicity; completeness, perfection

תֶּמֶד, תְּמָד, תָּמָד, ז' — inferior wine

תִּמֵּד, פ"י — to make inferior wine

הִתְמִיד, פעו"י — to be diligent; to cause to be constant

תָּמַהּ, ס"ע — to be astounded, amazed; to be in doubt, wonder

הִתְמִיהַּ, פיו"ע — to cause amazement; to be amazed

תֵּמַהּ, תֵּימַהּ, ז', ר', תְּמֵהִים — wonder, astonishment

תֻּמָּה, נ' — innocence, integrity

תִּמָּהוֹן, ז' — amazement, bewilderment

תָּמוּהַּ, ת"ז, תְּמוּהָה, ת"נ — amazing

תַּמּוּז, ז' — Tammuz, fourth month of Hebrew calendar; Babylonian god

תְּמוּטָה, נ' — collapse

תְּמוֹל, תה"פ, ז' — yesterday; formerly

כִּתְמוֹל שִׁלְשׁוֹם — as heretofore

מִתְמוֹל שִׁלְשׁוֹם — thence, thereafter

תְּמוּנָה, נ', ר', ־נוֹת — image, picture

תִּמּוּר, ז' — rising (column of smoke)

תְּמוּרָה, נ', ר', ־רוֹת — exchange, substitution; apposition (gram.)

תְּמוּתָה, נ', ר', ־תוֹת — death, dying; mortality; death rate

בֶּן־תְּמוּתָה — mortal

תַּמְחוּי, ז', ר', ־יִים — charity food

בֵּית־תַּמְחוּי — soup kitchen

תָּמִיד, תה"פ, ז' — always; continuity; daily burnt offering

תְּמִידוּת, נ' — continuity

תְּמִידִי, ת"ז, ־דִית, ת"נ — continuous

תְּמִיהָה, נ', ר', ־הוֹת — astonishment

תְּמִיכָה, נ', ר', ־כוֹת — support

תָּמִים, ת"ז, תְּמִימָה, ת"נ — complete; innocent; faultless

תֻּמִּים, תוּמִּים, ז"ר, ע' אוּרִים — Thummim, oracles

תְּמִימוּת, נ' — integrity; innocence

תְּמִיסָה, תְּמִסָה, ר', ־סוֹת — dissolving, solution

תָּמִיר, ת"ז, תְּמִירָה, ת"נ — upright, tall

תָּמַךְ, פ"י — to support, hold up, maintain; to rely upon; to rest upon

תְּכַלְכַּל, ת"ז, ־כֶּלֶת, ת"נ, pale blue, bluish

תְּכֵלֶת, נ' violet-blue, sky-blue (thread, wool)

תִּכֵּן, פ"י to regulate, measure; to formulate program, estimate

יִתָּכֵן, פ"ע to be likely, probable

תִּכֵּן, פ"י to regulate, measure out

תֹּכֶן, תּוֹכֶן, ז', ר', תְּכָנִים measurement; content

תֹּכֶן הָעִנְיָנִים table of contents

תִּכְנוּן, ז' formulation of program

תָּכְנִית, נ', ר', ־נִיּוֹת measurement; plan, program

תִּכְנֵן, פ"י to formulate program; to plan

תַּכְסִיס, ז', ר', ־סִים strategy, tactics; tact

תַּכְסִיסִי, ת"ז, ־סִית, ת"נ strategic, tactical; tactful

תַּכְסִיסָן, ז', ר', ־נִים strategist, tactician

תִּכֵּס, פ"י to use strategy

תֵּכֶף, תֵּיכֶף, תה"פ immediately, soon at once

תֵּכֶף וּמִיָּד at once

תָּכַף, פעו"י to follow immediately; to follow in close order

תַּכְרִיךְ, ז', ר', ־כִים bundle, roll; wrap

תַּכְרִיכִים, ז"ר shrouds

תַּכְשִׁיט, ז', ר', ־טִים jewel, ornament; rascal, scoundrel

תַּכְשִׁיר, ז', ר', ־רִים specimen; preparation

תַּכְתִּיב, ז', ר', ־בִים dictation

תֵּל, ז', ר', תִּלִּים mound, hill, heap

תְּלָאָה, נ', ר', ־אוֹת weariness; hardship, trouble

תַּלְאוּבָה, נ', ר', ־בוֹת drought

תִּלְבֹּשֶׁת, תִּלְבֹּשֶׁת, נ', ר', ־בּוֹשׁוֹת dress, clothing, costume

תָּלָה, פ"י to hang, hang up, attach, affix; to leave in suspense, leave in doubt

תָּלוּא, ת"ז doubtful, insecure

תָּלוּי, ת"ז, תְּלוּיָה, ת"נ dependent; suspended; doubtful; hung, hanged

תְּלוֹי, ז', ר', ־יִים hanger, handle

תָּלוּל, ת"ז, תְּלוּלָה, ת"נ sloping; steep; lofty

תְּלוּלִית, נ', ר', ־לִיּוֹת little mound, hillock

תִּלּוּם, ז' furrowing

תְּלוּנָה, תְּלֻנָּה, נ', ר', ־נוֹת complaint, murmuring

תָּלוּשׁ, ת"ז, תְּלוּשָׁה, ת"נ detached, plucked, loose

תָּלוּשׁ, ז', ר', ־שִׁים coupon, check

תְּלוּת, ז' dependence

תְּלִי, ז', ר', תְּלָיִים quiver; clothes hanger

תְּלִיָּה, נ', ר', ־לִיּוֹת hanging; gallows

תַּלְיָן, ז', ר', ־נִים hangman, executioner

תְּלִישָׁה, נ', ר', ־שׁוֹת tearing up, plucking

תְּלִישָׁה, תְּלִישָׁא, נ' musical note

תְּלִישׁוּת, נ' detachment

תָּלַל, פ"י to pile, heap up

הָתַל, פ"י to mock, trifle with, deceive

תַּלֶּלֶת, נ' tuberculosis

תֶּלֶם, ז', ר', תְּלָמִים furrow, ridge; garden bed

תִּלֵּם, פ"י to plow up furrows

baby, child	תִּינוֹק, ז', תִּינֹקֶת, נ', ר', ־קוֹת
babyish, childish	תִּינוֹקִי, ת"ז, ־קִית, ת"נ
brief case, case, portfolio, satchel	תִּיק, ז', ר', ־קִים
to file (documents)	תִּיֵּק, פ"י
undecided argument, stalemate	תֵּיקוּ, ז'
file	תִּיקִיָה, נ', ר', ־קִיּוֹת
roach	תִּיקָן, ז', ר', ־נִים
tourist	תַּיָּר, ז', ר', ־רִים
to tour	תִּיֵּר, פ"ע
new wine, grape juice	תִּירוֹשׁ, ז'
tourism	תַּיָּרוּת, נ'
corn	תִּירָס, ז'
he-goat	תַּיִשׁ, ז', ר', תְּיָשִׁים
intrigue, extortion	תַּךְ, ז', ר', תְּכָכִים
washing (of clothes)	תְּכַבֹּסֶת, נ', ר', ־בוֹסוֹת
barbecue	תַּכְבֵּר, ז'
violet blue	תְּכוֹל, ז'
characteristic, attribute, quality: astronomy; preparation	תְּכוּנָה, נ', ר', ־נוֹת
immediate, urgent	תָּכוּף, ת"ז, תְּכוּפָה, ת"י
often	תְּכוּפוֹת, תה"פ
parrot;	תֻּכִּי, תּוּכִּי, ז', ר', ־כִּיִּים
immediacy, urgency	תְּכִיפוּת, נ', ר', ־פִיוֹת
sky-blue	תָּכֹל, ז', ר', תְּכָלִיל
purpose, end	תַּכְלָה, נ'
end, purpose, aim, object; completeness, perfection	תַּכְלִית, נ', ר', ־לִיּוֹת
purposeful	תַּכְלִיתִי, ת"ז, ־תִית, ת"נ

badger; dolphin	תַּחַשׁ, ז', ר', תְּחָשִׁים
calculation, computation	תַּחְשִׁיב, ז', ר', ־בִים
under, below; in place of, instead of; in return for	תַּחַת, מ"י
instead of; because	תַּחַת אֲשֶׁר
beneath	מִתַּחַת לְ־
lower; lowest	תַּחְתּוֹן, ת"ז, ־נָה, ת"נ
underpants, underwear	תַּחְתּוֹנִים
petticoat, slip (garment)	תַּחְתּוֹנָה, נ', ר', ־נוֹת
piles	תַּחְתּוֹנִיּוֹת, נ"ר
lower, lowest	תַּחְתִּי, ת"ז, ־תִּית, ת"נ
subway; bottom; foot; saucer	תַּחְתִּית, נ', ר', ־יּוֹת
crowfoot	תִּיאָה, נ', ר', ־אוֹת
ark, chest, box; word (written, printed)	תֵּיבָה, תֵּבָה, נ', ר', ־בוֹת
to make crownlets, ornamentations; to tag	תִּיֵּג, פ"י
teapot	תֵּיוֹן, ז', ר', ־נִים
filing (documents)	תִּיּוּק, ז'
touring, tour	תִּיּוּר, ז', ר', ־רִים
inner, central	תִּיכוֹן, ת"ז, ־נָה, ת"נ
high school, secondary school	בֵּית־סֵפֶר תִּיכוֹן
Mediterranean	הַיָם הַתִּיכוֹן
secondary	תִּיכוֹנִי, ת"ז, ־נִית, ת"נ
immediately, soon	תֵּיכֶף, תֵּכֶף, תה"פ
wire	תַּיִל, ז', ר', תְּיָלִים
wonder, astonishment	תֵּימָהּ, תְּמַהּ, ז', ר', תְּמָהִים
south; south wind; Yemen	תֵּימָן, ז'
Yemenite, person from the South	תֵּימָנִי, ת"ז, ־נִיָה, ת"נ
column (of smoke)	תִּימָרָה, נ', ר', ־רוֹת

beginning, commencement	תְּחִלָּה, נ', ר', ־לוֹת
at first, in the first place	תְּחִלָּה, תה"פ
at the start, at first, a priori	לְכַתְּחִלָה
disease, sickness	תַּחֲלוּא, ז', ר', ־אִים
epidemic	תַּחֲלוּאָה, נ'
daydream, hallucination	תַּחֲלוֹם, ז', ר', ־מִים
emulsion	תַּחֲלִיב, ז', ר', ־בִים
substitute; successor	תַּחֲלִיף, ז', ר', ־פִים
prefix	תְּחִלִית, נ', ר', ־לִיוֹת
to mark limits, limit; to set landmarks	תָּחַם, פ"י
silage	תַּחְמִיץ, ז', ר', ־צִים
bird of prey, falcon; nighthawk	תַּחְמָס, ז', ר', ־סִים
armament, ammunition	תַּחְמֹשֶׁת, נ'
supplication; mercy, favor	תְּחִנָּה, נ', ר', ־נוֹת
station, place of encampment; stopping place	תַּחֲנָה, נ', ר', ־נוֹת
supplication; mercy, favor; prayer	תַּחֲנוּן, ז', ר', ־נִים
garage	תַּחֲנִית, נ', ר', ־נִיוֹת
to disguise, mask	תְּחַפֵּשׂ, פ"י
mask, masquerade costume	תַּחְפֹּשֶׂת, נ', ר', ־פּוֹשׂוֹת
legislation	תְּחִקָּה, נ', ר', ־קוֹת
to rival, compete with	תָּחַר, תַּחֲרָה, פ"ע
corselet; habergeon	תַּחְרָא, ג', ר', ־רוֹת
rivalry, competition	תַּחֲרוּת, נ', ר', ־רִיוֹת
etching	תַּחְרִיט, ז', ר', ־טִים
lace	תַּחְרִים, ז', ר', ־מִים

enamel	תַּוְנִיג, ז'
motion, vibration	תְּזוּזָה, נ', ר', ־זוֹת
nourishment, nutrition	תְּזוּנָה, נ', ר', ־נוֹת
to cut, strike off	[תזז] הֵתַז, פ"י
perturbation; restlessness; madness	תְּזִית, רוּחַ תְּזִית, נ'
memorandum	תַּזְכִּיר, ז', ר', ־רִים, תִּזְכֹּרֶת, נ', ר', ־רוֹת
orchestration	תִּזְמוּר, ז'
synchronization	תִּזְמֹנֶת, נ'
orchestra	תִּזְמֹרֶת, נ', ר', ־רוֹת
whoredom	תַּזְנוּת, נ'
serum	תַּזְרִיק, ז', ר', ־קִים
to insert, stick in; to tuck in	תָּחַב, פ"י
device, contrivance, trick	תַּחְבּוּלָה, נ', ר', ־לוֹת
communication	תַּחְבּוּרָה, נ'
hobby	תַּחְבִּיב, ז', ר', ־בִים
syntax	תַּחְבִּיר, ז'
trickster	תַּחְבְּלָן, ז', ר', ־נִים
bandage	תַּחְבֹּשֶׁת, נ', ר', ־בּוֹשׁוֹת
festival	תְּחֻגָּה, נ', ר', ־גּוֹת
loose (soil)	תָּחוּחַ, ת"ז, תְּחוּחָה, ת"נ
boundary, limit; area, district	תְּחוּם, ז', ר', ־מִים
legislation	תְּחוּקָה, נ', ר', ־קוֹת, תְּחֻקָּה, נ', ר', ־קוֹת
perception, feeling	תְּחוּשָׁה, נ', ר', ־שׁוֹת
spectrum; prediction	תַּחֲזִית, נ', ר', ־זִיוֹת
to loosen soil (by plowing); to harrow	תָּחַח, פ"י
revival, resurrection	תְּחִיָּה, נ'
to begin, commence	[תחל] הִתְחִיל, פִּיו"ע

tormentor	תּולָל, ז׳, ר׳, ־לִים
worm; scarlet-dyed cloth, yarn	תּולָע, ז׳, תּולֵעָה, תּולַעַת, נ׳, ר׳, ־לָעִים
silkworm	תּולַעַת־מֶשִׁי
mahogany	תּולַעְנָה, נ׳
Thummim, oracles	תֻּמִּים, תָּמִּים, ז״ר, ע׳ אוּרִים
supporter	תּומֵךְ, ז׳, ר׳, ־כִים
addition, increase, supplement	תּוסָפָה, תּוסֶפֶת, נ׳, ר׳, ־סָפוֹת
Tosaphot, annotations to the Talmud	תּוסָפוֹת נ״ר
Tosephta, a supplement to the Mishnah	תּוסֶפְתָּא, נ׳
appendix	תּוסְפְתָּן, ז׳
abomination; outrage	תּועֵבָה, נ׳, ר׳, ־בוֹת
error; confusion	תּועָה, נ׳
erring, straying	תּועֶה, ח״ז, ־עָה, ח״נ
profit, benefit; use	תּועֶלֶת, תּועָלָה, נ׳, ר׳, ־עֲלִיוֹת
beneficial, profitable; practical	תּועַלְתִּי, ת״ז, ־תִּית, ח״נ
eminence; heights; strength	תּועָפָה, תּועֶפֶת, נ׳, ר׳, ־עָפוֹת
drum	תּוף, תֹּף, ז׳, ר׳, תֻּפִּים
to beat drum	תּופֵף, פּ״י, ע׳ [תפף]
pastry, cake, biscuit	תּופִין, ז׳, ר׳, ־נִים
phenomenon, appearance, apparition	תּופָעָה, נ׳, ר׳, ־עוֹת
tailor; seamstress	תּופֵר, ז׳, תּופֶרֶת, נ׳, ר׳, ־פְרִים, ־פְרוֹת
result, consequence, conclusion; extremity	תּוצָאָה, נ׳, ר׳, ־אוֹת
product	תּוצָר, ז׳, ר׳, ־רִים

production	תּוצֶרֶת, נ׳
violent person; powerful person; aggressor	תּוקְפָן, ז׳, ר׳, ־נִים
aggression	תּוקְפָנוּת, נ׳
turtledove; circlet; line, row; turn	תּור, ז׳, ר׳, ־רִים
to tour, explore; to spy out; to seek out	[תור] תָּר, פּ״י
interpreter, translator	תּורְגְּמָן, תֻּרְגְּמָן, ז׳, ר׳, ־נִים
the Mosaic law, Pentateuch; teaching; law; science; theory	תּורָה, נ׳, ר׳, ־רוֹת
written law (Scriptures)	תּורָה שֶׁבִּכְתָב
oral law (Talmud)	תּורָה שֶׁבְּעַל־פֶּה
mast, pole	תֹּרֶן, תּרֶן, ז׳, ר׳, תְּרָנִים
monitor, person on duty	תּורָן, ז׳, ר׳, ־נִים
monitorship, being on duty	תּורָנוּת, נ׳, ר׳, ־נִיוֹת
shame; obscenity; weakness; pudenda	תּורְפָּה, תָּרְפָּה, נ׳, ר׳, ־פוֹת
heredity	תּורָשָׁה, נ׳
hereditary	תּורַשְׁתִּי, ת״ז, ־תִּית, ח״נ
inhabitant, settler	תּושָׁב, ז׳, ר׳, ־בִים
basis, foundation, pedestal	תּושֶׁבֶת, נ׳, ר׳, ־שָׁבוֹת
wisdom; counsel	תּושִׁיָּה, נ׳
berry; mulberry; mulberry tree	תּות, ז׳, ר׳, ־תִים
strawberry	תּות־שָׂדֶה
inserted; artificial (tooth, eye)	תּותָב, ת״ז, ־תֶבֶת, ח״נ
cannon	תּותָח, ז׳, ר׳, ־חִים
gunner, artilleryman	תּותְחָן, ז׳, ר׳, ־נִים

transport, transportation — תּוֹבָלָה, נ'

claimant, plaintiff, prosecutor — תּוֹבֵעַ, ז', ר', ־בְּעִים

public prosecutor — תּוֹבֵעַ כְּלָלִי

grief, sorrow — תּוּגָה, נ'

tragedy — מַחֲזֶה־תּוּגָה

thanksgiving, thanks offering, thanks; confession, avowal — תּוֹדָה נ', ר', ־דוֹת

many thanks — תּוֹדָה רַבָּה

consciousness, recognition — תּוֹדָעָה, נ'

to mark, make marks — תָּוָה, פ"י

to set a mark; to outline — הִתְוָה, פ"י

mediation, intervention — תָּוֶךְ, ז', ר', ־כִים

hope, expectation — תּוֹחֶלֶת, נ'

tag, label — תָּוִית, נ', ר', ־יוֹת

midst, middle; inside, interior — תָּוֶךְ, תּוֹךְ, ז'

within, in the midst of, among — בְּתוֹךְ־

from within, from the midst of, through — מִתּוֹךְ־

to mediate, act as intermediary; to intervene; to halve — תִּוֵּךְ, פ"י

punishment, retribution — תּוֹכֵחָה, נ', ר', ־חוֹת

תּוֹכָחָה, תּוֹכַחַת, נ', ר', ־כָחוֹת

rebuke, reproof, chastisement

intrinsic — תּוֹכִי, ת"ז, ־כִית, ת"נ

parrot — תּוּכִּי, תָּכִּי, ז', ר', ־כִּיִּים

astronomer — תּוֹכֵן, ז', ר', ־כְּנִים

measurement; content — תּוֹכֶן, תֹּכֶן, ז', ר', ־כָנִים

offspring; subsidiary, secondary nature — תּוֹלָדָה, תּוֹלֶדֶת נ', ר', ־דוֹת

generations, descent, history — תּוֹלָדוֹת, נ"ר

haggling, trafficking, bargaining — תַּגְרָנוּת, נ'

exemplification, demonstration — תַּדְגִּים, ז', ר', ־מִים

incubation — תַּדְגֹּרֶת, נ'

ash tree — תִּדְהָר, ז', ר', ־רִים

moratorium — תַּרְחִית, נ', ר', ־חִיוֹת

frequent, constant — תָּדִיר, ת"ז, תְּדִירָה, ת"נ

frequency — תְּדִירוּת, נ', ר', ־רִיוֹת

reprint — תַּדְפִּיס, ז', ר', ־סִים

briefing (mil.) — תַּדְרִיךְ, ז', ר', ־כִים

tea — תֵּה, ז'

to be astonished; to regret — תָּהָה, פ"ע

emptiness, nothingness, waste — תֹּהוּ, ז'

chaos — תֹּהוּ וָבֹהוּ

resonance — תְּהוּדָה, נ', ר', ־דוֹת

abyss; deep, primeval ocean — תְּהוֹם, ז"ג, ר', תְּהוֹמוֹת

abysmal, infinite, endless — תְּהוֹמִי, ת"ז, ־מִית, ת"נ

regret, astonishment — תְּהִיָּה, נ', ר', ־יוֹת

praise, song of praise, psalm — תְּהִלָּה, נ', ר', ־לוֹת, ־לִים

Book of Psalms, Psalms — תְּהִלִּים, תִּלִּים, ז"ר

error, folly — תְּהִלָּה, נ', ר', ־לוֹת

procession, parade — תַּהֲלוּכָה, נ', ר', ־כוֹת

process; progress — תַּהֲלִיךְ, ז', ר', ־כִים

perversity — תַּהְפּוּכָה, נ', ר', ־כוֹת

mark, sign; musical note; postage stamp; Tav, name of twenty-second letter of Hebrew alphabet — תָּו, ז', ר', ־וִים

pretext; occasion — תּוֹאֲנָה, תַּאֲנָה, נ', ר', ־נוֹת

defeatism תְּבוּסָנוּת, נ׳	curse תַּאֲלָה, נ׳
test, experiment; criterion תַּבְחִין, ז׳	to join; to combine תָּאַם, פ״ע
demand, claim תְּבִיעָה, נ׳, ר׳, ־עוֹת	to be similar; הִתְאִים, פִּיר״ע
world תֵּבֵל, נ׳	to be like twins; to co-ordinate
spice, תֶּבֶל, ז׳ ר׳, תְּבָלִים, תַּבְלִין	symmetry, co-ordination תֹּאַם, ז׳
seasoning; confusion; lewdness	rut, heat תַּאֲנָה, נ׳
to spice, season, flavor תִּבֵּל, פ״י	fig tree תְּאֵנָה, נ׳, ר׳, ־נוֹת
mixture, תַּבְלוּל, ז׳ ר׳, ־לִים	banana מְאֹנֶת־חַוָּה
blending; cataract	fig תְּאֵנָה, נ׳, ר׳, ־נִים
bas-relief תַּבְלִיט, ז׳, ר׳, ־טִים	pretext; תֹּאֲנָה, תּוֹאֲנָה, נ׳, ר׳, ־נוֹת
straw, chaff תֶּבֶן, ז׳	occasion
construction; תַּבְנִית, נ׳ ר׳, ־נִיּוֹת	mourning, תַּאֲנִיָּה, נ׳, ר׳, ־יּוֹת
shape, model, pattern, image	lamentation
to demand, claim, summon תָּבַע, פ״י	form, תֹּאַר, ז׳, ר׳, תְּאָרִים
burning, תַּבְעֵרָה, נ׳, ר׳, ־רוֹת	appearance; attribute; quality;
conflagration	title; degree (college)
application תַּבְקִישׁ, ו׳ ר׳, ־שִׁים	adverb תֹּאַר הַפֹּעַל
blank, entry form	adjective שֵׁם הַתֹּאַר, תֹּאַר הַשֵּׁם
תַּבְרֹנֶת, נ׳ תַּבְרִיג, ז׳, ר׳, ־גִים, ־רוֹנוֹת,	to mark out (boundary); תָּאַר, פ״י
screw thread ־נִים	to shape
sanitation, hygiene תַּבְרוּאָה, נ׳	to draw, trace out; תֵּאֵר, פ״י
sanitary, תַּבְרוּאִי, ת״ז, ־אִית, ת״נ	to describe
hygienic	date (in time) תַּאֲרִיךְ, ז׳, ר׳, ־רִים
cooked food, dish תַּבְשִׁיל, ז׳, ר׳, ־לִים	larch תְּאַשּׁוּר, ז׳, ר׳, ־רִים
crownlet on letters תָּג, ז׳ ר׳, ־גִים, ־גִּין	ark, chest, תֵּבָה, תֵּיבָה, נ׳, ר׳, ־בוֹת
increase; תִּגְבֹּרֶת, נ׳ ר׳, ־בּוֹרוֹת	box; word (written, printed)
reinforcement(s)	post-office box תֵּבַת־דֹּאַר
reaction תְּגוּבָה, נ׳, ר׳, ־בוֹת	mail box תֵּבַת־מִכְתָּבִים
shaving תִּגְלַחַת, נ׳ ר׳, ־לָחוֹת	initials רָאשֵׁי־תֵבוֹת
discovery תַּגְלִית, נ׳ ר׳, ־יּוֹת	grain produce; תְּבוּאָה, נ׳ ר׳, ־אוֹת
benefit, תַּגְמוּל, ז׳ ר׳, ־לִים	yield, income
recompense	spicing, flavoring, תִּבּוּל, ז׳
to trade, bargain, haggle תָּגַר, פ״י	seasoning
merchant, dealer תַּגָּר, ז׳, ר׳, ־רִים	understanding, תְּבוּנָה, נ׳, ר׳, ־נוֹת
complaint תַּגָּר, ז׳	intelligence
strife, תִּגְרָה, נ׳, ר׳, ־רוֹת	defeat, ruin; תְּבוּסָה, נ׳, ר׳, ־סוֹת
contention, conflict	treading down
haggler, trafficker תַּגְרָן, ז׳, ר׳, ־נִים	defeatist תְּבוּסָן, ז׳, ר׳, ־נִים

to join; to join in partnership	שֻׁתֵּף, פ״י
to participate	הִשְׁתַּתֵּף, פ״ח
associate, partner	שֻׁתָּף, שׁוּתָּף, ז׳, ר׳, ־פִים
	שֻׁתָּפוּת, שׁוּתָּפוּת, נ׳, ר׳, ־פִיוֹת
partnership, association	
to be silent, quiet	שָׁתַק, פ״ע
to become silent, dumb; to be paralyzed	הִשְׁתַּתֵּק, פ״ח
silent, taciturn person	שַׁתְקָן, ז׳, ר׳, ־נִים
taciturnity	שַׁתְקָנוּת, נ׳
to break out, burst open	[שתר] נִשְׁתַּר, פ״ע
to flow; to drip; to place	שָׁתַת, פעו״י
to base; to found	הִשְׁתִּית, פ״י

drinking; drunkenness; foundation	שְׁתִיָּה, נ׳, ר׳, ־יוֹת
foundation stone	אֶבֶן־שְׁתִיָּה
shoot; sapling	שְׁתִיל, ז׳, ר׳, שְׁתִילִים
planting; transplanting	שְׁתִילָה, נ׳, ר׳, ־לוֹת
two	שְׁתַּיִם, ש״מ, נ׳
twelve	שְׁתֵּים עֶשְׂרֵה, ש״מ, נ׳
opening, uncorking	שְׁתִימָה, נ׳
heavy drinker; drunkard	שַׁתְיָן, ז׳, ר׳, ־נִים
silence	שְׁתִיקָה, נ׳, ר׳, ־קוֹת
to make (get) rusty	שֻׁתֵּךְ, פעו״י
to plant; to transplant	שָׁתַל, פ״י
planter	שַׁתְלָן, ז׳, ר׳, ־נִים
to unseal, open, uncork	שָׁתַם, פ״י
to urinate	[שתן] הִשְׁתִּין, פ״ע
urine	שֶׁתֶן, ז׳

ת   X, †

twins; Gemini	תְּאוֹמִים, ד״ר
cellulose	תָּאוֹן, ז׳
accident	תְּאוּנָה, נ׳, ר׳, ־נוֹת
complaint, grumble; toil, trouble, pains	תְּאוּנִים, ד״ר
acceleration	תְּאוּצָה, נ׳, ר׳, ־צוֹת
description	תֵּאוּר, ז׳, ר׳, ־רִים
illumination, lighting	תְּאוּרָה, נ׳
descriptive, figurative	תֵּאוּרִי, ת״ז, ־רִית, ת״נ
lascivious person	תַּאַוְתָן, ז׳, ר׳, ־נִים
lasciviousness	תַּאַוְתָנוּת, נ׳
equilibrium	תְּאוּזְנוּת, נ׳
cohesion	תְּאָחִיזָה, נ׳
theater	תֵּאַטְרוֹן, ז׳, ר׳, ־רוֹנִים, ־רָאוֹת
symmetry	תְּאִימוּת, נ׳
cellulose	תָּאִית, נ׳

Tav, twenty-second letter of Hebrew alphabet; 400	ת, ת׳
chamber, cell; cabin	תָּא, ז׳, ר׳, תָּאִים, תָּאוֹת
to desire, long for, have an appetite	תָּאַב, פ״ע
to loathe, abhor	תַּאֵב, פ״י
desirous, longing for	תָּאֵב, ת״ז, תְּאֵבָה, ת״נ
desire, appetite	תֵּאָבוֹן, ז׳
to mark out (boundary)	תָּאָה, פ״י
antelope	תְּאוֹ, ז׳, ר׳, תְּאָאִים, תְּאוֹיִם
lust; boundary	תַּאֲוָה, נ׳, ר׳, ־וֹת
agreement, conformity, harmony	תְּאוּם, ז׳
twin	תְּאוֹם, ז׳, תְּאוֹמָה, נ׳, ר׳, ־מִים, ־מוֹת

20*

to entangle; to pervert	שָׂרַךְ, פ"י
fern; brake	שָׂרָךְ, ז', ר', ־כִים
to stretch oneself out	[שרע] הִשְׂתָּרֵעַ, פ"ח
thought; troublesome thought	שַׂרְעָף, ז', ר', ־עַפִּים
to burn	שָׂרַף, פ"י
fiery serpent; angel, seraph	שָׂרָף, ז', ר', שְׂרָפִים
gum, resin	שְׂרָף, ז', ר', ־פִים
burning; fire, conflagration	שְׂרֵפָה, נ', ר', ־פוֹת
footstool	שַׁרְפְּרַף, ז', ר', ־רַפִּים
to swarm, swarm with	שָׁרַץ, פ"י/ע
reptile	שֶׁרֶץ, ז', ר', שְׁרָצִים
reddish	שָׂרֹק, ת"ז, שְׂרֻקָּה, ת"נ
to hiss; to whistle	שָׁרַק, פ"ע
hissing, derision	שְׁרִיקָה, נ', ר', ־קוֹת
whistler	שַׁרְקָן, ז', ר', ־נִים
bee eater; woodpecker	שַׂרְקְרָק, ז', ר', ־רַקִּים
to rule; to prevail	שָׂרַר, פ"ע
to dominate, have control over; to prevail	הִשְׂתָּרֵר, פ"ח
navel, umbilical cord	שֹׁרֶר, שֹׁר, ז'
dominion, rulership	שְׂרָרָה, נ', ר', ־רוֹת
to uproot	שֵׁרֵשׁ, פ"י
to strike root; to implant	הִשְׁרִישׁ, פ"י
to strike root, to be implanted	הִשְׁתָּרֵשׁ, פ"ח
root; stem (gram.)	שֹׁרֶשׁ, שׁוֹרֶשׁ, ז', ר', שָׁרָשִׁים
basic, fundamental, radical	שָׁרְשִׁי, ת"ז, ־שִׁית, ת"נ
chain	שַׁרְשֶׁרֶת, שַׁרְשְׁרָה, נ', ר', ־שְׁרוֹת
to serve, minister	שֵׁרֵת, פ"י

service, ministry	שֵׁרֶת, ז'
to be happy; to exult, rejoice	שָׂשׂ, פ"ע, ע' [שיש]
marble; fine linen	שֵׁשׁ, ז'
to lead on	שִׁשָּׂא, פ"י
six	שִׁשָּׁה, ש"מ, ז', שֵׁשׁ, נ'
sixteen	שִׁשָּׁה עָשָׂר, ש"מ, ז'
sixteen	שֵׁשׁ עֶשְׂרֵה, ש"מ, נ'
rejoicing	שָׂשׂוֹן, ז', ר', שְׂשׂוֹנִים
sixth	שִׁשִּׁי, ת"ז, שִׁשִּׁית, ת"נ
sextet	שִׁשִּׁיָּה, נ'
sixty	שִׁשִּׁים, ש"מ, זו"נ
one-sixth, sixth part	שִׁשִּׁית, נ', ר', ־שִׁיּוֹת
red color, vermillion	שָׁשַׁר, ז'
to put, place, set, station; to constitute, make	שָׁת, פ"י, ע' [שית]
foundation, basis	שָׁת, ז', ר', שָׁתוֹת
buttock, bottom	שֵׁת, ז', ר', שָׁתוֹת
interceder	שְׁתַדְלָן, ז', ר', ־נִים
intercession	שְׁתַדְלָנוּת, נ'
to drink	שָׁתָה, פ"י
drunk, intoxicated	שָׁתוּי, ת"ז, שְׁתוּיָה, ת"נ
planted	שָׁתוּל, ת"ז, שְׁתוּלָה, ת"נ
open; penetrating (eye)	שָׁתוּם, ת"ז, שְׁתוּמָה, ת"נ
participation, partnership	שִׁתּוּף, ז', ר', ־פִים
co-operative, collective	שִׁתּוּפִי, ת"ז, ־פִית, ת"נ
paralysis; silence	שִׁתּוּק, ז'
silent	שָׁתוּק, ת"ז, שְׁתוּקָה, ת"נ
warp	שְׁתִי, ז'
warp and woof, crosswise, cross	שְׁתִי־וָעֵרֶב
cross-examination	חֲקִירַת שְׁתִי־וָעֵרֶב

marking tool, שֶׂרֶד, ז', ר', שְׂרָדִים	to detest שָׁקַץ, פ"י
stylus	detestable thing; שֶׁקֶץ, ז', ר', שְׁקָצִים
to soak; to dwell שָׁרָה, פעו"י	unclean animal
to struggle; to persist, שָׂרָה, פ"ע	to rush about; to long for שָׁקַק, פ"ע
persevere	to long for, desire הִשְׁתּוֹקֵק, פ"ח
princess; שָׂרָה, נ', ר', שָׂרוֹת	to ogle שָׁקַר, פ"י
noble lady; ambassadress,	to deal falsely; to lie שָׁקַר, פ"ע
lady minister	lie, deceit שֶׁקֶר, ז', ר', שְׁקָרִים
necklace; bracelet שֵׁרָה, נ', ר', שֵׁרוֹת	liar שַׁקְרָן, ז', ר', ־נִים
שַׁרְווּל, שַׁרְוִל, ז', ר', ־לִים, ז"ז,	lying שַׁקְרָנוּת, נ'
־לַיִם	to make much noise שָׁקְשֵׁק, פ"י
sleeve	to rush to and fro הִשְׁתַּקְשֵׁק, פ"ח
cuff שַׁרְווּלִית, נ', ר', ־לִיוֹת	watering שֹׁקֶת, שׁוֹקֶת, נ', ר', שְׁקָתוֹת
soaked; steeped שָׁרוּי, ת"ז, שְׁרוּיָה, ת"נ	trough
lace; thong שְׂרוֹךְ, ז', ר', ־כִים	navel, umbilical cord שֹׁר, שֹׁרֶר, ז'
stretched out; שָׂרוּעַ, ת"ז, שְׂרוּעָה, ת"נ	to behold, see, שָׁר, פ"ע, ע' [שׁוּר]
extended; long-limbed	observe
burnt שָׂרוּף, ת"ז, שְׂרוּפָה, ת"נ	to sing, chant; שָׁר, פעו"י, ע' [שִׁיר]
service, function שֵׁרוּת, ז', ר', ־תִים	to poetize
to scratch שָׂרַט, פ"י	chief, leader; שַׂר, ז', ר', שָׂרִים
שֶׂרֶט, ז', ר', שְׂרָטִים, שָׂרֶטֶת, נ', ר',	captain; minister; ruler
שְׂרָטוֹת	to turn aside, שָׂר, פ"ע, ע' [שׂוּר]
scratch, incision	depart; to wrestle; to tumble
drawing lines, שִׂרְטוּט, ז', ר', ־טִים	to be overcome [שׁרב] הִשְׁתָּרֵב, פ"ח
ruling	by heat
sandbank שִׂרְטוֹן, ז', ר', ־נוֹת	burning heat; שָׁרָב, ז', ר', שְׁרָבִים
to rule, draw lines שִׂרְטֵט, פ"י	parched ground; mirage
tendril; twig שָׂרִיג, ז', ר', ־גִים	to prolong; to let hang; שִׁרְבֵּב, פ"י
survivor; שָׂרִיד, ז', ר', שְׂרִידִים	to insert in wrong place
remnant	scepter; baton; שַׁרְבִיט, ז', ר', ־טִים
soaking; resting שְׁרִיָּה, נ'	shoot, twig
armor; שִׁרְיוֹן, שִׁרְיָן, ז', ר', ־נִים, ־נוֹת	drum major שַׁרְבִיטַאי, ז', ־טָאִים
armored unit	plumber שַׁרְבְרָב, ז', ר', ־רָבִים
combed, carded שָׂרִיק, ת"ז, שְׂרִיקָה, ת"נ	plumbing, installation שַׁרְבְרָבוּת, נ'
hissing; whistling שְׁרִיקָה, נ', ר', ־קוֹת	to intertwine שָׂרַג, פ"י
muscle שָׁרִיר, ז', ר', שְׁרִירִים	to escape; to leave over שָׂרַד, פ"ע
strong; שָׁרִיר, ת"ז, שְׁרִירָה, ת"נ	ceremonial שְׂרָד, ז', בִּגְדֵי־שְׂרָד
reliable, valid	wear, uniforms
stubbornness, שְׁרִירוּת, שְׁרִירוּת לֵב נ'	
obstinacy	

20

to be calm; to be inactive	שָׁקַט, פ"ע
quiet, calm	שָׁקֵט, ת"ז, שְׁקֵטָה, ת"נ
quietness, quiet	שֶׁקֶט, ז'
diligence	שְׁקִידָה, שַׁקְדָנוּת, נ'
flamingo	שְׁקִיטָן, ז', ר', ־נִים
submersion, sinking; setting (of sun)	שְׁקִיעָה, נ', ר', ־עוֹת
transparence, clearness	שְׁקִיפוּת, נ'
small bag, sack	שַׂקִּיק, ז', שַׂקִּית, נ', ר', ־קִים, ־יוֹת
greed, lust	שְׁקִיקוּת, נ'
to weigh; to balance; to ponder	שָׁקַל, פ"י
weight; coin; shekel; Zionist tax	שֶׁקֶל, ז', ר', שְׁקָלִים
to rehabilitate	שָׁקֵם, פ"י
sycamore tree	שִׁקְמָה, נ', ־מִים, ־מוֹת
pelican	שַׂקְנַאי, ז', ר', ־נָאִים
to sink, decline; to set (sun)	שָׁקַע, פ"י
to set in, insert	שָׁקַע, פ"י
to cause to sink; to lower; to insert; to invest	הִשְׁקִיעַ, פ"י
to be settled; to be forgotten; to settle down	הִשְׁתַּקֵּעַ, פ"ח
dent, depression, sunken place; socket	שֶׁקַע, ז', ר', שְׁקָעִים
dent, sunken place, concavity	שְׁקַעֲרוּרָה, נ', ר', ־רוֹת
concave	שְׁקַעֲרוּרִי, ת"ז, ־רִית, ת"נ
to look out, to face; to be seen; to be imminent	(שקף) נִשְׁקַף, פ"ע
cause to be seen; to depict; to portray; to X-ray	שָׁקֵף, פ"י
observe, contemplate	הִשְׁקִיף, פ"י
be seen through, X-rayed; to be reflected	הִשְׁתַּקֵּף, פ"ע
casing, framework	שֶׁקֶף, ז', ר', שְׁקָפִים

to rub, polish	שִׁקְשֵׁף, פ"י
weather vane; door mat	שַׁקְשֶׁפֶת, נ', ר', ־שָׁמוֹת
to set pot on fire place	שָׁפַת, פ"י
lipstick	שְׂפָתוֹן, ז', ר', שְׂפָתוֹנִים
pegs, hooks; sheep folds	שְׁפַתַּיִם, ז"ז
to be angry, mad	שָׁצַף, פ"ע
flow, flood	שֶׁצֶף, ז'
sack, sackcloth	שַׂק, ז', ר', שַׂקִּים
to be awake; to be diligent	שָׁקַד, פ"ע
to be almond-shaped	שָׁקַד, פ"ע
almond; almond tree; tonsil	שָׁקֵד, ז', ר', שְׁקֵדִים
diligence	שֶׁקֶד, ז', שְׁקִידָה, שַׁקְדָנוּת, נ'
almond tree	שִׁקְדִיָּה, נ', ר', ־יוֹת
diligent	שַׁקְדָן, ת"ז, ־נִית, ת"נ
to water, irrigate; to give to drink	(שקה) הִשְׁקָה, פ"י
diligent	שָׁקוּד, ת"ז, שְׁקוּדָה, ת"נ
drink	שִׁקּוּי, ז', ר', ־יִים
evenly balanced; weighed; measured; undecided	שָׁקוּל, ת"ז, שְׁקוּלָה, ת"נ
weighing; balancing	שִׁקּוּל, ז', ר', ־לִים
rehabilitation	שִׁקּוּם, ז'
submersion, sinking; depression	שִׁקּוּעַ, ז', ר', ־עִים
submerged; set into; settled; deep in thought	שָׁקוּעַ, ת"ז, שְׁקוּעָה, ת"נ
translucent, transparent, clear	שָׁקוּף, ת"ז, שְׁקוּפָה, ת"נ
clarification; X-raying	שִׁקּוּף, ז', ר', ־פִים
abomination	שִׁקּוּץ, ז', ר', ־צִים
bear's growling	שְׁקוּק, ז'
perjury, lying; false dealing	שֶׁקֶר, ז'
ogling	שִׁקּוּר, ז'

הִשְׁתַּעֲשַׁע, פ"ע — to play, take delight, enjoy pleasure

שָׁף, פ"י, ע' [שוף] — to bruise; crush, grind (grain); rub, polish, plaster

שִׁפֵּד, פ"י — to put on spit, skewer

שָׁפָה, פ"י — to incline, tilt; to be at ease

שִׁפָּה, פ"י — to rub, smooth, plane

נִשְׁתַּפָּה, פ"ח — to become sane, conscious

שָׂפָה, נ', ר', שְׂפָתַיִם, שָׂפוֹת, שְׂפָתוֹת — lip; language; rim, edge; shore

שִׁפּוּד, שְׁפוּד, ז', ר', ־דִים — spit, skewer

שִׁפּוּט, ז', ר', ־טִים — judging; power of judgment

שָׁפוּי, ת"ז, שְׁפוּיָה, ת"נ — clear, sane, quiet

שָׁפוּךְ, ת"ז, שְׁפוּכָה, ת"נ — poured

שִׁפּוּלִים, ז"ר — lower parts; bottom

שָׁפוּן, ת"ז, שְׁפוּנָה, ת"נ; ז' — hidden; secret

שִׁפּוֹן, שִׁיפוֹן, ז' — rye

שִׁפּוּעַ, ז', ר', ־עִים — slant, slope

שְׁפוֹפֶרֶת, נ', ר', ־פָרוֹת — tube; mouthpiece

שִׁפּוּר, ז', ר', ־רִים — improvement

שִׂפַּח, פ"י — to smite with scab; to cause severe suffering

שִׁפְחָה, נ', ר', שְׁפָחוֹת — maidservant

שָׁפַט, פ"י — to judge; to execute punishment

שֶׁפֶט, ז', ר', שְׁפָטִים — judgment, punishment

שְׁפִי, שׁוּפִי, ז' — ease

שְׁפִי, שֶׁפִי, ז', ר', שְׁפָיִים — hill, height

בִּשְׁפִי, תה"פ — peacefully

שְׁפִיכָה, נ', ר', ־כוֹת; שְׁפִיכוּת, נ' — pouring

שְׁפִיפוֹן, ז', ר', ־נִים — horned snake

שָׁפִיר, ז', ר', שְׁפִירִים — amnion, fetus's sac

שַׁפִּיר, ת"ז — handsome; elegant, fine; good

שָׁפַךְ, פ"י — to pour; to empty

שֶׁפֶךְ, ז', ר', שְׁפָכִים — pouring out, place of pouring

שָׁפְכָה, נ', ר', שְׁפָכוֹת — penis

שָׁפֵל, פ"ע — to become low, be humiliated

שָׁפָל, ת"ז, שְׁפָלָה, ת"נ — low, lowly

שֵׁפֶל, ז' — lowliness; ebb tide; depression

שְׁפֵלָה, נ', ר', ־לוֹת — lowland

שִׁפְלוּת, נ' — baseness, lowliness

שָׂפָם, ז' — mustache

שָׁפָן, ז', ר', שְׁפַנִּים — rock badger; rabbit

שָׁפַע, פיו"ע — to flow; to be abundant; to slope

הִשְׁפִּיעַ, פ"י — to make slant; to make abundant; to influence

שֶׁפַע, ז', שִׁפְעָה, נ', ר', שְׁפָעִים — abundance, overflow

שַׁפַּעַת, נ' — influenza, grippe

שִׁפֵּץ, פ"י — to repair, renovate

שָׁפַק, פעו"י — to clap hands; to suffice

שֶׁפֶק, ז' — sufficiency

שָׁפַר, פ"ע — to be good, pleasing

שִׁפֵּר, פ"י — to improve; to beautify

הִשְׁתַּפֵּר, פ"ח — to improve, become better

שֶׁפֶר, שִׁפְרָא, שׁוּפְרָא, ז' — beauty; goodliness

שַׁפְרִיר, ז', ר', ־רִים — canopy

שִׁפְשׁוּף, ז', ר', ־פִים — rubbing, polishing

step	שַׁעַל, ז׳, ר׳, שְׁעָלִים
whooping cough	שַׁעֶלֶת, נ׳
cork, cork tree	שַׁעַם, ז׳
dullness; boredom; melancholy	שִׁעֲמוּם, ז׳
to bore	שִׁעֲמֵם, פ״י
to become bored; to become melancholic	הִשְׁתַּעֲמֵם, פ״ח
linoleum	שַׁעֲמָנִית, נ׳, ר׳, ־נִיוֹת
to support	שָׁעַן, פ״י
to lean; to be close to; to rely upon	נִשְׁעַן, פ״ע
watchmaker	שָׁעָן, ז׳, ר׳, שָׁעָנִים
to shut, blind (eyes); to look away, ignore	הָשַׁע [שעע], פ״י
thought	שָׂעִף, ז׳, ר׳, שְׂעִפִּים
gate; market price, value; measure; title page	שַׁעַר, ז׳, ר׳, שְׁעָרִים
to calculate, measure, reckon, estimate; to suppose, imagine	שִׁעֵר, פ״י
inedible, rotten	שֹׁעָר, ת״ז, שֹׁעֶרֶת, ת״נ
to storm; to sweep away; to shudder	שָׂעַר, פעו״י
to take by storm, attack violently	הִשְׂתָּעֵר, פ״ח
storm, tempest	שַׂעַר, ז׳
hair	שֵׂעָר, ז׳
single hair, hair	שַׂעֲרָה, נ׳, ר׳, שְׂעָרוֹת
barley; sty	שְׂעוֹרָה, שְׂעֹרָה, נ׳, ר׳, ־רִים
scandal, outrage	שַׂעֲרוּרָה, שַׂעֲרוּרִיָּה, נ׳, ר׳, ־רִיּוֹת
scandalmonger	שַׁעֲרוּרָן, ז׳, ר׳, ־נִים
to cause a scandal	שִׁעֲרֵר, פ״י
delight, pleasure; toy	שַׁעֲשׁוּעַ, ז׳, ר׳, ־עִים
to delight, give pleasure; to have pleasure	שִׁעֲשַׁע, פעו״י

to be plundered	נָשַׁס, פ״ע
to divide, cleave (the hoof)	שָׁסַע, פ״י
to interpellate	שִׁסַּע, פ״י
cleft	שֶׁסַע, ז׳, ר׳, שְׁסָעִים
schizophrenia	שַׁסַּעַת, נ׳
to hew in pieces	שִׁסֵּף, פ״י
medlar; Erioblotrya	שֶׁסֶק, ז׳, ר׳, שְׁסָקִים
valve	שַׁסְתּוֹם, ז׳, ר׳, ־מִים
to subject; to enslave; to mortgage	שִׁעְבֵּד, פ״י
to be enslaved	הִשְׁתַּעְבֵּד, פ״ח
servitude, subjection; mortgage	שִׁעְבּוּד, ז׳, ר׳, ־דִים
to gaze, regard; to turn	שָׁעָה, פ״ע
to gaze about	הִשְׁתָּעָה, פ״ח
hour; time	שָׁעָה, נ׳, ר׳, שָׁעוֹת
moment	שָׁעָה קַלָּה
wax	שַׁעֲוָה, נ׳
cough	שָׁעוּל, ז׳
clock, watch	שָׁעוֹן, ז׳, ר׳, שְׁעוֹנִים
stencil	שַׁעֲוָנִיָּה, נ׳, ר׳, ־נִיוֹת
passionflower	שְׁעוֹנִית, נ׳, ר׳, ־נִיוֹת
kidney bean; string bean	שְׁעוּעִית, נ׳, ר׳, ־עִים
lesson; measure, proportion; installment; estimate	שִׁעוּר, ז׳, ר׳, ־רִים
barley; sty	שְׂעוֹרָה, שְׂעֹרָה, נ׳, ר׳, ־רִים
to stamp; to trot	שָׁעַט, פ״י
stamping (of hoofs); trot	שְׁעָטָה, נ׳, ר׳, ־טוֹת
mixed fabric (wool and flax)	שַׁעַטְנֵז, ז׳
hairy	שָׂעִיר, ת״ז, שְׂעִירָה, ת״נ
he-goat; demon	שָׂעִיר, ז׳, ר׳, שְׂעִירִים
she-goat	שְׂעִירָה, נ׳, ר׳, ־רוֹת
light rain	שְׂעִירִים, ז״ר
to cough	[שעל] הִשְׁתָּעֵל, פ״ח
handful	שֹׁעַל, ז׳, ר׳, שְׁעָלִים

scarlet, crimson	שָׁנִי, ז'
second	שֵׁנִי, ת"ז, שְׁנִיָּה, שֵׁנִית, ת"נ
two (in construct state)	שְׁנֵי ....
a second	שְׁנִיָּה, נ', ר', ־יוֹת
dualism	שְׁנִיּוּת, נ'
two	שְׁנַיִם, ש"מ, ז'
twelve	שְׁנֵים־עָשָׂר, ש"מ, ז'
sharp word, taunt	שְׁנִינָה, נ', ר', ־נוֹת
sharpness, wit	שְׁנִינוּת, נ'
scarlet fever	שָׁנִית, נ'
second time, secondly	שֵׁנִית, תה"פ
to sharpen	שָׁנַן, פ"י
to sharpen; to teach diligently	שִׁנֵּן, פ"י
to be pierced	הִשְׁתּוֹנֵן, פ"ח
dental technician	שִׁנָּן, ז', ר', ־נִים
to gird up	שִׁנֵּס, פ"י
vanilla	שָׁנֵף, ז', ר', שְׁנָפִים
strap	שְׁנָץ, ז', ר', שְׁנָצוֹת, ־צִים
to gird up, wrap tightly	שִׁנֵּץ, פ"י
to strangle	שָׁנַק, פ"י
to strangle oneself	הִשְׁתַּנֵּק, פ"ח
notch, mark	שֶׁנֶת, נ', ר', שְׁנָתוֹת
sleep	שְׁנָת, נ'
yearbook, annual publication	שְׁנָתוֹן, ז', ר', ־נִים, שְׁנָתוֹנִים
yearly, annual	שְׁנָתִי, ת"ז, ־תִית, ת"נ
instigator	שַׁסַּאי, ז', ר', שַׁסָּאִים
to spoil, plunder	שָׁסָה, פ"י
to incite, set on	שִׁסָּה, פ"י
plundered	שָׁסוּי, ת"ז, שְׁסוּיָה, ת"נ
incitement, instigation	שִׁסּוּי, ז', ר', ־יִים
split, cleft	שָׁסוּעַ, ת"ז, שְׁסוּעָה, ת"נ
splitting, cleaving; interpellation	שִׁסּוּעַ, ז'
harelip	שְׁסִיעָה, נ', ר', ־עוֹת
to spoil, plunder	שָׁסַס, פ"י

to use, make use of	הִשְׁתַּמֵּשׁ, פ"ח
attendant, sexton; foremost Hanukkah candle	שַׁמָּשׁ, ז', ר', ־שִׁים
windowpane	שִׁמְשָׁה, נ', ר', שְׁמָשׁוֹת
sesame, sesame seed	שֻׁמְשׁוֹם, שֻׁמְשֻׁם, ז', ר', שֻׁמְשְׁמִין
sunflower, helianthus	שִׁמְשׁוֹן, ז', ר', ־נִים
umbrella, parasol	שִׁמְשִׁיָּה, נ', ר', ־שִׁיּוֹת
tooth; ivory	שֵׁן, נ', ר', שִׁנַּיִם
cliff	שֵׁן סֶלַע
artificial tooth	שֵׁן תּוֹתֶבֶת
incisors	שִׁנַּיִם חוֹתְכוֹת
molars	שִׁנַּיִם טוֹחֲנוֹת
to hate	שָׂנֵא, פ"י
transformer	שַׁנַּאי, ז', ר', ־נָאִים
hatred, hate	שִׂנְאָה, נ'
angel	שִׂנְאָן, ז', ר', ־נִים
year	שָׁנָה, נ', ר', שָׁנִים
sleep	שֵׁנָה, נ', ר', שֵׁנוֹת
to repeat; to teach; to study; to change, be different	שָׁנָה, פ"יע
to be repeated; to be taught	נִשְׁנָה, פ"ע
to change	שִׁנָּה, פ"י
to change oneself; to be changed, be different	הִשְׁתַּנָּה, פ"ח
ivory	שֶׁנְהָב, ז', ר', ־הַבִּים
elephantiasis	שֶׁנְהֶבֶת, נ'
hated	שָׂנוּא, שָׂנוּי, ת"ז, שְׂנוּאָה, ת"נ
change	שִׁנּוּי, ז', ר', ־יִים
learned; repeated	שָׁנוּי, ת"ז, שְׁנוּיָה, ת"נ
sharp, acute; keen	שָׁנוּן, ת"ז, שְׁנוּנָה, ת"נ
repetition; continuous study; sharpening	שִׁנּוּן, ז'
bluff, cliff	שְׁנוּנִית, נ', ר', ־נִיּוֹת

blanket	שְׂמִיכָה, נ', ר', ־כוֹת
sky, heaven	שָׁמַיִם, ז"ר
ethereal, heavenly	שְׁמֵימִי, שְׁמָיְמִי, ת"ז, ־מִית, ת"נ
eighth	שְׁמִינִי, ת"ז, ־נִית, ת"נ
octave, group of eight	שְׁמִינִיָּה, נ', ר', ־נִיּוֹת
one-eighth, eighth part	שְׁמִינִית, נ', ר', ־נִיּוֹת
hearing, sense of hearing	שְׁמִיעָה, נ', ר', ־עוֹת
aural	שְׁמִיעָתִי, ת"ז, ־תִית, ת"נ
thistle; diamond, shamir; flint; emery	שָׁמִיר, ז', ר', שְׁמִירִים
emery paper	נְיָר־שָׁמִיר
watching, guarding	שְׁמִירָה, נ', ר', ־רוֹת
dress	שִׂמְלָה, נ', ר', שְׂמָלוֹת
skirt	שִׂמְלָנִית, נ', ר', ־נִיּוֹת
to be desolate; to be appalled	שָׁמֵם, פ"ע
to be destroyed; to be appalled	נָשַׁם, פ"ע
to terrify, cause horror; to be terrified	שׁוֹמֵם, פעו"י
to ravage; to terrify	הֵשַׁם, הִשִּׁים, הִשְׁמִים, פ"י
to be astounded	הִשְׁתּוֹמֵם, פ"ח
waste, desolation; horror	שְׁמָמָה, שַׁמָּה, נ', ר', ־מוֹת
horror, appallment	שִׁמָּמוֹן, ז'
lizard; spider	שְׁמָמִית, נ', ר', ־מִיּוֹת
to grow fat	שָׁמֵן, פ"ע
to oil, grease	שִׁמֵּן, פ"י
to fatten, grow fat	הִשְׁמִין, פ"י
fat, robust	שָׁמֵן, ת"ז, שְׁמֵנָה, ת"נ
oil, olive oil; fat	שֶׁמֶן, ז', ר', שְׁמָנִים
petroleum	שֶׁמֶן־אֲדָמָה

castor oil	שֶׁמֶן־קִיק
fatness	שֹׁמֶן, ז'
fat	שָׁמֵן, שׁוּמָן, ז', ר', ־נִים
containing a little fat	שַׁמְנוּנִי, ת"ז, ־נִית, ת"נ
fat substance, fatness	שַׁמְנוּנִית, נ'
oily, fatty	שַׁמְנִי, ת"ז, ־נִית, ת"נ
fattish	שַׁמְנַמַן, ת"ז, ־מֶנֶת, ת"נ
cream	שַׁמֶּנֶת, נ'
to hear, understand; to obey	שָׁמַע, פ"י
to be heard, understood; to obey	נִשְׁמַע, פ"ע
to announce; to assemble	שִׁמַּע, פ"י
to proclaim; to summon	הִשְׁמִיעַ, פ"י
hearing, report; fame; sound	שֶׁמַע, שֵׁמַע, ז'
Shema, confession of God's unity	שְׁמַע, ז'
particle, little; derision	שֶׁמֶץ, ז'
to revile, deride	[שמץ] הִשְׁמִיץ, פ"י
derision	שִׁמְצָה, נ'
to keep, guard, watch; to preserve; to observe; to wait for	שָׁמַר, פ"י
to be guarded; to be on one's guard	נִשְׁמַר, פ"ע
to be on one's guard; to be guarded	הִשְׁתַּמֵּר, פ"ח
yeast; dregs	שְׁמָרִים, ז', ר'
fennel	שֶׁמֶר, ז', ר', ־רִים
Thermos (trademark)	שִׁמְרָחֹם, ז', ר', ־חָמִים
conservative person	שַׁמְרָן, ז', ר', ־נִים
conservatism	שַׁמְרָנוּת, נ'
sun	שֶׁמֶשׁ, זו"נ, ר', שְׁמָשׁוֹת
twilight	בֵּין הַשְּׁמָשׁוֹת
to serve, minister, officiate; to function	שִׁמֵּשׁ, פ"י

name, title; noun; fame, reputation; category	שֵׁם, ז׳, ר׳, שֵׁמוֹת
in the name of	בְּשֵׁם
for the sake of	לְשֵׁם
because	עַל שֵׁם
memorial	יָד וָשֵׁם
pronoun	שֵׁם הַגּוּף
infinitive	שֵׁם הַפֹּעַל
numeral	שֵׁם מִסְפָּר
homonym	שֵׁם מְשֻׁתָּף
synonym	שֵׁם נִרְדָּף
noun	שֵׁם עֶצֶם
adjective	שֵׁם תֹּאַר
God	הַשֵּׁם
Tetragrammaton	שֵׁם הַמְפֹרָשׁ
torn, separated papers from Holy Writ	שְׁמוֹת
(Book of) Exodus	שְׁמוֹת
to put, lay, set; to appoint; to establish; to make, form, fashion	שָׂם, פ״י, ע׳ [שים]
there, thither	שָׁם, שָׁמָּה, תה״פ
if, lest; perhaps	שֶׁמָּא, תה״פ
valuer, assessor	שַׁמַּאי, ז׳, ר׳, שַׁמָּאִים
to go (turn) to the left; to use the left hand	[שמאל] הִשְׂמִאיל, הִשְׂמִיל, פ״ע
left, left hand; left wing	שְׂמֹאל, ז׳
left, left-handed	שְׂמָאלִי, ת״ז, ־לִית, ת״נ
to be destroyed	[שמד] נִשְׁמַד, פ״ע
to force to convert	שִׁמֵּד, פ״י
to destroy, exterminate	הִשְׁמִיד, פ״י
to convert, apostatize	הִשְׁתַּמֵּד, פ״ח
religious persecution; apostasy	שְׁמָד, ז׳, ר׳, ־דוֹת
waste, desolation, destruction	שַׁמָּה, נ׳, ר׳, שַׁמּוֹת
there, thither	שָׁמָּה, שָׁם, תה״פ
moved, slipped, dislocated	שָׁמוּט, ת״ז, שְׁמוּטָה, ת״נ
lubrication	שָׁמוּן, ז׳
eight	שְׁמוֹנָה, ש״מ, ז׳ שְׁמוֹנֶה, נ׳
eighteen	שְׁמוֹנָה עָשָׂר, ש״מ, ז׳
eighteen	שְׁמוֹנָה עֶשְׂרֵה, ש״מ, נ׳
eighty	שְׁמוֹנִים, ש״מ, זו״נ
report, tidings, rumor; tradition	שְׁמוּעָה, נ׳, ר׳, ־עוֹת
watched, preserved, guarded	שָׁמוּר, ת״ז, שְׁמוּרָה, ת״נ
watching, preserving	שָׁמוּר, ז׳, ר׳, ־רִים
sleepless night	לֵיל־שִׁמּוּרִים
eyelid; trigger guard	שְׁמוּרָה, נ׳, ר׳, ־רוֹת
service; use, usage	שִׁמּוּשׁ, ז׳, ר׳, ־שִׁים
toilet, w.c.	בֵּית־שִׁמּוּשׁ
toilet paper	נְיָר־שִׁמּוּשׁ
practical, useful, applied	שִׁמּוּשִׁי, ת״ז, ־שִׁית, ת״נ
to rejoice, be glad	שָׂמַח, פ״ע
to gladden, cause to rejoice	שִׂמַּח, פ״י
happy, glad	שָׂמֵחַ, ת״ז, שְׂמֵחָה, ת״נ
joy, gladness; festive occasion	שִׂמְחָה, נ׳, ר׳, שְׂמָחוֹת
to let drop, let fall; to leave	שָׁמַט, פעו״י
to be dropped; to be detached; to be omitted	נִשְׁמַט, פ״ע
to release, remit	שִׁמֵּט, פ״י
to evade, shun	הִשְׁתַּמֵּט, פ״ח
remitting; sabbatical year	שְׁמִטָּה, שְׁמִיטָה, נ׳, ר׳, ־טוֹת, ־טִין
nominal; Semitic	שֵׁמִי, ת״ז, ־מִית, ת״נ
Semitism	שֵׁמִיּוּת, נ׳

to draw out (sword); שָׁלַף, פ״י	third part, one-third שָׁלִישׁ, ז׳, ר׳, ־שִׁים
to draw off (shoe)	third שְׁלִישִׁי, ת״ז, ־שִׁית, ־שִׁיָּה, ת״נ
stubble field שֶׁלֶף, ז׳, ר׳, שְׁלָפִים	third person (gram.) גּוּף שְׁלִישִׁי
שַׁלְפּוּחִית, שַׁלְחוּפִית, נ׳, ר׳, ־חִיוֹת	set of three, שְׁלִישִׁיָּה, נ׳, ר׳, ־שִׁיּוֹת
balloon; womb; bladder	triplets; Trinity; trio
to boil, scald שָׁלַק, פ״י	one third שְׁלִישִׁית, נ׳, ר׳, ־שִׁיּוֹת
to divide into three parts; שִׁלֵּשׁ, פ״י	third part
to do a third time; to multiply	to throw, cast; [שלך] הִשְׁלִיךְ, פ״י
by three	to cast down; to cast away
to deposit with הִשְׁלִישׁ, פ״י	cormorant שָׁלָךְ, ז׳, ר׳, שְׁלָכִים
a third party	Indian summer; fallen שַׁלֶּכֶת, נ׳
one of third שִׁלֵּשׁ, ז׳, ר׳, ־שִׁים	leaves
generation, great-grandchild	to negate; to take away, שָׁלַל, פ״י
שְׁלֹשָׁה, שְׁלוֹשָׁה, ש״מ, ז׳, שָׁלֹשׁ,	remove; to plunder; to baste
three שָׁלוֹשׁ, נ׳	to run wild; הִשְׁתּוֹלֵל, פ״ח
thirteen שְׁלֹשׁ עֶשְׂרֵה, ש״מ, נ׳	to act senselessly
thirteen שְׁלֹשָׁה עָשָׂר, ש״מ, ז׳	loose stitch, baste שֶׁלֶל, ז׳
snail; worm; שַׁבְּלוּל, ז׳, ר׳, ־לִים	spoil, booty; gain שָׁלָל, ז׳
lowering; diarrhea	diversity of colors, שְׁלַל צְבָעִים
the day שִׁלְשׁוֹם, שָׁלְשׁוֹם, תה״פ	variegation
before yesterday	whole, full; שָׁלֵם, ת״ז, שְׁלֵמָה, ת״נ
trisetum (bot.) שִׁלָּשׁוֹן, ז׳, ר׳, שִׁלְּשׁוֹנִים	complete, sound, safe; healthy
three year old; שָׁלְשִׁי, ת״ז, ־שִׁית, ת״נ	to be complete; finished; שָׁלֵם, פ״ע
tripartile	to be safe; to be at peace
thirty שְׁלֹשִׁים, שְׁלוֹשִׁים, ש״מ, זו״נ	to finish, complete; to pay שִׁלֵּם, פ״י
trio שְׁלִישִׁית, נ׳, ר׳, ־שִׁיּוֹת	to complete; הִשְׁלִים, פ״י
to let down, lower; שִׁלְשֵׁל, פ״י	to make peace
to loosen (bowels); to drop	to be completed; הִשְׁתַּלֵּם, פ״ח
(letter in mailbox)	to complete an education;
to be let down, הִשְׁתַּלְשֵׁל, פ״ח	to be profitable
be lowered; to be evolved,	peace offering שֶׁלֶם, ז׳, ר׳, שְׁלָמִים
developed	recompense, retribution שִׁלֵּם, ז׳
שַׁלְשֶׁלֶת, נ׳, ר׳, ־שְׁלָאוֹת, ־שְׁלוֹת	paymaster שַׁלָּם, ז׳, ר׳, ־מִים
chain; chain of development	outer garment שַׂלְמָה, נ׳, ר׳, שְׂלָמוֹת
genealogy שַׁלְשֶׁלֶת־יֻחֲסִין	payment; bribe, שַׁלְמוֹן, ז׳, ר׳, ־נִים
the day שִׁלְשׁוֹם, שָׁלְשׁוֹם, תה״פ	payola
before yesterday	completeness, שְׁלֵמוּת, נ׳, ר׳, ־מֻיּוֹת
to value, estimate שָׁם, פ״י, ע׳ [שום]	perfection

money-changer; banker	שֻׁלְחָנִי, ז׳, ר׳, ־נִים
to rule, domineer; to have power	שָׁלַט, פ״ע
to cause to rule; to cause to have power; to put into effect	הִשְׁלִיט, פ״י
to have control over, rule, be master of	הִשְׁתַּלֵּט, פ״ח
shield; arms; sign	שֶׁלֶט, ז׳, ר׳, שְׁלָטִים
rule, authority; power; government	שִׁלְטוֹן, ז׳, ר׳, ־נוֹת
domineering woman	שַׁלֶּטֶת, נ׳, ר׳, שַׁלָּיטוֹת
quietness, unconcern	שֶׁלִי, שְׁלִי, ז׳
bow, knot; rung, rundle	שְׁלִיבָה, נ׳, ר׳, ־בוֹת
afterbirth, placenta	שִׁלְיָה, נ׳, ר׳, שִׁלְיוֹת
messenger; envoy; deputy	שָׁלִיחַ, ז׳, ר׳, שְׁלִיחִים
mission, errand	שְׁלִיחוּת, נ׳, ר׳, ־חֻיּוֹת
ruler	שַׁלִּיט, ז׳, ר׳, ־טִים
dominion, power, control	שְׁלִיטָה, נ׳, ר׳, ־טוֹת
embryo	שָׁלִיל, שְׁלִיל, ז׳, ר׳, ־לִים
negation	שְׁלִילָה, נ׳, ר׳, ־לוֹת
negative	שְׁלִילִי, ת״ז, ־לִית, ת״נ
negativity, negativeness	שְׁלִילִיּוּת, נ׳
knapsack; feedbag; saddle	שַׁלִּיף, ז׳, ר׳, שְׁלִיפִים
slipping off; taking off	שְׁלִיפָה, נ׳
boiling, scalding	שְׁלִיקָה, נ׳, ר׳, ־קוֹת
officer; adjutant; third of measure; triangle (musical instrument); depositary; third party	שָׁלִישׁ, ז׳, ר׳, ־שִׁים

quail	שְׂלָו, ז׳, ר׳, שַׂלְוִים
joined; inserted	שָׁלוּב, ת״ז, שְׁלוּבָה, ת״נ
ease; peace, quiet	שַׁלְוָה, נ׳
sent; extended	שָׁלוּחַ, ת״ז, שְׁלוּחָה, ת״נ
messenger; delegate	שָׁלוּחַ, ז׳, ר׳, שְׁלוּחִים
sending; dismissal	שִׁלּוּחַ, ז׳, ר׳, ־חִים
shoot, branch	שְׁלוּחָה, נ׳, ר׳, ־חוֹת
dowry	שִׁלּוּחִים, ד״ר
pool, pond	שְׁלוּלִית, נ׳, ר׳, ־יוֹת
peace, tranquility; welfare; greeting, hello, good-by	שָׁלוֹם, ז׳, ר׳, שְׁלוֹמִים, ־מוֹת
complete, finished	שָׁלוּם, ת״ז, שְׁלוּמָה, ת״נ
retribution, reparation; reward; bribe	שִׁלּוּם, ז׳, ר׳, ־מִים, ־מוֹת
taken out, drawn	שָׁלוּף, ת״ז, שְׁלוּפָה, ת״נ
boiled	שָׁלוּק, ת״ז, שְׁלוּקָה, ת״נ
triangularity; Trinity	שִׁלּוּשׁ, ז׳
three	שָׁלוֹשׁ, שָׁלֹשׁ, ש״מ, נ׳
three	שְׁלוֹשָׁה, שְׁלֹשָׁה, ש״מ, ז׳
thirty	שְׁלוֹשִׁים, שְׁלֹשִׁים, ש״מ, זו״נ
to send; to extend	שָׁלַח, פ״י
to send away, send forth, send off; to set free; to extend	שִׁלַּח, פ״י
to send (plague, famine)	הִשְׁלִיחַ, פ״י
weapon (sword, bayonet), untanned skin, hide; shoot	שֶׁלַח, ז׳, ר׳, שְׁלָחִים
irrigated field	שָׂדֶה־שְׁלָחִין
balloon; womb; bladder	שַׁלְפּוּחִית, נ׳, ר׳, ־יוֹת
table	שֻׁלְחָן, שׁוּלְחָן, ז׳, ר׳, ־נוֹת
money changing; banking	שֻׁלְחָנוּת, נ׳

intoxicating drink; beer	שֵׁכָר, ז׳
hire; reward; profit	שָׂכָר, ז׳
intoxication, drunkenness	שִׁכָּרוֹן, ז׳, שִׁכְרוּת, נ׳
shaking, moving about; dabbling	שִׁכְשׁוּךְ, ז׳
to move about; to dabble	שִׁכְשֵׁךְ, פ״י
of, belonging to; made out of; designated for	שֶׁל, מ״י
error; offense	שַׁל, ז׳
at ease, secure	שַׁלְאֲנָן, ת״ז, ־נַּנָּה, ת״נ
to join; to insert, fit together	שָׁלַב, פ״י
joining, joint; rundle, rung of a ladder	שָׁלָב, ז׳, ר׳, שְׁלַבִּים
to snow; to cover with snow	[שלג] הִשְׁלִיג, פ״י
snow	שֶׁלֶג, ז׳, ר׳, שְׁלָגִים
snowfall, avalanche	שִׁלּוֹן, ז׳, ר׳, ־נִים
snowdrop (flower)	שַׁלְגִּיָּה, נ׳, ר׳, ־יּוֹת
sleigh, toboggan	שַׁלְגִּית, נ׳, ר׳, ־גִּיּוֹת
skeleton; core	שֶׁלֶד, זו״נ, ר׳, שְׁלָדִים, שְׁלָדוֹת
pelican	שַׁלְדָּג, ז׳, ר׳, ־גִים
to be at ease; to draw out, pull out	שָׁלָה, פ״ע
to be at ease; to be drawn out (of water)	נִשְׁלָה, פ״ע
to mislead	הִשְׁלָה, פ״י
to inflame, kindle; to enthuse	שִׁלְהֵב, פ״י
timothy grass	שַׁלְהֶבֶת, נ׳, ר׳, ־יּוֹת
flame	שַׁלְהֶבֶת, נ׳, ר׳, ־הָבוֹת
terrific flame	שַׁלְהֶבֶתְיָה, נ׳
ease; peace, quiet	שֶׁלֶו, ז׳
to be at ease	שָׁלָו, פ״ע
at ease; quiet, peaceful	שָׁלֵו, ת״ז, שְׁלֵוָה, ת״נ

to be wise, acquire sense; to succeed; to cause to understand; to cause to prosper	הִשְׂכִּיל, פעו״י
prudence, good sense; understanding	שֵׂכֶל, שֶׂכֶל, ז׳, ר׳, שְׂכָלִים
to be bereaved of	שָׁכַל, שָׁכֹל, פ״י
bereavement; loss of children	שֶׁכֶל, שָׁכוֹל, שִׁכּוּל, ז׳
completion, perfection	שִׁכְלוּל, ז׳, ר׳, ־לִים
folly, foolishness	שִׁכְלוּת, נ׳, ר׳, ־לֻיּוֹת
intellectual, intelligent	שִׂכְלִי, ת״ז, ־לִית, ת״נ
to complete, perfect; to equip; to decorate	שִׁכְלֵל, פ״י
rationalist	שִׂכְלְתָן, ז׳, ר׳, ־נִים
rationalism	שִׂכְלְתָנוּת, נ׳
to rise early, start early	[שכם] הִשְׁכִּים, פ״ע
shoulder; back	שְׁכֶם, שֶׁכֶם, ז׳, ר׳, שְׁכָמִים
cape, wrap	שְׁכֶמִיָּה, נ׳, ר׳, ־מִיּוֹת
to abide, dwell; to settle down	שָׁכַן, פ״ע
dwelling	שֶׁכֶן, ז׳, ר׳, שְׁכָנִים
neighbor; tenant	שָׁכֵן, ז׳, ר׳, שְׁכֵנִים, שְׁכֵנָה, נ׳, ר׳, ־נוֹת
conviction	שִׁכְנוּעַ, ז׳, ר׳, ־עִים
neighborliness	שְׁכֵנוּת, נ׳
to convince	שִׁכְנֵעַ, פ״י
to be drunk	שָׁכַר, פ״ע
to become intoxicated	הִשְׁתַּכֵּר, פ״ח
to hire	שָׂכַר, פ״י
to be hired; to profit	נִשְׂכַּר, פ״ע
to hire out, rent	הִשְׂכִּיר, פ״י
to earn wages; to make profit	הִשְׂתַּכֵּר, פ״ח

forgotten	שָׂכוּחַ, ת״ז, שְׂכוּחָה, ת״נ	inner bark	שִׂיפָה, נ׳, ר׳, ־פוֹת
cock, rooster	שֶׂכְוִי, ז׳, ר׳, ־וִים	rye	שִׂיפוֹן, שִׂפּוֹן, ז׳
bereavement;	שָׂכוֹל, שְׂכֹל, שִׂכּוּל, ז׳;	to sing,	[שיר] שָׁר, שׁוֹרֵר, פעו״י
loss of children		chant; to poetize	
	שָׂכוּל, ת״ז, ־לָה, ת״נ, שָׂכֹל, ת״ז,	song; singing;	שִׁיר, ז׳, ר׳, ־רִים
bereaved of children,	שְׂכוּלָה, ת״נ	chant; poem	
childless		sonnet	שִׁיר־זָהָב
reversing; crossing (legs),	שָׂכוּל, ז׳	march	שִׁיר־לֶכֶת
folding (arms)		lullaby	שִׁיר־עֶרֶשׂ
housing; housing	שִׂכּוּן, ז׳, ר׳, ־נִים	to leave over, reserve	שִׁיֵּר, פ״י
development		to be left over	הִשְׁתַּיֵּר, פ״ע
dwelling, living	שָׂכוּן, ת״ז, שְׂכוּנָה, ת״נ	remainder,	(שִׁיָּר), שְׁיָרִים, ז״ר
settlement, colony,	שְׂכוּנָה, נ׳, ר׳, ־נוֹת,	remains, leftovers	
neighborhood, quarter (of town)		poem, song;	שִׁירָה, נ׳, ר׳, ־רוֹת
intoxicated,	שָׂכוּר, ת״ז, שְׂכוּרָה, ת״נ	poetry	
drunk		swan song	שִׁירַת־הַבַּרְבּוּר
drunkard	שִׁכּוֹר, ז׳, ר׳, ־רִים	caravan	שַׁיָּרָה, נ׳, ר׳, ־רוֹת
hired	שָׂכוּר, ת״ז, שְׂכוּרָה, ת״נ	songbook	שִׁירוֹן, ז׳
to forget	שָׂכַח, פ״י	poetic	שִׁירִי, ת״ז, ־רִית, ת״נ
to be forgotten	הִשְׁתַּכַּח, פ״ח	marble; alabaster	שַׁיִשׁ, ז׳
forgetful,	שָׂכֵחַ, ת״ז, שְׂכֵחָה, ת״נ	to be happy, to exult,	[שיש] שָׂשׂ, פ״ע
forgetting		rejoice	
forgetfulness;	שִׁכְחָה, נ׳	to put, place, set,	[שית] שָׁת, פ״י
forgotten sheaf		station; to constitute, make	
amnesia	שִׁכָּחוֹן, ז׳	garment; veil; foundation	שִׁית, ז׳
forgetful person	שַׁכְחָן, ז׳, ר׳, ־נִים	thorny bush	שַׁיִת, ז׳
lying down	שְׂכִיבָה, נ׳, ר׳, ־בוֹת	to hedge about,	שָׂךְ, פ״י, ע׳ [שוך]
imagery	שְׂכִיָּה, נ׳	fence up	
frequent	שָׂכִיחַ, ת״ז, שְׂכִיחָה, ת״נ	thorn	שֵׂךְ, ז׳, ר׳, שִׂכִּים
frequency	שְׂכִיחוּת, נ׳, ר׳, ־חֻיּוֹת	booth; pavilion	שֹׂךְ, ז׳, ר׳, שִׂכִּים
knife	שַׂכִּין, זו״נ, ר׳, ־נִים	to lie, lie down; to sleep	שָׁכַב, פ״ע
Divine Presence	שְׁכִינָה, נ׳	to die	שָׁכַב עִם אֲבוֹתָיו
hired laborer	שָׂכִיר, ז׳, ר׳, שְׂכִירִים	lower millstone	שֶׁכֶב, ז׳, ר׳, שְׁכָבִים
hiring	שְׂכִירָה, נ׳, ר׳, ־רוֹת	layer;	שִׁכְבָה, שְׁכָבָה, נ׳, ר׳, ־בוֹת
wages, salary; rent	שְׂכִירוּת, נ׳	social class; stratum	
to abate, become calm	שָׁכַךְ, פ״ע	semen	שִׁכְבַת־זֶרַע
to be successful; to be wise	שָׂכַל, פ״ע	copulation	שְׁכֹבֶת, נ׳
to lay crosswise	שִׂכֵּל, פ״י	barb, thorn; spear	שַׂכָּה, נ׳, ר׳, ־כּוֹת

שָׁסוּף, ת״ז, שְׁסוּפָה, ת״נ carried away; dissolute; washed

שְׁטוּת, נ׳, ר׳, שְׁטֻיוֹת madness; foolishness, silliness, nonsense

שְׁטוּתִי, ת״ז, ־תִית, ת״נ foolish, stupid

שָׁטַח, פ״י to spread, stretch out

שֶׁטַח, ז׳, ר׳, שְׁטָחִים extent, surface, area

שִׁטְחִי, ת״ז, ־חִית, ת״נ superficial

שִׁטְחִיּוּת, נ׳ superficiality

שְׁטָיָה, נ׳, ר׳, ־יוֹת foolish woman, silly woman

שָׁטִיחַ, ז׳, ר׳, שְׁטִיחִים rug, carpet

שְׁטִיפָה, נ׳, ר׳, ־פוֹת flooding; mopping; rinsing

שָׂטַם, פ״י to hate, bear a grudge

שָׂטָן, ז׳, ר׳, שְׂטָנִים adversary; accuser; Satan

שָׂטַן, פ״י to act as an adversary; to accuse; to persecute

שִׂטְנָה, נ׳ accusation

שָׁטַף, פ״י to rinse, wash off; to overflow, flood, flow, run; to burst forth

שֶׁטֶף, ז׳ stream; washing, rinsing; speed; fluency

שִׁטָּפוֹן, ז׳, ר׳, ־נוֹת flood, deluge, inundation

שְׁטָר, ז׳, ר׳, ־רוֹת writ, document, deed; bond, bill

שַׁי, ז׳, ר׳, שַׁיִּים gift, tribute, present

שִׂיא, ז׳, ר׳, ־אִים loftiness; summit; climax

[שיב] שָׂב, פ״ע to grow old, turn gray

שֵׂיב, ז׳ old age

שִׁיבָה, נ׳, ר׳, ־בוֹת returning, restoration

שֵׂיבָה, נ׳, ר׳, ־בוֹת gray hair, old age

שִׂיג, ז׳ dealing, business

שִׂיד, ז׳, ר׳, ־דִים lime, whitewash

[שיד] שָׂד, פ״י to whitewash

שִׁיּוּר, ז׳, ר׳, ־רִים remainder, rest

[שיח] שָׂח, פ״ע to talk, relate

שִׂיחַ, ז׳, ר׳, ־חִים bush, shrub; musing; anxiety; talk

דּוּ־שִׂיחַ dialogue

שִׂיחָה, נ׳, ר׳, ־חוֹת conversation, talk, discussion

שִׁיחָה, נ׳, ר׳, ־חוֹת pit

שִׂיחוֹן, ז׳, ר׳, ־נִים conversational guidebook

שַׁיָּט, ז׳, ר׳, ־טִים boatsman, rower

שַׁיִט, ז׳ boating, rowing

שִׁיטָה, שִׁטָּה, נ׳, ר׳, ־טוֹת row, line; system, theory

שַׁיֶּטֶת, נ׳, ר׳, שַׁיָּטוֹת fleet (ships)

שִׁיטָתִי, ת״ז, ־תִית, ת״נ systematic

שִׁיֵּךְ, פ״י to relate to, associate with

הִשְׁתַּיֵּךְ, פ״ח to belong to; to be related to

שַׁיָּךְ, ת״ז, שַׁיֶּכֶת, ת״נ belonging to, appertaining to

שֵׁיךְ, ז׳, ר׳, ־כִים Sheik, Arab chief

שַׁיָּכוּת, נ׳ relation; belonging, connection; nearness; pertinence

[שים] שָׂם to put, lay, set; to appoint; to establish; to make, form, fashion

שָׂם לְאַל to annul, make void

שָׂם לֵב to pay attention

שָׂם עַיִן to supervise

שָׂם קֵץ to end, stop

שִׂימָה, נ׳, ר׳, ־מוֹת placing, resting, laying; making, appointing

שִׁין, שִׂין, נ׳, ר׳, ־נִין Shin, Sin, name of twenty-first letter of the Hebrew alphabet

fine dust; cloud; heaven	שַׁחַק, ז׳, ר׳, שְׁחָקִים
to laugh; to sport, play	שָׂחַק, פ״ע
actor, player	שַׂחֲקָן, ו׳, ר׳, ־נִים
to search for; to seek; to rise early; to become black	שָׁחַר, פעו״י
black, dark	שָׁחֹר, שָׁחוֹר, ת״ז, שְׁחֹרָה, ת״נ
early morning, dawn; light	שַׁחַר, ז׳, ר׳, שְׁחָרִים
liberation; independence	שִׁחְרוּר, ז׳, ר׳, ־רִים
blackbird	שַׁחֲרוּר, ז׳, ר׳, שַׁחֲרוּרִים
prime of life; youth	שַׁחֲרוּת, נ׳
sunburned, tanned; brunette	שְׁחַרְחַר, ת״ז, ־חֹרֶת, ת״נ
early morning; morning prayer	שַׁחֲרִית, נ׳, ר׳, ־רִיּוֹת
breakfast	פַּת־שַׁחֲרִית
to set free, emancipate	שִׁחְרֵר, פ״י
to ruin; to do harm, pervert, corrupt; to destroy	שִׁחֵת, פ״י
pit, grave; corn grass, green fodder	שַׁחַת, נ׳, ר׳, שְׁחָתוֹת
to swerve, turn aside	שָׂט, פ״ע, ע׳ [שׁוּט]
to go about, roam, hike; to float; to row	שָׁט, פ״ע, ע׳ [שׁוּט]
rebel	שַׂט, ז׳, ר׳, ־טִים
to become mad	[שׂטה] הִשְׁתַּטָּה, פ״ח
to turn aside; to be unfaithful	שָׂטָה, פ״ע
acacia tree, acacia wood	שִׁטָּה, ז׳, ר׳, ־טִים
row, line; theory, system	שִׁטָּה, שִׁיטָה, נ׳, ר׳, ־טוֹת
flat; stretched out; shallow	שָׂטוּחַ, ת״ז, שְׂטוּחָה, ת״נ

to slaughter	שָׁחַט, פ״י
armpit	שֶׁחִי, שָׁחִי, ז׳, בֵּית הַשֶּׁחִי, ר׳, שְׁחָיִים
swimming	שְׂחִיָּה, נ׳, ר׳, ־יוֹת
slaughtering	שְׁחִיטָה, נ׳, ר׳, ־טוֹת
boil, sore	שְׁחִין, ז׳, ר׳, ־נִים
swimmer	שַׂחְיָן, ז׳, ר׳, ־נִים
natural after-growth from fallen seeds	שָׁחִיס, ז׳, ר׳, ־סִים
thin branch, twig; toothpick	שָׁחִיף, ז׳, ר׳, שְׁחִיפִים
pounding	שְׁחִיקָה, נ׳, ר׳, ־קוֹת
ditch, pit	שִׁיחָה, נ׳, ר׳, ־חוֹת
lion	שַׁחַל, ז׳, ר׳, שְׁחָלִים
to thread needle	[שחל] הִשְׁחִיל, פ״י
orchid	שַׁחְלָב, סַחְלָב, ז׳, ר׳, ־בִים
ovary; clip, magazine (gun)	שַׁחֲלָה, נ׳, ר׳, שְׁחָלוֹת
granite	שַׁחַם, ז׳
dark brown	שָׁחֹם, שָׁחוּם, ת״ז, שְׁחֻמָּה, ת״נ
to paint brown, make brown	[שחם] הִשְׁחִים, פ״י
chess	שַׁחְמָט, ז׳, ר׳, ־טִים
chess player	שַׁחְמְטַאי, ז׳, ר׳, ־טָאִים
seagull	שַׁחַף, ז׳, ר׳, שְׁחָפִים
to become tubercular; to become weak	[שחף] נִשְׁחַף, פ״ע
tubercular person	שַׁחֲפָן, ז׳, ר׳, ־נִים
tuberculosis	שַׁחֶפֶת, נ׳
pride, arrogance; disgrace	שַׁחַץ, ז׳
to be proud, arrogant	[שחץ] הִשְׁתַּחֵץ, פ״ע
proud, conceited	שַׁחֲצָן, ת״ז, ־נִית, ת״נ
vanity, pride	שַׁחְצָנוּת, שַׁחֲצוּת, נ׳
to rub away; to grind; to beat fine	שָׁחַק, פ״ע

to behold; to burn, sunburn	שָׁזַף, פ״י
to twist; to interweave	שָׁזַר, פ״י
spine, backbone	שִׁזְרָה, נ׳, ר׳, שְׁזָרוֹת
bowed, bent down	שַׁח, ת״ז, שָׁחָה, ת״נ
to sink, bow down [שוח]	שָׁח, פ״ע, ע׳
conversation; thought	שָׂח, ז׳
to stroll, take a walk [שוח]	שָׁח, פ״ע, ע׳
to talk, relate [שיח]	שָׂח, פ״ע, ע׳
telephone	שָׂח־רָחוֹק, ז׳
to bribe	שָׁחַד, פ״י
bribe	שֹׁחַד, שׁוֹחַד, ז׳
to bow down	שָׁחָה, פ״ע
to prostrate oneself	הִשְׁתַּחֲוָה, פ״ח
to swim	שָׂחָה, פ״ע
deep waters; swimming	שַׂחוּ, ז׳
sharpened	שָׁחוּז, ת״ז, שְׁחוּזָה, ת״נ
bent down	שָׁחוֹחַ, תה״פ
bent down, bent over	שָׁחוּחַ, ת״ז, שְׁחוּחָה, ת״נ
slaughtered; sharpened; hammered, beaten	שָׁחוּט, ת״ז, שְׁחוּטָה
dark brown	שָׁחוּם, ת״ז, שְׁחוּמָה, ת״נ
hot, dry	שָׁחוּן, ת״ז, שְׁחוּנָה, ת״נ
tubercular	שָׁחוּף, ת״ז, שְׁחוּפָה, ת״נ
crushed, pulverized; ragged, worn out (clothes)	שָׁחוּק, ת״ז, שְׁחוּקָה ת״נ
laughter; jest; derision	שְׂחוֹק, ז׳
blackness	שְׁחוֹר, ז׳
black	שָׁחוֹר, ת״ז, שְׁחוֹרָה, ת״נ
pit	שְׁחוּת, נ׳, ר׳, ־תוֹת
to sharpen [שחז]	הִשְׁחִיז, פ״י
to charge (battery); to restore	שִׁחֵזַר, פ״י
to stoop, bend; to be bowed down, humbled	שָׁחַח, פ״ע

to water; to make abundant	שׁוֹקֵק, פ״י, ע׳ [שוק]
watering trough	שֹׁקֶת, שֹׁקֶת, נ׳, ר׳, שְׁקָתוֹת
ox, bullock	שׁוֹר, ז׳, ר׳, שְׁוָרִים
wall; enemy	שׁוּר, ז׳, ר׳, ־רִים
to behold, see, observe	[שור] שָׁר, פ״ע
to turn aside; to depart; to wrestle; to tumble	[שור] שָׁר, פ״ע
acrobat, tumbler	שַׁוָּר, ז׳, ר׳, ־רִים
line, row	שׁוּרָה, נ׳, ר׳, ־רוֹת
choice vine	שׂוֹרֵק, ז׳, ר׳, ־רְקִים, שׂוֹרֵקָה, נ׳, ר׳, ־רְקוֹת
shooruk, name of Hebrew vowel (יו״י)	שׁוּרֻק, ז׳, ר׳, ־קִים
to sing, chant; to poetize	[שיר] שׁוֹרֵר, פ״י, ע׳
enemy, adversary	שׂוֹרֵר, ז׳, ר׳, ־רְרִים
root	שֹׁרֶשׁ, שֹׁרֶשׁ, ז׳, ר׳, שָׁרָשִׁים
licorice	שֹׁשׁ, ז׳, ר׳, ־שִׁים
to be happy, rejoice	[שוש] שָׂשׂ, פ״ע
best man; bridesmaid	שׁוֹשְׁבִין, ז׳, ־נָה, נ׳ ר׳, ־נִים, ־נוֹת
chain; dynasty	שַׁלְשֶׁלֶת, נ׳, ר׳, ־שְׁלוֹת
lily; rose	שׁוֹשָׁן, שׁוֹשָׁן, ז׳, ר׳, ־נִים
lily; rose; head of nail; erysipelas; roseola	שׁוֹשַׁנָּה, נ׳, ר׳, ־נוֹת, ־נִים
rosette	שׁוֹשֶׁנֶת, נ׳, ר׳, ־שַׁנּוֹת
associate, partner	שֻׁתָּף, שֻׁתָּף, ז׳, ר׳, ־פִים
partnership, association	שֻׁתָּפוּת, שֻׁתָּפוּת, נ׳, ר׳, ־פֻיּוֹת
sunburned	שָׁזוּף, ת״ז, שְׁזוּפָה, ת״נ
sunburn, sun tan	שָׁזוּף, ז׳
plum; prune	שָׁזִיף, ז׳, ר׳, ־פִים, ־פֵי
sun tanning	שְׁזִיפָה, נ׳, ר׳, ־פוֹת
interweaving	שְׁזִירָה, נ׳, ר׳, ־רוֹת

ritual slaughterer	שׁוֹחֵט, ז', ר', שׁוֹחֲטִים
happy, radiant, joyful	שׂוֹחֵק, ת"ז, ־חֶקֶת, ת"נ
loyal friend; seeker	שׁוֹחֵר, ז', ר', ־חֲרִים
whip	שׁוֹט, ז', ר', ־טִים
to swerve, turn aside	[שׁוֹט] שָׁט, פ"ע
to go about, roam; hike; to float; to row	[שׁוֹט] שָׁס, פ"ע
idiot, fool, madman	שׁוֹטֶה, ז', ר', ־טִים
mad, crazy	שׁוֹטֶה, ת"ז, ־טָה, ת"נ
stray bullet	כַּדּוּר שׁוֹטֶה
hydrophobic (mad) dog	כֶּלֶב שׁוֹטֶה
scourge; hiker	שׁוֹטֵט, ז', ר', ־טְטִים
hiking	שׁוֹטְטוּת, נ'
bursting forth, flooding	שׁוֹטֵף, ת"ז, ־טֶפֶת, ת"נ
policeman	שׁוֹטֵר, ז', ר', ־רִים
detective	שׁוֹטֵר חָרָשׁ
equivalent; price, worth	שֶׁוְי, שֹׁוְי, ז'
equality	שִׁוְיוֹן, ז', ר', ־נוֹת
apathy	שִׁוְיוֹן־נֶפֶשׁ
to hedge about, fence up	[שׂוּךְ] שָׂךְ, פ"י
branch	שׂוֹךְ, ז', ר', ־כִים; שׂוֹכָה, נ', ר', ־כוֹת
table	שֻׁלְחָן, שֻׁלְחָן, ז', ר', ־נוֹת
apprentice	שׁוּלְיָה, ז', ר', ־יוֹת
rim, margin; hem	שׁוּלַיִם, ז"ר
stripped, naked; barefoot	שׁוֹלָל, ת"ז
garlic; name, title; valuation, estimate	שׁוּם, ז', ר', ־מִים
nothing, anything	שׁוּם דָּבָר
not at all	בְּשׁוּם אֹפֶן
to value, estimate	[שׁוּם] שָׁם, פ"י

assessment, estimate; birthmark, wart, mole	שׁוּמָה, נ', ר', ־מוֹת
to terrify, cause horror; to be terrified	שׁוֹמֵם, פְּעוּ"י, ע' [שׁמם]
desolate, alone	שׁוֹמֵם, ת"ז, ־מָה, ת"נ
desolate place	שׁוֹמֵמָה, נ', ר', ־מוֹת
fat	שׁוּמָן, שָׁמָן, ז', ר', ־נִים
watchman	שׁוֹמֵר, ז', ר', ־רִים
watchman's hut	שׁוֹמֵרָה, נ', ר', ־רוֹת
Samaritan	שׁוֹמְרוֹנִי, ת"ז, ־נִית, ת"נ
foe, enemy	שׂוֹנֵא, ז', ר', ־נְאִים
different	שׁוֹנֶה, ת"ז, ־נָה, ת"נ
cliff	שׁוֹנִית, נ', ר', ־יוֹת
nobleman; wealthy person	שׁוֹעַ, ז', ר', ־עִים
hue and cry	שֶׁוַע, ז', שַׁוְעָה, נ', ר', שַׁוְעוֹת
to cry for help	שִׁוַּע, פ"ע
fox	שׁוּעָל, ז', ר', ־לִים
gatekeeper; goalie	שׁוֹעֵר, ז', ר', ־עֲרִים
to bruise; to crush, grind (grain); to rub, polish	[שׁוּף] שָׁף, פ"י
judge; referee	שׁוֹפֵט, ז', ר', ־פְטִים
ease	שׁוֹפִי, שְׁפִי, ז'
file	שׁוֹפִין, ז', ר', ־נִים
waste water	שׁוֹפְכִים, שׁוֹפְכִין, ז"ר
shophar, ram's horn	שׁוֹפָר, ז', ר', ־רוֹת, ־רִים
beauty; goodliness	שׁוּפְרָא, שִׁפְרָא, ז'
leg, foreleg; leg (of triangle)	שׁוֹק, נ', ר', ־קַיִם
market	שׁוּק, ז', ר', ־קִים
to water; to make abundant	[שׁוק] שׁוֹקֵק, פ"י
to long for, desire	הִשְׁתּוֹקֵק, פ"ח
to market	שָׁוַק, פ"י
longing (for water), thirsty	שׁוֹקֵק, ת"ז, ־קָה, ת"נ

to return, come back,	שָׁב, פ"ע [שוב]
go back; to do again;	
to repent; to turn away	
to bring back, restore;	שׁוֹבֵב, פ"י
to lead away; to apostatize	
to be naughty;	הִשְׁתּוֹבֵב, פ"ח
to be wild; to be playful	
again	שׁוּב, תה"פ
	שׁוֹבָב, ת"ז, ־בְבָה, ־בִית, ת"נ
naughty; wild	
wildness, unruliness	שׁוֹבְבוּת, נ'
rest, peacefulness; retirement	שׁוּבָה, נ'
dovecot	שׁוֹבָךְ, שֹׁבֶךְ, ז', ר', ־בָכִים
receipt	שׁוֹבֵר, ז', ר', ־רִים, ־רוֹת
	שׁוֹבֵר־נַלִּים, ז', ר', שׁוֹבְרֵי נַלִּים
breakwater	
to turn back, recede	נָשׁוֹב, פ"ע [שוב]
inadvertent,	שׁוֹגֵג, ת"ז, ־נֶנֶת, ת"נ
unintentional	
unintentionally	בְּשׁוֹגֵג, תה"פ
to ravage, despoil	שָׁד, פ"י [שוד]
violence; ruin; robbery,	שׁוֹד, שַׁד, ז'
plunder	
robber	שׁוֹדֵד, ז', ר', ־דְדִים
to be equivalent to,	שָׁוָה, פ"ע
resemble; to be worthwhile	
to compare;	הִשְׁוָה, פ"י
to smooth, level	
equal; worth	שָׁוֶה, ת"ז, שָׁוָה, ת"נ
plain	שָׁוֶה, ז'
equality	שִׁוּוּי, ז', ר', ־יִים
equal rights	שִׁוּוּי־זְכֻיּוֹת
equilibrium	שִׁוּוּי־מִשְׁקָל
onyx	שֹׁהַם, שׁוֹהַם, ז', ר', שְׁהָמִים
to sink, bow down	שָׁח, פ"ע [שוח]
to stroll, take a walk	שָׁח, פ"ע [שוח]
bribe	שׁוֹחַד, שֹׁחַד, ז'
pit	שׁוּחָה, נ', ר', ־חוֹת

marriage broker	שַׁדְּכָן, ז', ר', ־נִים
marriage agency	שַׁדְּכָנוּת, נ'
to persuade	שִׁדֵּל, פ"י
to be persuaded;	הִשְׁתַּדֵּל, פ"ח
to strive; to endeavor	
vineyard; field	שָׂדֶה, ז', ר', ־מוֹת
to blight, blast	שָׁדַף, פ"י
blighted crops	שְׁדֵפָה, נ'
blight of crops	שִׁדָּפוֹן, ז', ר', שְׁדְפוֹנוֹת
to broadcast	שִׁדֵּר, פ"י
spine, back-	שִׁדְרָה, ז', ר', ־דָרִים
bone	
row (of men,	שְׁדֵרָה, נ', ר', ־רוֹת
soldiers); avenue, boulevard	
	שְׂדֵרָה, נ', ר', ־רָאוֹת, שְׂדֵרוֹת
spinal column	עַמּוּד־הַשִּׁדְרָה
spinal cord	חוּט־הַשִּׁדְרָה
lamb; kid	שֶׂה, זו"נ, ר', שֵׂיִים, שֵׂיוֹת
witness	שָׂהֵד, ז', ר', שָׂהֲדִים
to tarry, delay;	שָׁהָה, פ"ע
to remain, dwell	
hiccup	שָׁהוּק, ז', ר', ־קִים
spare time; delay	שְׁהוּת, נ'
delaying,	שְׁהִיָּה, נ', ר', ־יּוֹת
delay; stay	
onyx	שֹׁהַם, שׁוֹהַם, ז', ר', שְׁהָמִים
to hiccup	שִׁהֵק, פ"ע
crescent-	סַהֲרוֹן, סַהֲרֹן, ז', ר', ־נִים
shaped ornament	
vanity; nothingness;	שָׁוְא, ז'
falsehood	
in vain	לַשָּׁוְא, תה"פ
sheva, vowel	שְׁוָא, ז', ר', ־אִים, (ְ)
sign	
well;	(שׁוֹאֲבָה), בֵּית־הַשׁוֹאֲבָה, ז'
pump house	
calamity;	שׁוֹאָה, שֹׁאָה, נ', ר', ־אוֹת
devastation, ruin	

offspring of animals שֶׁגֶר, ז׳, ר׳, שְׁגָרִים	day of rest; שַׁבָּת, נ׳, ר׳, ־תוֹת
habit, routine; fluency שִׁגְרָה, נ׳	Sabbath; week
rheumatism שִׁגָּרוֹן, ז׳	seat; rest; cessation; שֶׁבֶת, נ׳
delegate, שַׁגְרִיר, ז׳, ר׳, ־רִים	idleness; dill
ambassador	Saturn שַׁבְּתַאי, ז׳
embassy שַׁגְרִירוּת, נ׳	meningitis שַׁבְּתָּה, נ׳
to grow, blossom שָׂגְשֵׂג, פ״ע	complete rest; general strike שַׁבָּתוֹן, ז׳
to whitewash שָׂד, פ״י, ע׳ [שיד]	to grow, prosper שָׂגָא, פ״ע
breast שַׁד, שֹׁד, ז׳, ר׳, שָׁדַיִם	loftiness שֶׂגֶא, ז׳
to ravage, despoil שָׁד, פ״י, ע׳ [שוד]	to be strong; to be exalted; שָׂגַב, פ״ע
devil שֵׁד, ז׳, ר׳, שֵׁדִים	to be unattainable
violence; ruin; robbery, שֹׁד, שׁוֹד, ז׳	sublimity, loftiness שֶׂגֶב, ז׳
plunder	to err, sin unintentionally שָׁגַג, פ״ע
to plunder, despoil; to assault שָׁדַד, פ״י	error, mistake; שְׁגָגָה, נ׳, ר׳, ־גוֹת
to harrow שָׂדַד, פ״י	inadvertence
chest of drawers שִׁדָּה, נ׳, ר׳, ־דּוֹת	inadvertently בִּשְׁגָגָה, תה״פ
field, land שָׂדֶה, שָׂדַי, ז״ר, ר׳, שָׂדוֹת	to stray; to err; שָׁגָה, פ״ע
plantation שְׂדֵה אִילָן	to be enticed; to be attracted
fallow land שְׂדֵה בּוּר	to grow great, increase שָׂגָה, פ״ע
minefield שְׂדֵה מוֹקְשִׁים	fluent; familiar שָׁגוּר, ת״ז, שְׁגוּרָה, ת״נ
battlefield שְׂדֵה (קְטֶל) קְרָב	[שגח] הַשְׁגִּיחַ, פ״ע to observe;
field of vision שְׂדֵה רְאִיָּה	to care for; to supervise
airfield שְׂדֵה תְּעוּפָה	great, exalted שַׂגִּיא, ת״ז, ־אָה, ת״נ
plundered; שָׁדוּד, ת״ז, שְׁדוּדָה, ת״נ	error, mistake שְׁגִיאָה, נ׳, ר׳, ־אוֹת
assaulted	king's concubine, consort שֵׁגָל, נ׳
harrowing שִׁדּוּד, ז׳, ר׳, ־דִים	craze, caprice; שִׁגָּיוֹן, ז׳, ר׳, שִׁגְיוֹנוֹת
proposal of שִׁדּוּךְ, ז׳, ר׳, ־כִים	hobby; idée fixe
marriage; mutual agreement	fluency; שְׁגִירוּת, נ׳, ר׳, ־רִיוֹת
persuasion שִׁדּוּל, ז׳, ר׳, ־לִים	familiarity
rascal שָׁדֹל, ז׳, ר׳, ־נִים	to join with hinge שָׁגַם, פ״י
wind-blasted, שָׁדוּף, ת״ז, שְׁדוּפָה, ת״נ	hinge; tongue; שֶׁגֶם, ז׳, ר׳, שְׁגָמִים
blighted	striker
broadcasting שִׁדּוּר, ז׳, ר׳, ־רִים	to make mad; to bewilder שָׁגַע, פ״י
the Almighty שַׁדַּי, ז׳	madness; שִׁגָּעוֹן, ז׳, ר׳, שִׁגְעוֹנוֹת
to negotiate a marriage שִׁדֵּךְ, פ״י	nonsense
(an agreement)	maddening שִׁגְעוֹנִי, ת״ז, ־נִית, ת״נ
to negotiate (for הִשְׁתַּדֵּךְ, פ״ע	to send; to flow; שָׁגַר, פ״י
marriage), arrange a marriage	to speak fluently

19

to swear, take an oath	[שבע] נִשְׁבַּע, פ"ע
to be satisfied, sated	שָׂבַע, פ"ע
satisfied, satiated	שָׂבֵעַ, ת"ז, שְׂבֵעָה, ת"נ
plenty, abundance	שָׂבָע, שֹׂבַע, ז', שִׂבְעָה, נ'
seven	שִׁבְעָה, ש"מ, ז', שֶׁבַע, נ'
to mourn	יָשַׁב שִׁבְעָה
seventeen	שִׁבְעָה עָשָׂר, ש"מ, ז'
seventeen	שְׁבַע עֶשְׂרֵה, ש"מ, נ'
seventy	שִׁבְעִים, ש"מ, ז"ר
seven times	שִׁבְעָתַיִם, ש"מ
to set (precious stone); to weave in checkerwork	שִׁבֵּץ, פ"י
cramp; stroke	שָׁבָץ, ז'
to leave	שָׁבַק, פ"י
to die	שָׁבַק חַיִּים (לְכָל חַי)
to break; to buy grain	שָׁבַר, פ"י
to break in pieces	שִׁבֵּר, פ"י
to cause to break; to sell grain	הִשְׁבִּיר, פ"י
breaking, break; calamity; interpretation (of dream); grain, provisions; fraction	שֶׁבֶר, ז', ר', שְׁבָרִים
hope	שֵׂבֶר, סֵבֶר, ז'
to inspect, examine	שָׂבַר, פ"י
to wait; to hope	שִׂבֵּר, פ"ע
breaking; trade in grain	שִׁבָּרוֹן, ז'
splinter; ray	שְׁבָרִיר, ז', ר', ־רִים
to do a thing faultily; to make mistakes	שָׁבַשׁ, פ"י
weather vane	שַׁבְשֶׁבֶת, נ', ר', ־שָׁבוֹת
to desist, rest, stop work, keep Sabbath	שָׁבַת, פ"ע
to fire, lay off from work	הִשְׁבִּית, פ"י

Arbor Day, New Year of the Trees	חֲמִשָּׁה עָשָׂר (ט"ו) בִּשְׁבָט
captivity	שְׁבִי, שֶׁבִי, ז', שִׁבְיָה, נ'
flame, spark	שָׁבִיב, ז', ר', שְׁבִיבִים
comet	שָׁבִיס, ז', ר', שְׁבִיסִים
lane, path	שְׁבִיל, ז', ר', ־לִים
golden path, middle course	שְׁבִיל הַזָּהָב
Milky Way	שְׁבִיל הֶחָלָב
for, for the sake of	בִּשְׁבִיל, מ"י
in order that	בִּשְׁבִיל שֶׁ־
front band; hairnet	שָׁבִיס, ז', ר', שְׁבִיסִים
having one's fill, satiety	שְׂבִיעָה, נ'
satisfaction	שְׂבִיעַת רָצוֹן
seventh	שְׁבִיעִי, ת"ז, ־עִית, ת"נ
septet(te)	שְׁבִיעִיָּה, נ'
one-seventh; sabbatical year	שְׁבִיעִית, נ', ר', ־עִיּוֹת
fragile, breakable	שָׁבִיר, ת"ז, שְׁבִירָה, ת"נ
breaking	שְׁבִירָה, נ', ר', ־רוֹת
resting (on Sabbath); strike	שְׁבִיתָה, נ', ר', ־תוֹת
hunger strike	שְׁבִיתַת־רָעָב
armistice, truce	שְׁבִיתַת נֶשֶׁק
sit-down strike	שְׁבִיתַת שֶׁבֶת
dovecot	שֹׁבֶךְ, שׁוֹבֶךְ, ז', ר', שׁוֹבָכִים
latticework; woven net; trellis	שְׂבָכָה, נ', ר', ־כוֹת
train, edge of skirt; ship's trail	שֹׁבֶל, ז'
snail, shrimp; oyster	שַׁבְּלוּל, ז', ר', ־לִים
ear of corn; current of river; shibboleth, watchword, password	שִׁבֹּלֶת, שִׁבּוֹלֶת, נ', ר', ־בֳּלִים ... ־בֳּלוֹת
oats	שִׁבֹּלֶת־שׁוּעָל

splinter, שָׁבָב, ז׳, ר׳, שְׁבָבִים	question; שְׁאֵלָה, נ׳, ר׳, ־לוֹת
fragment (wood)	problem; loan; inquiry
to take captive, capture שָׁבָה, פּ״י	questionnaire שְׁאֵלוֹן, ז׳, ר׳, ־נִים
agate, precious stone שְׁבוֹ, ז׳	שְׁאֵלְתָּה, שְׁאִילְתָּה, נ׳, ר׳, ־תּוֹת
flounder, plaice, שְׁבוּט, ז׳, ר׳, ־טִים	official query
sole	to make noise שָׁאַן, פּ״ע
captive שָׁבוּי, ת״ז, שְׁבוּיָה, ת״נ	to be at ease; שָׁאַן, פּ״ע
שְׁבוּלֶת, שִׁבֹּלֶת, נ׳, ר׳, שִׁבֳּלִים,	to be secure
ear of corn; current of ־בֳּלוֹת	tranquil; secure שַׁאֲנָן, ת״ז, ־נָה, ת״נ
river; shibboleth, watchword,	tranquillity; security שַׁאֲנַנּוּת, נ׳
password	to gasp, pant; to long for, שָׁאַף, פּ״י
week; שָׁבוּעַ, ז׳, ר׳, ־עוֹת, שְׁבוּעַיִם	aspire, strive; to trample upon
heptad (weeks or years)	ambitious שַׁאֲפָן, ת״ז, ־נִית, ת״נ
curse; oath שְׁבוּעָה, נ׳, ר׳, ־עוֹת	ambition שַׁאֲפָנוּת, נ׳
false oath שְׁבוּעַת שָׁוְא	to remain, be remaining שָׁאַר, פּ״ע
weekly journal שְׁבוּעוֹן, ז׳, ר׳, ־נִים	to be left, remaining נִשְׁאַר, פּ״ע
biweekly publication דּוּ־שְׁבוּעוֹן	to leave (remaining), הִשְׁאִיר, פּ״י
Pentecost, שָׁבוּעוֹת, חַג הַשָּׁבוּעוֹת, ז׳	spare
Feast of Weeks	remainder, rest, remnant שְׁאָר, ז׳
weekly שְׁבוּעִי, ת״ז, ־עִית, ת״נ	among other things בֵּין הַשְּׁאָר
biweekly דּוּ־שְׁבוּעִי	inspiration שְׁאָר־רוּחַ
broken, split שָׁבוּר, ת״ז, שְׁבוּרָה, ת״נ	meat, flesh; food שְׁאֵר, ז׳, ר׳, ־רִים
error, blunder שְׁבוּשׁ, ז׳, ר׳, ־שִׁים	relative שְׁאֵר־בָּשָׂר
rest, abstention from work שְׁבוּת, נ׳	blood relation שַׁאֲרָה, נ׳, ר׳, שְׁאֵרוֹת
(on Sabbath and festivals);	remnant, שְׁאֵרִית, נ׳, ר׳, ־רִיּוֹת
captivity; return, repatriation	remainder, remains
law of repatriation חֹק הַשָּׁבוּת	calamity שְׁאָת, נ׳
(to Israel)	exaltation; dignity; שְׂאֵת, נ׳
to grow in value; שָׁבַח, פּ״ע	swelling; eruption (skin), sore
to improve	vitriol; alum שָׁב, ז׳
to calm; to praise, glorify שִׁבַּח, פּ״י	gray, old שָׂב, ת״ז, בָה, ־ת״נ
to praise oneself, boast הִשְׁתַּבֵּחַ, פּ״ח	old man שָׂב, ז׳, ר׳, ־בִים
שֶׁבַח, ז׳, ר׳, שְׁבָחִים; שְׁבָחָה, נ׳, ר׳,	to return, שָׁב, פּ״ע, ע׳ [שוב]
praise; improvement; gain ־חוֹת	come back, go back; to do again;
staff, rod; birch, שֵׁבֶט, ז׳, ר׳, שְׁבָטִים	to repent; to turn away
whip; scepter; tribe	to grow old, שָׂב, פּ״ע, ע׳ [שיב]
Shebat, eleventh month of שְׁבָט, ז׳	turn gray
Hebrew calendar	captor שַׁבַּאי, ז׳, ר׳, ־בָּאִים

רֶשֶׁף, ז׳, ר׳, רְשָׁפִים flame; spark; fever
רִשְׁרוּשׁ, ז׳, ר׳, ־שִׁים rustling
רִשְׁרֵשׁ, פ״י to rustle
רֻשַּׁשׁ, פ״י to be beaten down; to be destroyed
רִשֵּׁת, פ״י to make (lay) net(s); to screen
רֶשֶׁת, נ׳, ר׳, רְשָׁתוֹת net, snare; bait
רִשְׁתִּית, נ׳, ר׳, ־יּוֹת retina
רָתוּחַ, ת״ז, רְתוּחָה, ת״נ boiling
רִתּוּךְ, ז׳ welding
רָתוּם, ת״ז, רְתוּמָה, ת״נ harnessed; hitched
רְתוּקָה, רַתּוּקָה, נ׳, ר׳, ־קוֹת chain
רָתַח, פ״ע to boil; to be angry, irate
רֶתַח, ז׳, ר׳, רְתָחִים boiling

רַתְחָן, ת״ז, ־נִית, ת״נ irascible
רַתְחָנוּת, נ׳ irascibility
רְתִיחָה, נ׳, ר׳, ־חוֹת boiling; anger; foaming; effervescence
רְתִימָה, נ׳, ר׳, ־מוֹת harnessing
רִתֵּךְ, פ״י to smelt, weld
רַתָּךְ, ז׳, ר׳, ־כִים welder
רָתַם, פ״י to harness
רֹתֶם, ז׳, ר׳, רְתָמִים broombush
רִתְמָה, נ׳, ר׳, רְתָמוֹת harness
[רתע] נִרְתַּע, פ״ע to be startled; to recoil
רֶתַע, ז׳, רְתִיעָה, נ׳, ־עוֹת retreat
רִתֵּף, פ״י to store (in cellar)
רִתֵּק, פ״י to join, link; to spellbind
רָתַת, פ״ע to tremble, shake
רֶתֶת, ז׳ trembling
רְתָתָה, נ׳ awe, terror

ש W

שׁ, שׂ Shin, Sin, twenty-first letter of Hebrew alphabet; three hundred
שֶׁ־ who, which, that; because
שָׁאַב, פ״י to draw, pump (water); to absorb
שַׁאֲבָק, ז׳ vacuum cleaner
שָׁאַג, פ״ע to roar (lion)
שְׁאָגָה, נ׳, ר׳, ־גוֹת roar; cry
שָׁאָה, פ״ע to lay waste, devastate
הִשְׁתָּאָה, פ״ח to be astonished; to gaze
שֹׁאָה, שׁוֹאָה, נ׳, ר׳, ־אוֹת calamity, devastation, ruin
שָׁאוּב, ז׳, ר׳, ־בִים trough, bucket
שְׁאוֹל, זו״נ hell, hades; grave
שָׁאוּל, ת״ז, שְׁאוּלָה, ת״נ borrowed
שָׁאוֹן, ז׳, ר׳, שְׁאוֹנִים noise, uproar

שְׂאוֹר, ז׳ leaven, yeast; fermentation
שְׁאָט, ז׳ שְׁאָט נֶפֶשׁ contempt
שָׁאַט, פ״י to despise
שְׁאִיבָה, נ׳, ר׳, ־בוֹת drawing (water), pumping; absorption
שְׁאִיָּה, נ׳ ruin, desolation
שְׁאִילָה, נ׳, ר׳, ־לוֹת borrowing; asking
שְׁאִילְתָּה, שְׁאֶלְתָּה, נ׳, ר׳, ־תוֹת official query
שְׁאִיפָה, נ׳, ר׳, ־פוֹת inhalation, breathing; aspiration, ambition
שָׂרִיד, ז׳, ר׳, שְׂרִידִים survivor
שָׁאַל, פ״י to ask; to borrow
שָׁאַל לְשָׁלוֹם to greet
שִׁאֵל, פ״י to beg, go begging
הִשְׁאִיל, פ״י to lend

indolence; neglect	רְשׁוּל, ז׳
registration;	רְשׁוּם, ז׳, ר׳, ־מִים
mark, sign, trace, impression	
noted;	רָשׁוּם, ת״ז, רְשׁוּמָה, ת״נ
inscribed; registered	
registered letter	מִכְתָּב רָשׁוּם
authority,	רָשׁוּת, נ׳, ר׳, ־שִׁיּוֹת
control, power	
permission;	רְשׁוּת, נ׳, ר׳, ־שִׁיּוֹת
option; possession	
screening	רְשׁוּת, ז׳
permit,	רִשָּׁיוֹן, רִשָּׁיוֹן, ז׳, ר׳, ־נוֹת
license	
list, register;	רְשִׁימָה, נ׳, ר׳, ־מוֹת
note; article	
to weaken; to loosen	רָשַׁל, פ״י
to be lax	הִתְרַשֵּׁל, פ״ח
sluggard	רַשְׁלָן, ז׳, ר׳, ־נִים
carelessness	רַשְׁלָנוּת, נ׳
careless	רַשְׁלָנִי, ת״ז, ־נִית, ת״נ
to note; to draw,	רָשַׁם, פ״י
mark	
to be impressed	הִתְרַשֵּׁם, פ״ח
draftsman;	רַשָּׁם, ז׳, ר׳, ־מִים
registrar	
impression	רֹשֶׁם, ז׳, ר׳, רְשָׁמִים
official	רִשְׁמִי, ת״ז, ־מִית, ת״נ
officialism	רִשְׁמִיּוּת, נ׳
to do wrong; to commit	רָשַׁע, פ״ע
crimes	
to condemn;	הִרְשִׁיעַ, פ״י
to convict	
wicked;	רָשָׁע, ת״ז, רְשָׁעָה, ־עִית, ת״נ
guilty	
wickedness, injustice	רֶשַׁע, ז׳
sin	רִשְׁעָה, נ׳
cruelty	רְשָׁעוּת, נ׳, ר׳, ־עֻיּוֹת
to burn, spark	רָשַׁף, פ״י

temple (forehead)	רַקָּה, נ׳, ר׳, ־קּוֹת
rotten,	רָקוּב, ת״ז, רְקוּבָה, ת״נ
decayed	
dance	רִקּוּד, ז׳, ר׳, ־דִים
salve, ointment	רִקּוּחַ, ז׳, ר׳, ־חִים
embroidering;	רִקּוּם, ז׳, ר׳, ־מִים
embryo	
beaten plate	רִקּוּעַ, ז׳, ר׳, ־עִים
(metal); foil	
to mix; to distill perfume	רָקַח, פ״י
perfumer	רַקָּח, ז׳, ר׳, ־חִים
spice	רֶקַח, לְקַח, ז׳, ר׳, רְקָחִים
dancing	רְקִידָה, נ׳, ר׳, ־דוֹת
embroidery	רְקִימָה, נ׳, ר׳, ־מוֹת
firmament,	רָקִיעַ, ז׳, ר׳, רְקִיעִים
heaven	
heavenly;	רְקִיעִי, ת״ז, ־עִית, ת״נ
spherical	
biscuit	רָקִיק, ז׳, ר׳, רְקִיקִים
spitting	רְקִיקָה, נ׳, ר׳, ־קוֹת
to embroider; to variegate	רָקַם, פ״י
to shape, form	רָקַם, פ״י
embroidery	רִקְמָה, נ׳, ר׳, רְקָמוֹת
to stamp, beat;	רָקַע, פער״י
to spread, stretch	
to overlay	רִקַּע, פ״י
background	רֶקַע, ז׳
cyclamen	רַקֶּפֶת, נ׳, ר׳, ־קָפוֹת
to spit	רָקַק, פ״י
swamp, mire	רָקָק, ז׳
spittoon	רְקָקִית, נ׳, ר׳, ־יוֹת
to run (nose)	רָר, פ״ע, ע׳ [רִיר]
to be impoverished	רָשׁ, פ״ע, ע׳ [רִישׁ]
poor man	רָשׁ, ז׳, ר׳, ־שִׁים
authorized, permitted	רַשַּׁאי, ת״ז, רַשָּׁאִית, רַשָּׁאָה, ת״נ
to authorize,	[רשה] הִרְשָׁה, פ״י
permit	

רָפַס, פ״י to trample; to be weak
הִתְרַפֵּס, פ״ח to humiliate oneself
רַפְסוֹדָה, רַפְסֹדֶת, נ׳, ר׳, ־דוֹת raft, float
רָפַף, פ״ע to tremble; to vacillate
רַפָּף, ז׳, ר׳, ־פִּים laxative
רְפָפָה, נ׳, ר׳, ־פוֹת blind; shutter
[רפק] הִתְרַפֵּק, פ״ח to lean upon; to long for
רִפְרוּף, ז׳ fluttering; hovering
רִפְרֵף, פעו״, ע׳ [רפף] to blink; to move, flutter
רַפְרֶפֶת, נ׳, ר׳, ־רָפוֹת pudding
רֶפֶשׁ, ז׳ mud, dirt, mire
רָפַשׁ, פ״י to make filthy, dirty
רָפַשׂ, פ״י to trample; to foul, pollute
רֶפֶת, נ׳, ר׳, רְפָתִים, ־תוֹת cowshed, stable
רַפְתָּן, ז׳, ר׳, ־נִים dairyman
רַפְתָּנוּת, נ׳ dairying
רָץ, ז׳, ר׳, ־צִים runner; bishop (chess)
רַץ, ז׳, ר׳, ־צִּים bar (metal)
רָצָא, פ״ע to run
רִצֵּד, פ״ע to lurk; to leap
רָצָה, פ״י to wish, desire, like; to accept
רִצָּה, פ״י to appease
הִרְצָה, פ״י to lecture; to count; to satisfy; to pay
רָצוּי, ת״ז, רְצוּיָה, ת״נ worthwhile; desirable
רִצּוּי, ז׳ appeasement; satisfaction
רָצוֹן, ז׳, ר׳, ־נוֹת will, wish, desire; favor
כִּרְצוֹנְךָ as you like
רְצוֹנִי, ת״ז, ־נִית, ת״נ voluntary
רְצוּעָה, נ׳, ר׳, ־עוֹת strap, strip

רָצוּף, ת״ז, רְצוּפָה, ת״נ successive; attached, joined; tiled
רִצּוּף, ז׳ tiling
רָצוּץ, ת״ז, רְצוּצָה, ת״נ crushed, dejected
רָצַח, פ״י to murder, assassinate
רֶצַח, ז׳ murder
רְצִיחָה, נ׳, ר׳, ־חוֹת murdering
רְצִינוּת, נ׳ seriousness
רְצִינִי, ת״ז, ־נִית, ת״נ serious
רָצִיף, ז׳, ר׳, רְצִיפִים platform; quay, dock
רְצִיפוּת, נ׳ consecutiveness
רְצִיצָה, נ׳, ר׳, ־צוֹת crushing
[רצן] הִרְצִין, פ״ע to become serious
רָצַע, פ״י to lash, flog; pierce, perforate
רַצְעָן, ז׳, ר׳, ־נִים saddler, shoemaker
רָצַף, פ״י to join closely; to arrange in order; to pave
רַצָּף, ז׳, ר׳, ־פִּים tiler
רֶצֶף, ז׳, ר׳, רְצָפִים burning coal
רִצְפָּה, נ׳, ר׳, רְצָפוֹת floor; pavement; burning coal
רָצַץ, פ״י to shatter; to oppress
הִתְרוֹצֵץ, פ״ח to struggle together, push one another
רַק, תה״פ; רַק, ת״ז, רַקָּה, ת״נ only, except; thin, lean
רֹק, ז׳, ר׳, רֻקִּים saliva
רָקַב, פ״ע to rot, decay
רָקָב, ז׳ humus; rot (*med.*), decay
רָקָב, ז׳ rottenness, decay
רַקְבּוּבִית, נ׳ decayed part
רִקָּבוֹן, ז׳ putrefaction, rottenness
רָקַד, פ״ע to dance
רִקֵּד, פ״י to dance; to winnow, sift
רַקְדָן, ז׳, ־נִית, ז׳, ר׳, ־נִים, ־נִיּוֹת dancer

to be hungry	רָעֵב, פ"ע
starved	רָעֵב, ת"ז, רְעֵבָה, ת"נ
starvation, hunger	רְעָבוֹן, ז'
voracious	רַעַבְתָּן, ת"ז, ־נִית, ת"נ
voracity, greed	רַעַבְתָנוּת, נ'
to tremble, quake	רָעַד, פ"ע
trembling, tremor	רַעַד, ז', רְעָדָה, נ', ר', ־דוֹת
to pasture, graze; to join; to befriend	רָעָה, פעו"י
misfortune	רָעָה, נ', ר', ־עוֹת
friend	רֵעֶה, ז', רָעָה, נ', ר', ־עִים, ־עוֹת
masked, veiled	רָעוּל, ת"ז, רְעוּלָה, ת"נ
dilapidated, tottering	רָעוּעַ, ת"ז, רְעוּעָה, ת"נ
shingling; tiling	רִעוּף, ז'
friendship	רֵעוּת, נ'
friend, neighbor	רְעוּת, נ', ר', רֵעוֹת
vanity	רְעוּת־רוּחַ, נ'
pasture; excrement	רְעִי, ז', ר', רְעָיִים
trembling	רְעִידָה, נ'
earthquake	רְעִידַת־אֲדָמָה
beloved; wife; friend	רַעְיָה, רַעֲיָה, נ', ר', רְעָיוֹת
pasturing, grazing	רְעִיָה, נ'
idea	רַעְיוֹן, ז', ר', ־נוֹת
ideal	רַעְיוֹנִי, ת"ז, ־נִית, ת"נ
thundering, roar	רְעִימָה, נ', ר', ־מוֹת
to poison	[רעל] הִרְעִיל, פ"י
poison	רַעַל, ז', ר', רְעָלוֹת
veil	רְעָלָה, נ', ר', ־לוֹת
to rave, rage; to roar	רָעַם, פ"ע
to thunder	הִרְעִים, פ"י
to complain	הִתְרָעֵם, פ"ח
thunder	רַעַם, ז', ר', רְעָמִים
mane	רַעְמָה, נ', ר', רְעָמוֹת

fresh; juicy	רַעֲנָן, ת"ז, ־נָה, ת"נ
to be fresh	רִעֲנַן, פ"י
freshness	רַעֲנַנּוּת, נ'
to be, become bad; to break	[רעע] רַע, פעו"י
to become friendly	הִתְרוֹעֵעַ, פ"ח
to drop, drip	רָעַף, פ"ע
shingle, slate, tile	רַעַף, ז', ר', ־עָפִים
to shatter; to fear	רָעַץ, פעו"י
to tremble	רָעַשׁ, פ"ע
to bombard, shell; to make noise	הִרְעִישׁ, פ"י
noise; commotion; earthquake	רַעַשׁ, ז', ר', ־עָשִׁים
rattle	רַעֲשָׁן, ז', ר', ־נִים
shelf	רַף, ז', ר', ־פִּים
to heal, cure	רָפָא, פעו"י
healing	רְפָאוּת, נ'
giants; ghosts	רְפָאִים, ז"ר
to unfold	רָפַד, פ"י
to spread, make bed; to upholster	רָפַד, פ"י
upholsterer	רַפָּד, ז', ר', ־דִים
fabric; spread	רֶפֶד, ז'
to be weak; to be loose; to sink	רָפָה, פ"ע
to weaken, lessen	רִפָּה, פ"י
slack, loose; weak	רָפֶה, ת"ז, רָפָה, ת"נ
medicine, remedy	רְפוּאָה, נ', ר', ־אוֹת
upholstering	רִפּוּד, ז', ר', ־דִים
curing, healing	רִפּוּי, ז'
loose, unsteady	רָפוּי, ת"ז, רְפוּיָה, ת"נ
to wear out	רָפַס, פ"י
spreading, spread	רְפִידָה, נ', ר', ־דוֹת
laxity; weakness	רִפְיוֹן, ז'

רְכֻלָּה, רְכוּלָּה, נ׳	merchandise, goods
[רכן] הִרְכִּין, פ״י	to bow down; to nod; to love
רָכַס, פ״י	to tie; to button up; to stamp
רֶכֶס, רֶכֶס, ז׳, ר׳, רְכָסִים	chain of mountains; intrigue, conspiracy
רִכְפָּה, נ׳, ר׳, רְכָפוֹת	dyer's weed; reseda
רָכַשׁ, פ״י	to acquire
רֶכֶשׁ, ז׳, ר׳, רְכָשִׁים	fast mount, steed
רָם, פ״ע, ע׳ [רום]	to rise, be high
רָם, ת״ז, רָמָה, ת״נ	high, exalted
רָם, פ״ע, ע׳ [רמם]	to be worm-eaten; to decay
רְמָאוּת, נ׳	fraud, deceit
רַמַּאי, רַמַּאי, ז׳, ר׳, רַמָּאִים	swindler
רָמָה, פ״י	to throw; to shoot
רִמָּה, פ״י	to cheat, deceive
רָמָה, נ׳, ר׳, רָמוֹת	hill, height
רִמָּה, נ׳	worms; vermin
רָמַז, ת״ז, רְמוּזָה, ת״נ	hinted
רִמּוֹן, ז׳, ר׳, רִמּוֹנִים	pomegranate; hand grenade
רָמוּס, ת״ז, רְמוּסָה, ת״נ	trampled
רָמוּת, נ׳	pride, haughtiness; height, tallness
רָמַז, פ״ע	to wink, indicate; to allude
רֶמֶז, ז׳, ר׳, רְמָזִים	hint, indication
רַמְזוֹר, ז׳, ר׳, רַמְזוֹרִים	traffic light
רֹמַח, ז׳, ר׳, רְמָחִים	lance, spear
רְמִיָּה, נ׳	deceit
רְמִיזָה, נ׳	hinting; winking
רְמִיסָה, נ׳	trampling
רַמָּךְ, ז׳, ר׳, רְמָכִים	race horse
[רממ] רָם, פ״י	to be wormy
רַמָּן, ז׳, ר׳, רַמָּנִים	grenadier, grenade-thrower
רָמַס, פ״י	to tread
רֶמֶץ, ז׳	embers, hot ashes
רַמְקוֹל, ז׳, ר׳, רַמְקוֹלִים	loud-speaker
רָמַשׁ, פ״ע	to creep, crawl; to teem with vermin
רֶמֶשׁ, ז׳, ר׳, רְמָשִׂים	reptile
רַמְשִׁית, נ׳, ר׳, רַמְשִׁיוֹת	serenade
רָן, פ״ע, [רנן]	to jubilate; to sing
רֹן, ז׳, ר׳, רָנִים	singing; jubilation
רִנָּה, נ׳, ר׳, רִנּוֹת	singing; rumor
רָגוּן, ז׳, ר׳, רְנָנִים	song; gossip, slander
[רנן] רָן, פ״ע	to jubilate; to sing
רִנֵּן, פ״ע	to gossip, slander
רְנָנָה, נ׳, ר׳, רְנָנוֹת	exultation
רִסּוּן, ז׳	bridling
רִסּוּס, ז׳, ר׳, רִסּוּסִים	spraying; grinding; atomization
רָסוּק, ת״ז, רְסוּקָה, ת״נ	broken, crushed
רָסִיס, ז׳, ר׳, רְסִיסִים	fragment; shrapnel
רֶסֶן, ז׳, ר׳, רְסָנִים	bridle, halter
רִסֵּן, פ״י	to restrain
רָסָס, ז׳, ר׳, רְסָסִים	shot, pellet
רִסֵּס, פ״י	to spray, sprinkle
רִסֵּק, פ״י	to crush; to chop
רֶסֶק, ז׳	mash, hash; sauce
רַע, רָע, ת״ז, רָעָה, ת״נ; ז׳	bad, evil; wickedness; calamity
יֵצֶר הָרָע	evil inclination, impulse
לְשׁוֹן הָרָע	slander, calumny
רַע־עַיִן	envious
רַע, פ״ע״י, ע׳ [רעע]	to be bad; to break
רֵעַ, רֵיעַ, ז׳, ר׳, רֵעִים	friend, comrade, acquaintance; purpose
רֹעַ, ז׳	vice, wickedness
רָעָב, ז׳	hunger, famine, scarcity

quarrel, dispute	רִיב, ז׳, ר׳, ־בוֹת, ־בִים
maiden	רִיבָה, נ׳, ר׳, ־בוֹת
increase; extension; plural (*gram.*)	רִיבּוּי, רִבּוּי, ז׳, ר׳, ־יִים
to scream, wail; to sigh	[ריד] רָד, פ״ע
smell, scent	רֵיחַ, ז׳, ר׳, ־חוֹת
to smell, scent	[ריח] הֵרִיחַ, פ״י
sense of smell	רִיחָה, נ׳
hand mill; millstone, pair of grinding stones	רֵיחַיִם, רֲחַיִם, ז״ז
fragrant, odorous	רֵיחָנִי, ת״ז, ־נִית, ת״נ
eyelash; arena, stadium	רִיס, ז׳, ר׳, ־סִים
friend, comrade, acquaintance; purpose	רֵיעַ, רַע, ז׳, ר׳, ־עִים
crushed corn	רִיפָה, נ׳, ר׳, ־פוֹת
running	רִיצָה, נ׳
to empty, pour out	[ריק] הֵרִיק, פ״י
emptiness	רִיק, ז׳
in vain	לָרִיק, לָרִיק
empty	רֵיק, ת״ז, רֵקָה, ת״נ
good for nothing!	רֵיקָה, רֵיקָא
empty handed; in vain	רֵיקָם, תה״פ
empty	רֵיקָן, ת״ז, ־נִית, ת״נ
emptiness; stupidity	רֵיקָנוּת, נ׳
saliva; mucus	רִיר, ז׳
to run (nose)	[ריר] רָר, פ״י
to be impoverished	[רשש] רָשׁ, פ״ע
poverty; Resh, name of twentieth letter of Hebrew alphabet	רֵישׁ, רֵי״שׁ, ז׳
first part	רֵישָׁה, נ׳, ר׳, ־שׁוֹת
soft; timid; tender	רַךְ, ת״ז, רַכָּה, ת״נ
coward	רַךְ לֵב, רַךְ לֵבָב
to be soft, delicate	רַךְ, פ״ע, ע׳ [רכך]
tenderness, softness	רֹךְ, ז׳
to ride	רָכַב, פ״ע

to compose, compound; to combine; to graft; to inoculate	הַרְכִּיב, פ״י
driver, coachman; rider	רַכָּב, ז׳, ר׳, ־בִים
charlot; wagon; upper millstone; branch for grafting	רֶכֶב, ז׳, ר׳, רְכָבִים
riding	רְכָבָה, רְכִיבָה, נ׳
stirrup	רִכְבָּה, נ׳, ר׳, ־בוֹת
train, railway	רַכֶּבֶת, נ׳, ר׳, ־כָּבוֹת
vehicle	רְכוּב, ז׳
riding	רָכוּב, ת״ז, רְכוּבָה, ת״נ
concentration	רִכּוּז, ז׳, ר׳, ־זִים
softening	רִכּוּךְ, ז׳, ר׳, ־כִים
merchandise, goods	רְכוּלָה, רְכֻלָּה, נ׳
bowed	רָכוּן, ת״ז, רְכוּנָה, ת״נ
buttoned; tied	רָכוּס, ת״ז, רְכוּסָה, ת״נ
property; capital	רְכוּשׁ, ז׳
capitalist	רְכוּשָׁן, ז׳, ר׳, ־נִים
capitalistic	רְכוּשָׁנִי, ת״ז, ־נִית, ת״נ
softness, tenderness	רַכּוּת, נ׳
to concentrate, co-ordinate	רִכֵּז, פ״י
co-ordinator	רַכָּז, ז׳, ר׳, ־זִים
switchboard	רַכֶּזֶת, נ׳, ר׳, ־כָּזוֹת
component	רְכִיב, ז׳, ר׳, ־בִים
riding	רְכִיבָה, נ׳, ר׳, ־בוֹת
gossiper, slanderer	רָכִיל, רְכִילַאי, ז׳, ר׳, ־לִים, ־לָאִים
gossip, slander	רְכִילוּת, נ׳, ר׳, ־לֻיוֹת
acquisition	רְכִישָׁה, נ׳
rickets	רַכִּית, נ׳
to be soft, delicate	[רכך] רַךְ, פ״ע
to be afraid	רַךְ לִבּוֹ
to spy; to denounce	[רכל] הִרְכִּיל, פ״י

to withdraw	הִתְרַחֵק, פ״ח	merciful	רָחוּם, ת״ז
distance,	רֹחַק, ז׳ ר׳, רְחָקִים	soaring, hovering	רָחוּף, ז׳
dimension		washing,	רָחוּץ, ת״ז, רְחוּצָה, ת״נ
dimensional	רָחֹק, ת״ז, רְחָקָה, ת״נ	washed	
to whisper; to feel;	רָחַשׁ, פָּעוּ״י	far, distant;	רָחוֹק, ת״ז, רְחוֹקָה, ת״נ
to investigate		unlikely	
to happen, occur	הִתְרַחֵשׁ, פ״ח	from afar	מֵרָחוֹק
thought;	רַחַשׁ, ז׳ ר׳, רְחָשִׁים	remoteness, distance;	רִחוּק, ז׳
emotion		separation	
emotion	רַחֲשׁוּשׁ, ז׳ ר׳, שִׁים	at a distance	בְּרִחוּק מָקוֹם
(of heart)		lip movement	רִחוּשׁ, ז׳ ר׳, שִׁים
winnowing fork;	רַחַת, נ׳ ר׳, רְחָתוֹת	hand mill;	רֵחַיִם, רֵיחַיִם, ז״ז
tennis racket		millstone; pair of grinding stones	
to moisten, be moist	רָטַב, פָּעוּ״י	washing,	רְחִיצָה, נ׳ ר׳, צוֹת
moist, wet,	רָטֹב, ת״ז, רְטֻבָּה, ת״נ	bathing	
juicy		movement,	רְחִישָׁה, נ׳ ר׳, שׁוֹת
sauce, gravy	רֹטֶב, ז׳ ר׳, רְטָבִים	stirring; crawling	
to surrender; to extradite	רָטָה, פ״י	ewe	רָחֵל, רְחֵלָה, נ׳ ר׳, רְחָלִים, לוֹת
decoy, trap	רֹטוֹב, ז׳ ר׳, בִים		
disem-	רָטוּשׁ, ת״ז, רְטוּשָׁה, ת״נ	to love	רָחַם, פ״י
boweled, gutted, eviscerated		to have pity	רִחֵם, פ״י
vibration	רְטוּט, נ׳	womb	רֶחֶם, רַחַם, ז׳, רַחֲמָה, נ׳ ר׳, רְחָמִים, רַחֲמָתַיִם
vibrator	רַטָּט, ז׳ ר׳, טִים		
vibrating; thrill	רֶטֶט, ז׳	from childhood	מֵרֶחֶם אִמּוֹ
to vibrate	רָטַט, פ״ע	vagina	בֵּית הָרֶחֶם
to terrorize	הִרְטִיט, פ״י	first-born	פֶּטֶר רֶחֶם
moisture	רְטִיבוּת, נ׳	vulture	רָחָם, ז׳ ר׳, רְחָמִים
plaster, emollient	רְטִיָּה, נ׳ ר׳, יּוֹת	pity, compassion	רַחֲמִים, ז״ר
to grumble, murmur	רָטַן, פ״ע	merciful	רַחֲמָן, ת״ז, נִית, נִיָּה, ת״נ
grumble	רֹטֶן, ז׳ ר׳, רְטָנִים	mercifulness	רַחֲמָנוּת, נ׳
grumbler	רַטְּנָן, ז׳ ר׳, נִים	to shake, tremble	רָחַף, פ״ע
to be fat; to be strong;	רָטַפַשׁ, פ״ע	to hover; to soar	רִחֵף, פ״ע
to be fresh		soaring; trembling	רַחַף, ז׳
to shatter; to eviscerate,	רָטַשׁ, פ״י	to wash, bathe	רָחַץ, פָּעוּ״י
disembowel; to burst open		washing	רַחַץ, ז׳
lung	רֵיאָה, רֵאָה, נ׳ ר׳, אוֹת	washroom	רַחְצָה, נ׳
to quarrel;	[רִיב] רָב, פ״ע	to be distant	רָחַק, פ״ע
to plead; to strive		to remove	רִחֵק, הִרְחִיק, פ״י

murderer	רוֹצֵחַ, ז׳, ר׳, ־חִים
to run back and forth	רוֹצֵץ, פ״ע, ע׳ [רוץ]
bachelor	רַוָּק, ז׳, ר׳, ־קִים
spinster	רַוָּקָה, נ׳, ר׳, ־קוֹת
druggist, apothecary	רוֹקֵחַ, ז׳, ר׳, ־קְחִים
embroiderer	רוֹקֵם, ז׳, ר׳, ־קְמִים
to empty	רוֹקֵן, פ״י
poison, venom	רוֹשׁ, רֹאשׁ, ז׳
mark, impression	רוֹשֶׁם, רֶשֶׁם, ז׳, ר׳, רְשָׁמִים
to impoverish	רוֹשֵׁשׁ, פ״י
boiling; enraged	רוֹתֵחַ, ת״ז, רוֹתַחַת, ת״נ
secret	רָז, ז׳, ר׳, ־זִים
to grow thin, become lean	רָזָה, פ״ע
thin, lean	רָזֶה, ת״ז, רָזָה, ת״נ
leanness, thinness; ruler, prince	רָזוֹן, ז׳, ר׳, רוֹזְנִים
secret; woe! alas!	רָזִי, ת״ז, ־זִית, ־זִין; מ״ק
woe is me!	רָזִי לִי
leanness	רְזִיָה, נ׳
to wink; to indicate; to hint	רָזַם, פ״ע
to be wide, large	רָחַב, פ״ע
to widen, extend, enlarge	הִרְחִיב, פ״י
wide, spacious	רָחָב, ת״ז, רְחָבָה, ת״נ
generous; spacious	רְחַב יָדַיִם
greedy	רְחַב נֶפֶשׁ
width, breadth; latitude	רֹחַב, ז׳
generosity, kindness; broad-mindedness	רֹחַב לֵב
breadth, width	רַחַב, ז׳, ר׳, רְחָבִים
open place; square	רְחָבָה, נ׳, ר׳, ־בוֹת
street	רְחוֹב, ז׳, ר׳, ־בוֹת

pleasure	נַחַת־רוּחַ
impatience	קֹצֶר־רוּחַ
cold-blooded	קַר־רוּחַ
width; relief, ease	רְוָחָה, נ׳
interest rates; income; gains	רְוָחִים, ז״ר
spiritual	רוּחָנִי, ת״ז, ־נִית, ת״נ
spirituality	רוּחָנִיּוּת, נ׳
plenty, satiety	רְוָיָה, נ׳
horseman	רוֹכֵב, ז׳, ר׳, ־כְבִים
peddler, hawker	רוֹכֵל, ז׳, ר׳, ־כְלִים
peddling	רוֹכְלוּת, נ׳
zipper	רוֹכְסָן, ז׳, ר׳, ־נִים
to rise, be high	[רום] רָם, פ״ע
to raise, lift; to exalt	רוֹמֵם, פ״י
to raise, erect	הֵרִים, פ״י
loftiness; pride; apex	רוּם, ז׳
height	רוֹם, ז׳
haughtily	רוֹמָה, תה״פ
Roman	רוֹמִי, ת״ז, ־מִית, ת״נ
to raise, lift, exalt	רוֹמֵם, פ״י, ע׳ [רום]
raised, uplifted	רוֹמֵם, ת״ז, ־מָה ת״נ
prominence; high spirit	רוֹמְמוּת, נ׳, ר׳, ־מוֹת
to shout, cry out, sound a signal	[רוע] הֵרִיעַ, פ״ע
to shout in triumph	הִתְרוֹעֵעַ, פ״ח
shepherd	רוֹעֶה, ז׳, ר׳, ־עִים
impediment; calamity	רוֹעֵץ, ז׳
noisy	רוֹעֵשׁ, ת״ז, ־עֶשֶׁת, ת״נ
physician, surgeon	רוֹפֵא, ז׳, ר׳, ־פְאִים
soft; loose; vacillating	רוֹפֵף, ת״ז, ־פֶפֶת, ת״נ
to run, race	[רוץ] רָץ, פ״ע
to run back and forth	רוֹצֵץ, פ״ע
to bring quickly; to make run	הֵרִיץ, פ״י

to furnish	רָהַט, פ״י
furniture	רָהִיט, ז׳, ר׳, ־טִים, רָהִיטִים
haste; fluency (speech)	רְהִיטוּת, נ׳
to pawn, pledge	[רהן] הִרְהִין, פ״י
seer, prophet	רוֹאֶה, ז׳, ר׳, ־אִים
accountant	רוֹאֶה חֶשְׁבּוֹן
multitude, majority	רוֹב, רֹב, ז׳, ר׳, רֻבִּים
rifle	רוֹבֶה, ז׳, ר׳, ־בִים
shotgun	רוֹבֶה־צַיִד
angry	רוֹגֵז, ת״ז, ־גֶזֶת, ת״נ
to roam	[רוד] רָד, רַד, פ״ע
tyrant, dictator	רוֹדָן, ז׳, ר׳, ־נִים
tyrannical	רוֹדָנִי, ת״ז, ־נִית, ת״נ
to drink one's fill; to quench thirst	רָוָה, פ״ע
to saturate	רִוָּה, פ״י
well-watered; sated	רָוֶה, ת״ז, רָוָה, ת״נ
wide, spacious	רָוֻחַ, ת״ז, רְוֻחָה, ת״נ
saturated	רָוֻי, ת״ז, רְוֻיָה, ת״נ
ruler, lord	רוֹזֵן, ז׳, ר׳, ־זְנִים
to become wide; to spread	רָוַח, פ״ע
to be spacious	רָוַח, פ״ע
to gain, earn, profit; to give relief	הִרְוִיחַ, פ״י
space, interval; gain, profit	רֶוַח, ז׳, ר׳, רְוָחִים
wind; spirit, ghost; disposition	רוּחַ, ז׳ו״נ, ר׳, רוּחוֹת
patience	אֹרֶךְ־רוּחַ
moving spirit	רוּחַ הַחַיָּה
Holy Spirit	רוּחַ־הַקֹּדֶשׁ
draft	רוּחַ פְּרָצִים
east wind	רוּחַ קָדִים
intellectual	אִישׁ־רוּחַ
humanities	מַדָּעֵי־הָרוּחַ
insanity	מַחֲלַת־רוּחַ
mood	מַצַּב־רוּחַ

to flock together; to become excited	הִתְרַגֵּשׁ, פ״ח
feeling, sense; throng	רֶגֶשׁ, ז׳, ר׳, רְגָשִׁים, רְגָשׁוֹת
throng, tumult	רִגְשָׁה, נ׳, ר׳, רְגָשׁוֹת
emotional	רַגְשִׁי, ת״ז, ־שִׁית, ת״נ
excitable	רַגְשָׁן, ת״ז, ־נִית, ת״נ
excitability, sentimentality	רַגְשָׁנוּת, נ׳
to roam	רָד, פ״ע, ע׳ [רוד]
to scream, wail; to sigh	רָד, פ״ע, ע׳ [ריד]
to flatten, stamp, beat	רָדַד, פ״י
to rule, oppress, enslave; to take out, draw out (honey, bread)	רָדָה, פ״יע״ע
overlaid	רָדוּד, ת״ז, רְדוּדָה, ת״נ
conquest, suppression	רִדּוּי, ז׳, ר׳, ־יִים
slumbering	רָדוּם, ת״ז, רְדוּמָה, ת״נ
oppressed; given to, enthused	רָדוּף, ת״ז, רְדוּפָה, ת״נ
shawl; veil	רָדִיד, ז׳, ר׳, ־דִים
persecution; pursuit	רְדִיפָה, נ׳, ר׳, ־פוֹת
to fall asleep	[רדם] נִרְדַּם, פ״ע
to anesthetize	הִרְדִּים, פ״י
lethargy; sleeping sickness	רַדֶּמֶת, נ׳
to pursue, hunt; to persecute	רָדַף, פ״י
pride, arrogance	רַהַב, ז׳, ר׳, רְהָבִים
to boast; to be haughty	רָהַב, פ״ע
to exalt; to dare; to confuse	הִרְהִיב, פ״י
pride, greatness; defiance	רֹהַב, ז׳
to tremble, fear	רָהָה, פ״ע
fluent, quick	רָהוּט, ת״ז, רְהוּטָה, ת״נ
furnishing; fluency	רִהוּט, ז׳, ר׳, ־טִים
trough	רַהַט, ז׳, ר׳, רְהָטִים

excitement; raging	רֹגֶז, ז׳
trembling, agitation	רְגָזָה, נ׳
irritated, quarrelsome person	רַגְזָן, ז׳, ר׳, ־נִים
irritability	רַגְזָנוּת, נ׳
usual, normal, habitual	רָגִיל, ת״ז, רְגִילָה, ת״נ
as usual	כָּרָגִיל, תה״פ
purslane	רְגִילָה, נ׳
wont, habit	רְגִילוּת, נ׳
stoning	רְגִימָה, נ׳, ר׳, ־מוֹת
repose, rest	רְגִיעָה, נ׳, ר׳, ־עוֹת
sensitive	רָגִישׁ, ת״ז, רְגִישָׁה, ת״נ
to slander, defame	רָגַל, פ״ע
to explore; to spy	רִגֵּל, פ״י
to accustom; to lead	הִרְגִּיל, פ״י
to teach to walk; to drill, exercise	תִּרְגֵּל, פ״י
to become accustomed	הִתְרַגֵּל, פ״ח
foot, leg; foot (metrical); time; festival	רֶגֶל, נ׳, ר׳, רַגְלַיִם, רְגָלִים
for the sake of	לְרֶגֶל, תה״פ
infantry-man; on foot	רַגְלִי, ז׳, ר׳, ־לִים; תה״פ
infantry	חֵיל רַגְלִים
to stone	רָגַם, פ״י
to shell	רִגֵּם, פ״י
to grumble; to rebel; to quarrel	רָגַן, פ״ע
to set in motion, disturb; to be at rest	רָגַע, פעו״י
quiet	רָגַע, ת״ז, רְגָעָה, ת״נ
(a) moment, (a) minute	רֶגַע, ז׳, ר׳, רְגָעִים
at once	בֶּן־רֶגַע, תה״פ
momentary	רִגְעִי, ת״ז, ־עִית, ת״נ
to be excited, agitated	רָגַשׁ, פ״ע
to notice, feel	הִרְגִּישׁ, פ״י

רַבָּנִית, נ׳, ר׳, ־נִיּוֹת	rabbi's wife
רַבָּנָן, ז״ר	sages
רָבַע, פ״ע	to couple; to lie with; to copulate
רִבַּע, פ״י	to square; to quarter
רֶבַע, ז׳, ר׳, רְבָעִים	fourth, quarter
רֹבַע, ז׳, ר׳, רְבָעִים	quarter (city)
רִבֵּעַ, ז׳, ר׳, ־עִים	fourth generation
רִבְעוֹן, ז׳, ר׳, ־נִים	a quarterly (publication)
רָבַץ, פ״ע	to lie down; to brood
רִבֵּץ, פ״י	to sprinkle; to spread knowledge
הִרְבִּיץ, פ״י	to flay, strike; to spread knowledge; to sprinkle
רֵבֶץ, ז׳	resting place
רַבְצְדָדִי, ת״ז, ־דִית, ת״נ	many-sided
רִבְצָל, ז׳, ר׳, ־לִים	phial, vial
רִבְרֵב, פ״י	to ordain as rabbi
הִתְרַבְרֵב, פ״ח	to swagger, assume superiority
רַבְרְבָן, ז׳, ר׳, ־נִים	braggart
רַבְרְבָנוּת, נ׳	boasting, bullying
רַבַּת, תה״פ	much, too much
רַבָּתִי, ת״ז, ־תִית, ת״נ	great, greater; metropolitan
רֶגֶב, ז׳, ר׳, רְגָבִים	clod, lump
רָגוּז, ת״ז, רְגוּזָה, ת״נ	angry, mad, enraged
רָגוּל, ת״ז, רְגֻלָה, ת״נ	tied by hind legs
רִגּוּל, ז׳	spying, espionage; habit
רָגוּשׁ, ת״ז, רְגוּשָׁה, ת״נ	moved; sensitive
רָגַז, פ״ע	to be agitated; to tremble
הִרְגִּיז, פ״י	to alarm; to enrage
רַגָּן, ת״ז, רַגָּנֶת, ת״נ	quivering, quaking

רָב, פ"ע, ע' [ריב] — to quarrel; to plead; to strive

רַב, רָב, ת"ז, רַבָּה, ת"נ — much, many; great

בְּרַבִּים — publicly

רַבִּים — plural; majority; many

רַב, ז', ר', ־בָּנִים, ־בִּים — master, lord, chief; rabbi; archer

רַב־אַלּוּף — general

רַב־חוֹבֵל — ship's captain

רַב־סוּרָאִי — corporal

רַב־מֶכֶר — best seller

רַב־סַמָּל — sergeant major

רַב־סֶרֶן — major

רַבּוֹתַי — gentlemen

רֹב, רוֹב, ז', ר', רָבִּים — multitude, majority

לָרֹב, תה"פ — often

עַל פִּי רֹב — generally

רָבַב, פעמ"י — to be numerous; to multiply, increase; to be large; to shoot

רְבָב, ז' — grease, fat (stain)

רְבָבָה, נ', ר', ־בוֹת — myriad, ten thousand

רְבָבִית, נ', ר', ־יוֹת — one ten-thousandth

רַבְגּוֹנִי, ת"ז, ־נִית, ת"נ — variegated

רַבְגּוֹנִיּוּת, נ' — variegation

רָבַד, פ"י — to spread; to make bed

רֹבֶד, ז', ר', רְבָדִים — layer; stratum

רָבָה, פ"ע — to increase

רִבָּה, פ"י — to rear children; to multiply

רִבָּה, נ', ר', ־בּוֹת — jam, preserves

רִבּוֹ, רִבּוֹא, נ', ר', ־בּוֹת, ־אוֹת — ten thousand

רִבּוּי, ז', ר', ־יִים — increase; extension; plural (gram.)

רִבּוֹן, ד' — lord, master; God

רִבּוֹנוֹ שֶׁל עוֹלָם — God; oh, God

רִבּוֹנוּת, נ' — sovereignty

רִבּוֹנִי, ת"ז, ־נִית, ת"נ — sovereign

רָבוּעַ, ת"ז, ־בוּעָה, ת"נ — square, four-sided

רִבּוּעַ, ז', ר', ־עִים — square

רִבּוּתָה, נ', ר', ־תוֹת — feat, great thing, extraordinary achievement

רַבִּי, ז', ר', ־יִים — rabbi, teacher

רָבִיב, ז', ר', רְבִיבִים — shower, showers

רְבִינָה, נ' — promiscuity

רָבִיד, ז', ר', רְבִידִים — chain, necklace

רְבִיָּה, נ', ר', ־יוֹת — increase

פְּרִיָּה וּרְבִיָּה — propagation

רְבִיעַ, ז', ר', ־עִים — one-fourth, quarter

רְבִיעָה, נ', ר', ־עוֹת — coupling; rainy season

רְבִיעִי, ת"ז, ־עִית, ת"נ — fourth

יוֹם רְבִיעִי — Wednesday

רְבִיעִיָּה, נ', ר', ־יּוֹת — quartet

רְבִיעִית, נ', ר', ־עִיּוֹת — fourth, quarter; quart

רְבִיצָה, נ' — lying down (animals)

רִבִּית, נ', ר', ־בִּיּוֹת — interest on money

רִבִּית דְּרִבִּית — compound interest

[רבך] הָרְבַּךְ, פ"ע — to be well mixed

רַבָּן, ז', ר', ־נִים — great rabbi, teacher; sports champion

רַבָּנוּת, נ' — championship

רַבָּנוּת, נ' — authority; office of rabbi

רַבָּנִי, ת"ז, ־נִית, ת"נ — rabbinical, theological

קַשָּׁת, ז׳, ר׳, ־תִים — archer
קֶשֶׁת, נ׳, ר׳, קְשָׁתוֹת — bow; rainbow
קַשְׁתִּי, ת״ז, ־תִּית, ת״נ — bow-shaped
קַשְׁתִּית, נ׳, ר׳, ־יוֹת — iris (of eye)
קַת, נ׳, ר׳, ־תּוֹת — handle of ax; butt of gun

קָתֶדְרָה, נ׳, ר׳, ־רוֹת, ־אוֹת — professor's chair
קֹתֶל, ז׳, ר׳, קְתָלִים — bacon
קָתוֹלִי, ת״ז, ־לִית, ת״נ — Catholic
קָתוֹלִיּוּת, נ׳ — Catholicism
קַתְרוֹס, ז׳, ר׳, ־סִים — guitar

ר

ר — Resh, twentieth letter of Hebrew alphabet; two hundred
רָאָה, פ״י — to see, observe, perceive, consider
נִרְאָה, פ״ע — to appear
הֶרְאָה, פ״י — to show
הִתְרָאָה, פ״ח — to meet; to show oneself; to see one another
כְּנִרְאֶה — apparently
לְהִתְרָאוֹת, מ״ק — au revoir
רָאָה, נ׳, ר׳, ־אוֹת — vulture
רֵאָה, רִיאָה, נ׳, ר׳, ־אוֹת — lung
רַאֲוָה, נ׳ — sight
חַלּוֹן רַאֲוָה — show window
רָאוּי, ת״ז, רְאוּיָה, ת״נ — worthy, apt, suitable
כָּרָאוּי, תה״פ — fittingly, properly
רְאוּת, נ׳ — look
נְקֻדַּת רְאוּת — viewpoint
קְצַר רְאוּת — shortsighted, nearsighted
רְאוּתִי, ת״ז, ־תִית, ת״נ — visual
רֳאִי, ז׳ — look, sight; countenance, complexion; excrement
רְאִי, ז׳, ר׳, רְאָיִים — mirror, aspect; appearance
רְאָיָה, רַאֲיָה, נ׳, ר׳, ־יוֹת — proof, evidence
רְאִיָּה, נ׳, ר׳, ־יוֹת — seeing, glance

רַאָיוֹן, ז׳, ר׳, רַאֲיוֹנוֹת — appointment, interview
רְאִינוֹעַ, ז׳, ר׳, ־עִים — motion picture, film
רְאֵם, ז׳, ר׳, ־מִים — bison; wild ox; reindeer
רָאמָה, נ׳, ר׳, ־מוֹת — coral
רֹאשׁ, ז׳, ר׳, רָאשִׁים — head, summit; cape; beginning; leader; poison
רֹאשׁ חֹדֶשׁ — new moon, first of the month
רֹאשׁ הַשָּׁנָה — New Year
מֵרֹאשׁ — to start with
רָאשֵׁי תֵבוֹת — initials, abbreviation
רֹאשׁ, ת״ז, ־שָׁה, ת״נ — principal, main
רִאשׁוֹן, ת״ז, ־נָה, ת״נ — first, superior; previous, former
בָּרִאשׁוֹנָה, לָרִאשׁוֹנָה — at first
רִאשׁוֹנוּת, נ׳ — primitiveness
רִאשׁוֹנִי, ת״ז, ־נִית, ת״נ — first; previous, former; primitive
מִסְפָּר רִאשׁוֹנִי — prime number
רָאשׁוּת, נ׳ — authority
רָאשִׁי, ת״ז, ־שִׁית, ת״נ — principal, main, cardinal
מַאֲמָר רָאשִׁי — editorial
רֵאשִׁית, נ׳ — beginning
בְּרֵאשִׁית — Genesis
רֹאשָׁן, ז׳, ר׳, ־נִים — tadpole

קַרְקֶפֶת, נ׳, ר׳, ־קָפוֹת — head, skull

קִרְקֵר, פעו״י — to quack; to cackle; to croak; to destroy

קַרְקָרַת, נ׳, ר׳, ־קָרוֹת — bottom (of vessel)

קַרְקָשׁ, ז׳, ר׳, ־שִׁים — bell, rattle, clapper

קִרְקֵשׁ, פעו״י — to ring, rattle

קָרַר, פ״י — to cool

הִתְקָרֵר, פ״ח — to catch cold

נִתְקָרְרָה דַּעְתּוֹ — to be calm, at ease, quiet

קָרַשׁ, פ״ע — to coagulate, congeal, clot

קֶרֶשׁ, ז׳, ר׳, קְרָשִׁים — plank, board

קֶרֶת, נ׳, ר׳, קְרָתוֹת — (small) town

קַרְתָּנוּת, נ׳ — provincialism

קַרְתָּנִי, ת״ז, ־נִית, ת״נ — provincial

קַשׁ, ז׳, ר׳, ־שִׁים — straw

קָשׁ, פ״י, ע׳ [יִקַּשׁ, קוֹשׁ] — to lay snares

קָשַׁב, פ״ע — to hearken, listen

הִקְשִׁיב, פ״ע — to pay attention

קַשָּׁב, ת״ז, קַשֶּׁבֶת, ת״נ — attentive

קֶשֶׁב, ז׳ — attentiveness, attention; hearing

קָשָׁה, פ״ע — to be hard, stiff; to be difficult

הִקְשָׁה, פעו״י — to harden, make difficult; to ask difficult question

הִתְקַשָּׁה, פ״ע — to become hard; to be perplexed

קָשֶׁה, ת״ז, קָשָׁה, ת״נ — hard; difficult; severe

קִשּׁוּא, ז׳, ר׳, ־אִים — cucumber

קַשּׁוּב, ת״ז, ־בָה, ת״נ — attentive

קַשְׁוָה, נ׳, ר׳, קְשָׁווֹת — vessel, cup

קָשׁוּחַ, ת״ז, קְשׁוּחָה, ת״נ — hard, severe, cruel

קִשּׁוּט, קִישׁוּט, ז׳, ר׳, ־טִים — ornament, adornment

קִשּׁוּר, קִישׁוּר, ז׳, ר׳, ־רִים — binding; ribbon, sash

קָשׁוּר, ת״ז, קְשׁוּרָה, ת״נ — bound; vigorous

קִשּׁוּת, נ׳, ר׳, ־שֻׁאִים — pumpkin

קַשּׁוּת, נ׳ — obduracy; severity

[קשח] הִקְשִׁיחַ, פ״י — to harden; to treat harshly

קִשֵּׁט, פ״י — to adorn, decorate

קַשָּׁט, ז׳, ר׳, ־טִים — decorator

קֹשֶׁט, קֹשְׁטְ, ז׳ — truth; straightforwardness; pineapple

קֹשִׁי, קוֹשִׁי, ז׳, ר׳, קָשָׁיִים — difficulty, hardness

בְּקֹשִׁי, תה״פ — with difficulty

קְשִׁי־עֹרֶף — obstinacy, cruelty

קֻשְׁיָה, קוּשְׁיָה, נ׳, ר׳, ־יוֹת — problem; objection

קְשִׁירָה, נ׳, ר׳, ־רוֹת — binding, dressing

קָשִׁישׁ, ת״ז, קְשִׁישָׁה, ת״נ — old, senior

קַשִּׁית, נ׳, ר׳, ־יוֹת — straw (soda)

קִשְׁקוּשׁ, ז׳, ר׳, ־שִׁים — rattling; ringing; chattering

קִשְׁקֵשׁ, פ״ע — to rattle; to ring; to chatter

קַשְׁקַשׁ, ז׳, ר׳, ־שִׁים — stubble

קַשְׂקֶשֶׂת, ז׳, ר׳, קַשְׂקְשֵׂת, נ׳, ר׳, ־שִׂים, ־קַשּׂוֹת — scale (fish)

קַשְׁקְשָׁן, ז׳, ר׳, ־נִית, ת״נ — prattler

קָשַׁר, פ״י — to bind, tie; to conspire

הִתְקַשֵּׁר, פ״ח — to become attached; to get in touch with

קֶשֶׁר, ז׳, ר׳, קְשָׁרִים — knot; contact; plot, mutiny; connection, tie

קָשַׁשׁ, פעו״י — to gather straw, twigs

קָרוּעַ, ת"ז, קְרוּעָה, ת"נ torn, tattered

קָרוּץ, ת"ז, קְרוּצָה, ת"נ fashioned, formed, made

קֵרוּר, ז' refrigeration, cooling

קָרוּשׁ, ת"ז, קְרוּשָׁה, ת"נ coagulated, jellied; clotted, congealed, curdled

קִרְזוּל, ז' conglomeration

קָרַח, פ"י to shear closely; to be bald

קָרֵחַ, ת"ז, קָרַחַת, ת"נ bald

קֶרַח, ז' ice, frost; baldness

קָרְחָה, נ' baldness; tonsure

קַרְחוֹן, ז', ר', ־נִים iceberg; glacier

קַרְחָן, ז', ר', ־נִים iceman

קָרַחַת, נ', ר', ־רָחוֹת baldness; bare patch

קֹרֶט, ז', ר', קָרָטִים drop, particle

קְרָט, ז', ר', ־טִים carat

קַרְטוֹן, ז', ר', ־נִים chalk

קַרְטוֹן, ז', ר', ־נִים carton

קִרְטֵעַ, פ"ע to jerk, struggle, jump

קְרִי, קֶרִי, ז', ר', קְרָיִים opposition; contrariness; nocturnal pollution

קְרִי, ז', ר', קְרָיִין text of Scriptures as read

קָרִיא, ת"ז, קְרִיאָה, ת"נ called, invited; legible

קְרִיאָה, נ', ר', ־אוֹת proclamation; reading; call

סִימָן קְרִיאָה (!) exclamation point (!)

קִרְיָה, נ', ר', קְרָיוֹת, ־רָיוֹת town; center

קַרְיָן, ז', ר', ־נִים reader; announcer

קְרִינָה, נ', ר', ־נוֹת radiation

קְרִיעָה, נ', ר', ־עוֹת rending

קְרִיצָה, נ', ר', ־צוֹת gesticulation

קָרִיר, ת"ז, קְרִירָה, ת"נ cool

קְרִירוּת, נ' coolness

קָרִישׁ, ז', ר', קְרִישִׁים jellied food, Jello

קְרִישָׁה, נ' freezing; coagulation, clot

קָרַם, פ"ע to cover with skin, form crust

קָרַן, פ"ע to radiate, beam; to have horns

קֶרֶן, נ', ר', קְרָנִים, קַרְנַיִם, קְרָנוֹת horn; corner; capital; fund; ray

קֶרֶן זָוִית corner

קֶרֶן קַיֶּמֶת לְיִשְׂרָאֵל Jewish National Fund

קַרְנְמוֹל, ז' intermittent line

קַרְנִי, ת"ז, ־נִית, ת"נ horny

קַרְנִית, נ', ר', ־יּוֹת cornea

קַרְנַף, ז', ר', ־פִּים rhinoceros

קָרַס, פ"ע to bow, bend

קֶרֶס, ז', ר', קְרָסִים hook, clasp

צְלָב הַקֶּרֶס swastika

קַרְסֹל, ז', ר', ־סֻלַּיִם, ־סֻלּוֹת ankle; joint

קִרְסֵם, פ"י to nibble; to tear off

קָרַע, פ"י to rend, tear

קֶרַע, ז', ר', קְרָעִים tear; rag, tatter

קַרְפְּיוֹן, ז', ר', ־נִים carp

קָרַץ, פ"י to wink; to gesticulate; to slice, cut

קֶרֶץ, ז' destruction; sharp wind

קִרְצוּף, ז' currying

קַרְצִית, נ', ר', ־יּוֹת tick

קִרְצֵף, פ"י to curry

קַרְק, ז' raven's call

קֻרְקְבָן, קוּרְקְבָן, ז', ר', ־נִים gizzard, stomach (of birds, men)

קִרְקוּר, ז', ר', ־רִים croaking, cackling

קַרְקַע, ז', ר', ־קָעוֹת ground, soil; bottom

קַרְקָעִית, נ', ר', ־יּוֹת bottom

קִרְקֵף, פ"י to scalp

18

קָצִיר, ז׳, קְצִירָה, נ׳, ר׳, קְצִירִים, ־רוֹת mowing; harvest, harvesting
קָצַע, פ״י to scrape
קִצֵּעַ, פ״י to trim
הִקְצִיעַ, פ״י to plane
קָצַף, פ״ע to be angry
הִקְצִיף, פ״י to boil, froth, foam; to whip
הִתְקַצֵּף, פ״ח to become angry
קֶצֶף, ז׳, קְצָפָה, נ׳ anger; foam
קַצֶּפֶת, נ׳, ר׳, ־צָפוֹת whipped cream
קָצַץ, פ״י to sever, fell; to chop, hash, mince; to stipulate; agree upon
קָצַר, פיו״ע to cut, reap; to be short, insufficient
קָצְרָה יָדוֹ to be powerless
קָצְרָה נַפְשׁוֹ to be impatient
קָצָר, קָצֵר, ת״ז, קְצָרָה, קְצֵרָה, ת״נ short, brief
קְצַר אַפַּיִם impatient
קְצַר־רְאוּת nearsighted
קֹצֶר, קוֹצֶר, ז׳ shortness
קֶצֶר, ז׳, ר׳, קְצָרִים short circuit
קַצְרָן, ז׳, ־נִית, נ׳, ר׳, ־נִים, ־נִיּוֹת stenographer
קַצְרָנוּת, נ׳ stenography, shorthand
קַצֶּרֶת, נ׳ asthma
קְצָת, תה״פ a little, few
קָק, קָאָק, ז׳, ר׳, קָאָקִים swan, goose
קַר, ת״ז, קָרָה, ת״נ cold, cool
קַר־רוּחַ cold-blooded
קָר, פ״י, ע׳ [קור] to dig; to spring forth
קֹר, קוֹר, ז׳ cold, coldness
קָרָא, פיו״ע to shout, call; to proclaim; to read; to befall
נִקְרָא, פ״ע to chance to be; to meet by chance; to be called, named, invited
הִקְרִיא, פ״י to recite
קָרָאִי, ז׳, ר׳, ־אִים Karaite
קְרַאת, לִקְרַאת, תה״פ toward, vis-à-vis
קָרַב, פ״ע to come near, approach
קֵרַב, פ״י to befriend
הִקְרִיב, פ״י to bring near; to sacrifice
קֶרֶב, ז׳, ר׳, קְרָבִים, קְרָבַיִם inner part; intestine, gut, entrails
בְּקֶרֶב, מ״י within, among
קְרָב, ז׳, ר׳, קְרָבוֹת battle
קִרְבָה, קְרָבָה, קוּרְבָה, נ׳ proximity, nearness; contact; relationship (family)
בְּקִרְבַת ־ in the vicinity (neighborhood) of
קָרְבָּן, ז׳, ר׳, ־נוֹת sacrifice, offering
קֵרֵד, פ״י to scrape; to curry
קַרְדֹּם, ז׳, ר׳, ־דֻּמִּים, ־דֻּמּוֹת ax, hatchet
קַרְדֹּם לַחְפֹּר בּוֹ source of livelihood
קִרְדֵּם, פ״י to hew; to dig
קָרָה, פעו״י to meet; to befall
קֵרָה, פ״י to board up; to seal
קָרָה, נ׳ bitter coldness
קֹרָה, קֹרַת רוּחַ, נ׳ satisfaction
קָרוֹב, ת״ז, קְרוֹבָה, ת״נ; ז׳, ר׳, קְרוֹבִים near relation; fellow man
בְּקָרוֹב soon
מִקָּרוֹב recently
קֵרוּב, ז׳ nearness, contact
בְּקֵרוּב, תה״פ approximately
קְרוּם, ז׳, ר׳, ־מִים skin, membrane; crust
קְרוּמִי, ת״ז, ־מִית, ת״נ crusty, dry
קָרוֹן זו״נ, ר׳, קְרוֹנוֹת wagon, streetcar; railroad car

to close; to spring;	קָפַץ, פעו"י
to bounce (ball);	
to draw together; to chop	
jumper;	קַפְצָן, ז', ר', ־נִים
impetuous person	
to loathe, fear	קָץ, פ"ע, ע' [קוץ]
to spend	קָץ, פ"ע, ע' [קיץ]
the summer	
end	קֵץ, ז', ר', קִצִּים
to cut off; to stipulate;	קָצַב, פ"י
to determine	
butcher	קַצָּב, ז', ר', ־בִים
rhythm; cut,	קֶצֶב, ז', ר', קְצָבִים
shape	
fixed limit;	קִצְבָּה, נ', ר', קְצָבוֹת
income, pension	
extremity;	קָצֶה, קָצֵה, ז', ר', קְצָווֹת
edge	
to peel, cut off; to scrape;	קָצָה, פ"י
to level; to destroy	
definite;	קָצוּב, ת"ז, קְצוּבָה, ת"נ
limited; rhythmic	
apportionment	קִצּוּב, ז'
chopped	קָצוּץ, ת"ז, קְצוּצָה, ת"נ
chopping; cutting	קִצּוּץ, ז', ר', ־צִים
scrap metal	קְצוּצָה, נ'
shortening,	קִצּוּר, ז', ר', ־רִים
abbreviation; excerpt; brevity	
in short	בְּקִצּוּר, תה"פ
spice, black	קֶצַח, ז', ר', קְצָחִים
cumin	
ruler, officer	קָצִין, ז', ר', קְצִינִים
rank, position	קְצִינוּת, נ'
cassia; dried fig	קְצִיעָה, נ', ר', ־עוֹת
foaming,	קְצִיפָה, נ', ר', ־פוֹת
frothing; whipping	
chopping off;	קְצִיצָה, נ', ר', ־צוֹת
felling; hamburger steak	

stiffness, congelation	קִפָּאוֹן, ז'
to cut off	קָפַד, פ"י
to be strict;	הִקְפִּיד, פ"י
to be angry	
porcupine	קִפָּד, קִפּוֹד, ז', ר', ־דִים
annihilation;	קְפָדָה, נ', ר', ־דוֹת
shuddering	
exacting, pedantic	קַפְּדָן, ת"ז, ־נִית, ת"נ
exactness, pedantry	קַפְּדָנוּת, נ'
to skim off	קָפָה, פ"י
jelly	קֶפֶה, ז'
coffee	קָפֶה, ז', ע' קַהֲוֶה
cashbox;	קֻפָּה, קוּפָּה, נ', ר', ־פּוֹת
box office; basket	
frozen	קָפוּא, ת"ז, קְפוּאָה, ת"נ
porcupine	קִפּוֹד, קִפָּד, ז', ר', ־דִים
arrow snake	קִפּוֹז, ז', ר', ־זִים
deprivation;	קִפּוּחַ, ז', ר', ־חִים
curtailing	
folding	קִפּוּל, ז', ר', ־לִים
clenched,	קָפוּץ, ת"ז, קְפוּצָה, ת"נ
closed	
to beat, strike	קָפַח, פ"י
to beat up; to rob;	קִפַּח, פ"י
to oppress; to lose	
congelation,	קְפִיאָה, נ', ר', ־אוֹת
freezing	
sunstroke	קְפִיחָה, נ', ר', ־חוֹת
spring	קְפִיץ, ז', ר', ־צִים
jumping;	קְפִיצָה, נ', ר', ־צוֹת
leaping, springing; closing	
elastic	קָפִיצִי, ת"ז, ־צִית ת"נ
elasticity	קְפִיצִיּוּת, נ'
to fold; to double;	קָפַל, פ"י
to roll up	
fold; multiplication	קֶפֶל, ז'
box	קֻפְסָה, קוּפְסָה, נ', ר', ־סוֹת, ־סָאוֹת

קֻמְקוּם, קוּמְקוּם, ז׳, ר׳, ־מִים — kettle, teapot
קָמַר, פ״י — to vault, arch
קִמְרוֹן, ז׳, ר׳, ־נוֹת — arch
קִמְשׁוֹן, ז׳, ר׳, ־נִים — thistle
קֵן, ז׳, ר׳, קִנִּים — nest; cell; board
קִנֵּא, פעו״י — to be jealous, envious; to excite to jealousy
קַנָּא, ת״ז — zealous; jealous
קִנְאָה, נ׳, ר׳, קְנָאוֹת — jealousy, envy; passion
קַנָּאוּת, נ׳ — fanaticism
קַנַּאי, ז׳, ר׳, ־נָּאִים — zealot
קַנָּאִי, ת״ז, ־אִית, ת״נ — fanatical; zealous
קָנַב, פ״י, קִנֵּב, פ״ע — to trim, prune
קָנָה, פ״י — to purchase, buy, acquire; to possess; to create
הִקְנָה, פ״י — to transfer ownership
קָנֶה, ז׳, ר׳, ־נִים — stem, stalk, reed; shaft; windpipe
קְנֵה־מִדָּה — measuring rod; criterion
קַנּוֹא, ת״ז — jealous
קִנּוּחַ, ז׳, ר׳, ־חִים — cleaning, wiping
קִנּוּחַ־סְעֻדָּה — dessert
קָנוּי, ת״ז, קְנוּיָה, ת״נ — bought, purchased
קְנוּנְיָה, נ׳, ר׳, ־יוֹת — partnership; conspiracy to defraud
קִנַּח, פ״י — to wipe, clean
[קנט] הִקְנִיט, פ״י — to taunt; to vex, anger
קִנְטוּר, ז׳, ר׳, ־רִים — remonstrance, teasing
קִנְטֵר, פ״י — to chide; to provoke, rouse to anger
קַנְטְרָן, ז׳, ר׳, ־נִים — quarrelsome person
קַנְטְרָנוּת, נ׳ — quarrelsomeness
קֻנְטְרֵס, קוּנְטְרֵס, ז׳, ר׳, ־סִים — pamphlet; commentary of Rashi
קְנִיָּה, נ׳, ר׳, ־יוֹת — purchase; possession; habit
קִנְיָן, ז׳, ר׳, ־נִים — property, possession; faculty
קְנִיסָה, נ׳, ר׳, ־סוֹת — fining
קִנָּמוֹן, ז׳, ר׳, ־נְמוֹנִים — cinnamon
קִנֵּן, פ״י — to make a nest; to nestle
קָנַס, פ״י — to fine
קְנָס, ז׳, ר׳, ־סוֹת — fine
קֶנֶץ, ז׳ — finish, end; argument
קַנְקַן, ז׳, ר׳, ־נִּים — pitcher, flask
קִנְרָס, ז׳ — artichoke
קַסְדָּה, נ׳, ר׳, קְסָדוֹת — steel helmet
קָסוּם, ת״ז, קְסוּמָה, ת״נ — enchanted
קָסַם, פ״י — to practice divination; to charm
הִקְסִים, פ״י — to fascinate, infatuate
קֶסֶם, ז׳, ר׳, קְסָמִים — magic; oracle; charm
פָּנַס־קֶסֶם — projector (filmstrip)
קֵסָם, קִיסָם, ז׳, ר׳, ־מִים — splinter, chip; toothpick
קַסָּם, ז׳, ר׳, ־מִים — fortuneteller
קָסַס, פ״ע — to spoil; to sour
קוֹסֵס, פ״י — to destroy
קֶסֶת, נ׳, ר׳, קְסָתוֹת — inkwell
קָעוּר, ת״ז, קְעוּרָה, ת״נ — concave
קַעְקוּעַ, ז׳, ר׳, ־עִים — cackling; uproar
קַעֲקַע, ז׳ — incision; tattoo
קִעְקַע, פעו״י — to tattoo
קִעֵר, פ״י — to curve, make concave
קְעָרָה, נ׳, ר׳, ־רוֹת — bowl, plate
קַעֲרִית, נ׳, ר׳, ־רִיּוֹת — saucer
קָפָא, פ״ע — to freeze; to congeal; to stiffen; to condense

stinginess, thrift	קִמּוּץ, ז', ר', ־צִים
vaulted, convex	קָמוּר, ת"ז, קְמוּרָה, ת"נ
convexity	קִמּוּר, ז', ר', ־רִים
thistle, nettle	קִמּוֹשׁ, ז', ר', ־שִׁים, ־מְשׁוֹנִים
flour, mealimold	קֶמַח, ז', ר', קְמָחִים
to grind	קָמַח, פ"י
floury	קִמְחִי, ת"ז, ־חִית, ת"נ
to bow down; to compress, contract	קָמַט, פ"י
to wrinkle	קִמֵּט, פ"י
fold; wrinkle, crease	קֶמֶט, ז', ר', קְמָטִים
elastic, flexible	קָמִיט, ת"נ, קְמִיטָה
hearth, fireplace	קָמִין, ז', ר', ־נִים
charm, amulet	קָמִיעַ, ז', ר', קְמִיעִים, ־עוֹת
handful; ring finger	קְמִיצָה, נ', ר', ־צוֹת
to wither, become decayed	קָמַל, פ"ע
small; in small quantity	קִמְעָה, קִמְעָא, תה"פ
retailing	קִמְעוֹנוּת, נ'
retailer	קִמְעוֹנִי, ז', ר', ־נִים
to take handful; to compress hand	קָמַץ, פ"י
to scrape together; to save; to be sparing	קִמֵּץ, פ"י
Kamats, name of Hebrew vowel (ָ) ("a" as in "father")	קָמָץ, קָמֶץ, ז'
closed hand, fist	קֹמֶץ, קוֹמֶץ, ז', ר', קְמָצִים
pinch	קַמְצוּץ, ז', ר', ־צִים
miser, stingy person	קַמְצָן, ז', ר', ־נִים
stinginess	קַמְצָנוּת, נ'

to lighten; to be lenient; to belittle	הֵקַל, פ"י
polished, glittering metal	קָלָל, ז'
curse	קְלָלָה, נ', ר', ־לוֹת
quill	קֻלְמוֹס, קוּלְמוֹס, ז', ר', ־סִים
pen (pencil) case	קַלְמָר, ז', ר', ־רִים
to mock; to praise	קִלֵּס, פ"י
mockery; praise	קֶלֶס, ז', קַלָּסָה, נ', ר', ־סוֹת
to sling, aim at, hurl; to plait; to adorn	קָלַע, פ"י
marksman	קַלָּע, ז', ר', ־עִים
sling; curtain; sail	קֶלַע, ז', ר', קְלָעִים
secretly, behind the scenes	מֵאֲחוֹרֵי הַקְּלָעִים
to peel off	קָלַף, פ"י
parchment; playing card	קְלָף, קֶלֶף, ז', ר', קְלָפִים
skin, peel, rind; husk; shell; shrew	קְלִפָּה, נ', ר', ־פוֹת, ־פִּים
ballot box	קַלְפִּי, נ', ר', ־פִּיּוֹת
deterioration, damage	קִלְקוּל, ז', ר', ־לִים
to spoil; to damage; to corrupt; to shake	קִלְקֵל, פ"י
worthless	קְלֹקַל, קְלוֹקַל, ת"ז, ־קֶלֶת, ת"נ
corruption, sin; mischief	קַלְקָלָה, נ', ר', ־לוֹת
to thin out, space	קָלַשׁ, פ"י
pitchfork	קִלְשׁוֹן, ז', ר', ־נוֹת
basket	קַלַּת, נ', ר', קְלָתוֹת
little basket	קַלַּתּוֹת, נ', ר', ־תִּים
enemy	קָם, ז', ר', ־מִים
standing corn	קָמָה, נ', ר', ־מוֹת
creasing, folding	קִמּוּט, ז', ר', ־טִים
creased	קָמוּט, ת"ז, קְמוּטָה, ת"נ

קֵיסָר, ז', ר', ־רִים — emperor

קֵיסָרוּת, נ' — empire

קֵיפוֹן, ז', ר', ־נִים, ־נוֹת — mullet

[קיץ] קָץ, פ"ע — to spend summer

קַיִץ, ז', ר', קֵיצִים — summer, summer fruit, figs

קִיצוֹן, ת"ז, ־נָה, ת"נ — uttermost, extreme

קִיצוֹנִי, ת"ז, ־נִית, ת"נ — radical

קִיצוֹנִיּוּת, נ' — radicalism; extremism

קֵיצִי, ת"ז, ־צִית, ת"נ — summery

קִיק, קִיקָיוֹן, ז', ר', ־קִים, ־נִים — castor-oil plant, seed

שֶׁמֶן קִיק — castor oil

קִיקָלוֹן, ז' — disgrace

קִיר, ז', ר', ־רוֹת — wall

[קיש] הֵקִישׁ, פ"י — to compare

קִישׁוּט, קִשּׁוּט, ז', ר', ־טִים — adorning, ornament

קִישׁוּר, קִשּׁוּר, ז', ר', ־רִים — binding; sash, ribbon

קִישׁוּת, קִשּׁוּת, ז', ר', ־שׁוּאִים — pumpkin

קִיתוֹן, ז', ר', ־נוֹת, ־יוֹת — jug, pitcher

קַל, ת"ז, קַלָּה, ת"נ — light; easy; swift

קַל־דַּעַת — frivolous

קַל־וָחֹמֶר — a conclusion a minori ad majus

קֹלָב, ז', ר', קְלָבִים — clothes hanger

קְלָנָס, ז', ר', ־סִים — soldier

קַל, פ"ע, ע' [קלל] — to be swift; to be easy; to be light; to be unimportant

קָלָה, פ"י — to toast; to parch

נִקְלָה, פ"ע — to be dishonored

הִקְלָה, פ"י — to treat with contempt

קְלָה, נ', ר', ־לוֹת — misdemeanor

קִלּוּחַ, ז', ר', ־חִים — flow; jet; enema

קִלּוּחַ מֵעַיִם — diarrhea

קָלוּט, ת"ז, קְלוּטָה, ת"נ — closed; uncloven

קָלוּי, ת"ז, קְלוּיָה, ת"נ — toasted

קָלוֹן, ז', ר', ־נִים — shame, dishonor

בֵּית־קָלוֹן — brothel

קִלּוּס, ז', ר', ־סִים — praise

קָלוּעַ, ת"ז, קְלוּעָה, ת"נ — plaited

קִלּוּף, ז', ר', ־פִים — peeling

קִלּוּפָה, נ', ר', ־פוֹת — spicy tree bark

קָלוֹקָל, קַלְקַל, ת"ז, ־קֶלֶת, ת"נ — worthless

קָלוּשׁ, ת"ז, קְלוּשָׁה, ת"נ — thin, weak

קַלּוּת, נ' — lightness, swiftness

קַלּוּת רֹאשׁ — light-mindedness; frivolity

קָלַח, פ"ע — to stream, pour out

הִתְקַלֵּחַ, פ"ח — to take a shower

קֶלַח, ז', ר', קְלָחִים — stem, stalk; jet of water

קַלַּחַת, נ', ר', ־לָחוֹת — kettle, caldron; casserole

קָלַט, פ"י — to absorb, retain

הִקְלִיט, פ"י — to record

קָלִי, ז', ר', קְלָיוֹת, קְלָיוֹת — toast

קְלִיטָה, נ', ר', ־טוֹת — absorption; retention

קָלִיל, ת"ז, ־לָה, ת"נ — very light, little

קְלִילוּת, נ' — lightness, slightness

קָלִיעַ, ז', ר', קְלִיעִים — missile

קְלִיעָה, נ', ר', ־עוֹת — twisting; network; target shooting

קְלִיפָה, נ', ר', ־פוֹת — peeling

קְלִישָׁה, נ', ר', ־שׁוֹת — diluting

[קלל] קַל, פ"ע — to be swift; to be easy; to be light; to be unimportant

קִלֵּל, פ"י — to curse

accusation, prosecution	קָסֶימוֹרְיָה, קָסֵגוֹרְיָה, נ', ר', ־יוֹת
breaking off	קְטִימָה, נ', ר', ־מוֹת
cutting off, amputation	קְטִיעָה, נ', ר', ־עוֹת
fruit picking	קָטִיף, ז', קְטִיפָה, נ', ר'
cutting; plucking; velvet	קְטִיפָה, נ', ר', ־פוֹת
to slay, kill	קָטַל, פ"י
killing	קֶטֶל, ז'
battlefield	שְׂדֵה קֶטֶל
killing, murderous	קַטְלָנִי, ת"ז, ־נִית, ת"נ
to break off; to lop, chop off	קָטַם, פ"י
small, little	קָטֹן, קָטָן, ת"ז, קְטַנָּה, ת"נ
to be small	קָטֹן, פ"ע
to reduce	הִקְטִין, פ"י
little finger; smallness	קֹטֶן, קוֹטֶן, ז'
smallness; paltriness	קַטְנוּת, נ'
very small, tiny	קָטָנְטָן, קְטַנְטַן, ת"ז, ־טַנָּה, ־טַנָּת, ת"נ
legume	קִטְנִית, נ', ר', ־יוֹת
to cut off; to mutilate; to amputate	קָטַע, פ"י
to be crippled	הִתְקַטֵּעַ, נִתְ־, פ"ח
cripple, amputated person	קִטֵּעַ, ז', ר', קִטְעִים
piece, fragment, segment	קֶטַע, ז', ר', קְטָעִים
to pluck	קָטַף, פ"י
humorist, jester	קַשָּׁף, ז', ר', ־פִים
humor, wit	קַשְׁפוּת, נ'
to burn incense; to smoke	קָטַר, קִטֵּר, פעו"י
locomotive, steam engine	קַטָּר, ז', ר', ־רִים
diameter	קֹטֶר, ז', ר', קְטָרִים

incense	קֶשֶׁר, ז'
locomotive engineer	קַשָּׁרַאי, ז', ר', ־רָאִים
to accuse	קָטְרֵג, פ"י
accusation; arraignment	קַטְרוּג, ז', ר', ־גִים
incense	קְטֹרֶת, קְטוֹרֶת, נ', ר', ־רוֹת
to vomit	[קיא] קָא, הֵקִיא, פ"י
vomit	קִיא, ז'
vomiting	קִיאָה, נ'
stomach	קֵיבָה, קַבָה, נ', ר', ־בוֹת
sanctification	קִידּוּשׁ, קִדּוּשׁ, ז', ר', ־שִׁים
lapwing	קִיוִית, נ', ר', ־יוֹת
existence, preservation; confirmation	קִיּוּם, ז', ר', ־מִים
affirmative	קִיּוּמִי, ת"ז, ־מִית, ת"נ
summer vacation	קַיִט, ז'
steam; fume; smoke	קִיטוֹר, ז'
steamship	אֳנִיַּת־קִיטוֹר
summer vacationist	קַיְטָן, ז', ר', ־נִים
summer resort	קַיְטָנָה, נ', ר', ־נוֹת
existing; lasting; valid	קַיָּם, ת"ז, קַיֶּמֶת, ת"נ
to satisfy; to confirm; to fulfill; to endure	קִיֵּם, פ"י
rising up existence	קִימָה, נ', ר', ־מוֹת
existence	קִימָה, קַיְמָא, נ'
durability	קַיָּמוּת, נ'
to lament, chant a dirge	[קין] קוֹנֵן, פ"י
spear; dagger's blade	קַיִן, ז', ר', ־קֵינִים
dirge	קִינָה, נ', ר', ־נוֹת
mosquito netting	קִינוּף, ז', ר', ־פִין
ivy	קִיסוֹס, ז', ר', ־סִים
splinter, chip; toothpick	קִיסָם, קֵסָם, ז', ר', ־מִים

קוּנְטְרֵס, קֻנְטְרֵס, ז׳, ר׳, ־סִים pamphlet; commentary of Rashi

קוּנְכִית, נ׳, ר׳, ־יוֹת mussel, shell

קוּנָם, ז׳, ר׳, ־מוֹת vow, oath; curse

קוֹנֵן, פ״ע, ע׳ [קין] to lament, chant a dirge

קוֹס, כּוֹס, ז׳, ר׳, ־סוֹת chalice, cup

קוֹסֵם, ז׳, ר׳, ־מִים magician, sorcerer

קוֹסֵס, פי״ [קסס] to destroy

קוֹף, ז׳, ר׳, ־פִים, ־פוֹת monkey, ape; Koph, name of nineteenth letter of Hebrew alphabet

קוּף, ז׳, ר׳, ־פִים eye (of needle); hole (for ax handle)

[קוף] הִקִּיף, פ״י to sell on credit, buy on credit

קוּפָּד, ז׳, ר׳, ־דִים hedgehog

קוּפָּה, קֻפָּה, נ׳, ר׳, ־פּוֹת box office, cash box; basket

קוּפְסָה, קֻפְסָה, נ׳, ־סוֹת, ־סָאוֹת box

קוֹץ, ז׳, ר׳, ־צִים thorn

[קוץ] קָץ, פ״ע to loathe; to fear

הֵקִיץ, פעו״ to arise, wake; to cause to wake

קְוֻצָּה, קְוּוּצָּה, נ׳, ר׳, ־צּוֹת curl, lock

קוֹצָה, נ׳, ר׳, ־צוֹת safflower

קוֹצִית, נ׳ spinach

קוֹצֵר, ז׳, ר׳, ־צְרִים harvester

קוֹצֶר, קֹצֶר, ז׳ shortness

קִוְקֵו, פ״י to line

קוּקִיָּה, נ׳, ר׳, ־יוֹת cuckoo

[קור] קָר, פ״י to dig; to spring forth

קוּר, ז׳, ר׳, ־רִים spider's thread

קוּרֵי עַכָּבִישׁ spider's web

קוֹר, קֹר, ז׳ cold, coldness

קוֹרֵא, ז׳, ר׳, ־רְאִים partridge; reader

קוּרְבָה, קִרְבָה, נ׳ nearness, contact; relationship (family)

קוֹרָה, נ׳, ר׳, ־רוֹת board, plank

קוֹרוֹת, נ״ר history

[קוש] קָשׁ, פ״י, ע׳ יָקֹשׁ to lay snares

קוֹשִׁי קֹשִׁי, ז׳, ר׳, קָשָׁיִים difficulty, hardness

קוּשְׁיָה, קֻשְׁיָה, נ׳, ר׳, ־יוֹת problem; objection

קַח, פ״י, ע׳ [קוח] to take

קַחְוָן, ז׳, ר׳, ־נִים camellia, daisy

קָט, פ״ע, ע׳ [קוט] to feel loathing

קַט, ת״ז; תה״פ, כִּמְעַט־ small; a bit more

קִטֵּב, פיו״ע to annihilate; to frown

קֶטֶב, קֹטֶב, ז׳ destruction, pestilence

קֹטֶב, קוֹטֶב, ז׳, ר׳, קְטָבִים pole, axis

קָטְבִּי, ת״ז, ־בִּית ת״נ polar

קַטֵּגוֹר, קַטֵּיגוֹר, ז׳, ר׳, ־רִים accuser, prosecutor

קַטֵּיגוֹרְיָה קַטֵּגוֹרְיָה, נ׳, ר׳, ־יוֹת accusation, prosecution

קִטּוּב, ז׳ polarization

קָטוּם, ת״ז, קְטוּמָה, ת״נ chopped, lopped

קְטוּמָה, נ׳, ר׳, ־מוֹת trapezoid

קִטּוּעַ, ז׳, ר׳, ־עִים section; cutting

קָטוּעַ, ת״ז, קְטוּעָה, ת״נ mutilated; fragmentary

קָטוּף, ת״ז, קְטוּפָה, ת״נ picked, plucked

קִטּוּר, ז׳ burning incense; vaporization; smoking pipe

קְטוֹרָה, נ׳, ר׳, ־רוֹת smoke of sacrifices

קְטוֹרֶת, קְטֹרֶת, נ׳, ר׳, ־רוֹת incense

קָטַט, קָט, הִתְקוֹטֵט, פ״ע to quarrel

קְטָטָה, נ׳, ר׳, ־טוֹת quarrel

קַטֵּיגוֹר, קַטֵּגוֹר, ז׳, ר׳, ־רִים accuser, prosecutor

קַהֲוָה, ז׳, ע׳ קָפֶה — coffee
קֵהֶה, ת״ז, קֵהָה, ת״נ — dull, blunt, obtuse
קַהֲוָאָה, נ׳, ר׳, ־אוֹת — coffee shop
קֵהוּת, נ׳ — bluntness, dullness
קֵהָיוֹן, ז׳ — nausea
קָהַל, פ״י — to assemble, convoke
הִקְהִיל, פ״י — to summon an assembly
קָהָל, ז׳, ר׳, קְהָלִים — multitude; public; assembly
קְהִלָּה, נ׳, ר׳, ־לּוֹת — congregation
קְהִלִיָּה, נ׳, ר׳, ־יּוֹת — republic
קֹהֶלֶת, ז׳ — Ecclesiastes; counselor
קָו, קַו, ז׳, ר׳, ־וִים — line, cord, measuring line
קַו הָאֹרֶךְ — longitude
קַו הָרֹחַב — latitude
קַו אֲנָכִי — perpendicular
קַו הַמַּשְׁוֶה — equator
קוּבִּיָּה, קֻבִּיָּה, נ׳, ר׳, ־יּוֹת — cube, dice
קוּבְלָנָה, קֻבְלָנָה, נ׳, ר׳, ־נוֹת — complaint
קוֹבַע, ז׳, ר׳, ־בָעִים — helmet
קוֹדֵר, ת״ז, קוֹדֶרֶת, ת״נ — dark, mournful
קוֹדֶשׁ, קֹדֶשׁ, ז׳, ר׳, קֳדָשִׁים — holy place; holiness, sanctity
קָוָה, קִוָּה, פ״י — to hope, wait for
הִקְוָה, פ״י — to gather
קֹוֶה, ז׳, ר׳, ־וִים — hoping, anticipating
קִוּוּי, ז׳ — hope, faith
קִוּוּץ, ז׳ — shrinkage
קְווּצָה, קְוֻצָּה, נ׳, ר׳, ־צּוֹת — curl, lock
[קוח] קָח, לָקַח, פ״י — to take
[קוט] קָט, נָקוֹט, פ״ע — to feel loathing
הִתְקוֹטֵט, פ״ח — to loathe; to quarrel

קוֹטֶב, קֹטֶב, ז׳, ר׳, קְטָבִים — pole, axis
קוֹטֶן, קֹטֶן, ז׳ — little finger; smallness
קְוִיצָה, נ׳ — cramp, spasm
קְוִיצוּת, נ׳ — kink, kinky hair
קוֹל, ז׳, ר׳, ־לוֹת — voice; sound; gossip
קוֹל אֶחָד — unanimously
קוֹל קוֹרֵא — appeal
בַּת קוֹל — echo
הֵרִים קוֹל — to raise one's voice
שָׁמַע בְּקוֹל — to listen, obey
קוֹלָח, ז׳, ר׳, ־חִים — watering hose
קוֹלִי, ת״ז, ־לִית, ת״נ — acoustic
קוֹלִית, נ׳, ר׳־לִיּוֹת — thighbone
קוּלְמוֹס, קֻלְמוּס, ז׳, ר׳, ־סִים — quill
קוֹלָן, ז׳, ר׳, ־נִים — tuning fork; amplifier
קוֹלְנוֹעַ, ז׳ — motion picture
קוֹלֵעַ, ת״ז, קוֹלַעַת, ת״נ — point-blank, pointed
[קום] קָם, פ״ע — to rise; to stand up; to arise
קוֹמֵם, פ״י — to raise
הֵקִים, פ״י — to set up, erect
הִתְקוֹמֵם, פ״ח — to rise against, revolt
קוֹם, ז׳ — curd
קוֹמָה, נ׳, ר׳, ־מוֹת — height, stature; story (of building), floor
גְּבַה קוֹמָה — tall
קוֹמְמִיּוּת, נ׳ — upright, erect
קוֹמֶץ, קֹמֶץ, ז׳, ר׳, קְמָצִים — closed hand, fist
קוּמְקוּם, קֻמְקוּם, ז׳, ר׳, ־מִים — kettle, teapot
קַוָּן, ז׳, ר׳, ־נִים — lineman
קוֹנֶה, ז׳, ר׳, ־נִים — customer, buyer; possessor

prejudice	דֵּעָה קְדוּמָה
advancement; safeguarding	קִדּוּם, ז׳
in mourning, sorrowfully	קְדוֹרַנִּית, תה״פ
sacred, holy	קָדוֹשׁ, ת״ז, קְדוֹשָׁה, ת״נ
Holy God	הַקָּדוֹשׁ בָּרוּךְ הוּא
saint, martyr	קָדוֹשׁ, ז׳, ר׳, קְדוֹשִׁים
sanctification	קִדּוּשׁ, קִידּוּשׁ, ז׳, ר׳, ־שִׁים
martyrdom	קִדּוּשׁ הַשֵּׁם
prayer of benedictions; sacredness	קְדֻשָּׁה, קְדוּשָׁה, נ׳, ר׳, ־שׁוֹת
betrothal	קִדּוּשִׁים, ז״ר, ד״ר
to kindle; to be in fever; to bore; to perforate	קָדַח, פעו״י
to cause burning; to have fever	הִקְדִּיחַ, פ״י
blister, pustule; inflammation	קָדַח, ז׳, ר׳, קְדָחִים
fever, malaria	קַדַּחַת, נ׳
east wind	קָדִים, ז׳
eastward; forward	קָדִימָה, תה״פ
priority, precedence	קְדִימָה, נ׳
deposit	דְּמֵי קְדִימָה
antiquity	קַדְמוּת, נ׳
prayer for the dead; holy	קַדִּישׁ, ז׳
society of undertakers	חֶבְרָא קַדִּישָׁא
ham, bacon	קָדָל, ז׳, ר׳, ־לִים
to precede; to go forward; to meet; to welcome	קָדַם, פ״ע
to anticipate; to precede	קִדֵּם, פ״י
to welcome, greet	קִדֵּם פְּנֵי פְלוֹנִי
to anticipate; to be early; to pay in advance	הִקְדִּים, פ״י
to progress	הִתְקַדֵּם, פ״ח
east; front; past	קֶדֶם, ז׳
ancient times	יְמֵי קֶדֶם
before	קֹדֶם, תה״פ
earlier	מִקֹּדֶם
first of all	קֹדֶם כָּל
origin; previous condition	קַדְמָה, נ׳
front; east; progress	קַדְמָה, נ׳
eastward	קַדְמָה, תה״פ
eastern; ancient; primitive	קַדְמוֹן, ת״ז, ־נָה, ת״נ
primeval	קַדְמוֹנִי, ת״ז, ־נִית, ת״נ
former condition; antiquity	קַדְמוּת, נ׳
front	קַדְמִי, ת״ז, ־מִית, ת״נ
crown of head, skull; vertex (math.)	קָדְקֹד, ז׳, ר׳, ־קֳדִים
to be dark; to be sad	קָדַר, פעו״י
potter	קַדָּר, ז׳, ר׳, ־רִים
pot	קְדֵרָה, נ׳, ר׳, ־רוֹת
pottery, ceramics	קַדָּרוּת, נ׳
darkness, blackness; eclipse	קַדְרוּת, נ׳
sadly, gloomily	קְדֹרַנִּית, קְדוֹרַנִּית, תה״פ
to be sacred, hallowed	קָדֵשׁ, פ״ע
to sanctify, consecrate; to betroth	קִדֵּשׁ, פ״י
to dedicate; to purify	הִקְדִּישׁ, פ״י
to purify (sanctify) oneself; to become sanctified; to become betrothed	הִתְקַדֵּשׁ, פ״ח
temple prostitute, sodomite	קָדֵשׁ, ז׳, קְדֵשָׁה, נ׳, ר׳, ־שִׁים, ־שׁוֹת
holiness, sanctity; holy place	קֹדֶשׁ, קוֹדֶשׁ, ז׳, ר׳, ־קֳדָשִׁים
the Holy Ark	אֲרוֹן הַקֹּדֶשׁ
the Holy Scriptures	כִּתְבֵי הַקֹּדֶשׁ
the Holy Tongue	לְשׁוֹן הַקֹּדֶשׁ
sacredness; prayer of benedictions	קְדֻשָּׁה, קְדוּשָׁה, נ׳, ר׳, ־שׁוֹת
to be blunt, dull, obtuse	קָהָה, פ״ע

קָבָה, קֵיבָה, נ׳, ר׳, ־בוֹת	stomach
קָבָּה, נ׳, ר׳, ־בוֹת	brothel; compartment, hut, tent
קִבּוּל, ז׳	receiving, accepting
כְּלִי קִבּוּל	receptacle
קַבּוּלִי, ת״ז, ־לִית, ת״נ	receptive
קָבוּעַ, ת״ז, קְבוּעָה, ת״נ	fixed, permanent; regular
קִבּוּעַ, ז׳	fixation
קִבּוּץ, ז׳, ר׳, ־צִים	gathering, co-operative settlement
קִבּוּץ, ז׳	Kubutz, name of Hebrew vowel "ֻ" ("oo" as in "too")
קְבוּצָה, נ׳, ר׳, ־צוֹת	gathering, group; co-operative (farm)
קְבוּצִי, ת״ז, ־צִית, ת״נ	collective
קָבוּר, ת״ז, קְבוּרָה, ת״נ	hidden, interred
קְבוּרָה, נ׳, ר׳, ־רוֹת	grave, burial
קֻבִּיָּה, קוּבִּיָּה נ׳, ר׳, ־יּוֹת	cube, dice
קְבִיעָה, נ׳	fixing; regularity
קְבִיעוּת, נ׳	regularity; permanence
בִּקְבִיעוּת, תה״פ	regularly
קֵבִית, נ׳	greed; ventricle
קָבַל, פ״ע	to complain, cry out
קִבֵּל, פ״י	to receive, accept
הִקְבִּיל, פעו״י	to be opposite, parallel; to meet
הִתְקַבֵּל, פ״ח	to be accepted, received
קַבָּל, קַבְּלָן, ז׳, ר׳, ־לִים, ־נִים	contractor; receiver
קֹבֶל, ז׳	battering ram; complaint
קַבָּלָה, נ׳, ר׳, ־לוֹת	receipt; receiving, reception; tradition; cabala, mysticism
קַבְּלָן, ז׳, ר׳, ־נִים	contractor, receiver
אַקְבָּלָנָה, קוּבְלָנָה, נ׳, ר׳, ־נוֹת	complaint

קַבְּלָנוּת, קַבְּלָת, נ׳, ־יּוֹת, ־לוֹת	contract, work on contract
קֶבֶס, ז׳	disgust; nausea
קִבֵּס, פ״י	to disgust; to nauseate
קָבַע, פ״י	to drive in; to fix; to rob, despoil
קֶבַע, ז׳	appointment; permanence
קֻבַּעַת נ׳, ר׳, ־בָּעוֹת	cup, goblet; sediment
קָבַץ, פ״י	to assemble, gather; to add
קִבֵּץ, פ״י	to beg; to collect
קֹבֶץ, ז׳, ר׳, קְבָצִים	compilation, collection
קַבְּצָן, ז׳, ר׳, ־נִים	beggar
קַבְּצָנוּת, נ׳	beggary
קַבְּצָנִי, ת״ז, ־נִית, ת״נ	begging
קַבְקָב, ז׳, ר׳, ־בִּים	sabot, wooden shoe
קִבְקוּב, ז׳	sabotage
קִבְקֵב, פ״י	to sabotage
קָבַר, פ״י	to bury
קֶבֶר, ז׳, ר׳, קְבָרִים, קְבָרוֹת	grave, tomb
בֵּית־הַקְּבָרוֹת	cemetery
קַבָּר, קַבְרָן, ז׳, ר׳, ־רִים, ־נִים	gravedigger
קָבָר, ז׳	coarse flour
פַּת קִבָּר	black bread
קַבַּרְנִיט, ז׳, ר׳, ־טִים	captain; ship's leader
קִבֹּרֶת, נ׳, ר׳, ־בּוֹרוֹת	biceps
קָדַד, פעו״י	to bow down; to cut off
קִדָּה, נ׳, ר׳, ־דוֹת	bowing down; cassia
קָדוּד, ת״ז, קְדוּדָה, ת״נ	cut, severed
קַדּוֹחַ, ז׳, ר׳, ־חִים	driller
קִדּוּחַ, ז׳, ר׳, ־חִים	drilling
קָדוּם, ת״ז, קְדוּמָה, ת״נ	ancient; primordial

enmity	צְרוֹר, ז'
narrowness	צָרוּת, נ'
jealousy, envy	צָרוּת עַיִן
to cry, shout	צָרַח, פ"ע
to castle (chess)	הִצְרִיחַ, פ"י
shout, cry	צְרַח, ז', ר', צְרָחִים
balsam	צְרִי, צֳרִי, ז', ר', צְרָיִים
cauterization	צְרִיבָה, נ', ר', ־בוֹת
causticity	צְרִיבוּת, נ'
hoarseness	צְרִידוּת, נ'
tower; castle (in chess)	צְרִיחַ, ז', ר', ־חִים
shout, scream	צְרִיחָה, נ', ר', ־חוֹת
needing; must; necessary	צָרִיךְ, ת"ז, צְרִיכָה, ת"נ
has to	צָרִיךְ לְ־
it is apparent	אֵין צָרִיךְ לוֹמַר
consumption; requirement; necessity	צְרִיכָה, נ'
alum	צָרִיף, ז'
shed, hut; barrack	צְרִיף, ז', ר', ־פִים
smelting	צְרִיפָה, נ', ר', ־פוֹת
hoarseness	צְרִירוּת, נ'
to need, want; to consume	צָרַךְ, פ"ע
to be obliged	נִצְרַךְ, פ"ע
to be necessary	הִצְטָרֵךְ, נִצְ־, פ"ח
need, necessity	צֹרֶךְ, ז', ר', צְרָכִים

victuals, provisions	צְרָכִים
consumer	צַרְכָן, ז', ר', ־נִים
co-operative store	צַרְכָנִיָּה, נ', ר', ־יּוֹת
to split; to incise; to jar (ear)	צָרַם, פ"י
to be leprous	צָרַע, פ"י
	צָרְעָה, נ', ר', צְרָעוֹת, ־עִים
wasp, hornet	צִרְעָה
leprosy	צָרַעַת, נ'
to refine, smelt; to join	צָרַף, פ"י
to be hardened, tested	נִצְרַף, פ"ע
to change for large coin	צֵרֵף, פ"י
to be joined, become attached	הִצְטָרֵף, פ"ח
France	צָרְפַת, נ'
French	צָרְפָתִי, ת"ז, ־תִית, ־תִיָּה, ת"נ
French language	צָרְפָתִית, נ'
cricket	צַרְצוּר, צְרָצַר, ז', ר', צְרָצָרִים
chirping	צִרְצוּר, ז', ר', ־רִים
to chirp	צִרְצֵר, פ"ע
to bind, tie; to oppress; to annoy; to be distressed; to be grieved	צָרַר, פעו"י
misfortune, disaster	צָרְתָה, נ'
thyme	צֶתֶר, ז'

ק

Koph, nineteenth letter of Hebrew alphabet; hundred	ק
to vomit	קָא, פ"י, ע' [קיא]
vomit	קָא, ז'
swan; goose	קָאק, קָק, קָאקִי, ז', ר', קָאקִים

pelican; owl	קָאת, קָאַת, נ', ר', קָאָתוֹת, קָאוֹת
crutch; artificial leg; stilt; measure	קַב, ז', ר', קַבִּים, קַבַּיִם
to curse	קָבַב, פ"י
belly; womb	קֵבָה, נ'

צִפּוֹרֶן, צִפֹּרֶן, נ', ר' ־פָּרְנַיִם, ־נִים fingernail, talon; nib, pen point, stylus; clove; dianthus
צִפְחָה, נ', ר' צְפָחוֹת slate
צַפַּחַת, נ', ר' צַפָּחוֹת pitcher, mug
צִפִּיָּה, נ' hope, expectation; pillowcase
צְפִיָּה, נ', ר' ־יּוֹת view, observation; expectation
צַפִּיחִית, נ', ר' ־יּוֹת wafer, flat cake
צְפִינָה, נ', ר' ־נוֹת ambush
צְפִיעַ, ז', ר' צְפִיעִים dung
צְפִיעָה, נ', ר' ־עוֹת offspring
צְפִיפוּת, נ' overcrowding; density
צָפִיר, ז', ר' צְפִירִים he-goat
צְפִירָה, נ', ר' ־רוֹת she-goat; whistling; wreath; turn; dawn
צְפִית, נ', ר' ־יּוֹת cover, case
צָפַן, פ"י to hide; to ambush
הִצְפִּין, פעו"י to face north; to hide
צֶפַע, ז', ר' צְפָעִים / צִפְעוֹנִי, ז', ר' ־נִים viper, poisonous serpent
צָפַף, צוֹפֵף, פ"י to press, crowd
צִפְצוּף, ז', ר' ־פִים twitter, whistling
צִפְצֵף, פ"ע to chirp, whistle
צַפְצָפָה, נ', ר' ־פוֹת poplar
צַפְצֵפָה, נ', ר' ־פוֹת whistle
צֶפֶק, ז' peritoneum
צַפֶּקֶת, נ' peritonitis
צָפַר, פ"ע to rise; to depart early; to whistle; to sound alarm (siren)
צַפָּר, ז', ר' ־רִים ornithologist
צְפַר, צַפְרָא, ז' morning
צְפַרְדֵּעַ, נ', ר' ־דְּעִים frog
צַפְרִיר, ז', ר' ־רִים morning breeze

צִפֹּרֶן, צִפּוֹרֶן, זו"נ, ר' ־נִים, ־נַיִם fingernail, talon; nib, pen point, stylus; clove; dianthus
צִפָּרְנֵי הֶחָתוּל, ז' calendula
צֶפֶת, נ', ר' צְפָתוֹת capital (of pillar)
צָץ, פ"ע, ע' [ציץ] to bud, blossom, come forth
צִקְלוֹן, ז', ר' ־נוֹת wallet, bag
צָר, פעו"י, ע' [צור] to besiege; to bind, wrap; to form; to persecute
צַר, ת"ז, צָרָה, ת"נ narrow, tight
צַר, ז', ר' צָרִים adversary; distress
צֹר, צוֹר, ז', ר' ־רִים, צֻרִים flint, silex
צָרַב, פ"י to burn, scorch
צָרָב, ת"ז, צָרֶבֶת, ת"נ burning
צֹרֵב, ז', ר' צָרְבִים apprentice
צָרֶבֶת, נ', ר' צָרָבוֹת scab, scar; inflammation; heartburn
צֶרֶדָה, נ', ר' ־דוֹת middle finger
[צרד] הִצְטָרֵד, פ"ח to be hoarse
צָרֶדֶת, נ' hoarseness
צָרָה, נ', ר' ־רוֹת distress, anguish; rival wife
צָרוּד, ת"ז, צְרוּדָה, ת"נ hoarse
צֵרוּד, ז' hoarseness
צָרוּעַ, ת"ז, צְרוּעָה, ת"נ; ז' leprous; leper
צֵרוּף, ז', ר' ־פִים joining, fusion; money changing
צָרוּף, ת"ז, צְרוּפָה, ת"נ refined, purified
צֵרוּפָה, נ', ר' ־פוֹת acrostic
צְרוֹר, ז', ר' ־רוֹת bundle; pebble; knot
צָרוּר, ת"ז, צְרוּרָה, ת"נ bound, tied up; preserved

צָנַח, פ״ע	to descend; to parachute
צַנְחָן, ז׳, ר׳, ־נִים	parachutist
צָנִים, ז׳, ר׳, צְנִמִים	rusk, biscuits
צָנִין, ז׳, ר׳, צְנִינִים	thorn, prick
צְנִינוּת, נ׳	chill
צְנִיעוּת, נ׳	decency, modesty; discretion
צָנִיף, ז׳, ר׳, צְנִיפִים, ־פוֹת	turban
צְנִיפָה, נ׳	wrapping; neighing
צְנִית, נ׳, ר׳, ־נִיוֹת	knapsack, haversack
צָנִית, נ׳	podagra, gout (feet)
צָנַן, פ״ע	to be chilly, feel cold
הִצְטַנֵּן, פ״ח	to catch cold
[צנע] הִצְנִיעַ, פ״י	to be modest, humble; to hide
צֶנַע, ז׳	austerity; modesty, humility
צִנְעָה, נ׳	privacy, secrecy
צָנַף, פעו״י	to wrap turban; to neigh; to shriek
צָנִיף, ז׳, צְנֵפָה, נ׳, ר׳, צְנָפִים, ־פוֹת	neighing
צְנֵפָה, נ׳	winding, enveloping
צִנְצֶנֶת, נ׳, ר׳, ־צְנוֹת	jar
צִנְתָּר, ז׳, ר׳, ־רוֹת	tube
צַעַד, ז׳, ר׳, צְעָדִים	step
צָעַד, פ״ע	to step, advance, march
צְעָדָה, נ׳, ר׳, ־דוֹת	marching; step; anklet, bracelet
צָעָה, פעו״י	to stoop, bend; to empty
צְעִידָה, נ׳	marching, pacing
צָעִיף, ז׳, ר׳, ־פִים	veil
צָעִיר, ת״ז, צְעִירָה, ת״נ ז׳, ר׳, ־רוֹת	young, little; lad, girl
צָעַן, פ״ע	to wander, migrate; to remove (tent)
צָעַף, פ״י	to veil

צַעֲצֻעַ, צַעֲצֻעַ, ז׳, ר׳, ־עִים	toy, plaything
צָעַק, פ״ע	to shout, talk loudly
נִצְעַק, פ״ע	to be summoned, called together
צְעָקָה, נ׳, ר׳, ־קוֹת	outcry, shout
צַעֲקָן, ז׳, ר׳, ־נִים	one who shouts
צַעֲקָנוּת, נ׳	shouting
צַעַר, ז׳, ר׳, צְעָרִים	pain; sorrow; trouble
צָעַר, פ״ע	to be small, insignificant
צִעֵר, פ״י	to cause pain
הִצְטַעֵר, פ״ח	to be sorry
צָף, פ״ע, ע׳ [צוף]	to float; to flood
צָף, ת״ז, צָפָה, ת״נ ז׳	floating; float
צָפַד, פ״ע	to cling; to contract, shrivel
צֶפֶד, ז׳	mucilage
צַפְדִּינָה, נ׳	scurvy
צַפֶּדֶת, נ׳	tetanus
צָפָה, פ״י	to keep watch; to observe; to waylay
צָפָה, פ״י	to look; to expect
צֻפָּה, פ״ע	to be laid over; to be covered
צִפָּה, נ׳, ר׳, ־פּוֹת	covering
צָפוּד, ת״ז, צְפוּדָה, ת״נ	shriveled
צִפּוּי, ז׳, ר׳, ־יִים	plating
צָפוּי, ת״ז, צְפוּיָה, ת״נ	foreseen
צָפוֹן, ז׳	north
צָפוּן, ת״ז, צְפוּנָה, ת״נ	hidden
צְפוֹנִי, ת״ז, ־נִית, ת״נ	northern
צְפוֹנִית־מִזְרָחִית	northeastern
צְפוֹנִית־מַעֲרָבִית	northwestern
צָפוּף, ת״ז, צְפוּפָה, ת״נ	crowded, close
צְפוּף, ז׳	crowding
צִפּוֹר, נ׳, ר׳, ־פֳּרִים	bird

perpetual; final	צָמִית, ת״ז, צְמִיתָה, ת״נ
perpetuity, eternity	צְמִיתוּת, נ׳
perpetually, eternally, forever	לַצְמִיתוּת, תה״פ
condensing, confining, contraction	צִמְצוּם, ז׳, ר׳, ־מִים
barely, just enough	בְּצִמְצוּם, תה״פ
to limit; to compress, confine; to reduce (math.)	צִמְצֵם, פעו״י
to shrink, wither, shrivel	צָמַק, פ״ע
wool	צֶמֶר, ז׳
(absorbent) cotton	צֶמֶר גֶּפֶן
wool dresser, wool merchant	צַמָּר, ז׳, ר׳, ־רִים
wooly	צַמְרִי, ת״ז, ־רִית, ת״נ
heliotrope	צִמְרִיּוֹן, ז׳, ר׳, ־נִים
shiver	צְמַרְמֹרֶת, נ׳, ר׳, ־מוֹרוֹת
summit	צַמֶּרֶת, נ׳, ר׳, ־מָרוֹת
to destroy, smash; to contract	צָמַת, פ״י
focus; juncture	צֹמֶת, צוֹמֶת, ז׳, ר׳, צְמָתִים
crossroads	צֹמֶת דְּרָכִים
thorn, brier	צֵן, ז׳, ר׳, צִנִּים
cold; buckler; shield	צִנָּה, נ׳, ר׳, ־נּוֹת
sheep, flocks	צֹנֶה, צֹאנֶה, צֹאן, ז׳
shrunken, meager	צָנוּם, ת״ז, צְנוּמָה, ת״נ
refrigeration, cooling	צִנּוּן, ז׳
radish	צְנוֹן, ז׳, צְנוֹנִית, נ׳, ר׳, ־נִים, ־נִיּוֹת
modest, chaste	צָנוּעַ, ת״ז, צְנוּעָה, ת״נ
wrapped	צָנוּף, ת״ז, צְנוּפָה, ת״נ
pipe, drain; socket	צִנּוֹר, ז׳, ר׳, ־רִים, ־רוֹת
spittle; hook, needle	צִנּוֹרָה, נ׳, ר׳, ־רוֹת

to thirst, be thirsty	צָמָא, פ״ע
thirsty	צָמֵא, ת״ז, צְמֵאָה, ת״נ
thirst; arid place	צִמָּאוֹן, ז׳
gum, rubber	צֶמֶג, ז׳
adhesive	צָמֹג, ת״ז, צְמֻגָּה, ת״נ
to attach, join, couple, harness; to adhere	צָמַד, פ״י
to join, attach oneself	נִצְמַד, פ״ע
to be bound	צָמַד, פ״ע
to combine	הִצְמִיד, פ״י
couple; yoke	צֶמֶד, ז׳, ר׳, צְמָדִים
charming couple	צֶמֶד חֶמֶד
duet	צִמְדָּה, נ׳
braid; veil	צַמָּה, נ׳, ר׳, ־מוֹת
homonym; pun	צָמוּד, ז׳, ר׳, ־דִים
joined	צָמוּד, ת״ז, צְמוּדָה, ת״נ
raisin	צִמּוּק, ז׳, ר׳, ־קִים
shrunken, shriveled	צָמוּק, ת״ז, צְמוּקָה, ת״נ
to sprout, spring up	צָמַח, פ״ע
to grow again, grow abundantly	צִמַּח, פ״ע
plant; growth, sprouting; vegetation	צֶמַח, ז׳, ר׳, צְמָחִים
vegetarianism	צִמְחוֹנוּת, נ׳
vegetarian	צִמְחוֹנִי, ת״ז, ־נִית, ת״נ
vegetative	צִמְחִי, ת״ז, ־חִית, ת״נ
flora, vegetation	צִמְחִיָּה, נ׳
rubber tire	צְמִיג, ז׳, ר׳, צְמִיגִים
adhesive	צָמִיג, ת״ז, צְמִיגָה, ת״נ
bracelet; cover, lid	צָמִיד, ז׳, ר׳, צְמִידִים
growth, vegetation	צְמִיחָה, נ׳, ר׳, ־חוֹת
virtuous person; snare, trap	צַמִּים, ז׳
shrinkage	צְמִיקָה, נ׳
wooly	צָמִיר, ת״ז, צְמִירָה, ת״נ

beating, צְלִיפָה, נ׳, ר׳, ־פוֹת	shadow, shade; צֵל, ז׳, ר׳, צְלָלִים
lashing; sharpshooting; sniping	shelter
to sink; to dive; צָלַל, פעו״י	trigonometry חָכְמַת הַצְּלָלִים
to grow dark; to tingle; to settle	cross צְלָב, צֶלֶב, ז׳, ר׳, צְלָבִים
to clarify; to cast shadow הֵצֵל, פ״י	Red Cross הַצְּלָב הָאָדֹם
silhouette צְלָלִית, נ׳, ר׳, ־יּוֹת	crusade מַסַּע־הַצְּלָב
[צלם] צֶלֶם, הַצְלִים, פ״י	Crusaders נוֹסְעֵי הַצְּלָב
to photograph	swastika צְלַב הַקֶּרֶס
to be photographed הִצְטַלֵּם, פ״ח	to impale; to crucify צָלַב, פ״י
image, idol, צֶלֶם, ז׳, ר׳, צְלָמִים	to cross oneself הִצְטַלֵּב, פ״ח
likeness, crucifix	Crusader צַלְבָּן, ז׳, ר׳, ־נִים
photographer צַלָּם, ז׳, ר׳, ־מִים	to grill, broil צָלָה, פ״י
great darkness; distress צַלְמָוֶת, נ׳	to pray for צָלָה, פ״ע
photographer's צַלְמָנִיָּה, נ׳, ר׳, ־יּוֹת	shady place צִלָּה, נ׳
studio, dark room; camera	gallows, cross צְלוֹב, ז׳, ר׳, ־בִים
movie camera צַלְמָנוֹעַ, ז׳, ר׳, ־עִים	crucified צָלוּב, ת״ז, צְלוּבָה, ת״נ
to limp, be lame צָלַע, פ״ע	jar, flask צְלוֹחִית, נ׳, ר׳, ־חִיּוֹת
rib; צֵלָע, נ׳, ר׳, צְלָעוֹת, צְלָעִים	grilled, broiled צָלוּי, ת״ז, צְלוּיָה, ת״נ
side; leg (geom.); hemistich (poet.)	clear, clarified צָלוּל, ת״ז, צְלוּלָה, ת״נ
misfortune; limping צֶלַע, ז׳	sediment צְלוּל, ז׳
caper bush צָלָף, ז׳, ר׳, צְלָפִים	photograph, צִלּוּם, ז׳, ר׳, ־מִים
to snipe צָלַף, פ״י	photographing
to whip הִצְלִיף, פ״י	eel צְלוֹפַח, ז׳, ר׳, ־חִים
sharpshooter; צַלָּף, ז׳, ר׳, ־פִים	to be fit for; to succeed; צָלַח, פ״ע
sniper	to be possessed
ringing, sound צְלִיל, ז׳, ר׳, ־לִים	to succeed; to prosper הִצְלִיחַ, פ״י
rattlesnake נְחַשׁ הַצִּלְצוּל	prosperous צָלֵחַ, ת״ז, צְלֵחָה, ת״נ
cricket צְלָצַל, ז׳, ר׳, ־לִים	plate, dish צַלַּחַת, נ׳, ר׳, ־לָחוֹת
cymbals צִלְצָל, ז׳, ר׳, ־צָלִים	grill, roast צְלִי, ז׳, ר׳, צְלָיִים
to ring; to telephone צִלְצֵל, פעו״י	hanging, צְלִיבָה, נ׳, ר׳, ־בוֹת
buzzing; spear, צִלְצָל, ז׳, ר׳, ־לִים	crucifixion
harpoon	roasting צְלִיָּה, נ׳
bait צִלְצַל דָּגִים	crossing (water) צְלִיחָה, נ׳, ר׳, ־חוֹת
to make a scar צָלַק, פ״י	ring; sound, tone צְלִיל, ז׳, ר׳, ־לִים
to form a scar הִצְטַלֵּק, פ״ח	diving; sinking; setting צְלִילָה, נ׳
scar, cicatrix צַלֶּקֶת, נ׳, ר׳, ־לָקוֹת	clarity, clearness צְלִילוּת, נ׳
to fast צָם, פ״ע, ע׳ [צום]	pilgrim צַלְיָן, צִילְיָן, ז׳, ר׳, ־נִים
thirst צָמָא, ז׳, צִמְאָה, נ׳	limping צְלִיעָה, נ׳, ר׳, ־עוֹת

droplet, drop	צַחְצוֹם, ז', ר', ־חִים
glistening, flashing	צַחְצוּחַ, ו', ר', ־חִים
to clean, make shiny	צִחְצֵחַ, פּ"י
arid region; splendor	צַחְצָחָה, נ', ר', ־חוֹת
to laugh	צָחַק, פּ"ע
to make, cause to laugh	הִצְחִיק, פּ"י
to break out laughing; to smile	הִצְטַחֵק, פּ"ח
one who laughs; jester	צַחְקָן, ז', ר', ־נִים
to giggle	צִחְקֵק, פּ"ע
whiteness	צַחַר, ז'
to become white	צָחַר, פּ"ע
white	צָחֹר, ת"ז, צְחֹרָה, ת"נ
whitish	צְחַרְחַר, ת"ז, ־חֹרֶת, ת"נ
to cite, quote	צִטֵּט, פּ"י
navy, fleet; wildebeest	צִי, ז', ר', ־יִים, צִים
celluloid	צִיבִּית, נ'
hunting; game; provision, food	צַיִד, ד'
shotgun	רוֹבֶה צַיִד
to supply, equip	צִיֵּד, פּ"י
hunter, sportsman	צַיָּד, ז', ר', ־דִים
provision	צֵידָה, נ'
dryness, drought	צִיָּה, נ', ר', ־יוֹת
preparation, supply, supplies	צִיּוּד, ז'
dryness, parched ground	צִיּוֹן, ד'
signpost; monument; mark	צִיּוּן, ז', ר', ־נִים
Zion	צִיּוֹן, נ'
Zionism	צִיּוֹנוּת, ז'
Zionist	צִיּוֹנִי, ז', ר', ־יִים
chirp, twitter	צִיּוּץ, ז', ר', ־צִים
drawing; image; sketch	צִיּוּר, ז', ר', ־רִים

imaginary; illustrative; intuitive	צִיּוּרִי, ת"ז, ־רִית, ת"נ
descriptiveness	צִיּוּרִיּוּת, נ'
obedience, obeying	צִיּוּת, ז'
thirst	צִמָּא, ז', ר', ־חִים
pilgrim	צַלְיָן, צַלְיָן, ז', ר', ־נִים
to mark, note, distinguish	צִיֵּן, פּ"י
to distinguish oneself	הִצְטַיֵּן, פּ"ח
jail, cell, gaol	צִינוֹק, ז'
blossom, bud; diadem	צִיץ, ז', ר', ־צִים
to flower, blossom	[ציץ] צָץ, פּ"ע
to chirp	צִיֵּץ, פּ"ע
to peep, glance	הֵצִיץ, פּ"י
flower; fringe	צִיצָה, נ', ר', ־צוֹת
tassel; forelock; fringe	צִיצִית, נ', ר', ־יוֹת
parsimonious person	צַיְקָן, ז', ר', ־נִים
stinginess	צַיְקָנוּת, נ'
consul; member of Parliament; representative; hinge; pivot, axis; birth pang; brine	צִיר, ז', ר', ־רִים
to draw, paint; to describe	צִיֵּר, פּ"י
to be imagined, painted	הִצְטַיֵּר, פּ"ח
painter, artist; draftsman	צַיָּר, ז', ר', ־רִים
squeak	צִירָה, נ', ר', ־רִים
Tsere, name of Hebrew vowel: ".." ("e" as in "they")	צֵירֵה, ז'
legation, consulate	צִירוּת, נ'
blear-eyed person	צַיְרָן, ז', ר', ־נִים
to obey	צִיֵּת, פּ"ע
obedient person; curious person, eavesdropper	צַיְּתָן, ז', ר', ־נִים
obedience	צַיְּתָנוּת, נ'

17

צוֹצָל, ז', צוֹצֶלֶת, נ', ר', –צָלִים,	happy, gay,	צוֹהֵל, ת"ז, צוֹהֶלֶת, ת"נ
–צָלוֹת dove, turtledove	rejoicing	
distress צוֹק, ז'	command;	צִוּוּי, ז', ר', –יִים
mountain cliff צוּק, ז', ר', –קִים	imperative (gram.)	
to torment, afflict [צוק] הֵצִיק, פ"י	to shout; to herald צָוַח, פ"ע	
affliction צוּקָה, נ', ר', –קוֹת	cry, shriek צְוָחָה, נ', ר', –חוֹת	
[צור] צָר, פעו"י to besiege; to bind,	one who shouts צַוְחָן, ז', ר', –נִים	
wrap; to form; to persecute	shouting;	צַוְחָנִי, ת"ז, –נִית, ת"נ
צוּר, צֹר, ז', ר', –רִים, צָרִים, flint,	deafening	
silex	shrieking צְוִיחָה, נ', ר', –חוֹת	
God; rock; refuge צוּר, ז', ר', –רִים	chirp, צְוִיץ, ז', צְוִיצָה, נ', ר', –צוֹת	
heartburning צוֹרְבָנִי, ת"ז, –נִית, ת"נ	chirping	
form, shape, figure צוּרָה, נ', ר', –רוֹת	crossed צוֹלֵב, ת"ז, –לֶבֶת, ת"נ	
צַוָּרֹן, צַוָּארֹון ז', ר', –רוֹנִים neck-	cross fire אֵשׁ צוֹלֶבֶת	
lace, collar	depth צוּלָה, נ', ר', –לוֹת	
formal; ideal צוּרִי, ת"ז, –רִית, ת"נ	diving; צוֹלֵל, ת"ז, צוֹלֶלֶת, ת"נ; ז'	
צוֹרֶךְ, צֹרֶךְ, ז', ר', צְרָכִים need,	diver	
necessity	submarine צוֹלֶלֶת, נ', ר', –לְלוֹת	
alchemist; צוֹרֵף, ז', ר', –רְפִים	lame צוֹלֵעַ, ת"ז, צוֹלַעַת, ת"נ	
goldsmith; silversmith	fast, fasting צוֹם, ז', ר', –מוֹת	
alchemy צוֹרְפוּת, נ'	to fast [צום] צָם, פ"ע	
צֶוֶת, צַוְתָּא, ז', ר', צְוָתִים staff,	jejunum הַמְּעִי הַצָּם	
company, crew	צוֹמֵחַ, ת"ז, צוֹמַחַת, ת"נ; ז', ר',	
together בְּצַוְתָּא, תה"פ	growing; flora, vegetation –מְחִים	
pure, clear, צַח, ת"ז, –חָה, צָחָה, ת"נ	focus; צוֹמֶת, צֹמֶת, ז', ר', צְמָתִים	
bright	juncture	
to articulate דִּבֵּר צָחוֹת	granite; flint; rock צוּנָם, ז'	
thirsty, parched צָחֶה, ת"ז, –חָה, ת"נ	cold, cool צוֹנֵן, ת"ז, צוֹנֶנֶת, ת"נ	
laughter, play, game צְחוֹק, ז'	cold water צוֹנְנִים, ז"ר	
whiteness, clarity צְחוֹר, ז'	wanderer, צוֹעֵן, ז', ר', –עֲנִים	
lucidly, clearly צָחוֹת, תה"פ	nomad	
purity, elegance צַחוּת, נ', ר', –חֻיּוֹת	gypsy צוֹעֲנִי, ז', ר', –נִים	
to be white, pure; to flow צָחַח, פ"ע	shepherd boy צוֹעֵר, ז', ר', –עֲרִים	
dry, arid צָחִיחַ, ת"ז, צְחִיחָה, ת"נ	honeycomb צוּף, ז', ר', –פִים	
צְחִיחָה, ז', ר', –חִים dry, parched	to float; to flood [צוף] צָף, פ"ע	
place, desert	watchman, scout צוֹפֶה, ז', ר', –פִים	
smell, stench; small צַחֲנָה, נ'	Boy Scouts צוֹפִים	
fried fish	siren צוֹפָר, ז', ר', –רִים	

color, hue, shade	צֶבַע, ז', ר', ־עִים
tulip	צִבְעוֹנִי, ז', ר', ־נִים
multicolored, variegated	צִבְעוֹנִי, ת"ז, ־נִית, ת"נ
sneaky	צְבֵעִי, ת"ז, ־עִית, ת"נ
to heap up	צָבַר, פ"י
cactus; aloe; native Israeli, Sabra	צָבָר, ז', ר', צְבָרִים
pile, heap	צֶבֶר, ז', ר', צְבָרִים
sheaf	צֶבֶת, ז', ר', צְבָתִים
pair of tongs, pliers; tweezers	צְבָת, צֶבֶת, נ', ר', צְבָתוֹת, צְבָתִים
to hunt, shoot	צָד, פ"י, ע' [צוד]
side; party	צַד, ז', ר', צְדָדִים, צְדָדִין, ־ן
to turn sideways; to support the side of, advocate	צִדֵּד, פ"י
to step aside	הִצְטַדֵּד, פ"ח
sidewise; subordinate	צְדָדִי, ת"ז, ־דִית, ת"נ
subordination	צְדָדִיוּת, נ'
to intend; to lie in wait	צָדָה, פ"ע
to be laid waste	נִצְדָּה, פ"ע
profile	צְדוּדִית, נ', ר', ־דִיוֹת
justification	צִדּוּק, ז'
Sadducee	צְדוֹקִי, ז', ר', ־קִים
Sadhe, eighteenth letter of Hebrew alphabet	צָדֵי, צָדִי, נ'
lying-in-wait, malice	צְדִיָּה, נ'
just, pious, virtuous	צַדִּיק, ת"ז, ־קָה, צַדֶּקֶת, ת"נ
to salute	הִצְדִּיעַ, פ"י [צדע]
temple	צֶדַע, ז', ר', צְדָעַיִם
mother-of-pearl	צֶדֶף, ז', ר', צְדָפִים
oyster, mussel	צִדְפָּה, נ', ר', ־דָפוֹת
porcelain	צַלְפָּה, ז'
to be just, right	צָדַק, פ"ע
to justify	צִדֵּק, פ"י

to apologize	הִצְטַדֵּק, פ"ח
righteousness, justice; Jupiter	צֶדֶק, ז'
justice; prosperity; charity	צְדָקָה, נ'
righteous, pious person	צַדְקָן, ז', צַדְקָנִית, נ', ר', ־נִים, ־נִיּוֹת
finch, linnet; tarpaulin	צְדָרָה, נ'
to be bright, yellow; to gladden; to be angry	צָהַב, פ"ע
yellow	צָהֹב, ת"ז, צְהֻבָּה, ת"נ
yellowish	צְהַבְהַב, ת"ז, ־הֶבֶת, ת"נ
jaundice	צַהֶבֶת, נ'
to be parched with thirst	צָהָה, פ"ע
angry	צָהוּב, ת"ז, צְהוּבָה, ת"נ
brawl	צְהִיבָה, נ', ר', ־בוֹת
clear	צָהִיר, ת"ז, צְהִירָה, ת"נ
to neigh; to cry for joy	צָהַל, פ"ע
happiness; rejoicing	צַהַל, ד'
Israeli army	צַהַ"ל
jubilation	צָהֳלָה, נ'
neighing	צְהָלָה, נ'
to brighten; to make public, publish; to declare, proclaim; to make oil	[צהר] הִצְהִיר, פ"י
window; zenith	צֹהַר, ז', ר', צְהָרִים
noon, midday	צָהֳרַיִם, ד'
meridian	קַו הַצָּהֳרַיִם
command	צַו, צַב, ז', ר', ־וִים, ־וִין
command; will, testament	צַוָּאָה, נ', ר', ־אוֹת
excrement	צוֹאָה, צֹאָה, נ', ר', ־אוֹת
filthy	צוֹאִי, ת"ז, ־אִית, ת"נ
neck	צַוָּאר, ז', ר', ־רִים, ־רִין
collar; necklace	צַוָּארוֹן, צַוְּרוֹן, ז', ר', צַוְּארוֹנִים
to hunt, shoot	[צוד] צָד, פ"י
right	צוֹדֵק, ת"ז, צוֹדֶקֶת, ת"נ
to command; to bequeath; to appoint	צִוָּה, פ"י

[פתע] הִפְתִּיעַ, פ״י to surprise

פֶּתֶק, פֶּתֶק, ז׳, פִּתְקָה, נ׳, ר׳, פְּתָקִים, ־קוֹת, פִּתְקָאוֹת note, slip (paper)

פָּתַר, פ״י to interpret, solve

פִּתְרוֹן, ז׳, ר׳, ־נִים, ־נוֹת interpretation, solution (to problem)

פַּתְשֶׁגֶן, פַּרְשֶׁגֶן ז׳ copy, text; abstract

פָּתַת, פ״י to crumble

צ, ץ

צ, ץ Sadhe, Tsadhe, eighteenth letter of Hebrew alphabet; ninety

צֹאָה, נ׳, ר׳, ־אוֹת excrement, filth

צֵאָה, פ״י to soil

צְאֵל, צָאֶל, ז׳, ר׳, צֶאֱלִים jujube; lotus; shade (of color)

צֹאן, נ״ר small cattle; sheep and goats

גֵּז צֹאן shorn wool

צֹאן אָדָם multitude of people

צֹאן בַּרְזֶל, נִכְסֵי צֹאן בַּרְזֶל wife's estate (held by husband)

צֶאֱצָא, ז׳, ר׳, ־אִים creature; produce; children, offspring

צָב, ז׳, ר׳, צַבִּים turtle; lizard

עֶגְלַת צָב covered wagon

צָבָא, ז׳, ר׳, צְבָאוֹת army, fighting forces, military service; warfare

אִישׁ צָבָא soldier

שַׂר צָבָא commander-in-chief

צְבָא ה׳ Israel; God's people; creatures

צְבָא הַשָּׁמַיִם host of heaven: planets, sun, moon, stars, etc.

צָבָא, פ״ע to come together; to attack in military formation; to conscript

הִצְבִּיא, פ״י to mobilize; to command

צְבָאִי, ת״ז, ־אִית, ת״נ military

צְבָאִיּוּת, נ׳ militarism

צָבֶה, ת״ז, צָבָה, ת״נ twollen, inflated

צָבָה, פ״ע so swell, become swollen; to desire

צָבוֹעַ, ז׳, ר׳, צְבוֹעִים hyena; hypocrite

צָבוּעַ, ת״ז, צְבוּעָה, ת״נ colored; hypocritical

צִבּוּר, ז׳, ר׳, ־רִים pile; community; public

צָבוּר, ת״ז, צְבוּרָה, ת״נ piled, collected

צִבּוּרִי, ת״ז, ־רִית, ת״נ common, public

צִבּוּרִיּוּת, נ׳ public affairs

צָבַט, פ״י to seize; to pinch (skin)

צְבִי, ז׳, ר׳, צְבָיִים, צְבָאִים gazelle; glory; beautiful color

צְבִיָּה, נ׳, ר׳, צְבִיּוֹת, צְבָאוֹת female gazelle; beautiful girl

צִבְיוֹן, ז׳ caprice

צְבִיטָה, נ׳, ר׳, ־טוֹת handle; pinch

צְבִיעָה, נ׳, ר׳, ־עוֹת dyeing

צְבִיעוּת, נ׳ hypocrisy

צְבִירָה, נ׳, ר׳, ־רוֹת heap, pile

צָבַע, פ״י to dye, dip

הִצְבִּיעַ, פ״י to raise the finger; to point; to vote

צַבָּע, ז׳, ר׳, ־עִים dyer; house painter

צֶבַע, ז׳, ר׳, צְבָעִים color; paint

צִבְעָן, ז׳, ר׳, ־נִים pigment

to open; to begin	פָּתַח, פ״י
to develop; to loose, loosen	פִּתַּח, פ״י
opening, entrance, doorway	פֶּתַח, ז׳, ר׳, פְּתָחִים
opening	פֶּתַח, ז׳
prologue	פֶּתַח־דָּבָר
Patach, name of Hebrew vowel: "־ַ" ("a" as in "father")	פַּתָּה, פַּתַח, ז׳, ר׳, פַּתָּחִין
opening	פִּתְחוֹן, ז׳
pretext, excuse	פִּתְחוֹן פֶּה
fool; simple-minded person	פֶּתִי, ז׳, פְּתַיָה, נ׳, ר׳, פְּתָאִים, פְּתָיִים,
beautiful dress	פְּתַיּוּת
decoy	פְּתִיגִיל, ז׳
foolishness	פִּתָּיוֹן, ז׳, ר׳, ־יוֹנִים
opening; beginning, introduction	פְּתַיּוּת, נ׳
mixing colors	פְּתִיחָה, נ׳, ר׳, ־חוֹת
twisted, tied up	פְּתִיכָה, נ׳
cord, thread	פָּתִיל, ת״ז, פְּתִילָה, ת״נ
wick, twisted cord; suppository	פָּתִיל, ז׳, ר׳, ־לִים
solution, unraveling	פְּתִילָה, נ׳, ר׳, ־לוֹת
piece, bit, crumb	פְּתִירָה, נ׳
to mix colors; to stir; to knead	פָּתַךְ, פ״י
to twist	פָּתַל, פ״י
to deal tortuously	הִתְפַּתֵּל, פ״ח
tortuous, crooked	פְּתַלְתֹּל, ת״ז, ־תֻּלָּה, ת״נ
poisonous snake, cobra	פֶּתֶן, ז׳, ר׳, פְּתָנִים
venom	רֹאשׁ פְּתָנִים
suddenly	פֶּתַע, תה״פ

wicket, small gate, door	פִּשְׁפָּשׁ, ז׳, ר׳, ־שִׁים
to examine, investigate, search	פִּשְׁפֵּשׁ פ״י
to open wide	פָּשַׂק, פ״י
to melt; to be lukewarm	פָּשַׁר, פ״ע
to compromise, arbitrate	פִּשֵּׁר, פ״י
to be settled	הִתְפַּשֵּׁר, פ״ח
interpretation, solution	פֵּשֶׁר, ז׳
compromise, settlement	פְּשָׁרָה, נ׳, ר׳, ־רוֹת
compromiser, conciliator	פַּשְׁרָן, ז׳, ר׳, ־נִים
flax, linen	פִּשְׁתָּה, נ׳, פִּשְׁתָּן, ז׳, ר׳, ־נִים
flax worker, dealer in flax	פִּשְׁתָּנִי, ז׳, ר׳, ־נִים
piece of bread, bread	פַּת, נ׳, ר׳, פִּתִּים
breakfast	פַּת שַׁחֲרִית
suddenly	פִּתְאֹם, תה״פ
sudden	פִּתְאֹמִי, ת״ז, ־מִית, ת״נ
hors d'oeuvre, tidbits	פַּתְבַּג, פַּת־בַּג, ז׳
saying; edict, decree	פִּתְגָּם, ז׳ ר׳, ־מִים
to be foolish; to open wide	פָּתָה, פעו״י
to persuade, seduce	פִּתָּה, פ״י
open	פָּתוּחַ, ת״ז, פְּתוּחָה, ת״נ
engraving; development	פִּתּוּחַ, ז׳
seduction, persuasion	פִּתּוּי, ז׳, ר׳, ־יִים
mixture, blend	פִּתּוּךְ, ז׳
mixed, blended	פָּתוּךְ, ת״ז, פְּתוּכָה, ת״נ
twisting, winding	פִּתּוּל, ז׳, ר׳, ־לִים
fragment(s), crumb(s)	פָּתוֹת, ז׳, ר׳, פְּתוֹתִים

simplification;	פָּשׁוֹט, פָּשֵׁט, ז'	defense attorney	פְּרַקְלִיט, ז', ר', ־טִים
straightening		business; goods	פְּרַקְמַטְיָה, נ'
coming to terms,	פָּשׁוּר, ז', ר', ־רִים	redemption money;	פָּרָקוֹן, פִּרְקוֹן, ז'
solution, compromise		redemption; outlet	
to split, tear off, strip	פָּשַׁח, פ"י	to break into crumbs	פָּרַר, פ"י
to tear in pieces	פִּשַּׁח, פ"י	to destroy; to violate;	הֵפַר, פ"י
to take off, remove;	פָּשַׁט, פעו"י	to make void	
to stretch, spread; to straighten		to break a strike	הֵפַר שְׁבִיתָה
to go bankrupt	פָּשַׁט רֶגֶל	to spread, spread out	פָּרַשׂ, פ"י
to simplify; to strip;	פִּשֵּׁט, פ"י	to scatter	פֵּרַשׂ, פ"י
to stretch		to separate; to depart;	פָּרַשׁ, פעו"י
to strip, flay	הִפְשִׁיט, פ"י	to make clear; to specify	
to undress;	הִתְפַּשֵּׁט, ס"ח	to clarify; to explain,	פֵּרַשׁ, פ"י
to be spread		interpret	
simplification	פָּשֵׁט, פָּשׁוּט, ז'	to dedicate;	הִפְרִישׁ, פ"י
plain,	פְּשָׁט, ז', ר', ־טוֹת, ־טִים	to separate, set aside	
simple meaning		horseman,	פָּרָשׁ, ז', ר', ־שִׁים
simplicity	פַּשְׁטוּת, נ'	knight (chess)	
pudding	פַּשְׁטִידָה, נ', ר', ־דוֹת	excrement, dung	פֶּרֶשׁ, ז'
straightforward	פַּשְׁטָן, ז', ר', ־נִים	copy, text; abstract	פַּרְשֶׁגֶן, פַּתְשֶׁגֶן, ז'
speaker		emergency exit; passage	פִּרְשְׁדוֹן, ז'
undressing; stretching	פְּשִׁיטָה, נ'	section;	פָּרָשָׁה, נ', ר', ־שׁוֹת, שִׁיּוֹת
forth		division; chapter (book)	
bankruptcy	פְּשִׁיטַת רֶגֶל	crossroad	פָּרָשַׁת־דְּרָכִים
trespass;	פְּשִׁיעָה, נ', ר', ־עוֹת	commentator,	פַּרְשָׁן, ז', ר', ־נִים
offense; crime, negligence		exegete	
cooling	פְּשִׁירָה, נ', ר', ־רוֹת	exegesis	פַּרְשָׁנוּת, נ'
to knot and fasten;	[פשל] הִפְשִׁיל, פ"י	to belittle; to have no	פָּרַת, פ"י
to roll up		respect for	
to transgress, revolt,	פָּשַׁע, פ"ע		פָּרַת־מֹשֶׁה־רַבֵּנוּ, נ', ר', פָּרוֹת־
rebel; to neglect		beetle, lady bug	מֹשֶׁה־רַבֵּנוּ
guilt;	פֶּשַׁע, ז', ר', פְּשָׁעִים	elder, leader	פַּרְתָּם, ז', ר', ־מִים
transgression		to spring about;	פָּשׂ, ס"ע, ע' [פוש]
to step, march	פָּשַׂע, פ"ע	to rest	
step	פֶּשַׂע, ז', ר', פְּשָׂעִים	haughtiness; deficiency	פָּשׂ, ז'
search; investigation	פִּשְׁפּוּשׁ, ז'	to spread out	פָּשָׂה, פ"ע
bug	פִּשְׁפֵּשׁ, ז', ר', ־פְּשִׁים	simple,	פָּשׁוּט, ת"ז, פְּשׁוּטָה, ת"נ
bed bug	פִּשְׁפֵּשׁ־הַמִּטָּה	plain, straight	

עֲבוֹדַת־פֶּרֶךְ hard labor, drudgery

פִּרְכָּה, פִּרְכָּא, נ׳, ר׳, ־כוֹת refutation, objection

פִּרְכּוּס, ז׳, ר׳, ־סִים painting, beautifying; jerking, struggling

פִּרְכֵּס, פ״י to beautify, apply make-up; to jerk, struggle

פָּרֹכֶת, נ׳, ר׳, פָּרוֹכוֹת, פָּרוֹכִיּוֹת curtain

פָּרַם, פ״י to tear, rend (garment)

פִּרְנוּק, ז׳ pampering, spoiling

פַּרְנָס, ז׳, ר׳, ־סִים provider; manager; leader (of a community)

פִּרְנֵס, פ״י to provide, support, maintain

הִתְפַּרְנֵס, פ״ח to support oneself

פַּרְנָסָה, נ׳, ר׳, ־סוֹת livelihood; maintenance, sustenance

פָּרַס, פ״י to break in two, split; to slice; to spread

הִפְרִיס, פ״י to part the hoof; to have parted hoofs

פֶּרֶס, ז׳, ר׳, פְּרָסִים osprey

פְּרָס, ז׳, ר׳, ־סִים prize; gift; coin; half a loaf

פַּרְסָה, נ׳, ר׳, ־סוֹת hoof; horseshoe

פַּרְסָה, נ׳, ר׳, ־סָאוֹת Persian mile

פִּרְסוּם, ז׳, ר׳, ־מִים publicity; publication

פַּרְסִי, ת״ז, ־סִית, ת״נ Persian

פִּרְסֵם, פ״י to publicize, publish

פִּרְסֹמֶת, נ׳, ־סוֹמוֹת publicity

פָּרַע, פ״י to neglect, disarrange; to uncover; to punish; to plunder; to pay a debt

הִפְרִיעַ, פ״י to cause disorder; to disturb

פֶּרַע, ז׳, ר׳, פְּרָעוֹת hair, unruly hair; thicket

פְּרָעָה, נ׳, ר׳, ־עוֹת riot, pogrom

פֵּרָעוֹן, ז׳, ר׳, פִּרְעוֹנוֹת payment of debt

פַּרְעוֹשׁ, ז׳, ר׳, ־שִׁים flea

פֻּרְעָנוּת, פּוּרְעָנוּת, נ׳, ר׳, ־נֻיּוֹת punishment, retribution

פָּרַף, פ״י to button, clasp

פִּרְפּוּר, ז׳, ר׳, ־רִים struggling, twitching, jerking

פִּרְפֵּר, פעו״י to move convulsively, struggle

פַּרְפַּר, ז׳, ר׳, ־פָּרִים butterfly

פַּרְפֶּרֶת, נ׳, ר׳, ־פְּרָאוֹת hors d'oeuvre

פָּרַץ, פעו״י to burst, break through; to press, urge

פֶּרֶץ, ז׳, פִּרְצָה, נ׳, ר׳, פְּרָצִים, ־צוֹת break; breach; opening

פַּרְצוּף, ז׳, ר׳, ־פִים face, features; parvenu

דּוּ־פַּרְצוּפִי, ת״ז two-faced, hypocritical

פָּרַק, פ״י to unload; to untie, loosen; to free, save

פֵּרַק, פ״י to sever, break; to unload; to remove

הִתְפָּרֵק, פ״ח to be dismembered; disassembled

פֶּרֶק, ז׳, ר׳, פְּרָקִים chapter; joint; period; crossroad; adolescence, puberty

לִפְרָקִים, תה״פ sometimes

רָאשֵׁי פְּרָקִים synopsis, résumé

הִגִּיעַ לְפִרְקוֹ to attain puberty

פִּרְקָה, נ׳, ר׳, פְּרָקוֹת division (*mil.*)

פִּרְקֵד, פ״י to turn on back

פְּרַקְדָּן, ת״ז, תה״פ, ־נִית, ת״נ supine

changing	פְּרִיטָה, נ', ר', ־טוֹת
money; small change	
fragile, brittle	פָּרִיךְ, ת"ז, פְּרִיכָה, ת"נ
cracking,	פְּרִיכָה, נ', ר', ־כוֹת
crushing, breaking	
tearing,	פְּרִימָה, נ', ר', ־מוֹת
rending of garments	
slicing;	פְּרִיסָה, נ', ר', ־סוֹת
spreading	
regards	פְּרִיסַת שָׁלוֹם
letting the hair	פְּרִיעָה, נ', ר', ־עוֹת
grow in neglect; paying a debt;	
disturbance	
roguery	פְּרִיעוּת, נ'
clasp, fastening,	פְּרִיפָה, נ', ר', ־פוֹת
pin	
	פָּרִיץ, ז', ר', פְּרִיצִים
vicious, violent man;	
nobleman, prince	
wild, vicious man	פָּרִיץ, ז', ר', ־צִים
beast of prey	פְּרִיץ־חַיּוֹת
breach;	פְּרִיצָה, נ', ר', ־צוֹת
breaking in	
obscenity, licentiousness	פְּרִיצוּת, נ'
detachable,	פָּרִיק, ת"ז, פְּרִיקָה, ת"נ
removable	
unloading;	פְּרִיקָה, נ', ר', ־קוֹת
breaking up	
spread,	פָּרִישׂ, ת"ז, פְּרִישָׂה, ת"נ
stretched	
spreading,	פְּרִישָׂה, נ', ר', ־שׂוֹת
stretching	
separation,	פְּרִישָׁה, נ', ר', ־שׁוֹת
abstinence; celibacy;	פְּרִישׁוּת, נ'
piety; restriction	
to split; to crush,	פָּרַךְ, פ"י
grind, demolish	
rigor, harshness; tyranny	פֶּרֶךְ, ז'

open; unfortified	פְּרָזוֹת, תה"פ
unwalled,	פְּרָזִי, ת"ז, ־זִית, ת"נ
unfortified	
to shoe horses	פִּרְזֵל, פ"י
to bud, blossom, flower;	פָּרַח, פ"ע
to fly; to break out; to spread	
(sore)	
flower, bud,	פֶּרַח, ז', ר', פְּרָחִים
blossom; flower-shaped	
ornament; youth; cadet; trainee	
young priests	פִּרְחֵי כְהֻנָּה
youth,	פִּרְחָח, ז', ר', ־חִים
whippersnapper	
to play a stringed	פָּרַט, פ"י
instrument; to change money;	
to specify	
single grapes; change (money)	פֶּרֶט, ז'
detail, specification	פְּרָט, ז', ר', ־טִים
especially,	בִּפְרָט, תה"פ
particularly	
detailing	פְּרָטוּת, נ'
details; in detail	בִּפְרָטוּת, תה"פ
private; single,	פְּרָטִי, ת"ז, ־טִית, ת"נ
separate	
first name	שֵׁם פְּרָטִי
proper noun	שֵׁם עֶצֶם פְּרָטִי
produce,	פְּרִי, פֶּרִי, ז', ר', פֵּרוֹת
fruit; profit	
progeny	פְּרִי בֶּטֶן
literary productivity	פְּרִי עֵט
atom	פָּרִיד, ז', ר', פְּרָדִים
farewell;	פְּרִידָה, נ', ר', ־דוֹת
particle; dove, pigeon	
	פְּרִיָּה, פָּרִיָּה, נ', ר', ־יוֹת, ־יּוֹת
fertility, fruitfulness	
productivity	פִּרְיוֹן, ז'
fruition;	פְּרִיחָה, נ', ר', ־חוֹת
blossoming; eruption; flight	

whip פַּרְגּוֹל, ז׳, ר׳, ־לִים

whipping פִּרְגּוּל, ז׳, ר׳, ־לִים

chick פַּרְגִּית, נ׳, ר׳, ־יּוֹת

to whip פִּרְגֵּל, פ״י

to separate, divide, divorce פָּרַד, פ״י

to be separated from each other, scattered הִתְפָּרֵד, פ״ח

mule פֶּרֶד, ז׳, פִּרְדָּה, נ׳, ר׳, פְּרָדִים ־דוֹת

molecule, particle; atom פְּרֻדָּה, פְּרוּדָה, נ׳, ר׳, ־דוֹת

atomic פְּרֻדִּי, ת״ז, ־דִּית, ת״נ

farewell פְּרֵדָה, נ׳, ר׳, ־דוֹת

orchard; orange grove פַּרְדֵּס, ז׳, ר׳, ־סִים

orange-grower פַּרְדְּסָן, ז׳, ר׳, ־נִים

citriculture פַּרְדְּסָנוּת, נ׳

to be fruitful, fertile; to bear fruit פָּרָה, פ״ע

to bear fruit, fertilize הִפְרָה, פ״י

cow פָּרָה, נ׳, ר׳, ־רוֹת

public פַּרְהֶסְיָה, פַּרְהֶסְיָא, נ׳

publicly בְּפַרְהֶסְיָה, תה״פ

separation, farewell פֵּרוּד, פֵּירוּד, ז׳, ר׳, ־דִים

separate, apart פָּרוּד, ת״ז, פְּרוּדָה, ת״נ

molecule, particle פְּרוּדָה, פְּרֻדָּה, נ׳, ר׳, ־דוֹת

skin, fur פַּרְוָה, נ׳, ר׳, ־ווֹת

unfortified, open פָּרוּז, ת״ז, פְּרוּזָה, ת״נ

demilitarization פֵּרוּז, ז׳

vestibule, corridor פְּרוֹזְדוֹר, ז׳, ר׳, ־רִים

changing (money); detailing פֵּרוּט, פֵּירוּט, ז׳, ר׳, ־טִים

small coin; change פְּרוּטָה, נ׳, ר׳, ־טוֹת

small change; fraction פְּרוּטְרוּט, ז׳, ר׳, ־טִים

in detail בִּפְרוּטְרוּט, תה״פ

broken פָּרוּךְ, ת״ז, פְּרוּכָה, ת״נ

furrier פַּרְוָן, ז׳, ר׳, ־נִים

spread פָּרוּס, ת״ז, פְּרוּסָה, ת״נ

piece of bread, slice פְּרוּסָה, נ׳, ר׳, ־סוֹת

wild; unrestrained, disorderly; bareheaded; paid פָּרוּעַ, ת״ז, פְּרוּעָה, ת״נ

buttoned; clasped פָּרוּף, ת״ז, פְּרוּפָה, ת״נ

broken; dissolute; immodest פָּרוּץ, ת״ז, פְּרוּצָה, ת״נ

taking apart, breaking up; dissolution; unloading פֵּרוּק, פֵּירוּק, ז׳, ר׳, ־קִים

pot פָּרוּר, ז׳, ר׳, ־רִים

suburb פַּרְוָר, פַּרְבָּר, ז׳, ר׳, ־רִים

crumb, fragment פֵּרוּר, פֵּירוּר, ז׳, ר׳, ־רִים

abstinent; ascetic; celibate; Pharisee; finch פָּרוּשׁ, ת״ז, פְּרוּשָׁה, ת״נ; ז׳

spread פָּרוּשׂ, ת״ז, פְּרוּשָׂה, ת״נ

explanation, commentary; exegesis פֵּרוּשׁ, פֵּירוּשׁ, ז׳, ר׳, ־שִׁים

explicitly בְּפֵרוּשׁ, תה״פ

to declare neutral, open, demilitarize פֵּרֵז, פ״י

to exaggerate הִפְרִיז, פ״י

lay, undisciplined ruler פְּרָז, פָּרָז, ז׳, ר׳, פְּרָזִים

unwalled village, town פְּרָזָה, נ׳, ר׳, פְּרָזוֹת

unfortified region פְּרָזוֹן, ז׳

to peel onions	פָּקַל, פ״י
to perforate, split; to bridle, govern	פָּקַם, פ״י
to burst, split; to be canceled	פָּקַע, פ״ע
to split; to unravel, to break open; to cancel; to release; to expropriate	הִפְקִיעַ, פ״י
to raise prices arbitrarily, unsettle the market	הִפְקִיעַ אֶת הַמְּחִיר, הַשַּׁעַר
crack, splinter, piece	פֶּקַע, ז', ר', פְּקָעִים
coil, ball of thread; bulb, tuber	פְּקַעַת, נ', ר', ־קָעוֹת, ־קָעִיּוֹת
doubt, hesitation	פִּקְפּוּק, ז', ר', ־קִים
to doubt, hesitate	פִּקְפֵּק, פ״י
scepticism; vacillation	פַּקְפְּקָנוּת, נ'
to cork, stop up	פָּקַק, פ״י
to be loosened, shaken	הִתְפַּקֵּק, פ״ע
cork, stopper	פְּקָק, פֶּקֶק, ז', ר', פְּקָקִים
clot (blood), thrombosis	פְּקֶקֶת, נ'
to be irreverent; to be sceptical; to be licentious	פָּקַר, פ״ע
to renounce ownership, declare free	הִפְקִיר, פ״י
bull	פַּר, ז', ר', פָּרִים
to be fruitful	[פרא] הִפְרִיא, פ״י
wild ass; savage	פֶּרֶא, ז', ר', פְּרָאִים
wild man, savage	פֶּרֶא אָדָם
wildness	פְּרָאוּת, נ'
wild, barbaric	פְּרָאִי, ת״ז, ־אִית, ת״נ
suburb	פַּרְבָּר, פַּרְוָר, ז', ר', ־רִים
to sprout, germinate	פָּרַג, הִפְרִיג, פ״י
poppy	פָּרָג, פֶּרֶג, ז', ר', פְּרָגִים
curtain	פַּרְגּוֹד, ז', ר', ־דִים

to reel, totter	פָּק, פ״ע, ע' [פוק]
to command; to muster, number; to appoint, assign; to remember; to visit	פָּקַד, פ״י
to muster	פָּקַד, פ״י
to be mustered	הִתְפַּקֵּד, פ״ח
order, command; duty, function	פְּקֻדָּה, פְּקוּדָה, נ', ר', ־דוֹת
deposit	פִּקָּדוֹן, ז', ר', ־קְדוֹנוֹת
stopper, cork; cap (of shell)	פְּקָק, פִּיקָה, נ', ר', ־קוֹת
Adam's apple	פִּקָּה שֶׁל גַּרְגֶּרֶת
command	פִּקּוּד, ז'
order, command; duty, function	פְּקוּדָה, פִּקְדָּה, נ', ר', ־דוֹת
supervision; control	פִּקּוּחַ, ז'
saving of life	פִּקּוּחַ־נֶפֶשׁ
open	פָּקוּחַ, ת״ז, פְּקוּחָה, ת״נ
split	פָּקוּעַ, ת״ז, פְּקוּעָה, ת״נ
gourd	פְּקוּעָה, נ', ר', ־עוֹת
corked, stopped	פָּקוּק, ת״ז, פְּקוּקָה, ת״נ
to open (eyes, ears)	פָּקַח, פ״י
to watch, guard	פָּקַח, פ״י
clever, smart; seeing; hearing	פִּקֵּחַ, ז', ר', ־קְחִים
prudence, shrewdness, cleverness	פִּקְחוּת, נ'
shrewd, clever	פִּקֵּחַ, ת״ז, ־חִית, ת״נ
redemption, deliverance	פִּקָּחֽ־קוֹחַ, ז'
officer, official; white-collar worker	פָּקִיד, ז', ר', פְּקִידִים
examination; remembrance	פְּקִידָה, נ', ר', ־דוֹת
officialdom; superintendence	פְּקִידוּת, נ', ר', ־דֻיּוֹת
bundle, bunch (of sheaves)	פָּקִיעַ, ז', ר', ־עִים

פְּעֻלָּה, פְּעוּלָה, נ׳, ר׳, ־לוֹת	deed, action; effect
פָּעוּר, ת״ז, פְּעוּרָה, ת״נ	wide open
פְּעִיָּה, נ׳, ר׳, ־יוֹת	bleating; cry
פָּעִיל, ת״ז, פְּעִילָה, ת״נ	active
פְּעִילוּת, נ׳, ר׳, ־לֻיוֹת	activity
פָּעַל, פ״י	to do, make, act
הִתְפָּעֵל, פ״ח	to be impressed, affected
פֹּעַל, פּוֹעַל, ז׳, ר׳, פְּעָלִים	deed; act; verb
פֹּעַל יוֹצֵא, פ״י	transitive verb
פֹּעַל עוֹמֵד, פ״ע	intransitive verb
שֵׁם־הַפֹּעַל	infinitive
פִּעֵל, ז׳	Pi'el, the active of the intensive stem of the Hebrew verb
פֻּעַל, ז׳	Pu'al, the passive of the intensive stem of the Hebrew verb
פְּעֻלָּה, פְּעוּלָה, נ׳, ר׳, ־לוֹת	deed, action; effect
פַּעֲלְתָן, ז׳, ר׳, ־נִים	active person
פַּעֲלְתָנוּת, נ׳	activity
פָּעַם, פ״ע	to beat; to impel
הִתְפָּעֵם, פ״ח	to be troubled
פַּעַם, נ׳, ר׳, פְּעָמִים, ־מוֹת	time, times; once; beat; step; foot
פַּעֲמַיִם	twice
הַפַּעַם	this once, this time
לִפְעָמִים	sometimes
פַּעֲמוֹנִית, נ׳, ר׳, ־יּוֹת	bluebell, campanula
פַּעֲמוֹן, ז׳, ר׳, ־נִים	bell
פִּעֲנֵחַ, פְּעַנֵּחַ, פ״י	to decipher
פִּעְפּוּעַ, ז׳, ר׳, ־עִים	bubbling
פִּעְפַּע, פ״ע	to crush; to pierce, penetrate; to bubble

פָּעַר, פ״י	to open wide
פַּעַר, ז׳	space, gap
פָּץ, פ״ע, ע׳ [פוץ]	to be dispersed, scattered
פָּצָה, פ״י	to open mouth; to deliver, set free
פִּצָּה, פ״י	to compensate, indemnify
פִּצּוּי, ז׳, ר׳, ־יִים	compensation, appeasement
פִּצּוּל, ז׳, ר׳, ־לִים	peeling; dividing, splitting
פָּצוּעַ, ת״ז, פְּצוּעָה, ת״נ	wounded
פִּצּוּץ, ז׳	blowing up, exploding
פָּצַח, פָּצַח, פ״י	to burst, open; to shout; to crack (nuts)
פְּצִיעָה, נ׳, ר׳, ־עוֹת	cracking, splitting
פְּצִירָה, נ׳, ר׳, ־רוֹת	file, filing
פִּצֵּל, פ״י	to divide; to peel
הִפְצִיל, פ״י	to branch off; to split
פְּצָלָה, פְּצָלָה, נ׳, ר׳, ־לוֹת	peeled spot; stripe
פַּצֶּלֶת, נ׳, ר׳, ־צָלוֹת	silica, silicate
פָּצַם, פ״י	to split open
פָּצַע, פ״י	to wound, bruise; to crack, split
פֶּצַע, ז׳, ר׳, פְּצָעִים	bruise, wound
פִּצְפֵּץ, פ״י	to shatter, dash to pieces
[פצץ] פּוֹצֵץ, פ״י	to split, break into pieces, explode, detonate
הִתְפּוֹצֵץ, פ״ע	to be shattered, burst, exploded
פְּצָצָה, נ׳, ר׳, ־צוֹת	bomb
פָּצַר, פ״ע	to press, urge
הִפְצִיר, פ״ע	to be stubborn; to urge

pheasant פַּסְיוֹן, ז', ר', ־נִים	פִּנְקָס, ז', ר', ־סִים, ־קְסָאוֹת
stepping over, פְּסִיחָה, נ' ר', ־חוֹת	notebook; ledger
skipping	bookkeeper פִּנְקְסָן, ז', ר', ־נִים
idol, פָּסִיל, פֶּסֶל, ז', ר', פְּסִילִים	bookkeeping פִּנְקְסָנוּת, נ'
graven image; statue, bust	strip, stripe; פַּס, ז', ר', ־סִים
step, walk פְּסִיעָה, נ', ר', ־עוֹת	board, track
comma פְּסִיק, ז', ר', ־קִים	railroad track פַּסֵּי הָרַכֶּבֶת
semicolon נְקֻדָּה וּפְסִיק	to divide, branch off פָּסַג, פ"ג
to sculpture, hew; to dis- פָּסַל, פ"י	peak; summit פִּסְגָּה, נ' ר', פְּסָגוֹת
qualify, reject	to be spoiled; [פסד] נִפְסַד, פ"ע
to trim; to carve פִּסֵּל, פ"י	to lose
sculptor פַּסָּל, ז', ר', ־לִים	to lose, suffer loss הִפְסִיד, פ"ע
idol, פֶּסֶל, ז', ר', פְּסָלִים, פְּסִילִים	loss, disadvantage פְּסֵדָה, נ' ר', ־דוֹת
graven image; statue, bust	to spread, be extended פָּסָה, פ"ע
sculpturing פַּסָּלוּת, נ'	piece, slice; פִּסָּה, נ', ר', ־סוֹת
refuse, פְּסֹלֶת, פְּסוֹלֶת, נ'	abundance
worthless matter	sole (foot); פַּס (רֶגֶל) יָד
piano פְּסַנְתֵּר, ז', ר', ־רִים	palm (hand)
pianist פְּסַנְתְּרָן, ז', ר', ־נִים	disqualified, פָּסוּל, ת"ז, פְּסוּלָה, ת"נ
to fall; to be gone פָּסַס, פ"ע	unfit, defective
to step, walk פָּסַע, פ"ע	sculpturing; פִּסּוּל, ז', ר', ־לִים
to be striped פִּסְפֵּס, פ"ע	chiseling; cutting
to cease, stop; to divide; פָּסַק, פעו"י	disqualification; פִּסּוּל, ז', ר', ־לִים
to decide	blemish, defect
to stop, interrupt; הִפְסִיק, פ"י	worthless matter, פְּסֹלֶת, פְּסוֹלֶת, נ'
to separate	refuse
separation, פֶּסֶק, ז', ר', פְּסָקִים	Biblical verse; פָּסוּק, ז', ר', פְּסוּקִים
detached piece, remainder	sentence
decision פְּסָק, ז', ר', ־קִים	cessation, פְּסוּק, ז', ר', ־קִים
judgment פְּסַק דִּין	interruption, pause
פִּסְקָה, נ', ר', ־קָאוֹת, פְּסָקוֹת	to pass over, leap over; פָּסַח, פ"ע
paragraph, section	to limp; to vacillate
part (hair) פְּסֹקֶת, נ', ר', ־סוֹקוֹת	Passover פֶּסַח, ז'
to groan, cry; to bleat פָּעָה, פ"ע	lame person, פִּסֵּחַ, ז', ר', ־סָחִים
insignificant, פָּעוּט, ת"ז, פְּעוּטָה, ת"נ	limper
small, young	lameness, limp פִּסְחוּת, נ'
minor, child פָּעוֹט, ז', ר', ־טוֹת	פְּסִיגָה, ז', פְּסִיגָה, נ', ר', ־גִים ־גוֹת
made, created פָּעוּל, ת"ז, פְּעוּלָה, ת"נ	branch, sprig

פְּלִישָׁה, נ׳, ר׳, ־שׁוֹת occupation, invasion
פֶּלֶךְ, ז׳, ר׳, פְּלָכִים district; spindle, distaff
פִּלֵּל, פ״י to think, judge; to intercede
הִתְפַּלֵּל, פ״ח to pray
פַּלְמוֹנִי, ז׳, ר׳, ־נִים a certain one, so and so
פֻּלְמוֹס, פּוּלְמוּס, ז׳, ר׳, ־סִים polemic argument, dispute
[פלמס] הִתְפַּלְמֵס, פ״ח to dispute
פִּלֵּס, פ״י to balance; to make level, straight
פֶּלֶס, ז׳, ר׳, פְּלָסִים scale, balance
[פלסף] הִתְפַּלְסֵף, פ״ח to philosophize
פַּלְסְתֵּר, פְּלַסְטֵר, ז׳ fraud, forgery
פִּלְפּוּל, ז׳, ר׳, ־לִים debate, argumentation
פִּלְפֵּל, ז׳, ר׳, ־פְּלִים pepper
פִּלְפֵּל, פעו״י to search; to argue, debate; to pepper
פַּלְפְּלָן, פִּלְפְּלָן, ז׳, ר׳, ־נִים debater
פִּלְפֶּלֶת, נ׳, ר׳, ־פָּלוֹת grain of pepper; pepper
[פלץ] הִתְפַּלֵּץ, פ״ח to shake, shudder
פְּלָצוּר, ז׳, ר׳, ־רִים lasso
פַּלָּצוּת, נ׳ shuddering
פָּלַשׁ, פ״ע to trespass; to penetrate; to invade
הִתְפַּלֵּשׁ, פ״ח to roll in
פְּלִשְׁתִּי, ת״ז, ־תִּית, ת״נ Philistine
פֻּמְבִּי, פּוּמְבִּי, ת״ז, ־בִּית, ת״נ open, public
בְּפֻמְבִּי, תה״פ publicly, openly
פָּמוֹט, ז׳, ר׳, ־טוֹת candlestick
פֻּמְפִּיָה, נ׳, ר׳, ־יוֹת grater

פָּן, פ״ע, ע׳ [פון] to doubt, hesitate
פֶּן, מ״ח lest
פְּנַאי, פְּנַי, ז׳ leisure
פַּנַּג, ז׳ pastry, honey cake
פֻּנְדָּק, פּוּנְדָּק, ז׳, ר׳, ־קִים, ־דְּקָאוֹת inn
פֻּנְדְּקַאי, פֻּנְדְּקִי, פּוּנְדְּקַאי, פּוּנְדְּקִי, ז׳, ר׳, ־קָאִים, ־קִים innkeeper
פָּנָה, פ״ע to turn, turn from
פִּנָּה, פ״י to remove; to empty
פִּנָּה, נ׳, ר׳, ־נּוֹת corner
פָּנוּי, ת״ז, פְּנוּיָה, ת״נ empty, disengaged; unoccupied; unmarried
פִּנּוּי, ז׳, ר׳, ־יִים emptying, clearing
פִּנּוּק, ז׳, ר׳, ־קִים spoiling, pampering
פְּנַי, פְּנַאי, ז׳ leisure time
פְּנִיָּה, נ׳, ר׳, ־יּוֹת inclination; design, motive
פָּנִים, זונ״ר face, countenance; front; surface
לְפָנִים, תה״פ formerly
מִפְּנֵי because of
עַז פָּנִים arrogant
פְּנֵי הַיָּם sea level
פְּנֵי הָעִיר notables
פְּנִים, ז׳ interior; inside; text
פְּנִימָה, תה״פ within
פְּנִימִי, ת״ז, ־מִית, ת״נ interior, inner
פְּנִימִיָּה, נ׳, ר׳, ־יּוֹת dormitory
פְּנִינָה, נ׳, ר׳, ־נִים pearl
פְּנִינִיָּה, נ׳, ר׳, ־יוֹת guinea fowl
פָּנָס, ז׳, ר׳, פְּנָסִים lantern, lamp
פָּנַס־כִּיס flashlight
פָּנַס־קֶסֶם projector (filmstrips)
פִּנֵּק, פ״י to indulge, pamper

crumb, פֵּירוּר, פָּרוּר, ז׳, ר׳, ־רִים	division, פְּלֻגָּ, ז׳, ר׳, ־גִים
fragment	separation
פִּירְכָּה, פִּרְכָּה, נ׳, ר׳, ־כוֹת	division; פְּלֻגָּה, פְּלֻגָּה, נ׳, ר׳, ־גּוֹת
refutation, objection	group
ventriloquist פִּיתוֹם, ז׳, ר׳, ־מִים	פְּלֻגְתָּא, פְּלֻגְתָּא, נ׳, ר׳, ־תּוֹת
flask, vial פַּךְ, ז׳, ר׳, ־כִּים	controversy, discussion
to trickle; to make flow פִּכָּה, פִּעֵ״י	split, splitting פִּלּוּחַ, ז׳, ר׳, ־חִים
to make sober פִּכֵּחַ, פִּ״י	a certain פְּלוֹנִי, ת״ז, ־נִית, ת״נ
sober פִּכֵּחַ, ת״ז, ־כַּחַת, ת״נ	so and so
sobriety פִּכְּחוּת, נ׳	to split; to till; to worship פָּלַח, פִּ״י
cracker פַּכְסָם, ז׳, ר׳, ־מִים	millstone; פֶּלַח, ז׳, ר׳, פְּלָחִים
dripping פִּכְפּוּךְ, ז׳, ר׳, ־כִים	cleavage, slice
to drip, ooze פִּכְפֵּךְ, פִּעֵ	upper millstone פֶּלַח רֶכֶב
to break, split פָּכַר, פִּ״י	lower פֶּלַח תַּחְתִּית, פֶּלַח שֶׁכֶב
to be wonderful, [פלא] נִפְלָא, פּ״ע	millstone
marvelous; to be difficult	farmer, fellah פַּלָּח, ז׳, ר׳, ־חִים
to fulfill, pay פִּלֵּא, פִּ״י	temple פֻּלְחָן, פּוּלְחָן, פָּלְחָן, ז׳
to be surprised; to הִתְפַּלֵּא, פּ״ח	service, worship
wonder	to escape; to be saved; פָּלַט, פָּעֵ״י
marvel, פֶּלֶא, ז׳, ר׳, פְּלָאִים, ־אוֹת	to vomit, discharge
wonder	to save; to give out הִפְלִיט, פִּ״י
פִּלְאִי, פֶּלִי, פֶּלִי, ת״ז, ־אִית, פִּלְאִית,	פָּלֵט, ז׳, פָּלִיט, ר׳, פְּלָטִים, ־לִיטִים
wonderful; mysterious, פֶּלִית, ת״נ	fugitive, refugee
incomprehensible	פְּלֵטָה, פְּלֵיטָה, נ׳, ר׳, ־טוֹת
to divide פִּלֵּג, פִּ״י	deliverance, escape
to depart, embark, sail; הִפְלִיג, פִּ״י	פֶּלִי, פִּלְאִי, פֶּלִי, ת״ז, פֶּלִית, פִּלְאִית,
to exaggerate	wonderful; incomprehensible ת״נ
stream, פֶּלֶג, פֶּלֶג, ז׳, ר׳, פְּלָגִים	wonderment; פִּלְאָה, נ׳, ר׳, ־אוֹת
channel; part; faction	miracle
division; group; פְּלֻגָּה, נ׳, ר׳, ־גּוֹת	argument, פְּלִינָה, נ׳, ר׳, ־נוֹת
stream	discussion, debate, controversy
group; פְּלֻגָּה, פְּלֻגָּה, נ׳, ר׳, ־גּוֹת	plowing פְּלִיחָה, נ׳, ר׳, ־חוֹת
division	פָּלִיס, פֶּלֶס, ז׳, פָּלִיסִים, ־לִיסִים
disputer, פַּלְגָן, ז׳, ר׳, ־נִים	fugitive, refugee
controversialist	judge פָּלִיל, ז׳, ר׳, פְּלִילִים
steel פְּלָד, ז׳, פְּלָדָה, נ׳, ר׳, ־דוֹת	פְּלִילָה, פְּלִילִיָּה, נ׳, ר׳, ־לוֹת, ־יוֹת
to search for vermin פָּלָה, פִּ״י	verdict, sentence
to be distinct, different נִפְלָה, פּ״ע	criminal פְּלִילִי, ת״ז, ־לִית, ת״נ

mushroom	פִּטְרִיָּה, נ׳, ר׳, ־יוֹת	pit, cavity	פַּחַת, זו״נ, ר׳, פְּחָתִים
to hammer out	פָּטַשׁ, פ״י	diminution,	פְּחָת, ז׳, ר׳, ־תִים
misfortune,	פִּיד, ז׳, ר׳, ־דִים	depreciation	
disaster		diminution; decay; trap	פְּחֶתֶת, נ׳
mouthpiece	פִּיָּה, נ׳, ר׳, ־יוֹת	topaz,	פִּטְדָה, נ׳, ר׳, פְּטָדוֹת
poetry,	פִּיּוּט, פַּיֶט, ז׳, ר׳, ־טִים	precious stone	
religious poem		stalk, stem	פְּטוֹטֶרֶת, נ׳, ר׳, ־טָרוֹת
poetical	פִּיּוּטִי, ת״ז, ־טִית, ת״נ	fattened,	פָּטוּם, ת״ז, פְּטוּמָה, ת״נ
conciliation,	פִּיּוּס, ז׳, ר׳, ־סִים	stuffed, stout	
appeasement		compounding;	פִּטּוּם, ז׳, ר׳, ־מִים
soot, dust	פִּיחַ, ז׳	stuffing	
to paint black	פִּיחַ, פ״י	free,	פָּטוּר, ת״ז, פְּטוּרָה, ת״נ
to write poetry	פִּיֵּט, פ״י	acquitted, guiltless	
poet, religious poet	פַּיְטָן, ז׳, ר׳, ־נִים	discharge, exemption,	פְּטוּר, ז׳
elephant	פִּיל, ז׳, ר׳, ־לִים	acquittal	
concubine	פִּילֶגֶשׁ, נ׳, ר׳, ־לַגְשִׁים	to chatter	פָּטַט, פ״י
philosopher	פִּילוֹסוֹף, פִילוֹסוֹפוּס, ז׳, ר׳, ־פִים	departure;	פְּטִירָה, נ׳, ר׳, ־רוֹת
philosophy	פִּילוֹסוֹפִיָה, נ׳, ר׳, ־יוֹת	decease	
fat; double chin	פִּימָה, נ׳, ר׳, ־מוֹת	hammer	פַּטִּישׁ, ז׳, ר׳, ־שִׁים
key bit	פִּין, ז׳, ר׳, ־נִים	raspberry	פֶּטֶל, ז׳, ר׳, פְּטָלִים
to pacify, appease	פִּיֵּס, פ״י	to fatten, stuff;	פִּטֵּם, פ״י
lot	פַּיִס, ז׳, ר׳, פִּיסוֹת, ־סִים	to compound spices	
appeaser	פַּיְסָן, ז׳, ר׳, ־נִים	protuberance	פִּטְמָה, נ׳, ר׳, פְּטָמוֹת
appeasement	פַּיְסָנוּת, נ׳	(on fruit); nipple	
fringe	פִּיף, ז׳, ר׳, ־פִים	chattering,	פִּטְפּוּט, ז׳, ר׳, ־טִים
edge of sword;	פִּיפִיָה, נ׳, ר׳, ־יוֹת	idle talk	
tooth, prong (harrow)		to chatter,	פִּטְפֵּט, פ״ע, ע׳ [פטט]
tottering	פִּיק, ז׳	babble	
stopper,	פִּיקָה, פְּקָה, נ׳, ר׳, ־קוֹת	driveler, chatterer	פַּטְפְּטָן, ז׳, ר׳, ־נִים
cork; cap (of shell)		babble, chatter;	פַּטְפְּטָנוּת, נ׳
ditch	פִּיר, ז׳, ר׳, ־רִים	garrulity	
	פֵּירוּד, פֵּרוּד, ז׳, ר׳, ־דִים	to send off, dismiss;	פָּטַר, פעו״י
separation, farewell		to set free	
changing	פֵּירוּט, פֵּרוּט, ז׳, ר׳, ־טִים	to dismiss	פִּטֵּר, פ״י
money; detailing		to conclude	הִפְטִיר, פ״י
taking	פֵּירוּק, פֵּרוּק, ז׳, ר׳, ־קִים	to resign, quit	הִתְפַּטֵּר, פ״ח
apart, breaking up; unloading		first-	פֶּטֶר, ז׳, פִּטְרָה, נ׳, ר׳, פְּטָרִים, ־
		born	

lukewarm	פּוֹשֵׁר, ת״ז, ־שֶׁרֶת, ת״נ
lukewarm water	פּוֹשְׁרִים, ז״ר
staple	פּוֹתָה, נ׳, ר׳, ־תוֹת
gullible	פּוֹתֶה, ת״ז, ־תָה, ת״נ
opener	פּוֹתְחָן, ז׳, ר׳, ־נִים
master key	פּוֹתַחַת, נ׳, ר׳, ־תָחוֹת
fine gold	פָּז, ז׳
to be gold-plated	פָּזָה, פ״ע
gold-plated	פָּזוּי, ת״ז, פְּזוּיָה, ת״נ
squinting	פָּזוּל, ז׳, פְּזוּלָה, נ׳
humming	פִּזּוּם, ז׳
scattered, dispersed	פָּזוּר, ת״ז, פְּזוּרָה, ת״נ
dispersion, scattering	פִּזּוּר, ז׳
distraction	פִּזּוּר־נֶפֶשׁ
to be agile, quick	פָּזַז, פ״ע
to leap, jump, dance	פִּזֵּז, פ״ע
to gild	הֵפֵז, פ״י
to be refined, gold-plated	הוּפַז, פ״ע
rash, hasty	פָּזִיז, ת״ז, פְּזִיזָה, ת״נ
impetuousness, rashness	פְּזִיזוּת, נ׳
squinting	פְּזִילָה, נ׳, פָּזוּל, ז׳, ר׳, ־לוֹת
to squint	פָּזַל, פ״ע
squinter	פַּזְלָן, ז׳, ר׳, ־נִים
to sing a refrain; to hum	פִּזֵּם, פ״י
song, psalm; refrain	פִּזְמוֹן, ז׳, ר׳, ־נִים, ־נוֹת
to disperse, scatter; to squander	פִּזֵּר, פ״י
stocking	פֻּזְמָק, פּוּזְמָק, ז׳, ר׳, ־מְקָאוֹת
spendthrift, liberal	פַּזְרָן, ז׳, ר׳, ־נִים
extravagance, liberality, squandering	פַּזְרָנוּת, נ׳
trap, snare; plate of metal, tinware	פַּח, ז׳, ר׳, ־חִים

disappointment	(פַּח) פַּחֲי־נֶפֶשׁ, ז׳
to fear, be frightened	פָּחַד, פ״ע
fear, awe, dread	פַּחַד, ז׳, פַּחְדָּה, נ׳, ר׳, פְּחָדִים, ־דוֹת
afraid, timorous	פַּחְדָן, ת״ז, ־נִית, ת״נ
fearful, scared	פַּחְדָּנִי, ת״ז, ־נִית, ת״נ
governor, pasha	פֶּחָה, ז׳, ר׳, פַּחוֹת, פַּחֲווֹת
flat, level	פָּחוּס, ת״ז, פְּחוּסָה, ת״נ
less	פָּחוֹת, תה״פ
less, minus; inferior	פָּחוּת, פָּחוֹת, ת״ז, פְּחוּתָה, ־חוֹתָה, ת״נ
reduction, lessening; devaluation; wear and tear	פְּחוּת, ז׳
to be reckless, wanton	פָּחַז, פ״ע
recklessness, wantonness	פַּחַז, ז׳, פַּחֲזוּת, נ׳
to ensnare	[פחח] הֵפַח, פ״י
tinsmith	פֶּחָח, ז׳, ר׳, ־חִים
crushing; flattening	פְּחִיסָה, נ׳, ר׳, ־סוֹת
tin can	פַּחִית, נ׳, ר׳, ־יוֹת
lessening, loss	פְּחִיתָה, נ׳, ר׳, ־תוֹת
diminution; disparagement	פְּחִיתוּת, נ׳
taxidermy	פִּחְלוּץ, ז׳
to blacken (with charcoal); to produce coal	פִּחֵם, פ״י
to be electrocuted	הִתְפַּחֵם, פ״ע
coal, charcoal	פֶּחָם, ז׳, ר׳, ־מִים
carbonization	פִּחְמוּן, ז׳
charcoal-burner; blacksmith	פֶּחָמִי, ז׳, ר׳, ־מִים
carbohydrate	פַּחְמֵימָה, נ׳, ר׳, ־מוֹת
carburetant	פַּחְמֵימָן, ז׳, ר׳, ־נִים
carbon	פַּחְמָן, ז׳
to batter, beat out of shape	פָּחַס, פ״י
to lessen, diminish	פָּחַת, פע״י

open, public	פּוּמְבִּי פָּמְבֵּי, ת"ז, ־בִּית, ת"נ
mouthpiece	פּוּמִית, נ', ר', ־יוֹת
to doubt, hesitate	[פון] פָּן, פ"ע
inn	פּוּנְדָּק, פֻּנְדָּק, ז', ר', ־דְּקָאוֹת,
	פּוּנְדְּקִי, פּוּנְדְּקָאי, פֻּנְדְּקִי, פֻּנְדְּקָאי,
innkeeper	ז', ר', ־קִים, ־קָאִים
legal interpreter	פּוֹסֵק, ז', ר', ־סְקִים
worker	פּוֹעֵל, ז', ר', ־עֲלִים
deed, act; verb	פּוֹעַל, פֹּעַל, ז', ר', פְּעָלִים
to be scattered, dispersed	[פוץ] פָּץ, פ"ע
to scatter; to distribute	הֵפִיץ, פ"י
to split, break into pieces, explode; to detonate	פּוֹצֵץ, פ"י, ע' [פצץ]
to reel, totter	[פוק] פָּק, פ"ע
to bring forth, produce, obtain	הֵפִיק, פ"י
stumbling block	פּוּקָה, נ', ר', ־קוֹת
to nullify	[פור] הֵפִיר, פ"י
lot	פּוּר, ז', ר', ־רִים
Purim, feast of lots	פּוּרִים
wine press	פּוּרָה, נ', ר', ־רוֹת
fruitful, fertile	פּוֹרֶה, ת"ז, ־רִיָּה, ת"נ
blossoming, blooming, flourishing; soaring, hovering	פּוֹרֵחַ, ת"ז, ־רַחַת, ת"נ
rioter, troublemaker	פּוֹרֵעַ, ז', ר', ־רְעִים
punishment, retribution	פּוּרְעָנוּת, פָּרְעָנוּת, נ', ר', ־נִיּוֹת
redemption money; redemption; outlet	פּוּרְקָן, פֻּרְקָן, ז'
barge	פּוּרֶקֶת, נ', ר', ־רְקוֹת
to jump, skip; to rest	[פוש] פָּשׁ, פ"ע
transgressor, offender	פּוֹשֵׁעַ, ז', ר', ־שְׁעִים

forehead	פַּדַּחַת, נ', ר', ־דְּחוֹת
delivery; ransom, redemption	פִּדְיוֹם, פִּדְיוֹן, ז'
to deliver	פָּדָע, פ"י
to powder	פָּדַּר, פ"י
suet, fat	פֶּדֶר, ז', ר', פְּדָרִים
mouth; opening, orifice	פֶּה, ז', ר', פִּיּוֹת, פֵּיוֹת
unanimously	פֶּה אֶחָד
by heart, orally	עַל פֶּה, בְּעַל פֶּה
according to	כְּפִי, לְפִי, עַל פִּי
although	אַף עַל פִּי שֶׁ־
here, hither	פֹּה, תה"פ
yawn	פָּהוּק, ז', ר', ־קִים
yawning	פְּהִיקָה, נ', ר', ־קוֹת
to yawn	פָּהַק, פָּהֵק, פ"ע
yawner	פַּהֲקָן, ז', ר', ־נִים
madder (*bot.*)	פּוּאָה, נ', ר', ־אוֹת
to evaporate; to become faint	[פוג] פָּג, פ"ע
to cool; to weaken	הֵפִיג, פ"י
relaxation, pause	פּוּגָה, נ', ר', ־גוֹת
cross-eyed	פּוֹזֵל, ת"ז, ־זֶלֶת, ת"נ
stocking	פּוּזְמָק, פֻּזְמָק, ז', ר', ־מְקָאוֹת
to breathe, blow	[פוח] פָּח, פעו"י
to breathe out, utter	הֵפִיחַ, פ"י
reckless, rash	פּוֹחֵז, ת"ז, ־חֶזֶת, ת"נ
tattered, poorly dressed	פּוֹחֵחַ, ת"ז, ־חֲחַת, ת"נ
decreasing	פּוֹחֵת, ת"ז, ־חֶתֶת, ת"נ
eye-paint; stibium, antimony; precious stone	פּוּךְ, ז', ר', ־כִים
bean; gland	פּוֹל, ז', ר', ־לִים
temple service, worship	פּוּלְחָן, פֻּלְחָן, ז'
polemic; argument, dispute	פּוּלְמוֹס, פֻּלְמוֹס, ז', ר', ־סִים

16

to be excessive נֶעְתַּר, פ״ע	enduring, עָתֵק, ת״ז, עֲתֵקָה, ת״נ
pitchfork; prayer עֶתֶר, ז׳, ר׳, עֲתָרִים	durable
abundance; wealth עֲתֶרֶת, נ׳	to pray, supplicate עָתַר, פ״ע

פ, פ, ף

defect; פְּגִימָה, נ׳, ר׳, ־מוֹת	Pé, Fé, seventeenth letter פ, פ, ף
impairment	of Hebrew alphabet; eighty
touchy (person) פָּגִיעַ, ת״ז, פְּגִיעָה, ת״נ	Pé, name פֵּא, נ׳, ר׳, פֵּאִים, פֵּיפִין
meeting, contact; פְּגִיעָה, נ׳, ר׳, ־עוֹת	of seventeenth letter
hit; insult	of Hebrew alphabet
bull's-eye פְּגִיעָה בַּמַּטָּרָה	corner, side, פֵּאָה, נ׳, ר׳, ־אוֹת
death, dying פְּגִירָה, נ׳, ר׳, ־רוֹת	section; curl, lock of hair
meeting פְּגִישָׁה, נ׳, ר׳, ־שׁוֹת	wig פֵּאָה נָכְרִית
to make unfit, rejectable פָּגַל, פ״י	to glorify, crown; to praise; פֵּאֵר, פ״י
to damage; to make unfit פָּגַם, פ״י	to glean
to demonstrate [פגן] הִפְגִּין, פ״י	to boast, be proud הִתְפָּאֵר, פ״ח
(publicly), make a demonstration;	beauty; glory; פְּאֵר, ז׳, ר׳, ־רִים
to cry out	head piece; turban
to meet; to attack, strike פָּגַע, פ״י	bough פֹּארָה, פֻּארָה, נ׳, ר׳, ־רוֹת
to beseech, entreat הִפְגִּיעַ, פ״י	February פֶבְּרוּאָר, ז׳
contact, accident, פֶּגַע, ז׳, ר׳, פְּגָעִים	to become faint; פָּג, פ״ע, ע׳ [פוג]
occurrence	to evaporate
to perish; to decay פָּגַר, פ״ע	unripe fig; פַּג, ז׳, ר׳, ־גִּים
to be exhausted, faint; פִּגֵּר, פע״י	premature baby
to be slow; to destroy, break up	to coagulate פָּגַג, פ״ע
carcass, corpse פֶּגֶר, ז׳, ר׳, פְּגָרִים	unripe fruit; פַּגָּה, נ׳, ר׳, ־גִּים
vacation פַּגְרָה, נ׳, ר׳, ־רוֹת	undeveloped puberty
dullard, slow person פַּגְרָן, ז׳, ר׳, ־נִים	abomination פִּגּוּל, פִּיגּוּל, ז׳, ר׳, ־לִים
to meet, encounter פָּגַשׁ, פ״י	scaffold פִּגּוּם, פִּיגּוּם, ז׳, ר׳, ־מִים
pedagogue פֶּדָגוֹג, פֶּדָּגוֹג, ז׳, ר׳, ־גִים	impaired, פָּגוּם, ת״ז, פְּגוּמָה, ת״נ
pedagogy פֶּדָגוֹגְיָה, נ׳	defective
to ransom, redeem; פָּדָה, פ״י	coagulation פְּגוּת, נ׳
to deliver	shell, battering פֶּגֶז, ז׳, ר׳, פְּגָזִים
ransomed, פָּדוּי, ת״ז, פְּדוּיָה, ת״נ	projectile
redeemed	to batter, bombard [פגז] הִפְגִּיז, פ״י
redemption, delivery; פְּדוּת, נ׳	dagger פִּגְיוֹן, ז׳, ר׳, ־נוֹת
distinction	

lantern; iron bar עֲשָׁשִׁית, נ׳, ר׳, ־שִׁיּוֹת	to make; to do, produce עָשָׂה, פ״י
plate; metal bar; עֶשֶׁת, ז׳, ר׳, עֲשָׁתוֹת	made; עָשׂוּי, ת״ז, עֲשׂוּיָה, ת״נ
steel	accustomed
to become sleek; strong עָשֵׁת, פ״ע	constraint, עִשּׂוּי, ז׳, ר׳, ־יִים
to think, bethink הִתְעַשֵּׁת, פ״ע	compulsion
oneself	weeding עִשּׂוּב, ז׳
thoughts עֶשְׁתּוֹנוֹת, ז״ר	smoking עִשּׁוּן, ז׳, ר׳, ־נִים
Ashtoreth, עַשְׁתֹּרֶת, נ׳, ר׳ ־תָּרוֹת	oppressed עָשׁוּק, ת״ז, עֲשׁוּקָה, ת״נ
Canaanite goddess of fecundity	extortioner עָשׁוֹק, ז׳, ר׳, ־קִים
time; עֵת, נ׳, ר׳, עִתִּים, עִתּוֹת	ten, decade עָשׂוֹר, ש״מ, ר׳, ־רִים
occurrence	tithing עִשּׂוּר, ז׳ ר׳, ־רִים
for the meantime, לְעֵת עַתָּה	with tens עָשׂוֹרִי, ת״ז, ־רִית, ת״נ
for now	forged עָשׁוֹת, ת״ז, עֲשׂוֹתָה, ת״נ
sometimes לְעִתִּים	doing, action עֲשִׂיָּה, נ׳, ר׳, ־יוֹת
to make ready עִתֵּד, פ״י	rich עָשִׁיר, ת״ז, עֲשִׁירָה, ת״נ
now עַתָּה, תה״פ	wealth, richness עֲשִׁירוּת, נ׳
he-goat, bell- עַתּוּד, ז׳, ר׳, ־דִים	a tenth { עֲשִׂירָיָה, נ׳, ר׳, ־יוֹת
wether; leader	עֲשִׂירִית, נ׳, ר׳, ־יוֹת }
provision; עֲתוּדָה, נ׳, ר׳, ־דוֹת	smoke עָשָׁן, ז׳, ר׳, עֲשָׁנִים
reserves (mil.)	smoking, smoky עָשֵׁן, ת״ז, עֲשֵׁנָה, ת״נ
newspaper, journal עִתּוֹן, ז׳, ר׳, ־נִים	to smoke עָשֵׁן, פ״ע
journalism עִתּוֹנָאוּת, נ׳	to smoke, raise smoke, עִשֵּׁן, פ״ע
journalist עִתּוֹנַאי, ז׳, ר׳, ־נָאִים	fumigate
ready; periodic עִתִּי, ת״ז, עִתִּית, ת״נ	sharp edge of ax עָשֶׁף, ז׳, ר׳, עֲשָׁפִים
ready; future עָתִיד, ת״ז, עֲתִידָה, ת״נ	oppression, extortion עֹשֶׁק, עוֹשֶׁק ז׳
ancient עַתִּיק, ת״ז, ־קָה, ת״נ	quarrel, fight עֵשֶׂק, ז׳
antiquity עַתִּיקוּת, נ׳	to oppress, extort עָשַׁק, פ״י
antiques, antiquities עַתִּיקוֹת, נ״ר	wealth עֹשֶׁר, עוֹשֶׁר ז׳
rich עָתִיר, ת״ז, ־רָה, ת״נ	to become rich עָשַׁר, פ״ע
entreaty עֲתִירָה, נ׳, ר׳, ־רוֹת	to tithe; to multiply by ten עָשַׂר, פ״י
to be dark [עתם] נֶעְתַּם, פ״ע	ten (f.) עֶשֶׂר, ש״מ
arrogance עָתָק, ז׳	ten (m.) עֲשָׂרָה, ש״מ
to move, advance; עָתַק, פ״ע	a tenth עִשָּׂרוֹן, ז׳, ר׳, עֶשְׂרוֹנוֹת
to succeed	base ten עֶשְׂרוֹנִי, ת״ז, ־נִית, ת״נ
to be transcribed, נֶעְתַּק, פ״ע	twenty עֶשְׂרִים, ש״מ
translated	group of ten עֲשֶׂרֶת, נ׳, ר׳, עֲשָׂרוֹת
to copy; to translate; הֶעְתִּיק, פ״י	to waste away; עָשֵׁשׁ, עָשַׁשׁ, פ״ע
to remove	to dim (eyes)

breaking the neck; decapitation	עֲרִיפָה, נ׳, ר׳, ־פוֹת
violent person; tyrant	עָרִיץ, ז׳, ר׳, ־צִים, ־צוֹת
epic	עֲרִיצִי, ת״ז, ־צִית, ת״נ
ruthlessness, tyranny	עֲרִיצוּת, נ׳
deserter	עָרִיק, ז׳, ר׳, ־קִים
desertion	עֲרִיקָה, נ׳
childlessness; loneliness	עֲרִירוּת, נ׳
childless; lonely	עֲרִירִי, ת״ז, ־רִית, ת״נ
value, evaluation; order, arrangement; entry (in dictionary)	עֵרֶךְ, ז׳, ר׳, עֲרָכִים
approximately, about	בְּעֵרֶךְ, תה״פ
a suit of clothes	עֵרֶךְ בְּגָדִים
comparison	עֵרֶךְ, ז׳, ר׳, ־כִים
to arrange, set in order; to compare	עָרַךְ, פ״י
to set a table	עָרַךְ שֻׁלְחָן
to value, estimate, assess	הֶעֱרִיךְ, פ״י
uncircumcised; gentile	עָרֵל, ת״ז, עֲרֵלָה, ת״נ
dull-head	עֲרַל לֵב
stutterer	עֲרַל שְׂפָתַיִם
hard of hearing	אֹזֶן עֲרֵלָה
to count (leave) uncircumcised, forbidden	עָרַל, פ״י
foreskin; fruit of trees for the first three years	עָרְלָה, נ׳, ר׳, עֲרָלוֹת
to make piles	עָרַם, פ״י
to be heaped up	נֶעֱרַם, פ״ע
to be crafty, sly	הֶעֱרִים, פ״ע
naked	עָרֹם, עָרוֹם, ת״ז, עֲרֻמָּה, ת״נ
pile, heap	עֲרֵמָה, נ׳, ר׳, ־מוֹת
slyness, craftiness	עָרְמָה, נ׳, ר׳, ־מוֹת

crafty	עַרְמוּמִי, ת״ז, ־מִית, ת״נ
craftiness	עַרְמוּמִיּת, נ׳
chestnut; chestnut tree	עַרְמוֹן, ז׳, ר׳, ־נִים
castanets	עַרְמוֹנִיּוֹת, נ״ר
wakefulness, alertness	עֵרָנוּת, נ׳
wide awake, alert	עֵרָנִי, ת״ז, ־נִית, ת״נ
hammock	עַרְסָל, ז׳, ר׳, ־לִים
objection, appeal	עִרְעוּר, ז׳, ר׳, ־רִים
to destroy; to object; to appeal	עִרְעֵר, פ״י
juniper; appeal; destitute	עַרְעָר, ז׳, ר׳, ־רִים
neck; base (mil.)	עֹרֶף, עוֹרֶף, ז׳, ר׳, עֲרָפִים
to decapitate, break the neck; to drip	עָרַף, פ״י
vampire, species of bat	עֲרַפַּד, ז׳, ר׳, ־דִים
fog, mist	עֲרָפֶל, ז׳, ר׳, ־פִּלִים
to make foggy	עִרְפֵּל, פ״י
foggy, misty	עֲרָפִלִי, ת״ז, ־לִית, ת״נ
to frighten; to fear, dread	עָרַץ, פעו״י
to venerate, admire deeply	הֶעֱרִיץ, פ״י
to flee, desert	עָרַק, פ״ע
sieve	עָרָק, ז׳, ר׳, עֲרָקִים
knee joint	עַרְקוּב, ז׳, ר׳, ־בִּים
to object, to contest	עָרַר, פ״ע
bed, crib, divan	עֶרֶשׂ, ו׳, ר׳, עֲרָשׂוֹת
sickbed	עֶרֶשׂ דְּוָי
to hurry	עָשׁ, פ״ע, [עוש]
moth; the Great Bear	עָשׁ, ז׳, ר׳, ־שִׁים
grass	עֵשֶׂב, ז׳, ר׳, עֲשָׂבִים
to weed	עִשֵּׂב, פ״י
herbarium	עֶשְׂבִּיָּה, נ׳, ר׳, ־יּוֹת

to become evening, become dark; to give in pledge; to be surety	עָרַב, פעו״י
to mix up	עָרַב, פ״י
to make a bargain; to interfere; to bet	הִתְעָרֵב, פ״ח
swarms of flies	עָרֹב, ז׳
mixture, mixed company; woof	עֶרֶב, ז׳
warp and woof	שְׁתִי וָעֵרֶב
sweet; responsible	עָרֵב, ת״ז, עֲרֵבָה, ת״נ
Arabia	עֲרָב, ז׳
to mix up	עִרֵּב, פ״י
steppe, desert; salix, willow	עֲרָבָה, נ׳, ר׳, ־בִים, ־בוֹת
pledge, surety	עֲרֻבָּה, נ׳, ר׳, ־בּוֹת
tub; kneading trough	עֲרֵבָה, נ׳, ר׳, ־בוֹת
mix-up, confusion	עִרְבּוּב, ז׳, ר׳, ־בִים
disorder, confusion	עִרְבּוּבְיָה, נ׳, ר׳, ־יוֹת
pawn; pledge	עֵרָבוֹן, ז׳, ר׳, עֵרְבוֹנוֹת
pleasantness; pledge	עֲרֵבוּת, נ׳, ר׳, ־בֻיוֹת
Arab, Arabic	עַרְבִי, עֲרָבִי, ת״ז, ־בִיָה, ־בִית, ת״נ
evening; evening prayer	עַרְבִית, נ׳
to mix (cement, concrete); to confound	עִרְבֵּל, פ״י
concrete mixer; whirlpool, whirlwind	עַרְבָּל, ז׳, ר׳, ־לִים
to long for, crave; to prepare garden beds	עָרַג, פעו״י
longing, craving	עֶרְגָּה, נ׳, עֶרְגּוֹן, ז׳
rolling of metal	עִרְגּוּל, ז׳, ר׳, ־לִים
to roll metal	עִרְגֵּל, פ״י

overshoe; rubber	עַרְדָּל, ז׳, ר׳, ־לָיִם
to pour out, make empty; to lay bare; to transfuse (blood)	עָרָה, פעו״י
to be intertwined	עָרָה, פ״ע
to make naked; to spread oneself; to attach oneself; to take root	הִתְעָרָה, פ״ע
mixture; confusion	עֵרוּב, ז׳, ר׳, ־בִים
arranged as a garden bed	עָרוּג, ת״ז, עֲרוּגָה, ת״נ
garden bed	עֲרוּגָה, נ׳, ר׳, ־גוֹת
wild ass	עָרוֹד, ז׳, ר׳, ־עֲרוֹדִים
pudenda, genitals; nakedness	עֶרְוָה, נ׳, ר׳, עֲרָיוֹת
pouring out	עֵרוּי, ז׳, ר׳, ־יִים
blood transfusion	עֵרוּי דָם
prepared, ready, put in order; edited	עָרוּךְ, ת״ז, עֲרוּכָה, ת״נ
crafty, sly	עָרוּם, ת״ז, עֲרוּמָה, ת״נ
naked	עָרוֹם, עָרֹם, ת״ז, עֲרֻמָּה, ת״נ
juniper	עַרְעָר, ז׳
decapitated	עָרוּף, ת״ז, עֲרוּפָה, ת״נ
deep ravine	עָרוּץ, ז׳, ר׳, עֲרוּצִים
vigilance	עֵרוּת, נ׳
naked; abstract	עַרְטִילַאי, ת״ז, ־לָאִית, ת״נ
to make naked, strip	עִרְטֵל, פ״י
sunset	עֲרִיבָה, נ׳
longing, craving	עֲרִיגָה, נ׳, ר׳, ־גוֹת
nakedness	עֶרְיָה, נ׳
arranging, editing	עֲרִיכָה, נ׳, ר׳, ־כוֹת
arbor, espalier	עָרִיס, ז׳, ר׳, עֲרִיסִים
cradle; kneading trough	עֲרִיסָה, נ׳, ר׳, ־סוֹת
sky, clouds	עָרִיף, ז׳, ר׳, עֲרִיפִים

to bind	עָקַד, פ"י
gathering, collection	עֵקֶד, ז'
binding	עֲקֵדָה, נ', ר', ־דוֹת
pressure	עָקָה, נ', ר', ־קוֹת
cube	עִקּוּב, ז'
cubic	עִקּוּבִי, ת"ז, ־בִית, ת"נ
bound	עָקוּד, ת"ז, עֲקוּדָה, ת"נ
crookedness; foreclosure	עָקוּל, ז', ר', ־לִים
curved, crooked	עָקוֹם, עָקֹם, ת"ז, עֲקֻמָּה, ת"נ
uprooting; castration; sterilization	עִקּוּר, ז', ר', ־רִים
torn out, uprooted; sterile, impotent	עָקוּר, ת"ז, עֲקוּרָה, ת"נ
turning, making crooked	עִקּוּשׁ, ז', ר', ־שִׁים
distorted, bent	עָקוּשׁ, ת"ז, עֲקוּשָׁה, ת"נ
consequent	עָקִיב, ת"ז, עֲקִיבָה, ת"נ
consequence	עֲקִיבוּת, נ'
binding	עֲקִידָה, נ', ר', ־דוֹת
making crooked	עֲקִימָה, נ', ר', ־מוֹת
indirect, roundabout	עָקִיף, ת"ז, עֲקִיפָה, ת"נ
going around	עֲקִיפָה, נ', ר', ־פוֹת
bite, sting; stinging remark	עֲקִיצָה, נ', ר', ־צוֹת
uprooting; removal	עֲקִירָה, נ', ר', ־רוֹת
to bend, twist; to pervert; to foreclose	עָקַל, פ"י
wicker basket; ballast	עֵקֶל, ז', ר', עֲקָלִים
crooked	עֲקַלְקַל, ת"ז, ־קַלָּת, ת"נ
crooked ways	עֲקַלְקָלָה, נ', ר', ־לּוֹת
crooked	עֲקַלָּתוֹן, ת"ז, ־נָה, ת"נ
to curve, make crooked	עָקַם, פ"י

crooked	עָקֹם, ת"ז, עֲקֻמָּה, ת"נ
crookedness, deceit	עַקְמוּמִית, נ'
inclined to deceit	עַקְמָנִי, ת"ז, ־נִית, ת"נ
insincerity	עַקְמָנוּת, נ'
to surround, go roundabout	עָקַף, פ"י
to sting; to cut fruit	עָקַץ, פ"י
sting; point; prick; stalk (fruit)	עֹקֶץ, עוֹקֶץ, ז', ר', עֳקָצִים
heliotrope	עֹקֶץ־הָעַקְרָב, ז', ר', עָקְצֵי־הָעַקְרַבִּים
barren	עָקָר, ז', ר', עֲקָרִים
to uproot; to make barren	עָקַר, פ"י, עִקֵּר, פ"י
offshoot	עֵקֶר, ז', ר', עֲקָרִים
root; principle	עִקָּר, ז', ר', ־רִים
scorpion	עַקְרָב, ז', ר', ־בִּים
principle, fundamental law	עִקָּרוֹן, ז', ר', עֶקְרוֹנוֹת
fundamental	עֶקְרוֹנִי, ת"ז, ־נִית, ת"נ
principal, chief	עִקָּרִי, ת"ז, ־רִית, ת"נ
to make crooked	עָקַשׁ, פ"י
to be obstinate	הִתְעַקֵּשׁ, פ"ח
crookedness	עַקְשׁוּת, נ'
stubborn	עַקְשָׁן, ת"ז, ־נִית, ת"נ
obstinacy	עַקְשָׁנוּת, נ'
enemy; laurel	עָר, ז', ר', ־רִים
to awake, rouse oneself	עָר, פ"ע, ע' [עור]
awake	עֵר, ת"ז, עֵרָה, ת"נ
chance	עֲרַאי, ז'
casual, incidental	עֲרַאי, ת"ז, ־אִית, ־ת"נ
evening, eve	עֶרֶב, ז', ר', עֲרָבִים
this evening	הָעֶרֶב
twilight, dusk	בֵּין־הָעַרְבַּיִם

nerve; idol	עָצָב, ז', ר', עֲצַבִּים
pain; sorrow; idol	עֹצֶב, עוֹצֶב, ז'
pain, sadness	עִצָּבוֹן, ז', ר', עִצְבוֹנוֹת
wild rosebush	עַצְבּוֹנִית, נ', ר', ־נִיּוֹת
pain, sadness	עַצְבוּת, נ'
nervousness	עַצְבָּנוּת, נ'
to enervate, irritate	עִצְבֵּן, פ"י
nervous	עַצְבָּנִי, ת"ז, ־נִית, ת"נ
pain, sadness	עַצֶּבֶת, נ'
sacrum	עָצֶה, ז', ר', ־צִים
counsel, advice, plan; wood; woodiness	עֵצָה, נ', ר', ־צוֹת
to wood; to cover with wood	עִצָּה, פ"י
sad, depressed	עָצוּב, ת"ז, עֲצוּבָה, ת"נ
mighty, numerous; terrific	עָצוּם, ת"ז, עֲצוּמָה, ת"נ
essence; strengthening	עָצוּם, ז', ר', ־מִים
complaint; petition; defense, argument	עֲצוּמָה, עֲצֻמָה, נ', ר', ־מוֹת
consonant	עִצּוּר, ז', ר', ־רִים
detained; closed up	עָצוּר, ת"ז, עֲצוּרָה, ת"נ
flowerpot	עָצִיץ, ז', ר', עֲצִיצִים
detainee	עָצִיר, ז', ר', ־רִים
closing up, obstruction, detention	עֲצִירָה, נ', ר', ־רוֹת
constipation	עֲצִירוּת, ר', ־רִיּוֹת
sluggish, lazy	עָצֵל, ת"ז, עֲצֵלָה, ת"נ
to be sluggish, lazy	[עצל] נֶעֱצַל, פ"ע
laziness	עַצְלָה, עַצְלוּת, נ'
a lazy person, laggard	עַצְלָן, ז', ר', ־נִים
laziness	עַצְלְתַּיִם, נ"ר
might	עֹצֶם, עוֹצֶם, ז'
to be mighty, numerous; to shut (eyes)	עָצַם, פעו"י
bone; body, substance; object	עֶצֶם, נ"ז, ר', עֲצָמוֹת, עֲצָמִים
independence	עַצְמָאוּת, נ'
independent	עַצְמָאִי, ת"ז, ־אִית, ת"נ
might, power	עָצְמָה, נ'
complaint; petition; defense, argument	עָצְמָה, עֲצוּמָה, נ', ר', ־מוֹת
essential; of the body, self	עַצְמִי, ת"ז, ־מִית, ת"נ
essence; substance	עַצְמִיּוּת, נ'
safflower	עֻצְפּוֹר, ז', ר', ־רִים
to restrain, shut up; to squeeze	עָצַר, פ"י
authority; rule; restraint, withholding	עֶצֶר, ז'
heir to the throne	יוֹרֵשׁ עֶצֶר
oppression; curfew	עֹצֶר, עוֹצֶר, ז'
solemn assembly	עֲצָרָה, נ', ר', ־רוֹת
restraint	עִצָּרוֹן, ז'
miser	עַצְרָן, ז', ר', ־נִים
solemn assembly; Pentecost	עֲצֶרֶת, נ', ר', עֲצָרוֹת
result, reward	עֵקֶב, ז'
because of	עֵקֶב, תה"פ
heel; footprint; trace; rear	עָקֵב, ז', ר', עֲקֵבוֹת, עֲקֵבִים
to follow at the heel; to deceive	עָקַב, פעו"י
to hold back, restrain; to follow	עָקַב, פ"י
deceitful; steep	עָקֹב, ת"ז, עֲקֻבָּה, ת"נ
deceit; provocation	עֲקֻבָּה, נ', ר', ־בוֹת
consistent, logical	עִקְבִי, ת"ז, ־בִית, ת"נ
striped, streaked	עָקֹד, ת"ז, עֲקֻדָּה, ת"נ

עֲנִיבָה, נ׳, ר׳, ־בוֹת tie, necktie; noose
עֲנִיָּה, נ׳ answering, replying; pauper
עֲנִיּוּת, נ׳ poverty
עִנְיָן, ז׳, ר׳, ־נִים, ־נוֹת occupation; affair; subject, interest
עִנְיֵן, פ״י to interest, make interesting
עִנְיָנִי, ת״ז, ־נִית, ת״נ subjective
עִנְיָנִיּוּת, נ׳ subjectivity
עָנָן, ז׳, ר׳, עֲנָנִים cloud
עִנֵּן, פ״י to make cloudy
עוֹנֵן, פ״ע to practice soothsaying
עֲנָנָה, נ׳, ר׳, ־נוֹת cloudlet
עָנָף, ז׳, ר׳, עֲנָפִים branch, bough
עָנֵף, ת״ז, עֲנֵפָה, ת״נ branched
עֲנָק, ז׳, ר׳, ־קִים giant; necklace
עָנַק, פ״י to put on as a necklace
הֶעֱנִיק, פ״י to load with gifts
עֲנָקִי, ת״ז, ־קִית, ת״נ gigantic
עֹנֶשׁ, עוֹנֶשׁ, ז׳, ר׳, עֳנָשִׁים punishment
עָנַשׁ, פ״י to punish
עַסַּאי, ז׳, ר׳, ־סָּאִים masseur
עִסָּה, עִיסָה, נ׳, ר׳, ־סוֹת dough
עָסָה, פ״י to squeeze, press; to massage
עִסּוּי, ז׳, ר׳, ־יִים pressure; massage
עִסּוּק, ז׳, ר׳, ־קִים occupation
עָסוּק, ת״ז, עֲסוּקָה, ת״נ busy
עַסְיָן, ז׳, ר׳, ־נִים masseur
עָסִיס, ז׳ fruit juice
עֲסִיסִי, ת״ז, ־סִית, ת״נ juicy
עֲסִיסִיּוּת, נ׳ juiciness
עָסִיק, ז׳, ר׳, עֲסִיקִים busybody
עָסַס, פ״י to press, crush
עֵסֶק, ז׳, ר׳, עֲסָקִים business, occupation, concern
עָסַק, פ״ע to be busy; to trade
הֶעֱסִיק, פ״י to employ
עַסְקָן, ז׳, ר׳, ־נִים social worker

עַסְקָנוּת, נ׳ social activity
עָף, פ״ע, ע׳ [עוף] to fly; to rotate
עִפּוּי, ז׳ lassitude, languor
עָפוֹר, עָפָר, ת״ז, עֲפֹרָה, ת״נ earthen
עִפּוּשׁ, ז׳ moldering; bad odor
עֳפִי, ז׳, ר׳, עֳפָאִים bough; leafage, foliage
עֲפִיפוֹן, ז׳, ר׳, ־נִים kite
עֹפֶל, עוֹפֶל, ז׳, ר׳, עֳפָלִים fortified mound, hill; hemorrhoid
[עפל] הֶעְפִּיל, פ״ע to presume; to be arrogant
עִפְעוּף, ז׳, ר׳, ־פִים winking
עַפְעַף, ז׳, ר׳, ־פַּיִם eyelid
עִפְעֵף, פ״י to wink
עָפָץ, ז׳, ר׳, עֲפָצִים gallnut
עִפֵּץ, פ״י to tan (leather)
עֹפֶר, עוֹפֶר, ז׳, ר׳, עֳפָרִים fawn
עָפָר, ז׳, ר׳, עֲפָרִים loose earth, dust
עָפֹר, עָפוֹר, ת״ז, עֲפֹרָה, ת״נ earthen
שָׁלוֹם לַעֲפָרוֹ R.I.P., rest in peace
עִפֵּר, פ״י to throw dust
עַפְרָה, ז׳, ר׳, עֲפָרוֹת ore
עִפָּרוֹן, ז׳, ר׳, עֶפְרוֹנוֹת pencil
עֶפְרוֹנִי, ז׳, ר׳, ־נִים lark
עַפְרוּרִי, ת״ז, ־רִית, ת״נ earthy, dustlike
עֹפֶרֶת, עוֹפֶרֶת, נ׳ lead
עָפַשׁ, פ״ע to become moldy, rot
עֹפֶשׁ, ז׳, ר׳, עֲפָשִׁים mold, fungus
עָץ, פ״י, ע׳ [עוץ] to counsel, plan
עֵץ, ז׳, ר׳, ־צִים tree, wood, timber
עֶצֶב, ז׳, ר׳, עֲצָבִים pain, hurt; sorrow
עָצַב, פ״י to hurt, grieve
עִצֵּב, פ״י to shape, fashion; to straighten (limb)
עָצֵב, ת״ז, עֲצֵבָה, ת״נ sad; needy

depth, profundity	עַמְקוּת, נ'
profound thinker	עַמְקָן, ז'
sheaf;	עֹמֶר, עוֹמֶר, ז', ר', עֳמָרִים
name of a measure	
to bind sheaves	עִמֵּר, פ"י
to deal tyranically	הִתְעַמֵּר, פ"ח
to load; to carry a load	עָמַס, פ"י
opposite, toward	עֻמַּת, לְעֻמַּת, תה"פ
grape; berry	עֵנָב, ז', ר', עֲנָבִים
to fasten, tie	עָנַב, פ"י
grape; berry;	עֲנָבָה, נ', ר', ־בוֹת
eye-sore; (grain of) lentil, barley	
clapper (of bell)	עִנְבָּל, ז', ר', ־לִים
amber	עִנְבָּר, ז'
delight, pleasure,	עֹנֶג, עוֹנֶג, ז'
enjoyment	
dainty, delicate	עָנֹג, ת"ז, עֲנֻגָּה, ת"נ
to give pleasure to;	עִנֵּג, פ"י
to make delicate	
to bind around	עָנַד, פ"י
to answer, testify;	עָנָה, פעו"י
to sing; to abase oneself	
humble, afflicted	עָנֶו, ת"ז, עֲנָוָה, ת"נ
to be humble;	[ענו] הִתְעַנֵּו, פ"ע
to feign being humble	
pleasantness	עֹנֶג, ז', ר', ־נִים
humility, lowliness	עֲנָוָה, נ'
affliction, torture	עִנּוּי, ז', ר', ־יִים
punished	עָנוּשׁ, ת"ז, עֲנוּשָׁה, ת"נ
affliction	עֱנוּת, נ'
humble,	עַנְוְתָן, ת"ז, ־נִית, ת"נ
patient	
humility, patience	עַנְוְתָנוּת, נ'
poor, afflicted,	עָנִי, ת"ז, עֲנִיָּה, ת"נ; ז'
lowly; pauper	
poverty, affliction	עֳנִי, עֹנִי, עוֹנִי, ז'
to become poor,	[עני] הֶעֱנִי, פ"ע
impoverished	

democracy	עַמּוֹנוּת, נ'
Ammonite;	עַמּוֹנִי, ת"ז, ־נִית, ת"נ
democratic	
laden; full	עָמוּס, ת"ז, עֲמוּסָה, ת"נ
deep,	עָמוֹק, עָמֹק, ת"ז, עֲמֻקָּה, ת"נ
profound	
binding sheaves	עָמוּר, ז', ר', ־רִים
standing;	עֲמִידָה, נ', ר', ־דוֹת
prayer	
ignorance	עַמִּיּוּת, נ'
agent	עָמִיל, ז', ר', עֲמִילִים
starch	עֲמִילָן, ז'
bluntness	עֲמִימוּת, נ'
sheaf	עָמִיר, ז'
friend,	עָמִית, ז', ר', עֲמִיתִים
associate	
work, labor; trouble;	עָמָל, ז'
mischief	
laborer; sufferer	עָמֵל, ז', ר', ־לִים
to work, labor	עָמַל, פ"ע
to massage; to exercise	עִמֵּל, פ"ע
to perform physical	הִתְעַמֵּל, פ"ח
exercise	
to starch	עִמְלֵן, פ"י
shark	עַמְלֵץ, ז', ר', ־צִים
to darken, dim	עָמַם, פ"י
popular	עֲמָמִי, ת"ז, ־מִית, ת"נ
popularity	עֲמָמִיּוּת, נ'
to load; to carry a load	עָמַס, פ"י
load, burden	עֹמֶס, עוֹמֶס, ז'
to darken, dim	עִמְעֵם, פ"י
to close, shut (eyes)	עָמַץ, פ"י
deep,	עָמֹק, עָמוֹק, ת"ז, עֲמֻקָּה, ת"נ
profound	
valley, lowland	עֵמֶק, ז', ר', עֲמָקִים
depth	עֹמֶק, עוֹמֶק, ז', ר', עֲמָקִים
to be deep	עָמַק, פ"ע
to think deeply	הִתְעַמֵּק, פ"ח

to turn pages;	עִלְעֵל, פ״י
to skim, scan	
to cover, wrap;	עָלַף, פ״י
to be frightened	
to faint; to cover,	הִתְעַלֵּף, פ״ח
wrap oneself	
weak, faint	עֲלָפֶה, ת״ז, ־פָה, ת״נ
to rejoice	עָלַץ, פ״ע
endive,	עֹלֶשׁ, עוֹלֶשׁ, ז׳, ר׳, עֲלָשִׁים
chicory	
nation; people	עַם, ז׳, ר׳, עַמִּים
illiterate, ignoramus	עַם הָאָרֶץ
illiteracy	עַם הָאֲרָצוֹת, נ׳
common people	עַמְךָ
with; while; close to	עִם, מ״י
to stand; to arise;	עָמַד, פ״ע
to delay, tarry; to stop	
to pass an exam-	עָמַד בַּבְּחִינָה
ination	
to keep one's word	עָמַד בְּדִבּוּר
to stand trial	עָמַד בַּדִּין
to withstand	עָמַד בְּנִסָּיוֹן
temptation	
to insist	עָמַד עַל דַּעְתּוֹ
to place, set;	הֶעֱמִיד, פ״י
to appoint	
standing place	עֹמֶד, ז׳
standing	עֲמָדָה, נ׳, ר׳, עֲמָדוֹת
ground; position; attitude	
with me	עִמָּדִי, מ״ג
stand; pillar;	עַמּוּד, ז׳, ר׳, ־דִים
page	
pillory	עַמּוּד־הַקָּלוֹן
spinal column	עַמּוּד־הַשִּׁדְרָה
column	עַמּוּדָה, נ׳, ר׳, ־דוֹת
(in book, page)	
dim	עָמוּם, ת״ז, עֲמוּמָה, ת״נ
democrat	עַמּוֹן, ז׳, ר׳, ־נִים

youth	עָלוּם, ז׳, ר׳, עֲלוּמִים
leaflet	עָלוֹן, ז׳, ר׳, עֲלוֹנִים
leech, vampire	עֲלוּקָה, נ׳, ר׳, ־קוֹת
happy, joyful	עָלֵז, ת״ז, עֲלֵזָה, ת״נ
to be happy, rejoice	עָלַז, פ״ע
thick darkness	עֲלָטָה, נ׳, ר׳, ־טוֹת
pestle; pistil	עֱלִי, ז׳, ר׳, עֲלָיִים
upper, top	עִלִּי, ת״ז, ־לִית, ת״נ
going up, ascent;	עֲלִיָּה, נ׳, ר׳, ־יּוֹת
immigration, pilgrimage; attic	
top, highest	עֶלְיוֹן, ת״ז, ־נָה, ת״נ
The Most High, God	עֶלְיוֹן, ז׳
height, sublimity;	עֶלְיוֹנוּת, נ׳
superiority	
happy, joyful	עַלִּיז, ת״ז, ־זָה, ת״נ
happiness, joyfulness	עַלִּיזוּת, נ׳
reality; crucible	עֲלִיל, ז׳
really; clearly	בַּעֲלִיל, תה״פ
deed; action;	עֲלִילָה, נ׳, ר׳, ־לוֹת
plot, false charge, accusation	
action, deed	עֲלִילִיָּה, נ׳, ר׳, ־יּוֹת
happiness, rejoicing	עֲלִיצוּת, נ׳
to do; to glean	(עלל) עוֹלֵל, פ״י
to act ruthlessly	הִתְעַלֵּל, פ״ח
to bring a false charge;	הֶעֱלִיל, פ״י
to accuse	
to be hidden;	(עלם) נֶעְלַם, פ״ע
to disappear	
to shut one's eyes to	הִתְעַלֵּם, פ״ח
young man	עֶלֶם, ז׳, ר׳, עֲלָמִים
world	עוֹלָם, עָלְמָא, ז׳, ר׳, עָלְמִין
young woman	עַלְמָה, נ׳, ר׳, עֲלָמוֹת
youth, vigor	עַלְמוּת, נ׳
to rejoice	עָלַס, פ״ע
to enjoy oneself	הִתְעַלֵּס, פ״ח
to lap, swallow	עָלַע, פ״י
small	עַלְעוּל, עַלְעָל, נ׳, ר׳, ־לִים
leaf, sepal	

present	עַכְשָׁוִי, ת״ז, ־וִית, ת״נ	to be tired	עָיֵף, פ״ע
height	עַל, ז׳	darkness	עֵיפָה, עֵיפָתָה, נ׳
upwards	אֶל עַל	weariness	עֲיֵפוּת, נ׳
on, upon, concerning,	עַל, מ״י	root; principle	עִיקָר, ז׳, ר׳, ־רִים
toward, against, to		city	עִיר, נ׳, ר׳, עָרִים
beside, near	עַל יַד	capital	עִיר הַבִּירָה
therefore	עַל כֵּן	young ass	עַיִר, ז׳, ר׳, עֲיָרִים
in order to	עַל מְנָת	mixture;	עֵירוּב, עֵרוּב, ז׳, ר׳, ־בִים
by heart	עַל פֶּה, בְּעַל פֶּה	confusion	
according to	עַל פִּי	inhabitant	עִירוֹנִי, ת״ז, ־נִית, ת״נ
generally	עַל־פִּי־רֹב	of a town; urban	
yoke	עֹל, עוֹל, ז׳, ר׳, עֻלִּים	town	עֲיָרָה, נ׳, ר׳, ־רוֹת
advanced;	עִלָּאִי, ת״ז, ־אִית, ת״נ	municipality	עִירִיָּה, נ׳, ר׳, ־יּוֹת
superior		asphodel	עִירִית, נ׳, ר׳, ־יּוֹת
to insult	עָלַב, פ״י	naked	עֵירֹם, ת״ז, עֵירֻמָּה, ת״נ
insult	עֶלְבּוֹן, ז׳, ר׳, ־נוֹת	wakefulness	עֵירָנוּת, נ׳
stuttering;	עִלֵּג, ת״ז, עִלֶּגֶת, ת״נ	Ursa Major, Great Bear	עַיִשׁ, נ׳
incoherent		Ursa Minor, Little Bear	בֶּן עַיִשׁ
stuttering; incoherence	עִלְּגוּת, נ׳	to detain, prevent	עָכַב, פ״י
leaf,	עָלֶה, ז׳, ר׳, ־לִים	to tarry, linger	הִתְעַכֵּב, פ״ע
sheet of paper		hindrance, delay	עַכָּבָה, נ׳, ר׳, ־בוֹת
to go up, ascend;	עָלָה, פ״ע	spider	עַכָּבִישׁ, ז׳, ר׳, ־בִישִׁים
to immigrate; to grow; to succeed		spider web	קוּרֵי עַכָּבִישׁ
to be exalted,	נַעֲלָה, פ״ע	mouse	עַכְבָּר, ז׳, ר׳, ־רִים
be brought up		rat	עַכְבְּרוֹשׁ, ז׳, ר׳, ־שִׁים
to bring up; to cause	הֶעֱלָה, פ״י	hindrance, delay	עִכּוּב, ז׳, ר׳, ־בִים
to ascend; to bring sacrifice		buttocks;	עַכּוּז, ז׳, ר׳, ־זִים
cause,	עִלָּה, עִילָה, נ׳, ר׳, ־לּוֹת	animal's genitals	
reason, excuse		digestion	עִכּוּל, ז׳
miserable,	עָלוּב, ת״ז, עֲלוּבָה, ת״נ	filthy, gloomy	עָכוּר, ת״ז, עֲכוּרָה, ת״נ
lowly		to consume; to digest	עִכֵּל, פ״י
foliage	עַלְוָה, נ׳	rattlesnake	עַכְנָא, ז׳, ר׳, ־נָאִים
brilliant	עִלּוּי, עִילּוּי, ז׳, ר׳, ־יִּים	anklet; bangle	עֶכֶס, ז׳, ר׳, עֲכָסִים
intellect; prodigy		to rattle, tinkle	עִכֵּס, פ״י
liable, susceptible;	עָלוּל, ת״ז, עֲלוּלָה, ת״נ	to disturb;	עָכַר, פ״י
weak		to become gloomy	
concealment	עִלּוּם, ז׳	now, at present	עַכְשָׁו, עַכְשָׁיו, תה״פ
incognito	בְּעִלּוּם־שֵׁם	viper	עַכְשׁוּב, ז׳, ר׳, ־בִים

to surround; to crown	עָטַר, פ״י
crown,	עֲטָרָה, עֲטֶרֶת, נ׳, ר׳, ־רוֹת
wreath; medallion	
to sneeze	עָטַשׁ, עִטֵּשׁ, פ״ע
heap of ruins	עִי, ז׳, ר׳, עִיִּים
pregnancy	עִיבּוּר, עִבּוּר, ז׳, ר׳, ־רִים
circle	עִיגוּל, עִגּוּל, ז׳, ר׳, ־לִים
hoeing	עִידוּר, עִדּוּר ז׳, ר׳, ־רִים
perversion	עִיוּוּת, עִוּוּת, ז׳
choice	עִידִית, עִדִּית, נ׳, ר׳, עִדִּיּוֹת
land	
contemplation	עִיּוּן, ז׳, ר׳, ־נִים
bird of prey,	עַיִט, ז׳, ר׳, עֵיטִים
vulture	
hindrance,	עִיכּוּב, עִכּוּב, ז׳, ר׳, ־בִים
delay	
cause,	עִילָּה, עִלָּה, נ׳, ר׳, ־לּוֹת
reason; excuse	
digestion	עִיכּוּל, עִכּוּל, ז׳
height	עֵיל, ז׳
supra, above	לְעֵיל, תה״פ
penultimate accent (gram.)	מִלְּעֵיל
brilliant	עִילּוּי, עִלּוּי, ז׳, ר׳, ־יִים
intellect; prodigy	
strength	עֵים, ז׳
source, spring	עַיִן, ז׳, ר׳, עֲיָנוֹת
eye; ring, hole; sight	עַיִן, נ׳, ר׳, עֵינַיִם
Ayin, name of sixteenth letter	
of Hebrew alphabet	
discernibly; in	בְּעַיִן, תה״פ
natural form	
like, similar to; sort of	כְּעֵין
a reflection of; of the nature of	מֵעֵין
to look at (with anger, hate)	עָיַן, פ״י
to ponder, weigh	עִיֵּן, פ״י
affliction,	עִינּוּי, עִנּוּי, ז׳, ר׳, ־יִים
torture	
dough	עִיסָה, עִסָּה, נ׳, ר׳, ־סּוֹת

forsaken child	עֲזוּבִי, ז׳, ר׳, ־בִיִּים
strength; fierceness	עֱזוּז, ז׳
strong	עַזּוּז, ת״ז, ־זָה, ת״נ
helped	עָזוּר, ת״ז, עֲזוּרָה, ת״נ
impudence	עַזּוּת, נ׳, עַזּוּת־פָּנִים, ־ מֶצַח
to be strong; to prevail	עָזַז, פ״ע
to dare	הֵעֵז, פ״ע
to be insolent	הֵעֵז פָּנִים
abandonment	עֲזִיבָה, נ׳, ר׳, ־בוֹת
resoluteness	עָזְמָה, נ׳
osprey, hawk	עָזְנִיָּה, נ׳, ר׳, ־נִיּוֹת
impudent person	עַזְפָּן, ז׳, ר׳, ־נִים
impudence	עַזְפָּנוּת, נ׳
to break ground, dig	עָזַק, פ״י
signet ring	עִזְקָה, נ׳, ר׳, עֲזָקוֹת
help, helper	עֵזֶר, ז׳
wife	עֵזֶר כְּנֶגְדּוֹ
to help	עָזַר, פ״י
yard; temple	עֲזָרָה, נ׳, ר׳, ־רוֹת
court	
help	עֶזְרָה, נ׳
pen	עֵט, ז׳, ר׳, ־טִים
fountain pen	עֵט נוֹבֵעַ
to wrap oneself	עָטָה, פעו״י
wrapped;	עָטוּף, ת״ז, עֲטוּפָה, ת״נ
feeble	
wrapping	עִטּוּף, ז׳
crowning,	עִטּוּר, ז׳, ר׳, ־רִים
wreathing; decoration	
sneeze	עִטּוּשׁ, ז׳, ר׳, ־שִׁים
instigation	עֲסִי, ז׳
snoring	עֲסִיט, ז׳
udder	עָסִין, ז׳
wrapping	עֲטִיפָה, נ׳, ר׳, ־פוֹת
sneezing	עֲטִישָׁה, נ׳, ר׳, ־שׁוֹת
bat	עֲטַלֵּף, ז׳, ר׳, ־פִים
to wrap oneself;	עָטַף, פ״י
to be feeble	

injustice, wrong	עָוֶל, ז׳
to do injustice	עִוֵּל, פ״ע
wrongdoer	עַוָּל, ז׳, ר׳, ־לִים
injustice, wrong	עַוְלָה, עַוְלָתָה, עוֹלָתָה, נ׳, ר׳, ־לוֹת
immigrant returning to Israel, pilgrim	עוֹלֶה, נ׳, ר׳, ־לוֹת
burnt offering	עוֹלָה, נ׳, ר׳, ־לוֹת
to do; to glean	[עלל] ע׳, פ״י
child, baby	עוֹלֵל, עוֹלָל, ז׳, ר׳, ־לִים
remaining fruit, grapes (after harvest)	עוֹלֵלָה, נ׳, ר׳, ־לוֹת
world; eternity	עוֹלָם, ז׳, ר׳, ־מוֹת, ־מִים
forever	עוֹלָמִית, תה״פ
endive, chicory	עוֹלֶשׁ, עֹלֶשׁ, ז׳, ר׳, עֳלָשִׁים
burden, load	עוֹמֶס, עֹמֶס, ז׳
depth	עוֹמֶק, עֹמֶק, ז׳, ר׳, עֳמָקִים
sheaf; name of a measure	עוֹמֶר, עֹמֶר, ז׳, ר׳, עֳמָרִים
iniquity, sin	עָוֹן, עָווֹן, ז׳, ר׳, עֲווֹנוֹת
enjoyment, delight, pleasure	עוֹנֶג, עֹנֶג, ז׳
season; conjugal right	עוֹנָה, נ׳, ר׳, ־נוֹת
poverty, affliction	עוֹנִי, עֹנִי ז׳
to practice soothsaying	עוֹנֵן, פ״ע, ע׳ [ענן]
punishment	עוֹנֶשׁ, עֹנֶשׁ, ז׳, ר׳, עֲנָשִׁים
seasonal	עוֹנָתִי, ת״ז, ־תִית, ת״נ
confusion	עוֹעִים, ז״ר
bird, fowl	עוֹף, ז׳, ר׳, ־פוֹת
to fly	[עוף] עָף, פ״ע
to make fly; throw, cast	הֵעִיף, פ״י
fortified mound, hill	עוֹפֶל, עֹפֶל, ז׳, ר׳, עֳפָלִים
fawn	עוֹפֶר, עֹפֶר, ז׳, ר׳, עֳפָרִים
lead	עוֹפֶרֶת, נ׳
to counsel; to plan	[עוץ] עָץ, פ״י
pain	עֹצֶב, עֵצֶב, ז׳
might	עֹצֶם, עֶצֶם, ז׳
ruler; regent	עוֹצֵר, ז׳, ר׳, ־רִים
oppression; curfew	עוֹצֶר, עֹצֶר, ז׳
to press	[עוק] הֵעִיק, פ״י
sting, prick, point	עוֹקֶץ, עֹקֶץ, ז׳, ר׳, עֳקָצִים
to awake, rouse oneself	[עור] עָר, פ״ע
to awaken, rouse, stir up; to remark	הֵעִיר, פ״י
skin, hide	עוֹר, ז׳, ר׳, ־רוֹת
blind person	עִוֵּר, ז׳, ר׳, עִוְרִים
appendix	מְעִי עִוֵּר
to blind	עִוֵּר, פ״י
raven, crow	עוֹרֵב, ז׳, ר׳, עוֹרְבִים
blindness	עִוָּרוֹן, ז׳, עַוֶּרֶת, נ׳
editor	עוֹרֵךְ, ז׳, ר׳, עוֹרְכִים
lawyer, attorney	עוֹרֵךְ דִּין
neck; base (mil.)	עוֹרֶף, עֹרֶף, ז׳, ר׳, עֳרָפִים
vein	עוֹרֵק, ז׳, ר׳, עוֹרְקִים
to hurry	[עוש] עָשׁ, פ״ע
oppression; extortion	עוֹשֶׁק, עֹשֶׁק, ז׳
wealth	עוֹשֶׁר, עֹשֶׁר, ז׳
to pervert	עִוֵּת, פ״י
perversion	עַוָּתָה, נ׳, ר׳, ־תוֹת
to take refuge	עָז, פ״ע, ע׳ [עוז]
she-goat	עֵז, נ׳, ר׳, עִזִּים
strength	עֹז, ז׳
strong, mighty	עַז, ת״ז, עַזָּה, ת״נ
Azazel; demon; hell	עֲזָאזֵל, ז׳
to leave, abandon; to help	עָזַב פ״י
inheritance; wares	עִזָּבוֹן, ז׳, ר׳, עִזְבוֹנִים
forsaken	עָזוּב, ת״ז, עֲזוּבָה, ת״נ
desolation	עֲזוּבָה, נ׳, ר׳, ־בוֹת

worker, employee	עוֹבֵד, ז', ר', ־בְדִים
idolator	עוֹבֵד אֱלִילִים
fact,	עוּבְדָּה, עָבְדָּה, נ', ר', ־דוֹת
deed	
passing,	עוֹבֵר, ת"ז, עוֹבֶרֶת, ת"נ
transient	
embryo,	עוּבָּר, עֻבָּר, ז', ר', ־רִים
fetus	
to bake a cake;	[עוג] עָג, פ"י
to make a circle	
mold	עוֹבֶשׁ, עֹבֶשׁ, ז', ר', עֲבָשִׁים
lover	עוֹנֵב, ז', ־נֶבֶת, נ', ר', ־נְבִים, ־נְבוֹת
anchor	עוֹנָן, עֹנָן, ז', ר', עֲנָנִים
organ	עוּנָב, עֻנָב, ז', ר', ־בִים
cake	עוּנָה, עֻנָה, נ', ר', ־נוֹת
still, yet, more, again	עוֹד, תה"פ
to testify;	[עוד] הֵעִיד, פ"י
to warn, admonish	
to strengthen, encourage	עוֹדֵד, פ"י
excess,	עוֹדֵף, עֹדֶף, ז', ר', עֲדָפִים
surplus; change (money)	
to sin, do wrong	עָוָה, פ"ע
to be twisted, perverted	נַעֲוָה, פ"ע
ruin	עַוָּה, נ', ר', עַוּוֹת
iniquity, sin	עָווֹן, עָוֹן, ז', ר', עֲווֹנוֹת
perversion	עַוּוּת, ז'
to take refuge	[עוז] עָז, פ"ע
to bring into safety	הֵעִיז, פ"י
helper	עוֹזֵר, ז', עוֹזֶרֶת, נ', ר', עוֹזְרִים, ־רוֹת
maid	עוֹזֶרֶת־בַּיִת
grimace, twitch	עֲוָיָה, נ', ר', ־יוֹת
young boy, urchin	עֲוִיל, ז', ר', ־לִים
to hate	עוֹיֵן, פ"י
convulsion	עֲוִית, נ'
yoke	עוֹל, עֹל, ז', ר', עֻלִּים
child, suckling	עוֹל, ז', ר', ־לִים

encouragement; arousal	עִדּוּד, ז'
pleasantness,	עִדּוּן, ז', ר', ־נִים
delicateness, enjoyment	
hoeing	עִדּוּר, ז', ר', ־רִים
testimony, law	עֵדוּת, נ', ר', עֵדֻיּוֹת
ornament, jewel	עֲדִי, ז', ר', עֲדָיִים
until	עֲדֵי, מ"י
still, yet	עֲדַיִן, תה"פ
delicate,	עָדִין, ת"ז, עֲדִינָה, ת"נ
refined	
refinement, delicacy	עֲדִינוּת, נ'
preferable	עָדִיף, ת"ז, עֲדִיפָה, ת"נ
preference	עֲדִיפוּת, נ'
hoeing	עֲדִירָה, נ', ר', ־רוֹת
choice land	עִדִּית, נ', ר', ־יוֹת
to bring up to date	עִדְכֵּן, פ"י
up-to-date	עַדְכָּנִי, ת"ז, ־נִית, ת"נ
(Purim) carnival	עֲדְלָיָדַע, ז'
delight, enjoy-	עֵדֶן, ז', ר', עֲדָנִים
ment; garden of Eden, paradise	
to pamper, coddle; improve	עִדֵּן, פ"י
time, period	עִדָּן, ז', ר', ־נִים
hitherto	עַד, עֶדְנָה, תה"פ
enjoyment, delight	עֶדְנָה, נ'
immortelle;	עַרְעָד, ז', ר', ־דִים
everlasting (flower)	
to be in excess	עָדַף, פ"ע
to prefer	הֶעֱדִיף, פ"י
surplus,	עֹדֶף, עוֹדֶף, ז', ר', עֲדָפִים
excess; change (money)	
flock, herd	עֵדֶר, ז', ר', עֲדָרִים
to hoe	עָדַר, פ"י
to be missing; to be	נֶעְדַּר, פ"ע
dead	
lentil;	עֲדָשָׁה, נ', ר', ־שִׁים, ־שׁוֹת
lens	
to become cloudy,	[עוב] הֶעִיב, פ"י
darken	

to lust	עָגַב, פ"ע
organ; harp	עֶגָב, עוּגָב, ז', ר', ־בִים
lustfulness	עַגְבָה, נ', ר', ־בוֹת
tomato	עַגְבָנִיָה, נ', ר', ־יוֹת
syphilis	עַגֶּבֶת, נ'
jargon, slang, lingo	עֲגָה, נ'
cake	עֻגָה, עוּגָה, נ', ר', ־גוֹת
circle	עִגּוּל, ז', ר', ־לִים
round	עָגֹל, עָגוֹל, ת"ז, עֲגֻלָה, ת"נ
round	עִגּוּלִי, ת"ז, ־לִית, ת"נ
sad; depressed	עָגוּם, ת"ז, עֲגוּמָה, ת"נ
forsaken man	עָגוּן, ז', ר', ־נִים
deserted wife	עֲגוּנָה, נ', ר', ־נוֹת
crane (bird)	עָגוּר, ז', ר', עֲגוּרִים
crane (machine)	עֲגוּרָן, ז', ר', ־נִים
earring	עָגִיל, ז', ר', עֲגִילִים
round	עָגֹל, עָגוֹל, ת"ז, עֲגֻלָה, ת"נ
to make round	עִגֵּל, פ"י
calf	עֵגֶל, ז', עֶגְלָה, נ', ר', עֲגָלִים, ־לוֹת
cart, wagon	עֲגָלָה, נ', ר', ־לוֹת
coachman	עֶגְלוֹן, ז', ר', ־נִים
elliptic	עֲגַלְגַּל, ת"נ
maker of carts	עֶגְלָן, ז', ר', ־נִים
to be grieved	עָגַם, פ"ע
grief	עָגְמָה, נ'
to cast anchor	עָגַן, פ"ע
to be restrained, tied, anchored	נֶעֱגַן, פ"ע
to desert (a wife)	עִגֵּן, פ"י
anchor	עֹגֶן, עוֹגֶן, ז', ר', עֲגָנִים
eternity; booty	עַד, ז'
until; as far as	עַד, מ"י
witness	עֵד, ז', ר', ־דִים
assembly; community; testimony	עֵדָה, נ', ר', ־דוֹת
to adorn oneself; to pass by	עָדָה, פעו"י

rope	עָבוֹת, וז"נ, ר', ־תִים, ־תוֹת
leafy, complicated, entangled	עָבוֹת, עָבֹת, ת"ז, עֲבֻתָּה, ת"נ
to give or take a pledge	עָבַט, פ"י
pledge; debt; mud	עַבְטִיט, ז'
thickness	עֳבִי, ז'
earthenware, vessel; sumpter saddle	עָבִיט, ז', ר', עֲבִיטִים
passable	עָבִיר, ת"ז, עֲבִירָה, ת"נ
sin	עֲבִירָה, עֲבֵרָה, נ', ר', ־רוֹת
side	עֵבֶר, ז', ר', עֲבָרִים
Transjordania	עֵבֶר הַיַּרְדֵּן
to pass; to pass away	עָבַר, פעו"י
to cause to pass over; to bring over; to remove	הֶעֱבִיר, פ"י
to make pregnant	עִבֵּר, פ"י
to be enraged	הִתְעַבֵּר, פ"ח
past; past tense	עָבָר, ז'
embryo, fetus	עֻבָּר, עוּבָּר, ז', ר', ־רִים
ford; transition	עֲבָרָה, נ', ר', ־רוֹת
sin	עֶבְרָה, נ', ר', ־רוֹת
anger, rage	עֶבְרָה, נ', ר', עֲבָרוֹת
Hebrew, Jew	עִבְרִי, ז', ר', ־יִים
Hebrew	עִבְרִי, ת"ז, ־רִית, ת"נ
transgressor	עֲבַרְיָן, ז', ר', ־נִים
transgression	עֲבַרְיָנוּת, נ'
Hebrew language	עִבְרִית, נ'
to Hebraize	עִבְרֵת, פ"י
to grow moldy	עָבַשׁ, פ"ע
moldy	עָבֵשׁ, ת"ז, עֲבֵשָׁה, ת"נ
mold	עֹבֶשׁ, עוֹבֶשׁ, ז', ר', עָבָשִׁים
leafy, complicated, entangled	עָבֹת, עָבוֹת, ת"ז, עֲבֻתָּה, ת"נ
to twist; to pervert	עָבַּת, פ"י
to bake a cake; to make a circle	עָג, פ"י, ע' [עוג]
love-making	(עֲגָב) עֲגָבִים, ז"ר

15*

סָתוּם, ת"ז, סְתוּמָה, ת"נ clogged,	סְרָכָה, נ', ר', סְרָכוֹת adhesion
closed; vague, indefinite	סֶרֶן, ז', ר', סְרָנִים axle;
סְתִימָה, נ', ר', ־מוֹת stopping up,	captain (*mil.*)
closing; filling (tooth)	רַב־סֶרֶן major (*mil.*)
סְתִירָה, נ', ר', ־רוֹת destruction;	סֵרֵס, פ"י to castrate; to disarrange
contradiction	סַרְסוּר, ז', ר', ־רִים middleman
סָתַם, פ"י to stop up, shut; to fill	סַרְסוּר לִדְבַר עֲבֵרָה pimp
(cavity); to leave vague	סַרְעַפָּה, נ', ר', ־פוֹת branch
סְתָמִי, ת"ז, ־מִית, ת"נ undefined,	סַרְעֶפֶת, נ', ר', ־עָפוֹת diaphragm;
indefinite, vague	midriff
סְתָמִיּוּת, נ' indefiniteness; generality	סִרְפָּד, ז', ר', ־דִים poison ivy;
סָתַר, פ"י to destroy, upset; to refute,	nettle
contradict	סִרְפֶּדֶת, נ' urticaria nettle rash
נִסְתַּר, פ"ע to be hidden	סָרַק, פ"י to comb
סֵתֶר, ז', ר', סְתָרִים hiding place; secret	סָרָק, ז' emptiness
כְּתָב סְתָרִים code, cipher	סָרָק, ז' red dye
סִתְרָה, נ' shelter, protection	סָרַר, פ"ע to be stubborn
סַתָּת, ז', ר', ־תִים stonecutter	סְתָו, סְתָיו, ז' autumn
סָתַת, פ"י to hew	סְתָוִי, ת"ז, ־וִית, ת"נ autumnal

ע   ס

עַבְדְּקָן, ת"ז one whose beard is thick	ע 'Ayin, sixteenth letter
עָבָה, פ"ע to be thick, fat	of Hebrew alphabet; seventy
עִבָּה, פ"ע to condense	עָב, זו"נ, ר', ־בִים, ־בוֹת cloud;
עָבֶה, ת"ז, עָבָה, ת"נ thick	thicket; forest
עִבּוּד, ז', ר', ־דִים fixing, working	עָבַד, פ"י to work, serve
out; revision, adaption	עִבֵּד, פ"י to fix; to prepare;
עֲבוֹדָה, נ', ר', ־דוֹת work, service;	to work out; to revise, adapt
worship	הֶעֱבִיד, פ"י to enslave; to employ
עָבוֹט, ז', ר', ־טִים, ־טוֹת pledge	עֶבֶד, ז', ר', ־עֲבָדִים slave, servant
עָבוּר, ז' produce	עָבַד, ז' work
(עֲבוּר) בַּעֲבוּר, מ"י for, for the	עֻבְדָּה, עוּבְדָּה, נ', ר', ־דוֹת deed, fact
sake of, in order that	עֲבֻדָּה, נ' service, household
עִבּוּר, ז', ר', ־רִים pregnancy	עַבְדוּת, נ' slavery; drudgery
שְׁנַת עִבּוּר leap year	עַבְדָן, ז', ר', ־נִים hide-dresser

opportunity, sufficiency	סֵפֶק, ז'
supplier, provider	סַפָּק, ז', ר', ־קִים
sceptic	סַפְקָן, ז', ר', ־נִים
scepticism	סַפְקָנוּת, נ'
book; letter; scroll	סֵפֶר, ז', ר', סְפָרִים
to count, number	סָפַר, פ"י
to count; to tell; to cut hair	סִפֵּר, פ"י
to get a haircut	הִסְתַּפֵּר, פ"ח
enumeration; number; boundary	סְפָר, ז'
barber	סַפָּר, ז', ר', ־רִים
Spain	סְפָרַד, ז'
Spanish; Sephardic	סְפָרַדִּי, ת"ז, ־דִּית, ת"נ
book; figure, number	סִפְרָה, נ', ר', סְפָרוֹת
small book	סִפְרוֹן, ז', ר', ־נִים
literature	סִפְרוּת, נ', ר', ־רֻיּוֹת
literary	סִפְרוּתִי, ת"ז, ־תִית, ת"נ
library	סִפְרִיָּה, נ', ר', ־יּוֹת
librarian	סַפְרָן, ז', ר', ־נִים
to numerate	סִפְרֵר, פ"י
to slice and eat	סָפַת, פ"י
stoning	סְקִילָה, נ', ר', ־לוֹת
glance; sketch	סְקִירָה, נ', ר', ־רוֹת
to stone to death	סָקַל, פ"י
to clear of stones; to stone	סִקֵּל, פ"י
to look at; to paint red	סָקַר, פ"י
look; survey	סֶקֶר, ז'
bright red paint	סְקָרָה, נ', ר', ־רוֹת
curious person	סַקְרָן, ז', ר', ־נִים
curiosity	סַקְרָנוּת, נ'
to turn aside; to depart	סָר, פ"ע, ע' [סור]
sulky, sullen	סָר, ת"ז, סָרָה, ת"נ
recalcitrant person	סָרָב, ז'
to refuse; to urge	סֵרֵב, פ"ע
mutiny	סֶרֶב, ז'
cloak; trousers	סַרְבָּל, ז', ר', ־לִים
stubborn	סַרְבָן, ת"ז, ־נִית, ת"נ
to knit, interlace	סָרַג, פ"י
harness-maker	סָרָג, ז', ר', ־גִים
drawing of lines	סִרְגּוּל, ז', ר', ־לִים
to draw lines, rule	סִרְגֵּל, פ"י
ruler	סַרְגֵּל, ז', ר', ־לִים
net-maker	סָרָד, ז', ר', ־דִים
rebelliousness, repugnance	סָרָה, נ', ר', ־רוֹת
to urge	סִרְהֵב, פ"י
refusal	סֵרוּב, ז', ר', ־בִים
interlaced	סָרוּג, ת"ז, סְרוּגָה, ת"נ
castration	סֵרוּס, ז', ר', ־סִים
carder	סָרוֹק, ז', ר', סָרוֹקִים
carded, combed	סָרוּק, ת"ז, סְרוּקָה, ת"נ
overhanging part	סֶרַח, ז'
to smell bad; to sin; to hang over, extend	סָרַח, פ"ע
bad smell; sin	סִרָחוֹן, ז', ר', ־נוֹת
to incise, scratch	סָרַט, פ"י
ribbon; stripe; film	סֶרֶט, ז', ר', סְרָטִים
film strip	סִרְטוֹן, ז', ר', ־נִים
lobster; crab; cancer; zodiac	סַרְטָן, ז', ר', ־נִים
lattice, grate	סָרִיג, ז', ר', סְרִיגִים
knitting	סְרִיגָה, נ', ר', ־גוֹת
armor	סִרְיוֹן, ז', ר', ־נוֹת
scratch	סְרִיטָה, נ', ר', ־טוֹת
eunuch	סָרִיס, ז', ר', ־סִים
vagabond	סָרִיק, ז', ר', סְרִיקִים
combing	סְרִיקָה, נ', ר', ־קוֹת
to be joined, attached	[סרך] נִסְרַךְ, פ"ע

15

to press; to heap up — סָנַק, פ"י

apron; panties — סִנָּר, סִינָר, ז', ר', ־רִים

moth, larva — סָס, ז', ר', ־סִים

multicolored, variegated — סַסְגּוֹנִי, ת"ז, ־נִית, ת"נ

sign, slogan — סִסְמָה, נ', ר', ־מוֹת, סִסְמָאוֹת

to support; to eat — סָעַד, פ"י

support; proof — סַעַד, ז'

meal, banquet — סְעָדָה, סְעוּדָה, נ', ר', ־דוֹת

paragraph; branch; crevice — סָעִיף, ז', ר', ־פִים, ־פוֹת

to lop off boughs; to divide into paragraphs — סָעֵף, פ"י

to branch off — הִסְתָּעֵף, פ"ח

branch; division — סָעֵף, נ', ר', סְעִפִּים

a short branch, bough — סְעַפָּה, נ', ר', ־פוֹת

to storm, rage — סָעַר, פ"ע

to hurl away — סֵעַר, פ"י

storm, tempest — סַעַר, ז', סְעָרָה, נ', ר', סְעָרוֹת

to come to an end, cease — סָף, פ"ע, ע' [סוּף]

sill; threshold; cup, goblet — סַף, ז', ר', סִפִּים

conscience — סַף הַהַכָּרָה

to absorb; to dry — סָפַג, פ"י

sponge cake — סֻפְגָּן, סוּפְגָּן, ז', ר', ־נִים

doughnut — סֻפְגָּנִיָּה, סוּפְגָּנִיָּה, נ', ר', ־נִיּוֹת

to lament, mourn — סָפַד, פ"ע

orator at funerals — סַפְדָּן, ז', ר', ־נִים

sofa, couch — סַפָּה, נ', ר', ־פוֹת

to destroy; to add — סָפָה, פ"י

sponge — סְפוֹג, ז', ר', ־גִים

permeated — סָפוּג, ת"ז, סְפוּנָה, ת"נ

paneled; hidden — סָפוּן, ת"ז, סְפוּנָה, ת"נ

ceiling; deck (ship) — סִפּוּן, ז', ר', ־נִים

sufficiency; supply; satisfaction — סִפּוּק, ז', ר', ־קִים

counted — סָפוּר, ת"ז, סְפוּרָה, ת"נ

story, novel; haircutting — סִפּוּר, סִיפּוּר, ז', ר', ־רִים

to join, attach — סָפַח, פ"י

scab; dandruff — סַפַּחַת, נ', ר', סַפָּחוֹת

absorption — סְפִיגָה, נ', ר', ־גוֹת

ship — סְפִינָה, נ', ר', ־נוֹת

sapphire — סַפִּיר, ז', ר', ־רִים

counting; sphere — סְפִירָה, נ', ר', ־רוֹת

cup, mug — סֵפֶל, ז', ר', סְפָלִים

to cover; to hide; to respect — סָפַן, פ"י

sailor — סַפָּן, ז', ר', ־נִים

navigation, seamanship — סַפָּנוּת, נ'

bench, stool — סַפְסָל, ז', ר', ־לִים

to pull out; to flicker — סִפְסֵף, פ"י

broker, speculator — סַפְסָר, ז', ר', ־רִים

brokerage; speculation — סַפְסָרוּת, נ', ר', ־רָיוֹת

to speculate — סִפְסֵר, פ"ע

to stand at the threshold — [ספף] הִסְתּוֹפֵף, פ"ח

to strike; to clap; to be sufficient — סָפַק, פ"י

to supply, furnish; to satisfy — סִפֵּק, פ"י

to have, give the opportunity — הִסְפִּיק, פעו"י

to have sufficient, be satisfied; to be doubtful — הִסְתַּפֵּק, פ"ח

doubt — סָפֵק, ז', ר', סְפֵקוֹת

erect	סָמוּר, ת"ז, סְמוּרָה, ת"נ
nailing,riveting;horripilation	סִמּוּר, ז'
lane, alley	סִמְטָה, נ', ר', ־טָאוֹת, ־טוֹת
thick	סָמִיךְ, ת"ז, סְמִיכָה, ת"נ
leaning; ordination; laying of hands	סְמִיכָה, נ', ר', ־כוֹת
ordination; construct state (gram.); nearness; association (ideas)	סְמִיכוּת, נ'
Samech, fifteenth letter of Hebrew alphabet	סָמֶךְ, נ'
support	סֶמֶךְ, סָמֶךְ, ז'
to support, lean; to ordain	סָמַךְ, פ"י
rely	הִסְתַּמֵּךְ, פ"ח
authority; permission	סַמְכוּת, נ', ר', ־כִיוֹת
image, symbol	סֵמֶל, סָמֶל, ז', ר', סְמָלִים
to use as a symbol	סִמֵּל, פ"י
sergeant	סַמָּל, ו', סַמֶּלֶת, נ', ר', ־לִים, ־לוֹת
sergeant major	רַב־סַמָּל
wedge; yoke	סִמְלוֹן, ז', ר', ־נִים
symbolic	סִמְלִי, ת"ז, ־לִית, ת"נ
to poison; to spice	סִמֵּם, פ"י
poisonous	סַמְמִית, נ', ר', ־מִיוֹת
spider	
to mark	סִמֵּן, פ"י
spice, drug; one who gives a sign	סַמָּן, סַמְמָן, ז', ר', ־נִים
sign, mark	סִמָּן, סִימָן, ז', ר', ־נִים
bronchial tube	סִמְפּוֹן, ז', ר', ־נוֹת
red, redness	סֹמֶק, ז'
to be red, blush	סָמַק, פ"ע
to bristle up; to feel chilly	סָמַר, פ"ע
to bristle with fear; to stud with nails, to nail	סִמֵּר, פ"י

rough, having coarse hair; junco, rush	סָמָר, ת"ז, סְמָרָה, ת"נ; ז'
riveting	סִמְרוּר, ז'
rag	סְמַרְטוּס, ז', ר', ־טִים
rag dealer	סְמַרְטוּטָר, ז', ר', ־רִים
to rivet	סִמְרֵר, פ"י
squirrel	סְנָאִי, ז', ר', ־אִים
advocate, defense counsel	סָנֵגוֹר, סַנֵּיגוֹר, ז', ר', ־רִים
defense	סָנֵגוֹרְיָה, סַנֵּיגוֹרְיָה, נ', ר', ־יוֹת
to defend	סָנֵגֵר, פ"ע
sandal; horseshoe; sole (fish)	סַנְדָּל, ז', ר', ־לִים
to put on a sandal	סִנְדֵּל, פ"י
shoemaker	סַנְדְּלָר, ז', ר', ־רִים
godfather	סַנְדָּק, ז', ר', ־קִים
thornbush	סְנֶה, ז', ר', סְנָאִים, סְנָיִים
Sanhedrin, supreme council	סַנְהֶדְרִיָה, סַנְהֶדְרִין, נ', ר', ־רִיוֹת, ־רָאוֹת
blinding	סִנְווּר, ז'
filtration	סִנּוּן, ז', ר', ־נִים
swallow	סְנוּנִית, נ', ר', ־נִיוֹת
exhaustion	סִנּוּק, ז'
to blind	סִנְוֵר, פ"י
blindness	סַנְוֵרִים, ז"ר
to make fun of, scoff at	סָנַט, פ"ע
chin	סַנְטֵר, ז', ר', ־רִים
advocate, defense counsel	סַנֵּיגוֹר, סָנֵגוֹר, ז', ר', ־רִים
defense	סַנֵּיגוֹרְיָה, סָנֵגוֹרְיָה, נ', ר', ־יוֹת
branch; attachment	סָנִיף, ז', ר', ־פִים
to filter	סִנֵּן, פ"י
ribbed leaf (palm)	סַנְסָן, ז', ר', סַנְסִנִּים
to attach, insert	סָנַף, פ"י
fi...	סְנַפִּיר, ז', ר', ־רִים

paving	סְלִילָה, נ׳	to discourage	סָכַף, פ״י
to pave (a road);	סָלַל, פ״י	to dam; to close; to hire	סָכַר, פ״י
to oppress; to praise		to deliver up	סְכַר, פ״י
ladder	סֻלָּם, סוּלָּם, ז׳, ר׳, ־מוֹת, ־מִים	dam, weir	סֶכֶר, ז׳, ר׳, ־סְכָרִים
curling	סִלְסוּל, ז׳, ר׳, ־לִים	one who makes a dam	סַכָּר, ז׳
(of hair); trill; distinction		sugar	סֻכָּר, סוּכָּר, ז׳
to curl (the hair);	סִלְסֵל, פ״י	a candy	סֻכָּרִיָה, נ׳, ר׳, ־יּוֹת
to trill; to honor		diabetes	סֻכֶּרֶת, נ׳
small basket;	סַלְסִלָּה, נ׳, ר׳, ־לוֹת	to hear; to be	[סכת] הִסְכִּית, פ״ע
tendril		silent; to pay attention	
rock	סֶלַע, ז׳, ר׳, סְלָעִים	basket	סַל, ז׳, ר׳, ־לִים
rocky	סַלְעִי, ת״ז, ־עִית, ת״נ	to weigh, value	סָלָא, פ״י
a kind of locust	סָלְעָם, ז׳	to be weighed,	סָלָא, סָלָה, פ״ע
crookedness, perversion	סֶלֶף, ז׳	valued	
to pervert	סִלֵּף, פ״י	to spring back	סָלַד, פ״ע
to lift; to remove;	סִלֵּק, פ״י	to rebound,	סָלַד, פ״ע
to put away		to spring back; to praise	
to remove oneself;	הִסְתַּלֵּק, פ״ח	to despise; to make light of	סָלָה, פ״י
to depart; to die		to despise; to trample	סִלָּה, פ״י
beet	סֶלֶק, ז׳, ר׳, סְלָקִים	to be weighed, valued;	סֻלָּה, פ״ע
fine flour	סֹלֶת, סוֹלֶת, נ׳, ר׳, סְלָתוֹת	to be trampled upon	
to make fine flour	סִלֵּת, פ״י	selah, a musical term;	סֶלָה, מ״ק
sardine	סַלְתָּנִית, נ׳, ר׳, ־נִיּוֹת	forever	
spice; drug; poison	סַם, ז׳, ר׳, סַמִּים	fear, dread	סָלוֹד, ז׳, ר׳, ־דִים
to make blind	סִמֵּא, פ״י	paved	סָלוּל, ת״ז, סְלוּלָה, ת״נ
blindness	סִמָּאוֹן, ז׳	brier, thorn	סַלּוֹן, סָלוֹן, ז׳, ר׳, ־נִים
angel of death	סַמָּאֵל, ז׳	distortion; sin	סִלּוּף, ז׳, ר׳, ־פִים
lilac; Sambucus	סַמְבּוּק, ז׳, ר׳, ־קִים	removal,	סִלּוּק, ז׳, ר׳, ־קִים
vine-blossom	סְמָדַר, ז׳	taking away; death	
blind; hidden	סָמוּי, ת״ז, סְמוּיָה, ת״נ	to forgive, pardon	סָלַח, פ״י
nearby; firm	סָמוּךְ, ת״ז, סְמוּכָה, ת״נ	one who pardons	סַלָּח, ז׳, ר׳, ־חִים
support	סָמוֹךְ, ז׳, סָמוֹכָה, נ׳, ר׳, ־כוֹת	one	סַלְחָן, סָלְחָן, ת״ז, סַלְחָנִית, ת״נ
sandstorm	סָמוּם, ז׳, ר׳, ־מִים	who pardons	
poisoning	סִמּוּם, ז׳	heartburn	סְלִידָה, נ׳, ר׳, ־דוֹת
marking	סִמּוּן, ז׳	sole of shoe	סֻלְיָה, סֻלְיָה, נ׳, ר׳, ־יוֹת
red, rosy	סָמוּק, ת״ז, סְמוּקָה, ת״נ	forgiveness;	סְלִיחָה, נ׳, ר׳, ־חוֹת
		penitential prayer	
		shuttle, spool	סְלִיל, ז׳, ר׳, ־לִים

to see, look	סָכָה, פ"ע
prospect, expectation	סִכּוּי, ז', ר', ־יִים
lucid	סָכוּי, ת"ז, סְכוּיָה, ת"נ
covering (with twigs, leaves)	סְכוּךְ, ז', ר', ־כִים
amount, number	סְכוּם, ז', ר', ־מִים
summary	סִכּוּם, ז', ר', ־מִים
risk, endangering	סִכּוּן, ז', ר', ־נִים
prognosis, forecast	סְכִיָה
vision; TV	סִכָּיוֹן, ז'
knife	סַכִּין, ז"נ, ר', ־נִים
damming	סְכִירָה, נ', ־רוֹת
to screen, cover, entangle	סָכַךְ, פ"י
covering; matting	סְכָךְ, ז', סְכָכָה, נ', ר', סְכָכִים, ־כוֹת
to act foolishly	[סכל] נִסְכַּל, פ"ע
to make foolish	סִכֵּל, פ"י
to look at, observe, contemplate	הִסְתַּכֵּל, פ"ח
fool	סָכָל, ת"ז, סְכָלָה, ת"נ
folly, foolishness	סֶכֶל, ז', סִכְלוּת, נ'
to count; to compare	סָכַם, פ"י
to sum up	סִכֵּם, פ"י
to agree, consent	הִסְכִּים, פ"ע
total; count, muster	סְכֵם, ז', ר', סְכָמִים
to be of use, benefit	סָכַן, פ"י
to be accustomed	הִסְכִּין, פ"ע
to endanger	סִכֵּן, פ"י
to expose oneself to danger	הִסְתַּכֵּן, פ"ח
danger	סַכָּנָה, נ', ר', ־נוֹת
quarrel, conflict, dispute	סִכְסוּךְ, ז', ר', ־כִים
to cause conflict; to confuse; to entangle	סִכְסֵךְ, פ"י
zigzag	סִכְסָךְ, ז', ר', ־סַכִּים

China; Sin, name of twenty-first letter of Hebrew alphabet	סִין, נ'
Chinese	סִינִי, ת"ז, ־נִית, ת"נ
Sinai; learned man	סִינַי, ז'
apron; panties	סִינָר, סְנָר, ז', ר', ־רִים
swallow; tassel	סִיס, ז', ר', ־סִים
groom, one who takes care of horses	סַיָּס, ז'
licorice	סִיסִין, ז'
sign; slogan	סִיסְמָה, נ', ר', ־מוֹת, ־מָאוֹת
to aid, support	סִיַּע, פ"י
to find support, be supported	נִסְתַּיַּע, פ"ע
traveling company; group, party	סִיעָה, נ', ר', ־עוֹת
sword	סַיִף, ז', ר', ־סָיִפִים, סְיָפוֹת
to fence	סִיֵּף, פ"ע
fencer	סַיָּף, ז', ר', ־פִים
story, novel; haircut	סִיפּוּר, סִפּוּר, ז', ר', ־רִים
gladiolus	סֵיפָן, ז', ר', ־נִים
pot, kettle; thorn	סִיר, ז', ר', ־רוֹת, ־רִים
pressure cooker	סִיר־לַחַץ
to visit; to travel, tour	סִיֵּר, פ"י
tourist	סַיָּר, ז', ר', ־רִים
boat; thornbush	סִירָה, נ', ר', ־רוֹת
cutter, corvette	סַיֶּרֶת, נ', ר', ־יָרוֹת
to anoint	סָךְ, פ"י, ע' [סוך]
throng, number; visor	סַךְ, סָךְ, ז'
total; final result	סַךְ הַכֹּל
thicket; booth	סֹךְ, ז', ר', ־סָכִים
pin, brooch, clip	סִכָּה, נ', ר', ־כּוֹת
safety pin	סִכַּת־בִּטָּחוֹן
booth	סֻכָּה, סוּכָּה, נ', ר', ־כּוֹת
Feast of Tabernacles	חַג הַסֻּכּוֹת

to plaster, whitewash	סָיַד, פ״י	dragging,	סְחִיפָה, נ׳, ר׳, ־פוֹת
order;	סִידוּר, סָדוּר, ז׳, ר׳, ־רִים	sweeping; erosion	
arrangement; prayer book		orchid	סַחְלָב, ז׳, ר׳, ־בִים
calcium	סִידָן, ז׳	to prostrate;	סָחַף, פ״י
fencing in,	סִיוּג, ז׳, ר׳, ־גִים	to sweep away	
restricting; classification		to be swept away	נִסְתַּחֵף, פ״ח
whitewashing	סִיוּד, ז׳, ר׳, ־דִים	eroded; to be ruined	
nightmare	סִיוּט, ז׳, ר׳, ־טִים	trade, business, market;	סַחַר, ז׳
conclusion;	סִיוּם, ז׳, ר׳, ־מִים	ware	
graduation from school		to trade, do business;	סָחַר, פעו״י
Sivan, third month of	סִיוָן, ז׳	to go around	
Hebrew calendar		dizzy	סְחַרְחַר, ת״ז, ־חֹרֶת, ת״נ
help, assistance, support	סִיוּעַ, ז׳	palpitating	
fencing	סִיוּף, ז׳, ר׳, ־פִים	carrousel	סְחַרְחָרָה, נ׳, ר׳, ־רוֹת
touring	סִיוּר, ז׳, ר׳, ־רִים	dizziness	סְחַרְחֹרֶת, נ׳, ר׳, ־חוֹרוֹת
to talk	[סיח] סָח, פ״י	to make dizzy	סִחְרֵר, פ״י
	סִיחָה, ז׳, ר׳, ־חִים, שִׂיחָה, נ׳, ר׳,	transgressor;	סָט, ז׳, ר׳, ־טִים
foal	־חוֹת	revolter;	
ancient measure	סִיט, ז׳, ר׳, ־טִים	to go astray;	סָטָה, פ״ע
(distance between tip of thumb		to be unfaithful (in marriage)	
and that of index finger when		deviation,	סְטִיָּה, נ׳, ר׳, ־יּוֹת
held apart)		straying, digression	
wholesaler {	סִיטוֹן, ז׳, ר׳, ־נוֹת, ־נִים	slap in face	סְטִירָה, נ׳, ר׳, ־רוֹת
	סִיטוֹנַאי, ז׳, ר׳, ־אִים	to act as an enemy;	סָטַן, פ״י
wholesale	סִיטוֹנוּת, ז׳	to bother	
anointing; oiling,	סִיכָה, נ׳, ר׳, ־כוֹת	to accuse	הִסְטִין, פ״י
greasing		to slap face	סָטַר, פ״י
pipe, gutter; flow	סִילוֹן, ז׳, ר׳, ־נוֹת	moss	סִיאָה, נ׳, ר׳, ־אוֹת
jet (plane)	מְטוֹס סִילוֹן	fiber, bast	סִיב, ז׳, ר׳, ־בִים
to conclude, finish	סִיֵּם, פ״י	dross; wanton	סִיג, ז׳, ר׳, ־גִים
to be concluded,	הִסְתַּיֵּם, פ״ע	fence;	סְיָג, סִיָּג, ז׳, ר׳, ־גִים
be finished		restraint; restriction	
sign, mark;	סִימָן, סִמָּן, ז׳, ר׳, ־נִים	to fence in	סִיֵּג, פ״י
symptom		to restrain oneself	הִסְתַּיֵּג, פ״ח
exclamation mark	סִימַן קְרִיאָה	cigar	סִיגָרָה, סְגָרָה, נ׳, ר׳, ־רוֹת
question mark	סִימַן שְׁאֵלָה	cigarette	סִיגָרִיָּה, סְגָרִיָּה, נ׳, ר׳, ־יּוֹת
bookmark	סִימָנִיָּה, נ׳, ר׳, ־נִיּוֹת	lime, whitewash	סִיד, ז׳, ר׳, ־דִים
suffix	סִימֶת, נ׳, ר׳, ־סִיוּמוֹת	whitewasher	סַיָּד, ז׳, ר׳, ־דִים

סוּכָּה, סֻכָּה, נ׳, ר׳, ־כּוֹת Succah, tabernacle; booth

סוֹכֵךְ, ז׳, ר׳, ־כִים covering; umbrella; shield

סוֹכֵן, ז׳, ר׳, ־כְנִים agent

סוֹכְנוּת, נ׳, ר׳, ־נֻיּוֹת agency

סוּכָּר, סֻכָּר, ז׳ sugar

סוּלְיָה, סֻלְיָה, נ׳, ר׳, ־יוֹת sole of shoe

סוֹלְלָה, נ׳, ר׳, ־לוֹת mound, rampart; battery

סוּלָּם, סֻלָּם, ז׳, ר׳, ־מוֹת, ־מִים ladder

סוֹלֶת, סֹלֶת, נ׳, ר׳, סְלָסוֹת fine flour

סוּמָא, סוּמֵא, ז׳, ר׳, ־מִים, ־מוֹת blind person

סוּס, ז׳, ר׳, ־סִים horse; figure in chess (knight)

כֹּחַ־סוּס horsepower

סוּס־הַיְאוֹר, ז׳, ר׳, סוּסֵי־ hippopotamus

סוּסוֹן־הַיָּם, ז׳, ר׳, סוּסוֹנֵי־ hippocampus, sea horse

סוּסוֹן, ז׳, ר׳, ־נִים pony

סוֹעֶה, ת״ז, ־עָה, ת״נ stormy; rushing, raging

סוֹעֵר, ת״ז, סוֹעֶרֶת, ת״נ stormy; raging

[סוף] סָף, פ״ע to come to an end, cease

הֵסִיף, פ״י to make an end of; to destroy

סוּף, ז״ר reeds; bulrushes

יַם־סוּף the Red Sea

סוֹף, ז׳ end

אֵין־סוֹף infinity

סוֹף סוֹף finally, at length

סוֹפֵג, ז׳, ר׳, ־פְגִים something that absorbs; blotter

סוּפְגָּן, סֻפְגָּן, ז׳, ר׳, ־נִים spongecake

סוּפְגָּנִיָּה, סֻפְגָּנִיָּה, נ׳, ר׳, ־נִיּוֹת doughnut

סוּפָה, נ׳, ר׳, ־פוֹת storm

סוֹפִי, ת״ז, ־פִית, ת״נ final

אֵין־סוֹפִי infinite

סוֹפִית, נ׳, ר׳, ־פִיּוֹת suffix

סוֹפֵר, ז׳ writer, author; scribe; teacher

[סור] סָר, פ״ע to turn aside; to deport

הֵסִיר, פ״י to remove, put aside

סַוָּר, ז׳, ר׳, ־רִים longshoreman

סוֹרָג, ז׳, ר׳, ־גִים lattice, railing

סוֹרֵר, ת״ז, סוֹרֶרֶת, ת״נ perverted, rebellious

סוּת, נ׳, ר׳, ־תוֹת garment, suit

[סות] הֵסִית, הִסִּית, פ״י to incite, instigate

סָח, פ״ע, ע׳ [סיח] to talk

סָחַב, פ״י to drag

סְחָבָה, נ׳, ר׳, ־בוֹת rag, shabby garment

סַחֶבֶת, נ׳ red tape

[סחה] סִחָה, פ״י to scrape clean; to sweep away

סָחוּט, ת״ז, סְחוּטָה, ת״נ squeezed dry

סְחוּס, ז׳, ר׳, ־סִים cartilage

סְחוֹר, תה״פ, סְחוֹר סְחוֹר round about

סְחוֹרָה, נ׳, ר׳, ־רוֹת merchandise, trade

סַחְטָן, ז׳, ר׳, ־נִים Shylock; extortioner

סְחִי, ז׳ dirt, refuse

סְחִיבָה, נ׳, ר׳, ־בוֹת dragging, stealing, shoplifting

סְחִיטָה, נ׳, ר׳, ־טוֹת squeezing out; blackmailing

drunkard	סוֹבֵא, ז', ר', ־בְּאִים
to go about, encompass, enclose	סוֹבֵב, פעו"י, ע' [סבב]
tolerance	סוֹבְלָנוּת, נ'
to move away; to backslide	[סונ] סָג, פ"ע
to turn back, retreat	נָסוֹג, פ"ע
kind, type, class	סוּג, ז', ר', ־גִים
to classify	סִוֵּג, פ"י
study, subject, problem	סוּגְיָה, סֻגְיָה, נ', ר', ־יוֹת
cage; muzzle	סוּגַר, ז', ר', ־גָרִים
second half of stanza; parenthesis	סוֹגֵר, ז', ר', ־גְרִים
parentheses	סוֹגְרַיִם, ז"ז
secret; council	סוֹד, ז', ר', ־דוֹת
to lime, whitewash	[סוד] סָד, פ"י
to talk, take council secretly	הִסְתּוֹדֵד, פ"ע
secret	סוֹדִי, ת"ז, ־דִית, ת"נ
secrecy	סוֹדִיּוּת, נ'
scarf; shawl	סוּדָר, ז', ר', ־רִים
classification	סִוּוּג, ז', ר', ־גִים
to cover; to hide; to camouflage	[סוה] הִסְוָה, פ"י
refuse, rubbish; mire	סוּחָה, נ', ר', ־חוֹת
merchant; businessman	סוֹחֵר, ז', ר', סוֹחֲרִים
buckler; shield	סוֹחֵרָה, נ', ר', ־רוֹת
to move, turn aside	[סוט] הִסִיט, פ"י
wife suspected of adultery	סוֹטָה, נ', ר', ־טוֹת
to anoint	[סוך] סָךְ, פ"י
to anoint; to fence in	הֵסִיךְ, פ"י
bough	סוֹךְ, ז', ר', ־כִים, סוֹכָה, נ', ר', ־כוֹת

cigarette	סְנָרְיָה, סִינָרְיָה, נ', ר', ־יוֹת
pelting rain	סַגְרִיר, ז'
to whitewash, lime	סָד, פ"י, ע' [סוד, סיד]
stocks	סַד, ז'
Sodom	סְדוֹם, נ'
homosexuality	סְדוֹמִיּוּת, נ'
cloven	סָדוּק, ת"ז, סְדוּקָה, ת"נ
order; arrangement; prayer book	סָדוּר, סִידּוּר, ז', ר', ־רִים
ordinal	סִדּוּרִי, ת"ז, ־רִית, ת"נ
sheet	סָדִין, ז', ר', סְדִינִים
cracking	סְדִיקָה, נ', ר', ־קוֹת
regular; orderly	סָדִיר, ת"ז, סְדִירָה, ת"נ
block; trunk; anvil	סַדָּן, ז', ר', ־נִים
workshop	סַדְנָה, נ', ר', ־נָאוֹת
crack, split	סֶדֶק, ז', ר', סְדָקִים
to split; to crack	סָדַק, פ"י
paraphernalia, trifles	סִדְקִית, נ'
order, arrangement; row; Passover eve service	סֵדֶר, ז', ר', סְדָרִים
disorder	אִי סֵדֶר
o.k., all right	בְּסֵדֶר
agenda	סֵדֶר הַיּוֹם
to arrange, put in order	סָדַר, פ"י
to arrange; to group; to set type	סִדֵּר, פ"י
to organize	הִסְדִּיר, פ"י
to settle oneself	הִסְתַּדֵּר, פ"ח
typesetter	סַדָּר, ז', ר', ־רִים
section; series	סִדְרָה, נ', ר', ־רוֹת
usher; punctilious person	סַדְרָן, ז', ר', ־נִים
moon; crescent	סַהַר, ז', ר', סְהָרִים
prison	סֹהַר, ז', בֵּית־סֹהַר
turbulant; noisy	סוֹאֵן, ת"ז, ־אֶנֶת, ת"נ

patience; forbearance	סַבְלָנוּת, נ׳
picnic; sharing a meal; endurance	סְפְלָת, נ׳, ר׳, ־בּוֹלוֹת
to soap	סְבֵּן, פ״י
hope, conduct, expectation	סֵבֶר, ז׳
relationship, friendliness	סֵבֶר פָּנִים
friendship, welcome	סֵבֶר פָּנִים יָפוֹת
harshness, rebuff	סֵבֶר פָּנִים רָעוֹת
to think, be of a certain opinion; to understand	סָבַר, פ״ע
to explain	הִסְבִּיר, פ״י
to welcome; to be friendly	הִסְבִּיר פָּנִים
to be explained; to be intelligible, understood; to be probable	הִסְתַּבֵּר, פ״ח
screwdriver	סַבְרָג, ז׳, ר׳, סַבְּרְגִים
reasoning, common sense; opinion	סְבָרָה, נ׳, ר׳, ־רוֹת
supposition without any basis	סְבָרַת הַכֶּרֶס
to move away; to backslide	סָג, פ״ע, ע׳ [סוג]
to bow down; to worship	סָגַד, פ״ע
adaptation	סִגּוּל, ז׳
Hebrew vowel "◌ֶ" ("e" as in "met")	סְגוֹל, סָגֹל, סֶגֶל, ז׳, ר׳, ־לִים
valued object, possession, treasure; nostrum, remedy; characteristic	סְגֻלָּה, סְגֻלָה, נ׳, ר׳, ־לוֹת
torture; mortification; chastisement	סִגּוּף, ז׳, ר׳, ־פִים
pure gold; lock, encasement	סְגוֹר, ז׳
closed, imprisoned	סָגוּר, ת״ז, סְגוּרָה, ת״נ
enough; much	סַגִּי, תה״פ
blind man	סַגִּי נָהוֹר
opposite meaning	בִּלְשׁוֹן סַגִּי נָהוֹר

sublime	סַגִּיב, ת״ז, ־בָה, ת״נ
prostration	סְגִידָה, נ׳, ר׳, ־דוֹת
study, subject; problem	סוּגְיָה, סוּגְיָא, נ׳, ר׳, ־יוֹת
closing, shutting	סְגִירָה, נ׳, ר׳, ־רוֹת
to acquire; to save; to adapt	סִגֵּל, פ״י
to make fit, accustom	הִסְגִּיל, פ״י
to adapt oneself; to be capable of	הִסְתַּגֵּל, פ״ח
treasure; violet (flower); cadre, staff	סֶגֶל, ז׳, ר׳, סְגָלִים
Hebrew vowel "◌ֶ" ("e" as in "met")	סֶגֶל, סְגֹל, סָגוֹל, ז׳, ר׳, ־לִים
elliptic, elliptical, oval	סְגַלְגַּל, ת״ז, ־גַּלֶּת, ת״נ
valued object, possession, treasure; nostrum, remedy; characteristic	סְגֻלָּה, סְגֻלָה, נ׳, ר׳, ־לוֹת
lieutenant	סֶגֶן, ז׳, ר׳, סְגָנִים
second lieutenant	סֶגֶן מִשְׁנֶה
deputy	סֶגֶן, ז׳, ר׳, ־נִים
expression; style; symbol	סִגְנוֹן, ז׳, ר׳, ־נִים, ־נוֹת
office of deputy	סְגָנוּת, נ׳
to formulate; to arrange a text	סִגְנֵן, פ״י
to mix dross with silver	סִגְסֵג, פ״י
to afflict; to mortify	סִגֵּף, פ״י
to suffer; to mortify oneself	הִסְתַּגֵּף
ascetic	סַגְפָן, ז׳, ר׳, ־נִים
asceticism	סַגְפָנוּת, נ׳
to close, shut	סָגַר, פ״י
to deliver up	סָגַר, פ״י
to shut up, deliver up	הִסְגִּיר, פ״י
to close oneself up, to be secretive	הִסְתַּגֵּר, פ״ח
bolt, lock	סֶגֶר, ז׳, ר׳, סְגָרִים
cigar	סִגָרָה, סִיגָרָה, נ׳, ר׳, ־רוֹת

soap	סַבּוֹן, ז׳, ר׳, ־נִים
soaping	סִבּוּן, ז׳
soap container	סַבּוֹנִיָּה, נ׳, ר׳, ־נִיּוֹת
thinking	סָבוּר, ת״ז, סְבוּרָה, ת״נ
I think, am of the opinion	סָבוּרְנִי, סָבוּרַנִי
reasoner; logician	סָבוֹרָא, ז׳, ר׳, ־אִים
drinking, drunkenness	סְבִיאָה, נ׳, ר׳, ־אוֹת
round about, around	סָבִיב, תה״פ
surroundings, neighborhood, environment	סְבִיבָה, נ׳, ר׳, ־בוֹת
spinning top	סְבִיבוֹן, ז׳, ר׳, ־נִים
ragwort	סַבְיוֹן, ז׳, ר׳, ־נִים
passive; tolerant	סָבִיל, ת״ז, סְבִילָה, ת״נ
thicket; entanglement; network	סְבַךְ, סְבָךְ, ז׳, ר׳, ־כִים
entanglement	סֹבֶךְ, ז׳, ר׳, סְבָכִים
to intertwine, interweave	סָבַךְ, פ״י
to complicate	סִבֵּךְ, פ״י
to become complicated, ensnared	הִסְתַּבֵּךְ, פ״ח
hairnet; lattice, network	סְבָכָה, נ׳, ר׳, ־כוֹת
burden, load, drudgery	סֵבֶל, סֹבֶל, ז׳, ר׳, סְבָלוֹת
porter	סַבָּל, ז׳, ר׳, ־לִים
to carry burden, bear; to suffer; to endure	סָבַל, פ״י
to become burdensome	הִסְתַּבֵּל, פ״ח
suffering; burden	סִבְלָה, נ׳, ר׳, ־לוֹת
patient; tolerant	סַבְלָן, ת״ז, ־נִית, ת״נ

Samekh, fifteenth letter of Hebrew alphabet; sixty	ס
to defile, soil, make filthy	סָאַב, פ״י
defilement, filth	סָאבוֹן, ז׳
a measure of volume (13.3 liters)	סְאָה, נ׳, ר׳, ־אִים, ־אוֹת
filth	סָאוּב, ז׳
shoe; noise, tumult	סָאוֹן, ד׳
to step, trample; to make noise	סָאַן, פ״ע
full measure	סַאסְאָה, נ׳
old man; grandfather	סָב, סָבָא, סַבָּא, ז׳, ר׳, ־בִים, ־בִין
fine bran; sawdust	סֹב, ז׳, ר׳, ־סְבִּים, ־סְבִּין
intoxicating drink	סֹבֶא, ז׳
to imbibe, drink to excess	סָבָא, פ״י
to turn around; to walk about; to sit	סָבַב, פעו״י
to go about; to encompass, enclose	סוֹבֵב, פעו״י
to change, transform; to cause	סִבֵּב, פ״י
to turn; to transfer; to recline (at table)	הֵסֵב, פ״י
to turn oneself around	הִסְתּוֹבֵב, פ״ח
gear	סַבֶּבֶת, נ׳, ר׳, ־בוֹת
reason, cause; turn of events	סִבָּה, נ׳, ר׳, ־בּוֹת
turning, going around; round (in boxing); traffic circle; rotation	סָבוּב, ז׳, ר׳, ־בִים
rotative	סָבוּבִי, ת״ז, ־בִית, ת״נ
complication, entanglement	סָבוּךְ, ז׳, ר׳, ־כִים

to become clear, evident	נִתְחַוֵּר, פ״ח, ע׳ [חור]
analyst	נַתְחָן, ז׳, ר׳, ־נִים
to be tempered	נִתְחַסַּם, פ״ח, ע׳ [חסם]
to be cursed	נִתְחָרַף, פ״ח, ע׳ [חרף]
to whisper; to become deaf	נִתְחָרַשׁ, פ״ח, ע׳ [חרש]
path, pathway, road	נָתִיב, ז׳, נְתִיבָה, נ׳, ר׳, נְתִיבִים, ־בוֹת
Milky Way	נְתִיב הֶחָלָב
splashing	נְתִיזָה, נ׳
fuse	נָתִיךְ, ז׳, ר׳, נְתִיכִים
temple slave, subject of a state	נָתִין, ז׳, ר׳, נְתִינִים
to become crystallized, tempered (steel)	נִתְחַשַּׁל, פ״ח, ע׳ [חשל]
giving, delivery	נְתִינָה, נ׳, ר׳, ־נוֹת
status of the temple slave; citizenship	נְתִינוּת, נ׳
breaking down, smashing	נְתִיצָה, נ׳, ר׳, ־צוֹת
to develop; to settle; to establish oneself	נִתְיַשֵּׁב, פ״ח, ע׳ [ישב]
uprooting	נְתִישָׁה, נ׳, ר׳, ־שׁוֹת
alloy	נֵתֶךְ, ז׳, ר׳, נְתָכִים
to pour forth, pour down	נָתַךְ, פ״ע
to pour out; to melt, cast (metal)	הִתִּיךְ, פ״י
to fester	נִתְמַגֵּל, פ״ח, ע׳ [מגל]
to be precipitated	נִתְמַגַּר, פ״ח, ע׳ [מגר]
to be appointed, put in charge of	נִתְמַנָּה, פ״ע, ע׳ [מנה]
to be squashed; to be rubbed	נִתְמָעֵךְ, פ״ע, ע׳ [מעך]
to be laid bare; to be plucked out	נִתְמָרַס, פ״ע, ע׳ [מרס]

to become pawned; to be seized for debt	נִתְמַשְׁכֵּן, פ״ע, ע׳ [משכן]
to be disgraced	נִתְנַבֵּל, פ״ח, ע׳ [נבל]
to be crippled	נִתְקַטֵּעַ, פ״ח, ע׳ [קטע]
to catch cold	נִתְקָרֵר, פ״ח, ע׳ [קרר]
to meet, see one another	נִתְרָאָה, פ״ח, ע׳ [ראה]
to give; to permit; to regard; to yield (fruit, produce); to deliver up; to put; to appoint	נָתַן, פ״י
to sacrifice oneself for	נָתַן נַפְשׁוֹ עַל
to raise one's voice	נָתַן קוֹלוֹ
to tear up; to break down	נָתַס, פ״י
to be broken, destroyed	נִתַּע, פ״ע
abominable, contemptible	נִתְעָב, ת״ז, ־עֶבֶת, ת״נ
Nithpa'el, a reflexive and passive form of the intensive stem of the Hebrew verb	נִתְפָּעֵל, ז׳
to break down, pull down	נָתַץ, פ״י
to break down, tear down	נִתֵּץ, פ״י
scall, tinea, herpes	נֶתֶק, ז׳, ר׳, נְתָקִים
to tear away, draw away, pull off, cut off; to scratch (head)	נָתַק, פ״י
to tear out, tear up; to burst; to snap	נִתֵּק, פ״י
to draw, drag away	הִתִּיק, פ״י
to stumble, strike against	נִתְקַל, פ״ע, ע׳ [תקל]
to spring up, start up, hop	נָתַר, פ״ע
to loosen; to permit	הִתִּיר, פ״י
natron, sodium carbonate; alum	נֶתֶר, ז׳
sodium	נַתְרָן, ז׳
to pluck up, tear up; to root out	נָתַשׁ, פ״י
to uproot; to weaken	הִתִּישׁ, פ״י
to become uprooted	הֻתַּשׁ, פ״ע

to raise a fire, burn, kindle	הַשִּׁיק, פ״י
equipment, arms, weapons	נֶשֶׁק, נֵשֶׁק ז'
armorer, gunsmith	נַשָּׁק, ז', ר', ־קִים
overhanging, overlooking	נִשְׁקָף, ת״ז, ־קֶפֶת, ת״נ
eagle; dropping	נֶשֶׁר, ז', ר', נְשָׁרִים
to drop, fall off; withdraw	נָשַׁר, פ״ע
to disconnect	הִשִּׁיר, פ״י
burned	נִשְׂרָף, ת״ז, ־רֶפֶת, ת״נ
to dry up, be dry, parched	נָשַׁת, פ״ע
letter, epistle	נִשְׁתָּוָן, ז', ר', ־נִים
to break out	נִשְׁתָּר, פ״ע, ע' [שתר]
defendant	נִתְבָּע, ז', ר', ־עִים
analysis; dissection; surgical operation	נִתּוּחַ, ז', ר', ־חִים
surgery	חָכְמַת הַנִּתּוּחַ
placed, given; datum	נָתוּן, ת״ז, נְתוּנָה, ת״נ; ז'
breaking down	נִתּוּץ, ז'
disconnection, severance, discontinuance	נִתּוּק, ז'
torn off; castrated	נָתוּק, ת״ז
to squirt, splash; to cause to spring off; to cause to fly off	נִתֵּז, פ״ע
to fly off; to splash	נָתַז, פ״ע
to chop off; to articulate distinctly	הִתִּיז, פ״י
splash	נֶתֶז, ז', ר', נְתָזִים
piece, cut (of meat)	נֵתַח, ז', ר', נְתָחִים
to cut in pieces; to operate surgically; to analyze	נִתֵּחַ, פ״י
to be liked, beloved	נִתְחַבֵּב, פ״ח, ע' [חבב]
to exert oneself	נִתְחַבֵּט, פעו״י, ע' [חבט]
usury, interest	נֶשֶׁךְ, ז'
chamber, room	נִשְׁכָּה, נ', ר', נְשָׁכוֹת
to slip, drop off; to draw off (shoe); to drive out	נָשַׁל, פעו״י
to shed, drop	הִשִּׁיל, פ״י
shedding, dropping, falling off (of fruit)	נֶשֶׁל, ז'
to be destroyed; to be amazed	נָשַׁם, פ״ע, ע' [שמם]
to breathe, inhale	נָשַׁם, פ״ע
soul; breath, inhalation	נֶשֶׁם, ז'
breath; soul, spirit, life; living creature	נְשָׁמָה, נ', ר', ־מוֹת
to be slipped, dropped, dislocated; to be omitted	נִשְׁמַט, פ״ע, ע' [שמט]
to be heard, understood; to obey	נִשְׁמַע, פ״ע, ע' [שמע]
to be guarded; to watch out for, be on one's guard against	נִשְׁמַר, פ״ע, ע' [שמר]
to be repeated, taught	נִשְׁנָה, פ״ע, ע' [שנה]
to lean on, rely upon, be close to	נִשְׁעַן, פ״ע, ע' [שען]
to blow, breathe, exhale	נָשַׁף, פ״י
evening, night; sunset; evening party; entertainment	נֶשֶׁף, ז', ר', נְשָׁפִים
high and bare, windswept	נִשְׁפֶּה, ת״ז, ־פָּה, ת״נ
sawdust	נְשֹׁפֶת, נ', ר', ־שׁוֹפוֹת
to kiss; to be armed	נָשַׁק, פעו״י
to touch; to launch (ship)	הִשִּׁיק, פעו״י
to be kindled, set afire	נָשַׁק, פ״ע

taking in נְשׂוּאִים, נְשׂוּאִין, ז"ר	to marry נָשָׂא אִשָּׁה
marriage, married state, wedlock	to deal, transact, נָשָׂא וְנָתַן
to turn back, נָשׂוֹג, פ"ע, [ע' שׂוּג]	do business, negotiate; to argue
recede	to swear נָשָׂא יָדוֹ
ejection, eviction, ousting נִשּׁוּל, ז'	to aspire נָשָׂא נַפְשׁוֹ
breathing, respiration נִשּׁוּם, ז'	to be partial, show favor נָשָׂא פָנִים
kissing נִשּׁוּק, ז'	to show independence, נָשָׂא רֹאשׁוֹ
bald; leafless נָשׁוּר, ת"ז, נְשׁוּרָה, ת"נ	be bold
to become נִשְׁחַף, פ"ע, ע' [שׁחף]	armor-bearer; orderly נוֹשֵׂא כֵלִים
tubercular; to become weak	to lift up, exalt; to bear, נָשָׂא, פעו"י
corrupt, spoiled נִשְׁחָת, ת"ז, ־חֶתֶת, ת"נ	support, aid; to make a gift;
effeminate נָשִׁי, ת"ז, ־שִׁית, ת"נ	to take away
debt, loan נְשִׁי, ז', ר', נְשָׁיִים	to give in marriage הִשִּׂיא, פ"י
prince, president, נָשִׂיא, ז', ר', נְשִׂיאִים	to lift oneself up, הִתְנַשֵּׂא, פ"ח
chief	exalt oneself; to rise up;
vaporous clouds נְשִׂיאִים, ז"ר	to boast
lifting up, נְשִׂיאָה, נ', ר', ־אוֹת	to lead astray; נָשָׂא, פעו"י
carrying, raising	to exact (payment)
lifting, elevation, raising; נְשִׂיאוּת, נ'	to beguile, deceive הִשִּׂיא, פ"י
presidency; executive (board)	exalted, נִשָּׂא, ת"ז, נִשֵּׂאת, ת"נ
blowing נְשִׁיבָה, נ', ר', ־בוֹת	elevated, lofty
oblivion, forgetfulness נְשִׁיָּה, נ'	to be left, נִשְׁאַר, פ"ע, ע' [שׁאר]
amnesia נִשָּׁיוֹן, ז'	to remain
feminism נָשִׁיּוּת, נ'	to blow נָשַׁב, פ"ע
bite, biting נְשִׁיכָה, נ', ר', ־כוֹת	to drive away הִשִּׁיב, פ"י
falling off; נְשִׁילָה, נ', ר', ־לוֹת	to swear, נִשְׁבַּע, פ"ע, ע' [שׁבע]
chopping off; dropping	take an oath
women; wives נָשִׁים, נ"ר	to overtake; to reach, הִשִּׂיג, פ"י [נשׂג]
breath, נְשִׁימָה, נ', ר', ־מוֹת	attain; to obtain
breathing	exalted, lofty, נִשְׂגָּב, ת"ז, ־בָּה, ת"נ
exhalation, נְשִׁיפָה, נ', ר', ־פוֹת	powerful
expiration; blowing	ammonia נַשְׁדּוֹר, ז'
kiss, kissing נְשִׁיקָה, נ', ר', ־קוֹת	ischiadic nerve נָשֶׁה, ז', גִּיד הַנָּשֶׁה
falling off, נְשִׁירָה, נ', ר', ־רוֹת	to forget; to demand, נָשָׁה, פ"י
dropping; withdrawal (students)	exact payment
ischemia, local anemia נָשִׁית, נ'	נָשׂוּא, נָשׂוּי, ת"ז, נְשׂוּאָה, נְשׂוּיָה, ת"נ
to bite; to take interest נָשַׁךְ, פ"י	married
(on a loan)	wife נְשׂוּאָה, נ', ר', ־אוֹת

to lay (mines) snares; נָקַשׁ, פ״י	to be dishonored [קלה] נָקְלָה, פ״ע, ע'
to strike at	trifle, light thing נְקַלָּה, נ', ר', ־לּוֹת
to knock, strike at, beat הִקִּישׁ, פ״י	bed pole, נַקְלִיס, ז', ר', ־סִים
to be asked; [קשה] נִקְשָׁה, פ״ע, ע'	curtain frame
to be hard pressed	revenge, vengeance נָקָם, ז'
miserable, נִקְשֶׁה, ת״ז, ־שָׁה, ת״נ	to take revenge, avenge נָקַם, פ״י
wretched	vindictiveness, נְקָמָה, נ', ר', ־מוֹת
stale, נָקְשֶׁה, נֻקְשֶׁה, ת״ז, ־שָׁה, ת״נ	revenge
hardened	revengeful person נַקְמָן, ז', ר', ־נִים
to break up fallow נָר, פ״י, ע' [ניר]	sausage נַקְנִיק, ז', ר', ־קִים
land; to till	frankfurter נַקְנִיקִית, נ', ר', ־קִיּוֹת
light, lamp, candle נֵר, ז', ר', ־רוֹת	to sprain נָקַע, פ״ע
to appear נִרְאָה, פ״ע, ע' [ראה]	rift, cleft; sprain נֶקַע, ז', ר', נְקָעִים
favorable, נִרְאֶה, ת״ז, ־אָה, ת״נ	beating, shaking of olive tree נֹקֶף, ז'
apparent	beating, bruise; נֹקֶף, ז', ר', נְקָפִים
apparently כַּנִּרְאֶה, תה״פ	qualm, scruple
excited, agitated, נִרְגָּז, ת״ז, ־גֶּזֶת, ת״נ	to go around, move in נָקַף, פ״ע
angry	a circle; to knock, strike, bruise
mischief-maker, נִרְגָּן, ז', ר', ־נִים	to strike, strike off; נָקַף, פ״י
backbiter	to beat olive tree, glean
excited נִרְגָּשׁ, ת״ז, ־גֶּשֶׁת, ת״נ	to surround, encompass; הִקִּיף, פ״י
nard, spikenard נֵרְדְּ, ז', ר', נְרָדִים	to give credit; to contain
to fall asleep נִרְדַּם, פ״ע, ע' [רדם]	wound, bruise נַקְפָּה, נ', ר', נַקָפוֹת
pursued, נִרְדָּף, ת״ז, ־דֶּפֶת, ת״נ	to bore, pierce; נָקַר, פ״י
persecuted	to pick; to gnaw at
stretcher, litter נִרְדָּן, ז', ר', ־דִּים	to bore; to gouge out eyes; נִקֵּר, פ״י
indolent, נִרְפֶּה, ת״ז, ־פָּה, ת״נ	to peck, pick; to keep clean
negligent	woodpecker נַקָּר, ז', ר', ־רִים
miry, muddy נִרְפָּשׁ, ת״ז, ־פֶּשֶׁת, ת״נ	picking; groove נֶקֶר, ז', ר', נְקָרִים
narcissus נַרְקִיס, ז', ר', ־סִים	to chance נִקְרָא, פ״ע, ע' [קרא]
sheath, נַרְתִּיק, ז', ר', ־קִים, ־קוֹת	to be; to meet by chance;
case, casket	to be called, named, invited
to be startled; [רתע] נִרְתַּע, פ״ע, ע'	stone chip, נִקְרָה, נְקָרָה, נ', ר', ־רוֹת
to recoil	hole, crevice
to encase, sheathe נִרְתֵּק, פ״י	woodpecker נִקְרִיָּה, נ', ר', ־יּוֹת
to lift; to bear, sustain, נָשָׂא, פ״י	fault-finder נַקְרָן, ז', ר', ־נִים
endure; to take away; to receive;	gout נִקְרֶס, ז'
to marry; to forgive; to destroy	to strike, knock נָקַשׁ, פ״י

נָקֹד, ז', ר', ־דִים	dot, point;
	punctuation, vowelization
נְקֻדָּה, נְקוּדָה, נ', ר', ־דוֹת	point,
	dot; vowel point, vowel; stud
נִקּוּד, ז', ר', ־דִים	drainage
נָקוֹט, פ"ע, ע' [קוט]	to feel loathing,
	to repent of
נִקּוּי, ז', ר', ־יִים	cleaning, cleansing
נִקּוּף, ז'	bruise, knock
נִקּוּר, ז', ר', ־רִים	picking, pecking;
	chiseling; gouging out the eyes
נִקֵּז, פ"י	to drain, dry up (swampland)
הִקִּיז, פ"י	to puncture;
	to bleed, let blood
נָקַט, פעו"י	to be weary of;
	to loathe; to hold, take, seize
נָקִי, ת"ז, נְקִיָּה, ת"נ	clean, pure;
	innocent, guiltless, exempt
נְקֵיבָה, נ', ר', ־בוֹת	puncturing,
	punching
נִקָּיוֹן, ז'	cleanness, cleanliness,
	purity, innocence
נִקְיוֹן כַּפַּיִם	honesty, innocence
נִקְיוֹן שִׁנַּיִם	hunger
נְקִיּוּת, נ'	cleanliness; movement of
	bowels
נְקִיטָה, נ', ר', ־טוֹת	grasping,
	holding
נְקִימָה, נ', ר', ־מוֹת	revenge,
	retaliation
נְקִיעָה, נ', ר', ־עוֹת	dislocation
נְקִיפָה, נ', ר', ־פוֹת	knock, bruise
נָקִיק, ז', ר', נְקִיקִים	cleft, crevice
נְקִירָה, נ', ר', ־רוֹת	boring, pecking
נְקִישָׁה, נ', ר', ־שׁוֹת	knocking
נָקֵל, תה"פ	easy
נִקְלֶה, ת"ז, ־לָה, ת"נ	despised,
	lightly esteemed; base

נִצַּת, פ"ע, ע' [יצת]	to ignite, inflame
נֶקֶב, ז', ר', נְקָבִים	perforation; hole
נְקָבִים, ז"ר	excrements
נָקַב, פ"י	to bore, pierce, perforate;
	to designate; to curse, blaspheme
נִקֵּב, פ"י	to pierce, puncture
נְקֵבָה, נ', ר', ־בוֹת	female, feminine
נִקְבָּה, נ', ר', נְקָבוֹת	tunnel; orifice
נַקְבּוּב, ז', ר', ־בִים	perforation
נְקֵבוּת, נַקְבוּת, נ'	female sex,
	feminine gender
נַקְבִּי, ת"ז, ־בִית, ת"נ	feminine
נִקְבָּץ, ז'	sum total
נָקֹד, ת"ז, נְקֻדָּה, ת"נ	spotted, dotted
נָקַד, פ"י	to prick, to point,
	mark with points
נִקֵּד, פ"י	to punctuate, vowelize
נְקֻדָּה, נְקוּדָה, נ', ר', ־דוֹת	point,
	dot; vowel-point, vowel; stud
נְקֻדָּה וּפְסִיק	semicolon
נְקֻדָּתַיִם	colon
נְקֻדַּת מַבָּט, ־רְאוּת	point of view
נַקְדָן, ז', ר', ־נִים	punctilious person,
	pedant; punctuator
נָקָה, פ"ע	to be innocent, pure
נִקָּה, פ"י	to pronounce innocent,
	acquit; to leave unpunished;
	to cleanse, clear
נָקָה, פ"ע	to be free from guilt,
	punishment; to be pure,
	clean; to be innocent
נָקָה, נָאקָה, נ', ר', ־קוֹת	she-camel
נָקוּב, ת"ז, נְקוּבָה, ת"נ	perforated,
	pierced
נֶקֶב, ז', ר', ־בִים	perforation,
	puncturing
נָקוּד, ת"ז, נְקוּדָה, ת"נ	pointed,
	dotted; vowelized

commissioner,   נְצִיב, ז׳, ר׳, ־בִים
prefect; garrison, military post

office of   נְצִיבוּת, נ׳, ר׳, ־בֻיּוֹת
commissioner;
territorial government

representative   נָצִיג, ז׳, ר׳, נְצִיגִים

representation   נְצִיגוּת, נ׳, ר׳, ־גֻיּוֹת

mica   נְצִיץ, ז׳

to be delivered, saved;   נִצַּל, פ״ע
to deliver oneself, escape

to spoil; to strip; to save;   נִצֵּל, פ״י
to exploit

to save, rescue, deliver   הִצִּיל, פ״י

to strip oneself;   הִתְנַצֵּל, פ״ח
to apologize

exploiter   נַצְלָן, ז׳, ר׳, ־נִים

to join, attach   נִצְמַד, פ״ע, [צמד]
oneself

bud, blossom   נִצָּן, ז׳, ר׳, ־נִים

to sparkle;   [נצץ] וְצָנֵץ, פ״ע
to be enkindled; to sprout

to sparkle, shine;   נָצַץ, פ״ע
to bloom, sprout

to glitter, sparkle   הִתְנוֹצֵץ, פ״ח

shoot, sprout,   נֵצֶר, ז׳, ר׳, נְצָרִים
branch; osier; willow; wicker

to guard, watch, keep;   נָצַר, פ״י
to preserve; to lock (safety catch)

to Christianize   נִצֵּר, פ״י

to become a Christian,   הִתְנַצֵּר, פ״ח
be converted to Christianity

safety latch   נִצְרָה, נ׳ ר׳, נְצָרוֹת
(on guns)

Christianity   נַצְרוּת, נ׳

to be obliged   נִצְרַךְ, פ״ע, ע׳ [צרך]

needy, poor   נִצְרָךְ, ת״ז, ־רֶכֶת, ת״נ

to be hardened;   נִצְרַף, פ״ע, ע׳ [צרף]
to be put to test

---

steadfastness, resoluteness   נִצְבָּה, נ׳

to be laid   נִצְדָּה, פ״ע, ע׳ [צדה]
waste

to be covered with feathers   נָצָה, פ״ע

to fly, flee; to be laid   נָצָה, פ״ע
waste

to strive, quarrel; to be   נִצָּה, פ״ע
laid waste, be made desolate

blossom, flower   נִצָּה, נ׳, ר׳, ־צּוֹת

direction   נִצּוּחַ, ז׳, ר׳, ־חִים
(of choir or orchestra); argument

exploitation   נִצּוּל, ז׳

preserved,   נָצוּר, ת״ז, נְצוּרָה, ת״נ
guarded; secret

hidden things, secrets   נְצוּרוֹת, נ״ר

perpetuity; eternity;   נֵצַח, נֶצַח, ז׳
eminence, glory; strength; blood

forever   לָנֶצַח

forever and ever   לָנֶצַח נְצָחִים

to be victorious; to sparkle,   נָצַח, פ״י
shine

to superintend;   נִצֵּחַ, פ״י
to conduct (orchestra)
to be victorious, conquer, win

to be defeated, beaten   נֻצַּח, פ״ע

to make everlasting,   הִנְצִיחַ, פ״י
perpetuate

lasting, enduring;   נִצָּח, ת״ז, ־צַּחַת, ת״נ
irrefutable

triumph,   נִצָּחוֹן, ז׳, ר׳, ־חוֹנוֹת
victory

eternity   נִצְחוּת, נִצְחִיּוּת, נ׳

eternal,   נִצְחִי, ת״ז, ־חִית, ת״נ
everlasting

eternity   נִצְחִיּוּת, נִצְחוּת, נ׳

dogmatic person   נַצְחָן, ז׳, ר׳, ־נִים

dogma   נַצְחָנוּת, נ׳

pillar, column   נָצִיב, ז׳, ר׳, נְצִיבִים

Niph'al, the reflexive and passive of the simple stem (kal) of the Hebrew verb	נִפְעַל, ז'
cloudburst; driving storm; scattering; bursting, explosion	נֶפֶץ, ז'
explosive	חֹמֶר נֶפֶץ
detonator	נַפָּץ, ז', ר', ־צִים
to break, shatter; to disperse, scatter	נִפֵּץ, פָּעֵל
to dash to pieces; to explode, blow up	נִפֵּץ, פ"י
to go out; to bring forth; to derive	[נפק] הֻפַּק, פ"י
gadabout	נַפְקָנִית, נ', ר', ־נִיּוֹת
separate; odd number; in the absolute state (gram.)	נִפְרָד, ת"ז, ־רֶדֶת, ת"נ
frequent	נִפְרָץ, ת"ז, ־רֶצֶת, ת"נ
breath, spirit, soul; person, character (in a drama); tombstone	נֶפֶשׁ, נ', ר', נְפָשׁוֹת, ־שִׁים
at the risk of his life	בְּנַפְשׁוֹ
as much as he wishes	כְּנַפְשׁוֹ
to rest	נָפַשׁ, פ"ע
recreation; rest	נֹפֶשׁ, נוֹפֶשׁ, ז'
spiritual; hearty	נַפְשִׁי, ת"ז, ־שִׁית, ת"נ
criminal	נִפְשָׁע, ת"ז, ־שַׁעַת, ת"נ
flowing honey, honeycomb	נֹפֶת, נוֹפֶת, נ'
wrestling, struggle	נַפְתּוּלִים, ז"ר
tortuous; perverse	נִפְתָּל, ת"ז, ־תֶּלֶת, ת"נ
blossom, flower; falcon	נֵץ, ז', ר', ־נִצִּים
parsley	נֵץ־חָלָב, ז'
to fly, flee	נָצָא, פ"ע
to set, stand up	נִצָּב, פ"ע, ע' [יצב]
hilt, handle; prefect; perpendicular	נִצָּב, ז', ר', ־בִים

to become swollen; to put on airs	הִתְנַפֵּחַ, פ"ח
smith, blacksmith	נַפָּח, ז', ר', ־חִים
smithery	נַפָּחוּת, נ'
smithy	נַפְּחִיָּה, נ', ר', ־יּוֹת
kerosene, oil	נֵפְטְ, ז'
dead, deceased	נִפְטָר, ז', ר', ־טָרִים
blowing; belch; flatulence	נְפִיחָה, נ', ר', ־חוֹת
swelling	נְפִיחוּת, נ', ר', ־חֻיּוֹת
giant	נָפִיל, ז', ר', נְפִילִים
tortoise, turtle, terrapin	
to be distinct, distinguished	נִפְלָה, פ"ע, ע' [פלה]
falling; defeat	נְפִילָה, נ', ר', ־לוֹת
vacationing	נֹפְשָׁה, נ'
precious stone	נֹפֶךְ, ז', ר', נְפָכִים
to fail, fall down; to happen, occur	נָפַל, פ"ע
to throw down; to let drop; to cause to fall; to defeat; to miscarry	הִפִּיל, פ"י
to attack, fall upon	הִתְנַפֵּל, פ"ח
stillbirth; premature birth	נֵפֶל, ז', ר', נְפָלִים
wonderful, marvelous	נִפְלָא, ת"ז, ־אָה, ת"נ
miracles, wonders	נִפְלָאוֹת, נ"ר
to be marvelous, wonderful	נִפְלָא, פ"ע, ע' [פלא]
to swing, flap	נִפְנֵף, פ"י
spoiled; damaged	נִפְסָד, ת"ז, ־סֶדֶת, ת"נ
to be spoiled; to lose	נִפְסַד, פ"ע, ע' [פסד]
to revive; to blow air into lungs	[נפע] הֻפִּיעַ, פ"י

14

נַעֲצוּץ, ז', ר', ־צִים — thornbush, thicket of thorns	נָעִים, ת"ז, נְעִימָה, ת"נ — pleasant, pleasing, lovely, delightful
נָעַר, פ"י — to shake, stir; to growl; to bray	נְעִימָה, נ', ר', ־מוֹת — melody, tune, tone; taste, disposition
נֵעֵר, פ"י — to shake out, empty; to loosen up	נְעִימוּת, נ — pleasantness, loveliness
נַעַר, ז', ר', נְעָרִים — boy, lad, youth; servant	נָעִיץ, ז', ר', נְעִיצִים — channel, ditch
נַעֲרָה, נ', ר', נְעָרוֹת — girl, maiden; maid, maidservant	נְעִיצָה, נ', ר', ־צוֹת — insertion
נֹעַר, נוֹעַר, ז' — youth	נְעִירָה, נ', ר', ־רוֹת — braying; shaking; waving
נַעֲרוּת, נ' — youth; puerility; vitality	נֶעְכָּר, ת"ז, ־כֶּרֶת, ת"נ — dejected, depressed
נֶעֱרַם, פ"ע, ע' [ערם] — to be heaped up	נָעַל, פ"י — to bar, bolt, lock; to put on shoes
נְעֹרֶת, נ' — tow, chaff	נַעַל, נ', ר', נַעֲלַיִם, נְעָלִים — shoe, boot, slippers
נֶעְתַּק, פ"ע, ע' [עתק] — to be transcribed, translated	נַעֲלֵי בַיִת — slippers
נֶעְתָּר, פ"ע, ע' [עתר] — to be excessive	נֶעֱלָב, ת"ז, ־לֶבֶת, ת"נ — insulted
נָף, פ"ע, ע' [נוף] — to sprinkle	נַעֲלָה, פ"ע, ע' [עלה] — to be exalted, be brought up
נָפָה, נ', ר', ־פוֹת — sieve; fan; height, elevation; district	נַעֲלֶה, ת"ז, ־לָה, ת"נ — honored; superior
[נפה] נִפָּה, פ"י — to sift, winnow	נֶעֱלָם, ת"ז, ־לֶמֶת, ת"נ — hidden, concealed
נִפּוּחַ, ז', ר', ־חִים — fanning, blowing	נֶעֱלַם, פ"ע, ע' [עלם] — to be hidden; to disappear
נָפוּחַ, ת"ז, נְפוּחָה, ת"נ — blown up; swollen; boiling; seething	נֹעַם, נוֹעַם, ז' — delightfulness, pleasantness
נִפּוּי, ז', ר', ־יִים — sifting; purifying	נָעַם, פ"ע — to be lovely, pleasant
נִפּוֹל, ז', ר', ־לִים — falling; young bird	הִנְעִים, פ"י — to cause pleasure; to sing, accompany musically; to compose melody
נָפוּל, ת"ז, נְפוּלָה, ת"נ — fallen, low, degenerate	נַעֲמִית, נ', ר', ־מִיּוֹת — ostrich
נָפוֹץ, ת"ז, נְפוֹצָה, ת"נ — diffused	נַעֲמָן, ת"ז, ־נָה, ת"נ — delighted; pleasant
נִפּוּץ, ז', ר', ־צִים — shattering	נַעֲנֶה, ת"ז, ־נָה, ת"נ — humble, afflicted
נְפוּצָה, נ', ר', ־צוֹת, נ"ר — dispersion; Diaspora	נַעֲנוּעַ, ז', ר', ־עִים — shaking
נֶפַח, ז', ר', נְפָחִים — swelling; volume, bulk	[נוע] נְעַנֵעַ, פ"י — to shake
נָפַח, פ"י — to blow, breathe	נַעֲנָע, ז', ר', ־נָעִים — mint
נָפַח נֶפֶשׁ — die	נֶעֶץ, ז', ר', נְעָצִים — clasp; tack
נֻפַּח, פ"י — to be blown up, swell	נָעַץ, פ"י — to prick, puncture; stick in, insert
הֵפִיחַ, פ"י — to blow upon, sniff	

to drive; to lead out; הִסִּיעַ, פ"י	experimental נִסּוּיִי, ת"ז, ־יִית, ת"נ
to pick up; to remove	pouring out, נִסּוּךְ, ז', ר', ־כִים
stormy; נִסְעָר, ת"ז, ־עֶרֶת, ת"נ	libation
excited	to pull down; to tear away סַח, פ"י
appendix; addi- נִסְפָּח, ז', ר', ־חִים	to arrange a text; נִסַּח, פ"י
tion; diplomat, attaché	to formulate
to go up, ascend נָסַק, פ"ע	to remove, discard הִסִּיחַ, פ"י
to heat up; to conclude הִסִּיק, פ"י	to divert one's mind, הִסִּיחַ דַּעְתּוֹ
board נֶסֶר, ז', ר', נְסָרִים	distract one's attention
to saw, plane נָסַר, פ"י	text; copy; formula; recipe נֹסַח, נוֹסַח, ז', נֻסְחָה, נוּסְחָה, נ', ר',
to be joined, נִסְרַךְ, פ"ע, ע' [סרך]	נְסָחִים, ־חוֹת, ־חָאוֹת
attached	retrogression; נְסִיגָה, נ', ר', ־גוֹת
chips, sawdust נְסֹרֶת, נ'	retreat
to be swept נִסְתָּחֵף, פ"ח, ע' [סחף]	serum; whey נַסְיוֹב, ז', ר', ־בִים
away, eroded, ruined	test, trial; נִסָּיוֹן, ז', ר', נְסִיוֹנוֹת
hidden; נִסְתָּר, ת"ז, ־תֶּרֶת, ת"נ	experiment; experience
mysterious; third person (gram.)	experimental נִסְיוֹנִי, ת"ז, ־נִית, ת"נ
to wander about; נָע, פ"ע, ע' [נוע]	prince, viceroy נָסִיךְ, ז', ר', ־כִים
to be unstable; to tremble	princess נְסִיכָה, נ', ר', ־כוֹת
wandering, mobile נָע, ת"ז, ־עָה, ת"נ	traveling; trip, נְסִיעָה, נ', ר', ־עוֹת
to be restrained, נֶעֱגַן, פ"ע, ע' [עגן]	journey
tied, anchored	sawing נְסִירָה, נ', ר', ־רוֹת
absent, נֶעְדָּר, ת"ז, ־דֶּרֶת, ת"נ	to pour; to cast; to anoint נָסַךְ, פ"י
missing, disappeared; dead;	to offer a libation נִסֵּךְ, פ"י
lacking	libation; נֶסֶךְ, נֵסֶךְ, ז', ר', נְסָכִים
to be twisted, נַעֲוָה, פ"ע, ע' [עוה]	drink-offering; molten image
perverted	to act foolishly נִסְכַּל, פ"ע, ע' [סכל]
perverse, twisted נַעֲוֶה, ת"ז, ־וָה, ת"נ	armchair, easy chair נַסְלֵל,ז', ר', נַסְלִים
locked; shoed נָעוּל, ת"ז, נְעוּלָה, ת"נ	ordained נִסְמָךְ, ת"ז, ־מֶכֶת, ת"נ
inserted נָעוּץ, ת"ז, נְעוּצָה, ת"נ	(as Rabbi); in the construct
empty, shaken נָעוּר, ת"ז, נְעוּרָה, ת"נ	state (gram.)
out	to drive, to be נָסַס, נוֹסַס, פ"ע
shaking נָעוּר, ז'	driven (on)
youth נְעוּרִים, ז"ר, נְעוּרוֹת, נ"ר	to be displayed הִתְנוֹסֵס, פ"ח
locking, closing, נְעִילָה, נ', ר', ־לוֹת	as a banner; to flutter; to glitter
concluding; putting on shoes;	to travel; to journey; נָסַע, פעו"י
Neilah, concluding service on	to march; to move
Day of Atonement	

giraffe	גָּמָל נָמֵרִי	to reconsider	נִמְלַךְ, פ״ע, ע׳ [מלך]
grievous; heavy; decided	נִמְרָץ, ת״ז, ־רֶצֶת, ת״נ	to be soft, compressible	נִמְלַל, פ״ע, ע׳ [מלל]
to be energetic, strong, vehement, rapid	נִמְרַץ, פ״ע, ע׳ [מרץ]	flowery, stylistic	נִמְלָץ, ת״ז, ־לֶצֶת, ת״נ
to be cleaned; purged	נִמְרַק, פ״ע, ע׳ [מרק]	to be killed by nipping, wringing head	נִמְלַק, פ״ע, ע׳ [מלק]
freckle	נֶמֶשׁ, ז׳, ר׳, נְמָשִׁים	to be counted, assigned	נִמְנָה, פ״ע, ע׳ [מנה]
to be anointed	נִמְשַׁח, פ״ע, ע׳ [משח]	light sleep, drowsiness	נִמְנוּם, ז׳
prolonged; continuous; following	נִמְשָׁךְ, ת״ז, ־שֶׁכֶת, ת״נ	to be drowsy, doze	נִמְנֵם, פ״ע
to be stretched; to be withdrawn; to be prolonged	נִמְשַׁךְ, פ״ע, ע׳ [משך]	to slumber	הִתְנַמְנֵם, פ״ח
		to be restrained	נִמְנַע, פ״ע, ע׳ [מנע]
moral, maxim	נִמְשָׁל, ז׳, ר׳, ־לִים	to be poured	נִמְסַךְ, מ״ע, ע׳ [מסך]
to be compared; to resemble	נִמְשַׁל, פ״ע, ע׳ [משל]	impossible; abstained	נִמְנָע, ת״ז, ־נַעַת, ת״נ
to be spread, stretched; to be made nervous; to be curious	נִמְתַּח, פ״ע, ע׳ [מתח]	to become melted	נָמַס, פ״ע, ע׳ [מסס]
dwarf, midget	נַנָּס, ז׳, ר׳, ־סִים	to be picked (olives)	נִמְסַק, פ״ע, ע׳ [מסק]
dwarfish	נַנָּסִי, ת״ז, ־סִית, ת״נ	to be found; to exist; to be present	נִמְצָא, פ״ע, ע׳ [מצא]
miracle; standard; signal, sign	נֵס, ז׳, ר׳, נִסִּים	to be wrung out	נִמְצָה, פ״ע, ע׳ [מצה]
to flee, escape, depart, disappear	נָס, פ״ע, ע׳ [נוס]	to be, get distilled	נִמְצַק, פ״ע, ע׳ [מצק]
turn of events; cause	נְסִבָּה, נ׳, ר׳, ־בּוֹת	rot; gangrene	נֶמֶק, ז׳, ר׳, נְמָקִים
to remove, carry away	הִסִּיג, פ״י [נסג]	to fester, rot; to become weak	נָמַק, פ״ע, ע׳ [מקק]
to remove a boundary mark; to encroach upon, trespass	הִסִּיג גְּבוּל	to explain, clarify	נִמֵּק, פ״י
		leopard, tiger	נָמֵר, ז׳, ר׳, נְמֵרִים
to test, try, experiment, attempt	נִסָּה [נסה] פ״י	to give striped or checkered appearance	נִמֵּר, פ״י
to turn back, retreat	נָסוֹג, פ״ע, ע׳ [סוג]	to be spread, smeared; to be crushed	נִמְרַח, פ״ע, ע׳ [מרח]
formulation	נִסּוּחַ, ז׳, ר׳, ־חִים	to be plucked, polished; to be made bald	נִמְרַט, פ״ע, ע׳ [מרט]
trial, experiment, test	נִסּוּי, ז׳, ר׳, ־יִים	tigerlike	נְמֵרִי, ת״ז, ־רִית, ת״נ

נִכְפָּל, ז', ר', ־פָּלִים — multiplier	נִמְהַר, פ"ע [מהר] — to be hasty, overzealous, rash
נֶכֶר, נֹכֶר, נֵכָר, ז' — misfortune, calamity	נִמְהָר, ת"ז, ־הֶרֶת, ת"נ — hurried, rash
נֵכָר, ז' — strangeness; strange land	נִמְהָרוּת, נ' — precipitancy
נִכָּר, פ"ע — to be recognized; to be discernible	נָמוֹג, פ"ע, ע' [מוג] — to melt away; to be shaken
הִכִּיר, פ"י — to recognize, acknowledge; to know; to be acquainted with; to distinguish	נָמוֹג, ת"ז, נְמוֹגָה, ת"נ — soft-hearted
נִכֵּר, פ"י — to treat as a stranger; to ignore; to discriminate against	נָמוֹט, פ"ע, ע' [מוט] — to tilt and fall
הִתְנַכֵּר, פ"ח — to act as a stranger; to be known	נָמוּךְ, נָמוּךְ, ת"ז, ־כָה, ת"נ — low, lowly, humble
נָכְרִי, ת"ז, ־רִיָה, ־רִית, ת"נ — strange, foreign	נָמוֹל, פ"ע, ע' [מול] — to be circumcised
(נכש) נִכֵּשׁ, פ"י — to weed	נִמּוּס, נִימוּס, ז', ר', ־סִים, ־סִין, ־סוֹת — law; usage; good manner, right conduct
(נכש) הִכִּישׁ, פ"י — to strike, wound; to bite, sting	נִמּוּק, נִימוּק, ז', ר', ־קִים — reason, motive, argument
נִכְשַׁל, פ"ע [כשל] — to fail; to go astray	נָמוּר, ז' — speckled, spotted
נִכְתַּם, פ"ע [כתם] — to be stained, soiled	נִמְזַג, פ"ע, ע' [מזג] — to be poured out
נִלְבַּט, פ"ע [לבט] — to vex, annoy; to be guilty	נִמְחַץ, פ"ע, ע' [מחץ] — to be smashed
נִלְהָב, ת"ז, ־הֶבֶת, ת"נ — enthusiastic	נִמְחַק, פ"ע, ע' [מחק] — to be erased, blotted out
נָלוֹז, ת"ז, נְלוֹזָה, ת"נ — crooked, perverted	נֶמֶט, ז', ר', ־מְטִים — thick carpet
נָלוֹן, פ"ע [לון] — to complain	נִמְטַר, פ"ע, ע' [מטר] — to be wet with rain
נְלִיזָה, נ', ר', ־זוֹת — deflection	נְמִיגָה, נ' — melting, dissolving; cowardice
נִלְעַג, ת"ז, ־עֶנֶת, ת"נ — mocking; despicable	נְמִיָה, נ', ר', ־יוֹת — marten
נָם, פ"ע [נום] — to slumber, be drowsy; to speak	נְמִיכוּת, נ' — lowliness, humility
נִמְאַס, פ"ע [מאס] — to be despised; to feel disgusted; have enough of	נְמִיסָה, נ' — melting; cowardice
נִמְאָס, ת"ז, ־אֶסֶת, ת"נ — hated, scorned	[נמך] הִנְמִיךְ, פ"י — to lower, depress
נִמְבְזֶה, ת"ז, ־זָה, ת"נ — unimportant, valueless	נִמְכַּר, פ"ע, ע' [מכר] — to be sold
	נָמֵל, נָמֵל, ז', ר', נְמַלִים, נְמֵלִים — haven, port, harbor
	נִמְלָא, פ"ע, ע' [מלא] — to be filled
	נְמָלָה, נ', ר', ־לִים, ־לוֹת — ant
	נִמְלַח, פ"ע, ע' [מלח] — to be salted; to be torn; to be dispersed

certainly, assuredly	אֵל נָכוֹן, תה״פ
to be resolved, firm, prepared	נָכוֹן, פ״ע, ע׳ [כון]
readiness, preparedness, correctness	נְכוֹנוּת, נ׳
weeding	נִכּוּשׁ, ז׳
museum	(נְכוֹת) בֵּית-נְכוֹת, ז׳, ר׳, בָּתֵּי-נְכוֹת
invalidism	נְכוּת, נ׳
disappointed	נִכְזָב, ת״ז, ־זֶבֶת, ת״נ
opposite, against, in front of	נֹכַח, תה״פ
straightforward, honest	נָלֹחַ, ת״ז, נָלֹחָה, ת״נ
justice, honesty, right	נְלֹחָה, נ׳, ר׳, ־חוֹת
presence	נָכְחוּת, נְכֹחוּת, נ׳
present; opposite	נָכְחִי, נֹכְחִי, ת״ז, ־חִית, ת״נ
reduction, discount	נִכָּיוֹן, ז׳, ר׳, נְכָיוֹנוֹת
knavery, deceit	נֶכֶל, ז׳, ר׳, נְכָלִים
to be deceitful, crafty	נָכַל, פ״י
to deceive, beguile	נִכֵּל; פ״ע
to conspire	הִתְנַכֵּל, פ״ח
to become senile	נִכְלָה, פ״ע, ע׳ [כלח]
to be ashamed	נִכְלָם, פ״ע, ע׳ [כלם]
to grow hot; to shrink	נִכְמַר, פ״ע, ע׳ [כמר]
to enter	נִכְנַס, פ״ע, ע׳ [כנס]
to be humbled, subdued	נִכְנַע, פ״ע, ע׳ [כנע]
to hover; to hide oneself	נִכְנַף, פ״ע, ע׳ [כנף]
riches, property	נֶכֶס, ז׳, ר׳, נְכָסִים
longing	נִכְסָף, ת״ז, ־סֶפֶת, ת״נ
epileptic	נִכְפֶּה, ז׳, ר׳, ־פִּים
epilepsy	נִכְפּוּת, נ׳

blotting paper	נְיָר-סוֹפֵג
security (note)	נְיָר-עֵרֶךְ
carbon paper	נְיָר-פֶּחָם, ־הַעְתָּקָה
toilet paper	נְיָר-שִׁמּוּשׁ
sandpaper	נְיָר-שָׁמִיר, ־זְכוּכִית
stationery store	נְיָרִיָּה, נ׳, ר׳, ־יּוֹת
carton	נְיֶרֶת, נְיֹרֶת, נ׳, ר׳, ־רוֹת
to be scourged; to be exiled, driven away	[נכא] נִכָּא, פ״ע
smitten, afflicted	נָכֵא, ת״ז, נִכְאָה, ת״נ
to be afflicted, cowed	נִכְאָה, פ״ע, ע׳ [כאה]
depression, dejection	נִכְאִים, ד״ר
tragacanth	נְכֹאת, נ׳
to be copious; to be honored	נִכְבַּד, פ״ע, ע׳ [כבד]
honored, honorable, notable, distinguished; full, heavy	נִכְבָּד, ת״ז, נִכְבֶּדֶת, ת״נ
grandson; posterity	נֶכֶד, ז׳, ר׳, נְכָדִים
granddaughter	נֶכְדָּה, נ׳, ר׳, נְכָדוֹת
nephew; niece	נֶכֶד, ז׳, ־נִית, נ׳, ר׳, ־נִים, ־נִיּוֹת
to strike, beat; to defeat; to kill	[נכה] הִכָּה, פ״י
to storm (at sea); to echo	הִכָּה גַּלִּים
to clap hands	הִכָּה כַף
to strike root	הִכָּה שֹׁרֶשׁ
to deduct, reduce	נִכָּה, פ״י
crippled, invalid	נָכֶה, ת״ז, ־כָה, ת״נ
contemptible, vile man	נָכֶה, ז׳, ר׳, ־כִים
deduction, reduction; discount	נִכּוּי, ז׳, ר׳, ־יִים
firm, fixed, stable; right, proper; ready	נָכוֹן, ת״ז, נְכוֹנָה, ת״נ

נְסִיפָה, נ׳, ר׳, ־פוֹת — eardrop; pendant; pearl; dripping

נְסִירָה, נ׳, ר׳ ־רוֹת — guarding; bearing a grudge

נְסִישָׁה, נ׳, ר׳, ־שׁוֹת, ־שִׁים — renunciation; tendril, sarmentum

נֵטֶל, ז׳ — weight, burden

נָטַל פ״י — to lift, take, receive; to move, carry off

נָטַל יָדָיו — to wash one's hands

הֵטִיל, פ״י — to throw, put; to lay

הֵטִיל מַיִם — to urinate, pass water

הֵטִיל שָׁלוֹם — to make peace

הֵטִיל גּוֹרָל — to cast a lot

נַטְלָה, נ׳, ר׳, נְטָלוֹת — bowl, small vessel (for washing hands)

נִטְמָא, פ״ע, ע׳ [טמא] — to be defiled

נִטְמַן, פ״ע, ע׳ [טמן] — to hide oneself

נִטְמַע, פ״ע, ע׳ [טמע] — to become assimilated, mixed

נָטַע, פ״י — to plant; to fix; to establish

נַטָּע, ז׳, ר׳, ־עִים — horticulturist

נֶטַע, ז׳, ר׳, נְטָעִים, נְטִיעִים — planting

נָטָף, ז׳ — aromatic gum or spice

נֵטֶף, ז׳, ר׳, נְטָפִים — drop

נָטַף, פעו״י — to drop, drip

הִטִּיף, פ״י — to drip; to speak, preach

נֶטֶף, ז׳, ר, נְטָפִים — grapes hanging down from cluster

נִטְפַּל, פ״ע, ע׳ [טפל] — to be joined to; to busy oneself

נָטַר, פ״י — to guard, keep; to bear a grudge

נָטַשׁ, פעו״י — to abandon, forsake; to permit; to spread out

נִי, ז׳ — lament

נִיב, ז׳, ר׳, ־בִים — idiom; speech, dialect; canine tooth

נִיבּוֹן, ז׳, ר׳, ־נִים — dictionary of idioms

נִיד, ז׳ — movement, quivering motion

נָיָד, ת״ז, נַיֶּדֶת, ת״נ — mobile

נַיֶּדֶת, ג׳, ר׳, ־יָדוֹת — patrol car

נִיוֶרֶדֶת, נִירֶדֶת, ג׳, ר׳, ־רוֹת — carton

נָיָח, ת״ז, נַיַחַת, ת״נ — still, quiet, stationary

נִיחוֹחַ, ז׳, ר׳, ־חִים — pleasing, soothing; sweet odor, aroma

נִיטָל, ז׳ — Christmas

נִיל, ז׳, ר׳, ־לִים — indigo plant

נִים, ת״ז, ־מָה, ת״נ — sleeping, drowsing

נִימָא, נִימָה, נ׳, ר׳, ־מִים, ־מִין, ־מוֹת — fringe, cord, string; chord

נִימוּס, נָמוּס ז׳, ר׳, ־סִים, ־סִין, ־סוֹת — right conduct, good manner; law; usage

נִימוּסִי, נָמוּסִי, ת״ז, ־סִית, ת״נ — polite, well-mannered

נִימוּסִיּוּת, נ׳ — good manners, politeness

נִימוּק, נָמוּק, ז׳, ר׳, ־קִים — reason, motive, argument

נִימִי, ת״ז, ־מִית, ת״נ — capillaceous

נִימִיּוּת, נ׳ — capillarity

נִין, ז׳, ר׳, ־נִים — descendant, great-grandchild

נִיסָה, נ׳, ר׳, ־סוֹת — flight, escape

נִיסָן, ז׳ — Nisan, the first month of Hebrew calendar

נִיעַ, ז׳ — phlegm, mucus

נִיעָה, נ׳ — motion

נִיצוֹץ, ז׳, ר׳, ־צוֹת, ־צִים — spark; ray

נִיר, ז׳, ר׳, ־רִים — fallow land, clearing; lamp; crossbeam of loom

[ניר] נָר, פ״י — to break ground, clear

נְיָר, ז׳, ר׳, ־רוֹת — paper

to extend; to turn aside;	נָטָה, פעו"י
to bend; to conjugate,	
decline (*gram.*)	
to be close to death	נָטָה לָמוּת
to turn, turn aside;	הִטָּה, פ"י
to seduce, entice	
to pervert	הִטָּה מִשְׁפָּט (דִּין)
judgment	
net weight	נֶטוֹ, ז'
to be spun	נִטְוָה, פ"ע, ע' [טוה]
stretched out;	נָטוּי, ת"ז, נְטוּיָה, ת"נ
bent; inflected (*gram.*)	
taken;	נָטוּל, ת"ז, ־לָה, ת"נ
deprived of	
planted	נָטוּעַ, ת"ז, נְטוּעָה, ת"נ
guard, policeman	נָטוֹר, ז', ר', ־רִים
abandoned	נָטוּשׁ, ת"ז, נְטוּשָׁה, ת"נ
to be well	וְנִשָּׁב, פ"ח, ע' [סיב]
manured	
inclination;	נְטִיָּה, נ', ר', ־יוֹת
stretching; deflection;	
inflection (*gram.*)	
conjugation of verbs	נְטִיַּת הַפְּעָלִים
declension of nouns	נְטִיַּת הַשֵּׁמוֹת
laden,	נָטִיל, ת"ז, נְטִילָה, ת"נ
burdened	
rich people	נְטִילֵי כֶּסֶף
taking,	נְטִילָה, נ', ר', ־לוֹת
lifting up, carrying	
washing the hands	נְטִילַת יָדַיִם
cutting of	נְטִילַת צִפָּרְנַיִם, ־שֵׂעָר
nails, hair	
request for	נְטִילַת רְשׁוּת
permission	
plant, sapling	נֶטַע, ז', ר', נְטִיעִים
planting;	נְטִיעָה, נ', ר', ־עוֹת
young tree, shoot	
stalactite	נָטִיף, ז', ר', נְטִיפִים

to be laid waste	נֶחֱרַב, פ"ע, ע' [חרב]
to be arranged	נֶחֱרַז, פ"ע, ע' [חרז]
to be printed,	נֶחֱרַט, פ"ע, ע' [חרט]
inscribed	
habitual snorer	נַחֲרָן, ז', ר', ־נִים
to be cut into,	נֶחֱרַץ, פ"ע, ע' [חרץ]
dug, plowed	
to be	נֶחֱרַף, פ"ע, ע' [חרף]
betrothed, designated	
final; sealed	נֶחֱרָץ, ת"ז, ־צָה, ת"נ
to become deaf	נֶחֱרַשׁ, פ"ע, ע' [חרש]
to guess; to divine	נָחַשׁ, פעו"י
sorcery; omen	נַחַשׁ, ז', ר', נְחָשִׁים
snake, serpent	נָחָשׁ, ז', ר', נְחָשִׁים
tempest, gale	נַחְשׁוֹל, ז', ר', ־לִים
reckless,	נַחְשׁוֹן, ז', ר', ־נִים
daring man	
daring, venturesomeness	נַחְשׁוֹנוּת, נ'
backward;	נֶחְשָׁל, ת"ז, ־שֶׁלֶת, ת"נ
failing	
copper, brass	נְחֹשֶׁת, נְחוּשָׁה, נ'
coppery,	נְחָשְׁתִּי, ת"ז, ־תִּית, ת"נ
brassy	
brass or copper fetters	נְחֻשְׁתַּיִם, ז"ז
brazen serpent	נְחֻשְׁתָּן, ז', ר', ־נִים
quietness, repose, gentleness;	נַחַת, נ'
rest, satisfaction, pleasure	
satisfaction	נַחַת רוּחַ
descent, landing	נַחַת, ז'
to descend, land	נָחַת, פ"ע
to descend into, penetrate	נָחַת, פ"ע
to press down, bend;	נָחַת, פ"י
to lower	
to bring down	הִנְחִית, פ"י
baker	נַחְתּוֹם, ז', ר', ־מִים
to be impressed,	נִטְבַּע, פ"ע, ע' [טבע]
coined	
to shake, move	נָט, פ"ע, ע' [נוט]

wagtail (bird) נַחֲלִיאֵלִי, ז', ר', ־לִים

to be girded נֶחְלַץ, פ"ע, ע' [חלץ]
for war; to be rescued

to be sorry; to regret; נִחַם, פ"ע
to reconsider; to be comforted;
to be consoled; to take vengeance

condolence, sorrow, נֹחַם, נוֹחַם, ז'
repentance

nice, נֶחְמָד, ת"ז, ־דָה, ־מֶדֶת, ת"נ
lovely

consolation; נֶחָמָה, נ', ר', ־מוֹת
comfort; relief

to be inflamed, נֶחְמַם, פ"ע, ע' [חמם]
heated

to suffer נֶחְמַס, פ"ע, ע' [חמס]
violence

we נַחְנוּ, אֲנַחְנוּ, מ"ג

to be pardoned, נֶחַן, פ"ע, ע' [חנן]
reprieved

to be embalmed; נֶחְנַט, פ"ע, ע' [חנט]
to be ripe

to become נֶחְנַךְ, פ"ע, ע' [חנך]
inaugurated

hurried נֶחְפָּז, ת"ז, ־פֶּזֶת, ת"נ

to act rashly נֶחְפַּז, פ"ע, ע' [חפז]

to measure נֶחְפַּן, פ"ע, ע' [חפן]
by a handful

to be put נֶחְפַּר, פ"ע, ע' [חפר]
to shame

to press, urge נָחַץ, פ"י

to emphasize נִחֵץ, פ"י

emphasis, pressure נַחַץ, ז'

to be נֶחְצַב, פ"ע, ע' [חצב]
engraved, cut

נַחַר, ז', נַחֲרָה, נ', ר', ־נְחָרוֹת
snorting

to kill by stabbing in the נָחַר, פעו"י
throat; to snore, grunt

condolences נִחוּמִים, ז"ר

to be struck נֶחְבַּט, פ"ע, ע' [חבט]
down; to fall down

pressing, נָחוּץ, ת"ז, נְחוּצָה, ת"נ
urgent; necessary

pierced נָחוּר, ת"ז, נְחוּרָה, ת"נ

divination, נַחוּשׁ, ז', ר', ־שִׁים
enchantment, magic

brazen; נָחוּשׁ, ת"ז, נְחוּשָׁה, ת"נ
of bronze

copper; brass נְחוּשָׁה, נְחֹשֶׁת, נ'

low; de- נָחוּת, ת"ז, נְחוּתָה, ת"נ
generate; descending

to be seized, נֶחְטַף, פ"ע, ע' [חטף]
kidnaped

swarm (of bees, נָחִיל, ז', ר', נְחִילִים
of fishes)

name of a נְחִילָה, נ', ר', ־לוֹת
humming musical instrument,
drone

pressure; haste נְחִיצָה, נ', ר', ־צוֹת

dire necessity נְחִיצוּת, נ'

nostril נָחִיר, ז', ד"ז, נְחִירַיִם

snoring; stabbing נְחִירָה, נ', ר', ־רוֹת

landing; נְחִיתָה, נ', ר', ־תוֹת
infiltration

forced landing נְחִיתַת אֹנֶס

inferiority נְחִיתוּת, נ'

river-bed; נַחַל, ז', ר', נְחָלִים
stream, ravine, wady

to inherit נָחַל, פ"י
to take possession of;
to acquire; to give possession

to acquire as a הִתְנַחֵל, פ"ח
possession

נַחֲלָה, נ', ר', נְחָלוֹת, ־לָאוֹת
possession, property, estate;
inheritance; portion

damages	נְזִיקִים, נְזִיקִין, ז"ר
prince; monk;	נָזִיר, ז', ר', נְזִירִים
Nazarite; unpruned vine	
Nazariteship;	נְזִירוּת, נ', ר', נְזִירִיוֹת
abstinence	
to be	נִזְכַּר, פ"ע, ע' [זכר]
remembered; to recollect	
to flow, distil	נָזַל, פ"ע
cold in the head	נַזֶּלֶת, נ', ר', נְזָלוֹת
nose ring, earring	נֶזֶם, ז', ר', נְזָמִים
to be	נִזְעַךְ, פ"ע, ע' [זעך]
extinguished	
to be called	נִזְעַק, פ"ע, ע' [זעק]
together, assembled	
to rebuke, censure, chide	נָזַף, פ"ע
injury, damage; indemnity	נֶזֶק, ז', ר', נְזָקִים, נְזִיקִין
to be hurt, injured,	נִזַּק, פ"ע
suffer damages	
to cause damage or injury	הִזִּיק, פ"י
to be erect;	נִזְקַף, פ"ע, ע' [זקף]
to be credited	
to need; to use;	נִזְקַק, פ"ע, ע' [זקק]
to be tied; to be engaged with	
crown, diadem;	נֵזֶר, ז', ר', נְזָרִים
consecration	
to vow to be a Nazirite	נָזַר, פ"ע
to be scattered,	נִזְרָה, פ"ע, ע' [זרה]
dispersed	
to rest; to lie;	נָח, פ"ע, ע' [נוח]
to rest satisfied	
quiet, rest	נַחַת, נוֹחַ, ז', ר', חִים
hiding	נַחְבָּא, ת"ז, ר', בָּאת, ת"נ
נֶחְבָּא, נֶחְבָּה, פ"ע, ע' [חבא] [חבה]	
to hide oneself, be hidden	
to lead, guide, bring	נָחָה, פ"י
comfort,	נִחוּם, ז', ר', מִים
consolation; compassion	

awe-inspiring;	נוֹרָא, ת"ז, רָאָה, ת"נ
fearful; revered	
light bulb	נוּרָה, נ', ר', רוֹת
to be impover-	נוֹרַשׁ, פ"ע, ע' [ירש]
ished, dispossessed	
topic, subject,	נוֹשֵׂא, ז', ר', שְׂאִים
theme	
to be inhabited	נוֹשַׁב, פ"ע, ע' [ישב]
inhabited	נוֹשָׁב, ת"ז, שֶׁבֶת, ת"נ
to be old,	נוֹשַׁן, פ"ע, ע' [ישן]
inveterate	
old,	נוֹשָׁן, ת"ז, שֶׁנֶת, שָׁנָה, ת"נ
ancient, inveterate	
to be saved,	נוֹשַׁע, פ"ע, ע' [ישע]
helped; to be victorious	
remainder,	נוֹתָר, ת"ז, תֶרֶת, ת"נ
remnant, residue	
to remain,	נוֹתַר, פ"ע, ע' [יתר]
be left over	
to cook (lentils) porridge	נָזַד, פ"י
to be alert,	נִזְדָּרֵז, פ"ח, ע' [זרז]
zealous, conscientious	
to spatter, spurt	נָזָה, ס"ע
to sprinkle	הִזָּה, פ"י
to be careful,	נִזְהַר, פ"ע, ע' [זהר]
take heed	
to be moved,	נָזוֹחַ, פ"ע, ע' [זוח]
removed	
reproved,	נָזוּף, ת"ז, נְזוּפָה, ת"נ
censured	
to be unsteady;	נָזַח, פ"ע, ע' [זחח]
to shift	
to move, remove	הִזִּיחַ, פ"י
porridge	נָזִיד, ז', ר', נְזִידִים
flux; running	נְזִילָה, נ', ר', לוֹת
(of water, etc.)	
rebuke,	נְזִיפָה, נְזִיפוּת, נ', ר', פוֹת
censure	

נַוָּט, ז׳, ר׳, ־טִים pilot, navigator

נוֹטֶה, ת״ז, ־טָה, ת״נ inclined, tending, bending

נַוָּטוּת, נ׳ navigation

נוֹטֵר, ז׳, ר׳, ־טְרִים watchman

נוֹטַרְיוֹן, ז׳, ר׳, ־נִים notary public

נוֹי, ז׳ ornament, beauty

נוֹכַח, פ״ע, ע׳ [יכח] to be proved; to dispute

נוֹכָח, ת״ז, ־כַחַת, ת״נ opposite; parallel

נוֹכָח, ז׳, ר׳, ־חִים present; second person (*gram.*)

נוֹכְחוּת, נוֹכָחוּת, נ׳ presence

נוֹכֵל, ז׳, ר׳, ־כְלִים imposter, swindler

נִוֵּל, פ״י to disfigure, make ugly

נוֹל, ז׳, ר׳, ־לִים loom

נוֹלַד, פ״ע, ע׳ [ילד] to be born

נוֹלָד, ת״ז, ־לֶדֶת, ת״נ result, outcome, consequence

[נום] נָם, פ״ע to slumber, doze

נוּמָה, נ׳, ר׳, ־מוֹת slumber

נוּן, ז׳, ר׳, ־נִים Nun, name of fourteenth letter of Hebrew alphabet

נִוֵּן, פ״י, [נונה] הִתְנַוְּנָה, פ״ח to waste away, deteriorate

[נוס] נָס, פ״ע to flee, escape; to depart, disappear

הֵנִיס, פ״י to put to flight

נוֹסַד, פ״ע, ע׳ [יסד] to come together secretly; to be established

נוֹסַח, נֹסַח, ז׳, נוּסְחָה, נֻסְחָה, נ׳, ר׳, נְסָחִים, ־חוֹת, ־חָאוֹת text; copy; formula; recipe

נוֹסֵס, ז׳ color-bearer

נוֹסֵעַ, ז׳, ר׳, ־סְעִים traveler

נוֹסָף, ת״ז, ־סֶפֶת, ת״נ additional

[נוע] נָע, פ״ע to wander about; to be unstable; to tremble, totter

הֵנִיעַ, פ״י to move to and fro; to shake; to stir up

נוֹעַ, ז׳ motion, movement

נוֹעַד, פ״ע, ע׳ [יעד] to agree upon; to come together

נוֹעָז, ת״ז, ־עֶזֶת, ת״נ daring

נוֹעַם, נֹעַם, ז׳ delightfulness, pleasantness

נוֹעַץ, פ״ע, ע׳ [יעץ] to be advised

נוֹעַר, נֹעַר, ז׳ youth

[נוף] נָף, פ״י to sprinkle

נוֹפֵף, פ״י to shake; to wave

הֵנִיף, פ״י to swing, wave, shake, fan

הִתְנוֹפֵף, פ״ח to soar, swing oneself

נוֹף, ז׳, ר׳, ־פִים height; boughs of a tree; zone; landscape

נוֹפֶךְ, נֹפֶךְ, ז׳, ר׳, ־נְפָכִים precious stone; addition

נוֹפֵף, פ״י, ע׳ [נוף] shake; wave

נוֹפֶשׁ, נֹפֶשׁ, ז׳ recreation; rest

נוֹפֶת, נֹפֶת, נ׳ flowing honey, honeycomb

נוֹצָה, נ׳, ר׳, ־צוֹת quill; plumage, feather

נוֹצָן, ז׳, ר׳, ־נִים feather duster

נוֹצֵץ, מ״ז, ־צֶצֶת, ת״נ sparkling, shining

נוֹצֵר, ז׳, ר׳, ־צְרִים watchman, guard

נוֹצְרִי, ז׳, ר׳, ־רִים Christian

[נוק] הֵנִיקָה, פ״י, ע׳ [ינק] to nurse, suckle

נוֹקֵד, ז׳, ר׳, ־קְדִים shepherd, sheep-raiser

נוּר, ז׳, ר׳, ־רִים light, fire

roaring	נַהֲמָה, נ', ר', ־מוֹת
to cry out, bray	נָהַק, פ"ע
braying	נַהֲקָה, נ', ר', ־קוֹת
river, stream	נָהָר, ז', ר', נְהָרוֹת, נְהָרִים
to flow; to shine	נָהַר, פ"ע
to illuminate, give light	הִנְהִיר, פ"י
brightness	נְהָרָה, נ'
to frustrate; to restrain, hinder	[נוא] הֵנִיא, פ"י
to be foolish, faulty	נוֹאַל, פ"ע, ע' [יאל]
foolish	נוֹאָל, ת"ז, נוֹאֶלֶת, ת"נ
speaker, orator	נוֹאֵם, ז', ר', ־אֲמִים
adulterer	נוֹאֵף, ז', ר', ־אֲפִים
to despair	נוֹאַשׁ, פ"ע, ע' [יאש]
hopeless, despairing, despondent	נוֹאָשׁ, ת"ז, נוֹאֶשֶׁת, ת"נ
to spring forth; to bear fruit; to speak, utter	[נוב] נָב, פְעוּ"י
to cause to sprout, flourish; to be fluent	נוֹבֵב, פ"י
unripe fruit falling off tree; falling leaf	נוֹבֶלֶת, נ', ר', נוֹבְלוֹת
November	נוֹבֶמְבֶּר, ז'
bursting forth, flowing	נוֹבֵעַ, ת"ז, נוֹבַעַת, ת"נ
to be aggrieved, afflicted	נוּגָה, פ"ע, ע' [ינה]
sad, sorrowful	נוּגֶה, ת"ז, נוּגָה, ת"נ
brightness; planet Venus	נֹגַהּ, נוֹגַהּ, ז'
taskmaster, oppressor	נוֹגֵשׂ, ז', ר', ־גְשִׂים
to wander; to shake; to commiserate	[נוד] נָד, פ"ע
wanderer	נָע וָנָד

to drive out; to move, shake (the head)	הֵנִיד, פ"י
to be moved; to sway, totter	הִתְנוֹדֵד, פ"ח
wandering	נוֹד, ז'
wanderer	נָד, ז', ר', ־דִים
skin (leather) bottle	נוֹד, ז', ר', נוֹדוֹת
wanderer	נוֹדֵד, ז', ר', נוֹדְדִים
well-known, famous	נוֹדָע, ת"ז, נוֹדַעַת, ת"נ
pasture, meadow; habitation	נָוֶה, ז', ר', נָווֹת
housewife	נְוַת בַּיִת
summer resort	נְוֵה קַיִץ
to dwell; to be becoming	נָוָה, פ"ע
to adorn, beautify; to glorify	הִנְוָה, פ"י
to be ostentatious, adorn oneself	הִתְנַוָּה, פ"ע
ugliness, disgrace	נִוּוּל, ז'
degeneration	נִוּוּן, ז'
liquid	נוֹזֵל, ז', ר', ־לִים
flowing water; liquids	נוֹזְלִים
running, flowing	נוֹזֵל, ת"ז, ־זֶלֶת, ת"נ
to rest; to lie; to rest satisfied	[נוח] נָח, פ"ע
to set at rest	הֵנִיחַ, פ"י
to place; to leave alone; to permit; to assume	הִנִּיחַ, פ"י, ע' [ינח]
quiet, rest	נוֹחַ, נֹחַ, ז', ־חִים
easy; pleasing; kind; convenient	נוֹחַ, ת"ז, ־חָה, ת"נ
hot-tempered, quick-tempered	נוֹחַ לִכְעֹס
ease, comfort, convenience	נוֹחִיּוּת, נ'
condolence, sorrow; repentance	נוֹחַם, נֹחַם, ז'
to shake, move	[נוט] נָט, פ"ע

to put under a vow;	הַדִּיר, פ״י	liberality, generosity,	נְדִיבוּת, נ׳
prohibit by a vow		philanthropy	
merit; lamentation, wailing	נֶד, ז׳	wandering	נְדִידָה, נ׳, ר׳, ־דוֹת
to drive, conduct, lead;	נָהַג, פעו״י	insomnia	נְדִידַת שֵׁנָה
to behave; to be accustomed,		evaporable	נָדִיף, ת״ז, נְדִיפָה, ת״נ
practiced		rare,	נָדִיר, ת״ז, נְדִירָה, ת״נ
to lead, drive; to guide;	נִהַג, פיו״ע	infrequent, scarce	
to wail		rarity, scarcity,	נְדִירוּת, נ׳
to drive; to lead;	הִנְהִיג, פ״י	infrequency	
to make a custom, a practice			נִדְכָּא, ת״ז, נִדְכָּה, נִדְכָּאת, ת״נ
to conduct (behave)	הִתְנַהֵג, פ״ח	miserable, depressed	
oneself		centipede; polyp	נָדָל, ז׳, ר׳, נְדָלִים
chauffeur, driver	נַהָג, ז׳, ר׳, ־גִים	to be ignited	נִדְלַק, פ״ע, ע׳ [דלק]
custom, habit	נֹהַג, ז׳	it seems, apparently	נִדְמֶה, תה״פ
splendid,	נֶהְדָּר, ת״ז, נֶהְדֶּרֶת, ת״נ	to be like,	נִדְמָה, פ״ע, ע׳ [דמה]
wonderful		resemble; to be cut off	
to wail, lament;	נָהָה, פ״ע	sheath,	נָדָן, נֵדֶן, ז׳, ר׳, נְדָנִים
to follow eagerly		scabbard; prostitute's fee;	
customary,	נָהוּג, ת״ז, נְהוּגָה, ת״נ	gift to a lady	
usual		to shake, rock, move,	[נדד] נִדְנֵד, פ״י
conduct; driving;	נִהוּג, ז׳, ר׳, ־גִים	swing	
leading		to be moved, be	הִתְנַדְנֵד, פ״ח
direction, management;	נִהוּל, ז׳	shaken; to swing oneself	
administration		swing,	נַדְנֵדָה, נ׳, ר׳, ־דוֹת
wailing,	נְהִי, ז׳, נְהִיָּה, נ׳, ר׳, ־יּוֹת	rocking chair	
lament		shaking,	נִדְנוּד, ז׳, ר׳, ־דִים
driving, leading	נְהִינָה, נ׳, ר׳, ־נוֹת	moving about; swinging	
roaring; groaning	נְהִימָה, נ׳, ר׳, ־מוֹת	dowry,	נְדֻנְיָה, נְדוּנְיָה, נ׳, ר׳, ־יוֹת
braying	נְהִיקָה, נ׳, ר׳, ־קוֹת	trousseau	
plain, explicit,	נָהִיר, ת״ז, ־רָה, ת״נ	to be made	נִדְעַךְ, פ״ע, ע׳ [דעך]
lucid		extinct	
to lead, guide; to manage	נָהַל פ״י	to drive about, scatter,	נָדַף, פעו״י
to be conducted,	הִתְנַהֵל, פ״ח	blow away	
managed; to walk to and fro		to evaporate;	הִתְנַדֵּף פ״ח
procedure	נֹהַל, ז׳	to be blown away	
bramble	נַהֲלֹל, נַהֲלוּל, ז׳, ר׳, ־לִים	to be printed	נִדְפַּס, פ״ע, ע׳ [דפס]
to growl, roar; to groan	נָהַם, פ״ע	vow; promise	נֶדֶר, נֵדֶר, ז׳, ר׳, נְדָרִים
roaring, growling	נַהַם, ז׳	to vow	נָדַר, פ״י

to smite, injure, plague	נָגַף, פ"י
to strike (against), be bruised	הִתְנַגֵּף, פ"ח
to flow, be poured out	נָגַר, פ"ע
to spill; to pour out	הִגִּיר, פ"י
bolt, door latch	נֶגֶר, נֶגֶר, ז', ר', נְגָרִים
carpenter	נַגָּר, ז', ר', ־רִים
to carpenter	נִגֵּר, פ"י
dike	נֶגֶר, ז', ר', נְגָרִים
carpentry	נַגָּרוּת, נ'
carpenter's workshop	נַגָּרִיָּה, נ', ר', ־יוֹת
to be diminished	נִגְרַע, פ"ע, ע' [גרע]
to be dragged	נִגְרַר, ס"ע, ע' [נרר]
dragged, pulled, drawn, trailed	נִגְרָר, ת"ז, נִגְרֶרֶת, ח"נ
foamy; stormy	נִגְרָשׁ, ת"ז, ־רֶשֶׁת, ת"נ
to come near, approach	נָגַשׁ, פ"ע
to bring near; to bring, offer	הִגִּישׁ, פ"י
to draw near one another; to conflict, collide	הִתְנַגֵּשׁ, פ"ח
to urge, drive, impel	נָגַשׂ, פ"י
to be harrassed; to be hard pressed	נִגַּשׂ, פ"ע
mound; heap	נֵד, ז', ר', ־דִים
leather (skin) bottle	נוֹד, נֹאד, נוֹד, ז', ר', ־דוֹת
to donate; to offer willingly	נָדַב, פ"י
to volunteer	הִתְנַדֵּב, פ"ח
donation, alms; willingness	נְדָבָה, נ', ר', ־בוֹת
politeness, courtesy	נְדִבַת לֵב
good, plentiful rain	גֶּשֶׁם נְדָבוֹת
tier, row (layer) of stones or bricks	נִדְבָּךְ, ז', ר', ־כִים, ־כוֹת
liberal, generous man	נַדְבָן, ז', ר', ־נִים

liberality, generosity	נַדְבָנוּת, נ'
to wander about; to flee; to shake; to move	נָדַד, פ"ע
to be sleepless	נָדְדָה שְׁנָתוֹ (מֵעֵינָיו)
to chase, drive away	נִדֵּד, פ"י
to remove; to excommunicate	[נדה] נִדָּה, פ"י
impurity; menses; menstruant woman; period of menstruation	נִדָּה, נ', ר', ־דוֹת
gift (to a prostitute), harlot's fee	נֵדֶה, ז'
wandering; sleeplessness	נְדוּדִים, ז"ר
litter, stretcher	נַדְנֵד, ז', ר', ־דִים
to be rinsed, flushed	נִדּוֹחַ, פ"ע, ע' [דוח]
ban, excommunication	נִדּוּי, ז', ר', ־יִים
subject under discussion	נָדוֹן, נָדוֹן, ת"ז, נִדּוֹנָה, נְדוֹנָה, ת"נ
dowry, trousseau	נְדוּנְיָה, נְדַנְיָה, נ', ר', ־יוֹת
to expel; to move, slip away	נָדַח, פ"י
to be banished; to be led astray, be seduced	נִדַּח, פ"ע
to banish, expel; to lead astray	הִדִּיחַ, פ"י
banished, outcast	נִדָּח, ת"ז, נִדָּחָה, נִדַּחַת, ת"נ
rejected; postponed	נִדְחֶה, ת"ז, ־חָה, ־חֵית, ת"נ
to be in hurry, hasten	נִדְחַף, פ"ע, ע' [דחף]
voluntary; liberal; generous; noble	נָדִיב, ת"ז, נְדִיבָה, ת"נ
philanthropist; noble-minded person	נָדִיב, ז', ר', נְדִיבִים
nobility, nobleness	נְדִיבָה, נ'

pure-hearted	נָבָר, ת"ז, נְבָרָה, ת"נ
to dig (with snout), burrow	נָבַר, פ"ע
pool, pond	נִבְרֶכֶת, נ', ר', ־רָכוֹת
groundhog, badger	נַבְרָן, ז', ר', ־נִים
lamp, candelabra, chandelier	נִבְרֶשֶׁת, נ', ר', ־רָשׁוֹת
to be redeemed, liberated	נִגְאַל, פ"ע, [גאל]
south, south-country	נֶגֶב, ז'
to dry	נָגַב, פ"ע
to wipe, scour, dry	נִגֵּב, פ"י
to dry oneself; to be parched, dried up	הִתְנַגֵּב, פ"ח
southern, of the south	נֶגְבִּי, ת"ז, ־בִּית, ת"נ
in the presence of, before; against	נֶגֶד, מ"י
facing; opposite	כְּנֶגֶד
apart, at a distance	מִנֶּגֶד
counterattack	הַתְקָפַת־נֶגֶד
to oppose; to beat, flog	נִגֵּד, פ"י
to declare; to tell, announce; to inform	הִגִּיד, פ"י
to oppose, contend against	הִתְנַגֵּד, פ"ח
contrary, opposing	נֶגְדִּי, ת"ז, ־דִּית, ת"נ
brightness; planet Venus	נֹגַהּ, נוֹגַהּ, ז'
to shine, be bright	נָגַהּ, פ"ע
to cause to shine; to correct, revise, proofread	הִגִּיהַּ, פ"י
brightness, splendor	נְגֹהָה, נ', ר', ־הוֹת
dry, dried	נָגוּב, ת"ז, נְגוּבָה, ת"נ
conflict; contrast	נִגּוּד, ז'
contrary	נִגּוּדִי, ת"ז, ־דִּית, ת"נ
tune, melody; accent	נִגּוּן, ז', ר', ־נִים

bitten, chewed	נָגוּס, ת"ז, נְגוּסָה, ת"נ
afflicted; contaminated	נָגוּעַ, ת"ז, נְגוּעָה, ת"נ
robbed	נִגְזָל, ת"ז, נִגְזֶלֶת, ת"נ
derived; decided; decreed; cut	נִגְזָר, ת"ז, ־זֶרֶת, ת"נ
to butt, gore, push	נָגַח, פ"י
a goring bull	נַגָּח, נַגְחָן, ז', ר', ־חִים, ־נִים
ruler, prince, wealthy man	נָגִיד, ז', ר', נְגִידִים
nobility; wealth	נְגִידוּת, נ', ר'
goring, butting	נְגִיחָה, נ', ר', ־חוֹת
music; song; accent	נְגִינָה, נ', ר', ־נוֹת
musical instrument	כְּלִי נְגִינָה
chewing, biting	נְגִיסָה, נ', ר', ־סוֹת
contact, connection; touch	נְגִיעָה, נ', ר', ־עוֹת
virus	נָגִיף, ז'
collision; pushing, striking	נְגִיפָה, נ', ר', ־פוֹת
pouring, flowing	נְגִירָה, נ'
oppression	נְגִישָׂה, נ', ר', ־שׂוֹת
to make music; to play an instrument	[נגן] נִגֵּן, פ"י
to get played (automatically)	הִתְנַגֵּן, פ"י
musician	נַגָּן, ז', ר', ־נִים
to bite off; to chew	נָגַס, פ"י
to touch; to reach; to approach; to strike	נָגַע, פ"ע
to strike; to afflict; to infect	נֻגַּע, פ"י
to reach; to approach; to arrive	הִגִּיעַ, פ"ע
blow; plague; leprosy	נֶגַע, ז', ר', נְגָעִים
to be loathed	נִגְעַל, פ"ע, [נעל]
plague; stumbling block	נֶגֶף, ז', ר', נְגָפִים

13*

prophetic	נְבִיאִי, ת"ז, ־אִית, ת"נ	to prophesy	נָבָא, פ"ע
hollowness	נְבִיבוּת, נ'	to inspire	נִבָּא, פ"ע
barking	נְבִיחָה, נ', ר', ־חוֹת	to hollow out	נָבַב, פ"י
germination	נְבִיטָה, נ', ר', ־טוֹת	fungus	נֶבֶג, ז', ר', נְבָגִים
withering	נְבִילָה, נ', ר', ־לוֹת	fungal	נִבְגִי, ת"ז, ־גִית, ת"נ
gushing out; springing forth	נְבִיעָה, נ', ר', ־עוֹת	different, separated	נִבְדָּל, ת"ז, נִבְדֶּלֶת, ת"נ
depths (of the sea)	נֶבֶךְ, ז', ר', נְבָכִים	to be alarmed; to hasten	נִבְהַל, פ"ע, ע' [בהל]
leather bottle; jug, pitcher	נֵבֶל, ז', ר', נְבָלִים	frightened, alarmed	נִבְהָל, ת"ז, נִבְהֶלֶת, ת"נ
lyre	נֵבֶל, נֶבֶל, ז', ר', נְבָלִים	prophecy, prediction	נְבוּאָה, נ', ר', ־אוֹת
churl, ignoble (vile) person, villainous man	נָבָל, ז', ר', נְבָלִים	prophetic	נְבוּאִי, ת"ז, ־אִית, ת"נ
to fade, shrivel, wither, decay	נָבֵל, נָבַל, פ"ע	hollow, emtpy, empty-headed	נָבוּב, ת"ז, נְבוּבָה, ת"נ
to disgrace, degrade	נִבֵּל, פ"י	perplexed, confused	נָבוֹךְ, ת"ז, נְבוֹכָה, נְבוּכָה, ת"נ
to talk obscenely	נִבֵּל פִּיו	to be perplexed, confused	נָבוֹךְ, פ"ע, ע' [בוך]
to be disgraced, degraded	הִתְנַבֵּל, נִתְנַבֵּל, פ"ח	disfigurement; disgrace	נִבּוּל, ז'
wickedness, obscenity, vileness	נַבְלָה, נ', ר', ־לוֹת	lascivious speech, obscenity	נִבּוּל פֶּה
corpse, carcass, carrion	נְבֵלָה, נ', ר', ־לוֹת	understanding, wise	נָבוֹן, ת"ז, נְבוֹנָה, ת"נ
immodesty, obscenity	נַבְלוּת, נ', ר', נַבְלֻיּוֹת	to be plundered, despoiled	נָבֹז, פ"ע, ע' [בזז]
to be built; to be erected, established	נִבְנָה, פ"ע, ע' [בנה]	despicable	נִבְזֶה, ת"ז, ־זָה, ־זִית, ת"נ
to gush out, bubble forth; to deduce	נָבַע, פ"ע	to bark	נָבַח, פ"ע
to cause to bubble, ferment; to utter, express	הִבִּיעַ, פ"י	chosen, elected	נִבְחָר, ת"ז, נִבְחֶרֶת, ת"נ
to be uncovered, laid bare, revealed	נִבְעָה, פ"י, ע' [בעה]	parliament	בֵּית הַנִּבְחָרִים
stupid, idiotic	נִבְעָר, ת"ז, ־עָרָה, ת"נ	to look, look at	[נבט] הִבִּיט, פ"ע
to be startled, terrified	נִבְעַת, פ"ע, ע' [בעת]	to have a vision	נָבַס, פ"ע
to be cut off, inaccessible; to be restrained	נִבְצַר, פ"ע, ע' [בצר]	to sprout, germinate	נָבַט, פ"ע
		sprout	נֶבֶט, ז', ר', נְבָטִים
		prophet	נָבִיא, ז', ר', נְבִיאִים
		prophecy	נְבִיאוּת, נ'

נֶאֱבַד, פ״ע, ע׳ [אבד] to be lost; to perish

נֶאֱבַק, פ״ע, ע׳ [אבק] to wrestle

נֹאד, נוֹד, ז׳, ר׳, ־דוֹת skin (leather) bottle

נֶאְדָּר, ת״ז, ־רָה, ת״נ glorious, majestic

נָאֶה, ת״ז, ־אָה, ת״נ nice, pretty

נָאֶה, תה״פ comely, becoming

נָאָה, נ׳, ר׳, ־אוֹת meadow; dwelling

נְאוֹת דֶּשֶׁא pasture

נְאוֹת מִדְבָּר oasis

נָאָה, פ״ע to be befitting; to be comely

נֵאָה, פ״י to beautify; to decorate

הִתְנָאָה, פ״ח to adorn oneself

נֶאֱהָב, ת״ז, ־הֶבֶת, ת״נ beloved

נָאוָה, נָאֲוָה, פ״ע to be pretty, comely

נָאוֶה, ת״ז, ־וָה, ת״נ nice, pretty, comely

נְאוּם, נְאֻם, ז׳, ר׳, ־מִים speech, lecture, discourse

נִאוּף, ז׳, ר׳, ־פִים adultery, prostitution

נִאוּץ, ז׳, ר׳, ־צִים contempt; blasphemy

נָאוֹר, ת״ז, נְאוֹרָה, ת״נ cultured, enlightened, illumined

נָאוֹת, ת״ז, נְאוֹתָה, ת״נ suitable, becoming, proper

נֵאוֹת, פ״ע to consent; to be suitable; to enjoy

נְאִימָה, נ׳ rhetoric

נְאִימִי, ת״ז, ־מִית, ת״נ rhetorical

נֶאֱכָל, ת״ז, ־כֶלֶת, ת״נ edible

נֶאֱלַח, פ״ע, ע׳ [אלח] to be corrupted, tainted; to be infected

נֶאֱלַם, פ״ע, ע׳ [אלם] to become dumb

נֶאֱלַץ, פ״ע, ע׳ [אלץ] must, ought, be compelled

נָאַם, פ״י to speak, lecture

נְאֻם, נְאוּם, ז׳, ר׳, ־מִים speech, lecture, discourse

נֶאֱמָן, ת״ז, ־מָנָה, ־מֶנֶת, ת״נ faithful, reliable

נֶאֱמַן, פ״ע, ע׳ [אמן] to be faithful, trusty, true, trustworthy

נֶאֱמָנוּת, נ׳, ר׳, ־נֻיּוֹת trustworthiness, reliability

נֶאֱנַח, פ״ע, ע׳ [אנח] to moan, groan, sigh

נֶאֱנַשׁ, פ״ע, ע׳, [אנש] to become quite ill

נָאַף, פ״ע to commit adultery

נַאֲפוּף, ז׳, ר׳, ־פִים prostitution, adultery

נָאַץ, פ״י to contemn, spurn; to be wrathful

נִאֵץ, פ״י to curse, insult

נְאָצָה, נֶאָצָה, נְאָצָה, נ׳, ר׳, ־צוֹת contempt, blasphemy

נֶאֱצַל, פ״ע, ע׳ [אצל] to be withdrawn, separated; to be emanated from

נָאַק, פ״ע to groan, moan

נַאַק, ז׳, נְאָקָה, נ׳, ר׳, ־קִים, ־קוֹת groaning

נָאקָה, נָקָה, נ׳, ר׳, ־קוֹת she-camel

נֵאַר, פ״ע, ע׳ [ארר] to be cursed

נֵאֵר, פ״י to abhor, reject

נֶאֱרַס, פ״ע, ע׳ [ארס] to become engaged, be betrothed

נֶאֱשָׁם, ז׳, ר׳, ־מִים defendant; accused

נֶאֱשַׁם, פ״ע, ע׳ [אשם] to be accused, blamed

מְתֻלָּע, מְתוּלָּע, ת״ז, ־לַּעַת, ת״נ wormy; red
מְתַלְּעָה, נ׳, ר׳, ־עוֹת incisor
מְתֻלְתָּל, מְתוּלְתָּל, ת״ז, ־תֶּלֶת, ת״נ curly, wavy
מְתֹם, ז׳ soundness (of body)
מַתְמִיד, ת״ז, ־דָה, ת״נ diligent
מַתְמִיהַּ, ת״ז, ־מִיהָה, ת״נ wondrous, strange
מְתֻמָּן, מְשֻׁמָּן, ז׳, ר׳, ־נִים octagon
מֹתֶן, ז׳, ז״ז, מָתְנַיִם hip; haunch; loin; waist
מַתָּן, ז׳, ר׳, ־נִים present; giving
אִישׁ מַתָּן generous person
מַשָּׂא וּמַתָּן negotiation
מַתָּן בַּסֵּתֶר alms; charity; anonymous giving
[מתן] הִמְתִּין, פ״ע to wait; to tarry; to postpone
הִתְמַתֵּן, פ״ע to do slowly; to go easy
מִתְנַגֵּד, ז׳, ר׳, ־גְּדִים opponent; adversary
מִתְנַדֵּב, ז׳, ר׳, ־דְּבִים volunteer
מַתָּנָה, נ׳, ר׳, ־נוֹת gift; present
מֻתְנֶה, מוּתְנֶה, ת״ז, ־נָה, ־נֵית, ת״נ conditioned, conditional
מָתְנִיָּה, נ׳, ר׳, ־יּוֹת bodice; jacket
מָתְנַיִם, ז״ז, ע׳ מֹתֶן hips
מִתְנָן, ז׳, ר׳, ־נִים wild thyme
מַתְנֵעַ, ז׳, ר׳, ־נְעִים starter (in auto)
מַתֶּנֶת, נ׳ lumbago

מַתְעֶה, ת״ז, ־עָה, ת״נ misleading
מִתְעַמֵּל, ז׳, ר׳, ־מְּלִים gymnast
מִתְפָּרָה, נ׳, ר׳, ־רוֹת tailor shop
מָתַק, פ״ע to be, become sweet, pleasant, tasty
מִתֵּק, פ״י to sweeten, season; to indulge in; to assuage
הִמְתִּיק, פ״י to sweeten, make pleasant
הִתְמַתֵּק, פ״ע to become sweet, calm
מֶתֶק, ז׳ sweetness, pleasantness
מֹתֶק, ז׳ darling, sweetheart
מַתְקִיף, ז׳, ר׳, ־פִים attacker
מִתְקִית, נ׳ glycerin
מְתֻקָּן, מְתוּקָּן, ת״ז, ־קֶּנֶת, ת״נ corrected; repaired; improved
מֻתָּר, מוּתָּר, ת״ז, ־תֶּרֶת, ת״נ permitted; loose
מְתֻרְבָּת, מְתוּרְבָּת, ת״ז, ־בֶּתֶת, ת״נ cultured
מְתַרְגֵּם, ז׳, ר׳, ־גְּמִים translator
מְתֻרְגָּם, מְתוּרְגָּם, ת״ז, ־גֶּמֶת, ת״נ translated
מְתֻרְגְּמָן, מְתוּרְגְּמָן, ז׳, ר׳, ־נִים interpreter; dragoman
מִתְרָס, ז׳, ר׳, ־סִים barricade
מְתֻשָּׁע, מְתוּשָּׁע, ז׳, ר׳, ־עִים; ת״ז nine-sided figure; multiplied (divided) by nine
מַתָּת, נ׳ gift, present
מַתַּת יָד handshake
מַתַּת שֶׁקֶר false promise

נ, ן

נ, ן Nun, fourteenth letter of Hebrew alphabet; fifty
נָא, מ״ק please; pray
נָא, ת״ז, ־אָה, ת״נ raw, half-done, rare

to underline מָתַח קַו	stretched; מָתוּחַ, ת״ז, מְתוּחָה, ת״נ
to be spread, stretched; נִמְתַּח, פ״ע	tense
to be made nervous, curious	tension; stretching מִתּוּחַ, ז׳, ר׳, ־חִים
pressure; tension מֶתַח, ז׳	מְתוּיָל, מְתֻיָל, ת״ז, ־יֶלֶת, ת״נ
extent; tension; מֶתַח, ז׳, ר׳, מְתָחִים	(barbed) wire
crossbar	middleman; מְתַוֵּךְ, ז׳, ר׳, ־וְכִים
shirking מִתְחַמֵּק, ת״ז, ־מֶּקֶת, ת״נ	pimp; go-between
contestant מִתְחָרֶה, ז׳, ר׳, ־רִים	from within, from among מִתּוֹךְ, מ״י
when מָתַי, תה״פ	מְתוּכְנָן, מְתֻכְנָן, ת״ז, ־נֶנֶת, ת״נ
converted מִתְיַהֵד, ת״ז, ־הֶדֶת, ת״נ	planned
(to Judaism)	מְתוּלָּע, מְתֻלָּע, ת״ז, ־לַּעַת, ת״נ
Hellenized מִתְיַוֵּן, ת״ז, ־יַוֶּנֶת, ת״נ	wormy; red
stretching; מְתִיחָה, נ׳, ר׳, ־חוֹת	מְתוּלְתָּל, מְתֻלְתָּל, ת״ז, ־תֶּלֶת, ת״נ
extending	curly; wavy
tension	composed; מָתוּן, ת״ז, מְתוּנָה, ת״נ
מְתִיל, מְתוּיָל, ת״ז, ־יֶלֶת, ת״נ	patient; moderate
(barbed) wire	patience, מָתוּן, ז׳, ר׳, ־נִים
deliberation מְתִינָה, נ׳, ר׳, ־נוֹת	composure
composure; prudence; מְתִינוּת, נ׳	drummer מְתוֹפֵף, ז׳, ר׳, ־פְפִים
patience	sweet; easy; מָתוֹק, ת״ז, מְתוּקָה, ת״נ
sweets, מְתִיקָה, נ׳, ר׳, ־קוֹת	soft
sweetmeats; confiture	sweetening מִתּוּק, ז׳, ר׳, ־קִים
sweetness מְתִיקוּת, נ׳	commutation, מִתּוּק הַדִּין
recipe; prescrip- מַתְכּוֹן, ז׳, ר׳, ־נִים	mitigation (of a sentence)
tion	מְתוּקָּן, מְתֻקָּן, ת״ז, ־קֶּנֶת, ת״נ
מַתְכֹּנֶת, מַתְכֻּנֶת, נ׳, ר׳, ־כֻּונוֹת	corrected; fixed; revised
quantity; composition;	מְתוּרְבָּת, מְתֻרְבָּת, ת״ז, ־בֶּתֶת, ת״נ
proportion	cultured
מְתוּכְנָן, מְתֻכְנָן, ת״ז, ־נֶנֶת, ת״נ	מְתוּרְגָּם, מְתֻרְגָּם, ת״ז, ־גֶּמֶת, ת״נ
planned	translated
מַתְכֹּנֶת, מַתְכֻּנֶת, נ׳, ר׳, ־כֻּונוֹת	מְתוּרְגְּמָן, מְתֻרְגְּמָן, ז׳, ר׳, ־נִים
quantity; composition;	translator; dragoman
proportion	מְתוּשָּׁע, מְתֻשָּׁע, ר׳, ־עִים; ת״ז
metal מַתֶּכֶת, נ׳, ר׳, מַתָּכוֹת	ninesided figure; multiplied
metallic, מַתְכָּתִי, ת״ז, ־תִית, ת״נ	(divided) by nine
metal	to stretch out מָתַח, פ״י
weariness; מַתְלָאָה, נ׳, ר׳, ־אוֹת	to censure, מָתַח בִּקֹּרֶת (עַל)
troublesomeness	criticize

banquet, feast, drinking; drink	מִשְׁתֶּה, ז', ר', ־תָּאוֹת, ־תִּים
foundation, base	מַשְׁתִּית, נ', ר', ־יוֹת
nursery (for trees, etc.)	מִשְׁתֵּלָה, מַשְׁתֵּלָה, נ', ר', ־לוֹת
urinal	מִשְׁתָּנָה, נ', ר', ־נוֹת
common	מְשֻׁתָּף, מְשׁוּתָּף, ת"ז, ־תֶּפֶת, ת"נ
paralyzed	מְשֻׁתָּק, מְשׁוּתָּק, ת"ז, ־תֶּקֶת, ת"נ
to die	מֵת, פ"ע, ע' [מות]
corpse; dead	מֵת, ז', ר', ־תִים; ת"ז
man; person	מַת, ז', ר', מְתִים
a few persons	מְתֵי מִסְפָּר
suicide	מִתְאַבֵּד, ז', ר', ־בְּדִים
appetizer	מְתַאֲבֵן, ז', ר', ־בְּנִים
boxer	מִתְאַגְרֵף, ז', ר', ־רְפִים
suitable	מַתְאִים, ת"ז, ־מָה, ת"נ
correlation	מִתְאָם, ז'
symmetrical; parallel	מֻתְאָם, מְתֹאָם, ת"ז, ־אֶמֶת, ת"נ
described	מְתֹאָר, מְתוֹאָר, ת"ז, ־אֶרֶת, ת"נ
observer	מִתְבּוֹנֵן, ז', ר', ־נְנִים
shed for chaff, straw; heap of chaff, straw	מַתְבֵּן, ז', ר', ־בְּנִים
assimilator	מִתְבּוֹלֵל, ז', ר', ־לְלִים
nose ring, lip ring; oxgoad; bit; bridle; bacillus	מֶתֶג, ז', ר', מְתָגִים
to bridle	מִתֵּג, פ"י
wrestler	מִתְגּוֹשֵׁשׁ, ז', ר', ־שְׁשִׁים
bacillary	מִתְגִּי, ת"ז, ־גִּית, ת"נ
symmetrical; parallel	מְתוֹאָם, מְתֹאָם, ת"ז, ־אֶמֶת, ת"נ
described	מְתוֹאָר, מְתֹאָר, ת"ז, ־אֶרֶת, ת"נ
sketch	מִתְוֶה, נ', ר', ־ווֹת

equilibrium	שִׁוּוּי מִשְׁקָל
plummet; weight, balance	מִשְׁקֹלֶת, נ', ר', ־קוֹלוֹת
equinox	זְמַן הַמִּשְׁקָלֶת
sediment, dreg(s); sinking; settling	מִשְׁקָע, ז', ר', ־עִים
limpid water	מֵי מִשְׁקָע
settled; concave	מֻשְׁקָע, מְשֻׁקָּע, ת"ז, ־קַעַת, ת"נ
spectacles; eyeglasses	מִשְׁקָפַיִם, ז"ז
sunglasses	מִשְׁקְפֵי שֶׁמֶשׁ
telescope; binoculars; opera glasses	מִשְׁקֶפֶת, נ', ר', ־קָפוֹת
garden bed	מִשָּׂר, מֶשֶׂר, ז', ר', מְשָׂרִים
office, bureau (government), ministry	מִשְׂרָד, ז', ר', ־דִים
bureaucracy	מִשְׂרָדוּת, נ'
bureaucratic	מִשְׂרָדִי, ת"ז, ־דִית, ת"נ
punch; fruit drink	מִשְׂרָה, נ', ר', ־רוֹת
office, position; domination	מִשְׂרָה, נ', ר', ־רוֹת
whistle	מַשְׁרוֹקִית, נ', ר', ־יוֹת
scalpel	מַשְׂרֵט, ז', ר', ־רְטִים
armored	מְשֻׁרְיָן, מְשׁוּרְיָן, ת"ז, ־יֶנֶת, ת"נ
incinerator; crematorium	מִשְׂרָפֶת, נ', ר', ־רָפוֹת
uprooted	מְשֹׁרָשׁ, מְשׁוֹרָשׁ, ת"ז, ־רֶשֶׁת, ת"נ
rooted	מֻשְׁרָשׁ, מוּשְׁרָשׁ, ת"ז, ־רֶשֶׁת, ת"נ
saucepan	מַשְׂרֵת, נ', ר', ־רְתוֹת
servant	מְשָׁרֵת, ז', ר', ־תִים
to feel, touch	מָשַׁשׁ, פ"י
to feel, grope	מִשֵּׁשׁ, פ"י
to cause to feel	הֵמִישׁ, פ"י
hexagonal; sixfold	מְשֻׁשֶּׁה, מְשׁוּשֶּׁה, ת"ז, ־שָׁה, ת"נ

staff; walking מִשְׁעֶנֶת, נ׳, ר׳, ־עָנוֹת	obedience; discipline מִשְׁמַעַת, נ׳
stick; crutch	guard's מִשְׁמָר, ז׳, ר׳, ־רִים, ־רוֹת
מְשֹׁעָר, מְשׁוֹעָר, ת״ז, ־עֶרֶת, ת״נ	watch, post; camp guard
estimated	guardroom בֵּית הַמִּשְׁמָר
מְשַׁעֵר, מַשְׁעֵר, ז׳, ר׳, מְשָׁעֲרִים	מְשֻׁמָּר, מְשׁוּמָּר, ת״ז, ־מֶרֶת, ת״נ
controller of prices	preserved
brush מִשְׁעֶרֶת, נ׳, ר׳, ־עָרוֹת	observation; מִשְׁמֶרֶת, נ׳, ר׳, ־מָרוֹת
evil; violence; bruise; scab מִשְׁפָּה, ז׳	guard; preservation; conservation
family; clan; מִשְׁפָּחָה, נ׳, ר׳, ־חוֹת	strainer; filter; מִשְׁמֶרֶת, נ׳, ר׳, ־רוֹת
species	dura mater
surname שֵׁם־מִשְׁפָּחָה	to palpate; to touch, מִשְׁמֵשׁ, פ״ע
familial מִשְׁפַּחְתִּי, ת״ז, ־תִּית, ת״נ	feel; to manipulate
judgment; law; מִשְׁפָּט, ז׳, ר׳, ־טִים	apricot מִשְׁמֵשׁ, מִשְׁמָשׁ, ז׳, ר׳, ־מְשִׁים
case, suit; right; sentence	one who מַשְׁמְשָׁן, ז׳, ר׳, ־נִים
Jurisprudence חָכְמַת הַמִּשְׁפָּט	touches everything
prejudice מִשְׁפָּט קָדוּם	double (of); מִשְׁנֶה, ז׳, ר׳, ־נִים
jurist מִשְׁפְּטָן, ז׳, ר׳, ־טָנִים	second (of)
funnel מַשְׁפֵּךְ, ז׳, ר׳, ־פְּכִים	viceroy, מִשְׁנֶה לַמֶּלֶךְ
urethra מַשְׁפֵּךְ הַשֶּׁתֶן	second in command
amnion מַשְׁפֵּךְ הַוְּעָה	study (by oral מִשְׁנָה, נ׳, ר׳, ־יוֹת
river mouth; מִשְׁפָּךְ, ז׳, ר׳, ־כִים	repetition); traditional law;
downpour	Mishnah
refuse מַשְׁפֵּלֶת, נ׳, ר׳, ־פָּלוֹת	strange; מְשֻׁנֶּה, מְשׁוּנֶּה, ת״ז, ־נָּה, ת״נ
container; litter basket	queer
מֻשְׁפָּע, מוּשְׁפָּע, ת״ז, ־פַּעַת, ת״נ	secondary; מִשְׁנִי, ת״ז, ־נִית, ת״נ
influenced	Mishnaic
מְשֻׁפָּע, מְשׁוּפָּע, ת״ז, ־פַּעַת, ת״נ	מְשֻׁנָּן, מְשׁוּנָּן, ת״ז, ־נֶּנֶת, ת״נ
sloping; slanting	sharpened; teethed
household; מֶשֶׁק, ז׳, ר׳, ־שְׁקִים	step down מַשְׁנֵק, ז׳, ר׳, ־נְקִים
farm; administration	transformer
rushing; rustling; מַשָּׁק, ז׳	lisped מְשֻׁנְשָׁן, מְשׁוּנְשָׁן, ת״ז, ־שֶׁנֶת, ת״נ
fluttering (of wings)	booty; plunder מְשִׁסָּה, נ׳, ר׳, ־סּוֹת
beverage; מַשְׁקֶה, ז׳, ר׳, ־קִים, ־קָאוֹת	מְשֻׁעְבָּד, מְשׁוּעְבָּד, ת״ז, ־בֶּדֶת, ת״נ
liquid; potion	enslaved; mortgaged
toastmaster שַׂר הַמַּשְׁקִים	path, narrow מִשְׁעוֹל, ז׳, ר׳, ־לִים
lintel מַשְׁקוֹף, ז׳, ר׳, ־פִים	lane; isthmus
מִשְׁקָל, ז׳, ר׳, ־קָלִים, ־קָלוֹת	מִשְׁעָן, מַשְׁעֵן, ז׳, מַשְׁעֵנָה, נ׳, ר׳,
weight, scale	support ־נִים, ־נוֹת

מְשַׁכֵּן, פ״ע — to be pawned; to be mortgaged

נִתְמַשְׁכֵּן, פ״ע — to become pawned; to be seized for debt

מְשֻׁכְנָע, מְשׁוּכְנָע ת״ז, ־נַעַת, ת״נ — convinced; persuaded

מַשְׁכַּנְתָּה, נ׳, ר׳, ־תָּאוֹת — mortgage

מַשְׂכֹּרֶת, נ׳, ר׳, ־כּוֹרוֹת — salary, wages

מָשָׁל, ז׳, ר׳, מְשָׁלִים, ־לוֹת — parable, proverb, tale, fable, allegory; example; resemblance

לְמָשָׁל — for example, for instance

מִשְׁלֵי — Book of Proverbs

מָשַׁל, פעו״י — to rule; to compare; to speak metaphorically; to use a proverb

נִמְשַׁל, פ״ע — to be compared; to resemble

מִשֵּׁל, פ״י — to speak in parables; to use; to compare

הִמְשִׁיל, פ״י — to compare; to cause to rule

הִתְמַשֵּׁל, פ״ע — to be likened, become like

מֵשֶׁל, ז׳ — rule; resemblance

מְשֻׁלָּב, מְשׁוּלָּב, ת״ז, ־לֶּבֶת, ת״נ — joined, fitted; mortised

מִשְׁלֶבֶת, נ׳, ר׳, ־לָבוֹת — monogram

מְשֻׁלְהָב, מְשׁוּלְהָב, ת״ז, ־הֶבֶת, ת״נ — flaming

מִשְׁלוֹחַ, ז׳, ר׳, ־חִים — sending; dispatch; transport

דְּמֵי מִשְׁלוֹחַ — postage, mailing fees

מִשְׁלָח, ז׳, ר׳, ־חִים — destination

מִשְׁלַח־יָד — occupation, profession

מֻשְׁלָח, מְשׁוּלָח, ז׳, ר׳, ־חִים — emissary, messenger; delegate

מִשְׁלַחַת, נ׳, ר׳, ־לָחוֹת — delegation; sending; errand

מִשְׁלִי, ת״ז, ־לִית, ת״נ — proverbial, allegorical, parabolical, figurative

מַשְׁלִית, נ׳, ר׳, ־לִיּוֹת — grappling iron, grapnel

מְשֻׁלָּל, מְשׁוּלָּל, ת״ז, ־לֶּלֶת, ת״נ — deprived of

מֻשְׁלָם, מוּשְׁלָם, ת״ז, ־לֶמֶת, ת״נ — complete; perfect

מְשֻׁלָּם, מְשׁוּלָּם, ת״ז, ־לֶמֶת, ת״נ — paid, paid for

מְשֻׁלָּשׁ, מְשׁוּלָּשׁ, ת״ז, ־לֶשֶׁת, ת״נ — triple, threefold; triangle

מְשַׁלְשֵׁל, ת״ז, ־שֶׁלֶת, ת״נ — laxative, purgative, cathartic

מַשְׂמְאִיל, מַשְׂמָאל, ת״ז, ־לָה, ת״נ — facing left; left-handed

מְשֻׁמָּד, מְשׁוּמָּד, ת״ז, ־מֶדֶת, ת״נ — apostate

מְשֻׁמָּדוּת, נ׳ — apostasy

מְשַׁמָּה, נ׳, ר׳, ־מוֹת — desolation; devastation

מִשְׁמוּשׁ, ז׳, ר׳, ־שִׁים — touch, touching

מְשַׂמֵּחַ, ת״ז, ־מַחַת, ת״נ — joyful, gladdening

מִשְׁמָן, ז׳, ר׳, ־מַנִּים — fertile soil

מַשְׁמָן, ז׳, ר׳, ־נִים — rich; fat; tasty food

מְשֻׁמָּן, מְשׁוּמָּן, ת״ז, ־מֶנֶת, ת״נ; ז׳ — greased, greasy; oiled, oily; octagon

מְשֻׁמָּן, מְתֻמָּן, ז׳, ר׳, ־נִים — octagon

מִשְׁמָע, ז׳, ר׳, ־עִים — hearing; obedience; ordinary sense

מִשְׁמֵעַ, פ״י — to discipline

מַשְׁמָע, ז׳, ר׳, ־עוֹת — intimation; intention; meaning

פְּשׁוּטוֹ כְּמַשְׁמָעוֹ — literally

מַשְׁמָעוּת, נ׳, ר׳, ־עֻיּוֹת — meaning; sense

unintentionally מִבְּלִי מֵשִׂים, תה"פ	מָשְׁחַל, מוּשְׁחַל, ת"ז, ־חֶלֶת, ת"נ
task, מְשִׂימָה, נ', ר', ־מוֹת	threaded, strung
assignment	מָשְׁחָק, מְשׁוּחָק, ת"ז, ־חֶקֶת, ת"נ
tangent (geom.) מַשִׁיק, ז', ר', ־קִים	rubbed; worn out
to pull, drag; to lengthen; מָשַׁךְ, פ"י	game; laughter מִשְׂחָק, ז', ר', ־קִים
to attract; to withdraw (money)	player; actor מְשַׂחֵק, ז', ר', ־חֲקִים
to be stretched; נִמְשַׁךְ, פ"ע	מָשְׁחָר, מוּשְׁחָר, ת"ז, ־חֶרֶת, ת"נ
to be withdrawn; to be prolonged	blackened
to be delayed, deferred מְשַׁךְ, פ"ע	מְשֻׁחְרָר, מְשׁוּחְרָר, ת"ז, ־רֶרֶת, ת"נ
to continue, cause to הִמְשִׁיךְ, פ"י	freed, liberated, emancipated
extend, pull; to prolong; to attract	מָשְׁחָת, מָשְׁחָת, ת"ז, ־חַת, ־חֶתֶת, ת"נ
pull; duration מֶשֶׁךְ, ז'	corrupted; deformed; disfigured
during בְּמֶשֶׁךְ, תה"פ	destruction; corruption מַשְׁחֵת, ז'
bed, מִשְׁכָּב, ז', ר', ־בִים, ־בוֹת	מִשְׁטוֹחַ, מִשְׁטָח, ז', ר', ־חִים
couch; lying down; grave	spreading place; plain, field
bedroom חֲדַר הַמִּשְׁכָּב	flat, מָשְׁטָח, מְשׁוּטָח, ת"ז, ־שַׁחַת, ת"נ
homosexuality, מִשְׁכַּב זָכוּר	dull
pederasty	enemy; accuser, מַשְׂטִין, ז', ר', ־נִים
bellwether מַשְׁכּוּכִית, נ', ר', ־כִיּוֹת	prosecutor
pawn, מַשְׁכּוֹן, ז', ר', ־כּוֹנוֹת, ־כּוֹנִים	hatred, מַשְׂטֵמָה, נ', ר', ־מוֹת
pledge, security	animosity
pawning מִשְׁכּוּן, ז'	executive מִשְׁטָר, ז', ר', ־רִים
enlightened מַשְׂכִּיל, ז', ר', ־לִים	power; regime
person, intellectual, Maskil	to rule; to regiment מִשְׁטֵר, פ"י
renter, lessor מַשְׂכִּיר, ז', ר', ־רִים	police; מִשְׁטָרָה, נ', ר', ־רוֹת
picture; mosaic מַשְׂכִּית, נ', ר', ־כִיּוֹת	police force; police station
intelligence מִשְׂכָּל, ז'	silk מֶשִׁי, ז'
I.Q. מְנַת מִשְׂכָּל	silkworm תּוֹלַעַת מֶשִׁי
concept, idea מֻשְׂכָּל, ז', ר', ־לִים	anointed מָשִׁיחַ, ז', ר', מְשִׁיחִים
axiom מֻשְׂכָּל רִאשׁוֹן	one; Messiah
מְשֻׁכְלָל, מְשׁוּכְלָל, ת"ז, ־לֶלֶת, ת"נ	anointing; מְשִׁיחָה, נ', ר', ־חוֹת
perfected; up to date	ointment; thin rope
מְשֻׁכֶּלֶת, מַשְׁכֶּלֶת, נ', ר', מְשַׁכְּלוֹת	Messianism, Messiahship נ' מְשִׁיחִיּוּת,
abortion; miscarriage	Messianic מְשִׁיחִי, ת"ז, ־חִית, ת"נ
habitation, מִשְׁכָּן, ז', ר', ־נִים, ־נוֹת	oarsman מָשִׁיט, ז', ר', מְשִׁיטִים
dwelling	pulling; מְשִׁיכָה, נ', ר', ־כוֹת
to take pledge; מִשְׁכֵּן, פ"י	attraction; withdrawal (bank)
to pledge; to pawn; mortgage	to place, make מֵשִׂים, פ"י

מְשׁוֹטֵט, ז׳, ר׳, ־טְטִים   hiker; tourist

מְשׁוּי, ז׳, ר׳, ־יִים   massage

מַשְׁחִית, נ׳, ר׳, ־יוֹת   carpenter's plane

מָשׁוּךְ, ת״ז, מְשׁוּכָה, ת״נ   stretched; drawn

מְשׂוּכָה, מְסוּכָה, נ׳, ר׳, ־כוֹת   thorn; hedge; hurdle

מְשׁוּכְלָל, מְשֻׁכְלָל, מ״ז, ־לֶלֶת, ת״נ   perfected; up-to-date

מְשׁוּכְנָע, מְשֻׁכְנָע, ת״ז, ־נַעַת, ת״נ   convinced; persuaded

מָשׁוּל, ת״ז, מְשׁוּלָה, ת״נ   compared to

מְשׁוּלָּב, מְשֻׁלָּב, ת״ז, ־לֶבֶת, ת״נ   joined, fitted; mortised

מְשׁוּלְהָב, מְשֻׁלְהָב, ת״ז, ־הֶבֶת, ת״נ   flaming

מְשׁוּלָח, מְשֻׁלָח, ז׳, ר׳, ־חִים   emissary, messenger; delegate

מְשׁוּלָּל, מְשֻׁלָּל, ת ז, ־לֶלֶת, ת״נ   deprived of

מְשׁוּלָּם, מְשֻׁלָּם, ת״ז, ־לֶמֶת, ת״נ   paid, paid for

מְשׁוּלָּשׁ, מְשֻׁלָּשׁ, ת״ז, ־לֶשֶׁת, ת״נ   triangular, threefold, triple

מִשּׁוּם, מ״י   because of

מְשׁוּמָּד, מְשֻׁמָּד, ת״ז, ־מֶדֶת   apostate

מְשׁוּמָּן, מְשֻׁמָּן, ת״ז, ־מֶנֶת, ת״נ, ז׳   greasy, greased; oily, octagon

מְשׁוּמָּר, מְשֻׁמָּר, ת״ז, ־מֶרֶת   preserved

מְשׁוּנֶּה, מְשֻׁנֶּה, ת״ז, ־נָּה, ת״נ   strange, queer

מְשׁוּנָּן, מְשֻׁנָּן, ת״ז, ־נֶּנֶת, ת״נ   sharpened; teethed

מְשׁוּנְשָׁן מְשֻׁנְשָׁן, ת״ז, ־שֶׁנֶת, ת״נ   lisped

מְשׁוּעְבָּד, מְשֻׁעְבָּד, ת״ז, ־בֶּדֶת, ת״נ   enslaved; mortgaged

מְשֻׁפָּע, מְשׁוּפָּע, ת״ז, ־פַּעַת, ת״נ   sloping, slanting

מְשֻׁקָּע, מְשׁוּקָּע, ת״ז, ־קַעַת, ת״נ   settled, concave

מַשּׂוֹר, ז׳, ר׳, ־רִים   saw

מְשׂוּרָה, נ׳, ר׳, ־רוֹת   measure of capacity (liquid)

מְשֻׁרְיָן, מְשׁוּרְיָן, ת״ז, ־יֶנֶת, ת״נ   armored

מְשׁוֹרֵר, ז׳, ר׳, ־רְרִים   singer; poet

מְשֹׁרָשׁ, מְשׁוֹרָשׁ, ת״ז, ־רֶשֶׁת, ת״נ   uprooted

מְשׁוֹרֶת, נ׳, ר׳, ־רוֹת, ־רַיִם   stirrup

מָשׂוֹשׂ, ז׳   gladness, joy

מְשׁוֹשׁ, ז׳, ר׳, ־שְׁשִׁים   groper

מְשׁוֹשׁ, ז׳, ר׳, ־שִׁים   touching; feeling

חוּשׁ הַמִּשּׁוֹשׁ   sense of touch

מְשֻׁשֶּׁה, מְשׁוּשֶּׁה, ת״ז, ־שָּׁה, ת״נ   hexagonal, sixfold

מְשֹׁשָׁה, נ׳, ר׳, ־שׁוֹת   antenna

מְשֻׁתָּף, מְשׁוּתָּף, ת״ז, ־תֶּפֶת, ת״נ   shared, common

מְשֻׁתָּק, מְשׁוּתָּק, ת״ז, ־תֶּקֶת, ת״נ   paralyzed

מִשְׁזָר, ז׳   plait, plaiting

מָשַׁח, פ״י   to anoint, smear, oil

נִמְשַׁח, פ״ע   to be (become) anointed

מְשֻׁחָד, מְשׁוּחָד, ת״ז, ־חֶדֶת, ת״נ   bribed; prejudiced

מִשְׁחָה, נ׳, ר׳, ־חוֹת   ointment, unction, salve; grease; portion

הַר הַמִּשְׁחָה (הַר הַזֵּיתִים)   Mount of Olives

מַשְׁחֶזֶת, נ׳, ר׳, ־זְווֹת   whetstone

מַשְׁחִית, ז׳, ר׳, ־תִים   vanguard (of fighting forces); trap; evildoer

אֳנִיַּת מַשְׁחִית   destroyer

broadcasting	מַשְׁדֵּר, ז׳, ר׳, ־דָּרִים
station	
to pull out (of water)	מָשָׁה, פ״י
debt; loan	מַשֶּׁה, ז׳, ר׳, ־שִׁים
minimum;	מַשֶּׁהוּ, ז׳, ר׳, מַשֶּׁהוּיִים
anything; smallest quantity	
carrying	מַשּׂוֹא, ז׳, ר׳, ־אִים
partiality	מַשּׂוֹא פָנִים
signal torch	מַשּׂוּאָה, נ׳, ר׳, ־אוֹת
calamity; desolation	מְשׁוֹאָה, נ׳
ruin; wreckage	מַשּׁוּאָה, נ׳, ר׳, ־אוֹת
equation	מַשְׁוָאָה, נ׳, ר׳, ־אוֹת
wicked deed;	מְשׁוּבָה, נ׳, ר׳, ־בוֹת
backsliding; waywardness,	
delinquency	
	מְשׁוּבָּח, מְשֻׁבָּח, ת״ז, ־בַּחַת, ת״נ
praiseworthy	
	מְשׁוּבָּע, מְשֻׁבָּע, ת״ז, ־בַּעַת, ת״נ
septangular, heptagon	
	מְשׁוּבָּץ, מְשֻׁבָּץ, ת״ז, ־בֶּצֶת, ת״נ
checkered	
	מְשׁוּבָּשׁ, מְשֻׁבָּשׁ, ת״ז, ־בֶּשֶׁת, ת״נ
faulty; corrupt; full of errors	
error	מְשׁוּנָה, נ׳, ר׳, ־גוֹת
crazy,	מְשׁוּנָּע, מְשֻׁנָּע, ת״ז, ־נַּעַת, ת״נ
insane	
equator	מַשְׁוֶה, ז׳, ר׳, ־וִים
anointed	מָשׁוּחַ, ת״ז, מְשׁוּחָה, ת״נ
surveyor	מָשׁוֹחַ, ז׳, ר׳, ־חוֹת
	מְשׁוּחָד, מְשֻׁחָד, ת״ז, ־חֶדֶת, ת״נ
bribed; prejudiced	
	מְשׁוּחָק, מְשֻׁחָק, ת״ז, ־חֶקֶת, ת״נ
rubbed, worn out	
	מְשׁוּחְרָר, מְשֻׁחְרָר, ת״ז, ־רֶרֶת, ת״נ
emancipated, freed, liberated	
oar	מָשׁוֹט, ז׳, ר׳, ־מְשׁוֹטִים
flat;	מְשׁוּטָח, מְשֻׁטָח, ת״ז, ־טַחַת, ת״נ
dull	

referendum	מִשְׁאָל, ז׳, ר׳, ־לִים
	מִשְׁאָל, מִשְׁאָל, ת״ז, ־אֶלֶת, ת״נ
figurative; metaphorical	
request; wish	מִשְׁאָלָה, נ׳, ר׳, ־לוֹת
kneading	מִשְׁאֶרֶת, נ׳, ר׳, ־אָרוֹת
trough	
gift;	מַשְׂאֵת, נ׳, ר׳, ־אוֹת, מַשְׂאוֹת
portion; pillar (of smoke)	
blowing	מַשָּׁב, ז׳, ־ר׳, ־בִים
	מְשׁוּבָּח, מְשֻׁבָּח, ת״ז, ־בַּחַת, ת״נ
praiseworthy	
sworn	מֻשְׁבָּע, מֻשְׁבָּע, ת״ז, ־בַּעַת, ת״נ
	מְשׁוּבָּע, מְשֻׁבָּע, ת״ז, ־בַּעַת, ת״נ
septangular; heptagon	
	מְשׁוּבָּץ, מְשֻׁבָּץ, ת״ז, ־בֶּצֶת, ת״נ
checkered	
checkered	מִשְׁבֶּצֶת, נ׳, ר׳, ־בְּצוֹת
work; brocade; inlay;	
setting (for diamond)	
crisis;	מַשְׁבֵּר, ז׳, ר׳, ־בְּרִים
birth stool	
breakers	מִשְׁבָּר, ז׳, ר׳, ־רִים
	מְשׁוּבָּשׁ, מְשֻׁבָּשׁ, ת״ז, ־בֶּשֶׁת, ת״נ
faulty; corrupt; full of errors	
shattering;	מַשְׁבָּת, ז׳, ר׳, ־בַּתִּים
annihilation; destruction	
concept,	מֻשָּׂג, מוּשָּׂג, ז׳, ר׳, ־גִים
idea, notion	
fortress; shelter,	מִשְׂגָּב, ז׳, ר׳, ־גַּבִּים
refuge	
error, mistake	מִשְׁגֶּה, ז׳, ר׳, ־גִים
overseer	מַשְׁגִּיחַ, ז׳, ר׳, ־חִים
sexual intercourse	מִשְׁגָּל, ז׳, ר׳, ־לִים
crazy,	מְשׁוּנָּע, מְשֻׁנָּע, ת״ז, ־נַּעַת, ת״נ
insane	
insane asylum	בֵּית מְשֻׁגָּעִים
harrow	מַשְׂדֵּדָה, נ׳, ר׳, ־דוֹת
broadcast	מִשְׁדָּר, ז׳, ר׳, ־דָּרִים

balcony; verandah	מְרֻפֶּסֶת, נ', ר', ־פָּסוֹת
elbow	מַרְפֵּק, ז', ר', ־פָּקִים
to be energetic, strong; to quicken	[מרץ] נִמְרַץ, פ"ע
to spur on, urge; to be strong; to energize	הִמְרִיץ, פ"י
March	מֶרְץ, מָרְס, ז'
energy; rapidity	מֶרֶץ, ז'
lecturer	מַרְצֶה, ז', ר', ־צִים
stone crusher	מַרְצֵּה, נ', ר', ־אוֹת
satisfied; agreeable	מִרְצָה, מְרֻצָּה, ת"ז, ־צָּה, ת"נ
striped	מְרֻצָּע, מְרוּצָע, ת"ז, ־צַּעַת, ת"נ
awl, borer	מַרְצֵּעַ, ז', ר', ־צְעִים
floored, tiled	מְרֻצָּף, מְרוּצָף, מ"ז, ־צֶּפֶת
pavement; tiled floor; tile, flagstone	מַרְצֶפֶת, נ', ר', ־צָפוֹת
putty	מֶרֶק, ז', ר', ־רְקִים
soup, broth	מָרָק, ז', ר', ־רְקִים
to polish, scour, cleanse	מֵרַק, פ"י
rotten	מַרְקִיב, ת"ז, ־קֶבֶת, ת"נ
patch	מַרְקוֹעַ, ז', ר', ־עִים
compound; drug; perfume	מִרְקַח, ז', ר', ־חִים
drug	מִרְקָחָה, נ', ר', ־חוֹת
perfumery	בֵּית מֶרְקָחִים
aromatic oil; ointment; jam, preserves	מִרְקַחַת, נ', ר', ־קָחוֹת
drugstore, pharmacy	בֵּית מִרְקַחַת
embroidery	מִרְקָם, ז'
embroidered	מְרֻקָּם, מְרוּקָם, ת"ז, ־קֶּמֶת, ת"נ
spittoon	מִרְקָקָה, נ', ר', ־קוֹת
to be bitter; to be in distress	מָרַר, פ"ע

to embitter	מֵרַר, פ"י
bitterness; bitter; venom	מֵרְרָה, מְרוֹרָה, נ', ר', ־רוֹת
bile; gall	מְרֵרָה, נ', ר', ־רוֹת
deputy; delegate; member of parliament; authorized agent	מֹרְשֶׁה, ז', ר', ־שִׁים
parliament	בֵּית מֹרְשִׁים
parliament	מֶרְשׁוֹן, ז', ר', ־נִים
careless, negligent	מַרְשָׁל, מְרֻשָּׁל, ת"ז, ־שֶׁלֶת, ת"נ
census; sketch	מִרְשָׁם ז', ר', ־מִים
wicked, cruel woman	מְרֻשַּׁעַת, נ', ר', ־שָׁעוֹת
madam; Mrs.	מָרַת, נ', ר', ־רוֹת
welded	מְרֻתָּךְ, מְרוּתָּךְ, ת"ז, ־תֶּכֶת, ת"נ
cellar; storeroom	מַרְתֵּף, ז', ר', ־תֵּפִים
to throw off, remove	מָשׁ, פעו"י, ע' [מוש]
debt; loan	מַשָּׁא, ז' ר', ־אוֹת
load, burden; oracle, prophecy	מַשָּׂא, ז', ר', ־אוֹת
transaction, business; arbitration	מַשָּׂא־וּמַתָּן
object (gram.)	מֻשָּׂא, מוּשָׂא, ז', ר', ־אִים
to tear out	מִשָּׁא, פ"י
shepherd's well	מַשְׁאָב, ז', ר', ־אַבִּים
pump	מַשְׁאֵבָה, נ', ר', ־בוֹת
debt	מַשָּׁאָה, נ', ר', ־שָׁאוֹת
uplifting, raising	מַשָּׂאָה, מַשְׂאֵת, נ', ר', ־אוֹת, מַשְׂאוֹת
fraud	מַשָּׁאוֹן, ז'
peripatetic	מַשָּׂאִי, ת"ז, ־אִית, ת"נ
truck	מַשָּׂאִית, נ', ר', ־אִיוֹת

מְרִיקָה, נ', ר', ־קוֹת — polishing, scouring

מָרִיר, ת"ז, מְרִירָה, ת"נ — bitterish

מְרִירוּת, נ' — bitterness, embitterment

מְרִירִי, ת"ז, ־רִית, ת"נ — bitter; embittered; venomous

מָרִישׁ, ז', ר', מְרִישִׁים, ־שׁוֹת — beam, joist

מֹרֶךְ, ז' — cowardice; timidity

מֶרְכָּב, ז', ר', ־בִים — riding seat; body (of auto); charlot; carriage

מֻרְכָּב, מוּרְכָּב, ת"ז, ־כֶּבֶת, ת"נ — compound; composed; complicated

מֶרְכָּבָה, נ', ר', ־בוֹת — chariot; carriage

מְרֻכָּה, מְרֻכָּא, נ', ר', ־כוֹת, ־כָאוֹת — Biblical accent

מֵרְכָאוֹת כְּפוּלוֹת — quotation marks

מִרְכּוּז, ז' — centralization

מֶרְכָּז, ז', ר', ־זִים — center

מֶרְכַּז הַכֹּבֶד — center of gravity

מְרֻכָּז, מְרוּכָּז, ת"ז, ־כֶּזֶת, ת"נ — centered; centralized; concentrated

מִרְכֵּז, פ"י — to centralize

מֶרְכָּזִי, ת"ז, ־זִית, ת"נ — central

מֶרְכָּזִיָּה, נ', ר', ־יוֹת — switchboard, (telephone) exchange

מְרֻכָּךְ, מְרוּכָּךְ, ת"ז, ־כֶּכֶת, ת"נ — softened

מַרְכֹּלֶת, נ' — merchandise

מִרְמָה, נ' — deceit; fraud

מְרֻמֶּה, מְרוּמֶּה, ת"ז, ־מָה, ת"נ — deceived; fooled

מְרֹמָם, מְרוֹמָם, ת"ז, ־מֶמֶת, ת"נ — elevated, exalted

מִרְמָס, ז' — trampling; thing trampled on

[מרמר] הִתְמַרְמֵר, פ"ע — to complain bitterly; to become embittered

מֵרַס, פ"י — stir, mix; to squeeze out (grapes)

נִתְמָרֵס, פ"ע — to be mixed, stirred, squeezed

מֻרְסָה, מוּרְסָה, נ', ר', ־סוֹת — abscess

מְרֻסָּן, מְרוּסָּן, ת"ז, ־סֶנֶת, ת"נ — bridled; curbed

מַרְסֵס, ז', ר', ־סִים — sprayer

מְרֻסָּס, מְרוּסָּס, ת"ז, ־סֶסֶת, ת"נ — broken (to pieces); sprayed

מַרְסֵק, ז', ר', ־סְקִים — chopper, crusher

מְרֻסָּק, מְרוּסָּק, ת"ז, ־סֶקֶת, ת"נ — crushed

מֵרֵעַ, ז', ר', ־רֵעִים — companion; friend

מֵרַע, ז', ר', מְרֵעִים — evildoer, villain

מֹרַע, ז' — illness

שְׁכִיב מְרַע — bedridden

מִרְעֶה, ז', ר', ־עִים — pasture, pasturage

מַרְעִית, נ', ר', ־עִיוֹת — grazing cattle; grazing flock; pasturing

מֻרְעָל, מוּרְעָל, ת"ז, ־עֶלֶת, ת"נ — polsoned

מֻרְעָשׁ, מוּרְעָשׁ, ת"ז, ־עֶשֶׁת, ת"נ — shaken; shelled, bombed

מַרְפֵּא, מַרְפֶּה, ז' — healing; soothing; recovery

מִרְפָּאָה, נ', ר', ־אוֹת — clinic

מְרֻפָּד, מְרוּפָּד, ת"ז, ־פֶּדֶת, ת"נ — upholstered

מִרְפָּדָה, מַרְפְּדִיָה, נ', ר', ־דוֹת — upholstery shop

מְרֻפָּט, מְרוּפָּט, ת"ז, ־פֶּטֶת, ת"נ — shabby; shaggy

to spread (butter); מָרַח, פ״י	מְרוּסָן, מְרֻסָּן, ת״ז, ־סֶנֶת, ת״נ bridled,
to besmear; to annoint; to daub;	curbed
to rub; to smooth	מְרוּסָס, מְרֻסָּס, ת״ז, ־סֶסֶת, ת״נ
wide space; מֶרְחָב, ז׳, ר׳, ־בִים	broken (to pieces); sprayed
breadth	מְרוּסָק, מְרֻסָּק, ת״ז, ־סֶקֶת, ת״נ
ointment; מִרְחָה, נ׳, ר׳, מְרָחוֹת	crushed
spread; smear	מְרוּפָּד, מְרֻפָּד, ת״ז, ־פֶּדֶת, ת״נ
bath מֶרְחָץ, ז׳, ר׳, ־חֲצָאוֹת	upholstered
(bathhouse)	מְרוּפָּט, מְרֻפָּט, ת״ז, ־פֶּטֶת, ת״נ
מֶרְחָק, ז׳, ר׳, ־חַקִּים, מַרְחַקִּים	shabby; shaggy
distance	מֵרוֹץ, ז׳, ר׳, ־צִים race; running;
dimension(s) מֶרְחֲקֵי הַגּוּף	course (of events); run (of things)
Marheshvan, eighth מַרְחֶשְׁוָן, ז׳	מְרוּצָה, נ׳, ר׳, ־צוֹת race; running;
month of Hebrew calendar	double time; fast walk (mil.)
covered מַרְחֶשֶׁת, נ׳, ר׳, ־חֲשׁוֹת	מְרוּצֶּה, מְרֻצֶּה, ת״ז, ־צָּה, ת״נ
frying pan	satisfied; agreable
to pluck hair, feathers; מָרַט, פ״י	מְרוּצָע, מְרֻצָּע, ת״ז, ־צַעַת, ת״נ
to polish	striped
to make threadbare, מִרְטֵט, פ״י	מְרוּצָּף, מְרֻצָּף, ת״ז, ־צֶפֶת, ת״נ
to wear out	floored, tiled
rebelliousness; refractoriness מְרִי, ז׳	מָרוּק, ת״ז, ־קָה, ת״נ polished,
bitter words מְרִי שִׂיחַ	shined
fatling (cattle); מְרִיא, ז׳, ר׳, ־אִים	מֵרוּק, ז׳, ר׳, ־קִים polishing,
devil	rubbing; cleansing
fighter; מֵרִיב, ז׳, ר׳, מְרִיבִים	מְרוּקָם, מְרֻקָּם, ת״ז, ־קֶמֶת, ת״נ
disputant; adversary	embroidered
quarrel, strife מְרִיבָה, נ׳, ר׳, ־בוֹת	מָרוֹר, ז׳, ר׳, מְרוֹרִים bitter herbs;
quarrelsome מְרִיבִי, ת״ז, ־בִית, ת״נ	horse-radish
mutiny, מְרִידָה, נ׳, ר׳, ־דוֹת	מְרוֹרָה, מְרֵרָה, נ׳, ר׳, ־רוֹת
rebellion	bitterness; bitter; venom
unction, מְרִיחָה, נ׳, ר׳, ־חוֹת	מְרוּשָּׁל, מְרֻשָּׁל, ת״ז, ־שֶּׁלֶת, ת״נ
smearing, spreading (butter)	careless, negligent
plucking מְרִיטָה, נ׳, ר׳, ־טוֹת	מְרוּתָּךְ, מְרֻתָּךְ, ת״ז, ־תֶּכֶת, ת״נ
stirring, mixing מְרִיסָה, נ׳, ר׳, ־סוֹת	welded
starter (games) מֵרִיץ, ז׳, ר׳, ־רִיצִים	מָרוּת, נ׳ authority, rule
running; מְרִיצָה, נ׳, ר׳, ־צוֹת	מַרְזֵב, ז׳, ר׳, ־זְבִים gutter spout
wheelbarrow; handcart	מַרְזֵחַ, ז׳, ר׳, ־זְחִים revelry
velocity מְרִיצוּת, נ׳	saloon, pub, bar בֵּית מַרְזֵחַ

melancholy מָרָה שְׁחוֹרָה	place of rest מַרְגּוֹעַ, ז'
מְרֻהָט, מְרוֹהָט, ת"ז, ־הֶטֶת, ת"נ furnished	excited; מְרֻגָּז, מוּרְגָּז, ת"ז, ־גֶּזֶת, ת"נ nervous, irritated
מְרֻבָּב, מְרֻבָּב, ת"ז, ־בֶּבֶת, ת"נ stained; thousand fold, myriad	מְרֻגָּל, מוּרְגָּל, ת"ז, ־גֶּלֶת, ת"נ accustomed
much, מְרֻבֶּה, מְרֻבֶּה, ת"ז, ־בָּה, ת"נ many	spy מְרַגֵּל, ז', ר', ־גְּלִים
מְרֻבָּע, מְרֻבָּע, ז', ר', ־עִים, ת"ז square, quadrangular	foot of bedstead; מַרְגְּלוֹת, ז"ר foot of mountain
wretchedness מָרוּד, ז', ר', מְרוּדִים	pearl מַרְגָּלִית, נ', ר', ־לִיּוֹת
wretched; מָרוּד, ת"ז, מְרוּדָה, ת"נ miserable; homeless; very poor	catapult; מַרְגֵּמָה, נ', ר', ־מוֹת howitzer
salvia; sage מַרְוָה, נ', ר', ־וֹת	dandelion מַרְגָּנִית, נ', ר', ־נִיּוֹת
מְרוֹהָט, מְרֻהָט, ת"ז, ־הֶטֶת, ת"נ furnished	rest, quiet, repose מַרְגֵּעָה, נ'
feeling מְרֻגָּשׁ, מוּרְגָּשׁ, ת"ז, ־גֶּשֶׁת, ת"נ perceived	felt, מַרְגָּשָׁה, נ', ר', ־שׁוֹת
spacious, roomy מְרֻוָּח, מְרֻוָּח, ת"ז, ־וַחַת, ת"נ	rebellion, revolt מֶרֶד, ז', ר', מְרָדִים
spread, smeared מָרוּחַ, ת"ז, מְרוּחָה, ת"נ	to rebel, revolt מָרַד, פ"ע
annointing, ointment מָרוּחַ, ז'	to incite, make הִמְרִיד, פ"י rebellious
distance; מֶרְוָח, ז', ר', ־חִים empty space	מְרֻדָּד, מְרוּדָּד, ת"ז, ־דֶּדֶת, ת"נ flattened
respite מַרְוָח, ז', ר', ־חִים	baker's shovel, מַרְדֶּה, ז', ר', ־דִּים peel
מְרֻוָּח, מְרֻוָּח, ת"ז, ־וַחַת, ת"נ spacious, roomy	punishment; מַרְדּוּת, נ', ר', ־דֻיּוֹת remorse; rebelliousness
plucked; מָרוּט, ת"ז, מְרוּטָה, ת"נ polished	pack-saddle מַרְדַּעַת, נ', ר', ־דְּעוֹת
מְרֻכָּךְ, מְרֻכָּךְ, ת"ז, ־כֶּכֶת, ת"נ softened	persecutor מַרְדָּף, ז', ר', ־פִים
מְרֻכָּז, מְרֻכָּז, ת"ז, ־כֶּזֶת, ת"נ centralized; concentrated; centered	persecuted מֻרְדָּף, ת"ז, ־דֶּפֶת, ת"נ
height; מָרוֹם, ז', ר', מְרוֹמִים, ־מוֹת mountain peak; elevation, heaven	to be disobedient, מָרָה, פ"ע refractory, rebellious
deceived; fooled מְרֻמֶּה, מְרֻמֶּה, ת"ז, ־מָה, ת"נ	to argue; to rebel; הִמְרָה, פ"י to wager; to stuff
elevated, exalted מְרוֹמָם, מְרֻמָם, ת"ז, ־מֶמֶת, ת"נ	bitterness מֹרָה, מָרָה, נ'
flock; מָרוֹן, מָרֹן, ז', ר', בְּנֵי־מָרֹן band	grief, bitterness; מָרַת נֶפֶשׁ, נ' dissatisfaction
	gall; bile; מָרָה, נ', ר', ־רוֹת bitterness

מַר, ז׳, ר׳, מָרִים mister; sir; bitterness; drop	**מְקֹרָא, ז׳, ר׳, ־אִים** guest (at table)
מֹר, ז׳ myrrh	**מִקְרָאָה, נ׳, ר׳, ־אוֹת** chrestomathy, reader (book)
[מרא] הִמְרִיא, פ״ע to soar, fly high; to fatten, stuff	**מִקְרֶה, ז׳, ר׳, ־דִים** chance; accident; event; case
מַרְאָה, ז׳, ר׳, ־אִים, ־אוֹת sight; image; view; appearance; vision	**מְקָרָה, נ׳, ר׳, ־רוֹת** cooling chamber, refrigerating room; icebox, refrigerator
מַרְאֵה מָקוֹם reference	
מַרְאָה, נ׳, ר׳, ־אוֹת vision; mirror	**מְקָרֶה, ז׳, ר׳, ־דִים** ceiling; roof beams
מַרְאוֹת הַשֶּׁבַע phenomenon	
חָכְמַת הַמַּרְאוֹת optics	**מִקְרִי, ת״ז, ־רִית, ת״נ** accidental
מֻרְאָה נ׳, ר׳, ־אוֹת (bird's) crop	**מִקְרִיּוּת, נ׳** casualness
מַרְאִית, נ׳, ר׳, ־אִיּוֹת view; sight (of eyes)	**מַקְרִין, ז׳, ר׳, ־נִים** X-ray unit; horned snake
מַרְאִית עַיִן appearance, semblance	**מַקְרֵן, ז׳, ר׳, ־רְנִים** radiator
מֵרֹאשׁ, תה״פ from the beginning, from the start	**מִקְרֶצֶת, נ׳, ר׳, ־רָצוֹת** a quantity of dough for making loaf
מְרַאֲשׁוֹת, נ״ר head board; pillow, bolster	**מְקַרְקְעִים, ־ן, ז״ר** landed property; real estate
מְרֻבָּב, מְרוּבָּב, ת״ז, ־בֶּבֶת, ת״נ stained; thousand fold, myriad	**מְקָרֵר, ז׳, ר׳, ־רְרִים** icebox; refrigerator
מַרְבַד, ז׳, ר׳, ־דִים bedding; carpet; bed-spread	**מָקַשׁ, פ״י** to mine (a field)
מִרְבָּה, נ׳, ר׳, ־בּוֹת amplitude	**מִקְשָׁאָה, נ׳, ר׳, ־אוֹת** cucumber or melon field
מַרְבֶּה, ז׳, ר׳, ־בִּים a lot	**מִקְשָׁה נ׳, ר׳, ־שׁוֹת** metal work
מַרְבֵּה רַגְלַיִם milliped	**מִקְשֶׁה, ז׳, ר׳, ־שִׁים** hair-do
מְרֻבֶּה, מְרוּבֶּה, ת״ז, ־בָּה, ת״נ numerous, frequent	**מִקְשֶׁה, ת״ז, ־שָׁית, ת״נ** hard, difficult
מַרְבִּית, נ׳, ר׳, ־יוֹת interest (on money), usury; the greatest part, largest number, increment	**מַקְשֶׁה, ז׳, ר׳, ־שִׁים** one who debates, questions, argues, raises difficulties
מָרְבָּךְ, מוּרְבָּךְ, ת״ז, ־בֶּכֶת, ת״נ well-mixed	**מַקְשָׁן, ז׳, ר׳, ־נִים** arguer, reasoner
מְרֻבָּע, מְרוּבָּע, ז׳, ר׳, ־עִים; ת״ז square, quadrangular	**מְקֻשְׁקָשׁ, מְקוּשְׁקָשׁ, ת״ז, ־קֶשֶׁת, ת״נ** tasteless; confused
מַרְבֵּץ, מִרְבָּץ, ז׳, ר׳, ־צִים lair	**מְקֻשָּׁר, מְקוּשָּׁר, ת״ז, ־שֶׁרֶת, ת״נ** connected, attached
מַרְבֵּק, ז׳, ר׳, ־בְקִים stable; stall (for calves)	**מַר, ת״ז, מָרָה, ת״נ** bitter, embittered; cruel, violent

circle; periphery; circumference	מַקִּיף, ז' ר', –פִים
walking stick; rod	מַקֵּל, ז', ר', מַקְלוֹת
roasting place, hearth	מִקְלֶה, ז', ר', –לִים
shower	מִקְלַחַת, נ', ר', –לָחוֹת
shelter, refuge, asylum; murderer's hiding place	מִקְלָט, ז', ר', –טִים
receiver (for radio, television)	מַקְלֵט, ז', ר', –טִים
recorded	מֻקְלָט, מוּקְלָט, ת"ז, –לֶטֶת, ת"נ
tape recorder	מַקְלִיטוֹן, ז', ר', –נִים
cursed	מְקֻלָּל, מְקוּלָּל, ת"ז, –לֶלֶת, ת"נ
machine-gun	מַקְלֵעַ, ז', ר', –עִים
Tommy gun, submachine gun	תַּת־מַקְלֵעַ
gunner	מְקַלֵּעַ, ז', ר', –לְעִים
braid, plait	מִקְלָעָה, נ', ר', –עוֹת
bas-relief; carved work; plait (of hair)	מִקְלַעַת, נ', ר', –לָעוֹת
peeled	מְקֻלָּף, מְקוּלָּף, ת"ז, –לֶפֶת, ת"נ
spoiled	מְקֻלְקָל, מְקוּלְקָל, ת"ז, –קֶלֶת, ת"נ
wrinkled	מְקֻמָּט, מְקוּמָּט, ת"ז, –מֶטֶת, ת"נ
to dissolve; to get weak, pine away; to rot	[מקמם] הִתְמַקְמֵק, פ"ע
convex; vaulted	מְקֻמָּר, מְקוּמָּר, ת"ז, –מֶרֶת, ת"נ
cattle; herd; property	מִקְנֶה, ז', ר', –נִים
purchase; purchase price	מִקְנָה, נ', ר', –נוֹת
bill of sale	סֵפֶר הַמִּקְנָה

wonderful, fascinating	מַקְסִים, ת"ז, –מָה, ת"נ
magic, charm	מִקְסָם, ז', ר', –מִים
concave	מְקֹעָר, מְקוֹעָר, ת"ז, –עֶרֶת, ת"נ
hyphen	מַקָּף, מַקֵּף, ז', ר', מַקָּפִים, מַקֵּפִים
surrounded; hyphenated	מֻקָּף, ת"ז, –קֶפֶת, ת"נ
porridge; aspic, jellied dish	מִקְפָּא, מִקְפָּה, נ', ר', –פָּאוֹת, –פוֹת
impaired, curtailed; discriminated against	מְקֻפָּח, מְקוּפָּח, ת"ז, –פַּחַת ת"נ
gelatin	מִקְפִּית, נ'
folded	מְקֻפָּל, מְקוּפָּל, ת"ז, –פֶּלֶת, ת"נ
diving board	מַקְפֵּצָה, נ', ר', –צוֹת
rhythm, meter	מִקְצָב, ז', ר', –בִים
corner; angle; profession	מִקְצוֹעַ, ז', ר', –עוֹת, –עִים
carpenter's plane	מַקְצוּעָה, נ', ר', –עוֹת
professionalization	מִקְצוֹעִיּוּת, נ'
frosting (cake)	מִקְצֶפֶת, נ', ר', –צָפוֹת
shortened, abbreviated	מְקֻצָּר, מְקוּצָּר, ת"ז, –צֶרֶת, ת"נ
mowing machine, combine	מַקְצֵרָה, נ', ר', –רוֹת
to fester, rot; to become weak; to molder, pine away	[מקק] נָמַק
to crumble; to dissolve	הֵמִיק, פ"י
to fall apart; to be dissolved	הוּמַק, פ"ע
worm; bookworm	מַקָּק, ז', ר', –קִים
gangrene	מֶקֶק, ז'
reading matter; Bible; recitation; convocation	מִקְרָא, ז', ר', –אִים, –אוֹת, –רָיוֹת

choir, chorus	מַקְהֵלָה, נ׳, ר׳, ־לוֹת
concave	מְקֻבָּב, מְקֻבֶּבֶת, ת״ז, ־בֶּבֶת, ת״נ
cobbler's awl	מַקּוֹב, ז׳, ר׳, ־בִים
accepted; mystic; cabalistic	מְקֻבָּל, מְקֻבֶּלֶת, ת״ז, ־בֶּלֶת, ת״נ
gathered together, collected	מְקֻבָּץ, מְקֻבֶּצֶת, ת״ז, ־בֶּצֶת, ת״נ
focus	מִקּוּד, ז׳
sanctified	מְקֻדָּשׁ, מְקֻדֶּשֶׁת, ת״ז, ־דֶּשֶׁת, ת״נ
ritual bath; reservoir; hope	מִקְוֶה, ז׳, מִקְוָה, נ׳, ר׳, ־וִים, ־וֹות, ־וָאוֹת
bladder	מִקְוֵה הַשֶּׁתֶן
haggling, bargaining	מִקּוּחַ, ז׳
plucked	מְקֻשָּׁף, מְקֻשֶּׁפֶת, ת״ז, ־שֶּׁפֶת, ת״נ
sacrificed; burnt as incense	מְקֻטָּר, מְקֻטֶּרֶת, ת״ז, ־טֶרֶת, ת״נ
gramophone	מָקוֹלִית, נ׳, ר׳, ־לִיּוֹת
cursed	מְקֻלָּל, מְקֻלֶּלֶת, ת״ז, ־לֶּלֶת, ת״נ
peeled	מְקֻלָּף, מְקֻלֶּפֶת, ת״ז, ־לֶּפֶת, ת״נ
spoiled	מְקֻלְקָל, מְקֻלְקֶלֶת, ת״ז, ־קֶלֶת, ת״נ
place, locality; residence	מָקוֹם, ז׳, ר׳, מְקוֹמוֹת
in place of, instead of	בִּמְקוֹם
anyhow; in any case	מִכָּל מָקוֹם
wrinkled	מְקֻמָּט, מְקֻמֶּטֶת, ת״ז, ־מֶטֶת, ת״נ
local	מְקוֹמִי, ת״ז, ־מִית, ת״נ
convex; vaulted	מְקֻמָּר, מְקֻמֶּרֶת, ת״ז, ־מֶרֶת, ת״נ
mourner	מְקוֹנֵן, ז׳, ר׳, ־נְנִים
concave	מְקֹעָר, מְקֹעֶרֶת, ת״ז, ־עֶרֶת, ת״נ

impaired, curtailed; discriminated against	מְקֻפָּח, מְקֻפַּחַת, ת״ז, ־פַּחַת, ת״נ
folded	מְקֻפָּל, מְקֻפֶּלֶת, ת״ז, ־פֶּלֶת, ת״נ
shortened, abbreviated	מְקֻצָּר, מְקֻצֶּרֶת, ת״ז, ־צֶרֶת, ת״נ
source; spring, fountain; infinitive (gram.); origin	מָקוֹר, ז׳, ר׳, מְקוֹרוֹת
trigger; bill, bird's beak	מַקּוֹר, ז׳, ר׳, ־רִים
geranium	מַקּוֹר הַחֲסִידָה, ז׳
original	מְקוֹרִי, ת״ז, ־רִית, ת״נ
originality	מְקוֹרִיּוּת, נ׳
gong	מַקּוֹשׁ, ז׳, ר׳, ־שִׁים
tasteless; confused	מְקֻשְׁקָשׁ, מְקֻשְׁקֶשֶׁת, ת״ז, ־קֶשֶׁת, ת״נ
connected, attached	מְקֻשָּׁר, מְקֻשֶּׁרֶת, ת״ז, ־שֶּׁרֶת, ת״נ
purchasing; bought object; receiving, taking	מֶקַח, ז׳, ר׳, ־חוֹת, ־חִים
bribe	מֶקַח שֹׁחַד
trade	מֶקַח וּמִמְכָּר
to bargain, haggle	עָמַד עַל הַמֶּקַח
merchandise	מִקָּחָה, נ׳, ר׳, ־חוֹת
plucked	מְקֹשָׁף, מְקֻשָּׁף, ת״ז, ־שֶּׁפֶת, ת״נ
long-handled instrument for picking fruit	מַקְטְפָה, נ׳, ר׳, ־פוֹת
incense	מִקְטָר, ז׳, ר׳, ־רִים
sacrificed; burnt as incense	מְקֻטָּר, מְקֻטֶּרֶת, ת״ז, ־טֶרֶת, ת״נ
prosecutor	מְקַטְרֵג, ז׳, ר׳, ־רְגִים
smoking jacket	מִקְטֹרֶן, ז׳, ר׳, ־טֹרָנִים
censer; pipe (for smoking)	מִקְטֶרֶת, נ׳, ר׳, ־טָרוֹת
clown	מָקיוֹן, מוּקְיוֹן, ז׳, ר׳, ־נִים

מַצְנֵחַ, ז׳, ר׳, ־נְחִים — parachute

מִצְנֶפֶת, נ׳, ר׳, ־נָפוֹת — headgear; turban

מְצֻנָּן, מְצוּנָן, ת״ז, ־נֶנֶת, ת״נ — cooled; having a cold

מָצְנָע, מוּצְנָע, ת״ז, ־נַעַת, ת״נ — hidden; retired

מִצְנֶפֶת, נ׳, ר׳, ־נָפוֹת — cap, turban

מַצָּע, ז׳, ר׳, ־עוֹת, ־עִים — bedding; couch; substratum

מָצַע, פ״י — to divide in two

מֻצָּע, מוּצָּע, ת״ז, ־צַעַת, ת״נ — proposed; bedded

מִצְעָד, ז׳, ר׳, ־דִים — pacing; parade; display

מְצֻעָף, מְצוּעָף, ת״ז, ־עֶפֶת, ת״נ — veiled

מִצְעָר, ז׳ — small thing; fewness

לְמִצְעָר — at least

מִצְפֶּה, ז׳, ר׳, ־פִּים — watchtower; observatory

מְצַפֶּה, ז׳, ר׳, ־פִּים — watchman; observer

מַצְפּוּן, ז׳, ר׳, ־נִים — hiding place; hidden object; conscience

מַצְפֵּן, ז׳, ר׳, ־פָּנִים — compass

מָצַץ, פ״י — to suck

מָצַק, פ״י — to pour; to distill

נִמְצַק, פ״ע — to be, get distilled

מַצֶּקֶת, נ׳, ר׳, מַצָּקוֹת — ladle

מֵצֶר, ז׳, ר׳, מְצָרִים — distress; isthmus

מֶצֶר, ז׳, ר׳, מְצָרִים — boundary

מָצַר, פ״י — to fix boundaries; to twist

מִצְרִי, ת״ז, ־רִית, ת״נ — Egyptian

מִצְרָךְ, ז׳, ר׳, ־כִים — necessity

מְצֹרָע, מְצוֹרָע, ת״ז, ־רַעַת, ת״נ — leprous

מַצְרֵף, ז׳, ר׳, ־רְפִים — melting pot, crucible

מְצֹרָף, מְצוֹרָף, ת״ז, ־רֶפֶת, ת״נ — purified; joined

מָק, ז׳ — decay, rottenness

מַקָּב, ז׳, ר׳, ־בִים — punch; perforator

מְקֻבָּב, מְקוּבָּב, ת״ז, ־בֶּבֶת, ת״נ — concave

מַקְבִּיל, ת״ז, ־לָה, ת״נ — parallel; opposite

מַקְבִּילוֹן, ז׳, ר׳, ־נִים — parallelogram

מַקְבִּילַיִם, ז״ר — exercise bars, parallel bars

מְקַבֵּל, ז׳, ר׳, ־בְּלִים — container, receptacle, receiver

מְקֻבָּל, מְקוּבָּל, ת״ז, ־בֶּלֶת, ת״נ — accepted; mystic, cabalistic

מְקֻבָּל, ז׳, ר׳, ־לִים — cabalist, mystic

מְקֻבָּץ, ת״ז, ־בֶּצֶת, ת״נ — sum drawn together, collected

מַקֶּבֶת, נ׳, ר׳, ־קָבוֹת — sledge hammer, mallet

מַקְדֵּד, ז׳, ר׳, ־דְּדִים — borer

מִקְדָּה, נ׳, ר׳, ־דוֹת — potsherd; goblet

מַקְדֵּחָה, נ׳, ר׳, ־דוֹת — cobbler's punch tongs

מַקְדֵּחַ, ז׳, מַקְדֵּחָה, נ׳, ר׳, ־דְּחִים, ־דְּחוֹת — borer, drill; flint iron

מִקְדָּם, ז׳, ר׳, ־דָּמִים — coefficient

מֻקְדָּם, מוּקְדָּם, ת״ז, ־דֶּמֶת, ת״נ — early

בְּמֻקְדָּם, תה״פ — earlier, in advance

מִקְדָּמָה, נ׳, ר׳, ־מוֹת — deposit

מִקְדָּשׁ, ז׳, ר׳, ־דָּשִׁים, ־דְּשׁוֹת — sanctuary, temple

בֵּית הַמִּקְדָּשׁ — the Temple

מְקֻדָּשׁ, מְקוּדָּשׁ, ת״ז, ־דֶּשֶׁת, ת״נ — sanctified

מֻקְדָּשׁ, מוּקְדָּשׁ, ת״ז, ־דֶּשֶׁת, ת״נ — devoted, dedicated

מַקְהֵל, ז׳, ר׳, ־לִים — assembly

finding; מְצִיאָה, נ׳, ר׳, ־אוֹת	depth, bottom מְצוּלָה, נ׳, ר׳, ־לוֹת
bargain, cheap buy	of sea; fish pond
existence; מְצִיאוּת, נ׳, ר׳, ־אֻיּוֹת	mire, muck, mud יְוֵן מְצוּלָה
essence; universe; reality	מְצוּלָם, מְצֻלָּם, ת״ז, ־לֶמֶת, ת״נ
realistic, מְצִיאוּתִי, ת״ז, ־תִית, ת״נ	photographed
actual	מְצוּמְצָם, מְצֻמְצָם, ת״ז, ־צֶמֶת, ת״נ
מְצֻיָּד, מְצוּיָד, ת״ז, ־יֶדֶת, ת״נ	limited; restricted; curtailed
provisioned, equipped	מְצוּמָּק, מְצֻמָּק, ת״ז, ־מֶּקֶת, ת״נ
savior; lifeguard מַצִּיל, ז׳, ר׳, ־לִים	shriveled up
excellent; מְצֻיָּן, מְצוּיָן, ת״ז, ־יֶנֶת, ת״נ	cooled; מְצוּנָּן, מְצֻנָּן, ת״ז, ־נֶנֶת, ת״נ
distinguished	having a cold
sucking מְצִיצָה, נ׳, ר׳, ־צוֹת	middle, midst; מְצוּעַ, ז׳, ר׳, ־עִים
oppressor מֵצִיק, ז׳, ר׳, ־קִים	average; compromise
מְצֻיָּר, מְצוּיָר, ת״ז, ־יֶרֶת, ת״נ	veiled מְצוּעָף, מְצֻעָף, ת״ז, ־עֶפֶת, ת״נ
Illustrated	float מָצוֹף, ז׳, ר׳, מְצוֹפִים
lighter מַצִּית, ז׳, ר׳, ־תִים	mouthpiece מְצוֹפִית, נ׳, ר׳, ־פִיּוֹת
whey מֵצֶל, ז׳	(of musical instrument)
shady מֵצֵל, ת״ז, מְצֵלָה, ת״נ	squeezed מָצוּץ, ת״ז, מְצוּצָה, ת״נ
מַצְלָח, מוּצְלָח, ת״ז, ־לַחַת, ת״נ	anguish; straits; distress מָצוֹק, ז׳
fortunate; successful	pillar; foundation מָצוּק, ז׳, ר׳, ־קִים
successful person מַצְלִיחַ, ז׳, ר׳, ־חִים	narrow; erect מָצוּק, ת״ז, ־קָה, ת״נ
whipper מַצְלִיף, ז׳, ר׳, ־פִים	solidification מִצּוּק, ז׳
tuning fork מַצְלֵל, ז׳, ר׳, ־לִים	distress; מְצוּקָה, נ׳, ר׳, ־קוֹת
מְצֻלָּם, מְצוּלָם, ת״ז, ־לֶמֶת, ת״נ	hardship; tightness
photographed	siege, beleaguerment; מָצוֹר, ז׳
camera מַצְלֵמָה, נ׳, ר׳, ־מוֹת	boundary; distress
polygon מְצֻלָּע, ז׳, ר׳, ־עִים	fortress מְצוּרָה, נ׳, ר׳, ־רוֹת
fly swatter מַצְלֵף, ז׳, ר׳, ־לְפִים	מְצוֹרָע, מְצֹרָע, ת״ז, ־רַעַת, ת״נ
coins, money מְצַלְצְלִים, ז״ר	leprous
cymbals מְצִלְתַּיִם, ז״ז	מְצוֹרָף, מְצֹרָף, ת״ז, ־רֶפֶת, ת״נ
clutch; coupling מַצְמֵד, ז׳, ר׳, ־דִים	purified; joined
wink (of eye) מִצְמוּץ, ז׳, ר׳, ־צִים	strife, contention מַצּוּת, נ׳
to wink (eyes); to rinse, מִצְמֵץ, פ״י	brow, forehead מֵצַח, ז׳, ר׳, מְצָחִים
wash (mouth); to purge	effrontery מֵצַח עַזּוּת
מְצֻמְצָם, מְצוּמְצָם, ת״ז, ־צֶמֶת, ת״נ	brazen impudence מֵצַח נְחוּשָׁה
limited; restricted; curtailed	greave; visor מִצְחָה, נ׳, ר׳, ־חוֹת
מְצֻמָּק, מְצוּמָּק, ת״ז, ־מֶּקֶת, ת״נ	מְצֻחְצָח, מְצוּחְצָח, ת״ז, ־צַחַת, ת״נ
shriveled up	polished

partisan	מְצַדֵּד, ז', ר', ־דְדִים
mountain	מְצָדָה, נ', ר', ־דוֹת
fortress	
	מָצְדָּק, מוּצְדָּק, ת"ז, ־דֶּקֶת, ת"נ
justified	
to wring out; to drink	מָצָה, פ"י
(to last drop)	
to be wrung out	נִמְצָה, פ"ע
to drain, wring,	מִצָּה, פ"י
squeeze out; to exhaust	
to drip out	הִתְמַצָּה, פ"ע
matzah, un-	מַצָּה, נ', ר', ־צּוֹת
leavened bread; strife,	
petty quarrel	
raw, untanned hide	עוֹר מַצָּה
neighing;	מִצְהָלָה, נ', ר', ־לוֹת
snorting; shout of joy	
hunting,	מָצוֹד, ז', ר', מְצוֹדִים
catching; fish net	
fortress;	מְצוּדָה, נ', ר', ־דוֹת
enclosure	
trap; fish net	מְצוֹדָה, נ', ר', ־דוֹת
command; order;	מִצְוָה, נ', ר', ־וֹת
charity; (deed of) merit	
bar mizvah	בַּר־מִצְוָה
confirmation	בַּת־מִצְוָה
	מְצוּחְצָח, מְצֻחְצָח, ת"ז, ־צַחַת, ת"נ
polished	
squeezing,	מִצּוּי, ז', ר', ־יִים
wringing out	
available;	מָצוּי, ת"ז, מְצוּיָה, ת"נ
accessible	
	מְצוּיָּד, מְצֻיָּד, ת"ז, ־יֶּדֶת, ת"נ
provisioned, equipped	
excellent;	מְצוּיָּן, מְצֻיָּן, ת"ז, ־יֶּנֶת, ת"נ
distinguished	
	מְצוּיָּר, מְצֻיָּר, ת"ז, ־יֶּרֶת, ת"נ
illustrated	
shirt opening	מִפְתַּח חָלוּק
carver;	מְפַתֵּחַ, ז', ר', ־תְּחִים
engraver; developer	
surprising	מַפְתִּיעַ, ת"ז, ־עָה, ת"נ
threshold	מִפְתָּן, ז', ר', ־נִים, ־נוֹת
chaff	מֹץ, מוֹץ, ז'
to churn, beat	מָץ, פ"י, ע' [מיץ]
oppressor	מֵץ, ז', ר', ־צִים
to find; to meet someone	מָצָא, פ"י
to find favor; to please	מָצָא חֵן
to dare	מָצָא לֵב
to be found;	נִמְצָא, פ"ע
to exist; to be present	
to furnish, supply with;	הִמְצִיא, פ"י
to cause to find; to invent	
to be supplied with;	הֻמְצָא, פ"ע
to be invented; created	
condition;	מַצָּב, ז', ר', ־בִים
position; situation; disposition;	
state of mind	מַצַּב רוּחַ
elevation (mil.);	מַצָּב, ז', ר', ־בִים
entrenchment, post (mil.);	
monument	
monument;	מַצֵּבָה, נ', ר', ־בוֹת
statue; tombstone	
tumor	מַצֶּבֶה, ז', ר', ־בִּים
paintbrush	מַצְבּוֹעַ, ז', ר', ־עִים
cobbler's tongs	מַצְבָּטַיִם, ז"ז
commander-in-	מַצְבִּיא, ז', ר', ־אִים
chief	
dyer's shop	מִצְבָּעָה, נ', ר', ־עוֹת
accumulator	מַצְבֵּר, ז', ר', ־בְּרִים
(elec.)	
presented;	מָצָּג, מוּצָּג, ת"ז, ־צֶּנֶת, ת"נ
exhibited	
exhibit,	מַצָּג, מוּצָּג, ז', ר', ־גִים
display	
railroad siding	מִצָּד, ז', ר', ־דִים

מִפְלֶצֶת, נ', ר', ־לָצוֹת — monster; object of horror

מִפְלָשׁ, ז', ר', ־שִׁים — passage; opening; diffusion

מַפֶּלֶת, נ', ר', ־פּוֹלוֹת — ruin; ruin of building; debris

מִפְנֶה, ז', ר', ־נִים — turning point

מִפְּנֵי, מ"י — because of

מְפֻנָּק, מְפוּנָּק, ת"ז, ־נֶּקֶת, ת"נ — pampered; spoiled

מַפְסִיק, ז', ר', ־קִים — one who interrupts; distributor (in auto)

מַפְסֶלֶת, נ', ר', ־סָלוֹת — chisel

מִפְעָל, ז', מִפְעָלָה, נ', ר', ־לִים, ־לוֹת — deed; project, undertaking

מִפְעָם, ז', ר', ־מִים — tempo

מַפָּץ, ז', ר', ־צִים — breaking; shattering

מַפֵּץ, ז', ר', ־מַפְּצִים — hammer; club

מַפְצֵחַ, ז', ר', ־צְחִים — nutcracker

מִפְצָר, ז', ר', ־רִים — entreaty; insistence

מִפְקָד, ז', ר', ־דִים — census; counting, order

מְפַקֵּד, ז', ר', ־קְדִים — commander

מְפַקֵּחַ, ז', ר', ־קְחִים — supervisor; trustee

מַפְקִיד, ז', ר', ־דִים — depositor

מֻפְקָע, מופְקָע, ת"ז, ־קַעַת, ת"נ — raised (in price); expropriated for public domain

מְפֻקְפָּק, מְפוּקְפָּק, ת"ז, ־פֶּקֶת, ת"נ — doubtful

מֻפְרָד, מופְרָד, ת"ז, ־רֶדֶת, ת"נ — separated

מַפְרֵדָה, נ', ר', ־דוֹת — centrifuge

מֻפְרָז, מופְרָז, ת"ז, ־רֶזֶת, ת"נ — open (city); demilitarized

---

מְפֹרָט, מְפוֹרָט, ת"ז, ־רֶטֶת, ת"נ — detailed

מַפְרִיס, ת"ז, ־סָה, ת"נ — hoofed

מֻפְרָךְ, ת"ז, ־רֶכֶת, ת"נ — refuted

מְפֻרְכָּס, מְפוּרְכָּס, ת"ז, ־כֶּסֶת, ת"נ — decorated; painted

מְפַרְנֵס, ז', ר', ־נְסִים — provider, breadwinner

מְפֻרְסָם, מְפוּרְסָם, ת"ז, ־סֶמֶת, ת"נ — famous

מִפְרָסָמוֹת, נ"ר — axiom(s); self-evident truth(s)

(מֵפְרֵעַ) לְמַפְרֵעַ, תה"פ — retrospectively; in advance

מִפְרָעָה, נ', ר', ־עוֹת — advance payment; on account

מִפְרָץ, ז', ר', ־צִים — bay

מִפְרָק, ז', ר', ־קִים — joint (anat.)

מַפְרֶקֶת, נ', ר', ־רָקוֹת — neck

מְפָרֵשׁ, ז', ר', ־רְשִׁים — commentator, exegete

מִפְרָשׂ, ז', ר', ־שִׂים — sail

מְפֹרָשׁ, מְפוֹרָשׁ, ת"ז, ־רֶשֶׁת, ת"נ — commented upon; explained explicitly

בִּמְפֹרָשׁ, תה"פ — explicitly

מִפְרָשִׂית, נ', ר', ־שִׂיוֹת — sailboat

מֻפְשָׁט, מופְשָׁט, ת"ז, ־שֶׁטֶת, ת"נ — abstract

מִפְתּוּל, ז', ר', ־לִים — perversity

מְפֻתֶּה, מְפוּתֶּה, ת"ז, ־תָּה, ת"נ — seduced; enticed

מַפְתֵּחַ, ז', ר', ־חוֹת — key

מִפְתַּח הַלֵּב — breastbone, sternum

מַפְתֵּחַ (לְסֵפֶר) — index

מְפֻתָּח, מְפוּתָּח, ת"ז, ־תַּחַת, ת"נ — developed

מִפְתָּח, ז', ר', ־חִים — opening (of lips); opening

מְפַגֵּר, ת״ז, ־גֶּרֶת, ת״נ	tardy
מִפְגָּשׁ, ז׳, ר׳, ־שִׁים	rendezvous
מַפָּה, נ׳, ר׳, ־פּוֹת	map; tablecloth; flag
מַפִּית, נ׳, ר׳, ־יּוֹת	napkin
מְפוֹאָר, מְפֹאָר, ת״ז, ־אֶרֶת, ת״נ	magnificent
מְפוּנָּל, מְפֻנָּל, ת״ז, ־נֶּלֶת, ת״נ	denatured
מְפוּזָּר, מְפֻזָּר, ת״ז, ־זֶּרֶת, ת״נ	scattered, absent-minded
מַפּוּחַ, ז׳, ר׳, ־חִים	bellows
מַפּוּחוֹן, ז׳, ר׳, ־נִים	accordion
מַפּוּחִית, נ׳, ר׳, ־חִיּוֹת	harmonica
מְפוּחָם, מְפֻחָם, ת״ז, ־חֶמֶת, ת״נ	charred; electrocuted
מְפוּטָּם, מְפֻטָּם, ת״ז, ־טֶמֶת, ת״נ	fattened; stuffed
מִפּוּי, ז׳	cartography
מְפוּיָּס, מְפֻיָּס, ת״ז, ־יֶּסֶת, ת״נ	appeased
מְפוּלְפָּל, מְפֻלְפָּל, ת״ז, ־פֶּלֶת, ת״נ	peppered; witty
מְפוּנָּק, מְפֻנָּק, ת״ז, ־נֶּקֶת, ת״נ	spoiled, pampered
מְפוֹרָד, מְפֹרָד, ת״ז, ־רָדֶת, ת״נ	separated
מְפוֹרָז, מְפֹרָז, ת״ז, ־רָזֶת, ת״נ	open (city), demilitarized
מְפוֹרָט, מְפֹרָט, ת״ז, ־רֶטֶת, ת״נ	detailed
מְפוּרְכָּס, מְפֻרְכָּס, ת״ז, ־כֶּסֶת, ת״נ	decorated; painted
מְפוּרְסָם, מְפֻרְסָם, ת״ז, ־סֶמֶת, ת״נ	famous
מְפוֹרָשׁ, מְפֹרָשׁ, ת״ז, ־רֶשֶׁת, ת״נ	explained; commented upon
מְפוּתֶּה, מְפֻתֶּה, ת״ז, ־תָּה, ת״נ	seduced, enticed

מְפוּתָּח, מְפֻתָּח, ת״ז, ־תַּחַת, ת״נ	developed
מְפוּזָּר, מְפֻזָּר, ת״ז, ־זֶּרֶת, ת״נ	scattered; absent-minded
מַפָּח, ז׳, ר׳, ־חִים	sigh; deflation; flat tire
מַפָּח נֶפֶשׁ	disappointment
מַפָּח בֶּטֶן	swelling of the belly
מַפָּחָה, נ׳, ר׳, ־חוֹת	smithy
מְפוּחָם, מְפֻחָם, ת״ז, ־חֶמֶת, ת״נ	charred; electrocuted
מַפְטִיר, ז׳, ר׳, ־רִים	one who concludes, esp. the Reading of the Law (Torah); portion of Prophets read after Reading of the Law
מְפַטָּם, מְפֻטָּם, ת״ז, ־טֶמֶת, ת״נ	fattened; stuffed
מְפַיֵּס, מְפֻיָּס, ת״ז, ־יֶּסֶת, ת״נ	appeased
מַפִּיק, ז׳, ר׳, ־קִים	point in Heh at end of word
מַפָּל, ז׳, ר׳, ־לִים	waste, refuse
מַפַּל מַיִם	waterfall
מַפְלֵי בָשָׂר	flabby muscle
מְפֻלָּא, מוּפְלָא, ת״ז, ־אָה, ת״נ	wonderful
מִפְלָאָה, נ׳, ר׳, ־אוֹת	miracle
מֻפְלָג, מוּפְלָג, ת״ז, ־לֶגֶת, ת״נ	distinguished; exaggerated; expert; distant; great
מִפְלָגָה, נ׳, ר׳, ־גוֹת	political party; group; division
מַפָּלָה, נ׳, ר׳, ־לוֹת	ruin; downfall; calamity; defeat
מִפְלָט, ז׳, ר׳, ־טִים	refuge
מְפַלְפָּל, מְפֻלְפָּל, ת״ז, ־פֶּלֶת, ת״נ	peppered; witty

מַעְצוֹר, ז׳, ר׳, מַעְצוֹרִים hindrance; restraint; brake

מַעֲצָמָה, נ׳, ר׳, ־מוֹת great power

מַעְצָר, ז׳, ר׳, ־רִים restraint; detainment

מְעֻקָּב, ת״ז, ־קֶּבֶת, ת״נ cubic

מַעֲקֶה, ז׳, ר׳, ־קִים parapet; railing; balustrade

מַעֲקוֹף, ז׳, ר׳, ־פִים safety island

מַעֲקָל, ז׳, ר׳, ־לִים serpentine

מְעֻקָּם, מְעוּקָּם, ת״ז, ־קֶּמֶת, ת״נ crooked

מְעֻקָּף, מְעוּקָּף, ת״ז, ־קֶּפֶת, ת״נ by-passed

מַעֲקֵר, ז׳, ר׳, ־קְרִים sterilizer

מַעֲקָשׁ ז׳, ר׳, ־קַשִּׁים uneven, rough, hilly land; winding path

מַעַר, ז׳ pudenda; nakedness

מְעֹרָב, מְעוֹרָב, ת״ז, ־רֶבֶת, ת״נ mixed

מַעֲרָב, ז׳ west; merchandise

מַעֲרָבָה westward

מַעֲרָבִי, ת״ז, ־בִית, ת״נ western

מְעַרְבֵּל, ז׳, ר׳, ־לִים cement mixer

מְעַרְבֹּלֶת, נ׳, ־ר׳, ־בּוֹלוֹת whirlpool

מְעָרָה, נ׳, ר׳, ־רוֹת cave

מַעֲרֶה, ז׳, ר׳, ־רִים bare space

מַעֲרוֹךְ, ז׳, ר׳, ־כִים rolling pin; baker's board

מַעֲרִיב, ז׳ evening prayer

מַעֲרִיךְ, ז׳, ר׳, ־כִים assessor

מַעֲרִיץ, ז׳, ר׳, ־צִים admirer

מַעֲרָךְ, ז׳, ר׳, ־כִים plan, order, arrangement

מַעֲרָכָה, נ׳, ר׳, ־כוֹת order; battlefield; battle; battle line; act (*theat.*)

מַעֲרֶכֶת, נ׳, ר׳, ־רָכוֹת editorial staff; editor's office

מְעַרְעֵר, ז׳, ר׳, ־עֲרִים appellant

מְעֻרְפָּל, מְעוּרְפָּל, ת״ז, ־פֶּלֶת, ת״נ dark; not clear, vague

מַעֲרָצָה, נ׳, ר׳, ־צוֹת big ax

מַעַשׂ, ז׳, ר׳, מַעֲשִׂים action

מַעֲשֵׂבָה, נ׳, ר׳, ־בוֹת herbarium

מַעֲשֶׂה, ז׳, ר׳, ־שִׂים work; action; deed; event; tale

מַעֲשִׂי, ת״ז, ־שִׂית, ת״נ practical

מַעֲשִׂיָּה, נ׳, ר׳, ־יּוֹת fable; legend; short story

מְעֻשָּׁן, מְעוּשָּׁן, ת״ז, ־שֶּׁנֶת, ת״נ smoked; fumigated

מַעֲשֵׁנָה, נ׳, ר׳, ־נוֹת chimney; smokestack; ship's funnel

מַעֲשַׁקָּה, נ׳, ר׳, ־קוֹת extortion

מַעֲשֵׂר, ז׳, ר׳, מַעַשְׂרוֹת, מַעְשְׂרוֹת tithe; one-tenth

מְעֻשָּׂר, מְעוּשָּׂר, ת״ז, ־שֶּׂרֶת, ת״נ decagonal

מַעְתִּיק, ז׳, ר׳, ־קִים copyist; translator

מַעְתֵּק, ז׳, ר׳, ־קִים duplicator; hectograph

מַפַּאי, ז׳, ר׳, ־פָּאִים cartographer

מַפָּא״י, מִפְלֶגֶת פּוֹעֲלֵי אֶרֶץ יִשְׂרָאֵל Hebrew Workers of Israel Party

מְפֹאָר, מְפוֹאָר, ת״ז, ־אֶרֶת, ת״נ magnificent

מַפְגִּיעַ, ז׳, ר׳, ־עִים one who requests, urges

בְּמַפְגִּיעַ, תה״פ emphatically

מְפֻגָּל, מְפוּגָּל, ת״ז, ־גֶּלֶת, ת״נ denatured

כֹּהַל מְפֻגָּל denatured alcohol

מִפְגָּן, ז׳, ר׳, ־נִים parade

מִפְגָּע, ז׳, ר׳, ־עִים obstacle

מִפְגָּעָה, נ׳, ר׳, ־עוֹת melodrama

movement of bowels	הִלּוּךְ מֵעַיִם
slipping, falling	מְעִידָה, נ׳, ר׳, ־דוֹת
squeezing	מְעִיכָה, נ׳, ר׳, ־כוֹת
jacket, coat, topcoat, overcoat	מְעִיל, ז׳, ר׳, ־לִים
breach of faith; bad faith, perfidy; fraud	מְעִילָה, נ׳, ר׳, ־לוֹת
fountain; source; fontanel	מַעְיָן, ז׳, ר׳, ־יָנִים, ־יָנוֹת
thoughts	מַעְיָנִים, ז״ר
balanced	מְעֻיָּן, מְעוּיָּן, ־יֶנֶת, ת״נ
to break up; to squeeze	מָעַךְ, פ״י
to rub	מִעֵךְ, פ״י
to be squashed	נִמְעַךְ, פ״ע
to be pressed, squashed	מֹעַךְ, פ״ע
to be squashed, rubbed	נִתְמָעֵךְ, פ״ע
damaged spot in vessel	מֶעַךְ, ז׳, ר׳, ־כִים
digested; consumed	מְעֻכָּל, מְעוּכָּל, ת״ז, ־כֶּלֶת, ת״נ
fraud; disloyalty; breach of faith	מַעַל, ז׳
to be treacherous; to defraud	מָעַל, פ״ע
lifting up (of hands)	מֹעַל, ז׳
ascent; platform	מַעֲלֶה, ז׳, ר׳, ־לוֹת, ־לִים
step, staircase; degree; value; virtue	מַעֲלָה, נ׳, ר׳, ־לוֹת
up	מַעְלָה, תה״פ
upwards, upstairs	לְמַעְלָה
from above	מִלְמַעְלָה
song of ascents	שִׁיר הַמַּעֲלוֹת
His Excellency	הוֹד מַעֲלָתוֹ
first rate, excellent; prominent	מְעֻלֶּה, מְעוּלֶּה, ת״ז, ־לָה, ת״נ
elevator, lift	מַעֲלִית, נ׳, ר׳, ־לִיּוֹת

action	מַעֲלָל, ז׳, ר׳, ־לִים
way of standing; post; position; presence; class; situation	מַעֲמָד, ז׳, ר׳, ־דוֹת
in the presence of	בְּמַעֲמַד
position	מֶעֱמָד, ז׳, ר׳, ־דִים
	מָעֳמָד, מוּעֲמָד, ז׳, ר׳, ־דִים
candidate	
candidacy	מַעֲמָדוּת, נ׳
tonnage; load	מַעֲמָס, ז׳
loaded, burdened	מָעֳמָס, מְעוּמָּס, ת״ז, ־מֶסֶת, ת״נ
burden, load	מַעֲמָסָה, נ׳, ר׳, ־סוֹת
hazy	מְעֻמְעָם, מְעוּמְעָם, ת״ז, ־עֶמֶת, ת״נ
depth, depths	מַעֲמָק, ז׳, ר׳, ־מַקִּים
for the sake of	(מַעַן) לְמַעַן, מ״ח
for my sake, for your sake, etc.	לְמַעֲנִי, לְמַעֲנָךְ, וכו׳
address; purpose; answer	מַעַן, ז׳
answer	מַעֲנֶה, ז׳, ר׳, ־נִים
furrow	מַעֲנָה, נ׳, ר׳, ־נוֹת
suffering; tortured; fasting	מְעֻנֶּה, מְעוּנֶּה, ת״ז, ־נָּה, ת״נ
interested	מְעֻנְיָן, מְעוּנְיָן, ת״ז, ־יֶנֶת, ת״נ
interesting	מְעַנְיֵן, ת״ז, ־יֶנֶת, ת״נ
furrow	מַעֲנִית, נ׳, ר׳, ־נִיּוֹת
cloudy	מְעֻנָּן, מְעוּנָּן, ת״ז, ־נֶנֶת, ת״נ
bonus; grant-in-aid	מַעֲנָק, ז׳, ר׳, ־קִים
daring	מַעְפִּיל, ז׳, ר׳, ־לִים
overalls, duster, smock	מַעֲפֹרֶת, נ׳, ר׳, ־פֹרוֹת
pain; sorrow	מַעֲצֵב, ז׳, מַעֲצֵבָה, נ׳, ר׳, ־בִים, ־בוֹת
nerve-racking	מְעַצְבֵּן, ת״ז, ־בֶּנֶת, ת״נ
adz, ax	מַעֲצָד, ז׳, ר׳, ־דִים

מְעוּרְפָּל, מְעָרְפָּל, ת״ז, ־פֶּלֶת, ת״נ	מָעוֹז, ז׳, ר׳, מְעֻזִּים fortress; rock;
dark; not clear, vague	protection; strength
מְעוֹרֵר, ז׳, ר׳, ־דְרִים tempter;	מִעוּט, ז׳, ר׳, ־טִים minority;
awakener; alarmer	limitation; ebb
שְׁעוֹן מְעוֹרֵר alarm clock	מְעוּטָּף, מְעֻטָּף, ת״ז, ־טֶפֶת, ת״נ
מְעוּשָּׁן, מְעֻשָּׁן, ת״ז, ־שֶּׁנֶת, ת״נ	covered; wrapped
smoked, fumigated	מְעוּיָּן, מְעֻיָּן, ת״ז, ־יֶּנֶת, ת״נ balanced
מְעוּשָּׂר, מְעֻשָּׂר, ת״ז, ־שֶּׂרֶת, ת״נ	מָעוּךְ, ז׳, ר׳, ־כִים bruising;
decagonal	squeezing
מָעוֹת, נ״ר, ע׳ מָעָה change (money)	מְעוּכָּל, מְעֻכָּל, ת״ז, ־כֶּלֶת, ת״נ
מְעֻוָּת, מְעוּוָּת, ת״ז, ־וֶּתֶת, ת״נ	digested, consumed
crooked; spoiled	מְעוּלֶּה, מְעֻלֶּה, ת״ז, ־לָּה, ת״נ first
מָעוֹז, מָעוּז, ז׳, ר׳, ־זִים rock,	rate, excellent; prominent
fortress; protection; strength	מְעוּמָּם, מְעֻמָּם, ת״ז, ־מֶּסֶת, ת״נ
מָעוֹן, ז׳, ר׳, מָעֳנִים stronghold; depot	loaded, burdened
מְעַט, תה״פ a little; a few	מְעוּמְעָם, מְעֻמְעָם, ת״ז, ־עֶמֶת, ת״נ
כִּמְעַט, תה״פ almost	hazy
מָעַט, פ״ע to diminish, be little	מָעוֹן, ז׳, מְעוֹנָה, נ׳, ר׳, מְעוֹנִים, ־נוֹת
מִעֵט, פ״י to reduce; to exclude	dwelling, habitation; lair
מָעַט, פ״ע to become less, little	מְעוּנֶּה, מְעֻנֶּה, ת״ז, ־נָּה, ת״נ suffering;
הִמְעִיט, פ״י to do little; to diminish	tortured; fasting
הִתְמַעֵט, פ״ע to be reduced,	מְעוּנְיָן, מְעֻנְיָן, ת״ז, ־יֶנֶת, ת״נ
diminished	interested
מְעַט, מוּעָט, ת״ז, ־עֶטֶת, ת״נ scanty,	מְעוֹנֵן, ז׳, ר׳, ־נְנִים magician;
small	soothsayer
מָעֹט, ת״ז, מְעֹטָה, ת״נ polished,	מְעוּנָּן, מְעֻנָּן, ת״ז, ־נֶּנֶת, ת״נ cloudy
shining	מַעֲוּף, ז׳, ר׳, ־עוּפִים darkness;
מַעֲטֶה, ז׳, ר׳, ־טִים wrap, mantle	flight, flying; flight of imagination
מַעֲטִיר, ת״ז, ־רָה, ת״נ crowned	מְעוֹפֵף, ז׳, ר׳, ־פְפִים flier, aviator
מְעֻטָּף, מְעוּטָּף, ת״ז, ־טֶפֶת, ת״נ	מְעוֹפְפוּת, נ׳ flight; aviation
covered; wrapped	מְעוּקָּב, מְעֻקָּב, ת״ז, ־קֶּבֶת, ת״נ cubic
מַעֲטָפָה, נ׳, ר׳, ־פוֹת envelope;	מְעוּקָּף, מְעֻקָּף, ת״ז, ־קֶּפֶת, ת״נ
cover; pillowcase	by-passed
מַעֲטֶפֶת, נ׳, ר׳, ־טָפוֹת cape, tippet	מְעוּקָּם, מְעֻקָּם, ת״ז, ־קֶּמֶת, ת״נ
מְעִי, ז׳, ר׳, מֵעַיִם intestine; bowels;	crooked
entrails	מָעוֹר, ז׳, ר׳, מְעוֹרִים pudenda,
מְעִי עִוֵּר appendix	genitals
מְעִי הָאֵם womb	מְעוּרָב, מְעֹרָב, ת״ז, ־רֶבֶת, ת״נ mixed

מִסְפָּר, ז׳, ר׳, ־רִים number, count; boundary; narration

מִסְפָּר יְסוֹדִי cardinal number

מִסְפָּר סִדּוּרִי ordinal number

אֵין מִסְפָּר innumerable

יָמִים מִסְפָּר a few days

מִסְפָּרָה, נ׳, ר׳, ־רוֹת barber shop

מִסְפָּרִי, ת״ז, ־רִית, ת״נ numerical

מִסְפָּרַיִם, ז״ז scissors, shears

מַסְפֶּרֶת, נ׳, ר׳, ־פָּרוֹת hair clippers

מָסַק, פ״י to harvest olives

מַסְקָנָה, נ׳, ר׳, ־נוֹת conclusion

מִסְקָר, ז׳, ר׳, ־רִים review; parade; survey

מָסַר, פ״י to deliver; to transmit; to inform against

נִמְסַר, פ״ע to be handed over; to be transmitted

מְסֹרָג, מְסוֹרָג, ת״ז, ־רֶגֶת, ת״נ plaited; interlaced

מָסֹרָה, מָסוֹרָה, נ׳, ר׳, ־רוֹת Massorah, collection of textual readings

מְסֻרְטָט, מוּסְרָט, ת״ז, ־רֶטֶת, ת״נ filmed

מַסְרָן, ז׳, ר׳, ־נִים Masoretic scholar

מְסֹרָס, מְסוֹרָס, ת״ז, ־רֶסֶת, ת״נ emasculated; perverted

מַסְרֵק, ז׳, ר׳, ־רְקוֹת, ־קִים comb; blossom of pomegranate

מְסֹרָק, מְסוֹרָק, ת״ז, ־רֶקֶת, ת״נ combed

מָסֹרֶת, מָסוֹרֶת נ׳, ר׳, ־רוֹת tradition

מִסְתּוֹר, ז׳, ר׳, ־רִים hiding place

מִסְתּוֹרִין, מִסְטוֹרִין, ז׳ mystery, secret

מַסְתּוֹרִית, נ׳, ר׳, ־רִיּוֹת reel, spool, yarn windle

מִסְתַּנֵּן, ז׳, ר׳, ־נְּנִים infiltrator

מִסְתָּר, ז׳, ר׳, ־רִים hiding place

מְסַתֵּת, ז׳, ר׳, ־תְּתִים hewer, stone-cutter

מַעְבָּד, ז׳, ר׳, ־דִים act, deed

מְעֻבָּד, מְעוּבָּד, ת״ז, ־בֶּדֶת, ת״נ prepared, worked on

מַעְבָּדָה, נ׳, ר׳, ־דוֹת laboratory

מַעֲבֶה, ז׳, ר׳, ־בִים depth, thickness, density

מַעֲבָר, ז׳, ר׳, ־רִים ford; ferry; crossing; mountain pass; transition

מַעְבָּרָה, נ׳, ר׳, ־רוֹת crossing; camp of refugees

מְעֻבֶּרֶת, מְעוּבֶּרֶת, ת״נ pregnant

שָׁנָה מְעֻבֶּרֶת leap year

מַעְבֹּרֶת, נ׳, ר׳, ־בּוֹרוֹת ferryboat; raft

מַעֲגִילָה, נ׳, ר׳, ־לוֹת rolling machine, cylinder

מַעְגָּל, ז׳, ר׳, ־גָּלִים, ־גָּלוֹת circle; way; orbit

מַעֲגָמָה, נ׳, ר׳, ־מוֹת drama

מָעַד, פ״ע to totter; to slip

הִמְעִיד, פ״י to cause to slip, shake

מְעֻדְכָּן, ת״ז, ־כֶּנֶת, ת״נ up-to-date

מַעֲדָן, ז׳, ר׳, ־נִים tidbit; dainty food; knot

מַעְדֵּר, ז׳, ר׳, ־דְּרִים pick, hoe

מָעָה, נ׳, ר׳, ־עוֹת grain, seed; coin, penny

מָעוֹת, נ״ר change (money)

מְעוּבָּד, מְעֻבָּד, ת״ז, ־בֶּדֶת, ת״נ prepared, worked on

מְעוּבֶּרֶת, מְעֻבֶּרֶת, ת״נ pregnant

מָעוֹג, ז׳, ר׳, מְעוֹגִים griddle cake; grimace

מְעוּוָּת, מְעֻוָּת, ת״ז, ־וֶּתֶת, ת״נ crooked; spoiled

fence, hedge	מְסֻכָּה, נ׳, ר׳, –כּוֹת
agreed upon, accepted	מֻסְכָּם, מוּסְכָּם, ת״ז, –כֶּמֶת, ת״נ
poor, unfortunate, wretched	מִסְכֵּן, ת״ז, –כֵּנָת, ת״נ
to impoverish	מִסְכֵּן, פ״י
to become poor	נִתְמַסְכֵּן, פ״ע
dangerous	מְסֻכָּן, מְסוּכָּן, ת״ז, –כֶּנֶת, ת״נ
poverty	מִסְכֵּנוּת, נ׳
pantry	מִסְכֶּנֶת, נ׳, ר׳, –כָּנוֹת
sugar bowl	מִסְכֶּרָה, נ׳, ר׳, –רוֹת
stethoscope	מַסְכֵּת, ז׳, ר׳, –כְּתִים
warp (in weaving)	מַסֶּכֶת, נ׳, ר׳, מַסְכוֹת, מַסְכְתוֹת
Talmudic tractate	מַסֶּכְתָּא, מַסֶּכֶת
woof	נֶפֶשׁ הַמַּסֶּכֶת
valued; weighted	מְסֻלָּא, מְסוּלָּא, ת״ז, –לָּאת, ת״נ
way, road; orbit; course	מְסִלָּה, נ׳, ר׳, –לּוֹת
railroad	מְסִלַּת בַּרְזֶל
way, road, path; orbit	מַסְלוּל, ז׳, ר׳, –לִים
curly	מְסֻלְסָל, מְסוּלְסָל, ת״ז, –סֶלֶת, ת״נ
perverted; incorrect	מְסֻלָּף, מְסוּלָּף, ת״ז, –לֶּפֶת, ת״נ
document; support	מִסְמָךְ, ז׳, ר׳, –כִים
reliable; university graduate	מֻסְמָךְ, ז׳, ר׳, –כִים
qualified	מֻסְמָךְ, מוּסְמָךְ, ת״ז, –מֶכֶת, ת״נ
indicated, marked	מְסֻמָּן, מְסוּמָּן, ת״ז, –מֶנֶת, ת״נ
to feed, sustain; to be scarce	מִסְמֵס, פ״י

to stimulate, encourage; to be bloody; to become soft, flabby; to be mashed	נִתְמַסְמֵס, פ״ע
nail; clove; peg	מַסְמֵר, ז׳, ר׳, –מְרִים, –מְרוֹת
cuneiform	כְּתָב מַסְמְרוֹת
nailhead	שׁוֹשַׁנַּת הַמַּסְמֵר
nailed	מֻסְמָר, מְסוּמָּר, ת״ז, –מֶרֶת, ת״נ
filter	מְסַנֵּן, ז׳, ר׳, –נְנִים
strainer	מְסַנֶּנֶת, נ׳, ר׳, –נְנוֹת
branched	מְסֻנָּף, מְסוּנָּף, ת״ז, –נֶּפֶת, ת״נ
rottenness	מָסֹס, מָסוֹס, ז׳
to become melted	[מסס] נָמַס, פ״ע
to melt, liquefy	מִסֵּס
to liquefy, make run	הֵמֵס, פ״י
to become liquid, melted	הִתְמוֹסֵס, פ״ע
migration; dart; voyage	מַסָּע, ז׳, ר׳, –עִים
laisser passer	תְּעוּדַת מַסָּע
support, backing; special fortifying food	מִסְעָד, ז׳, ר׳, –דִים
restaurant	מִסְעָדָה, נ׳, ר׳, –דוֹת
crossroad	מִסְעָף, ז׳, ר׳, –פִים
emotional	מֻסְעָר, מְסוֹעָר, ת״ז, –עֶרֶת, ת״נ
blotter	מַסְפֵּג, ז׳, ר׳, –פְּגִים
lamentation, wailing	מִסְפֵּד, ז׳, ר׳, –פְּדִים
fodder	מִסְפּוֹא, ז׳
veil	מִסְפָּחָה, נ׳, ר׳, –חוֹת
scab	מִסְפַּחַת, נ׳, ר׳, –פָּחוֹת
dilemma, doubt	מִסְפֵּק, ז׳, ר׳, –קִים
doubtful	מְסֻפָּק, מְסוּפָּק, ת״ז, –פֶּקֶת, ת״נ

מָסֻוָּרְתִּי, ת"ז, ־תִּית, ת"נ traditional

מְסֻיָּד, מְסָיָד, ת"ז, ־יָדֶת

מִסְחָב, ז', ר', ־בִים train (of robe)

whitewashed, plastered

מַסְחֵט, ז', ר', ־חֵטִים squeezing

מְסֻיָּם, מְסָיָם, ת"ז, ־יֶמֶת, ת"נ definite

appliance, juicer

מְסֻוּכָה, מְשׂוּכָה, נ', ר', ־כוֹת thorn

מַסְחִיט, ז', ר', ־טִים folding hinge,

hedge

hinges

מְסֻוּכָּן, מְסֻכָּן, ת"ז, ־כֶּנֶת, ת"נ

מִסְחָר, ז', ר', ־רִים trade, commerce

dangerous

מִסְחָרִי, ת"ז, ־רִית, ת"נ commercial

מְסֻוּל, ז', מְסֻוּלַיִם, ז"ר slipper

מִסְטֶה, ז', ר', ־טִים irregularity

מְסֻוּלָּא, מְסֻלָּא, ת"ז, ־לֵאת, ת"נ

מִסְטוֹרִין, מִסְתּוֹרִין, ז' secret; mystery

weighted, valued

מְסִיבָּה, מְסִבָּה, נ', ר', ־בּוֹת social

מְסֻוּלְסָל, מְסֻלְסָל, ת"ז, ־סֶלֶת, ת"נ

gathering, party, banquet;

curly

winding staircase

מְסֻוּלָּף, מְסֻלָּף, ת"ז, ־לֶפֶת, ת"נ

מְסֻיָּג, מְסֻוּיָּג, ת"ז, ־יֶגֶת, ת"נ fenced;

perverted; crooked

classified

מְסֻוּמָּן, מְסֻמָּן, ת"ז, ־מֶנֶת, ת"נ

מְסֻיָּד, מְסֻוּיָּד, ת"ז, ־יֶדֶת, ת"נ

indicated, marked

whitewashed

מְסֻוּמָּר, מְסֻמָּר, ת"ז, ־מֶרֶת, ת"נ nailed

מְסִיכָה, נ', ר', ־כוֹת mixing, mixture

מְסֻוּנָּף, מְסֻנָּף, ת"ז, ־נֶפֶת, ת"נ branched

מְסֻיָּם, מְסֻוּיָּם, ת"ז, ־יֶמֶת, ת"נ

מְסוֹס, מָסָס, ז' rottenness

definite

מְסוֹסָה, נ', ר', ־סוֹת third stomach

מְסִיסוּת, נ', ר', ־סִיּוֹת melting point

of ruminants

מָסִיק, ז', ר', מְסִיקִים olive-gathering

מְסֻוּעָר, מְסֹעָר, ת"ז, ־עֶרֶת, ת"נ

time; olive-picking

emotional

מְסִירָה, נ', ר', ־רוֹת handing over;

מַסּוֹק, ז', ר', ־קִים helicopter

delivery; denunciation

מְסֻוּפָּק, מְסֻפָּק, ת"ז, ־פֶּקֶת, ת"נ

מְסִירוּת, נ' devotion

doubtful

מְסִירוּת־נֶפֶשׁ self-sacrifice

מָסוֹר, ז', ר', ־רוֹת slanderer

מֵסִית, מַסִּית ז', ר', מְסִיתִים, מַסִּיתִים

מְסֻוּר, ת"ז, מְסוּרָה, ת"נ devoted

instigator; missionary; proselytizer

מְסֻוּרָג, מְסֹרָג, ת"ז, ־רֶגֶת, ת"נ plaited,

מֶסֶךְ, ז', ר', מְסָכִים mixed drink

interlaced

מָסַךְ, פ"י to mix; to pour out

מְסוֹרָה, מָסֹרָה, נ' Massorah,

נִמְסַךְ, פ"ע to be poured; to have

collection of textual readings

an even temperament

מְסֻוּרָס, מְסֹרָס, ת"ז, ־רֶסֶת, ת"נ

מָסַךְ, פ"ע to be temperate;

emasculated, perverted

to darken

מְסֻוּרָק, מְסֹרָק, ת"ז, ־רֶקֶת, ת"נ

מָסָךְ, ז', ר', מְסַכִּים curtain,

combed

screen; diaphragm

מְסוֹרֶת, מָסֹרֶת, נ', ר', ־רוֹת

מַסֵּכָה, נ', ר', ־כוֹת mask, covering

tradition

מְנֻצָּח, מְנוּצָּח, ת״ז, ־צַּחַת, ת״נ

conquered, defeated

מְנֻקָּב, מְנוּקָּב, ת״ז, ־קֶּבֶת, ת״נ

perforated, full of holes

מְנֻקָּד, מְנוּקָּד, ת״ז, ־קֶּדֶת, ת״נ

dotted, vowelized

מְנַקִּיָּה, נ׳, ר׳, ־יּוֹת   wine bowl, flask;

brush

מְנָת, נ׳, ר׳, מְנָאוֹת, מְנָיוֹת   share;

portion

מְנָת הַמֶּלֶךְ   tax

בִּמְנָת, לִמְנָת   on condition

עַל מְנָת שֶׁ־   so that, for the sake of

מְנֻתָּח, מְנוּתָּח, ת״ז, ־תַּחַת, ת״נ

cut up; operated; analyzed

מְנֻתָּק, מְנוּתָּק, ת״ז, ־תֶּקֶת, ת״נ   cut off

מַס, ז׳, ר׳, מִסִּים   tax, tribute;

compulsory labor; melting;

juice

מַס הַכְנָסָה   income tax

מַס חָבֵר   membership dues

מֵסַב, ו׳, ר׳, מְסַבִּים   round table;

(revolving) armchair; circle;

environment; surroundings

מִסְבָּאָה, נ׳, ר׳, ־אוֹת   tavern, pub,

saloon

מְסֻבָּב, מְסוּבָּב, ת״ז, ־בֶּבֶת, ת״נ

surrounded; resultant

מִסְבָּה, מְסִיבָּה, נ׳, ר׳, ־בּוֹת   social

gathering, party, banquet;

winding staircase

מְסֻבָּךְ, מְסוּבָּךְ, ת״ז, ־בֶּכֶת, ת״נ

complicated; entangled

מְסֻבָּן, מְסוּבָּן, ת״ז, ־בֶּנֶת, ת״נ   soapy

מִסְבָּנָה, נ׳, ר׳, ־נוֹת   soap factory

מִסְגָּד, ז׳, ר׳, ־דִים   mosque

מְסֻגָּל, מְסוּגָּל, ת״ז, ־גֶּלֶת, ת״נ

treasured; suited; adjusted

מְסֻגְנָן, מְסוּגְנָן, ת״ז, ־נֶנֶת, ת״נ

formulated; stylized

מַסְגֵּר, ז׳, ר׳, ־גְּרִים   padlock;

prison; enclosure; locksmith

מִסְגֶּרֶת, נ׳, ר׳, ־גְּרוֹת   frame;

border, rim

מַסָּד, מַסָּד, ז׳, ר׳, ־דִים   foundation

מִסְדָּר, ז׳, ר׳, ־דָרִים   order; parade

מְסַדֵּר, ז׳, ר׳, ־דְּרִים   typesetter

מְסֻדָּר, מְסוּדָּר, ת״ז, ־דֶּרֶת, ת״נ

arranged

מִסְדָּרָה, נ׳, ר׳, ־דָּרוֹת   tray (for type)

מִסְדְּרוֹן, ז׳, ר׳, ־רוֹנִים, ־רוֹנוֹת

corridor; entrance hall; vestibule

נִמְסָה [מסה], פ״ע   to rot;

to be melted, dissolved

הִמְסָה, פ״י   to melt, dissolve

הִתְמַסָּה, פ״ע   to melt, dissolve

(itself)

מַסָּח, נ׳, ר׳, ־סּוֹת   test; essay;

destruction

מִסָּה, נ׳, ר׳, ־סּוֹת   sufficiency;

measure; quota

מְסוֹ, ז׳, ר׳, ־אוֹת   curdling, rennet

מְסֻבָּב, מְסֻבָּב, ת״ז, ־בֶּבֶת, ת״נ

surrounded; resultant

מְסֻבָּךְ, מְסֻבָּךְ, ת״ז, ־בֶּכֶת, ת״נ

complicated, entangled

מְסֻבָּן, מְסֻבָּן, ת״ז, ־בֶּנֶת, ת״נ   soapy

מְסֻגָּל, מְסֻגָּל, ת״ז, ־גֶּלֶת, ת״נ

treasured; suited; adjusted

מְסֻוְּנָן, מְסֻגְנָן, ת״ז, ־נֶנֶת, ת״נ

formulated, stylized

מְסֻדָּר, מְסֻדָּר, ת״ז, ־דָּרֶת, ת״נ

arranged

מַסְוֶה, ז׳, ר׳, ־וִים   veil; mask;

hole (for handle)

מְסֻוָּן, מְסֻיָּג, ת״ז, ־יֶּנֶת, ת״נ   classified

מִנּוּן, ז׳, ר׳, ־נִים apportionment

מָנוֹס, ז׳, מְנוּסָה, נ׳, ר׳, ־סִים, ־סוֹת flight, refuge

מְנוּסֶּה, מְנֻסֶּה, ת״ז, ־סָּה, ת״נ experienced

מְנוּסָּח, מְנֻסָּח, ת״ז, ־סַּחַת, ת״נ formulated

מָנוֹעַ, ז׳, ר׳, מְנוֹעִים motor

מִנּוּעַ, ז׳ motorization

מָנוֹף, ז׳, ר׳, מְנוֹפִים crowbar; derrick crane

מְנוּפָּח, מְנֻפָּח, ת״ז, ־פַּחַת, ת״נ inflated, exaggerated

מְנוּצָּח, מְנֻצָּח, ת״ז, ־צַּחַת, ת״נ conquered, defeated

מְנוּקָּב, מְנֻקָּב, ת״ז, ־קֶּבֶת, ת״נ perforated, full of holes

מְנוּקָּד, מְנֻקָּד, ת״ז, ־קֶּדֶת, ת״נ dotted; vowelized

מָנוֹר, ז׳, ר׳, מְנוֹרִים weaver's beam; constellation

מְנוֹרָה, נ׳, ר׳, ־רוֹת lamp stand; candelabrum

מְנוּתָּח, מְנֻתָּח, ת״ז, ־תַּחַת, ת״נ cut up; analyzed, operated

מְנוּתָּק, מְנֻתָּק, ת״ז, ־תֶּקֶת, ת״נ cut off

מִנְזָר, ז׳, ר׳, ־רִים prince, dignitary (Babylonian); messiah; convent; monastery

מִנַּח, פ״י to coin words, terms

מֻנָּח, ז׳, ר׳, ־חִים postulate; supposition; term

מִנְחָה, נ׳, ר׳, מְנָחוֹת offering, tribute; present, gift; afternoon prayer

מְנַחֵם, ז׳, ר׳, ־חֲמִים comforter, consoler

מְנַחֵם אָב the fifth Hebrew month, Ab

מְנַחֵשׁ, ז׳, ר׳, ־חֲשִׁים diviner; magician

מִנְחָת, ז׳, ר׳, ־תִים landing strip

מְנִי, ז׳ god; divinity of destiny

מְנָיָה, נ׳, ר׳, ־יוֹת share; stock

מִנְיָן, ז׳, ר׳, ־נִים, ־נוֹת number; counting; quorum (for prayer)

מִנַּיִן, תה״פ wherefrom; whence

מֵנִיעַ, ז׳, ר׳, ־עִים dynamo, motor, engine mover

מְנִיעָה, נ׳, ר׳, ־עוֹת hindrance; prevention

מְנִיפָה, נ׳, ר׳, ־פוֹת hand fan

מְנֻמָּס, מְנוּמָּס, ת״ז, ־מֶּסֶת, ת״נ polite

מְנֻמָּק, מְנוּמָּק, ת״ז, ־מֶּקֶת, ת״נ reasoned

מְנֻמָּר, מְנוּמָּר, ת״ז, ־מֶּרֶת, ת״נ spotted

מְנֻסֶּה, מְנוּסֶּה, ת״ז, ־סָּה, ת״נ experienced

מְנֻסָּח, מְנוּסָּח, ת״ז, ־סַּחַת, ת״נ formulated

מִנְסָרָה, נ׳, ר׳, ־רוֹת prism; wood-sawing shop

מָנַע, פ״י to restrain, prevent; to withhold

נִמְנַע, פ״ע to be restrained

הִמְנִיעַ, פ״י to keep apart

מַנְעוּל, ז׳, ר׳, ־לִים lock, bolt, bar

מִנְעָל, ז׳, ר׳, ־לִים, ־לוֹת hard ground; shoe

מַנְעַמִּים, ז״ר tidbits, delicacies

מְנַעַנֵעַ, ז׳, ר׳, ־עַנְעִים cymbal; pedal

מְנֻפָּח, מְנוּפָּח, ת״ז, ־פַּחַת, ת״נ inflated; exaggerated

מְנַצֵּחַ, ז׳, ר׳, ־צְּחִים victor, conqueror; overseer; conductor (of orchestra)

to charge, empower; to be appointed to	נִתְמַנָּה, פ"ע
coin, weight	מָנֶה, ז', ר', ־נִים
time, fold	מֹנֶה, מוֹנֶה, ז', ר', ־נִים
tenfold	עֲשֶׂרֶת מֹנִים
behavior, conduct; custom	מִנְהָג, ז', ר', ־גִים
leader	מַנְהִיג, ז', ר', ־גִים
leadership	מַנְהִיגוּת, נ'
director, manager	מְנַהֵל, ז', ר', ־הֲלִים
board of directors, administration	מִנְהָל, ז', מִנְהָלָה, נ', ר', ־לִים, ־לוֹת
tunnel	מִנְהָרָה, נ', ר', ־רוֹת
dried, wiped	מְנֻנָּב, מְנוּנָּב, ת"ז, ־נֶּבֶת, ת"נ
ostracized; excommunicated	מְנֻדֶּה, מְנוּדֶּה, ת"ז, ־דָּה, ת"נ
shaking (of head); wagging	מָנוֹד, ז', ר', מְנוֹדִים
worry	מְנוֹד לֵב
quietness; resting place; rest	מָנוֹחַ, ז', מְנוּחָה, נ'
the deceased	הַמָּנוֹחַ, ז'
tomb	בֵּית מְנוּחָה
good night	לֵיל מְנוּחָה
coining (of words)	מִנּוּחַ, ז'
appointment	מִנּוּי, ז', ר', ־יִים
subscriber; counted	מָנוּי, ז', ר', מְנוּיִים; ת"ז
repulsive; despicable	מְנֻוָּל, ת"ז, ־וֶּלֶת, ת"נ
polite	מְנֻמָּס, מְנוּמָּס, ת"ז, ־מֶּסֶת, ת"נ
reasoned	מְנֻמָּק, מְנוּמָּק, ת"ז, ־מֶּקֶת, ת"נ
spotted	מְנֻמָּר, מְנוּמָּר, ת"ז, ־מֶּרֶת, ת"נ
executor, manager; weakling	מָנוֹן, ז', ר', ־נִים

מְמֻשָּׁךְ, מְמוּשָּׁךְ, ת"ז, ־שֶׁכֶת, ־שָׁכָה, ת"נ	continued, continual
מְמֻשָׁל, ז', ר', ־לִים,	authority; government; rule, dominion
מֶמְשָׁלָה, נ', ר', ־לוֹת	constitutional government
מִמְשָׁק, ז', ר', ־קִים,	arable land; administration
מַמְתָּק, ז', ר', ־תַּקִּים,	candy, sweets, sweetmeats
מֻמְתָּק, מְמוּתָּק, ת"ז, ־תֶּקֶת, ת"נ	sweetened
מָן, ז'	manna; portion; food
מֵן, ז', ר', מֵנִים	stringed musical instrument
מִן, מְ־, מֶ־, מִ־,	from, out of, of
מִנְאֶרֶת, נ', ר', ־רוֹת	minaret
מִנְאָם, ז', ר', ־מִים	oration; toast (speech)
מְנָאֵף, ז', ר', ־אֲפִים	adulterer
מְנָאֶפֶת, נ', ר', ־אֲפוֹת	adulteress
מֻנָּב, מְנוּנָּב, ת"ז, ־נֶּבֶת, ת"נ	dried, wiped
מַנְגִּינָה, נ', ר', ־נוֹת	melody, tune
מְנַגֵּן, ז', ר', ־נְּנִים	musician (m.)
מַנְגָּנוֹן, ז', ר', ־נִים, ־נָאוֹת	apparatus; staff
מֻנָּד, מוּנָּד, ת"ז, ־דָּה, ת"נ	prickly
מֻנְדֶּה, מְנוּדֶּה, ת"ז, ־דָּה, ת"נ	ostracized; excommunicated
מָנָה, נ', ר', ־נוֹת	portion, share; dose
מָנָה, פ"י	to count; to number
נִמְנָה, פ"ע	to be counted; to be assigned
מִנָּה, פ"י	to appoint
מֻנָּה, פ"ע	to be appointed; to be put in charge of

מַמְלָכָה, מַמְלֶכֶת, נ׳, ר׳, ־כוֹת	מָמוֹן, ז׳, ר׳, ־נוֹת money, currency;
kingdom; sovereignty	wealth; property; mammon
עִיר הַמַּמְלָכָה capital	מְמוּן, ז׳ financing
מַמְלָכוּת, נ׳ kingdom, sovereignty	מְמוּנַאי, ז׳, ר׳, ־נָאִים financier
מְמֻמָּן, מְמוּמָּן, ת״ז, ־מֶנֶת, ת״נ	מְמוּנֶּה, מְמֻנָּה, ת״ז, ־נָּה, ת״נ
financed	appointed
מִמֵּן, פ״י to finance, capitalize	מְמוֹנִי, ת״ז, ־נִית, ת״נ monetary,
מְמֻנֶּה, ז׳, ר׳, ־נִים appointed	pecuniary
administrator; trustee	מְמֻסְפָּר, מְמֻסְפֶּרֶת, ת״ז, ־פֶּרֶת, ת״נ
מְמֻנֶּה, מְמוּנֶּה, ת״ז, ־נָּה, ת״נ	numerated
appointed	מְמֻצָּע, מְמֻצַּעַת, ת״ז, ־צַּעַת, ת״נ
מִמֶּנָּה, מִמֶּנּוּ, מִמֶּנִּי, מ״י, ע׳ מִן from	average; central; middle
her, from him, from me	מִמּוּשׁ, ז׳, ר׳, ־שִׁים realization
מְמֻנּוּת, נ׳, ר׳, ־נִיּוֹת mandate	מְמֻשָּׁךְ, מְמֻשֶּׁכֶת, ת״ז, ־שֶּׁכֶת, ת״נ
מִמְסָךְ, ז׳, ר׳, ־כִים mixed drink,	continued, continual
cocktail	מָמוֹת, ז׳, ר׳, מְמוֹתִים death
מְמַסְפֵּר, ז׳, ר׳, ־פְּרִים numerator	מְמֻתָּק, מְמֻתֶּקֶת, ת״ז, ־תֶּקֶת, ת״נ
מִמַּעַל, תה״פ from above	sweetened
מַמְצִיא, ז׳, ר׳, ־אִים inventor	מָמֻזָּג, מְמוּזָּג, ת״ז, ־זֶּגֶת, ת״נ poured;
מְמֻצָּע, מְמוּצָע, ת״ז, ־צַּעַת, ת״נ	mediocre; moderate
average; central; middle	מִמְזָנָה, נ׳, ר׳, ־נוֹת bar (liquor)
מֵמֶר, ז׳ affliction; bitterness	מַמְזֵר, ז׳, ־זֶרֶת, נ׳, ר׳, ־זְרִים,
מִמְרָאָה, נ׳ aerodrome	־זֵרוֹת bastard
מַמְרוֹר, ז׳, ר׳, ־רִים affliction;	מָמְחֶה, מוּמְחֶה, ת״ז, ־חֵית, ת״נ
bitterness	expert
מִמְרָח, ז׳, ר׳, ־חִים spread	מִמְחָטָה, נ׳, ר׳, ־טוֹת handkerchief
(butter, jam)	מַמְטֵרָה, נ׳, ר׳, ־רוֹת sprinkler
מַמְרֵס, ז׳, ר׳, ־רְסִים cobbler's	מִמְטָרָת, נ׳, ר׳, ־רוֹת raincoat
smoothing bone	מִמְּךָ, מִמֵּךְ, מ״י, ע׳ מִן from you
מַמָּשׁ, ז׳, ר׳, ־שׁוֹת solid; substance;	(s.; m., f.)
reality; concreteness	מִמְכָּר, ז׳, ר׳, ־רִים sale
מִמֵּשׁ, פ״י to realize	מִמְכֶּרֶת, נ׳, ר׳, ־כָּרוֹת sale
הִתְמַמֵּשׁ, פ״ע to become	מָמְלָא, מְמוּלָּא, ת״ז, ־אָה, ת״נ
materialized	stuffed, filled
מַמָּשׁוּת, נ׳, ר׳, ־שִׁיּוֹת reality,	מָמְלָח, מְמוּלָּח, ת״ז, ־לַחַת, ת״נ
actuality	salted
מִמְשָׁח, ז׳ haughtiness; annointing	מִמְלָחָה, מַמְלֵחָה, נ׳, ר׳, ־חוֹת
מַמָּשִׁי, ת״ז, ־שִׁית, ת״נ real, actual	salt container, salt shaker

11*

waiter, steward	מֶלְצַר, ז׳, ר׳, ־צָרִים
to wring off (head of bird)	מָלַק, פ״י
booty, loot	מַלְקוֹחַ, ז׳, ר׳, ־חִים
season's last rain	מַלְקוֹשׁ, ז׳, ר׳, ־שִׁים
lash, punishment of lashes	מַלְקוּת, נ׳, ר׳, ־קֻיּוֹת, ־קוֹת
pliers, wire cutter	מֶלְקַחַת, נ׳, ר׳, ־קָחוֹת
pincers, tongs	מֶלְקָחַיִם, ז״ז
tweezers	מַלְקֵט, ז׳, ר׳, ־קְטִים
ultima (gram.)	מִלְרַע, תה״פ, ע׳ לְרַע
slanderer, informer	מַלְשִׁין, ז׳, ר׳, ־נִים
informing on; slander	מַלְשִׁינוּת, נ׳, ר׳, ־נֻיּוֹת
wardrobe; suitcase; traveling bag	מֶלְתָּחָה, נ׳, ר׳, ־חוֹת
incisor; jaw; maxilla	מַלְתָּעָה, נ׳, ר׳, ־עוֹת
adversity	מַלְתְּעוֹת יָמִים
Mem, name of thirteenth letter of Hebrew alphabet	מֵם, נ׳
malignant	מַמְאִיר, ת״ז, ־אֶרֶת, ת״נ
granary	מַמְגּוּרָה, מַמְגֻרָה, נ׳, ר׳, ־רוֹת
measure, measurement; dimension	מֵמַד, ז׳, ר׳, ־מַדִּים
mediocre, moderate	מְמוּזָג, מְמֻזָג, ת״ז, ־זֶגֶת, ת״נ
mechanized	מְמוּכָּן, מְמֻכָּן, ת״ז, ־כֶּנֶת, ת״נ
opposite	מָמוּל, תה״פ
stuffed, filled	מְמוּלָּא, מְמֻלָּא, ת״ז, ־אָה, ת״נ
salted	מְמוּלָּח, מְמֻלָּח, ת״ז, ־לַחַת, ת״נ
financed	מְמוּמָּן, מְמֻמָּן, ת״ז, ־מֶנֶת, ת״נ

to be crowned a king	הָמְלַךְ, פ״ע
Moloch, Canaanite idol	מֹלֶךְ, ז׳
united, joined; trapped, ensnared	מֻלְכָּד, מְלוּכָּד, ת״ז, ־כֶּדֶת, ת״נ
trap, snare	מַלְכֹּדֶת, נ׳, ר׳, ־כֹּדוֹת
queen	מַלְכָּה, נ׳, ר׳, מְלָכוֹת
kingdom, reign	מַלְכוּת, נ׳, ר׳, ־כֻיּוֹת, מַלְכֻיּוֹת
dirty	מֻלְכְּלָךְ, מְלוּכְלָךְ, ת״ז, ־לֶכֶת, ת״נ
Ammonite idol	מִלְכֹּם, ז׳
name for sun or moon goddess	מְלֶכֶת, מְלֶכֶת הַשָּׁמַיִם, נ׳
to rub; to wither; to fade; to squeeze	מָלַל, פעו״י
to dry up; to cut down	מוֹלַל, פ״ע
to speak, proclaim, talk, utter	מִלֵּל, פ״י
border, fringe; word, speech	מֵלֶל, ז׳
hem	מְלָל, ז׳
staff, stick	מַלְמָד, ז׳, ר׳, ־דִים
ox goad	מַלְמַד הַבָּקָר
teacher, tutor	מְלַמֵּד, ז׳, ר׳, ־מְּדִים
learned	מְלֻמָּד, מְלוּמָּד, ת״ז, ־מֶּדֶת, ת״נ
tutoring, teaching	מְלַמְּדוּת, נ׳
crumb; jabbering	מִלְמוּל, ז׳, ר׳, ־לִים
to chatter; to talk (with malicious intent)	מִלְמֵל, פ״ע
foreign (esp. words of foreign language)	מֻלְעָז, מְלוּעָז, ת״ז, ־עֶזֶת, ת״נ
penult (gram.)	מִלְעֵיל, תה״פ
cucumber	מְלָפְפוֹן, ז׳, ר׳, ־פוֹנִים, ־פוֹנוֹת
to be pleasant; to be eloquent	[מלץ] נִמְלַץ, פ״ע
to speak flowery language; to recommend	הִמְלִיץ, פ״י

soldier	אִישׁ מִלְחָמָה
weapons	כְּלֵי מִלְחָמָה
vise	מֶלְחָצַיִם, ז"ר
snake charmer	מְלַחֵשׁ, ז', ר', ־חֲשִׁים
saltpeter	מְלַחַת, נ'
mortar, cement	מֶלֶט, ז'
to save oneself; to escape	[מלט] נִמְלַט, פ"ע
to deliver; to cement	מִלֵּט, פ"י
to save; to give birth (animal)	הִמְלִיט, הִמְלִיטָה, פ"י
to escape	הִתְמַלֵּט, פ"ע
polished, sharpened	מְלֻטָּשׁ, מְלוּטָּשׁ, ת"ז, ־טֶּשֶׁת, ת"נ
sharpener	מַלְטֶשֶׁת, נ', ר', ־טָשׁוֹת
plenum; plenary session	מְלִיאָה, נ', ר', ־אוֹת
plucking birds; scalding; usufruct	מְלִינָה, נ', ר', ־נוֹת
pickled, salted, preserved (in salt)	מָלִיחַ, ת"ז, מְלִיחָה, ת"נ
salad; relish	מָלִיחַ, ז'
salting, pickling	מְלִיחָה, נ', ר', ־חוֹת
saltiness	מְלִיחוּת, נ', ר', ־חֻיוֹת
fully ripe corn; wriggling, waggling	מְלִילָה, נ', ר', ־לוֹת
interpreter; rhetorician	מֵלִיץ, ז', ר', ־צִים
metaphor; flowery speech; satire	מְלִיצָה, נ', ר', ־צוֹת
pinching; wringing bird's head	מְלִיקָה, נ', ר', ־קוֹת
king; sovereign	מֶלֶךְ, ז', ר', מְלָכִים
to be king; to reign	מָלַךְ, פ"ע
to reconsider	נִמְלַךְ, פ"ע
to change one's mind	נִמְלַךְ בְּדַעְתּוֹ
to make king; to cause to reign	הִמְלִיךְ, פ"י

מְלוּטָּשׁ, מְלֻטָּשׁ, ת"ז, ־טֶּשֶׁת, ת"נ	polished, sharpened
מִלּוּי, ז', ר', ־יִים	filling, stuffing
מְלוּכָּד, מְלֻכָּד, ת"ז, ־כֶּדֶת, ת"נ	united, joined; trapped, ensnared
מְלוּכְלָךְ, מְלֻכְלָךְ, ת"ז, ־לֶכֶת, ת"נ	dirty
מְלוּכָה, נ', ר', ־כוֹת	kingdom; royalty, kingship
זֶרַע הַמְּלוּכָה	royal blood line
בֵּית הַמְּלוּכָה	royal house
כִּסֵּא הַמְּלוּכָה	royal throne
מְלוּכָנִי, ת"ז, ־נִית, ת"נ	royal
מִלּוּלִי, ת"ז, ־לִית, ת"נ	verbal
מְלוּמָּד, מְלֻמָּד, ת"ז, ־מֶדֶת, ת"נ	learned
מֶלוֹן, ז', ר', ־נִים	melon
מָלוֹן, ז', ר', מְלוֹנִים, מְלוֹנוֹת	inn, hotel
מִלּוֹן, ז', ר', ־נִים	dictionary, lexicon
מִלּוֹנַאי, ז', ר', ־נָאִים	lexicographer
מִלּוֹנָאוּת, נ'	lexicography
מְלוּנָה, נ', ר', ־נוֹת	watchman's hut
מְלוֹעֵז, מְלֹעָז, ת"ז, ־עֶזֶת, ת"נ	foreign (esp. words of foreign language)
מֶלַח, ז', ר', מְלָחִים	salt
יָם הַמֶּלַח	Dead Sea
מָלַח, פ"י	to salt, season, pickle
הִמְלִיחַ, פ"י	to salt
הֻמְלַח, פ"ע	to be rubbed with salt
מַלָּח, ז', ר', ־חִים	sailor, mariner
מֶלַח, ז', ר', מְלָחִים	rag
מְלֵחָה, נ', ר', ־חוֹת	saline earth
מַלָּחוּת, נ'	seamanship
מָלְחִי, ת"ז, ־חִית, ת"נ	salty
מִלְחָם, מֻלְחָם, ת"ז, ־חֶמֶת, ת"נ	soldered
מִלְחָמָה, נ', ר', ־מוֹת	war; battle; controversy, quarrel

angel, messenger — מַלְאָךְ, ז', ר', ־כִים	stumbling block; ruin — מַכְשֵׁלָה, נ', ר', ־לוֹת
work; workman-ship; trade, vocation, occupation — מְלָאכָה, נ', ר', ־כוֹת	enchanted — מְכֻשָּׁף, מְכוּשָּׁף, ת"ז, ־שֶּׁפֶת, ת"נ
artisan — בַּעַל מְלָאכָה	sorcerer — מְכַשֵּׁף, מְכַשְׁפָן, ז', ר', ־פִים, ־נִים
hand work — מְלֶאכֶת יָד	
delegation; deputation — מַלְאֲכוּת, נ', ר', ־כֻיּוֹת	sorceress — מְכַשֵּׁפָה, מְכַשְׁפָנִית, ז', ר', ־פוֹת, ־נִיוֹת
artificial — מְלַאכוּתִי, ת"ז, ־תִית, ת"נ	
setting; stuffing — מִלֵּאת, נ', ר', מִלְאוֹת	capable — מֻכְשָׁר, מוּכְשָׁר, ת"ז, ־שֶׁרֶת, ת"נ
besides — מִלְּבַד, תה"פ, ע' לְבַד	
garment; suit, dress — מַלְבּוּש, ז', ר', ־שִׁים	letter; writing; rescript — מִכְתָּב, ז', ר', ־בִים
brick mold; frame; quadrangle; rectangle — מַלְבֵּן, ז', ר', ־בְּנִים	special-delivery letter — מִכְתָּב דָּחוּף
	registered letter — מִכְתָּב רָשׁוּם
dressed — מְלֻבָּש, מְלוּבָּש, ת"ז, ־בֶּשֶׁת, ת"נ	stylus, pencil — מַכְתֵּב, ז', ר', ־תְּבִים
to scald; to pluck a bird — מָלַג, פ"י	writing desk — מַכְתֵּבָה, נ', ר', ־בוֹת
pitchfork — מַלְגֵּז, ז', ר', ־זִים	fragment — מִכְתָּה, נ', ר', ־תוֹת
word, speech; particle (gram.) — מִלָּה, נ', ר', מִלִּים, מִלּוֹת, מִלִּין	epigram; hymn, psalm — מִכְתָּם, ז', ר', ־מִים
literally — מִלָּה בְּמִלָּה	crowned — מֻכְתָּר, מוּכְתָּר, ת"ז, ־תֶּרֶת, ת"נ
pronoun — מִלַּת גּוּף	
conjunction — מִלַּת חִבּוּר	mortar; pit, fissure — מַכְתֵּשׁ, ז', ר', ־תְּשִׁים
preposition — מִלַּת יַחַס	
exclamation — מִלַּת קְרִיאָה	to circumcise; to purify the heart — מָל, פ"י, ע' [מול]
fortified building — מִלּוֹא, ז', ר', ־אִים	
filling; fullness — מִלּוּא, ז', ר', ־אִים	full, complete — מָלֵא, ת"ז, מְלֵאָה, ת"נ
setting (of jewels) — מִלּוּאָה, נ', ר', ־אוֹת	to be full, to fill — מָלֵא, פעו"י
	to be filled — נִמְלָא, פ"ע
dressed — מְלֻבָּש, מְלוּבָּש, ת"ז, ־בֶּשֶׁת, ת"נ	to fill; to fulfill — מִלֵּא, פ"י
	to authorize, empower — מִלֵּא יָד
dowry; usufruct (of woman's property) — מְלוֹג, ז'	to be filled; to be set (with jewels) — מֻלָּא, פ"ע
loan; debt — מִלְוֶה, נ', ר', ־וֹת	to become filled, gathered — הִתְמַלֵּא, פ"ע
lender; creditor — מַלְוֶה, ז', ר', ־וִים; מִלְוֶה, מִלְוֶּה, ת"ז, ־וָה, ת"נ accompanied, escorted	multitude; fullness; filling matter — מְלֹא, מְלוֹא, ז'
salty — מָלוּחַ, ת"ז, מְלוּחָה, ת"נ	merchandise, stock — מְלַאי, ז', ר', מְלָאִים

winged	מְכֻנָּף, מְכוּנָּף, ת"ז, ־נֶפֶת, ת"נ	Mekhilta; collections of	מְכִילְתָּא, נ'
tax, custom, duty	מֶכֶס, ז', ר', מְכָסִים	Halakhic Midrashim on Exodus	
customhouse	בֵּית הַמֶּכֶס	preparatory class	מְכִינָה, נ', ר', ־נוֹת
quota, number, quantity	מִכְסָה, נ', ר', ־סוֹת	acquaintance	מַכִּיר, ז', ר', ־רִים
	מִכְסֶה, מְכַסֶּה, ז', ר', ־סִים, ־סָאוֹת	sale	מְכִירָה, נ', ר', ־רוֹת
cover, lid, covering	־סִים	to sink, fall (morally); to be humiliated; to be impoverished	מָכַךְ, פ"ע
	מִכְסֶה, מְכוּסֶּה, ת"ז, ־סָה, ת"נ		
covered		to become low, degenerate	נָמַךְ, פ"ע
ugly	מְכֹעָר, מְכוֹעָר, ת"ז, ־עֶרֶת, ת"נ	starry	מְכֻכָּב, מְכוּכָב, ת"ז, ־כֶּבֶת, ת"נ
multiplier	מַכְפִּיל, ז', ר', ־לִים		מִכְלָאָה, מִכְלָה, נ', ר', ־לָאוֹת,
	מֻכְפָּל, מְכוּפָּל, ת"ז, ־פֶּלֶת, ת"נ	corral; detention camp	־לוֹת
doubled; duplex		magnificence	מִכְלוֹל, ז', ר', ־לִים
stony,	מַכְפֵּלָה, נ', ר', ־לוֹת	magnificent things	מַכְלוּלִים, ז"ר
unfertile soil; duplex building		perfection	מִכְלָל, ז', ר', ־לִים
cave of Makhpelah	מְעָרַת הַמַּכְפֵּלָה	college, university	מִכְלָלָה, נ', ר', ־לוֹת
	מְכֻפָּר, מְכוּפָּר, ת"ז, ־פֶּרֶת, ת"נ		
forgiven, atoned		grocery; provision	מַפֹּלֶת, נ'
price, sale	מֶכֶר, ז', ר', מְכָרִים	radar	מַכָּ"ם, ז'
bill of sale	שְׁטַר מֶכֶר	net,	מַכְמוֹר, מִכְמָר, ז', ר', ־רִים
to sell	מָכַר, פ"י	snare	
to be sold	נִמְכַּר, פ"ע		מִכְמֹרֶת, מִכְמֶרֶת, נ', ר', ־מוֹרוֹת,
to sell oneself; to devote oneself to	הִתְמַכֵּר, פ"ע	fishing net, trawling net	־מָרוֹת
acquaintance	מַכָּר, ז', ר', ־רִים	to crush	מָכַמֵךְ, פ"י
	מֻכָּר, מוּכָּר, ת"ז, ־כֶּרֶת, ת"נ	to be crushed	הִתְמַכְמֵךְ, פ"ע
recognized; known		treasure (hidden)	מִכְמָן, ז', ר', ־מַנִּים
mine	מִכְרֶה, ז', ר', ־רוֹת	net,	מִכְמָר, מַכְמוֹר, ז', ר', ־רִים
salt mine	מִכְרֵה מֶלַח	snare	
arms, weapon	מִכְרֶה, נ', ר', ־רוֹת		מִכְמֶרֶת, מִכְמוֹרֶת, נ', ר', ־מָרוֹת,
tender	מִכְרָז, ז', ר', ־זִים	fishing net, trawling net	־מוֹרוֹת
	מֻכְרָח, מוּכְרָח, ת"ז, ־רַחַת, ת"נ	denominator	מְכַנֶּה, ז', ר', ־נִּים
compelled, forced		named, called	מְכֻנֶּה, מְכוּנֶה, ת"ז, ־נָּה, ת"נ
stumbling block, obstacle	מִכְשׁוֹל, ז', ר', ־לִים		מְכֻנָּס, מְכוּנָּס, ת"ז, ־נֶסֶת, ת"נ
instrument, apparatus	מַכְשִׁיר, ז', ר', ־רִים	collected, gathered	
		pants, trousers, slacks, drawers, panties	מִכְנָסַיִם, ז"ר

unnatural death — מִיתָה מְשֻׁנָּה

מְיֻתָּר, מְיוּתָּר, ת"ז, ־תֶּרֶת, ת"נ — superfluous

tent cord; cord; — מֵיתָר, ז', ר', ־רִים
bow string; sinew; diameter

to become poor; — מָךְ, פ"ע, ע' [מוך]
to be depressed

lowly; poor — מָךְ, ת"ז, מָכָה, ת"נ

pain, suffering — מַכְאוֹב, ז', ר', ־בִים

painful — מַכְאִיב, ת"ז, ־בָה, ת"נ

broom; twig — מַכְבֵּד, ז', ר', ־בָּדִים
of the palm tree

מְכֻבָּד, מְכוּבָּד, ת"ז, ־בֶּדֶת, ת"נ — honored

brush; broom — מַכְבֵּדֶת, נ', ר', ־בְּדוֹת

fire extinguisher — מְכַבֶּה, ז', ר', ־בִּים

fireman, — מְכַבֶּה־אֵשׁ, ז', ר', ־בֵּי אֵשׁ
fire fighter

great nation — מַכְבִּיר, ז', ר', ־רִים

plentifully — לְמַכְבִּיר

hairpin — מַכְבֵּנָה, נ', ר', ־נוֹת

מְכֻבָּס, מְכוּבָּס, ת"ז, ־בֶּסֶת, ת"נ — washed

laundry — מִכְבָּסָה, נ', ר', ־בָּסוֹת

sieve; net, snare — מִכְבָּר, ז', ר', ־רִים

cover, coverlet — מַכְבֵּר, ז', ר', ־בְּרִים

press; heavy — מַכְבֵּשׁ, ז', ר', ־שִׁים
roller

blow, stroke; — מַכָּה, נ', ר', ־כּוֹת
slaughter; plague; wound

epidemic — מַכָּה מְהַלֶּכֶת

מְכֻבָּד, מְכוּבָּד, ת"ז, ־בֶּדֶת, ת"נ — honored

מְכֻבָּס, מְכוּבָּס, ת"ז, ־בֶּסֶת, ת"נ — washed

burn, scar — מִכְוָה, נ', ר', ־ווֹת

directed; — מְכֻוָּן, מְכוּוָּן, ת"ז, ־וֶּנֶת, ת"נ
intentional; aimed; set (watch)

---

site; foundation; — מָכוֹן, ז', ר', ־נִים
institution, institute

directed; — מְכֻוָּן, מְכוּוָּן, ת"ז, ־וֶּנֶת, ת"נ
intentional; aimed; set (watch)

regulator — מַכְוֵן, ז', ר', ־וְנִים

mechanic — מְכוֹנַאי, ז', ר', ־נָאִים

named, — מְכֻנֶּה, מְכוּנֶּה, ת"ז, ־נָּה, ת"נ
called

machine, engine; — מְכוֹנָה, נ', ר', ־נוֹת
base; stand

machine-gun — מְכוֹנַת יְרִיָּה

typewriter — מְכוֹנַת כְּתִיבָה

sewing machine — מְכוֹנַת תְּפִירָה

car, automobile — מְכוֹנִית, נ', ר', ־נִיּוֹת

machinist, — מְכוֹנֵן, ז', ר', ־נְנִים
engineer, mechanic

מְכֻנָּס, מְכוּנָּס, ת"ז, ־נֶּסֶת, ת"נ — collected, gathered

winged — מְכֻנָּף, מְכוּנָף, ת"ז, ־נֶּפֶת, ת"נ

covered — מְכֻסֶּה, מְכוּסֶּה, ת"ז, ־סָּה, ת"נ

ugly — מְכֹעָר, מְכוֹעָר, ת"ז, ־עֶרֶת, ת"נ

מְכֻפָּל, מְכוּפָּל, ת"ז, ־פֶּלֶת, ת"נ — doubled

מְכֻפָּר, מְכוּפָּר, ת"ז, ־פֶּרֶת, ת"נ — forgiven, atoned

מְכֻפְתָּר, מְכוּפְתָּר, ת"ז, ־תֶּרֶת, ת"נ — buttoned

מְכֻוָּץ, מְכוּוָּץ, ת"ז, ־וֶּצֶת, ת"נ — squeezed, cramped

origin — מְכוֹרָה, נ', ר', ־רוֹת

hoe; bell clapper; — מַכּוֹשׁ, ז', ר', ־שִׁים
piano key

xylophone; — מַכּוֹשִׁית, נ', ר', ־שִׁיּוֹת
castanet

מְכֻשָּׁף, מְכוּשָּׁף, ת"ז, ־שֶּׁפֶת, ת"נ — enchanted

eyebrow pencil; — מִכְחוֹל, ז', ר', ־לִים
kohl brush; paint brush

saying	מֵימְרָה, נ׳, ר׳, ־רוֹת	מְיֻשָּׁר, מְיָשָּׁר, ת״ז, ־שֶּׁרֶת, ת״נ	correct; straight
kind, variety, genus	מִין, ז׳, ר׳, ־נִים		
species; sex, gender; sectarian;		מְיֻתָּר, מְיָתָּר, ת״ז, ־תֶּרֶת, ת״נ	superfluous
heretic			
like, resembling	כְּמִין	fattened	מְיֻזָּן, מְיָזָּן, ת״ז, ־זֶנֶת, ת״נ
to classify	מִיֵּן, פ״י	sweater	מֵיזָע, ז׳, ר׳, ־עִים
heresy,	מִינוּת, נ׳, ר׳, ־נֻיּוֹת	special	מְיֻחָד, מְיָחָד, ת״ז, ־חֶדֶת, ת״נ
sectarianism		noble;	מְיֻחָס, מְיָחָס, ת״ז, ־חֶסֶת, ת״נ
sexual;	מִינִי, ת״ז, ־נִית, ת״נ	relative; attributed	
of the species		defeat; collapse	מַיָס, ז׳
venereal disease	מַחֲלָה מִינִית	the best	מֵיטָב, ז׳
wet nurse; siphon	מֵינֶקֶת, מֵינִיקָה, נ׳, ר׳, ־נִיקוֹת	well-doing	מֵיטִיב, מֵטִיב, ת״ז, ־בָה, ת״נ
established, founded; based	מְיֻסָּד, מְיֻסְּדָה, ת״ז, ־סֶדֶת, ת״נ	brook, stream	מִיכָל, ז׳, ר׳, ־כָלִים
		mile; mill	מִיל, ז׳, ר׳, ־לִים
decorated; empowered	מְיֻפֶּה, מְיֻפְּפֶה, ת״ז, ־פֶּה, ת״נ	so be it	מֵילָא, מ״ק
authorized, empowered	מְיֻפֶּה כֹּחַ	automatically	מִמֵּילָא, תה״פ
recital	מֵיפָע, ז׳, ר׳, ־עִים	obstetrician	מְיַלֵּד, ז׳, ר׳, ־לְדִים
juice; pressing,	מִיץ, ז׳, ר׳, ־צִים	midwife	מְיַלֶּדֶת, נ׳, ר׳, ־לְדוֹת
squeezing		circumcision;	מִילָה, נ׳, ר׳, ־לוֹת
to churn, beat	[מיץ] מָץ, פ״י	penis; circumcised membrane	
to make slim, weak	הֵמִיץ, פ״י	water	מַיִם, ז״ר
represented	מְיֻצָּג, מְיֻצְּצָג, ת״ז, ־צֶגֶת, ת״נ	מַיִם רִאשׁוֹנִים, מַיִם אַחֲרוֹנִים	
knot (in stalks)	מִיצָה, נ׳, ר׳, ־צוֹת	washing hands before and after	
service tree	מַיְשׁ, ז׳, ר׳, מֵישִׁים	meals	
settled	מְיֻשָּׁב, מְיֻשְּׁשָׁב, ת״ז, ־שֶׁבֶת, ת״נ	shallow, running	מַיִם מְהַלְּכִים
plain, plateau;	מִישׁוֹר, ז׳, ר׳, ־רִים	water	
righteousness		whisky, brandy	מַיִם חַיִּים
old;	מְיֻשָּׁן, מְיֻשְּׁשָׁן, ת״ז, ־שֶׁנֶת, ת״נ	mucous	מֵי הָאַף, ־ הַחֹטֶם
sleepy		knee-deep water	מֵי בִּרְכַּיִם
correct, straight	מְיֻשָּׁר, מְיֻשְּׁשָׁר, ת״ז, ־שֶׁרֶת, ת״נ	rain water	מֵי גְשָׁמִים
level; evenness;	מֵישָׁר, ז׳, ר׳, ־רִים	mead	מֵי דְבַשׁ
straightforwardness; equity; carpet		poisonous water	מֵי רֹאשׁ
death	מִיתָה, נ׳, ר׳, ־תוֹת	urine	מֵי רַגְלַיִם
sudden death	מִיתָה חֲטוּפָה	urinal	בֵּית הַמַּיִם
		watery	מֵימִי, ת״ז, ־מִית, ת״נ
		canteen	מֵימִיָּה, נ׳, ר׳, ־יּוֹת
		hydrogen	מֵימָן, ז׳

מְטַחֲוָה, ז׳, ר׳, ־וִים — shot; bowshot
מַטְחֵן, ז׳, ר׳, ־חֲנִים — grinding mill
מַטְחֵנָה, נ׳, ר׳, ־נוֹת — grinder
מְטֻטֶּלֶת, מְטוּטֶּלֶת, נ׳, ר׳, ־טָּלוֹת — pendulum; pennant
מֵטִיב, מֵיטִיב, ת״ז, ־בָה, ת״נ — well-doing
מָטִיל, ז׳, ר׳, מְטִילִים — iron bar, rail
מַטָּלָה, נ׳, ר׳, ־לוֹת — assignment
מְטֻלְטָל, מְטוּלְטָל, ת״ז, ־טֶלֶת, ת״נ — movable
מְטַלְטְלִים, ־ן, ז״ר — movable goods, chattels
מַטְלִית, מַטְלָנִית, נ׳, ר׳, ־לִיּוֹת — rag; patch; strip
מַטְמוֹן, ז׳, ר׳, ־נִים — (hidden) treasure
בְּמַטְמוֹנִים, תה״פ — secretly
מִטְמֵט, פ״י — to crumble; to push over
הִתְמַטְמֵט, פ״ע — to be crumbled; to totter, fall down
מְטֻמְטָם, מְטוּמְטָם, ת״ז, ־טֶמֶת, ת״נ — idiotic
מִטְמָע, ז׳, ר׳, ־עִים — integration
מַטָּע, ז׳, ר׳, ־עִים — plantation; planting
מַטְעָם, ז׳, ר׳, ־עַמִּים — a dish of venison, game; tasty dish; taste
מִטְעָם, ז׳, ר׳, ־מִים — snack
מִטְעָמִיָּה, נ׳, ר׳, ־מִיּוֹת — snack bar
מֻטְעָם, ת״ז, ־עֶמֶת, ת״נ — expressed; declaimed; accented
מַטְעֶמֶת, נ׳, ר׳, ־עָמּוֹת — delicacy; worldly delights
מִטְעָן, ז׳, ר׳, ־נִים — cargo, load; burden
מַטְפֶּה, ז׳, ר׳, ־פִּים — fire extinguisher
מִטְפַּחַת, נ׳, ר׳, ־פָּחוֹת — kerchief; wrapping cloth
מִטְפַּחַת אַף — handkerchief
מִטְפַּחַת הַשֻּׁלְחָן — tablecloth
מָטָר, ז׳, ר׳, מְטָרוֹת, מְטָרִים — rain
מְטַר הַזְּמַן — worries
[מטר] נִמְטַר, פ״ע — to be wet with rain
הִמְטִיר, פ״י — to rain; to bring down
מֶטֶר, ז׳, ר׳, ־רִים — meter
מַטָּרָה, נ׳, ר׳, ־רוֹת — aim, objective, target
מִטְרִיָּה, נ׳, ר׳, ־יּוֹת — umbrella
מְטֹרָף, מְטוֹרָף, ת״ז, ־רֶפֶת, ת״נ — crazy, insane, demented
מִי, מ״ג — who; whoever
לְמִי — to whom; whose
אֶת מִי — whom
מְיָאָשׁ, מְיוּאָשׁ, ת״ז, ־אֶשֶׁת, ת״נ — despairing
מְיֻגָּע, מְיוּגָּע, ת״ז, ־גַּעַת, ת״נ — fatigued
מִיָּד, תה״פ — at once, immediately
מְיֻדָּע, מְיוּדָּע, ת״ז, ־דַּעַת, ת״נ — acquaintance; definite
מִיהוּת, נ׳ — identity
מְיוּאָשׁ, מְיֻאָשׁ, ת״ז, ־אֶשֶׁת, ת״נ — despairing
מְיוּגָּע, מְיֻגָּע, ת״ז, ־גַּעַת, ת״נ — fatigued
מְיוּדָּע, מְיֻדָּע, ת״ז, ־דַּעַת, ת״נ — acquaintance; definite
מִיּוּם, ז׳ — watering
מִיּוּן, ז׳, ר׳, ־נִים — classification
מְיוּסָּד, מְיֻסָּד, ת״ז, ־סֶּדֶת, ת״נ — established, founded, based
מְיוּפֶּה, מְיֻפֶּה, ת״ז, ־פָּה, ת״נ — decorated; empowered
מְיוּצָּג, מְיֻצָּג, ת״ז, ־צֶּגֶת, ת״נ — represented
מְיוּשָּׁב, מְיֻשָּׁב, ת״ז, ־שֶּׁבֶת, ת״נ — settled
מְיוּשָּׁן, מְיֻשָּׁן, ת״ז, ־שֶּׁנֶת, ת״נ — old; sleepy

to slip; to totter	מָט, פ"ע, ע' [מוט]
broom	מַטְאֲטֵא, ז', ר', ־אַסְאֵא
slaughterhouse; massacre	מִטְבָּח ד'
kitchen	מִטְבָּח, ז', ר', ־בָּחִים
kitchenette	מִטְבָּחוֹן, ז', ר', ־נִים
slaughterhouse	מִטְבָּחַיִם, בֵּית־מִטְבָּחַיִם, ד"ר
coin; mold (for coining)	מַטְבֵּעַ, ז', ר', ־בָּעוֹת
mint	מִטְבָּעָה, נ', ר', ־עוֹת
minter, mintmaster	מַטְבְּעָן, ז', ר', ־נִים
die(stamping)	מַטְבַּעַת, נ', ר', ־בָּעוֹת
fried	מְטֻגָּן, מְטֻגָּן, תי"ז, ־נֶּנֶת, ת"נ
down, below	מַטָּה, תה"פ
down, down(ward); below	לְמַטָּה
from below; beneath	מִלְּמַטָּה
very low	מַטָּה מַטָּה
staff, stick, branch; tribe; support	מַטֶּה, ז', ר', ־טוֹת
injustice	מַטֶּה, ז', ר', ־שִׁים
wing tip	מַטָּה, נ', ר', ־שׁוֹת
bed, couch; bier; litter	מִטָּה, נ', ר', ־שׁוֹת
cohabitation	תַּשְׁמִישׁ הַמִּטָּה
fried	מְטֻגָּן, מְטֻגָּן, תי"ז, ־נֶּנֶת, ת"נ
yarn; web	מַטְוֶה, ז', ר', ־וִים
pennant; pendulum	מְטֻוֶּשֶׁלֶת, מְטֻשֶּׁלֶת, נ', ר', ־שָׁלוֹת
movable	מְטֻלְטָל, מְטֻלְטָל, תי"ז, ־שֶׁלֶת, ת"נ
idiotic	מְטֻמְטָם, מְטֻמְטָם, תי"ז, ־טֶמֶת, ת"ז
airplane	מָטוֹס, ז', ר', ־סִים
jet plane; rocket	מְטוֹס־סִילוֹן
crazy, insane, demented	מְטֹרָף, מְטֹרֶפֶת, תי"ז, ־רֶפֶת, ת"נ
barrage	מַטָּח, ז', ־חִים

eraser	מַחַק, ז', ר', מְחָקִים
research, study, inquiry; depth	מֶחְקָר, ז', ר', ־רִים
later, afterwards; tomorrow	מָחָר, תה"פ
toilet, privy, w.c.	מַחֲרָאָה, נ', ר', ־אוֹת
destroyed	מָחֳרָב, תי"ז, ־רֶבֶת, ת"נ
strung; rhymed	מְחֹרָז, מְחוֹרָזוּ, תי"ז, ־רֶזֶת, ת"נ
verse, strophe; string, row	מַחֲרוֹזֶת, נ', ר', ־רוֹזוֹת
lathe	מַחֲרֵטָה, נ', ר', ־טוֹת
plow, plowshare	מַחֲרֵשָׁה, מַחֲרֶשֶׁת, נ', ר', ־שׁוֹת
the morrow	מָחֳרָת, תה"פ
the day after tomorrow	מָחֳרָתַיִם
accounted; thought-out	מְחֻשָּׁב, מְחוֹשָּׁב, תי"ז, ־שֶׁבֶת, ת"נ
thought; purpose; intention; apprehension	מַחֲשָׁבָה, נ', ר', ־בוֹת
bareness; laying bare; stripping	מַחְשׂוֹף, ז', ר', ־פִים
dark place, darkness	מַחְשָׁךְ, ז', ר', מַחְשַׁכִּים
electrified	מְחֻשְׁמָל, מְחוּשְׁמָל, תי"ז, ־מֶלֶת, ת"נ
coal shovel; pan	מַחְתָּה, נ', ר', ־תוֹת
terror; destruction	מְחִתָּה, נ', ר', ־תוֹת
scalpel	מַחְתֵּךְ, ז', ר', ־דְּכִים
bound, strapped, swaddled, swathed	מְחֻתָּל, מְחוּתָּל, תי"ז, ־תֶּלֶת, ת"נ
relative by marriage	מְחֻתָּן, מְחוּתָּן, ז', ר', ־נִים
breaking in; underground (polit., mil.)	מַחְתֶּרֶת, נ', ר', ־תָּרוֹת

מַחֲנָק, ז'	strangulation
מַחֲסֶה, ז', ר', ־סִים	refuge, shelter
מַחְסוֹם, ז', ר', ־מִים	muzzle (of animal); roadblock
מַחְסוֹר, ז'	need, want; deficiency, lack
מַחְסָן, ז', ר', ־נִים	storehouse, warehouse
מַחְסָנִית, נ', ר', ־יוֹת	magazine (gun)
מְחֻסְפַּס, מְחוּסְפַּס, ת"ז, ־פֶּסֶת, ת"נ	coarse, rough
מְחֻסָּר, מְחוּסָּר, ת"ז, ־סֶּרֶת, ת"נ	missing, lacking; absent
מַחְפִּיר, ת"ז, ־רָה, ת"נ	shameful
מַחְפֹּרֶת, נ', ר', ־פּוֹרוֹת, ־פְּרִיּוֹת	excavation; mine
מְחֻפָּשׂ, מְחוּפָּשׂ, ת"ז, ־פֶּשֶׂת, ת"נ	sought; disguised
מָחַץ, פ"י	to smash; to dip
נִמְחַץ, פ"ע	to be smashed
הַמְחִיץ, פ"ע	to kick (in spasm of death)
מַחַץ, ז', ר', ־מְחָצִים	bruise, severe wound
מַחְצֵב, ז', ר', ־צְבִים	hewing
אַבְנֵי מַחְצֵב	hewn stones
מַחְצָב, ז', ר', ־בִים	mineral; quarry; mine
מַחְצָבָה, נ', ר', ־בוֹת	quarry
מֶחֱצָה, נ'	half, middle
מֶחֱצָה לְמֶחֱצָה	half and half, equal
מֶחִצָּה, מְחִצָּה, נ', ר', ־צוֹת	partition
מַחֲצִית, נ', ר', ־צִיּוֹת	half
מַחְצֶלֶת, נ', ר', ־צָלוֹת, ־צְלָאוֹת	mat, matting
מַחְצָצָה, נ', ר', ־צוֹת	toothpick
מַחְצְצֵר, ז', ר', ־צְרִים	bugler
[מחק] נִמְחַק, פ"ע	to be erased, blotted out

מְחִלָּה, נ', ר', ־לוֹת, ־לִים	underground cavity; hollow in a tree
מַחֲלוֹקֶת, מַחֲלֶקֶת, נ', ר', ־לָקוֹת, ־לָקוֹת	controversy; difference of opinion
מָחְלָט, מוּחְלָט, ת"ז, ־לֶטֶת	decided, definite; absolute
מַחֲלִים, ת"ז, ־מָה, ת"נ	recuperative
מַחֲלִיקַיִם, ז"ר	runners (of ice skates)
מְחֻלָּל, מְחוּלָּל, ת"ז, ־לֶלֶת	desecrated
מַחְלָפָה, נ', ר', ־פוֹת	lock of hair
מַחְלֵץ, ז', ר', ־לְצִים	corkscrew
מַחֲלָצוֹת, נ"ר	resplendent garment
מְחֻלָּק, מְחוּלָּק, ת"ז, ־לֶקֶת, ת"נ	divided
מְחַלֵּק, ז', ר', ־לְקִים	denominator
מַחְלָקָה, נ', ר', ־קוֹת	compartment, division
מַחֲלֶקֶת, מַחֲלוֹקֶת, נ', ר', ־לָקוֹת, ־לָקוֹת	controversy; difference of opinion
מֵחַם, ז', ר', ־מְחַמִּים	samovar
מַחֲמָאָה, נ', ר', ־אוֹת	flattery, compliment
מַחְמָד, ז', ר', ־מַדִּים	precious one, coveted thing
מַחְמוּדִים, ז"ר	valuables; treasures
מַחְמָל, ז'	desired object
מַחְמֶצֶת, נ', ר', ־מַחֲמָצוֹת	leavening; acidification
מְחֻמָּשׁ, ז', ר', ־שִׁים	pentagon
מֵחֲמַת, מ"י	because, because of
מַחֲנָאוּת, נ'	camping
מַחֲנֶה, ז'ונ, ר', ־נוֹת, ־נִים	camp; army camp; unfortified settlement
מְחַנֵּךְ, ז', ר', ־נְכִים	educator
מְחֻנָּךְ, מְחוּנָּךְ, ת"ז, ־נֶכֶת, ת"נ	educated

dramatist	מַחֲזַאי, ז', ר', ־זָאִים
vision;	מַחֲזֶה, ז', ר', ־זוֹת, ־זִים
phenomenon; theatrical	
performance, drama, play	
window; display	מַחֲזָה, נ', ר', ־זוֹת
window	
turnover; cycle;	מַחֲזוֹר, ז', ר', ־רִים
holiday prayer book	
circulation (blood)	מַחֲזוֹר הַדָּם
short play	מַחֲזָיָה, נ', ר', ־יוֹת
needle; thin wire	מַחַט, ז', ר', מְחָטִים
coniferous trees	עֲצֵי מַחַט
to wipe, blow nose;	מָחַט, פ"י
to snuff wick, trim candle	
battering ram	מְחִי, ז', ר', מְחָיִים
blow, strike	מְחִיאָה, נ', ר', ־אוֹת
clapping of hands	מְחִיאַת כַּפַּיִם
obligated; obliged	מְחֻיָּב, מְחוּיָב, ת"ז, ־יֶבֶת, ת"נ
sustenance;	מִחְיָה, נ', ר', ־יוֹת
preservation of life; nourishment	
extermination;	מְחִיָּה, נ', ר', ־יוֹת
eradication	
pardon;	מְחִילָה, נ', ר', ־לוֹת
forgiveness; letting go	
partition	מְחִיצָה, מְחִצָּה, נ', ר', ־צוֹת
erasing	מְחִיקָה, נ', ר', ־קוֹת
price; pay	מְחִיר, ז', ר', ־רִים
tariff, price list	מְחִירוֹן, ז', ר', ־נִים
sly,	מְחֻכָּם, מְחוּכָּם, ת"ז, ־כֶּמֶת, ת"נ
crafty	
to renounce; to pardon	מָחַל, פ"י
to be forgiven	נִמְחַל, פ"ע
sickness	מַחַל, ז'
dairy	מַחְלָבָה, נ', ר', ־בוֹת
sickness	מַחֲלָה, ז', ר', ־לִים
sickness,	מַחֲלָה, נ', ר', ־לוֹת
disease	

district; suburb; bay	מָחוֹז, ז', ר', מְחוֹזוֹת, מְחוֹזִים
obligated; obliged	מְחוּיָב, מְחֻיָב, ת"ז, ־יֶבֶת, ת"נ
corset	מָחוֹךְ, ז', ר', מְחוֹכִים
sly	מְחוּכָּם, מְחֻכָּם, ת"ז, ־כֶּמֶת, ת"נ
dance, danc-	מָחוֹל, ז', ר', מְחוֹלוֹת
ing; timbrel, tambourine	
dancer	מְחוֹלֵל, ז', ־לֶלֶת, נ', ר', ־לְלִים, ־לְלוֹת
desecrated	מְחוּלָּל, מְחֻלָּל, ת"ז, ־לֶלֶת
divided	מְחוּלָּק, מְחֻלָּק, ת"ז, ־לֶקֶת
indicator	מַחֲוֶן, ז', ר', ־נִים
educated	מְחוּנָּךְ, מְחֻנָּךְ, ת"ז, ־נֶכֶת, ת"נ
coarse, rough	מְחוּסְפָּס, מְחֻסְפָּס, ת"ז, ־פֶּסֶת, ת"נ
missing, lacking, absent	מְחוּסָּר, מְחֻסָּר, ת"ז, ־סֶרֶת, ת"נ
sought; disguised	מְחוּפָּשׂ, מְחֻפָּשׂ, ת"ז, ־פֶּשֶׂת, ת"נ
erased; empty	מָחוּק, ת"ז, מְחוּקָה, ת"נ
engraver;	מְחוֹקֵק, ז', ר', ־קְקִים
lawgiver	
strung;	מְחוֹרָז, מְחֹרָז, ת"ז, ־רֶזֶת, ת"נ
rhymed	
ailment;	מָחוֹשׁ, ז', ר', ־שִׁים
apprehension	
antenna	מָחוֹשׁ, ז', ר', מְחוֹשִׁים
accounted; thought-out	מְחוּשָּׁב, מְחֻשָּׁב, ת"ז, ־שֶׁבֶת, ת"נ
electrified	מְחוּשְׁמָל, מְחֻשְׁמָל, ת"ז, ־מֶלֶת, ת"נ
bound, swaddled, swathed, strapped	מְחוּתָּל, מְחֻתָּל, ת"ז, ־תֶּלֶת, ת"נ
relative by	מְחוּתָּן, מְחֻתָּן, ז', ר', ־נִים
marriage	
dramatized	[מחז] הֻמְחַז, פ"י

fatling	מֵחַ, ז׳, ר׳, ־חִים
to applaud; to clap hands	מָחָא, פ״י
to applaud	מָחָא יָד, מָחָא כַּף
protestation; protest	מֶחָאָה, נ׳, ר׳, ־אוֹת
hiding place; storeroom	מַחֲבֵא, מַחֲבוֹא, ז׳, ר׳, מַחֲבָאִים, ־אִים
racket	מַחֲבֵט, ז׳, ר׳, ־בְּטִים
devil; saboteur	מְחַבֵּל, ז׳, ר׳, ־בְּלִים
churn	מַחְבֵּצָה, נ׳, ר׳, ־צוֹת
author; concocter; joiner	מְחַבֵּר, ז׳, ר׳, ־בְּרִים
Joined; written	מְחֻבָּר, מְחוּבָּר, ת״ז, ־בֶּרֶת, ת״נ
booklet, notebook, pamphlet	מַחְבֶּרֶת, נ׳, ר׳, ־בָּרוֹת
connection of forehead bone to skull	מַחְבֶּרֶת הַמֹּחַ
frying pan	מַחֲבַת, נ׳, ר׳, ־תוֹת
girdle	מַחֲגֹרֶת, נ׳, ר׳, ־גוֹרוֹת
pencil sharpener	מְחַדֵּד, ז׳, ר׳, ־דְּדִים
renewed	מְחֻדָּשׁ, מְחוּדָּשׁ, ת״ז, ־דֶּשֶׁת, ת״נ
to blot out, wipe out; to excise; to clean; to protest	מָחָה, פ״י
to be wiped out, blotted out, exterminated; to be dissolved	נִמְחָה, פ״ע
to protest	מִחָה, פ״י
to draw a check	הִמְחָה, פ״י
to specialize	הִתְמַחָה, פ״ע
Joined; written	מְחֻבָּר, מְחוּבָּר, ת״ז, ־בֶּרֶת, ת״נ
hand (of watch, compass), dial	מָחוֹג, ז׳, ר׳, מְחוֹגִים
compass	מְחוּגָה, נ׳, ר׳, ־גוֹת
renewed	מְחֻדָּשׁ, מְחוּדָּשׁ, ת״ז, ־דֶּשֶׁת, ת״נ

invited	מְזֻמָּן, מְזוּמָּן, ת״ז, ־מֶּנֶת, ת״נ
ready; invited; guest	מְזֻמָּן, מְזוּמָּן, ת״ז, ־מֶּנֶת, ת״נ; ז׳
cash	מְזֻמָּנִים, ז״ר
singer	מְזַמֵּר, ז׳, מְזַמֶּרֶת, נ׳, ר׳, ־מְּרִים, ־מְּרוֹת
pruning (knife) shears	מַזְמֵרָה, נ׳, ר׳, ־רוֹת
buffet; luncheonette	מִזְנוֹן, ז׳, ר׳, ־נִים, ־נוֹת
neglected	מֻזְנָח, מוּזְנָח, ת״ז, ־נַחַת, ת״נ
frightful	מְזַעֲזֵעַ, ת״ז, ־זַעַת, ת״נ
shocked	מְזֻעֲזָע, מְזוּעֲזָע, ת״ז, ־זַעַת, ת״נ
a little; a trifle	מְזְעָר, תה״פ
lousy; covered with pitch	מְזֻפָּת, ת״ז, ־פֶּתֶת, ת״נ
bearded; aged	מְזֻקָּן, מְזוּקָּן, ת״ז, ־קֶּנֶת, ת״נ
source of cold (winds)	מָזוֹר, ז׳, ר׳, מְזוֹרִים
constellation (Orion)	מַזָּר, ז׳, ר׳, ־רוֹת
spool	מַזְרֵבָה, נ׳, ר׳, ־בוֹת
winnowing fan	מִזְרֶה, ז׳, ר׳, ־רִים
east	מִזְרָח, ז׳
eastern, easterly	מִזְרָחִי, ת״ז, ־חִית, ת״נ
orientalist	מִזְרְחָן, ז׳, ר׳, ־נִים
mattress	מִזְרָן, מִזְרוֹן, ז׳, ר׳, ־נִים
seeded field	מִזְרָע, ז׳, ר׳, ־עִים
sowing machine	מַזְרֵעָה, נ׳, ר׳, ־עוֹת
bowl	מִזְרָק, ז׳, ר׳, ־קִים
syringe	מַזְרֵק, ז׳, ר׳, ־רְקִים
fountain	מַזְרֵקָה, נ׳, ר׳, ־קוֹת
rattlesnake	מִזְרָקִית, נ׳, ר׳, ־יוֹת
brain; marrow	מֹחַ, ז׳, ר׳, מֹחוֹת
(bread) crumb	מֹחַ הַלֶּחֶם

weakness; pang מְזִי, ז׳, ר׳, מְזִים	מוֹתָר, ז׳, ר׳, ־רִים, ־רוֹת
hunger pain מְזֵי רָעָב	superfluity, abundance; remainder;
pouring out; מְזִינָה, נ׳, ר׳, ־נוֹת	advantage; luxury
mixing; fusion; synthesis	to live in luxury חַי בְּמוֹתָרוֹת
intentional sinner מֵזִיד, ז׳, ר׳, מְזִידִים	to kill [מות] מוֹתֵת, פ״י, ע׳
intentionally; בְּמֵזִיד, תה״פ	altar מִזְבֵּחַ, ז׳, ר׳, ־בְּחוֹת
wantonly	dung heap, מַזְבָּלָה, נ׳, ר׳, ־לוֹת
wanton woman מְזִידָה, נ׳, ר׳־דוֹת	dump
belt מֵזִיחַ, ז׳, ר׳, ־חִים	wine (ready מֶזֶג, ז׳, ר׳, מְזָגִים
armed מְזֻיָּן, מְזוּיָּן, ת״ז, ־יֶנֶת, ת״נ	to drink); temperament
forged; מְזֻיָּף, מְזוּיָּף, ת״ז, ־יֶפֶת, ת״נ	weather מֶזֶג הָאֲוִיר
spurious, adulterated	to pour (liquids); מָזַג, פ״י
forger מְזַיֵּף, ז׳, ר׳, ־יְפִים	to admix water
injurer; devil; מַזִּיק, ז׳, ר׳, מַזִּיקִים	to be poured out נִמְזַג, פ״ע
evil spirit	to become mixed הִתְמַזֵּג, פ״ע
מַזְכִּיר, ז׳, ־רָה, נ׳, ר׳, ־רִים, ־רוֹת	exhausted מָזֶה, ת״ג, ־זָה, ת״נ
recorder; secretary	warned מֻזְהָר, מוּזְהָר, ת״ז, ־הֶרֶת, ת״נ
secretaryship; מַזְכִּירוּת, נ׳, ר׳, ־רִיּוֹת	joining; מִזּוּג, ז׳, ר׳, ־גִים
secretariat	harmonizing; synthesis
memorandum; מַזְכֶּרֶת, נ׳, ר׳, ־כָּרוֹת	valise; suitcase מִזְוָדָה, נ׳, ר׳, ־דוֹת
souvenir	satchel, מִזְוַדְנָת, נ׳, ר׳, ־דָנוֹת
constellation, מַזָּל, ז׳, ר׳, ־לוֹת	overnight case
planet; destiny, fate	storeroom מְזָוֶה, ז׳, ר׳, ־וִים
good luck; מַזָּל טוֹב	doorpost; tiny מְזוּזָה, נ׳, ר׳, ־זוֹת
congratulations	scroll with "Shema Yisrael"
to become lucky [מזל] הִתְמַזֵּל, פ״ע	armed מְזוּיָּן, מְזֻיָּן, ת״ז, ־יֶנֶת, ת״נ
fork מַזְלֵג, ז׳, ר׳, ־לָגוֹת, מִזְלָגוֹת	forged; מְזוּיָּף, מְזֻיָּף, ת״ז, ־יֶפֶת, ת״נ
sprinkler מַזְלֵף, ז׳, ר׳, ־לְפִים	spurious
planning; מְזִמָּה, נ׳, ר׳, ־מוֹת	ready; מְזוּמָּן, מְזֻמָּן, ת״ז, ־מֶנֶת, ת״נ; ז׳
intelligence; craftiness; sagacity	invited; guest
softening; neck- מִזְמוּז, ז׳, ר׳, ־זִים	food, sustenance; מָזוֹן, ז׳, ר׳, מְזוֹנוֹת
ing (in love-making)	alimony
amusement; מִזְמוּט, ז׳, ר׳, ־טִים	Grace בִּרְכַּת הַמָּזוֹן
entertainment	ache; bandage, מָזוֹר, ז׳, ר׳, מְזוֹרִים
song; psalm מִזְמוֹר, ז׳, ר׳, ־רִים	compress
to soften מִזְמֵז, פ״י	breakwater; pier מֵזַח, ז׳, ר׳, מְזָחִים
to be softened; הִתְמַזְמֵז, פ״ע	sleigh מִזְחֶלֶת, נ׳, ר׳, ־חָלוֹת
to neck (in love-making)	gutter; drainpipe מַזְחִילָה, נ׳, ר׳, ־לוֹת

watch	מוֹרֶה שָׁעוֹת
razor	מוֹרָה, ז'
polished	מוּרְט, ת"ז, ־טָה, ת"נ
composed	מוּרְכָּב, מְרֻכָּב, ת"ז, ־כֶּבֶת, ת"נ
abscess	מוּרְסָה, מְרֻסָה, נ', ר', ־סוֹת
Inheritance, heritage; heir	מוֹרָשׁ, מוֹרָשָׁה, ז', ר', ־שִׁים, ־שׁוֹת
to throw off, remove; to withdraw; to depart; to touch, feel	[מוש] מָשׁ, פעו"י
seat; habitation, place of living; co-operative settlement	מוֹשָׁב, ז', ר', ־בִים, ־בוֹת
home for the aged	מוֹשַׁב זְקֵנִים
colony; permanent dwelling place	מוֹשָׁבָה, נ', ר', ־בוֹת
concept, idea	מוּשָּׂג, מֻשָּׂג, ז', ר', ־גִים
blackened	מוּשְׁחָר, מֻשְׁחָר, ת"ז, ־חֶרֶת, ת"נ
savior, redeemer	מוֹשִׁיעַ, ז', ר', ־עִים
brace; rein	מוֹשְׁכָה, נ', ר', ־כוֹת
ruler; governor; one who speaks in parables	מוֹשֵׁל, ז', ר', ־שְׁלִים
completed; perfect	מוּשְׁלָם, מֻשְׁלָם, ת"ז, ־לֶמֶת, ת"נ
salvation	מוֹשָׁעָה, נ', ר', ־עוֹת
influenced	מוּשְׁפָּע, מֻשְׁפָּע, ת"ז, ־פַּעַת, ת"נ
death	מָוֶת, מָוְתָה, ז', ר', מוֹתִים
a man condemned to die	אִישׁ מָוֶת / בֶּן מָוֶת
to die	[מות] מֵת, פ"ע
to kill	מוֹתֵת, הֵמִית, פ"י
to be killed	הוּמַת, פ"ע
permitted; loose	מוּתָּר, מֻתָּר, ת"ז, ־תֶּרֶת, ת"נ

מוֹצָאֵי שַׁבָּת	Saturday night
מוֹצָאָה, נ', ר', ־אוֹת	toilet
מוּצָן, מֻצָן, ת"י, ־צֶנֶת, ת"נ	presented
מוּצְדָּק, מֻצְדָּק, ת"ז, ־דָּקֶת, ת"נ	justified
מוֹצִיא, הַמּוֹצִיא, ז'	blessing over bread
מוֹצִיא לָאוֹר	publisher
מוּצְלָח, מֻצְלָח, ת"ז, ־לַחַת, ת"נ	successful
מוּצָק, ז', ר', ־קִים	solid mass
מוּצֶקֶת, נ', ר', ־צָקוֹת	smelting mold
מוּק, ז', ר', ־קִים	gaiter
מוֹקֵד, ז', ר', ־קְדִים	conflagration; hearth; bonfire
מוּקְדָּם, מֻקְדָּם, ת"ז, ־דֶּמֶת, ת"נ	early
מוּקְדָּשׁ, מֻקְדָּשׁ, ת"ז, ־דֶּשֶׁת, ת"נ	sanctified
מוּקְלָט, מֻקְלָט, ת"ז, ־לֶטֶת	recorded
מוֹקֵשׁ, ז', ר', ־קְשִׁים	snare; stumbling block; mine
[מור] הֵמִיר, פ"י	to exchange; to change (one's religion)
מוֹרָא, ז', ר', ־אִים	fear, terror, awe; strange, miraculous event
מוֹרַג, ז', ר', ־רִגִּים	threshing board
מוּרְגָּז, מֻרְגָּז, ת"ז, ־גֶּזֶת, ת"נ	irritated
מוּרְגָּשׁ, מֻרְגָּשׁ, ת"ז, ־גֶּשֶׁת, ת"נ	felt, perceived
מוֹרָד, ז', ר', ־דִים, ־דוֹת	descent, slope
מוֹרֵד, ז', ר', ־רְדִים	rebel, traitor, renegade
מוֹרֶה, ז', מוֹרָה, נ', ר', ־רִים, ־רוֹת	teacher; archer; early rain
מוֹרֵה דֶּרֶךְ	guide

to be circumcised	נִמּוֹל, פ״ע
publisher	מוֹ״ל, ז׳, ר׳, ־לִים
birth; new moon	מוֹלָד, ז׳, ר׳, ־דִים, ־דוֹת
Christmas	חַג הַמּוֹלָד
birth; progeny, offspring; birthplace, homeland	מוֹלֶדֶת, נ׳, ר׳, ־לָדוֹת
to wither, dry up	מוֹלַל, פ״ע, ע׳ [מלל]
blemish	מוּם, ז׳, ר׳, ־מִים
cripple; deformed person	בַּעַל מוּם
to become deformed, crippled	[מום] הוּמַם, פ״ע
expert	מוּמְחֶה, מְמֻחֶה, ת״ז, ־חָה, ת״נ
convert; apostate	מוּמָר, ז׳, ר׳, ־רִים
apostasy	מוּמָרוּת, נ׳, ר׳, ־רֻיוֹת
prickly	מוּנָּד, מְגֻנָּד, ת״ז, ־דָה, ת״נ
numerator; time, times; meter	מוֹנֶה, ז׳, ר׳, ־נִים
taxi	מוֹנִית, נ׳, ר׳, ־נִיּוֹת
winding, spiral staircase	מוֹסָב, ז׳, ר׳, ־סַבִּים
surrounded, encompassed	מוּסָב, ת״ז, ־בָּה, ת״נ
foundation, establishment, institution; component	מוֹסָד, ז׳, ר׳, ־דוֹת, ־דִים
music	מוּסִיקָה, נ׳
garage	מוּסָךְ, ז׳, ר׳, ־סַכִּים
agreed upon	מוּסְכָּם, מְסֻכָּם, ת״ז, ־כֶּמֶת, ת״נ
qualified	מוּסְמָךְ, מְסֻמָּךְ, ת״ז, ־מֶכֶת, ת״נ
appendage; prefix; suffix	מוּסָף, ז׳, ר׳, ־פִים
chastisement, reproof, reprimand; ethics, morality	מוּסָר, ז׳, ר׳, ־רִים

repentance	מוּסַר כְּלָיוֹת
bond, halter; denunciator	מוֹסֵר, ז׳, ר׳, ־סְרִים
ethical, moral	מוּסָרִי, ת״ז, ־רִית, ת״נ
ethics, morality	מוּסָרִיּוּת, נ׳
fixed time, appointed time; season; holiday	מוֹעֵד, ז׳, ר׳, מוֹעֲדִים
tabernacle	אֹהֶל מוֹעֵד
tomb, cemetery	בֵּית מוֹעֵד (לְכָל חַי)
city of pilgrimage	קִרְיַת מוֹעֵד
forewarned	מוּעָד, ת״ז, ־עֶדֶת, ת״נ
meeting place	מוֹעָדָה, נ׳, ר׳, ־דוֹת
club	מוֹעֲדוֹן, ז׳, ר׳, ־נִים
scanty, little; a trifle	מוּעָט, מְעָט, ת״ז, ־עֶטֶת, ת״נ
useful	מוֹעִיל, ת״ז, ־לָה, ־ ת״נ
candidate	מוּעֲמָד, מְעֻמָּד, מֻעֲמָד, ז׳, ר׳, ־דִים
addressee	מוּעָן, ז׳, ר׳, ־עָנִים
restraint; darkness	מוּעָף, ז׳
council; counsel	מוֹעָצָה, מוֹעֵצָה, נ׳, ר׳, ־צוֹת
U.S.S.R., Soviet Russia	בְּרִית הַמּוֹעָצוֹת
torture device; misfortune (fig.)	מוּעָקָה, נ׳, ר׳, ־קוֹת
gilded	מוּפָז, ת״ז, ־זָה, ת״נ
distinguished; expert; great	מוּפְלָג, מְפֻלָּג, ת״ז, ־לֶגֶת, ת״נ
marvel, miracle; proof; example, model, pattern	מוֹפֵת, ז׳, ר׳, ־פְתִים
classical; exemplary	מוֹפְתִי, ת״ז, ־תִית, ת״נ
chaff	מוֹץ, מֹץ, ז׳, ר׳, ־צִים
descent, origin; exit; east	מוֹצָא, ז׳, ר׳, ־אִים, ־אוֹת

מוּגָּה, מֻגָּה, ת"ז, ־גַּהַת, ת"נ revised, proofread
מוֹנֶה, ז', ר', מוֹגִים tormentor
מוּגְזָם, מֻגְזָם, ת"ז, ־זֶמֶת, ת"נ exaggerated
מוּגְמָר, מֻגְמָר, ז', ר', ־רִים, ־רוֹת incense
מוּגְמָר, מֻגְמָר, ת"ז, ־מֶרֶת, ת"נ finished
מוּגָן, ת"ז, ־גָּנָה, ת"נ protected
מוּדְבָּק, מֻדְבָּק, ת"ז, ־בֶּקֶת, ת"נ stuck
מוּדְגָּשׁ, מֻדְגָּשׁ, ת"ז, ־גֶּשֶׁת, ת"נ emphasized
מוֹדֵד, ז', ר', ־דְדִים measuring instrument; surveyor; index
מוֹדָע, ז', ר', ־עִים, ־עוֹת relative; kinsman; acquaintance
מוֹדָעָה, נ', ר', ־עוֹת notice; advertisement; poster
מוּדְפָּס, מֻדְפָּס, ת"ז, ־פֶּסֶת, ת"נ printed
מוּדְרָג ,מֻדְרָג, ת"ז, ־רֶגֶת, ת"נ graded, gradual
מוֹהֵל, ז', ר', ־הֲלִים circumciser
מוּז, ז', ר', ־זִים banana
מוֹזֵג, ז', ר', ־זְגִים bartender, innkeeper
מוּזְהָר, מֻזְהָר, ת"ז, ־הֶרֶת, ת"נ warned
מוּזְמָן, מֻזְמָן, ת"ז, ־מֶנֶת, ת"נ invited
מוּזְנָח, מֻזְנָח, ת"ז, ־נַחַת, ת"נ neglected
מוּזָר, ת"ז, ־רָה, ת"נ queer, strange
מוּזָרוּת, נ' queerness, strangeness
מוֹחַ, מֹחַ, ז', ר', ־חוֹת, ־חִים brain
מוּחְלָט, מֻחְלָט, ת"ז, ־לֶטֶת, ת"נ decided; definite, absolute
מוֹחֵק, ז', ר', ־חֲקִים eraser

מוּחָשׁ, ז' reality; percept
מוּחָשִׁי, ת"ז, ־שִׁית, ת"נ perceptible; realistic
מוֹט, ז', ר', מוֹטוֹת bar; yoke; obstruction; calamity
[מוט] מָט, פ"ע to slip; to totter
נָמוֹט, פ"ע to tilt and fall
הֵמִיט, פ"י to cause to fall
הִתְמוֹטֵט, פ"ע to disintegrate; to collapse; to depreciate
מוּטָב, תה"פ better
מוּטְבָּע, מֻטְבָּע, ת"ז, ־בַּעַת, ת"נ stamped; drowned
מוֹטָה, נ', ר', ־טוֹת small cart shaft; yoke; tyranny
מוּטָל, ת"ז, ־טֶלֶת, ת"נ imposed, placed upon
מוּטָס, ת"ז, ־טֶסֶת, ת"נ flown
[מוך] מָךְ, פ"ע to become poor; to be depressed
הֵמִיךְ, פ"י to lower; to humiliate
מוֹךְ, ז' soft material
מוּכָּ"ז, ז' bearer
מוֹכִיחַ, ז', ר', ־חִים preacher
מוּכָן, ת"ז, ־כָנָה, ת"נ prepared
מוֹכֵס, ז', ר', ־כְסִים customs official
מוֹכֵר, ז', ר', ־כְרִים seller, vendor
מוֹכֵר סְפָרִים bookseller
מוּכְרָח, מֻכְרָח, ת"ז, ־רַחַת, ת"נ compelled
מוּכְשָׁר, מֻכְשָׁר, ת"ז, ־שֶׁרֶת, ת"נ capable
מוּכָּר, מֻכָּר, ת"ז, ־כֶּרֶת, ת"נ recognized, known
מוּכְתָּר, מֻכְתָּר, ת"נ, ־תֶּרֶת, ת"נ crowned
מוּל, מ"י opposite, towards, vis-à-vis
[מול] מָל, פ"י to circumcise

speedily, quickly, in a hurry	מַהֵר, מְהֵרָה, תה"פ
soon	בִּמְהֵרָה, עַד מְהֵרָה
pensive	מְהֻרְהָר, מְהוּרְהָר, ת"ז, ־הֶרֶת, ת"נ
jest; comedy; mockery	מַהֲתַלָּה, נ', ר', ־לוֹת
entrance	מוֹבָא, ז'
separated	מוּבְדָּל, מֻבְדָּל, ת"ז, ־דֶּלֶת, ת"נ
renowned, distinguished; expert	מוּבְהָק, מֻבְהָק, ת"ז, ־הֶקֶת, ת"נ
select	מוּבְחָר, מֻבְחָר, ת"ז, ־חֶרֶת, ת"נ
promised	מוּבְטָח, מֻבְטָח, ת"ז, ־טַחַת, ת"נ
unemployed	מוּבְטָל, מֻבְטָל, ז', ר', ־לִים
carrier	מוֹבִיל, ז', ר', ־לִים
meaning; significance	מוּבָן, ז', ר', ־נִים
understood	מוּבָן, ת"ז, ־בֶנֶת, ת"נ
trampled; defeated	מוּבָס, ת"ז, ־סָה, ת"נ
screwed	מוּבְרָג, מֻבְרָג, ת"ז, ־רֶגֶת, ת"נ
contraband; smuggled (goods)	מוּבְרָח, מֻבְרָח, ת"ז, ־רַחַת, ת"נ
kneeled; bent	מוּבְרָךְ, מֻבְרָךְ, ת"ז, ־רֶכֶת, ת"נ
to melt	[מוג] מָג, פ"ע
to melt away	נָמוֹג, פ"ע
to soften; to dissolve	מוֹגֵג, פ"י
to melt away; to flow; to become soft	הִתְמוֹגֵג, פ"ע
coward	מוּג־לֵב, ת"ז, מוּגַת־לֵב, ת"נ
limited	מֻגְבָּל, מֻגְבָּל, ת"ז, ־בֶּלֶת, ת"נ

10*

being; essence; quality	מַהוּת, נ', ר', מַהֻיוֹת
essential	מַהוּתִי, ת"ז, ־תִית, ־ת"נ
from where, whence	מֵהֵיכָן, תה"פ
faithful; reliable	מְהֵימָן, ת"ז, ־נָה, ת"נ
reliability	מְהֵימָנוּת, נ'
quick; skillful	מָהִיר, ת"ז, מְהִירָה, ת"נ
speed; quickness	מְהִירוּת, נ', ר', ־רָיוֹת
to mix; to circumcise	מָהַל, פ"י
walk; journey; distance; access; gear	מַהֲלָךְ, ז', ר', ־כִים
applause	מַהֲלָל, ז', ר', ־לָלִים
praised	מְהֻלָּל, מְהוּלָּל, ת"ז, ־לֶלֶת, ת"נ
from them (m.)	מֵהֶם, מה"י, ע' מָן
to linger; to hesitate; to be late	[מהמה] הִתְמַהְמֵהַּ, פ"ע
a great crowd	מְהֻמָּה, נ', ר',
pit; grave pit	מַהֲמוֹרָה, נ', ר', ־רוֹת
from them (f.)	מֵהֶן, מה"י, ע' מָן
engineer	מְהַנְדֵּס, ז', ר', ־דְסִים
opposite; overturned	מְהֻפָּךְ, מְהוּפָּךְ, ת"ז, ־פֶּכֶת, ת"נ
destruction; revolution	מַהְפֵּכָה, נ', ר', ־כוֹת
revolutionary	מַהְפְּכָן, ז', ר', ־נִים
revolutionism	מַהְפְּכָנוּת, נ'
revolutionary	מַהְפְּכָנִי, ת"ז, ־נִית, ת"נ
stocks	מַהְפֶּכֶת, נ', ר', ־פָכוֹת
dowry	מֹהַר, ז'
to buy a wife; to give a dowry	מָהַר, פ"י
to be hasty; to be overzealous, rash	נִמְהַר, פ"ע
to hasten, hurry	מִהַר, פ"ע ופ"י

מַדִּיחַ, ז׳, ר׳, ־חִים seducer

מָדוֹן, ז׳, ר׳, ־נִים contention; quarrel

מְדִינַאי, ז׳, ר׳, ־נָאִים statesman, diplomat; politician

מְדִינָה, נ׳, ר׳, ־נוֹת state; city; province; land

מְדִינִי, ת״ז, ־נִית, ת״נ political

מְדִינִיּוּת, נ׳ political science; policy, diplomacy; politics

מְדֻיָּק, מְדוּיָּק, ת״ז, ־יֶּקֶת, ת״נ exact, precise; punctual

מְדֻכָּא, מְדוּכָּא, ת״ז, ־כֵּאת, ת״נ oppressed; crushed

מַדְכֹּבֶד, ז׳, ר׳, מַדְכָּבְדִים barometer

מְדֻכְדָּךְ, מְדוּכְדָּךְ, ת״ז, ־דֶּכֶת, ת״נ oppressed; crushed

מִדְלָעָה, מִדְלַעַת, נ׳, ר׳, מִדְלָעוֹת a field of pumpkins

מַדְלֵק, ז׳, ר׳, ־לְקִים safety match

מְדֻמֶּה, מְדוּמֶּה, ת״ז, ־מָּה, ת״נ apparent, seeming

מַדְמַיִם, ז׳, ר׳, ־מֵימִים water meter

מַדְמֵנָה, נ׳, ר׳, ־נוֹת dunghill

מְדָן, ז׳, ר׳, מְדָנִים quarrel; knot

מַדָּע, ז׳, ר׳, ־עִים science; knowledge

מַדָּעִי, ת״ז, ־עִית, ת״נ scientific

מַדְּעָן, ז׳, ר׳, ־נִים scientist

מַדָּף, ז׳, ר׳, ־פִּים shelf

מַדְפִּיס, ז׳, ר׳, ־סִים printer

מִדְפָּס, ז׳, ר׳, ־סִים printed letter; typewritten letter

מֻדְפָּס, מוּדְפָּס, ת״ז, ־פֶּסֶת, ת״נ printed

מְדַקְדֵּק, ז׳, ר׳, ־דְּקִים grammarian; pedant

מְדֻקְדָּק, מְדוּקְדָּק, ת״ז, ־דֶּקֶת, ת״נ detailed

מַדְקֵרָה, נ׳, ר׳, ־רוֹת piercing

מְדֻרָּג, מוּדְרָג, ת״ז, ־רֶגֶת, ת״נ graded; gradual

מִדְרָג, ז׳, ר׳, ־גִים terrace

מַדְרֵגָה, נ׳, ר׳, ־גוֹת step; rung; scale

מִדְרוֹן, ז׳, ר׳, ־נִים slope; declivity

מַדְרִיךְ, ז׳, ר׳, ־כִים guide; guidebook

מִדְרָךְ, ז׳, ר׳, ־כִים footstep; treading

מִדְרָכָה, נ׳, ר׳, ־כוֹת sidewalk

מִדְרָס, ז׳, מִדְרָסָה, נ׳, ר׳, ־סִים, ־סוֹת footstep; foot lift; doormat

מִדְרָשׁ, ז׳, ר׳, ־שִׁים homiletical interpretation, homiletical commentary; exposition

בֵּית־מִדְרָשׁ beth-midrash, institute for learning

מִדְרָשָׁה, נ׳, ר׳, ־שׁוֹת gymnasium; high school

מִדְשָׁאָה, נ׳, ר׳, ־אוֹת lawn

מְדֻשָּׁן, מְדוּשָּׁן, ת״ז, ־שֶּׁנֶת, ת״נ fat; oily

מַה, מָה, מֶה, מ״ש what?, why?

מְהַגֵּר, ז׳, ר׳, ־גְּרִים emigrant

מַהֲדוּרָה, נ׳, ר׳, ־רוֹת edition

מְהַדֵּק, ז׳, ר׳, ־דְּקִים clip

מְהֻדָּר, מְהוּדָּר, ת״ז, ־דֶּרֶת, ת״נ ornate

מָהוּל, ת״ז, מְהוּלָה, ת״נ mixed; circumcised

מְהוּלָּל, מְהֻלָּל, ת״ז, ־לֶּלֶת, ת״נ praised

מְהוּמָה, נ׳, ר׳, ־מוֹת confusion; tumult; disturbance

מְהוּפָּךְ, מְהֻפָּךְ, ת״ז, ־פֶּכֶת, ת״נ opposite, overturned

מְהוּרְהָר, מְהֻרְהָר, ת״ז, ־הֶרֶת, ת״נ pensive

מְנֵרָה, נ׳, ר׳, ־רוֹת	saw;
	drawer (of chest); plane
מִגְרַעַת, נ׳, ר׳, ־עוֹת	fault, defect
מְגְרָפָה, נ׳, ר׳, ־פוֹת	clod of earth
מַגְרֵפָה, נ׳, ר׳, ־פוֹת	rake; organ
מִגְרָרָה, נ׳, ר׳, ־רוֹת	sleigh
מַגְרֶרֶת, נ׳, ר׳, ־רוֹת	grating-iron
מִגְרָשׁ, ז׳, ר׳, ־שִׁים	suburb; building lot
מַגָּשׁ, ז׳, ר׳, ־שִׁים	tray
מְנֻשָּׁם, מְנוּשָּׁם, ת״ז, ־שֶׁמֶת, ת״נ	coarse; materialistic; rainy
מַד, ז׳, ר׳, מַדִּים	uniform; measure
מֻדְבָּק, מוּדְבָּק, ת״ז, ־בֶּקֶת, ת״נ	stuck
מַדְבֵּקָה, נ׳, ר׳, ־קוֹת	label
מִדְבָּר, ז׳, ר׳, ־רִים, ־רִיּוֹת	desert; speech
מְדַבֵּר, ז׳, ר׳, ־בְּרִים	speaker;
	first person pronoun
מְדֻבָּר, מְדוּבָּר, ת״ז, ־בֶּרֶת, ת״נ	spoken, talked about
מִדְגֶּה, ז׳, ר׳, ־גִים	pisciculture
מִדְגָּם, ז׳, ר׳, ־מִים	showpiece
מַדְגֵּרָה, נ׳, ר׳, ־רוֹת	incubator
מֻדְגָּשׁ, מוּדְגָּשׁ, ת״ז, ־גֶּשֶׁת, ת״נ	emphasized
מָדַד, פ״י	to measure
מָדַד, פ״י	to stretch out; to measure out; to survey
הִתְמוֹדֵד, פ״ח	to stretch oneself out
מֶדֶר, ז׳	measuring; measurement
מַדָּד, ז׳	index
מִדָּה, נ׳, ר׳, מִדּוֹת	measure; size; characteristic; tribute (tax)
קְנֵה־מִדָּה	standard, criterion
מַדְהֵבָה, נ׳, ר׳, ־בוֹת	rapacity; oppression
מְדוּבָּר, מְדֻבָּר, ת״ז, ־בֶּרֶת, ת״נ	spoken, talked about

מָדוּד, ת״ז, מְדוּדָה, ת״נ	measured
מַדְוֶה, ז׳, ר׳, ־וִים	disease, sickness
מַדּוּחַ, ז׳, ר׳, ־חִים	seduction
מְדֻיָּק, מְדוּיָּק, ת״ז, ־יֶּקֶת, ת״נ	exact, precise; punctual
מָדוֹךְ, ז׳, ר׳, מְדוֹכִים	pestle
מְדוֹכָא, מְדוֹכָּא, ת״ז, ־כָּאת, ת״נ	oppressed; crushed
מְדוֹכָה, נ׳, ר׳, ־כוֹת	mortar; saddle
יָשַׁב עַל הַמְּדוֹכָה	to ponder
מְדֻכְדָּךְ, מְדוּכְדָּךְ, ת״ז, ־דֶּכֶת, ת״נ	oppressed; crushed
מְדֻמֶּה, מְדוּמֶּה, ת״ז, מְדֻמָּה, ת״נ	apparent, seeming
מָדוֹן, ז׳, ר׳, מְדוֹנִים	quarrel, strife
אִישׁ מְדוֹנִים, אִישׁ מְדָן	quarrelsome person
מַדּוּעַ, מ״ש	wherefore, why
מְדֻקְדָּק, מְדוּקְדָּק, ת״ז, ־דֶּקֶת, ת״נ	detailed
מָדוֹר, ז׳, ר׳, מְדוֹרִים, ־רוֹת	section; dwelling; room
מְדוּרָה, נ׳, ר׳, ־רוֹת	bonfire; pile of fuel
מְדֻשָּׁה, נ׳, ר׳, ־שׁוֹת	threshed-out grain
מְדֻשָּׁן, מְדוּשָּׁן, ת״ז, ־שֶׁנֶת, ת״נ	fat; oily
מַדְזְמָן, ז׳, ר׳, ־נִים	stop-watch, chronometer
מִדְחֶה, ז׳, ר׳, ־חִים	postponement; fallacy; obstacle
מַדְחֹם, ז׳, ר׳, ־חֻמִּים	thermometer
מַדְחֵפָה, נ׳, ר׳, ־פוֹת	pit; thrust
מִדֵּי, תה״פ, ע׳ דַּי	as often as, each time that
מַדַּי, לְמַדַּי, תה״פ	sufficiently; much
מְדִידָה, נ׳, ר׳, ־דוֹת	measuring
חָכְמַת הַמְּדִידָה	geometry

1

מְגֻנְדָּר, מְגֻנְדֶּרֶת, ת"ז, ־דָּרָת, ת"נ
dandyish, coquettish

מְגֻנֶּה, מְגֻנָּה, ת"ז, ־נָּה, ת"נ
discreditable; ugly

מְגוּפָה, נ', ר', ־פוֹת
stopper, bung

מָגוֹר, ז'
fear, terror

מְגוּרָה, נ', ר', ־רוֹת
granary; warehouse; fear

מְגוּרִים, ז"ר
residence

מְגֻשָּׁם, מְגֻשֶּׁמֶת, ת"ז, ־שֶּׁמֶת, ת"נ
coarse; materialistic; rainy

מִגְזָזַיִם, ז"ז
shears

מַגְזִים, ז', ר', ־מִים
exaggerator

מֻגְזָם, מוּגְזָם, ת"ז, ־זֶמֶת, ת"נ
exaggerated

מִגְזָר, ז', ר', ־רִים
piece

מִגְזֵרָה, נ', ר', ־רוֹת
cutting instrument; saw

מִגְזְרַיִם, ז"ר
wire cutter

מְגֻחָךְ, מְגֻחֶכֶת, ת"ז, ־חֶכֶת, ת"נ
grotesque; ridiculous

מַגִּיד, ז', ר', ־דִים
narrator; preacher

מַגִּידוּת, נ'
homilies

מַגִּיהַּ, ז', ר', ־הִים
proofreader

מְגִילָה, מְגִלָּה, נ', ר', ־לוֹת
roll, scroll

מֻגְיָס, ת"ז, ־יֶסֶת, ת"נ
conscripted

מַגִּישׁ, ז', ר', ־שִׁים
waiter

מַגָּל, ז', ר', ־לִים, ־לוֹת
scythe, sickle

מָגַל, פ"י
to form pus

נִתְמַגֵּל, פ"ח
to become pussy

מַגְלֵב, ז', ר', ־לְבִים
whip, lash

מַגְלְגֵל, ז', ר', ־גְּלִים
rolling pin

מְגֻלְגָּל, מְגֻלְגֶּלֶת, ת"ז, ־גֶּלֶת, ת"נ
rounded; reincarnated

בֵּיצָה מְגֻלְגֶּלֶת
soft-boiled egg

מְגִלָּה, מְגִילָה, נ', ר', ־לּוֹת
roll, scroll

מְגֻלֶּה, מְגֻלָּה, ת"ז, ־לָּה, ת"נ
uncovered, revealed

---

pus   מֻגְלָה, נ'

shaven   מְגֻלָּח, מְגֻלַּחַת, ת"ז, ־לַּחַת, ת"נ

tape measure   מַגְלֵלָה, מַגְלֶלֶת, נ'

skis   מִגְלָשַׁיִם, ז"ז

stutterer   מְגַמְגֵּם, ז', ר', ־גְּמִים

direction; destination; purpose   מְגַמָּה, נ', ר', ־מּוֹת

Incense   מֻגְמָר, מוּגְמָר, ז', ר', ־רִים

finished   מֻגְמָר, מוּגְמָר, ת"ז, ־מֶרֶת, ת"נ

shield, escutcheon; defense, protection   מָגֵן, ז', ר', מָגִנִּים

star, shield of King David   מָגֵן דָּוִד

red shield   מָגֵן דָּוִד אָדֹם

to deliver; to grant; to defend   מִגֵּן, פ"י

to shield oneself   הִתְמַגֵּן, פ"ח

defender   מֵגֵן, ז', ר', מְגִנִּים

dandyish, coquettish   מְגֻנְדָּר, מְגֻנְדֶּרֶת, ת"ז, ־דָּרָת, ת"נ

discreditable; ugly   מְגֻנֶּה, מְגֻנָּה, ת"ז, ־נָּה, ת"נ

trouble   מְגִנָּה, נ', ר', ־נּוֹת

perplexity   מְגִנַּת־לֵב

lamp shade   מִגְנוֹר, ז', ר', ־רִים

contact; touch   מַגָּע, ז', ר', ־עִים

relation, intercourse   מַגָּע וּמַשָּׂא

rebuke; failure   מִגְעֶרֶת, נ', ר', ־עָרוֹת

boots; galters   מַגָּף, ז', ר', מַגָּפַיִם

plague, pestilence, epidemic; defeat   מַגֵּפָה, נ', ר', ־פוֹת

to pull down, cast down   מִגֵּר, פ"י

to be precipitated   נִתְמַגֵּר, פ"ח

file; grater   מַגְרֵד, ז', ר', ־רְדִים

scouring brush; strigil; grater   מַגְרֶדֶת, נ', ר', ־רְדוֹת

מְבֹרָג, מוּבְרָג, ת״ז, ־רֶגֶת, ת״נ screwed
מִבְרָח, ז׳, ר׳, ־חִים refugee, fugitive; refuge
מְבֹרָח, מוּבְרָח, ת״ז, ־רַחַת, ת״נ contraband, smuggled (goods)
מַבְרִיק, ת״ז, ־קָה, ת״נ shining, sparkling
מְבֹרָךְ, מְבוֹרָךְ, ת״ז, ־רֶכֶת, ת״נ blessed
מֻבְרָךְ, מוּבְרָךְ, ת״ז, ־רֶכֶת, ת״נ kneeled; bent
מִבְרָק, ז׳, ר׳, ־קִים telegram, wire
מִבְרָק אַלְחוּטִי cablegram
מִבְרָקָה, נ׳, ר׳, ־קוֹת telegraph office
מִבְרֶשֶׁת, נ׳, ר׳, ־רָשׁוֹת brush
מָבוֹשׁ, ז׳, ר׳, מְבֻשִׁים pudendum
מְבֻשָּׁל, מְבוּשָּׁל, ת״ז, ־שֶּׁלֶת, ת״נ cooked
מְבַשֵּׁל, ז׳, ר׳, ־שְּׁלִים cook (m.)
מְבַשֶּׁלֶת, נ׳, ר׳, ־שְּׁלוֹת cook (f.)
מִבְשָׂמָה, נ׳, ר׳, ־מוֹת perfumery
מְבַשֵּׂר, ז׳, ר׳, ־שְּׂרִים herald; announcer
מְבַשֵּׂר גֶּשֶׁם plover
מָג, פ״ע, ע׳ [מוג] to shake; to melt
מָג, ז׳, ר׳, ־גִים magician
רַב מָג Babylonian royal dignitary; chief; magician
מַגְבֵּהַּ, ז׳, ר׳, ־הִים jack
מַגְבָּה, נ׳, ר׳, ־בּוֹת goal, target
מַגְבִּיל, ז׳, ר׳, ־לִים modifier
מַגְבִּיר־קוֹל, ז׳ loudspeaker, megaphone
מַגְבִּית, נ׳, ר׳, ־יוֹת collection (of money)
מֻגְבָּל, מוּגְבָּל, ת״ז, ־בֶּלֶת, ת״נ limited

מִגְבָּלָה, נ׳, ר׳, ־לוֹת chain-making; constitution (of body)
מְגַבֵּן, ז׳, ר׳, ־בְּנִים cheese-maker
מִגְבָּע, ז׳, ר׳, ־עִים top hat
מִגְבַּעַת, נ׳, ר׳, ־בָּעוֹת hat; headgear
מִגְבַּעַת כְּהוּנָּה miter
מַגְבֵּר, ז׳, ר׳, ־בְּרִים amplifier
מַגֶּבֶת, נ׳, ר׳, מַגָּבוֹת towel
מֶגֶד, ז׳, ר׳, מְגָדִים excellence; choice thing; something delicious, sweet
מִגֵּד, הִמְגִּיד, פ״י to make delicious
מִגְדָּל, ז׳, ר׳, ־לִים, ־לוֹת tower; cupboard; platform
מְגַדֵּל, ז׳, ר׳, ־דְּלִים breeder
מִגְדַּלּוֹר, ז׳, ר׳, ־רִים lighthouse
מַגְדֶּלֶת, נ׳, ר׳, ־דָּלוֹת microscope
מִגְדָּן, ז׳, ר׳, ־נִים, ־נוֹת gift; precious thing
מֻגָּה, מוּגָּה, ת״ז, מֻגַּהַת, ת״נ revised; proofread
מַגְהֵץ, ז׳, ר׳, ־הֲצִים pressing iron, flatiron
מְגֹהָץ, ת״ז, ־הֶצֶת, ת״נ pressed, ironed
מַגּוֹב, ז׳, ר׳, ־בִים rake; winnowing fork
מְגוּוָּן, מְגֻוָּן, ת״ז, ־וֶּנֶת, ת״נ variegated, multicolored
מְגוּחָךְ, מְגֻחָךְ, ת״ז, ־חֶכֶת, ת״נ grotesque; ridiculous
מְגוּלְגָּל, מְגֻלְגָּל, ת״ז, ־גֶּלֶת, ת״נ rounded; reincarnated
מְגוּלֶּה, מְגֻלֶּה, ת״ז, ־לָּה, ת״נ uncovered, revealed
מְגוּלָּח, מְגֻלָּח, ת״ז, ־לַּחַת, ת״נ shaven
מְגֻוָּן, מְגוּוָּן, ת״ז, ־וֶּנֶת, ת״נ variegated, multicolored

flood, deluge — מַבּוּל, ד׳

confused — מְבוּלְבָּל, מְבֻלְבָּל, ת״ז, ־בֶּלֶת, ת״נ

trampling, defeat — מְבוּסָה, נ׳, ר׳, ־סוֹת

founded — מְבוּסָּס, מְבֻסָּס, ת״ז, ־סֶסֶת, ת״נ

fountain, spring of water — מַבּוּעַ, ז׳, ר׳, ־עִים

desolation; emptiness — מְבוּקָה, נ׳, ר׳, ־קוֹת

sought, requested — מְבוּקָּש, מְבֻקָּש, ת״נ, ־קֶשֶׁת, ת״נ

request — מְבוּקָּש, ז׳, ר׳, ־שִׁים

blessed — מְבוֹרָךְ, מְבֹרָךְ, ת״ז, ־רֶכֶת, ת״נ

pudenda — מְבוּשִׁים, ז״ר

cooked — מְבוּשָּׁל, מְבֻשָּׁל, ת״ז, ־שֶׁלֶת, ת״נ

choice; excellence — מִבְחוֹר, ז׳, ר׳, ־רִים

test, examination — מִבְחָן, ז׳, ר׳, ־נִים

choice, best; selection — מִבְחָר, ז׳, ר׳, ־רִים

select, choice — מֻבְחָר, מוּבְחָר, ת״ז, ־חֶרֶת, ת״נ

look; aspect; expectation — מַבָּט, ז׳, ר׳, ־טִים

point of view — נְקֻדַּת מַבָּט

pronunciation, accent; expression — מִבְטָא, ז׳, ר׳, ־אִים

trust, confidence; fortress — מִבְטָח, ז׳, ר׳, ־חִים

promised — מֻבְטָח, מוּבְטָח, ת״ז, ־טַחַת, ת״נ

invalid; insignificant — מְבֻטָּל, מְבוּטָּל, ת״ז, ־טֶלֶת, ת״נ

unemployed person — מֻבְטָל, מוּבְטָל, ז׳, ר׳, ־לִים

stamped — מְבֻיָּל, מְבוּיָּל, ת״ז, ־יֶּלֶת, ת״נ

teacher, expert — מֵבִין, ז׳, ר׳, מְבִינִים

shameful; disgraceful — מֵבִיש, ת״ז, מְבִישָׁה, ת״נ

domesticated — מְבֻיָּת, מְבוּיָּת, ת״ז, ־יֶּתֶת, ת״נ

female giving birth for first time — מַבְכִּירָה, נ׳, ר׳, ־רוֹת

confused — מְבֻלְבָּל, מְבוּלְבָּל, ת״ז, ־בֶּלֶת, ת״נ

protrusion — מִבְלָט, ז׳, ר׳, ־טִים

without restraint — מִבְּלִי, מ״י, ע׳ בְּלִי

without restraint — מַבְלִינִית, נ׳

without, except — מִבַּלְעֲדֵי, מ״י, ע׳ בִּלְעֲדֵי

because ... not; for lack of — מִבַּלְתִּי, תה״פ

structure — מִבְנֶה, ז׳, ר׳, ־נִים

founded — מְבֻסָּס, מְבוּסָּס, ת״ז, ־סֶסֶת, ת״נ

expression of thought, utterance — מַבָּע, ז׳, ר׳, ־עִים

from behind — מִבַּעַד לְ־, תה״פ

burned; eliminated — מֻבְעָר, ת״ז, ־עֶרֶת, ת״נ

incinerator — מִבְעָר, ז׳, ר׳, ־רִים

from within — מִבִּפְנִים, תה״פ

project — מִבְצָע, ז׳, ר׳, ־עִים

fortress; stronghold — מִבְצָר, ז׳, ר׳, ־רִים

critic; visitor; controller — מְבַקֵּר, ז׳, ר׳, ־קְרִים

petitioner, applicant; student — מְבַקֵּש, ז׳, ר׳, ־קְשִׁים

sought; requested — מְבֻקָּש, מְבוּקָּש, ת״ז, ־קֶשֶׁת, ת״נ

sanatorium — מִבְרָאָה, נ׳, ר׳, ־אוֹת

screw driver — מַבְרֵג, ז׳, ר׳, ־רְגִים

rake, mattock מַאֲרוּפָה, נ׳, ר׳, ־פוֹת	instructor, מְאַלֵף, ז׳, ר׳, ־לְפִים
host מְאָרֵחַ, ז׳, ר׳, ־חִים	trainer
oblong מְאֻרָךְ, ת״ז, ־רֶכֶת, ת״נ	trainer מְאַמֵּן, ז׳, ר׳, ־מְנִים
betrothed מְאֹרָס, מְאוֹרָס, ז׳, ר׳, ־סִים	effort, מַאֲמָץ, ז׳, ר׳, ־מַצִּים
מְאֹרָע, מְאוֹרָע, ז׳, ר׳, ־עוֹת, ־עִים	endeavor; power
event, occasion	מְאַמֵּץ, מְאוּמָץ, ת״ז, ־מֶצֶת, ת״נ
מְאֻשָּׁר, מְאוּשָּׁר, ת״ז, ־שֶׁרֶת, ת״נ	adopted (child)
happy; fortunate	מַאֲמָר, ז׳, ר׳, ־רִים, ־רוֹת
from; by מֵאֵת, מ״י	command; word; article;
two hundred מָאתַיִם, ש״מ	sentence
smelly מַבְאִישׁ, ת״ז, ־שָׁה, ת״נ	editorial מַאֲמָר רָאשִׁי
מְבֹאָר, מְבוֹאָר, ת״ז, ־אֶרֶת, ת״נ	to refuse מֵאֵן, פ״ע
evident, clear, explained	מְאֻנָּךְ, מְאוּנָּךְ, ת״ז, ־נֶכֶת, ת״נ
adult מְבֻנָּר, מְבוּנָּר, ת״ז, ־נֶּרֶת, ת״נ	perpendicular, vertical
shipyard מִבְדּוֹק, ז׳, ר׳, ־קִים	to despise מָאַס, פ״י
funny, מְבַדֵּחַ, ת״ז, ־דַּחַת, ת״נ	to be despised; נִמְאַס, פ״ע
amusing	to feel disgusted
differentiator מַבְדִּיל, ז׳	to make despised הִמְאִיס, פ״י
מֻבְדָּל, מוּבְדָּל, ת״ז, ־דֶּלֶת, ת״נ	rear guard; מַאֲסֵף, ז׳, ר׳, ־סְפִים
separated	literary collection
terrifying מַבְהִיל, ת״ז, ־לָה, ת״נ	imprisonment; מַאֲסָר, ז׳, ר׳, ־רִים
shining מַבְהִיק, ת״ז, ־קָה, ת״נ	jail
מֻבְהָק, מוּבְהָק, ת״ז, ־הֶקֶת, ת״נ	pastry; מַאֲפֶה, ז׳, ר׳, ־פִים
renowned; expert; distinguished	baked goods
מָבוֹא, ז׳, ר׳ ־מְבוֹאִים, ־אוֹת	bakery מַאֲפִיָּה, נ׳, ר׳, ־פִיּוֹת
entrance; introduction	darkness מַאֲפֵל, ז׳, ר׳, ־פֵלִים
sunset, west מְבוֹא הַשֶּׁמֶשׁ	deep darkness; tomb מַאֲפֵלְיָה, נ׳
port מְבוֹא יָם	ash tray מַאֲפֵרָה, נ׳, ר׳, ־רוֹת
מְבוֹאָר, מְבֹאָר, ת״ז, ־אֶרֶת, ת״נ	מְאֻצְבָּע, מְאוּצְבָּע, ת״ז, ־בַּעַת, ת״נ
evident, clear, explained	digital
adult מְבוּנָּר, מְבֻנָּר, ת״ז, ־נֶּרֶת, ת״נ	to pierce; to infect; [מאר] הִמְאִיר, פ״י
מָבוֹי, ז׳, ר׳, ־מְבוֹיִים, מְבוֹאוֹת	to become malignant
entrance; lane; hall	ambush מַאֲרָב, ז׳, ר׳, ־בִים
מֻבְטָל, מְבֻטָּל, ת״ז, ־טֶלֶת, ת״נ	lier-in-wait מְאָרֵב, ז׳, ר׳, ־רְבִים
invalid; insignificant	organizer מְאַרְגֵּן, ז׳, ר׳, ־גְּנִים
labyrinth מָבוֹךְ, ז׳, ר׳, ־מְבוֹכִים	מְאֻרְגָּן, מְאוּרְגָּן, ת״ז, ־גֶּנֶת, ת״נ
consternation; מְבוּכָה, נ׳, ר׳, ־כוֹת	organized, arranged
confusion, perplexity	curse מְאֵרָה, נ׳, ר׳, ־רוֹת

מְאַגְרֵף, ז', ר', ־רְפִים	boxer, pugilist
מְאֹד, תה"פ; ז'	very, exceedingly; force, might, strength
מַאֲדִים, ז'	Mars
מֵאָה, נ', ר', ־אוֹת	hundred; century
מָאתַיִם	two hundred
לְמֵאָה	per cent
מַאֲהָב, ז', ר', ־בִים	flirt; romance
מְאֻבָּן, מְאָבָּן, ז', ר', ־נִים	fossil
מְאֻוְרָר, מְאוּרָד, ת"ז, ־רֶרֶת, ת"נ	ventilated, air-conditioned
מְאֻזָּן, מְאָזָן, ת"ז, ־זֶנֶת, ת"נ	balanced; horizontal
מְאֻחָד, מְאָחָד, ת"ז, ־חֶדֶת, ת"נ	united, joined
מְאֻחָר, מְאָחָר, ת"ז, ־חֶרֶת, ת"נ	tardy, late
מַאֲוֶה, מַאֲוֶה, ז', ר', ־אֲיִים	desire
מְאֻיָּן, מְאָיָן, ת"ז, ־יֶנֶת, ת"נ	negative
מְאֻכְזָב, מְאָכְזָב, ת"ז, ־זֶבֶת, ת"נ	disappointed
מְאֻכְלָס, מְאָכְלָס, ת"ז, ־לֶסֶת, ת"נ	populated
מְאוּם, מְאוּמָה, ז'	something; anything; a little
מְאֻמָּץ, מְאָמָץ, ת"ז, ־מֶצֶת, ת"נ	adopted (child)
מֵאוּן, ז', ר', ־נִים	refusal
מְאֻנָּךְ, מְאָנָךְ, ת"ז, ־נֶכֶת, ת"נ	perpendicular, vertical
מִאוּס, מֵאוּס, ז'	ugliness, repulsiveness
מָאוּס, ת"ז, מְאוּסָה, ת"נ	repugnant
מְאֻצְבָּע, מְאָצְבָּע, ת"ז, ־בַּעַת, ת"נ	digital
מָאוֹר, ז', ר', ־אוֹרוֹת	light, luminary
מְאֻרְגָּן, מְאָרְגָן, ת"ז, ־גֶנֶת, ת"נ	organized; arranged
מְאוּרָה, נ', ר', ־רוֹת	(snake) hole
מְאֹרָס, מְאָרָס, ז', ר', ־סִים	betrothed
מְאֹרָע, מְאָרָע, ז', ר', ־עוֹת, ־עִים	event, occasion
מְאַוְרֵר, ז', ר', ־רְרִים	fan, air conditioner
מְאַוְרֵר, מְאוּרָד, ת"ז, ־רֶרֶת, ת"נ	ventilated, air-conditioned
מְאֻשָּׁר, מְאָשָׁר, ת"ז, ־שֶׁרֶת, ת"נ	happy; fortunate
מְאֻזָּן, מְאָזָן, ת"ז, ־זֶנֶת, ת"נ	balanced, horizontal
מַאֲזָן, ז', ר', ־נִים	balance sheet
מֹאזְנַיִם, ז' ר'	balances, scales; Libra
מְאֻחָד, מְאָחָד, ת"ז, ־חֶדֶת, ת"נ	united, joined
מַאֲחֵז, ז', ר', ־חֲזִים	paper clip
מְאֻחָר, מְאָחָר, ת"ז, ־חֶרֶת, ת"נ	late, tardy
מַאי, ז'	May
מְאַיֵּד, ז', ר', ־אַיְּדִים	carburetor
מֵאֵימָתַי, תה"פ	from when; as of what time
מֵאַיִן, תה"פ	whence; from lack of
מְאֻיָּן, מְאָיָן, ת"ז, ־יֶנֶת, ת"נ	negative
מְאִיסָה, מְאִיסוּת, נ'	disgust; repulsiveness; rejection
מֵאִית, נ', ר', ־יוֹת	one-hundredth
מְאֻכְזָב, מְאָכְזָב, ת"ז, ־זֶבֶת, ת"נ	disappointed
מַאֲכָל, ז', ר', ־לִים, ־לוֹת	food; meal
עֵץ מַאֲכָל	fruit tree
מְאֻכְלָס, מְאָכְלָס, ת"ז, ־לֶסֶת, ת"נ	populated
מַאֲכֶלֶת, נ', ר', ־כָלוֹת	large knife
מַאֲכֹלֶת, נ', ר', ־כֹלוֹת	food for fire, fuel; louse

ripening	לָקִישׁ, ז׳, ר׳, לַקִישׁוֹת
licking	לְקִיקָה, נ׳, ר׳, ־קוֹת
further on; below	לְקַמָּן, תה״פ
to lick, lap	לָקַק, פ״י
towards; to meet	לִקְרַאת, תה״פ
new grain; spring crop	לֶקֶשׁ, ז׳
to gather first fruit	לָקֵשׁ, פ״י
mostly, mainly	לָרֹב, תה״פ
including	לְרַבּוֹת, תה״פ
according to; on account of	לְרַגְלֵי, תה״פ
down, downwards, below	לְרַע, תה״פ
ultimate accent	מִלְרַע
knead	לָשׁ, פ״י [לוש]
sap; vigor; marrow	לֶשֶׁד, ז׳
tongue; speech; language	לָשׁוֹן, נ׳, ר׳, לְשׁוֹנוֹת
alliteration	לָשׁוֹן נוֹפֵל עַל לָשׁוֹן
linguistic, lingual	לְשׁוֹנִי, ת״ז, ־נִית, ת״נ
large room; office	לִשְׁכָּה, נ׳, ר׳, לְשָׁכוֹת
droppings (bird)	לְשִׁלְשֶׁת, נ׳, ר׳, לְשִׁלְשׁוֹת
opal; turquoise	לֶשֶׁם, ז׳, ר׳, לְשָׁמִים
for (the sake of), according to	לְשֵׁם, תה״פ, ע׳ שֵׁם
to slander; to inform	[לשן] הִלְשִׁין, פ״י
the moistening of grain (before milling)	לְתִיתָה, נ׳, ר׳, ־תוֹת
a dry measure	לֶתֶךְ, ז׳, ר׳, לְתָכִים
to moisten, dampen (grain)	לָתַת, פ״י
malt	לֶתֶת, ז׳, ר׳, לְתָתִים

suddenly	לְפֶתַע, תה״פ
mock	לָץ, פ״ע [לוץ, ליץ]
buffoon; jester	לֵץ, ז׳, ר׳, לֵצִים
haughtiness, mockery	לָצוֹן, ז׳
forever	לִצְמִיתוּת, תה״פ
clown, jester, scoffer	לֵצָן, לֵיצָן, ז׳, ר׳, ־נִים
buffoonery; irony	לֵצָנוּת, לֵיצָנוּת, נ׳, ר׳, ־נֻיּוֹת
to flog; to be afflicted with disease	לָקָה, פ״ע
customer, purchaser	לָקוֹחַ, ז׳, ר׳, ־חוֹת
purchase	לִקּוּחַ, ז׳, ר׳, ־חִים
grain; gleaner	לָקוּט, ז׳, ר׳, לְקוּטוֹת
gleaning, picking	לָקוּס, ז׳, ר׳, ־סִים
defect, blemish; eclipse	לִקּוּי, ז׳, ר׳, ־יִים
defective, abnormal	לָקוּי, ת״ז, לְקוּיָה, ת״נ
defect, blemish abnormality	לָקוּת, נ׳, ר׳, ־תוֹת
to take, accept; to conquer	לָקַח, פ״י
knowledge, wisdom; lesson	לֶקַח, ז׳, ר׳, לְקָחִים
to glean, gather	לָקַס, פ״י
gleaning, gathering	לֶקֶס, ז׳, ר׳, לְקָסִים
taking; betrothal	לְקִיחָה, נ׳, ר׳, ־חוֹת
picking, gathering	לְקִיטָה, נ׳, ר׳, ־טוֹת

מ, ם   שׁ

from, of; since	מִ־, מֶ־, מ״י
granary, feeding stall	מַאֲבוּס, ז׳, ר׳, ־סִים

מ, ם — Mem, thirteenth letter of Hebrew alphabet; forty (מ); six hundred (ם)

לְמַעֵט, תה"פ, ע' מַעַט — to exclude up,

לְמַעְלָה, תה"פ, ע' מַעֲלָה — upwards

לְמַעַן, תה"פ, ע' מַעַן — so that, for, to; because of

לְמַפְרֵעַ, תה"פ — backward, retrospectively

לַמְרוֹת, תה"פ — in spite of

לָן, פ"ע [לָלוּן, לִין] — lodge, sleep overnight

לָנוּ, מ"ג, ע' לְ- — to us, for us

לִסְטוּת, נ', לִסְטָיוֹת — robbery, thievery

לִסְטֵם, פ"י — to rob, steal

לַסָּט, ז', ר', לִסְטִים — bandit, robber

לֶסֶת, נ', ר', לְסָתוֹת — cheekbone, jawbone

לֹעַ, לוֹעַ, ז', ר', לְעוֹת — jaw, throat; crater

לַע-אֲרִי, ז' — snapdragon

[לָעַב] הִלְעִיב, פ"י — to deride, mock

לָעַג, פ"ע — to mock; to jest

לַעַג, ז', ר', לְעָנִים — ridicule, derision, mockery

לָעַד, תה"פ, ע' עַד — forever

לָעָה, פ"ע — to drink much; to stutter

לָעוֹז, ז', ר', -זוֹת — speaker of a foreign tongue

לְעוֹלָם, תה"פ, ע' עוֹלָם — forever, always

לְעוּמַת, לְעֻמַּת, תה"פ — against, opposite

לָעוּס, ת"ז, לְעוּסָה, ת"נ — chewed

לָעַז, פ"ע — to slander; to speak a foreign tongue

לַעַז, ז', ר', לְעָזִים — slander; foreign tongue

לָעַט, פ"י — to glut; to swallow greedily

הִלְעִיט, פ"י — to stuff; to make swallow

לְעִיזָה, נ', ר', -זוֹת — slander

לְעִיטָה, נ', ר', -טוֹת — feeding, stuffing, glutting

לְעֵיל, תה"פ — above, preceding

מִלְּעֵיל — penultimate accent

לְעִיסָה, נ', ר', -סוֹת — chewing; paste

לַעְלָן, ז', ר', -נִים — neutral

לְעֻמַּת, לְעוּמַת, תה"פ — against, opposite

לַעֲנָה, נ', ר', לַעֲנוֹת — wormwood

לָעַס, פ"י — to chew, masticate

לָעַע, פ"י — to swallow

לְעֵת, תה"פ — when

[לְפַד] הִתְלַפֵּד, פ"ח — to glitter, sparkle

לְפוּף, ז', ר', -פִים — swaddling; winding

לְפוּת, ז', ר', -תִים — spicing, sweets

לְפָחוֹת, תה"פ — at least

לְפִי, תה"פ — according to, because

לַפִּיד, ז', ר', -דִים — torch

לְפִיכָךְ, תה"פ — therefore

לְפִיפָה, נ', ר', -פוֹת — winding; wrapping; bandage

לִפְלוּף, ז', ר', -פִים — pus, rheum

לִפְנוֹת, תה"פ — next to, near

לִפְנֵי, תה"פ — before, in front of

לִפְעָמִים, תה"פ — sometimes

לָפַף, לִפֵּף, פ"י — to swaddle; to embrace

לְפָפָה, נ', ר', -פוֹת — diaper; bandage

לָפַת, פ"י — to embrace, clasp

לִפֵּת, פ"י — to combine (dishes)

לֶפֶת, נ', ר', לְפָתוֹת — turnip

לִפְתָּן, ז', ר', -נִים — hors d'oeuvre; relish, condiment

[לחת] הִלְחִית, פ"י	to pant
לֹס, לוֹס, ז', ר', ־טִים	cover, wrapper; laudanum
לָט, פ"י, ע' [לוט]	to cover, wrap up, enclose
לָט, ז', ר', לָטִים	magic; quiet, stillness
לְטָאָה, נ', ר', ־אוֹת	lizard
לְטִיסָה, נ', ר', ־פוֹת	caress, fondling
לְטִישָׁה, נ', ר', ־שׁוֹת	sharpening; polishing, furbishing
לִטֵּף, פ"י	to caress, fondle, pat
לִטְרָה, נ', ר', ־רוֹת, ־רָאוֹת	pound (weight)
לָטַשׁ, פ"י	to sharpen; to polish; to furbish
לִי, מ"ג, ע' לְ־	to me, for me
לַיִל, לֵיל, לַיְלָה, ז', ר', לֵילוֹת	night
לִילִית, נ', ר', ־לִיּוֹת	night demon; Lilith
לִימוֹן, ז', ר', ־נִים	lemon
[לין] לָן, פ"ע, ע' [לון]	to sleep; spend the night
לִינָה, נ', ר', ־נוֹת	staying overnight, sleeping
לִיף, ז', ר', לִיפִים	fiber
[ליץ] לָץ, פ"ע, הֵלִיץ, פ"י	to mock; to jest, joke
לֵיצָן, לֵצָן, ז', ר', ־נִים	clown, jester, scoffer
לֵיצָנוּת, לֵצָנוּת, נ', ר', ־נִיּוֹת	buffoonery, irony
לִירָה, נ', ר', לִירוֹת	pound (money)
לַיִשׁ, ז', ר', לְיָשִׁים	lion
לִישָׁה, נ', ר', ־שׁוֹת	kneading
לֵית, תה"פ	none; no
לְךָ, לָךְ, מ"ג, ע' לְ־	to you (m. & f.)
לִכְאוֹרָה, תה"פ	apparently
לָכַד, פ"י	to capture, seize
הִתְלַכֵּד, פ"ח	to unite; to integrate
לֶכֶד, ז'	capture, catching; snare
לְכִידָה, נ', ר', ־דוֹת	capture, seizing
לָכִיס, ז', ר', לְכִיסִים	salmon
לִכְלוּךְ, ז', ר', ־כִים	dirt, filth
לִכְלוּכִית, נ', ר', ־כִיּוֹת	slattern, negligent woman
לִכְלֵךְ, פ"י	to soil, make dirty
לָכֶם, לָכֶן, מ"ג, ע' לְ־	to you (pl., m. & f.)
לָכֵן, תה"פ	therefore
לֶכֶשׁ, ז'	fir tree
לְכַתְּחִלָּה, תה"פ	from the first, at the start
לָמַד, פ"י	to learn, study
לִמֵּד, פ"י	to teach, train
לֶמֶד, ז'	study, learning
לָמֵד, ת"ז, לְמֵדָה, ת"נ	studied, deduced, defined
לָמֶד, נ', ר', לָמְדִין	Lamed, twelfth letter of Hebrew alphabet
לְמַדַּי, תה"פ	sufficiently, much
לַמְדָּן, ז', ר', ־נִים	student, researcher; scholar
לָמָּה, מ"ש	why?, wherefore?
לָמוֹ, מ"ג	to them, to those persons
לָמוּד, ת"ז, לְמוּדָה, ת"נ	trained, accustomed
לִמּוּד, ז', ר', ־דִים	student; study, learning
לִמּוּדִי, ת"ז, ־דִית, ת"נ	theoretic, didactic
לְמַטָּה, תה"פ	down, downwards
לְמִדָה, נ', ר', ־דוֹת	learning, studying
לְמַלֵּם, פ"ע	to sneer; to grumble; to stutter

alone, only, singly, separately	לְחוֹד, לְחוּד, תה"פ
flesh, meat	לְחוּם, ז', ר', ־מִים
moisture, humidity; freshness	לַחוּת, נ'
cheek; cheek-piece of a bridle; clamps of a vise	לְחִי, לֶחִי, נ', ר', לְחָיַם
narrow plank	לְחִי, ז', ר', לְחָיִים
to your health!	לְחַיִּים, מ"ק, ע', חַיִּים
licking	לְחִיכָה, נ', ר', ־כוֹת
pressing, squeezing	לְחִיצָה, נ', ר', ־צוֹת
whispering	לְחִישָׁה, נ', ר', ־שׁוֹת
to lick	לָחַךְ, פּ"י
to lick up, lick	לְחַךְ, פּ"י
moistening, dampening	לִחְלוּחַ, ז', ר', ־חִים
moisture, dampness, freshness, liveliness	לַחְלוּחִית, לַחְלוּחִית, נ'
to moisten, dampen	לִחְלַח, פּ"י
to become moist, damp	הִתְלַחְלַח, פּ"ח
bread	לֶחֶם, ז', ר', לְחָמִים
to eat; to wage war	לָחַם, פּ"ע
to solder; to fit, insert	[לחם] הִלְחִים, פּ"י
to wage war	נִלְחַם, פּ"ע
war, battle	לָחֶם, ז'
roll	לַחְמָנִיָּה, לַחְמָנִית, נ', ר', ־נִיּוֹת
melody, air, tune	לַחַן, ז', ר', לְחָנִים
to tune	לִחֵן, פּ"י
pressure; oppression	לַחַץ, ז'
to press, squeeze, oppress	לָחַץ, פּ"י
whisper, spell, charm amulet	לַחַשׁ, ז', ר', לְחָשִׁים
to whisper; to charm a snake	לָחַשׁ, פּ"י
prompter	לַחְשָׁן, ז', ר', ־נִים

unless, if not	לוּלֵא, לוּלֵי, מ"ח
loop, buttonhole	לוּלָאָה, נ', ר', ־אוֹת
lulab, young twig, palm branch	לוּלָב, ז', ר', ־בִים
bolt, screw	לוּלָב, ז', ר', ־בִים
acrobat	לוּלְיָן, ז', ר', ־נִים
spiral	לוּלְיָנִי, ת"ז, ־נִית, ת"נ
to lodge, sleep overnight	[לין] לָן, פּ"ע
to complain	נָלוֹן, פּ"ע
to lodge	הֵלִין, פּ"י
to complain	הִתְלוֹנֵן, פּ"ח
throat, jaw; crater	לוֹעַ, לֹעַ, ז', ר', ־עוֹת
foreigner; speaker of a foreign language	לוֹעֵז, ז', ר', ־עֲזִים
foreign, not speaking Hebrew	לוֹעֲזִי, ת"ז, ־זִית, ת"נ
snakeroot (serpentaria), arum, arrowroot	לוּף, ז', ר', ־פִים
to mock	[לוץ] לָץ, פּ"ע, ע' [ליץ]
to joke, banter	הִתְלוֹצֵץ, פּ"ח
to gibe, scoff	הֵלִיץ, פּ"י
mocker	לוֹצֵץ, ז', ר', ־צְצִים
buyer, customer	לוֹקֵחַ, ז', ר', ־קְחִים
to knead	[לוש] לָשׁ, פּ"י
rim, border, frame	לִזְבֵּז, ז', ר', ־זִים
to turn aside; to elude (the attention)	לָז, פּ"ע, ע' [לוז]
that one	לָז, לָזֶה, לֵזוּ, מ"ג, ע' הַלָּז, הַלָּזֶה, הַלֵּזוּ
slander, evil talk	לְזוּת, נ'
freshness, vigor; moisture	לַח, ז', ר', לֵחִים
moist, humid	לַח, ת"ז, לַחָה, ת"נ
moisture; rheum; pus	לֵחָה, נ', ר', ־חוֹת

oh that!,	לְוַאי, לְוַי, הַלְוַאי, מ״ק	mocker	לַגְלְגָן, ז׳, ר׳, ־נִים
would that!		to gulp, sip	לָגַם, פ״י
addition,	לְוַאי, ז׳, ר׳, לְוָאִים	mouthful	לְגִמָה, לֻגְמָה, נ׳, ר׳, ־מוֹת
accompaniment; modifier		altogether	לְגַמְרֵי, תה״פ
whiteness, white of eye	לֹבֶן, לֹבֶן ז׳	birth	לֵדָה, נ׳, ר׳, לֵדוֹת
log,	לוֹג, לֹג, ז׳, ר׳, לֻגִּים	as for me, on my part	לְדִידִי, מ״ג
liquid measure		to her	לָהּ, מ״ג, ע׳ לְ־
gladiator	לוּדָר, ז׳, ר׳, ־רִים	uvula,	לְהָאָה, נ׳, ר׳, ־אוֹת
to borrow	לָוָה, פ״י	soft palate	
to accompany	לִוָּה, פ״י	flame; blade	לַהַב, ז׳, ר׳, לְהָבִים
to lend	הִלְוָה, פ״י	to shine, sparkle, glitter	לָהַב, פ״ע
borrower	לֹוֶה, לֹוֶה, ז׳, ר׳, לוֹיִם	to inspire	הִלְהִיב, פ״י
accompaniment	לִוּוּי, ז׳, ר׳, ־יִים	to be enthusiastic	הִתְלַהֵב, פ״ח
to turn aside; to bend;	[לוז] לָז, פ״ע	hereafter, from now on	לְהַבָּא, תה״פ
to twist		flame	לֶהָבָה, נ׳, ר׳, ־בוֹת
to slander; to turn aside	הִלְיִז, פעו״י	flame-thrower	לַהֲבִיוֹר, ז׳, ר׳, ־רִים
almond tree; gland	לוּז, ז׳, ר׳, ־זִים	prattle, idle talk;	לַהַג, ז׳, ר׳, לְהָגִים
tablet, board,	לוּחַ, ז׳, ר׳, ־חוֹת	dialect	
blackboard; schedule, calendar		to prattle	לָהַג, פ״י
to tabulate	לִוַּח, פ״י	to languish, be exhausted	לָהָה, פ״ע
covering,	לוֹט, לֹט, ז׳, ר׳, ־טִים	ardent,	לָהוּט, ת״ז, לְהוּטָה, ת״נ
wrapper; laudanum		enthused	
enveloped,	לוּט, ת״ז, ־טָה, ת״נ	burning,	לָהוּט, ז׳, ר׳, ־טִים
enclosed		enkindling	
to cover, wrap up,	[לוט] לָט, פ״י	to burn, blaze	לָהַט, פ״ע
enclose		heat, flame;	לַהַט, ז׳, ר׳, לְהָטִים
to wrap; to cover	הֵלִיט, פ״י	blade	
(face); to envelop		enthusiasm; witchcraft	לְהָטִים, ז״ר
Levi, Levite, of Levi	לֵוִי, ז׳, לְוִיָּה, נ׳	ardent desire	לְהִיטָה, לְהִיטוּת, נ׳
escort, company;	לְוָיָה, נ׳, ר׳, ־יוֹת	to play the	[להלה] הִתְלַהְלַהּ, פ״ח
funeral		fool; to behave madly	
frontlet; wreath	לִוְיָה, נ׳, ר׳, לִוְיוֹת	there; afterwards, later	לְהַלָּן, תה״פ
satellite	לַוְיָן, ז׳, ר׳, ־נִים	to strike blow	[להם] הִתְלַהֵם, פ״ח
dragon, sea	לִוְיָתָן, ז׳, ר׳, ־יְתָנִים	to them	לָהֶם, לָהֶן, מ״ג, ע׳ לְ־
serpent, leviathan		band, company	לַהֲקָה, נ׳, ר׳, לְהָקוֹת
crosswise, diagonally	לוּכְסָן, תה״פ	au revoir, see you soon	לְהִתְרָאוֹת, מ״ק
chicken coop;	לוּל, ז׳, ר׳, ־לִים	to him	לוֹ, מ״ג, ע׳ לְ־
spiral staircase; playpen		if only!	לוּ, לוּא, מ״ח

doughnut;	לְבִיבָה, נ׳, ר׳, ־בוֹת
pancake	
dressing,	לְבִישָׁה, נ׳, ר׳, ־שׁוֹת
garbing	
to sprout, bloom;	לָבְלֵב, פ״ע
to shout, be loud	
morning glory (convol-	לַבְלָב, ז׳
vulus); pancreas	
sprouting,	לִבְלוּב, ז׳, ר׳, ־בִים
blossoming	
scribe, clerk	לַבְלָר, ז׳, ר׳, ־רִים
white	לָבָן, ת״ז, לְבָנָה, ת״נ
to whiten; to make bricks	לָבַן, פ״י
to whiten; to wash;	לִבֵּן, פ״י
to brighten	
whiteness;	לֹבֶן, לוֹבֶן, ז׳
white of the eye	
whitewasher;	לַבָּן, ז׳, ר׳, ־נִים
laundryman	
birch tree	לִבְנֶה, ז׳, ר׳, לְבָנִים
brick; stone slab	לְבֵנָה, נ׳, ר׳, לְבֵנִים
moon	לְבָנָה, נ׳, ר׳, ־נוֹת
half-moon; bracket	חֲצִי־לְבָנָה
	לְבוֹנָה, לְבוֹנֶה, נ׳, ר׳, ־נוֹת
frankincense	
whitish	לַבְנוּנִי, ת״ז, ־נִית, ת״נ
whiteness	לַבְנוּנִית, לַבְנוּת, נ׳
albino	לַבְקָן, ז׳, ר׳, ־נִים
outside	לְבַר, תה״פ
to wear	לָבַשׁ, פ״י
to clothe	הִלְבִּישׁ, פ״י
log,	לֹג, לוֹג, ז׳, ר׳, לָגִים
liquid measure	
legion	לִגְיוֹן, ז׳, ר׳, ־נוֹת
gulp, sip	לְגִימָה, נ׳, ר׳, ־מוֹת
to mock, make fun of	לָגְלֵג, פ״ע
ridicule, derision,	לִגְלוּג, ז׳, ר׳, ־גִים
jeering	

to nationalize	[לאם] הִלְאִים, פ״י
	לְאֻמִּי, ת״ז, ־מִּית, ת״נ
national	
nationality	לְאֻמִּיּוּת, לְאוֹמִיּוּת, נ׳
that is to say, so	לֵאמֹר, תה״פ
where, whither	לְאָן, תה״פ
heart; mind; understanding;	לֵב, לֵבָב, ז׳, ר׳, לִבּוֹת, לְבָבוֹת
midst, center	
to make doughnuts;	לִבֵּב, פ״י
to fascinate; to encourage	
kind, cordial;	לְבָבִי, ת״ז, ־בִית, ת״נ
hearty	
heartiness; cordiality	לְבָבִיּוּת, נ׳
apart, alone; only	לְבַד, תה״פ
besides	מִלְּבַד
felt (material)	לֶבֶד, ז׳, ר׳, לְבָדִים
flame; lava	לַבָּה, נ׳, ר׳, לַבּוֹת
	לִבָּה, נ׳, ר׳, לִבּוֹת (ע׳ לֵב, לֵבָב)
heart	
to set ablaze, enkindle	לִבָּה, פ״י
kindness; fascination	לִבּוּב, ז׳
attached,	לָבוּד, ת״ז, לְבוּדָה, ת״נ
connected	
fanning, blowing	לִבּוּי, ז׳, ר׳, ־יִים
whitening;	לִבּוּן, ז׳, ר׳, ־נִים
grinding	
frankincense	
clothing, garment	לְבוּשׁ, ז׳, ר׳, ־שִׁים
clothed,	לָבוּשׁ, ת״ז, לְבוּשָׁה, ת״נ
garbed, dressed	
to fall, fail	לבט] נִלְבַּט, פ״ע
to be troubled	הִתְלַבֵּט, פ״ח
affliction,	לֶבֶט, ז׳, ר׳, לְבָטִים
suffering; trouble, misery	
lion, lioness	לָבִיא, ז׳, לְבִיאָה, נ׳, ר׳, לְבִיאִים, ־אוֹת

כְּתָב הַחַרְטֻמִּים hieroglyphics
כְּתָב הַיְתֵדוֹת cuneiform writing
כְּתָב יָד manuscript
כְּתָב סְתָרִים code
כַּתָּב, ז׳, ר׳, ־בִים correspondent
כְּתֻבָּה, נ׳, ר׳, ־בּוֹת marriage contract
כַּתְבָן, ז׳, ר׳, ־נִים writer, scribe
כַּתְבָנִית, נ׳, ר׳, ־נִיּוֹת typist, secretary
כְּתֹבֶת, נ׳, ר׳, כְּתוֹבוֹת inscription; address
כִּתָּה, נ׳, ר׳, כִּתּוֹת class; sect, party
כָּתוּב, ת״ז, כְּתוּבָה, ת״נ written, inscribed
כִּתּוּר, ז׳, ר׳, ־רִים encircling
כָּתוּשׁ, כָּתוּת, ת״ז, כְּתוּשָׁה, כְּתוּתָה, ת״נ crushed, pounded
כְּתִיב, ז׳, ר׳, ־בִים spelling
כְּתִיבָה, נ׳, ר׳, ־בוֹת writing; manuscript
כַּתִּישׁ, ז׳, ר׳, ־שִׁים wooden hammer
כָּתִית, ז׳, ר׳, כְּתִיתִים minced, pounded matter
כְּתִיתָה, כְּתִישָׁה, נ׳, ר׳, ־תוֹת, ־שׁוֹת crushing, pounding; scab
כֹּתֶל, כּוֹתֶל, ז׳, ר׳, כְּתָלִים wall
הַכֹּתֶל הַמַּעֲרָבִי the Wailing Wall
[כתם] נִכְתַּם to be stained, soiled
כֶּתֶם, ז׳, ר׳, כְּתָמִים pure gold; stain
כַּתָּן, ז׳, ר׳, ־נִים flax worker; mill worker
כֻּתְנָה, כּוּתְנָה, נ׳, ר׳, ־נוֹת cotton
כֻּתֹּנֶת, כְּתֹנֶת, נ׳, ר׳, כָּתְּנוֹת shirt
כָּתֵף, נ׳, ר׳, כְּתֵפַיִם, כְּתֵפוֹת shoulder; shoulder-piece, joint
כַּתָּף, ז׳, ר׳, כַּתָּפִים porter, carrier
כִּתֵּף, פ״י to carry on the shoulders
כִּתְפָּה, נ׳, ר׳, ־פּוֹת insignia
כִּתֵּר, פ״י to surround; to crown
כֶּתֶר, ז׳, ר׳, כְּתָרִים crown
כֹּתֶרֶת, כּוֹתֶרֶת, נ׳, ר׳, ־תָרוֹת headline; heading; capital of a column
כָּתַשׁ, פ״י to pound, grind; to mince
כָּתַת, הִכֵּת, פ״י to crush; to smite
הֻכַּת, פ״ע to be crushed, beaten

ל l, L

ל Lamedh, Lamed, twelfth letter of Hebrew alphabet; thirty
לְ־, לַ־, לָ־, לֶ־, לִ־, לֵ־ to, into; for, at
לִי, לְךָ, לָךְ, לוֹ, לָהּ, לָנוּ, לָכֶם, לָכֶן, לָהֶם, לָהֶן to me; to you; to him; etc.
לֹא, לָאו, תה״פ no, not, nay
לָאָה, פ״ע to be weary; to be impatient
לֵאוּט, ז׳ progression
לְאוֹם, לְאֹם, ז׳, ר׳, לְאֻמִּים nation
לְאוּמִּי, לְאֻמִּי, ת״ז, ־מִּית, ת״נ national
לְאוּמִּיּוּת, לְאֻמִּיּוּת, נ׳ nationality
לֵאוּת, ז׳ exhaustion, weariness
לָאַט, פ״ע, פ״י to speak softly; to cover
לְאַט, תה״פ slowly
לְאַלְתַּר, אַלְתַּר, תה״פ immediately, soon
לְאֹם, לְאוֹם, ז׳, ר׳, לְאֻמִּים nation

tapeworm	כֶּרֶץ, ז', ר', כְּרָצִים	final divorce	כְּרִיתוּת, נ'
upholsterer	כָּרָר, ז', ר', כָּרָרִים	bundle; scroll; volume	כֶּרֶךְ, ז', ר', כְּרָכִים
to cut off; to agree to	כָּרַת, פ"י	to twine, wind; to roll; to bind	כָּרַךְ, פ"י
extirpation; divine punishment	כָּרֵת, ז', ר', כְּרֵתוֹת	large town, city	כְּרַךְ, ז', ר', כְּרַכִּים
bodyguard	כְּרֵתִי, ז', ר', תִים	ledge, rim	כַּרְכֹּב, ז', ר', כַּבִּים
male lamb; ewe lamb	כֶּשֶׂב, ז', כִּשְׂבָּה, נ', ר', כְּשָׂבִים, כְּשָׂבוֹת	to turn on a lathe	כִּרְכֵּב, פ"י
to be fat, sated; to become coarse	כָּשָׂה, פ"ע	circle, circuit; whirl	כַּרְכּוֹר, ז', ר', רִים
magic, witchcraft	כִּשּׁוּף, ז', ר', פִים	saffron; crocus	כַּרְכֹּם, ז', ר', כַּמִּים
hops; capillaries	כְּשׁוּת, נ', ר', כְּשִׁיוֹת	to paint yellow; to stain	כִּרְכֵּם, פ"י
large ax	כַּשִּׁיל, ז', ר', לִים	to jump around; to dance	כִּרְכֵּר, פ"ע
wagging (of tail)	כִּשְׁכּוּשׁ, ז', ר', שִׁים	top; distaff, spindle	כַּרְכַּר, ז', ר', רִים
to wag (tail)	כִּשְׁכֵּשׁ, פ"י	camel, dromedary; carriage	כִּרְכָּרָה, נ', ר', רוֹת
to stumble, stagger	כָּשַׁל, פ"ע	intestine; sausage	כַּרְכֶּשֶׁת, נ', ר', כָּשׁוֹת
to fail; to go astray	נִכְשַׁל, פ"ע	vineyard; grove	כֶּרֶם, ז', ר', כְּרָמִים
failure; stumbling	כִּשָּׁלוֹן, כֶּשֶׁל, ז', ר', כִּשְׁלוֹנוֹת	vine-dresser, wine-grower	כֹּרֵם, כּוֹרֵם, ז', ר', כּוֹרְמִים
sorcery	כֶּשֶׁף, ז', ר', כְּשָׁפִים	to work in a vineyard	כָּרַם, פ"י
sorcerer	כַּשָּׁף, כַּשְׁפָן, ז', ר', פִים, נִים	crimson	כַּרְמִיל, ז', ר', לִים
to bewitch, charm, enchant	כִּשֵּׁף, פ"י	green wheat, fresh grains; fertile soil	כַּרְמֶל, ז', ר', כַּרְמִלִּים
to succeed; to be worthy; to be kosher	כָּשַׁר, כָּשֵׁר, פ"ע	abdomen, belly	כָּרֵס, כֶּרֶס, כָּרֵשׂ, נ', ר', כְּרֵסוֹת
ritually fit; honest; wholesome	כָּשֵׁר, ת"ז, כְּשֵׁרָה, ת"נ	armchair	כֻּרְסָה, כֻּרְסָא, נ', ר', סוֹת
fitness; opportunity; legitimacy	כֹּשֶׁר, כּוֹשֶׁר, ז'	to gnaw; to devour	כִּרְסֵם, פ"י
opportune, appropriate	שְׁעַת הַכֹּשֶׁר	stout, big-bellied person	כַּרְסָן, כַּרְסְתָן, ז', ר', נִים, תָנִים
talent; utility; skill	כִּשָּׁרוֹן, ז', ר', כִּשְׁרוֹנוֹת	leg; knee	כֶּרַע, נ', ר', כְּרָעַיִם
fitness; purity; legitimacy	כַּשְׁרוּת, נ'	to kneel, bow	כָּרַע, פ"ע
sect, party	כַּת, נ', ר', כִּתִּים, כִּתּוֹת	to subject; to bend	הִכְרִיעַ, פ"י
to write; to bequeath	כָּתַב, פ"י	celery, parsley; fine cotton cloth	כַּרְפַּס, ז', ר', סִים
to correspond	הִתְכַּתֵּב, פ"ח		
characters, letters; writing, script	כְּתָב, ז', ר', בִים		

כִּפְלַיִם twice as much (many)
כִּפְלֵי כִּפְלַיִם manifold
כָּפַל, פ״י to double; to multiply; to fold
כָּפָן, ז׳ hunger, famine
כָּפַן, פעו״י to cover; to bend; to be hungry; to pine
כָּפַף, פ״י to bend; to curve; to compel
כְּפָפָה, נ׳, ר׳, ־פוֹת glove
כֹּפֶר, ז׳, ר׳, כְּפָרִים ransom; asphalt, pitch; village; Lawsonia
כָּפַר, פ״י to deny; to reconcile; to smear, tar
כְּפָר, כֹּפֶר, ז׳, ר׳, כְּפָרִים village
כִּפֵּר, פ״י to atone, expiate; to forgive
כַּפָּרָה, נ׳, ר׳, ־רוֹת atonement, expiation
כְּפָרִי, כַּפְרִי, ת״ז, כַּפְרִית, ת״נ; ז׳ rustic, rural, village-like; villager, farmer
כַּפְרָן, ז׳, ר׳, ־נִים denier, liar
כַּפֹּרֶת, כַּפּוֹרֶת, נ׳, ר׳, ־רוֹת cover (for holy ark), curtain
[כפש] הִכְפִּישׁ, פ״י to make to cower; to wallow
כָּפַת, פ״י to tie, bind
כֹּפֶת, ז׳, ר׳, כְּפָתִים block, lump
כֶּפֶת, ז׳, ר׳, כְּפָתִים knot
כֻּפְתָּה, כּוּפְתָּה, נ׳, ר׳, ־תּוֹת dumpling
כַּפְתּוֹר, ז׳, ר׳, ־רִים button; knob
כִּפְתֵּר, פ״י to button up
כַּר, ז׳, ר׳, כָּרִים pillow; crossbar; male lamb; battering ram; pasturage
כְּרָאוּי, תה״פ, ע׳ רָאוּי fittingly, properly

כַּרְבּוֹל, ז׳, ר׳, ־לִים cloak, cape
כִּרְבֵּל, פ״י to clothe
כַּרְבֶּלֶת, כַּרְבֹּלֶת, נ׳, ר׳, כַּרְבּוֹלוֹת crest; cock's comb
כְּרָגִיל, תה״פ, ע׳ רָגִיל as usual
כָּרָה, פ״י to dig; to hire; to buy; to arrange (a feast)
כֵּרָה, נ׳, ר׳, כֵּרוֹת banquet, feast
כְּרוּב, ז׳, ר׳, ־בִים cherub; cabbage
כְּרוּבִית, נ׳, ר׳, ־בִיּוֹת cauliflower
כָּרוֹז, ז׳, ר׳, ־זוֹת herald, public crier
כְּרוּז, ז׳, ר׳, ־זִים proclamation
כָּרוּךְ, ת״ז, כְּרוּכָה, ת״נ folded, bound
כְּרוּכְיָה, נ׳, ר׳, ־יוֹת crane
כְּרוּכִית, נ׳, ר׳, ־כִיּוֹת roll; fritter
כְּרוּם, ז׳, ר׳, ־מִים humming bird
[כרז] הִכְרִיז, פ״י to announce, proclaim, herald
כְּרָזִי, ת״ז, ־זִית, ת״נ amphibious
כֹּרַח, ז׳ compulsion, constraint
[כרח] הִכְרִיחַ, פ״י to force, compel, constrain
כַּרְטוֹן, ז׳, ר׳, ־נִים carton
כַּרְטִיס, ז׳, ר׳, ־סִים ticket, card
כַּרְטִיסִיָּה, נ׳, ר׳, ־סִיּוֹת
כַּרְטֶסֶת, נ׳, ר׳, ־טָסוֹת } card file
כָּרִי, ז׳, ר׳, כָּרִים courier; bodyguard
כְּרִי, ז׳, ר׳, כְּרָיִים heap of corn; pile
כְּרִיָּה, נ׳, ר׳, כְּרִיּוֹת digging
כָּרִיךְ, ז׳, ר׳, כְּרִיכִים sandwich
כְּרִיכָה, נ׳, ר׳, ־כוֹת sheaf; wrapping, cover, binding
כְּרִיכִיָּה, נ׳, ר׳, ־יוֹת bookbindery
כְּרִיעָה, נ׳, ר׳, ־עוֹת kneeling
כָּרֵישׁ, ז׳, ר׳, כְּרֵישִׁים leek
כְּרִיתָה, נ׳, ר׳, ־תוֹת cutting; divorcing

Caph, Khaph, eleventh letter	כַּף, כָף, נ׳
of Hebrew alphabet	
hollow rock; cave; כֵּף, ז׳, ר׳, כֵּפִים	
vault	
arch; doorway; כִּפָּה, נ׳, ר׳, כִּפּוֹת	
sky; skullcap	
palm, palm leaf כָּפָה, נ׳, ר׳, כַּפּוֹת	
to force, compel; כָּפָה, פ״י	
to subdue; to invert	
forced כָּפוּי, ת״ז, כְּפוּיָה, ת״נ	
ungrateful כְּפוּי טוֹבָה	
doubled; כָּפוּל, ת״ז, כְּפוּלָה, ת״נ	
folded	
geminate verbs כְּפוּלִים	
bent כָּפוּף, ת״ז, כְּפוּפָה, ת״נ	
frost, hoarfrost כָּפוֹר, ז׳, ר׳, ־רִים	
atonement, כִּפּוּר, ז׳, ר׳, ־רִים	
expiation	
Day of יוֹם כִּפּוּר, יוֹם הַכִּפּוּרִים	
Atonement	
cover כַּפּוֹרֶת, כַּפֹּרֶת, נ׳	
(for holy ark); curtain	
tall, high כָּפֵחַ, ת״ז, כְּפֵחַת, ת״נ	
compulsion; כְּפִיָּה, נ׳, ר׳, ־יוֹת	
inverting	
epilepsy כִּפָּיוֹן, ז׳	
spit and כָּפִיל, ז׳, ר׳, כְּפִילִים	
image; double	
rafter, girder כָּפִיס, ז׳, ר׳, כְּפִיסִים	
bending; basket כְּפִיפָה, נ׳, ר׳, ־פוֹת	
flexibility; כְּפִיפוּת, נ׳, ר׳, ־פֻיּוֹת	
subservience	
lion, cub כְּפִיר, ז׳, ר׳, ־רִים	
cub (f.); denial; כְּפִירָה, נ׳, ר׳, ־רוֹת	
atheism	
teaspoon כַּפִּית, נ׳, ר׳, ־יּוֹת	
doubling; dupli- כֶּפֶל, ז׳, ר׳, כְּפָלִים	
cate; pleat, fold; multiplication	

idiot, fool; Orion כְּסִיל, ז׳, ר׳, ־לִים	
foolishness; כְּסִילוּת, נ׳, ר׳, ־לָיוֹת	
stupidity	
chewing כְּסִיסָה, נ׳, ר׳, ־סוֹת	
rubbing off; כִּסְכּוּס, ז׳, ר׳, ־סִים	
washing	
to rub off; to gnaw כִּסְכֵּס, פ״י	
loin, groin; folly כֶּסֶל, ז׳, ר׳, כְּסָלִים	
hope; confidence כֵּסֶל, ז׳	
to become foolish כָּסַל, פ״ע	
stupidity, foolishness כִּסְלָה, נ׳	
Kislev, ninth month of כִּסְלֵו, ז׳	
Hebrew calendar	
to shear, clip, cut כָּסַם, פ״י	
spelt כֻּסֶּמֶת, נ׳, ר׳, כָּסְמִים	
to chew; to number כָּסַס, פעו״י	
(amongst)	
silver, money כֶּסֶף, ז׳, ר׳, כְּסָפִים	
mercury כֶּסֶף חַי	
to desire, long for כָּסַף, פ״ע	
to silver; to become pale הִכְסִיף	
longing, yearning כֹּסֶף, כּוֹסֶף, ז׳	
mercury כַּסְפִּית, נ׳	
cash register כַּסֶּפֶת, נ׳, ר׳, ־פוֹת	
pillow, cushion כֶּסֶת, נ׳, ר׳, כְּסָתוֹת	
ugly, nasty כָּעוּר, ת״ז, כְּעוּרָה, ת״נ	
angry, mad כָּעוּס, ת״ז, כְּעוּסָה, ת״נ	
ugliness, nastiness כִּעוּר, ז׳	
ring cake כַּעַךְ, ז׳, ר׳, ־כִים	
to cough (lightly) כִּעְכֵּעַ, פ״ע	
to be angry, vexed כָּעַס, פ״ע	
to anger, vex הִכְעִיס, פ״י	
anger, כַּעַס, כַּעַשׂ, ז׳, ר׳, כְּעָסִים	
insolence	
irascible person כַּעֲסָן, ז׳, ר׳, ־נִים	
to make ugly, repulsive כִּעֵר, פ״י	
palm כַּף, נ׳, ר׳, כַּפּוֹת, כַּפַּיִם	
(of hand); sole (of foot); spoon	

כַּמֹּן, כַּמּוֹן, ז׳ cumin, caraway seed
כִּמֵּן, פ״י to hide away
כְּמָנָה, נ׳, ר׳, ־נוֹת ambush, trap
כָּמַס, פ״י to hide; to store away
כִּמְעַט, תה״פ, ע׳ מְעַט almost, just
כָּמַר, פ״י to heat, warm up; to ripen
נִכְמַר, פ״ע to shrink; to wrinkle
כֹּמֶר, כָּמָר, ז׳, ר׳, כְּמָרִים priest
כְּמָרִיָּה, נ׳, ר׳, ־יוֹת monastery
כִּמְרִיר, ז׳, ר׳, ־רִים dark, heavy cloud
כָּמַשׁ, פ״ע to wither, shrivel up
כֵּן, תה״פ yes; thus, so
כֵּן, ת״ז, כֵּנָה, ת״נ honest, upright
כֵּן, ז׳, כִּנָּה, נ׳, ר׳, כִּנִּים louse; worm
כֵּן, כַּן, ז׳, כַּנָּה, נ׳, ר׳, ־כַּנִּים, ־נוֹת base; post
כִּנָּה, פ״י to name; to give a title
כִּנּוּי, ז׳, ר׳, כִּנּוּיִים nickname; surname
כִּנּוּי הַשֵּׁם pronoun
כִּנּוּס, ז׳, ר׳, ־סִים gathering, assembly
כְּנוּפְיָה, כְּנֻפְיָה, נ׳, ר׳, כְּנֻפְיוֹת band, clique
כִּנּוֹר, ז׳, ר׳, ־רִים, ־רוֹת violin
כֵּנוּת, נ׳ honesty
כְּנִימָה, נ׳, ר׳, ־מוֹת vermin, beetle
כְּנִיסָה, נ׳, ר׳, ־סוֹת entrance; gathering, assembly
כְּנִיעָה, נ׳, ר׳, ־עוֹת surrender
כְּנִיעוּת, נ׳ subjection
כִּנָּם, כִּנֶּמֶת, כִּנְמָה, נ׳ scales, vermin, lice
כִּנֵּן, פ״י to wind up; to coil
כָּנַס, כִּנֵּס, פ״י to call together; to gather; to assemble
נִכְנַס, פ״ע to enter

הִכְנִיס, פ״י to bring in; to admit
כֶּנֶס, ז׳, ר׳, כְּנָסִים assembly, convention
כְּנֵסִיָּה, נ׳, ר׳, ־יּוֹת gathering; church
כְּנֶסֶת, נ׳, ר׳, כְּנֵסִיּוֹת gathering, congregation; parliament
בֵּית־כְּנֶסֶת synagogue, temple
[כנע] נִכְנַע, פ״ע to be humbled, subdued
הִכְנִיעַ, פ״י to submit, subdue
כִּנְעָה, נ׳, ר׳, ־עוֹת effects, wares; subjection
כְּנַעַן, ז׳ Canaan; trader
כָּנָף, נ׳, ר׳, כְּנָפַיִם, כְּנָפוֹת wing; extremity
[כנף] נִכְנַף, פ״ע to hide oneself
כְּנֻפְיָה, כְּנוּפְיָה, נ׳, ר׳, ־יוֹת band, clique
כַּנָּר, ז׳, ר׳, ־רִים violinist
כִּנֵּר, פ״י to play the violin
כְּנָת, ז׳, ר׳, כְּנָוֹת colleague, comrade
כֵּס, ז׳, ר׳, כֵּסִּים seat; throne
כֶּסֶא, כֶּסֶה, ז׳ new moon; full moon
כִּסֵּא, ז׳, ר׳, כִּסְאוֹת chair; seat
כִּסְאוֹן, ז׳, ר׳, ־נִים high chair
כֻּסְבָּר, ז׳ coriander
כִּסָּה, פ״י to cover; to conceal
הִתְכַּסָּה, פ״ח to clothe oneself
כִּסּוּחַ, ז׳, ר׳, ־חִים trimming
כִּסּוּי, כְּסוּי, ז׳, ר׳, ־יִּים lid; covering
כִּסּוּל, ת״ז, כִּסּוּלָה, ת״נ deformed(hip)
כִּסּוּף, ז׳, ר׳, ־פִים longing, desire
כְּסוּת, נ׳, ר׳, כְּסֻיּוֹת covering, garment
כְּסוּת עֵינַיִם pretext
כָּסַח, פ״י to cut off, trim; to clear
כְּסָיָה, נ׳, ר׳, ־יּוֹת glove

to include; to complete;	כָּלַל, פ"י	prison	כְּלוּא, בֵּית כְּלוּא, ז'
to generalize		cage, basket	כְּלוּב, ז', ר', ־בִים
principle; general	כְּלָל, ז', ר', ־לִים	includes,	כָּלוּל, ת"ז, כְּלוּלָה, ת"נ
rule; total, sum		is comprised, contains	
in general, generally	בִּכְלָל	betrothal, marriage	כְּלוּלוֹת, נ"ר
(not) at all	כְּלָל וּכְלָל	anything, something	כְּלוּם, ז'
exceptional	יוֹצֵא מִן הַכְּלָל	nothing	לֹא כְלוּם
universality;	כְּלָלוּת, נ', ר', ־לֻיּוֹת	that is to say,	כְּלוֹמַר, תה"פ
totality		this means	
general,	כְּלָלִי, ת"ז, ־לִית, ת"נ	beam, pole	כְּלוֹנָס, ז', ר', ־נְסָאוֹת
common		senility, old age	כֶּלַח, ז'
to be ashamed	[כלם] נִכְלַם, פ"ע	to become senile	[כלח] נִכְלַח, פ"ע
to offend; to put	הִכְלִים, פ"י	utensil, instru-	כְּלִי, ז', ר', כֵּלִים
to shame		ment, tool	
shame,	כְּלִמָּה, כְּלִימָה, נ', ר', ־מוֹת	weapons	כְּלֵי זַיִן
insult		musical instruments	כְּלֵי זֶמֶר
anemone	כַּלָּנִית, נ', ר', ־יּוֹת	miser; rogue	כִּלַּי, ז', ר', ־לָאִים
ax	כִּלָּף, כִּילָף, ר', ז', כְּלַפּוֹת	lightning rod	כַּלִּיא־בָּרָק, כַּלִּירַעַם, ז'
freckle	כֶּלֶף, ז', ר', כְּלָפִים	toolbox; vice	כְּלִיבָה, נ', ר', ־בוֹת
towards, opposite,	כְּלַפֵּי, תח"פ	kidney	כִּלְיָה, נ', ר', כְּלָיוֹת
against		destruction	כִּלָּיָה, נ', ר', כְּלָיוֹת
how much, how many	כַּמָּה, תה"פ	pining; annihilation	כִּלָּיוֹן, ז'
to desire eagerly,	כָּמַהּ, פ"ע	whole,	כָּלִיל, ת"ז, כְּלִילָה, ת"נ
long for		perfect, complete	
truffle	כְּמֵהָה, נ', ר', ־הִים, ־הוֹת	crown, garland,	כְּלִיל, ז', ר', ־לִים
as, like, when	כְּמוֹ, כְּמוֹת, תה"פ	wreath	
cumin; caraway seed	כַּמּוֹן, כַּמֹּן, ז'	versatility	כְּלִילוּת, נ'
hidden,	כָּמוּס, ת"ז, כְּמוּסָה, ת"נ	shame, insult	כְּלִמָּה, כְּלִמָּה, נ', ר',
concealed			כְּלִמּוֹת
priesthood	כְּמוּרָה, נ'	ferula	כֶּלֶךְ, ז', ר', כְּלָכִים
withered,	כָּמוּשׁ, ת"ז, כְּמוּשָׁה, ת"נ	go!, be gone!	כַּלֵּךְ, מ"ק
wrinkled		support, sustenance	כִּלְכּוּל, ז'
quantity	כַּמּוּת, נ', ר', כַּמֻּיּוֹת	to sustain, nourish	כִּלְכֵּל, פ"י
quantitative	כַּמּוּתִי, ת"ז, ־תִית, ת"נ	support;	כַּלְכָּלָה, נ', ר', ־לוֹת
yearning	כְּמִיהָה, נ', ר', ־הוֹת	economy	
pity	כְּמִירָה, נ', ר', ־רוֹת	fruit basket	כַּלְכַּלָּה, נ', ר', ־לוֹת
withering,	כְּמִישָׁה, נ', ר', ־שׁוֹת	economic	כַּלְכָּלִי, ת"ז, ־לִית, ת"נ
shriveling up		economist	כַּלְכְּלָן, ז', ר', ־נִים

stove, hearth כִּירָה, נ׳, ר׳, ־רוֹת	to contradict, deny; הִכְחִישׁ, פ״י
cooking oven כִּירַיִם, ז״ר	to be lean
distaff כִּישׁוֹר, ז׳, ר׳, ־רִים	lie, deceit; כַּחַשׁ, ז׳, ר׳, כְּחָשִׁים
thus, so כָּךְ, כָּכָה, תה״פ	leanness
anyhow בֵּין כָּךְ וּבֵין כָּךְ	liar, deceiver כֶּחָשׁ, ז׳, ר׳, ־שִׁים
so much כָּל כָּךְ	if, since, because, כִּי, מ״ח
what of it? מֶה בְּכָךְ	when, only
כִּכָּר, זו״נ, ר׳, ־רִים, ־רוֹת, ־רַיִם,	brand mark; burn כִּי, ז׳, ר׳, כָּיִים
כִּכָּרַיִם	ulcer כִּיב, ז׳, ר׳, ־בִים
low ground; loaf; talent (weight);	calamity, כִּיד, ז׳, ר׳, ־דִים
traffic circle	misfortune
to comprehend; כָּל, פ״י, ע׳ [כול]	spark כִּידוֹד, ז׳, ר׳, ־דִים
to measure	spear, lance, כִּידוֹן, ז׳, ר׳, ־נִים
all, every, whole, any כֹּל, כָּל, מ״ג	javelin
all, everything הַכֹּל	attack, assault, charge כִּידוֹר, ז׳
nevertheless בְּכָל זֹאת	Saturn (planet) כִּיּוּן, ז׳
something; whatever כָּל שֶׁהוּא	directly, at once כִּיּוָן, כֵּן, תה״פ
prison, dungeon כֶּלֶא, ז׳, ר׳, כְּלָאִים	as soon as; since כֵּיוָן שֶׁ־
to imprison, incarcerate כָּלָא, פ״י	washbasin; כִּיּוֹר, ז׳, ר׳, ־רִים
mixture; hybrid; כִּלְאַיִם, ז״ז	kettle; pan
heterogeneous kinds	phlegm, spittle כִּיחַ, ז׳, ר׳, ־חִים
dog כֶּלֶב, ז׳, ר׳, כְּלָבִים	measurer, surveyor כַּיָּל, ז׳, ר׳־לִים
seal כֶּלֶב־יָם, ז׳, ר׳, כַּלְבֵי־יָם	measure כַּיִל, ז׳
to baste כָּלַב, פ״ע	mosquito כִּילָה, כַּלָּה, נ׳, ר׳, ־לוֹת
doglike, canine כַּלְבִּי, ת״ז, ־בִּית, ת״נ	net; canopy
lap dog, puppy כְּלַבְלָב, ז׳, ר׳, ־בִים	stinginess; כִּילוּת, כִּילָאוּת, נ׳
rabies; hydrophobia כַּלֶּבֶת, נ׳	craftiness
to be consumed, finished; כָּלָה, פ״ע	miser; rogue כִּילַי, ז׳, ר׳, כִּילָאִים
to perish; to waste away	ax כֵּילַף, כֶּלַף, ז׳, ־לַפּוֹת
to accomplish; כִּלָּה, פ״י	Pleiades כִּימָה, נ׳
to annihilate	chemical כִּימִי, ת״ז, ־מִית, ת״נ
altogether, wholly, כָּלָה, תה״פ	chemistry כִּימְיָה, נ׳
completely	pocket; purse כִּיס, ז׳, ר׳, ־סִים
failing; pining כָּלֶה, ת״ז, כָּלָה, ת״נ	pickpocket כַּיָּס, ז׳, ר׳, ־סִים
bride; כַּלָּה, נ׳, ר׳, כַּלּוֹת	pie כִּיסָן, ז׳, ר׳, ־נִים
daughter-in-law	how?, what manner? כֵּיצַד, תה״פ
mosquito כַּלָּה, כִּילָה,נ׳, ר׳, ־לוֹת	to tile; to adorn a wall; כִּיֵּר, פ״י
net; canopy	to panel

Samaritan, Cuthean	כּוּתִי, ת״ז, ־תִית, ת״נ
wall	כּוֹתֶל, כֹּתֶל, ז׳, ר׳, כְּתָלִים
cotton	כֻּתְנָה, כָּתְנָה, נ׳, ר׳, ־נוֹת
epaulet	כּוֹתֶפֶת, נ׳, ר׳, ־תָפוֹת
capital of a column; heading, headline	כּוֹתֶרֶת, כֹּתֶרֶת, נ׳, ר׳, ־תָרוֹת
lie; falsehood	כָּזָב, ז׳, ר׳, כְּזָבִים
to lie, deceive	כָּזַב, פעי״
to tell a lie; to disappoint	כִּזֵּב, פ״י
liar	כַּזְבָן, ז׳, ר׳, ־נִים
lying	כַּזְבָנוּת, נ׳
to split; to cough	כָּח, פ״ע, ע׳ [כוח]
strength, power; wealth	כֹּחַ, ז׳, ר׳, כֹּחוֹת
a species of lizard, chameleon	כֹּחַ, ז׳, ר׳, כֹּחִים
to deny; to conceal	כָּחַד, פ״י
to deny; to withhold; to annihilate	הִכְחִיד, פ״י
to cough; to clear the throat	כָּחָה, פ״ע
blue	כָּחוֹל, כָּחֹל, ת״ז, כְּחֻלָּה, ת״נ
slim, thin, lean	כָּחוּשׁ, ת״ז, כְּחוּשָׁה, ת״נ
leanness; weakness; reduction	כְּחִישָׁה, כְּחִישׁוּת, נ׳
dynamite	כַּחִית, נ׳
to paint blue; to use blue make-up	כָּחַל, פ״י
blue eye make-up	כַּחַל, ז׳, ר׳, כְּחָלִים
udder	כְּחָל, כָּחָל, ז׳, ר׳, ־לִים
blueish; blue-eyed	כְּחַלְיָלִי, ת״ז, ־לִית, ת״נ
apt; potential	כָּחֳנִי, ת״ז, ־נִית, ת״נ
aptness; potentiality	כָּחֳנִיּוּת, נ׳
to become lean	כָּחַשׁ, פ״ע
to deny, lie, deceive	כָּחַשׁ, פ״י

bookcase	כּוֹנָנִית, נ׳, ר׳, ־נִיּוֹת
viola	כּוֹנֶרֶת, נ׳, ר׳, ־נָרוֹת
gunsight	כַּוֶּנֶת, נ׳, ר׳, כַּוָּנוֹת
cup, goblet; calyx	כּוֹס, נ׳, ר׳, ־סוֹת
owl	כּוֹס, ז׳, ר׳, ־סִים
longing, yearning	כּוֹסֶף, כֹּסֶף, ז׳
brazier, small stove	כּוּפָּח, ז׳, ר׳, ־חִים
mackerel	כּוּפִי, כּוּפִיָּה, ז׳
denominator	כּוֹפֵל, ז׳, ר׳, ־פְלִים
unbeliever, atheist	כּוֹפֵר, ז׳, ר׳, ־פְרִים
dumpling	כּוּפְתָּה, כָּפְתָּה נ׳, ר׳, ־תּוֹת
to shrink	כָּוַץ, ס״ע
to become shrunken; to contract	הִתְכַּוֵּץ, פ״ח
smelting furnace	כּוּר, ז׳, ר׳, ־רִים
a measure of capacity	כּוֹר, ז׳, ר׳, ־רִים
bookbinder; sandwich	כּוֹרֵךְ, ז׳, ר׳, כּוֹרְכִים
winegrower; vine-dresser	כּוֹרֵם, כֶּרֶם, ז׳, ר׳, ־רְמִים
beekeeper	כַּוְרָן, ז׳, ר׳, ־נִים
armchair	כֻּרְסָה, כֻּרְסָא, נ׳, ר׳, ־סוֹת
beehive	כַּוֶּרֶת, נ׳, ר׳, כַּוָּרוֹת
spindle; stick; spit	כּוּשׁ, ז׳, ר׳, כּוּשִׁים
Ethiopia	כּוּשׁ, נ׳
Ethiopian; Negro	כּוּשִׁי, ת״ז, ־שִׁית, ת״נ
fitness; opportunity; legitimacy	כּוֹשֶׁר, כֹּשֶׁר, ז׳
vigor; capacity	כּוֹשֶׁרֶת, כּוֹשָׁרָה, נ׳, ר׳, כּוֹשָׁרוֹת
scribe; copyist; calligrapher	כּוֹתֵב, ז׳, ר׳, כּוֹתְבִים
dry date	כּוֹתֶבֶת, נ׳, ר׳, ־תָבוֹת

deer, ibex	כּוֹי, ז׳, ר׳, כּוֹיִים	to make round; to arch	כִּדֵּר, פ״י
scalding, burn mark	כְּוִיָּה, נ׳, ר׳, ־יוֹת	bowling	כַּדֶּרֶת, נ׳
		thus; here; so	כֹּה, תה״פ
cramp	כְּוִיצָה, נ׳, ר׳, ־צוֹת	appropriately, reasonably	כַּהֹגֶן, תה״פ
cave, cavity, vault	כּוּךְ, ז׳, ר׳, ־כִים	to be dim; to be weak, shaded	כָּהָה, פ״ע
star; symbol, sign	כּוֹכָב, ז׳, ר׳, ־בִים	dim, dull, faint	כֵּהֶה, ת״ז, כֵּהָה, ת״נ
planet	כּוֹכַב לֶכֶת	alleviation; recovery, healing	כֵּהָה, נ׳, ר׳, כֵּהוֹת
asterisk	כּוֹכָבוֹן, ז׳, ר׳, ־כְבוֹנִים	priesthood; attire of priests	כְּהוּנָה, כְּהֻנָּה, נ׳, ר׳, ־נוֹת
to comprehend; to measure	[כול] כָּל, פ״י	dimness	כֵּהוּת, נ׳
to contain, hold; to include	הֵכִיל, פ״י	alcohol	כֹּהַל, כֻּהַל, ז׳
community	כּוֹלֵל, ז׳, ר׳, כּוֹלְלִים	alcoholism	כַּהֶלֶת, נ׳
general, universal	כּוֹלֵל, ת״ז, כּוֹלֶלֶת, ת״נ	priest, priestess	כֹּהֵן, ז׳, כֹּהֶנֶת, נ׳, ר׳, כֹּהֲנִים, כֹּהֲנוֹת
chastity belt; ornament	כּוּמָז, ז׳, ר׳, ־זִים	high priest	כֹּהֵן גָּדוֹל
		common priest	כֹּהֵן הֶדְיוֹט
to be resolved; to be firm; to be prepared	[כון] נָכוֹן, פ״ע	to ordain; to officiate as priest; to become a priest	כִּהֵן, פ״ע
certainly	אַל נָכוֹן	priesthood; attire of priests	כְּהֻנָּה, כְּהוּנָה, נ׳, ר׳, ־נוֹת
to establish; to direct	כּוֹנֵן, פ״י	
to make ready, prepare, provide, arrange	הֵכִין, פ״י	dormer (garret) window	כַּו, ז׳, ר׳, ־וִים
to straighten; to direct; to intend	כִּוֵּן, פ״י	ache, pain	כּוֹאֵב, ז׳, ר׳, כּוֹאֲבִים
to be set; to be directed	כָּוַן, פ״ע	laundryman, launderer	כּוֹבֵס, ז׳, ר׳, כּוֹבְסִים
to intend; to mean	הִתְכַּוֵּן, פ״ח	hat, helmet	כּוֹבַע, ז׳, ר׳, כּוֹבָעִים
sacrificial cake	כַּוָּן, ז׳, ר׳, ־נִים	heap of sheaves	כּוֹבָעָה, נ׳, ר׳, ־עוֹת
directly, at once; since	כֵּוָן, כֵּיוָן, תה״פ	hatter	כּוֹבָעִי, כּוֹבְעָן, ז׳, ר׳, כּוֹבָעִים, כּוֹבְעָנִים
intention; purpose; devotion; meaning	כַּוָּנָה, נ׳, ר׳, ־נוֹת	to scald, burn	כָּוָה, פ״י
intentionally	בְּכַוָּנָה, תה״פ	direction, intention	כִּוּוּן, ז׳, ר׳, ־נִים
to establish; to direct	כּוֹנֵן, פ״י, ע׳ [כון]	shrinking; cramp	כִּוּוּץ, ז׳, ר׳, ־צִים
to adjust	כִּוְנֵן, פ״י	deceptive, false	כּוֹזֵב, ת״ז, כּוֹזֶבֶת, ת״נ
		to spit; to cough	[כוח] כָּח, פ״ע
readiness	כּוֹנְנוּת, נ׳	eye make-up, collyrium	כּוֹחַל, ז׳

כְּבַד לָשׁוֹן, כְּבַד פֶּה stutterer
כָּבֵד, פ״ע to be heavy; weighty; important
כָּבְדָה אָזְנוֹ, ־ עֵינוֹ to be hard of hearing, seeing
נִכְבַּד, פ״ע to be honored; to be wealthy
כִּבֵּד, פ״י to honor; to glorify; to sweep
הִכְבִּיד, פ״י to make heavy; to honor
הִתְכַּבֵּד, פ״ח to be honored; to amass wealth; to be received
כָּבֵד, ז׳, ר׳, כְּבֵדִים liver
כֹּבֶד, ז׳ heaviness; abundance
כֹּבֶד רֹאשׁ seriousness, solemnity
מֶרְכַּז הַכֹּבֶד center of gravity
כְּבֵדוּת, נ׳ difficulty, heaviness
כָּבָה, פ״ע to be extinguished
כָּבוֹד, ז׳ honor; riches; importance
כְּבוּדָה, כְּבֻדָּה, נ׳ baggage, wealth
כִּבּוּי, ז׳ extinguishing
כָּבוּל, ז׳ peat; sandy soil; hairnet
כָּבוּן, ת״ז, כְּבוּנָה, ת״נ wrapped up
כִּבּוּס, ז׳ wash; washing (of clothes)
כָּבוּשׁ, ת״ז, כְּבוּשָׁה, ת״נ pickled; preserved; paved
כְּבוּשִׁים, ז״ר preserves
כִּבּוּשׁ, ז׳, ר׳, ־שִׁים conquest
כְּבִיסָה, נ׳, ר׳, ־סוֹת washing, wash, laundry
כַּבִּיר, ת״ז, ־רָה, ת״נ mighty, much, great
כָּבִיר, כְּבִיר, ז׳, ר׳, ־רִים quilt
כְּבִישׁ, ז׳, ר׳, ־שִׁים paved highway, macadamized road
כְּבִישָׁה, נ׳, ר׳, ־שׁוֹת side path; preserved foods

כֶּבֶל, ז׳, ר׳, כְּבָלִים fetter; shackle; chain; cable
כָּבַל, פ״י to chain, fetter
כִּבֵּן, פ״י to fasten, clasp
כִּבֵּס, פ״י to wash clothes
כַּבָּס, ז׳, ר׳, ־סִים laundryman
כֹּבֶס, ז׳ detergent
כָּבַר, פ״י to sift
הִכְבִּיר, פ״י to increase, heap up
לְמַכְבִּיר, תה״פ in abundance, abundantly
כְּבָר, תה״פ already, long ago
כְּבָרָה, נ׳, ר׳, ־רוֹת sieve
כִּבְרָה, נ׳ an indefinite measure
כָּבַשׁ, פ״י to subdue; to force; to imprison; to preserve; to press
כֶּבֶשׂ, ז׳, ר׳, כְּבָשִׂים lamb, sheep
כֶּבֶשׁ, ז׳, ר׳, כְּבָשִׁים ascent; gangway; preserves
כִּבְשָׂה, נ׳, ר׳, כְּבָשׂוֹת ewe, lamb
כִּבְשׁוֹן, ז׳, ר׳, ־נִים secret
כִּבְשָׁן, ז׳, ר׳, ־נִים, ־נוֹת furnace, kiln
כְּגוֹן, תה״פ for example
כַּד, זו״נ, ר׳, כַּדִּים jug, pitcher
כַּד, ת״ז, כַּדָּה, ת״נ obtuse, blunt
כְּדַאי, כְּדַי, תה״פ worthy, deserving
כַּדָּד, ז׳ ר׳, ־דִים potter
כַּדּוּם, ז׳, ר׳, ־מִים crane; grappling iron
כַּדּוּר, ז׳, ר׳, ־רִים ball, globe
כַּדּוּר סַל, כַּדּוּרְסַל basketball
כַּדּוּר עָף volleyball
כַּדּוּר רֶגֶל, כַּדּוּרֶגֶל soccer; football
כַּדּוּרִי, ת״ז, ־רִית, ת״נ globular, spherical; cylindrical
כַּדְכֹּד, ז׳, ר׳, ־כֳּדִים ruby; carbuncle
כִּדֵּן, פ״י to fix bayonets

cuneiform writing	כְּתַב הַיְתֵדוֹת	to be old, inveterate	[וישן] נוֹשַׁן, פ"ע
to drive in a peg	יָתֵד, פ"י	oldness	יֹשֶׁן, ז'
orphan; unprotected child	יָתוֹם, ז', ר', יְתוֹמִים	to sleep	יָשֵׁן, פ"ע
orphanhood	יְתוֹם, יֶתֶם, ז'	salvation; victory	יֵשַׁע, יֶשַׁע, ז'
residue; superfluity	יִתּוּר, ז', ר', ־רִים	to be saved; to be helped; to be victorious	[ישע] נוֹשַׁע, פ"ע
gnat; mosquito	יַתּוּשׁ, ז', ר', ־שִׁים	to save, deliver	הוֹשִׁיעַ, פ"י
probably, perhaps	יִתָּכֵן, תה"פ	precious stone, jasper	יָשְׁפֵה, ז', ר', ־פִים
to be an orphan	יָתַם, פ"ע	straight; even; right	יָשָׁר, ת"ז, יְשָׁרָה, ת"נ
orphanhood	יַתְמוּת, נ'	straightness; equity; honesty	יֹשֶׁר, ז'
rest, remainder; excess; cord	יֶתֶר, ז', ר', יְתָרִים	to be straight; to be honest; to be pleasing	יָשַׁר, פ"ע
abundantly, exceedingly	יֶתֶר, תה"פ	Israel	יִשְׂרָאֵל, ז'
additional, more	יָתֵר, ת"ז, יְתֵרָה, יְתֶרֶת, ת"נ	Israeli	יִשְׂרְאֵלִי, ת"ז, ־לִית, ת"נ
to remain, be left over	[יתר] נוֹתַר, פ"ע	integrity, uprightness	יַשְׁרָה, נ'
to add	יִתֵּר, פ"י	Jeshurun, poetic name of Israel	יְשֻׁרוּן, ז'
to leave over, leave	הוֹתִיר, פ"י	righteousness, equity	יַשְׁרוּת, נ', ר', ־רֻיוֹת
balance; property	יִתְרָה, נ', ר', יְתָרוֹת	honest person	יַשְׁרָן, ז', ר', ־נִים
profit, gain; advantage; superfluity; surplus	יִתְרוֹן, ז', ר', ־נוֹת	to become old, to age	יָשֵׁשׁ, פ"ע
comparative	עֶרֶךְ הַיִתְרוֹן	to preserve; to make old	יִשֵּׁשׁ, פ"י
appendage, lobe	יֹתֶרֶת, יוֹתֶרֶת, נ'	peg; hook, handle; Iambus	יָתֵד, נ', ר', יְתֵדוֹת
superfluous limb	יֹתֶרֶת, יַתֶּרֶת, נ'		

כ, כ, ך   ע

to afflict; to cow	הִכְאָה, פ"י	Caph, khaph, eleventh letter of Hebrew alphabet; twenty	כ, כ, ך
at first sight; apparently	(כְּאוֹרָה) לִכְאוֹרָה, תה"פ	as, like; about	כְּ־, כָּ־, כַּ־, כֶּ־, כֵּ־
here, now	כָּאן, כָּאן, תה"פ	pain, ache	כְּאֵב, ז', ר', ־בִים
thereafter	לְאַחַר מִכָּאן	to ache, have pain	כָּאַב, פ"ע
from now on	מִכָּאן וָאֵילָךְ	to hurt	הִכְאִיב, פ"י
firefighting	כַּבָּאוּת, נ'	to be afflicted; to be cowed	[כאה] נִכְאָה, פ"ע
firefighter	כַּבַּאי, ז', ר', כַּבָּאִים		
heavy; hard	כָּבֵד, ת"ז, כְּבֵדָה, ת"נ		

יָרַד, פ״ע — to go down, descend
הוֹרִיד, פ״י — to bring down, lower
יָרָה, פ״י — to cast; to shoot
הוֹרָה, פ״י — to teach; to instruct; to point;
יֵרוּד, ז׳ — devaluation
יָרוּד, ת״ז, יְרוּדָה, ת״נ — common; immoral; degenerate
יָרוֹק, יָרֹק, ז׳ — greenery; herb
יָרוֹק, יָרֹק, ת״נ, יְרֻקָּה, ת״נ — green
יְרוֹקָה, נ׳, ר׳, ־קוֹת — duckweed, moss; jaundice
יְרוּשָׁה, יְרֻשָּׁה, נ׳ — inheritance; possession
יָרֵחַ, ז׳, ר׳, יְרֵחִים — moon
יֶרַח, ז׳, ר׳, יְרָחִים — month
יַרְחוֹן, ז׳, ר׳, ־נִים — monthly publication; monthly review
יָרַט, פ״ע — to be contrary
יְרִי, ז׳, ר׳, ־רָיִים — volley (shooting)
יָרִיב, ז׳, ר׳, יְרִיבִים — opponent; adversary
יָרִיד, ז׳, ר׳, יְרִידִים — market, fair
יְרִידָה, נ׳, ר׳, ־דוֹת — descent; decline; devaluation
יְרִיָּה, נ׳, ר׳, ־יּוֹת — shooting; shot
מְכוֹנַת יְרִיָּה — machine gun
יְרִיעָה, נ׳, ר׳, ־עוֹת — curtain; tentcloth; sheet, parchment
יְרִיקָה, נ׳ — spitting, expectoration
יָרֵךְ, יֶרֶךְ, נ׳, ר׳ יְרֵכַיִם — thigh, hip
יַרְכָה, נ׳, יַרְכָתַיִם, נ״ר — hind part
יֶרֶק, ז׳, ר׳, יְרָקוֹת — greenness; vegetables
יָרָק, ז׳, ר׳, יְרָקוֹת — greenness; vegetables
יָרֹק, יָרוֹק, ת״ז, יְרֻקָּה, ת״נ — green
יָרַק, פ״י, פ״ע — to spit; to be green

יֵרָקוֹן, ז׳ — jaundice, mildew
יְרַקְרַק, ת״ז, ־קָה, ת״נ — greenish
יָרַשׁ, פ״י — to inherit; to succeed; to possess
נוֹרַשׁ, פ״ע — to be dispossessed, to be impoverished
הוֹרִישׁ, פ״י — to cause to inherit; to dispossess
יְרֻשָּׁה, יְרוּשָׁה, יֵרֻשָּׁה, נ׳ — inheritance; possession
יֵשׁ, תה״פ — there is, there are
יֵשׁ, ז׳, ר׳, יֵשִׁים — substance; existence capital; property
יָשַׁב, פ״ע — to sit; to dwell, inhabit
נוֹשַׁב, פ״ע — to be inhabited
הוֹשִׁיב, פ״י — to settle; to seat
הִתְיַשֵּׁב, פ״ח — to settle; to establish oneself
יַשְׁבָן, ז׳, ר׳, ־נִים — posterior, behind
יִשּׁוּב, ז׳, ר׳, ־בִים — settlement; civilization
יִשּׁוּב הַדַּעַת — calmness; reflection
יִשּׁוּב הָעוֹלָם — civilization
יָשׁוּב, ת״ז, יְשׁוּבָה, ת״נ — seated
יִשּׁוּן, ז׳ — falling asleep; leaving unused
יְשׁוּעָה, נ׳, יְשׁוּעָתָה, נ׳, ר׳, ־עוֹת — redemption; victory; welfare
יִשּׁוּר, ז׳, ר׳, ־רִים — straightening, leveling
יֵשׁוּת, נ׳, ר׳, יֵשֻׁיּוֹת — being, existence
יֶשַׁח, ז׳ — hunger, emptiness; debility
[ישט] הוֹשִׁיט, פ״י — to stretch out; hold out
יְשִׁיבָה, נ׳, ר׳, ־בוֹת — sitting; academy
יְשִׁימוֹן, ז׳, ר׳, ־נִים — wasteland, desert
יָשִׁישׁ, ז׳, ר׳, יְשִׁישִׁים — elder, old man
יָשַׁם, פ״ע, ע׳ [שמם] — to be desolate
יָשָׁן, ת״ז, יְשָׁנָה, ת״נ — old, ancient

to burn; to kindle	יָצַת, פ״ע
to set fire to	הִצִּית, פ״י
wine cellar	יֶקֶב, ז׳, ר׳, יְקָבִים
to burn	יָקַד, פ״ע
obedience	יְקָהָה, נ׳, ר׳, יְקָהוֹת
burning	יְקוֹד, ז׳, ר׳, ־דִים
hearth	יָקוּד, ז׳, ר׳, ־דִים
existence; essence	יְקוּם, ז׳
fowler; trap, pitfall	יָקוֹשׁ, ז׳, ר׳, ־שִׁים
hyacinth	יַקִינְתוֹן, יַקְנְתוֹן, ז׳, ר׳, ־נִים
wakefulness	יְקִיצָה, נ׳, ר׳, ־צוֹת
dear, beloved	יַקִּיר, ת״ז, יַקִּירָה, ת״נ
to be dislocated	יָקַע, פ״ע
to hang; to stigmatize	הוֹקִיעַ, פ״י
to wake up, be awake	יָקַץ, פ״ע
to be dear, rare, scarce	יָקַר, פ״ע
to honor; to raise the price of	יִקֵּר, פ״י
to honor; treat with respect; to make rare	הוֹקִיר, פ״י
rare; dear, expensive	יָקָר, ת״ז, יְקָרָה, ת״נ
honor; precious thing	יְקָר, ז׳, יְקָרָה, נ׳
dearness, costliness	יֹקֶר, ז׳
expensively, costly, dearly	בְּיֹקֶר, תה״פ
costliness; dignity	יַקְרוּת, נ׳
one who demands high prices	יַקְרָן, ז׳, ר׳, ־נִים
to lay a trap; to undermine	יָקֹשׁ, פ״י
fearing; pious	יָרֵא, ת״ז, יְרֵאָה, ת״נ
to fear; to revere	יָרֵא, פ״ע
fear, awe	יִרְאָה, נ׳
reverence, piety	יִרְאַת שָׁמַיִם
strawberry tree; amaranth	יַרְבּוּז, ז׳, ר׳, ־זִים

to die	יָצָא נַפְשׁוֹ, ־נִשְׁמָתוֹ, ־רוּחוֹ
to bring out, carry out; to exclude; to spend	הוֹצִיא, פ״י
to set; to stand up	[יצב] נִצַּב, פ״ע
to be firm, to station oneself, muster up	הִתְיַצֵּב, פ״ח
to represent	יִצֵּג, פ״י
to introduce; to present	הִצִּיג, פ״י
pure oil, fresh oil	יִצְהָר, ז׳
export	יִצּוּא, ז׳
exporter	יַצּוּאָן, ז׳, ר׳, ־נִים
fixing, stabilizing	יִצּוּב, ז׳
representation	יִצּוּג, ז׳
crosspiece (plow)	יָצוּל, ז׳, ר׳, יְצוּלִים
couch; mattress; bedspread	יָצוּעַ, ז׳, ר׳, יְצוּעִים
firm, cast, well-joined	יָצוּק, ת״ז, יְצוּקָה, ת״נ
creature	יְצוּר, ז׳, ר׳, ־רִים
production, manufacture	יִצּוּר, ז׳, ר׳, ־רִים
departure, exit; expense, expenditure	יְצִיאָה, נ׳, ר׳, ־אוֹת
firm; true, irrefutable	יַצִּיב, ת״ז, ־בָה, ת״נ
gallery, balcony	יָצִיעַ, ז׳, ר׳, יְצִיעִים
pouring; casting	יְצִיקָה, נ׳, ר׳, ־קוֹת
creation; creature	יְצִיר, ז׳, ר׳, ־רִים
creation; pottery	יְצִירָה, נ׳, ר׳, ־רוֹת
to spread, unfold; to propose	[יצע] הִצִּיעַ, פ״י
to pour, pour out; to cast	יָצַק, פ״י
cast iron	יְצֶקֶת, נ׳, ר׳, ־צָקוֹת
to form; to create	יָצַר, פ״י
creation; impulse, inclination	יֵצֶר, ז׳, ר׳, יְצָרִים
producer	יַצְרָן, ז׳, ר׳, ־נִים

babyhood, childhood	יַנְקוּת, נ'
owl; buzzard	יַנְשׁוּף, ז', ר', ־פִים
to found; to establish	יָסַד, פ"י
to be established; to come together	נוֹסַד, פ"ע
base, foundation; compilation; principle	יְסוֹד, ז', ר', ־דִים, ־דוֹת; יְסוּדָה, נ'
basic, principal	יְסוֹדִי, ת"ז, ־דִית, ת"נ
suffering, torture	יִסּוּר, ז', ר', ־רִים
to add, increase; to continue	יָסַף, פ"י
to bind; to admonish; to discipline, correct	יָסַר, פ"י
to designate, appoint	יָעַד, פ"י
to meet; to come together	נוֹעַד, פ"ע
to fix a time (for appointment); to designate	הוֹעִיד, פ"י
rendezvous	יַעַד, ז', ר', יְעָדִים
dust pan; scoop	יָעֶה, ז', ר', ־עִים
to sweep away; to uproot	יָעָה, פ"י
designation, betrothal; promise; appointment	יִעוּד, ז', ר', ־דִים
counseling	יִעוּץ, ז'
afforestation	יִעוּר, ז'
to dare; to be impudent	[יעז] נוֹעַז, פ"י
to clothe; to cloak	יָעַט, פ"י
efficient	יָעִיל, ת"ז, יְעִילָה, ת"נ
efficiency	יְעִילוּת, נ'
to benefit, be useful	[יעל] הוֹעִיל, פ"י
antelope	יָעֵל, ז', יַעֲלָה, נ', ר', יְעֵלִים, יְעֵלוֹת
ostrich	יָעֵן, ז', יַעֲנָה נ', ר', ־נִים, יְעֵנִים
on account of, because	יַעַן, יַעַן אֲשֶׁר, יַעַן כִּי, תה"פ
tired, fatigued	יָעֵף, ת"ז, יְעֵפָה, ת"נ

to be tired; to fly	יָעֵף, פ"ע
flight	יָעֵף, ז'
to advise; to deliberate; to decide	יָעַץ, פ"י
to consult	הִתְיָעֵץ, פ"ח
forest; wilderness	יַעַר, ז', ר', יְעָרִים, ־רוֹת
to forest	יִעֵר, פ"י
forester	יַעְרָן, ז', ר', ־נִים
forestry	יַעְרָנוּת, נ'
pure honey; honeycomb	יַעְרָה, נ', ר', יַעֲרוֹת
fair, pretty, beautiful; worth	יָפֶה, ת"ז, יָפָה, ת"נ
to be beautiful	יָפָה, פ"ע
very beautiful	יְפֵהפֶה, ת"ז, יְפֵהפִיָּה, ת"נ
special privilege; beautification	יִפּוּי, ז', ר', ־יִים
power of attorney	יִפּוּי כֹּחַ
to cry out bitterly; to bewail	[יפח] הִתְיַפֵּחַ, ־פֵּחַ, פ"ח
prediction	יֶפַח, ז', ר', יְפָחִים
beauty	יֹפִי, יוֹפִי, ז', יְפָיוּת, נ'
to be very beautiful	יְפֵיפָה, פ"ע
to appear; to shine	[יפע] הוֹפִיעַ, פ"ע
splendor, beauty	יִפְעָה, נ', ר', ־עוֹת
to go out, come forth	יָצָא, פ"ע
to be nonconformist	יָצָא דֹּפֶן
to fulfill one's duty, obligation	יָצָא יְדֵי חוֹבָתוֹ
to appear; to be published	יָצָא לָאוֹר
to carry out, execute	יָצָא לְפֹעַל
to go mad	יָצָא מִדַּעְתּוֹ
to let oneself go mad	יָצָא מִכֵּלָיו
to be different; to be an exception	יָצָא מִן הַכְּלָל

יַחַס, יַחַשׂ, ז׳, ר׳, יְחָסִים pedigree; genealogy; relation; ratio
יֹחַס, יוֹחַס, ז׳, ר׳, ־חֲסִים, ־ן genealogy, pedigree
יִחֵס, פ״י to attribute, to relate
יֻחַס, פ״י to be related
הִתְיַחֵס, פ״ח to behave towards
יַחֲסִי, ת״ז, ־סִית, ת״נ relative; of noble birth
יַחְסָן, ז׳, ר׳, ־נִים high-born person, person of noble birth
יָחֵף, ת״ז, יְחֵפָה, ת״נ barefoot
יָחַף, פ״י to be barefooted
[יחש] הִתְיַחֵשׂ, פ״ח to be enrolled in genealogical records
יָטַב, פ״ע to be good, well, better
הֵיטִיב, פ״י to do well, good
יְיָ God
יַיִן, ז׳, ר׳, יֵינוֹת wine
יֵין שָׂרוּף, יֵין שָׂרָף (יי״ש) brandy
יָכוֹל, ת״ז, יְכוֹלָה, ת״נ capable, able to, can
כִּבְיָכוֹל as it were; so to speak
[יכח] נוֹכַח, פ״ע to dispute, argue
הוֹכִיחַ, פ״י to admonish; to decide; to prove
הִתְוַכַּח, פ״ח to discuss, to argue
יָכֹל, פ״ע to be able; to prevail, overcome
יְכֹלֶת, נ׳ power; ability
יֶלֶד, ז׳, יַלְדָּה, נ׳, ר׳, יְלָדִים, יְלָדוֹת boy, girl; child
יָלַד, פ״י to give birth; to beget
נוֹלַד, פ״ע to be born
יִלֵּד, פ״י to assist in birth
הִתְיַלֵּד, פ״ח to declare one's pedigree
יַלְדוּת, נ׳ childhood; childishness

יָלוּד, ז׳, ר׳, יְלוּדִים baby, child; one born
יָלִיד, ז׳, ר׳, יְלִידִים a native of ..., one born in ...
יִלֵּל, פ״ע to howl, weep, lament
הֵילִיל, פ״ע to lament
יְלֵל, ז׳, יְלָלָה, נ׳, ר׳, יְלָלוֹת wailing, howling
יַלֶּפֶת, נ׳, ר׳, יַלָּפוֹת scab; dandruff
יֶלֶק, ז׳, ר׳, יְלָקִים a species of locust
יַלְקוּט, ז׳, ר׳, ־טִים satchel, bag; collection
יָם, ז׳, ר׳, יַמִּים sea; lake; reservoir; West
הַיָּם הַתִּיכוֹן, הַיָּם הַגָּדוֹל Mediterranean Sea
הַיָּם הַשָּׁקֵט Pacific Ocean
יַם סוּף Red Sea
יַם הַמֶּלַח Dead Sea
יַמַּאי, ז׳, ר׳, ־אִים sailor, mariner
יַמִּי, ת״ז, ־מִּית, ת״נ pertaining to the sea, naval
יַמִּיָּה, נ׳, ר׳, ־יּוֹת navy, fleet
יָמִין, ז׳ right side, right hand; south
יְמִינִי, ת״ז, ־נִית, ת״נ right
[ימן] הֵימִין, פ״ע to turn to the right; to use right hand
יְמָנִי, ת״ג, ־נִית, ת״נ right
[ימר] הִתְיַמֵּר, פ״ח to boast; to enjoy
יָמְרָה, נ׳ pretension
יָנָה, פ״י to oppress; to destroy
הוֹנָה, פ״י to oppress, vex; deceive
יִנּוֹן, ז׳ name of the Messiah
[ינח] הִנִּיחַ, פ״י to put; to leave alone
יָנִיק, ז׳, יְנִיקָה, נ׳, ר׳, ־קִים, ־קוֹת suckling, child; branch, twig
יָנַק, פ״י to suck
הֵינִיק, פ״י to nurse, suckle

יוֹם, ז', ר', יָמִים — day
הַיּוֹם — today, this day
יוֹם הֻלֶּדֶת — birthday
יוֹם טוֹב — festival, holiday
יָמִים נוֹרָאִים — Solemn Days; New Year and Day of Atonement
יְמֵי קֶדֶם — ancient times
יְמֵי הַבֵּינַיִם — Middle Ages
יוֹם יוֹם — day by day, daily
יוֹמִי, ת"ז, ־מִית, ת"נ — daily
יוֹמָם, תה"פ — by day, daily
יוֹמָם וְלַיְלָה — by day and night
יוֹמָן, ז', ר', ־נִים — diary
יָוֵן, ז', ר', יְוָנִים — mud, mire
יָוָן, נ' — Greece
יוֹן, ז', יוֹנָה, נ', ר', ־נִים — dove, pigeon
יְוָנִי, ת"ז, ־נִית, ת"נ — Greek
יִוֵּן, פ"י — to Hellenize
הִתְיַוֵּן, פ"ח — to become Hellenized
יוֹנֵק, ז', ר', ־קִים — suckling, baby; sapling, sprout
יוֹנֶקֶת, נ', ר', ־נְקוֹת — young shoot, twig
יוֹעֵזֶר, ז' — maidenhair fern
יוֹעֵץ, ז', ר', יוֹעֲצִים — counselor, adviser
יֹפִי, יְפִי, ז' — beauty
יוֹצְאָנִית, נ', ר', ־נִיוֹת — a gadabout, a gadding woman
יוֹצֵר, ז', ר', ־רִים, ־רוֹת — God, creator; potter; hymn
יוֹקֵשׁ, ז', ר', ־קְשִׁים — fowler, hunter
יוֹרֶה, ז' — early rain, first rain
יוֹרָה, נ', ז', ר', ־רוֹת — kettle, boiler
יוֹרֵשׁ, ז', ר', ־רְשִׁים — heir, successor
יוֹרֵשׁ עֶצֶר — heir to a throne
יוֹשֵׁב, ז', ר', ־שְׁבִים — inhabitant

יוֹשֵׁב רֹאשׁ — chairman
יוֹתֵר, תה"פ — more, too much
בְּיוֹתֵר — especially, very much
יוֹתֵר מִדַּי — too much
יוֹתֶרֶת, יֶתֶרֶת, נ' — appendage, lobe
יָזַם, פ"י — to initiate, undertake
יָזְמָה, נ', ר', ־מוֹת — undertaking, enterprise
יָזַן, פ"ע — to be ruttish
יֶזַע, ז' — sweat, perspiration
[יזע] הֻזִּיעַ, פ"ע, ע' [זוע] — to perspire; to tremble, quake
יַחַד, יַחְדָּו, תה"פ — together, in unison
יָחַד, פ"ע — to be together; to unite
הִתְיַחֵד, פ"ח — to be alone (with)
יִחוּד, ז', ר', ־דִים — privacy; setting apart; union with God
בְּיִחוּד — especially, particularly
יִחוּל, ז', ר', ־לִים — wish, expectation
יִחוּם, ז', ר', ־מִים — fervor, desire, rut, sexual excitement
יִחוּס, ז', ר', ־סִים — genealogy; pedigree
יָחוּף, ז' — barefootedness
יָחוּר, ז', ר', ־רִים — young shoot
יָחִיד, ת"ז, יְחִידָה, ת"נ — solitary; unique, only; alone; singular (number)
יְחִידָה, נ', ר', ־דוֹת — unit, oneness; loneliness
יְחִידִי, ת"ז, ־דִית, ת"נ — single, alone
יָחַל, פ"ע — to wait; to hope
הוֹחִיל, פ"ע — to wait, tarry; hope for
יָחַם, פ"ע — to become pregnant, conceive
יַחְמוּר, ז', ר', ־רִים — roebuck, antelope

יָבֵשׁ, ז׳ dryness, drought

יַבָּשָׁה, יַבֶּשֶׁת, נ׳, ר׳, יַבָּשׁוֹת dry land, continent

יָגֵב, ז׳, ר׳, יְגֵבִים arable field

[יגה] נוּגָה, פ״ע to be grieved, afflicted

יָגוֹן, ז׳, ר׳, יְגוֹנִים, ־נוֹת grief, sorrow

יָגוֹר, ת״ז, יְגוֹרָה, ת״נ fearful

יְגִיעַ, ז׳, ר׳, ־עִים labor, toil; product

יָגִיעַ, ת״ז, יְגִיעָה, ת״נ weary

יְגִיעָה, נ׳, ר׳, ־עוֹת toil, weariness; trouble

יָגֵעַ, ת״ז, יְגֵעָה, ת״נ tired, weary, exhausted

יָגַע, פ״ע to toil; to be weary

יֻגַּע, פ״ע to be troubled

הוֹגִיעַ, פ״י to exhaust, tire; to weary

יֶגַע, ז׳ exertion; earning

יָגֹר, פ״ע to fear

יָד, נ׳, ר׳, יָדַיִם, יָדוֹת hand; share; monument; place; handle; forefoot; power

[ידד] הִתְיַדֵּד, פ״ח to befriend, become friendly

יָדָה, נ׳, ר׳, ־דוֹת cuff (sleeve)

[ידה] הוֹדָה to give thanks; to praise; to admit

הִתְוַדָּה, פ״ע to confess

יָדוֹד, ז׳, ר׳, ־דִים spark; cauldron

יָדוּעַ, ת״ז, יְדוּעָה, ת״נ known; certain, definite

יָדִיד, ז׳, ר׳, ־דִים, יְדִידָה, נ׳, ר׳, ־דוֹת friend

יָדִיד, ת״ז, יְדִידָה, ת״נ lovely

יְדִידוּת, יְדִידוּת, נ׳ friendship

יְדִיעָה, נ׳, ר׳, ־עוֹת knowledge; news, information

יָדִית, ז׳, ר׳, ־דִיוֹת handle

יָדַע, פ״י to know, be acquainted with; to be skillful

יִדַּע, פ״י to appoint, assign

הוֹדִיעַ, פ״י to inform, make known; to chastise

יִדְּעוֹנִי, ז׳, ר׳, ־נִים wizard

יִדְּעוֹנִית, נ׳, ר׳, ־נִיּוֹת sorceress

יַדְעָן, ז׳, ר׳, ־נִים man of knowledge, knower

יָהּ God's name

יְהָב, ז׳ burden, load

יָהַב, פ״י to give; to provide

יִהֵד, פ״י to convert to Judaism

הִתְיַהֵד, פ״ח to become a Jew

יַהֲדוּת, נ׳ Judaism

יְהוּדִי, ז׳, יְהוּדִיָּה, נ׳, ר׳, ־דִים, ־דִיּוֹת a Jew

יְהוּדִי, ת״ז, ־דִית, ת״נ Jewish

יְהוָֹה God, the Lord, Jehovah

יָהִיר, ז׳, ר׳, יְהִירִים insolent (proud) one

יְהִירוּת, נ׳ haughtiness, arrogance; pride

יַהֲלוֹם, ז׳, ר׳, ־מִים diamond

[יהר] הִתְיַהֵר, פ״ח to be haughty, arrogant

יוֹבֵל, ז׳, ר׳, ־בְלִים, ־בְלוֹת ram; ram's horn; jubilee

יוּבַל, ז׳, ר׳, ־בָלִים stream, canal

יוֹגֵב, ז׳, ר׳, ־גְבִים farmer

יוֹד, יוּד, נ׳, ר׳, יוּדִין Yod, Yodh, name of tenth letter of Hebrew alphabet

יוֹדְעָן, ז׳, ר׳, ־נִים almanac

יוֹזֵם, ז׳, ר׳, יוֹזְמִים initiator

יוֹחַס, יֹחַס, ז׳, ר׳, ־חֲסִים, ־ין genealogy, pedigree

יוֹלֵדָה, יוֹלֶדֶת, נ׳, ר׳, ־לְדוֹת woman in labor; mother

טָרוּט, ת״ז, טְרוּטָה, ת״נ	bleary-eyed
טֵרוּף, ז׳	confusion, distraction
טָרַח, ז׳, טְרָחָה, נ׳, ר׳, טְרָחִים, טְרָחוֹת	trouble; labor; endeavor
טָרַח, פ״ע	to take pains, take the trouble, make an effort
הִטְרִיחַ, פ״י	to burden; to weary
טַרְחָן, ז׳, ר׳, ־נִים	bothersome person
טָרִי, ת״ז, טְרִיָה, ת״נ	fresh, new
מַכָּה טְרִיָה	festering sore
טְרִיוּת, נ׳	freshness
טֶרֶם, תה״פ	not yet, before
בְּטֶרֶם	before
טֵרֵם, פ״י	to anticipate
טָרָף, ז׳, ר׳, טְרָפִים	prey; food; leaf
טֶרֶף, ז׳, ר׳, טְרָפִים; ת״ז	leaf; plucked

טָרַף, פ״י	to tear apart; to seize; to confuse; to beat
הִטְרִיף, פ״י	to feed; to declare unfit for food
טְרֵפָה, נ׳, ר׳, ־פוֹת	animal with organic defect; forbidden food
טַרְפָּשׁ, ז׳, ר׳, ־שִׁים	midriff, diaphragm
טָרַק, פ״י	to shake drinks
טְרָקָה, נ׳, ר׳, ־קוֹת	cocktail
טְרַקְלִין, ז׳, ר׳, ־נִים	dining room; drawing room
טֶרֶשׁ, ז׳, ר׳, טְרָשִׁים	rugged, stony ground
טָשׂ, פ״ע, ע׳ [טוש]	to fly, dart
טִשְׁטוּשׁ, ז׳, ר׳, ־שִׁים	blurring; indistinctness; obliteration
טִשְׁטֵשׁ, פ״י	to smear; to blur

י

י	Yodh, Yod, tenth letter of Hebrew alphabet; ten
יָאַב, פ״ע	to long for, desire
יָאָה, פ״ע	to suit, befit; to become proper, fitting
יָאָה, ת״ז, יָאָה, ת״נ	fitting, right, nice
יְאוֹר, יְאָר, ז׳, ר׳, ־רִים	canal, river; Nile
יֵאוּשׁ, ז׳	despair, despondency
יָאוּת, תה״פ	properly, rightly
[יאל] נוֹאַל, פ״ע	to be foolish; to be faulty
הוֹאִיל, פ״ע	to agree, be willing, consent; to undertake
הוֹאִיל וְ־	since, because
[יאש] נוֹאַשׁ, פ״ע, הִתְיָאֵשׁ, פ״ח	to despair

יָבָא, פ״י	to import
יָבַב	to sob, wail
יְבָבָה, נ׳, ר׳, ־בוֹת	sobbing
יְבוּא, ז׳	import
יְבוּל, ז׳, ר׳, ־לִים	growth; produce
יִבּוּם, ז׳, ר׳, ־מִים	levirate marriage
יְבוּסִי, ת״ז, ־סִית, ת״נ	Jebusite
יָבִיל, ת״ז, יְבִילָה, ת״נ	portable
יָבָל, ז׳, ר׳, יְבָלִים	stream
[יבל] הוֹבִיל, פ״י	to bring; to lead
יַבְּלִית, נ׳, ר׳, ־לִיוֹת	finger grass
יַבֶּלֶת, נ׳, ר׳, יַבָּלוֹת	wart
יָבָם, ז׳, ר׳, יְבָמִים	brother-in-law
יְבָמָה, נ׳, ר׳, ־מוֹת	sister-in-law
יְבְרוּחַ, ז׳, ר׳, ־חִים	mandrake
יָבֵשׁ, ת״ז, יְבֵשָׁה, ת״נ	dry
יָבֵשׁ, פ״ע	to be dry, dried up

to moisten, dampen	טָנַן, פ"י
to make dirty, soil	טָנַף, פ"י
filth, impurity	טָנְפֶת, נ', ר', ־נופות
to fly, float (in air)	טָס, פ"ע, ע' [טוס]
tray, metal plate; tin foil	טַס, ז', ר', ־סים
to err; to go astray	טָעָה, פ"ע
to lead astray, deceive	הִטְעָה, פ"י
laden; needing	טָעוּן, ת"ז, טְעוּנָה, ת"נ
error, mistake	טָעוּת, נ', ר', ־עיות
tasty	טָעִים, ת"ז, טְעִימָה, ת"נ
tasting; snack; accentuation	טְעִימָה, נ', ר', ־מות
flavor; reason; accent	טַעַם, ז', ר', טְעָמִים
to taste	טָעַם, פ"י
to cause to taste; to make tasty; to stress	הִטְעִים, פ"י
to load, be laden; to argue; to claim	טָעַן, פעו"י
to load	הִטְעִין, פ"י
claim; accusation; plea; demand	טַעֲנָה, נ', ר', ־נות
to drip; to sprinkle	טָף, פ"י, ע' [טרף]
children, little ones	טַף, ז'
drop; gout	טִפָּה, נ', ר', ־פות
spermatozoon	טִפָּה ־סָרוּחָה
nursing; care; dandling	טִפּוּחַ, ז', ר', ־חים
nursing; paste	טִפּוּל, ז', ר', ־לים
stuck; bulky	טָפוּל, ת"ז, טְפוּלָה, ת"נ
type	טִפּוּס, ז', ר', ־סים
typical	טִפּוּסִי, ת"ז, ־סית, ת"נ
handbreadth, span	טֶפַח, טָפַח, ז', ר', טְפָחִים
to clap; to become puffed up; to become moist	טָפַח, פעו"י

to stretch out; to nurse; to moisten; to clap	טָפַח, פ"י
dripping	טִפְטוּף, ז', ר', ־פים
to drip, drop (rain)	טִפְטֵף, פ"ע
dropper	טַפְטֶפֶת, נ', ר', ־פות
oil can	טְפִי, ז', ר', טְפָיִים
pitcher	טָפִיחַ, ז', ר', טְפִיחִים
parasite	טַפִּיל, ז', ר', ־לים
parasitic	טַפִּילִי, ת"ז, ־לית, ת"נ
to smear; to attach; to attach oneself	טָפַל, פ"י
to attend	נִטְפַּל, פ"ע
to be busy	טָפַל, פ"ע
tasteless; of secondary importance	טָפֵל, ת"ז, טְפֵלָה, ת"נ
putty; baby putty	טֶפֶל, ז', ר', טְפָלִים
putty	טִפְלַת, נ'
copy; blank (document)	טֹפֶס, טוֹפֶס, ז', ר', טְפָסִים
to climb	טִפֵּס, פ"ע
to copy, reprint	הִטְפִּיס, פ"י [טפס]
undersecretary of state; scribe	טַפְסָר, טִפְסָר, ז', ר', ־רים
to trip	טָפַף, פ"ע
to become fat; to be stupid	טָפַשׁ, פ"ע
stupid person	טִפֵּשׁ, ז', ר', ־פְּשִׁים
stupidity	טִפְּשׁוּת, נ', ר', ־שיות
ceremony	טֶקֶס, טֶכֶס, ז', ר', טְקָסִים
to drive away; to drip	טָרַד, פעו"י
to trouble, bother	הִטְרִיד, פ"י
preoccupation; anxiety, care	טִרְדָּה, נ', ר', טְרָדוֹת
to argue; to infect	טָרָה, פ"ע
banishment; bothering	טֵרוּד, ז', ר', ־דים
occupied, busy; anxious	טָרוּד, ת"ז, טְרוּדָה, ת"נ

flying, flight — טַיִס, ז׳, טִיסָה, נ׳, ר׳, טִיסוֹת

squadron; pilot (f.) — טַיֶּסֶת, נ׳, טְיָסוֹת

dripping — טִיף, ז׳, ר׳, ־פִים

drop; gout — טִיפָה, טִפָּה, נ׳, ר׳, ־פּוֹת

tent village; enclosure; villa — טִירָה, נ׳, ר׳, ־רוֹת

beginner, novice; recruit — טִירוֹן, ז׳, ר׳, ־נִים

Teth, ninth letter of Hebrew alphabet — טֵית, נ׳, ר׳, ־תִים

arranging, arrangement — טִכּוּס, ז׳, ר׳, ־סִים

ceremony — טֶכֶס, טֶקֶס, ז׳, ר׳, טְכָסִים

to arrange — טִכֵּס, פ״י

to array — טָכַס, פ״י

strategy — טַכְסִיס, תַּכְסִיס, ז׳, ר׳, ־סִים

strategist — טַכְסִיסָן, תַּכְסִיסָן, ז׳, ר׳, ־נִים

to maneuver — טִכְסֵס, תִּכְסֵס, פ״י

dew — טַל, ז׳, ר׳, טְלָלִים

to patch — טָלָא, פ״י

to mend — הִטְלִיא, פ״י

patch — טְלַאי, טְלַי, ז׳, ר׳, ־לָאִים

lamb; Ram, Aries (sign of zodiac) — טָלֶה, ז׳, ר׳, טְלָאִים

patched, spotted — טָלוּא, ת״ז, טְלוּאָה, ת״נ

moving; wandering — טִלְטוּל, ז׳, ר׳, ־לִים

to handle, carry; to move — טִלְטֵל, פ״י

drive shaft; chattel — טַלְטַל, ז׳, ר׳, ־לִים

prayer shawl — טַלִּית, טַלֵּית, נ׳, ר׳, ־תוֹת, ־לֵיתִים, ־לִיוֹת

to cover with dew; to roof — טָלַל, פ״י, הִטְלִיל, פ״י

hoof — טֶלֶף, ז׳, ר׳, טְלָפַיִם, טְלָפִים

to telephone — טִלְפֵּן, פ״י

impure, unclean — טָמֵא, ת״ז, טְמֵאָה, ת״נ

to be unclean — טָמֵא, פ״ע

to be defiled — נִטְמָא, פ״ע

to become impure — הִטַּמֵּא, פ״ח

uncleanness, defilement — טֻמְאָה, טוּמְאָה, נ׳, ר׳, ־אוֹת

to be stupid, idiotic — [טמה] נִטְמָה, פ״ע

stupid, senseless; massive — טָמוּם, ת״ז, טְמוּמָה, ת״נ

hidden — טָמוּן, ת״ז, טְמוּנָה, ת״נ

kneading into lump, making stupid — טִמְטוּם, ז׳

hermaphrodite; androgyny — טֻמְטָם, טוּמְטוּם, ז׳, ר׳, ־מִים

to knead into lump; to make stupid — טִמְטֵם, פ״י

to become cohesive; to become stupid — הִטַּמְטֵם, פ״ח

royal treasury; waste — טַמְיוֹן, ז׳

hiding; hidden thought — טְמִינָה, נ׳, ר׳, ־נוֹת

assimilation — טְמִיעָה, נ׳, ר׳, ־עוֹת

hidden, secret — טָמִיר, ת״ז, טְמִירָה, ת״נ

to fill, stop up — טָמַם, פ״י

to hide, conceal — טָמַן, פ״י

to hide oneself — נִטְמַן, פ״ע

to put away — הִטְמִין, פ״י

to become concealed — הָטְמַן, פ״ע

hidden treasure — טֶמֶן, ז׳, ר׳, טְמָנִים

to become assimilated; to become mixed up — [טמע] נִטְמַע, פ״ע

basket — טֶנֶא, ז׳, ר׳, טְנָאִים

filth, impurity — טִנּוּף, ז׳, ר׳, ־פִים

large bowl; bin — טֶנִי, ז׳, ר׳, ־יִים

to become moist — טָנַן, פ״ע

recruit, private	סוּרָאי, ז׳, ר׳, ־רָאִים	to become pure,	הִטַּהֵר, פ״ח
prey	טוֹרֵף, ז׳, ר׳, ־רְפִים	purify oneself	
to fly, dart	[טוש] טָש, פ״ע	purist	טַהֲרָן, ז׳, ר׳, ־נִים
to plaster, smear	טָח, פ״י ע׳ [טוח]	purism	טַהֲרָנוּת, נ׳
dampness, moisture;	טַחַב, ז׳	good, pleasant	טוֹב, ת״ז, טוֹבָה, ת״נ
club moss		to be good	טוֹב, פ״ע
spleen	טְחוֹל, ז׳, ר׳, ־לִים	to do good;	הֵטִיב, הֵיטִיב, פ״י
millstone	טְחוֹן, ז׳, ר׳, ־נִים	to improve	
ground	טָחוּן, ת״ז, טְחוּנָה, ת״נ	to become better	הוּטַב, פ״ע
tumor; piles	טְחוֹר, ז׳, ר׳, ־טְחוֹרִים	goodness; valuables; gaiety	טוּב, ז׳
to be besmeared;	[טחח] טַח, פ״ע	welfare; kindness	טוֹבָה, נ׳, ר׳, ־בוֹת
to be coated; to become dim (eyes)		to spin	טָוָה, פ״י
milling; chewing	טְחִינָה, נ׳, ר׳, ־נוֹת	to be spun	נִטְוָה, פ״ע
moss	טַחֲלָב, ז׳	to plaster; to press;	[טוח] הֵטִיחַ, פ״י
to mill, grind, pulverize, chew	טָחַן, פ״י	to knock against	
mill	טַחֲנָה, נ׳, ר׳, ־נוֹת	trajectory	טְוָח, טֶוַח, ז׳, ר׳, ־טְוָחִים
nature, character	טִיב, ז׳	miller	טוֹחֵן, ז׳, ר׳, ־נִים
to improve, ameliorate	טִיֵּב, פ״י	molar	טוֹחֶנֶת, טוֹחֶנֶת, נ׳, ר׳, ־חֲנוֹת
to be well manured	הֻטַּב, נ׳, פ״ח	trontlet;	טוֹטֶפֶת, נ׳, ר׳, ־טָפוֹת
frying pan	טִיגָן, ז׳, ר׳, ־נִים	phylactery; badge	
defender	טִיָּד, ז׳, ר׳, ־דִים	spinning	טְוִיָּה, נ׳, ר׳, ־יוֹת
improvement	טִיּוּב, ז׳, ר׳, ־בִים	to cast;	[טול] הֵטִיל, פ״י
draft	טִיּוּטָה, טְיוּטָה, נ׳, ר׳, ־טוֹת	to throw; to lay (egg.)	
(letter)		טוּמְאָה, טָמְאָה, נ׳, ר׳, ־אוֹת
excursion; stroll	טִיּוּל, ז׳, ר׳, ־לִים	uncleanness, defilement	
plaster	טִיחַ, ז׳	טוּמְטוּם, טָמְטוּם, ז׳, ר׳, ־מִים
to plaster	טִיחַ, פ״י	hermaphrodite, androgyny	
plasterer	טִיָּח, טַיָּח, ז׳, ר׳, ־חִים	to fly, float (in air)	[טוס] טָס, פ״ע
mud, mire, clay	טִיט, ז׳	to cause to fly, float	הֵטִיס, פ״י
to smear; to erase; to draft	טִיֵּט, פ״י	טַוָּס, ז׳, טַוֶּסֶת, נ׳, ר׳, ־סִים, ־נְסוֹת
(letter)		peacock, peahen	
to (take a) walk	טִיֵּל, פעו״י	he who errs	טוֹעֶה, ז׳, ר׳, ־עִים
excursionist	טַיָּל, ז׳, ר׳, ־לִים	claimant;	טוֹעֵן, ז׳, ר׳, טוֹעֲנִים
promenade,	טַיֶּלֶת, נ׳, ר׳, ־יָלוֹת	pleader	
boardwalk		to drip; to sprinkle	[טוף] טָף, פ״י
mud, clay	טִין, ז׳	blank	טוֹפֶס, טֹפֶס, ז׳, ר׳, ־פָסִים
moisture; grudge	טִינָה, נ׳, ר׳, ־נוֹת	(document), copy	
pilot	טַיָּס, ז׳, ר׳, ־סִים	row, line, column	טוּר, ז׳, ר׳, ־רִים

8

חֲתֻנָּה, חֲתוּנָּה, נ׳, ר׳, ־נּוֹת marriage, wedding
חֶתֶף, ז׳, ר׳, חֲתָפִים robber
חָתַף, פ״י to snatch, seize
חָתַר, פ״י to dig, undermine; to row
חָתַת, פ״ע to be shattered; to be terrified
חִתֵּת, פ״י to break; to confound
הֵחֵת, פ״י to break (yoke of slavery)
חֲתַת, ז׳ terror, dismay, destruction

ט

ט Teth, ninth letter of Hebrew alphabet; nine
טֵאוּט, טִאטוּא, ז׳, ר׳, ־טִים, ־אִים sweeping, sweepings
טֵאֵט, טִאטֵא, פ״י to sweep
טָבוּחַ, ת״ז, טְבוּחָה, ת״נ slaughtered
טְבוּל, ז׳, ר׳, ־לִים turban
טָבוּל, ת״ז, טְבוּלָה, ת״נ baptized
טְבוּל, ז׳, ר׳, ־לִים baptism
טְבוּעַ, ז׳, ר׳, ־עִים drowning; coining
טַבּוּר, טִבּוּר, ז׳, ר׳, ־רִים navel; center
טִבּוּר הָאוֹפָן hub, nave
טֶבַח, ז׳, טִבְחָה, נ׳, ר׳, טְבָחִים, ־חוֹת slaughtering, slaughter, slaying
טָבַח, פ״י to kill; to slaughter
טַבָּח, ז׳, ר׳, ־חִים cook; butcher; executioner
טַבָּחוּת, נ׳ cooking
טְבִילָה, נ׳, ר׳, ־לוֹת immersion, baptism
טְבִיעָה, נ׳, ר׳, ־עוֹת drowning, sinking
טְבִיעַת אֶצְבָּעוֹת fingerprint
טְבִיעוּת־עַיִן perceptive sense
טָבַל, פ״י to dip, immerse
הִטְבִּיל, פ״י to immerse, baptize
טֶבֶל, ז׳, ר׳, טְבָלִים produce from which priestly shares have not been separated
טַבְלָה, נ׳, ר׳, ־לוֹת tablet; board; list
טַבְלָן, ז׳, ר׳, ־נִים diver
טָבַע, פעו״י to sink; to drown; to coin
נִטְבַּע, פ״ע to be immersed; to be impressed; to be coined
הִטְבִּיעַ, פ״י to cause to drown; to implant
טֶבַע, ז׳, ר׳, טְבָעִים coin; element; nature
מַדָּעֵי הַטֶּבַע natural sciences
טִבְעִי, ת״ז, ־עִית, ת״נ natural, physical
טַבַּעַת, נ׳, ר׳, ־עוֹת ring
פִּי־הַטַּבַּעַת anus, rectum
טִבְעֲתָן, ז׳, ר׳, ־נִיִּים naturalist
טֵבֵת, ז׳ Tebeth, tenth month of Hebrew calendar
טִגּוּן, ז׳, ר׳, ־נִים frying
טִגֵּן, פ״י to fry
טֶדִי, ז׳, ר׳, ־יִים pointed vault
טָהָב, ז׳ bottom of sea
טָהוֹר, ת״ז, טְהוֹרָה, ת״נ pure, clean
טֹהַר, ז׳, טָהֳרָה, נ׳, ר׳, ־רוֹת purity, purification
טָהַר, פ״ע to be clean, pure
טִהֵר, פ״י to purify; to pronounce pure

חָשַׂךְ, פעו״י to withhold; to refrain; to spare; to save
חֲשֵׁכָה, נ׳ obscurity, darkness
חָשַׁל, נֶחְשַׁל, פ״ע to be faint; to lag behind
חִשֵּׁל, פ״י to temper, forge
חֻשַּׁל, פ״ע to be forged, tempered
נִתְחַשֵּׁל, פ״ח to become crystallized
חִשְׁמוּל, ז׳, ר׳, ־לִים electrification
חַשְׁמַל, ז׳, ר׳, ־לִים electrum, electricity
חִשְׁמֵל, פ״י to electrify, charge
חַשְׁמַלַּאי, ז׳, ר׳, ־אִים electrician
חַשְׁמַלִּי, ת״ז, ־לִית, ת״נ electric
חַשְׁמַלִּית, נ׳, ר׳, ־יּוֹת streetcar, tramway
חַשְׁמָן, ז׳, ר׳, ־נִּים cardinal
חֹשֶׁן, ז׳, ר׳, חֲשָׁנִים breastplate
חָשַׂף, פ״י to uncover, make bare; to draw water
חַשְׂפָן, ז׳, ר׳, ־נִים archeologist
חַשְׂפָנוּת, נ׳ archeology
חֵשֶׁק, ז׳ desire, lust; pleasure
חָשַׁק, פ״י to ornament; to desire; to rim
הִתְחַשֵּׁק, פ״ח to be lustful
חַשְׁרָה, נ׳ density; collection
חֲשָׁשׁ, ז׳, ר׳, ־שׁוֹת fear, apprehension
חֲשַׁשׁ, ז׳ hay, chaff, dry grass
חָשַׁשׁ, פ״ע to feel pain; to apprehend; to pay attention
חֲשַׁשָּׁה, נ׳, ר׳, ־שׁוֹת hay shed
חַת, ז׳, חִתָּה, נ׳, ר׳, חִתִּים, ־תּוֹת fear, terror
חַת, ת״ז, חַתָּה, ת״נ dismayed, discouraged
חָתָה, פ״י to seize; to rake coals; to abhor

חִתָּה, נ׳, ר׳, ־תּוֹת terror, fright
חִתּוּךְ, ז׳, ר׳, ־כִים cutting, articulation
חִתּוּל, ז׳, ר׳, ־לִים bandage; diaper, swaddling clothes
חָתוּל, ז׳, ר׳, חֲתוּלִים cat
חָתוּם, ז׳, ר׳, חֲתוּמִים seal; document; subscriber
חֲתוּנָה, חֲתֻנָּה, נ׳, ר׳, ־נּוֹת marriage, wedding
חַתְחַת, ז׳, ר׳, ־תִּים terror, pitfall
חֲתִיכָה, נ׳, ר׳, ־כוֹת cutting; piece
חֲתִיכַת־דִּין judgment
חֲתִימָה, נ׳, ר׳, ־מוֹת signature; conclusion; subscription; obstruction
חֲתִירָה, נ׳, ר׳, ־רוֹת undermining; rowing
חִתִּית, נ׳ terror, panic
חָתַךְ, פ״י to cut, sever, dissect
חָתַךְ דִּין to sentence
חִתֵּךְ, פ״י to cut up; to enunciate
חֶתֶךְ, חֲתָךְ, ז׳, ר׳, חֲתָכִים incision, cut, piece
חִתֵּל, פ״י to bandage; to swaddle
חֲתֻלָּה, נ׳, ר׳, ־לּוֹת diaper
חֲתַלְתּוּל, ז׳, ר׳, ־לִים kitten
חָתַם, פ״י to sign; to seal; to close; to subscribe
חִתֵּם, פ״י to close, shut; to stamp
הֶחְתִּים, פ״י to stop; to make a sign
חֹתֶמֶת, חוֹתֶמֶת, נ׳, ר׳, ־מוֹת seal, stamp, signet
חָתָן, ז׳, ר׳, חֲתָנִים bridegroom; son-in-law
חִתֵּן, פ״י to marry off
הִתְחַתֵּן, פ״ח to get married; to be related through marriage

current account	חֶשְׁבּוֹן עוֹבֵר וָשָׁב
catapult	חִשָּׁבוֹן, ז', ר', ־נוֹת
thought;	חִשָּׁבוֹן, ז', ר', ־שְׁבוֹנוֹת
device	
arithmetical	חֶשְׁבּוֹנִי, ת"ז, ־נִית, ת"נ
rack	חֶשְׁבּוֹנִיָּה, נ', ר', ־יּוֹת
(for counting), abacus	
mathematician	חַשְׁבָּן, ז', ר', ־נִים
to suspect	חָשַׁד, פ"י
suspicion	חֶשֶׁד, חָשָׁד, ז', ר', חֲשָׁדוֹת
suspect	חַשְׁדָן, ז', ר', ־נִים
suspicion	חַשְׁדָּנוּת, נ'
to be silent;	חָשָׁה, הֶחֱשָׁה, פ"ע
to be inactive	
importance;	חִשּׁוּב, ז', ר', ־בִים
accounting	
important,	חָשׁוּב, ת"ז, חֲשׁוּבָה, ת"נ
esteemed	
suspected	חָשׁוּד, ת"ז, חֲשׁוּדָה, ת"נ
dark, obscure	חָשׁוּךְ, ת"ז, חֲשׁוּכָה, ת"נ
lacking;	חָשׂוּךְ, ת"ז, חֲשׂוּכָה, ת"נ
bereft of	
Heshvan,	חֶשְׁוָן, מַרְחֶשְׁוָן, ז'
eighth Hebrew month	
sweetheart;	חָשׁוּק, ז', ר', חֲשׁוּקִים
ring, rim	
spoke	חִשּׁוּר, ז', ר', ־רִים
stillness, quiet	חֲשַׁאי, חֲשָׁאי, ז'
importance	חֲשִׁיבוּת, נ', ר', ־יוֹת
little flock	חָשִׂיף, ז', ר', ־פִים
marijuana, dope	חֲשִׁישׁ, ז'
darkness	חֹשֶׁךְ, חוֹשֶׁךְ, ז'
to grow dim	חָשַׁךְ, פ"ע
to darken	הֶחְשִׁיךְ, פ"י
darkness;	חֹשֶׁךְ, ז', ר', חֲשֵׁכִים
ignorance	
ignoble, mean,	חָשׁוּךְ, ת"ז, חֲשֵׁכָה, ת"נ
low	

to become deaf	נֶחֱרַשׁ, פ"ע
to be silent;	הֶחֱרִישׁ, פעו"י
to silence; to plot	
to whisper; to	הִתְחָרֵשׁ, נִתְ־, פ"ח
become deaf	
craftsman,	חָרָשׁ, ז', ר', ־שִׁים
artisan; magician	
carpenter	חָרַשׁ־עֵץ, ז'
deaf person	חֵרֵשׁ, ז', ר', ־רְשִׁים
earthenware;	חֶרֶשׂ, ז', ר', חֲרָשִׂים
potsherd	
silently, secretly	חֶרֶשׁ, תה"פ
thicket,	חֹרֶשׁ, חוֹרֶשׁ, ז', ר', חֲרָשִׁים
wood, bush	
wood, forest	חֻרְשָׁה, נ', ר', ־שׁוֹת
deafness	חֵרְשׁוּת, נ'
artichoke	חַרְשָׁף, ז', ר', ־פִים
manufacture;	חֲרֹשֶׁת, נ', ר', ־רוֹשׁוֹת
craftsmanship	
factory	בֵּית חֲרֹשֶׁת
industrial	חֲרָשְׁתִּי, ת"ז, ־תִּית, ת"נ
industrialist	חֲרָשְׁתָּן, ז', ר', ־נִים
to engrave, inscribe	חָרַת, פ"י
blacking; inscription	חֶרֶת, ז'
to make haste;	חָשׁ, פ"י, ע' [חוּשׁ]
to feel pain	
stillness, quiet	חֲשַׁאי, חֲשַׁי, ז'
secretly	בַּחֲשַׁאי, תה"פ
to think; to intend;	חָשַׁב, פ"י
to consider; to calculate	
to think over, calculate	חִשַּׁב, פ"י
to be considered;	הִתְחַשֵּׁב, ס"ח
to be esteemed; to	
take into consideration	
accountant	חַשָּׁב, ז', ר', ־בִים
arithmetic; account	חֶשְׁבּוֹן, ז', ר', ־נוֹת
report	דִּין וְחֶשְׁבּוֹן (דו"ח)
introspection	חֶשְׁבּוֹן הַנֶּפֶשׁ

nose; bill, beak; bow (ship)	חַרְטֹם, חַרְטוֹם, ז׳, ר׳, ־מִים
magician	חַרְטֹם, ז׳, ר׳, חַרְטֻמִּים
hieroglyphics	כְּתָב הַחַרְטֻמִּים
woodcock	חַרְטוֹמָן, ז׳, ר׳, ־נִים
snipe	חַרְטוּמַנִּית, ז׳, ר׳, ־נִים
burning anger	חֲרִי, חֲרִי־אַף, ז׳
pastry, cake	חֹרִי, חוֹרִי, ז׳
bird droppings	חַרְיוֹנִים, ד״ר
lady's purse	חָרִיט, ז׳, ר׳, חֲרִיטִים
engraving	חֲרִיסָה, ז׳, ר׳, ־סוֹת
burning (food), singeing	חֲרִיכָה, נ׳, ר׳, ־כוֹת
safflower; red dye	חָרִיעַ, ז׳, ר׳, ־עִים
sharp; acute; sagacious	חָרִיף, ת״ז, חֲרִיפָה, ת״נ
sharpness, acuteness; sagacity	חֲרִיפוּת, נ׳, ר׳, ־יוֹת
slice; incision; trench	חָרִיץ, ז׳, ר׳, חֲרִיצִים
sharpening; cutting	חֲרִיצָה, נ׳, ר׳, ־צוֹת
diligence; skillfulness	חֲרִיצוּת, נ׳, ר׳, ־יוֹת
gnashing of teeth; clatter	חֲרִיקָה, נ׳, ר׳, ־קוֹת
needle eye	חָרִיר, ז׳, ר׳, חֲרִירִים
plowing time	חָרִישׁ, ז׳, ר׳, חֲרִישִׁים
plowing; dumbness; silence	חֲרִישָׁה, נ׳, ר׳, ־שׁוֹת
silent; soft	חֲרִישִׁי, ת״ז, ־שִׁית, ת״נ
latticed window	חֶרֶךְ, ז׳, ר׳, חֲרַכִּים
to singe, char, burn	חָרַךְ, פ״י
nettle rash; urticaria	חָרֶלֶת, נ׳
net; ban; excommunication	חֵרֶם, ז׳, ר׳, חֲרָמִים
to excommunicate; to destroy	[חרם] הֶחֱרִים, פ״י

net fisherman	חָרָם, ז׳, ר׳, ־מִים
extermination, destruction	חָרְמָה, נ׳
sickle, scythe	חֶרְמֵשׁ, ז׳, ר׳, ־שִׁים
clay; sun; prurigo	חֶרֶס, ז׳, ר׳, חֲרָסִים
potter	חָרָס, ז׳, ר׳, חֲרָסִים
sun	חַרְסָה, נ׳
potter's clay; earthenware	חַרְסִית, נ׳, ר׳, ־יוֹת
sauce; condiment used on Passover eve	חֲרֶסֶת, חֲרוֹסֶת, נ׳, ר׳, ־סוֹת
winter	חֹרֶף, חוֹרֶף, ז׳, ר׳, חֲרָפִים
to winter; revile	חָרַף, פעו״י
to be betrothed	נֶחֱרַף, פ״ע
to make wintry; to revile	חֵרֵף, פ״י
to expose oneself to danger	חֵרֵף נַפְשׁוֹ
to be cursed	נִתְחָרֵף, פ״ח
shame, outrage, abuse	חֶרְפָּה, נ׳, ר׳, חֲרָפוֹת
to cut into; to decree; to be diligent	חָרַץ, פ״י
to be cut into, dug; to be plowed	נֶחֱרַץ, פ״ע
bond, fetter; pain	חַרְצֹב, ז׳, חַרְצֻבָּה, נ׳, ר׳, ־צֻבִּים, ־בּוֹת
grape stone, grape kernel	חַרְצָן, ז׳, ר׳, ־צַנִּים
to squeak; to gnash; to grind	חָרַק, פ״ע
insect; notch, incision	חֶרֶק, ז׳, ר׳, חֲרָקִים
squeak	חֲרָקָה, נ׳, ר׳, ־קוֹת
to bore; to be scorched; to burn; to set free	חָרַר, חֲרַר, פעו״י
parched soil	חָרָר, ז׳, ר׳, ־רִים
thin cake; clot	חֲרָרָה, נ׳, ר׳, ־רוֹת
to plow; to engrave; to devise; to be silent	חָרַשׁ, פעו״י

חֶרֶב, נ׳, ר׳, חֲרָבוֹת — sword, knife; blade (of plow)

חָרְבָּה, חָרְבָּה, נ׳, ר׳, ־בּוֹת, חֲרָבוֹת — ruin, desolation, waste

חַרְבָּה, ז׳, ר׳, ־בּוֹת — fruit knife

חָרָבָה, נ׳, ר׳, ־בּוֹת — dry land

חֶרָבוֹן, ז׳, ר׳, חַרְבוֹנִים — heat; drought

חֶרָבוֹן, ז׳, ר׳, ־נִים, ־נוֹת — disappointment, let-down

חָרְבָּן, חוּרְבָּן, ז׳, ר׳, ־נוֹת — ruin, destruction

חִרְבֵּן, פ״י — to ensnarl; to spoil

חָרַג, פ״ע — to quake; to spring forth

חַרְגּוֹל, ז׳, ר׳, ־לִים — locust

חָרַד, פ״ע — to tremble; to fear; to be anxious; to be orthodox

הֶחֱרִיד, פ״י — to terrify

חָרֵד, ת״ז, חֲרֵדָה, ת״נ — orthodox

חָרָד, ז׳, ר׳, חֲרָדִים — cupboard, closet

חֲרָדָה, נ׳, ר׳, ־וֹת — terror, anxiety; rags

חַרְדּוֹן, ז׳, ר׳, ־נִים — lizard

חַרְדָּל, ז׳, ר׳, ־לִים — mustard

חָרָה, פ״ע — to be angry; to kindle, burn

הֶחֱרָה, פ״י — to make angry; to do with zeal

הִתְחָרָה, פ״ח — to compete, rival

חָרוּב, ז׳, ר׳, ־בִים — carob

חָרוּבִית, נ׳, ר׳, ־יוֹת — carob tree

חָרוּז, ז׳, ר׳, חֲרוּזִים — string of beads; verse, rhyme

חָרוּז, ז׳, ר׳, ־זִים — poet, bard

חֲרוּזִי, ת״ז, ־זִית, ת״נ — versicular

חָרוּט, ז׳, ר׳, חֲרוּטִים — cone; inscription

חֲרוּטִי, ת״ז, ־טִית, ת״נ — conical

חָרוּךְ, ת״ז, חֲרוּכָה, ת״נ — burnt (food), charred

חָרוּל, ז׳, ר׳, חֲרוּלִים — weeds, nettle

חֵרוּם, ד׳ — state of war, insecurity

שְׁעַת חֵרוּם — emergency

חָרוּם, ת״ז, חֲרוּמָה, ת״נ — flat-nosed

חֲרוּמַף, ז׳, ר׳, ־פִים — flat-nosed person

חָרוֹן, ז׳, ר׳, חֲרוֹנִים — anger; brier

חֲרוֹסֶת, חֲרֹסֶת, נ׳, ר׳, ־סוֹת — sauce, condiment used on Passover eve

חֵרוּף, ז׳, ר׳, ־פִים — blasphemy, abuse

חֵרוּף נֶפֶשׁ — devotion, loyalty

חֲרוּפָה, נ׳, ר׳, ־פוֹת — betrothed, destined one

חָרוּץ, ת״ז, חֲרוּצָה, ת״נ, ז׳ — diligent; determined; sharp; maimed; gold

חָרוּק, ז׳, ר׳, חֲרוּקִים — insect

חָרוּק, ת״ז, חֲרוּקָה, ת״נ — punctured, dented

חָרוּר, ת״ז, חֲרוּרָה, ת״נ — perforated

חָרוּשׁ, ת״ז, חֲרוּשָׁה, ת״נ — plowed

חֵרוּת, נ׳, ר׳, ־יוֹת — freedom

חָרוּת, נ׳, ר׳, חֲרָיוֹת — palm leaf

חָרַז, פ״י — to string together; to rhyme

נֶחְרַז, פ״ע — to be arranged

חַרְזָן, ז׳, ר׳, ־נִים — versifier

חַרְחֲבִינָה, נ׳, ר׳, ־נוֹת — snakeroot

חַרְחוּר, חַרְחָר, ז׳, ר׳, ־רִים — consumption; violent heat, fever

חִרְחוּר, ז׳, ר׳, ־רִים — quarreling

חִרְחֵר, פ״י — to kindle, provoke strife

חֶרֶט, ז׳, ר׳, חֲרָטִים — mold; engraving tool; pen; paintbrush; crayon

הִתְחָרֵט [חרט], פ״ח — to regret, repent

חָרַט, פ״י — to engrave, chisel

נֶחְרַט, פ״ע — to be printed, inscribed

חֲרָטָה, נ׳, ר׳, ־טוֹת — repentance, regret

khaki	חָקִי, ז׳
legal	חֻקִּי, ת״ז, ־קִית, ת״נ
pantomime, pantomimicry	חַקְיָנוּת, נ׳
legislation; engraving	חֲקִיקָה, נ׳, ר׳, ־קוֹת
investigation; research	חֲקִירָה, נ׳, ר׳, ־רוֹת
agriculture, farming	חַקְלָאוּת, נ׳
farmer, agriculturist	חַקְלַאי, ז׳, ר׳, ־אִים
agricultural	חַקְלָאִי, ת״ז, ־אִית, ת״נ
enema syringe	חֹקֶן, חוֹקֶן, ז׳, ר׳, חֲקָנִים, חֻקְנָה, נ׳
to engrave; to hollow; to legislate	חָקַק, פ״י
to enact; to inscribe; to carve	חוֹקֵק, פ״י
to be decreed	חֻקַּק, פ״ע
decree, law	חֵקֶק, ז׳, ר׳, חֲקָקִים
to investigate, explore; to study	חָקַר, פ״י
investigation	חֵקֶר, ז׳, ר׳, חֲקָרִים
investigator	חַקְרָן, ז׳, ר׳, ־נִים
exploration	חַקְרָנוּת, ז׳, ר׳, ־נֻיּוֹת
constitutional	חֻקָּתִי, ת״ז, ־תִית, ת״נ
hole, cave; nobleman	חֹר, חוֹר, ז׳, ר׳, ־רִים
white linen, white garment	חֹר, חוֹר, ז׳
excrements	חֲרָאִים, ז״ר
ruined; dry; desolate	חָרֵב, ת״ז, חֲרֵבָה, ת״נ
heat; dryness, drought; desolation	חֹרֶב, ז׳
to be dry; to be desolate; to be destroyed	חָרַב, פ״ע
to be laid waste	נֶחֱרַב, פ״ע
to destroy; to cause to be dry	הֶחֱרִיב, פ״י
peninsula	חֲצִי־אִי, ז׳, ר׳, חֲצָאֵי אִיִּים
halving	חֲצִיָּה, חֲצָיָה, נ׳, ר׳, ־יּוֹת
eggplant	חָצִיל, ז׳, ר׳, חֲצִילִים
ax	חָצִין, ז׳, ר׳, חֲצִינִים
impertinence; arrogance	חֲצִיפוּת, נ׳, ר׳, ־פִיּוֹת
partition; interposition	חֲצִיצָה, נ׳, ר׳, ־צוֹת
grass; meadow; hay; leek	חָצִיר, ז׳, ר׳, חֲצִירִים
bosom	חֹצֶן, ז׳, ר׳, חֲצָנִים
to be impertinent, bold	[חצף] הֶחֱצִיף, פ״ע
to be impudent	הִתְחַצֵּף, פ״ח
insolence, impudence	חֻצְפָּה, חוּצְפָּה, נ׳, ר׳, ־פּוֹת
gravel; arrow; kidney stone	חָצָץ, ז׳
to partition; to divide; to pick one's teeth	חָצַץ, פ״י
to blow a trumpet	חִצְצֵר, פ״ע
courtyard; hamlet; court of law	חָצֵר, ז׳, ר׳, ־רוֹת, ־רִים
court official; superintendent	חַצְרָן, ז׳, ר׳, ־נִים
courtesy	חַצְרָנוּת, נ׳, ר׳, ־נֻיּוֹת
statute; custom; limit	חֹק, ז׳, ר׳, חֻקִּים
imitator, pantomimist	חַקַּאי, חַקְיָן, ז׳, ר׳, ־קָאִים, ־נִים
law, ordinance	חֻקָּה, חוּקָּה, נ׳, ר׳, ־קּוֹת
to imitate; to pantomime; to inscribe	חָקָה, פ״ע
to be engraved	חֻקָּה, פ״ע
to set limit; to trace; to resemble	הִתְחַקָּה, פ״ח
imitation	חִקּוּי, ז׳, ר׳, ־יִים
searching; inquiry	חִקּוּר, ז׳, ר׳, ־רִים

חֲפַרְפָּרָה, חֲפַרְפֶּרֶת, נ', ר', ־רוֹת	dust cover, case חָפָא, ז', ר', חֲפָאִים
mole	to cover, wrap חָפָה, פ"י
freedom, חֹפֶשׁ, חוֹפֶשׁ, ז', ר', חֲפָשִׁים	to overlay, to camouflage חִפָּה, פ"י
liberty; vacation	canopy חֻפָּה, חוּפָּה, נ', ר', ־פּוֹת
to seek, search חָפַשׂ, פ"י	(in marriage ceremony)
to search, investigate חִפֵּשׂ, פ"י	lampshade חִפָּה, נ', ר', ־פּוֹת
to be exposed חֻפַּשׂ, פ"ע	camouflage; cover חִפּוּי, ז', ר', ־יִים
to disguise, הִתְחַפֵּשׂ, פ"ח	search; induction חִפּוּשׂ, ז', ר', ־שִׂים
hide oneself	inductive חִפּוּשִׂי, ת"ז, ־שִׂית, ת"נ
to set free חָפַשׁ, פ"י	beetle חִפּוּשִׁית, נ', ר', ־שִׁיּוֹת
to be liberated חֻפַּשׁ, פ"ע	to be hasty: to be frightened חָפַז, פ"ע
freedom, חֻפְשָׁה, חוּפְשָׁה, נ', ר', ־שׁוֹת	to be hurried; נֶחְפַּז, פ"ע
liberty; vacation	to act rashly
free; חָפְשִׁי, ו"ג, ־ שִׁית, ת"נ	haste; trepidation חִפָּזוֹן, ד'
emaciated and pale	hand broom חֲפִיָּה, נ', ר', ־פִיּוֹת
hospital; asylum חָפְשִׁית, נ'	taking a handful חֲפִינָה, נ', ר', ־נוֹת
(for leprosy)	portfolio; חֲפִיסָה, נ', ר', ־סוֹת
fold חֵפֶת, ז', ר', חֲפָתִים	handbag
to fold up: חָפַת, חִפֵּת, פ"י	covering; חֲפִיפָה, נ', ר', ־פוֹת
to adapt, adjust	cleaning; shampooing
arrow, dart חֵץ, ז', ר', חִצִּים	digging; ditch; חֲפִירָה, נ', ר', ־רוֹת
to hew; to chisel, cleave חָצַב, פ"י	excavation
to be hewn, chiseled נֶחְצַב, פ"ע	handful חֹפֶן, חוֹפֶן, ז', ר', חָפְנַיִם
to beat; to kill הֶחֱצִיב, פ"י	to take a handful חָפַן, פ"י
stonecutter חַצָּב, ז', ר', ־בִים	to measure by נֶחְפַּן, פ"ע
earthenware jar, חָצָב, ז', ר', חֲצָבִים	the handful
pitcher; squill	to cover; to protect; חָפַף, פ"י
measles חַצֶּבֶת, נ'	to rub, comb; to wash (head)
to divide, halve; חָצָה, פ"י	itch; eczema, rash חֲפָפִית, נ', ר', ־יוֹת
to cross; to bisect	wish, desire; חֵפֶץ, ז', ר', חֲפָצִים
tripod חֲצוּבָה, נ', ר', ־בוֹת	object; belonging
impudent, חָצוּף, ת"ז, חֲצוּפָה, ת"נ	to wish, to desire חָפֵץ, פ"ע
arrogant	to move, wiggle (tail) חָפֵץ, פ"י
trumpet; חֲצוֹצְרָה, נ', ר', ־רוֹת	to dig, excavate; to spy; חָפַר, פ"י
cavity of ear	to explore
trumpeter חֲצוֹצְרָן, ז', ר', ־נִים	to be put to shame נֶחְפַּר, פ"ע
midnight; middle; half חֲצוֹת, נ'	to be ashamed, הֶחְפִּיר, פעו"י
half; middle חֲצִי, ז', ר', חֲצָאִים, ־יִים	put to shame

חָנְפָן, ז', ר', ־נִים	flatterer; hypocrite
חָנַק, פ"י	to suffocate, strangle
חֶנֶק, ז'	strangulation
חַנְקָן, ז', ר', ־נִים	nitrogen, azote
חָס, פ"ע, ע' [חוּס]	to have compassion, have pity
חַס וְשָׁלוֹם, חַס וְחָלִילָה	God forbid!
חָס, ז', ר', ־סִים	forbearance
חַסָּא, חַסָּה, נ', ר', ־סוֹת	lettuce
חֶסֶד, ז', ר', חֲסָדִים	grace, favor; righteousness; charity; disgrace
חִסֵּד, פ"י	to do good; to reproach; to shame
הִתְחַסֵּד, פ"ח	to be kind; to feign piety
חַסָּה, חַסָּא, נ', ר', ־סוֹת	lettuce
חָסָה, פ"ע	to seek refuge; to trust
חָסוּד, ת', חֲסוּדָה, ת"נ	kind, gracious
חָסוּי, ז', ר', ־יִים	shelter, sanctuary
חִסּוּל, ז'	liquidation
חִסּוּם, ז', ר', ־מִים	clogging, sharpening blades
חָסוֹן, חָסֹן, ת"ז, חֲסוֹנָה, חֲסֻנָּה, ת"נ	healthy, strong
חִסּוּן, ז', ר', ־נִים	immunization
חִסּוּר, ז', ר', ־רִים	subtraction; want
חָסוּת, נ', ר', ־סֻיּוֹת	protection; patronage; refuge
חַסְחוּס, ז', ר', ־סִים	cartilage
חָסִיד, ז', ר', חֲסִידִים	orthodox, pious, righteous
חֲסִידָה, נ', ר', ־דוֹת	stork
חֲסִידוּת, נ'	piety; hassidism
חָסִיל, ז', ר', חֲסִילִים	locust
חֲסִימָה, נ', ר', ־מוֹת	blocking; muzzling
חָסִין, ת"ז, חֲסִינָה, ת"נ	immune
חֲסִינוּת, נ'	immunity

חָסַס, פ"י	to have pity; to spare, save
חִסֵּךְ, פ"י	to economize
חִסָּכוֹן, ז', ר', חֶסְכוֹנוֹת	savings, thrift, economy
חַסְכָנוּת, נ'	parsimony, stinginess
חָסַל, פ"י	to devour, exterminate
חָסַם, פ"י	to muzzle; to prevent, block; to temper
הִתְחַסֵּם, נְתְ־, פ"ח	to be tempered
חֹסֶן, ז', ר', חֲסָנִים	provision; treasure; immunity
[חֹסֶן] הֶחֱסִין, פ"י	to store, conserve
חִסֵּן, פ"י	to immunize
חָסַן, פ"ע	to dry up, become hard; to become strong
חָסַף, פ"י	to divulge, reveal, lay bare
חִסְפֵּס, פ"י	to make scaly; to make uneven
חָסְפַּס, פ"ע	to be grainlike, scaly
חֹסֶר, ז'	lack, want
חֶסֶר, ז'	poverty; decrease
חָסֵר, ת"ז, חֲסֵרָה, ת"נ	lacking, defective
חָסַר, פ"ע	to lack; to decrease; to be absent
חִסֵּר, פ"י	to deprive; to lessen; to omit
חָסַר, פ"ע	to be short of
הֶחֱסִיר, פ"י	to deduct
הִתְחַסֵּר, פ"ח	to dwindle, be reduced
חִסָּרוֹן, חֶסְרוֹן, ז', ר', ־נוֹת	need, deficiency; fault
חַף, ת"ז, חַפָּה, ת"נ	clean, pure, innocent
חָף, ז', ר', ־פִּים	tooth of key; clutch
חִפָּא, פ"י	to invent, fabricate, pretend

חֵמֶת, נ', ר', חֲמָתוֹת water skin; file (for papers)

חֵמַת־חֲלִילִים bagpipe

(חֲמַת) מֵחֲמַת, תה"פ in consequence of

מֵחֲמַת, מ"י because of

חֵן, ז' grace, charm

חֵן חֵן thank you, thanks

מָצָא חֵן, נָשָׂא חֵן to please

חָנַן, פ"ע to visit a grave

חָגַג, פ"ע to dance

חִנְגָּא, חִנְגָּה, נ', ר', ־גוֹת dance

חָנָה, פ"ע to encamp; to incline; to settle down

הֶחֱנָה, פ"י to cause to encamp; to settle

חָנוּט, ז', ר', חֲנוּטִים mummy, embalmed body

חִנּוּךְ, ז', ר', ־כִים education

חֲנֻכָּה, חֲנוּכָּה, נ', ר', ־כּוֹת dedication, inauguration; Hanukah

חֲנֻכִּיָה, חֲנוּכִּיָה, נ', ר', ־יוֹת Hanukah lamp; candelabrum

חִנּוּכִי, ת"י, ־כִית, ת"נ educational

חַנּוּן, ת"ז, חֲנוּנָה, ת"נ gracious, merciful

חֶנְוָנִי, ז', ר', ־נִים shopkeeper

חֲנֻפָּה, חֲנוּפָּה, נ', ר', ־פוֹת impiety; flattery; hypocrisy

חָנוּת, נ', ר', חֲנֻיּוֹת shop, store

חָנַט, פ"י to embalm; to become ripe

נֶחְנַט, פ"ע to be embalmed; to be ripe

חַנָּט, ז', ר', ־טִים embalmer

חֲנָטָה, חֲנִיטָה, נ', ר', ־טוֹת ripening, embalming

חֲנָיָה, חֲנִיָה, נ', ר', ־יוֹת encampment; parking

חָנִיךְ, ז', ר', חֲנִיכִים pupil, apprentice

חֲנִיכָה, נ', ר', ־כוֹת apprentice (f.); surname

חֲנִיכַיִם, ז"ר gums; jawbone, maxilla

חֲנִינָה, נ', ר', ־נוֹת parole; mercy; pardon

חֲנִיפָה, נ', ר', ־פוֹת flattery, hypocrisy

חֲנִיקָה, נ', ר', ־קוֹת suffocation, strangulation

חֲנִית, נ', ר', ־תוֹת dagger

חָנַךְ, פ"י to educate; to inaugurate

נֶחְנַךְ, פ"ע to become inaugurated

חֻנַּךְ, פ"ע to become educated

הִתְחַנֵּךְ, פ"ח to educate oneself; to be dedicated

חָנֵךְ, ז', ר', חֲנִכִים, חֲנִיכִים gum

חֲנֻכָּה, חֲנוּכָּה, נ', ר', ־כּוֹת dedication, inauguration; Hanukah

חֲנֻכִּיָה, חֲנוּכִּיָה, נ', ר', ־יוֹת candelabrum; Hanukah lamp

חִנָּם, תה"פ gratuitously; undeservedly; in vain

חֲנָמַל, ז', ר', ־לִים large hailstone

חָנַן, פ"י to show favor; to forgive; to grant

חִנֵּן, פ"י to speak kindly; to beg mercy; to exalt someone

חוֹנֵן, פ"י to favor, pity

חֻנַּן, פ"ע to be pardoned, pitied

הִתְחַנֵּן, פ"ח to implore, supplicate; to find favor

חֹנֶף, חוֹנֶף, ז' flattery, hypocrisy

חָנֵף, ת"ז, חֲנֵפָה, ת"נ hypocrite; impostor

חָנַף, פ"ע to be profane; to be wicked; to flatter

חֲנֻפָּה, חֲנוּפָּה, נ', ר', ־פוֹת impiety; hypocrisy, flattery

to turn hither and	הִתְחַמֵּק, פ״ח	calorie	חָמִית, נ׳, ר׳, ־מִיּוֹת
thither; to elude (duty); to shun		to spare, have pity	חָמַל, פ״ע
wine	חֶמֶר, ז׳	pity, compassion	חֶמְלָה, נ׳
clay;	חֵמָר, חוֹמֶר, ז׳, ר׳, חֲמָרִים	to become warm,	חָמַם, חַם, פ״ע
matter; material		be warm, warm oneself	
from minor to major	קַל וָחֹמֶר	to be inflamed,	נֶחֱמַם, פ״ע
asphalt, bitumen	חֵמָר, ז׳, ר׳, ־רִים	heated	
to foam; to cover with	חָמַר, פעו״י	to keep warm, heat up	חִמֵּם, פ״י
asphalt; to burn; to be strict		to warm oneself	הִתְחַמֵּם, פ״ח
to be parched;	נֶחְמַר, פ״ע	hothouse	חֲמָמָה, נ׳, ר׳, ־מוֹת
to be kneaded		sunflower	חַמָּנִית, נ׳, ר׳, ־נִיּוֹת
to drive an ass	חָמַר, פ״י	injustice;	חָמָס, ז׳, ר׳, חֲמָסִים
to be strict; to cause	הֶחְמִיר, פ״י	plunder; violence	
pain		to treat violently; to do	חָמַס, פ״י
ass-driver	חַמָּר, ז׳, ר׳, ־רִים	wrong; to devise; to shed	
severity,	חָמְרָה, חוּמְרָה, נ׳, ר׳, ־רוֹת	to suffer violence	נֶחְמַס, פ״ע
restriction		to scratch	חִמֵּס, פ״י
material	חָמְרִי, ת״ז, ־רִית, ת״נ	very hot east	חַמְסִין, ז׳, ר׳, ־נִים
materialism	חָמְרִיּוּת, נ׳	wind; heatspell	
caravan of	חַמֶּרֶת, נ׳, ר׳, חַמָּרוֹת	plunderer;	חַמְסָן, ז׳, ר׳, ־נִים
donkeys		extortioner; violent man	
five	חָמֵשׁ, שמ״נ, חֲמִשָּׁה, שמ״ז	violence;	חַמְסָנוּת, נ׳, ר׳, ־נִיּוֹת
	חֲמֵשׁ עֶשְׂרֵה, נ׳, חֲמִשָּׁה עָשָׂר, ז׳	plundering	
fifteen		leavened bread	חָמֵץ, ז׳
Pentateuch	חֻמָּשׁ, חוּמָשׁ, ז׳, ר׳, ־שִׁים	to be sour, fermented	חָמֵץ, פ״ע
(five books of the Torah)		to cause to be leavened;	חִמֵּץ, פ״י
one-fifth;	חֹמֶשׁ, חוּמֶשׁ, ז׳, ר׳, חֲמָשִׁים	to delay	
groin		to be leavened	חֻמַּץ, פ״ע
to divide or multiply by five;	חִמֵּשׁ, פ״י	to become fermented;	הֶחְמִיץ, פ״ע
to arm, prepare for war		to put off, delay	
to be divided or	חֻמַּשׁ, פ״ע	to be soured;	הִתְחַמֵּץ, פ״ח
multiplied by five		to be degenerate	
to arm oneself	הִתְחַמֵּשׁ, פ״ח	acid;	חֹמֶץ, חוּמֶץ, ז׳, ר׳, חֲמָצִים
five	חֲמִשָּׁה, שמ״ז, חָמֵשׁ, שמ״נ	vinegar	
fifth	חֲמִישִׁי, ת״ז, ־שִׁית, ת״נ		חֶמְצָה, חוּמְצָה, נ׳, ר׳, ־צוֹת
quintet	חֲמִישִׁיָּה, חֲמִישִׁיָּה, נ׳, ר׳, ־יּוֹת	leavening, fermenting	
fifty	חֲמִשִּׁים, ש״מ	oxygen	חַמְצָן, ז׳
one-fifth	חֲמִשִּׁית, חֲמִישִׁית, שמ״נ	to evade, slip away	חָמַק, פ״ע

חָלָק, ת"ז, חֲלָקָה, ת"נ smooth, slippery; blank
חָלַק, פ"י to divide; to differentiate; to glide
חִלֵּק, פ"י to apportion; to distribute, share; to distinguish
הֶחֱלִיק, פ"י to flatten; to make smooth
חֶלְקָה, נ', ר', חֲלָקוֹת ground, field; smoothness
חֲלָקוֹת, נ"ר flattery, adulation
חֲלֻקָּה, חֲלוּקָה, נ', ר', ־קוֹת division, partition; divergence of opinions; alms
חֶלְקִי, ת"ז, ־קִית, ת"נ partial
חֶלְקִיּוּת, נ' partiality
חֲלַקְלַק, ת"ז, ־קָּה, ת"נ slippery
חֲלַקְלַקָּה, נ', ר', ־קּוֹת slippery spot; ice-skating rink; flattery
חַלָּשׁ, ת"ז, ־שָּׁה, ת"נ weak
חָלַשׁ, פ"ע to be weak; to cast lots
חֻלְשָׁה, חוּלְשָׁה, חַלָּשׁוּת, נ', ר', ־שׁוֹת, ־שֻׁיּוֹת weakness, feebleness
חִלְתִּית, נ' St. John's wort
חָם, ז', ר', ־מִים father-in-law
חַם, ת"ז, חַמָּה, ת"נ warm, hot
חַמִּים, חַמִּין warm water, hot springs
חֹם, ז' heat, warmth, temperature
חֶמְאָה, נ', ר', חֲמָאוֹת curd, butter
חֶמֶד, ז' desire; delight
חָמַד, פ"י to covet, lust, desire
חֶמְדָּה, נ', ר', חֲמָדוֹת joy, beauty; lust
חַמְדָּן, חַמְדָּן, ז', ר', ־נִים lustful person
חַמְדָּנוּת, חַמְדָּנוּת, נ', ר', ־נֻיּוֹת lustfulness, sensuality, covetousness
חַמָּה, נ', ר', ־מּוֹת sun; heat; fever

חֵמָה, נ', ר', ־מוֹת wrath, fury; venom
חָמוּד, ת"ז, חֲמוּדָה, ת"נ noble, lovely
חִמּוּד, ז', ר', ־דִים lustfulness
חִמּוּם, ז' warming, heating
חָמוּם, ת"ז, חֲמוּמָה, ת"נ hot-headed
חָמוֹץ, ז', ר', ־צִים brigand; ruthless person
חָמוּץ, ת"ז, חֲמוּצָה, ת"נ sour
חִמּוּץ, ז', ר', ־צִים leavening; becoming sour
חַמּוּק, ז', ר', ־קִים curve, circuit; outline
חֲמוֹר, ז', ר', ־רִים ass, donkey; dolt, idiot; trestle
חָמוּר, ת"ז, חֲמוּרָה, ת"נ grave, weighty; severe
חֲמוֹרָה, נ', ר', ־רוֹת ass (f.); idiotic woman
חָמוּשׁ, ת"ז, חֲמוּשָׁה, ת"נ armed, equipped
חָמוֹת, נ', ר', חֲמָיוֹת mother-in-law
חַמּוּת, נ' warmth
חֹמֶט, חוֹמֶט, ז', ר', חֲמָטִים lizard
חֲמִיטָה, נ', ר', ־טוֹת griddle cake
חֲמִילָה, נ', ר', ־לוֹת blanket; coat (of heavy cloth)
חָמִים, ת"ז, חֲמִימָה, ת"נ warm
חֲמִימוּת, נ', ר', ־מֻיּוֹת tepidity, lukewarmness
חָמִיץ, ז', ר', ־צִים silage; fodder
חֲמִיצָה, נ', ר', ־צוֹת sour soup
חֲמִיצוּת, נ', ר', ־צֻיּוֹת acidity, sourness
חֲמִישִׁי, ת"ז, ־שִׁית, ת"נ fifth
חֲמִישִׁיָּה, חֲמִשִּׁיָּה, נ', ר', ־יּוֹת quintet
חֲמִישִׁית, חֲמִשִּׁית, נ', ר', ־שִׁיּוֹת one-fifth

to be pierced, wounded	חָלַל, פ״ע
to pierce, wound;	חִלֵּל, פ״י
to play the flute; to redeem	
to begin; to profane	הֵחֵל, פ״י
hollowness	חֲלָלוּת, נ׳
to be healthy; to dream	חָלַם, פ״ע
to restore;	הֶחֱלִים, פ״י
to recuperate	
potter's clay	חַלָּמָה, חֲלָמָה, נ׳
yolk, yellow of egg	חֶלְמוֹן, ז׳, ר׳, ־נִים
yolky	חֶלְמוֹנִי, ת״ז, ־נִית, ת״נ
flint, silex	חַלָּמִישׁ, ז׳
ox tongue	חֶלְמִית, נ׳, ר׳, ־יוֹת
in exchange for	חֵלֶף, תה״פ
reed	חֵלֶף, חִילֶף, ז׳, ר׳, חִילָפִים
to pass away, pass;	חָלַף, פ״ע
to sprout; to pierce	
to exchange;	הֶחֱלִיף, פ״י
to change; to renew	
to be altered,	הִתְחַלֵּף, פ״ח
transformed	
very sharp knife	חַלָּף, ז׳, ר׳, ־פוֹת
swordfish	חַלְפִית, נ׳, ר׳, ־פִיּוֹת
money-changer	חַלְפָן, ז׳, ר׳, ־נִים
exchange	חַלְפָנוּת, נ׳, ר׳, ־נִיּוֹת
(of money)	
to strip; to take off shoe;	חָלַץ, פ״י
to withdraw	
to be girded for war;	נֶחֱלַץ, פ״ע
to be rescued	
to extract; to rescue	חִלֵּץ, פ״י
to invigorate; to	הֶחֱלִיץ, פ״י
strengthen	
loin, flank	חֶלֶץ, ז׳, ר׳, חֲלָצַיִם
blouse; jerkin	חֲלָצָה, חוּלְצָה, נ׳, ר׳, ־צוֹת
share, part;	חֵלֶק, ז׳, ר׳, חֲלָקִים
fate; smoothness	

חַלְחֹלֶת, חַלְחֹלֶת, נ׳, ר׳, ־לוֹת	
rectum; mesentery	
to shake; to perforate	חִלְחֵל, פ״ע
convulsion;	חַלְחָלָה, נ׳, ר׳, ־לוֹת
anguish	
humor (body	חֵלֶט, ז׳ ר׳, חֲלָטִים
fluid), secretion	
to decide; to scald	חָלַט, פ״י
to determine	הֶחֱלִיט, פ״י
ornament, jewel	חֲלִי, ז׳, ר׳, חֲלָאִים
disease, illness	חֲלִי, חֳלִי, חוֹלִי, ז׳, ר׳, חֲלָיִים
epilepsy	חֲלִי־נֹפֶל
cholera	חֲלִי־רַע
milking	חֲלִיבָה, נ׳, ר׳, ־בוֹת
rusty	חָלִיד, ת״ז, חֲלִידָה, ת״נ
jewelry	חֶלְיָה, נ׳, ר׳, חֲלָיוֹת
bead; link;	חֻלְיָה, חוּלְיָה, נ׳, ־יוֹת
joint; vertebra	
scalding dough;	חֲלִיטָה, נ׳, ר׳, ־טוֹת
dumpling	
flute	חָלִיל, ז׳, ר׳, חֲלִילִים
God forbid!	חָלִילָה, תה״פ
round about, in turn	חֲלִילָה, תה״פ
new shoot	חָלִיף, ז׳, ר׳, חֲלִיפִים
attire; suit;	חֲלִיפָה, נ׳, ר׳, ־פוֹת
change, replacement	
alternately	חֲלִיפוֹת, תה״פ
exchange,	חֲלִיפִים, חֲלִיפִין, ז״ר
barter	
spoils of war;	חֲלִיצָה, נ׳, ר׳, ־צוֹת
undressing; removing (shoe)	
blouse	חֲלִיקָה, נ׳, ר׳, ־קוֹת
cholera	חֳלִירַע, ז׳
wretched,	חֵלֶךְ, ז׳, ר׳, חֵלְכָים
hopeless person	
slain person;	חָלָל, ז׳, ר׳, חֲלָלִים
empty space; profaned person	

intermediate days	חֹל הַמּוֹעֵד
(between first and last days	
of Passover or Sukkoth)	
to be ill, diseased	חָלָא, פ"ע
to make ill;	הֶחֱלִיא, פ"י
to become rusty; to soil	
rust, filth	חֶלְאָה, נ', ר', חֲלָאוֹת
milk	חָלָב, ז', ר', ־בִּים
to milk	חָלַב, פ"י
fat, lard	חֵלֶב, ז', ר', חֲלָבִים
albumen	חֶלְבּוֹן, ז', ר', ־נִים
white of an egg	
albuminous	חֶלְבּוֹנִי, ת"ז, ־נִית, ת"נ
milky, lactic	חֲלָבִי, ת"ז, ־בִית, ת"נ
fatty	חֶלְבִּי, ת"ז, ־בִּית, ת"נ
milkman	חַלְבָּן, ז', ר', ־נִים
gum, galbanum	חֶלְבְּנָה, נ'
dairying	חַלְבָּנוּת, נ'
purslane	חֲלַגְלוֹגָה, נ', ר', ־גוֹת
mole	חֹלֶד, חוֹלֶד, ז', ר', חֲלָדִים
ermine	חֹלֶד הָרִים
span of life;	חֶלֶד, ז', ר', חֲלָדִים
world	
to burrow; to undermine	חָלַד, פ"י
to become rusty;	הֶחֱלִיד, פ"ע
rust	חֲלֻדָּה, חֲלוּדָה, נ', ר', ־דוֹת
weasel	חֻלְדָּה, חוּלְדָּה, נ', ר', ־דוֹת
to be feeble; sick	חָלָה, פ"ע
to make sick, implant	חִלָּה, פ"י
disease; to mollify; to implore	
to feign sickness	הִתְחַלָּה, פ"ח
white bread;	חַלָּה, נ', ר', ־לּוֹת
Sabbath bread	
rust	חֲלוּדָה, חֲלֻדָּה, נ', ר', ־דוֹת
Halva	חַלְוָה, חֲלָוָה, נ', ־וֹת
dough;	חָלוּט, ז', ר', חֲלוּטִים
dumpling	
final, absolute	חָלוּט, ת"נ, חֲלוּטָה, ת"נ

absolutely	לַחֲלוּטִים, תה"פ
quarantine	חִלּוּט, ז', ר', ־טִים
sweetening,	חִלּוּי, ז', ר', ־יִים
supplication	
bead; link;	חֻלְיָה, חוּלְיָה, נ', ר', ־יוֹת
joint; vertebra	
hollow	חָלוּל, ת"ז, חֲלוּלָה, ת"נ
hollow, cavity	חָלוּל, ז'
desecration,	חִלּוּל, ז', ר', ־לִים
profanation	
dream	חֲלוֹם, ז', ר', ־מוֹת
window	חַלּוֹן, ז', נ', ר', ־נִים, ־נוֹת
secular	חִלּוֹנִי, ת"ז, ־נִית, ת"נ
secularism	חִלּוֹנִיּוּת, נ'
perishableness; vanishing	חֲלוֹף, ז'
change;	חִלּוּף, ז', ר', ־פִים
exchange; substitution; divergence	
amoeba	חֲלוֹפִית, נ', ר', ־פִיוֹת
pioneer; vanguard	חָלוּץ, ז', חֲלוּצָה, נ', ר', ־צִים, ־צוֹת
strength, vigor	חִלּוּץ, חִילוּץ, ז'
pioneering	חֲלוּצִיּוּת, נ'
undershirt,	חֲלוּק, ז', ר', חֲלוּקִים
bathrobe	
rubble; pebble	חַלּוּק, ז', ר', ־קִים
division;	חִלּוּק, ז', ר', ־קִים
distribution	
division,	חֲלֻקָּה, חֲלָקָה, נ', ר', ־קוֹת
partition; divergence of opinion;	
alms	
feeble, weak	חָלוּשׁ, ת"ז, חֲלוּשָׁה, ת"נ
defeat	חֲלוּשָׁה, נ', ר', ־שׁוֹת
snail;	חִלָּזוֹן, ז', ר', חֶלְזוֹנוֹת, חֶלְזוֹנִים
cataract of eye	
spiral	חֶלְזוֹנִי, ת"ז, ־נִית, ת"נ
convulsion;	חַלְחוּל, ז', ר', ־לִים
shock; poison	
intrigue	חַלְחוּלִית, נ'

exterior	חִיצוֹנִיּוּת, נ׳
bosom, lap; pocket; hem	חֵיק, חֵק, ז׳, ר׳, ־קִים
Hiriq, Hebrew vowel	חִירִיק, חִירֶק, ז׳
quickly, speedily	חִישׁ, תה״פ
bush, thicket	חִישָׁה, נ׳, ר׳, ־שׁוֹת
Cheth, name of eighth letter of Hebrew alphabet	חֵית, נ׳, ר׳, ־תִין
palate	חֵךְ, ז׳, ר׳, חִכִּים
to wait, await	חָכָה, פ״ע
to hope, wish; to angle (for fish)	חִכָּה, פ״י
fish hook, angle	חַכָּה, נ׳, ר׳, ־כּוֹת
scratching, friction	חִכּוּךְ, ז׳, ר׳, ־כִים
tenant	חָכוֹר, חָכִיר, ז׳, ר׳, ־רִים
tenancy	חֲכִירָה, נ׳, ר׳, ־רוֹת
to scratch; to rub	חָכַךְ, פעו״י
dark red	חַכְלִיל, ת״ז, ־לָה, ת״נ / חַכְלִילִי, ת״ז, ־לִית, ת״נ
redness	חַכְלִילוּת, נ׳
to blush	חִכְלֵל, פ״י
wise, intelligent; skillful	חָכָם, ת״ז, חֲכָמָה, ת״נ
to be wise, intelligent	חָכַם, פ״ע
to grow (make) wise	הֶחְכִּים, פ״ע, פ״י
intelligent woman; midwife	חֲכָמָה, נ׳, ר׳, ־מוֹת
intelligence; science; wisdom	חָכְמָה, נ׳, ר׳, ־מוֹת
to lease	חָכַר, פ״י
to fall; to dance; to writhe	חָל, פ״ע, ע׳ [חול]
to feel pangs; to tremble; to wait	חָל, פ״ע, ע׳ [חיל]
profane; common; secular	חֹל, חוֹל, ז׳, ר׳, חֻלִּים

animal; soul; life; midwife	חַיָּה, נ׳, ר׳, ־וֹת
lively, healthy, vigorous	חַיָּה, ת״ז, חָיָה, ת״נ
debit; guilt; obligation	חִיּוּב, ז׳, ר׳, ־בִים
positively, affirmatively	בְּחִיּוּב, תה״פ
positive	חִיּוּבִי, ת״ז, ־בִית, ת״נ
dialing	חִיּוּג, ז׳
neutral	חָיוּד, ת״ז, ־דָה, ת״נ
smile	חִיּוּךְ, ז׳, ר׳, ־כִים
recruiting	חִיּוּל, ז׳, ר׳, ־לִים
vital, essential	חִיּוּנִי, ת״ז, ־נִית, ת״נ
essence, vitality	חִיּוּנִיּוּת, נ׳
life (power), living	חִיּוּת, חַיּוּת, נ׳
tailor	חַיָּט, ז׳, ר׳, ־טִים
to sew	חִיֵּט, פ״י
tailoring, sewing	חַיָּט, ז׳, חַיָּטוּת, נ׳
dressmaker, seamstress	חַיֶּטֶת, נ׳, ר׳, ־יָטוֹת
life	חַיִּים, ז״ר
to your health	לַחַיִּים
to smile	חִיֵּךְ, פ״ע
childbirth pangs; anguish; trembling	חִיל, ז׳, ר׳, ־לִים
to feel pangs; to tremble; to wait	[חיל] חָל, פ״ע
vigor; wealth; army; strength	חַיִל, ז׳, ר׳, חֲיָלִים, חֲיָלוֹת
inner wall	חֵיל, חֵל, ז׳, ר׳, ־לִים
to give strength; to assemble army, call to arms	חִיֵּל, פ״י
soldier	חַיָּל, ז׳, ר׳, ־לִים
comeliness, grace	חִין, ז׳
partition	חַיִץ, ז׳, ר׳, חָיצִים
outer, external	חִיצוֹן, ת״ז, ־נָה, ת״נ / חִיצוֹנִי, ת״ז, ־נִית, ת״נ

taking hold of,   חֲזָקָה, נ', ר', ־קוֹת
seizing; standing right,
presumption

under the presump-   בְּחֶזְקַת, תה"פ
tion that; the status of

to return; to repent;   חָזַר, פ"ע
to repeat

to beg (alms)   חָזַר עַל הַפְּתָחִים

to repeat continually   חָזַר חֲלִילָה

to restore, return   הֶחֱזִיר, פ"י
something; to revoke

return; rehearsal;   חֲזָרָה, נ', ר', ־רוֹת
repetition

crab apple   חֲזָרָד, ז', ר', ־רִים

mumps;   חַזֶּרֶת, נ', ר', ־וֹת
horse radish

refrain   חֲזָרָת, נ'

brooch; buckle   חָח, ז', ר', ־חִים

incisor   חָט, ז', ר', ־טִים

sin, fault   חֵטְא, ז', ר', חֲטָאִים

nose, snout   חֹטֶם, חוֹטֶם, ז', ר', חֲטָמִים

to incur guilt; to sin   חָטָא, פ"ע

to purify, disinfect   חִטֵּא, פ"י

to miss mark;   הֶחֱטִיא, פ"י
to make someone sin

sinner   חַטָּא, ז', ר', ־אִים

sin, guilt; sin offering   חַטָּאָה, חֲטָאָה, חַטָּאת, נ', ר', ־וֹת

to cut, hew wood   חָטַב, פ"י

to carve, hew   חָטֵב

sculptor   חַטָּב, ז', ר', ־בִים

tapestry,   חֲטֻבָּה, נ', ר', ־בּוֹת
bedspread

wheat   חִטָּה, נ', ר', ־טִים

disinfection   חִטּוּי, חָטוּא, ז', ר', ־יִים, ־אִים

hump; hunch   חֲטוֹטֶרֶת, חַטֹּטֶרֶת, נ', ר', ־וֹת

---

snatched;   חָטוּף, ת"ז, חֲטוּפָה, ת"נ
hurried

to pick; to scratch   חָטַט, פ"י

pimple, scab   חָטָט, ז', ר', חֲטָטִים
hump; hunch   חַטֶּטֶרֶת, חֲטֹטֶרֶת, נ', ר', ־וֹת

felling   חֲטִיבָה, נ', ר', ־וֹת
(of trees); unit

raking   חֲטִיטָה, נ', ר', ־וֹת

snatching   חֲטִיפָה, נ', ר', ־וֹת

to thumb one's nose;   חָטַם, פ"ע
to restrain (anger)

nose,   חֹטֶם, חוֹטֶם, ז', ר', חֲטָמִים
snout

nasal   חָטְמִי, ת"ז, ־מִית, ת"נ

to do hurriedly; to snatch   חָטַף, פ"י

to be seized   נֶחְטַף, פ"ע

Hataph,   חֲטָף, חָטֵף, ז', ר', ־פִים
obscure vowel,
compound sheva   (יָ, הֱ, רָ)

he who snatches,   חַטְפָן, ז', ר', ־נִים
robs, kidnaper

branch, stick   חֹטֶר, ז', ר', חֲטָרִים

living, alive, active;   חַי, ת"ז, חַיָּה, ת"נ
fresh, raw

bound; guilty;   חַיָּב, ת"ז, חַיֶּבֶת, ת"נ
obliged

to declare guilty; to   חִיֵּב, פ"י
oblige; to charge; to debit

to undertake   הִתְחַיֵּב, פ"ח
(obligation); to pledge oneself

to dial   חִיֵּג, פ"י

riddle, puzzle   חִידָה, נ', ר', ־וֹת

sophism   חִידוּת, נ'

microbe, bacteria   חַיְדָּק, ז', ר', ־קִים

to live, be alive, exist;   חָיָה, פ"ע
to survive; to recover health

to revive, restore   הֶחֱיָה, פ"י

prophecy, vision	חָזוֹן, ז׳, ר׳, חֶזְיוֹנוֹת
strengthening	חִזּוּק, ז׳, ר׳, קִים
coming back; going around	חִזּוּר, ז׳, ר׳, דְרים
revelation; covenant; appearance	חָזוּת, נ׳, ר׳, דְיוֹת
lichen; skin disease	חֲזָזִית, נ׳, ר׳, דְיוֹת
sight; vest; brassiere	חֲזִיָה, נ׳, ר׳, דְיוֹת
vision, phenomenon; play, performance	חִזָּיוֹן, ז׳, ר׳, חֶזְיוֹנוֹת
rumbling (of thunder); cloud; thunderstorm	חָזִיז, ז׳, ר׳, חֲזִיזִים
knob (of cane)	חֲזִינָה, נ׳, ר׳, דְנוֹת
swine, pig	חֲזִיר, ז׳, ר׳, דְרים
wild boar	חֲזִיר הַבָּר
returning; sow	חֲזִירָה, נ׳, ר׳, דְרוֹת
swinishness, obscenity	חֲזִירוּת, נ׳
mumps	חֲזִירִית, חַזֶּרֶת, נ׳
front; frontispiece	חֲזִית, נ׳, ר׳, דְתוֹת
tulip	חֲזָמָה, נ׳, ר׳, דְמוֹת
sexton beadle; cantor	חַזָּן, ז׳, ר׳, דְנִים
office of cantor; synagogal music	חַזָּנוּת, נ׳, ר׳, דְנָיוֹת
strong, firm, stiff	חָזָק, ת״ז, חֲזָקָה, ת״נ
to be strong, firm	חָזַק, פ״ע
to strengthen	חִזֵּק, פ״י
to encourage	חִזֵּק יָדַיִם
to make strong; to seize; to contain, hold; to maintain	הֶחֱזִיק, פ״י
to strengthen oneself; to take courage	הִתְחַזֵּק, פ״ח
strength	חֹזֶק, חֵזֶק, ז׳
strength, force; severity, vigor	חֶזְקָה, חָזְקָה, נ׳, ר׳, חֲזָקוֹת

white linen, byssus	חוּר, חוֹרָי, ז׳
ruin, waste, desolation	חֻרְבָּה, חָרְבָּה, נ׳, ר׳, דְבוֹת
ruin, destruction	חֻרְבָּן, חָרְבָּן, ז׳, ר׳, דְבָּנוֹת
stepson, stepdaughter	חוֹרֵג, ז׳, דְרֶנֶת, נ׳, ר׳, דְרְגִים, דְרְגוֹת
stepfather	אָב חוֹרֵג
stepbrother	אָח חוֹרֵג
stepsister	אָחוֹת חוֹרֶגֶת
stepmother	אֵם חוֹרֶגֶת
pallor, paleness	חִוָּרוֹן, ז׳
winter	חֹרֶף, חֹרֶף, ז׳, ר׳, חֲרָפִים
thicket, bush, wood	חֹרֶשׁ, חֹרֶשׁ, ז׳, ר׳, חֲרָשִׁים
to make haste; to feel pain	[חוש] חָשׁ, פ״י
to have a headache	חָשׁ בְּרֹאשׁוֹ
feeling, sense; thicket	חוּשׁ, ז׳, ר׳, דְשִׁים
sensual	חוּשִׁי, ת״ז, דְשִׁית, ת״נ
sensibility	חוּשִׁיּוּת, נ׳
darkness	חוֹשֶׁךְ, חֹשֶׁךְ, ז׳
breastplate	חוֹשֶׁן, חֹשֶׁן, ז׳, ר׳, חֲשָׁנִים
envelope, wrapping; diaper	חוֹתָל, ז׳, חוֹתֶלֶת, נ׳, ר׳, דְלוֹת
seal, stamp; signet ring	חוֹתָם, ז׳, חוֹתֶמֶת, נ׳, ר׳, דְתָמוֹת
subscriber; undersigned	חוֹתֵם, ז׳, ר׳, דְתָמִים
father-in-law, mother-in-law	חוֹתֵן, ז׳, חוֹתֶנֶת, נ׳, ר׳, דְתָנִים, דְתָנוֹת
chest, breast, thorax	חָזֶה, ז׳, ר׳, דְזוֹת
to prophesy, perceive, behold	חָזָה, פ״י
pact, contract; seer, prophet	חֹזֶה, חוֹזֶה, ז׳, ר׳, דְזִים
forecast	חִזּוּי, ז׳

flattery, hypocrisy	חוֹנֶף, חֹנֶף, ז'
to favor, pity	חוֹנֵן, פ"י, ע' [חנן]
to have compassion, pity	חוֹס, פ"ע [חוס]
seacoast, shore	חוֹף, ז', ר', ־פִים
canopy (of marriage)	חוּפָּה, חָפָּה, נ', ר', ־פוֹת
handful	חוֹפֶן, חֹפֶן, ז', ר', חָפְנַיִם
	חֹפֶשׁ, חֻפְשָׁה, חֻפְשָׁה, ז',
freedom, liberty; vacation	נ', ר', חָפְשׁוֹת
the outside; street	חוּץ, ז', ר', חוּצוֹת
besides, except	חוּץ מִן, תה"פ
abroad	חוּץ לָאָרֶץ, תה"פ
outside	חוּצָה, הַחוּצָה, תה"פ
stonecutter, quarrier	חוֹצֵב, ז', ר', ־צְבִים
straw mat, matting	חוֹצֶלֶת, נ', ר', ־צְלוֹת
impudence, insolence	חוּצְפָּה, חָצְפָּה, נ', ר', ־פוֹת
rung of a ladder	חָוָק, ז', ר', חֲוָקִים
statute, ordinance; constitution	חוּקָה, חֻקָּה, נ', ר', ־קוֹת
legal	חוּקִי, ת"ז, ־קִית, ת"נ
enema	חוֹקֶן, חֹקֶן, ז', ר', חֲקָנִים
to enact; to inscribe, engrave	חוֹקֵק, פ"י, ע' [חקק]
inquisitor, investigator, inquirer	חוֹקֵר, ז', ר', ־קְרִים
to grow pale, grow white	חָוַר, פ"ע
to clarify, make evident	חִוֵּר, פ"י
to become clear, become evident	נִתְחַוֵּר, פ"ח
pale	חִוֵּר, ת"ז, חִוֶּרֶת, ת"נ
hole, cave; nobleman	חוֹר, חֹר, ז', ר', ־רִים
free man	בֶּן־חוֹרִים, ־רִין

to fall; to dance; to writhe	חָל, פ"ע [חול]
to bring forth; to wait	חוֹלֵל, פ"י
to whirl, turn around	הִתְחוֹלֵל, פ"ח
milker, milkman, dairyman	חוֹלֵב, ת"ז, חוֹלֶבֶת, ת"נ, ז'
mole	חוֹלֵד, חֹלֶד, ז', ר', חֲלָדִים
weasel	חוּלְדָּה, חֻלְדָּה, נ', ר', ־דוֹת
sick person, patient	חוֹלֶה, ת"ז, חוֹלָה, ת"נ; ז'
bead; link; joint; vertebra	חוּלְיָה, חֻלְיָה, נ', ר', ־וֹת
to bring forth; to wait	חוֹלֵל, פ"י, ע' [חול]
Hebrew vowel o (as in cord)	חוֹלָם, חֹלָם, ז'
sickly, ailing	חוֹלָנִי, ת"ז, ־נִית, ת"נ
tongs, pincers, pliers; cork screw	חוֹלֵץ, ז', ר', ־לְצִים
blouse; waistcoat	חוּלְצָה, חֻלְצָה, נ' ו ר', ־צוֹת
weakness, feebleness	חוּלְשָׁה, חֻלְשָׁה, נ', ר', ־וֹת
brown	חוּם, ת"ז, חוּמָה, ת"נ
wall	חוֹמָה, נ', ר', ־מוֹת
lizard	חוֹמֶט, חֹמֶט, ז', ר', חֲמָטִים
vinegar; acid	חוֹמֶץ, חֹמֶץ, ז', ר', חֲמָצִים
leavening; fermenting	חוּמְצָה, חָמְצָה, נ', ר', ־צוֹת
clay; material; matter	חוֹמֶר, חֹמֶר, ז', ר', חֲמָרִים
severity, restriction	חוּמְרָה, חָמְרָה, נ', ר', ־רוֹת
Pentateuch (the five books of the Torah)	חוּמָשׁ, חֻמָּשׁ, ז', ר', ־שִׁים
one-fifth; groin	חוֹמֶשׁ, חֹמֶשׁ, ז', ר', חֲמָשִׁים

lover; amateur	חוֹבֵב, ת"ז, חוֹבֶבֶת, ת"נ
duty; guilt; debt	חוֹבָה, נ', ר', ־בוֹת
sailor, seaman, mariner	חוֹבֵל, חַבֵּל, ז', ר', ־בְּלִים
captain (sea)	רַב חוֹבֵל
sorcerer, snake charmer	חוֹבֵר, ז', ר', ־בְרִים
pamphlet, fascicle	חוֹבֶרֶת, חֹבֶרֶת, נ', ר', ־בָרוֹת
male nurse, wound dresser	חוֹבֵשׁ, ז', ר', ־בְשִׁים
circle	חוּג, ז', ר', ־גִים
to make (draw) a circle	חָג, פ"י [חוג]
celebrator; pilgrim	חוֹגֵג, ז', ר', ־גְגִים
dial (of telephone); lark	חוּגָה, נ', ר', ־גוֹת
to propose a riddle, make an enigma	חָד, פ"י [חוד]
to declare, express opinion	חִוָּה, פ"י
farm; village; announcement	חַוָּה, נ', ר', ־וֹת
opinion	חַוַּת־דַּעַת
contract, pact; prophet, seer	חוֹזֶה, חֹזֶה, ז', ר', ־זִים
circular letter	חוֹזֵר, ז', ר', ־זְרִים
brier, thorn; cave; cliff	חוֹחַ, ז', ר', ־חִים, חֲוָחִים
thread, cord; sinew	חוּט, ז', ר', ־טִים
spinal cord	חוּט הַשִּׁדְרָה
sinner	חוֹטֵא, ז', ר', ־טְאִים
nose, snout	חֹטֶם, חֹטֶם, ז', ר', חֳטָמִים
kidnaper	חוֹטֵף, ז', ר', ־טְפִים
hump	חוֹטֶרֶת, נ', ר', ־טָרוֹת
experience	חֲוָיָה, נ', ר', ־וֹת
villa	חַוִילָה, נ', ר', ־לוֹת, ־לָאוֹת
tenant	חוֹכֵר, ז', ר', ־כְרִים
sand; phoenix	חוֹל, ז', ר', ־לוֹת

cone	חַדּוּדִית, נ', ר', ־יּוֹת
gladness, joy	חֶדְוָה, נ', ר', ־וֹת
wheelbarrow	חַדּוֹפַן, ז', ר', ־נִּים
novelty; news; singularity; renovation	חִדּוּשׁ, ז', ר', ־שִׁים
sharpness, keenness	חַדּוּת, נ', ר', חַדִּיּוֹת
penetrable; permeable	חָדִיר, ת"ז, חֲדִירָה, ת"נ
penetration, penetrability	חֲדִירָה, חֲדִירוּת, נ', ר', ־רוֹת, ־רִיּוֹת
modern	חָדִישׁ, ת"ז, חֲדִישָׁה, ת"נ
modernization	חִדּוּשׁוּת, נ', ר', ־שִׁיּוֹת
to cease, stop, desist	חָדַל, פעו"י
cessation; the earth	חֶדֶל, ז',
ceasing; lacking	חָדֵל, ת"ז, חֲדֵלָה, ת"נ
despised, forsaken	חֲדַל אִישִׁים
onetime	חַדְפַּעֲמִי, ת"ז, ־מִית, ת"נ
thorn, brier; trunk of elephant	חֶדֶק, ז', ר', חֲדָקִים
room, chamber; Heder (religious school)	חֶדֶר, ז', ר', חֲדָרִים
to penetrate; to delve into	חָדַר, פ"י
valet	חַדְרָן, ז', ר', ־נִים
fresh, new	חָדָשׁ, ת"ז, חֲדָשָׁה, ת"נ
month; new moon	חֹדֶשׁ, ז', ר', חֳדָשִׁים
to renew, renovate	חִדֵּשׁ, פ"י
to be renewed; to put on new clothing	הִתְחַדֵּשׁ, פ"ח
newness	חֲדָשָׁה, נ', ר', ־שׁוֹת
news, tidings	חַדְשׁוֹת, ז"ר
monthly	חָדְשִׁי, ת"ז, ־שִׁית, ת"נ
debt, indebtedness	חוֹב, ז', ר', ־בוֹת
to be indebted, owe; to be responsible	חָב, פ"ע [חוב]
stitch	חוּב, ז', ר', ־בִים

strap (of sandal) חֶבֶת, נ׳, ר׳, חֲבָתִים	saboteur חַבְּלָן, ז׳, ר׳, ־נִים
festival, holiday, חַג, ז׳, ר׳, ־גִּים	destroyer (ship) חַבְּלָנִית, נ׳, ר׳, ־יּוֹת
feast	חֹבֶץ, ז׳, חֲבָצָה, נ׳, ר׳, חֲבָצִים,
to make (draw) a חָג, פ״י, ע׳ [חונ]	buttermilk ־צוֹת
circle	lily; חֲבַצֶּלֶת, נ׳, ר׳, ־צָלוֹת
locust, grasshopper חָנָב, ז׳, ר׳, חֲנָבִים	crocus
to celebrate; to reel, חָנַג, פ״י	to embrace, clasp חָבַק, חִבֵּק, פ״י
be giddy	saddle belt; חֶבֶק, ז׳, ר׳, חֲבָקִים
trembling, terror חָנָּה, ז׳	garter
cleft חֲנָו, ז׳, ר׳, חֲנָוִים	pennyroyal חָבָק, ז׳, ר׳, חֲבָקִים
girded, girt חָנוּר, ת״ז, חֲנוּרָה, ת״נ	to unite, be joined; חָבַר, פ״ע
belt, girdle חֲנוֹר, ז׳, חֲנוֹרָה, נ׳, ר׳, ־רִים, רוֹת	to decide jointly
celebration, חֲנִינָה, נ׳, ר׳, ־נוֹת	to compose; to join חִבֵּר, פ״י
festival; pilgrimage	to be attached, associated חֻבַּר, פ״ע
solemnity; חֲנִיגוּת, חֲנִינִיּוּת, נ׳	to become joined הִתְחַבֵּר, פ״ח
festive nature	league, חֶבֶר, ז׳, ר׳, חֲבָרִים
solemn; festive חֲנִינִי, ת״ז, ־נִית, ת״נ	association; spell
quail, partridge חָגְלָה, נ׳, ר׳, ־לוֹת	חָבֵר, ז׳, חֲבֵרָה, נ׳, ר׳, חֲבֵרִים, ־רוֹת
to gird, bind; to limp חָנַר, פ״י	friend; partner; member
lame person חִנֵּר, ז׳, ר׳, ־רִים	partner; חַבָּר, ז׳, ר׳, ־רִים
חִנֶּרֶת, נ׳, ר׳, ־רוֹת	associate; sorcerer
lameness חִנְּרוּת, נ׳	חַבַרְבָּרָה, חַבַרְבּוּרָה, נ׳, ר׳, ־רוֹת
to propose a חָד, פ״י, ע׳ [חוד]	stripe, streak
riddle, make an enigma	striped חֲבַרְבָּרִי, ת״ז, ־רִית, ת״נ
sharp, acute; shrill חַד, ת״ז, חַדָּה, ת״נ	company, חֶבְרָה, נ׳, ר׳, חֲבָרוֹת
edge; point; חֹד, חוֹד, ז׳, ר׳, חֻדִּים	society, association
apex	membership, חֲבֵרוּת, נ׳, ר׳, ־רִיּוֹת
one-sided חַדְגּוֹנִי, ת״ז, ־נִית, ת״נ	fellowship, friendship
one-sidedness; monotony חַדְגּוֹנִיּוּת, נ׳	sociable חֶבְרוּתִי, ת״ז, ־תִית, ת״נ
to be sharp, keen חָדַד, פ״ע	social חֶבְרָתִי, ת״ז, ־תִית, ת״נ
to sharpen חִדֵּד, פ״י	חֹבֶרֶת, חוֹבֶרֶת, נ׳, ר׳, ־בָרוֹת
to rejoice, be glad חָדָה, פ״ע	pamphlet, fascicle
to gladden, make happy חִדָּה, פ״י	to bind; to bandage, חָבַשׁ, פ״י
sharpening; חִדּוּד, ז׳, ר׳, ־דִים	dress (wound); to imprison
pinpoint; jest	to be imprisoned; נֶחְבַּשׁ, פ״ע
sharp edge; חַדּוּד, ז׳, ר׳, ־דִים	to be detained
point	male nurse, חַבָּשׁ, ז׳, ר׳, ־שִׁים
	wound dresser

to exert oneself	הִתְחַבֵּט, נִתְ־, פ״ח
fastening, buckle	חֶבֶט, ז׳, ר׳, חֲבָטִים
blow, stroke	חֲבָטָה, נ׳, ר׳, ־טוֹת
kind, amiable	חָבִיב, ת״ז, חֲבִיבָה, ת״נ
amiability	חֲבִיבוּת, נ׳, ר׳, ־יוֹת
hiding place	חֶבָיוֹן, ז׳, ר׳, ־נִים
small barrel, cask	חֲבִיוֹנָה, נ׳, ר׳, ־נוֹת
parcel, bundle	חֲבִילָה, נ׳, ר׳, ־לוֹת
pudding	חָבִיץ, ז׳, ר׳, ־צִים / חֲבִיצָה, נ׳, ר׳, ־צוֹת
(made of bread and honey)	
barrel, cask; jug	חָבִית, נ׳, ר׳, ־בִיּוֹת
omelet	חֲבִיתָה, נ׳, ר׳, ־תוֹת
blintzes	חֲבִיתִית, חֲבִתִּית, נ׳, ר׳, ־יוֹת
bondage; imprisonment	חֲבִישָׁה, נ׳, ר׳, ־שׁוֹת
rope; region band	חֶבֶל, ז׳, ר׳, חֲבָלִים
pawn, pledge	חַבֹל, חֲבוֹל, ז׳, ר׳, ־לִים
to pawn; to wound	חָבַל, פ״י
to ruin, destroy; to scheme	חִבֵּל, פ״י
pain; suffering, agony	חֵבֶל, ז׳, ר׳, חֲבָלִים
birth pains	חֶבְלֵי לֵדָה
what a pity!	חֲבָל, מ״ק
seaman, mariner, sailor	חֹבֵל, חוֹבֵל, ז׳, ר׳, חוֹבְלִים
mast	חִבֵּל, ז׳, ר׳, חִבְּלִים
saboteur	חַבָּל, ז׳, ר׳, ־לִים
morning glory	חֲבַלְבַּל, ז׳, ר׳, ־לִים
injury, damage	חֲבָלָה, נ׳, ר׳, ־לוֹת
sabotage, destruction	חַבָּלָה, נ׳, ר׳, ־לוֹת

Cheth, eighth letter of the Hebrew alphabet; eight	ח
to be indebted; to be responsible; to be guilty	חָב, ע׳ פ״ע, [חוב]
bosom	חָב, ז׳, ר׳, חָבִּים
to hide oneself, be hidden	[חבא] נֶחְבָּא, פ״ע
to conceal, hide	הֶחְבִּיא, פ״י
to endear; to love, cherish	חָבַב, פ״י
to make beloved, endear	חִבֵּב, פ״י
to be liked, loved	הִתְחַבֵּב, נִתְ־, פ״ח
love, esteem	חִבָּה, נ׳, ר׳, ־בּוֹת
to withdraw, hide	חָבָה, פ״ע
to hide oneself	נֶחְבָּה, פ״ע
beating, threshing	חִבּוּט, ז׳, ר׳, ־טִים
undermining; corruption	חִבּוּל, ז׳, ר׳, ־לִים
pledge, pawn	חֲבוֹל, חַבֹל, ז׳, ר׳, ־לִים
churning (butter)	חִבּוּץ, ז׳, ר׳, ־צִים
hug, embrace	חִבּוּק, ז׳, ר׳, ־קִים
idleness; leisure	חִבּוּק יָדַיִם
connection; composition; addition; essay	חִבּוּר, ז׳, ר׳, ־רִים
Vau (conversive)	וָו הַחִבּוּר
conjunction (gram.)	מִלַּת חִבּוּר
wound	חַבּוּרָה, נ׳, ר׳, ־רוֹת
group, party	חֲבוּרָה, נ׳, ר׳, ־רוֹת
imprisoned; saddled; wrapped	חָבוּשׁ, ת״ז, חֲבוּשָׁה, ת״נ
quince	חַבּוּשׁ, ז׳, ר׳, ־שִׁים
to thresh, beat; to hurt	חָבַט, פ״י
to be struck down, fall down	נֶחְבַּט, פ״ע

זָקָן, ז', ר', זְקָנִים	beard
זָקֵן, ת"ז, זְקֵנָה, ת"נ	old; respected; elder
זָקֵן, זָקַן, פ"ע	to grow old, be old
הִזְקִין, פעו"י	to appear old, grow old
זֹקֶן, ז', זִקְנָה, זְקֻנוֹת, נ'	old age
זָקַף, פעו"י	to raise, set up; to credit
נִזְקַף, פ"ע	to be erect; be credited
זִקֵּק, פ"י	to purify, refine; to obligate
נִזְקַק, פ"ע	to be dependent on; to be engaged in
זָקַק, פ"י	to smelt, refine
זָקַר, פ"י	to throw, fling
זָר, פעו"י, ע' [זור]	to press, squeeze out; to be a stranger; turn away
זָר, ת"ז, ־רָה, ת"נ, ז'	strange; stranger
זֵר, ז', ר', ־רִים	crown, wreath; rim
זָרָא, ז'	loathsome
[זרב] זֹרַב, פ"ע	to be scorched
זֶרֶב, ז', ר', זְרָבִים	lining; slipper
זַרְבּוּבִית, נ', ר', ־בִּיּוֹת	tap, spout
זֶרֶד, ז', ר', זְרָדִים	shoot, green, young sprout
זָרַד, פ"ע	to howl (wolf)
זֵרֵד, פ"י	to trim, nip shoots off
זָרָה, פ"י	to scatter; to winnow
נִזְרָה, פ"ע	to be scattered, dispersed
זֵרָה, פ"י	to scatter, disperse
זֹרָה, פ"ע	to be scattered
זֵרוּד, ז', ר', ־דִים	trimming, pruning
זֵרוּז, ז', ר', ־זִים	urging, encouraging
זְרוֹעַ, נ', ר', ־עוֹת, ־עִים	arm
זֵרוּעַ, ז', ר', ־עִים	sowing; seed
זָרוּת, נ', ר', ־רֻיּוֹת	strangeness; irregularity
זֵרֵז, פ"י	to stimulate, urge

נִזְדָּרֵז, פ"ח	to be alert; to be zealous, be conscientious
זַרְזִיף, ז', ר', ־פִים	shower of rain
זַרְזִיר, ז', ר', ־רִים	starling
זָרַח, פ"ע	to rise (sun); to shine
זַרְחָן, ז', ר', ־נִים	phosphorus
זְרִיָּה, נ', ר', ־יּוֹת	dispersion, scattering; winnowing
זָרִיז, ת"ז, זְרִיזָה, ת"נ	quick, alert, active
זְרִיזוּת, נ', ר', ־זֻיּוֹת	quickness, alertness, activity
זְרִיחָה, נ', ר', ־חוֹת	shining
זְרִימָה, נ', ר', ־מוֹת	flowing
זְרִיעָה, נ', ר', ־עוֹת	sowing
זְרִיקָה, נ', ר', ־קוֹת	throwing; injection
זְרִירָה, נ', ר', ־רוֹת	sneezing
זֶרֶם, ז', ר', זְרָמִים	stream; current; storm
זָרַם, פעו"י	to flood, pour down, stream
זִרְמָה, נ', ר', ־מוֹת	issue, offspring
זַרְנִיךְ, ז'	arsenic, orpiment
זֶרַע, ז', ר', זְרָעִים, ־עוֹת	seed; offspring
זָרַע, פ"י	to sow
הִזְרִיעַ, פ"י	to produce seed
זֵרָעוֹן, ז', ר', זֵרְעוֹנִים	seed
זְרָעִי, ת"ז, ־עִית, ת"נ	seedy, seeded
זַרְעִית, נ', ר', ־יּוֹת	posterity, family, descendants
זֶרֶק, ז', ר', זְרָקִים	serum
זָרַק, פ"י	to throw, toss; to sprinkle
זַרְקוֹר, ז', ר', ־רִים	searchlight
[זרר] זוֹרֵר, פ"ע	to sneeze
זֶרֶת, נ', ר', ־תִים, זְרָתוֹת	span; little finger

small	זָעִיר, ת״ז, זְעִירָה, ת״נ	temporary	זְמַנִּי, ת״ז, ־נִּית, ת״נ
a little	זְעֵיר, תה״פ	song, tune; giraffe	זֶמֶר, ז׳, ר׳, זְמָרִים
miniature	זְעִירָה, נ׳, ר׳, ־רוֹת	musical instruments	כְּלֵי זֶמֶר
smallness	זְעִירוּת, נ׳, ר׳, ־רֻיּוֹת	singer, musician	זַמָּר, ז׳, ר׳, ־רִים
to be extinguished	[זעך] נִזְעַךְ, פ״ע	to trim, prune	זָמַר, פ״י
indignation, anger	זַעַם, ז׳, ר׳, זְעָמִים	to sing; to play	זִמֵּר, פ״י
to be angry, excited	זָעַם, פעו״י	a musical instrument	
anger, rage	זַעַף, ז׳, ר׳, זְעָפִים	music, melody; choice fruit	זִמְרָה, נ׳
to be enraged, vexed	זָעַף, פ״ע	singer (f.)	זַמֶּרֶת, נ׳, ר׳, ־מָּרוֹת
ill-tempered, angry	זָעֵף, ת״ז, זְעֵפָה, ת״נ	to feed	זָן, פ״י, ע׳ [זון]
to cry, call	זָעַק, פ״ע	sort, kind	זַן, ז׳, ר׳, זַנִּים
to be called together, be assembled, be convoked	נִזְעַק, פ״ע	adulterer	זַנַּאי, זַנַּי, ז׳, ר׳, ־אִים
to call out, cause to cry; to convoke	הִזְעִיק, פ״י	tail; stump	זָנָב, ז׳, ר׳, זְנָבוֹת, ־בִים
		to cut off the tail; to trim; to attack; to force passage	זִנֵּב, פ״י
outcry, cry	זְעָקָה, נ׳, ר׳, ־קוֹת	ginger	זַנְגְּבִיל, ז׳
coating with pitch	זִפּוּת, ז׳, ר׳, ־תִים	to go astray; to be a prostitute; to fornicate	זָנָה, פ״ע
to coat with pitch	זִפֵּת, פ״י		
bird's crop	זֶפֶק, ז׳, ר׳, זְפָקִים	to go a-whoring	הִזְנָה, פעו״י
pitch	זֶפֶת, ז׳, ר׳, זְפָתוֹת	perfume	זָנָה, ז׳, ר׳, זָנִים
to coat with pitch	זִפֵּת, פ״י	cutting off (tail)	זִנּוּב, ז׳
pitch worker	זַפָּת, ז׳, ר׳, ־תִים	prostitution	זְנוּנִים, ז״ר
spark; firebrand; fetter	זִק, ז׳, ר׳, זִקִּים	spurt; sudden jump	זִנּוּק, ז׳, ר׳, ־קִים
tie, closeness; obligation	זִקָּה, נ׳, ר׳, ־קוֹת	prostitution; fornication	זְנוּת, נ׳
old age	זְקוּנִים, ז״ר	to reject, spurn	זָנַח, פ״י
upright, erect	זָקוּף, ת״ז, זְקוּפָה, ת״נ	to reject, cast off, neglect	הִזְנִיחַ, פ״י
spark; flare; refining, distilling	זִקּוּק, ז׳, ר׳, ־קִים	to squirt; to leap forth	זָנַק, פ״ע
refinery, distillery	בֵּית זִקּוּק	to tremble, shake	זָע, פ״ע, ע׳ [זוע]
tied to, dependent on; distilled	זָקוּק, ת״ז, זְקוּקָה, ת״נ	sweat, perspiration	זֵעָה, נ׳, ר׳, ־עוֹת
rocket	זִקּוּקִית, נ׳, ר׳, ־יוֹת	trembling, fright	זְעָוָה, נ׳, ר׳, זְעָווֹת
military guard	זָקִיף, ז׳, ר׳, זְקִיפִים	angry	זָעוּם, ת״ז, זְעוּמָה, ת״נ
raising, putting up; crediting	זְקִיפָה, נ׳, ר׳, ־פוֹת	agitation; shaking	זַעֲזוּעַ, ז׳, ר׳, ־עִים
		to agitate, shake violently	זִעֲזַע, פ״י
		to be agitated, shake	הִזְדַּעְזֵעַ, פ״ח
		young man, youth; student	זַעֲטוּט, זַאֲטוּט, ז׳, ר׳, ־טִים

to despise	זִלְזֵל, פ״י
sprinkling fluid;	זֶלַח, ז׳, ר׳, זְלָחִים
perfume	
to be wet; to sprinkle	זָלַח, פ״י
to spray	זָלַח, זִלֵּחַ, פ״י
to be a glutton; to be vile	זָלַל, פ״י
to tremble	נָזַל [זלל] פ״ע
raging	זַלְעָפָה, זַלְעָפָה, נ׳, ר׳, זְפוֹת
heat; burning indignation	
spray, sprinkling	זֶלֶף, ז׳, ר׳, זְלָפִים
to pour, sprinkle, spray	זָלַף, פ״י
plan; evil device;	זִמָּה, נ׳, ר׳, זִמּוֹת
cunning; lewdness	
muzzled	זָמוּם, ת״ז, זְמוּמָה, ת״נ
muzzle, bit	זָמוּם, ז׳, ר׳, זְמִים
designation,	זִמּוּן, ז׳, ר׳, זְנִים
appointment	
lopping; pruning	זִמּוּר, ז׳
shoot, branch	זְמוֹרָה, נ׳, ר׳, זְרוֹת
buzzing,	זִמּוּם, ז׳, ר׳, זְמִים
humming	
to buzz, hum	זִמְזֵם, פעו״י
singing;	זָמִיר, ז׳, ר׳, זְמִירִים
nightingale	
psalm, hymn;	זְמִירָה, נ׳, ר׳, זְרוֹת
pruning, trimming	
Sabbath hymns	זְמִירוֹת, נ״ר
brine	זְמִית, נ׳
to plot; to devise; to muzzle	זָמַם, פ״י
to refute; to	הֵזַם, הֵזִים, פ״י
convict of plotting (perjury)	
evil purpose; false	זָמָם, ז׳
testimony; muzzle	
time; date;	זְמַן, זָמָן, ז׳, ר׳, זְנִים
tense (gram.)	
to invite; to prepare	זִמֵּן, פ״י
to invite; to make ready	הִזְמִין, פ״י
to meet; to chance	הִזְדַּמֵּן, פ״ח

purity, clarity	זַכּוּת, נ׳
claim; merit	זְכִיָּה, נ׳, ר׳, יּוֹת
	זִכָּיוֹן, ז׳, ר׳, כְיוֹנוֹת, נִים
concession, granting of rights	
remembering,	זְכִירָה, נ׳, ר׳, רוֹת
recollecting	
to be clean, be pure	זָכַךְ, פ״ע
to purify, cleanse	זִכֵּךְ, פ״י
to become pure,	הִזְדַּכֵּךְ, פ״ח
become clean; to become clear	
to make clean;	הֵזַךְ, הֵזֵךְ, פ״י
to make clear	
male	זָכָר, ז׳, ר׳ זְכָרִים
	זֵכֶר, זָכָר, ז׳, ר׳, זְכָרִים
remembrance; memory; memorial	
to remember; to mention	זָכַר, פ״י
to be remembered;	נִזְכַּר, פ״ע
to recollect; to be mentioned	
to treat as masculine	זִכֵּר, פ״י
to remind; to	הִזְכִּיר, פ״י
mention; to commemorate	
	זִכָּרוֹן, זָכָרוֹן, ז׳, ר׳, כְרוֹנוֹת, נִים
memory; memorial; record	
masculinity, male genitals	זַכְרוּת, נ׳
forget-me-not	זִכְרִיָּה, נ׳, זִכְרִינִי, ז׳
virile person	זַכְרָן, ז׳, ר׳, נִים
to lavish; to	זָל, פעו״י, ע׳ [זול]
disregard; to be cheap, worthless	
to drip, flow	זָלַג, פעו״י
thin-bearded	זְלַדְקָן, ז׳, ר׳, נִים
person	
sprinkling	זִלּוּחַ, ז׳, ר׳, חִים
spraying,	זִלּוּף, ז׳, ר׳, פִים
sprinkling	
vileness, cheapness	זִלּוּת, נ׳
contempt,	זִלְזוּל, ז׳, ר׳, לִים
disrespect	
tendril	זַלְזַל, ז׳, ר׳, לִים

Zayin, seventh letter of Hebrew alphabet	זַיִן, נ׳
to equip, arm	זִיֵּן, פ״י
to arm oneself	הִזְדַּיֵּן, פ״ח
trembling	זִיעַ, ז׳
bristle	זִיף, ז׳, ר׳, ־פִים
to falsify, forge	זִיֵּף, פ״י
forger	זַיָּף, זַיְּפָן, ז׳, ר׳, ־פִים, ־נִים
forgery	זַיְּפָנוּת, נ׳, ר׳, ־נִיּוֹת
comet, meteor; spark; storm	זִיק, ז׳, ר׳, ־קִים
spark; blast of wind	זִיקָה, נ׳, ר׳, ־קוֹת
seed pod; bunch; cord	זִיר, ז׳, ר׳, ־רִים
arena	זִירָה, נ׳, ר׳, ־רוֹת
olive, olive tree	זַיִת, ז׳, ר׳, זֵיתִים
pure, clean; clear	זַךְ, ת״ז, ־כָּה, ת״נ
purity, cleanliness	זֹךְ, ז׳
worthy; righteous, innocent	זַכַּאי, זַכַּי, ת״ז, ־כָּאִית, ת״נ
to be innocent; to attain, win; to be worthy	זָכָה, פ״ע
to declare innocent, acquit; to bestow; to credit	זִכָּה, פ״י
to purify oneself; to be acquitted	הִזַּכָּה, פ״ח
acquittal; bestowal; credit	זִכּוּי, ז׳, ר׳, ־יִים
purifying, cleaning	זִכּוּךְ, ז׳, ר׳, ־כִים
glassy	זְכוּכִי, ת״ז, ־כִית, ת״נ
glass	זְכוּכִית, נ׳, ר׳, ־יוֹת
magnifying glass	זְכוּכִית מַגְדֶּלֶת
male	זָכָר, זְכוּר, ז׳, ר׳, ־רִים
acquittal; merit privilege; credit	זְכוּת, נ׳, ר׳, ־כֻיּוֹת

trembling, fear; earthquake	זְוָעָה, נ׳, ר׳, ־עוֹת
to barbecue, broil	זָקַק, פ״י
to press, squeeze out; to be a stranger; to turn away	זָר, פעו״י [זור]
cross-eyed, astigmatic	זָר, ז׳, ר׳, ־רִים
to sneeze	זֹרֵר, פ״ע, ע׳ [זרר]
to move	זָח, פ״ע, ע׳ [זוח]
proud, haughty	זָחוֹחַ, ת״ז, זְחוֹחָה, ת״נ
conceit	זְחוּת, נ׳
to be moved; to be removed	נָזַח, נִזּוֹחַ, פ״ע [זחח]
to move	הֵזִיחַ, פ״י
crawling, creeping	זְחִילָה, נ׳, ר׳, ־לוֹת
to crawl, creep; to flow; to fear	זָחַל, פ״ע
caterpillar; larva	זַחַל, ז׳, ר׳, זְחָלִים
sneak, creep; slimy individual	זַחְלָן, ז׳, ר׳, ־נִים
boastful person	זַחְתָּן, ז׳, ר׳, ־נִים
gonorrhea	זִיבָה, זִיבוּת, נ׳
manuring	זִיבּוּל, זְבוּל, ז׳, ר׳, ־לִים
glazing	זִיגוּג, זִגּוּג, ז׳, ר׳, ־גִים
brightness, glory, splendor	זִיו, זִו, ז׳
arming, putting on armor; decoration (of letters)	זִיּוּן, ז׳, ר׳, ־נִים
handsome, good-looking	זִיוְתָן, ת״ז, ־נִית, ת״נ
moulding, attachment; creeping things	זִיז, ז׳, ר׳, ־זִים
movement, slight motion	זִיזָה, נ׳, ר׳, ־זוֹת
console	זִיוֵת, נ׳, ר׳, ־יוֹת
gill	זִים, ז׳, ר׳, ־מִים
weapon, armor	זַיִן, ז׳
arms	כְּלֵי זַיִן

golden, gold	זָהֹב, ת״ז, זְהֻבָּה, ת״נ
goldsmith, jeweler	זֶהָב, זֶהָבִי, ז׳, ר׳, ־הָבִים
to gild	[זהב] הִזְהִיב, פעו״י
golden	זְהַבְהַב, ת״ז, ־בָּה, ת״נ
to identify	זִהָה, פ״י
this is, this is the one (m.)	זֶהוּ, מ״ג
gold coin	זָהוּב, ז׳, ר׳, זְהוּבִים
gilding	זִהוּב, ז׳, ר׳, ־בִים
identification	זִהוּי, ז׳, ר׳, ־יִים
filth, impurity	זֻהֲם, ז׳, ר׳, ־מִים
crimson; artificial silk, nylon	זְהוֹרִית, נ׳, ר׳, ־רִיּוֹת
identity	זֶהוּת, נ׳, ר׳, ־הֻיּוֹת
prudent, careful; bright	זָהִיר, ת״ז, זְהִירָה, ת״נ
prudence, care, caution	זְהִירוּת, נ׳, ר׳, ־רִיּוֹת
to make filthy, to dirty	זִהֵם, פ״י
dirt; filth; froth	זֻהֲמָה, נ׳, ר׳, ־מוֹת
brightness	זֹהַר, ז׳, ר׳, זְהָרִים
to shine; to teach; to warn	[זהר] הִזְהִיר, פ״י
to be careful, take heed	נִזְהַר, פ״ע
glow, glare, reflection	זַהֲרוּר, ז׳, ר׳, ־רִים
reflection of light	זַהֲרוּרִית, נ׳
phosphorus	זַהֲרִית, נ׳
glory, splendor	זִו, זִיו, ז׳
this, this one (f.)	זוֹ, מ״ג
who, which; this	זוּ, מ״י
to flow; to drip	[זוב] זָב, פ״ע
gonorrhea	זוֹב, ז׳
pair	זוּג, ז׳, ר׳, ־גוֹת
partner, mate	בֶּן־זוּג
bell, the body of a bell	זוּג, ז׳, ר׳, ־גִים
to pair, match, mate	זִוֵּג, פ״י
to be paired, be mated	הִזְדַּוֵּג, פ״ח

female mate, wife	זוּנָה, נ׳, ר׳, ־נוֹת
dual	זוּגִי, ת״ז, ־נִית, ת״נ
duality	וּגְנִיּוּת, נ׳
to boil, flow over; to plan evil; to be insolent	[זוד] זָד, פ״ע
to boil, seethe; to act insolently	הֵזִיד, פ״ע
coupling, mating; matching (for matrimony)	זִוּוּג, ז׳, ר׳, ־גִים
to move, go away	[זוז] זָז, פ״ע
to move; remove	הֵזִיז, פ״י
a silver coin worth ¼ shekel	זוּז, ז׳, ר׳, ־זִים
to move	[זוח] זָח, פ״ע
to be over-bearing; to be proud	זָחָה (עָלָיו) דַעְתּוֹ
crawler, creeper; reptile	זוֹחֵל, ז׳, ר׳, ־חֲלִים
reptiles	זוֹחֲלִים, ז״ר
bottom (of net, receptacle)	זוּט, ז׳, ר׳, ־טִים
corner; angle	זָוִית, נ׳, ר׳, ־יוֹת
right angle	זָוִית יְשָׁרָה
to disregard; to be cheap, worthless	[זול] זָל, פ״י
cheap, low-priced	זוֹל, ת״ז, ־לָה, ת״נ
vile, worthless, mean; glutton	זוֹלֵל, ת״ז, ־לֶלֶת, ת״נ
gluttony	זוֹלְלוּת, נ׳, ר׳, ־לֻיוֹת
except	זוּלַת־, זוּלָתִי־, מ״י
the other	הַזּוּלַת
altruist	זוּלְתָן, נ׳, ר׳, ־נִים
altruism	זוּלְתָנוּת, נ׳
evil thinking	זוֹמֵם, ת״ז, ־מֶמֶת, ת״נ
to feed, nourish	[זון] זָן, פ״י
harlot, prostitute	זוֹנָה, נ׳, ר׳, ־נוֹת
to tremble, shake	[זוע] זָע, פ״ע
to perspire; to shake	הַזִּיעַ, פעו״י

aorta	וָתִין, ז'
steady,	וָתִיק, ת"ז, וְתִיקָה, ת"נ
conscientious, earnest; veteran	
conscientiousness,	וְתִיקוּת, נ'
steadiness, earnestness	
tenure; experience;	וֶתֶק, ז'
earnestness	
to renounce; to surrender;	וִתֵּר, פ"י
to concede; to forgive	
compromiser;	וַתְרָן, ז', ר', ־נִים
liberal; generous man	

commission,	וַעֲדָה, נ', ר', וְעָדוֹת
subcommittee	
conference,	וְעִידָה, נ', ר', ־דוֹת
convention	
rose	וֶרֶד, ז', ר', וְרָדִים
rosy	וָרֹד, וָרְדִּי, ת"ז, וְרֻדָּה, וַרְדִּית, ת"נ
jugular vein	וָרִיד, ז', ר', וְרִידִים
veined	וְרִידִי, ת"ז, ־דִית, ת"נ
esophagus	וֶשֶׁט, ז'
renunciation,	וִתּוּר, ז', ר', ־רִים
concession	

ז

slaughtering;	זְבִיחָה, נ', ר', ־חוֹת
sacrificing	
to dwell, live	זָבַל, פ"י
to manure, fertilize	זָבַל, פ"י
dung, manure	זֶבֶל, ז', ר', זְבָלִים
scavenger	זַבָּל, ז', ר', ־לִים
blear-eyed	זַבְלְגָן, ת"ז, ־נִית, ת"נ
dung heap	זַבֶּלֶת, נ', ר', ־בָּלוֹת
to buy; to bargain	זָבַן, פ"י
to sell	זִבֵּן, פ"י
to be sold	הִזְדַּבֵּן, פ"ח
skin of grapes	זַג, ז', ר', ־גִים
glassmaker, glazier	זַגָּג, ז', ר', ־גִים
to glaze	זִגֵּג, פ"י
glazing	זִגּוּג, זִינּוּג, ז', ר', ־גִים
wicked person;	זַד, ז', ר', ־דִים
presumptuous person	
insolence,	זָדוֹן, ז', ר', זְדוֹנִים, ־נוֹת
presumptuousness	
insolent,	זְדוֹנִי, ת"ז, ־נִית, ת"נ
presumptuous	
this, this one	זֶה, זוֹ, ה', מ"ג
gold	זָהָב, ז', ר', זְהָבִים
platinum	זָהָב לָבָן

Zayin, seventh letter of	ז
Hebrew alphabet; seven	
wolf	זְאֵב, ז', ר', ־בִים
young	זָאטוּט, זַאֲטוּט, ז', ר', ־טִים
man, youth; student	
this, this one (f.)	זֹאת, מ"ג
that is to say	זֹאת אוֹמֶרֶת
yet, nevertheless	בְּכָל זֹאת
person afflicted with	זָב, ז', ר', ־בִים
gonorrhea	
bestowal, gift;	זֶבֶד, ז', ר', זְבָדִים
dowry	
to bestow, endow	זָבַד, פ"י
cream	זִבְדָּה, נ', ר', זְבָדוֹת
fly	זְבוּב, ז', ר', ־בִים
manuring	זִבּוּל, זִיבּוּל, ז', ר', ־לִים
habitation,	זְבוּל, ז', ר', ־לִים
residence	
lowest land, poorest soil	זְבּוּרִית, נ'
ballast	זְבוֹרִית, נ', ר', ־יוֹת
gonorrhea	זִבוּת, נ'
slaughter;	זֶבַח, ז', ר', זְבָחִים, ־חוֹת
sacrifice	
to slaughter; to sacrifice	זָבַח, פ"י

to blow the trumpet; to sound an alarm	הִתְרִיעַ, פ״י, ע׳ [תרע]
centralization; concentration	הִתְרַכְּזוּת, נ׳, ר׳, ־זֻיּוֹת
softening	הִתְרַכְּכוּת, נ׳, ר׳, ־כֻיּוֹת
to complain	הִתְרַעֵם, פ״ח, ע׳ [רעם]
being rancorous, complaining	הִתְרַעֲמוּת, נ׳, ר׳, ־מֻיּוֹת
to humiliate oneself	הִתְרַפֵּס, פ״ח, ע׳ [רפס]
humbling oneself, self-abasement	הִתְרַפְּסוּת, נ׳, ר׳, ־סֻיּוֹת
to support oneself; to miss, long for	הִתְרַפֵּק, פ״ח, ע׳ [רפק]
conciliation, acquiescence	הִתְרַצּוּת, נ׳, ר׳, ־צֻיּוֹת
to be lax	הִתְרַשֵּׁל, פ״ח, ע׳ [רשל]
negligence	הִתְרַשְּׁלוּת, נ׳, ר׳, ־לֻיּוֹת
to be impressed	הִתְרַשֵּׁם, פ״ח, ע׳ [רשם]
being impressed	הִתְרַשְּׁמוּת, נ׳, ר׳, ־מֻיּוֹת
annihilation, weakening, enfeeblement	הַתָּשָׁה, הֲתָשָׁה, נ׳, ר׳, ־שׁוֹת
aimless walking, wandering	הִתְשׁוֹטְטוּת, נ׳, ר׳, ־טֻיּוֹת

ו

Vau, sixth letter of Hebrew alphabet; six	ו
and; but	וְ (וּ־, וַ־, וָ־, וְ־, וִ־)
certainty	וַדָּאוּת, נ׳
certainty	וַדַּאי, וַדַּי, ז׳, ר׳, וַדָּאִים, וַדָּאוֹת
certainly, surely	וַדַּאי, בְּוַדַּאי, תה״פ
certain, sure	וַדַּאי, ת״ז, ־אִית, ת״נ
to confess	[ודה] הִתְוַדָּה, פ״ע, ע׳ [ידה]
confession	וִדּוּי, ז׳, ר׳, ־יִים
stream; valley	וָדִי, וָאדִי, ז׳, ר׳, ־דִים, ־דִיּוֹת
to become known, acquainted	[ודע] הִתְוַדַּע, פ״ע, ע׳ [ידע]
pool	וֶהָב, ז׳, ר׳, וְהָבִים
hook; Vau, name of sixth letter in Hebrew alphabet	וָו, ז׳, ר׳, ־וִים
Vau (conjunctive)	וָו הַחִבּוּר
Vau (conversive)	וָו הַהִפּוּךְ
peg, small hook	וָוִית, נ׳, ר׳, ־יּוֹת
minister (of state)	וָזִיר, ז׳, ר׳, וְזִירִים
penis	וָסִיב, ז׳, ר׳, וְסִיבִים
woe!, alas!	וַי, מ״ק
curtain	וִילוֹן, ז׳, ר׳, ־נוֹת
discussion, argument, controversy	וִכּוּחַ, ז׳, ר׳, ־חִים
controversial, argumentative	וִכּוּחִי, ת״ז, ־חִית, ת״נ
to discuss, argue	וָכַח, פ״ע, הִתְוַכֵּחַ, פ״ע, ע׳ [יכח]
child, infant	וָלָד, ז׳, ר׳, וְלָדוֹת
prolific mother	וַלְדָנִית, נ׳, ר׳, ־יּוֹת
conduct, manner, habit; menstruation	וֶסֶת, נ׳, ר׳, וְסָתוֹת, וְסָתּוֹת
to regulate	וִסֵּת, פ״י
regulator	וַסָּת, ז׳, ר׳, ־תִים
committee; meeting, the executive	וַעַד, ז׳, ר׳, וְעָדִים; וַעַד פּוֹעֵל
to appoint (committee)	וִעֵד, פ״י
to assemble, meet	הִתְוַעֵד, פ״ח
forever	וָעֶד, תה״פ

הִתְפַּתְּחוּת, נ׳, ר׳, ־חֻיּוֹת development

הִתְפַּתֵּל, פ״ח, ע׳ [פתל] to deal torturously

הִתְקַבְּצוּת, נ׳, ר׳, ־צֻיּוֹת gathering; assembling

הִתְקַדֵּם, פ״ח, ע׳ [קדם] to progress

הִתְקַדְּמוּת, נ׳, ר׳, ־מֻיּוֹת progress

הִתְקַדֵּשׁ, פ״ח, ע׳ [קדש] to become sanctified

הִתְקַדְּשׁוּת, נ׳, ר׳, ־שֻׁיּוֹת sanctification

הִתְקוֹטֵט, פ״ח, ע׳ [קטט] to quarrel

הִתְקוֹטְטוּת, נ׳, ר׳, ־טֻיּוֹת quarreling

הִתְקוֹמֵם, פ״ח, ע׳ [קום] to rise against, revolt

הִתְקוֹמְמוּת, נ׳, ר׳, ־מֻיּוֹת uprising

הִתְקַטֵּעַ, פ״ח, ע׳ [קטע] to be crippled

הִתְקִין, פ״י, ע׳ [תקן] to prepare; to ordain; to establish

הִתְקַעֲקֵעַ, פ״ח, ע׳ [קעקע] to be uprooted

הַתְקָפָה, נ׳, ר׳, ־פוֹת attack, assault

הִתְקַפְּלוּת, נ׳, ר׳, ־לֻיּוֹת folding up

הִתְקַצֵּף, פ״ח, ע׳ [קצף] to become angry

הִתְקַצְּפוּת, נ׳, ר׳, ־פֻיּוֹת becoming angry

הִתְקָרְבוּת, נ׳, ר׳, ־בֻיּוֹת coming near, approaching

הִתְקָרֵר, פ״ח, ע׳ [קרר] to catch cold

הִתְקָרְרוּת, נ׳, ר׳, ־רֻיּוֹת cooling off

הִתְקַשּׁוּת, נ׳, ר׳, ־שֻׁיּוֹת hardening

הִתְקַשֵּׁט, פ״ח, ע׳ [קשט] to adorn oneself

הִתְקַשֵּׁר, פ״ח, ע׳ [קשר] to become attached; to get in touch with

הִתְקַשְּׁרוּת, נ׳, ר׳, ־רֻיּוֹת binding together, combination

הֶתֵּר, ז׳, ר׳, ־רִים loosening; permission

הִתְרָאָה, פ״ח, ע׳ [ראה] to see one another; to show oneself

לְהִתְרָאוֹת see you soon, au revoir

הַתְרָאָה, נ׳, ר׳, ־אוֹת warning

הִתְרַבּוּת, נ׳, ר׳, ־בֻיּוֹת propagation; increase

הִתְרַבְרֵב, פ״ח, ע׳ [רברב] to swagger

הִתְרַגְּזוּת, נ׳, ר׳, ־זֻיּוֹת excitement; anger

הִתְרַגֵּל, פ״ח, ע׳ [רגל] to become accustomed

הִתְרַגֵּשׁ, פ״ח, ע׳ [רגש] to become excited

הִתְרַגְּשׁוּת, נ׳, ר׳, ־שֻׁיּוֹת excitement, emotion

הִתְרָה, פ״י, ע׳ [תרה] to warn, forewarn

הַתָּרָה, נ׳, ר׳, ־רוֹת loosening; permission

הִתְרוֹמְמוּת, נ׳, ר׳, ־מֻיּוֹת exaltation

הִתְרוֹעֵעַ, פ״ח, ע׳ [רוע, רעע] to shout in triumph; to become friendly

הִתְרוֹעֲעוּת, נ׳, ר׳, ־עֻיּוֹת befriending

הִתְרוֹצֵץ, פ״ח, ע׳ [רצץ] to run about

הִתְרוֹצְצוּת, נ׳, ר׳, ־צֻיּוֹת clash, conflict

הִתְרוֹקְנוּת, נ׳, ר׳, ־נֻיּוֹת emptying

הִתְרוֹשְׁשׁוּת, נ׳, ר׳, ־שֻׁיּוֹת impoverishment

הִתְרַחֲבוּת, נ׳, ר׳, ־בֻיּוֹת expansion

הִתְרַחֲקוּת, נ׳, ר׳, ־קֻיּוֹת estrangement

הִתְרִיז, פ״י, ע׳ [תרז] to have diarrhea

הִתְרִיס, פ״ע, ע׳ [תרס] to shield; to resist, defy, fight back

amusement	הִתְעַנְּגוּת, נ', ר', ־גִיּוֹת
to become cloudy	הִתְעַנֵּן, פ"ח, ע' [ענן]
suffering; fasting	הִתְעַנּוּת, נ', ר', ־נִיּוֹת
interest	הִתְעַנְיְנוּת, נ', ר', ־נִיּוֹת
dealing	הִתְעַסְּקוּת, נ', ר', ־קִיּוֹת
sorrowing, sorrow	הִתְעַצְּבוּת, נ', ר', ־בִיּוֹת
laziness, indolence	הִתְעַצְּלוּת, נ', ר', ־לִיּוֹת
to become crooked (bent)	הִתְעַקֵּם, פ"ח, ע' [עקם]
crookedness	חִתְעַקְּמוּת, נ', ר', ־מִיּוֹת
to be obstinate	הִתְעַקֵּשׁ, פ"ח, ע' [עקש]
obstinacy, stubbornness	הִתְעַקְּשׁוּת, נ', ר', ־שִׁיּוֹת
to inter- mingle; to interfere; to bet	הִתְעָרֵב, פ"ח, ע' [ערב]
meddling, interference; betting	הִתְעָרְבוּת, נ', ר', ־בִיּוֹת
to make naked; to spread oneself	הִתְעָרָה, פ"ח, ע' [ערה]
to think, bethink, consider	הִתְעַשֵּׁת, פ"ח, ע' [עשת]
to boast	הִתְפָּאֵר, פ"ח, ע' [פאר]
boasting	הִתְפָּאֲרוּת, נ', ר', ־רִיּוֹת
dispersion	הִתְפַּזְּרוּת, נ', ר', ־רִיּוֹת
	הִתְפַּחֲמוּת, נ', ר', ־מִיּוֹת
carbonization; electrocution	
to resign	הִתְפַּטֵּר, פ"ח, ע' [פטר]
resignation	הִתְפַּטְּרוּת, נ', ר', ־רִיּוֹת
sobering	הִתְפַּכְּחוּת, נ', ר', ־חִיּוֹת
to wonder, be surprised	הִתְפַּלֵּא, פ"ח, ע' [פלא]
wonder, surprise	הִתְפַּלְּאוּת, נ', ר', ־אִיּוֹת
division, schism	הִתְפַּלְּגוּת, נ', ר', ־גִיּוֹת
to pray	הִתְפַּלֵּל, פ"ח, ע' [פלל]
to dispute	הִתְפַּלְמֵס, פ"ח, ע' [פלמס]
to philosophize	הִתְפַּלְסֵף, פ"ח, ע' [פלסף]
to roll in	הִתְפַּלֵּשׁ, פ"ח, ע' [פלש]
hithpa'el, the reflexive form of the intensive stem of the Hebrew verb	הִתְפַּעֵל, ז'
to be impressed, affected	הִתְפַּעֵל, פ"ח, ע' [פעל]
emotion; rapture	הִתְפַּעֲלוּת, נ', ר', ־לִיּוֹת
to be troubled	הִתְפַּעֵם, פ"ח, ע' [פעם]
to form branches	הִתְפַּצֵּל, פ"ח, ע' [פצל]
to be mustered	הִתְפַּקֵד, פ"ח, ע' [פקד]
to be separated from each other; to be scattered	הִתְפָּרֵד, פ"ח, ע' [פרד]
separation; decomposition	הִתְפָּרְדוּת, נ', ר', ־דֻיּוֹת
becoming renowned	הִתְפַּרְסְמוּת, נ', ר', ־מִיּוֹת
outbreak	הִתְפָּרְצוּת, נ', ר', ־צִיּוֹת
to be dismembered	הִתְפָּרֵק, פ"ח, ע' [פרק]
to undress; to be spread	הִתְפַּשֵּׁט, פ"ח, ע' [פשט]
expansion, spreading	הִתְפַּשְּׁטוּת, נ', ר', ־טִיּוֹת
to be settled	הִתְפַּשֵּׁר, פ"ח, ע' [פשר]
compromising	הִתְפַּשְּׁרוּת, נ', ר', ־רִיּוֹת
to develop oneself	הִתְפַּתֵּחַ, פ"ח, ע' [פתח]

plotting, הִתְנַקְּשׁוּת, נ', ר', ־שִׁיּוֹת	conduct, הִתְנַהֲגוּת, נ', ר', ־גֻיּוֹת
laying snares	behavior
to lift oneself [נשא] הִתְנַשֵּׂא, פ"ח, ע'	to go on [נהל] הִתְנַהֵל, פ"ח, ע'
up, exalt oneself, rise	slowly; to be conducted
הִתְנַשְּׂאוּת, נ', ר', ־אֻיּוֹת	to start growing [נוב] הִתְנוֹבֵב, פ"ח, ע'
self-elevation; self-exaltation	to be moved; [נרד] הִתְנוֹדֵד, פ"ח, ע'
breathing הִתְנַשְּׁמוּת, נ', ר', ־מֻיּוֹת	to sway, totter
heavily	swaying, הִתְנוֹדְדוּת, נ', ר', ־דֻיּוֹת
thickening; הִתְעַבּוּת, נ', ר', ־בֻּיּוֹת	tottering
condensation	to be [נוה] הִתְנַוָּה, פ"ח, ע'
to be [עבר] הִתְעַבֵּר, פ"ח, ע'	ostentatious; to adorn oneself
enraged; to become pregnant	to waste away, [נונה] הִתְנַוְּנָה, פ"ח, ע'
becoming הִתְעַבְּרוּת, נ', ר', ־רֻיּוֹת	deteriorate
pregnant; becoming enraged	degeneration, הִתְנַוְּנוּת, נ', ר', ־נֻיּוֹת
הִתְעוֹרְרוּת, נ', ר', ־רֻיּוֹת	deterioration
awakening, stirring	rocking, הִתְנוֹעֲעוּת, נ', ר', ־עֻיּוֹת
wrapping הִתְעַטְּפוּת, נ', ר', ־פֻיּוֹת	moving
oneself	to be [נוף] הִתְנוֹפֵף, פ"ח, ע'
to sneeze [עטש] הִתְעַטֵּשׁ, פ"ח, ע'	displayed as a banner; to flutter
deception הַתְעָיָה, נ', ר', ־יוֹת	shining, הִתְנוֹצְצוּת, נ', ר', ־צֻיּוֹת
delay הִתְעַכְּבוּת, נ', ר', ־בֻיּוֹת	glittering
raising הִתְעַלּוּת, נ', ר', ־לֻיּוֹת	to acquire [נחל] הִתְנַחֵל, פ"ח, ע'
oneself, exaltation	as a possession
to act [עלל] הִתְעַלֵּל, פ"ח, ע'	consolation הִתְנַחֲמוּת, נ', ר', ־מֻיּוֹת
ruthlessly	intriguing, הִתְנַכְּלוּת, נ', ר', ־לֻיּוֹת
shutting הִתְעַלְּמוּת, נ', ר', ־מֻיּוֹת	plotting
one's eyes; hiding oneself	הִתְנַכְּרוּת, נ', ר', ־כְּרֻיּוֹת
to faint; [עלף] הִתְעַלֵּף, פ"ח, ע'	estrangement
to cover oneself, wrap oneself	getting up; הִתְנַעֲרוּת, נ', ר', ־רֻיּוֹת
swoon, faint הִתְעַלְּפוּת, נ', ר', ־פֻיּוֹת	shaking off
to perform [עמל] הִתְעַמֵּל, פ"ח, ע'	to put on airs [נפח] הִתְנַפֵּחַ, פ"ח, ע'
physical exercises	to attack, [נפל] הִתְנַפֵּל, פ"ח, ע'
exercising, הִתְעַמְּלוּת, נ', ר', ־לֻיּוֹת	fall upon
gymnastics	attack, assault הִתְנַפְּלוּת, נ', ר', ־לֻיּוֹת
to think [עמק] הִתְעַמֵּק, פ"ח, ע'	apology הִתְנַצְּלוּת, נ', ר', ־לֻיּוֹת
deeply, ponder	to become [נצר] הִתְנַצֵּר, פ"ח, ע'
to deal [עמר] הִתְעַמֵּר, פ"ח, ע'	a Christian, be converted to
tyrannically	Christianity

הִתְמַלֵּא, פ״ח, ע׳ [מלא] to become filled; to be gathered	הִתְמַשֵּׁשׁ, פ״ח, ע׳ [ממשש] to become touchable
הִתְמַלְּאוּת, נ׳, ר׳, ־אָיוֹת filling up; realization	הִתְמַתֵּן, פ״ח, ע׳ [מתן] to do slowly, go easy
הִתְמַלֵּט, פ״ח, ע׳ [מלט] to escape	הִתְמַתֵּק, פ״ח, ע׳ [מתק] to become sweet, calm
הִתְמַלֵּל, פ״ח, ע׳ [מלל] to be pronounced, expressed	הִתְנָאָה, פ״ח, ע׳ [נאה] to adorn oneself; to enjoy beautifying oneself
הִתַּמֵּם, פ״ח, ע׳ [תמם] to be innocent; to feign simplicity	הִתְנָאוּת, נ׳, ר׳, ־אָיוֹת beautifying oneself
הִתְמַמֵּשׁ, פ״ח, ע׳ [ממש] to become materialized	הִתְנַבְּאוּת, נ׳, ר׳, ־אָיוֹת prophesying
הִתְמַנּוּת, נ׳, ר׳, ־נִיּוֹת appointment, nomination	הִתְנַבֵּל, פ״ח, ע׳ [נבל] to be disgraced
הִתְמַסְמְסוּת, נ׳, ר׳, ־סִיּוֹת melting, dissolution	הִתְנַבֵּר, פ״ח, ע׳ [נבר] to act haughtily, cunningly
הִתְמַסְּרוּת, נ׳, ר׳, ־רָיוֹת devoting oneself	הִתְנַגֵּב, פ״ח, ע׳ [נגב] to be parched, dried up; to wipe oneself
הִתְמַעֵט, פ״ח, ע׳ [מעט] to be reduced, diminished	הִתְנַגְּדוּת, נ׳, ר׳, ־דִיּוֹת opposition, resistance
הִתְמַעֲסוּת, נ׳, ר׳, ־טִיּוֹת lessening, diminution	הִתְנַגְּחוּת, נ׳, ר׳, ־חִיּוֹת butting in
הִתְמַעֵן, פ״ח, ע׳ [מען] to be humbled	הִתְנַגֵּן, פ״ח, ע׳ [נגן] to get played (automatically)
הִתְמַצְּאוּת, נ׳, ר׳, ־אָיוֹת orientation	הִתְנַגֵּף, פ״ח, ע׳ [נגף] to strike (against); to stumble
הִתְמַצָּה, פ״ח, ע׳ [מצה] to drip out	הִתְנַגֵּשׁ, פ״ח, ע׳ [נגש] to draw near one another; to conflict, collide
הִתְמַקְמֵק, פ״ח, ע׳ [מקמק] to dissolve; to get weak bodily	הִתְנַגְּשׁוּת, נ׳, ר׳, ־שִׁיּוֹת encounter; collision
הִתְמַרְמְרוּת, נ׳, ר׳, ־רָיוֹת embitterment	הִתְנַדְּבוּת, נ׳, ר׳, ־בָיוֹת volunteering
הִתְמָרֵק, פ״ח, ע׳ [מרק] to be purified; to be purged; to be digested	הִתְנַדְנְדוּת, נ׳, ר׳, ־דִיּוֹת swinging
הִתְמָרֵר, פ״ח, ע׳ [מרר] to become bitter	הִתְנַדֵּף, פ״ח, ע׳ [נדף] to evaporate; to be blown away
הִתְמַשֵּׁךְ, פ״ח, ע׳ [משך] to extend, stretch out	הִתְנַדְּפוּת, נ׳, ר׳, ־פִיּוֹת evaporation
הִתְמַשְּׁכוּת, נ׳, ר׳, ־כָיוֹת continuation	הִתְנָה, פ״י, ע׳ [תנה] to stipulate, make a condition
הִתְמַשֵּׁל, פ״ח, ע׳ [משל] to be likened; to become like	הִתְנַהֵג, פ״ח, ע׳ [נהג] to conduct, behave oneself

הִתְמַגֵּן, פ״ח, ע׳ [מגן] to shield oneself	הִתְלַבֵּט, פ״ח, ע׳ [לבט] to toil;
הַתְמָדָה, נ׳, ר׳, ־דוֹת diligence, perseverance	to be in trouble
הִתְמַהְמֵהַּ, פ״ח, ע׳ [מהמה] to linger, hesitate; to be late	הִתְלַבְּנוּת, נ׳, ר׳, ־נֻיּוֹת whitening (of metal); clarification
הִתְמַהְמְהוּת, נ׳, ר׳, ־הֻיּוֹת tarrying, lingering	הִתְלַבְּשׁוּת, נ׳, ר׳, ־שֻׁיּוֹת dressing
הִתְמוֹגֵג, פ״ח, ע׳ [מוג] to melt away, flow	הִתְלַהֵב, פ״ח, ע׳ [להב] to be enthusiastic
הִתְמוֹגְגוּת, נ׳, ר׳, ־גֻיּוֹת melting	הִתְלַהֲבוּת, נ׳, ר׳, ־בֻיּוֹת enthusiasm; inspiration
הִתְמוֹדֵד, פ״ח, ע׳ [מדד] to stretch oneself out	הִתְלַהֲטוּת, נ׳, ר׳, ־טֻיּוֹת scorching (of metals)
הִתְמוֹטֵט, פ״ח, ע׳ [מוט] to disintegrate, collapse, depreciate	הִתְהַלֵּהַּ, פ״ח, ע׳ [ולהלה] to play the fool, behave madly
הִתְמוֹטְטוּת, נ׳, ר׳, ־טֻיּוֹת tottering, crumbling	הִתְלַהֵם, פ״ח, ע׳ [להם] to strike, give blow
הִתְמַזֵּג, פ״ח, ע׳ [מזג] to become mixed	הִתְלוֹנֵן, פ״ח, ע׳ [לון] to dwell; to seek shelter; to complain
הִתְמַזְּגוּת, נ׳, ר׳, ־גֻיּוֹת blending, fusion	הִתְלוֹנְנוּת, נ׳, ר׳, ־נֻיּוֹת complaining
הִתְמַזֵּל, פ״ח, ע׳ [מזל] to become lucky	הִתְלוֹצֵץ, פ״ח, ע׳ [ליץ] to joke
הִתְמַזְמֵז, פ״ח, ע׳ [מזמז] to soften; to pet	הִתְלוֹצְצוּת, נ׳, ר׳, ־צֻיּוֹת mockery
הִתְמַזְמְזוּת, נ׳, ר׳, ־זֻיּוֹת petting	הִתְלַחְלֵחַ, פ״ח, ע׳ [לחלח] become moist, damp
הִתְמַחָה, פ״ח, ע׳ [מחה] to specialize	הִתְלִיעַ, פ״ע, ע׳ [תלע] to be worm-eaten
הִתְמַחוּת, נ׳, ר׳, ־חֻיּוֹת becoming expert, specializing	הִתְלַכֵּד, פ״ח, ע׳ [לכד] to unite, integrate
הִתְמַטְמֵט, פ״ח, ע׳ [מטמט] to be crumbled; to totter, fall down	הִתְלַכְּדוּת, נ׳, ר׳, ־דֻיּוֹת uniting, merger
הִתְמִיד, פעו״י, ע׳ [תמד] to be diligent; to cause to be constant	הִתְלַמֵּד, פ״ח, ע׳ [למד] to study by oneself
הִתְמִיהַּ, פעו״י, ע׳ [תמה] to cause amazement, be amazed	הַתְלָעָה, נ׳, ר׳, ־עוֹת being worm-eaten; rottenness
הִתְמַכֵּר, פ״ח, ע׳ [מכר] to sell oneself; to devote oneself	הִתְלַפֵּד, פ״ח, ע׳ [לפד] to glitter, sparkle
הִתְמַכְּרוּת, נ׳, ר׳, ־רֻיּוֹת devotion, self-dedication	הִתְלַקְּחוּת, נ׳, ר׳, ־חֻיּוֹת catching on fire
	הָתַם, פ״י, ע׳ [תמם] to finish; to make perfect

6

הִתְחַשֵּׁב, פ"ח, ע' [חשב]	to be considered, esteemed, taken into consideration
הִתְחַשְּׁבוּת, נ', ר', ־בֻיוֹת	consideration
הִתְחַשֵּׁק, פ"ח, ע' [חשק]	to be lustful
הִתְחַתֵּן, פ"ח, ע' [חתן]	to get married, be related by marriage
הִתְחַתְּנוּת, נ', ר', ־נֻיוֹת	contractual agreement for marriage
הִתְיָאֵשׁ, פ"ח, ע' [יאש]	to despair
הִתְיַבְּשׁוּת, נ', ר', ־שֻׁיוֹת	drying up
הִתְיַדֵּד, פ"ח, ע' [ידד]	to befriend, become friendly
הִתְיַהֵד, פ"ח, ע' [יהד]	to become a Jew
הִתְיַהֲדוּת, נ', ר', ־דֻיוֹת	becoming Jewish
הִתְיַהֵר, פ"ח, ע' [יהר]	to be haughty, arrogant
הִתְיַוֵּן, פ"ח, ע' [יון]	to become Hellenized
הִתִּיז, פ"י, ע' [נתז]	to chop off; to sprinkle; to articulate distinctly
הִתְיַחֵד, פ"ח, ע' [יחד]	to commune with
הִתְיַחֲדוּת, נ', ר', ־דֻיוֹת	being alone with; communion
הִתְיַחֵס, פ"ח, ע' [יחס]	to behave towards
הִתְיַחֲסוּת, נ', ר', ־סֻיוֹת	relationship
הִתְיַחֵשׂ, פ"ח, ע' [יחש]	to be enrolled in genealogical records
הִתִּיךְ, פ"י, ע' [נתך]	to pour out; to melt
הִתְיַלֵּד, פ"ח, ע' [ילד]	to declare one's pedigree; to be born

הִתְיַמֵּר, פ"ח, ע' [ימר]	to boast; to pretend
הִתְיַסְּדוּת, נ', ר', ־דֻיוֹת	founding
הִתְיָעֵץ, פ"ח, ע' [יעץ]	to consult
הִתְיַעֲצוּת, נ', ר', ־צֻיוֹת	taking counsel, consultation
הִתְיַפּוּת, נ', ר', ־פֻיוֹת	beautifying
הִתְיַפַּח, פ"ח, ע' [יפח]	to cry out bitterly, bewail
הִתְיַצֵּב, פ"ח, ע' [יצב]	to endure; to station oneself
הִתְיַצְּבוּת, נ', ר', ־בֻיוֹת	presenting oneself (in army); stabilizing
הִתִּיר, פ"י, ע' [נתר]	to loosen; to permit
הִתִּישׁ, פ"י, ע' [נתש]	uproot, destroy
הִתְיַשְּׁבוּת, נ', ר', ־בֻיוֹת	settlement, deliberation
הִתְיַשְּׁרוּת, נ', ר', ־רֻיוֹת	straightening
הִתְכַּבֵּד, פ"ח, ע' [כבד]	to amass wealth; to be received
הַתָּכָה, נ', ר', ־כוֹת	melting
הִתְכַּוֵּן, פ"ח, ע' [כון]	to intend, mean
הִתְכּוֹנְנוּת, נ', ר', ־נֻיוֹת	preparing, readiness
הִתְכַּוֵּץ, פ"ח, ע' [כוץ]	to become shrunk, contract
הִתְכַּוְּצוּת, נ', ר', ־צֻיוֹת	contraction, shrinking
הִתְכַּחֲשׁוּת, נ', ר', ־שֻׁיוֹת	denial, being false
הִתְכַּנְּסוּת, נ', ר', ־סֻיוֹת	concentration
הִתְכַּסָּה, פ"ח, ע' [כסה]	to cover (clothe) oneself
הִתְכַּסּוּת, נ', ר', ־סֻיוֹת	covering
הִתְכַּתֵּב, פ"ח, ע' [כתב]	to correspond
הִתְכַּתְּשׁוּת, נ', ר', ־שֻׁיוֹת	brawl
הָתֵל, הָתֹל, פ"י	to mock, deceive

meeting together — הִתְוַעֲדוּת, נ׳, ר׳, ־דָיוֹת

to chop, strike off — הֻתַּז, פ״י, ע׳ [תזז]

chopping — הַתָּזָה, נ׳, ר׳, ־זוֹת

to be liked, loved — הִתְחַבֵּב, פ״ח, ע׳ [חבב]

to exert oneself — הִתְחַבֵּט, פ״ח, ע׳ [חבט]

to become joined — הִתְחַבֵּר, פ״ח, ע׳ [חבר]

union — הִתְחַבְּרוּת, נ׳, ר׳, ־רָיוֹת

to be renewed — הִתְחַדֵּשׁ, פ״ח, ע׳ [חדש]

renovation, renewal — הִתְחַדְּשׁוּת, נ׳, ר׳, ־שִׁיוֹת

to strengthen oneself; to take courage — הִתְחַזֵּק, פ״ח, ע׳ [חזק]

growing strong — הִתְחַזְּקוּת, נ׳, ר׳, ־קִיוֹת

obligation, undertaking a duty — הִתְחַיְּבוּת, נ׳, ר׳, ־בָיוֹת

to undertake (an obligation); to pledge oneself — הִתְחַיֵּב, פ״ח, ע׳ [חיב]

rubbing, friction — הִתְחַכְּכוּת, נ׳, ר׳, ־כָיוֹת

display of wisdom, sophistry — הִתְחַכְּמוּת, נ׳, ר׳, ־מִיוֹת

beginning — הַתְחָלָה נ׳, ר׳, ־לוֹת

to feign sickness — הִתְחַלָּה, פ״ע, ע׳ [חלה]

elementary — הַתְחָלִי, ת״ז, ־לִית, ת״נ

to be altered, transformed — הִתְחַלֵּף, פ״ח, ע׳ [חלף]

change — הִתְחַלְּפוּת, נ׳, ר׳, ־פִיוֹת

slipping; division — הִתְחַלְּקוּת, נ׳, ר׳, ־קִיוֹת

to warm oneself — הִתְחַמֵּם, פ״ח, ע׳ [חמם]

becoming warm — הִתְחַמְּמוּת, נ׳, ר׳, ־מִיוֹת

to be soured; to be degenerate — הִתְחַמֵּץ, פ״ח, ע׳ [חמץ]

souring; degeneration — הִתְחַמְּצוּת, נ׳, ר׳, ־צִיוֹת

to turn hither and thither; to evade; to go slumming — הִתְחַמֵּק, פ״ח, ע׳ [חמק]

to arm oneself — הִתְחַמֵּשׁ, פ״ח [חמש]

to educate oneself; to be dedicated — הִתְחַנֵּךְ, פ״ח, ע׳ [חנך]

to implore, supplicate; to find favor — הִתְחַנֵּן, פ״ח, ע׳ [חנן]

to be kind; to feign piety — הִתְחַסֵּד, פ״ח, ע׳ [חסד]

bigotry — הִתְחַסְּדוּת, נ׳, ר׳, ־דָיוֹת

to be tempered — הִתְחַסֵּם, פ״ח, ע׳ [חסם]

to dwindle, be reduced — הִתְחַסֵּר, פ״ח, ע׳ [חסר]

to disguise, hide oneself — הִתְחַפֵּשׂ, פ״ח, ע׳ [חפש]

disguising — הִתְחַפְּשׂוּת, נ׳, ר׳, ־שִׂיוֹת

to be impudent — הִתְחַצֵּף, פ״ח, ע׳ [חצף]

to trace, investigate — הִתְחַקָּה, פ״ח, ע׳ [חקה]

tracing, investigation — הִתְחַקּוּת, נ׳, ר׳, ־קִיוֹת

to compete, rival — הִתְחָרָה, פ״ח, ע׳ [חרה]

rivalry, competition, contest — הִתְחָרוּת, נ׳, ר׳, ־רָיוֹת

to repent — הִתְחָרֵט, פ״ע, ע׳ [חרט]

remorse, repentance — הִתְחָרְטוּת, נ׳, ר׳, ־טִיוֹת

to whisper; to become deaf — הִתְחָרֵשׁ, פ״ח, ע׳ [חרש]

הִתְגַּיֵּס, פ"ח, ע' [גיס] — to join (army, etc.)

הִתְגַּיֵּר, פ"ח, ע' [גיר] — to become a proselyte (to Judaism)

הִתְגַּלְגֵּל, ע' [גלגל] — to roll, turn; to wander

הִתְגַּלְגְּלוּת, נ', ר', ־לִיּוֹת — rolling

הִתְגַּלּוּת, נ' ר', ־לֻיּוֹת — uncovering; revelation

הִתְגַּלֵּחַ, פ"ח, ע' [גלח] — to shave oneself

הִתְגַּלְּחוּת, נ', ר', ־חֻיּוֹת — shaving

הִתְגַּלֵּם, פ"ח, ע' [גלם] — to be embodied

הִתְגַּלְּמוּת, נ', ר', ־מֻיּוֹת — embodiment

הִתְגַּלֵּעַ, הִתְנַּלַּע, פ"ח, ע' [גלע] — to break out (quarrel)

הִתְגַּמֵּל, פ"ח, ע' [גמל] — to deprive oneself; to wean oneself

הִתְגַּנֵּב, פ"ח, ע' [גנב] — to steal away

הִתְגַּנְדֵּר, פ"ח, ע' [גנדר] — to dress up, decorate oneself

הִתְגַּנְדְּרוּת, נ', ר', ־דֻרִיּוֹת — gaudiness

הִתְגַּנּוּת, נ', ר', ־נֻיּוֹת — indecency

הִתְגָּעֵל, פ"ח, ע' [געל] — to be soiled

הִתְגָּעֵשׁ, פ"ח, ע' [געש] — to toss; to reel

הִתְגָּעֲשׁוּת, נ', ר', ־שֻׁיּוֹת — eruption, excitation

הִתְגָּרֵד, פ"ח, ע' [גרד] — to scratch, scrape oneself

הִתְגָּרָה, פ"ח, ע' [גרה] — to provoke, excite oneself, start a quarrel

הִתְגָּרוּת, נ', ר', ־רֻיּוֹת — engaging in strife, challenge

הִתְגָּרֵשׁ, פעו"י, ע' [גרש] — to be divorced; to divorce

הִתְגַּשְּׁמוּת, נ', ר', ־מֻיּוֹת — realization, embodiment

הִתְדַּבֵּק, פ"ח, ע' [דבק] — to be joined together; to be infected

הִתְדַּבְּקוּת, נ', ר', ־קֻיּוֹת — attachment; infection

הִתְדַּלְדֵּל, פ"ח, ע' [דלדל] — to be reduced to poverty

הִתְדַּלְדְּלוּת, נ', ר', ־לֻיּוֹת — impoverishment

הִתְדַּמּוּת, נ' ר', ־מֻיּוֹת — resemblance

הִתְדַּפֵּק, פ"ח, ע' [דפק] — to beat, knock violently

הִתְדַּשֵּׁן, פ"ח, ע' [דשן] — to grow fat

הִתְהַדֵּר, פ"ח, ע' [הדר] — to decorate oneself, dress up

הִתְהַדְּרוּת, נ', ר', ־דֻרִיּוֹת — gaudiness

הִתְהַוּוּת, נ', ר', ־וֻיּוֹת — formation

הִתְהוֹלְלוּת, נ', ר', ־לֻיּוֹת — riotousness

הִתְהַפְּכוּת, נ', ר', ־כֻיּוֹת — change, transformation

הִתְוַדָּה, פ"ע, ע' [ידה] — to confess

הִתְוַדַּע, פ"ע, ע' [ידע] — to become known, acquainted

הִתְוַדְּעוּת, נ', ר', ־עֻיּוֹת — making oneself known, making acquaintance

הִתְוַדָּה, פ"ח, ע' [ידה] — to confess

הִתְוָה, פ"י, ע' [תוה] — to set a mark; to outline

הַתּוּךְ, ז', ר', ־כִים — smelting

הִתְוַכֵּחַ, פ"ע, ע' [יכח] — to argue, dispute

הִתְוַכְּחוּת, נ', ר', ־חֻיּוֹת — discussion

הַתּוּל, ז', ר', ־לִים — sarcasm, mockery

הַתּוּלִי, ת"ז, ־לִית, ת"נ — sarcastic, ironical

הַתּוּלִים, ז"ר — mockery

הִתְוָעֵד, פ"ח, ע' [ועד] — to assemble, meet

הִתְבּוֹדְדוּת, נ׳, ר׳, ־דָיוֹת	solitude, loneliness
הִתְבּוֹלֵל, פ״ע, ע׳ [בלל]	to assimilate
הִתְבּוֹלְלוּת, נ׳, ר׳, ־לָיוֹת	mixing oneself, assimilation
הִתְבּוֹנֵן, פ״ע, ע׳ [בין]	to look atten- tively; to consider, study, reflect, contemplate
הִתְבּוֹנְנוּת, נ׳, ר׳, ־נִיוֹת	meditation, reflection
הִתְבּוֹסֵס, פ״ח, ע׳ [בוס]	to be rolling
הִתְבּוֹשֵׁשׁ, פ״ע, ע׳ [בוש]	to be ashamed; to be late
הִתְבַּזָּה, פ״ח, ע׳ [בזה]	to degrade oneself; to be despised
הִתְבַּזּוּת, נ׳, ר׳, ־זִיוֹת	self-debasement
הִתְבַּטֵּא, פ״ח, ע׳ [בטא]	to express oneself
הִתְבַּטְבֵּט, פ״ח, ע׳ [בטבט]	to swell
הִתְבַּטֵּל, פ״ח, ע׳ [בטל]	to be abolished; to be interrupted
הִתְבַּטְּלוּת, נ׳, ר׳, ־לִיוֹת	self-deprecation; loafing
הִתְבַּיֵּשׁ, פ״ח, ע׳ [בוש]	to be ashamed
הִתְבַּלְבֵּל, פ״ח, ע׳ [בלבל]	to become confused
הִתְבַּלְבְּלוּת, נ׳, ר׳, ־לִיוֹת	becoming confused
הִתְבַּלֵּט, פ״ח, ע׳ [בלט]	to be prominent, eminent
הִתְבַּסֵּס, פ״ח, ע׳ [בסס]	to be consolidated, be established
הִתְבַּעֵר, פ״ח, ע׳ [בער]	to be removed, cleared
הִתְבַּצֵּר, פ״ח, ע׳ [בצר]	to fortify oneself, strengthen oneself
הִתְבַּקֵּעַ, פ״ח, ע׳ [בקע]	to burst open, cleave asunder

הִתְבַּקֵּשׁ, פ״ח, ע׳ [בקש]	to be asked, sought, summoned
הִתְבָּרֵךְ, פ״ח, ע׳ [ברך]	to be blessed, bless oneself
הִתְבָּרֵר, פ״ח, ע׳ [ברר]	to purify oneself, be pure, be made clear
הִתְבַּשֵּׁל, פ״ח, ע׳ [בשל]	to be well boiled; to become ripe
הִתְבַּשֵּׂם, הִתְבַּסֵּם, פ״ח, ע׳ [בשם]	to be perfumed; to be tipsy
הִתְגָּאָה, פ״ע, ע׳ [גאה]	to be proud, exalted; to boast
הִתְגָּאוּת, נ׳, ר׳, ־אִיוֹת	arrogance, conceit
הִתְגָּאֵל, פ״ח, ע׳ [גאל]	to defile oneself
הִתְגַּבֵּר, פ״ח, ע׳ [גבר]	to strengthen oneself
הִתְגַּבְּרוּת, נ׳, ר׳, ־רִיוֹת	strengthening oneself
הִתְגַּבֵּשׁ, פ״ח, ע׳ [גבש]	to become crystallized; to become definite (opinions)
הִתְגַּבְּשׁוּת, נ׳, ר׳, ־שִׁיוֹת	crystallization
הִתְגַּדֵּל, פ״ח, ע׳ [גדל]	to praise oneself, boast
הִתְגַּדְּלוּת, נ׳, ר׳, ־דְּלִיוֹת	self-aggrandizement
הִתְגַּדֵּר, פ״ח, ע׳ [גדר]	to be proficient; to distinguish oneself; to boast
הִתְגּוֹדֵד, פ״ח, ע׳ [גדד]	to cut oneself
הִתְגּוֹדְדוּת, נ׳, ר׳, ־דִיוֹת	itching
הִתְגּוֹרֵר, פ״ח, ע׳ [גור]	to dwell, burst forth
הִתְגּוֹשֵׁשׁ, פ״ח, ע׳ [גשש]	to wrestle
הִתְגּוֹשְׁשׁוּת, נ׳, ר׳, ־שִׁיוֹת	wrestling, gymnastics

restraint	הִתְאַפְּקוּת, נ׳, ר׳, ־קִיּוֹת
to make oneself up	הִתְאַפֵּר, פ״ח, ע׳ [אפר]
to become possible	הִתְאַפְשֵׁר, פ״ח, ע׳ [אפשר]
to become acclimated	הִתְאַקְלֵם, פ״ח, ע׳ [אקלם]
acclimatization	הִתְאַקְלְמוּת, נ׳, ר׳, ־מִיּוֹת
to become organized	הִתְאַרְגֵּן, פ״ח, ע׳ [ארגן]
to stay as a guest	הִתְאָרֵחַ, פ״ח, ע׳ [ארח]
to become engaged, be betrothed	הִתְאָרֵס, פ״ח, ע׳ [ארס]
to congratulate; to be confirmed, ratified	הִתְאַשֵּׁר, פ״ח, ע׳ [אשר]
to recuperate	הִתְאוֹשֵׁשׁ, פ״ח, ע׳ [אשש]
to become clear	הִתְבָּאֵר, פ״ח, ע׳ [באר]
to reach adolescence	הִתְבַּגֵּר, פ״ח, ע׳ [בגר]
puberty, adolescence	הִתְבַּגְּרוּת, נ׳, ר׳, ־רִיּוֹת
to be caught lying	הִתְבַּדָּה, פ״ח, ע׳ [בדה]
to become joyful; to joke	הִתְבַּדֵּחַ, פ״ח, ע׳ [בדח]
to isolate oneself, dissociate oneself, segregate	הִתְבַּדֵּל, פ״ח, ע׳ [בדל]
isolation; segregation	הִתְבַּדְּלוּת, נ׳, ר׳, ־לִיּוֹת
to be scattered, dispersed; to clear one's mind	הִתְבַּדֵּר, פ״ח, ע׳ [בדר]
to be alone, seclude oneself	הִתְבּוֹדֵד, פ״ח, ע׳ [בדד]

possessing (land)	הִתְאַחֲזוּת, נ׳, ר׳, ־זִיּוֹת
tarrying	הִתְאַחֲרוּת, נ׳, ר׳, ־רִיּוֹת
evaporation	הִתְאַיְּדוּת, נ׳, ר׳, ־דִיּוֹת
to be disappointed	הִתְאַכְזֵב, פ״ח, ע׳ [אכזב]
being cruel, cruelty	הִתְאַכְזְרוּת, נ׳, ר׳, ־רִיּוֹת
digestion	הִתְאַכְּלוּת, נ׳, ר׳, ־לִיּוֹת
to stay as guest	הִתְאַכְסֵן, פ״ח, ע׳ [אכסן]
to be (become) a farmer	הִתְאַכֵּר, פ״ח, ע׳ [אכר]
to become a widower	הִתְאַלְמֵן, פ״ח, ע׳ [אלמן]
to agree, conform, be fitting	הִתְאִים, פעו״י, ע׳ [תאם]
agreement, accord, harmony	הִתְאֵם, ז׳, הִתְאָמָה, נ׳, ר׳, ־מִים,
to practice, train oneself	הִתְאַמֵּן, פ״ח, ע׳ [אמן]
to make an effort, be determined, exert oneself	הִתְאַמֵּץ, פ״ח, ע׳ [אמץ]
exertion, effort	הִתְאַמְּצוּת, נ׳, ר׳, ־צִיּוֹת
to rise (prices); to boast, pretend	הִתְאַמֵּר, פ״ח, ע׳ [אמר]
verification	הִתְאַמְּתוּת, נ׳, ר׳, ־תִיּוֹת
to find an excuse, pretext	הִתְאַנָּה, פ״ח, ע׳ [אנה]
to become a Moslem	הִתְאַסְלֵם, פ״ח, ע׳ [אסלם]
to assemble, gather	הִתְאַסֵּף, פ״ח, ע׳ [אסף]
to restrain oneself, refrain	הִתְאַפֵּק, פ״ח, ע׳ [אפק]

הִשְׁתַּעֲשֵׁעַ, פ"ע, ע' [שעשע] to play; to take delight, enjoy pleasure

הִשְׁתַּעַשְׁעוּת, נ', ר', ־עֻיּוֹת playing, amusing oneself

הִשְׁתַּפֵּךְ, פ"ע, ע' [שפך] to pour itself out, be poured out

הִשְׁתַּפְּכוּת, נ', ר', ־כֻיּוֹת effusion, pouring out

הִשְׁתַּפֵּר, פ"ע, ע' [שפר] to improve oneself

הִשְׁתַּקֵּעַ, פ"ע, ע' [שקע] to be settled; to be forgotten; to settle down

הִשְׁתַּקְּעוּת, נ', ר', ־עֻיּוֹת settlement; sinking

הִשְׁתַּקֵּף, פ"ע, ע' [שקף] to be seen through, be reflected

הִשְׁתַּקְּפוּת, נ', ר', ־פֻיּוֹת reflection; transparence

הִשְׁתַּקְשֵׁק, פ"ח, ע' [שקשק] to run to and fro

הִשְׁתָּרֵב, פ"ח, ע' [שרב] to be overcome by heat

הִשְׁתָּרְגוּת, נ', ר', ־גֻיּוֹת entanglement

הִשְׁתָּרֵעַ, פ"ח, ע' [שרע] to stretch oneself out

הִשְׁתָּרֵר, פ"ח, ע' [שרר] to dominate, have control over, prevail

הִשְׁתָּרֵשׁ, פ"ח, ע' [שרש] to take root; to be implanted

הִשְׁתַּתֵּף, פ"ע, ע' [שתף] to become a partner, take part, participate

הִשְׁתַּתְּפוּת, נ', ר', ־פֻיּוֹת participation

הִשְׁתַּתֵּק, פ"ע, ע' [שתק] to become silent, numb, paralyzed

הִתְאַבֵּד, פ"ע, ע' [אבד] to commit suicide, destroy oneself

הִתְאַבְּדוּת, נ', ר', ־דֻיּוֹת self-destruction, suicide

הִתְאַבֵּךְ, פ"ע, ע' [אבך] to thicken; to mix; to rise (smoke)

הִתְאַבְּכוּת, נ', ר', ־כֻיּוֹת condensation

הִתְאַבֵּל, פ"ע, ע' [אבל] to mourn, lament

הִתְאַבְּלוּת, נ', ר', ־לֻיּוֹת mourning

הִתְאַבֵּן, פ"ע, ע' [אבן] to be petrified

הִתְאַבְּנוּת, נ', ר', ־נֻיּוֹת petrification, fossilization

הִתְאַבֵּק, פ"ע, ע' [אבק] to be covered with dust; to wrestle

הִתְאַבְּקוּת, נ', ר', ־קֻיּוֹת struggling, wrestling

הִתְאַגְרֵף, פ"ע, ע' [אגרף] to box

הִתְאַגְרְפוּת, נ', ר', ־פֻיּוֹת boxing

הִתְאַדּוּת, נ', ר', ־דֻיּוֹת evaporation

הִתְאַדֵּם, פ"ח, ע' [אדם] to blush, flush, grow red

הִתְאַדְּמוּת, נ', ר', ־מֻיּוֹת erubescence

הִתְאַהֵב, פ"ע, ע' [אהב] to fall in love

הִתְאַהֲבוּת, נ', ר', ־בֻיּוֹת falling in love

הִתְאַוָּה, פ"ח, ע' [אוה] to long for, aspire, crave

הִתְאוֹנֵן, פ"ע, ע' [אנן] to murmur, complain

הִתְאוֹנְנוּת, נ', ר', ־נֻיּוֹת complaining, complaint

הִתְאַזֵּר (עֹז), פ"ע, ע' [אזר] to overcome; to strengthen oneself

הִתְאַזְרְחוּת, נ', ר', ־חֻיּוֹת naturalization

הִתְאַחֵד, פ"ע, ע' [אחד] to become one, unite; to join

הִתְאַחֲדוּת, נ', ר', ־דֻיּוֹת uniting oneself; union, association

הִתְאַחֵז, פ"ח, ע' [אחז] to settle (in)

הִשְׁתּוֹלֵל, פ"ח, ע' [שלל] to run wild, act senselessly

הִשְׁתּוֹמֵם, פ"ע, ע' [שמם] to be astounded, wonder

הִשְׁתּוֹמְמוּת, נ', ר', ־מְיוֹת astonishment

הִשְׁתּוֹנֵן, פ"ח, ע' [שנן] to be pierced

הִשְׁתּוֹקֵק, פ"ע, ע' [שקק] to desire

הִשְׁתּוֹקְקוּת, נ', ר', ־קִיּוֹת desire, longing

הִשְׁתַּזֵּף, פ"ע, ע' [שזף] to become sunburned, tanned

הִשְׁתַּחֲוָה, פ"ע, ע' [שחה] to bow down, prostrate oneself, worship

הִשְׁתַּחֲוָיָה, הִשְׁתַּחֲוָאָה, נ', ר', ־וָיוֹת prostration

הִשְׁתַּחֵץ, פ"ע, ע' [שחץ] to be proud, arrogant

הִשְׁתַּחְרֵר, פ"ע, ע' [שחרר] to be set free; to liberate oneself

הִשְׁתַּטָּה, פ"ח, ע' [שטה] to become mad

הִשְׁתַּטֵּחַ, פ"ע, ע' [שטח] to stretch oneself out; to prostrate oneself

הִשְׁתַּטְּחוּת, נ', ר', ־חֻיוֹת prostration

הִשְׁתַּיֵּךְ, פ"ח, ע' [שיך] to belong, be related to

הִשְׁתִּין, פ"ע, ע' [שתן] to urinate

הִשְׁתַּיֵּר, פ"ח, ע' [שיר] to be left over

הִשְׁתִּית, פ"י, ע' [שתת] to base, lay a foundation

הִשְׁתַּכַּח, פ"ח, ע' [שכח] to be forgotten

הִשְׁתַּכְלֵל, פ"ע, ע' [שכלל] to be completed; be fully equipped

הִשְׁתַּכֵּר, פ"ע, ע' [שכר] to make oneself drunk

הִשְׁתַּכֵּר, פ"ע, ע' [שכר] to be paid, earn wages

הִשְׁתַּכְּרוּת, נ', ר', ־רֻיוֹת drunkenness

הִשְׁתַּלֵּט, פ"ח, ע' [שלט] to have control over, rule, be master of

הִשְׁתַּלֵּם, פ"ע, ע' [שלם] to be complete; to complete an education; to be profitable

הִשְׁתַּלְּמוּת, נ', ר', ־מֻיוֹת perfecting; (educational) finish

הִשְׁתַּלְשֵׁל, פ"ח, ע' [שלשל] to be evolved, developed; to let down

הִשְׁתַּלְשְׁלוּת, נ', ר', ־לֻיוֹת evolution, development

הִשְׁתַּמֵּד, פ"ח, ע' [שמד] to convert

הִשְׁתַּמֵּט, פ"ח, ע' [שמט] to slip away, evade

הִשְׁתַּמְּטוּת, נ', ר', ־טֻיוֹת evasion

הִשְׁתַּמֵּר, פ"ח, ע' [שמר] to be on one's guard; to be guarded

הִשְׁתַּמֵּשׁ, פ"ע, ע' [שמש] to be used; to make use of

הִשְׁתַּמְּשׁוּת, נ', ר', ־שֻׁיוֹת usage

הִשְׁתָּנָה, ו', ר', ־נוֹת urinating

הִשְׁתַּנָּה, פ"ע, ע' [שנה] to change oneself, be changed

הִשְׁתַּנּוּת, נ', ר', ־נֻיוֹת change

הִשְׁתַּנֵּק, פ"ח, ע' [שנק] to strangle oneself

הִשְׁתַּעְבֵּד, פ"ע, ע' [שעבד] to be subjected, be enslaved

הִשְׁתַּעְבְּדוּת, נ', ר', ־דֻיוֹת subjection, enslavement

הִשְׁתָּעָה, פ"ח, ע' [שעה] to gaze about, look at each other

הִשְׁתַּעֵל, פ"ע, ע' [שעל] to cough

הִשְׁתָּעֵר, פ"ח, ע' [שער] to take by storm, attack violently

הִשְׁתַּעֲרוּת, נ', ר', ־רֻיוֹת storming

הַשְׁלָמָה, נ׳, ר׳, ־מוֹת	completion, complement; making peace
הֵשַׁם, פ״י, ע׳ [שמם]	to ravage, terrify
הִשְׂמְאִיל, פ״ע, ע׳ [שמאל]	to go to the left, turn left, use left hand
הַשְׁמָדָה, נ׳, ר׳, ־דוֹת	extermination
הַשְׁמָטָה, נ׳, ר׳, ־טוֹת	canceling (of debt), omission
הִשְׁמִיד, פ״י, ע׳ [שמד]	to destroy, exterminate
הִשְׂמִיל, פ״ע, ע׳ [שמאל]	to go to the left, turn left, use left hand
הִשְׁמִים, פ״י, ע׳ [שמם]	to ravage, terrify
הִשְׁמִין, פ״י, ע׳ [שמן]	to fatten, grow fat; to improve
הִשְׁמִיעַ, פ״י, ע׳ [שמע]	to proclaim, summon
הַשְׁמָנָה, נ׳, ר׳, ־נוֹת	fattening
הַשְׁמָעוּת, נ׳	causing to hear
הַשְׁמָצָה, נ׳	libel
הַשָּׁנוּת, נ׳, ר׳, ־נִיּוֹת	repetition, review
הֵשַׁע, פ״י, ע׳ [שעע]	to smear over, glue together; to shut
הִשָּׁעֲנוּת, נ׳	leaning, dependence
הַשְׁעָרָה, נ׳, ר׳, ־רוֹת	conjecture, supposition, hypothesis
הַשְׁפָּלָה, נ׳, ר׳, ־לוֹת	lowering, degradation
הַשְׁפָּעָה, נ׳, ר׳, ־עוֹת	emanation; influence
הִשְׁקָה, פ״י, ע׳ [שקה]	to water, irrigate; to give to drink
הַשְׁקָאָה, נ׳, ר׳, ־אוֹת	watering, irrigation
הַשָּׁקָה, נ׳	launching
הַשָּׁקֶט, ז׳	calmness, quietude

הַשְׁקָטָה, נ׳, ר׳, ־טוֹת	calming, tranquilizing
הִשְׁקִיעַ, פ״י, ע׳ [שקע]	to cause to sink; to set; to invest (money)
הִשְׁקִיף, פ״י, ע׳ [שקף]	to observe, contemplate
הַשְׁקָעָה, נ׳, ר׳, ־עוֹת	depression; investment
הַשְׁקָפָה, נ׳, ר׳, ־פוֹת	looking; observation; review; view
הַשְׁרָאָה, הַשְׁרָיָה, נ׳, ר׳, ־אוֹת, ־יוֹת	causing to dwell; inspiration
הַשָּׁרָה, נ׳, ר׳, ־רוֹת	falling (hair, leaves)
הִשְׁרִישׁ, פ״י, ע׳ [שרש]	to take root; to implant
הַשְׁרָשָׁה, נ׳, ר׳, ־שׁוֹת	taking root
הִשְׁתַּבֵּחַ, פ״ח, ע׳ [שבח]	to praise oneself, boast
הִשְׁתַּבְּרוּת, נ׳	refraction
הִשְׁתַּבֵּשׁ, פ״ע, ע׳ [שבש]	to err
הִשְׁתַּבְּשׁוּת, נ׳, ר׳, ־שִׁיּוֹת	making error (mistake, blunder)
הִשְׁתַּגֵּעַ, פ״ע, ע׳ [שגע]	to become mad, be mad
הִשְׁתַּגְּעוּת, נ׳, ר׳, ־עִיּוֹת	madness, becoming mad
הִשְׁתַּדֵּךְ, פ״ע, ע׳ [שדך]	to arrange a marriage, negotiate (for marriage)
הִשְׁתַּדֵּל, פ״ע, ע׳ [שדל]	to be persuaded; to endeavor, strive
הִשְׁתַּדְּלוּת, נ׳, ר׳, ־לֻיּוֹת	endeavor
הִשְׁתּוֹבֵב, פ״ע, ע׳ [שוב]	to be wild, be naughty, be playful
הִשְׁתּוֹבְבוּת, נ׳, ר׳, ־בֻיּוֹת	naughtiness, wildness
הִשְׁתַּוּוּת, נ׳, ר׳, ־וֻיּוֹת	likeness, similarity

הִשְׁבִּיר, פ"י, ע' [שׁבר]	to cause to break out, bring to birth; to sell grain
הִשְׁבִּית, פ"י, ע' [שׁבת]	to fire, lay off from work
הַשְׂבָּעָה, נ', ר', ־עוֹת	satiation
הַשְׁבָּעָה, נ', ר', ־עוֹת	adjuration; spell, incantation
הַשְׁבָּרָה, נ', ר', ־רוֹת	sale
הַשְׁבָּתָה, נ', ר', ־תוֹת	removal; lockout
הֶשֵּׂג, ז', ר', ־גִים	reaching, attaining
הַשָּׂגָה, נ', ר', ־גוֹת	reaching, attaining; perception; criticism
הַשְׁגָּחָה, נ', ר', ־חוֹת	supervision; providence
הִשְׁגִּיחַ, פ"י, ע' [שׁגח]	to care for, supervise; to observe
הַשְׁגָּרָה, נ', ר', ־רוֹת	routine; current phraseology
הַשְׁוָאָה, הַשְׁוָיָה, נ', ר', ־אוֹת, ־יוֹת	comparison; equation
הַשְׁוָאַת הַחֹרֶף	autumnal equinox
הַשְׁוָאַת הַקַּיִץ	vernal equinox
הַשְׁחָזָה, נ', ר', ־זוֹת	grinding, sharpening, whetting
הִשְׁחִיז, פ"י, ע' [שׁחז]	to sharpen
הִשְׁחִיל, פ"י, ע' [שׁחל]	to thread a needle
הִשְׁחִים, פעו"י, ע' [שׁחם]	to paint (make) brown, become brown
הַשְׁחָרָה, נ', ר', ־רוֹת	blackening
הַשְׁחָתָה, נ', ר', ־תוֹת	destruction; corruption
הִשִּׁיא, פ"י, ע' [נשׁא]	to beguile, deceive; to exact (payment)
הִשִּׂיא, פ"י, ע' [נשׁא]	to give in marriage; to transfer; to advise
הֵשִׁיב, פ"י, ע' [שׁוב]	to answer; to return

הִשִּׂיג, פ"י, ע' [נשׂג]	to overtake; to reach, attain, obtain
הֵשִׁים, פ"י, ע' [שׁמם]	to ravage, terrify
הִשִּׁיל, פ"י, ע' [נשׁל]	to drop
הַשְׁכָּבָה, נ', ר', ־בוֹת	lying down
הִשְׂכִּיל, פעו"י, ע' [שׂכל]	to be wise, acquire sense; to succeed; to cause to understand; to cause to be successful
הִשְׁכִּים, פ"ע, ע' [שׁכם]	to rise early, start early
הִשְׂכִּיר, פ"י, ע' [שׂכר]	to hire out, rent
הַשֵּׂכֶל, ז'	understanding, wisdom; reflection
הַשְׂכָּלָה, נ'	enlightenment, culture; reflection
הַשְׁכֵּם, תה"פ	early in the morning
הַשְׁכָּמָה, נ', ר', ־מוֹת	early morning, early rising
הַשְׁכָּנָה, נ', ר', ־נוֹת	housing
הַשְׁכָּרָה, נ', ר', ־רוֹת	loaning, hiring
הִשְׁלָה, פ"י, ע' [שׁלה]	to cause to be at ease; to mislead
הִשְׁלִיג, פ"י, ע' [שׁלג]	to snow
הַשְׁלָיָה, נ', ר', ־יוֹת	deluding, disappointing
הִשְׁלִיחַ, פ"י, ע' [שׁלח]	to send (plague, famine)
הִשְׁלִיט, פ"י, ע' [שׁלט]	to cause to rule, cause to have power
הִשְׁלִיךְ, פ"י, ע' [שׁלך]	to throw, cast, cast down, cast away
הִשְׁלִים, פ"י, ע' [שׁלם]	to complete; to make peace
הִשְׁלִישׁ, פ"י, ע' [שׁלשׁ]	to deposit with a third party

to empty, pour out	הֵרִיק, פ"י, ע' [ריק]
compound	הֶרְכֵּב, ז', ר', ־בִּים
carrying; compounding; inoculation; grafting	הַרְכָּבָה, נ', ר', ־בוֹת
vaccination	הַרְכָּבַת אֲבַעְבּוּעוֹת
to bow down, nod, lower	הִרְכִּין, פ"י, ע' [רכן]
centralizing	הַרְכָּזָה, נ', ר', ־זוֹת
bowing the head, nodding	הַרְכָּנָה, נ', ר', ־נוֹת
pyramid	הָרָם, ז', ר', הֲרָמִים
lifting, raising	הֲרָמָה, נ', ר', ־מוֹת
harem; palace	הַרְמוֹן, ז', ר', ־נוֹת
mistletoe	הַרְנוּג, ז', ר', ־גִים
heliotrope	הַרְנִי, ז', ר', ־נִים
to break, demolish, destroy	הָרַס, פ"י
to overthrow, destroy	הָרַס, פ"י
overthrow, destruction	הֶרֶס, ז'
doing ill; becoming worse; blowing the trumpet	הֲרָעָה, נ', ר', ־עוֹת
to polson; to veil	הִרְעִיל, פ"י, ע' [רעל]
to thunder; to vex	הִרְעִים, פ"י, ע' [רעם]
to bombard, shell; to make noise	הִרְעִישׁ, פ"י, ע' [רעש]
polsoning	הַרְעָלָה, נ', ר', ־לוֹת
dripping, trickling	הַרְעָפָה, נ', ר', ־פוֹת
confusion; bombardment	הַרְעָשָׁה, נ', ר', ־שׁוֹת
pause, moment	הֶרֶף, ז'
wink of an eye, instant	הֶרֶף עַיִן
incessantly	בְּלִי הֶרֶף

adventure	הַרְפַּתְקָה, נ', ר', ־קָאוֹת
adventurer	הַרְפַּתְקָן, ז', ר', ־נִים
lecture	הַרְצָאָה, נ', ר', ־אוֹת
to lecture; to enumerate; to satisfy; to pay	הַרְצָה, פ"י, ע' [רצה]
rotting	הַרְקָבָה, נ', ר', ־בוֹת
shaking, sifting; dancing	הַרְקָדָה, נ', ר', ־דוֹת
emptying	הֲרָקָה, נ', ר', ־קוֹת
mountain	הָרָר, ז', ר', ־הָרָרִים
debauched person	הָרָר, ז', ר', ־הָרָרִים
mountainous; mountain dweller	הֲרָרִי, ת"ז, ־רִית, ת"נ
authorization	הַרְשָׁאָה, נ', ר', ־אוֹת
power of attorney	כֹּחַ וְהַרְשָׁאָה
to authorize, permit	הִרְשָׁה, פ"י, ע' [רשה]
to condemn, convict	הִרְשִׁיעַ, פ"י, ע' [רשע]
registration	הַרְשָׁמָה, נ', ר', ־מוֹת
condemnation	הַרְשָׁעָה, נ', ר', ־עוֹת
seething	הַרְתָּחָה, נ', ר', ־חוֹת
beguiling	הַשָּׁאָה, נ', ר', ־אוֹת
to lend	הִשְׁאִיל, פ"י, ע' [שאל]
to leave (remaining); to spare	הִשְׁאִיר, פ"י, ע' [שאר]
lending; metaphor	הַשְׁאָלָה, נ', ר', ־לוֹת
leaving	הַשְׁאָרָה, נ', ר', ־רוֹת
keeping, retaining	הִשָּׁאֲרוּת, נ', ר', ־רִיוֹת
immortality of the soul	הִשָּׁאֲרוּת הַנֶּפֶשׁ
restoring, returning	הָשֵׁב, ז', הֲשָׁבָה, נ', ר', ־בוֹת
restitution	הֲשָׁבוֹן, ז'
improvement	הַשְׁבָּחָה, נ', ר', ־חוֹת

הַקְשָׁבָה, נ', ר', ־בוֹת — attentiveness, listening

הַקָּשָׁה, נ', ר', ־שׁוֹת — knocking; analogy; syllogism

הִקְשִׁיב, פ"ע, ע' [קשב] — to pay attention

הַקְשָׁיָה, הַקְשָׁאָה, נ', ר', ־יוֹת, ־אוֹת — hardening

הִקְשִׁיחַ, פ"י, ע' [קשח] — to harden; to treat harshly

הֶקְשֵׁר, ז' — context

הַר, ז', ר', הָרִים — mountain, hill

הַר אֵשׁ, ־ גַּעַשׁ — volcano

חָרְאָה, פ"י, ע' [ראה] — to show

הַרְבֵּה, תה"פ — many, much

הִרְבִּיץ, פ"י, ע' [רבץ] — to cause to lie down; to sprinkle; to flay

הֻרְבַּךְ, פ"ע, ע' [רבך] — to be well mixed

הַרְבָּעָה, נ', ר', ־עוֹת — coupling (of animals)

הַרְבָּצָה, נ', ר', ־צוֹת — lying down (of cattle); watering, sprinkling

הָרַג, פ"י — to kill, slay

הַרָג, ז', ר', ־גִים — murderer

הֶרֶג, ז', הֲרֵגָה, נ', ר', ־גוֹת — slaughter, massacre

הַרְגָּזָה, נ', ר', ־זוֹת — annoying, irritating

הִרְגִּיל, פ"י, ע' [רגל] — to accustom; to lead

הִרְגִּישׁ, פ"י, ע' [רגש] — to notice; to feel

הֶרְגֵּל, ז', ר', ־לִים — habit

הַרְגָּעָה, נ', ר', ־עוֹת — calming

הֶרְגֵּשׁ, ז', הַרְגָּשָׁה, נ', ר', ־שִׁים, ־שׁוֹת — feeling, sensation; sentiment; perception, sense

הַרְדּוּף, ז', ר', ־פִים — oleander

הִרְדִּים, פ"י, ע' [רדם] — to anesthetize

הַרְדָּמָה, נ', ר', ־מוֹת — putting to sleep

הָרְתָה, פ"ע [הרה] — to conceive, be pregnant

הָרָה, נ', ר', ־רוֹת — pregnant woman

הִרְהוּר, הַרְהוֹר, ז', ר', ־רִים — thought

הִרְהִיב, פ"י, ע' [רהב] — to dare

הִרְהִיט, פ"י, ע' [רהט] — to start a race

הִרְהֵר, פ"ע — to think

הָרוּג, ז', ר', הֲרוּגִים — slain person

הַרְוָחָה, נ', ר', ־חוֹת — relief; comfort

הִרְוִיחַ, פ"י, ע' [רוח] — to give relief; to gain, earn, profit

הֵרָיוֹן, הֶרָיוֹן ז' — pregnancy, conception

הַרְחָבָה, נ', ר', ־בוֹת — extension, expansion

הֲרָחָה, נ', ר', ־חוֹת — smelling

הַרְחֵק, תה"פ — far off

הַרְחֵק, ז', הַרְחָקָה, נ', ר', ־קִים, ־קוֹת — distance; removal; prevention

הִרְטִיט, פ"י, ע' [רטס] — to terrorize

הֲרֵי, מ"ק — lo, behold!; here is

הֲרֵינִי — I am

הֲרֵי, ז' — aspect, characteristic

הֲרִינָה, נ', ר', ־נוֹת — killing, execution

הֵרָיוֹן, הֵרוֹן, ז' — pregnancy, conception

הָרִיָּה, נ', ר', ־יוֹת — pregnant woman

הֵרִיחַ, פ"י, ע' [ריח] — to smell

הֵרִים, פ"י, ע' [רום] — to raise, lift, exalt

הֲרִיסָה, נ', ר', ־סוֹת — destruction; ruin

הֵרִיעַ, פ"ע, ע' [רוע] — to shout, cry out

הֵרִיץ, פ"י, ע' [רוץ] — to make run; to bring quickly

fascination, infatuation	הַקְסָמָה, נ', ר', ־מוֹת
dislocation, sprain	הַקְעָה, נ', ר', ־עוֹת
surrounding, circumference	הֶקֵּף, ז', ר', ־פִים
freezing, stiffening	הַקְפָּאָה, נ', ר', ־אוֹת
irritability; strictness	הַקְפָּדָה, נ', ר', ־דוֹת
going round	הַקָּפָה, נ', ר', ־פוֹת
credit	הַקָּפָה, נ', ר', ־פוֹת
to mind; to be strict; to be angry	הִקְפִּיד, פ"י, ע' [קפד]
causing to jump	הַקְפָּצָה, נ', ר', ־צוֹת
budgeting	הַקְצָבָה, נ', ר', ־בוֹת
waking up	הַקָּצָה, נ', ר', ־צוֹת
to plane	הִקְצִיעַ, פ"י, ע' [קצע]
to boil; to whip (cream)	הִקְצִיף, פ"י, ע' [קצף]
planing, smoothing	הַקְצָעָה, נ', ר', ־עוֹת
maddening, vexation	הַקְצָפָה, נ', ר', ־פוֹת
recitation, dictation	הַקְרָאָה, נ', ר', ־אוֹת
bringing near	הַקְרָבָה, נ', ר', ־בוֹת
to recite	הִקְרִיא, פ"י, ע' [קרא]
to sacrifice	הִקְרִיב, פ"י, ע' [קרב]
to become sour (wine); to crack (from boiling water)	הִקְרִיס, פ"ע, ע' [קרס]
radiation	הַקְרָנָה, נ', ר', ־נוֹת
coagulation	הַקְרָשָׁה, נ', ר', ־שׁוֹת
comparing; analogy	הֶקֵּשׁ, הָקֵּשׁ, ז', ר', ־הֶקֵּשִׁים
hardening	הַקְשָׁאָה, הַקְשָׁיָה, נ', ר', ־אוֹת, ־יוֹת

to reduce	הִקְטִין, פ"י, ע' [קטן]
diminution; diminutive (gram.)	הַקְטָנָה, נ', ר', ־נוֹת
burning incense (esp. fat) on the altar	הֶקְטֵר, ז', הַקְטָרָה, נ', ר', ־רִים, ־רוֹת
to vomit, throw up	הֵקִיא, פ"י, ע' [קיא]
to puncture; to let blood, bleed	הֵקִיז, פ"י, ע' [נקז]
to set up	הֵקִים, פ"י, ע' [קום]
to surround, encompass, give credit; to contain	הִקִּיף, פ"י, ע' [נקף]
to wake, awake; to be awakened	הֵקִיץ, פעו"י, ע' [קיץ]
to well up, pour forth	הֵקִיר, פ"י, ע' [קור]
to strike at, knock, beat	הִקִּישׁ, פ"י, ע' [נקש]
to compare	הִקִּישׁ, פ"י, ע' [קיש]
to lighten; to despise; to be lenient	הֵקֵל, פ"י, ע' [קלל]
alleviation, easing	הֲקַלָּה, הַקָּלָה, נ', ר', ־לוֹת, ־לוֹת
to treat with contempt	הִקְלָה, פ"י, ע' [קלה]
recording (phonograph)	הַקְלָטָה, נ', ר', ־טוֹת
to record	הִקְלִיט, פ"י, ע' [קלט]
erecting	הֲקָמָה, נ', ר', ־מוֹת
transfer	הַקְנָאָה, הַקְנָיָה, נ', ר', ־אוֹת, ־יוֹת
teasing, vexation	הַקְנָטָה, נ', ר', ־טוֹת
to taunt, vex, anger	הִקְנִיט, פ"י, ע' [קנט]
to fascinate; to infatuate	הִקְסִים, פ"י, ע' [קסם]

annihilate	הַצְמִית, פ"י, ע' [צמת]
to be modest, humble; to hide	הִצָּנֵעַ, פ"י, ע' [צנע]
chastity, modesty	הַצְנֵעַ, ז'
hiding	הַצְנָעָה, נ', ר', ־עוֹת
spreading; exposition; proposition	הַצָּעָה, נ', ר', ־עוֹת
inundation, flooding	הֲצָפָה, נ', ר', ־פוֹת
peeping	הֲצָצָה, נ', ר', ־צוֹת
oppression	הֲצָקָה, נ', ר', ־קוֹת
to castle (in chess)	הִצְרִיחַ, פ"י, ע' [צרח]
ignition, kindling	הַצָּתָה, נ', ר', ־תוֹת
vomiting	הֲקָאָה, נ', ר', ־אוֹת
to be opposite, parallel; to correspond	הִקְבִּיל, פ"י, ע' [קבל]
contrasting, parallelism	הַקְבָּלָה, נ', ר', ־לוֹת
welcome, reception	הַקְבָּלַת פָּנִים
God	הַקָּדוֹשׁ־בָּרוּךְ־הוּא
to anticipate, be early, pay in advance	הִקְדִּים, פ"י, ע' [קדם]
to dedicate; to purify	הִקְדִּישׁ, פ"י, ע' [קדש]
earliness	הֶקְדֵּם, ז', ר', ־מִים
early, soon	בְּהֶקְדֵּם, תה"פ
preface; hypothesis	הַקְדָּמָה, נ', ר', ־מוֹת
consecrated object (property)	הֶקְדֵּשׁ, ז', ר', ־שִׁים
consecration; dedication	הַקְדָּשָׁה, נ', ר', ־שׁוֹת
to summon an assembly	הִקְהִיל, פ"י, ע' [קהל]
assembly, gathering	הַקְהֵל, ז'
bloodletting	הַקָּזָה, נ', ר', ־זוֹת

הִצְטַמְצֵם, פ"ע, ע' [צמצם]	to confine oneself, limit oneself
הִצְטַמְצְמוּת, נ', ר', ־מֻיּוֹת	condensation, contraction
הִצְטַנֵּן, פ"ע, ע' [צנן]	to catch cold; to become cold
הִצְטַנְּנוּת, נ', ר', ־נֻיּוֹת	catching cold, cold
הִצְטַעֵר, פ"ע, ע' [צער]	to feel pain, grieve, be sorry
הִצְטָרֵד, פ"ח, ע' [צרד]	to be hoarse
הִצְטָרֵךְ, פ"ע, ע' [צרך]	to be in need; to be necessary
הִצְטָרֵף, פ"ח, ע' [צרף]	to join, become attached
הִצְטָרְפוּת, נ', ר', ־פִיּוֹת	joining
הִצִּיב, פ"י, ע' [נצב]	to erect; to fix, establish
הִצִּיג, פ"י, ע' [יצג, נצג]	to set up; to present to, introduce
הִצִּיל, פ"י, ע' [נצל]	to rescue, deliver, save
הִצִּיעַ, פ"י, ע' [יצע]	to spread, unfold; to propose
הֵצִיץ, פ"י, ע' [צוץ, ציץ]	to peek
הֵצִיק, פ"י, ע' [צוק]	to constrain, distress, afflict
הִצִּית, פ"י, ע' [יצת]	to set on fire
הֵצֵל, פ"י, ע' [צלל]	to cast a shadow; to shade
הַצָּלָה, נ', ר', ־לוֹת	saving, rescue
הַצְלָחָה, נ', ר', ־חוֹת	success, prosperity
הַצְמָחָה, נ', ר', ־חוֹת	sprouting
הִצְלִיחַ, פ"י, ע' [צלח]	to succeed, prosper
הִצְלִיף, פ"י, ע' [צלף]	to whip
הִצְמִיד, פ"י, ע' [צמד]	to combine

to mobilize; to muster	הַצְבִּיא, פ"י, ע' [צבא]
to raise a finger; to vote	הַצְבִּיעַ, פ"י, ע' [צבע]
presentation; play (theatrical)	הַצָּנָה, נ', ר', ־נוֹת
saluting	הַצְדָּעָה, נ', ר', ־עוֹת
justification	הַצְדָּקָה, נ', ר', ־קוֹת
to make public, publish; to make oil	הִצְהִיר, פ"י, ע' [צהר]
gladdening	הַצְהָלָה, נ', ר', ־לוֹת
declaration	הַצְהָרָה, נ', ר', ־רוֹת
to ridicule; to make laugh	הִצְחִיק, פ"י, ע' [צחק]
to add up, pile up	הִצְטַבֵּר, פ"ע, ע' [צבר]
to step aside	הִצְטַדֵּד, פ"ח, ע' [צדד]
to justify oneself, excuse oneself, apologize	הִצְטַדֵּק, פ"ע, ע' [צדק]
self-defense; excuse; vindication	הִצְטַדְּקוּת, נ', ר', ־קִיּוֹת
to smile, break out laughing	הִצְטַחֵק, פ"ח, ע' [צחק]
to be distinguished, distinguish oneself	הִצְטַיֵּן, פ"ע, ע' [צין]
distinction	הִצְטַיְּנוּת, נ', ר', ־נֻיּוֹת
to act as envoy; to be imagined	הִצְטַיֵּר, פ"ע, ע' [צ ר]
to cross oneself	הִצְטַלֵּב, פ"ע, ע' [צלב]
to be photographed	הִצְטַלֵּם, פ"ע, ע' [צלם]
photographing	הִצְטַלְּמוּת, נ', ר', ־מֻיּוֹת
to form a scar	הִצְטַלֵּק, פ"ח, ע' [צלק]
annulment	הֲפָרָה, נ', ר', ־רוֹת
exaggeration	הַפְרָזָה, נ', ר', ־זוֹת
blossoming, blooming; spreading rumors	הַפְרָחָה, נ', ר', ־חוֹת
to be fruitful	הִפְרִיא, פ"י, ע' [פרא]
fertilization	הַפְרָיָה, הַפְרָאָה, נ', ר', ־יוֹת
to break through; to increase; to exaggerate	הִפְרִיז, פ"י, ע' [פרז]
to part the hoof; to have parted hoofs	הִפְרִיס, פ"י, ע' [פרס]
to disturb, cause disorder	הִפְרִיעַ, פ"י, ע' [פרע]
to sting; to separate, set aside; to depart	הִפְרִישׁ, פ"י, ע' [פרש]
disturbance	הַפְרָעָה, נ', ר', ־עוֹת
burlesque	הֶפְרֵז, ז'
difference	הֶפְרֵשׁ, ז', ר', ־שִׁים
differentiation, difference; separation	הַפְרָשָׁה, נ', ר', ־שׁוֹת
skinning, flaying, stripping	הֶפְשֵׁט, ז', ר', ־טִים
flaying, stripping; abstraction	הַפְשָׁטָה, נ', ר', ־טוֹת
to strip, flay	הִפְשִׁיט, פ"י, ע' [פשט]
to fasten by knotting; to roll up (sleeves)	הִפְשִׁיל, פ"י, ע' [פשל]
to defrost	הִפְשִׁיר, פ"י, ע' [פשר]
pushing back, folding, rolling up	הַפְשָׁלָה, נ', ר', ־לוֹת
melting, de-frosting	הַפְשָׁרָה, נ', ר', ־רוֹת
to surprise	הִפְתִּיעַ, פ"י, ע' [פתע]
surprise	הַפְתָּעָה, נ', ר', ־עוֹת
placing, setting up	הַצָּבָה, נ', ר', ־בוֹת

5*

הֵפִיק, פ"י, ע' [נפק] to go out; to bring forth; to derive

הֵפִיק, פ"י, ע' [פוק] to bring out; to obtain; to produce

הֵפִיר, פ"י, ע' [פור] to nullify

הָפַךְ, פ"י to turn; to change; to overturn, subvert

הֶפֶךְ, פ"י to turn; to pervert

הִתְהַפֵּךְ, פ"ח to turn over and over

הֶפֶךְ, הֵפֶךְ, הֹפֶךְ, ז', ר', ־הֲפָכִים the opposite, the contrary

הֲפֵכָה, נ', ר', ־כוֹת overthrow, destruction

הֲפַכְפַּךְ, ת"ז, ־פֶּכֶת, ת"נ crooked; fickle

הֲפַכְפְּכָן, ת"ז, ־נִית, ת"נ fickle (person)

הַפְלָגָה, נ', ר', ־גוֹת division; exaggeration; sailing

הַפָּלָה, נ', ר', ־לוֹת causing to fall; abortion, miscarriage

הִפְלִיג, פ"י, ע' [פלג] to depart; to sail, embark; to exaggerate

הִפְלִיט, פ"י, ע' [פלט] to give out

הַפְלָיָה, נ', ר', ־יוֹת discrimination

הַפְנָיָה, הַפְנָאָה, נ', ר', ־יוֹת diversion

הֶפְסֵד, ז', ר', ־דִים loss, damage

הִפְסִיד, פ"י, ע' [פסד] to lose; suffer loss

הִפְסִיק, פ"י, ע' [פסק] to sever; separate; to stop; to interrupt

הֶפְסֵק, ז', ר', ־קִים stoppage, interruption

הַפְסָקָה, נ', ר', ־קוֹת stoppage, interruption

הִפְעִיל, ז' hiph'il, the active of the causative stem of the Hebrew verb

הֻפְעַל, ז' hoph'al, the passive of the causative stem of the Hebrew verb

הַפְעָלָה, נ', ר', ־לוֹת reaction; causing action

הַפָצָה, נ', ר', ־צוֹת spreading; distribution; circulation

הִפְצִיל, פ"י, ע' [פצל] to split; to form branches

הִפְצִיר, פ"י, ע' [פצר] to be arrogant, stubborn; to urge strongly

הַפְצָצָה, נ', ר', ־צוֹת bursting, bombing

הֶפְצֵר, ז', הַפְרָצָה, נ', ר', ־רִים, ־רוֹת urging, entreaty, importunity

הֲפָקָה, נ', ר', ־קוֹת obtaining, bringing out

הִפְקִיעַ, פ"י, ע' [פקע] to split; to release; to cancel

הִפְקִיר, פ"י, ע' [פקר] to make free; to renounce ownership (of property)

הַפְקָעָה, נ', ר', ־עוֹת cancellation, release from debt

הַפְקָעַת שְׁעָרִים profiteering

הֶפְקֵר, ז' renunciation of ownership; ownerless property; license; anarchy

הֶפְקֵרוּת, נ', ר', ־רֻיוֹת lawlessness, licentiousness

הֵפֵר, פ"י, ע' [פרר] to break; to violate; to void, nullify

הַפְרָאָה, הַפְרָיָה, נ', ר', ־יוֹת fertilization

הַפְרָדָה, נ', ר', ־דוֹת separation; analysis

הֶעְתֵּק, ז', הַעְתָּקָה, נ', ר', ־קִים, copy, translation; removal ־קוֹת	הֶעֱלִיל, פ"י, ע' [עלל] false charge to bring a
הַעְתָּרָה, נ', ר', ־רוֹת request, solicitation; superfluity; verbosity	הֶעֱלֵם, ז', הַעֲלָמָה, נ', ר', ־מוֹת concealment; unconsciousness
lessening הֲפָנָה, נ', ר', ־נוֹת	placing, הַעֲמָדָה, נ', ר', ־דוֹת setting up, presenting
to batter; to הִפְגִּיז, פ"י, ע' [פגז] bombard, shell	appearance הַעֲמָדַת פָּנִים
to demonstrate הִפְגִּין, פ"י, ע' [פגן] (politically), make a demonstra- tion; to cry out	הֶעֱמִיד, פ"י, ע' [עמד] to place, set; to appoint
public הַפְגָּנָה, נ', ר', ־נוֹת demonstration	deepening הַעֲמָקָה, נ', ר', ־קוֹת
meeting הַפְגָּשָׁה, נ', ר', ־שׁוֹת	to load with הֶעֱנִיק, פ"י, ע' [ענק] gifts
cessation, pause; הֲפוּגָה, נ', ר', ־גוֹת armistice	bonus; discount הַעֲנָקָה, נ', ר', ־קוֹת
reversal; change הֶפּוּךְ, ז', ר', ־כִים	to engage; הֶעֱסִיק, פ"י, ע' [עסק] to employ
inverted הָפוּךְ, ת', הֲפוּכָה, ת"נ	employment; הַעֲסָקָה, נ', ר', ־קוֹת dealing; activity
intimidation הַפְחָדָה, נ', ר', ־דוֹת	to presume; הֶעֱפִּיל, פ"ע, ע' [עפל] to be arrogant; to be daring
exhalation; הֲפָחָה, נ', ר', ־חוֹת blowing	daring, הַעְפָּלָה, נ', ר', ־לוֹת audacity
lessening, הַפְחָתָה, נ', ר', ־תוֹת decrease	oppression הֲעָקָה, נ', ר', ־קוֹת
to conclude, הִפְטִיר, פ"י, ע' [פטר] read in the synagogue	setting (of the sun) הַעֲרֵב, ז'
conclusion; הַפְטָרָה, נ', ר', ־רוֹת lesson from the prophets	remark, הֶעָרָה, נ', ר', ־רוֹת suggestion, note
to cool, weaken הֵפִיג, פ"י, ע' [פוג]	to value, הֶעֱרִיךְ, פ"י, ע' [ערך] estimate, assess
to breathe הֵפִיחַ, פ"י, ע' [נפח]	to be crafty, הֶעֱרִים, פ"ע, ע' [ערם] sly
to breathe out; הֵפִיחַ, פ"י, ע' [פוח] to puff, pant	to admire הֶעֱרִיץ, פ"י, ע' [ערץ] deeply
overturning; הֲפִיכָה, נ', ר', ־כוֹת revolution	assessment, הַעֲרָכָה, נ', ר', ־כוֹת evaluation
to cause to fall; הִפִּיל, פ"י, ע' [נפל] to throw down, let drop; to defeat; to miscarry	evasion, הַעֲרָמָה, נ', ר', ־מוֹת stratagem, trickery
to draw lots הִפִּיס, פ"י, ע' [פיס]	admiration הַעֲרָצָה, נ', ר', ־צוֹת
to scatter הֵפִיץ, פ"י, ע' [פוץ]	to copy, הֶעֱתִּיק, פ"י, ע' [עתק] translate; to remove

5

הַסְתָּיְדוּת, נ', ר', ־דְיוֹת — calcification
הִסְתַּיֵּם, פ"ע, ע' [סים] — to be concluded, be finished
הִסְתַּיֵּעַ, פ"ע, ע' [סיע] — to find support, be supported
הִסְתַּכֵּל, פ"ע, ע' [סכל] — to look at, observe; to contemplate
הִסְתַּכְּלוּת, נ', ר', ־לִיּוֹת — observation; reflection, contemplation
הִסְתַּכֵּן, פ"ע, ע' [סכן] — to expose oneself to danger
הִסְתַּכְּנוּת, נ', ר', ־נִיּוֹת — endangering oneself
הִסְתַּלֵּק, פ"ע, ע' [סלק] — to be removed; to leave, depart
הִסְתַּלְּקוּת, נ', ר', ־קִיּוֹת — removal; death
הִסְתַּמֵּךְ, פ"ע, ע' [סמך] — to support oneself; to rely
הִסְתַּמְּכוּת, נ', ר', ־כִיּוֹת — relying; thickening
הִסְתַּנְּנוּת, נ', ר', ־נִיּוֹת — infiltration, filtering; purification
הִסְתָּעֵף, פ"ע, ע' [סעף] — to branch out, ramify
הִסְתָּעֲפוּת, נ', ר', ־פִיּוֹת — ramification
הִסְתָּעֵר, פ"ע, ע' [סער] — to attack violently; to storm
הִסְתָּעֲרוּת, נ', ר', ־רִיּוֹת — violent attack; storming
הִסְתַּפֵּחַ, פ"ע, ע' [ספח] — to join oneself
הִסְתַּפְּחוּת, נ', ר', ־חִיּוֹת — joining
הִסְתַּפֵּק, פ"ע, ע' [ספק] — to have enough, be satisfied; to be doubtful
הִסְתַּפְּקוּת, נ', ר', ־קִיּוֹת — contentment; frugality

הִסְתַּפֵּר, פ"ע, ע' [ספר] — to have one's hair cut
הֶסְתֵּר, ז' — hiding
הִסְתָּרֵק, פ"ע, ע' [סרק] — to comb one's hair
הִסְתַּתֵּר, פ"ע, ע' [סתר] — to hide oneself
הַעֲבָדָה, נ', ר', ־דוֹת — employing
הֶעֱבִיד, פ"י, ע' [עבד] — to enslave; to employ
הֶעֱבִיר, פ"י, ע' [עבר] — to cause to pass over; to bring over; to remove
הַעֲבָרָה, נ', ר', ־רוֹת — transfer, removal
הַעֲדָאָה, נ', ר', ־אוֹת — preferment; surplus
הֶעֱדִיף, פ"י, ע' [עדף] — to prefer
הַעֲדָפָה, נ', ר', ־פוֹת — preference
הֶעְדֵּר, ז', ר', ־רִים — absence
הַעֲוָיָה, נ', ר', ־יוֹת — grimace, distortion
הֵעֵז, פ"ע, ע' [עזז] — to dare
הֲעָזָה, הַעֲוָה, נ', ר', הֶעָזוֹת — impudence, daring, audacity
הֶעֱיב, פ"י, ע' [עוב] — to darken
הֵעִיד, פ"י, ע' [עוד] — to testify, to warn, admonish
הֵעִיז, פיו"ע, ע' [עוז] — to bring into safety
הֵעִיף, פ"י, ע' [עוף] — to make fly; to fly
הֵעִיק, פ"י, ע' [עוק] — to press
הֵעִיר, פ"י, ע' [עור] — to awaken, rouse, stir up; to remark
הַעֲלָאָה, נ', ר', ־אוֹת — raise, promotion
הֶעֱלָה, פ"י, ע' [עלה] — to bring up; to cause to ascend; to sacrifice

הֵסִיג, פ״י, ע׳ [סוג, נסג]	to remove, move back, displace
הִסִּיחַ, פ״י, ע׳ [נסח]	to remove, discard
הֵסִיט, פ״י, ע׳ [סוט]	to shift
הֵסִיךְ, פ״י, ע׳ [סוך]	to anoint; to fence in
הִסִּיעַ, פ״י, ע׳ [נסע]	to drive; to lead out; to pluck up; to remove
הֵסִיף, פ״י, ע׳ [סוף]	to make an end of, destroy
הִסִּיק, פ״י, ע׳ [נסק]	to heat up; to conclude
הֵסִיר, פ״י, ע׳ [סור]	to remove, put aside
הֵסִית, פ״י, ע׳ [סות]	to incite, instigate
הִסְכִּים, פ״ע, ע׳ [סכם]	to agree, consent
הִסְכִּין, פ״ע, ע׳ [סכן]	to be accustomed
הִסְכִּית, פ״ע, ע׳ [סכת]	to be silent; to pay attention
הֶסְכֵּם, ז׳, הַסְכָּמָה, נ׳, ר׳, ־מִים, ־מוֹת	agreement, consent, approval
הַסְכָּנָה, נ׳, ר׳, ־נוֹת	adaptability
הַסְמָכָה, נ׳, ר׳, ־כוֹת	conferring of degree
הַסְנָנָה, נ׳, ר׳, ־נוֹת	filtering
הִסֵּס, פ״ע	to hesitate
הַסְּסָן, ז׳, ר׳, ־נִים	indecisive person
הַסְפָּנָה, נ׳, ר׳, ־נוֹת	absorption
הֶסְפֵּד, ז׳, ר׳, ־דִים	funeral oration; mourning
הִסְפִּיק, פעו״י, ע׳ [ספק]	to have (give) the opportunity
הֶסְפֵּק, ז׳, ר׳, ־קִים	ability, potential
הַסְפָּקָה, נ׳, ר׳, ־קוֹת	supply, provision; maintenance

הֶסֵּק, ז׳, ר׳, ־קִים	heating
הַסָּקָה, נ׳, ר׳, ־קוֹת	lighting a fire, heating
הֲסָרָה, נ׳,	removing
הַסְרָטָה, נ׳, ר׳, ־טוֹת	filming
הֲסָת, ז׳, ר׳, ־תוֹת	enticement; attempt
הִסְתַּבֵּךְ, פ״ע, ע׳ [סבך]	to be entangled; to become complicated
הִסְתַּבְּכוּת, נ׳, ר׳, ־כֻיּוֹת	entanglement, complication
הִסְתַּבֵּל, פ״ח, ע׳ [סבל]	to become burdensome
הִסְתַּבֵּר, פ״ח, ע׳ [סבר]	to be explained; to be intelligible
הִסְתַּגֵּל, פ״ע, ע׳ [סגל]	to adapt oneself; to become capable of
הִסְתַּגְּלוּת, נ׳, ר׳, ־לֻיּוֹת	adaptability
הִסְתַּגֵּר, פ״ח, ע׳ [סגר]	to close oneself up, to be secretive
הִסְתַּדֵּר, פ״ח, ע׳ [סדר]	to settle oneself; to arrange oneself
הִסְתַּדְּרוּת, נ׳, ר׳, ־רֻיּוֹת	organization; arrangement
הֲסָתָה, הַסָּתָה, נ׳, ר׳, ־תוֹת	incitement, seduction
הִסְתּוֹבֵב, פ״ע, ע׳ [סבב]	to surround, encircle; to turn around
הִסְתּוֹדֵד, פ״ח, ע׳ [סוד]	to talk secretly, take council (secretly)
הִסְתּוֹפֵף, פ״ח, ע׳ [ספף]	to be at the threshold
הִסְתּוֹפְפוּת, נ׳	loitering, lingering
הִסְתַּחְרְרוּת, נ׳, ר׳, ־רֻיּוֹת	spinning, going around
הִסְתַּיֵּג, פ״ע, ע׳ [סיג]	to restrain oneself
הִסְתַּיְּנוּת, נ׳, ר׳, ־נֻיּוֹת	fencing off, limitation

נֶהֱנָה, פ"ע	to enjoy; to profit, benefit
הַנְהָגָה, נ', ר', ־גוֹת	leading; behavior, conduct
הִנְהִיג, פ"י, ע' [נהג]	to drive, lead; to make a custom, habit
הַנְהָלָה, נ', ר', ־לוֹת	administration, management
הִנְוָה, פ"י, ע' [נוה]	to adorn, beautify, glorify
הַצּוּמָה, הַיְנוּמָה, נ', ר', ־מוֹת	(bridal) veil
הֲנָחָה, נ', ר', ־חוֹת	release; rest, relief
הַנָּחָה, נ', ר', ־חוֹת	putting down; supposition, hypothesis
הֵנִיא, פ"י, ע' [נוא]	to frustrate, restrain, hinder
הֵנִיד, פ"י, ע' [נוד]	to drive out; to move; to shake head
הֵנִיחַ, הִנִּיחַ, פ"י, ע' [נוח]	to set at rest, place; to leave behind; to permit; to assume
הֵנִיס, פ"י, ע' [נוס]	to hide
הֵנִיעַ, פ"י, ע' [נוע]	to move to and fro; to shake, to stir up
הֵנִיף, פ"י, ע' [נוף]	to wield a tool; to swing, wave, shake; to fan
הִנְמִיךְ, פ"י, ע' [נמך]	to lower, depress
הַנְמָקָה, נ', ר', ־קוֹת	motivation, motive
הֲנָעָה, נ', ר', ־עוֹת	motion, movement
הַנְעָלָה, נ', ר', ־לוֹת	locking, shoeing
הַנְעָמָה, נ', ר', ־מוֹת	making pleasant
הָנֵף, הֶנֶף, ז'	waving, swinging
הֲנָפָה, נ', ר', ־פוֹת	waving, swinging
הָנֵץ, הֶנֶץ, ז'	shining

הַנְצָה, נ', ר', ־צוֹת	sprouting
הִנְצִיחַ, פ"י, ע' [נצח]	to make everlasting, perpetuate
הֲנָקָה, נ', ר', ־קוֹת	nursing, suckling
הַנְשָׁמָה, נ'	inhalation
הַס, מ"ק	hush, quiet
הֵסֵב, פ"י, ע' [סבב]	to turn; to recline at table; to transfer
הֶסֵב, ז'	banquet, meal
הֲסִבָּה, נ', ר', ־בּוֹת	banquet
הִסְבִּיר, פ"י, ע' [סבר]	to explain
הֶסְבֵּר, ז', ר', ־רִים	exposition
הַסְבָּרָה, נ', ר', ־רוֹת	interpretation
הַסְבָּרַת פָּנִים	warm welcome
הַסָּגָה, ז', ר', ־גוֹת	removing, retreating
הַסָּגַת גְּבוּל	trespass, encroachment
הִסְגִּיר, פ"י, ע' [סגר]	to shut up; to deliver up
הִסְגִּיל, פ"י, ע' [סגל]	to make fit, accustom
הֶסְגֵּר, ז'	locking; quarantine; enclosure
הַסְגָּרָה, נ', ר', ־רוֹת	extradition
הֶסְדֵּר, ז', ר', ־רִים	order
הַסְדָּרָה, נ', ר', ־רוֹת	arrangement
הִסָּה, פ"ע	to be silent
הֶהֱסִים, פ"י	to silence
הַסְוָאָה, נ', ר', ־אוֹת	camouflage
הִסְוָה, פ"י, ע' [סוה]	to camouflage, cover; to hide
הִסּוּס, ז', ר', ־סִים	hesitation
הֶסֵּחַ, ז'	removal
הֶסַּח־הַדַּעַת	diversion of attention
הֶסֵּט, ז', ר', ־טוֹת	shifting
הִסְטִין, פ"י, ע' [סטן]	to accuse

to confuse, confound	הָמַם, פ"י
perplexity	הֲמָמָה, נ'
to do ill	הָמַן, פ"ע
hymn, anthem	הִמְנוֹן, ז', ר', ־נִים
to keep apart	הִמְנִיעַ, פ"י, ע' [מנע]
avoidance; impossibility	הִמָּנְעוּת, נ', ר', ־עֻיּוֹת
to melt, liquefy, dissolve	הָמֵס, פ"י, ע' [מסס]
melting; brushwood	הֶמֶס, ז', ר', ־הֲמָסִים
melting, dissolution	הַמָּסָה, הֲמָסָה, נ', ר', ־מַסּוֹת, ־מָסוֹת
first stomach of ruminants	הֶמְסֵס, ז'
stumble, slip	הַמְעָדָה, נ', ר', ־דוֹת
diminution, devaluation	הַמְעָטָה, נ', ר', ־טוֹת
to do little; to diminish, devaluate	הִמְעִיט, פ"י, ע' [מעט]
to be supplied with; to be invented, created	הִמָּצֵא, פ"ע, ע' [מצא]
invention	הַמְצָאָה, נ', ר', ־אוֹת
to furnish, supply with; to cause to find; to invent	הִמְצִיא, פ"י, ע' [מצא]
rot, decay	הֲמָקָה, נ'
stuffing; rebelliousness; betting; taking off;	הַמְרָאָה, הַמְרָיָה, נ', ר', ־אוֹת, ־יוֹת
change; apostasy	הַמְרָה, נ', ר', ־רוֹת
to soar, fly (high); to take off (plane); to fatten, stuff	הִמְרִיא, פ"ע, ע' [מרא]
to spur on; to be strong; to urge, energize	הִמְרִיץ, פ"י, ע' [מרץ]
to rub in	הִמְרִיק, פ"י, ע' [מרק]
softening	הַמְרָכָה, נ', ר', ־כוֹת

encouragement, urging	הַמְרָצָה, נ', ר', ־צוֹת
to continue; to cause to extend; to pull; to prolong; to attract	הִמְשִׁיךְ, פ"י, ע' [משך]
to compare; to cause to rule	הִמְשִׁיל, פ"י, ע' [משל]
to be attracted; to be withdrawn from; to follow someone	הִמָּשֵׁךְ, פ"ע, ע' [משך]
continuation, duration	הֶמְשֵׁךְ, ז', הַמְשָׁכָה, נ', ר', ־כִים, ־כוֹת
continuance	הַמְשָׁכוּת, נ'
continuity	הֶמְשֵׁכִיּוּת, נ'
rule, power	הַמְשֵׁל, ז'
putting to death, execution	הֲמָתָה, נ', ר', ־תוֹת
to wait; to tarry; to postpone	הִמְתִּין, פ"ע, ע' [מתן]
to sweeten, make pleasant	הִמְתִּיק, פ"י, ע' [מתק]
waiting	הַמְתָּנָה, נ', ר', ־נוֹת
sweetening	הַמְתָּקָה, נ', ר', ־קוֹת
they (f.)	הֵן, מה"ג
lo!, behold!; whether, if; yes	הֵן, מ"ק, תה"פ
word of honor	הֵן צֶדֶק
pleasure, enjoyment; benefit; frustration	הֲנָאָה, נ', ר', ־אוֹת
prophesying	הִנָּבְאוּת, נ', ר', ־אִיּוֹת
intonation	הִנְגָּנָה, נ', ר', ־נוֹת
engineering; geometry	הַנְדָּסָה, נ'
geometrical	הַנְדָּסִי, ת"ז, ־סִית, ת"נ
they (f.)	הֵנָּה, מה"ג
hither, here	הֵנָּה, תה"פ
lo!, behold!; here	הִנֵּה, מ"י
to give pleasure; to benefit	הִנָּה, פ"י

blending	הַמְזָגָה, נ', ר', ־גוֹת
check, draft	הַמְחָאָה, נ', ר', ־אוֹת
to draw a check	הִמְחָה, פּ"ע, [מחה]
dramatization	הַמְחָזָה, נ', ר', ־זוֹת
to dramatize	הִמְחִיז, פּ"י, ע' [מחז]
to rain; to bring down	הִמְטִיר, פּ"י, ע' [מטר]
sound, noise	הֶמְיָה, נ', ר', ־יוֹת
to bring (misfortune)	הֵמִיט, פּ"י, ע' [מוט]
belt, girdle	הֶמְיָן, ז', ר', ־נִים
to make slim; to make weak	הֵמִיץ, פּ"י, ע' [מיץ]
to crumble, dissolve	הֵמִיק, פּ"י, ע' [מקק]
to change, exchange	הֵמִיר, פּ"י, ע' [מור]
to cause to feel	הֵמִישׁ, פּ"י, ע' [ממש]
to kill	הֵמִית, פּ"י, ע' [מות]
noise, tumult	הֲמֻלָּה, הֲמוּלָה, נ', ר', ־לוֹת
to be rubbed with salt	הָמְלַח, פּ"ע, ע' [מלח]
salting	הַמְלָחָה, נ', ר', ־חוֹת
laying (eggs)	הַמְלָטָה, נ', ר', ־טוֹת
to salt	הִמְלִיחַ, פּ"י, ע' [מלח]
to save; to give birth; to lay (eggs)	הִמְלִיט, פּ"י, ע' [מלט]
to make king; to cause to reign	הִמְלִיךְ, פּ"י, ע' [מלך]
to recommend	הִמְלִיץ, פּ"י, ע' [מלץ]
to be crowned a king	הָמְלַךְ, פּ"ע, ע' [מלך]
coronation, appointing a king	הַמְלָכָה, נ', ר', ־כוֹת
recommendation	הַמְלָצָה, נ', ר', ־צוֹת

giving shelter for the night	הֲלָנָה, נ', ר', ־נוֹת
complaint, grumbling	הֲלָנָה, נ', ר', ־נוֹת
slandering; translation	הַלְעָזָה, נ', ר', ־זוֹת
feeding, stuffing	הַלְעָטָה, נ', ר', ־טוֹת
to deride, mock	הֶלְעִיב, פּ"י, ע' [לעב]
recommendation; joke, jest	הֲלָצָה, נ', ר', ־צוֹת
jocular	הֲלָצִי, ת"ז, ־צִית, ת"נ
flogging, whipping	הַלְקָאָה, נ', ר', ־אוֹת
capsule; pod	הֶלְקֵט, ז', ר', ־טִים
to stuff (bird's pouch)	הִלְקִיט, פּ"י, ע' [לקט]
informing, slandering	הַלְשָׁנָה, נ', ר', ־נוֹת
they (m.)	הֵם, הֵמָּה, מה"ג
to make despised	הִמְאִיס, פּ"י, ע' [מאס]
to pierce; to become malignant; to infect	הִמְאִיר, פּ"י, ע' [מאר]
to make delicious	הִמְגִּיד, פּ"י, ע' [מגד]
to make noise, be noisy	הָמָה, פּ"ע
to rush after; to be greedy, covet	הָמָה, פּ"ע
noise, tumult	הֲמוּלָה, הָמֻלָה, נ', ר', ־לוֹת
tumult, confusion; crowd, multitude; abundance	הָמוֹן, ז', ר', ־הֲמוֹנִים
vulgar, common	הֲמוֹנִי, ת"ז, ־נִית, ת"נ
vulgarity	הֲמוֹנִיּוּת, נ'

to walk, go	הָלַךְ, פ״ע
to be gone; to pass	נֶהֱלַךְ, פ״ע
to walk, walk about	הִלֵּךְ, פ״ע
to lead; to carry, bring	הוֹלִיךְ פ״י
to move to and fro	הִתְהַלֵּךְ, פ״ע
flowing; traveler	הַלֵּךְ, ז׳, ר׳, הַלָּכִים
road, walk; toll	הֲלָךְ, ז׳
mood	הֲלָךְ־נֶפֶשׁ, ז׳
practice; traditional law; halakah	הֲלָכָה, נ׳, ר׳, כוֹת
properly	כַּהֲלָכָה, תה״פ
halakic, traditional	הֲלָכִי, ת״ז, כִית, ת״נ
walker	הַלְכָן, ז׳, ר׳, נִים
to praise	הִלֵּל, פ״י
to praise oneself; to boast	הִתְהַלֵּל, פ״ע
to shine; to be foolish, boastful	הָלַל, פ״ע
to delude, make foolish	הוֹלֵל, פ״י
to act foolishly; to feign madness	הִתְהוֹלֵל, פ״ע
praise; group of psalms recited on the New Moon and festivals	הַלֵּל, ז׳
these, those	הַלָּלוּ, מ״ג
hallelujah!, praise ye the Lord!	הַלְלוּיָהּ, מ״ק
to smite, strike down; to fit, become (of dress)	הָלַם, פ״י
beating	הֶלֶם, ז׳
here, hither	הֲלֹם, הֲלוֹם, תה״פ
beating; hammer	הַלְמוּת, נ׳, ר׳, מֻיוֹת
thither, there; below	הַלָּן, לְהַלָּן, תה״פ

making fit; preparation	הַכְשָׁרָה, נ׳, ר׳, רוֹת
to crush, smite	הָכַת, פ״י, ע׳ [כתת]
to be crushed, beaten	הֻכַּת, פ״ע, ע׳ [כתת]
dictation	הַכְתָּבָה, נ׳, ר׳, בוֹת
coronation	הַכְתָּרָה, נ׳, ר׳, רוֹת
is it not?, has it not?	הֲלֹא, תה״פ
away, further, beyond	הָלְאָה, תה״פ
to nationalize	הִלְאִים, פ״י, ע׳ [לאם]
nationalization	הַלְאָמָה, נ׳
to clothe	הִלְבִּישׁ, פ״י, ע׳ [לבש]
whitening	הַלְבָּנָה, נ׳, ר׳, נוֹת
dressing, clothing; dress, clothes	הַלְבָּשָׁה, נ׳, ר׳, שׁוֹת
birth	הֻלֶּדֶת, הוּלֶּדֶת, נ׳
that one	הַלָּה, מ״ג
halo; sheen	הִלָּה, נ׳, ר׳, לּוֹת
inflammation	הַלְהָבָה, נ׳, ר׳, בוֹת
to inspire	הִלְהִיב, פ״י, ע׳ [להב]
loan	הַלְוָאָה, נ׳, ר׳, אוֹת
oh that!, would that!	הַלְוַאי, מ״ק
to lend	הִלְוָה, פ״י, ע׳ [לוה]
escorting; funeral	הַלְוָיָה, נ׳, ר׳, יוֹת
walk, walking; speed (driving)	הִלּוּךְ, ז׳, ר׳, כִים
praising; rejoicing	הִלּוּל, ז׳, ר׳, לִים
wedding feast	הִלּוּלִים, ז״ר
that one	הַלָּז, מ״ג
that one (m.)	הַלָּזֶה, מ״ג
slander	הֲלָזָה, נ׳, ר׳, זוֹת
that one (f.)	הַלֵּזוּ, מ״ג
soldering	הַלְחָמָה, נ׳, ר׳, מוֹת
asparagus	הֶלְיוֹן, ז׳
walk, gait; manner	הֲלִיכָה, נ׳, ר׳, כוֹת
palpitation, beating	הֲלִימָה, נ׳, ר׳, מוֹת

humility, submission	הַכְנָעָה, נ׳, ר׳, ־עוֹת	to make heavy; to honor	הַכְבִּיד, פ״י, ע׳ [כבד]
to silver; to become pale	הִכְסִיף, פ״י, ע׳ [כסף]	to increase, heap up	הִכְבִּיר, פ״י, ע׳ [כבר]
plating with silver	הַכְסָפָה, נ׳, ר׳, ־פוֹת	to beat, strike; to defeat; to kill	הִכָּה, פ״י, ע׳ [נכה]
to anger, vex	הִכְעִיס, פ״י, ע׳ [כעס]	turning, dialing	הַכְוָנָה, נ׳, ר׳, ־נוֹת
angering	הַכְעָסָה, נ׳, ר׳, ־סוֹת	denial	הַכְזָבָה, נ׳, ר׳, ־בוֹת
to cower; to mourn; to incarcerate	הִכְפִּישׁ, פ״י, ע׳ [כפש]	extermination	הַכְחָדָה, נ׳, ר׳, ־דוֹת
doubling	הַכְפָּלָה, נ׳, ר׳, ־לוֹת	to deny; to annihilate	הִכְחִיד, פ״י, ע׳ [כחד]
recognition; indication, sign	הֶכֵּר, ז׳, ר׳, ־רִים	to contradict, deny	הִכְחִישׁ, פ״י, ע׳ [כחש]
recognition, perception	הַכָּרָה, נ׳, ר׳, ־רוֹת	denial, contradiction	הַכְחָשָׁה, נ׳, ר׳, ־שׁוֹת
gratitude, thankfulness	הַכָּרַת טוֹבָה, ־ תּוֹדָה	to hold, contain; to include	הֵכִיל, פ״י, ע׳ [כול]
show, sign (of face)	הַכָּרַת פָּנִים	to prepare, provide; to arrange	הֵכִין, פ״י, ע׳ [כון]
acquaintance	הֶכֵּרוּת, נ׳, ר׳, ־רֻיוֹת	to recognize, acknowledge; to know, distinguish; to be acquainted with	הִכִּיר, פ״י, ע׳ [נכר]
proclamation	הַכְרָזָה, נ׳, ר׳, ־זוֹת		
necessity; compulsion	הֶכְרֵחַ, ז׳	cross-breeding	הַכְלָאָה, נ׳, ר׳, ־אוֹת
constraint, force	הַכְרָחָה, נ׳	to offend; to put to shame	הִכְלִים, פ״י, ע׳ [כלם]
necessary, indispensable	הֶכְרֵחִי, ת״ז, ־חִית, ת״נ	generalization	הַכְלָלָה, נ׳, ר׳, ־לוֹת
necessity	הֶכְרֵחִיּוּת, נ׳	concealment	הַכְמָנָה, נ׳, ר׳, ־נוֹת
to announce, proclaim, herald	הִכְרִיז, פ״י, ע׳ [כרז]	ready	הָכֵן, תה״פ
to force, compel, constrain	הִכְרִיחַ, פ״י, ע׳ [כרח]	preparation	הֲכָנָה, נ׳, ר׳, ־נוֹת
to subject; to bend	הִכְרִיעַ, פ״י, ע׳ [כרע]	to bring in; to admit	הִכְנִיס, פ״י, ע׳ [כנס]
decision, adjudication	הֶכְרֵעַ, ז׳, הַכְרָעָה, נ׳, ר׳, ־עִים, ־עוֹת	to submit; to subdue	הִכְנִיעַ, פ״י, ע׳ [כנע]
cutting, cutting off	הַכְרָתָה, נ׳, ר׳, ־תוֹת	bringing in; income	הַכְנָסָה, נ׳, ר׳, ־סוֹת
striking; bite	הַכָּשָׁה, נ׳, ר׳, ־שׁוֹת	hospitality; hostel for wayfarers	הַכְנָסַת אוֹרְחִים
fitness; permit of ritual fitness issued by a rabbi	הֶכְשֵׁר, ז׳, ר׳, ־רִים	income tax	מַס הַכְנָסָה

הִסְלִיא, פ"י, ע' [סלא] to mend
הִטַּמֵּא, פ"ח, ע' [טמא] to become impure
הִטַּמְטֵם, פ"ח, ע' [טמטם] to become cohesive; to become stupid
הִטְמִין, פ"י, ע' [טמן] to put away
הִטָּמֵן, פ"ע, ע' [טמן] to be concealed
הַטְמָנָה, נ', ר', ־נוֹת hiding
הַטְעָאָה, הַטְעָיָה, נ', ר', ־אוֹת, ־יוֹת leading astray, deception
הִטְעָה, פ"י, ע' [טעה] to lead astray, deceive
הִטְעִים, פ"י, ע' [טעם] to cause to taste, make tasty; to stress
הִטְעִין, פ"י, ע' [טען] to load
הַטְעָמָה, נ', ר', ־מוֹת emphasis, accentuation
הַטְעָנָה, נ', ר', ־נוֹת loading
הַטָּפָה, נ', ר', ־פוֹת dripping; preaching
הִטְפִּיס, פ"י, ע' [טפס] to copy, reprint
הֶטְפֵּס, ז', ר', ־סִים reprint
הַטְרָחָה, נ', ר', ־חוֹת bothering, bother
הִטְרִיד, פ"י, ע' [טרד] to trouble, bother
הִטְרִיחַ, פ"י, ע' [טרח] to burden, weary, bother
הִטְרִיף, פ"י, ע' [טרף] to feed; to declare unfit for food
הִי, ז' lamentation
הֵי, מ"ק lo! behold!
הִיא, מ"ג she, it; this, that
הֵיאַךְ, הֵיךְ, מ"ש how? how so?
הִיגּוּי, הֶגּוּי, ז', ר', ־יִים utterance; pronunciation
הֵידָד, מ"ק shout, shouting cheer; hurrah
הִידּוּק, הִדּוּק, ז' hoop; bending

הִידּוּר, הִדּוּר, ז', ר', ־רִים adorning; honoring
הָיָה, פ"ע to be, exist; to become; to happen
הֱיוֹת וְ־ whereas, since
הֱיוֹת שֶׁ־ since, whereas
נִהְיָה, פ"ע to become; to be accomplished; to be finished
הִיּוּלִי, ת"ז, ־לִית, ת"נ primeval, formless
הֵיטֵב, תה"פ well, properly
הֵיטִיב, פ"י, ע' [יטב] to do good; to improve
הֵיךְ, מ"ש how?
הֵיכָל, ז', ר', ־לִים, ־לוֹת palace, temple
הֵיכָן, תה"פ where?
הֵילִיכִי, הֵילָךְ here; here you are
הֵילִיל, פ"ע, ע' [ילל] to lament
הֵילְכָּךְ, הִלְכָּךְ, מ"ח so; therefore
הֵילֵל, ז' brightness; morning star
[הים] הָם, פ"ע to make a noise, roar; to wail
הֵימִין, פ"ע, ע' [ימן] to turn right
הֵימֶנּוּ, מ"ג from (of) him
[הין] הֵהִין, פ"ע to dare
הִין, ז', ר', ־נִים liquid measure
הַיְנוּ, הַיְּינוּ, תה"פ namely, viz.
הִינוּמָה, הִנּוּמָה, נ' ר', ־מוֹת (bridal) veil
הַיְשָׁרָה, נ', ר', ־רוֹת leveling; making straight
הַכְאָבָה, נ', ר', ־בוֹת hurting
הִכְאָה, פ"י, ע' [כאה] to afflict
הַכָּאָה, נ', ר', ־אוֹת striking, beating
הִכְאִיב, פ"י, ע' [כאב] to hurt
הַכְבָּדָה, נ', ר', ־דוֹת encumbrance, burdening

הֶחֱלִיט, פ״י, ע׳ [חלט] to determine, decide	
הֶחֱלִים, פ״י, ע׳ [חלם] to restore, recuperate	
הֶחֱלִיף, פ״י, ע׳ [חלף] to exchange, change; to renew	
הֶחֱלִיץ, פ״י, ע׳ [חלץ] to invigorate; to strengthen	
הֶחֱלִיק, פ״י, ע׳ [חלק] to flatten; to make smooth	
הַחְלָפָה, נ׳, ר׳, ־פוֹת change	
הַחְלָקָה, נ׳, ר׳, ־קוֹת gliding, skidding, slipping	
הַחְלָשָׁה, נ׳ weakening	
הֶחֱמִיץ, פ״ע, ע׳ [חמץ] to become fermented; to put off, delay	
הֶחֱמִיר, פ״י, ע׳ [חמר] to be strict	
הַחְמָצָה, נ׳, ר׳, ־צוֹת leavening	
הַחְמָרָה, נ׳, ר׳, ־רוֹת severity	
הֶחֱנָה, פ״י, ע׳ [חנה] to encamp	
הֶחֱסִין, פ״י, ע׳ [חסן] to store; to conserve	
הֶחֱסִיר, פ״י, ע׳ [חסר] to deduct	
הַחְסָנָה, נ׳, ר׳, ־נוֹת storage	
הַחְסָרָה, נ׳, ר׳, ־רוֹת subtraction	
הֶחֱפִּיר, פ״י, ע׳ [חפר] to be ashamed; to put to shame	
הֶחֱצִיב, פ״י, ע׳ [חצב] to beat, kill	
הֶחֱצִיף, פ״ע, ע׳ [חצף] to be impertinent, bold	
הֶחֱרָה, ע׳ [חרה] to make angry; to be zealous	
הֶחֱרִיב, פ״י, ע׳ [חרב] to destroy; to cause to be dry	
הֶחֱרִיד, פ״י, ע׳ [חרד] to terrify	
הֶחֱרִים, פ״י, ע׳ [חרם] to excommunicate; to destroy	

הֶחֱרִישׁ, פעו״י, ע׳ [חרש] to be silent; to silence; to plot; to deafen

הֶחְשִׁיךְ, פ״י, ע׳ [חשך] to darken

הַחְשָׁכָה, נ׳ darkening

הֶחָת, פ״י, ע׳ [חתת] to break (yoke of slavery)

הֶחְתִּים, פ״י, ע׳ [חתם] to stamp; to make sign

הַחְתָּמָה, נ׳, ר׳, ־מוֹת subscription

הֲטָבָה, נ׳, ר׳, ־בוֹת doing good; betterment

הֲטָבַת נֵרוֹת trimming of candles

הִטְבִּיל, פ״י, ע׳ [טבל] to immerse; to baptize

הַטְבָּלָה, נ׳, ר׳, ־לוֹת immersion, baptism

הִטָּה, פ״י, ע׳ [נטה] to turn, turn aside; pervert (judgment); to seduce, entice

הִטָּהֵר, פ״ח, ע׳ [טהר] to become pure, purify oneself

הִטִּיב, פ״ח, ע׳ [טיב] to improve soil (field)

הַטָּיָה, נ׳, ר׳, ־יוֹת bending; perversion of justice; inclination

הִטִּיחַ, פ״י, ע׳ [טוח] to plaster; to press; to knock against

הִטִּיל, פ״י, ע׳ [נטל] to throw; to lay; to put into

הֵטִיל, פ״י, ע׳ [טול] to cast, throw; to lay (egg)

הֵטִיס, פ״י, ע׳ [טוס] to cause to fly

הִטִּיף, פ״י, ע׳ [נטף] to drip; to speak, preach,

הַטְלָאָה, נ׳, ר׳, ־אוֹת mending, patching

הַטָּלָה, נ׳, ר׳, ־לוֹת throwing, casting; laying (of eggs); imposition (of taxes)

displacing, moving — הֲזָזָה, נ', ר', ־זוֹת

to boil, seethe; to act insolently — הֵזִיד, פ"י, ע' [זוד]

hallucination, delusion, superstition — הֲזָיָה, נ', ר', ־יוֹת

sprinkling — הַזָּיָה, הַזָּאָה, נ', ר', ־יוֹת, ־אוֹת

to move, remove — הֵזִיז, פ"י, ע' [זוז]

to move, remove — הֵזִיחַ, פ"י, ע' [זוח, זח]

to become cheap — הֵזִיל, פ"י, ע' [זול]

to refute; to convict of plotting — הֵזִים, פ"י, ע' [זמם]

to feed — הֵזִין, פ"י, ע' [זון]

to tremble, quake; to perspire — הֵזִיעַ, פ"ע, ע' [זוע, זע]

to cause injury or damage — הִזִּיק, פ"י, ע' [נזק]

to make clean; to make clear — הֵזַּךְ, הֵזַךְ, פ"י, ע' [זכך]

to purify oneself; to be acquitted — הִזַּכָּה, פ"ח, ע' [זכה]

to remind, mention, commemorate — הִזְכִּיר, פ"י, ע' [זכר]

mention, reminding; Divine Name — הַזְכָּרָה, נ', ר', ־רוֹת

cheapening — הֲזָלָה, נ', ר', ־לוֹת

to refute; to convict of plotting — הֵזַם, פ"י, ע' [זמם]

conviction of false witnesses, refutation — הֲזַמָּה, הֲזָמָה, נ', ר', ־מוֹת

to invite; to make ready — הִזְמִין, פ"י, ע' [זמן]

invitation; summons; order (for goods, etc.) — הַזְמָנָה, נ', ר', ־נוֹת

to visit a house of prostitution — הִזְנָה, פעו"י, ע' [זנה]

nourishment, feeding — הֲזָנָה, נ', ר', ־נוֹת

negligence, neglect — הַזְנָחָה, נ', ר', ־חוֹת

to reject, cast off, neglect — הִזְנִיחַ, פ"י, ע' [זנח]

perspiration — הֲזָעָה, נ', ר', ־עוֹת

to call out, convoke — הִזְעִיק, פ"י, ע' [זעק]

damage — הֶזֵּק, ז', ר', ־קִים, ־קוֹת

to appear old, to grow old — הִזְקִין, פעו"י, ע' [זקן]

to produce seed, seeding — הִזְרִיעַ, פ"י, ע' [זרע]

הַזְרָעָה, נ', ר', ־עוֹת

hiding, concealment — הַחְבָּאָה, נ', ר', ־אוֹת

to conceal, hide — הֶחְבִּיא, פ"י, ע' [חבא]

to make strong; to seize; to contain; to maintain — הֶחֱזִיק, פ"י, ע' [חזק]

to restore, return (something); to revoke — הֶחֱזִיר, פ"י, ע' [חזר]

support, maintenance — הַחְזָקָה, נ', ר', ־קוֹת

returning — הַחְזָרָה, נ', ר', ־רוֹת

miss, strike (sports) — הַחְטָאָה, נ', ר', ־אוֹת

to miss (a mark); to make someone sin — הֶחְטִיא, פ"י, ע' [חטא]

revival — הַחְיָאָה, נ', ר', ־אוֹת

to revive, restore — הֶחֱיָה, פ"י, ע' [חיה]

to hasten — הֵחִישׁ, פ"י, ע' [חוש]

to begin — הֵחֵל, פ"י, ע' [חלל]

final decision — הֶחְלֵט, ז'

resolution, decision — הַחְלָטָה, נ', ר', ־טוֹת

to make ill; to become rusty; to soil — הֶחֱלִיא, פ"י, ע' [חלא]

הוֹפִיעַ, פ״ע, ע׳ [יפע] to appear; to shine

הוֹפָעָה, נ׳, ר׳, ־עוֹת appearance; phenomenon

הוֹצָאָה, נ׳, ר׳, ־אוֹת expenditure, cost, outlay; edition

הוֹצָאָה לָאוֹר publishing

הוֹצִיא, פ״י, ע׳ [יצא] to bring out, carry out; to exclude; to spend

הוֹצִיא לָאוֹר to publish

הוֹקִיעַ, פ״י, ע׳ [יקע] to hang; to stigmatize

הוֹקִיר, פ״י, ע׳ [יקר] to honor, treat with respect; to make rare

הוֹקָעָה, נ׳, ר׳, ־עוֹת hanging

הוֹקָרָה, נ׳, ר׳, ־רוֹת raising the price; esteem, appreciation

הוֹרָאָה, נ׳, ר׳, ־אוֹת instruction; decision; meaning

הוֹרָדָה, נ׳, ר׳, ־דוֹת bringing down

הוֹרֶה, ז׳, ר׳, ־רִים parent (father)

הוֹרָה, נ׳, ר׳, ־רוֹת parent (mother)

הוֹרָה, פ״י, ע׳ [ירה] to teach, instruct; to point; to shoot

הוֹרִיד, פ״י, ע׳ [ירד] to bring down, lead down, lower

הוֹרִיק, פעו״י, ע״י [ירק] to become green

הוֹרִישׁ, פ״י, ע׳ [ירש] to cause to inherit; to dispossess

הוֹרָשָׁה, נ׳, ר׳, ־שׁוֹת bequest, a giving of inheritance

הוֹשָׁבָה, נ׳, ר׳, ־בוֹת seating, placing

הוֹשִׁיב, פ״י, ע׳ [ישב] to seat; to settle

הוֹשִׁים, פ״י, ע׳ [ישט] to hold out; to stretch out

הוֹשִׁיעַ, פ״י, ע׳ [ישע] to save, deliver

הוֹשַׁעְנָא, הוֹשַׁעֲנָה, ג׳, ר׳, ־נוֹת help!; I pray!; hosanna!

הוֹשַׁעְנָא רַבָּא seventh day of Feast of Tabernacles

הוֹשַׁעֲנוֹת, נ״ר willow twigs used in the synagogue on Feast of Tabernacles

הוֹתִיר, פ״י, ע׳ [יתר] to leave over

הַזָּאָה, הַזָּיָה, נ׳, ר׳, ־אוֹת, ־יוֹת sprinkling

הִזְדַּבֵּן, פ״ח, ע׳ [זבן] to be sold

הִזְדַּהוּת, נ׳ identification

הִזְדַּוֵּג, פ״ע, ע׳ [זוג] to be paired, be mated

הִזְדַּוְּגֻנוּת, נ׳, ר׳, ־נִיוֹת coupling, pairing; cohabitation

הִזְדַּיֵּן, פ״ע, ע׳ [זין] to arm oneself

הִזְדַּיְּנוּת, נ׳, ר׳, ־נִיוֹת equipment; arming oneself

הִזְדַּכֵּךְ, פ״ע, ע׳ [זכך] to become clean, clear, pure

הִזְדַּכְכוּת, נ׳, ר׳, ־כֻיּוֹת cleansing, purification

הִזְדַּמֵּן, פ״ע, ע׳ [זמן] to prepare oneself; to meet; to chance

הִזְדַּמְּנוּת, נ׳, ר׳, ־נִיוֹת occasion, opportunity, chance

הִזְדַּעֲזַע, פ״ח, ע׳ [זעזע] to be agitated; to shake

הִזְדַּקֵּן, פ״ע, ע׳ [זקן] to grow old

הִזְדָּרֵז, פ״ע, ע׳ [זרז] to be alert, be zealous

הָזָה, פ״ע to daydream

הִזָּה, פ״י, ע׳ [נזה] to sprinkle

הַזְהָבָה, נ׳, ר׳, ־בוֹת gold-plating

הִזְהִיר, פ״ע, ע׳ [זהר] to teach, warn

הַזְהָרָה, אַזְהָרָה, נ׳, ר׳, ־רוֹת warning

evidence, proof הוֹכָחָה, נ', ר', ־חוֹת

to prove, הוֹכִיחַ, פ"י, ע' [יכח]
argue, admonish

birth; הוֹלָדָה, נ', ר', ־דוֹת
procreation

birth הוֹלֶדֶת, הֻלֶּדֶת, נ'

to beget הוֹלִיד, פ"י, ע' [ילד]

to lead; הוֹלִיךְ, פ"י, ע' [הלך, ילך]
to carry

carrying; הוֹלָכָה, נ', ר', ־כוֹת
leading

mocker; fool הוֹלֵל, ז', ר', ־לְלִים

folly, הוֹלֵלוּת, הוֹלֵלוֹת, נ', ר', ־לֻיּוֹת
madness; mockery; hilarity

to make a noise, הוֹם, פ"ע, ע' [הים]
roar

הוֹמֶה, ת"ז, הוֹמָה, הוֹמִיָּה, ת"נ
bustling, noisy

to become הוּמַם, פ"ע, ע' [מום]
deformed, crippled

to fail apart; הוּמַק, פ"ע, ע' [מקק]
to be crushed

to be killed הוּמַת, פ"ע, ע' [מות]

to dare הוֹן, פ"ע, ע' [הין]

wealth, capital הוֹן, ז'

enough הוֹן, תה"פ

oppression; overcharging; fraud הוֹנָאָה, הוֹנָיָה, נ', ר', ־אוֹת

to oppress, to vex; הוֹנָה, פ"י, ע' [ינה]
to deceive

to add, increase; הוֹסִיף, פ"י, ע' [יסף]
to continue

increase; הוֹסָפָה, נ', ר', ־פוֹת
supplement

to fix a time הוֹעִיד, פ"י, ע' [יעד]
(for an appointment); designate

to benefit; to הוֹעִיל, פ"י, ע' [יעל]
be useful

---

to exhaust, הוֹנִיעַ, פ"י, ע' [ינע]
tire; to weary

glory, splendor, beauty, הוֹד, ז'
majesty

admission, הוֹדָאָה, נ', ר', ־אוֹת
confession; thanksgiving, praise

to admit; to give הוֹדָה, פ"י, ע' [ידה]
thanks; to praise

thanks to, הוֹדוֹת לְ־, תה"פ
owing to

Indian הוֹדִי, הֹדִּי, ת"ז, הֹדִּית, ת"נ

admission, הוֹדָיָה, נ', ר', ־יוֹת
acknowledgment, confession;
thanksgiving, praise

to inform, make הוֹדִיעַ, פ"י, ע' [ידע]
known

announcement; הוֹדָעָה, נ', ר', ־עוֹת
definiteness

lust; mischief; הַוָּה, נ', ר', הַוּוֹת
destruction

ruin, calamity הֹוָה, נ', ר', הוֹוֹת

to be; to exist הָוָה, פ"ע

to form, constitute הִוָּה, פ"י

to become הִתְהַוָּה, פ"ח

existing; present; present הֹוֶה, ז'
tense

dreamer, visionary הוֹזֶה, ז', ר', ־זִים

to reduce (price) הוֹזִיל, פ"י, ע' [זול]

reduction, הוֹזָלָה, נ', ר', ־לוֹת
cheapening

to wait, tarry; הוֹחִיל, פ"ע, ע' [יחל]
to hope for

to become הוּטַב, פ"ע, ע' [טוב]
better, ameliorate

oh! alas! הוֹי, הוֹ, מ"ק

existence הֱוִי, ז'

existence; name of הֲוָיָה, נ', ר', ־יוֹת
the Deity, Tetragrammaton

to adorn, honor	הָדַר, פ״י
to be zealous	הִדֵּר, פ״י
to boast	הִתְהַדֵּר, פ״ע
splendor, ornament	הֶדֶר, ז׳
gradation	הַדְרָגָה, נ׳, ר׳, ־גוֹת
step by step, gradual	הַדְרָגִי, ת״ז, ־גִית, ת״נ
to step; to grade	הִדְרִיג, פ״י, ע׳ [דרג]
splendor	הַדְרָה, נ׳, ר׳, ־רוֹת
beauty, dignity (of face)	הֲדָרַת פָּנִים
to lead, guide, direct, educate	הִדְרִיךְ, פ״י, ע׳ [דרך]
guidance, direction	הַדְרָכָה, נ׳, ר׳, ־כוֹת
encore!, let us repeat; utterance on concluding a Talmud tractate	הַדְרָן, ז׳, מ״ק
to cause to grow	הִדְשִׁיא, פ״י, ע׳ [דשא]
to grow fat	הִדְשֵׁן, פ״ח, ע׳ [דשן]
woe!, alas!, ah!	הָהּ, מ״ק
ah!, alas!	הוֹ, הוֹי, מ״ק
he; it; that; copula, connecting subject and predicate	הוּא, מ״ג
that one	הַהוּא
to agree, be willing, consent; to undertake	הוֹאִיל, פ״ע, ע׳ [יאל]
since	הוֹאִיל וְ־ תה״פ
to bring; to lead	הוֹבִיל, פ״י, ע׳ [יבל]
to cause to dry up; to put to shame	הוֹבִישׁ, פ״י, ע׳ [יבש]
bringing, carrying, transporting, transportation	הוֹבָלָה, נ׳, ר׳, ־לוֹת
astrologer	הוֹבֵר, ז׳, ר׳, ־הוֹבְרִים
worthy, suitable, proper	הוֹגֵן, ת״ז, הוֹגֶנֶת, ת״נ
rinsing, washing off; thrusting away; leading astray	הֲדָחָה, נ׳, ר׳, ־חוֹת
Indian	הֹדִּי, ת״ז, הֹדִּית, ת״נ
layman; common, ignorant person	הֶדְיוֹט, ז׳, ר׳, ־טִים, ־טוֹת
to rinse, flush, cleanse	הֵדִיחַ, פ״י, ע׳ [דוח]
to banish, expel; to lead astray	הֵדִיחַ, פ״י, ע׳ [נדח]
pushing, kicking	הֲדִיפָה, נ׳, ר׳, ־פוֹת
to put under a vow, prohibit by a vow	הִדִּיר, פ״י, ע׳ [נדר]
to cast down	הָדַךְ, פ״י
to trim (trees)	הִדֵּל, פ״י, ע׳ [דלל]
to be reduced to poverty	הִדַּלְדַּל, פ״ח, ע׳ [דלדל]
to kindle, set match to	הִדְלִיק, פ״י, ע׳ [דלק]
lighting, illumination, bonfire	הַדְלָקָה, נ׳, ר׳, ־קוֹת
to silence; to destroy	הָדַם, פ״י, ע׳ [דמם]
footstool	הֲדֹם, הֲדוֹם, ז׳, ר׳, ־מִים
to become like	הִדַּמָּה, פ״ח, ע׳ [דמה]
resemblance	הִדַּמּוּת, נ׳, ר׳, ־מֻיוֹת
to shed tears; to cause to shed tears	הִדְמִיעַ, פעו״י, ע׳ [דמע]
myrtle	הֲדַס, ז׳, ר׳, ־סִים
to spring; to dance; to jump (chickens)	הִדֵּס, פ״ע
to thrust, push, drive	הָדַף, פ״י
to print	הִדְפִּיס, פ״י, ע׳ [דפס]
printing	הַדְפָּסָה, נ׳, ר׳, ־סוֹת
to press together, squeeze	הִדֵּק, פ״י
trigger; clip	הֶדֵּק, ז׳, ר׳, הֶדֵּקִים
ornament; splendor, majesty; honor, glory	הָדָר, ז׳, ר׳, הֲדָרִים

הַגְרָלָה, נ', ר', ־לוֹת casting lots; lottery	הִגִּיד, פ״י, ע' [נגד] to declare, tell; to announce, inform
הַגָּשָׁה, נ', ר', ־שׁוֹת serving; bringing near	הִגִּיהַּ, פ״י, ע' [נגה] to cause to shine; to correct, revise
הִגְשִׁים, פ״י, ע' [גשם] to materialize; to cause to rain	הֲגָיָה, הֲגִיָּה, נ', ר', ־יוֹת, ־יּוֹת pronunciation
הַגְשָׁמָה, נ', ר', ־מוֹת materialization; ascribing to the spiritual, material attributes	הִגָּיוֹן, ז', ר', הֶגְיוֹנוֹת logic, meditation
הֵד, ז', ר', ־דִים echo; shout; noise	הֶגְיוֹנִי, ת״ז, ־נִית, ת״נ logical
הִדְבִּיק, פ״י, ע' [דבק] to infect; to overtake	הֵגִיס, פ״י, ע' [גוס] to stir
הִדְבִּישׁ, פ״י, ע' [דבש] to spoil; to ferment	הִגִּיעַ, פ״ע, ע' [נגע] to reach; to approach; to arrive
הִדַּבֵּק, פ״ח, ע' [דבק] to be joined together	הִגִּיף, פ״י, ע' [גוף] to close, lock (door, gate)
הַדְבָּקָה, נ', ר', ־קוֹת adhesion	הִגִּיר, פ״י, ע' [נגר] to spill; to pour down
הִדַּבְּקוּת, נ', ר', ־קֻיּוֹת cleaving to, attachment	הֲגִירָה, נ', ר', ־רוֹת migration
הִדְגִּישׁ, פ״י, ע' [דגש] to emphasize, stress	הִגִּישׁ, פ״י, ע' [נגש] to bring near; to bring, offer
הַדְגָּמָה, נ', ר', ־מוֹת exemplification	הִגְלָה, פ״י, ע' [גלה] to banish, exile
הַדְגָּשָׁה, נ', ר', ־שׁוֹת stress, emphasis	הִגְלִיד, פ״ע, ע' [גלד] to grow skin (over wound)
הִדֵּד, פ״י to echo	הֶגְמוֹן, ז', ר', ־נִים bishop, cardinal, official
הֲדָדִי, ת״ז, ־דִית, ת״נ each other, reciprocal, mutual	הִגְמִיא, פ״י, ע' [גמא] to give to drink
הֲדָדִיּוּת, נ' reciprocity	הֵגֵן, פ״י, ע' [גנן] to protect, defend
הָדָה, פ״י to stretch out	הֲגָנָה, הֲגִנָּה, נ' defense, protection
הִדְהָה, פ״י, ע' [דהה] to cause to fade	הִגְנִיב, פ״י, ע' [גנב] to interject
הֹדּוּ, הוֹדּוּ נ', India	הֲגָסָה, נ', ר', ־סוֹת mixing, stirring
הֲדוֹם, הֲדֹם, ז', ר', ־מִים footstool	הַגָּעָה, נ' touching
הִדּוּק, הִידוּק, ז' hoop; bending	הַגְעָלָה, נ', ר', ־לוֹת rinsing with boiling water
הָדוּר, ז', ר' ־הֲדוּרִים rugged place	הֲגָפָה, נ', ר', ־פוֹת closing, locking; rattling
הָדוּר, ת״ז, הֲדוּרָה, ת״נ adorned, splendid	הִגֵּר, פ״ע to emigrate; to immigrate
הִדּוּר, הִידּוּר, ז', ר', ־רִים embellishment, decoration	הִגְרִיל, פ״י, ע' [גרל] to raffle, cast lots
	הִגְרִיס, פ״י, ע' [גרס] to break, crush

4*

kindling, burning — הַבְעֵר, ז'

burning; removal — הַבְעָרָה, נ', ר', ־רוֹת

to break through, take by assault — הִבְקִיעַ, פ"י, ע' [בקע]

break-through — הַבְקָעָה, נ', ר', ־עוֹת

to divide; to pronounce — הָבַר, פ"י

recuperation — הַבְרָאָה, נ'

creation — הַבְרָאוּת, נ'

syllable, sound; enunciation — הֲבָרָה, נ', ר', ־רוֹת

concealment — הַבְרָחָה, נ', ר', ־חוֹת

smuggling — הַבְרָחַת מֶכֶס

to make fat, become healthy, recuperate — הִבְרִיא, פ"ערי, ע' [ברא]

to cause to flee; to bolt — הִבְרִיחַ, פ"י, ע' [ברח]

to cause to kneel; to engraft — הִבְרִיךְ, פ"י, ע' [ברך]

glitter, polish; to cable — הִבְרִיק, פ"י, ע' [ברק]

grafting — הַבְרָכָה, נ', ר', ־כוֹת

shining, polishing; cabling — הַבְרָקָה, נ', ר', ־קוֹת

to ripen — הִבְשִׁיל, פ"י, ע' [בשל]

ripening — הַבְשָׁלָה, נ', ר', ־לוֹת

to contaminate, pollute — הִגְאִיל, פ"י, ע' [גאל]

reaction — הֲגָבָה, נ', ר', ־בוֹת

raising; raising of the open scroll of the Law in the synagogue — הַגְבָּהָה, נ', ר', ־הוֹת

to exalt, elevate, raise; to jack up — הִגְבִּיהַּ, פ"י, ע' [גבה]

to set bounds, limit — הִגְבִּיל, פ"י, ע' [גבל]

to be bounded, limited — הֻגְבַּל, פ"ע, ע' [גבל]

---

to strengthen — הִגְבִּיר, פ"י, ע' [גבר]

limitation; definition — הַגְבָּלָה, נ', ר', ־לוֹת

strengthening — הַגְבָּרָה, נ', ר', ־רוֹת

tale, legend; homiletics; popular lecture; Haggadah; service on Passover night — הַגָּדָה, נ', ר', ־דוֹת

legendary, mythical — הַגָּדִי, ת"ז, ־דִית, ת"נ

to make great, increase — הִגְדִּיל, פ"י, ע' [גדל]

to define — הִגְדִּיר, ס"י, ע' [גדר]

definition — הַגְדָּרָה, נ', ר', ־רוֹת

to speak, murmur; to moan; to reason, argue; to meditate; to read, pronounce; to remove — הָגָה, פ"י

to murmur, utter — הֶהְגָּה, פ"י

to be removed — הֻגָּה, פ"ע

sound; moan; rudder (of ship); steering wheel (of automobile) — הֶגֶה, ז', ר', ־הָגָאִים, הַגָּיִים

correction of texts; proof (in printing); annotation — הַגָּהָה, נ', ר', ־הוֹת

utterance; pronunciation — הִגּוּי, הִיגוּי, ז', ר', ־יִים

worthy, proper, respectable, suitable — הָגוּן, הָגִין, ת"ז, הֲגוּנָה, ת"נ

meditation; utterance — הָגוּת, נ'

to exaggerate; to frighten — הִגְזִים, פ"י, ע' [גזם]

exaggeration — הַגְזָמָה, נ', ר', ־מוֹת

sudden attack, outbreak — הַגָּחָה, נ', ר', ־חוֹת

to react — הֵגִיב, פ"י ע' [גוב]

meditation; murmuring — הָגִיג, ז', ר', ־הֲגִיגִים

הָבְאִישׁ, פעו״י, ע׳ [באש] to emit a bad smell

הַבְאָשָׁה, נ׳, ר׳, ־שׁוֹת spoiling, defamation

הִבְדִּיל, פ״י, ע׳ [בדל] to distinguish, separate

הֶבְדֵּל, ז׳, ר׳, ־לִים difference, distinction

הַבְדָּלָה, נ׳, ר׳, ־לוֹת separation; Habdalah, benediction over a wine at the conclusion of the sabbath and festivals

הִבָּדְלוּת, נ׳, ר׳, ־לֻיּוֹת separation, dissimulation

הָבָה, מ״ק come on, well then, let's

הִבְהֵב, פ״י to roast, singe

הִבְהוּב, ז׳ roasting, singeing

הִבְהִיל, פ״י, ע׳ [בהל] to frighten, hasten

הִבְהִיק, פ״ע, ע׳ [בהק] to brighten, be bright

הִבְהִיר, פעו״י, ע׳ [בהר] to make clear, make bright

הַבְהָרָה, נ׳, ר׳, ־רוֹת clearing, clarification

הִבְחִין, פ״י, ע׳ [בחן] to distinguish, discriminate

הַבְחָלָה, נ׳, ר׳, ־לוֹת ripening

הַבְחָנָה, נ׳, ר׳, ־נוֹת discernment, discrimination

הַבְטָאָה, נ׳, ר׳, ־אוֹת pronunciation

הַבָּטָה, נ׳, ר׳, ־טוֹת glance; aspect

הַבְטָחָה, נ׳, ר׳, ־חוֹת assurance, promise

הִבְטִיחַ, פ״י, ע׳ [בטח] to promise; to insure; to make secure

הבטיל, פ״י, ע׳ [בטל] to suspend, interrupt

הַבְטָלָה, נ׳, ר׳, ־לוֹת unemployment

הֲבַי, הֲבַאי, ז׳ exaggeration; vain talk

הֵבִיא, פ״י, ע׳ [בוא] to bring, lead in

הִבִּיט, פ״י, ע׳ [נבט] to look, look at

הֵבִין, פ״י, ע׳ [בין] to understand; to teach, explain

הִבִּיעַ, פ״י, ע׳ [נבע] to utter, express

הֵבִיר, הוֹבִיר, פ״י, ע׳ [בור] to neglect, let lie waste

הֵבִישׁ, פ״י, ע׳ [בוש] to put to shame

הִבְכִּירָה, פ״י, ע׳ [בכר] to bear for the first time

הֶבֶל, ז׳, ר׳, הֲבָלִים vapor, heat, air; vanity, emptiness

הָבַל, פ״ע to become vain

הֶהְבִּיל, פ״י to lead astray; to give off vapor

הַבְלָנָה, נ׳, ר׳, ־נוֹת self-restraint; restraining

הַבְלָטָה, נ׳, ר׳, ־טוֹת bringing into relief, emphasizing

הִבְלִיג, פ״ע, ע׳ [בלג] to pluck up courage, bear up

הִבְלִיחַ, פ״ע, ע׳ [בלח] to flicker

הִבְלִיט, פ״י, ע׳ [בלט] to emboss; to display; to emphasize

הִבְלִיעַ, פ״י, ע׳ [בלע] to cause to swallow; to slur over, elide

הַבְלָעָה, נ׳, ר׳, ־עוֹת absorption; ellipsis

הֹבֶן, הָבְנֶה, ז׳, ר׳, הָבְנִים ebony; ebony tree

הֲבָנָה, נ׳ discernment, understanding

הַבָּעָה, נ׳, ר׳, ־עוֹת enunciation, expression

הִבְעִיר, פ״י, ע׳ [בער] to set on fire; to cause to be grazed over

הִבְעִית, פ״י, ע׳ [בעת] to frighten

4

דָּת, נ׳, ר׳, ־תוֹת — religion; law, statute; custom

דָּתִי, ת״ז, דָּתִית, ת״נ — religious, pious

דָּתִיּוּת, נ׳ — piety, religiousness

ה ה

ה — He, fifth letter of Hebrew alphabet; five

הַ־, [הָ־, הֶ־], הֵא הַיְדִיעָה — the (*def. art.*)

הֲ־, [הַ־, הֶ־], הֵא הַשְּׁאֵלָה — interrogative particle

הֵא, נ׳, ר׳, הֵאִים, הֵאִין; מ״ק — He, name of fifth letter of Hebrew alphabet; lo, behold

הָא, מ״ג — this

הֶאֱבִיב, פ״י, ע׳ [אבב] — to bring forth shoots

הֶאֱבִיד, פ״י, ע׳ [אבד] — to lose; to destroy

הֶאֱבִיר, פ״י [אבר] — to fly, spread one's wings, soar

הֵאָבְקוּת, נ׳, ר׳, ־קֻיּוֹת — struggling, wrestling

הֶאְדִּים, פ״ע, ע׳ [אדם] — to redden, become red

הַאְדָּרָה, הַאֲדָרָה, נ׳, ר׳, ־רוֹת — glorification

הֶאֱהִיל, פ״י, ע׳ [אהל] — to cover up

הֶאֱזִין, פ״י, ע׳ [און] — to listen (to the radio)

הַאֲזָנָה, נ׳, ר׳, ־נוֹת — attentiveness

הֶאָח, מ״ק — Aha!

הֵאט, פ״י, ע׳ [אטט] — to slow up

הֵאִיץ, פ״י, ע׳ [אוץ] — to urge, press

הֵאִיר, פ״י ע׳ [אור] — to brighten, make shine; to become bright

הֶאֱכִיל, פ״י, ע׳ [אכל] — to feed

הֶאֱלָה, פ״ע, ע׳ [אלה] — to swear in, put under oath

הֶאֱלִיהַּ, פ״י, ע׳ [אלה] — to deify; to worship

הֶאֱלִיף, פ״י, ע׳ [אלף] — to bring forth thousands

הֶאֱמִין, פ״ע, ע׳ [אמן] — to trust, believe (in)

הֶאֱמִיר, פ״י, ע׳ [אמר] — to elevate; to proclaim

הַאֲמָנָה, נ׳ — faith; confirmation

הַאֲמָתָה, נ׳, ר׳, ־תוֹת — verification

הַאֲפָלָה, נ׳, ר׳, ־לוֹת — darkening; blackout

הֶאֱצִיל, פ״י, ע׳ [אצל] — to withdraw; to emanate

הַאֲצָלָה, נ׳, ר׳, ־לוֹת — emanation

הֲאָרָה, הָאָרָה, נ׳, ר׳, ־רוֹת — lighting, kindling, illumination

הֶאָרַת פָּנִים — grace, kindliness, welcome

הֶאֱרִיךְ, פ״י, ע׳ [ארך] — to lengthen, prolong

הַאֲרָכָה, נ׳, ר׳, ־כוֹת — lengthening, extension of time

הֶאֱשִׁים, פ״י, ע׳ [אשם] — to accuse, blame

הַאֲשָׁמָה, נ׳, ר׳, ־מוֹת — accusation, blaming

הַב, פ״י, ע׳ [יהב] — give!

הֲבָאָה, נ׳, ר׳, ־אוֹת — quotation

הֲבַאי, הֲבַי, ז׳ — exaggeration; vain talk

readiness, tenseness	דְּרִיכוּת, נ׳	stubbing;	דְּקִירָה, נ׳, ר׳, ־רוֹת
treading	דְּרִיסָה, נ׳, ר׳, ־סוֹת	pricking	
right of way; access	דְּרִיסַת רֶגֶל	palm tree	דֶּקֶל, ז׳, ר׳, דְּקָלִים
request;	דְּרִישָׁה, נ׳, ר׳, ־שׁוֹת	declamation	דִּקְלוּם, ז׳, ר׳, ־מִים
investigation		to declaim, recite	דִּקְלֵם, פ״י
to step, walk, march,	דָּרַךְ, פ״ע	to crush, make fine	דָּקַק, פ״י
tread; to squeeze, press		to pierce, prick, stab	דָּקַר, פ״י
to lead, guide,	הִדְרִיךְ, פ״י	chisel, pickax	דֶּקֶר, דָּקוֹר, ז׳, ר׳, דְּקָרִים, ־רִים
direct; to educate		to dwell, live	דָּר, פ״ע, ע׳ [דור]
road, way;	דֶּרֶךְ, ז״נ, ר׳, דְּרָכִים	mother-of-pearl	דַּר, ז׳, ר׳, דָּרִים
journey; manner, custom		shame, abomination	דֵּרָאוֹן, ז׳
through, by way of	דֶּרֶךְ, תה״פ	spur	דָּרְבָן, דָּרְבוֹן, ז׳, ־בָנוֹת, ־בוֹנוֹת
good manners,	דֶּרֶךְ אֶרֶץ		
occupation		porcupine	דֻּרְבָּן, ז׳, ר׳, ־נִים
passport	דַּרְכּוֹן, ז׳, ר׳, ־נִים	to spur on, goad	דִּרְבֵּן, פ״י
to tread, trample	דָּרַס, פ״י	to step, grade	דֵּרֵג, הִדְרִיג, פ״י
to seek, inquire, ask;	דָּרַשׁ, פ״י	step, grade, rank	דַּרְגָּה, נ׳, ר׳, דְּרָגוֹת
to investigate; to lecture		couch	דַּרְגָּשׁ, ז׳, ר׳, ־שִׁים
sermon, homiletical	דְּרָשׁ, ז׳, דְּרָשָׁה, נ׳, ר׳, ־רָשִׁים, ־שׁוֹת	child; pupil	דַּרְדַּק, ז׳, ר׳, ־קִים
exposition		(beginner)	
lecturer, preacher	דַּרְשָׁן, ז׳, ר׳, ־נִים	thistle	דַּרְדַּר, ז׳, ר׳, ־רִים
preaching (Jewish)	דַּרְשָׁנוּת, נ׳	to roll down	דִּרְדֵּר, פ״י
to thresh, tread,	דָּשׁ, פ״י ע׳ [דוש]	graded	דָּרוּג, ת״ז, דְּרוּגָה, ת״נ
trample		grading (rank,	דֵּרוּג, ו׳, ר׳, ־גִים
lapel, flap	דַּשׁ, ז׳, ר׳, ־שִׁים	pay)	
vegetation;	דֶּשֶׁא, ז׳, ר׳, דְּשָׁאִים	south	דָּרוֹם, ז׳
grass, lawn		southern	דְּרוֹמִי, ת״ז, ־מִית, ת״נ
to sprout, grow grass	דָּשָׁא, פ״ע	run-over,	דָּרוּס, ת״ז, דְּרוּסָה, ת״נ
to cause to grow	הִדְשִׁיא, פ״י	trodden	
removal of ashes;	דִּשּׁוּן, ז׳, ר׳, ־נִים	freedom, liberty;	דְּרוֹר, ז׳, ר׳, ־רִים
fertilizer		swallow	
fat, fat of sacrifices	דֶּשֶׁן, ז׳, ר׳, דְּשָׁנִים	sermon, homily;	דְּרוּשׁ, ז׳, ר׳, ־שִׁים
fat, vigorous	דָּשֵׁן, ת״ז, דְּשֵׁנָה, ת״נ	lecture	
to grow fat	דָּשֵׁן, פ״ע	required,	דָּרוּשׁ, ת״ז, דְּרוּשָׁה, ת״נ
to make fat; to remove	דִּשֵּׁן, פ״י	needed	
fat; to fertilize		treading; cocking (of a	דְּרִיכָה, נ׳
to grow fat	הִתְדַּשֵּׁן, הִדַּשֵּׁן, פ״ח	gun)	

loose-leaf	דַּפְדֶּפֶת, נ׳, ר׳, ־דְּפוֹת
notebook	
printing press;	דְּפוּס, ז׳, ר׳, ־סִים
form, mold	
blemish, fault	דֹּפִי, ז׳
knocking	דְּפִיקָה, נ׳, ר׳, ־קוֹת
beating	
partition, board	דֹּפֶן, זו״נ, ר׳, דְּפָנִים, דְּפָנוֹת
laurel	דַּפְנָה, דַּפְנָא, נ׳, ר׳, ־נִים, ־אִים
to be printed	נִדְפַּס [דפס], פ״ע
to print	הִדְפִּיס, פ״י
to knock, beat	דָּפַק, פ״י
to beat, knock	הִתְדַּפֵּק, פ״ח
violently	
pulse	דֹּפֶק, דּוֹפֶק, ז׳, ר׳, דְּפָקִים
register	דִּפְתָּר, ז׳, ר׳, ־תְּרָאוֹת
registrar	דִּפְתָּרָן, ז׳, ר׳, ־נִים
to rejoice; to	דָּץ, פ״י, ע׳ [דוץ]
jump, leap	
thin	דַּק, ת״ז, דַּקָּה, ת״נ
intestines	דַּקִּים
to scrutinize	דָּק, פ״ע, ע׳ [דוק]
grammar;	דִּקְדּוּק, ז׳, ר׳, ־קִים
exactness, detail, minuteness	
to examine, observe	דִּקְדֵּק, פ״י
carefully; to deal with grammar	
grammarian,	דַּקְדְּקָן, ז׳, ר׳, ־נִים
pedant	
minute	דַּקָּה, נ׳, דַּק, ז׳, ר׳, ־קוֹת, ־קִים
chisel, pickax	דָּקוֹר, דָּקָר, ז׳, ר׳, ־רִים, דְּקָרִים
thinness; nicety	דַּקּוּת, נ׳, ר׳, ־קֻיּוֹת, ־קֻיּוֹת
second	דְּקִיקָה, נ׳, ר׳, ־קוֹת
(sixtieth part of a minute)	

rest, quiet, silence	דֶּמִי, ז׳
imagination;	דִּמְיוֹן, ז׳, ר׳, ־נוֹת
likeness, resemblance	
imaginary	דִּמְיוֹנִי, ת״ז, ־נִית, ת״נ
money, cost, value;	דָּמִים, ז״ר
blood	
entrance fee	דְּמֵי כְּנִיסָה
hush money	דְּמֵי לֹא יַחֲרַץ
key money (real estate)	דְּמֵי מַפְתֵּחַ
deposit	דְּמֵי קְדִימָה
to be still, be silent	דָּמַם, פ״ע
to be made silent, dumb	נָדַם, פ״ע
to make silent	דּוֹמֵם, פ״י
to silence; to destroy	הִדַּם, פ״י
silence, whisper	דְּמָמָה, נ׳, ר׳, ־מוֹת
to shed tears	דָּמַע, הִדְמִיעַ, פ״ע
to cause someone to	הִדְמִיעַ, פ״י
shed tears	
tear; juice; lachrymosity	דֶּמַע, ז׳
tear	דִּמְעָה, נ׳, ר׳, דְּמָעוֹת
judge, weigh;	דָּן, פ״י, ע׳ [דון]
discuss	
wax	דּנַג, דּוֹנַג, ז׳
(metal) tag,	דִּסְקִית, נ׳, ר׳, ־יוֹת
dogtag	
knowledge, wisdom; opinion	דֵּעַ, ז׳, דֵּעָה, נ׳, ר׳, ־עִים, ־עוֹת
to flicker, be extinguished;	דָּעַךְ, פ״ע
to be on verge of dying	
to be made extinct,	נִדְעַךְ, פ״ע
be destroyed	
knowledge,	דַּעַת, נ׳, ר׳, ־עוֹת
wisdom, understanding	
energetic person;	דַּעְתָּן, ז׳, ר׳, ־נִים
obstinate person	
leaf, page; board,	דַּף, ז׳, ר׳, ־פִּים
plank	
to turn pages; to browse	דִּפְדֵּף, פ״י

drainpipe	דְּלִפָה, נ׳, ר׳, דְּלָפוֹת
to burn; to pursue	דָּלַק, פעו״י
to be ignited	נִדְלַק, פ״ע
to kindle, set a match to	הִדְלִיק, פ״י
fuel, inflammable material	דֶּלֶק, ז׳
fire, conflagration	דְּלֵקָה, דְּלִיקָה, נ׳, ר׳, קוֹת
inflammation	דַּלֶּקֶת, נ׳, ר׳, לָקוֹת
door; page (scroll); first half of verse	דֶּלֶת, נ׳, ר׳, דְּלָתוֹת
Daleth, fourth letter of Hebrew alphabet	דָּלֶת, נ׳
(stock) exchange	דִּלְחוֹת נ׳
hatch	דְּלָתִית, נ׳, ר׳, יוֹת
blood	דָּם, ז׳, ר׳, מִים
dubious thing	דְּמַאי, דְּמַי, ז׳
dim light; twilight	דִּמְדּוּם, ז׳, ר׳, מִים
blackout (of senses)	דִּמְדּוּם חוּשִׁים, ז׳
to be hysterical, be confused (from fever)	דִּמְדֵּם, פ״ע
to be like, resemble; to cease	דָּמָה, פ״ע
to be cut off	נִדְמָה, פ״ע
to liken, compare; to think, imagine	דִּמָּה, פ״י
to become like	הִדַּמָּה, פ״ח
buoy	דָּמָה, נ׳, ר׳, מוֹת
decoy	דָּמָה, ז׳, ר׳, דְּמָאִים
comparison, simile	דִּמּוּי, ז׳, ר׳, יִים
similar, comparable	דָּמוּי, ת״ז, דְּמוּיָה, ת״נ
silent	דָּמוּם, ת״ז, דְּמוּמָה, ת״נ
anemone	דְּמוּמִית, נ׳, ר׳, יוֹת
image, form	דְּמוּת, נ׳, ר׳, מֻיוֹת, מֻיוֹת

testicle; bruise, break	דַּכָּה, נ׳
oppression, tyranny	דִּכּוּי, דִּיכּוּי, ז׳, ר׳, יִים
poor; thin	דַּל, ת״ז, דַּלָּה, ת״נ
to skip, omit	דָּלַג, דִּלֵּג, פ״י
skipping rope	דִּלְגִּית, נ׳, ר׳, יוֹת
impoverishment	דִּלְדּוּל, ז׳, ר׳, לִים
to impoverish	דִּלְדֵּל, פ״י
to be hanging limp	דִּלְדֵּל, פ״ע
to be reduced to poverty	הִדַּלְדֵּל, הִתְדַּלְדֵּל, פ״ח
masses; lock of hair	דַּלָּה, נ׳, ר׳, לוֹת
to draw water	דָּלָה, פ״י
to raise	דִּלָּה, פ״י
skip, jump, omission	דִּלּוּג, דִּילּוּג, ז׳, ר׳, גִים
muddy, polluted	דָּלוּחַ, ת״ז, דְּלוּחָה, ת״נ
bucket, pail	דְּלִי, ז׳, ר׳, לָיִים
pollution	דְּלִיחָה, דְּלִיחוּת, נ׳, ר׳, חוֹת, חֻיוֹת
sparse, thin (liquid)	דָּלִיל, ת״ז, דְּלִילָה, ת״נ
thread, cord	דְּלִיל, ז׳, ר׳, לִים
thinness (liquid)	דְּלִילוּת, נ׳
drop (of water), leak (of liquid, news)	דְּלִיפָה, נ׳, ר׳, פוֹת
inflammable	דָּלִיק, ת״ז, דְּלִיקָה, ת״נ
fire, conflagration	דְּלִיקָה, דְּלֵקָה, נ׳, ר׳, קוֹת
to dwindle; to be weakened	דָּלַל, פ״ע
to weaken; to thin out	דִּלֵּל, פ״י
to trim (trees)	הֵדַל, פ״י
pumpkin	דְּלַעַת, נ׳, ר׳, לוּעִים
to drop, drip, leak	דָּלַף, פ״ע
leakage, leak	דֶּלֶף, ז׳, ר׳, דְּלָפִים

jump, skip, omission	דִּילּוּג, דִּלּוּג, ז', ר', ־גִים
amnesty, pardon	דִּימוֹס, ז'
to judge, punish; argue	[דין] דָּן, פ"י
to argue, discuss	דָּיַן, פ"ע, הִתְדַּיֵּן, פ"ח
judgment; justice; law	דִּין, ז', ר', ־נִים
report, account	דִּין וְחֶשְׁבּוֹן, ז', ר', דִּינִים וְחֶשְׁבּוֹנוֹת
judge (rabbinical)	דַּיָּן, ז', ר', ־נִים
dinar; coin	דִּינָר, ז', ר', ־רִים
cereal, porridge	דַּיְסָה, נ', ר', ־סוֹת
to be exact, accurate	דִּיֵּק, פ"ע
bulwark, defense wall	דַּיֵּק, ז', ר', דְּיָקִים
perfectionist, punctual person	דַּיְקָן, ז', ר', ־נִים
exactness, precision; punctuality	דַּיְקָנוּת, נ'
sheepfold; stable, shed	דִּיר, ז', ר', ־רִים
tenant, lodger	דַּיָּר, ז', ר', ־רִים
apartment, flat	דִּירָה, נ', ר', ־רוֹת
threshing	דַּיִשׁ, ז', דִּישָׁה, נ'
thresher	דַּיָּשׁ, ז', ר', ־שִׁים
antelope	דִּישׁוֹן, ז', ר', ־נִים
to retouch	דִּיֵּת, פ"י
to crush, pound	דָּךְ, פ"י, ע' [דוך]
oppressed, crushed	דַּךְ, ת"ז, דַּכָּה, ת"נ
to oppress, subdue	דִּכָּא, פ"י
crushed, subdued	דֻּכָּא, ת"ז, ־אָה, ת"נ
depression	דִּכָּאוֹן, ז', ר', ־כְאוֹנוֹת
dejection, depression	דִּכְדּוּךְ, ז'
to crush, break, oppress	דִּכְדֵּךְ, פ"י
to be subdued, be crushed	דָּכָה, פ"ע

pressed; hard up	דָּחוּק, ת"ז, דְּחוּקָה, ת"נ
needy person	דָּחוּק, ז', ר', ־קִים
fall, accident	דְּחִי, ז'
postponement	דְּחִיָּה, נ', דְּחוּי, ז', ר', ־יוֹת, ־יִים
tightness; compression	דְּחִיסוּת, נ'
pushing: incitement	דְּחִיפָה, נ', ר', ־פוֹת
pressure; pushing	דְּחִיקָה, נ', ר', ־קוֹת
scarecrow	דַּחְלִיל, ז', ר', ־לִים
to push, drive	דָּחַף, פ"י
to be in a hurry, hasten	נִדְחַף, פ"ע
bulldozer	דַּחְפּוֹר, ז', ר', ־רִים
to press, oppress	דָּסַק, פ"י
pressure; closeness; poverty	לַחַק, דּוֹחַק, ז'
sufficiency; enough, sufficient	דַּי, ז'; תה"פ
attachment; ghost, dibbuk	דִּיבּוּק, דְּבוּק, ז', ר', ־קִים
word, saying; speech	דִּיבּוּר, דְּבוּר, ז', ר', ־רִים
to fish	[דִיג] דָּג, פ"י
fishing	דַּיִג, דִּיּוּג, ז', דַּיָּנוּת, נ'
fisherman	דַּיָּג, ז', ר', ־גִים
ink	דְּיוֹ, נ', ר', ־אוֹת
fishing	דִּיּוּג, ז', דַּיָּנוּת, נ'
floor, story	דְּיוֹטָה, נ', ר', ־טוֹת
consideration	דִּיּוּן, ז', ר', ־נִים
accuracy, exactness, precision	דִּיּוּק, ז', ר', ־קִים
lodging, dwelling	דִּיּוּר, ז'
tenant	דַּיָּר, ז', ר', ־רִים
ink pot	דְּיוֹתָה, נ', ר', ־תוֹת
postponement	דִּיחוּי, דָּחוּי, ז'
host, hostess; waiter, waitress	דַּיָּל, ז', דַּיֶּלֶת, נ', ־לִים, ־יָלוֹת

bi-, two	דּוּ־
	דּוּ־חַי, ע' דּוּחַי
biplane	דּוּ־כָּנָף
duel	דּוּ־קְרָב
biweekly	דּוּ־שָׁבוּעוֹן
dialogue	דּוּ־שִׂיחַ
cherry	דֻּבְדְּבָן, דָּבְדְּבָן, ז', ר', ־נִים
spokesman	דּוֹבֵר, ז, ר', ־בְרִים
to fish	[דרג] דָּג, פ"י
fishing boat, dory	דּוּגָה, נ', ר', ־גוֹת
canoe	דּוּגִית, נ', ר', ־יוֹת
	דֻּגְמָה, ע' דְּגְמָא
	דֻּגְמָנִית, ע', דְּגְמָנִית
boiler; kettle, pot	דּוּד, ז', ר', ־דִים, דְּוָדִים
uncle; friend, lover	דּוֹד, ז', ר', ־דִים
pot, basket; mandrake	דּוּדָא, ז', ר', ־אִים
aunt	דּוֹדָה, נ', ר', ־דוֹת
lovemaking, sexual intercourse	דּוֹדִים, ז"ר
cousin	דּוֹדָן, ז', דּוֹדָנִית, נ', ר', ־נִים, ־נִיוֹת
to be sick, be ill; suffer pain during menstruation	דָּנָה, פ"ע
sick, sad; menstruating	דָּנָה, דָּוָוי, ת"ז, דָּנָה, דְּוָויָה, ת"נ
report	דּוּ"חַ, דִּין־וְחֶשְׁבּוֹן, ז'
to report	דָּנַח, פ"י
reporter (press)	דַּנָּח, ז', ר', ־חִים
to be rinsed, flushed	[דרח] נָדְוַח
to rinse, flush	הֵדִיחַ, פ"י
amphibian	דּוּחַי, דּוּ־חַי, ז', ר', ־יִים
millet, panicum	דּוֹחַן, דֹּחַן, ז'
pressure; closeness; poverty	דּוֹחַק, דֹּחַק, ז'
sickness, pain	דָּוָי, ז'
to crush, pound	[דוך] דָּךְ, פ"י

hoopoe	דּוּכִיפַת, נ', ר', ־פִּים
platform, pulpit	דּוּכָן, דּוּכָנָא, ז', ר', ־נִים
duke	דֻּכָּס, דֻּכַּס, ז', ר', ־סִים
grave	דּוּמָה, נ', ר', ־מוֹת
alike, similar	דּוֹמֶה, ת"ז, דּוֹמָה, ת"נ
silence, quietness	דּוּמִיָּה, נ'
to silence	[דמם] דּוֹמֵם, פ"ע
silently, noiselessly	דּוּמָם, תה"פ
to judge, weigh; to discuss	[דון] דָּן, פ"י
wax	דּוֹנַג, דֹּנַג, ז'
pulse	דֹּפֶק, דְּפֶק, ז', ר', ־פָּקִים
frame supporting movable stone of tomb	דֹּפֶק, ז', ר', ־פָּקִים
to rejoice; to jump, leap	[דוץ] דָּץ, פ"ע
to scrutinize	[דוק] דָּק, פ"ע
only thus, exactly	דַּוְקָא, דַּוְקָה, תה"פ
generation; period; age	דּוֹר, ז', ר', ־רוֹת
circle; rim (of wheel)	דּוּר, ז', ר', ־רִים
postal clerk, mailman	דַּוָּר, דַּנָּאר, ז', ר', ־רִים
to dwell, live	[דור] דָּר, פ"ע
to provide lodging	דִּיֵּר, פ"י
gift, present	דּוֹרוֹן, ז', ר', ־נוֹת
to thresh, tread, trample	[דוש] דָּשׁ, פ"י
to pedal	דִּוְּשׁ, פ"י
pedal	דַּוְשָׁה, נ', ר', ־שׁוֹת
to push; to defer, postpone	דָּחָה, פ"י
tottering	דָּחוּי, ת"ז, דְּחוּיָה, ת"נ
postponement	דָּחוּי, ז', דְּחִיָּה, נ', ר', ־יִים, ־יוֹת
in haste, hurried, urgent	דָּחוּף, ת"ז, דְּחוּפָה, ת"נ

דָּבַק, פ״ע to cling, be attached, be glued; to join

דִּבֵּק, הִדְבִּיק, פ״י to glue together

הִדְבִּיק, פ״י to infect; to overtake

הִתְדַּבֵּק, הִדַּבֵּק, פ״ח to be joined together

דָּבֵק, ת״ז, דְּבֵקָה, ת״נ attached

דֶּבֶק, ז׳, ר׳, דְּבָקִים glue, paste

דְּבֵקוּת, נ׳ adhesiveness; strong spiritual adherence

דָּבָר, ז׳, ר׳, דְּבָרִים word, saying; thing

דִּבְרֵי הַיָּמִים chronicles, history

דְּבָרִים Deuteronomy

עֲשֶׂרֶת הַדְּבָרִים (הדִּבְּרוֹת) The Decalogue (Ten Commandments)

דָּבַר, דִּבֵּר, פ״י to speak

הִדְבִּיר, פ״י to overwhelm, subdue

דִּבֵּר, ז׳, ר׳, ־בְּרוֹת speech, commandment

דַּבָּר, ז׳, ר׳, ־רִים leader, dictator

דֹּבֶר, ז׳, ר׳, דְּבָרִים pasture

דֶּבֶר, ז׳, ר׳, דְּבָרִים plague, pestilence

דֹּבְרָה, נ׳, ר׳, ־רוֹת floating plank, raft

דִּבְרָה, דִּבְּרָה, נ׳, ר׳, דְּבָרוֹת, דִּבְּרוֹת saying, commandment

עַל דִּבְרָתִי upon my word

דַּבְּרָן, ז׳, ר׳, ־נִים orator, speaker; talkative person

דַּבְּרָנוּת, נ׳ oratory, loquacity

דְּבַשׁ, ז׳ honey

[דבש] הִדְבִּישׁ, פ״ע to spoil, ferment

דְּבַשְׁן, ז׳, דְּבַשְׁנִית, נ׳, ר׳, ־נִים, ־נִיּוֹת honey cake

דַּבֶּשֶׁת, נ׳, ר׳, ־בָּשׁוֹת hump (of camel)

דָּג, פ״י, ע׳ [דוג] to fish

דָּג, ז׳, ר׳, ־גִים fish

דִּגְדֵּג, פ״י to tickle; to titillate

דַּגְדְּגָן, ז׳ clitoris

דָּגָה, פ״ע to multiply, increase

דָּגוּל, ת״ז, דְּגוּלָה, ת״נ exalted; conspicuous, prominent

דָּגוּשׁ, ת״ז, דְּגוּשָׁה, ת״נ marked with daghesh; stressed

דְּגִירָה, נ׳, ר׳, ־רוֹת incubation

דָּגַל, פעו״י to raise a flag

דֶּגֶל, ז׳, ר׳, דְּגָלִים flag, banner

דַּגָּל, דַּגְלָן, ז׳, ר׳, ־לִים, ־נִים flag-bearer

[דגם] הִדְגִּים פ״י to give an example

דֻּגְמָא, דֻּגְמָה, נ׳, ר׳, ־אוֹת, ־מוֹת example; sample

דֻּגְמָנִית, נ׳, ר׳, ־יּוֹת model, manikin

דָּגָן, ז׳, ר׳, דְּגָנִים corn, grain

דָּגַר, פ״י hatch

דָּגֵשׁ, ז׳, ר׳, דְּגֵשִׁים daghesh sign for stressing the consonant

דִּגֵּשׁ, פ״י to mark with daghesh

הִדְגִּישׁ, פ״י to emphasize, stress

דַּד, ז׳, ר׳, דַּדִּים breast (chiefly of animal); nipple

דִּדָּה, פ״י to lead (slowly), walk (babies)

דָּהָה, דִּהָה, פ״ע to fade, be discolored

הִדְהָה, פ״י to cause to fade

דֵּהֶה, ת״ז, דֵּהָה, ת״נ faded

דֵּהוּי, ז׳, דְּהִיָּה, נ׳ fading

דְּהִירָה, נ׳, ר׳, ־רוֹת gallop

[דהב] נִדְהַב, פ״ע to be astonished, confused

דָּהַר, פ״ע to gallop

דְּהָרָה, נ׳, ר׳, ־רוֹת galloping

to be executed, materialized	הִתְגַּשֵּׁם, פ"ח	to be dragged	נִגְרַר, פ"ע
corporeal, bodily; physical	גַּשְׁמִי, ת"ז, ־מִית, ת"נ	to scrape, plane	גֵּרַר, פ"י
corporeality	גַּשְׁמִיּוּת, נ'	sled, sleigh	גְּרָרָה, נ', ר', ־רוֹת
seal, signet	גֻּשְׁפַּנְקָה, גּוּשְׁפַּנְקָה, נ', ר', ־קוֹת	to cast out, drive out	גֵּרַשׁ, פ"י
bridge	גֶּשֶׁר, ז', ר', גְּשָׁרִים	to expel; to divorce	גֵּרַשׁ, פ"י
to build a bridge	גָּשַׁר, גִּשֵּׁר, פ"י	to be divorced; to divorce	הִתְגָּרַשׁ, פ"ח, פ"י
to run aground (boat)	גָּשַׁשׁ, פ"ע	produce, yield	גֶּרֶשׁ, ז'
to feel, grope, probe; to track (down)	גִּשֵּׁשׁ, פ"י	apostrophe	גֶּרֶשׁ, ז'
to wrestle	הִתְגּוֹשֵׁשׁ, פ"ע	quotation marks	גֵּרְשַׁיִם, ז"ז
scout, tracker	גַּשָּׁשׁ, ז', ר', ־שִׁים	rainy	גָּשׁוּם, ת"ז, גְּשׁוּמָה, ת"נ
siphon	גִּשְׁתָּה, נ'	execution (of plan); materialization	גִּשּׁוּם, גִּישּׁוּם, ז', ר', ־מִים
wine press, vat	גַּת, ר', גִּתּוֹת, גִּתִּים	bridge; tie	גִּשּׁוּר, גִּישּׁוּר, ז', ר', ־רִים
musical instrument	גִּתִּית, נ', ר', ־יּוֹת	rain; substance	גֶּשֶׁם, ז', ר', גְּשָׁמִים
		to execute (plan)	גִּשֵּׁם, פ"י
		to materialize; to cause to rain	הִגְשִׁים, פ"י

ד, ד ◁

to speak, whisper	דָּבַב, פ"ע	Daleth, fourth letter of Hebrew alphabet; four	ד
to cause to speak up	דּוֹבֵב, פ"י	to hurt, be in pain	דָּאַב, פ"ע
cherry (tree)	דֻּבְדְּבָן, ז', ר', ־נִים	to cause pain	הִדְאִיב, פ"י
slander, defamation	דִּבָּה, נ', ר', ־בּוֹת	sorrow, pain	דְּאָבָה, נ', דְּאָבוֹן, ז', ר', ־בוֹת
stuck, glued	דָּבוּק, ת"ז, דְּבוּקָה, ת"נ	to worry, be concerned; to fear	דָּאַג, פ"ע
attachment; dibbuk	דִּבּוּק, ז', ר', ־קִים	to cause worry, anxiety	הִדְאִיג, פ"י
word, speech	דִּבּוּר, ז', ר', ־רִים	worry, care, concern	דְּאָגָה, נ', ר', ־גוֹת
spoken, expressed	דָּבוּר, ת"ז, דְּבוּרָה, ת"נ	to fly, dart	דָּאָה, פ"ע
large bee, bumblebee	דַּבּוּר, ז', ר', ־רִים	glider	דָּאוֹן, ז', ר', דָּאוֹנִים
bee	דְּבוֹרָה, נ', ר', ־רִים	mail, post	דֹּאַר, ז'
swarm (of bees)	דְּבוֹרִית, נ', ר', ־יוֹת	airmail	דֹּאַר־אֲוִיר
gluey, sticky	דָּבִיק, ת"ז, דְּבִיקָה, ת"נ	bear	דֹּב, ז', ר', דֻּבִּים
glueyness, stickiness	דְּבִיקוּת, נ'		
Holy of Holies	דְּבִיר, ז', ר', ־רִים		

גָּפְרִית, נ'	sulphur, brimstone
גֵּץ, ז', ר', גִּצִּים	spark
גֵּר, ז', ר', —רִים	stranger, resident in foreign land
גָּר, פ״ע, ע' [גור]	to dwell, live; to quarrel; to fear
הִתְגּוֹרֵר, פ״ח	to burst forth, to dwell; to sojourn
גָּרָב, ז', ר', גְּרָבִים	scab; earthenware vessel
גֶּרֶב, ז', ר', גַּרְבַּיִם	sock, stocking
גַּרְגִּיר, גַּרְגֵּר, ז', ר', —רִים	berry, pill
גִּרְגֵּר, פ״י	to gargle; to pick berries
גַּרְגְּרָן, ז', ר', —נִים	glutton
גַּרְגְּרָנוּת, נ'	gluttony
גַּרְגֶּרֶת, נ'	windpipe
גָּרַד, פ״י	to scratch, scrape
הִתְגָּרֵד, פ״ח	to scratch oneself; to scrape oneself
גְּרֵדָא, גְּרִידָא, תה״פ	only, merely
גַּרְדּוֹם, ז', ר', —מִים	scaffold, gallows
גַּרְדִּי, ז', ר', —יִים	weaver
גֵּרָה, נ', ר', —רוֹת	cud; coin; proselyte (female)
גֵּרָה, פ״י	to excite, stir up, provoke
הִתְגָּרָה, פ״ח	to provoke, excite oneself; to start a quarrel
גְּרוּטָאוֹת, גְּרוּטוֹת, נ״ר	junk
גֵּרוּי, ז', ר', —יִים	stimulus
גָּרוֹן, נ', ר', גְּרוֹנִים, גְּרוֹנוֹת	throat, neck
גָּרוֹס, ז', ר', —סִים, —סוֹת	grist maker
גָּרוּעַ, ת״ז, גְּרוּעָה, ת״נ	inferior, worse
גְּרוּר, ז', ר', גְּרוּרִים	trailer (auto)
גֵּרוּשׁ, ז', ר', —שִׁים	expulsion, banishment
גֵּרוּשִׁין, ז״ר	divorce

גֵּרוּשִׁין	Gerushin, tractate in Talmud
גְּרוּשׁ, ז', ר', —שִׁים	piaster, a coin
(גְּרַז) נִגְרַז, פ״ע	to be cut off, removed
גֵּרוּשׁ, ז', גְּרוּשָׁה, נ', ר', גְּרוּשִׁים, גְּרוּשׁוֹת	divorced man or woman
גַּרְזֶן, ז', ר', —זְנִים	ax, hatchet
גָּרִי, ת״ז, —רִית, ת״נ	itchy
גְּרִידָא, גְּרֵדָא, תה״פ	only, merely
גְּרִידָה, נ', ר', —דוֹת	scratching; cleaning the womb
גְּרִיָּה, נ'	itch
גְּרִיּוּת, נ'	allergy
גְּרִיס, ז', ר', —רִיסִים	grits, groats
גְּרִיעוּת, נ'	deterioration
[גָּרַל] הִגְרִיל, פ״י	to raffle, cast lots
גָּרַם, פ״י	to cause, bring about; to break (bone)
גֶּרֶם, ז', ר', גְּרָמִים	bone; astral body
גֹּרֶן, גּוֹרֶן, נ', גְּרָנוֹת	threshing floor
גָּרַס, פ״י	to crush; to study, learn
הִגְרִיס, פ״י	to break, crush
גִּרְסָא, גִּרְסָה, נ', ר', —אוֹת, —סוֹת	version, text
גָּרַע, פעו״י	to diminish; to withdraw; to subtract
נִגְרַע, פ״ע	to be diminished
גֵּרַע, פ״י	to withdraw
גֵּרָעוֹן, ז', ר', גֵּרְעוֹנוֹת	deficit
גַּרְעִין, ז', גַּרְעִינָה, נ', ר', —נִים, —נוֹת	stone, kernel
גַּרְעֶנֶת, נ'	trachoma
גָּרַף, פ״י	to sweep away; to clean; to gather; to make a fist
גְּרָף, גֶּרֶף, ז', ר', —פִּים	bedpan
גָּרַר, פ״י	to pull, effect

groaning, sighing גְּנִיחָה, נ׳, ר׳, ־חוֹת	completely, altogether לְגַמְרֵי, תה״פ
to cover over, defend גָּנַן, פ״י	Gemara, the Aramaic portion of the Talmud גְּמָרָא, גְּמָרָה, נ׳
to defend, protect הֵגֵן, פ״י	
to defend oneself הִתְגּוֹנֵן, פ״ח	garden גַּן, ז׳, ר׳, ־נִים
gardener גַּנָּן, ז׳, ר׳, ־נִים	zoo גַּן חַיּוֹת
gardening גַּנָּנוּת, נ׳, ר׳, ־נֻיּוֹת	kindergarten גַּן יְלָדִים
kindergarten teacher גַּנֶּנֶת, נ׳, ר׳, ־נָנוֹת	Garden of Eden, Paradise גַּן עֵדֶן
bulky; crude, coarse גַּס, ת״ז, גַּסָּה, ת״נ	disgrace, shame גְּנַאי, גְּנַי, ז׳
haughty, vulgar, obscene גַּס־רוּחַ	to steal, rob גָּנַב, פ״י
rudeness גַּסּוּת, נ׳, ר׳, ־יוֹת, סִיּוֹת	to deceive גָּנַב לֵב, גָּנַב דַּעַת
agony, dying גְּסִיסָה, נ׳, ר׳, ־סוֹת	to kidnap גָּנַב נֶפֶשׁ
to be dying; to be rude גָּסַס, פ״ע	to be stolen נִגְנַב, פ״ע
yearning, longing גַּעְגּוּעִים, ז״ר	to interject indirectly הִגְנִיב, פ״י
to bleat, cry גָּעָה, פ״ע	to steal away הִתְגַּנֵּב, פ״ח
to yearn, long for הִתְגַּעְגֵּעַ, פ״ח	thief, robber גַּנָּב, ז׳, ר׳, ־בִים
to cry, bleat, howl גָּעָה, פ״ע	theft גְּנֵבָה, נ׳, ר׳, ־בוֹת
cry, bleat גְּעִי, ז׳, גְּעִיָּה, נ׳, ר׳, ־יוֹת	to decorate גִּנְדֵּר, פ״י
to loathe, abhor; to cleanse גָּעַל, פ״י	to dress up, decorate oneself הִתְגַּנְדֵּר, פ״ח
to be loathed נִגְעַל, פ״ע	coquette, flirt גַּנְדְּרָן, ת״ז, ־נִית, ת״נ
to be soiled הִתְגָּעֵל, פ״ח	
loathing; nausea גֹּעַל, גֹּעַל נֶפֶשׁ, ז׳	small vegetable garden גַּנָּה, גִּנָּה, נ׳, ר׳, ־נּוֹת
to scold, rebuke; to curse גָּעַר, פ״ע	to blame, censure גִּנָּה, פ״י
rebuke, reproach גְּעָרָה, נ׳, ר׳, ־רוֹת	hidden גָּנוּז, ת״ז, גְּנוּזָה, ת״נ
to shake, quake גָּעַשׁ, פ״ע	Apocrypha סְפָרִים גְּנוּזִים
to toss; to reel הִתְגָּעֵשׁ, פ״ח	shame, criticism גִּנּוּי, ז׳, ר׳, ־יִים
quaking גַּעַשׁ, ז׳	awning גְּנוֹנָה, נ׳, ר׳, ־נוֹת
volcano הַר־גַּעַשׁ	shame, disgrace גְּנוּת, נ׳
wing; arm; handle; wing (of air corps) גַּף, ז׳, ר׳, ־פִּים	to hide גָּנַן, פ״י
alone, by himself בְּגַפּוֹ	treasure גֶּנֶז, ז׳, ר׳, גְּנָזִים
vine גֶּפֶן, נ׳, ר׳, גְּפָנִים	treasury; archives גַּנְזַךְ, גְּנָזַךְ, ז׳, ר׳, ־כִים
to seal, mend גָּפַס, פ״י	to sigh, groan גָּנַח, פ״ע
to embrace, caress, hug גָּפַף, פ״י	hiding place, storehouse גְּנִיזָה, נ׳, ר׳, ־זוֹת
to sulphurize גָּפַר, פ״י	hidden texts, Genizah הַגְּנִיזָה
match גַּפְרוּר, ז׳, ר׳, ־רִים	

reed, papyrus	גֹּמֶא, ז', ר', גְּמָאִים	Catholic	גַּלָּח, ז', ר', ־חִים
stuttering, stammering	גִּמְגּוּם, ז', ר', ־מִים	clergyman	
to stutter, stammer	גִּמְגֵּם, פ״ע	ice cream	גְּלִידָה, נ', ר', ־דוֹת
dwarf	גַּמָּד, ז', ר', ־דִים	sheet, tablet, copy of newspaper	גִּלָּיוֹן, ז', ר', ־לְיוֹנִים, ־לְיוֹנוֹת
weaned	גָּמוּל, ת״ז, גְּמוּלָה, ת״נ	spool; cylinder; district; region; Galilee	גָּלִיל, ז', ר', גְּלִילִים
recompense, reward	גָּמוּל, ז', גְּמוּלָה, נ', ר', ־לִים, ־לוֹת	circuit, district	גְּלִילָה, נ', ר', ־לוֹת
band	גְּמוֹנִית, נ', ר', ־יּוֹת	cylindrical	גְּלִילִי, ת״ז, ־לִית, ת״נ
complete, finished	גָּמוּר, ת״ז, גְּמוּרָה, ת״נ	cloak	גְּלִימָה, נ', ר', ־מוֹת
rubber; contraceptive	גֻּמִּי, גּוּמִי, ז'	engraving	גְּלִיפָה, נ', ר', ־פוֹת
swallow (drink)	גְּמִיאָה, גְּמִיעָה, נ', ר', ־אוֹת, ־עוֹת	glide, slide	גְּלִישָׁה, נ', ר', ־שׁוֹת
garter	גְּמִיָּה, גּוּמִיָּה, נ', ר', ־יּוֹת	to roll, roll up	גָּלַל, גּוֹלֵל, פ״י
ripening; weaning; doing	גְּמִילָה, נ', ר', ־לוֹת	to wallow	הִתְגּוֹלֵל, פ״ח
swallow (drink)	גְּמִיעָה, גְּמִיאָה, נ', ־עוֹת, ־אוֹת	for, for the sake of, on account of	גָּלָל, בִּגְלַל, מ״י
doing; deeds of charity	גְּמִילוּת, נ', ר', ־לֻיּוֹת	dung	גָּלָל, גֵּלֶל, ז', ר', גְּלָלִים
doing good; loaning (without interest)	גְּמִילוּת חֶסֶד	to wrap, fold	גָּלַם, פ״י
flexible, pliant, elastic	גָּמִישׁ, ת״ז, גְּמִישָׁה, ת״נ	to be embodied	הִתְגַּלֵּם, פ״ח
flexibility, elasticity	גְּמִישׁוּת, נ'	shapeless matter; ignorant person; golem; dummy	גֹּלֶם, גּוֹלֶם, ז', ר', גְּלָמִים
to wean; ripen; to deal with	גָּמַל, פ״י	pupa, chrysalis	גֹּלֶם, ז', ר', גְּלָמִים
to deprive oneself, break a habit	הִתְגַּמֵּל, פ״ח	lonely, forsaken	גַּלְמוּד, ת״ז, ־דָה, ת״נ
camel	גָּמָל, ז', ר', גְּמַלִּים	raw (materials)	גַּלְמִי, ת״ז, ־מִית, ת״נ
camel driver	גַּמָּל, ז', ר', ־לִים	to break out (quarrel)	[גלע] הִתְגַּלַּע, הִתְגַּלְעַ, פ״ח
gable	גַּמְלוֹן, ז', ר', ־נִים		
camel caravan	גַּמֶּלֶת, נ', ר', ־מָלוֹת	seed (of fruit)	גַּלְעִין, ז', גַּלְעִינָה, נ', ר', ־נִים, ־נוֹת
to sip, drink, gulp, swallow	גָּמַע, גָּמָא, פ״י	to glide, slide, ski; to boil over	גָּלַשׁ, פ״ע
pit	גֻּמָּץ, גּוּמָץ, ז', ר', ־צִים	skier	גַּלָּשׁ, ז', ר', ־שִׁים
to end, finish, complete	גָּמַר, פ״י	glider	גַּלְשׁוֹן, ז', ר', ־נִים
completion, finish	גֶּמֶר, גְּמָר, ז'	also, moreover	גַּם, מ״ח
		to sip, drink, gulp, swallow	גָּמָא, גָּמַע, פ״י
		to give to drink	הִגְמִיא, פ״י

rolling, revolving	גִּלְגּוּל, ז׳, ר׳, ־לִים
reincarnation	גִּלְגּוּל נֶפֶשׁ
wheel	גַּלְגַּל, ז׳, ר׳, ־לִים
eyeball	גַּלְגַּל הָעַיִן, ז׳
to roll, revolve; to knead; to cause to happen	גִּלְגֵּל, פ״י
to roll, turn; to wander	הִתְגַּלְגֵּל, פ״ח
pulley	גַּלְגִּלָּה, נ׳, ר׳, ־לוֹת
scooter	גַּלְגִּלַּיִם, ז״ז
roller skate	גַּלְגִּלִּית, נ׳, ר׳, ־יוֹת
skull; pulley	גֻּלְגֹּלֶת, נ׳, ר׳, ־גְּלוֹת
skin (of body)	גֶּלֶד, ז׳, ר׳, גְּלָדִים
to grow (skin over wound)	[נלד] הִגְלִיד, פ״ע
sole (of shoe)	גִּלְדָּה, נ׳, ר׳, גְּלָדוֹת
to reveal, uncover; to go into exile	גָּלָה, פעו״י
to banish into exile	הִגְלָה, פ״י
shaving	גִּלּוּחַ, גִּילּוּחַ, ז׳, ר׳, ־חִים
uncovered, evident; purchase deed	גָּלוּי, ת״ז, גְּלוּיָה, ז׳
revelation, discovering	גִּלּוּי, גִּילּוּי, ז׳, ר׳, ־יִים
declaration, manifesto	גִּלּוּי דַּעַת
frankness	גִּלּוּי לֵב
incest	גִּלּוּי עֲרָיוֹת
post card	גְּלוּיָה, נ׳, ר׳, ־יוֹת
pill	גְּלוּלָה, נ׳, ר׳, ־לוֹת
idols	גִּלּוּלִים, ז״ר
wrap	גְּלוֹם, ז׳, ר׳, ־מִים
carving (of wood)	גִּלּוּף, גִּילּוּף, ז׳, ר׳, ־פִים
exile, captivity	גָּלוּת, נ׳, ר׳, ־לֻיּוֹת
exilic	גָּלוּתִי, ת״ז, ־תִית, ת״נ
wavy	גַּלִּי, ת״ז, ־לִית, ת״נ
to shave	גָּלַח, גִּלַּח, פ״י
to shave oneself	הִתְגַּלַּח, פ״ח

to break through	[ניח] נָח, פ״ע
break through, attack	נִיחָה, נ׳, ר׳, ־חוֹת
to rejoice	[ניל] גָּל, פ״ע
joy, rejoicing; age; clapper	גִּיל, ז׳, ר׳, ־לִים
joy; stubble	גִּילָה, נ׳
joy	גִּילַת, נ׳
revealing, discovery	גִּילּוּי, גִּלּוּי, ז׳, ר׳, ־יִים
shaving	גִּילּוּחַ, גִּלּוּחַ, ז׳, ר׳, ־חִים
carving (wood)	גִּילּוּף, גִּלּוּף, ז׳, ר׳, ־פִים
third letter of Hebrew alphabet	גִּימֶל, ז׳, ר׳, ־מְלִין
use of alphabet as numerals	גִּימַטְרִיָּה, גְּמַטְרִיָּה, נ׳
shame, criticism	גִּנּוּי, גְּנוּי, ז׳
brother-in-law	גִּיס, ז׳, ר׳, ־סִים
to mobilize (army)	גִּיֵּס, פ״י
to join (army, etc.)	הִתְגַּיֵּס, פ״ח
army unit	גַּיִס, ז׳, ר׳, גְּיָסוֹת
fifth column	גַּיִס חֲמִישִׁי
sister-in-law	גִּיסָה, נ׳, ר׳, ־סוֹת
chalk, lime	גִּיר, ז׳, ר׳, ־רִים
to proselytize (to Judaism)	גִּיֵּר, פ״י
to become a proselyte (to Judaism)	הִתְגַּיֵּר, פ״ח
approach; attitude; copulation	גִּישָׁה, נ׳, ר׳, ־שׁוֹת
execution (of plan); materialization	נִישּׂוּם, נִשּׂוּם, ז׳, ר׳, ־מִים
bridge; tie	גִּישּׁוּר, גִּשּׁוּר, ז׳, ר׳, ־רִים
to rejoice	גָּל, פ״ע, ע׳ [ניל]
wave; pile	גַּל, ז׳, ר׳, ־לִים
marble (for children's game)	גָּל, ז׳, גָּלָה, נ׳ ר׳, ־לִים, ־לוֹת
barber	גַּלָּב, ז׳, ר׳, ־בִים

bodily, corporeal	גּוּפָנִי, ת"ז, ־נִית, ת"נ
short	גּוּץ, ת"ז, גּוּצָה, ת"נ
cub, whelp	גּוּר, גּוֹר, ז', ר', ־רִים
to dwell, live; to fear	[גור] גָּר, פ"ע
to dwell; to burst forth	הִתְגּוֹרֵר, פ"ח
lot, fate; lottery	גּוֹרָל, ז', ר', ־לוֹת
fatality	גּוֹרָלִיּת, נ'
factor, cause	גּוֹרֵם, ז', ר', ־רְמִים
threshing floor	גּוֹרֶן, גֹּרֶן, ז', ר', גְּרָנוֹת
block, bulk	גּוּשׁ, ז', ר', ־שִׁים
particle	גּוּשִׁישׁ, ז', ר', ־שִׁים
seal, signet	גּוּשְׁפַּנְקָה, שָׁפַּנְקָה, נ', ר', ־קוֹת
to pass, change	גָּז, פ"ע, ע' [גוז]
shearing	גֵּז, ז', ר', גִּזִּים
treasurer, cashier	גִּזְבָּר, ז', ר', ־רִים
office of treasurer	גִּזְבָּרוּת, נ'
fleece	גִּזָּה, נ', ר', ־זוֹת
soda water (with syrup)	גָּזוֹז, ז'
balcony	גָּזוּזְטְרָה, גְּזוּזְטְרָה, נ', ר', ־רוֹת, ־רָאוֹת
to shear, clip	גָּזַז, פ"י
shearing, clipping	גְּזִיזָה, נ', ר', ־זוֹת
hewn stone	גָּזִית, נ'
to rob, embezzle	גָּזַל, פ"י
robbery, embezzlement	גָּזֵל, גֶּזֶל, ז', גְּזֵלָה, נ', ר', ־לוֹת
robber, embezzler	גַּזְלָן, ז', ר', ־נִים
robbery, embezzlement	גַּזְלָנוּת, נ'
to trim (branches); to threaten; to exaggerate	גָּזַם, פ"י
to exaggerate, frighten	הִגְזִים, פ"י
exaggeration, hyperbole	גֻּזְמָה, גּוּזְמָה, נ', ר', ־מוֹת, ־מָאוֹת
trunk, stem; race	גֶּזַע, ז', ר', גְּזָעִים

racial	גִּזְעָנִי, ת"ז, ־נִית, ת"נ
to cut, split; to decree; to decide	גָּזַר, פ"י
carrot; (a) cut	גֶּזֶר, ז', ר', גְּזָרִים
verdict	גְּזַר־דִּין, ז', ר', גִּזְרֵי־דִּין
decree, enactment	גְּזֵרָה, נ', ר', ־רוֹת
comparison by analogy	גְּזֵרָה שָׁוָה, נ'
cut; beam; conjugation; form; sector	גִּזְרָה, נ', ר', ־רוֹת
etymology	גִּזְרוֹן, ז', גִּזְרוֹנוּת, נ'
to break through	גָּח, פ"ע, ע' [גיח]
to hang over; to take out	גָּחָה, פעו"י
smile	גִּחוּךְ, ז', ר', ־כִים
belly (of reptiles)	גָּחוֹן, ז', ר', גְּחוֹנִים, גְּחוֹנוֹת
bent, stooped	גָּחוּן, ת"ז, גְּחוּנָה, ת"נ
to smile	גִּחֵךְ, פ"י
carbunculosis	גַּחֲלִית, נ'
glow worm	גַּחֲלִילִית, נ', ר', ־לִיוֹת
burning coal	גַּחֶלֶת, נ', ר', גֶּחָלִים
to bend, stoop	גָּחַן, פ"ע
divorce, legal document	גֵּט, ז', ר', גִּטִּים, ־ין
Gittin, tractate in Talmud	גִּטִּין
ghetto, quarter of the Jews	גֶּטוֹ, ז', ר', ־טָאוֹת
valley	גַּי, גַּיְא, נַיְא, ז', ר', גֵּאָיוֹת, נֵיאָוֹת
valley of the shadow of death	גֵּיא־צַלְמָוֶת, ז'
Gehenna	גֵּי־הִנֹּם, גֵּיהִנֹּם, זו"נ
tub, vat	גִּיגִית, נ', ר', ־יוֹת
sinew; penis	גִּיד, ז', ר', ־דִים
conscription, mobilization	גִּיּוּס, ז', ר', ־סִים
proselyte to Judaism	גִּיּוֹר, ז', גִּיֹּרֶת, נ', ר', ־רִים, ־רוֹת

גַּדְלוּת, נ׳	greatness, magnitude
גִּדֵּם, ת״ז, גִּדֶּמֶת, ת״נ	crippled, maimed; one-handed
גִּדֵּם, פ״י	to cripple, maim
גָּדַע, גִּדַּע, פ״י	to cut off
גִּדֵּף, פ״י	to insult, blaspheme
גַּדְּפָן, ז׳, ר׳, ־נִים	blasphemer, reviler
גָּדַר, פ״י	to fence in; restrain
הִגְדִּיר, פ״י	to define
הִתְגַּדֵּר, פ״ח	to be proficient, distinguish oneself; to boast
גָּדֵר, ז׳, ר׳, גְּדֵרִים	wall, fence
בְּגָדֵר, תה״פ	in the realm, in the area
גְּדֵרָה, נ׳, ר׳, ־רוֹת	sheepfold
גָּדַשׁ, הִגְדִּישׁ, פ״י	to heap up, overfill
גֵּהָה, נ׳, ר׳, ־הוֹת	cure, appearance
גִּהוּץ, ז׳, ר׳, ־צִים	ironing, pressing
גָּהוּץ, ת״ז, גְּהוּצָה, ת״נ	smart (military)
גִּהוּק, גֵּהוּק, ז׳, ר׳, ־קִים	belch, burp
גֵּהוּת, נ׳	hygiene
גִּהֵץ, פ״י	to iron, press
גֵּהֶץ, ז׳	smartness
גִּהֵק, פ״ע	to belch, burp
גָּהַר, פ״ע	to crouch, bend
גֵּו, גַּו, ז׳, ר׳, ־וִים, ־ווֹת	back (of body); interior; body
גּוֹאֵל, ז׳, ר׳, ־אֲלִים	redeemer, savior; Messiah
גּוֹאֵל הַדָּם, ז׳	avenger (of blood)
גּוֹב, גּוֹבַי, ז׳	locust (swarm)
גּוֹבַהּ, גֹּבַהּ, ז׳, ר׳, גְּבָהִים	height, pride
גּוֹבֶה, ז׳, ר׳, ־בִים	collector (of funds)
גּוּבַיְנָא, גּוּבַיְנָה, נ׳, ר׳, ־נוֹת	collection; C.O.D.
[גוד] גָּד, פ״י	to attack
גּוֹד, ע׳ נֹאד	
גּוֹדְרוֹת, נ״ר	flock in pen
גּוֹדֶל, ע׳ גֹּדֶל	
גִּוּוּן, ז׳, ר׳, ־נִים	coloring, variation, nuance
[גוז] גָּז, פ״ע	to pass, change
גּוֹזֵז, ז׳, ר׳, ־זְזִים	shearer (of sheep)
גּוֹזָל, ז׳, ר׳, ־לִים, ־לוֹת	young dove, young bird, squab
גּוּזְמָה, גֻּזְמָה, נ׳, ר׳, ־מוֹת, ־מָאוֹת	exaggeration, hyperbole
גּוֹי, ז׳, ר׳, ־יִים	nation; gentile, goi; non-religious Jew
גְּוִיָּה, נ׳, ר׳, ־יּוֹת	body; corpse
גּוֹלָה, נ׳, ר׳, ־לוֹת	golah, exile
גּוֹלֶה, ז׳, ר׳, ־לִים	exiled one
גּוֹלֵל, ז׳	tombstone
גּוֹלֶם, גֹּלֶם, ז׳, ר׳, גְּלָמִים	shapeless matter; ignorant person; golem; dummy
גּוּמָה, נ׳, ר׳, ־מוֹת	hole (in ground)
גּוֹמֵל, ז׳, ר׳, ־מְלִים	doer of good deeds
גּוֹמְלִים, ־ן, ז״ר	reciprocity
גּוּמָץ, גֻּמָּץ, ז׳, ר׳, ־צִים	pit
גּוֹן, ז׳, ר׳, גּוֹנִים, גְּוָנִים	color, nuance, shade
גִּוֵּן, פ״י	to color
[גוס] הֵגִיס, פ״י	to stir
גּוֹסֵס, ז׳, ר׳, ־סְסִים	dying, moribund
גָּוַע, פ״ע	to die
גּוּף, ז׳, ר׳, ־פִים, ־פוֹת	body, substance, person
[גוף] גָּף, פ״י	to stop up, cork
הֵגִיף, פ״י	to shut, lock
גּוּפָה, נ׳, ר׳, ־פוֹת	cadaver; torso
גּוּפִיָּה, נ׳, ר׳, ־יּוֹת	undershirt

to fill (with stones)	נָבַשׁ, פ״י
to crystallize	נִבֵּשׁ, פ״י
to become crystallized	הִתְנַבֵּשׁ, פ״ח
mound	נַבְשׁוּשִׁית, נ׳, ר׳, ־יוֹת
roof	נַג, ז׳, ר׳, ־גוֹת
awning	נָגוֹן, ז׳, ר׳, ־נִים
tub	נִגְנִית, נ׳, ר׳, ־יוֹת
to attack	נָד, פ״י, ע׳ [גדד]
good fortune	נָד, ז׳
to cut, cut off; to gather (troops)	נָדַד, פעו״י
to cut oneself; to assemble	הִתְנוֹדֵד, פ״ח
river bank	נָדָה, נ׳, ר׳, ־דוֹת
unit (of troops), group; furrow	נְדוּד, ז׳, ר׳, ־דִים
cut, pruned	נָדוּד, ת״ז, גְּדוּדָה, ת״נ
big, large, great; adult	נָדוֹל, ת״ז, גְּדוֹלָה, ת״נ
great deeds	נְדוֹלוֹת, נ״ר
growth, tumor	נִדּוּל, ז׳, ר׳, ־לִים
	נְדוּלָה, ע׳ גְּדֻלָּה
taunt, abuse, insult	נְדוּף, ז׳, נְדוּפָה, נ׳, ר׳, ־פִים, פוֹת
fenced in	נָדוּר, ת״ז, גְּדוּרָה, ת״נ
overflowing	נָדוּשׁ, ת״ז, גְּדוּשָׁה, ת״נ
kid (goat)	נְדִי, גְּדִיָּא, ז׳, ר׳, ־דָיִים
tassel	נָדִיל, נְדִיל, ז׳, ר׳, ־דִילִים
heap of corn, stack of sheaves	נָדִישׁ, ז׳, ר׳, ־דִישִׁים
to grow up, be great	נָדַל, פ״ע
to glorify; to raise, rear; to educate	נִדֵּל, פ״י
to make great, increase	הִנְדִּיל, פ״י
to praise oneself, boast	הִתְנַדֵּל, פ״ח
size, greatness	נֹדֶל, גֹּדֶל, ז׳, ר׳, גְּדָלִים
greatness, dignity	נְדֻלָּה, גְּדוּלָּה, נ׳, ר׳, ־לוֹת, ־לֹת

crystallization	נָבוּשׁ, נִיבוּשׁ, ז׳, ר׳, ־שִׁים
collection of payment; taking of evidence	נְבִיָּה, נ׳, ר׳, ־יוֹת
cheese	נְבִינָה, נ׳, ר׳, ־נוֹת
goblet, cup, chalice	נָבִיעַ, ז׳, ר׳, נְבִיעִים
lord, master; rich man	נְבִיר, ז׳, ר׳, ־דִים
lady, mistress; rich lady	נְבִירָה, גְּבֶרֶת, נ׳, ר׳, ־בִּירוֹת ־בָרוֹת
crystal	נָבִישׁ, אֶלְגָּבִישׁ, ז׳, ר׳, נְבִישִׁים
crystal-like	נְבִישִׁי, ת״ז, ־שִׁית, ת״נ
to set boundary; to border; to knead	נָבַל, נְבֵל, פ״י
to set bounds, limit	הִנְבִּיל, פ״י
to be bounded, be limited	הָנְבַּל, פ״ע
hunchback	נַבֵּן, ז׳, ר׳, ־בָּנִים
rounded peak (of mountain); hunch	נַבְנוּן, נַבְנָן, ז׳, ר׳, ־נִים, ־נָנִים
convex (lens)	נַבְנוּנִי, ת״ז, ־נִית, ת״נ
to round, hunch	נְבֵּן, פ״י
gypsum; plaster of Paris	נֶבֶס, ז׳
to put in a cast	נִבֵּס, פ״י
hill	נָבַע, ז׳, ר׳, ־בָעִים, גִּבְעָה, נ׳, ר׳, גְּבָעוֹת
stalk, stem	נִבְעוֹל, נְבֵעֹל, ז׳, ר׳, ־לִים
to be strong; to conquer	נָבַר, פ״ע
to strengthen	נִבֵּר, הִנְבִּיר, פ״י
to prevail, overcome	הִתְנַבֵּר, פ״ח
male, man warrior; cock	נֶבֶר, ז׳, ר׳, נְבָרִים
adulthood	נַבְרוּת, נ׳
male-like, manly	נַבְרִי, ת״ז, ־רִית, ת״נ
lady, mistress; rich lady	נְבֶרֶת, גְּבִירָה, נ׳, ר׳, ־בִּירוֹת

בְּתוּלִים, ז״ר tokens of virginity, hymen, virginity; flowers
בִּתּוּר, ז׳ dissection
בְּתוֹר, בְּתוֹרַת, תה״פ as, like
בִּתֵּק, פ״י to cut, cut off

בֶּתֶר, ז׳, ר׳, בְּתָרִים piece, part; cut
בָּתַר, פ״י to cut in two, dissect
בַּתְרָא, ז׳; ת״ז the last, latest; the end
בִּתְרוֹן, ז׳, ר׳, ־נִים deep ravine

ג, ג

ג, ג Gimel, third letter of Hebrew alphabet; three
גֵּא, גֵּאֶה, ת״ז, גֵּאָה, ת״נ proud, haughty
גָּאָה, פ״ע to rise, grow
הִתְגָּאָה פ״ח to be proud, be exalted; to boast
גַּאֲוָה, נ׳, ר׳, ־וֹת pride, haughtiness
גָּאוּל, ת״ז, גְּאוּלָה, ת״נ redeemed, liberated
גְּאוּלָה, ע׳ גְּאֻלָּה
גָּאוֹן, ת״ז, גְּאוֹנִית, ת״נ Gaon (rabbinic title)
גְּאוֹנוּת, ע׳ גְּאוֹנִיּוּת
גְּאוֹנִי, ת״ז, ־נִית, ת״נ geniuslike
גְּאוֹנִיּוּת, גְּאוֹנוּת, נ׳ position of Gaon; genius
גֵּאוּת, נ׳ grandeur; haughtiness
גֵּאוּת (הַיָּם) flood tide
גָּאַל, פ״י to redeem, deliver, free; to contaminate
נִגְאַל, פ״ע to be redeemed, liberated; to be defiled, contaminated
הִגְאִיל, פ״י to contaminate, pollute
הִתְגָּאֵל, פ״ח to defile oneself
גְּאֻלָּה, גְּאוּלָה, נ׳, ר׳, ־לּוֹת, לוֹת redemption, liberation, Geullah
גְּאֻלַּת דָּם feud
גַּב, ר׳, ז׳, ־בִּים, ־בּוֹת back; hub, nave (of wheel)

גַּב, מ״י towards, with
עַל גַּב, עַל גַּבֵּי upon
אַף עַל גַּב although
לְגַבֵּי about, concerning
גֵּב, ר׳, ז׳, ־בִים pit, pool; board
גַּבָּאוּת, נ׳ treasurership; synagogical office
גַּבַּאי, גַּבַּי, ז׳, ר׳, ־בָּאִים treasurer, synagogical head
גִּבֵּב, פ״י to gather, heap up; to blab
גָּבַהּ, פ״ע to be high; to be tall; to be haughty
הִגְבִּיהַּ, פ״י to exalt, elevate, raise
גֹּבַהּ, גּוֹבַהּ, ז׳, ר׳, גְּבָהִים height; pride
גָּבֹהַּ, גָּבוֹהַּ, ת״ז, גְּבֹהָה, גְּבוֹהָה, ת״נ high, lofty; proud
גָּבָה, פ״י to collect payment (of debts, taxes)
גַּבָּה, נ׳, ר׳, ־בּוֹת eyebrow
גִּבּוּב, גִּיבּוּב, ז׳ piling up
גָּבוֹהַּ, גָּבֹהַּ, ת״ז, גְּבֹהָה, גְּבוֹהָה, ת״נ high, lofty, proud
גְּבוּל, ז׳, ר׳, ־לוֹת boundary, border, limit
בְּלִי (לְלֹא) גְּבוּל endless
גִּבּוּל, ז׳ kneading
גִּבּוֹר, ת״ז, ־רָה, ת״נ; ז׳ strong, mighty; hero
גְּבוּרָה, נ׳, ר׳, ־רוֹת strength, might, heroism; God

New Testament 'נ הַבְּרִית הַחֲדָשָׁה	
בְּרִית מִילָה, ג', ר', בְּרִיתוֹת מִילָה circumcision	
lye, alkali; soap בְּרִית, ז'	
Baraitha, בָּרַיְתָא, נ', ר', תוֹת teaching of the Tannaim not included in the Mishna	
knee בֶּרֶךְ, נ', ר', בִּרְכַּיִם	
to kneel בָּרַךְ, פ"ע	
to bless; to praise; to curse בֵּרַךְ, פ"י	
to cause to kneel; to engraft הִבְרִיךְ, פ"י	
to be blessed, הִתְבָּרַךְ, פ"ח bless oneself	
blessing, בְּרָכָה, נ', ר', כוֹת benediction; prosperity; gift	
grace after meals בִּרְכַּת הַמָּזוֹן, נ'	
pool, pond בְּרֵכָה, נ', ר', כוֹת	
but, however; truly בְּרַם, תה"פ	
stock market בֻּרְסָה, נ', ר', סוֹת	
בֻּרְסָא, ע' בַּר־נַשׁ	
tanner בֻּרְסִי, בֻּרְסִי, ז', ר', סִים	
to fill (to the brim) בָּרַק, פ"י	
lightning; flash בָּרָק, ז', ר', בְּרָקִים	
to flash (lightning) בָּרַק, פ"י	
to glitter; to polish; הִבְרִיק, פעו"י to cable	
morning star בַּרְקַאי, ז'	
cataract of the eye, בָּרֶקֶת, נ' glaucoma	
thistle, brier בַּרְקָן ז', ר', נִים	
emerald בָּרֶקֶת, נ', ר', רָקוֹת	
to choose; to investigate, test בָּרַר, פ"י	
to make clear, explain; בֵּרַר, פ"י to choose	
to be made clear; to הִתְבָּרֵר, פ"ח purify oneself; to be made pure	

choice, בְּרָרָה, בְּרֵירָה, נ', ר', רוֹת selection; alternative; arbitration	
to brush בֵּרַשׁ, פ"י	
for the sake of, for בִּשְׁבִיל, מ"י	
cooking, cookery; ripeness בִּשּׁוּל, ז'	
tidings, good בְּשׂוֹרָה, נ', ר', רוֹת tidings	
to cook, boil; to grow ripe בָּשַׁל, פ"ע	
to cook, boil; to cause בִּשֵּׁל, פ"י to ripen	
to ripen הִבְשִׁיל, פ"ע	
to be well boiled; הִתְבַּשֵּׁל, פ"ח to become ripe	
ripe, boiled; בָּשֵׁל, ת"ז, בְּשֵׁלָה, ת"נ done	
perfume, spice בֹּשֶׂם, ז', ר', בְּשָׂמִים	
to perfume, spice בִּשֵּׂם, פ"י	
to be perfumed; הִתְבַּשֵּׂם, פ"ח to be tipsy	
perfumer בַּשָּׂם, ז', ר', מִים	
flesh, meat בָּשָׂר, ז', ר', בְּשָׂרִים	
flesh and blood, human בָּשָׂר וָדָם	
to bring tidings; to gladden בִּשֵּׂר, פ"י with good tidings	
carnal בְּשָׂרִי, ת"ז, רִית, ת"נ	
shame, shameful thing בֹּשֶׁת, נ'	
daughter, child, בַּת, נ', ר', בָּנוֹת girl; suburb	
at once בְּבַת־אַחַת	
partner בַּת־זוּג, נ'	
בַּת־יַעֲנָה, ע' יָעֵן	
smile בַּת־צְחוֹק, נ'	
בַּת־עַיִן, ע' אִישׁוֹן	
echo; divine voice בַּת־קוֹל, נ'	
muse בַּת־שִׁיר, נ'	
desolation, בְּתָה, בַּתָּה, נ', ר', בַּתּוֹת waste land	
virgin בְּתוּלָה, נ', ר', לוֹת	

praise to God! / thank the Lord!	בָּרוּךְ־הַשֵּׁם (ב"ה)
excess, surplus	בֵּרוּץ, ז', ר', ־צִים
clear, lucid; certain, apparent, evident	בָּרוּר, ת"ז, בְּרוּרָה, ת"נ
clarification; edification; arbitration	בֵּרוּר, ז', ר', ־רִים
froth, lather	בְּרוּר, ז'
clearly, evidently	בְּרוּרוֹת, תה"פ
cypress	בְּרוֹשׁ, ז', ר', ־שִׁים
food	בָּרוֹת, בָּרוּת, נ'
water tap	בֶּרֶז, ז', ר', ־זִים
hydrant	בֶּרֶז שְׂרֵפָה
iron	בַּרְזֶל, ז'
to flee	בָּרַח, פ"ע
to cause to flee; to bolt	הִבְרִיחַ, פ"י
certainly, surely	בָּרִי, תה"פ
normal health	בֹּרִי, ז'
healthy; fat	בָּרִיא, ת"ז, בְּרִיאָה, ת"נ
creation; universe	בְּרִיאָה, נ'
health	בְּרִיאוּת, נ'
dietary food, diet	בְּרָיָה, נ'
creation, creature	בְּרִיָה, בְּרִיָּה, נ', ר', ־יוֹת
rebel, terrorist, outlaw	בִּרְיוֹן, ז', ר', ־נִים
terrorism	בִּרְיוֹנוּת, נ'
dietetics	בְּרִיּוּת, ז'
people, persons	בְּרִיּוֹת, נ"ר
bolt, bar	בְּרִיחַ, ז', ר', ־חִים
fugitive	בָּרִיחַ, ז', ר', ־חִים
flight	בְּרִיחָה, נ', ר', ־חוֹת
kneeling; brood; slip	בְּרִיכָה, נ', ר', ־כוֹת
choice, selection; alternative; arbitration	בְּרִירָה, בְּרֵרָה, נ', ר', ־רוֹת
covenant, treaty	בְּרִית, נ', ר', ־תוֹת

pure, clean, clear	בַּר, ת"ז, בָּרָה, ת"נ
son	בַּר, ז', ר', בָּנִים
	בַּר־אֲוָז, ע' בַּרְוָז
bar mizvah	בַּר־מִצְוָה, ז', ר', בְּנֵי־מִצְוָה
guy, fellow (often in contempt)	בַּר־נַשׁ, בַּרְנָשׁ, ז', ר', בַּרְנָשִׁים
disputant	בַּר־פְּלֻגְתָּא, ז', ר', בְּנֵי־פְּלֻגְתָּא
purity, cleanness; innocence	בֹּר, ז'
to create, form	בָּרָא, פ"י
to cut down trees, fell	בֵּרֵא, פ"י
to make fat; to become healthy, recuperate	הִבְרִיא, פעו"י
the beginning; nature, creation; at first, in the beginning	בְּרֵאשִׁית, נ'; תה"פ
swan	בַּרְבּוּר, ז', ר', ־רִים
uncouthness, vulgarity	בַּרְבָּרִיּוּת, נ'
screw	בֹּרֶג, ז', ר', בְּרָגִים
to screw	בֵּרֵג, פ"י
spiral	בָּרְגִּי, ת"ז, ־גִּית, ת"נ
bourgeois, middle class	בֻּרְגָנִי, בּוּרְגָּנִי, ת"ז, ־נִית, ת"נ
hail	בָּרָד, ז'
to hail	בָּרַד, פ"ע
spotted	בָּרֹד, בָּרוֹד, ת"ז, בְּרֻדָּה, ת"נ
panther	בַּרְדְּלָס, ז', ר', ־סִים
to eat	בָּרָה, פ"י
to feed	הִבְרָה, פ"י
creature, human being	בָּרוּא, ז', ר', בְּרוּאִים
hood	בַּרְדָּס, ז', ר', ־סִים
duck	בַּרְוָז, ז', בַּרְוָזָה, נ', ר', ־זִים, ־זוֹת
blessed	בָּרוּךְ, ת"ז, בְּרוּכָה, ת"נ
welcome!	בָּרוּךְ־הַבָּא

erudition; expertness	בְּקִיאוּת, נ'
fissure, crack, cleft	בְּקִיעַ, ז', ר', ־עִים
fissure, cleft, crack	בְּקִיעָה, נ', ר', ־עוֹת
half a shekel	בֶּקַע, ז', ר', בְּקָעִים
to cleave, split	בָּקַע, פעו"י
to cleave; to hatch	בִּקַּע, פ"י
to break through, take by assault	הִבְקִיעַ, פ"י
to burst open	הִתְבַּקֵּעַ, פ"ח
valley, plain	בִּקְעָה, נ', ר', בְּקָעוֹת
log of wood	בְּקָעַת, נ', ר', ־עִיוֹת, בַּקְעִיוֹת
to empty, despoil	בָּקַק, פ"י
to empty, waste	בּוֹקֵק, פ"י
morning	בֹּקֶר, ז', ר', בְּקָרִים
cattle, herds, oxen	בָּקָר, ז'
to examine; to visit, attend; to criticize, censure	בִּקֵּר, פ"י
herdsman	בַּקָּר, ז', ר', ־רִים
Inspection, examination	בַּקָּרָה, נ'
nearly, approximately	בְּקָרוּב, תה"פ
shortly	בְּקָרוֹב, תה"פ
	בְּקֹרֶת, בִּקּוֹרֶת, נ', ר', ־קוֹרוֹת
Investigation; criticism, review (of book); censorship	
to seek, search; to desire; to beg, pray; to ask	בִּקֵּשׁ, פ"י
to be asked; to be sought, be summoned	הִתְבַּקֵּשׁ, פ"ח
entreaty, request; desire, wish	בַּקָּשָׁה, נ', ר', ־שׁוֹת
please!	בְּבַקָּשָׁה
bribery; contribution, gift	בַּקְשִׁישׁ, ז', ר', ־שִׁים
grain, corn; prairie, field; exterior	בָּר, בַּר, ז'
outside	בַּר, תה"פ

drought, scarcity	בַּצּוֹרֶת, בַּצֹּרֶת, נ', ר', ־צָרוֹת
cutting, breaking	בְּצִיעָה, נ', ר', ־עוֹת
vintage	בָּצִיר, ז'
onion	בָּצָל, ז', ר', בְּצָלִים
to flavor, to spice (with onions)	בִּצֵּל, פ"י
	בִּצַּלְצוּל, בְּצַלְצַל, ז', ר', ־לִים, ־צָלִים
onion, shallot	
unjust gain; profit	בֶּצַע, ז'
to cut, break; to be greedy for gain	בָּצַע, פ"י
to cut off; to execute; to accomplish	בִּצַּע, פ"י
pool, pond	בָּצַע, ז', ר', בְּצָעִים
to trickle, ooze, drip	בָּצַץ, פ"ע
to shine	הִתְבַּצֵּץ, פ"ח
dough	בָּצֵק, ז', ר', בְּצֵקוֹת
to swell, become swollen	בָּצֵק, פ"ע
strength; gold	בֶּצֶר, ז', ר', בְּצָרִים
to weaken; to fortify; to gather grapes	בָּצַר, פ"י
to be restrained	נִבְצַר, פ"ע
to strengthen	בִּצֵּר, פ"י
to fortify oneself; to strengthen oneself	הִתְבַּצֵּר, פ"ח
enclosure, sheepfold	בִּצְרָה, נ', ר', ־רוֹת
stronghold; drought	בִּצָּרוֹן, ז', ר', ־צְרוֹנִים
bottle	בַּקְבּוּק, ז', ר', ־קִים
cleavage	בִּקּוּעַ, ז', ר', ־עִים
visit; investigation	בִּקּוּר, ז', ר', ־רִים
seeking; demand	בִּקּוּשׁ, ז'
	בָּקִי, בָּקִיא, ת"ז, בְּקִיאָה, ת"נ
erudite; skilled	

kicker	בַּעְטָן, ז', ר', ־נִים
problem	בְּעָיָה, נ', ר', ־יוֹת
kick	בְּעִיטָה, נ', ר', ־טוֹת
sexual intercourse	בְּעִילָה, נ'
beast, cattle	בְּעִיר, ז'
combustible	בָּעִיר, ת"ז, בְּעִירָה, ת"נ
combustion	בְּעִירָה, נ'
owner, possessor; lord; husband; Baal	בַּעַל, ז', ר', בְּעָלִים
house owner, landlord, proprietor	בַּעַל־בַּיִת, ז', ר', בַּעֲלֵי־בַּיִת
debtor, creditor	בַּעַל־חוֹב, ז', ר', בַּעֲלֵי־חוֹב
artisan, craftsman	בַּעַל־מְלָאכָה, ז', ר', בַּעֲלֵי־מְלָאכָה
driver (of wagon), coachman	בַּעַל־עֲגָלָה, ז', ר', בַּעֲלֵי־עֲגָלָה
refined person	בַּעַל־צוּרָה, ז', ר', בַּעֲלֵי־צוּרָה
tall person	בַּעַל־קוֹמָה, ז', ר', בַּעֲלֵי־קוֹמָה
(Torah) reader	בַּעַל־קְרִיאָה, ז', ר', בַּעֲלֵי־קְרִיאָה
miracle worker	בַּעַל־שֵׁם, ז', ר', בַּעֲלֵי־שֵׁם
cantor, hazzan	בַּעַל־תְּפִלָּה, ז', ר', בַּעֲלֵי־תְּפִלָּה
person who blows the shofar	בַּעַל־תְּקִיעָה, ז', ר', בַּעֲלֵי־תְּקִיעָה
repentant sinner	בַּעַל־תְּשׁוּבָה, ז', ר', בַּעֲלֵי־תְּשׁוּבָה
to marry; to rule over; to have sexual intercourse	בָּעַל, פ"י
proprietress, mistress	בַּעֲלָה, נ', ר', בְּעָלוֹת
proprietorship	בַּעֲלוּת, נ'
openly, clearly	בַּעֲלִיל, תה"פ, ע' עָלִיל

against one's will	בְּעַל־כָּרְחוֹ, תה"פ
in a general way; merely	בְּעָלְמָא, תה"פ
oral, orally, by heart	בְּעַל־פֶּה, תה"פ
tin, pewter	בַּעַץ, ז'
the very thing, in the midst, during	בְּעֶצֶם, תה"פ
to burn, consume	בָּעַר, פעו"י
to kindle, burn, consume; to remove	בִּעֵר, פ"י
to set on fire; to cause to be grazed over	הִבְעִיר, פ"י
to be removed, be cleared	הִתְבָּעֵר, פ"ח
boor, ignorant person	בַּעַר, ז', ר', בְּעָרִים
conflagration, burning	בְּעֵרָה, נ', ר', ־רוֹת
ignorance	בַּעֲרוּת, נ'
approximately	בְּעֵרֶךְ, תה"פ
to be startled, be terrified	נִבְעַת, פ"ע [בעת]
to terrify	בִּעֵת, פ"י
to frighten	הִבְעִית, פ"י
phobia	בַּעַת, ז'
terror	בְּעָתָה, נ', ר', ־תוֹת
in practice, in actuality	בְּפֹעַל, תה"פ
distinctly, clearly, expressly, explicitly	בְּפֵרוּשׁ, תה"פ
particularly	בִּפְרָט, תה"פ
inside, within	בִּפְנִים, תה"פ ומ"י
mud, mire	בֹּץ, ז'
to ooze; to sprout	בִּצְבֵּץ, פ"ע
swamp, marsh	בִּצָּה, נ', ר', ־צוֹת
compromise; arbitration; execution	בִּצּוּעַ, ז'
fortified	בָּצוּר, ת"ז, בְּצוּרָה, ת"נ
fortification	בִּצּוּר, ז', ר', ־רִים

to trample	בָּס [בוס], פ״י
perfuming	בִּסּוּם, ז׳
basing, consolidation	בִּסּוּס, בִּיסּוּס, ז׳
basis, base	בָּסִיס, ז׳, ר׳, בְּסִיסִים
basic	בְּסִיסִי, ת״ז, ־סִית, ת״נ
to be fragrant	בָּסַם, בָּשַׂם, פ״ע
to spice, perfume	בִּסֵּם, בִּשֵּׂם, פ״י
to be perfumed; to be tipsy	הִתְבַּסֵּם, הִתְבַּשֵּׂם, פ״ח
spice, perfume	בֹּסֶם, בֹּשֶׂם, ז׳, ר׳, בְּשָׂמִים
perfumer	בַּסָּם, בַּשָּׂם, ז׳, ר׳, ־מִים
to tread	בָּסַס, פ״י
to base, strengthen, consolidate, establish	בִּסֵּס, פ״י
to be consolidated, be established	הִתְבַּסֵּס, פ״ח
sour grapes, unripe fruit	בֹּסֶר, ז׳
to tread upon; to be overbearing	בָּסַר, פ״ע
to treat lightly	בִּסֵּר, פ״ע
garden	בֻּסְתָּן, בּוֹסְתָּן, ז׳, ר׳, ־נִים
gardener	בֻּסְתָּנַאי, ז׳, ר׳, ־תְנָאִים
bubble	בַּעֲבוּעַ, ז׳, ר׳, ־עִים
for the sake of, on account of, in order that	בַּעֲבוּר, מ״י
to bubble, be frothy	בִּעְבֵּעַ, פעו״י
through, about, for, on behalf of	בְּעַד, בַּעַד, מ״י
to ask, inquire; to bubble	בָּעָה, פ״י
to be uncovered, be laid bare; to be revealed	נִבְעָה, פ״ע
while; within	בְּעוֹד, תה״פ
married woman	בְּעוּלָה, נ׳, ר׳, ־לוֹת
burning, removal	בִּעוּר, ז׳
terror	בָּעוּת, ז׳, ר׳, ־תִים
to kick; to spurn	בָּעַט, פ״י

director (stage)	בַּמַּאי, ז׳, ר׳, ־מָאִים
high place, mountain; altar; stage	בָּמָה, נ׳, ר׳, ־מוֹת
okra; lady's finger	בָּמְיָה, נ׳, ר׳, ־יוֹת
in place of, instead of	בִּמְקוֹם, תה״פ
son, child; branch	בֵּן, ז׳, ר׳, בָּנִים
human being, man, person	בֶּן־אָדָם, ז׳, ר׳, בְּנֵי־אָדָם
Jew; partner	בֶּן־בְּרִית, ז׳, ר׳, בְּנֵי־בְּרִית
cousin	בֶּן־דּוֹד, בֶּן־דּוֹדָה, ז׳, ר׳, בְּנֵי־
partner; one of a couple (or pair)	בֶּן־זוּג, ז׳, ר׳, בְּנֵי־זוּג
stepson	בֶּן־חוֹרֵג, ז׳, ר׳, בָּנִים חוֹרְגִים
free (man)	בֶּן־חוֹרִים, בֶּן־חוֹרִין, ז׳, ר׳, בְּנֵי־
internationalization	בִּנְאוּם, ז׳
in the night, during the night	בֶּן־לַיְלָה, תה״פ
in a moment	בֶּן־רֶגַע, תה״פ
builder	בַּנַּאי, בַּנַּי, ז׳, ר׳, בַּנָּאִים
to internationalize	בִּנְאֵם, פ״י
to build, erect	בָּנָה, פ״ע
to be built, be erected, established	נִבְנָה, פ״ע
in (us), by, among, with, through, against	בָּנוּ, מ״ג, ע׳ בְּ־
in regard to, concerning	בְּנוֹגֵעַ, מ״י
built, erected	בָּנוּי, ת״ז, בְּנוּיָה, ת״נ
building, structure	בִּנְיָה, נ׳, ר׳, בְּנִיּוֹת
construction, architecture	בְּנִיָּה, נ׳, ר׳, ־יוֹת
building, structure; conjugation, stem (gram.)	בִּנְיָן, ז׳, ר׳, ־נִים
banking	בַּנְקָאוּת, נ׳
banker	בַּנְקַאי, בַּנְקַי, ז׳, ר׳, ־קָאִים

בִּלְבַד, תה"פ, ע' לְבַד only, but
בִּלְבּוּל, ז', ר', ־לִים confusion
בִּלְבֵּל, פ"י to confuse
הִתְבַּלְבֵּל, פ"ח to become confused
[בלג] הִבְלִיג, פ"ע to pluck up courage, bear up
בַּלְדָּר, ז', ר', ־רִים messenger, courier (diplomatic)
בָּלָה, פ"ע to be worn out, decay
בִּלָּה, פ"י to consume, wear out; to spend (time)
בָּלֶה, ת"ז, ־לָה, ת"נ worn out
בְּלָה, נ', ר', ־לוֹת mixture
בַּלָּהָה, נ', ר', ־הוֹת calamity; terror
בַּלּוּט, ז', ר', ־טִים acorn
בַּלּוּטָה, נ', ר', ־טוֹת gland
בָּלוּי, ת"ז, בְּלוּיָה, ת"נ shabby, worn out (old)
בָּלוּל, ת"ז, בְּלוּלָה, ת"נ mixed
בָּלוּם, ת"ז, בְּלוּמָה, ת"נ swollen; plugged, closed
בָּלוּס, ת"ז, בְּלוּסָה, ת"נ mixed
בְּלוֹרִית, נ', ר', ־יוֹת tuft or lock of hair; plait
[בלח] הִבְלִיחַ, פ"ע to flicker
בָּלַט, פ"ע to stand out, protrude, project
הִבְלִיט, פ"י to emboss; to display, emphasize
הִתְבַּלֵּט, פ"ח to be prominent, be eminent
בְּלִי, מ"ש without
בְּלִיָּה, בְּלָיָה, נ' wear and tear
בְּלִיטָה, נ', ר', ־טוֹת embossment; projection
בְּלִיל, ז' mixed fodder, mixture
בְּלִילָה, נ', ר', ־לוֹת mixture

בְּלִימָה, נ', ר', ־מוֹת restraint; nothingness
בְּלִיעָה, נ', ר', ־עוֹת swallowing
בֵּית הַבְּלִיעָה throat
בְּלִיַּעַל, ז' worthlessness, wickedness; scoundrel, villain
בָּלַל, פ"י to mix, confuse; to stir, knead
הִתְבּוֹלֵל, פ"ח to mix oneself; to assimilate
בָּלַם, פ"י to curb, muzzle, restrain
בַּלָּם, בֶּלֶם, ז', ר', בְּלָמִים brake (automobile)
בַּלָּן, ז', ר', ־נִים bathhouse keeper, bathhouse attendant
בָּלַע, פ"י to swallow
בִּלַּע, פ"י to swallow up, destroy
הִבְלִיעַ, פ"י to cause to swallow; to slur over; to elide
בֶּלַע, ז' swallowing, devouring; leakage, absorption
בַּלָּע, ז', ר', ־עִים glutton
בִּלְעֲדֵי, מ"י without, except
בִּלְעָדִי, ת"ז, ־דִית, ת"נ exclusive
בְּלַעַז, תה"פ, ע', לַעַז in a foreign language
בַּלְעָן, ז', ר', ־נִים glutton
בַּלְעָנוּת, נ' voracity
בָּלַק, פ"י to lay waste, destroy
בָּלַשׁ, פ"י to search; to investigate
בַּלָּשׁ, ז', ר', ־שִׁים detective
בַּלְשָׁן, ז', ר', ־נִים linguist, philologist
בַּלְשָׁנוּת, נ' linguistics, philology
בַּלֶּשֶׁת, בּוֹלֶשֶׁת, נ' secret police
בִּלְתִּי, מ"י not, except
בָּם, בָּהֶם, מ"ג, ע' בְּ־ in (them), by, among, with, by means of, through, against

בֵּית־מַרְגּוֹעַ, בֵּית־הַבְרָאָה, ז', ר', בָּתֵּי־ — sanatorium

בֵּית־מַרְזֵחַ, ז', ר', בָּתֵּי־ — tavern, pub, bar

בֵּית־מֶרְחָץ, ז', ר', בָּתֵּי־ מֶרְחֲצָאוֹת — bathhouse

בֵּית־מִרְקַחַת, ז', ר', בָּתֵּי־ — pharmacy, drugstore

בֵּית־מְשֻׁגָּעִים, ז', ר', בָּתֵּי־ — insane asylum

בֵּית־מִשְׁפָּט, ז', ר', בָּתֵּי־ — court of law, courthouse

בֵּית־נְכוֹת, ז', ר', בָּתֵּי־ — museum

בֵּית־סֹהַר, בֵּית־כֶּלֶא ז', ר', בָּתֵּי־ — jail, prison

בֵּית־סֵפֶר, ז', ר', בָּתֵּי־ — school

בֵּית־קְבָרוֹת, ז', ר', בָּתֵּי־ — cemetery

בֵּית־קָפֶה, ז', ר', בָּתֵּי־ — coffeehouse

בֵּית רִאשׁוֹן — first Temple (Solomon's)

בֵּית־שִׁמּוּשׁ, בֵּית כִּסֵּא, ז' — toilet

בַּיִת שֵׁנִי — second Temple (post Babylon)

בֵּית־תַּבְשִׁיל, ז', ר', בָּתֵּי־ — kitchen

בֵּית־תְּפִלָּה, בֵּית־כְּנֶסֶת, ז', ר', בָּתֵּי־ — synagogue

בֵּיתִי, ת"ז, ־תִית, ת"נ — domestic

בִּיתָן, ז', ר', ־נִים — park

בִּיתָן, ז', ר', ־נִים — pavilion

בְּךָ, בָּךְ, מ"ג, ע'בְּ־ — in (you), at, by, with, through, against

בָּכָא, ז', ר', בְּכָאִים — weeping; balsam tree

בָּכָה, פ"ע — to weep

בִּכָּה, פ"י — to move to tears; to bewail

בֶּכֶה, ז' — weeping

בְּכוֹר, ז', ר', ־רִים — first-born boy

בִּכּוּר, ע' בִּכּוּרִים

בִּכּוּרָה, בְּכוּרָה, נ', ר', ־רוֹת — early fig, early fruit

בְּכוֹרָה, נ', ר', ־רוֹת — first-born girl; birthright; priority; primogeniture

הַצָּגַת בְּכוֹרָה — first showing (play, movie)

בִּכּוּרִים, ז"ר — first fruits

בְּכוּת, נ' — weeping

בְּכִי, ע' בֶּכֶה — weeping

בְּכִיָּה, בְּכִיָּה, ע' בְּכִי, בֶּכֶה — weeping

בַּכְיָן, ז', ר', ־נִים — weeper

בַּכְיָנוּת, נ' — weeping

בַּכִּיר, ת"ז, ־רָה, ת"נ — early, first-ripening

בְּכִיר, ז', בְּכִירָה, נ', ר', ־רִים, ־רוֹת — eldest

בַּכִּירָה, נ' — first rains

בְּכִיָּה, נ' — weeping; mourning

בְּכָל זֹאת, תה"פ — nevertheless, in spite of this

בִּכְלָל, תה"פ — in general, generally speaking

בָּכֶם, בָּכֶן, מ"ג, ע'בְּ־ — in (you), at, by, among, with, through, against

בְּכֵן, מ"י — thus; and so; therefore

בֻּכְנָה, נ' — piston

בִּכֵּר, פ"י — to produce early fruit; to invest with the birthright; to prefer

הִבְכִּירָה, פ"י — to bear for the first time

בֶּכֶר, ז', ר', בְּכָרִים — young he-camel

בִּכְרָה, נ', ר', בְּכָרוֹת — young she-camel

בַּל, מ"ש — not

לְבַל — so as not

בְּלֹא, תה"פ — without

בְּלָאִים, ז"ר, בְּלָאוֹת, נ"ר — worn garments, rags

intermediate; middle; mediocre; participle; mean — בֵּינוֹנִי, ת״ז, ־נִית, ת״נ

middle, between — בֵּינַיִם, ז״ר

middle ages — יְמֵי הַבֵּינַיִם

international — בֵּינְלְאֻמִּי, ת״ז, ־מִית, ת״נ

meanwhile, between — בֵּינְתַיִם, בֵּינָתַיִם, תה״פ

to mix with egg — בִּיֵּץ, פ״י

egg; testicle — בֵּיצָה, נ׳, ר׳, ־צִים

oval — בֵּיצִי, ת״ז, ־צִית, ת״נ

arbitration; compromise; execution — בִּיצּוּעַ, בָּצוֹעַ, ז׳

fortifying, fort, fortification — בִּיצּוּר, בָּצוֹר, ז׳, ר׳, ־רִים

fried egg — בֵּיצִיָּה, נ׳, ר׳, ־יוֹת

investigation; visit — בִּיקּוּר, בָּקוֹר, ז׳, ר׳, ־רִים

well — בְּאֵר, נ׳, ר׳, בְּאֵרוֹת

well-digger — בַּיָּר, ז׳, ר׳, ־רִים

capital city; castle, fort; sanctuary; beer — בִּירָה, נ׳, ר׳, ־רוֹת

knee-band, garter — בִּירִית, נ׳, ר׳, ־יוֹת

palace, fortified castle — בִּירָנִית, נ׳, ר׳, ־יוֹת

to put to shame — בִּיֵּשׁ, פ״י, ע׳ [בושׁ]

to be ashamed — הִתְבַּיֵּשׁ, פ״ח

unlucky, bad — בִּישׁ, ת״ז, ־שָׁה, ת״נ

cookery, cooking; ripeness — בִּישׁוּל, בָּשׁוּל, ז׳

modest, bashful — בַּיְשָׁן, ת״ז, ־נִית, ת״נ

bashfulness, modesty — בַּיְשָׁנוּת, נ׳

Beth, second letter of Hebrew alphabet — בֵּית, נ׳, ר׳, ־תִין

house; household; stanza — בַּיִת, ז׳, ר׳, בָּתִּים

family — בֵּית־אָב, ז׳, ר׳, בָּתֵּי אָבוֹת

---

restaurant — בֵּית־אֹכֶל, ז׳, ר׳, בָּתֵּי־

jail, prison — בֵּית־אֲסוּרִים, ז׳, ר׳, בָּתֵּי־

packing house — בֵּית־אֲרִיזָה, ז׳, ר׳, בָּתֵּי־

oil press — בֵּית־בַּד, ז׳

gullet, esophagus — בֵּית־הַבְּלִיעָה, ז׳

postoffice — בֵּית־דֹּאַר, ז׳

courthouse — בֵּית־דִּין, בֵּית־מִשְׁפָּט, ז׳

printing house — בֵּית־דְּפוּס, ז׳, ר׳, בָּתֵּי־

sanatorium — בֵּית־הַבְרָאָה, ז׳

whorehouse — בֵּית־זוֹנוֹת, ז׳, ר׳, בָּתֵּי־

refinery — בֵּית־זִקּוּק, ז׳, ר׳, בָּתֵּי־

hospital — בֵּית־חוֹלִים, ז׳, ר׳, בָּתֵּי־

cemetery — בֵּית־חַיִּים, ז׳

factory — בֵּית־חֲרֹשֶׁת, ז׳, ר׳, בָּתֵּי־

foundry — בֵּית־יְצִיקָה, ז׳, ר׳, בָּתֵּי־

orphanage — בֵּית־יְתוֹמִים, ז׳, ר׳, בָּתֵּי־

toilet — בֵּית־כָּבוֹד, בֵּית־כִּסֵּא, ז׳

jail, prison — בֵּית־כֶּלֶא, בֵּית אֲסוּרִים, ז׳, ר׳, בָּתֵּי־

synagogue — בֵּית־כְּנֶסֶת, ז׳, ר׳, בָּתֵּי כְּנֵסִיּוֹת

toilet — בֵּית־כִּסֵּא, בֵּית־כָּבוֹד, ז׳, ר׳, בָּתֵּי־

Beth-Midrash, institute of Jewish learning — בֵּית־מִדְרָשׁ, מִדְרָשׁוֹת, ר׳, בָּתֵּי־

slaughterhouse — בֵּית־מִטְבָּחַיִם, ז׳, ר׳, בָּתֵּי־

workshop — בֵּית־מְלָאכָה, ז׳, ר׳, בָּתֵּי־

business, store — בֵּית־מִסְחָר, ז׳, ר׳, בָּתֵּי־

Beth-ha-Mikdash, the Temple — בֵּית־הַמִּקְדָּשׁ, ז׳

בִּטָּאוֹן, ז׳, ר׳, ־טְאוֹנִים — organ, publication (literary, political)

[בטבט] הִתְבַּטְבֵּט, פ״ח — to swell

בִּטָּה, פ״י — to utter words

בִּטּוּא, ע׳ בִּטּוּי

בָּטוּחַ, ת״ז, בְּטוּחָה, ת״נ — secure, sure, confident

בְּטוּחוֹת, נ״ר — security

בִּטּוּחַ, ז׳ — insurance

בִּטּוּי, ז׳, ר׳, ־יִים — uttering, pronouncing; expression

בִּטּוּל, ז׳ — abolition, cessation, revocation

בָּטַח, פ״ע — to be confident, trust

בִּטַּח, פ״י — to insure

הִבְטִיחַ, פ״י — to promise; to make secure; to insure

בֶּטַח, ז׳; תה״פ — security, safety; surely, certainly

בִּטְחָה, נ׳ — confidence, safety

בִּטָּחוֹן, ז׳, ר׳, ־טְחוֹנוֹת — faith, trust, confidence; security

בְּטִישָׁה, נ׳, ר׳, ־שׁוֹת — treading (cloth)

בָּטֵל, פ״ע — to stop; to be idle

בִּטֵּל, פ״י — to suspend, abolish, cancel

הִבְטִיל, פ״י — to suspend, interrupt; to lay off

הִתְבַּטֵּל, פ״ח — to be abolished; to be interrupted; to go idle, loaf

בָּטֵל, ת״ז, בְּטֵלָה, ת״נ — void, null; idle

בַּטָּלָה, נ׳ — naught; idleness

בַּטְלָן, ז׳, ר׳, ־נִים — slovenly, impractical person; idler

בַּטְלָנוּת, נ׳ — triviality; idleness

בֶּטֶן, נ׳, ר׳, בְּטָנִים — belly, womb; bowels

בֹּטֶן, בָּטְנָה, ז׳, ר׳, בָּטְנִים — pistachio nut

בִּטְנָה, נ׳, ר׳, בְּטָנוֹת — lining (of coat)

בַּטְנוּן, ז׳, ר׳, ־נִים — violincello

בָּטַשׁ, פ״י — to stamp, beat

בִּי, מ״ג — in me, at me, by me, with me

בִּי, מ״ק — pray, please

בִּיאָה, נ׳, ר׳, ־אוֹת — entrance; cohabitation

בִּיב, ז׳, ר׳, ־בִים — pipe, gutter, sewer

בִּיבָר, ז׳, ר׳, ־רִים — zoo

בִּיּוּב, ז׳ — sewage, sewerage, drainage

בִּיּוּם, ז׳ — direction (stage)

בִּיּוּן, ז׳ — intercalation, interpolation

בִּיּוּשׁ, ז׳ — shaming

בְּיוֹתֵר, תה״פ, ע׳ יוֹתֵר — especially

בְּיִחוּד, תה״פ, ע׳ יִחוּד — privately; particularly, especially

בִּיטוּחַ, בִּטּוּחַ, ז׳ — insurance

בִּיטוּל, בִּטּוּל, ז׳ — abolition, cessation, revocation

בִּיֵּם, פ״י — to direct (a play)

בַּיָּם, ז׳, ר׳, ־מִים — director (play)

בִּימַאי, ז׳, ע׳ בִּימָר

בִּימָה, נ׳, ־מוֹת — pulpit; stage, raised platform

בִּימָר, ז׳, ר׳, ־רִים — stage manager

בֵּין, מ״י — between, among, during

בִּיֵּן, פ״י — interpolate

[בין] בָּן, פ״י — to understand, discern

הֵבִין, פ״י — to understand, give understanding, explain, teach

הִתְבּוֹנֵן, פ״ח — to look attentively, observe, consider, reflect, study

בִּינְאוּם, ז׳, ע׳ בִּנְאוּם

בִּינָה, נ׳, ר׳, ־נוֹת — reason, understanding

censer, dish	בָּזִיךְ, בָּזָךְ, ז', ר', בְּזִיכִים
falconer	בַּזְיָר, ז', ר', ־רִים
basalt	בַּזֶּלֶת, נ'
telecommunication	בֶּזֶק, ז'
flash, lightning	בָּזָק, ז', ר', בְּזָקִים
to bomb, shell	בָּזַק, פ"י
to scatter	בָּזַר, פ"י
tower	בַּחוּן, ז', ר', ־נִים
bachelor, young man	בָּחוּר, ז', ר', בַּחוּרִים
girl, young woman	בַּחוּרָה, נ', ר', ־רוֹת
youth	בַּחוּרוֹת, נ"ר, בְּחוּרִים, ד"ר
the status of; under the presumption that	בְּחֶזְקַת, תה"פ, ע' חֲזָקָה
disgust, loathing; nausea	בְּחִילָה, נ'
examination, test; aspect; experiment	בְּחִינָה, נ', ר', ־נוֹת
elect, chosen	בָּחִיר, ת"ז, בְּחִירָה, ת"נ
choice, free will; elections	בְּחִירָה, נ', ר', ־רוֹת
	בְּחִירוֹת, נ"ר
to nauseate, loathe; to ripen	בָּחַל, פ"ע
to test, examine, prove	בָּחַן, פ"י
to distinguish, discriminate	הִבְחִין, פ"י
criterion; testing	בֹּחַן, ז', ר', בְּחָנִים
watch tower	בַּחַן, ז', ר', בְּחָנִים
to choose, select	בָּחַר, פ"י
youth	בַּחֲרוּת, נ'
fastidious in diet	בַּחְרָן, ת"ז, ־נִית, ת"נ
to mix, stir	בָּחַשׁ, פ"י
to speak rashly; to utter words	בָּטָא, פ"י
to articulate, pronounce; to speak rashly	בִּטֵּא, פ"י
to express oneself	הִתְבַּטֵּא, פ"ח

uncultured, boorish	בּוּר, ת"ז, ־רָה, ת"נ
pit, cistern; dungeon; grave	בּוֹר, ז', ר', ־רוֹת
creator	בּוֹרֵא, ז'
screw	בּוֹרֶג, בֹּרֶג, ז', ר', בְּרָגִים
bourgeois, middle class	בּוּרְגָנִי, בַּרְגָנִי, ת"ז, ־נִית, ת"נ
dysentery	בּוֹרְדָם, ז'
boorishness, ignorance	בּוּרוּת, נ'
tanner	בּוּרְסִי, בֻּרְסִי, ז', ר', ־סִים
referee, arbitrator	בּוֹרֵר, ז', ר', ־רְרִים
arbitration	בּוֹרְרוּת, נ'
to be disappointed, be ashamed	בּוֹשׁ, פ"ע
to delay, tarry	בּוֹשֵׁשׁ, פ"י
to put to shame	הֵבִישׁ, הוֹבִישׁ, בִּיֵּשׁ, פ"י
to be ashamed	הִתְבּוֹשֵׁשׁ, הִתְבַּיֵּשׁ, פ"ח
blush, shame	בּוּשָׁה, נ'
spoil, plunder	בַּז, ז', ר', ־זִים, בִּזָּה, נ', ר', ־זוֹת
to cut, divide	בָּזָא, פ"י
squandering, extravagance	בִּזְבּוּז, ז', ר', ־זִים
to spend; to squander	בִּזְבֵּז, פ"י
spendthrift	בַּזְבְּזָן, ז', ר', ־נִים
to scorn, despise	בָּזָה, פ"י
to degrade oneself; to be despised	הִתְבַּזָּה, פ"ח
booty, spoil	בִּזָּה, נ', ר', ־זוֹת, ע', בַּז, בַּז
contemptible, despicable	בָּזוּי, ת"ז, בְּזוּיָה, ת"נ
decentralization	בִּזּוּר, ז'
to plunder, pillage	בָּזַז, פ"י
disgrace, shame	בִּזָּיוֹן, ז', ר', ־זְיוֹנוֹת

elector, voter	בּוֹחֵר, ז׳, ר׳, ־חֲרִים
to be perplexed, be confused	[בוך] נָבוֹךְ, פ״ע
postage stamp; produce; lump	בּוּל, ז׳, ר׳, ־לִים
philately	בּוּלָאוּת, נ׳
philatelist	בּוּלַאי, ז׳, ר׳, ־לָאִים
prominent, protruding	בּוֹלֵט, ת״ז, ־לֶטֶת, ת״נ
faintness; ravenous hunger; mania, rage	בּוּלְמוּס, בָּלְמוּס, ז׳
secret police	בּוֹלֶשֶׁת, נ׳
beaver	בּוֹנֶה, ז׳, ר׳, ־נִים
to trample, tread down	[בוס] בָּס, פ״י
to be rolling	הִתְבּוֹסֵס, פ״ה
garden	בּוּסְתָּן, בָּסְתָּן, ז׳, ר׳, ־נִים
gardener	בּוּסְתָּנַאי, בָּסְתָּנַאי, ז׳, ר׳, ־נָאִים
to shout, to rejoice	[בוע] בָּע, פ״ע
blister, boil; bubble	בּוּעָה, נ׳, ר׳, ־עוֹת
	בּוֹעֵר, ע׳ בַּעַר
burning, aflame	בּוֹעֵר, ת״ז, ־עֶרֶת, ת״נ
fine linen	בּוּץ, ז׳
dinghy, small fishing boat	בּוּצִית, נ׳, ר׳, ־יוֹת
grape-gatherer, vintner	בּוֹצֵר, ז׳, ר׳, ־צְרִים
emptiness, desolation	בּוּקָה, נ׳
luxuriant; empty	בּוֹקֵק, ת״ז, ־קְקָה, ת״נ
morning	בֹּקֶר, בּוֹקֶר, ז׳, ר׳, בְּקָרִים
herdsman	בּוֹקֵר, ז׳, ר׳, ־קְרִים
to be empty, uncultivated, waste, to lie fallow	[בור] בָּר, פ״ע
to neglect, let lie waste	הֵבִיר, הוֹבִיר, פ״י

to be alarmed; to hasten	[בהל] נִבְהַל, פ״ע
to hasten; to dismay	בָּהַל, פ״י
to frighten; to hasten	הִבְהִיל, פ״י
sudden haste; terror	בֶּהָלָה, נ׳, ר׳, ־לוֹת
in (them), at, by, among, with, by means of, through, against	בָּהֶם, בָּהֶן, מ״ג, ע׳ בְּ־
(cattle) driver	בַּהַם, ז׳, ר׳, ־מִים
animal, beast	בְּהֵמָה, נ׳, ר׳, ־מוֹת
hippopotamus	בְּהֵמוֹת, ז׳, ר׳, ־תִים
brutish, animal-like	בַּהֲמִי, ת״ז, ־מִית, ת״נ
bestiality	בַּהֲמִיּוּת, נ׳
thumb, big toe	בֹּהֶן, ז׳, ר׳, בְּהוֹנוֹת
to be white, shine	בָּהַק, פ״ע
to brighten; to be bright	הִבְהִיק, פ״ע
white scurf; albino	בֹּהַק, ז׳
albino (person)	בַּהֲקָן, ז׳, ר׳, ־נִים
to make clear, bright	[בהר] הִבְהִיר, פעו״י
bright spot on skin	בַּהֶרֶת, נ׳, ר׳, בֶּהָרוֹת
in (him, it), at, by, among, with, by means of, through, against	בּוֹ, מ״ג, ע׳ בְּ־
to come, arrive, enter	[בוא] בָּא, פ״ע
to bring; to lead in	הֵבִיא, פ״י
treacherous person, traitor	בּוֹגֵד, ז׳, ר׳, ־גְדִים
adult, adolescent	בּוֹגֵר, ז׳, ר׳, ־גְרִים
single, lonely	בּוֹדֵד, ת״ז, ־דֶדֶת, ת״נ
examiner	בּוֹדֵק, ז׳, ר׳, ־דְקִים
to disdain, despise	[בוז] בָּז, פ״י
mockery, contempt	בּוּז, ז׳
plunderer	בּוֹזֵז, ז׳, ר׳, ־זְזִים
inspector, examiner	בּוֹחֵן, ז׳, ר׳, ־חֲנִים

gaiety, mirth	בְּדִיחוּת, נ'
tin	בְּדִיל, ז', ר', ־לִים
plummet	אֶבֶן הַבְּדִיל
post factum, when done	בְּדִיעֲבַד, תה"פ
inspection; search	בְּדִיקָה, נ', ר', ־קוֹת
to separate	בָּדַל, פעו"י
to distinguish, separate	הִבְדִּיל, פ"י
to isolate oneself, dissociate oneself	הִתְבַּדֵּל, פ"ח
butt (cigarette); piece	בָּדָל, ז', ר', בְּדָלִים
ear lobe	בְּדַל אֹזֶן
detached, separated	בָּדֵל, ת"ז, בְּדֵלָה, ת"נ
crystal, bdellium	בְּדֹלַח, בְּדוֹלַח, ז'
isolationism	בַּדְלָנוּת, נ'
breach, fissure	בֶּדֶק, ז', ר', בְּדָקִים
to inspect, test; to repair	בָּדַק, פ"י
censorship	בְּדֶקֶת, נ'
to entertain; to scatter, disperse	בִּדֵּר, פ"י
to be scattered, be dispersed; to clear one's mind	הִתְבַּדֵּר, פ"ח
entertainer	בַּדְרָן, ז', ר', ־נִים
in (her, it), at,	בָּהּ, מ"ג, ע' בְּ־
by, among, with, by means of, through, against	
to be amazed	בָּהָה, בָּהָא, פ"ע
emptiness, chaos	בֹּהוּ, ז'
utter confusion, chaos	תֹּהוּ וָבֹהוּ
hasty, excited	בָּהוּל, ת"ז, בְּהוּלָה, ת"נ
absolutely	בְּהֶחְלֵט, תה"פ, ע' הֶחְלֵט
alabaster	בַּהַט, ז'
astonishment	בְּהִיָּה, נ'
hastiness, precipitation	בְּהִילוּת, נ'
bright, clear	בָּהִיר, ת"ז, בְּהִירָה, ת"נ
clearness, brightness	בְּהִירוּת, נ'

bar; limb; cloth; olive press	בַּד, ז', ר', ־דִים
to concoct, invent	בָּדָא, בָּדָה, פ"י
to come to nothing; to be caught lying	הִתְבַּדָּה, פ"ח
deceit, fraud	בַּדָּאוּת, נ'
impostor, liar	בַּדַּאי, בַּדַּי, ז', ר', ־דָּאִים
solitary, alone	בָּדָד, לְבָדָד, תה"פ
to be alone	בָּדַד, פ"ע
to insulate; to isolate	בִּדֵּד, בּוֹדֵד, פ"י
to seclude oneself, be alone	הִתְבּוֹדֵד, פ"ח
olive-treader	בַּדָּד, ז', ר', ־דִים
to concoct, invent	בָּדָה, בָּדָא, פ"י
to come to nothing; to be caught lying	הִתְבַּדָּה, פ"ח
isolation, insulation	בִּדּוּד, ז'
entertainment	בִּדּוּחַ, ז'
fiction	בִּדּוּי, ז'
fictitious	בָּדוּי, ת"ז, בְּדוּיָה, ת"נ
Bedouin	בֶּדְוִי, ז', ר', ־נִים
segregation	בִּדּוּל, ז'
crystal, bdellium	בְּדוֹלַח, בְּדֹלַח, ז'
entertainment	בִּדּוּר, ז'
to be glad, rejoice	בָּדַח, פ"ע
to gladden	בִּדַּח, פ"י
to become joyful; to joke	הִתְבַּדֵּחַ, פ"ח
jester, humorist	בַּדְחָן, ז', ר', ־נִים
buffoonery	בַּדְחָנוּת, נ'
hoe; watering ditch	בְּדִיד, ז', ר', בְּדִידִים
small olive press	בְּדִידָה, נ', ר', ־דוֹת
seclusion, loneliness	בְּדִידוּת, נ'
fib, fairy tale	בְּדָיָה, נ', ר', ־יוֹת
anecdote, joke	בְּדִיחָה, נ', ר', ־חוֹת

אֶתְנָה, נ', אֶתְנָן, ז', ר', ־נוֹת, ־נַנִּים gift (esp. for harlot)

אֲתַר, אַתְרָא, ז' place, site (historic)

אִתֵּר, פ"י to localize

אַתְרָאָה, נ', ר', ־אוֹת alert

אֶתְרֹג, אֶתְרוֹג, ז', ר', ־גִים citron

אַתָּת, ז', ר', ־תִים signalman

אִתֵּת, פ"י to signal

אַתִּיק, ז', ר', ־קִים porch, balcony

אֶתְכֶם, ־ן, מ"ג, ע' אֵת, אֶת you (*m. & f. pl. acc.*)

אַתֶּם, מ"ג you (*m. pl.*)

אֶתְמוֹל, אֶתְמֹל, תה"פ yesterday

אַתֶּן, אַתֵּנָה, מ"ג you (*f. pl.*)

אַתָּן, ז', ר', ־נִים tonic

אִתֵּן, פ"ע to recuperate

בּ, ב

בּ, ב Beth, second letter of Hebrew alphabet; two (ב)

בְּ־, בַּ־, בָּ־, בֶּ־, בִּ־, מ"י in, by, at, with

בָּא, פ"ע, ע' [בוא] to come, arrive, enter

בָּא־כֹּחַ, ז', ר', בָּאֵי־כֹחַ deputy, representative

בֵּאוּר, ז', ר', ־רִים commentary, explanation

בָּאוּשׁ, ת"ז, בְּאוּשָׁה, ת"נ spoiled (food)

בָּאוּת־כֹּחַ, בִּיאַת־כֹּחַ, נ' representation

בְּאֵר, נ', ר', ־רוֹת, בֶּאֱרוֹת well

בֵּאֵר, פ"י to explain

הִתְבָּאֵר, פ"ח to become clear

בָּאַשׁ, פ"ע to stink; to grow foul; to be bad

הִבְאִישׁ, פעו"י to emit a bad smell; to cause to stink; to be about to ripen

בְּאֹשׁ, ז' stench

בָּאְשָׁה, נ', ר', ־שׁוֹת stench; noxious weed

בָּאֳשָׁן, ז', ר', ־נִים skunk

בַּאֲשֶׁר, תה"פ, ע' אֲשֶׁר where, whereas, as for

בָּבָא, ז', בָּבָה, נ', ר', ־בוֹת gate; section, chapter

בָּבָה, נ', ר', ־בוֹת pupil of the eye; apple of one's eye

בֻּבָּה, נ', ר', ־בּוֹת doll

בָּבוּאָה, נ', ר', ־אוֹת image, reflection

בַּבּוֹנָג, ז', ר', ־גִים camomile

בַּבְלִי, ת"ז, ־לִית, ת"נ Babylonian

בְּבַקָּשָׁה, ע' בַּקָּשָׁה please!

בְּבַת אַחַת, תה"פ, ע' בַּת at once

בַּג, ז', פַּת־בַּג, נ' delicacy

בֶּגֶד, ז', ר', בְּגָדִים, ־דוֹת garment; betrayal

בָּגַד, פ"ע to deal treacherously

בְּגֶדֶר, תה"פ, ע' גֶּדֶר in the realm, in the area

בָּגוֹד, ת"ז, ־דָה, ת"נ traitor

בְּגִידָה, נ', ר', ־דוֹת treachery

בְּגִין, מ"י for, in behalf of

בְּגִירָה, נ', ר', ־רוֹת puberty, adolescence

בִּגְלַל, מ"י, ע' גְּלַל for, for the sake of, on account of

בְּגַפּוֹ, תה"פ, ע' גַּף alone, by himself

בָּגַר, פ"ע to come of age, grow up

הִתְבַּגֵּר, פ"ח to reach adolescence

בַּגְרוּת, נ' maturity, adolescence

cobbler, shoemaker	אַשְׁכָּף, ז', ר', ־פִים
tribute, gift	אֶשְׁכָּר, ז', ר', ־רִים
boxwood	אֶשְׁכְּרוֹעַ, ז', ר', ־עִים
tamarisk; boarding house, inn, hospice; expenses (during travel)	אֵשֶׁל, ז', ר', אֲשָׁלִים
potash (alkali)	אַשְׁלָן, ז'
illusion	אַשְׁלָיָה, נ', ר', ־יוֹת
guilt; guilt sacrifice	אָשָׁם, ז', ר', אֲשָׁמִים
guilty	אָשֵׁם, ת"ז, אֲשֵׁמָה, ת"נ
to be guilty; bear punishment	אָשַׁם, פ"ע
to be accused, blamed	נֶאֱשַׁם, פ"ע
to accuse, blame	הֶאֱשִׁים, פ"י
uncultured, boorish	אַשְׁמַאי, אַשְׁמִי, ת"ז, ־מָאִית, ת"נ
Asmodeus, king (Jewish demonology)	אַשְׁמְדַאי, אַשְׁמְדִי, ז'
fault, blame, guilt	אַשְׁמָה, נ', ר', אֲשָׁמוֹת
watch, night watch	אַשְׁמוּרָה, אַשְׁמֹרֶת, נ', ר', ־רוֹת, ־מֹרוֹת
darkness; grave	אַשְׁמָן, ז', ר', ־מַנִּים
slander	אַשְׁמָצָה, נ'
lattice (window)	אֶשְׁנָב, ז', ר', ־נַבִּים
moss	אַשְׁנָה, נ'
magician	אַשָּׁף, ז', ר', ־פִים
quiver (for arrows); refuse, garbage; dump	אַשְׁפָּה, אַשְׁפַּת, נ', ר', ־פּוֹת, ־פַּתּוֹת
hospitalization; accommodation (hotel)	אִשְׁפּוּז, ז'
portion (of food, meat)	אֶשְׁפָּר, ז', ר', ־רִים

ammonia	אַשָׁק, ז'
chess	אִשְׁקוּקָה, נ', אִשְׁקוּקִי, ז'
happiness, luck	אֶשֶׁר, אֹשֶׁר, ז'
to march, walk	אָשַׁר, פ"ע
to confirm; to praise, congratulate	אִשֵּׁר, פ"י
to be confirmed, ratified	הִתְאַשֵּׁר, פ"ח
which, that, who; in order to	אֲשֶׁר, מ"ז; תה"פ
where, whereas, as for	בַּאֲשֶׁר, תה"פ
credit	אַשְׁרַאי, אַשְׁרַי, ז'
Ashera (deity); sacred tree	אֲשֵׁרָה, נ', ר', ־רוֹת, ־רִים
confirmation; visa	אַשְׁרָה, נ', ר', ־רוֹת
happy is...	אַשְׁרֵי, מ"ק
to encourage, strengthen	אִשֵּׁשׁ, אוֹשֵׁשׁ, פ"י
to recuperate	הִתְאוֹשֵׁשׁ, פ"ח
last year	אֶשְׁתָּקַד, אֶשְׁתֳּקַד, תה"פ
you (thou) (f. sing.)	אַתְּ, מ"ג
sign of definite accusative	אֵת, אֶת־
me: אוֹתִי (אֹתִי); thee, you (m. sing.) אוֹתְךָ (אֹתְךָ); you (f. sing.) אוֹתָךְ (אֹתָךְ); you (m. pl.) אֶתְכֶם (אוֹתְכֶם); you (f. pl.) אֶתְכֶן (אוֹתְכֶן); you (m. pl.) אוֹתָם (אֹתָם, אוֹתְהֶם); them (m. pl.) אֶתְהֶם (אוֹתְהֶם); them (f. pl.) אֶתְהֶן (אוֹתְהֶן), אוֹתָן	
with	אֵת, מ"י
spade	אֵת, ז', ר', אִתִּים, אֵתִים
to come	אָתָא, אָתָה, פ"ע
challenge	אֶתְגָּר, ז'
you (m. sing.)	אַתָּה, מ"ג
she-ass	אָתוֹן, נ', ר', אֲתוֹנוֹת
signaling, signalling	אִתּוּת, ז'

2*

to express	אָרַשׁ, פ"י
expression	אֲרֶשֶׁת, נ'
fire; fever	אֵשׁ, נ', ר', אֲשִׁים, אִשּׁוֹת
	אֵשׁ, ע' יֵשׁ
cluster	אֶשְׁבּוֹל, ז', ר', ־לִים
of flowers	
plain field	אַשְׁבָּרָן, ז', ר', ־בְּרָנִים
waterfall	אֶשֶׁד, ז', ר', אֲשָׁדִים
slope, cataract	אֲשֵׁדָה, נ', ר', ־דוֹת
woman, wife	אִשָּׁה, נ', ר', נָשִׁים, אִשּׁוֹת
sacrifice	אִשֶּׁה, ז', ר', אִשִּׁים
spool (of thread)	אַשְׁוָה, נ', ר', ־ווֹת
fir tree, Christmas	אַשּׁוּחַ, ז', ר', ־ווּ
tree; water tank	
indictment	אִשּׁוּם, ז'
darkness; middle	אֶשּׁוּן, ז'
stiff; rough	אָשׁוּן, ת"ז, אֲשׁוּנָה, ת"נ
step, footstep	אִשּׁוּר, ז', ר', אִשּׁוּרִים
	אָשׁוּר, אִישׁוּר, ז', ר', ־רִים
confirmation, endorsement	
Assyrian	אַשּׁוּרִי, ת"ז, ־רִית, ת"נ
mole	אָשׁוּת, אַשּׁוּת, נ'
foundation,	אָשְׁיָה, נ', ר', אֲשָׁיוֹת
base; principle	
water tank	אָשִׁיחַ, ז', ר', אֲשִׁיחִים
	אָשִׁישׁ, ז', אֲשִׁישָׁה, נ', ר', אֲשִׁישִׁים
fruit cake; glass bottle	־שׁוֹת
testicle	אֶשֶׁךְ, ז', ר', אֲשָׁכִים, אֶשְׁכַּיִם
funeral service	אַשְׁכָּבָה, נ'
cluster of	אֶשְׁכּוֹל, אֶשְׁכָּל, ז', ר', ־לוֹת
grapes, bunch; learned man	
grapefruit	אֶשְׁכּוֹלִית, נ', ר', ־לִיּוֹת
Germany	אַשְׁכְּנַז, ז'
German;	אַשְׁכְּנַזִּי, ת"ז, ־זִית, ת"נ
Ashkenazi	
German language;	אַשְׁכְּנַזִית, נ'
Yiddish; Ashkenazi pronunciation	
of Hebrew	

archive, archives	אַרְכִיוֹן, ז', ר', ־נִים
long-winded	אַרְכָּן, ז', ר', ־נִים
person	
palace,	אַרְמוֹן, ז', ר', ־נוֹת, ־מְנוֹת
castle	
Aramaean	אֲרַמִּי, ת"ז, ־מִּית, ת"נ
Aramaic language;	אֲרַמִית, נ'
Aramaic woman	
pine, fir	אֹרֶן, אוֹרֶן, ז', ר', אֳרָנִים
hare	אַרְנָב, ז', אַרְנֶבֶת, נ', ר', ־בִים, ־נָבוֹת
	אַרְנָה, אָרְנִיָּה, נ', ר', ־נוֹת, ־נִיּוֹת
mushroom, boletus (fungi)	
tax	אַרְנוֹנָה, נ', ר', ־נוֹת
purse, wallet	אַרְנָק, ז', ר', ־קִים
to betroth	אָרַס, פ"י, אֵרַס, פ"י
to become engaged, be betrothed	נֶאֱרַס, פ"ע, הִתְאָרַס, פ"ח
poison, venom; opium	אֶרֶס, ז'
poisonous,	אַרְסִי, ת"ז, ־סִית, ת"נ
venomous	
to happen, occur	אָרַע, פ"ע
	אַרְעִי, אַרְעַי, ת"ג, ־עִית, ת"נ
temporary, provisional, transient	
bottom	אַרְעִית, נ', ר', ־עִיוֹת
earth, country,	אֶרֶץ, נ', ר', אֲרָצוֹת
land	
territory	אַרְצָה, נ', ר', ־צוֹת
United States of	אַרְצוֹת הַבְּרִית
America	
earthy,	אַרְצִי, ת"ז, ־צִית, ת"נ
territorial	
territoriality	אַרְצִיּוּת, נ'
insomnia; whisky	אָרָק, ז'
to curse	אָרַר, פ"י
to be cursed	נָאַר, פ"ע
	אָרֹשׁ, ע' אָרַס
request, speech	אֶרֶשׁ, ז'

אַרְבָּה, נ', ר', אֲרָבוֹת	skiff, flat boat
אַרְבַּע, נ', אַרְבָּעָה, ז'; ש"מ	four
אַרְבַּע עֶשְׂרֵה, נ', אַרְבָּעָה עָשָׂר, ז'	fourteen
אַרְבָּעִים, ש"מ	forty
אַרְבַּעְתַּיִם, תה"פ	fourfold
אֶרֶג, אָרִיג, ז', ר', אֲרָגִים, אֲרִינִים	cloth (woven); loom; shuttle
אָרַג, פ"י	to weave
אִרְגּוּן, ז', ר', ־נִים	organization
אַרְגְּוָן, ז'	purple
אַרְגָּז, ז', ר', ־זִים	chest, box
אַרְגִּיעָה, נ'	moment
אַרְגָּמָן, ז'	purple
אִרְגֵּן, פ"י	to organize
הִתְאַרְגֵּן, פ"ח	to be organized
אַרְגָּעָה, נ', ר', ־עוֹת	calming; "all-clear" (signal)
אֶרֶד, ז'	bronze
אַרְדִּיכָל, אַרְדִּיכָל, ז', ר', ־לִים	architect
אָרָה, פ"י	to pluck, gather (fruit)
אֲרוּבָה, נ', ר', ־בוֹת	baking board
אֻרְוָה, אוּרְוָה, נ', ר', ־וֹת	stable
אָרוּז, ת"ז, אֲרוּזָה, ת"נ	tied, packed
אֲרוּחָה, אֲרֻחָה, נ', ר', ־חוֹת	meal
אָרוֹךְ, אָרֹךְ, ת"ז, אֲרֻכָּה, ת"נ	long, lengthy
אֲרוּכָה, אֲרֻכָה, נ', ר', ־כוֹת	cure, healing
אָרוֹן, ז', ר', אֲרוֹנוֹת	chest, cupboard, closet; coffin
אֲרוֹן הַקֹּדֶשׁ	Holy Ark
אָרוּס, ז', אֲרוּסָה, נ', ר', ־סִים, ־סוֹת	betrothed, fiancé, fiancée, bridegroom, bride
אֵרוּסִים, אֵרוּסִין, ז"ר	betrothal
אָרוּר, ת"ז, אֲרוּרָה, ת"נ	cursed

cedar	אֶרֶז, ז', ר', אֲרָזִים
to pack	אָרַז, פ"י
rice	אֹרֶז, אוֹרֶז, ז'
cedar work	אֲרָזָה, נ'
way, path; behavior, manner, mode, custom	אֹרַח, אוֹרַח, ז', ר', אֳרָחוֹת
to travel, journey	אָרַח, פ"ע
to lodge, entertain (a guest)	אֵרַח, פ"י
to stay as a guest	הִתְאָרַח, פ"ח
meal	אֲרֻחָה, אֲרוּחָה, נ', ר', ־חוֹת
lion	אֲרִי, אַרְיֵה, ז', ר', אֲרָיוֹת, ־יִים
Name of Jerusalem; The Temple; hero	אֲרִיאֵל, ז'
cloth (woven); loom; shuttle	אָרִיג, אֶרֶג, ז', ר', אֲרִיגִים, אֲרָגִים
weaving	אֲרִינָה, נ', ר', ־גוֹת
picking, gathering fruit	אֲרִיָּה, נ', ר', ־יוֹת
lion (constellation)	אַרְיֵה, אֲרִי, ז', ר', אֲרָיוֹת, ־יִים
packing, tying	אֲרִיזָה, נ', ר', ־זוֹת
small brick; bracket	אֲרִיחַ, ז', ר', אֲרִיחִים
brackets	אֲרִיחַיִם
lengthy	אָרִיךְ, ת"ז, אֲרִיכָה, ת"נ
length	אֲרִיכָה, אֲרִיכוּת, נ'
tenant farmer, sharecropper, squatter	אָרִיס, ז', ר', אֲרִיסִים
tenancy	אֲרִיסוּת, נ'
length (dimension)	אֹרֶךְ, אוֹרֶךְ, ז'
long	אָרֹךְ, אָרוֹךְ, ת"ז, אֲרֻכָּה, ת"נ
to be long	אָרַךְ, פ"ע
to lengthen, prolong	הֶאֱרִיךְ, פ"י
cure, healing	אֲרֻכָה, אֲרוּכָה, נ', ר', ־כוֹת
knee, knee joint; crank (auto)	אַרְכּוּבָה, אַרְכֻּבָּה, נ', ר', ־בוֹת

2

אָפַף, פ״י to surround, encircle
[אפק] הִתְאַפֵּק, פ״ח to restrain oneself, refrain
אֹפֶק, אוֹפֶק, ז׳, ר׳, אֳפָקִים horizon
אָפְקִי, ת״ז, ־קִית, ת״נ horizontal
אֵפֶר, ז׳ ashes
אָפֹר, אָפוֹר, ת״ז, אֲפֹרָה, ת״נ gray
אִפֵּר, פ״י to put on make-up (theatrical)
הִתְאַפֵּר, פ״ח to make oneself up
אֲפֵר, ז׳, ר׳, ־רִים eye mask; bandage; blinder
אֲפָר, ז׳, ר׳, ־רִים meadow, pasture
אֶפְרוֹחַ, ז׳, ר׳, ־חִים chick
אַפְרוּרִי, ת״ז, ־רִית, ת״נ grayish
אַפִּרְיוֹן, ז׳, ר׳, ־נִים litter; canopy
אַפְרִיקָאִי, אַפְרִיקָנִי, ז׳ African
אֲפַרְכֶּסֶת, נ׳, ר׳, ־כָּסוֹת funnel, auricle
אֲפַרְסֵק, ז׳, ר׳, ־קִים peach
אֶפְרָתִי, ת״ז, ־תִית, ת״נ; ז׳ aristocratic, noble; Ephraimite
אֶפְשָׁר, תה״פ perhaps, possible
אִפְשֵׁר, פ״י to enable, make possible
הִתְאַפְשֵׁר, פ״ח to become possible
אֶפְשָׁרוּת, נ׳ possibility
אֶפְשָׁרִי, ת״ז, ־רִית, ת״נ possible
אַפְתָּעָה, הַפְתָּעָה, נ׳, ר׳, ־עוֹת surprise
אָץ [אוץ], פ״ע to hurry, hasten; to urge, press
אָץ, ת״ז, אָצָה, ת״נ hurried, pressed
אֶצְבַּע, נ׳, ר׳, ־בָּעוֹת finger, forefinger
אֶצְבָּעוֹן, ז׳, ר׳, ־נִים thimble
אֶצְבְּעוֹנִי, אֶצְבָּעִי, ת״ז, ־נִית, ־עִית, ת״נ very small, dwarfish
אַצָּה, נ׳, ר׳, ־צוֹת sea weed

אִצְטַדְיוֹן, ז׳, ר׳, ־נִים stadium, sports field
אִצְטַבָּה נ׳, ר׳, בּוֹת, ־בָּאוֹת shelf, bench
אִצְטְוָנָה, נ׳, ר׳, ־נוֹת cylinder
אִצְטְוָנִי, ת״ז, ־נִית, ת״נ cylindrical
אָצִיל, ז׳, ר׳, אֲצִילִים noble, aristocrat; extremity
אַצִּיל, ז׳, אַצִּילָה, נ׳, ר׳, ־לִים, ־לוֹת upper arm, armpit; joint; elbow
אֲצִילוּת, נ׳ nobility, aristocracy
אֲצִירָה, נ׳, ר׳, ־רוֹת hoarding, storing
אֵצֶל, מ״י beside, near, at, with
אָצַל, פ״י to impart, give away; to withhold
נֶאֱצַל, פ״ע to be withdrawn, separated
הֶאֱצִיל, פ״י to withdraw; to emanate
אֶצְעָדָה, נ׳, ר׳, ־עָדוֹת anklet, bracelet
אָצַר, פ״י to store, gather, accumulate
אֶקְדָּח, אֶקְדּוֹחַ, ז׳, ר׳, ־חִים gun, revolver; carbuncle
אַקְדָּמָה, נ׳, ר׳, ־מוֹת prelude
אַקּוֹ, ז׳, ר׳, ־וִים wild goat, ibex
אַקְלִים, ז׳, ר׳, ־מִים climate
אִקְלֵם, פ״י to acclimate
הִתְאַקְלֵם, פ״ח to be acclimated, be integrated
אֶרְאֵל, ז׳, ר׳, ־לִים messenger; angel
אֶרֶב, אֹרֶב, ז׳ ambush, ambuscade
אָרַב, פ״ע to lie in ambush, lie in wait
אַרְבֶּה, ז׳ locust; grasshopper
אָרְבָּה, נ׳, ר׳, ־בּוֹת artifice
אֲרֻבָּה, נ׳, ר׳, ־בּוֹת lattice; smokestack, chimney

characteristic	אָפְיָנִי, ת"ז, ־נִית, ת"נ
cessation; exhaustion	אֲפִיסָה, אֲפִיסוּת, נ'
Pope	אַפִּיפְיוֹר, ז', ר', ־רִים
	אָפִיץ, ע' עָפִיץ
bed (of river), brook; channel of thought	אָפִיק, ז', ר', אֲפִיקִים
afikomen (matzoth), dessert; entertainment (after meal)	אֲפִיקוֹמָן, ז', ר', ־נִים
	אֶפִּיקוֹרוֹס, ז', ר', ־סִים, ־רְסִים
atheist, freethinker, heretic	
atheism, heresy	אֶפִּיקוֹרְסוּת, נ'
dark, dim, gloomy	אָפֵל, ת"ז, אֲפֵלָה, ת"נ
to darken	אָפַל, פ"ע
to black out (windows)	אִפֵּל, פ"י
darkness, gloom	אֹפֶל, ז', אֲפֵלָה, נ'
even, even though (if)	אֲפִלּוּ, אֲפִילוּ, מ"ח
dim	אֲפַלְגּוּלִי, ת"ז, ־לִית, ת"נ
dimness	אֲפַלְגּוּלִית, נ'
discrimination	אַפְלָיָה, נ'
manner, mode, style	אֹפֶן, ז', ר', אָפָנִים
to bicycle	אָפַן, פ"ע
style, mode, fashion	אָפְנָה, נ', ר', ־נוֹת
zero; nought	אֶפֶס, ז', ר', אֲפָסִים
but, only, however	אֶפֶס, תה"פ
ankle	אֶפֶס, ז', ר', אֲפָסִים
worthless	אַפְסִי, ת"ז, ־סִית, ת"נ
quartermaster (corps)	אַפְסְנָאוּת, נ'
quartermaster, supply clerk	אַפְסְנָאִי, ז', ר'־נָאִים
nothing, nought	אֶפַע, ז'
viper, adder	אֶפְעֶה, ז', ר', ־עִים
bugloss, thistle	אַפְעוֹן, ז'

to imprison; to tie, bind; to harness; to forbid, prohibit	אָסַר, פ"י
the day after a holiday	אִסְרוּ־חַג
nose; anger	אַף, ז', ר' אַפִּים
nostrils, face	אַפַּיִם, ז"ז
also, though, even	אַף, מ"ח
though	אַף כִּי
although, though (כֵּן) (nevertheless)	אַף־עַל־פִּי
to gird	אָפַד, פ"י
sweater, pullover	אֲסֻדָּה, אֲפֻדָּה, נ', ר', ־דּוֹת
palace, pavilion	אַפֶּדֶן, ז'
to bake	אָפָה, פ"י
then, so	אֵפוֹא, אֵפוֹ, אִיפוֹא, תה"פ
ephod, priestly garment	אֵפוֹד, ז', ר', אֲפוֹדִים
baked	אָפוּי, ת"ז, אֲפוּיָה, ת"נ
blackout (of windows)	אִפּוּל, אִיפּוּל, ז'
pea	אָפוּן, ז', אֲפֻנָּה, נ', ר', ־נִים
make-up (theatrical)	אִפּוּר, אִיפּוּר, ז'
gray	אָפוֹר, אָפֵר, ת"ז, אֲפֹרָה, ת"נ
mortgage	אַפּוֹתֵיקָה, נ', ר', ־קָאוֹת
farewell speech	אַפְטָרָה, נ', ר', ־רוֹת
	אֶפִּטְרוֹפּוֹס, ז', ר', ־סִים, ־סִין
guardian, administrator, executor	
guardianship, administration	אֶפִּטְרוֹפְּסוּת, נ'
character, nature	אֹפִי, אוֹפִי, ז', ר', אָפְיִים
baking	אֲפִיָּה, ז', ר', ־יּוֹת
characterization	אִפְיוּן, ז'
late, tardy, late-ripening	אָפִיל, ת"ז, אֲפִילָה, ת"נ
even, even though (if)	אֲפִילוּ, אֲפִלּוּ, מ"ח
to characterize	אִפְיֵן, פ"י

Essene	אִסִּי, ז', ר', ־יִּים
old coin; token (for telephone)	אֲסִימוֹן, ז', ר', ־נִים
harvest	אָסִיף, ז'
gathering, collection	אֲסִיפָה, נ', ר', ־פוֹת
prisoner	אָסִיר, ז', ר', אֲסִירִים
grateful, obliged	אָסִיר תּוֹדָה
school; trend	אַסְכּוֹלָה, נ', ר', ־לוֹת
grill, grating	אַסְכָּלָה, נ', ר', ־לוֹת
angina; diphtheria	אַסְכָּרָה, נ'
yoke	אֵמֶל, ז', ר', אֲסָלִים
to convert to Islam	אִסְלֵם, פ"י
to become a Moslem	הִתְאַסְלֵם, פ"ח
granary, storehouse	אָסָם, ז', ר', אֲסָמִים
rich harvest	אֹסֶם, ז'
to store away (grain)	אִסֵּם, פ"י
	אַסְמַכְתָּה, נ', ר', ־תוֹת, ־תָּאוֹת
precedent, source, proof; document	
to gather, assemble; to remove	אָסַף, פ"י
to act as rearguard	אִסֵּף, פ"י
to meet, assemble	הִתְאַסֵּף, פ"ח
collection, gathering	אֹסֶף, ז', ר', אֲסָפִים
meeting, assembly	אֲסֵפָה, נ', ר', ־פוֹת
collection; academy	אֲסֻפָּה, נ', ר', ־פוֹת
collector	אַסְפָן, ז', ר', ־נִים
rabble, mob, crowd	אֲסַפְסוּף, ז'
alfalfa, lucerne	אַסְפֶּסֶת, נ'
supplies, supplying	אַסְפָּקָה, נ'
mirror, looking glass	אַסְפַּקְלַרְיָה, נ', ר', ־יוֹת
prohibition, abstinence	אִסָּר, אֵסָר, ז', ר', ־רִים

sorrow, grief, mourning; sensitiveness, touchiness, squeamishness	אֲנִינָה, אֲנִינוּת, נ'
stalk (of flax)	אָנִיץ, ז', ר', אֲנִיצִים
plummet, plumb line	אֲנָךְ, ז', ר', ־כִים
vertical	אֲנָכִי, ת"ז, ־כִית, ת"נ
I	אָנֹכִי, מ"ג
egotism, egoism	אָנֹכִיּוּת, נ'
egotistic	אָנֹכִיִּי, ת"ז, ־כִיִּית, ת"נ
to mourn	אָנַן, פ"ע
to complain	הִתְאוֹנֵן, פ"ח
pineapple	אֲנָנָס, ז', ר', ־סִים
compulsion, force; rape	אֹנֶס, ז', ר', אֲנָסִים
violent man	אַנָּס, ז', ר', ־סִים
to force, compel; to restrain; to rape	אָנַס, פ"י
to be angry, enraged	אָנַף, פ"ע
heron	אֲנָפָה, נ', ר', ־פוֹת
to cry, groan	אָנַק, פ"ע
cry, groan; lizard; ferret	אֲנָקָה, נ', ר', ־קוֹת
sparrow	אַנְקוֹר, ז', ר', ־רִים
to become quite ill	[אנש] נֶאֱנַשׁ, פ"ע
raft	אַסְדָּה, נ', ר', אֲסָדוֹת
flask (of oil)	אָסוּךְ, ז', ר', אֲסוּכִים
misfortune, accident	אָסוֹן, ז', ר', אֲסוֹנוֹת
foundling	אֲסוּפִי, ז', ר', ־פִים
fetter, bond, chain	אֵסוּר, ז', ר', אֲסוּרִים
	אָסוּר, תה"פ; ת"ז, אֲסוּרָה, ת"נ
forbidden, prohibited; chained, imprisoned	
prohibition	אִסּוּר, ז', ר', ־רִים
health	אֲסוּתָא, נ'
strategic	אִסְטְרָטֶגִי, ת"ז, ־גִית, ת"נ

אָמַץ, פ"ע to be strong
אִמֵּץ, פ"י to strengthen, encourage; to adopt
הִתְאַמֵּץ, פ"ח to make an effort, exert oneself; to be determined
אַמְצָאָה, נ', ר', ־אוֹת invention
אֻמְצָה, אוּמְצָה, נ', ר', ־צוֹת meat (raw), beefsteak
אֶמְצַע, ז', ר', ־עִים middle; means
אֶמְצָעוּת, נ' middle; means
בְּאֶמְצָעוּת, תה"פ by means of
אֶמְצָעִי, ת"ז, ־עִית, ת"נ; ז' middle, mean; means
אֶמְצָעִים, ז"ר resources, means
אֹמֶר, ז', ר', אֲמָרִים word, utterance, speech
אָמַר, פ"י to say; to intend; to tell
הֶאֱמִיר, פ"י to elevate, proclaim; to rise (prices)
הִתְאַמֵּר, פ"ח to boast, pretend
אַמְרָאָה, נ', ר', ־אוֹת take-off (of airplane)
אֲמַרְגָּן, ז', ר', ־נִים impresario
אִמְרָה, נ', ר', אֲמָרוֹת saying, utterance; seam, hem
אֲמֵרִיקָאִי, ת"ז, ־אִית, ת"נ American
אֲמַרְכָּל, ז', ר', ־לִים officer (of Temple), administrator
אֶמֶשׁ, תה"פ last night
אֱמֶת, נ' truth
בֶּאֱמֶת, תה"פ indeed, really
אִמֵּת, פ"י to verify, substantiate, prove (true)
אֲמִתָּה, נ', ר', ־תּוֹת axiom
אֲמִתּוּת, נ' reality, veracity, authenticity
אַמְתַּחַת, נ', ר', ־תָּחוֹת sack, bag, valise
אֲמִתִּי, ת"ז, ־תִּית, ת"נ true, genuine, authentic
אֲמַתְלָה, נ', ר', ־לוֹת, ־לָאוֹת pretext, excuse
אָן, אָנָה, לְאָן, תה"פ whither, where (to)
אָנָּא, אָנָּה, מ"ק pray, please
אַנְגְּלִי, ז' Englishman
אַנְגְּלִיָּה, נ' England; Englishwoman
אַנְגְּלִית, נ' English
אַנְדְּרוֹגִינוֹס, ז', ר', ־סִים hermaphrodite
אָנָה, פ"ע to lament, mourn
אִנָּה, פ"י to cause to happen; to wrong, deceive
אֻנָּה, פ"ע to happen, befall
הִתְאַנָּה, פ"ח to find an excuse, pretext (to do wrong)
אָנוּ, מ"ג we
אָנוּס, ת"ז, אֲנוּסָה, ת"נ; ז' raped, forced; marrano
אֹנֶס, ז', ר', ־סִים compulsion; rape
אָנוּשׁ, ת"ז, אֲנוּשָׁה, ת"נ incurable
אֱנוֹשׁ, ז' man, human being
אֱנוֹשׁוּת, נ' mankind, humanity
אֱנוֹשִׁי, ת"ז, ־שִׁית, ת"נ human
אֱנוֹשִׁיּוּת, נ' humanity, humanitarianism
[אנח] נֶאֱנַח, פ"ע to moan, groan, sigh
אֲנָחָה, נ', ר', ־חוֹת sigh, groan
אֲנַחְנוּ, מ"ג we
אַנְטִישֵׁמִי, ת"ז, ־מִית, ת"נ anti-semite
אַנְטִישֵׁמִיּוּת, נ' anti-semitism
אֲנִי, מ"ג I
אֳנִי, זו"נ fleet (of ships)
אֳנִיָּה, נ', ר', ־יּוֹת ship, vessel
אֲנִיָּה, נ' lament
אָנִין, ת"ז, אֲנִינָה, ת"נ delicate, refined; squeamish

summit, top (of tree)	אָמִיר, ז׳, ר׳, ־אֲמִירִים
saying, speech; peace conference	אֲמִירָה, נ׳, ר׳, ־רוֹת
Ammiaceae, bullwort	אַמִּיתָה, נ׳, ר׳, ־תוֹת
depressed, weak	אָמַל, ת״ז, אֲמֵלָה, ת״נ
to be weak, depressed, languid	אָמַל, פ״ע
despondency	אֲמֵלָה, אֻמְלָלָה, נ׳
languid, weak, unhappy	אֻמְלָל, אֲמֵלָל, ת״ז, ־לָה, ת״נ
to make unhappy, unfortunate	אֻמְלַל, פ״י
faithfulness	אֹמֶן, ז׳
artist, artisan	אָמָן, אֻמָּן, ז׳, ר׳, ־נִים
Amen, so be it	אָמֵן, תה״פ
to rear, nurse	אָמַן, פ״י
to be faithful, trusty, true; to be established	נֶאֱמַן, פ״ע
to train, teach	אִמֵּן, פ״י
to trust, believe (in)	הֶאֱמִין, פ״ע
to practice, train oneself	הִתְאַמֵּן, פ״ח
truly, verily; education, nursing	אָמְנָה, תה״פ; נ׳
column, pilaster	אָמְנָה, נ׳, ר׳, ־נוֹת
treaty, pact, contract; faith, trust, credit	אֲמָנָה, נ׳, ר׳, ־נוֹת
pansy	אַמְנוֹן וְתָמָר, ז׳
art	אָמָּנוּת, אֻמָּנוּת, נ׳, ר׳, ־נֻיּוֹת
indeed, truly, verily	אָמְנָם, אֻמְנָם, תה״פ
might, strength	אֹמֶץ, ז׳
courage, fortitude	אֹמֶץ לֵב
gray; brownish-red	אָמֹץ, ת״ז, אֲמֻצָּה, ת״נ

diver (deep sea)	אָמוֹדַאי, אֲמוֹדַי, ז׳, ר׳, ־דָאִים
form, model, last, block	אִמּוּם, ז׳, ר׳, ־מִים
pupil; artificer, builder; Amen (Egyptian deity)	אָמוֹן, ז׳
faithful, loyal, dependable	אָמוּן, ת״ז, אֲמוּנָה, ת״נ
faith, trust, faithfulness	אֵמוּן, ז׳, ר׳, ־אֱמוּנִים
training, practice	אִמּוּן, ז׳, ר׳, ־נִים
faith, belief, trust, creed, confidence	אֱמוּנָה, נ׳, ר׳, ־נוֹת
superstition	אֱמוּנָה תְּפֵלָה
strengthening, encouraging	אִמּוּץ, ז׳
hardening (cruelty)	אִמּוּץ לֵב
adoption	אִמּוּץ לְבֵן
sweet-sour	אָמוּץ, ת״ז, אֲמוּצָה, ת״נ
strike (labor)	אִמּוּר, ז׳, ר׳, ־רִים
Amora, Talmudic sage	אֲמוֹרָא, ז׳, ר׳, ־אִים
Amoraite	אֲמוֹרִי, אֱמֹרִי, ז׳
sacrificial offerings (portions)	אֵמוּרִים, ז״ר
verification	אִמּוּת, ז׳
wealthy, well-to-do	אָמִיד, ת״ז, אֲמִידָה, ת״נ
wealth	אֲמִידוּת, נ׳
supposition	אֲמִידָה, נ׳, ר׳, ־דוֹת
authentic, authentical	אָמִין, ת״ז, אֲמִינָה, ת״נ
authenticity	אֲמִינוּת, נ׳
asbestos	אַמְיַנְטוֹן, ז׳
strong, mighty, courageous	אַמִּיץ, ת״ז, אֲמִיצָּה, ת״נ
brave, courageous	אַמִּיץ לֵב
bravery, courage	אַמִּיצוּת, נ׳

אֲלֻמָּה, נ׳, ר׳, ־מּוֹת, ־מִּים sheaf

אַלְמוֹג, אַלְמֹג, ז׳, ר׳, ־מֻגִּים coral; sandalwood

אַלְמוֹן, אַלְמֹן, ז׳ widowhood

אַלְמוֹנִי, ת״ז, ־נִית, ת״נ unknown, unnamed

אַלְמוּת, נ׳ violence, force

אַלְמָוֶת, ז׳ immortality

אִלְמָלֵא, אִלְמָלֵי, מ״ח if not, if

אַלְמָן, ז׳, ר׳, ־נִים widower

אַלְמֹן, אַלְמוֹן, ז׳ widowhood

אִלְמֵן, פ״י to widow

הִתְאַלְמֵן, פ״ח to become a widower

אַלְמָנָה, נ׳, ר׳, ־נוֹת widow

אַלְמְנוּת, נ׳ widowhood

אֲלַנְסִית, אֲלוּנְסִית, נ׳, ר׳, ־סִיּוֹת towel

אֲלַנְקָה, אֲלוּנְקָה, נ׳, ר׳, ־קוֹת stretcher

אִלְסָר, ז׳, ר׳, ־רִים hazelnut

אֶלֶף, ז׳, ר׳, אֲלָפִים thousand; clan; cattle

אָלֶף, אַלְפָא, נ׳ Aleph, first letter of Hebrew alphabet

אָלַף, פ״ע to learn

אִלֵּף, פ״י to train (animals), tame; to teach

הֶאֱלִיף, פ״י to bring forth thousands

אָלֶף־בֵּית, אָלֶפְבֵּית, אָלֶפְבֵּיתָא, זו״נ alphabet

אָלֶפְבֵּיתִי, ת״ז, ־תִית, ת״נ alphabetical

אַלְפוֹן, ז׳, ר׳, ־נִים primer

אַלְפִית, נ׳, ר׳, ־פִּיוֹת thousandth

אֻלְפָּן, אוּלְפָּן, אֻלְפָּנָא, ז׳, ר׳, ־פָּנִים Ulpan, School (for intensive training)

אִלְפָּס, ז׳, ר׳, ־סִים pan, saucepan, casserole

[אלץ] נֶאֱלַץ, פ״ע must, ought to, be compelled to

אִלֵּץ, פ״י to compel, force

אַלְקוּם, ז׳, ר׳, ־מִים dictator, leader; power

אַל־תִּגַּע־בִּי, ז׳ touch-me-not

אִלְתִּית, נ׳, ר׳, ־תִּיּוֹת codfish; salmon

אַלְתָּר, לְאַלְתָּר, תה״פ immediately, soon

אֵם, נ׳, ר׳, אִמּוֹת, אִמָּהוֹת mother; womb; origin; metropolitan

אֵם־הַדֶּרֶךְ crossroad

אֵם זְקֵנָה grandmother

אֵם חוֹרֶגֶת stepmother

אִם, מ״ח if, whether, when; or

אִם ... אִם whether ... or

אָם, ז׳, ר׳, ־מִים pustule

אֹם, ז׳, ר׳, אֻמִּים nation, people; nut (screw)

אִמָּא, אַמָּא נ׳ mom, mummy, mama

אַמְבָּט, ז׳, ר׳, ־טִים bath, bathtub

אִמְבֵּט, פ״י to bathe

אַמְבַּטְיָה, נ׳, ר׳, ־יוֹת bathroom

אֹמֶד, אוֹמֶד, ז׳ estimate, appraisal, assessment

אָמַד, פ״י to estimate, appraise, assess

אֻמְדָּן, אוּמְדָּן, ז׳, אֻמְדָּנָה, אוּמְדָּנָה, נ׳, ר׳, ־נִים, ־נוֹת appraisal, estimate

אַמָּה, נ׳, ר׳, ־מּוֹת cubit; penis; forearm; middle finger; canal

אַמָּה עַל אַמָּה square cubit

אָמָה, נ׳, ר׳, אֲמָהוֹת maid, servant

אֻמָּה, אוּמָּה, נ׳, ר׳, ־מּוֹת nation, people

אֻמּוֹת הָעוֹלָם gentile nations

אִמָּהוּת, נ׳ motherhood

אִמָּהִי, ת״ז, ־הִית, ת״נ motherlike, motherly

to urge, compel	אָכַף, פ״י
pressure	אֶכֶף, ז׳
saddle	אָכָף, אוּכָּף, ז׳, ר׳, אֻכָּפִים, ־פוֹת
concern, care	אִכְפַּת, אִכְפָּת, תה״פ, נ׳
farmer, peasant	אִכָּר, ז׳, ר׳, ־רִים
to be, become a farmer	אִכֵּר, פ״י, הִתְאַכֵּר, פ״ח
farming, husbandry	אִכָּרוּת, נ׳
don't, do not; nothing	אַל, מ״ש
to, towards, at, near	אֶל, מ״י
absolutely, certainly	אַל נָכוֹן
God, deity; strength, power	אֵל, ז׳, ר׳, ־לִים
within his power	לְאֵל יָדוֹ
only, but, except	אֶלָּא, מ״ח
hailstone; crystal; meteorite	אֶלְגָּבִישׁ, ז׳
sandalwood; coral	אַלְגּוֹם, אַלְגֻּם, ז׳, ר׳, ־גָּמִים, ־גּוּמִים
cudgel, club	אַלָּה, נ׳, ר׳, ־לוֹת
oath, curse, imprecation	אָלָה, נ׳, ר׳, ־לוֹת
to curse, swear	אָלָה, פ״ע
to swear in, put under oath	הֶאֱלָה, פ״ע
terebinth; goddess	אֵלָה, נ׳, ר׳, ־לוֹת
these	אֵלֶּה, מ״נ
to deify, worship	[אלה] הֶאֱלִיהַ, פ״י
God	אֵלָהּ, אֱלוֹהַּ, ז׳, ר׳, ־הִים
divinity, deity	אֱלָהוּת, אֱלֹהוּת, נ׳
godlike	אֱלֹהִי, אֱלָהִי, ת״ז, ־הִית, ת״נ
God; judge	אֱלֹהִים, ז״ר
these	אֵלּוּ, מ״נ
if	אִלּוּ, אִילּוּ, מ״ח
infection	אִלּוּחַ, ז׳
Elul (Hebrew month)	אֱלוּל, ז׳
if not, if	אִלּוּלֵי, מ״ח
oak; acorn	אַלּוֹן, אֵלוֹן, ז׳, ר׳, ־נִים
towel	אֲלֻנְטִית, אֲלֻנְטִית, נ׳, ר׳, ־טִיוֹת
stretcher	אֲלֻנְקָה, אֲלוּנְקָה, נ׳, ר׳, ־קוֹת
atrophy	אַלֶּזֶן, ז׳
ox; friend; ruler; brigadier general	אַלּוּף, ז׳, ר׳, ־פִים
imposition	אִלּוּץ, ז׳
to dirty, infect	אָלַח, פ״י
to be corrupted, tainted	נֶאֱלַח, פ״ע
radio, wireless	אַלְחוּט, ז׳
radioman, radio operator	אַלְחוּטַאי, אַלְחוּטַי, ז׳, ר׳, ־טָאִים
anesthesia	אִלְחוּשׁ, ז׳, ר׳, ־שִׁים
to anesthetize	אִלְחֵשׁ, פ״י
alibi	אַלִיבִּי, ז׳
tail (of sheep); ear lobe	אַלְיָה, נ׳, ר׳, ־יוֹת
dirge, elegy	אֶלְיָה, נ׳, ר׳, ־יוֹת
toe, thumb	אֲלְיוֹן, ז׳, ר׳, ־נִים
idol; nothing	אֱלִיל, ז׳, ר׳, ־לִים
goddess	אֱלִילָה, נ׳, ר׳, ־לוֹת
paganism	אֱלִילוּת, נ׳
pagan	אֱלִילִי, ת״ז, ־לִית, ת״נ
violent; powerful	אַלִּים, ת״ז, ־מָה, ת״נ
championship	אַלִּיפוּת, נ׳
diagonal, hypotenuse	אֲלַכְסוֹן, ז׳, ר׳, ־נִים
sinew, tendon	אָלָל, ז׳, ר׳, ־לִים, אֲלָלִים
woe! woe is me! alas!	אֲלְלַי, מ״ק
dumb	אִלֵּם, ת״ז, ־לֶּמֶת, ת״נ
to become dumb	[אלם] נֶאֱלַם, פ״ע
to bind sheaves	אִלֵּם, פ״י
dumbness	אִלֶּם, ז׳, אִלְּמוּת, נ׳
tyrant, powerful person	אַלָּם, ז׳, ר׳, ־מִים

terrorist אֵימְתָן, ז', ר', ־נִים	perpetual, אֵיתָן, ת"ז, ־נָה, ת"נ
terrorism אֵימְתָנוּת, נ'	perennial; incessant, strong
nothing, nought אַיִן, ז'	surely, only, but, indeed אַךְ, תה"פ
there is (are) not; אַיִן, אֵין, תה"פ	digestion; corrosion אִכּוּל, ז'
not, no	to disappoint אִכְזֵב, פ"י
it is nothing, אֵין דָּבָר	to be disappointed הִתְאַכְזֵב, פ"ח
don't mention it	deceptive, אַכְזָב, ת"ז, ־בָה, ת"נ; ז'
infinite אֵין־סוֹף	disappointing; dry spring, brook
where? אֵיפֹה, תה"פ	disappointment, אַכְזָבָה, נ', ר', ־בוֹת
a measure of אֵיפָה, נ', ר', ־פוֹת	disillusionment
grain	cruel, אַכְזָר, אַכְזָרִי, ת"ז, ־רִית, ת"נ
then, so אֵיפוֹא, אֵיפֹא, אֲפוֹא, תה"פ	pernicious
blackout (of אִיפּוּל, אָפוּל, ז'	to become, be cruel אָכְזַר, פ"י
windows)	cruelty אַכְזָרִיּוּת, נ'
make-up (theatrical) אִיפּוּר, אָפּוּר, ז'	eating אֲכִילָה, נ', ר', ־לוֹת
Iyyar (Hebrew month) אִיָּר, אִיָּיר, ז'	gluttonous meal אֲכִילָה גַּסָּה
fleece אַיִר, ז'	to eat, consume אָכַל, פ"י
אֵירוּסִים, ־ן, אֲרוּסִים, ־ן, ז"ר	to devour, burn אָכַל, פ"י
betrothal	to feed הֶאֱכִיל, פ"י
Iris אִירִיס, ז', ר', ־סִים	food, אֹכֶל, ז', אָכְלָה, נ', ר', אֳכָלִים
man, אִישׁ, ז', ר', אֲנָשִׁים, אִישִׁים	nourishment
male; husband; hero;	אֻכְלוּסִיָה, אוּכְלוּסִיָה, נ', ר', ־יוֹת
everyone; nobody	population
everyone אִישׁ אִישׁ	glutton אַכְלָן, ז', ר', ־נִים
each one; one אִישׁ ... רֵעֵהוּ (אָחִיו)	to populate אִכְלֵס, פ"י
another	brown אָכֹם, ת"ז, אֲכֻמָּה, ת"נ
champion; agent אִישׁ בֵּינַיִם	blackberry אַכְמָנִיָה, נ', ר', ־יּוֹת
pupil (of eye); אִישׁוֹן, ז', ר', ־נִים	truly, surely; but, אָכֵן, תה"פ
darkness; manikin, dwarf	nevertheless
אִישּׁוּר, אִשּׁוּר, ז' ר', ־רִים	bill of exchange אֲכֶס, ז', ר', ־סִים
confirmation, endorsement	hall אַכְסַדְרָה, אַכְסַדְרָא, נ', ר', ־אוֹת
matrimony אִישׁוּת, נ'	lodging אַכְסוֹן, ז'
individual, אִישִׁי, ת"ז, ־שִׁית, ת"נ	to lodge, give hospitality אִכְסֵן, פ"י
personal	to stay as guest הִתְאַכְסֵן, פ"ח
personality אִישִׁיּוּת, נ'	guest; sublessee אַכְסְנַאי, אַכְסְנַי, ז', ר', ־נָאִים
personally אִישִׁית, תה"פ	inn, motel; אַכְסַנְיָה, נ', ר', ־יוֹת
to spell אִיֵּת, פ"י	hospitality
entrance אִיתוֹן, ז', ר', ־נִים	

which, what, who is ...	אֵיזֶהוּ, מ״נ
which, what, who; any, some	אֵיזוֹ, אֵיזֶה, מ״נ
cattail	אִיטָן, ז׳, ר׳, ־נִים
Iyyar (Hebrew month)	אִיָּר, אִיַּר
how	אֵיךְ, איכה, תה״פ
to qualify	אִיֵּן, פ״ע
where	אֵיכֹה, אֵיכוֹ, תה״פ
quality	אֵיכוּת, נ׳, ר׳, ־כֻיוֹת
how? how then?	אֵיכָכָה, תה״פ
concern, care	אִיכְפַּת, אִכְפַּת, תה״פ, נ׳
stag, hart	אַיָּל, ז׳, ר׳, ־לִים
ram; leader, chief; buttress, ledge	אַיִל, ז׳, ר׳, אֵילִים
might, strength	אֱיָל, ז׳
terebinth (tree)	אֵילָה, ז׳, ר׳, ־לִים
doe, gazelle, hind	אַיָּלָה, אַיֶּלֶת, נ׳, ר׳, ־לוֹת
which	אֵילוּ, ע׳ אֵיזֶה, אֵיזוֹ
	אַיְלוֹנִית, אֵילוֹנִית, נ׳, ר׳, ־נִיּוֹת
barren, sterile woman	
might, power, strength	אֱיָלוּת, נ׳
hither; further (on); thither	אֵילֵךְ, תה״פ
to and fro	אֵילֵךְ וָאֵילֵךְ
tree	אִילָן, ז׳, ר׳, ־נוֹת, ־נִים
fruit tree	אִילַן מַאֲכָל
fruitless (barren) tree	אִילַן סְרָק
musical instrument	אַיֶּלֶת, נ׳
horrible, terrible	אָים, אָיֹם, ת״ז, אֲיֻמָּה, ת״נ
to frighten, threaten	אִיֵּם, פ״י
	אֵימָה, נ׳, אֵים, ז׳, ר׳, ־מוֹת, ־מִים
terror, dread	
when?	אֵימַת, אֵימָתַי, תה״פ
great fear, terror	אֵימָתָה, נ׳

closed, clogged, opaque	אָטוּם, ת״ז, אֲטוּמָה, ת״נ
string	אָטוּן, ז׳, ר׳, אֲטוּנִים
to slow up	[אטס] הָאֵט, פ״י
slow	אַטִי, ת״ז, ־טִית, ת״נ
slowness	אַטִיוּת, נ׳
impenetrable	אָטִים, ת״ז, אֲטִימָה, ת״נ
mockery	אִסְלוּלָה, אִטְלוּלָא, נ׳
butcher shop	אִטְלִיז, ז׳, ר׳, ־זִים
substructure; cork	אֹטֶם, ז׳
gasket	אֶטֶם, ז׳, ר׳, אֲטָמִים
to close, shut (a gap, hole)	אָטַם, פ״י
hole (in cheese)	אֶטֶף, ז׳, ר׳, אֲטָפִים
lefthanded	אִטֵּר, ת״ז, אִטֶּרֶת, ת״נ
to close, shut up	אָטַר, פ״י
noodle, vermicelli	אִטְרִיָּה, אִטְרִית, נ׳, ר׳, ־יּוֹת
island; jackal	אִי, ז׳, ר׳, ־יִּים
no, not; woe	אִי, תה״פ, מ״ק
impossible	אִי אֶפְשָׁר
where	אֵי, תה״פ
whence, where from	אֵי מִזֶּה
to be hostile to, an enemy of	אָיַב, פ״י
enmity, hate, animosity	אֵיבָה, נ׳
limb	אֵיבָר, אֵבֶר, ז׳, ר׳, ־רִים
to evaporate	אִיֵּד, פ״י
misfortune, calamity	אֵיד, ז׳
Yiddish	אִידִישׁ, אִידִית, נ׳
that, the other	אִידָךְ, מ״ג
willow; bast	אִידָן, ז׳
hawk	אַיָּה, נ׳, ר׳, ־יוֹת
where	אַיֵּה, תה״פ
qualification	אִיּוּךְ, ז׳, ר׳, ־כִים
threat, menace	אִיּוּם, ז׳, ר׳, ־מִים
which, what, who; any, some	אֵיזֶה, מ״נ

eleven (*m.*)	אַחַד עָשָׂר	niece	אַחְיָנִית, נ', ר', ־יּוֹת
to unite	אָחַד, פ"י	to congratulate, wish (well)	אָחֵל, פ"י
to become one, unite, פ"ח הִתְאַחֵד, join		on that ...; would that ...	אַחֲלֵי, אַחֲלֵי, מ"ק
unity, solidarity, concord	אַחְדוּת, נ'	amethyst	אַחְלָמָה, ז', ר', ־מוֹת
to put together, sew, stitch up	אָחָה, פ"י	convalescence	אַחְלָמָה, הַחְלָמָה, נ', ר', ־מוֹת
rushes, reeds; pasture	אָחוּ, ד'	archive	אַחְמָת, ז', ר', ־תִים
union, amalgamation	אָחוּד, ד'	to store	אָחְסֵן, פ"י
declaration	אַחְוָה, נ', ר', ־וֹת	storage	אַחְסָנָה, נ'
brotherhood, brotherliness, fraternity	אַחֲוָה, נ'	then, thereafter, after afterwards	אַחַר, תה"פ אַחַר־כָּךְ
per cent, rate	אָחוּז, ז', ר', אֲחוּזִים	other, אַחֵר, ת"ז, אַחֶרֶת, ת"נ another; strange	
holding	אָחוּז, ד'	to tarry, delay, be late	אָחַר, אִחֵר, פ"ע
property, אֲחֻזָּה, אֲחָזָה, נ', ר', ־זוֹת possession		responsible, liable	אַחֲרַאי, אַחֲרִי, ת"ז, ־רָאִית, ת"נ
sewing, seam	אָחוּי, ד'	frenzy	אַחֲרָה, נ'
congratulation, blessing	אָחוּל, אִחוּל, ז', ר', ־לִים	last, latter	אַחֲרוֹן, ת"ז, ־נָה, ת"נ
prune	אָחוּן, ז', ר', ־נִים	after	אַחֲרֵי, תה"פ
rear, buttocks, אָחוֹר, ז', ר', אֲחוֹרַיִם back		after אַחֲרֵי שֶׁ־, אַחֲרֵי אֲשֶׁר (that); since	
delay, lateness, אִחוּר, ז', ר', ־רִים tardiness		afterwards	אַחֲרֵי כֵן
backwards	אֲחוֹרָה, תה"פ	responsibility, liability	אַחֲרִיּוּת, נ'
rear, posterior אֲחוֹרִי, ת"ז, ־רִית, ת"נ		end (of time); future; rest, remainder	אַחֲרִית, נ'
backwards	אֲחוֹרַנִּית, אֲחֹרַנִּית, תה"פ	backwards	אֲחֹרַנִּית, אֲחוֹרַנִּית, תה"פ
sister; nurse; nun אָחוֹת, נ', ר', אֲחָיוֹת		one, someone; special אַחַת, ש"מ, נ'	
stepsister	אָחוֹת חוֹרֶגֶת	it is all the same	אַחַת הִיא
to seize, grasp	אָחַז, פ"י	eleven (*f.*)	אַחַת עֶשְׂרֵה
to settle (in)	הִתְאַחֵז, פ"ח	pit	אַחַת, ז', ר', ־תִים
farm, אֲחֻזָּה, אֲחוּזָה, נ', ר', ־זוֹת property, possession		slowly	אַט, לְאַט, תה"פ
homogeneous	אָחִיד, ת"ז, אֲחִידָה, ת"נ	soothsayer, fortuneteller	אַט, ז', ר', אַטִּים
seizure	אֲחִיזָה, נ', ר', ־זוֹת	clamp, clip	אֶטֶב, ז', ר', אֲטָבִים
prestidigitation, conjuring	אֲחִיזַת עֵינַיִם	bramble, boxthorn	אָטָד, ז', ר', אֲטָדִים
nephew	אַחְיָן, ז', ר', ־נִים		

אוֹקְיָנוֹס, ז׳, ר׳, ־סִים ocean
אוֹר, ז׳, ר׳, ־רִים, ־רוֹת light, fire
אוֹר לְיוֹם night before, on the eve
אוֹר, פ״ע to be light, shine
הֵאִיר, פ״ע, פ״י to shine, cause light
אוּר, ז׳, ר׳, ־רִים fire, campfire; colony
אוֹרֵב, ז׳, ר׳, ־רְבִים ambusher
אוֹרֵג, ז׳, ר׳, ־רְגִים weaver
אוֹרָה, נ׳ ר׳, ־רוֹת light; happiness; herb, berry
אוֹרֶה, ז׳, ר׳, ־רִים fruit-picker
אוּרְוָה, אֻרְוָה, נ׳, ר׳, ־רָווֹת stable, manger
אִוְרוּר, ז׳ ventilation, airconditioning
אוֹרֵז, ז׳, ר׳, ־רְזִים packer, binder
אוֹרֶז, אֹרֶז, ז׳ rice
אוֹרֵחַ, ז׳, ר׳, ־רְחִים guest, visitor, traveler
אוֹרַח, אֹרַח, ז׳, ר׳, אֳרָחוֹת, ־חִים way, path; behavior, manner, mode, custom; menstruation, menses; flowers
אוֹרְחָה, אֹרְחָה, נ׳, ר׳, ־חוֹת caravan
אוּרִים, ז״ר׳ אוּרִים וְתֻמִּים oracles
אוֹרִית, נ׳ radium
אוֹרַיְתָא, נ׳ Torah, Pentateuch
אוֹרְלוֹגִין, ז׳, ר׳, ־נִים clock (wall)
אוֹרֶן, אֹרֶן, ז׳, ר׳, אֳרָנִים pine
אִוְרֵר, פ״י to air, ventilate
אִוְשָׁה, נ׳ rustle
אוֹשֶׁר, אֹשֶׁר, ז׳ happiness, luck
אוֹת, ז׳, ר׳, ־וֹת sign, proof, symbol; miracle
אוֹת, נ׳, ר׳, ־תִיּוֹת letter (of alphabet)
[אות] נָאוֹת, פ״ע to consent, enjoy, be suitable

אוֹתִי, אוֹתְךָ, וְכִנּוּי ע׳ אֵת
אָז, אֲזַי, תה״פ then, in this case, therefore
אַזְהָרָה, ע׳ הַזְהָרָה
אִזּוּן, ז׳, ר׳, ־נִים listening; balancing, weighing
אֵזוֹר, ז׳, ר׳ אֲזוֹרִים girdle; district
אָזַל, פ״ע to go, be gone, exhausted
אִזְמֵל, ז׳, ר׳, ־לִים scalpel, chisel
אֹזֶן, נ׳, ר׳, אָזְנַיִם ear; handle; auricle
אִזֵּן, פ״י to poise, balance
הֶאֱזִין, פ״י to listen (to radio)
אָזֵן, ז׳, ר׳, אֲזֵנִים arm, weapon; kit
אָזְנִיָּה, נ׳, ר׳, ־יּוֹת earphone
אַזְעָקָה, נ׳, ר׳, ־קוֹת alarm
אֲזִקִּים, אֲזִיקִים, ז״ר handcuffs, chains
אָזַר, פ״י to gird
אָזַר חַיִל to strengthen, fortify
הִתְאַזֵּר (עֹז) to overcome, strengthen oneself
אֶזְרוֹעַ, זְרוֹעַ, נ׳, ר׳ ־עוֹת arm
אֶזְרָח, ז׳, ר׳, ־חִים native, citizen; well-rooted tree
אִזְרֵחַ, פ״י to naturalize
אֶזְרָחוּת, נ׳ citizenship
אֶזְרָחִי, ת״ז, ־חִית, ת״נ civil
אַחַ, ז׳, ר׳, ־חִים marten
אָח, מ״ק alas!
אָח, זו״נ, ר׳, אַחִים fireplace, hearth
אָח, ז׳, ר׳, אַחִים brother, countryman, kinsman
אָח חוֹרֵג stepbrother
אֶחָד, ש״מ; ז׳ one, someone; first
אֶחָד אֶחָד one by one
אֶחָד מִ־, בְּ־ one of ...
אֲחָדִים, ־דוֹת some, few, several; units (in retail selling)

educator; director; male nurse	אוֹמֵן, ז', ר', ־מְנִים
harvest-strip	אוֹמֵן, ז', ר', ־נִים, ־נוֹת
artisan, craftsman	אוֹמָן, אָמָּן ז', ר', אוֹמָנִים
trade, handicraft, craftsmanship	אוֹמָנוּת, אֳמָנוּת, נ', ר', ־נֻיוֹת
midwife, nurse	אוֹמֶנֶת, נ', ר', ־מְנוֹת
steak	אוּמְצָה, אֲמְצָה, נ', ר', ־צוֹת
strength, virility, vigor; wealth; sorrow, sadness	אוֹן, ז', ר', ־נִים
iniquity, evil, injustice; sorrow, misfortune	אָוֶן, ז', ר', אוֹנִים
skein	אֻוּן, ז', ר', ־נִים
deceit, fraud	אוֹנָאָה, הוֹנָאָה, נ', ר', ־אוֹת
lobe (of lung)	אוּנָּה, אֻנָּה, נ', ר', ־נּוֹת
roadside inn, wayside station	אֲוָנָה, נ', ר', ־נוֹת
mourner	אוֹנֵן, ז', ר', ־נְנִים
self-abuse, defilement, masturbation	אוֹנָנוּת, נ'
masturbator	אוֹנֵן, ז', ר', ־נִים
baker	אוֹפֶה, ז', ר', ־פִים
character, nature	אוֹפִי, אֹפִי, ז', ר', אֲפָיִים
characteristic	אוֹפְיָנִי, אָפְיָנִי, ת"ז, ־נִית, ת"נ
manner, style, way	אוֹפֶן, אֹפֶן, ז', ר', אֲפָנִים
wheel; name of angel	אוֹפָן, ז', ר', ־נִּים
motorcycle	אוֹפַנּוֹעַ, ז', ר', ־עִים
bicycle	אוֹפַנַּיִם, ז"ז
cyclist	אוֹפַנָּן, ז', ר', ־נִים
to hurry, hasten; to urge, press	[אוץ] אָץ, פ"ע
treasure, treasury, storehouse	אוֹצָר, ז', ר', ־רוֹת

to desire, covet	אָוָה, פ"י
to long for, aspire, crave	הִתְאַוָּה, פ"ח
lust, desire	אַוָּה, נ'
lover, friend	אוֹהֵב, ז', ר', ־הֲבִים
covetousness	אַוּוּי, ז', ר', ־יִּים
gander	אַוָּז, ז', ר', ־זִים
goose	אַוָּזָה, נ'
duck	בַּר־אַוָּז, בַּרְוָז
oh! woe! alas!	אוֹי, אוֹיָה, מ"ק
foe, enemy	אוֹיֵב, ז', ר', ־יְבִים
fool	אֱוִיל, ז', ר', ־לִים
folly, foolishness	אֱוִילוּת, נ'
air, atmosphere	אֲוִיר, ז', ר', ־רִים
atmosphere (e.g., congenial)	אֲוִירָה, נ', ר', ־רוֹת
airplane	אֲוִירוֹן, ז', ר', ־נִים
airy	אֲוִירִי, ת"ז, ־רִית ת"נ
air force	אֲוִירִיָּה, נ', ר', ־יּוֹת
population	אֻכְלוֹסִיָה, אֻכְלוֹסִיָּה, נ'
saddle	אֻכָּף, אֹכֶף, ז', ר', ־פִּים, ־פוֹת
body, organism	אוּל, ז'
perhaps	אוּלַי, תה"פ
but, however; only	אוּלָם, מ"ח
hall, vestibule	אוּלָם, ז', ר', ־לַמִּים
Ulpan, school (for intensive training)	אוּלְפָּן, אֻלְפָּן, ז', ר', ־נִים
penknife, jackknife	אוֹלָר, ז', ר', ־רִים
folly, foolishness, stupidity	אִוֶּלֶת, נ'
estimate, appraisal, assessment	אֹמֶד, אֹמֶד, ז'
nation, people	אֻמָּה, אֻמָּה, נ', ר', ־מּוֹת
United Nations	או"מ, אוּם, נ"ר
appraisal, estimate	אֹמְדָּנָה, אֻמְדָּנָה, נ', ר', ־נוֹת

to love	אָהַב, פ"י
to fall in love	הִתְאַהֵב, פ"ח
love (passages)	אֹהַב, אַהַב, ז', ר', אֳהָבִים, אֲהָבִים
love, amour	אַהֲבָה, נ', ר', אֲהָבוֹת
to flirt	אִהַבְהַב, פ"ע
flirt	אַהַבְהַב, ז', ר', ־בִים
to like, sympathize	אָהַד, פ"י
sympathy	אַהֲדָה, נ'
woe! alas!	אֲהָהּ, מ"ק
beloved, lovable	אָהוּב, ת"ז, אֲהוּבָה, ת"נ
sympathetic	אָהוּד, ת"ז, אֲהוּדָה, ת"נ
where?	אֱהִי, תה"פ
name of God	אֶהְיֶה
umbrella, shade	אֲהִיל, ז', ר', אֲהִילִים
tent; tabernacle	אֹהֶל, ז', ר', אֹהָלִים, אֳהָלִים
to pitch a tent	אָהַל, פ"ע
to cover up	הֶאֱהִיל, פ"ע
aloe (wood), heartwood	אֲהָל, ז'
tent (camp)	אָהֳלִיָּה, נ', ר', ־יּוֹת
snare (basket)	אֹהֶר, ז', ר', אֳהָרִים
or	אוֹ, מ"ק
either...or	אוֹ ... אוֹ
perhaps	אוֹ אָז
skin bottle; magic, necromancy; ventriloquist	אוֹב, ז', ר', ־בוֹת
lost, unfortunate	אוֹבֵד, ת"ז, ־בֶדֶת, ־בְדָה, ת"נ
sumac	אוֹג, ז', ר', ־גִים
zenith, apogee	אוֹגָה, נ'
collector	אוֹגֵר, ז', ר', ־גְרִים
firebrand, poker (fire)	אוּד, ז', ר', ־דִים
about, concerning, pertaining to	אוֹדוֹת, אֹדוֹת, מ"י
tub	אוּדָן, ז', ר', ־נִים

to be red	אָדַם, פ"ע
to redden, become red	הֶאְדִּים, פ"ע
to blush, flush	הִתְאַדֵּם, פ"ח
lipstick, ruby, redness	אֹדֶם, ז'
reddish	אֲדַמְדַּם, ת"ז, דְּמֶת, ת"נ
earth, soil, ground	אֲדָמָה, נ', ר', ־מוֹת
redness, reddish hue	אַדְמוּמִית, נ'
peony	אַדְמוֹן, ז', ר', ־נִים
ruddy, red-haired	אַדְמוֹנִי, ת"ז, ־נִית, ־נִיָּה, ת"נ
sanguine	אַדְמִי, אֲדוּמִי, ת"ז ־מִית, ת"נ
temperament	אַדְמִיּוּת, אֲדוּמִיּוּת, נ'
measles	אַדֶּמֶת, נ'
pedestal; sleeper	אֶדֶן, ז', ר', אֲדָנִים
authority, suzerainty, lordship	אַדְנוּת, נ'
Lord, God	אֲדֹנָי
drip vessel	אֶדֶק, ז', ר', אֲדָקִים
to be mighty, glorious	[אדר] נֶאְדַּר, פ"ע
to glorify, magnify	הֶאְדִּיר, פ"י
cloak, mantle; glory, beauty; oak (tree); stuffed animal	אֶדֶר, ז', ר', אֲדָרִים
Adar (Hebrew month)	אֲדָר, ז'
Second Adar (leap year)	אֲדָר שֵׁנִי
on the contrary, by all means	אַדְּרַבָּה, תה"פ
fishbone	אִדְרָה, נ', ר' אֲדָרוֹת
architect	אַדְרִיכָל, אַרְדִיכָל, ז', ר', ־לִים
cloak, coat; glory	אַדֶּרֶת, נ', ר', אֲדָרוֹת
to be indifferent	אָדַשׁ, פ"ע
essence (being)	אֱדֶשׁ, ז'

to clench one's fist	אָגְרֵף, פּ"י
to box	הִתְאַגְרֵף, פּ"ח
letter, epistle; document	אִגֶּרֶת, נ', ר', אִגְּרוֹת
vapor, mist	אֵד, ז', ר', ־דִים
to afflict	[אדב] הֶאֱדִיב, כ"
to rise (skyward); to vaporize, evaporate	אָדָה, פּ"י
red	אָדוֹם, אָדֹם, ת"ז, אֲדוּמָה, אֲדֻמָּה, ת"נ
ducat	אָדוֹם, ז', ר', אֲדוּמִים
master, sir, mister	אָדוֹן, ז', ר', אֲדוֹנִים
pious, devout (man), orthodox	אָדוּק, ז', ר', אֲדוּקִים
about, concerning, pertaining to	אֹדוֹת, אוֹדוֹת, מ"י
evaporation	אִדּוּת, נ'
vaporous	אֵדִי, ת"ז, אֵדִית, ת"נ
polite, courteous, well-mannered	אָדִיב, ת"ז, אֲדִיבָה, ת"נ
politeness, courtesy	אֲדִיבוּת, נ'
piety, orthodoxy	אֲדִיקוּת, נ'
mighty, noble, rich and respectable	אַדִּיר, ת"ז, ־רָה, ת"נ
might	אַדִּירוּת, נ'
indifferent, apathetic	אָדִישׁ, ת"ז, אֲדִישָׁה, ת"נ
indifference, apathy	אֲדִישׁוּת, נ'
aeschynanthus	אַדְכִיר, אַדְכַּר, ז'
cress, water cress	אָדֶל, ז'
man, mankind, human being; Adam	אָדָם, ז'
first man	אָדָם הָרִאשׁוֹן
person	בֶּן־אָדָם
wildman	פֶּרֶא אָדָם
red	אָדֹם, אָדוֹם, ת"ז, אֲדָמָה, אֲדוּמָה, ת"נ

thumb; toe	אֲגוּדָל, ז', ר', ־לִים
nut	אֱגוֹז, ז', ר', ־זִים
coconut	אֱגוֹז־הֹדּוּ, ז', ר', אֱגוֹזֵי הֹדּוּ
grappling iron	אֶגוֹז, ז', ר', ־זִים
nut tree	אֱגוֹזָה, נ', ר', ־זוֹת
coin (of little value)	אֲגוֹרָה, נ', ר', ־רוֹת
bundling, tying (up)	אֲגוּדָה, נ', ר', ־דוֹת
hoarding, storing	אֲגִירָה, נ', ר', ־רוֹת
drop (of dew, rain, sweat), droplet	אֶגֶל, ז', ר', אֲגָלִים
pond, lake; bushwood	אֲגַם, ז', ר', ־מִים
sorrowful, sad	אָגֵם, ת"ז, אֲגֵמָה, ת"נ
reed, bulrush; fishhook	אַגְמוֹן, ז', ר', ־נִים
basin, bowl	אַגָּן, ז', ר', ־נִים
pelvis	אַגַּן הַיְרֵכַיִם
rim (of bucket), brim, border, edge	אֹגֶן, ז', ר', אֲגָנִים
hopper	אַגָּנָה, נ', ר', אַגָּנוֹת
pear	אַגָּס, ז', ר', אַגָּסִים
wing (of building, army), flank, side; department	אֲגַף, ז', ר', ־פִּים
to flank	אָגַף, פּ"י
to hoard; to gather, collect	אָגַר, פּ"י
roof (flat)	אַגָּר, ז', ר', ־רִים
(license) fee	אַגְרָה, נ'
dictionary, vocabulary	אֲגָרוֹן, ז', ר', ־נִים, ־נוֹת
collection of letters	אִגָּרוֹן, ז', ר', ־נִים
fist	אֶגְרוֹף, ז', ר', ־פִים
boxing	אֶגְרוּף, ז'
boxing glove	אֶגְרוֹפִית, נ', ר' ־פִיּוֹת
boxer, pugilist	אֶגְרוֹפָן, ז', ר', ־נִים
basin; vase	אַגַרְטֵל, ז', ר', ־לִים

brave, strong, mighty	אַבִּיר, ת"ז
stubborn, stouthearted	אַבִּיר לֵב
knighthood; bravery; stubbornness	אַבִּירוּת, נ'
to thicken, mix; to rise (smoke)	[אבך] הִתְאַבֵּךְ, פ"ע
to mourn, lament	[אבל] הִתְאַבֵּל, פ"ע
mournful; desolate, ruined; mourner	אָבֵל, ת"ז, אֲבֵלָה, ת"נ; ז', נ'
mourning, sorrow	אֵבֶל, ז', ר', אֲבָלִים
but, however	אֲבָל, תה"פ
mourning	אֲבֵלוּת, נ'
hydrogen	אַבְמַיִם, ד"ר
stone; (unit of) weight	אֶבֶן, נ', ר', אֲבָנִים
paperweight	אֶבֶן־אֶכֶף
silex, flint	אֶבֶן־אֵשׁ
plummet	אֶבֶן־בְּדִיל
touchstone	אֶבֶן־בֹּחַן
standard, official weight	אֶבֶן־הַמֶּלֶךְ
hewed stone	אֶבֶן־גָּזִית
jewel, precious stone	אֶבֶן־חֵן, אֶבֶן־חֵפֶץ, אֶבֶן־טוֹבָה
grindstone	אֶבֶן־מַשְׁחֶזֶת
stumbling block	אֶבֶן־נֶגֶף
corner-stone	אֶבֶן־פִּנָּה, אֶבֶן־רֹאשָׁה
magnetic stone	אֶבֶן־שׁוֹאֶבֶת
petrify	אִבֵּן, פ"י
to be petrified	הִתְאַבֵּן, פ"ח
fossil	אֶבֶן, ז', ר', אֲבָנִים
belt, sash, girdle	אַבְנֵט, ז', ר', ־טִים
stonelike, stony	אַבְנִי, ת"ז, ־נִית, ת"נ
potter's wheel; birthstool	אָבְנַיִם, ז"ר
to fatten, stuff	אָבַס, פ"י
boil, blister, pimple, wart	אֲבַעְבּוּעָה, נ', ר', ־עוֹת

smallpox	אֲבַעְבּוּעוֹת
zinc	אָבָץ, ז'
dust, powder	אָבָק, ז'
to wrestle	[אבק] נֶאֱבַק, פ"ע
to cover with dust, remove dust	אִבֵּק, פ"י
to be covered with dust, wrestle	הִתְאַבֵּק, פ"ח
gunpowder	אֲבַק־שְׂרֵפָה, ז'
slipknot, noose	אֶבֶק, ז', ר', אֲבָקִים
fine powder	אַבְקָה, אֲבָקָה, נ'
wing; limb, member (of a body)	אֵבֶר, ז', ר', אֲבָרִים
to fly, spread one's wings, soar	[אבר] הֶאֱבִיר, פ"ע
lead	אָבָר, ז'
wing; feather	אֶבְרָה, נ', ר', אֲבָרוֹת
pike	אַבְרוֹמָה, נ', ר', ־מוֹת
young (married) man, gentleman	אַבְרֵךְ, ז', ר', ־כִים
waterfowl	אַבְרָנִי, ז', ר', ־נִים
wild grape	אֹבֶשׁ, ז', ר', אֲבָשִׁים
by means (of), by the way (of)	אֹגֶב, מ"י
to tie, bind together	אָגַד, פ"י
to unite, tie	אִגֵּד, פ"י
bandage; bundle, bunch	אֶגֶד, ז', ר', אֲגָדִים
association, society; bunch	אֲגֻדָּה, אֲגוּדָה, נ', ר', ־דוֹת
Aggadah; legend, tale	אַגָּדָה, נ', ר', ־דוֹת
legendary, mythical	אַגָּדִי, ת"ז, ־דִית, ת"נ
band, union, organization	אִגּוּד, ז', ר', ־דִים
association, society; bunch	אֲגֻדָּה, אֲגֻדָּה, נ', ר', ־דוֹת

ruin, loss, destruction	אִבּוּד, ז'	Aleph, first letter of Hebrew alpha-	א
alas! woe!	אֲבוֹי, מ״ק	bet; one, first; 1,000	
arcade, vaulted passage	אַבּוּל, ז', ר', ־לִים	father, ancestor; master, teacher; originator; source; Ab (Hebrew month)	אָב, ז', ר', אָבוֹת
manger, stall; trough	אֵבוּס, ז', ר', אֲבוּסִים	grandfather	אָב זָקֵן
stuffed, fattened	אָבוּס, ת״ז, אֲבוּסָה, ת״נ	stepfather	אָב חוֹרֵג
dusting	אִבּוּק, ז'	chief justice, head of Sanhedrin; president of court of law	אַב־בֵּית־דִּין
torch	אֲבוּקָה, נ', ר', ־קוֹת		
to slay	אָבַח, פ״י	prime cause of defile- ment	אַב־טֻמְאָה
slaughter	אִבְחָה, נ'		
calorie	אַבְחֹם, ז', ר' אַבְחַמִּים	young sprout, shoot; youth	אֵב, ז', ר', אִבִּים
oxygen	אַבְחֶמֶץ, ז'		
diagnosis	אַבְחָנָה, נ', ר', ־נוֹת	daddy, dad	אַבָּא, ז'
nitrogen	אַבְחֶנֶק, ז'	to bring forth shoots	[אבב] הֶאֱבִיב, פ״י
watermelon	אֲבַטִּיחַ ז', ר', ־חִים		
	אֲבַטִּיחַ צָהֹב, ז', ר', ־חִים צְהֻבִּים	ague, malarial fever	אַבְּעִית, נ'
muskmelon		agrimony	אַבְּנֻר, ז', ר', ־רִים
unemployment, lay off	אַבְטָלָה, נ', ר', ־לוֹת	to be lost, perish	אָבַד, פ״ע, נֶאֱבַד
		to lose, destroy	אִבֵּד, הֶאֱבִיד פ״י
spring; green ear of corn	אָבִיב, ז', ר', אֲבִיבִים	to commit suicide, destroy oneself	הִתְאַבֵּד, פ״ח
springlike	אֲבִיבִי, ת״ז, ־בִית ת״נ	lost, spoiled, perishable	אָבֵד, ת״ז, אֲבֵדָה, ת״נ
poor, needy, destitute (person)	אֶבְיוֹן, ז', ר', ־נִים		
caper berry; lust, sensuality	אֲבִיּוֹנָה, נ'	lost object, loss; casualty (military)	אֲבֵדָה, נ', ר', ־דוֹת
		destruction, hell	אֲבַדּוֹן, ז'
poverty, indigence	אֶבְיוֹנוּת, נ'	destruction, ruin, loss	אָבְדָן, אַבְדָּן, ז'
compactness, thickness	אֲבִיכָה, נ'	to desire, want; to consent	אָבָה, פ״ע
mourning	אֲבִילָה, נ'	reed	אָבֶה, ז', ר', ־בִים
fattening, stuffing	אֲבִיסָה, נ'	fatherhood	אֲבָהוּת, נ'
(water) drain	אָבִיק, ז', ר', אֲבִיקִים	pipe, tube; oboe; knotgrass	אַבּוּב, ז', ר', ־בִים
the Almighty	אָבִיר, ז'		
knight, hero; steed; bull (Apis)	אַבִּיר, ז', ר'־רִים	perishable, lost	אָבֻד, ת״ז, אֲבוּדָה, ת״נ

1

1

8. Currency (Coins)

   United States of America

     100 cents (c) = 1 dollar ($) = £I 3.00

   Israel

     100 agorot = 1 Israeli pound (£I)

8. מַטְבְּעוֹת

אַרְצוֹת הַבְּרִית

100 סֶנְט = 1 דּוֹלָר = 3.00 ל״י

יִשְׂרָאֵל

100 אֲגוֹרוֹת = 1 לִירָה יִשְׂרְאֵלִית (ל״י)

6. *Time Measure*

60 seconds = 1 minute (min.)

60 minutes = 1 hour (hr.)

24 hours = 1 day (da.)

7 days = 1 week (wk.)

30 or 31 days = 1 calendar month (mo.)

365 days = 12 calendar months = 1 common year (yr.)

366 days = 1 leap year

50 years = jubilee

6 מִדּוֹת זְמָן

60 שְׁנִיָּה = דַּקָּה

60 דַּקָּה = שָׁעָה

24 שָׁעָה = יוֹם (יְמָמָה)

7 יָמִים = שָׁבוּעַ

30 יוֹם (בְּמְמֻצָּע) = חֹדֶשׁ

365 יוֹם = 12 חֹדֶשׁ = שָׁנָה

366 יוֹם = שָׁנָה מְעֻבֶּרֶת

50 שָׁנָה = יוֹבֵל

7. *Temperature*

United States of America

212° Fahrenheit (F.) = 100° Centigrade (C.)

To convert Fahrenheit into Centigrade degrees

deduct 32, multiply by 5 and divide by 9.

7. מַדְרֵנַת הַחֹם

יִשְׂרָאֵל

100° (C.) = 212 (F)° פָרֶנְהַייט סֶנְטִינְרָד

לְחַשֵּׁב מַעֲלוֹת סֶנְטִינְרָד לְמַעֲלוֹת פָרֶנְהַייט:

הַכְפֵּל פִּי 9, חַלֵּק לְ 5 וְהוֹסֵף 32

3. Cubic Measure (Volume)

1 cubic inch (cu. in.) = 16.387 cubic centimeters (cu. cm)

1 cubic foot (cu. ft.) = 1728 cubic inches = 0.0283 cubic meters (cu. m)

1 cubic yard (cu. yd.) = 27 cubic feet = 0.7646 cubic meters

3. מִדּוֹת נֶפַח

אִינְטְשׁ מְעֻקָּב = 16.387 סַנְטִימֶטֶר מְעֻקָּב (סמ״ק)

פּוּט מְעֻקָּב 1728 = אִינְטְשׁ מְעֻקָּב = 0.0283 מֶטֶר מְעֻקָּב (מ״ק)

יַרְד מְעֻקָּב = 27 פּוּט מְעֻקָּב = 0.7646 מֶטֶר מְעֻקָּב

4. Liquid and Dry Measure

1 pint (pt.) = 0.5679 liters (l)

1 quart (qt.) = 2 pints = 1.1359 liters

1 gallon (gal.) = 4 quarts = 4.5436 liters

1 peck (pk.) = 2 gallons = 9.087 liters

1 bushel (bu.) = 4 pecks = 36.35 liters

4. מִדּוֹת הַלַּח וְהַיָּבֵשׁ

פִּינְט   =   0.5679 לִיטֶר (ל׳)

קְוָרְט 2 = פִּינְטִים = 1.1359 לִיטְרִים

גָּלוֹן 4 = קְוָרְטִים = 4.5436 לִיטְרִים

פִּיק 2 = גָּלוֹנִים = 9.087 לִיטְרִים

בּוּשָׁל 4 = פִּיקִים = 36.35 לִיטֶר

5. Units of Weight

1 ounce (oz.) = 28.3495 grams (g)

1 pound (lb.) = 16 ounces = 453.59 grams

1 ton = 2000 pounds = 1016.05 kilograms (kg)

5. יְחִידוֹת מִשְׁקָל

אֻנְקִיָה = 28.3495 גְּרָם

לִטְרָה = 16 אֻנְקִיּוֹת = 453.59 גְּרָם (ג.)

טוֹן = 2000 לִטְרָה = 1016.05 קִילוֹגְרָם (ק״ג.)

WEIGHTS AND MEASURES מִדּוֹת וּמִשְׁקָלוֹת

1. *Linear Measure* (Length)

1 inch (in.) = 2.54 centimeters (cm)

1 foot (ft.) = 12 inches = 0.3048 meter (m)

1 yard (yd.) = 36 inches = 0.9144 meter

1 mile (mi.) = 1760 yards = 1609.3 meters = 1.6093 kilometers (km)

1 knot (nautical mile) = 6026.7 = 1853 meters = 1.853 kilometers

1. מִדּוֹת אֹרֶךְ

אִינְטְשׁ = 2.54 סַנְטִימֶטְרִים (ס״מ)

פּוּט = 12 אִינְטְשׁ = 0.3048 מֶטֶר (מ׳)

יַרְד = 36 אִינְטְשׁ = 0.9144 מֶטֶר

מִיל = 1760 יַרְד = 1609.3 מֶטֶר = 1.6093 קִילוֹמֶטֶר (ק״מ)

מִיל יַמִּי = 6026.7 יַרְד = 1853 מֶטֶר = 1.853 קִילוֹמֶטֶר

2. *Square Measure* (*Area*)

1 square inch (sq. in.) = 6.452 square centimeters (sq. cm)

1 square foot (sq. ft.) = 144 square inches = 929 square centimeters

1 square yard (sq. yd.) = 9 square feet = 0.8361 square meters (sq. m)

1 acre (a.) = 4840 square yards

1 square mile (sq. mi.) = 640 acres = 2.59 square kilometers (sq. km)

2. מִדּוֹת שֶׁטַח

אִינְטְשׁ מְרֻבָּע = 6.452 סַנְטִימֶטְרִים מְרֻבָּעִים (סמ״ר)

פּוּט מְרֻבָּע = 144 אִינְטְשׁ מְרֻבָּע = 929 סמ״ר

יַרְד מְרֻבָּע = 9 פּוּט מְרֻבָּע = 0.8361 מֶטֶר מְרֻבָּע (מ״ר)

אָקָר = 4840 יַרְד מְרֻבָּע

מִיל מְרֻבָּע = 640 אָקָר = 2.59 קִילוֹמֶטְרִים מְרֻבָּעִים (קמ״ר)

WEAK VERBS   הַפְּעָלִים הַנֶּחֱשָׁלִים

Conjugation בִּנְיָן		פ"ן	ע"ו	ל"א	ל"ה	ע"ע (כְּפוּלִים)
Hiph'il הִפְעִיל	3rd. per.	הִגִּישׁ, יַגִּישׁ	הֵקִים, יָקִים, הֵסִיר	הִמְצִיא, יַמְצִיא	הִגְלָה, יַגְלֶה, הֶגְלָה	הֵסֵב, יָסֵב, הֵחֵל
	inf.	לְהַגִּישׁ	לְהָקִים	לְהַמְצִיא	לְהַגְלוֹת	לְהָסֵב
	Imp.	הַגֵּשׁ	הָקֵם	הַמְצֵא	הַגְלֵה	הָסֵב
Hoph'al הָפְעַל	3rd. per.	הֻגַּשׁ, יֻגַּשׁ	הוּקַם, יוּקַם	הֻמְצָא	הָגְלָה	הוּסַב
	inf.	הֻגַּשׁ	הוּקַם	הֻמְצָא	הָגְלֹה	הוּסַב
Hithpa'el הִתְפַּעֵל	inf.	לְהִתְנַגֵּשׁ	לְהִתְקוֹמֵם	לְהִתְמַצֵּא	לְהִתְגַּלּוֹת	לְהִסְתּוֹבֵב
	3rd. per.	הִתְנַגֵּשׁ	הִתְקוֹמֵם	הִתְמַצֵּא	הִתְגַּלָּה	הִסְתּוֹבֵב
	Imp.	הִתְנַגֵּשׁ	הִתְקוֹמֵם	הִתְמַצֵּא	הִתְגַּלֵּה	הִסְתּוֹבֵב

WEAK VERBS — פְּעָלִים חֲלָשִׁים

Conjugation נִבְנֶה		ע"ו	ע"י	ל"א (מ"בא)	ל"ה	ע"ע (פ"ם)
Qal (פָּעַל)	3rd. per.	קָם, מֵת, בֹּר	בָּן, שָׁב	מָצָא	בָּנָה, גָּלָה	סַב, סָבַב; תַּם
	Imp.	קוּם	שִׂים	מְצָא	בְּנֵה	סֹב
	Inf.	קוּם	שִׂים	מְצֹא	בְּנוֹת	סֹב, סְבֹב
Niph'al (נִפְעַל)	3rd. per.	נָקוֹם	נָכוֹן	נִמְצָא	נִבְנָה	נָסַב, נָסַבּוֹ
	Imp.	הִכּוֹן	הִכּוֹן	הִמָּצֵא	הִבָּנֵה	הִסַּב
	Inf.	הִכּוֹן	הִכּוֹן	הִמָּצֵא	הִבָּנוֹת	הִסֵּב
Pi'el (פִּעֵל)	3rd. per.	קוֹמֵם, קִיֵּם	קִיֵּם	מִלֵּא, מִצָּא	בִּנָּה, גִּלָּה	סוֹבֵב
	Imp.	קוֹמֵם	קַיֵּם	מַלֵּא	בַּנֵּה	סוֹבֵב
	Inf.	קוֹמֵם	קַיֵּם	מַלֵּא	בַּנּוֹת	סוֹבֵב
Pu'al (פֻּעַל)	3rd. per.	קוֹמַם	קֻיַּם	מֻלָּא	בֻּנָּה, גֻּלָּה	סוֹבַב
	Imp.	—	—	—	—	—

WEAK VERBS — הַפְּעָלִים הַנֶּחֱשָׁלִים

Conjugation בִּנְיָן		פ״י (1) שׁב	פ״י (2) יֹ/סִימָן	פ״א אכל	פ״נ
Hiph'il הִפְעִיל	3rd. per.	הֵשִׁיב, הֵשִׁיבָה, הֵשִׁיבוּ	הוֹשִׁיב, הוֹשִׁיבָה, הוֹשִׁיבוּ	הֶאֱכִיל, הֶאֱכִילָה, הֶאֱכִילוּ	הִבִּיט, הִבִּיטָה, הִבִּיטוּ
	imp.	הָשֵׁב	הוֹשֵׁב	הַאֲכֵל	הַבֵּט
	inf.	הָשִׁיב	הוֹשִׁיב	הַאֲכִיל	הַבִּיט
Hoph'al הָפְעַל	3rd. per.	הוּשַׁב	הוּשַׁב	הָאֳכַל	הֻבַּט
	inf.	הוּשַׁב	הוּשַׁב	הָאֳכַל	הֻבַּט
Hithpa'el הִתְפַּעֵל	imp.	הִתְוַשֵּׁב	הִתְאַכֵּל	הִתְנַבֵּא

WEAK VERBS — הַפְּעָלִים הַנֶּחֱשָׁלִים

Conjugation		ע"ו (1) שׁוּב	ע"ע (2) סבב / מֵסֵב	א"ל אָכַל	נ"ל נָפַל / נִגַּשׁ
Qal קָל (פָעַל)	3rd. per.	שָׁב, שָׁבָה, שָׁבוּ	נָסַב, סַבָּה, סַבּוּ	אָכַל, אָכְלָה, אָכְלוּ	נָפַל, נָגַשׁ, נָגְשׁוּ
	Imp.	שׁוּב	סֹב	אֱכֹל	נְפֹל, גַּשׁ
Niph'al נִפְעַל	Inf.	הִשֵּׁב	הִסַּב	הֵאָכֵל	הִנָּגֵשׁ
	3rd. per.	נָשֵׁב, נֵשַׁבְנָ	נָסַב, נָסַבּוּ	נֶאֱכַל, נֶאֶכְלוּ	נִגַּשׁ, נִגְּשׁוּ
	Imp.	הִשֵּׁב	הִסַּב	הֵאָכֵל	הִנָּגֵשׁ
Pi'el פִּעֵל	Inf.	שׁוֹבֵב	סוֹבֵב	אַכֵּל	נַגֵּשׁ
	3rd. per.	שׁוֹבֵב, שׁוֹבְבוּ	סוֹבֵב, סוֹבְבוּ	אִכֵּל, אִכְּלוּ	נִגֵּשׁ, נִגְּשׁוּ
	Imp.	שׁוֹבֵב	סוֹבֵב	אַכֵּל	נַגֵּשׁ
Pi'el פִּעֵל	Inf.	—	—	אֻכַּל	—
	Imp.	שׁוֹבֵב	סוֹבֵב	אַכֵּל	נַגֵּשׁ
Pu'al פֻּעַל	3rd. per.	שׁוֹבַב, שׁוֹבְבוּ	סוֹבַב, סוֹבְבוּ	אֻכַּל, אֻכְּלוּ	נֻגַּשׁ, נֻגְּשׁוּ
	imp.				

THE WEAK VERBS   הַפְּעָלִים הַנֶּחֱשָׁלִים

When one or more of the three stem radicals of a verb is a weak one, the verb is regarded as a weak verb.

The letters ר, ע, י, ח, ו, ה, א, the guttural and quiescent letters, are the weak letters. The letter (נ) נ is also regarded as a weak letter.

The three stem radicals of the verb are designated by the letters פ ע ל. The position of the weak letter or letters in the stem determines the classification of weak verbs. For example, ישב is a פ״י verb, meaning that the initial radical of the stem is "י"; the verb פנה is classified as a ל״ה verb, the "ה" being the third radical of the stem.

If a verb has more than one weak letter it is named after all the classes whose irregularities it shares. Thus ירה is classified as both a פ״י and a ל״ה verb.

The paradigms that follow will enable the reader to examine the weak (irregular) verb schemes of the seven conjugations. Infinitive, imperative and third person masculine perfect, participle and imperfect forms are listed.

For a detailed and complete study of Hebrew grammar, consult:

> *Gesenius' Hebrew Grammar*, edited by E. Kautzsch
> *Introductory Hebrew Grammar*, by A. B. Davidson
> *Modern Hebrew Grammar and Composition*, by Harry Blumberg
> *Naor's Ikkare ha-Dikduk ha-Ibri*

	HITHPA'EL הִתְפַּעֵל	HOPHAL הֻפְעַל	HIPH'IL הִפְעִיל	
				Infinitive קְטֹל, מִן קְטֹל הַקְטִיל
				Perfect קָטַל הִקְטִיל
				Participle קֹטֵל מַקְטִיל
				Imperfect יִקְטֹל יַקְטִיל
				Imperative קְטֹל אַקְטֵל

	QAL קַל (פָּעַל)	NIPH'AL נִפְעַל	HIPH'IL הִפְעִיל	PI'EL פִּעֵל	PU'AL פֻּעַל
Infinitive לִקְטֹל מִ קְטוֹל, קְטוֹל	קְטֹל (קְטֹל) קָטוֹל	הִקָּטֵל (הִ) קָטוֹל	הַקְטִיל (הַ) הַקְטֵל	קַטֵּל	קֻטַּל
Perfect קָטַל	קָטַל קָטַלְתָּ קָטַלְתְּ קָטַלְתִּי קָטְלוּ	נִקְטַל נִקְטַלְתָּ נִקְטַלְתְּ נִקְטַלְתִּי נִקְטְלוּ	הִקְטִיל הִקְטַלְתָּ הִקְטַלְתְּ הִקְטַלְתִּי הִקְטִילוּ	קִטֵּל קִטַּלְתָּ קִטַּלְתְּ קִטַּלְתִּי קִטְּלוּ	קֻטַּל קֻטַּלְתָּ קֻטַּלְתְּ קֻטַּלְתִּי קֻטְּלוּ
Participle קֹטֵל	קֹטֵל קֹטֶלֶת קֹטְלִים קֹטְלוֹת	נִקְטָל נִקְטֶלֶת נִקְטָלִים נִקְטָלוֹת	מַקְטִיל מַקְטֶלֶת מַקְטִילִים מַקְטִילוֹת	מְקַטֵּל מְקַטֶּלֶת מְקַטְּלִים מְקַטְּלוֹת	מְקֻטָּל מְקֻטֶּלֶת מְקֻטָּלִים מְקֻטָּלוֹת
Imperfect יִקְטֹל	יִקְטֹל תִּקְטֹל תִּקְטֹל תִּקְטְלִי אֶקְטֹל יִקְטְלוּ תִּקְטֹלְנָה נִקְטֹל	יִקָּטֵל תִּקָּטֵל תִּקָּטֵל תִּקָּטְלִי אֶקָּטֵל יִקָּטְלוּ תִּקָּטַלְנָה נִקָּטֵל	יַקְטִיל תַּקְטִיל תַּקְטִיל תַּקְטִילִי אַקְטִיל יַקְטִילוּ תַּקְטֵלְנָה נַקְטִיל	יְקַטֵּל תְּקַטֵּל תְּקַטֵּל תְּקַטְּלִי אֲקַטֵּל יְקַטְּלוּ תְּקַטֵּלְנָה נְקַטֵּל	יְקֻטַּל תְּקֻטַּל תְּקֻטַּל תְּקֻטְּלִי אֲקֻטַּל יְקֻטְּלוּ תְּקֻטַּלְנָה נְקֻטַּל
Imperative קְטֹל, אֱמֹר	קְטֹל קִטְלִי קִטְלוּ קְטֹלְנָה	הִקָּטֵל הִקָּטְלִי הִקָּטְלוּ הִקָּטַלְנָה	הַקְטֵל הַקְטִילִי הַקְטִילוּ הַקְטֵלְנָה	קַטֵּל קַטְּלִי קַטְּלוּ קַטֵּלְנָה	

THE SEVEN CONJUGATIONS

1. Qal (pa'al)	קַל (פָּעַל)	קָצַר	*to cut, reap*
2. Niph'al	נִפְעַל	נִקְצַר	*to be reaped*
3. Pi'el	פִּעֵל	קִצֵּר	*to shorten (abridge)*
4. Pu'al	פֻּעַל	קֻצַּר	*to be shortened*
5. Hiph'il	הִפְעִיל	הִקְצִיר	*to make short, shorten*
6. Hoph'al	הָפְעַל	הָקְצַר	*to be shortened*
7. Hithpa'el	הִתְפַּעֵל	הִתְקַצֵּר	*to be shortened*

These verb conjugations may be divided satisfactorily into four classes: (1) the simple or pure, Qal; (2) the intensive Pi'el with its passive Pu'al; (3) the causative Hiph'il with its passive Hoph'al; (4) the reflexive or passive Niph'al and Hithpa'el.

Niph'al

In meaning the Niph'al is properly the reflexive of the Qal. The common usage of the Niph'al, however, is as the passive of the Qal. The essential characteristics of this conjugation consist of a "נִ" prefixed to the stem in the perfect (נִקְצַר) and participle (נִקְצָר), and of the dagesh in the first radical in the imperfect, infinitive and imperative (הִקָּצֵר, לְהִקָּצֵר, יִקָּצֵר).

Pi'el (Pu'al)

The characteristic of the Pi'el conjugation consists of the strengthening of the middle radical קִצֵּר. The passive Pu'al is distinguished by the vowel "◌ֻ" in the first syllable and "◌ַ" in the second קֻצַּר.

The Pi'el is the intensive form of the Qal, adding such ideas as much, often, eagerly, etc., to the Qal idea of the verb.

Hiph'il (Hoph'al)

The Hiph'il or causative is formed by prefixing "הִ" to the stem and by expanding the final vowel to "◌ִי". Similarly in the imperfect יַקְצִיר, the participle מַקְצִיר and the infinitive לְהַקְצִיר.

The Hoph'al is the passive of the Hiph'il and is distinguished by הָ or הֳ prefixed to the stem הָקְצַר or הֳקְצַר.

Hithpa'el

The Hithpa'el is formed by prefixing the syllable "הִתְ," a reflexive force, to the Pi'el stem הִתְקַצֵּר. In meaning, as in form, the Hithpa'el is thus the reflexive of the Pi'el.

The paradigms that follow will enable the reader to examine the regular verb schemes of the seven conjugations described above.

verb stems of four consonants, an extension of the triliteral stem, are not uncommon.

The third person masculine singular form of the perfect tense is regarded as the pure stem or *Qal* קַל, since it is the simplest form of the verb, without additional letters. Thus, the third person masculine singular perfect form of each verb conjugation or formation was selected for inclusion in this dictionary.

Tense:

The Hebrew verb has only two tense forms, the *perfect*, expressing a completed action, and the *imperfect*, expressing an incompleted action. All relations of time are expressed by these forms or by combinations of these forms.

The perfect action includes all past tenses of other languages (perfect, pluperfect, future perfect, etc.). The imperfect action includes all imperfect tenses, classical imperfect, future and present. The later is expressed by the Hebrew participle. There is also an imperative, derived from the imperfect, and two infinitives (an absolute and a construct).

Mood:

Both the perfect and imperfect may be indicative; the subjunctive moods are expressed by the imperfect and its modifications.

Inflection:

The inflection of Hebrew tense forms as to persons is different from the Romance languages in that it has distinct forms for the two genders, which correspond to the different forms of the personal pronouns. Personal inflections of these tense forms arise from the union of the pronoun with the stem.

Conjugations:

Derived stems are formed from the pure stem or Qal. These *formations* בִּנְיָנִים, for the most part regular and systematic, correspond to the grammatical term *conjugations*. The common "conjugations" in Hebrew are seven in number, each of which is formed by the modification of the Qal (by means of vowel change and strengthening of the middle radical) or by the introduction of formative additions.

THE CONSTRUCT CASE   סְמִיכוּת

When a noun is so closely connected in thought with a following noun that the two make up one idea, the first (a dependent noun) is said to be in the construct state. The second (the independent noun) is said to be in the absolute state, e.g. בֵּית־סֵפֶר *school*, תַּפּוּחַ־אֲדָמָה *potato*, סוּס דָּוִד *David's horse*. This construction corresponds to the genitive or to the relation expressed by the *of* in English.

Only those nouns in the construct state undergo, at times, change of termination and/or vocalization.

In masculine singular, there is no change of termination, in feminine singular nouns ending in הָ, the original or old ending ת_ is regularly retained as the feminine termination in the construct state. But feminine endings ת_ and ת_ and feminine plural nouns ending in וֹת_ remain unchanged in the construct state.

In the construct state, masculine plural and dual, the ending is יֵ, e.g., סוּסֵי דָּוִד = סוּסִים שֶׁל הַיֶּלֶד *David's horses*, עֵינֵי הַיֶּלֶד = הָעֵינַיִם שֶׁל דָּוִד *the child's eyes.*

The definite article is prefixed only to the noun in the absolute state.

THE ADVERB   תֹּאַר הַפֹּעַל

Nouns with prepositions e.g., כְּאֶחָד *together*, in the accusative e.g., הַיּוֹם *today*, adjectives, especially in the feminine e.g., בָּרִאשׁוֹנָה *at first*, pronouns and numerals e.g., הֵנָּה *here, hither*; שֵׁנִית *for the second time* are used adverbially without change.

Some adverbs are formed by the addition of formative syllables to nouns or adjectives e.g., אָמְנָם *truly*; חִנָּם *gratis*.

THE VERB   הַפֹּעַל

Stem:

The vast majority of stems or roots in Hebrew consists of three consonants, though a number of triliteral stems were formed from biliteral roots. Today

הַמִּסְפָּר הַיְסוֹדִי   CARDINAL NUMBERS

אַרְבַּע־מֵאוֹת	ת	400
חֲמֵשׁ־מֵאוֹת	תק	500
שֵׁשׁ־מֵאוֹת	תר	600
שְׁבַע־מֵאוֹת	תש	700
שְׁמוֹנֶה־מֵאוֹת	תת	800
תְּשַׁע־מֵאוֹת	תתק	900
אֶלֶף	א׳....	1000
אַלְפַּיִם	ב׳....	2000
שְׁלֹשֶׁת אֲלָפִים	ג׳....	3000
אַרְבַּעַת אֲלָפִים	ד׳....	4000
חֲמֵשֶׁת אֲלָפִים	ה׳....	5000
שֵׁשֶׁת אֲלָפִים	ו׳....	6000
שִׁבְעַת אֲלָפִים	ז׳....	7000
שְׁמוֹנַת אֲלָפִים	ח׳....	8000
תִּשְׁעַת אֲלָפִים	ט׳....	9000
עֲשֶׂרֶת אֲלָפִים, רִבּוֹא, רְבָבָה	י׳....	10000

הַמִּסְפָּר הַסִּדּוּרִי   ORDINAL NUMBERS

FEMININE	MASCULINE	
רִאשׁוֹנָה	רִאשׁוֹן	first
שְׁנִיָּה, שֵׁנִית	שֵׁנִי	second
שְׁלִישִׁית	שְׁלִישִׁי	third
רְבִיעִית	רְבִיעִי	fourth
חֲמִישִׁית	חֲמִישִׁי	fifth
שִׁשִּׁית	שִׁשִּׁי	sixth
שְׁבִיעִית	שְׁבִיעִי	seventh
שְׁמִינִית	שְׁמִינִי	eighth
תְּשִׁיעִית	תְּשִׁיעִי	ninth
עֲשִׂירִית	עֲשִׂירִי	tenth
הָאַחַת עֶשְׂרֵה	הָאֶחָד עָשָׂר	eleventh
הַשְּׁתֵּים עֶשְׂרֵה	הַשְּׁנֵים עָשָׂר	twelfth
וכו׳	וכו׳	etc.

הַמִּסְפָּר הַיְסוֹדִי CARDINAL NUMBERS

| FEMININE | | MASCULINE | | | |
Construct	Absolute	Construct	Absolute		
אַחַת־	אַחַת	אַחַד־	אֶחָד	א	1
שְׁתֵּי־	שְׁתַּיִם	שְׁנֵי־	שְׁנַיִם	ב	2
שְׁלֹשׁ־	שָׁלֹשׁ	שְׁלֹשֶׁת־	שְׁלֹשָׁה	ג	3
אַרְבַּע־	אַרְבַּע	אַרְבַּעַת־	אַרְבָּעָה	ד	4
חֲמֵשׁ־	חָמֵשׁ	חֲמֵשֶׁת־	חֲמִשָּׁה	ה	5
שֵׁשׁ־	שֵׁשׁ	שֵׁשֶׁת־	שִׁשָּׁה	ו	6
שְׁבַע־	שֶׁבַע	שִׁבְעַת־	שִׁבְעָה	ז	7
שְׁמֹנֶה־	שְׁמֹנֶה	שְׁמֹנַת־	שְׁמֹנָה	ח	8
תְּשַׁע־	תֵּשַׁע	תְּשַׁעַת־	תִּשְׁעָה	ט	9
עֶשֶׂר־	עֶשֶׂר	עֲשֶׂרֶת־	עֲשָׂרָה	י	10

FEMININE	MASCULINE		
אַחַת־עֶשְׂרֵה	אַחַד־עָשָׂר	יא	11
שְׁתֵּים־עֶשְׂרֵה	שְׁנֵים־עָשָׂר	יב	12
שְׁלֹשׁ־עֶשְׂרֵה	שְׁלֹשָׁה־עָשָׂר	יג	13
אַרְבַּע־עֶשְׂרֵה	אַרְבָּעָה־עָשָׂר	יד	14
חֲמֵשׁ־עֶשְׂרֵה	חֲמִשָּׁה־עָשָׂר	טו	15
שֵׁשׁ־עֶשְׂרֵה	שִׁשָּׁה־עָשָׂר	טז	16
שְׁבַע־עֶשְׂרֵה	שִׁבְעָה־עָשָׂר	יז	17
שְׁמֹנֶה־עֶשְׂרֵה	שְׁמֹנָה־עָשָׂר	יח	18
תְּשַׁע־עֶשְׂרֵה	תִּשְׁעָה־עָשָׂר	יט	19
עֶשְׂרִים	עֶשְׂרִים	כ	20
עֶשְׂרִים וְאַחַת	עֶשְׂרִים וְאֶחָד	כא	21
עֶשְׂרִים וּשְׁתַּיִם	עֶשְׂרִים וּשְׁנַיִם	כב	22

שְׁלֹשִׁים	ל	30
אַרְבָּעִים	מ	40
חֲמִשִּׁים	נ	50
שִׁשִּׁים	ס	60
שִׁבְעִים	ע	70
שְׁמֹנִים	פ	80
תִּשְׁעִים	צ	90
מֵאָה	ק	100
מָאתַיִם	ר	200
שְׁלֹשׁ מֵאוֹת	ש	300

II. FORMATION OF THE FEMININE AND PLURAL

Feminine adjectives are formed by adding ◌ָה, (◌ֶת) ◌ַת, ◌ִית, or ◌ִיָּה to the masculine form.

Adjectives form their masculine plural by adding ◌ִים to the masculine singular, and their feminine plural by adding ◌וֹת to the masculine singular.

After feminine plurals ending in ◌ִים, the adjectival attribute, in accordance with the rule of agreement, takes the ending ◌וֹת.

III. COMPARISON OF ADJECTIVES   הַדְרָגַת הַתֹּאַר

Hebrew possesses no special forms either for the comparative or superlative of the adjective. In the comparison, the adjective undergoes no change of termination or vocalization.

The comparative degree is expressed by the positive or by יוֹתֵר preceding the positive, and followed by the proposition מִן, e.g., טוֹב מִן, יוֹתֵר טוֹב מִן, *better than*.

The superlative degree is expressed by the article prefixed to the adjective or by the article prefixed to the positive and followed by בְּיוֹתֵר, e.g., הַגָּדוֹל, הַגָּדוֹל בְּיוֹתֵר *the biggest*. הַטּוֹב, הַטּוֹב בְּיוֹתֵר *the best*,

THE NUMERALS   שֵׁם הַמִּסְפָּר

The numeral *one* is an adjective that agrees in gender with the noun it modifies and, like other adjectives, stands after it.

The numerals from *two* to *ten* stand before the noun in either the absolute or construct state, e.g., שְׁלֹשֶׁת יָמִים, שְׁלֹשָׁה יָמִים *three days*.

The numerals from *eleven* to *nineteen* generally take the plural, but with a few common nouns frequently used with numerals and the tens (twenty, thirty, one hundred, etc.), the singular is more common, e.g.:

אַחַד עָשָׂר יוֹם *eleven days,*	חֲמֵשׁ עֶשְׂרֵה שָׁנָה *fifteen years*
שְׁנֵים עָשָׂר אִישׁ *twelve men,*	עֶשְׂרִים דַּקָּה *twenty minutes*

The ordinal numbers from *one* to *ten* are adjectives and follow the general rule of agreement. After *ten* the cardinal numbers are used also as ordinals.

ע, ה, not in tone, are vocalized with a qamats, the article becomes הָ, e.g., הֶהָרִים *the mountains*, הֶעָמָל *the toil, trouble*. Before הָ, the article is invariably הֶ without regard to tones (e.g., הֶחָג *the holiday*).

THE PREPOSITION   מִלַּת הַיַּחַס

Prepositions in Hebrew may appear as independent words or may be reduced by abbreviation to a single consonant inseparably prefixed to words:

... בְּ = *in, at, by, with*
... אֶל, לְ = *to, at, for, towards*
... כְּמוֹת, כְּמוֹ, כְּ = *as, like, according to*
מִן (... מֵ, ... מִ) = *from, out of*
עַל = *on, upon*; אֵצֶל = *close by, near*
בֵּין = *between*; בְּלִי = *without*
מוּל, נֶגֶד = *opposite, before, over, against*
עַד = *during, until*; שֶׁל = *of*
אַחַר = *behind, after*; זוּלַת = *except*
תַּחַת = *under, instead of*; עִם = *with*

Hebrew prepositions are frequently formed by uniting with other prepositions, e.g., מֵעַל *off (from, upon)*, or with nouns, e.g., עַל יַד *by, beside (on hand)*.

As all prepositions were originally substantives (accusative), they may be united with the noun suffixes, e.g., אֶצְלִי *by me*, לְפָנַי *before me*.

THE ADJECTIVE   שֵׁם הַתֹּאַר

I. AGREEMENT   הַתְאָמָה

The adjective in Hebrew agrees in gender and number with the noun it modifies and stands *after* the noun. When an adjective qualifies several nouns of different genders, it agrees with the masculine. Nouns in the dual are followed by adjectives in the plural.

5. Names of the elements or natural substances are generally feminine, e.g., שֶׁמֶשׁ *sun*, אֵשׁ *fire*, אֶבֶן *stone*.

6. The letters of the Hebrew alphabet are all feminine.

7. Many words are of both genders, though where this is the case one gender generally predominates.

II. PLURAL   מִסְפַּר הָרַבִּים

1. The regular plural endings for the masculine gender is ים,ִ with a tone; this termination is added to the masculine singular.

2. The plural termination of the feminine gender is generally indicated by וֹת; this termination is added to the feminine singular if it has no feminine ending. If the feminine singular ends in ה,ָ the plural feminine is formed by changing the ה,ָ into וֹת.

3. Many masculine nouns form their plurals in וֹת while many feminine nouns have a plural in ים.ִ The gender of the singular is retained in the plural.

4. The dual in Hebrew (a further indication of number) is used to denote those objects which naturally occur in pairs. The dual termination is indicated in both genders by the ending יִם.ַ It is formed by adding יִם.ַ to the masculine singular for the masculine and to the old or original feminine ending ת.ַ (instead of ה.ָ).

THE ARTICLE   הָא הַיְדִיעָה

The Hebrew language has no indefinite article. The definite article, by nature a demonstrative pronoun, usually takes the form הַ and a strengthening of the next consonant by means of a *dagesh forte* (a dot in the consonant). It never appears in Hebrew as an independent word but as an inseparable particle prefixed to words. Like the English article *the*, it suffers no change for gender and number.

Before the gutturals א, ה, ח, ר, ע, the pattah ַ of the article is lengthened to qamats ָ, e.g., הָאִישׁ *the man*, הָרֹאשׁ *the head*. When the guttural letters

HALF VOWELS

sheva naʿ	שְׁוָא נָע	ְ	silent
ḥataph pattaḥ	חֲטַף פַּתָּח	ֲ	like ַ but of shorter length
ḥataph segol	חֲטַף סֶגּוֹל	ֱ	like ֶ but of shorter length
ḥataph qamats	חֲטַף קָמָץ	ֳ	o as in *cord*

All the Hebrew vowels are placed either above or below the consonants with the exception of the shuruq (וּ) and holam (וֹ), which are placed to the left of the consonant. Each vowel combined with one or more consonants forms a syllable. Hebrew words of more than one syllable are most often accented on the last syllable. Otherwise, the accent falls on the next to the last syllable.

THE NOUN   שֵׁם הָעֶצֶם

I. GENDER   הַמִּין

Hebrew nouns are either masculine or feminine. There is no neuter gender. Names of things and abstractions are either masculine or feminine.

Masculine gender:

The masculine, because it is the more common gender, has no special indication.

Feminine gender:

1. Feminine nouns also have no indication of gender when the word is feminine by nature, e.g., אֵם *mother*, בַּת *daughter*, עֵז *she-goat*.

2. Nouns ending in a tone-bearing הָ or in ת are feminine.

3. Names of cities and countries, including the Hebrew equivalents for city and country, are feminine, since they are regarded as the *mothers* of their inhabitants.

4. Most names of parts of the body in man or beast, especially members occurring in pairs, are feminine. So, too, are most names of instruments and utensils used by man.

The Hebrew language, unlike European languages, is both read and written from *right* to *left*. The pronunciation given is the Sephardic, the type of Hebrew pronunciation used officially by the state of Israel.

Examination of this chart shows that two of the consonants, the א and the ע, are silent wherever they occur. (The Hebrew אָלֶף is a glottal stop; the עַיִן is a pharyngeal sound that has no English equivalent.) Furthermore, a number of consonants are, practically speaking, pronounced alike: the ו and ב are both v; the כ and ח are both ḥ; the ק and כ are both k; the שׂ and ס are both s; the ת, ט and תּ are all t. The שׁ (sh) and שׂ (s) are distinguished only by the dot placed either to the right or to the left of them respectively. Five additional consonants have two forms:

צ, ץ; פ, ף; נ, ן; מ, ם; כ, ך

The last consonant in each of these series (reading from right to left) is a final consonant used only at the end of a word.

II. VOWELS   הַתְּנוּעוֹת

NAME		VOWEL SIGN	PRONUNCIATION
English	**Hebrew**		
	SHORT VOWELS		
pattaḥ	פַּתָּח	ַ	a as in *father*
qubbuts	קֻבּוּץ	ֻ	oo as in *soon*
hiriq haser	חִירִיק חָסֵר	ִ	ee as in *feet*
segol	סֶגּוֹל	ֶ	e as in *pet*
qamats qatan	קָמָץ קָטָן	ָ	o as in *cord*
	LONG VOWELS		
holam male	חוֹלָם מָלֵא	וֹ	o as in *cord*
holam haser	חוֹלָם חָסֵר	ֹ	o as in *cord*
shuruq	שׁוּרוּק	וּ	oo as in *soon*
hiriq male	חִירִיק מָלֵא	ִי	ee as in *feet*
tsere male	צֵירֵי מָלֵא	ֵי	e as in *they*
tsere haser	צֵירֵי חָסֵר	ֵ	e as in *pet*
qamats gadol	קָמָץ גָּדוֹל	ָ	a as in *father*

I. CONSONANTS   הָעִצּוּרִים

OLD HEBREW	FORM Printed	FORM Written	NAME English	NAME Hebrew	PRONUN- CIATION		NUMER- ICAL VALUE
𐤀	א	k	aleph	אָלֶף	' (silent)		1
𐤁	בּ	ב	beth	בֵּית	b	(b)	
	ב	ב	bheth	בֵית	bh	(v)	2
𐤂	ג	ג	gimel	גִּימֶל	g, gh	(g)	3
𐤃	ד	ד	daleth	דָּלֶת	d, dh	(d)	4
𐤄	ה	ה	he	הֵא	h	(h)	5
𐤅	ו	ו	vau	וָו	w, v	(w)	6
𐤆	ז	ז	zayin	זַיִן	z	(z)	7
𐤇	ח	ח	cheth	חֵית	ḥ	(k)	8
𐤈	ט	ט	teth	טֵית	ṭ	(t)	9
𐤉	י	י	yodh	יוֹד	y	(y)	10
𐤊	כּ	כ	caph	כַּף	k		
	כ	כ	chaph	כַף	kh	(k)	20
	ךּ	ך	chaph sophith	כַף סוֹפִית	kh		
𐤋	ל	ל	lamedh	לָמֶד	l	(l)	30
𐤌	מ	מ	mem	מֵם	m		
	ם	ם	mem sophith	מֵם סוֹפִית	m	(m)	40
𐤍	נ	נ	nun	נוּן	n		
	ן	ן	nun sophith	נוּן סוֹפִית	n	(n)	50
𐤎	ס	ס	samekh	סָמֶךְ	s	(s)	60
𐤏	ע	ע	'ayin	עַיִן	' (silent)		70
𐤐	פּ	פ	pe	פֵּא	p	(p)	80
	פ	פ	phe	פֵא	p		
	ף	ף	phe sophith	פֵא סוֹפִית	phe	(f)	
𐤑	צ	צ	sadhe	צָדִי			
	ץ	ץ	sadhe sophith	צָדִי סוֹפִית	ts (s sharp)		90
𐤒	ק	ק	koph	קוֹף	k	(k)	100
𐤓	ר	ר	resh	רֵישׁ	r	(r)	200
𐤔	שׁ	שׁ	shin	שִׁין	sh	(sh)	300
	שׂ	שׂ	sin	שִׂין	s	(s)	
𐤕	תּ	ת	tav	תָּו	t		
	ת	ת	thav	תָו	th	(t)	400

Such a dedicated man was Eliezer Ben-Yehuda, the father of modern Hebrew. With a zealotry bordering on fanaticism, he labored constantly for the revival of Hebrew as a spoken tongue. The publication of his *Dictionary and Thesaurus of the Hebrew Language*, the work upon which this Pocket Dictionary, as well as all other modern Hebrew dictionaries, is based, climaxed years of tireless work and effort.

To his memory this volume is dedicated—the first international edition of a bilingual Hebrew-English, English-Hebrew dictionary of popular size and price.

E. B. Y., D. W.

Bibliography

A Concise English-Hebrew Dictionary, by H. Danby and M. H. Segal
A Concise Hebrew-English Dictionary, by M. H. Segal
The Complete English-Hebrew Dictionary, by Reuben Alcalay
A Dictionary of the Targumim, by Marcus Jastrow
Dictionary and Thesaurus of the Hebrew Language, by Eliezer Ben-Yehuda
English-Hebrew Dictionary, by Judah Ibn-Shmuel Kaufman
Hebrew Dictionary, by Judah Gur
Hebrew Dictionary, by Meir Medan
New Hebrew Dictionary, by A. Even Shoshan
The Merriam-Webster Pocket Dictionary
Webster's New Collegiate Dictionary
Larousse's French-English, English-French Dictionary
Langenscheidt's German-English, English-German Dictionary

HEBREW PRONUNCIATION   הַהֲגוּי הָעִבְרִי

The Hebrew alphabet, like all Semitic alphabets, consists solely of consonants, twenty-two in number. The following chart gives the form (printed and written), name (English and Hebrew), pronunciation and numerical value of each consonant.

PREFACE

The language of the sacred writings of the Jews, from the earliest documents of the Bible down to modern times, has been Hebrew. Its history extends over a period of three millennia, during which time the language had naturally undergone significant linguistic development.

The *Jewish Encyclopedia* lists two broad phases of this linguistic development: (1) the creative period with its pre-exilic, postexilic and mishnaic phases, and (2) the reproductive period, beginning with amoraic literature (third century c.e.) and continuing until the present.

Biblical or classical Hebrew, concise, vigorous and poetic, underwent little change during the first commonwealth. Beginning with exilic times, however, aramaic influence on Hebrew began to be felt: increased number of word-borrowings, greater aramaization of its syntax; and its entrance into tannaitic literature, the chief work of which is the Mishnah.

New Hebrew or postbiblical Hebrew emerged as the language of the reproductive period, the second phase of linguistic development. The writers of talmudic, midrashic and liturgical literature adopted mishnaic Hebrew, avoiding the more poetic biblical Hebrew.

The translation of Arabic works on philosophy and science necessitated a remodeling of mishnaic Hebrew, which was insufficient for the treatment of scientific subjects. A philosophic Hebrew, the language of medieval translators, grammarians, poets and writers, enriched the old language. New vocabulary items were coined; Arabic words and syntax patterns were borrowed. However, neither the Arabic influence on the Hebrew of medieval times nor the aramaic influence on the Hebrew of biblical times impaired the essential characteristics of the Hebrew language.

The period of enlightenment followed by the rise of national consciousness throughout European Jewry created a modern Hebrew—a synthesis of biblical and mishnaic Hebrew, fusing the rhetoric and grandeur of the one with the clarity and simplicity of the other.

The revival of Hebrew as a living, spoken language and the advocacy of a return to the ancestral homeland inspired dedicated men to coin new terms for new ideas. Biblical, mishnaic and medieval sources were culled by these dedicated men and were used as a scaffolding on which to enlarge the Hebrew vocabulary and serve modern times.

CONTENTS

Hebrew-English

English-Hebrew

(See other end of book.)

HEBREW-ENGLISH